全国教育科学『十五』规划课题项目
新世纪地方高等院校专业系列教材

中国古代文学作品选 上

（第三版）

主编 周建忠
参编 陈建华 顾玉文 王 鹍

南京大学出版社

图书在版编目(CIP)数据

中国古代文学作品选：上、下册 / 周建忠主编. —3版. —南京：南京大学出版社，2020.10(2023.7重印)
ISBN 978-7-305-23559-7

Ⅰ.①中… Ⅱ.①周… Ⅲ.①中国文学-古典文学-作品综合集-高等学校-教材 Ⅳ.①I212.01

中国版本图书馆CIP数据核字(2020)第115235号

出版发行	南京大学出版社
社　　址	南京市汉口路22号　　邮　编　210093
出 版 人	金鑫荣
书　　名	中国古代文学作品选（上、下册）
主　　编	周建忠
责任编辑	刁晓静　　　　　　编辑热线　025-83592123
照　　排	南京紫藤制版印务中心
印　　刷	常州市武进第三印刷有限公司
开　　本	787×1092　1/16　印张 32　字数 750千
版　　次	2020年10月第3版　2023年7月第2次印刷

ISBN 978-7-305-23559-7

定　　价　88.00元（上、下册）

网　　址　http://www.njupco.com
官方微博　http://weibo.com/njupco
微信服务　njuyuexue
销售热线　(025)83594756

* 版权所有，侵权必究
* 凡购买南大版图书，如有印装质量问题，请与所购图书销售部门联系调换

前　言

　　中国古代文学有着悠久而璀璨的历史,自上古神话、谚谣起,文理自然、姿态横生的文学作品就层出不穷地涌现在中华民族的艺术殿堂里。如云之妙品,似锦之华章,不仅为传统文化蔚为壮观的辉煌画卷添上了浓墨重彩的一笔,同时也为中国古典文学瓜瓞绵延的可持续发展提供了可资借鉴的范本。它不仅仅是一种文学,一种艺术,而且是中华民族一种审美的生活方式,是人民心灵诗意栖居的精神家园。

　　文学作品的产生具有一定的时代性,但优秀的作品大抵具备"不假良史之辞,不托飞驰之势,而声名自传于后"(曹丕《典论·论文》)的异代共鸣性,并不会随着作者的消亡而消失,也不会随着时代的变迁而湮没无闻。在网络小说与读图盛行的电子时代,优秀的古代文学作品依然具备历久弥新的文学功效与魅力。古代文学作为传统文化的精华,对当代大学生而言,无疑具有汲取文学营养、开拓文化视野、提升艺术品位的重要功用。

　　《中国古代文学作品选》是中国语言文学专业主干课程的教材,担负着继承和发扬中国传统文化的重任。中国古代文学是中华民族灿烂文化的一个重要的组成部分,了解中华民族的优秀文化传统,取其精华,去其糟粕,结合时代的精神加以继承和发展,真正做到古为今用,从而提高大学生的文学素养。自朱东润先生选编的《中国历代文学作品选》问世以来,高校古代文学作品选读的教材也多有选编,大都有独到之见。但为了适应地方高等院校教学改革的需要以及古代文学教学的需要,由我主持申报了"新世纪高等师范院校课程开发与教材建设研究"课题,先后被列入教育部全国教育科学"十五"规划项目、全国高等教育科学"十五"规划重点项目、江苏省教育科学"十五"规划项目。本教材是"新世纪高等师范院校课程开发与教材建设研究"的子课题之一,与新编《中国文学史》配套使用。

　　本教材的编写目的,一是更好地继承和发扬我国传统先进文明成果,弘扬中华民族优秀文化遗产,将优秀的文学作品展示给大学生及爱好文学的人士,供其欣赏与自我提高;二是适应新时期高等教育改革发展的需要,进一步落实地方高等院校学生培养目标和要求,加强学生复合、创新能力培养,实施素质教育,为地方高等院校中文专业以及相关专业提供一部科学、实用的教材。

　　本教材的编选以"守正出新"为原则,以"精、新、实"为指导思想,力求突出现实性和科学性，全面展示中国各个历史时期文学的成就、文体流变、作家创作的特点及作品的不同风格，充分展示中国古代文学发展演变的全貌和主线，便于中国文学史课程的教学和中国古代文学研究的使用。

在作品选编中，我们尽量选取具有时代意义、能体现文学发展脉络的优秀作品，选取能突出作家特色，有一定文体流变意义的作品。

本教材的体例为先分朝代，次分文体，再分作家。按选录在先者予以简介；每部作品下分正文、注释、导读三部分，正文以通行文本为依据，注释力求简明扼要，导读分点阐释，以便学生理解和记忆，并在尽量吸收新的学术观点和成果的基础上与新编《中国文学史》统一。

整套教材改版工作由主编周建忠主持，陈建华、顾玉文、王鹍参与了教材的编写、修订。

本教材难免有疏漏不足之处，敬请同行专家和使用者提出宝贵意见，以便修改完善。

周建忠

2020年5月

目 录

先秦部分

神话 ……………………………………………………………………（3）
　　盘古开天地 …………………………………………………………（3）
　　女娲补天 ……………………………………………………………（4）
　　后羿射日 ……………………………………………………………（4）
　　鲧禹治水 ……………………………………………………………（5）
诗辞 ……………………………………………………………………（6）
　　诗经 …………………………………………………………………（6）
　　　　周南·关雎 ………………………………………………………（6）
　　　　郑风·溱洧 ………………………………………………………（7）
　　　　秦风·黄鸟 ………………………………………………………（7）
　　　　豳风·七月 ………………………………………………………（8）
　　　　小雅·采薇 ………………………………………………………（10）
　　　　大雅·绵 …………………………………………………………（11）
　　　　大雅·生民 ………………………………………………………（12）
　　　　商颂·玄鸟 ………………………………………………………（14）
　　楚辞·屈原 …………………………………………………………（14）
　　　　离骚 ………………………………………………………………（15）
　　　　九歌·湘夫人 ……………………………………………………（21）
　　　　九歌·山鬼 ………………………………………………………（22）
　　　　九章·涉江 ………………………………………………………（23）
　　　　九章·橘颂 ………………………………………………………（24）
　　宋玉 …………………………………………………………………（25）
　　　　九辩 ………………………………………………………………（25）
史传文学 ………………………………………………………………（29）
　　尚书 …………………………………………………………………（29）
　　　　周书·酒诰（节选） ………………………………………………（29）
　　左传 …………………………………………………………………（30）

重耳之亡 ··· (31)
　国语 ··· (33)
　　　邵公谏厉王弭谤 ··· (34)
　战国策 ··· (35)
　　　苏秦始将连横 ·· (35)
　　　齐人有冯谖者 ·· (38)

诸子散文 ··· (40)
　老子 ··· (40)
　　　五十三章 ··· (40)
　论语 ··· (41)
　　　述而(第十六章) ··· (41)
　　　泰伯(第十九章) ··· (41)
　　　阳货(第一章) ·· (42)
　　　微子(第六章) ·· (42)
　墨子 ··· (43)
　　　非攻(上) ··· (43)
　孟子 ··· (44)
　　　齐桓晋文之事 ·· (44)
　　　孟子见梁惠王 ·· (47)
　庄子 ··· (47)
　　　秋水(节选) ··· (48)
　荀子 ··· (48)
　　　天论(节选) ··· (49)
　韩非子 ··· (50)
　　　五蠹(节选) ··· (50)
　　　说难(节选) ··· (51)
　吕氏春秋 ··· (52)
　　　察今 ··· (52)
　李斯 ··· (53)
　　　谏逐客书 ··· (54)

汉代部分

赋 ··· (59)
　贾　谊：鵩鸟赋 ·· (59)
　枚　乘：七发(节选) ·· (60)

司马相如：子虚赋（节选） ……………………………………………………………（63）
　　张　衡：归田赋 ………………………………………………………………………（65）
　　赵　壹：刺世疾邪赋 …………………………………………………………………（66）
诗 …………………………………………………………………………………………………（68）
　　汉乐府民歌：东门行 …………………………………………………………………（68）
　　　　　　　　有所思 …………………………………………………………………（68）
　　　　　　　　陌上桑 …………………………………………………………………（69）
　　　　　　　　妇病行 …………………………………………………………………（70）
　　　　　　　　上山采蘼芜 ……………………………………………………………（70）
　　　　　　　　孔雀东南飞 ……………………………………………………………（70）
　　　　　　　　饮马长城窟行 …………………………………………………………（73）
　　古诗十九首：行行重行行 ……………………………………………………………（74）
　　　　　　　　迢迢牵牛星 ……………………………………………………………（74）
　　　　　　　　明月皎夜光 ……………………………………………………………（74）
　　　　　　　　今日良宴会 ……………………………………………………………（75）
散文 ………………………………………………………………………………………………（76）
　　贾　谊：论积贮疏 ……………………………………………………………………（76）
　　晁　错：论贵粟疏 ……………………………………………………………………（77）
史传文学 …………………………………………………………………………………………（79）
　　司马迁：项羽本纪（节选） …………………………………………………………（79）
　　　　　　魏其武安侯列传 ……………………………………………………………（85）
　　班　固：朱云传 ………………………………………………………………………（91）
原初小说 …………………………………………………………………………………………（94）
　　刘　向：鲁秋洁妇 ……………………………………………………………………（94）
　　　　　　东海孝妇 ……………………………………………………………………（94）
　　赵　晔：伍员之死 ……………………………………………………………………（95）
　　　　　　司马相如与卓文君 …………………………………………………………（98）

魏晋南北朝部分

诗歌 ……………………………………………………………………………………………（101）
　　曹　操：蒿里行 ………………………………………………………………………（101）
　　　　　　苦寒行 ………………………………………………………………………（101）
　　　　　　步出夏门行·龟虽寿 ………………………………………………………（102）
　　曹　丕：燕歌行 ………………………………………………………………………（102）
　　曹　植：白马篇 ………………………………………………………………………（103）

赠白马王彪并序	(103)
送应氏二首	(104)
蔡　琰：悲愤诗	(105)
陈　琳：饮马长城窟行	(106)
王　粲：七哀诗·其一	(107)
徐　幹：室思	(108)
阮　瑀：驾出北郭门行	(108)
刘　桢：赠从弟·其二	(109)
阮　籍：咏怀诗·其一	(109)
其三	(110)
其三十一	(110)
嵇　康：赠秀才入军·其九	(111)
张　华：情诗·其二	(112)
潘　岳：悼亡诗	(113)
左　思：咏史·其二	(114)
其五	(115)
其六	(115)
陆　机：赴洛道中作·其二	(116)
拟西北有高楼	(116)
张　协：杂诗·其一	(117)
刘　琨：扶风歌	(118)
郭　璞：游仙诗·其一	(119)
其五	(120)
孙　绰：秋日诗	(121)
陶渊明：和郭主簿二首	(121)
癸卯岁始春怀古田舍	(122)
归园田居·其一	(123)
其三	(124)
庚戌岁九月中于西田获早稻	(124)
饮酒·其五	(125)
其十六	(125)
杂诗·其二	(126)
谢灵运：登池上楼	(126)
登江中孤屿	(127)
石壁精舍还湖中作	(128)
鲍　照：拟行路难·其四	(129)

		其六 …………………………………………………………………… (129)
		代出自蓟北门行 ………………………………………………… (130)
		代白头吟 ………………………………………………………… (130)
沈	约：	别范安成 ………………………………………………………… (131)
谢	朓：	暂使下都夜发新林至京邑赠西府同僚 …………………………… (132)
		晚登三山还望京邑 ……………………………………………… (132)
		之宣城郡出新林浦向板桥 ……………………………………… (133)
何	逊：	相送 ……………………………………………………………… (133)
阴	铿：	江津送刘光禄不及 ……………………………………………… (134)
温子昇：		捣衣诗 …………………………………………………………… (134)
王	褒：	渡河北 …………………………………………………………… (135)
庾	信：	乌夜啼 …………………………………………………………… (136)
		拟咏怀·其七 …………………………………………………… (137)
		其十一 …………………………………………………………… (137)
		其十八 …………………………………………………………… (138)

民歌 ……………………………………………………………………………… (139)

　　子夜歌 ……………………………………………………………………… (139)
　　华山畿 ……………………………………………………………………… (139)
　　西洲曲 ……………………………………………………………………… (140)
　　莫愁乐 ……………………………………………………………………… (141)
　　那呵滩 ……………………………………………………………………… (141)
　　陇头歌辞 …………………………………………………………………… (141)
　　折杨柳歌 …………………………………………………………………… (142)
　　隔谷歌 ……………………………………………………………………… (142)

文赋 ……………………………………………………………………………… (143)

曹	丕：	典论·论文 ……………………………………………………… (143)
曹	植：	洛神赋并序 ……………………………………………………… (144)
王	粲：	登楼赋 …………………………………………………………… (146)
嵇	康：	与山巨源绝交书 ………………………………………………… (147)
陶渊明：		五柳先生传 ……………………………………………………… (150)
		归去来兮辞并序 ………………………………………………… (151)
向	秀：	思旧赋并序 ……………………………………………………… (153)
江	淹：	别赋 ……………………………………………………………… (154)
陶弘景：		答谢中书书 ……………………………………………………… (156)
吴	均：	与朱元思书 ……………………………………………………… (157)
郦道元：		江水注 …………………………………………………………… (158)

杨衒之：白马寺（节选） ····································· (159)

　　庾　信：哀江南赋序 ··· (160)

小说 ··· (163)

　　干　宝：三王墓 ··· (163)

　　　　　　董永 ··· (164)

　　　　　　紫玉 ··· (164)

　　张　华：浮槎 ··· (165)

　　刘义庆：刘伶病酒 ··· (166)

　　　　　　过江诸人 ··· (166)

　　　　　　王恺石崇斗富 ······································ (167)

　　　　　　小儿辈大破贼 ······································ (167)

　　　　　　王子猷居山阴 ······································ (168)

　　　　　　闻所闻而来 ··· (168)

隋唐五代部分

诗歌 ··· (171)

　　薛道衡：人日思归 ··· (171)

　　王　勃：采莲曲 ··· (171)

　　卢照邻：长安古意 ··· (173)

　　杨　炯：从军行 ··· (174)

　　骆宾王：咏蝉 ··· (175)

　　杜审言：和晋陵陆丞早春游望 ····························· (175)

　　张若虚：春江花月夜 ·· (176)

　　宋之问：度大庾岭 ··· (177)

　　沈佺期：古意呈乔补阙知之 ································ (178)

　　陈子昂：感遇·其二 ··· (178)

　　孟浩然：秋登兰山寄张五 ··································· (179)

　　　　　　岁暮归南山 ··· (179)

　　王　维：渭川田家 ··· (180)

　　　　　　终南山 ·· (181)

　　　　　　少年行 ·· (181)

　　王　翰：凉州词 ··· (182)

　　王之涣：凉州词 ··· (182)

　　王昌龄：从军行·其一 ······································ (183)

　　　　　　长信秋词 ··· (183)

李　颀：古从军行 …………………………………………………………………………（184）
崔　颢：雁门胡人歌 ………………………………………………………………………（185）
高　适：燕歌行并序 ………………………………………………………………………（185）
　　　　塞上听吹笛 ………………………………………………………………………（186）
岑　参：赵将军歌 …………………………………………………………………………（187）
李　白：古风·其十九 ……………………………………………………………………（188）
　　　　远别离 ……………………………………………………………………………（188）
　　　　渡荆门送别 ………………………………………………………………………（189）
　　　　山中问答 …………………………………………………………………………（189）
　　　　长干行 ……………………………………………………………………………（190）
　　　　子夜吴歌 …………………………………………………………………………（190）
　　　　关山月 ……………………………………………………………………………（191）
杜　甫：房兵曹胡马 ………………………………………………………………………（192）
　　　　自京赴奉先县咏怀五百字 ………………………………………………………（192）
　　　　兵车行 ……………………………………………………………………………（194）
　　　　月夜 ………………………………………………………………………………（194）
　　　　新婚别 ……………………………………………………………………………（195）
　　　　江村 ………………………………………………………………………………（195）
　　　　秋兴八首·其一 …………………………………………………………………（196）
元　结：舂陵行并序 ………………………………………………………………………（197）
韦应物：滁州西涧 …………………………………………………………………………（198）
顾　况：江上 ………………………………………………………………………………（198）
刘长卿：送灵澈上人 ………………………………………………………………………（199）
李　益：春夜闻笛 …………………………………………………………………………（199）
孟　郊：秋怀·其二 ………………………………………………………………………（200）
韩　愈：山石 ………………………………………………………………………………（201）
　　　　听颖师弹琴 ………………………………………………………………………（201）
柳宗元：登柳州城楼寄漳、汀、封、连四州刺史 ………………………………………（202）
刘禹锡：西塞山怀古 ………………………………………………………………………（203）
　　　　再游玄都观绝句 …………………………………………………………………（203）
王　建：宫词 ………………………………………………………………………………（204）
张　籍：秋思 ………………………………………………………………………………（204）
元　稹：遣悲怀·其一 ……………………………………………………………………（205）
白居易：上阳白发人 ………………………………………………………………………（206）
　　　　长恨歌 ……………………………………………………………………………（206）
李　贺：李凭箜篌引 ………………………………………………………………………（209）

　　　　　金铜仙人辞汉歌 ………………………………………………………… (210)
　杜　牧：题宣州开元寺水阁 ……………………………………………………… (210)
　李商隐：安定城楼 ………………………………………………………………… (211)
　　　　　马嵬 ……………………………………………………………………… (212)
　　　　　无题 ……………………………………………………………………… (212)
　皮日休：橡媪叹 …………………………………………………………………… (213)
　聂夷中：咏田家 …………………………………………………………………… (214)
　陆龟蒙：新沙 ……………………………………………………………………… (214)
　罗　隐：雪 ………………………………………………………………………… (215)
　杜荀鹤：山中寡妇 ………………………………………………………………… (215)

散文与传奇 ………………………………………………………………………… (217)
　骆宾王：代李敬业传檄天下文 …………………………………………………… (217)
　韩　愈：张中丞传后叙 …………………………………………………………… (219)
　柳宗元：始得西山宴游记 ………………………………………………………… (221)
　罗　隐：英雄之言 ………………………………………………………………… (222)
　李朝威：柳毅传 …………………………………………………………………… (223)
　蒋　防：霍小玉传 ………………………………………………………………… (228)

词 …………………………………………………………………………………… (234)
　敦煌词：菩萨蛮（枕前发遍千般愿）…………………………………………… (234)
　无名氏：菩萨蛮（平林漠漠烟如织）…………………………………………… (234)
　白居易：长相思（汴水流）……………………………………………………… (235)
　温庭筠：更漏子（玉炉香）……………………………………………………… (235)
　韦　庄：思帝乡（春日游）……………………………………………………… (236)
　牛希济：生查子（春山烟欲收）………………………………………………… (236)
　李　璟：摊破浣溪沙（菡萏香销翠叶残）……………………………………… (237)
　李　煜：相见欢（无言独上西楼）……………………………………………… (238)
　　　　　浪淘沙（往事只堪哀）………………………………………………… (238)
　冯延巳：鹊踏枝（谁道闲情抛掷久）…………………………………………… (239)

先秦部分

神　话

神　话

我国古代神话主要保存在《山海经》《淮南子》《庄子》《列子》《楚辞》等古籍中,其中以《山海经》《淮南子》保存最多,也最完整。《山海经》是我国现存最古老的地理书,主要记载古代传说中的地理风物。原题为夏禹、伯益所作,实出于春秋、战国人之手,秦汉之间又有附益。全书十八卷,主要记述海内外山川、道里、民族、物产等,多及异物灵怪,充满神奇色彩。《淮南子》是西汉淮南王刘安及其门客集体撰写的一部著作,全书二十一卷,在思想体系上以道家思想为主。该书阐明哲理,旁及奇物灵鬼、神怪异类,保存了不少神话传说,是我们了解古代神话的重要著作。这两部书现在较好的注本主要有郝懿行的《山海经笺疏》、袁珂的《山海经校注》、高诱的《淮南子注》、刘文典的《淮南鸿烈集解》等。

盘古开天地①

天地浑沌如鸡子②,盘古生其中。万八千岁,天地开辟,阳清为天,阴浊为地。盘古在其中,一日九变,神于天,圣于地。天日高一丈,地日厚一丈,盘古日长一丈,如此万八千岁。天数极高,地数极深,盘古极长。后乃有三皇③。数起于一,立于三,成于五,盛于七,处于九,故天去地九万里。

首生盘古,垂死化身;气成风云,声为雷霆,左眼为日,右眼为月,四肢五体为四极五岳④,血液为江河,筋脉为地里⑤,肌肤为田土,发髭为星辰⑥,皮毛为草木,齿骨为金石,精髓为珠玉,汗流为雨泽,身之诸虫,因风所感,化为黎甿⑦。

【导读】

一、这两段文字均出自三国徐整之手,但还是基本上保持了原来天真、神奇的面貌。文章通过对盘古开天辟地、化生万物的生动描写,让读者领略到上古先民有关天地开辟、万物化育的神奇想象。

二、卵生是一种普遍的生命现象,认为宇宙由卵而生。这种看法在世界许多地方的原始先民那里都可以找到。这则神话把盘古想象得如同生长于蛋壳内的鸡雏,这充分体现了原始神话以我观物、物我不分的思维特征。神话中有关盘古"一日九变",与天地并长,"垂死化身","左眼为日,右眼为月"等生动形象的描写,鲜明地展示了上古神话奇幻夸张、神异稚气的特点,表现出上古神话纯真烂漫的生活气息。

---

① 两段文字分别见《艺文类聚》卷一所引《三五历纪》及《绎史》卷一引《五运历年记》。　② 鸡子:即鸡蛋。　③ 三皇:天皇、地皇、人皇,一说伏羲、燧人、神农。　④ 四极:相传立于四方用以撑天的四根柱子。　⑤ 地里:即地理,这里指山川道路。　⑥ 髭(zī):嘴上边的胡子,这里泛指胡须。　⑦ 黎甿:黎庶,即黎民。

女娲补天①

往古之时，四极废②，九州裂③，天不兼覆，地不周载④。火爁焱而不灭⑤，水浩洋而不息。猛兽食颛民⑥，鸷鸟攫老弱⑦。于是女娲炼五色石以补苍天，断鳌足以立四极⑧，杀黑龙以济冀州⑨，积芦灰以止淫水⑩。苍天补，四极正，淫水涸⑪，冀州平，狡虫死⑫，颛民生。

【导读】

一、本篇选自《淮南子·览冥训》。《列子·汤问》也有记载，但较简略。

二、这则神话主要体现了上古先民对大雨水灾以及天地构架的认识。在他们看来，天地悬隔由支撑于天地之间的四根巨大的天柱来维系，天柱倾折必然导致天崩地裂、水患并作、禽兽横暴的局面。他们幻想断鳌之四足以重立四极，炼五色彩石以补全苍天，使崩塌了的世界重新得以复原，人民的生活重新恢复平静。原始人以我观物，物我不分，把世界上的一切东西都予以经验化，这样的思维特征必然会使他们的思想认识显得既拙笨又浪漫，既单纯又绚烂。"一个成人不能再变成儿童，否则就变得稚气了。但是，儿童的天真不使他感到愉快吗？"（《马克思恩格斯选集》第二卷）明乎此，我们也就可以明白上古神话何以会成为一种"高不可及的范本"了。

后羿射日⑬

逮至尧之时⑭，十日并出⑮，焦禾稼，杀草木，而民无所食。猰貐⑯、凿齿⑰、九婴⑱、大风⑲、封豨⑳、修蛇㉑皆为民害。尧乃使羿诛凿齿于畴华之野㉒，杀九婴于凶水之上㉓，缴大风于青丘之泽㉔，上射十日而下杀猰貐，断修蛇于洞庭，禽封豨于桑林㉕。万民皆喜，置尧以为天子。

【导读】

本篇选自《淮南子·本经训》。弓箭的发明是新石器时代的一件大事，原始人把用弓箭征服自然的巨大威力形象地寄托在射日杀兽的后羿身上，这充分体现了他们因弓箭之助而要求把握命运、驾驭自然力的亢奋情怀。神话把大旱想象成"十日并出"，并通过一系列凶兽来衬托后羿的勇猛，故事虽简，但情

---

① 女娲(wā)：传说中的女神名。人头蛇身，相传在天地初辟时创造了人类。《太平御览》卷七十八引《风俗通》："俗说天地开辟，未有人民。女娲抟黄土作人，剧务，力不暇供，乃引绳(gēng)于泥中，举以为人。" ② 四极废：四根撑天的柱子断了。废，坏。 ③ 裂：崩裂。 ④ "天不"两句：天不能完全覆盖大地，地不能完全承载万物。兼，周，全。 ⑤ 爁焱(làn yàn)：大火蔓延烧的样子。焱，火盛貌。 ⑥ 颛(zhuān)民：善民，纯善的人们。 ⑦ 鸷鸟：一种生性凶残的大鸟。攫(jué)：抓取。 ⑧ 鳌(áo)：大龟。 ⑨ 冀州：古九州之一，这里泛指黄河流域，也即古代中原地区。 ⑩ 淫水：泛滥的洪水。淫，水盛貌。 ⑪ 涸：干涸。 ⑫ 狡虫：凶猛的禽兽。 ⑬ 后羿：传说是帝俊派到地上拯救人类的天神。一说是夏代有穷氏的首长，以善射闻名。后，君王。 ⑭ 逮：等到。尧：传说中的五帝之一。 ⑮ 十日：相传为东方帝俊之妻羲和所生。《山海经·大荒南经》："羲和者，帝俊之妻，生十日。" ⑯ 猰貐(yà yǔ)：传说中的怪兽名。 ⑰ 凿齿：怪兽名。齿长三尺，形似凿子，暴露口外。 ⑱ 九婴：怪兽名。九个脑袋，能喷水吐火。 ⑲ 大风：一种凶猛的大鸟，展翅飞翔，辄有大风伴随。 ⑳ 封豨(xī)：一种形如野猪的怪兽。 ㉑ 修蛇：大蟒。传说它头大若山，吞象三年始出其骨。 ㉒ 畴华：传说中的南方水泽名。 ㉓ 凶水：水名，在北狄。 ㉔ 缴(zhuó)：系在箭尾的生丝绳，也指射鸟用的箭，这里用作动词。青丘：东方水泽名。 ㉕ 禽：同"擒"。桑林：地名。

采备出,有力地显示了上古神话长于夸张、奇于想象的特点。

鲧 禹 治 水①

洪水滔天。鲧窃帝之息壤以堙洪水②,不待帝命。帝令祝融杀鲧于羽郊③。鲧复生禹④,帝乃命禹卒布土以定九州⑤。

【导读】

一、"大禹治水"的传说很多,除本篇外,还有载于《淮南子·地形训》的"禹量大地",《山海经·海外北经》的"禹杀相柳",《拾遗记》的"禹凿龙门",《太平广记》的"瑶姬助禹治水""禹擒无支祁"等。上古神话由于口头流传,大都比较短小,加之后世不断创作,往往形成以特定人物为中心的神话系列。"大禹治水"正是其例。诸多神话互为补充,人物的形象也就变得更为丰满了。

二、本篇选自《山海经·海内经》。大禹之父在人民财产受到威胁之际,"不待帝命",冒着自己被杀戮的危险,"窃帝之息壤以堙洪水",虽被杀戮,而仍以腹生禹,终于使儿子完成了自己的遗愿。这不懈的努力有力地体现了华夏儿女至死不渝、前赴后继的斗争精神。神话中有关"息壤"的设想以及杀鲧羽郊、鲧腹生禹的描写,无不体现着上古神话天真浪漫、夸张奇幻的特点。马克思说:"任何神话都是用想象和借助想象以征服自然力,支配自然力,把自然力加以形象化,因而,随着这些自然力之实际上被支配,神话也就消失了。"(《马克思恩格斯选集》第二卷)

---

① 禹:传说是夏朝的第一个君王,鲧之子。因治水有功,舜让位给他。他死后,子启即位,遂开始了中国历史上的世袭传子制度。 ② 鲧(gǔn):人名,大禹的父亲。帝:天帝。息壤:一种神土,生长不已,所以能堵住洪水。息,生长。堙(yīn):堵塞,填塞。 ③ 祝融:火神之名。羽郊:羽山之郊。 ④ 复:同"腹"。《山海经·海内经》郭璞注引《开筮》:"鲧死三岁不腐,剖之以吴刀,化为黄龙也。"《初学记》卷二十二引《归藏》:"大副(剖)之吴刀,是用出禹。"由此可知,禹乃腹生。 ⑤ 卒:最后,终于。布:同"敷",铺布。相传大禹汲取其父防堵的教训,改用疏导的方法,终于治理了洪水。《淮南子·本经训》:"舜乃使禹疏三江五湖,辟伊阙,导廛、涧,平通沟陆,流注东海。"

诗 辞

诗 经

《诗经》是我国第一部诗歌总集,现存三百零五篇,大抵是西周初年至春秋中叶大约五百多年间的作品。先秦时代只称《诗》或《诗三百》,西汉初年被尊奉为经典,此后才被人称为《诗经》。

《诗经》分为"风""雅""颂"三部分。"风"即"国风",包括十五国风,即周南、召南、邶风、鄘风、卫风、王风、郑风、齐风、魏风、唐风、秦风、陈风、桧风、曹风、豳风,共一百六十篇。"雅"为"大雅""小雅",共一百〇五篇。"颂"分"周颂""鲁颂""商颂",共四十篇。"国风"多是下层人民口头创作的民歌。"小雅"多是中下层统治者的创作,风格近于"国风",与现实联系均较密切。"大雅"、三"颂"多出于上层贵族之手,大都是歌功颂德、燕享祭祀之歌。

《诗经》全面地反映了当时的社会生活,极富现实主义精神,内容涉及政治、经济、文化、军事、外交、婚姻、祭祀等各个方面,它赞美英雄的业绩,鞭挞统治者的罪恶,表达人民的愿望,反映人民的痛苦、斗争和欢乐,形象生动地再现了那个时代广阔、深刻的社会生活。《诗经》以四言句式为主,多用重章叠句形式,采用赋、比、兴的手法,语言丰富多彩,朴素自然,韵律和谐,叙事、写景、抒情均富感染力,对后代文学具有十分深远的影响。

汉人传《诗》可分四家:申培的鲁诗,辕固生的齐诗,燕人韩婴的韩诗,赵人毛亨、毛苌的毛诗。鲁、齐、韩三家为今文经,西汉时立于学官,魏、晋以后先后亡佚,现仅存《韩诗外传》。毛诗为古文经,东汉以后开始盛行,大儒郑玄作笺,兼取鲁、齐、韩三家诗义,至今流传于世。

周南·关雎

关关雎鸠①,在河之洲②。窈窕淑女③,君子好逑④。
参差荇菜,左右流之⑤。窈窕淑女,寤寐求之⑥。
求之不得,寤寐思服⑦。悠哉悠哉⑧,辗转反侧⑨。
参差荇菜,左右采之。窈窕淑女,琴瑟友之⑩。
参差荇菜,左右芼之⑪。窈窕淑女,钟鼓乐之⑫。

---

① 关关:鸟鸣声。此指雌雄和鸣。雎(jū)鸠:一名王雎,古书上说的一种鸟,雌雄有固定配偶。《韩诗章句》:"雎鸠贞洁慎匹。" ② 河:黄河。洲:水中央的陆地。 ③ 窈窕:美好貌。《诗集传》:"窈窕,幽闲之意。"淑:善,侧重德行。 ④ 逑:配偶。 ⑤ 参差:长短不齐貌。荇(xìng)菜:圆叶细茎,根生水底,叶浮水面,可以蔬食。流:通"摎",求取。此处以荇菜之肥嫩可食,左摘右采起兴,引出下文君子对淑女的殷切追寻。 ⑥ 寤:睡醒。寐:熟睡。 ⑦ 服:与"思"同义。毛传:"服,思之也。"一说"思"为语助词。 ⑧ 悠:绵长。一说为"忧思"。 ⑨ 辗转反侧:翻来覆去不能入睡。辗,古字作"展"。 ⑩ 友:亲近,指借琴瑟亲近淑女。 ⑪ 芼(mào):择取。《尔雅·释言》:"芼,搴也。"郭注:"谓拔取菜。" ⑫ 乐:取悦,娱悦。

【导读】

一、此诗古人误解甚大：今文诗家说康王无德，是刺康王而作；古文诗家说后妃有德，是歌后妃而作。此误解是把《诗经》经学化、神圣化，当作思想政治教科书看待而导致的。

二、这首诗歌是《国风·周南》的第一篇，也是十五国风乃至整部《诗经》的第一篇。它通过诗中男主人公对"窈窕淑女"的倾心仰慕、真挚思念和热情追求，成功地再现了我国古代青年男女间幸福欢乐的爱情生活，给我们展示了上古社会生活非常宝贵的一角。在艺术上，诗歌首先以洲中雎鸠的和鸣起兴，表现了男主人公由此引起的强烈共鸣。接着又以左右采荇菜起兴，引发男主人公对"窈窕淑女"的深切仰慕和热情追求。比兴手法的巧妙运用，比体、喻体的巧妙选择，遂使诗歌物我不分，相映生辉，大大增强了诗歌的审美感染力。除了比兴的烘托以外，诗歌对爱情生活的直接描写也很具体生动。它善于抓住一些典型细节，诸如"寤寐求之""寤寐思服""辗转反侧""琴瑟友之""钟鼓乐之"等，对抒情主人公的内心世界进行深入开掘，虽语言简练，却满纸情采，增强了诗歌的艺术表现力。

郑风·溱洧

溱与洧①，方涣涣兮②。士与女，方秉蕑兮③。女曰："观乎？"士曰"既且④。""且往观乎⑤？"洧之外，洵訏且乐⑥。维士与女，伊其相谑⑦。赠之以勺药。

溱与洧，浏其清矣⑧。士与女，殷其盈矣⑨。女曰："观乎？"士曰："既且。""且往观乎？"洧之外，洵訏且乐。维士与女，伊其将谑⑩。赠之以勺药。⑪

【导读】

一、《诗序》："溱洧，刺乱也。"朱熹《诗集传》："此诗淫奔者自叙之词。"显然，在这两家看来，诗中男女主人公间的爱情也是不健康的。

二、《溱洧》一诗出自《国风·郑风》，也是一首抒写青年男女彼此相爱的诗篇。诗歌以简短朴实的对话，精当疏朗的场景描绘，生动地再现了我国古代劳动人民纯洁美好的爱情生活。言简意丰，兴味盎然。

三、此诗内容，别开一境，对后世诗作不无影响。清方玉润《诗经原始》赞此诗云："在三百篇中别为一种，开后世冶游艳诗之祖。"

秦风·黄鸟

交交黄鸟，止于棘⑫。谁从穆公？子车奄息⑬。维此奄息，百夫之特⑭。临其穴，惴惴

---

① 溱(zhēn)、洧(wěi)：水名。洧水源出今河南省登封市东阳城山，东流经密县，到大隗镇与溱水会合，称双泊河。② 涣涣：春水弥漫荡漾涣的样子。《韩诗》作"洹洹"。 ③ 秉：持。蕑(jiān)：兰，古字同。朱熹《诗集传》："郑国之俗，三月上巳之辰，采兰水上，以祓除不祥。" ④ 既且：已经去过。且，"徂"之省写，往，到。 ⑤ 且：复。 ⑥ 外：外滩，河边。洵(xún)：实在，确实。訏(xū)：大，此指广大无边。《诗集传》："盖洧水之外，其地信宽大而可乐也。"一说"洵訏"通"恂盱"，喜乐貌。一说二句也为女子所言，非为写实。 ⑦ 维、伊：语助词，有强调意味。谑：《说文》："戏也。" ⑧ 浏：清貌。 ⑨ 殷：众多貌。 ⑩ 将：相互扶持，此指和谐。一说为"相"之声讹。 ⑪ 上下两章均以此为结，点睛之笔。勺药：香草名，花朵艳丽，富丽堂皇，男女互赠，以示相悦。 ⑫ 交交：鸟叫声。黄鸟：黄雀。棘：酸枣树。一说荆棘。 ⑬ 从：指殉葬。子车奄息："子车"是氏，"奄息"是名。一说字奄名息。 ⑭ 特：匹，匹敌。一说犹"杰"，即俊杰。

其慄①。彼苍者天,歼我良人②!如可赎兮,人百其身③。

交交黄鸟,止于桑④。谁从穆公?子车仲行⑤。维此仲行,百夫之防⑥。临其穴,惴惴其慄。彼苍者天,歼我良人!如可赎兮,人百其身。

交交黄鸟,止于楚⑦。谁从穆公?子车𫖯虎⑧。维此𫖯虎,百夫之御⑨。临其穴,惴惴其慄。彼苍者天,歼我良人!如可赎兮,人百其身。

【导读】

一、《左传·文公六年》:"秦伯任好(穆公名任好)卒,以子车氏之三子奄息、仲行、𫖯虎为殉,皆秦之良也。国人哀之,为之赋黄鸟。"《史记·秦本纪》:"穆公卒,葬雍,从死者百七十七人。"《诗序》:"黄鸟,哀三良也。国人刺穆公以人从死而作是诗也。"由此足见《黄鸟》一诗写作的背景。

二、《黄鸟》一诗见《国风·秦风》。全诗三章,分挽三良。每章十二句:首二句写景,萧瑟荒凉,烘托气氛,次二句用一设问,成功地引出殉葬者的身份,接下来两句写三子之良,以此反衬三子之死的可悲,最后六句写包括作者在内的秦人的感受,通过临穴之慄、苍天之怨、赎身之慨三种反应,真实地再现了秦人对三良之死的深切哀悼。整首诗歌格调凄楚,回环复沓,一唱三叹,具有浓重的悲剧色彩。这样的诗歌在先秦诗歌创作史上显然有它特殊的意义。

豳风·七月

七月流火⑩,九月授衣⑪。一之日觱发,二之日栗烈⑫。无衣无褐⑬,何以卒岁?三之日于耜,四之日举趾⑭。同我妇子,馌彼南亩⑮,田畯至喜⑯。

七月流火,九月授衣。春日载阳,有鸣仓庚⑰。女执懿筐,遵彼微行⑱,爰求柔桑⑲。春日迟迟,采蘩祁祁⑳。女心伤悲,殆及公子同归㉑。

七月流火,八月萑苇㉒。蚕月条桑㉓,取彼斧斨。以伐远扬㉔,猗彼女桑㉕。七月鸣鵙,八月载绩㉖。载玄载黄,我朱孔阳㉗,为公子裳。

四月秀葽,五月鸣蜩㉘。八月其获,十月陨萚㉙。一之日于貉㉚,取彼狐狸,为公子裘。

---

① 穴:墓坑。惴惴:恐惧貌。慄:战栗。以上两句意为走近他的墓穴,人们忍不住哆嗦。 ② 歼:杀害。良人:最为优秀的人。 ③ 赎:指赎命。人百其身:指用一百个人来替换他一个。 ④ 桑:桑树。 ⑤ 仲行(háng):一作"中行",奄息的兄弟。 ⑥ 防:对手,与"特"同义。 ⑦ 楚:牡荆,落叶灌木,青色或紫色穗状小花,叶供药用。 ⑧ 𫖯(qián)虎:一作"赢虎",奄息的兄弟。 ⑨ 御:犹"防"。 ⑩ 七月:指夏历七月。周人兼用夏历,见《逸周书·周月》篇。流火:火星西下。流:下。火:大火星,即心宿。每年夏历五月出现在正南方,位置最高,方位也最正,自此以后渐次偏西,天气转冷。 ⑪ 授衣:将裁制好的寒衣交给奴隶主。一说奴隶主将裁制寒衣的差事交给女奴。 ⑫ 一之日、二之日:周历的一月、二月,夏历的十一月、十二月。周人以夏历十一月为正月。觱(bì)发:大风触物声。一说风寒。栗烈:犹"凛冽",寒气逼人。 ⑬ 褐(hè):粗布衣。 ⑭ 于:为,此指修理。耜(sì):耕具。举趾:抬脚,指下田。 ⑮ 馌(yè):送饭。此指在田中或田头吃饭。南亩:泛指田地。 ⑯ 田畯(jùn):农官,田大夫。至喜:甚喜。 ⑰ 载阳:始暖,指天气开始变暖。仓庚:黄莺。 ⑱ 懿:深。遵:循,沿着。微行(háng):小路。 ⑲ 爰:于,往。一说犹"于是",在那里。一说为语助词。求:指摘取。柔桑:柔嫩的桑叶。 ⑳ 迟迟:天长貌。蘩:白蒿,可饲幼蚕。一说以水煮蒿,浇洒蚕子,则蚕出易。一说可做蚕箔,供蚕作茧。祁祁:众多貌。 ㉑ 殆:害怕。及:赶上。公子:贵族公子。此句意谓害怕被公子赶上拉回家去。 ㉒ 萑(huán)苇:芦类。八月萑苇长成,收割下来,可编蚕箔。 ㉓ 蚕月:三月。条:修剪整理。 ㉔ 斧斨(qiāng):圆孔曰斧,方孔曰斨。远扬:高而上扬的枝条。 ㉕ 猗(jǐ):通"掎",牵引。女桑:嫩弱的桑枝。 ㉖ 鵙(jú):伯劳鸟。载绩:开始织麻。 ㉗ 载:又。玄:黑色。朱:赤色。孔:很。阳:鲜明。 ㉘ 秀:抽穗结子。葽:植物名,今称远志。蜩(tiáo):蝉。 ㉙ 陨萚(yǔn tuò):落叶。 ㉚ 于貉:猎取貉子,皮可制衣。

二之日其同①，载缵武功②。言私其豵，献豜于公③。

五月斯螽动股，六月莎鸡振羽④。七月在野，八月在宇，九月在户⑤，十月蟋蟀入我床下。穹窒熏鼠⑥，塞向墐户⑦。嗟我妇子，曰为改岁⑧，入此室处。

六月食郁及薁⑨，七月亨葵及菽⑩。八月剥枣⑪，十月获稻，为此春酒，以介眉寿⑫。七月食瓜，八月断壶⑬。九月叔苴⑭，采荼薪樗⑮，食我农夫⑯。

九月筑场圃，十月纳禾稼⑰。黍稷重穋，禾麻菽麦⑱。嗟我农夫，我稼既同，上入执宫功⑲。昼尔于茅，宵尔索绹⑳。亟其乘屋㉑，其始播百谷。

二之日凿冰冲冲，三之日纳于凌阴㉒。四之日其蚤，献羔祭韭㉓。九月肃霜，十月涤场㉔。朋酒斯飨，曰杀羔羊㉕。跻彼公堂，称彼兕觥㉖，万寿无疆。

【导读】

一、《诗序》："七月，陈王业也。周公遭变故（指管蔡之变），陈后稷先公风化之所由，致王业之艰难也。"朱熹《诗集传》："周公以成王未知稼穑之艰难，故陈后稷、公刘风化之所由，使瞽矇朝夕讽诵以教之。"就这首诗歌的内容来看，两家的说法都不可信。不过，周公辅佐成王多有教诲，也许曾向成王述及此诗。两家之说或本于此。

二、此诗出自《国风·豳风》，描写的是周代早期的农业生产情况，对于我们了解周代早期的农业劳动和当时的社会政治经济关系，具有重要的认识价值。整首诗歌共分八章，每章均以时令为序，从一个侧面反映奴隶们一年的劳动。其中五章、六章写奴隶自己的劳动，其余各章均写为奴隶主的劳动，内容涉及耕蚕、织染、酿酒、打猎、修室、凿冰、祭祀等社会生活的各个方面。头绪虽多，却有条不紊，层次井然，这样的章法结构在诗歌创作方面实属罕见。特别是各章均以时令为序，章章均频繁使用月令名词，辗转往复，循环不已，致使诗歌自始至终都笼罩在一种紧张的氛围里，这对表现奴隶们紧张繁忙的劳动生活，加强作品的艺术感染力，无疑是很有帮助的。

---

① 同：集合，会合。 ② 载：始。缵(zuǎn)：继续，接着。武功：武事，指打猎，此处用为动词。 ③ 言：语助词。豵(zōng)：一岁小猪，此指小兽。豜(jiān)：三岁大猪，此指大兽。私：拥为己有。 ④ 斯螽(zhōng)：蝗类，相传以两股相擦而发声。莎(suō)鸡：纺织娘，借振动双翅而发声。 ⑤ 宇：屋檐。户：门。 ⑥ 穹：空洞。窒：塞。 ⑦ 向：朝北的窗户。墐(jìn)：用泥涂抹。 ⑧ 改岁：进入新年。曰：语助词。 ⑨ 郁：郁李。薁(yù)：婴薁，野葡萄。 ⑩ 亨：同"烹"。葵：冬葵。菽：大豆，此泛指豆类。 ⑪ 剥(pū)：击，打。 ⑫ 介：通"丐"，求。一说训"助"。眉寿：老寿之人年久眉长，故呼长寿为眉寿。 ⑬ 断：摘取。壶：葫芦。 ⑭ 叔：拾取。苴(jū)：麻子，可食。 ⑮ 荼(tú)：苦菜。薪樗：取樗为薪。樗(chū)，臭椿树。 ⑯ 食(sì)：给……吃。 ⑰ 场圃：打谷场。古人场圃同地，暇时种菜，收获时为场，故称场圃。纳：收谷入仓。 ⑱ 重穋(lù)：晚熟作物叫重，早熟作物叫穋。禾：小米。麻：大麻，九谷之一，子可食，皮可织布。 ⑲ 同：聚集。上入：到奴隶主贵族家。一说"上"训"尚"，还要。执宫功：从事修缮房屋的劳动。 ⑳ 尔：语助词。于茅：割取茅草。索：绳索，这里用为动词，指绞，搓。绹(táo)：绳子。 ㉑ 亟：同"急"。乘：登上。 ㉒ 冲冲：凿冰声。凌阴：指冰窖。这两句写藏冰备暑。 ㉓ 蚤：早。一说指早祭。一说训"取"，这里指取冰。献羔祭韭：指献以羔以韭祭以羔，互文。 ㉔ 肃霜：犹"肃爽"，天高气爽。涤场：整治扫除加工谷物的场地。涤，扫除。 ㉕ 朋酒：两樽酒。毛传："两樽曰朋。"斯：是。飨：通"享"。曰：语助词。 ㉖ 跻：升，登。公堂：公共场所。一说贵族的殿堂。称：举起。兕觥(sì gōng)：犀牛角做的酒杯。一说状如犀牛角的青铜酒具。

小雅·采薇

采薇采薇,薇亦作止①。曰归曰归,岁亦莫止②。靡室靡家,狁之故③。不遑启居④,狁之故。

采薇采薇,薇亦柔止⑤。曰归曰归,心亦忧止。忧心烈烈,载饥载渴⑥。我戍未定⑦,靡使归聘⑧。

采薇采薇,薇亦刚止⑨。曰归曰归,岁亦阳止⑩。王事靡盬,不遑启处⑪。忧心孔疚,我行不来⑫!

彼尔维何?维常之华⑬。彼路斯何?君子之车⑭。戎车既驾,四牡业业⑮。岂敢定居?一月三捷⑯。

驾彼四牡,四牡骙骙⑰。君子所依,小人所腓⑱。四牡翼翼⑲,象弭鱼服⑳。岂不日戒,狁孔棘㉑。

昔我往矣,杨柳依依㉒。今我来思,雨雪霏霏㉓。行道迟迟㉔,载渴载饥。我心伤悲,莫知我哀!

【导读】

一、《汉书·匈奴传》:"(周)懿王时,王室遂衰。戎狄交侵,暴虐中国。中国被其苦。……至懿王曾孙宣王,兴师命将以征伐之。"《采薇》之作盖正在此时。《诗序》以为"文王之时"作,有误。

二、这首诗歌生动地再现了狁扰边的紧急形势,表现了征人的羁旅之苦与思乡之怀。诗歌因薇之由"作"变"柔",由"柔"而"刚"说明时间推移,首先给诗歌营造了一种紧张氛围。虚字与实词的搭配使用,重章叠句的反复渲染,又有效地增强了诗歌的韵律,进一步加强了这种氛围。加之对比、反衬、反问、顶真等多种修辞手法的运用,以及叙事与抒情两种表达方式的紧密结合,也大大强化了诗歌的表现力。因此,在这首诗里抒情主人公的羁旅之苦、思乡之怀表达得淋漓尽致。特别是诗歌最后一段,情景结合,彼此相生,水乳交融,尤为千古传诵的名段。

---

① 薇(wēi):野豌豆,一名大巢菜,嫩叶可食。作:指薇菜初生。止:语助词。 ② 曰:语助词。莫:同"暮"。 ③ 靡:无。狁(xiǎn yǔn):也作"猃允""猃狁""严允",北方部族名。殷时称鬼方,西周称狁,春秋称北狄,战国秦汉以后称胡、匈奴。二句意为,过不上正常的家居生活,都是因为狁。 ④ 遑:闲暇。启:犹"跽",《尔雅·释言》"启,跪也。"居:安坐。古人席地而坐,两膝着席,安坐时臀部与脚跟接触,跪时将腰伸直,臀部离开脚跟。因不太稳当,故又称危坐。 ⑤ 柔:柔嫩,较"作"又进一步。这里暗指时令的推移。 ⑥ 烈烈:火盛貌,此处借指忧虑之状。载:则,又。 ⑦ 我戍未定:我的戍役没有定所。 ⑧ 靡使归聘:没法使人回去代我问候家人或没有使者回去代我问候家人。 ⑨ 刚:刚硬,较"柔"又进一步。 ⑩ 阳:夏历十月。 ⑪ 盬:止息。从王引之说。启处:犹言"启居"。 ⑫ 孔:很,非常。疚(jiù):痛苦。来:归来。一说读为"勑",慰勉;不来:得不到慰勉。 ⑬ 尔:同"苶",花盛貌。维:助词。常:常棣。一说,维常当作"帷裳",车帷。 ⑭ 路:通"辂",大车。斯何:同"维何"。君子:将帅。 ⑮ 戎车:兵车。牡(mǔ):雄马。业业:壮大貌。 ⑯ 捷:通"接"。一说胜利。一说抄小路,指军事调防。 ⑰ 骙(kuí)骙:威武强壮貌。《说文》:"骙,马行威仪也。" ⑱ 腓(féi):马瑞辰《通释》:"腓即庀字。《尔雅》《说文》皆曰:庀,隐也。"郑笺云:"腓当作芘(庇)。"亦通。 ⑲ 翼翼:整齐貌。 ⑳ 弭(mǐ):弓梢。象弭:以象牙饰弓梢,形容弓良。鱼服:用鲨鱼皮制成的箭袋。一说指袋上画有鱼鳞图案。一说袋呈鱼形。服,通"箙",箭袋。 ㉑ 戒:警惕戒备。棘:急。 ㉒ 昔:指当初离家出征时。依依:留恋貌。一说茂盛貌。一说杨柳随风飘拂的样子。 ㉓ 思:语助词。霏霏:雪大貌。 ㉔ 行:道路,与"道"同义。迟迟:悠长貌。一说行路迟缓貌。

大雅·绵

绵绵瓜瓞①,民之初生,自土沮漆②。古公亶父③,陶复陶穴④,未有家室⑤。古公亶父,来朝走马⑥。率西水浒,至于岐下⑦。爰及姜女⑧,聿来胥宇⑨。周原膴膴⑩,堇荼如饴⑪。爰始爰谋⑫,爰契我龟⑬。曰止曰时⑭,筑室于兹。迺慰迺止⑮,迺左迺右⑯,迺疆迺理⑰,迺宣迺亩⑱。自西徂东⑲,周爰执事⑳。乃召司空㉑,乃召司徒㉒,俾立室家。其绳则直㉔,缩版以载㉕,作庙翼翼㉖。捄之陾陾㉗,度之薨薨㉘,筑之登登㉙,削屡冯冯㉚。百堵皆兴㉛,鼛鼓弗胜㉜。迺立皋门,皋门有伉㉝。迺立应门,应门将将㉞。迺立冢土㉟,戎丑攸行㊱。

---

① 绵绵:绵延不绝貌。瓞(dié):小瓜。成瓜曰瓜,初生曰瓞。朱熹《诗集传》:"瓜之近本初生者常小,其蔓不绝,至末而后大也。"此以瓜之由小而大比喻周人由微而壮,日渐强盛。 ② 民:谓周民。初生:初兴。土:"杜"之省文,当从《齐诗》作"杜"。水名,在今陕西省麟游、武功二县,向南流入渭水。杜水流域的邰邑是周始祖后稷定居之地。沮:"徂"之伪误,往,到。漆:水名,在今陕西省邠县(也即彬县)西,北入泾水。"邠"同"豳",即周人第四代首领公刘所迁居之地。自杜至漆,此追叙公刘自邰迁豳事。 ③ 古公亶(dǎn)父:即周太王,公刘的十世孙,周文王的祖父。古公,"古"言久,因公刘在迁岐以前为豳公,故称。亶父,古公之名。一说为字。 ④ 陶:犹"掏",此指掘土以为洞窟。穴:土穴。复穴,《淮南子·氾论篇》:"古者,民泽处复穴。"高诱注:"复穴,重窟也。"重窟:即洞中之洞,穴中之穴,犹今之所谓套间。 ⑤ 家室:指宫室房屋。 ⑥ 来朝:向明,薄明,犹今之所谓"拂晓"。走:古读zòu,义为疾趋,走马,驰马急行。《韩诗》作"趣",义同。此言古公亶父为避狄人而兼程赶路。 ⑦ 率:《尔雅》"自也。"一说为循,沿着。《经义述闻》:"自邠西漆水之厓(涯)至于岐山之下,故曰'率西水浒,至于岐下'也。"水浒:上承"自土沮漆",指漆水之涯。浒,水涯,水边。 ⑧ 爰:于是。及:偕同。姜女:太姜,太王之妃。 ⑨ 聿:遂。一说为语助词。胥:相,视,此指察看地利。宇:屋宇。这里用为动词,指建造屋宇。这句话意为:于是察看地利,看在何处构屋居住合适。 ⑩ 原:平原。周原:岐山之下周人居住之地。膴(wǔ)膴:肥美貌。 ⑪ 堇:当作"蓳",蓳葵,植物名,可做菜,味苦。饴:用麦芽等熬成的糖稀或糖浆。虽蓳荼之苦也觉甘纯如饴,足见周原土质之美以及周人对周原的钟爱。一说"堇"为"黏土","荼"与"涂"通,言涂墙之泥黏而如饴。亦通。 ⑫ 爰:于是。始:马瑞辰通释:"始亦谋也。始谋谓之始……《尔雅》基、肇皆训为始,又皆训谋,则始与谋正成耳。"谋:计议。 ⑬ 契:同"锲",刻。古人占卜,先于龟甲上凿一小槽,然后以火烧烤,根据裂纹以断吉凶。 ⑭ 曰:言说。止:止居。时:善。一说与"止"同义。这句话意为,卦辞上说可以在这里止居,在这里止居极为适宜。 ⑮ 迺:"乃"之古体。慰:《方言》:"慰,居也。" ⑯ 左、右:这里均作动词,意谓使人们或居于左,或居于右。 ⑰ 疆:疆界。此作动词,意谓划定地界。理:治理。此指整治农田。一说根据土质,将农作物分类处理,使各得其宜。 ⑱ 宣:泄。此指疏导沟渠。亩:犹"垄",指修治田埂。一说整治田亩。 ⑲ 自西徂东:从西到东,统指周原境内。 ⑳ 周:遍。执事:做事。此句意为每个人都在劳作。 ㉑ 司空:官名,六卿之一,掌都邑建筑,也作"司工"。 ㉒ 司徒:官名,六卿之一,掌役隶劳役。 ㉓ 俾:使。室家:指宫室房舍。 ㉔ 绳:绳尺,绳墨。 ㉕ 缩:束。版:古时筑墙,两侧用长的直版,两端用短的横版。载:盛土,填土。此句意为用木棍将夹板束牢,用以盛土,一说,缩犹"直",缩版即两侧的直版,载通"栽",竖立,意谓将两侧直版竖好。 ㉖ 作:兴建。翼翼:恭敬貌。 ㉗ 捄(jū):本指盛土器,此指掘土盛于器中。陾(réng)陾:掘土盛土声。一说同"陑(ér)陑",众多貌。 ㉘ 度(duó):投,填。此指将器中之土倒入版中。薨薨:倒土声。 ㉙ 筑:以杵夯土,将之砸实。登登:夯土声。 ㉚ 削屡:将隆起的地方削平。屡,同"娄",犹"倭"(背曲隆起)或"壘"(土丘),隆高。冯(píng)冯:削土培墙声。 ㉛ 百堵:犹言同时建造的房屋很多。堵,五版曰堵。皆:通"偕",一齐。兴:起,犹言竖立。 ㉜ 鼛(gāo):大鼓,直径一丈二尺。《周礼·鼓人》:"以鼛鼓鼓役事。"此句意为工地场面闹声很大,以致鼓声也被掩没了。极言情绪高涨。 ㉝ 皋门:宫外门,郭门。伉:通"闶",门高大貌。 ㉞ 应门:朝门,王宫的正门。将(qiāng)将:庄严肃正貌。 ㉟ 冢土:大社,祀社神的地方。冢,大。 ㊱ 戎:大。一说犹"士""兵"。丑:众。攸:所。古逢大事,必先祭社神而后动。

肆不殄厥愠①,亦不陨厥问②。柞棫拔矣③,行道兑矣④。混夷骏矣⑤,维其喙矣⑥。虞芮质厥成⑦,文王蹶厥生⑧。予曰有疏附,予曰有先后,予曰有奔奏,予曰有御侮⑨。

【导读】

一、根据古代史籍记载,周人始祖后稷始居于邰(在今陕西省武功县一带),其曾孙公刘首徙于豳(在今陕西省彬县一带),公刘的十世孙古公亶父为狄人所侵,又徙于岐,其后经过其子季历、其孙文王的进一步经营,终于为武王的灭商打下了雄厚的基础。所以周朝的"王业"实际上是由古公亶父奠定的。故《诗序》云:"《绵》,文王之兴,本由大王(古公亶父)也。"

二、这首诗首章写古公亶父继承祖业,穴居于豳,无有室处,中间六章写古公亶父自豳迁岐,发展生产,建治都邑,奠定周人居岐的基础,末二章写文王能光大祖业,邻国宾服,敌国逃遁。整首诗歌以中间六章为主,首尾三章只是因求故事的完整而连及叙出。以首章的"陶复陶穴,未有家室"衬托古公亶父的贡献之大,以文末的文王伟业展示古公亶父的奠基之功,故事的构思可谓十分巧妙。这首诗对劳动场面的描写相当生动,筑墙一节尤为突出。第一,善于渲染。以察看地形、龟甲占卜说明地点适宜,"堇荼如饴"一句尤为生动;以"百堵皆兴"说明劳动效率之高;以"鼛鼓弗胜"映衬劳动场面之热烈。虽言语不多,却字字珠玑。第二,依设版、盛土、填土、夯土、削土等顺序依次叙述,层次分明,形象具体。第三,虚字、动词、叠语搭配使用,节奏急促、音律快捷,造成一种热烈的氛围。

大雅·生民

厥初生民,时维姜嫄⑩。生民如何?克禋克祀⑪,以弗无子⑫。履帝武敏歆⑬,攸介攸止⑭。载震载夙,载生载育,时维后稷⑮。

---

① 肆:发语词。一说犹"故","故"有"虽"义。殄(tiǎn):灭绝。厥:其。愠(yùn):愠怒,怨恨。从此句开始转叙文王。此句意为文王没有忘记古公亶父时为狄人所逼的世代仇怨。 ② 陨(yǔn):丢失。问:通"闻",名誉,威严。此句意为也没有失去我们周人与生俱来的威严。 ③ 柞(zuò):柞树,橡栎之一种。棫(yù):灌木名。《尔雅》郭璞注:"小木丛生有刺,实如耳珰,紫赤可啖。"拔:拔除。 ④ 行:道路。与"道"同义。兑:通达。相传文王即位四年,即兴师征讨夷狄。以上二句盖暗指此事。 ⑤ 混(kūn)夷:又作"昆夷",又称"畎夷""犬夷""犬戎"。古民族名。骏(tuì):马疾行貌,此指夷狄仓皇逃遁。 ⑥ 维:助词。喙(huì):疲困。 ⑦ 虞、芮(ruì):皆国名,分别在今山西省平陆县北、陕西省大荔县东。质:犹"讼",要求判断是非。厥:其。成:定,此指是非得到确定。相传虞、芮争田,闻文王贤,遂讼于周,见周人礼让之风,十分感动,于是自动相让,所争之田反而成了闲置之田。 ⑧ 蹶:动,感动。生:通"性",意为文王的善德感动了他们的本性。 ⑨ 予:我。周人自谓。曰:语助词。一作"聿"。疏附:率下亲上之臣。《毛传》:"率下亲上曰疏附。"疏,远下。附,亲附。上下,前后辅佐之臣。奔奏:奔告四方、扬德宣誉之臣。《毛传》:"喻德宣誉曰奔奏。"御侮:抵御外侮之臣。以上四句为周人自夸,国有贤臣。 ⑩ 二句是说:最初生下我们周人的,就是姜嫄。厥初,其初。民,人,此指周人。时,是,此。维,为。姜嫄(yuán),后稷之母,有邰氏之女,姜姓,名嫄。一说为帝喾之妃。"嫄"有"本原"之义,其字或作"原"。 ⑪ 二句是说:她是怎样生出周人的?她能诚敬地进行祭祀。克,能。禋(yīn),诚敬地祭祀。《说文》:"禋,洁祀也。"《国语·周语上》:"精意以享,禋也。"祀,祭祀。此指祭祀祔(méi)神,祔神为主子嗣之神。 ⑫ 弗无子:即被除无子之不祥。弗,通"祓(fú)",为除去不祥而举行的一种仪式,引申为"除去"。 ⑬ 履:践,踏。帝:指天帝。武敏:足迹的大拇指处。武,步武,足迹。敏,拇。歆(xīn):欣喜。这句话是说:姜嫄踏上天帝的大拇指印后,内心感到一种无法抑制的愉悦。 ⑭ 攸:助词。介:通"憩",休息,止息。止:停止。这句话是说:姜嫄内心感到说不出的喜悦,脚踏天帝足印久久不愿移开。 ⑮ 载:助词。震:通"娠",怀孕。夙:犹"肃",严肃。此指姜嫄踏巨人足迹而孕,内心忧惧,因而变得严肃起来。育:同"毓",与"生"同义。或解为"养育""哺育",误。由下文观之,姜嫄并未哺养后稷,而是一次次地将他丢弃。后稷:又名弃,传说中的谷神,周人的始祖。

诞弥厥月①,先生如达②。不坼不副,无菑无害③,以赫厥灵④。上帝不宁,不康禋祀?居然生子⑤。

诞寘之隘巷⑥,牛羊腓字之⑦。诞寘之平林,会伐平林⑧。诞寘之寒冰,鸟覆翼之⑨。鸟乃去矣,后稷呱矣⑩。实覃实訏,厥声载路⑪。

诞实匍匐,克岐克嶷⑫,以就口食⑬。蓺之荏菽⑭,荏菽旆旆⑮,禾役穟穟⑯。麻麦幪幪⑰,瓜瓞唪唪⑱。

诞后稷之穑,有相之道⑲。茀厥丰草,种之黄茂⑳。实方实苞㉑,实种实褎㉒,实发实秀㉓,实坚实好㉔,实颖实栗㉕。即有邰家室㉖。

诞降嘉种㉗,维秬维秠,维糜维芑㉘。恒之秬秠,是获是亩㉙。恒之糜芑,是任是负㉚。以归肇祀㉛。

诞我祀如何?或舂或揄㉜,或簸或蹂㉝。释之叟叟㉞,烝之浮浮㉟。载谋载惟㊱,取萧祭脂㊲,取羝以軷㊳,载燔载烈㊴。以兴嗣岁㊵。

卬盛于豆㊶,于豆于登㊷。其香始升,上帝居歆㊸。胡臭亶时㊹,后稷肇祀。庶无罪悔,以迄于今㊺。

【导读】

一、在《诗经》的《大雅》里,集中保存了五首古老的民族史诗,它们分别是:《生民》《公刘》《绵》《皇矣》《大明》。这五篇作品赞颂了后稷、公刘、太王、王季、文王、武王的业绩,展现了周人由产生到强大、由灭商到建国的发展过程,反映了西周开国的历史。我国古代留传下来的真正的史诗少得可怜,因此这组史

---

① 诞:语助词,含有叹美之意。弥:满。此言足月,满其怀孕之月。② 先生:头生,第一胎。达:郑玄笺云:"羊子也。"一说"如达"意为"而顺","如"训"而"。③ 坼、副:分裂,破裂。菑:同"灾"。一说产门没有破裂。④ 赫:显。灵:灵异。⑤ 不宁:很满意。不,很。康:欣然受享。居然:安然。⑥ 寘:置。隘巷:狭巷。姜嫄因生子似羊子(肉蛋),以为不祥,故弃之。⑦ 腓:通"庇",庇护。一说避开。字:哺乳。⑧ 平林:平地之林。会:适逢。⑨ 覆翼:以翼遮覆。⑩ 呱(gū):小儿哭声。⑪ 实:助词。覃(tán):长。訏(xū):大。载:满。此言后稷哭声又长又大,声闻于路。⑫ 匍匐:小儿爬行。克:能。岐:通"跂",踮起脚跟。嶷(yí):通"仡",站得稳。《毛传》:"岐,知意也。嶷,识也。"亦通。⑬ 就:寻求。口食:吃食。⑭ 蓺:同"艺",种植。荏(rěn)菽:戎菽,大豆。⑮ 旆(pèi)旆:枝叶茂盛的样子。⑯ 禾役:禾列。《三家诗》作"禾颖"。颖,禾穗。一说"役"训"服",禾茎之皮。穟穟:禾苗美好貌。⑰ 幪(měng)幪:茂密貌。⑱ 瓞(dié):小瓜。唪(běng)唪:果实累累的样子。⑲ 穑:收获曰穑。此指庄稼。相:助。马瑞辰通释:"《尔雅·释诂》:相,视也。……相地之宜,宜五谷者稼穑焉。"亦通。⑳ 茀(fú):治,拔除。黄茂:嘉谷。一说泛指五谷。取"黄熟茂盛"之义。㉑ 实:助词。方:指禾之始生吐芽。苞:含苞。马瑞辰《通释》:"方为谷始吐芽,苞则渐含包矣。"㉒ 种:与"肿"义近,指禾苗肥壮而短。褎(xiù):长,指禾苗渐由短而长。㉓ 发:茎叶舒放。秀:结穗。㉔ 坚:指庄稼的籽粒渐渐坚实成熟。好:指色状美好。㉕ 颖:禾芒。此指禾穗繁硕,禾梢下垂。栗:指谷粒饱满硕大。㉖ 即:就,迁往。邰(tái):地名,故地在今陕西省武功县西南。相传后稷有佐禹有功,始封于邰。这句话是说:于是后来来到邰地定居,兴盖屋宇。㉗ 降:上天降赐。嘉种:好谷种。㉘ 维:助词。秬(jù):黑黍。秠(pī):一壳二米的黑黍。糜(méi):赤苗嘉谷。芑(qǐ):白苗嘉谷。四者均可造酒。㉙ 恒:通"亘",周遍,满。是:助词。获:收割庄稼。亩:以亩为单位计算收获。㉚ 任:抱。负:背负。㉛ 肇:始。㉜ 或:有的。舂:舂米去糠。揄(yóu):从臼中舀米。《三家诗》作"舀"。㉝ 簸(bǒ):簸掉糠皮。蹂:同"揉",揉搓去壳。㉞ 释:淅米,淘米。叟叟:同"溲溲",象声词,淘米声。㉟ 烝:古"蒸"字。浮浮:蒸气升腾貌。㊱ 载:助词。惟:思考,计虑。此句是说:认真谋考虑,看看怎样才能把祭祀之事办得圆满。㊲ 萧:香蒿,其味浓烈。祭脂:牛肠间脂肪。古者祭祀,以香蒿、牛肠脂杂烧,以使香气远闻。㊳ 羝:公羊。軷(bá):《毛传》:"道祭也。"此指以公羊祭祀路神。㊴ 燔(fán):古"焚"字,炙烤。烈:将肉穿起来架在火上烤。㊵ 兴:兴旺,兴盛。嗣岁:来年。㊶ 卬(áng):我。周人自称。豆:古代宴飨或祭祀时盛菜食的器皿,多以木制。㊷ 登:同"鐙",陶制器皿,用以盛大羹。㊸ 居:安。一说为语助词。歆:享。㊹ 胡:大,引申指浓郁。臭:气味,此指香气。亶(dǎn):诚然,信然。时:善。㊺ 庶:庶几,差不多。罪悔:罪过。迄:至。

诗就显得弥足珍贵。

二、《生民》是周人歌颂其始祖后稷的长篇叙事诗,它叙述的是周始祖后稷诞生、成长、播种五谷和安家立业的事,充分体现了周人对祖先的爱戴和敬仰,字里行间处处洋溢着他们对本民族的自豪和热爱。这篇诗歌带有浓厚的神话色彩,仍然保留着人类童年的纯真和浪漫,虽然神灵还是一切的主宰,但人们与神灵相处得那样和谐,这种和谐不仅使诗歌的叙述充满自信,而且还使整个叙事情节曲折变幻,富有戏剧性,充满传奇色彩。在叙事技巧方面,诗歌一方面从容而道,具体细腻,另一方面又大肆烘托,反复渲染,使整首诗歌不仅叙事清楚,交代明白,同时也痛快淋漓,富有生气,充满情采。在文字音韵方面,这首诗歌特别擅长使用虚字和叠语,节奏紧促,音律和畅,与整首诗歌欢乐的情调、热烈的氛围也形成了和谐的统一。

商颂·玄鸟

天命玄鸟,降而生商,宅殷土芒芒①。古帝命武汤,正域彼四方②。方命厥后,奄有九有③。商之先后,受命不殆,在武丁孙子④。武丁孙子,武王靡不胜。龙旂十乘,大糦是承⑤。邦畿千里,维民所止⑥,肇域彼四海。四海来假,来假祁祁,景员维河⑦。殷受命咸宜,百禄是何⑧!

【导读】

一、《国语·鲁语》载鲁大夫闵马父之言曰:"昔正考父校商之名颂十二篇于周大师,以《那》为首。""商之名颂"即《商颂》。正考父为孔子七世祖,宋国大夫,周宣王、幽王、平王时代人。王国维作有《说商颂》一文,推定《商颂》创作时间为西周中期。

二、《毛序》:"《玄鸟》,祀高宗也。"据研究,玄鸟应为商人的图腾。殷高宗武丁是一位有为君主,在位五十余年间,曾进行过多次战争,统一与征服了一些边地部落与民族,使商王朝达到鼎盛。诗前十句说高宗能继承商汤之业,后十二句又记载高宗开边拓土的历史,对其功业予以颂扬。诗中屡称"武丁孙子",表明对殷高宗武丁的祭祀。

楚辞·屈原

屈原(约前340—前278),中国最早的大诗人。名平,字原;又自云名正则,字灵均。战国时楚国贵族。初辅佐怀王,曾任左徒、三闾大夫等职。博闻强志,明于治乱,娴于辞令,在政治上主张任贤用能,修明法度,联齐抗秦。后遭到贵族保守势力谗害而去职。顷襄王时被放逐,长期流浪沅湘流域,疾痛失意,最后自沉汨罗而死。事迹详见《史记·屈原贾生列传》。

屈原的诗歌现在可以见到的有《离骚》《天问》《九歌》《九章》等二十余篇,全部收集在西汉刘向所编辑的《楚辞》里。注释有东汉王逸《楚辞章句》、宋洪兴祖《楚辞补注》、朱熹《楚辞集注》、清王夫之《楚辞通释》等。

---

① 商:指商的始祖契。传说有娀氏之女吞燕卵而怀孕生契。芒芒:即茫茫。 ② 武汤:"武"为汤之号。正:治。域:封疆。 ③ 方:通"旁",普遍。后:君主。九有:即九州,代指天下。 ④ 武丁孙子:孙子武丁的倒文。 ⑤ 糦:通"饎",酒食。承:供奉。 ⑥ 止:居。 ⑦ 假:至。景:广大。员:幅员。 ⑧ 何:通"荷",承受。

离 骚①

　　帝高阳之苗裔兮②,朕皇考曰伯庸③。摄提贞于孟陬兮④,惟庚寅吾以降⑤。皇览揆余初度兮⑥,肇锡余以嘉名⑦。名余曰正则兮,字余曰灵均⑧。

　　纷吾既有此内美兮⑨,又重之以修能⑩。扈江离与辟芷兮,纫秋兰以为佩⑪。汩余若将不及兮,恐年岁之不吾与⑫。朝搴阰之木兰兮⑬,夕揽洲之宿莽⑭。日月忽其不淹兮,春与秋其代序⑮。惟草木之零落兮,恐美人之迟暮⑯。

　　不抚壮而弃秽兮⑰,何不改此度⑱?乘骐骥以驰骋兮,来吾道夫先路⑲!昔三后之纯粹兮⑳,固众芳之所在㉑。杂申椒与菌桂兮㉒,岂维纫夫蕙茝㉓?彼尧舜之耿介兮㉔,既遵道而得路。何桀纣之猖披兮㉕,夫唯捷径以窘步㉖!惟夫党人之偷乐兮㉗,路幽昧以险隘。岂余身之惮殃兮?恐皇舆之败绩㉘。

　　忽奔走以先后兮,及前王之踵武㉙。荃不察余之中情兮,反信谗而齌怒㉚。余固知謇謇之为患兮㉛,忍而不能舍也!指九天以为正兮,夫唯灵修之故也㉜!曰黄昏以为期兮,羌

---

① 离骚:二字含义歧解甚多,大而言之可分四类:第一,遭忧。《史记·屈原贾生列传》:"离骚者,犹离忧也。"班固《离骚赞序》:"离,犹遭也。骚,忧也。明己遭忧作辞也。"第二,别愁。王逸《楚辞章句》:"离,别也。骚,愁也。"宋项安世《项氏家说》:"《楚语》伍举曰:'德义不行,则迩者骚离,而远者距违。'韦昭注:'骚,愁也。离,畔也。'盖楚人之语,自古如此。屈原《离骚》必是以离畔为愁而赋之。"第三,牢愁,牢愁。《汉书·扬雄传》载:扬雄反屈子之意作《反离骚》,又反《九章》作《畔牢愁》。"畔牢愁"也就是"反离骚","牢愁"正与"离骚"同义。范文澜《文心雕龙注》:"离骚即伍举所谓骚离,扬雄所谓牢愁,均即常语所谓牢骚耳。"第四,曲名。游国恩《离骚纂义》:"《大招》有云:'伏戏《驾辩》,楚《劳商》只。'王逸注:《驾辩》《劳商》皆曲名也。……按'劳商'与'离骚'本双声字,古音寅、歌、阳、幽并以旁纽通转,疑'劳商'即'离骚'之转音,一事而异名者耳。" ② 高阳:相传楚王是上古部族首领颛顼(zhuān xū)帝的后代,颛顼帝号称高阳氏。春秋时,楚武王熊通有子名瑕,受封于屈邑,子孙由此以屈为氏。屈原正是瑕的后人。苗裔:远末子孙,此泛指后代。 ③ 朕:我。皇考:对亡父的美称。皇,大。考,父死称考。一说指太祖,屈氏受姓之祖。伯庸:皇考的字。 ④ 贞:正。陬(zōu):《尔雅》:"正月为陬"。孟陬:正月是一年的第一个月,故云。摄提:星名,古人用它纪年。此句意为摄提星在此年正月不偏不倚地出现在它的正位上。夏历正月即寅月,摄提星正月出现在正位上,即摄提格年,也即寅年。 ⑤ 惟:语助词,有强调意味。庚寅:即庚寅日。古人用干支纪日,凡有"寅"字者即为寅日。以上两句屈原自述自己降生在寅年寅月寅日。 ⑥ 皇:指皇考。览:观察。揆(kuí):揣度。初度:初生的气度。一说初生的时间。 ⑦ 锡:通"赐"。嘉:美好。肇:始。一说通"兆",谓屈原降生卜于太祖之庙,依据封兆获得嘉名。 ⑧ 正则:公正而有法则。灵均:地之善而均平者。灵,善。二句隐喻自己名平字原。王夫之《通释》:"隐其名而取其义以属辞,赋体然也。" ⑨ 纷:多貌。内美:天生的美质。 ⑩ 重(chóng):加上。修:修饰。能:通"态",仪态。"修能"即下文之以香花芳草为饰,这里象征加强后天修养。一说"修能"即优长的才干。 ⑪ 扈:披。江离:香草名,一名蘼芜。辟芷:白芷生于幽僻者,甚香。辟,同"僻"。佩:佩饰。 ⑫ 汩(gǔ):《方言》:"疾行也。"一说水流迅疾貌。这里指诗人匆匆忙忙的样子。及:赶上。与:等待。 ⑬ 搴(qiān):拔取,采取。阰(pí):陂,小山坡。一说大土山。木兰:香木名,去皮不死。 ⑭ 揽:采。宿莽:草名,经冬不死。 ⑮ 忽:形容速度快。淹:久留,停留。代序:代谢。"序"与"谢"古通用。一说递相更代,"代"即更代,"序"即次序。 ⑯ 惟:思。一说为发语词。美人:屈原自指。一说指怀王。迟暮:年老。 ⑰ 抚:凭,循。壮:通"庄"。抚庄,沿着庄正的道路走。一说抚慰贞壮之士。一说珍惜壮年时光。秽:污秽,与"庄"相对。 ⑱ 度:状态。一说法度。一说态度。 ⑲ 来:招引之词,犹言"来吧"。道:同"导"。 ⑳ 三后:黄帝、颛顼、帝喾。一说夏禹、商汤、周文。一说楚之先君熊绎、若敖、蚡冒。后,君。纯粹:纯正无疵。 ㉑ 众芳:喻贤才。 ㉒ 申椒:椒名,香木。一说申地之椒。菌桂:香木,桂之一种。一说为肉桂。 ㉓ 维:通"唯",只。蕙:蕙草,俗称佩兰,香草名。一说蕙兰,一茎数花。茝(chǎi):白芷,根可入药。 ㉔ 耿介:专一。一说光明正直。 ㉕ 猖披:衣带不整貌,引申指狂乱。 ㉖ 捷径:斜出的小路。窘:困窘。 ㉗ 惟:通"唯"。一说思虑。党人:结党营私的小人。偷:苟且。 ㉘ 惮:惧怕。皇舆:本指国君所乘之车,此代指国家。败绩:本指战争失败,兵车倾覆,此指国家败亡。 ㉙ 忽:匆忙的样子。"奔走先后"指前后奔走。前王:指三后。踵:脚跟。武:足迹。 ㉚ 荃:香草,指代王。齌(jì):疾。 ㉛ 謇(jiǎn)謇:忠正敢言的样子。 ㉜ 正:同"证"。灵修:君王的美称,指怀王。

中道而改路①。初既与余成言兮,后悔遁而有他②。余既不难夫离别兮③,伤灵修之数化。

余既滋兰之九畹兮,又树蕙之百亩④。畦留夷与揭车兮,杂杜衡与芳芷⑤。冀枝叶之峻茂兮,愿竢时乎吾将刈⑥。虽萎绝其亦何伤兮?哀众芳之芜秽⑦。

众皆竞进以贪婪兮,凭不厌乎求索⑧。羌内恕己以量人兮⑨,各兴心而嫉妒。忽驰骛以追逐兮⑩,非余心之所急。老冉冉其将至兮,恐修名之不立⑪。朝饮木兰之坠露兮,夕餐秋菊之落英⑫。苟余情其信姱以练要兮,长顑颔亦何伤⑬?揽木根以结茞兮,贯薜荔之落蕊⑭。矫菌桂以纫蕙兮,索胡绳之缅缅⑮。謇吾法夫前修兮,非世俗之所服⑯。虽不周于今之人兮,愿依彭咸之遗则⑰。

长太息以掩涕兮,哀民生之多艰⑱。余虽好修姱以鞿羁兮⑲,謇朝谇而夕替⑳。既替余以蕙纕兮,又申之以揽茞㉑。亦余心之所善兮,虽九死其犹未悔。怨灵修之浩荡兮,终不察夫民心㉒。

众女嫉余之蛾眉兮,谣诼谓余以善淫㉓。固时俗之工巧兮,偭规矩而改错㉔。背绳墨以追曲兮,竞周容以为度㉕。忳郁邑余侘傺兮㉖,吾独穷困乎此时也。宁溘死以流亡兮,余不忍为此态也㉗!鸷鸟之不群兮,自前世而固然㉘。何方圜之能周兮㉙,夫孰异道而相安!屈心而抑志兮,忍尤而攘诟㉚。伏清白以死直兮,固前圣之所厚㉛。

悔相道之不察兮,延伫乎吾将反㉜。回朕车以复路兮,及行迷之未远㉝。步余马于兰皋兮,驰椒丘且焉止息㉞。进不入以离尤兮,退将复修吾初服㉟。

制芰荷以为衣兮,集芙蓉以为裳㊱。不吾知其亦已兮,苟余情其信芳㊲。高余冠之岌

---

① 兮:语助词。一说两句为衍文。为《九章·抽思》之窜入者,当删。 ② 成言:将话说定了。悔遁:翻悔逃遁,不履行诺言。 ③ 难:以为难,指害怕被疏远。 ④ 滋、树:栽植。畹:田三十亩为一畹。一说十二亩。一说二十亩。 ⑤ 畦(qí):田垄。这里用为动词。留夷:香草名,或谓芍药。揭车:香草名,一名艺舆,味辛,花白。杜衡:似葵而香,俗名马蹄香。 ⑥ 峻:高大。竢(sì):同"俟",等待。刈(yì):收割。 ⑦ 萎绝:枯萎老死。芜秽:荒芜污秽,比喻变节堕落。以上二句为假设之词,表明自己对众芳的期望,培养贤才也是屈原美政理想的重要内容。一说写实,屈原哀众芳污秽变节。 ⑧ 凭:满。厌:满足。二句意为群小名利已盛,而犹不厌乎求索。 ⑨ 量:称量,丈量,指时他人存心计较,吹毛求疵。 ⑩ 忽:匆忙的样子。 ⑪ 冉冉:渐渐。修名:美名,美誉。 ⑫ 落英:落花。一说初开的花,"落"训"始"。 ⑬ 信:诚。姱(kuā):美好。练要:精粹不杂,朱熹集注:"所修精练,所守要约。"顑颔(kǎn hàn):饥饿黄瘦貌。 ⑭ 揽:揽取。木根:木兰之根。一说树木之根。结:编结。贯:贯串。薜荔:香草名,蔓生,有香气。落:一说训"始"。 ⑮ 矫:举,取取。索:绳索,这里用为动词。胡绳:长绳。一说为香草名,可以制绳。胡,大。缅缅:相连属貌,长貌。一说长而下垂貌。 ⑯ 謇:犹"謇謇"。一说楚方言,发语词。法:取法,效法。前修:对先贤的美称。服:用。 ⑰ 周:合。彭咸:王逸注:"殷贤大夫,谏其君不听,自投水而死。"遗:留。则:信条,原则。一说榜样。 ⑱ 民:人。 ⑲ 修姱:修洁美好。鞿(jī)、羁:马缰绳与马笼头,此指为人所系,遭受压抑。一说严于约束自己。 ⑳ 謇:同前。谇(suì):谏。一说指责。替:废弃。一说通"僭"或"譖",谗毁。 ㉑ 纕(xiāng):佩带。申:重,加上。二句意为自己一心向善,然而现在这些善举却都变成了被遗弃的罪名。 ㉒ 浩荡:无思虑貌。此指糊涂愚暗。一说放纵自恣。民心:人心。屈原自指。 ㉓ 谣:造谣。诼(zhuó):与"谣"同义。淫:放荡。 ㉔ 固:本来。一说训"胡",何。工巧:善于取巧。偭(miǎn):面对。《说文》:"偭,向也。"一说违背。规矩:划圆测方的器具,圆者为规,方者为矩。错:同"措",措施。 ㉕ 周容:苟合取容。度:法度,准则。 ㉖ 忳(tún):内心郁结貌。郁邑:同"郁悒",抑郁。侘傺(chà chì):失意的样子。 ㉗ 溘(kè):忽然。流亡:魂魄离散。态:情态,样子。 ㉘ 鸷鸟:鹰隼一类的猛禽,性情刚烈。不群:不与众鸟同群。固然:自古以来就如此。 ㉙ 圜:同"圆"。周:合。 ㉚ 尤:罪过,指责。攘:通"囊"。一说通"让",容让,忍受。诟:诟骂。 ㉛ 伏:通"服",保持。死直:为中正之道而死。厚:看重。 ㉜ 相:视,看。察:明察。延伫:长久站立。一说引颈伫望。反:同"返"。 ㉝ 复路:回到原来的路上去。行迷:在行路中迷失了方向。 ㉞ 皋:水边高地。且焉:姑且于此。 ㉟ 离尤:获罪,遭受指责。离,同"罹",遭受。初服:当初的服饰,指未仕前的芳洁志趣。 ㊱ 芰(jì)荷:菱叶和荷叶。芙蓉:荷花。衣、裳:上衣曰衣,下裳曰裳。 ㊲ 已:止,算了。信:诚,的确。

岌兮,长余佩之陆离①。芳与泽其杂糅兮②。唯昭质其犹未亏③。忽反顾以游目兮,将往观乎四荒④。佩缤纷其繁饰兮,芳菲菲其弥章⑤。民生各有所乐兮,余独好修以为常⑥。虽体解吾犹未变兮,岂余心之可惩⑦。

女媭之婵媛兮⑧,申申其詈予,曰⑨:"鲧婞直以亡身兮,终然夭乎羽之野⑩。汝何博謇而好修兮,纷独有此姱节⑪?薋菉葹以盈室兮,判独离而不服⑫。众不可户说兮,孰云察余之中情⑬?世并举而好朋兮,夫何茕独而不予听⑭?"

依前圣以节中兮,喟凭心而历兹⑮。济沅湘以南征兮,就重华而陈词⑯。启《九辩》与《九歌》兮,夏康娱以自纵⑰。不顾难以图后兮,五子用失乎家巷⑱。羿淫游以佚畋兮,又好射夫封狐⑲。固乱流其鲜终兮⑳,浞又贪夫厥家㉑。浇身被服强圉兮㉒,纵欲而不忍。日康娱而自忘兮,厥首用夫颠陨㉓。夏桀之常违兮,乃遂焉而逢殃㉔。后辛之菹醢兮,殷宗用而不长㉕。汤禹俨而祇敬兮,周论道而莫差㉖。举贤而授能兮,循绳墨而不颇㉗。皇天无私阿兮,览民德焉错辅㉘。夫维圣哲以茂行兮,苟得用此下土㉙。

瞻前而顾后兮,相观民之计极㉚。夫孰非义而可用兮,孰非善而可服㉛?阽余身而危死兮㉜,览余初其犹未悔。不量凿而正枘兮㉝,固前修以菹醢。曾歔欷余郁邑兮,哀朕时之不当㉞。揽茹蕙以掩涕兮,霑余襟之浪浪㉟。

---

① 岌岌:高貌。佩:指佩剑。一说指玉佩。陆离:长貌。一说众多貌。 ② 泽:污垢,与"芳"相对。一说"芳"承"芰荷""芙蓉","泽"承"冠""佩",应训"光泽"。糅:杂。 ③ 昭质:光明纯洁的美质。亏:损。 ④ 四荒:四周边远的地方。 ⑤ 缤纷:盛多貌。菲菲:形容香气浓郁。弥:更加。章:同"彰",显著。 ⑥ 民生:人生。好修:喜好修洁。常:常则,常度。 ⑦ 体解:肢解,古代的一种酷刑。惩:惩创,创伤。二句意为我体虽可解,我心不可灭。 ⑧ 女媭(xū):女伴之年长者。此诗以男女喻君臣,屈原以美女自喻,此女媭当也是一臣子无疑。旧说以为屈原姊、屈原妾或屈原侍女,并误。《说文》引贾逵:"楚人以姊为媭"。加以引申即女伴之年长者。在这里比喻的是一位年事稍长的同僚,我们不可把她的身份定得太死。婵媛(chán yuán):因关心而牵持不舍的样子。 ⑨ 申申:反复,唠叨。一说重重地,狠狠地。詈(lì):责骂,批评。 ⑩ 鲧(gǔn):同"鲧",尧臣,夏禹的父亲。婞(xìng)直:倔强耿直。亡身:杀身。一说即"忘身"。夭:早死。一说同"天",天遏,囚系。羽:羽山。 ⑪ 博:过分。一说学识广博。一说广泛。謇:忠正敢言。纷:形容多。姱节:美好的操守。一说"节"当作"饰"。 ⑫ 薋(zī):草多貌。一说恶草名。菉(lù):王刍,恶草。葹(shī):一名枲耳,恶草。 ⑬ 众:指一般人。户说:挨家挨户地去解说。余:指屈原和女媭,犹言"咱们"。中情:实情。 ⑭ 并举:互相称扬荐举。茕(qióng):孤独。 ⑮ 节中:节度适中。一说节制心欲。喟:叹息。凭心:内心愤懑。历兹:到这样的境地。一说至今。 ⑯ 重华:指帝舜。传说他死后葬于沅湘以南的九嶷山。 ⑰ 启:夏启。《九辩》《九歌》:古乐曲名。传说二曲本为天乐,是夏启登天把它们偷到人间。夏:夏启。与上句"启"字为互文,一说指夏康,夏启的儿子。康娱:耽于安乐。康,安乐。 ⑱ 难:危难。五子:即五观,一作"武观",启的幼子。相传五观看到夏启贪乐,遂据西河之地发动叛乱。失:衍文。一说当作"夫",语助词。用:因而。巷:通"哄",吵闹。家巷:犹内讧。一说夏康游乐失国,兄弟五人失尊位而家居同巷。 ⑲ 羿:后羿。佚:放纵。畋:打猎。封狐:大狐。此泛指大兽。 ⑳ 固:本来。乱流:佚乱之辈。王夫之《通释》:"横流而无度曰乱流,言不顺理也。"鲜:很少。终:享其天年。 ㉑ 浞(zhuó):寒浞。相传为后羿相,因贪恋羿妻而勾结逢蒙杀死后羿。厥:其。家:家室。 ㉒ 浇(ào):寒浞子。被服:披服,引申为依仗。强圉(yǔ):坚甲,引申为有强力。 ㉓ 用:因而。颠陨:坠落。浇杀夏后相,又为夏后相之子少康所杀。 ㉔ 常违:常违正道。一说违常。遂:终究,最终。 ㉕ 后辛:殷纣王。菹醢:指把人切碎剁成肉酱。此指纣王杀比干、醢梅伯事。菹(zū):将菜细细切碎腌制而成的酸菜。醢(hǎi):肉酱。用:因。殷宗:殷朝的宗祀。 ㉖ 俨:矜持庄重的样子。祇(zhī):敬。周:指周之文王、武王。论:讲论。二句前后互文。 ㉗ 颇:偏颇。 ㉘ 私阿:偏爱袒护。民德:人德。错:同"措",置,此指置以为君长。 ㉙ 维:通"唯"。圣哲:圣明有智慧。茂行:美盛的德行。苟:乃,才。用:享有。下土:天下。 ㉚ 相:视,看。民:人。计:计虑行事。极:终极。此指终极法则,根本标准。 ㉛ 用:指享有天下。服:与"用"同义。 ㉜ 阽(diàn):临近险境。危死:险些死去。 ㉝ 凿:此指榫孔。枘(ruì):榫头,木楔。 ㉞ 曾:通"层",层叠,屡次。歔欷(xū xī):叹息声。不当:生不逢时。 ㉟ 茹:柔软。掩:擦拭。霑:同"沾",浸湿。浪浪:泪流不止的样子。

跪敷衽以陈辞兮①,耿吾既得此中正②。驷玉虬以乘鹥兮③,溘埃风余上征④。朝发轫于苍梧兮,夕余至乎县圃⑤。欲少留此灵琐兮⑥,日忽忽其将暮。吾令羲和弭节兮,望崦嵫而勿迫⑦。路曼曼其修远兮⑧,吾将上下而求索。饮余马于咸池兮,总余辔乎扶桑⑨。折若木以拂日兮,聊逍遥以相羊⑩。

前望舒使先驱兮,后飞廉使奔属⑪。鸾皇为余先戒兮,雷师告余以未具⑫。吾令凤鸟飞腾兮,继之以日夜。飘风屯其相离兮,帅云霓而来御⑬。纷总总其离合兮,斑陆离其上下⑭。吾令帝阍开关兮,倚阊阖而望予⑮。时暧暧其将罢兮,结幽兰而延伫⑯。世溷浊而不分兮,好蔽美而嫉妒。

朝吾将济于白水兮,登阆风而绁马⑰。忽反顾以流涕兮,哀高丘之无女⑱。溘吾游此春宫兮,折琼枝以继佩⑲。及荣华之未落兮,相下女之可诒⑳。

吾令丰隆乘云兮,求宓妃之所在㉑。解佩纕以结言兮,吾令蹇修以为理㉒。纷总总其离合兮,忽纬繣其难迁㉓。夕归次于穷石兮,朝濯发乎洧盘㉔。保厥美以骄傲兮,日康娱以淫游㉕。虽信美而无礼兮,来违弃而改求㉖。

览相观于四极兮,周流乎天余乃下㉗。望瑶台之偃蹇兮㉘,见有娀之佚女㉙。吾令鸩为媒兮㉚,鸩告余以不好。雄鸠之鸣逝兮,余犹恶其佻巧㉛。心犹豫而狐疑兮,欲自适而不

---

① 敷:铺,铺开。衽(rèn):衣服的前襟。 ② 耿:明白,清楚。中正:中正之道。此指下文"求女"而言。盖屈原向舜陈词,得到的卦兆显示应该"求女"。一说指上面陈词所指内容。游国恩《离骚纂义》:"陈词于舜,舜以为然,故云明白得此中正之道也。" ③ 驷:四匹马驾的车。这里用作动词。虬(qiú):王逸注:"有角曰龙,无角曰虬。"一说龙子有角者。鹥(yī):凤属,羽毛呈五彩。 ④ 溘:奄忽,疾速。一说掩覆。埃风:夹着尘埃的风。 ⑤ 发:《释名·释言语》:"拨也,使披开也。"轫(rèn):止车木。苍梧:舜葬之地,即九嶷山,屈原陈词于此。县圃:相传昆仑山有三级,县圃在中级,神人所居。县,同"悬"。 ⑥ 琐:殿门上的花纹,形如连琐,此代殿门。神人所居,故曰灵琐。一说"琐"通"蔽","灵蔽"即县圃。 ⑦ 羲和:神话中太阳的御者,相传他以六龙为太阳驾车。一说为太阳的母亲。弭:止。节:马鞭。崦嵫(yān zī):神话中的山名,相传为太阳降落处。 ⑧ 曼曼:同"漫漫",长貌。修:长。 ⑨ 咸池:神话中的水名,相传为太阳洗浴之地。总:系结。辔(pèi):马缰绳。扶桑:神话中树名,一说在西方日落处,一说在东方日升处。此处当是指西扶桑。 ⑩ 若木:即扶桑。拂:擦拭太阳使其更加明亮。一说为遮蔽,使太阳不下落。相羊:同"徜徉"。以诗意看,太阳此时尚未落山,只是路途之中稍作休息。扶桑距崦嵫当还有一段距离。 ⑪ 望舒:神话中给月亮驾车的人。飞廉:风神。属:跟随。 ⑫ 鸾:鸟名,凤属。皇:同"凰"。先戒:先行而告。一说先行警戒。戒,告。雷师:雷神。未具:未准备好。 ⑬ 屯:聚合。离(lí):通"丽",附着。一说同"罹",遭遇。帅:率领。一说驱使。御:侍御。一说保卫。一说通"迓",迎接。 ⑭ 总总:众多貌。离合:指云霓翻滚,离合变化。陆离:斑斓多彩的样子。 ⑮ 帝阍:为天帝守门的天神。阊阖(chāng hé):传说中的天门。此时屈原已到昆仑山顶。 ⑯ 暧(ài)暧:昏暗貌。罢:尽,此指天黑。一说通"疲",疲劳。结:编结整理。幽兰:指以幽兰编制的佩饰。延伫:延颈伫望。一说长久地站立。 ⑰ 朝:早晨。白水:水名,《淮南子》说它源出于昆仑山。阆风:神话中的山名,在昆仑山上。绁(xiè):系,拴。 ⑱ 高丘:指昆仑山上。无女:没有理想中的神女。 ⑲ 溘:匆匆。春宫:东方青帝所居之宫。此指昆仑山顶的宫殿,喻楚国都城。琼枝:玉树的枝。继佩:接续自己的佩饰。 ⑳ 荣华:草本之花曰荣,木本曰华。此指琼枝的花。相:看,视。下女:与"高丘之女"相对,比喻即将成为楚王近臣的地方官员或楚国贵族。诒:同"贻",赠送。 ㉑ 丰隆:云神。一说雷神。宓(fú)妃:相传为伏羲氏的女儿,溺洛水而死,遂为洛水女神。 ㉒ 佩:佩带。结言:通言结好。蹇修:相传为伏羲氏的臣子。理:使者,媒人。 ㉓ 总总、离合:形容宓妃仪仗之盛。纬繣(huà):乖违,不相投合。难迁:难于改移,此指难于说服。 ㉔ 次:居,舍。穷石:《淮南子》:"弱水出自穷石。"高诱注:"穷石,山名,在张掖。"濯(zhuó):沐洗。洧(wěi)盘:神话中的水名,一说出崦嵫山。 ㉕ 保:仗恃。淫:过度。 ㉖ 违:违背。弃:弃之不顾。此指宓妃对屈原的态度。 ㉗ 览、相、观:三字同义连用,都是看的意思。四极:天地四方的尽头。周流:周游,遍行。 ㉘ 瑶台:美玉砌成的楼台,此指有娀佚女所居之处。偃蹇:高貌。 ㉙ 有娀(sōng):古国名。佚女:美女。相传有娀氏有二女,一名简狄,帝喾之妃,生契,商朝的始祖。 ㉚ 鸩(zhèn):鸟名,羽有毒,置入酒中,可致人死命。此喻阴险的小人。 ㉛ 鸠:鸟名,似山鹊而小,短尾,多鸣声。逝:往,到。此指又派雄鸠前往为媒。佻(tiāo)巧:轻佻。

可①。凤皇既受诒兮,恐高辛之先我②。

欲远集而无所止兮,聊浮游以逍遥③。及少康之未家兮,留有虞之二姚④。理弱而媒拙兮,恐导言之不固⑤。世溷浊而嫉贤兮,好蔽美而称恶⑥。

闺中既已邃远兮,哲王又不寤⑦。怀朕情而不发兮,余焉能忍与此终古⑧。索藑茅以筳篿兮,命灵氛为余占之⑨。曰"两美其必合兮,孰信修而慕之⑩?思九州之博大兮,岂唯是其有女⑪?"曰:"勉远逝而无狐疑兮,孰求美而释女⑫?何所独无芳草兮,尔何怀乎故宇⑬?""世幽昧以眩曜兮,孰云察余之善恶⑭?民好恶其不同兮,惟此党人其独异⑮。户服艾以盈要兮⑯,谓幽兰其不可佩。览察草木其犹未得兮,岂珵美之能当⑰?苏粪壤以充帏兮,谓申椒其不芳⑱。"

欲从灵氛之吉占兮,心犹豫而狐疑。巫咸将夕降兮,怀椒糈而要之⑲。百神翳其备降兮⑳,九疑缤其并迎㉑。皇剡剡其扬灵兮,告余以吉故,曰㉒:"勉升降以上下兮,求榘矱之所同㉓。汤禹严而求合兮,挚咎繇而能调㉔。苟中情其好修兮,又何必用夫行媒㉕?说操筑于傅岩兮,武丁用而不疑㉖。吕望之鼓刀兮,遭周文而得举㉗。宁戚之讴歌兮,齐桓闻以该辅㉘。及年岁之未晏兮,时亦犹其未央㉙。恐鹈鴃之先鸣兮,使夫百草为之不芳㉚。"

何琼佩之偃蹇兮,众薆然而蔽之㉛?惟此党人之不谅兮,恐嫉妒而折之㉜。时缤纷其变易兮,又何可以淹留㉝!兰芷变而不芳兮,荃蕙化而为茅。何昔日之芳草兮,今直为此萧艾也㉞?岂其有他故兮?莫好修之害也。余以兰为可恃兮,羌无实而容长㉟。委厥美以

---

①适:往,到。 ②凤皇:帝喾派出的媒人。诒:通"贻",赠送。这里指聘礼。高辛:帝喾有天下之号。此指帝喾。二句意谓与有娀之佚女结好,恐怕已太晚了。 ③集:止。浮游:游荡。 ④少康:夏后相的儿子。据史载,寒浞使浇杀夏后相,少康逃奔有虞,妻以二女。其后灭浇而中兴夏朝。未家:未成家室。有虞:国名,姚姓,舜的后代。二姚:有虞国君的两个女儿。 ⑤导言:通言结好。固:周密牢靠。 ⑥称:称扬。 ⑦邃:深远。哲:明哲。寤:指醒悟。 ⑧发:抒发,表达。焉:何。终古:永久,直到老死。 ⑨藑(qióng)茅:一种灵草。筳(tíng):折断的小竹枝。篿(zhuān):楚人名结草折竹以卜曰篿。灵氛:巫者之名,善卜。 ⑩两美:明君贤臣。合:相遇,遇合。信:诚。修:修炼。两句意谓如果明君贤臣一定能相遇的话,那么,谁还会诚心诚意地修炼自己而对此遇合渴慕不止呢? ⑪是:此,指楚国。一说为宓妃、简狄、二姚所居之地。 ⑫勉:努力。释女:舍弃你。女:同"汝"。 ⑬所:地方。芳草:隐喻所求之女。一说喻明君。故宇:故居,这里指楚国。以上为灵氛占卜的卜辞,意谓屈原应该到他国寻求贤臣,为之接通,以见用于他国。 ⑭眩曜:惑乱。云:说,意谓谁去游说以让他了解我的善恶。一说训"能",亦通。以上二句为屈原所言,屈原担心他国也和楚国一样。 ⑮好恶:爱恶,爱憎。惟:通"唯"。独异:特别不同。 ⑯户服:家家户户佩带着。要:古"腰"字。 ⑰珵(chéng):美玉。二句意为连草木好坏都不能分清,鉴别美玉又如何能切当。 ⑱苏:取。粪壤:粪土。帏:香囊。 ⑲巫咸:古代神巫,名咸。椒:香木名,此指该木所生香物。糈(xǔ):精米。椒、糈均可用以降神。要:通"邀"。 ⑳翳(yì):遮蔽。备:全部。此句指百神腾空而降。 ㉑九疑:这里指九嶷山神。缤:盛多貌。此指九山神迎接巫咸的仪仗很盛大。 ㉒皇:同"煌"。一说指百神。一说指巫咸。剡(yǎn)剡:辉煌光彩貌。扬灵:显扬灵异。吉故:灵氛之占所以吉利的原因。一说指前事之吉者。 ㉓榘:同"矩"。矱(huò):度量长短的工具。二字相连意谓规矩、法度。 ㉔严:敬。求合:求与贤臣相合。挚:伊尹,汤的贤相。咎繇(gāo yáo):皋陶,禹的贤臣。调:和合,协调。 ㉕好修:爱好修洁。行媒:指媒人,使者。 ㉖说(yuè):傅说,武丁的贤相。筑:版筑,筑墙用的杵。傅岩:地名,在今山西省平陆县东。武丁:殷高宗之名。 ㉗吕望:吕尚,即太公姜尚,曾在殷都朝歌做过屠夫。周文:周文王。 ㉘宁戚:春秋时卫国人,经商于齐,夜起饲牛扣角而歌,为桓公所闻,遂任以为卿。该辅:备于辅臣之列。该,备用。 ㉙晏:晚。央:尽。 ㉚鹈鴃(tíjué):鸟名,即杜鹃,常在春末夏初鸣叫,正是落花时节。二句为假设之词,意在劝屈原及早行事,不要耽搁。 ㉛琼佩:承上文"折琼枝以继佩"言,屈原以此佩饰比喻自己德操之美。偃蹇:盛多貌。薆(ài)然:遮蔽貌。 ㉜惟:通"唯"。谅:诚信。一说原谅。一说通"良"。折:摧折。 ㉝缤纷:纷乱貌。淹:久留。 ㉞直:怪叹之词。萧艾:均为贱草,蒿属。 ㉟兰:一说喻令尹子兰。羌:语助词。无实而容长:犹言"华而不实"。容,外表,外貌。

从俗兮,苟得列乎众芳①。椒专佞以慢慆兮②,樧又欲充夫佩帏③。既干进而务入兮,又何芳之能祗④?固时俗之流从兮⑤,又孰能无变化?览椒兰其若兹兮,又况揭车与江离?惟兹佩之可贵兮,委厥美而历兹⑥。芳菲菲而难亏兮,芬至今犹未沫⑦。和调度以自娱兮,聊浮游而求女⑧。及余饰之方壮兮,周流观乎上下。

灵氛既告余以吉占兮,历吉日乎吾将行⑨。折琼枝以为羞兮,精琼爢以为粻⑩。为余驾飞龙兮,杂瑶象以为车⑪。何离心之可同兮,吾将远逝以自疏⑫。

邅吾道夫昆仑兮⑬,路修远以周流。扬云霓之晻蔼兮,鸣玉鸾之啾啾⑭。朝发轫于天津兮,夕余至乎西极⑮。凤皇翼其承旂兮,高翱翔之翼翼⑯。忽吾行此流沙兮,遵赤水而容与⑰。麾蛟龙使梁津兮,诏西皇使涉予⑱。路修远以多艰兮,腾众车使径待⑲。路不周以左转兮,指西海以为期⑳。屯余车其千乘兮,齐玉轪而并驰㉑。驾八龙之婉婉兮,载云旗之委蛇㉒。抑志而弭节兮,神高驰之邈邈。奏《九歌》而舞《韶》兮,聊假日以愉乐㉔。陟升皇之赫戏兮,忽临睨夫旧乡㉕。仆夫悲余马怀兮,蜷局顾而不行㉖。

乱曰㉗:已矣哉㉘!国无人莫我知兮,又何怀乎故都?既莫足与为美政兮,吾将从彭咸之所居㉙。

【导读】

一、关于《离骚》写作的时间,《史记》本传说是在遭怀王疏远时,《太史公自序》《报任安书》说是在屈原放逐后。刘向《新序》、班固《离骚赞序》、王逸《楚辞章句》均从前说。

二、《离骚》是屈原的代表作,是一篇带有自传性质的长篇政治抒情诗。它比较全面地反映了屈原大半生的人生经历,表现了屈原高洁的人格和追求美政的进步理想,对楚国的奸佞小人和黑暗政治进行了无情的鞭挞。诗歌具有强烈的抒情气息,九曲回肠,千折百转,荡人心魄,成功地塑造了一个奋发自励、苏世独立、个性鲜明、卓绝千古的抒情形象。诗歌采用象征手法,运用大胆的夸张和离奇的想象,成功地将神话、历史与现实紧密地结合在一起,色彩瑰丽,画面开阔,表现出了鲜明的浪漫主义色彩。

---

① 委:委弃。苟:苟且。 ② 专:专擅。佞:谄媚奸邪。慢慆(tāo):淫纵傲慢。椒:一说喻楚大夫子椒。 ③ 樧(shā):恶草名,似茱萸而小。 ④ 干进:指钻营投机。干,求。祗:敬。此指庄敬自爱,一说敬贤爱人。一说训"振",振作。 ⑤ 流从:一作"从流",随同流俗,没有节操。 ⑥ 惟:通"唯"。兹佩:此佩,指琼佩。委厥美:指世人委弃其洁美。历兹:到了这样的境地。一说至今。 ⑦ 亏:亏损。沫:灭。一说"沫"之讹,通"昧",昏昧暗淡。 ⑧ 和:和谐,此作动词。调:身上佩玉发出的铿锵声。度:步伐整齐,与玉声相应。求女:指往他国寻求贤臣,通过他们的周旋通言,以见用于他国。 ⑨ 历:选择。 ⑩ 羞:同"馐",珍美的食品。一说训"脯",肉干。精:捣米使细,此指研碎。琼爢:玉屑。爢(mí),通"糜",细屑。粻(zhāng):粮。 ⑪ 瑶:美玉。象:象牙。 ⑫ 离心:心性品德不合。一说意见不合。自疏:自动离开。 ⑬ 邅(zhān):转,迂回。 ⑭ 云霓:画有云霓的旗帜。一说以云霓为旗。晻蔼:遮蔽貌。一说云盛貌。玉鸾:车上的玉铃,鸾鸟形。啾啾:指铃声。 ⑮ 天津:天河,在东极箕斗二星之间。西极:天的最西边。 ⑯ 翼:拥侍两侧,如鸟翼状。一说敬貌。承:举。旂:旗。翼翼:从容自得的样子。 ⑰ 忽:指速度快。流沙:神话中的地名,传说那里沙流不息。遵:沿着。赤水:神话中的水名,相传源出昆仑山。容与:安闲自得貌。一说徘徊不前。 ⑱ 麾(huī):指挥。津:河津。梁:桥梁,这里用为动词。西皇:西极的最高神。一说指古帝王少皞。 ⑲ 腾:腾起。一说越过。一说传告。径待:在前面路边等待。一说当作"径侍",指沿路侍奉或侍卫。 ⑳ 不周:不周山,神话中的山名,在昆仑山西北。西海:神话传说中位于西极的海。 ㉑ 屯:聚。齐玉轪:极言车辆之整齐。轪(dài),车辖,包在车毂外面的部分。 ㉒ 婉婉:同"蜿蜒",形容龙的蜿蜒游动。委蛇:同"委迤",旌旗连绵不断的样子。形容仪仗之盛。一说旌旗随风飘动的样子。 ㉓ 抑志:安神静气。一说"志"通"帜",旗帜下垂。弭节:停鞭,让车自行。神:神思。邈邈:辽远貌。 ㉔《韶》:《九韶》,舜乐名。假日:假借时日。愉(yú):同"愉"。一说同"偷"。 ㉕ 陟:升,登。皇:天。赫戏:光明貌。睨(nì):瞥见。旧乡:故乡,指楚国。 ㉖ 仆夫:仆从。一说御者。怀:怀恋。一说伤怀。蜷(quán)局:蜷曲不行貌。顾:回头看。 ㉗ 乱:乐歌的卒章。此指终篇的结语。 ㉘ 已矣哉:绝望之辞,犹言"算了吧"。 ㉙ 居:居处。此指也将像彭咸那样投水而死。

三、苏轼云:"屈原作《离骚经》,盖《风》《雅》之再变者,虽与日月争光可也。"(《答谢民师书》)鲁迅先生云:"逸响伟辞,卓绝一世。……其影响于后来之文章,乃甚或在三百篇以上。"(《汉文学史纲要》)《离骚》在中国文学史上具有重要地位和深刻历史影响。

九歌·湘夫人①

帝子降兮北渚②,目眇眇兮愁予③。嫋嫋兮秋风,洞庭波兮木叶下④。登白薠兮骋望⑤,与佳期兮夕张⑥。鸟何萃兮蘋中⑦,罾何为兮木上⑧。

沅有茝兮醴有兰,思公子兮未敢言⑨。荒忽兮远望,观流水兮潺湲⑩。麋何食兮庭中,蛟何为兮水裔⑪?朝驰余马兮江皋,夕济兮西澨⑫。闻佳人兮召予,将腾驾兮偕逝⑬。

筑室兮水中,葺之兮荷盖⑭。荪壁兮紫坛⑮,匊芳椒兮成堂⑯。桂栋兮兰橑⑰,辛夷楣兮药房⑱。罔薜荔兮为帷⑲,擗蕙櫋兮既张⑳。白玉兮为镇,疏石兰兮为芳㉑。芷葺兮荷屋㉒,缭之兮杜衡㉓。合百草兮实庭,建芳馨兮庑门㉔。九嶷缤兮并迎㉕,灵之来兮如云㉖。

捐余袂兮江中,遗余褋兮澧浦㉗。搴汀洲兮杜若,将以遗兮远者㉘。时不可兮骤得,聊逍遥兮容与㉙。

---

① 本篇是祭祀湘水女神的歌词,由男巫扮演湘君迎神,女巫扮演湘夫人,两人对舞歌唱。用朱熹的话说即"以阳主接阴鬼"。 ② 帝子:湘夫人。因为尧帝之女,故云。一说是天帝的女儿。北渚:湘君、湘夫人的约会之地。在《湘君》中是湘夫人先到等候湘君,此篇相反,是湘君先到等候湘夫人,所谓"阳主接阴鬼"。"帝子降兮北渚"为呼唤语,意为帝子降临吧,降临北渚!渚,水中小洲。这里是以祭祀场地象征性地代表北渚。 ③ 眇眇:极力远望,望眼欲穿的样子。愁予:使予生愁。予,湘君自指。一说忧。 ④ 嫋(niǎo)嫋:吹拂貌。波:生波。 ⑤ 白薠(fán):草名,秋生,长湖泽间。骋望:骋目远望。 ⑥ 与:参与其中。佳期:美好开心的约会,此指与湘夫人见面。一说"佳"训"佳人"。张:陈设,安排布置。 ⑦ 萃:聚集。一本"萃"上无"何"字。 ⑧ 罾(zēng):捕鱼网。以上二句借鸟、罾位置颠倒表明事情的奇怪异常,恐有不谐。以上八句为男巫所唱。 ⑨ 沅:沅水。醴:一本作"澧"。二水均在湖南境内,流入洞庭湖。茝(chǎi):白芷,香草名。公子:指湘君。一说同"帝子",误。 ⑩ 荒忽:即恍惚,看不清楚的样子。一说精神恍惚。潺湲:水流貌。 ⑪ 麋:鹿属,似鹿而大。水裔:水边。麋本当在山林而在庭中,蛟本当在水中却在岸边,两句也指恐事情有变。湘夫人不敢吐露自己的心曲,另一面又得不到湘君的音信,所以感到十分忧虑。 ⑫ 皋:水边高地。济:渡过。澨(shì):水边。 ⑬ 佳人:指湘君。召:承上文"登白薠"二句而来。腾驾:腾起车驾。偕逝:一同飘游。二句意为闻说佳人召我,欲与我一同飘逝。以上四句写湘夫人获得湘君的音信,毫不犹豫,马上前往。以上十句为女巫所唱。 ⑭ 葺(qì):原指用茅草盖屋顶,这里是泛称,泛指盖屋顶。荷盖:荷叶做的顶盖。 ⑮ 荪壁:用荪草饰壁。荪,香草名。紫坛:用紫贝铺砌庭院。一说高台。紫,紫贝。 ⑯ 匊:古"播"字,布。椒:香木。成:成为。一说训"饰"。一说通"盛"。一本作"盈"。 ⑰ 栋:房屋的正梁。橑(liáo):屋椽。 ⑱ 辛夷:北方曰木笔,南方曰迎春。初春开花。楣:门上横梁。药:白芷。洪兴祖《补注》:"白芷,楚人谓之药。"房:与"堂"相对,当指卧室。 ⑲ 罔:同"网"。薜荔:香草名,蔓生。帷:帷帐。 ⑳ 擗(pǐ):析开,剖开。櫋(mián):室之隔扇。一说为帐顶。一说为帷帐花边。既张:陈设完毕。 ㉑ 镇:镇压座席之物。一作"瑱"。疏:陈布。石兰:香草名,即山兰。芳:装饰性花草,既取其香气,又以娱目。 ㉒ 芷葺:以白芷装饰的屋顶。荷屋:以荷叶为顶的屋子。此指以荷叶为顶,以白芷为饰。 ㉓ 杜衡:香草名。缭:缠绕,束缚。此指以杜衡固定屋盖。 ㉔ 合:汇聚。实:充实。建:陈列。芳馨:指各类香花香草。庑(wǔ):厢房。一说犹"廊"。以上十四句均承首段"夕张"而来。 ㉕ 九嶷:山名,一名苍梧,在湘水之南,传说帝舜南巡,死葬于此。此指九嶷山神,也即湘君从九嶷山上带来的仆从。缤:美盛貌。这里形容仪仗之盛。 ㉖ 灵:灵光,此指湘夫人所带领的众神。此句为湘君假想之词,他设想湘夫人的陪从一定很多,所以才带领九嶷诸神一起出迎。以上十六句为男巫所唱之词。 ㉗ 捐:与"遗"同义,丢失。袂:"玦"之讹,玉器,似环而有缺。一说衣袖。褋:丝绳,此指由丝绳系结的佩饰。一说单衣。澧:澧水。浦:水边。二句意为因为赶路匆忙,所带佩饰都遗落在路上。 ㉘ 搴(qiān):采取。汀洲:水中平地,此指北渚,湘夫人此时已驾临北渚。杜若:香草名。遗:赠送。远者:指湘君。湘君从远处来北渚与湘夫人相见。 ㉙ 逍遥、容与:均为相从游乐之义。以上六句为女巫所唱,说明"阳主接阴鬼"获得成功。

【导读】

一、朱熹《楚辞辩证》谓楚辞祭祀之歌,或"以阴巫下阳神",或"以阳主接阴鬼",这首诗歌正属后者。

二、和《湘君》一样,这首诗歌也同样曲折地表达了南楚人民对爱情生活的眷恋和追求,寄托了屈原在屡遭打击、流放南荒以后对人间真情的热切向往。诗歌采用对话形式,使男女两位主人公各抒挚情,情意深长,音韵婉转,语言优美,具有很强的艺术表现力。

三、诗歌以男、女二巫各自扮演不同角色,对歌互唱,呈现出了浓厚的戏剧色彩,可以说是后世戏曲艺术的萌芽,对后世文学颇有影响。

九歌·山鬼①

若有人兮山之阿②,被薜荔兮带女萝③。既含睇兮又宜笑,子慕予兮善窈窕④。乘赤豹兮从文狸,辛夷车兮结桂旗⑤。被石兰兮带杜衡⑥,折芳馨兮遗所思⑦。

余处幽篁兮终不见天,路险难兮独后来⑧?表独立兮山之上,云容容兮而在下⑨。杳冥冥兮羌昼晦,东风飘兮神灵雨⑩。留灵修兮憺忘归⑪,岁既晏兮孰华予⑫。

采三秀兮于山间,石磊磊兮葛蔓蔓⑬。怨公子兮怅忘归,君思我兮不得闲⑭?山中人兮芳杜若,饮石泉兮荫松柏⑮。君思我兮然疑作⑯。

雷填填兮雨冥冥⑰,猨啾啾兮又夜鸣⑱。风飒飒兮木萧萧,思公子兮徒离忧⑲。

【导读】

一、这首诗歌是祭山鬼之歌。

二、《山鬼》一诗除开头一部分描写山鬼的姿容装束外,通篇都作山鬼思念爱人的语气。至于这首诗歌的主旨则重点表现在第三自然段末尾三句上。山鬼芳若杜若,饮则清泉,息必松柏,品性之洁,德行之高,操守之廉,毋庸再议,而所思之人竟妄生疑心,不与相会。诗歌通过这一情节深深地表达了南楚人民对山鬼的同情,祭祀之义盖缘于此;毫无疑问,诗中也同样寄寓了屈原自己正道直行,忠而被谤,信而见疑的苦心。这首诗歌在艺术手法上有三大特色:一是擅长心理描写,对人物心理的描写细腻委曲,洞察入微。二是善于通过肃杀凄凉的环境来烘托人物幽怨孤冷寂寥的心情,景中寓情,情景相生。三是善于

---

① 山鬼:山神,女性。全篇均系山鬼的口气,由主祭女巫代山鬼陈述。 ② 若有人:仿佛有人,山鬼自指。一说指山鬼思念的人。阿:山的曲隅、深处。 ③ 被:同"披"。薜荔:香草名,蔓生。带女萝:以女萝为带。女萝,即女萝,一名兔丝,蔓生植物。 ④ 含睇:这里指脉脉含情,微微斜视的样子。睇(dì),微微斜视。宜笑:宜于笑,形容笑得很好看。子:山鬼心中的恋人。予:山鬼自称。窈窕:美好貌。 ⑤ 赤豹:毛色赤红生有黑斑的豹。从:随行。文狸:皮毛生有花纹的狸。辛夷:香木名。结桂旗:结桂枝为旗。 ⑥ 石兰、杜衡:皆为香草名。 ⑦ 芳馨:指香花。遗:赠送。所思:思念的人。 ⑧ 篁:竹林。独后来:山鬼自谓。此二句写山鬼因约会不谐而产生疑虑。 ⑨ 表:特出貌。容容:同"溶溶",云气飘动貌。 ⑩ 杳:深沉幽暗貌。冥冥:指阴暗。羌:语助词。昼晦:白天光线也显得那样阴晦。神灵:指雨神。 ⑪ 留:为恋人滞留。灵修:美称,此指山鬼所思念的恋人。憺(dàn):安定,此指精神专一,凝然独立貌。 ⑫ 岁:指年龄。晏:晚。华:荣华。孰华予:谁能使我荣华再现。此指山鬼担心自己荣华虚度。 ⑬ 三秀:灵芝,一年三荣,故名。磊磊:乱石堆积貌。葛:葛藤。蔓蔓:蔓延纠缠貌。 ⑭ 怅:惆怅感伤。闲:闲暇。此为山鬼假想之词。 ⑮ 芳杜若:芳若杜若。杜若,香草名。山中人:山鬼自指。二句极言山鬼芳洁净美。 ⑯ 然疑作:指对方山鬼产生怀疑,怀疑山鬼心性不贞洁。然,是这样。疑,怀疑。 ⑰ 填填:形容雷声频发的样子。冥冥:形容天气阴暗幽暗。 ⑱ 猨:一本作"犹(yòu)",猿属。啾啾:猿鸣声。 ⑲ 飒飒:风声。萧萧:草木摇落的样子。离:通"罹",遭受。

通过人物的服饰行装来表现人物的奇异不俗,与众不同。毋庸置疑,《山鬼》一篇,也是屈原《九歌》中的名作。

九章·涉江

余幼好此奇服兮①,年既老而不衰。带长铗之陆离兮②,冠切云之崔嵬③。被明月兮珮宝璐④,世溷浊而莫余知兮⑤,吾方高驰而不顾⑥。驾青虬兮骖白螭⑦,吾与重华游兮瑶之圃⑧。登昆仑兮食玉英⑨,与天地兮比寿,与日月兮同光⑩。哀南夷之莫吾知兮,旦余济乎江湘⑪。

乘鄂渚而反顾兮,欸秋冬之绪风⑫。步余马兮山皋,邸余车兮方林⑬。乘舲船余上沅兮,齐吴榜以击汰⑭。船容与而不进兮,淹回水而疑滞⑮。朝发枉陼兮,夕宿辰阳⑯。苟余心其端直兮,虽僻远之何伤⑰。

入溆浦余儃佪兮⑱,迷不知吾所如⑲。深林杳以冥冥兮,乃猿狖之所居⑳。山峻高以蔽日兮,下幽晦以多雨。霰雪纷其无垠兮,云霏霏而承宇㉑。哀吾生之无乐兮,幽独处乎山中。吾不能变心以从俗兮,固将愁苦而终穷㉒。

接舆髡首兮㉓,桑扈臝行㉔。忠不必用兮,贤不必以㉕。伍子逢殃兮㉖,比干菹醢㉗。与前世而皆然兮㉘,吾又何怨乎今之人!余将董道而不豫兮,固将重昏而终身㉙。

乱曰㉚:鸾鸟凤皇,日以远兮。燕雀乌鹊,巢堂坛兮㉛。露申辛夷,死林薄兮㉜。腥臊并御,芳不得薄兮㉝。阴阳易位,时不当兮。怀信侘傺,忽乎吾将行兮㉞。

---

① 奇服:与众不同的服饰。此喻屈原志行高洁,与众不同。 ② 长铗:长剑。铗,剑柄,此指剑。陆离:长貌。一说华饰纷盛貌。 ③ 冠:帽子,此为动词。切云:冠名,取其上切云天意。崔嵬(wéi):高耸的样子。 ④ 被:同"披",披带。明月:夜明珠。珮:玉佩,这里作动词。璐:美玉。 ⑤ 溷:同"混"。 ⑥ 顾:回头看。 ⑦ 虬(qiú):无角的龙。一说指龙子之有角者。骖:在两边驾车的马,即骖马,这里用作动词。螭(chī):无角的龙。 ⑧ 重华:帝舜之名。瑶之圃:相传在昆仑山上,为天帝所有。瑶,美玉。圃,园地。 ⑨ 玉英:玉树的花。一说指玉的精华。 ⑩ 同:一本作"齐"。 ⑪ 旦:晨。济:渡。江:长江。湘:湘水。 ⑫ 鄂渚:地名,在今湖北省武昌西。乘:登。欸(āi)叹息。绪风:余风。一说烈风。 ⑬ 皋:水边高地。邸:舍止。一说通"抵",抵达。方林:地名。一说大林。一说旁林,树林旁边。 ⑭ 舲船:船之有窗者。上沅:溯沅水而上。吴榜:吴地所产的船桨。一说"吴"训"大"。汰:水波。 ⑮ 容与:迟疑不进貌。淹:停留。回水:漩涡。疑滞:即凝滞,停止不前的意思。 ⑯ 枉陼:地名,在今湖南省常德市南,沅水流经其地。陼:同"渚"。辰阳:地名,在今湖南省辰溪西。 ⑰ 端直:非常正直。之:犹"其"。 ⑱ 溆浦:地名,溆水沿岸。儃佪(chán huí):徘徊。 ⑲ 迷:茫然不知所往貌。如:往,到。 ⑳ 杳:深远貌。冥冥:幽暗貌。狖(yòu):长尾猴,猿属。 ㉑ 霰(xiàn):微小的雪粒。垠(yín):边际。霏霏:阴云密布貌。宇:天宇。一说屋檐。 ㉒ 终穷:终身穷困,此指仕途不通达。 ㉓ 接舆:春秋时楚国狂士。髡(kūn)首:即髡首,剃发,古代的一种刑罚。相传接舆曾自除其发,诡俗傲世,隐居不仕。 ㉔ 桑扈:古代隐士。有人认为他即《庄子》中的子桑户,《论语》中的桑伯子。《孔子家语》说他"不衣冠而处"。臝行:裸身而行,也是骄俗抗世之举。臝,同"裸"。 ㉕ 以:用。 ㉖ 伍子:即伍子胥,春秋时吴国贤臣,吴王夫差听信伯嚭谗言,逼其自杀。一说为子胥之父伍奢,楚平王贤臣,平王听信费无忌谗言将其杀死。 ㉗ 比干:纣王贤臣,因为谏纣王而被纣王剖心。菹醢:古代的一种酷刑,将人肢解后剁成肉酱。菹(zū),将菜细切碎腌制而成的酸菜。醢(hǎi),肉酱。 ㉘ 与:通"举",列举。一说训"全"。 ㉙ 董道:正道。豫:犹豫。重昏:处于重重昏暗之中。一说一再陷于黑暗环境之中。 ㉚ 乱:乐章的尾声,此指这首诗的结语。 ㉛ 鸾鸟、凤皇:都是祥瑞之鸟,此比贤士。燕雀乌鹊:均是小鸟,此比奸佞小人。巢:筑巢。堂:殿堂。坛:祭祀用的土台。 ㉜ 露申、辛夷:均为芳香植物。林薄:洪兴祖补注:"丛木曰林,草木交错曰薄。" ㉝ 御:进用。薄:迫近。 ㉞ 怀信:怀抱忠信。侘傺(chà chì):失意貌。忽:飘忽迅疾貌。

【导读】

一、《九章》是屈原所作《涉江》《哀郢》《橘颂》《怀沙》等九篇诗歌的总称,它们并非作于一时一地,思想内容与《离骚》接近,多是自述身世和遭遇之作。朱熹《楚辞集注》对此讲得很明确:"屈原既放,思君念国,随事感触,辄形于声。后人辑之,得其九章,合为一卷,非必出于一时之言也。"《涉江》一诗盖屈原在流放江南的途中所作。

二、这首诗歌记述了屈原渡江南下的经历,抒写了他志行高洁,不被人识,痛遭陷害的悲剧命运,反映了他对小人当道,君子窜伏的黑暗现实的不满,表现了他坚守节操、宁折不弯的高洁品性。诗歌虽然在思想内容上和《离骚》接近,但在艺术上较之《离骚》带有更多的纪实色彩。作品无论写山水,言节候,都能做到情景交融,感人至深,这是《涉江》所表现出来的一个十分突出的特点。

三、《涉江》一诗的纪实色彩在《九歌·哀郢》中也有明显的体现,这种把纪游和抒情融为一体的创作方法,对两汉以后的纪行赋作,如刘歆的《遂初赋》、班彪的《北征赋》、蔡邕的《述行赋》等,均有十分深远的影响。

九章·橘颂

后皇嘉树①,橘徕服兮②。受命不迁,生南国兮③。深固难徙,更壹志兮④。绿叶素荣,纷其可喜兮⑤。曾枝剡棘,圆果抟兮⑥。青黄杂糅,文章烂兮⑦。精色内白,类可任兮⑧。纷缊宜修,姱而不丑兮⑨。

嗟尔幼志,有以异兮⑩。独立不迁,岂不可喜兮。深固难徙,廓其无求兮⑪。苏世独立,横而不流兮⑫。闭心自慎,终不失过兮⑬。秉德无私,参天地兮⑭。愿岁并谢,与长友兮⑮。淑离不淫,梗其有理兮⑯。年岁虽少,可师长兮⑰。行比伯夷,置以为像兮⑱。

【导读】

一、《橘颂》当是屈原早期的作品,全篇没有流露出一点忧伤愤懑的情绪,与屈原的其他作品风格甚异。说它是早期之作大体无碍。

二、这是一首较早的咏物诗,"橘颂"即颂橘。诗歌借咏物以抒情志,以橘树之"独立不迁""深固难

---

① 后:后土。皇:皇天。嘉:美好。 ② 橘:洪兴祖补注引《异物志》:"橘为树,白华赤实。皮既馨香,又有善味。"徕:同"来"。服:习。王逸注:"言皇天后土生美橘树,异于众木,来服习南土。" ③ 受命:受天地之命。不迁:不能移植。王逸注:"橘受天命,生于江南,不可移徙。种于北地,则化而为枳也。" ④ 徙:迁徙。壹志:志向专一。 ⑤ 素荣:白花。纷:繁盛貌。 ⑥ 曾:通"层(層)",重叠。剡(yǎn):尖利。棘:枝条上的刺。抟(tuán):同"团",圆貌。 ⑦ 青黄杂糅:指橘实初熟,果皮之色青黄交杂。糅:混杂。文:纹理。章:色彩。烂:绚烂。 ⑧ 精色:橘子内瓤,其色晶莹。内白:瓤内籽实,其色洁白。类:王逸注:"犹貌也。"一说训"似"。任:派上用场,委以大任,如招国宾、宴享君王等。此以橘喻人,称其可以应对诸侯,讽君谏上等。洪兴祖补注:"青黄杂糅,言其外之文;精色内白,言其中之质也。""可任"一本作"任道"。 ⑨ 纷缊:美盛貌。宜修:适于修饰。姱(kuā):美好。 ⑩ 嗟:叹美之词。尔:你,指橘树。异:指不同于一般树木。此言橘树从小就与众木有异。 ⑪ 廓:胸怀宽广。无求:无心荣利。 ⑫ 苏:醒。横:横渡。不流:不随波逐流。 ⑬ 闭心:守志捐欲。失过:不足曰失,过中曰过。 ⑭ 秉:持。参:配。洪兴祖补注:"天无私覆,地无私载,秉德无私,则与天地参也。" ⑮ 愿:甘愿。岁:年年。并谢:落下全部果实。谢:落。与长友:送与师长朋友品尝。一说愿与橘树一同生死,永为师友。 ⑯ 淑:善,指内心。离:通"丽",指外貌。一说离别。淫:放纵自恃。梗:橘树的枝干。一说通"耿",正直。一说橘树梗然坚强。理:不错杂,有条理。一说有纹理。 ⑰ 虽:即使。师长:尊为师长。 ⑱ 伯夷:殷末义士,因反对武王灭殷,不食周粟,在首阳山饿死。像:榜样。

徒""横而不流""苏世独立"等来抒写自己宁折不弯,高洁不染、傲世抗俗的思想品格。这不仅是对传统的比兴手法的扩大和突破,也是对后世咏物诗发展道路的成功开拓。诗歌以四言为主,杂以五言,从中可以明显看出《诗经》对它的影响。

宋 玉

宋玉(生卒年不详),战国楚辞赋家。生平及事迹见《史记·屈原贾生列传》等。据说他是屈原的学生,出身寒微,曾入仕襄王,但才高位下,很不得意。他的作品据《汉书·艺文志》载有十六篇,现在可以见到的有收入《楚辞》的《九辩》《招魂》,收入《文选》的《高唐赋》《神女赋》《风赋》《登徒子好色赋》《对楚王问》,另有《笛赋》《大言赋》《小言赋》《讽赋》《钓赋》《舞赋》六篇收入《古文苑》。然据历代学者考证,《招魂》一篇系屈原所作,收入《古文苑》的六篇也不可信,《文选》所载也有人怀疑,现在可信的只有《九辩》一篇。

九 辩

悲哉!秋之为气也!萧瑟兮草木摇落而变衰。憭慄兮若在远行,登山临水兮送将归①。泬寥兮天高而气清②,寂寥兮收潦而水清③。憯凄增欷兮薄寒之中人④,怆怳懭悢兮去故而就新⑤。坎廪兮贫士失职而志不平⑥,廓落兮羁旅而无友生⑦,惆怅兮而私自怜。燕翩翩其辞归兮,蝉寂漠而无声⑧。雁雍雍而南游兮,鹍鸡啁哳而悲鸣⑨。独申旦而不寐兮⑩,哀蟋蟀之宵征。时亹亹而过中兮,蹇淹留而无成⑪。

悲忧穷戚兮独处廓,有美一人兮心不绎⑫。去乡离家兮徕远客,超逍遥兮今焉薄⑬?专思君兮不可化⑭,君不知兮可奈何?蓄怨兮积思,心烦憺兮忘食事⑮。愿一见兮道余意,君之心兮与余异。车既驾兮揭而归⑯,不得见兮心伤悲。倚结轸兮长太息,涕潺湲兮下沾轼⑰。忼慨绝兮不得,中瞀乱兮迷惑⑱。私自怜兮何极?心怦怦兮谅直⑲。

皇天平分四时兮,窃独悲此廪秋⑳。白露既下百草兮,奄离披此梧楸㉑。去白日之昭昭兮,袭长夜之悠悠。离芳蔼之方壮兮,余萎约而悲愁㉒。秋既先戒以白露兮,冬又申之

---

① 憭慄:凄凉。将归:将归之人。 ② 泬(xuè)寥:旷荡清朗貌,指天空。 ③ 寂寥:同"寂寥",虚静貌,指大地。潦(lǎo):积水。 ④ 憯:同"惨"。欷(xī):叹息。薄寒:深秋的轻寒。中:侵袭。 ⑤ 怆怳(chuàng huǎng)、懭悢(kuàng lǎng):均指失意惆怅的样子。前后连用,起强调作用。一说前者训"悲伤",后者训"惆怅"。去故而就新:指旧年将尽,新年将始。 ⑥ 坎廪(lǐn):同"坎壈",坎坷。 ⑦ 廓落:孤独无依貌。友生:朋友。 ⑧ 寂漠:同"寂寞"。 ⑨ 雍(yōng)雍:即嗈嗈,雁叫声。鹍鸡:鸟名,似鹤,黄白色。啁哳(zhāo zhā):声音繁杂细碎貌。 ⑩ 申旦:通宵达旦。 ⑪ 亹(wěi)亹:行进不息貌。过中:过了中年。蹇:语助词。淹:滞留。 ⑫ 穷戚:处境穷困。戚,一本作"戚"。廓:孤寂无依。绎:通"怿",快乐。 ⑬ 徕:同"来"。超:远。逍遥:徘徊。焉:何。薄:止息。 ⑭ 化:改变。此指忠君之心不可改变。 ⑮ 憺(dàn):忧虑。食事:吃饭。一说二字分指。 ⑯ 揭而归:去而又归。此指不忍离开。揭(qiè),离开。 ⑰ 轸(líng):车栏。古代车厢前、左、右三面均有栏木,纵横交结,形似方格,故称结轸。轼:车前横木。 ⑱ 忼慨绝兮不得:不忍弃绝。瞀(mào):烦乱貌。 ⑲ 怦怦:忠诚貌。谅:诚实。 ⑳ 廪:通"凛",凛冽。 ㉑ 奄:奄忽,迅速。离披:木叶散落貌。 ㉒ 芳蔼(ǎi):芳美而繁盛。萎约:枯萎而约缩。

以严霜。收恢台之孟夏兮①,然欲儗而沈臧②。叶菸邑而无色兮,枝烦挐而交横③。颜淫溢而将罢兮④,柯仿佛而萎黄。萷櫹槮之可哀兮,形销铄而瘀伤⑤。惟其纷糅而将落兮⑥,恨其失时而无当。揽騑辔而下节兮,聊逍遥以相佯⑦。岁忽忽而遒尽兮,恐余寿之弗将⑧。悼余生之不时兮,逢此世之俇攘⑨。澹容与而独倚兮⑩,蟋蟀鸣此西堂。心怵惕而震荡兮,何所忧之多方⑪!仰明月而太息兮,步列星而极明⑫。

　　窃悲夫蕙华之曾敷兮,纷旖旎乎都房⑬。何曾华之无实兮,从风雨而飞扬?以为君独服此蕙兮,羌无以异于众芳⑭。闵奇思之不通兮,将去君而高翔。心闵怜之惨凄兮,愿一见而有明⑮。重无怨而生离兮,中结轸而增伤⑯。岂不郁陶而思君兮⑰,君之门以九重。猛犬狺狺而迎吠兮⑱,关梁闭而不通。皇天淫溢而秋霖兮,后土何时而得漧?块独守此无泽兮,仰浮云而永叹⑲。

　　何时俗之工巧兮,背绳墨而改错⑳?却骐骥而不乘兮,策驽骀而取路㉑。当世岂无骐骥兮?诚莫之能善御。见执辔者非其人兮,故蹋跳而远去㉒。凫雁皆唼夫梁藻兮㉓,凤愈飘翔而高举。圜凿而方枘兮,吾固知其鉏铻而难入㉔。众鸟皆有所登栖兮,凤独遑遑而无所集㉕。愿衔枚而无言兮,尝被君之渥洽㉖。太公九十乃显荣兮,诚未遇其匹合㉗。谓骐骥兮安归?谓凤凰兮安栖?变古易俗兮世衰,今之相者兮举肥㉘。骐骥伏匿而不见兮,凤凰高飞而不下。鸟兽犹知怀德兮,何云贤士之不处㉙?骥不骤进而求服兮,凤亦不贪馁而妄食㉚。君弃远而不察兮,虽愿忠其焉得?欲寂漠而绝端兮㉛,窃不敢忘初之厚德。独悲愁其伤人兮,冯郁郁其何极㉜?

　　霜露惨凄而交下兮,心尚幸其弗济㉝。霰雪雰糅其增加兮,乃知遭命之将至㉞。愿徼幸而有待兮㉟,泊莽莽与野草同死。愿自直而径往兮㊱,路壅绝而不通。欲循道而平驱兮,又未知其所从。然中路而迷惑兮,自压按而学诵㊲。性愚陋以褊浅兮,信未达乎从容㊳。窃美申包胥之气盛兮,恐时世之不固㊴。何时俗之工巧兮,灭规矩而改凿?独耿介而不随兮,愿慕先圣之遗教。处浊世而显荣兮,非余心之所乐。与其无义而有名兮,宁穷处而守

---

① 恢台(yí):繁茂广盛貌。 ② 然:乃,于是。下同。歓儗:枯萎,凋落。歓,同"坎",陷落。儗,止。臧:通"藏"。沈藏:沉埋。 ③ 菸(yū)邑:黯淡貌。烦挐(rú):纷乱貌。 ④ 淫溢:过度。罢:通"疲",乏。 ⑤ 萷:同"梢"。櫹槮(xiāo sēn):树枝无叶,孤立上耸的样子。销铄(shuò):销毁。瘀伤:指元气衰残。 ⑥ 惟:思。糅:杂乱。 ⑦ 騑(fēi):在两边拉车的马。辔:马缰绳。下节:按节,停鞭。相佯:同"徜徉"。 ⑧ 遒:迫尽。将:长。 ⑨ 俇(kuāng)攘:纷扰不宁貌。 ⑩ 澹:指内心落寞。容与:闲散貌。 ⑪ 怵(chù)惕:惊惧。方:端。 ⑫ 极:至。 ⑬ 蕙华:蕙草的花。曾敷:层层开放。曾,通"层"。敷,布。旖旎(yǐ nǐ):繁盛貌。都:天子所居日都。 ⑭ 服:佩带。羌:语助词。 ⑮ 有明:有以自明。 ⑯ 重:深念。无怨:无可埋怨。轸(zhěn):悲痛。 ⑰ 郁陶(táo):忧思郁积貌。 ⑱ 狺(yín)狺:犬吠声。 ⑲ 淫溢:指雨水过多。漧:同"干"。块:孤独。无:通"芜"。永叹:长叹。 ⑳ 错:通"措",置。 ㉑ 驽骀(tái):劣马。 ㉒ 蹋(jú)跳:连蹦带跳,指为御者所伤,疼痛难忍。 ㉓ 唼(shà):鱼鸟吃食貌。藻:水草。 ㉔ 圜凿:凿出的圆孔。圜:同"圆"。方枘(ruì):方的榫头。鉏铻(jǔ yǔ):同"龃龉",互相抵触。 ㉕ 遑遑:王逸注"不得所貌"。集:栖止。 ㉖ 被:蒙受。渥(wò)洽:厚恩。 ㉗ 匹合:匹配相合。 ㉘ 变古易俗:变易古俗。相:指相马。肥:外表肥美。 ㉙ 怀德:怀恋有德者。处:居止。 ㉚ 骤:急貌。服:驾,乘。馁:同"喂"。 ㉛ 绝:断绝。端:端绪。此指一意隐遁,不思进取。 ㉜ 冯:通"凭",愤懑。郁郁:心头郁结貌。极:穷尽。 ㉝ 幸:希望。弗济:不成功。此指希望小人的心计不能成功。 ㉞ 霰(xiàn):雪珠。雰(fēn):雨雪纷杂貌。遭命:遭受到的命运。 ㉟ 愿:通"原"。徼幸:同"侥幸"。有待:有所期待,指楚王醒悟。泊莽莽:泊于草木茂盛之处。泊,留止。 ㊱ 径:小路。 ㊲ 然:乃。诵:赋诗言志。学:指效仿前人。 ㊳ 褊:狭隘。从容:见怪不惊。 ㊴ 申包胥:春秋时楚大夫。吴攻入楚都,楚王逃亡,申包胥入秦哭请秦王出兵相救,打败吴国。固:"同"字之误,与"通""从""诵"押韵。一说恐当时楚国国势倾危。

高。食不媮而为饱兮,衣不苟而为温①。窃慕诗人之遗风兮,愿托志乎素餐②。蹇充倔而无端兮③,泊莽莽而无垠。无衣裘以御冬兮,恐溘死不得见乎阳春④。

靓杪秋之遥夜兮,心缭悷而有哀⑤。春秋逴逴而日高兮⑥,然惆怅而自悲。四时递来而卒岁兮,阴阳不可与俪偕⑦。白日晼晚其将入兮⑧,明月销铄而减毁。岁忽忽而遒尽兮,老冉冉而愈弛⑨。心摇悦而日幸兮⑩,然怊怅而无冀⑪。中憯恻之凄怆兮,长太息而增欷。年洋洋以日往兮,老嵺廓而无处⑫。事亹亹而觊进兮,蹇淹留而踌躇⑬。

何泛滥之浮云兮,猋壅蔽此明月⑭。忠昭昭而愿见兮,然霠曀而莫达⑮。愿皓日之显行兮,云蒙蒙而蔽之。窃不自聊而愿忠兮,或黕点而汙之⑯。尧舜之抗行兮,瞭冥冥而薄天⑰。何险巇之嫉妒兮,被以不慈之伪名⑱。彼日月之照明,尚黯黮而有瑕⑲。何况一国之事兮,亦多端而胶加⑳。被荷裯之晏晏兮㉑,然潢洋而不可带㉒。既骄美而伐武兮,负左右之耿介㉓。憎愠惀之修美兮㉔,好夫人之慷慨。众踥蹀而日进兮,美超远而逾迈㉕。农夫辍耕而容与兮㉖,恐田野之芜秽。事绵绵而多私兮㉗,窃悼后之危败。世雷同而炫曜兮,何毁誉之昧昧㉘。今修饰而窥镜兮,后尚可以窜藏㉙。愿寄言夫流星兮,羌倏忽而难当㉚。卒壅蔽此浮云兮,下暗漠而无光。

尧舜皆有所举任兮,故高枕而自适㉛。谅无怨于天下兮,心焉取此怵惕㉜? 乘骐骥之浏浏兮㉝,驭安用夫强策? 谅城郭之不足恃兮,虽重介之何益㉞? 邅翼翼而无终兮㉟,忳惛惛而愁约㊱。生天地之若过兮,功不成而无效㊲。愿沈滞而不见兮,尚欲布名乎天下。然潢洋而不遇兮,直怐愗而自苦㊳。莽洋洋而无极兮,忽翱翔之焉薄㊴? 国有骥而不知乘兮,焉皇皇而更索㊵? 宁戚讴于车下兮,桓公闻而知之㊶。无伯乐之善相兮,今谁使乎誉之? 罔流涕以聊虑兮,惟著意而得之㊷。纷纯纯之愿忠兮,妒被离而鄣之㊸。愿赐不肖之躯而别离兮,放游志乎云中。乘精气之抟抟兮㊹,骛诸神之湛湛㊺。骖白霓之习习兮㊻,历群灵

---

① 媮:同"偷",与"苟"同义。 ② 诗人:指《诗经·伐檀》的作者。素餐:语出《伐檀》"彼君子兮,不素餐兮"。 ③ 充倔:补缀。此指挽救败局。无端:无方。 ④ 溘(kè):忽然。 ⑤ 靓:通"靖"。《方言》:"靖,思也"。杪秋:深秋。杪(miǎo),树梢。缭:纷扰。悷:忧。 ⑥ 逴(chuò)逴:久远貌。 ⑦ 卒岁:终岁。阴阳:日夜,指时光。俪偕:在一起。 ⑧ 晼晚:太阳下山时的光景。 ⑨ 遒尽:迫尽。弛:通"驰"。一说训"衰弛"。 ⑩ 摇悦:且悲且喜,忽悲忽喜。幸:希望。 ⑪ 怊(chāo)怅:悲伤失意。无冀:无希望。 ⑫ 洋洋:广大无边貌,此指岁月无穷尽。嵺廓:同"寥廓",空旷无倚貌。无处:无处安身。 ⑬ 觊(jì):希望。踌躇:游荡,没有归宿。 ⑭ 泛滥:云盛貌。猋(biāo):犬奔貌,引申为迅疾。 ⑮ 霠曀(yīn yì):天色阴暗貌。 ⑯ 聊:一本作"料",料想。黕(dǎn):污垢。点:玷污。汙:同"污"。 ⑰ 抗行:高行。瞭:明。冥冥:高远貌。薄:迫近。 ⑱ 险巇(xī):山路险恶。此指人心。被:遭受。伪:捏造的,不真实的。此指尧舜均未将帝位传给儿子。 ⑲ 黮(dàn):云黑貌,此指昏暗。瑕:斑点。 ⑳ 胶加:纠缠粘连。 ㉑ 被:披。荷裯(dāo):用荷叶做成的短衣。晏晏:柔和貌。 ㉒ 潢(huǎng)洋:空荡不贴身貌。带:束缚。此言荷衣虽美,然不合用。 ㉓ 伐:夸耀。负:辜负。耿介:刚正貌。 ㉔ 愠惀(wěn lǔn):忠诚貌。 ㉕ 踥蹀(qiè dié):小步行走貌。超、迈:远。逾:愈。 ㉖ 容与:闲散貌。 ㉗ 绵绵:连绵不断。 ㉘ 雷同:雷声一发,山谷同应,引申为人云亦云。炫曜:炫耀。昧昧:昏暗貌。此指是非不明。 ㉙ 可:通"何"。窜藏:指国家灭亡,逃匿躲藏。 ㉚ 寄言:指托流星给楚王传言。羌:语助词。倏忽:迅疾貌。 ㉛ 举任:拔举任用。适:安适。 ㉜ 谅:诚,确实。焉:何。怵惕:惊惧。 ㉝ 浏浏:水畅貌,此极言畅顺。策:马鞭。 ㉞ 介:铠甲。 ㉟ 邅(zhān):不敢前进。此指小心谨慎。翼翼:谨慎貌。无终:没有结果。 ㊱ 忳(tún):郁闷。惛惛:郁闷的样子。愁约:为悲愁所困扰。 ㊲ 若过:就像从天地间走一趟,极言时间之短。无效:没有效验,不留痕迹。 ㊳ 潢洋:形容无所遇合。直:只。怐愗(kòu mào):愚顽,迂阔。 ㊴ 极:尽头。焉薄:到哪里。 ㊵ 皇皇:同"遑遑",匆忙貌。 ㊶ 宁戚:春秋时齐人,曾为商贾,饭牛而歌,齐桓公闻之,遂举以为卿。讴:歌。 ㊷ 罔:同"惘",惆怅。聊虑:聊且思虑。惟:通"唯",只。著意:特别用心。 ㊸ 纷纯纯:非常诚挚的样子。被离:通"披离",众多貌。鄣:同"障",掩蔽。 ㊹ 精气:天地之正气。抟(tuán)抟:聚积成团貌。 ㊺ 骛:驰骋。湛湛:深厚貌,此指诸神元气充沛。 ㊻ 霓:虹霓。习习:飞动貌。

之丰丰①。左朱雀之茇茇兮②,右苍龙之躍躍③。属雷师之阗阗兮④,通飞廉之衒衒⑤。前轻辌之锵锵兮⑥,后辎乘之从从⑦。载云旗之委蛇兮,扈屯骑之容容⑧。计专专之不可化兮,愿遂推而为臧⑨。赖皇天之厚德兮,还及君之无恙⑩。

【导读】

一、《九辩》和《九歌》一样,也属古曲之名,宋玉这里乃是袭用古题,创制新词。"九"表多数,"辩"通"变""遍",一辩即一阕,"九辩"即由多阕乐章组成的歌。

二、《九辩》的思想内容和《离骚》相近,旧说它是宋玉"闵师"之作,也有人认为是自述之词。它不再像《离骚》那样发愤抒情、胸怀激烈,也不再像《离骚》那样想象夸张、奇幻怪异,它更多地抒发的是抒情主人公事君不合,生不逢时,忧患国事的哀怨之情,在艺术上则有意地强化了作品的写实成分,不再像《离骚》那样表现得那么虚幻离奇。特别是作品把萧瑟冷落的自然秋景与悲凉凄伤的人物情感成功地交织在一起,为我们创造出了一种情景交融、物我为一的悲秋境界。这在中国文学史上实有它深远的影响。

三、另外,传为宋玉作的《高唐赋》《神女赋》《风赋》《登徒子好色赋》等赋篇,在文学史上的地位也很高,就全篇讲,对后世文学的影响有的大于《九辩》,也值得一读。

---

① 历:经过。丰丰:众多貌。　② 朱雀:相传朱雀为南方之神。茇(pèi)茇:翩翩飞翔貌。　③ 苍龙:相传为东方之神。躍(qú)躍:行进貌。　④ 属:跟随。雷师:雷神。阗(tián)阗:雷声。　⑤ 通:开路。飞廉:风神。衒衒:行走貌。　⑥ 轻辌(zhì liáng):轻车。一本作"轻辌",当从。锵锵:车铃声。　⑦ 辎乘:重车。从从:车铃声。　⑧ 委蛇:同"逶迤",连绵不断貌。扈:侍从。屯:积聚。容容:众多貌。　⑨ 计:计虑,心意。专专:形容非常专一。推:推广。臧:善。二句指仍然舍不得离开楚王。　⑩ 还:重回楚国。及:赶上。二句意为希望苍天保佑,等自己赶回楚都时君王依然安康,言外之意,楚国仍未被他国所灭。

史传文学

尚 书

《尚书》是我国现存最早的历史文献,是上古记言史料的汇编。它记载了虞、夏、商、周的一些重要的历史资料,历代学者都非常重视对它的学习和研究。

《尚书》原来只称《书》,因为是上古之作,"上""尚"古通,所以又称《尚书》。汉武帝时被列为儒家五经之一,所以后世又称《书经》。《尚书》有今文、古文之分。所谓《今文尚书》是指西汉伏生所传的用当时通行的隶书所写的《尚书》,共二十八篇。《古文尚书》是指汉武帝时孔宅壁中发现的用古文字书写的《尚书》,较《今文尚书》多十六篇,但后皆亡逸,现仅存篇目。东晋梅赜将《今文尚书》二十八篇析为三十三篇,又另造二十五篇合为五十八篇献给朝廷,史称这二十五篇为《伪古文尚书》。现在通行的《十三经注疏》本《尚书》即为梅赜所献的伪本。今天可以看到的比较流行的《尚书》注本主要有唐孔颖达的《尚书正义》、清阎若璩的《尚书古文疏证》和孙星衍的《尚书今古文注疏》等。

《尚书》不是文学作品,但其中确实存在不少文学的因素。《尚书》的语言虽然"佶屈聱牙",但其情实文质、简洁典要的文风也广为后世所师承。有些语言形象生动,表现出了很高的语言水平。《尚书》的文体有典、谟、训、诰、誓、命等多种形式,它们对后世官方文告的撰写均有较深影响。

周书·酒诰(节选)

王曰①:"封②,我西土棐徂邦君御事小子③,尚克用文王教④,不腆于酒⑤,故我至于今,克受殷之命⑥。"

王曰:"封,我闻惟曰⑦:在昔殷先哲王迪畏天显小民⑧,经德秉哲⑨。自成汤咸至于帝乙⑩,成王畏相惟御事⑪,厥棐有恭⑫,不敢自暇自逸⑬,矧曰其敢崇饮⑭?越在外服⑮,侯、

---

① 王:指周公。成王年幼登基,周公摄政,为摄政王。 ② 封:康叔,名封,武王同母少弟,立为卫君。临行前,周公给以训诫。 ③ 西土:岐山一带周族旧地,此指西周,殷商时期的诸侯之一。棐(fěi):辅,辅助。徂:往日。邦君:国君,此指投靠岐周的各家诸侯。御事:执事,此指各级官员。小子:下民子孙。 ④ 尚:通"常"。克:能。 ⑤ 腆:厚,过量。孔传:"我文王在西土辅训往日国君及御治事者、下民子孙,皆庶几能用上教,不厚于酒。" ⑥ 命:统治下土的权力。 ⑦ 惟:语气副词,表强调,说明没有例外,意谓我听人都这样说。一说训"有"。 ⑧ 殷先哲王:殷商先世圣哲之王。迪:通"由",顺从。一说为句中助词。天显:上天所显,指上天显示的意旨。小民:指百姓。 ⑨ 经:循。秉:持。哲:明哲,与"德"相对。 ⑩ 咸汤:商汤。咸:指没有间断,全是如此。帝乙:即汤六世孙帝祖乙,曾复兴殷商。 ⑪ 成王:修持有成之王,有道之王。畏:有所敬畏。相:互相,彼此。一说"畏相"即敬畏辅弼之臣。惟御事:只一心操持国事。 ⑫ 厥:其,指成王。恭:恭谨。 ⑬ 暇:闲暇,此指有事不做,只求安乐。 ⑭ 矧(shěn):况且。崇:聚会。 ⑮ 越:语助词,有强调意味。外服:古代指王畿以外的地方,诸侯所居。服,指服侍天子。

甸、男、卫、邦伯①,越在内服②,百僚庶尹,惟亚惟服③,宗工越百姓里居④,罔敢湎于酒⑤。不惟不敢,亦不暇⑥,惟助成王德显越⑦,尹人祗辟⑧。

"我闻亦惟曰:在今后嗣王⑨,酣身⑩,厥命罔显于民⑪,祗保越怨,不易⑫。诞惟厥纵⑬,淫泆于非彝⑭,用燕丧威仪⑮,民罔不盡伤心⑯。惟荒腆于酒⑰,不惟自息乃逸⑱。厥心疾很⑲,不克畏死⑳。辜在商邑㉑,越殷国灭,无罹㉒。弗惟德馨香㉓,祀,登闻于天㉔;诞惟民怨,庶群自酒㉕,腥闻在天。故天降丧于殷,罔爱于殷,惟逸㉖。天非虐,惟民自速辜㉗。"

王曰:"封,予不惟若兹多诰㉘。古人有言曰:'人无于水监,当于民监㉙。'今惟殷坠厥命,我其可不大监抚于时㉚。"

【导读】

一、《酒诰》是周公对康叔的告诫之辞。康叔是武王的同母少弟。周公率兵平定武庚叛乱后,把康叔封为卫君,统治殷民。殷民嗜酒,为防止酗酒闹事,移易民风,周公训诫康叔要在卫国禁酒。这篇诰词当是由当时的史官记录整理而成的。

二、《酒诰》一文前后可以划分为三个部分。第一部分阐述戒酒的意义,第二部分总结殷商灭亡的教训,第三部分提出禁酒的措施。这里节选的是第二部分。这一部分采用前后对照的手法,对实事的论述具体清楚,层次分明,结构严谨,持之有故。比喻的运用也很成功,画龙点睛,颇有情致。《尚书》的文字"佶屈聱牙",酷不入情,但这段文字写得相当生动。

三、《尚书》中又有《盘庚》三篇,文学价值很高,值得一读。

左 传

《左传》是我国第一部记事详赡完整的编年史,相传是春秋末年左丘明根据孔子编订的《春秋》补写而成。古代常把它与另外两部传解《春秋》的著作《公羊传》《谷梁传》合称为"春秋三传",但是经过后人的考证,有人认为《左传》不传《春秋》,并非经学著作,而实为一部自成体系的编年纪事体史书;作者也并

---

① 侯甸男卫:即侯服、甸服、男服、卫服。《周礼·夏官·职方氏》:"方千里曰王畿,其外方五百里曰侯服,又其外方五百里曰甸服,又其外方五百里曰男服,又其外方五百里曰采服,又其外方五百里曰卫服。"周有九服,其余四服依次是蛮服、夷服、镇服、藩服。邦伯:即方伯,诸侯之长。 ② 内服:指王畿以内的百官宗室。 ③ 百僚:百官。庶尹:众官之长。亚:副职。服:任事的官。 ④ 宗工:宗室官员。百姓:众贵族。里居:家居,指闲居在家者。 ⑤ 罔:通"无"。湎:沉湎。 ⑥ 不暇:没有空闲。 ⑦ 惟:只。德显:圣德显扬。 ⑧ 尹:监管,督导。祗(zhī):敬。辟:国法。 ⑨ 后嗣王:指商纣王。 ⑩ 酣身:酣乐其身,不忧政事。酣,《说文》云:"酒乐也。"一说沉迷。 ⑪ 命:天命,指上天降给帝王的使命。罔显于民:没有显示给民众。 ⑫ 祗保越怨:所敬所安唯在于怨。保,安。不易:不思悔改。 ⑬ 诞惟厥纵:即"唯厥纵是行"。诞,语助词。惟,只,就,副词,表示强调。 ⑭ 淫:过分。泆(yì):通"佚",纵情享乐。彝:常法,常则。 ⑮ 用:因为。燕:通"宴",安乐。丧威仪:使威仪丧失。 ⑯ 盡(xī):伤痛。 ⑰ 惟:只。荒:大。 ⑱ 惟:思。息:停止。乃:其。 ⑲ 很:狠。 ⑳ 克:能。这句话的意思是纣王看不到自己的危险,总以为百姓是杀不了他的,死亡离他非常遥远。 ㉑ 辜:罪。商邑:商都城。此句指纣王在殷都作恶多端。 ㉒ 罹:忧患,忧虑。这句话的意思是直到殷商灭亡,他也没忧虑。 ㉓ 惟:思。馨:香气飘散很远。 ㉔ 登:升。 ㉕ 诞惟民怨:就只剩下了民怨。惟,副词,表示强调。庶:众,此指百官。群:聚集。自酒:自我饮酒。 ㉖ 丧:灭亡之祸。惟逸:就是由于他们的淫逸无度。 ㉗ 虐:暴虐。速:招致。 ㉘ 不惟:不思,不想。若兹:像这样。诰:训诫。 ㉙ 监:同"鉴",镜子,这里用作动词,指照影。 ㉚ 坠厥命:丧失了它享有天下的大命。坠,丧失。监:以为监,把它当作镜子。监抚于时:即监于是,抚于是。抚,因循,引以为戒。时,通"是",此。

不是左丘明,而是出于众人之手,但是该书大部分资料可能出于左丘明的传诵,这一点则是可信的。

《左传》原名《左氏春秋》,由于人们把它当作解经之作,所以又称《春秋左氏传》,简称《左传》。记事上起鲁隐公元年(前722),下至鲁悼公十四年(前454),共计二百六十八年,比《春秋》增多了二十七年。它比较全面地反映了这一时期发生在周王朝及各诸侯国间的诸多时事,内容涉及政治、经济、军事、法令、外交、文化、风俗等各个方面,所反映的社会生活十分广阔,是一部内容十分丰富的历史著作。

《左传》是一部具有较高文学价值的著作。在叙事技巧上,《左传》叙述战争和复杂的事件往往脉络清晰,剪裁得当,能够成功地展示事件的来龙去脉,委婉曲折,严谨细腻。在人物形象塑造方面,作者善于通过人物的言行,抓住人物典型的细节,来刻画人物的思想性格,往往三言两语,着墨不多,人物形象即栩栩如生。《左传》在写人记事上的这些特点,对后代的叙事散文和小说创作无疑都有很大影响。后人为《左传》作注的很多,比较通行的主要有《春秋左传正义》(晋杜预注、唐孔颖达疏)、《春秋左氏传旧注疏证》(清刘文淇疏证)、《春秋左传注》(杨伯峻注)等。

重耳之亡

晋公子重耳之及于难也①,晋人伐诸蒲城②。蒲城人欲战,重耳不可③,曰:"保君父之命而享其生禄④,于是乎得人⑤。有人而校⑥,罪莫大焉。吾其奔也。"遂奔狄⑦。从者狐偃、赵衰、颠颉、魏武子、司空季子⑧。狄人伐廧咎如⑨,获其二女:叔隗、季隗⑩,纳诸公子。公子取季隗,生伯鲦、叔刘⑪;以叔隗妻赵衰,生盾⑫。将适齐⑬,谓季隗曰:"待我二十五年,不来而后嫁。"对曰:"我二十五年矣,又如是而嫁,则就木焉⑭。请待子。"处狄十二年而行。

过卫,卫文公不礼焉⑮。出于五鹿⑯,乞食于野人。野人与之块⑰,公子怒,欲鞭之。子犯曰:"天赐也⑱。"稽首⑲,受而载之。

及齐,齐桓公妻之⑳,有马二十乘㉑,公子安之。从者以为不可。将行,谋于桑下。蚕妾在其上,以告姜氏㉒。姜氏杀之,而谓公子曰:"子有四方之志㉓,其闻之者吾杀之矣。"公子曰:"无之。"姜曰:"行也。怀与安㉔,实败名。"公子不可。姜与子犯谋,醉而遣之㉕。醒,以戈逐子犯。

---

① 重耳:晋献公庶子,名重耳,后为晋国国君,谥文公,"春秋五霸"之一。及于难:指晋献公听信骊姬谗言,逼迫太子申生自杀,其余二子重耳、夷吾也被迫出奔,重耳奔蒲,夷吾奔屈。② 诸:之于。蒲城:重耳的采邑,在今山西省隰县。③ 可:允许,许可。④ 保:倚仗,凭恃。生禄:生养之禄,此指采邑。古代贵族从自己的封邑里获得给养。⑤ 得人:得到士众。⑥ 校:同"较",对抗,较量。⑦ 狄:中国古代北方的少数民族,散处于北方诸侯国之间。⑧ 狐偃:重耳的舅父,字子犯。赵衰(cuī):字子余。魏武子:魏犨(chōu),"武"是谥号。司空季子:姓胥名臣字季子,司空是他后来的官名。他们和颠颉(jié)后来都是晋文公的得力大臣,颠颉在城濮之战中被晋文公所杀。⑨ 廧咎(qiáng gāo)如:赤狄的分支,隗姓,活动地域在今山西、河南、河北三省交界处。⑩ 叔隗(wěi)、季隗:大概是廧咎如首长之女。叔、季表示排行,隗是姓,古代女子称姓不称氏。⑪ 鲦(tiáo):一种白色的鱼。⑫ 妻:嫁给……为妻。盾:即赵盾,后来成为晋室重臣。⑬ 适:往,到。⑭ 二十五年:二十五岁。就木:进棺材。⑮ 卫文公:卫国国君,名燬。不礼:不以礼相待。⑯ 五鹿:卫地,在今河南濮阳市北。⑰ 块:土块。⑱ 天赐:土块代表土地,是获取国家的象征,故云。⑲ 稽首:叩首,以头抵地,是古代最重的礼节。此指天假野人赐重耳土,重耳跪拜表示接受。⑳ 齐桓公:齐国国君,"春秋五霸"之一,名小白。㉑ 乘:四马一车为一乘。㉒ 蚕妾:采桑养蚕的女奴隶。姜氏:重耳之妻,姜姓。㉓ 四方之志:喻志向远大。㉔ 怀与安:贪恋享受,安于现状。㉕ 醉:灌醉。遣:使离开。

及曹,曹共公闻其骈胁,欲观其裸①。浴,薄而观之②。僖负羁之妻曰③:"吾观晋公子之从者,皆足以相国④。若以相,夫子必反其国⑤。反其国,必得志于诸侯。得志于诸侯而诛无礼,曹其首也⑥。子盍蚤自贰焉⑦。"乃馈盘飧,寘璧焉⑧。公子受飧反璧⑨。

及宋,宋襄公赠之以马二十乘⑩。

及郑,郑文公亦不礼焉⑪。叔詹谏曰⑫:"臣闻天之所启,人弗及也⑬。晋公子有三焉,天其或者将建诸⑭!君其礼焉。男女同姓,其生不蕃⑮。晋公子,姬出也⑯,而至于今⑰,一也。离外之患⑱,而天不靖晋国⑲,殆将启之⑳,二也。有三士足以上人而从之㉑,三也。晋、郑同侪㉒,其过子弟㉓,固将礼焉,况天之所启乎?"弗听。

及楚,楚子飨之㉔,曰:"公子若反晋国,则何以报不穀?"对曰:"子女玉帛则君有之,羽毛齿革则君地生焉㉕。其波及晋国者㉖,君之余也,其何以报君?"曰:"虽然㉗,何以报我?"对曰:"若以君之灵㉘,得反晋国,晋、楚治兵㉙,遇于中原,其辟君三舍㉚。若不获命㉛,其左执鞭弭㉜、右属櫜鞬,以与君周旋。"子玉请杀之㉝。楚子曰:"晋公子广而俭㉞,文而有礼㉟。其从者肃而宽,忠而能力㊱。晋侯无亲㊲,外内恶之。吾闻姬姓,唐叔之后㊳,其后衰者也㊴,其将由晋公子乎?天将兴之,谁能废之?违天必有大咎㊵。"乃送诸秦。

秦伯纳女五人㊶,怀嬴与焉㊷。奉匜沃盥㊸,既而挥之㊹。怒曰:"秦、晋匹也,何以卑我㊺!"公子惧,降服而囚㊻。他日,公享之㊼。子犯曰:"吾不如衰之文也㊽。请使衰从。"公

---

① 曹共公:曹国国君,名襄。骈胁:腋下肋骨连成一片。裸:裸身、裸体。 ② 薄:迫近,此指走得很近,也属无礼之举。 ③ 僖负羁:曹国大夫。 ④ 相国:辅佐国家。相,辅佐。 ⑤ 若以相:如果用他们辅佐。以,用,依靠。夫子:那人,指重耳。夫,那。子,贵族的通称。反:同"返"。 ⑥ 诛无礼:讨伐无礼的人。诛,讨伐。其:语气副词,表推测。 ⑦ 盍:何不。蚤:通"早"。自贰:使自己不同于曹国国君。贰,不一样,两样。 ⑧ 馈(kuì):赠送。飧(sūn):熟食。寘璧焉:以璧加盘上,表示敬意。寘,同"置"。 ⑨ 反:同"返",退回璧玉,表示不贪。 ⑩ 宋襄公:宋国国君,名兹父,一说也为"春秋五霸"之一。 ⑪ 郑文公:郑国国君,名捷。 ⑫ 叔詹:郑大夫。 ⑬ 天之所启:言重耳是上天所要予以重用的人。启,启用。弗如:赶不上。 ⑭ 有三焉:指有三件不同寻常的事。建诸:建之乎。建,立,此指立为晋君。"之"代指重耳。 ⑮ 其生不蕃:指后代不繁盛。古代同姓不成婚,姓是一个血缘氏族的统一番号,产生于母系氏族社会中,氏是由同姓衍生的分支,起源于父系氏族社会。同姓之人可以异氏,姓辨血缘,氏别贵贱。 ⑯ 姬出:姬姓女子所出。重耳姬姓,其母狐姬也是姬姓。 ⑰ 而至于今:却一直活到现在。 ⑱ 离:通"罹",遭受。外:流亡于外。 ⑲ 不靖:不使安定,指重耳出亡后,公子奚齐、卓子又先后被杀,夷吾继位,也不得民心。 ⑳ 殆:大概。启:启用。 ㉑ 三士:据《国语》,"三士"指狐偃、赵衰和贾佗。上人:处于他人之上。 ㉒ 同侪:地位相等的国家。侪(chái),等,类。 ㉓ 其过子弟:那些路过郑国的晋国子弟。 ㉔ 楚子:指楚成王,名恽。楚国始封子爵。春秋时擅为"王号",故典籍之中有时也称"楚王"。飨:以酒宴款待。 ㉕ 羽毛齿革:指珍贵鸟类的羽毛、旄牛尾、象牙、犀牛皮等。 ㉖ 波及:播散,流及。 ㉗ 虽然:即使这样,尽管这样。 ㉘ 灵:威灵,引申为福佑。 ㉙ 治兵:原意是治军,这里是交战的委婉语。 ㉚ 辟:同"避",退让。舍:三十里为一舍。古代行军日行三十里,退避三舍,以表示不敢与楚王为敌之意。 ㉛ 若不获命:如果这样您不答应的话。获命,得到准许,指楚王对此感到满意,撤兵离去。 ㉜ 弭(mǐ):不加装饰的弓,一说指弓梢。此泛指弓。 ㉝ 属:佩带。櫜鞬(gāo jiàn):装弓箭的器具。周旋:指较量,委婉语。子玉:名得臣,楚国令尹(丞相)。 ㉞ 广:志向远大。俭:约束自己,指不放肆。一说节俭。 ㉟ 文:富于文采,指言语。 ㊱ 肃而宽:待人肃敬而又宽厚。忠而能力:忠于主人又肯用力。 ㊲ 晋侯:指夷吾,晋惠公。献公死后,返国为晋君。无亲:不得人心,不被民亲附。 ㊳ 姬姓:指晋国。唐叔:叔虞,周武王子,封于唐,故称唐叔。叔虞子即位,改国号为晋,所以说晋国是唐叔之后。 ㊴ 后衰:当时流行的预言,谓姬姓之国中唐叔之后,也即晋国将最后衰亡。 ㊵ 咎:祸害。 ㊶ 秦伯:指秦穆公,名任好。纳女五人:把五个女子嫁给重耳做妻妾。 ㊷ 怀嬴:秦穆公之女,曾嫁给晋惠公之子圉,圉自秦逃归,此时已继位为晋怀公,嬴姓,故称怀嬴。秦伯无奈,于是又把怀嬴作为媵妾嫁给重耳。与:参与其中。 ㊸ 奉:同"捧"。匜(yí):浇水容器。沃:浇水。盥(guàn):洗手。 ㊹ 挥之:挥手使去,不以礼貌相待。一说把水挥洒在她身上。 ㊺ 匹:相当,平等。卑我:轻视我们秦国。 ㊻ 降服而囚:脱去上衣,自缚如囚以谢罪。 ㊼ 公:秦穆公。享:设宴招待。 ㊽ 衰:赵衰。文:指善于外交辞令,言辞有文采。

子赋《河水》①,公赋《六月》②。赵衰曰:"重耳拜赐③。"公子降④,拜,稽首,公降一级而辞焉⑤。衰曰:"君称所以佐天子者命重耳⑥,重耳敢不拜!"

二十四年春,王正月⑦,秦伯纳之⑧。不书,不告入也⑨。及河,子犯以璧授公子,曰:"臣负羁绁从君巡于天下⑩,臣之罪甚多矣。臣犹知之,而况君乎?请由此亡。"公子曰:"所不与舅氏同心者,有如白水⑪。"投其璧于河。济河,围令狐,入桑泉,取白衰⑫。二月甲午⑬,晋师军于庐柳⑭。秦伯使公子絷如晋师⑮。师退,军于郇⑯。辛丑⑰,狐偃及秦、晋之大夫盟于郇。壬寅,公子入于晋师。丙午,入于曲沃⑱。丁未,朝于武宫⑲。戊申,使杀怀公于高梁⑳。不书,亦不告也。

【导读】

一、《重耳之亡》见于《左传》僖公二十三年、二十四年,它主要记述的是晋公子重耳遭骊姬之难出奔、流亡到最后回国夺取政权的事。作品运用直接描写与间接描写相结合的方法,并通过人物自己的言行来客观地展示人物的个性,成功地塑造出了以晋公子重耳为中心,包括狐偃、赵衰以及姜氏、怀嬴在内的君臣的群像,人物描写简洁生动,人物个性跃然纸上。作品善于叙事,言约事丰,婉而成章,文笔细腻,有始有终,结构严谨;工于记言,特别擅长外交辞令的描写,言简意深,委婉有力,表现出了较高的艺术魅力。

二、刘熙载《艺概·文概》云:"《左传》善用密,《国策》善用疏。《国策》之章法、笔法奇矣,若论字句之精严,则左公允推独步。"《左传》的这种笔法对以后的《史记》《汉书》创作都有很大影响。

国　语

《国语》是我国最早的一部国别史,相传为鲁人左丘明所作。经过后人考证,现在一般都认为《国语》并非出于一人之手,乃是春秋时期周王朝以及各国史官所记史料的集合与汇编,大约在战国初期或稍后经过统一整理,编定成书。

《国语》纪事上起周穆王,下迄鲁悼公,历时五百余年(约前967—前453)。全书二十一卷,依国编排,分周、鲁、齐、晋、郑、楚、吴、越八个部分。该书以记言为主,所载多为教诲之语,往往借助人物的议论阐述政治见解,总结经验教训,宣扬伦理道德。它的思想内容主要表现在重民、崇礼、尚德三个方面,具

---

① 赋:赋诗。春秋时期,外交场合常通过赋诗来表达情意。《河水》已不传,一说即《诗经·小雅·沔水》,篇首有"沔彼流水,朝宗于海"两句,重耳借此表达自己对秦国的崇敬和向往。一说指重耳到了秦国,方有了归宿。　② 《六月》:即《诗经·小雅·六月》,叙述的是尹吉甫辅佐周宣王讨伐狁犬的事。穆公赋此,以尹吉甫比重耳,显然是把他当作公侯看待,暗示重耳将返国为君。　③ 拜赐:拜领秦伯所赐的吉言。　④ 降:下阶。　⑤ 降一级:下阶一级,表示不敢接受。　⑥ 此句意谓君王称引公侯辅佐天子的诗篇教导重耳。　⑦ 二十四年:指鲁僖公二十四年(前636)。王正月:即周历的正月,相当于夏历的十一月。王,周天子。　⑧ 秦伯纳之:秦穆公用武力保护重耳入晋国。　⑨ 书:记载。此句意谓《春秋》所以对此事没有记载,是因为晋国没把重耳回国的事正式通知鲁国。　⑩ 负羁绁:言任仆役随从奔走。负,此指牵引。羁绁(xiè),马络头和马缰绳。　⑪ 如:若。白水:指河神。"有如白水"意谓假若我忘恩负义不与舅氏同心,此有河神,他是不会轻易放我回去的。言外之意,自己会被淹死在黄河之中。　⑫ 令狐、桑泉、白衰:均为地名,在今山西省临猗县、运城市一带。　⑬ 二月甲午:二月四日。　⑭ 晋师:晋怀公派来阻止重耳回国的军队。庐柳:地名,在今临猗县北。　⑮ 公子絷(zhí):秦公子。如:往,到。　⑯ 师退:指秦师暂退,驻扎于郇。郇(xún):地名,在临猗县南。　⑰ 辛丑:二月十一日。下文类推。　⑱ 曲沃:地名,在今山西省闻喜县东。　⑲ 朝:朝拜祭祀。武宫:重耳祖父晋武公的神庙。　⑳ 高梁:地名,在今山西省临汾市东。

有浓重的儒学色彩。

《国语》在艺术上的成就主要表现在记言和写人两个方面。《国语》记言多为朝聘、宴飨、讽谏、应对之辞,语言既生动形象,通俗易懂,同时又带有严密的逻辑性,很多段落让人读后留下深刻印象。《国语》把人物的言谈与简洁的叙事结合起来,塑造了一系列个性鲜明的人物形象,较之以前的《春秋》《尚书》无疑在艺术上又上了一个新的台阶。

现存最早的《国语》注本是三国时期吴人韦昭的《国语注》,此外清人董增龄的《国语正义》、近人吴曾祺的《国语韦解补正》、徐元诰的《国语集解》也是比较通行的读本。

邵公谏厉王弭谤

厉王虐①,国人谤王②。邵公告曰③:"民不堪命矣④!"王怒,得卫巫⑤,使监谤者。以告,则杀之。国人莫敢言,道路以目⑥。王喜,告邵公曰:"吾能弭谤矣,乃不敢言⑦。"

邵公曰:"是障之也⑧。防民之口,甚于防川⑨。川壅而溃⑩,伤人必多,民亦如之。是故为川者决之使导⑪,为民者宣之使言⑫。故天子听政,使公卿至于列士献诗⑬,瞽献曲⑭,史献书⑮,师箴⑯,瞍赋⑰,矇诵⑱,百工谏⑲,庶人传语⑳,近臣尽规㉑,亲戚补察,瞽、史教诲,耆、艾修之㉒,而后王斟酌焉,是以事行而不悖㉓。民之有口,犹土之有山川也,财用于是乎出㉔;犹其有原隰衍沃也㉕,衣食于是乎生。口之宣言也㉖,善败于是乎兴,行善而备败,其所以阜财用衣食者也㉗。夫民虑之于心而宣之于口,成而行之,胡可壅也㉘?若壅其口,其与能几何㉙?"

王不听,于是国人莫敢出言。三年,乃流王于彘㉚。

【导读】

《邵公谏厉王弭谤》见于《国语·周语》,它主要叙述的是周厉王压制舆论,迫害国人,激起民愤,被流放于彘的事。但是这篇作品并没有把重点放在对厉王暴虐的描写上,而是着重描写了邵穆公针对厉王的暴虐行为而发表的一段训辞。这段训辞以土地山川、原隰衍沃为喻,并借助以前"天子听政,使公卿至于列士献诗"等一系列的历史实事,形象而生动地说明了"防民之口,甚于防川"的道理。感情诚挚,言辞

---

① 厉王:周厉王,夷王之子,公元前878年即位,在位37年,被流放于彘。虐:暴虐。 ② 谤:批评,指责。 ③ 邵公:也作"召公",即邵穆公,名虎,周之卿士。 ④ 堪:经得起,承受得了。命:命令,政令。一说命运。 ⑤ 卫巫:卫国的巫者。巫,以占卜吉凶、沟通鬼神为事的神职人员。 ⑥ 道路以目:指相遇于路,只能以眼神示意,不敢说话。 ⑦ 弭(mǐ):止,消除。乃:终于。一说竟然。 ⑧ 障:防水之堤,这里用作动词,意为堵塞。 ⑨ 甚于防川:比堵塞川流所造成的恶果更为严重。 ⑩ 壅:阻塞。溃:指堤坝决口。 ⑪ 为川者:治理河道的人。 ⑫ 宣:宣导,宣泄。 ⑬ 公卿:公侯卿大夫。列士:上士、中士、下士的总称。献诗:指献诗陈志,进行讽谏。 ⑭ 瞽:目盲曰瞽,此指乐师,古代乐官皆由盲者充任。曲:乐曲。多采自民间,由乐师献之。 ⑮ 史:史官。书:史籍。此指以古为鉴。 ⑯ 师:少师。箴:一种寓有劝诫意义的文辞,与后世的格言相似。 ⑰ 瞍:无眸曰瞍。赋:指不配合乐曲的诵读,此指由瞍来诵读公卿所献的诗。 ⑱ 矇:有眸子而无所见曰矇。诵:指有一定音节腔调的诵读。 ⑲ 百工:各种手艺人。一说百官。 ⑳ 庶人:平民。传语:间接使意见达于天子。 ㉑ 近臣:身边的侍臣。 ㉒ 耆、艾:六十岁为耆,五十岁为艾。此泛指朝内的元老。修:指把瞽、史的教诲加以修饬整理。 ㉓ 悖:逆,不顺。 ㉔ 于是:从这里。是,代词,指山川。乎:语助词,有舒缓语气的作用。 ㉕ 原隰衍沃:高旷而平坦的土地叫原,低而潮湿的土地叫隰,低下而平坦的土地叫衍,有河流灌溉的土地叫沃。 ㉖ 宣言:发表意见,评论得失。 ㉗ 阜:增多。 ㉘ 成:考虑成熟。胡:何。 ㉙ 与:此指帮助。 ㉚ 三年:过了三年。流:流放。彘:晋地,在今山西省霍县境内。这件事发生在公元前842年。

恳切,语言活泼,而又逻辑严密,诚可谓一段情理并重,声文并茂,发自肺腑,感人至深的千古美文。整篇故事以记言为主,以言系事,故事的开端是言论的背景,故事的结局是言论切实可行的验证,结构严谨,层次分明,比较充分地体现了《国语》言事结合,而以言为主的叙事特征。

战国策

《战国策》是一部记录战国时期说客游士游说诸侯,轻取富贵,叱咤政坛的历史著作。该书记事上继《春秋》,下迄楚汉之际,虽然主要写的是谋臣、策士的言论和活动,但内容涉及政治、军事、外交等社会生活的诸多方面,保存了许多重要的历史资料,从诸多方面反映了战国时期的社会面貌,对于我们研究战国时期的历史也有重要的参考价值。

《战国策》,简称《国策》,又有《国事》《短长》《事语》《长书》《修书》等名见于史籍,全书分东周、西周、秦、齐、楚、赵、魏、韩、燕、宋、卫、中山十二国策,凡 496 篇,大约出于战国末年或秦汉之际的纵横家或习纵横术者之手,后经刘向汇集整理,编校成书。《战国策》记事多有夸张失实之处,但在文学上,这正是它的一个长处。该书善于铺张,气势纵横,多用寓言,妙趣横生,人物塑造个性鲜明,形象逼真,较之《左传》《国语》显然在艺术上又有新的发展。

《战国策》的注本于时较早的是东汉高诱所注的高注本,但该本到宋初已有残缺。现在通行的注本主要有南宋姚宏所注的姚本、鲍彪所注的鲍本以及今人缪文远的《战国策新校注》、郭人民的《战国策校注系年》等。1973 年从长沙马王堆汉墓出土的帛书《战国纵横家书》对我们全面了解《战国策》的风格面貌也有重要的参考价值。

苏秦始将连横

苏秦始将连横①,说秦惠王曰②:"大王之国,西有巴、蜀、汉中之利③,北有胡貉、代马之用④,南有巫山、黔中之限⑤,东有肴、函之固⑥。田肥美,民殷富,战车万乘,奋击百万⑦,沃野千里,蓄积饶多,地势形便⑧,此所谓天府⑨,天下之雄国也。以大王之贤,士民之众,车骑之用,兵法之教⑩,可以并诸侯,吞天下,称帝而治。愿大王少留意,臣请奏其效⑪。"

秦王曰:"寡人闻之:毛羽不丰满者,不可以高飞;文章不成者,不可以诛罚⑫;道德不厚者,不可以使民;政教不顺者,不可以烦大臣。今先生俨然不远千里而庭教之⑬,愿以

---

① 苏秦:战国时洛阳人,纵横家,一生的主要事迹是合纵抗秦,曾身佩六国相印。后六国同盟瓦解,在齐被人暗杀。连横:战国时代,合齐、楚、燕、赵、韩、魏六国之力以抗秦,称为合纵;秦与齐、楚等国个别联合以打击其他国家,叫作连横。苏秦开始也主张连横。 ② 秦惠王:姓嬴名驷,秦孝公之子,前 336 年至前 311 年在位。 ③ 巴:今四川省东部。蜀:今四川省西部。汉中:在今陕西省秦岭以南地区。 ④ 胡貉:北方的两个少数民族。《汉书·扬雄传上》"胡、貉之长"颜注:"貉,东北夷也。"《史记·匈奴列传》:"以临胡、貉。"貉:同"貊"。代马:古代中国北方的两个地名。《史记·苏秦列传》"北有代、马。"《索隐》:"谓代郡、马邑也。" ⑤ 巫山:山名,在今四川省巫山县东。黔中:地名,在今湖南省沅陵县西。限:阻挡,阻隔。 ⑥ 肴:同"殽",也作"崤",山名,在河南省洛宁县西北。函:函谷关,在今河南省灵宝县南。崤山与潼关间,大山中裂,绝壁千仞,有路如槽,深陷如函,故名"函谷",也称"崤函"。 ⑦ 奋击:指奋力征战的勇士。 ⑧ 形便:得形势,擅便利。 ⑨ 天府:自然物产十分丰富的地区。 ⑩ 教:训练学习。 ⑪ 少:稍微。奏:陈述。效:效验。 ⑫ 文章:指礼法制度。诛:与"罚"同义,指惩罚。 ⑬ 俨然:严肃庄重貌。庭教:在庭堂上指教,意即当面教导。

异日①。"

苏秦曰:"臣固疑大王之不能用也。昔者神农伐补遂②,黄帝伐涿鹿而禽蚩尤③,尧伐驩兜④,舜伐三苗⑤,禹伐共工⑥,汤伐有夏⑦,文王伐崇⑧,武王伐纣,齐桓任战而伯天下⑨。由此观之,恶有不战者乎⑩?古者使车毂击驰⑪,言语相结,天下为一⑫,约从连横,兵革不藏⑬。文士并饬⑭,诸侯乱惑⑮,万端俱起,不可胜理⑯。科条既备,民多伪态⑰;书策稠浊,百姓不足⑱;上下相愁,民无所聊⑲;明言章理⑳,兵甲愈起,辩言伟服㉑,战攻不息;繁称文辞㉒,天下不治;舌弊耳聋,不见成功;行义约信,天下不亲。于是,乃废文任武,厚养死士,缀甲厉兵㉓,效胜于战场。夫徒处而致利㉔,安坐而广地,虽古五帝三王五伯、明主贤君,常欲坐而致之,其势不能,故以战续之㉕。宽则两军相攻,迫则杖戟相撞,然后可建大功㉖。是故兵胜于外,义强于内;威立于上,民服于下。今欲并天下,凌万乘,诎敌国㉗,制海内,子元元㉘,臣诸侯,非兵不可。今之嗣主㉙,忽于至道㉚,皆惛于教,乱于治,迷于言,惑于语,沉于辩,溺于辞㉛。以此论之,王固不能行也!"

说秦王书十上,而说不行㉜。黑貂之裘弊,黄金百斤尽㉝。资用乏绝,去秦而归。嬴縢履蹻㉞,负书担橐㉟,形容枯槁㊱,面目犁黑㊲,状有归色㊳。归至家,妻不下纴㊴,嫂不为炊,父母不与言。苏秦喟叹曰:"妻不以我为夫,嫂不以我为叔,父母不以我为子,是皆秦之罪也!"乃夜发书,陈箧数十㊵,得《太公阴符》之谋㊶,伏而诵之,简练以为揣摩㊷。读书欲睡,引锥自刺其股,血流至踵㊸,曰:"安有说人主不能出其金玉锦绣、取卿相之尊者乎?"期年㊹,揣摩成,曰:"此真可以说当世之君矣!"

① 以:于,在。此句意谓希望以后再听您的教导。 ② 神农:传说中的上古帝名,早于黄帝,相传为医药和农业的发明者。一说为炎帝。补遂:未详。一说为古国名。 ③ 黄帝:上古帝名,传说姓公孙,号轩辕,建国于有熊(今河南省新郑市)。涿鹿:山名,在今河北省涿鹿县附近。禽:同"擒"。蚩尤:传说中的九黎族首领。 ④ 尧:传说中的古帝名,姓姬,名放勋,国号唐。驩兜(huān dōu):尧臣,传说他因作乱而被流放。 ⑤ 舜:传说中的古帝名,姓姚,名重华,国号虞。三苗:古部族名,相传生活在江、淮、荆州一带。 ⑥ 禹:古帝名,姓姒名文命,国号夏。共工:传说中的古部族首领,曾任水官,因为人凶残,后遭放逐。 ⑦ 汤:即商汤,姓子名履,本为夏朝诸侯,后起兵伐桀,建立商朝。有:语助词,无义。 ⑧ 文王:姓姬名昌,殷商末期,为西方诸侯推为盟主,又称西伯。崇:古国名,在今陕西省户县。据说崇侯名虎,助纣为虐,文王伐之。 ⑨ 武王:文王之子,名发。齐桓:即齐桓公,"春秋五霸"之一。伯:同"霸"。 ⑩ 恶:何。 ⑪ 车毂击驰:即使车相撞,车轮飞驰,极言人多行急。毂,车轮中央所以贯轴的圆孔,此指车轮。 ⑫ 结:结盟,结好。为一:即天下各国都如此。 ⑬ 兵革:兵器与甲胄。不藏:指战争不息,时时在任用武力。以上叙古代之事,下文叙后世之事。 ⑭ 文士:礼法之士。饬:通"饰",指修饰文辞。 ⑮ 乱惑:指为文士巧言所惑,不知所从。 ⑯ 二句意谓各种问题一齐出现,很难料理。 ⑰ 科条:法令条文。伪态:虚假之态。二句指百姓不堪条令之繁,虚加敷衍。 ⑱ 书策:文书簿籍。稠浊:稠多繁乱。不足:指日用不足。 ⑲ 上下:指君臣上下。相愁:使百姓忧愁。民无所聊:即走投无路。聊,依靠。 ⑳ 明言:使言明。章理:使理彰。章,同"彰"。 ㉑ 辩言:指礼法之士的巧辩之言。伟服:指礼服,古人礼仪十分讲究,各类服饰都有严格的要求。 ㉒ 繁称文辞:指言辞考究、烦琐。 ㉓ 缀:连缀。厉:通"砺",磨砺。 ㉔ 徒处:指无所事事。致利:获利。 ㉕ 以战续之:即续之以战。续,承继,接续。 ㉖ 宽:距离远。迫:迫近。杖戟:拿着戟。撞(chōng):冲刺。 ㉗ 凌:凌压。诎:同"屈",使屈服。 ㉘ 子:以为子。元元:百姓。 ㉙ 嗣主:后继之主。 ㉚ 忽:忽视,注意不到。至:极,最。 ㉛ 惛:不明。乱:迷乱。教、治、言、语、辩、辞:六者均指礼法之士所言。 ㉜ 说:陈述的主张。 ㉝ 斤:一本作"镒(yì)",古代重量单位,合二十两。一说二十四两。 ㉞ 嬴(léi):通"缧",缠绕。縢(téng):绑腿布。履:踩着,穿着。蹻(jué):草鞋。此句意为缠着裹腿布,穿着草鞋。 ㉟ 负:背。橐(tuó):此指行李袋。一本作"囊"。 ㊱ 形容:形貌面容。枯槁:指憔悴。 ㊲ 犁:黑色。 ㊳ 归:通"愧",惭愧。 ㊴ 纴:纺织,此指织布机。 ㊵ 陈:摆列。箧:书箱。 ㊶ 太公:吕尚。《太公阴符》:兵书,相传为吕尚所著。一说为后人依托之书。 ㊷ 简练:选择。以:而。以为揣摩:而为之揣摩。揣摩,推敲揣度以求其真意。 ㊸ 股:大腿。踵:脚跟。原作"足",据王念孙说改。 ㊹ 期年:满一年。

于是乃摩燕乌集阙①,见说赵王于华屋之下②,抵掌而谈③。赵王大悦,封为武安君④,受相印。革车百乘⑤,锦绣千纯⑥,白璧百双,黄金万溢⑦,以随其后;约从散横⑧,以抑强秦。故苏秦相于赵而关不通⑨。当此之时,天下之大,万民之众,王侯之威,谋臣之权,皆欲决苏秦之策⑩。不费斗粮,未烦一兵,未战一士,未绝一弦,未折一矢,诸侯相亲,贤于兄弟⑪。夫贤人在而天下服,一人用而天下从。故曰:式于政,不式于勇⑫;式于廊庙之内,不式于四境之外⑬。当秦之隆,黄金万溢为用,转毂连骑⑭,炫熿于道⑮,山东之国,从风而服⑯,使赵大重。且夫苏秦特穷巷掘门桑户棬枢之士耳⑰,伏轼撙衔,横历天下,廷说诸侯之主⑱,杜左右之口⑲,天下莫之能伉⑳!

将说楚王,路过洛阳。父母闻之,清宫除道㉑,张乐设饮㉒,郊迎三十里㉓。妻侧目而视,倾耳而听㉔;嫂蛇行匍伏㉕,四拜自跪而谢㉖。苏秦曰:"嫂何前倨而后卑也㉗?"嫂曰:"以季子之位尊而多金㉘。"苏秦曰:"嗟乎!贫穷则父母不子,富贵则亲戚畏惧。人生世上,势位富贵,盖可忽乎哉㉙!"

【导读】

一、战国时期由于特殊的政治经济形势,士人阶层迅速崛起,刘向《战国策书录》说他们"所在国重,所去国轻",并非夸张之辞。这一点,在苏秦身上表现得尤为明显。

二、《苏秦始将连横》见于《战国策·秦策一》,它主要记述的是战国时期著名的纵横家苏秦游秦说赵,约纵连横,并以此发迹的事。作品前半部分记言,后半部分记事,但无论记言和记事都有以下两个特点:(一)铺张夸饰,排比渲染。无论记山川,叙历史,写人事,作者都能做到大气磅礴,跌宕起伏,回肠荡气,从而使作品表现出很强的感染力。(二)以人物为中心,突出表现人物的思想才智。作品的主人公苏秦,抱负远大,善于论辩,才智过人,然而在秦国受挫之后,处处受人轻视。世态的炎凉一方面刺激了他发奋图强、建立功业的决心,另一方面也使他对人性产生了扭曲的认识。在他看来,人心险恶,难以共存,只有在"势位富贵"上压倒他们,才能使自己的权益、人格得到尊重。苏秦因为社会的威压而奋起抗争,这就使他的形象显示出了十分可贵的社会深度,揭示了战国时代士人崛起的历史背景,具有一定的典型意义。但是在他身上所表现出来的英雄史观、性恶论思想以及由此产生的"势位富贵"观念则是我们应该予以批判的。然而,"悬梁刺股"则成为刻苦攻读的千秋佳话。

---

①摩:切近,到。燕乌集:宫阙名。阙:宫阙。 ②华屋:富丽堂皇之屋。 ③抵:"扺(zhǐ)"之误字,击掌。 ④武安:地名,在今河北省武安县。 ⑤革车:兵车。 ⑥千纯:两千四百尺。此为虚指。纯,一纯二丈四尺。一说训"束""匹"。 ⑦溢:一本作"镒",当从。 ⑧约从:相约为合纵。散横:离散连横。 ⑨关:指函谷关,六国通秦的要道。 ⑩决苏秦之策:决于苏秦之策,为苏秦之策略所决定。 ⑪贤:胜,超过。 ⑫式:依赖,用。政:政治,政事。勇:勇力,武力。 ⑬廊庙:庙为君主祭祖之处,其旁为廊。古代国家大事都要在廊庙之内占卜决定。此处"廊庙"指朝廷。四境之外:指与各诸侯国作战的战场。 ⑭转毂:车轮转动,此指终日奔波于六国之间,十分繁忙。毂,贯轴之孔,此指车。连骑:车骑相连。极言其侍从之盛。 ⑮炫熿:同"炫煌",光耀之意。言其声势浩大,引人注目。 ⑯二句意为靖山以东的国家,像风吹草伏一样,皆听命于赵。 ⑰特:只不过。掘门:同"窟门",指凿墙为门。桑户:编织桑树枝条为门扇。棬(quān)枢:用树枝围成门枢。枢,门臼,用以承门轴。 ⑱伏轼:依凭车前横木而立。伏,依凭。轼,车前横木。撙:控制,此指牵拉。衔:马勒,此指马缰绳。廷说:在朝堂上游说。 ⑲杜:堵塞。 ⑳伉:通"抗",相匹敌。 ㉑清宫除道:收拾房屋,打扫道路。 ㉒张乐设饮:陈布好音乐,设置好酒食。 ㉓郊迎三十里:邑外为郊,出邑三十里迎接。 ㉔侧目:指不敢正眼看。倾耳:指唯恐听不清。二句极言妻子对苏秦的敬畏。 ㉕蛇行:像蛇一样爬行。 ㉖谢:谢罪。 ㉗倨:傲慢。卑:谦卑。 ㉘季子:嫂呼小叔为季子。一说为苏秦的字。 ㉙盖:同"盍",何。忽:忽略,轻视。

齐人有冯谖者

齐人有冯谖者,贫乏不能自存①,使人属孟尝君②,愿寄食门下。孟尝君曰:"客何好?"曰:"客无好也。"曰:"客何能?"曰:"客无能也。"孟尝君笑而受之,曰:"诺。"

左右以君贱之也③,食以草具④。居有顷,倚柱弹其剑⑤,歌曰:"长铗归来乎⑥!食无鱼。"左右以告⑦,孟尝君曰:"食之,比门下之客⑧。"居有顷,复弹其铗,歌曰:"长铗归来乎!出无车。"左右皆笑之,以告。孟尝君曰:"为之驾,比门下之车客⑨。"于是乘其车,揭其剑,过其友⑩,曰:"孟尝君客我⑪!"后有顷,复弹其剑铗,歌曰:"长铗归来乎!无以为家⑫。"左右皆恶之,以为贪而不知足。孟尝君问:"冯公有亲乎?"对曰:"有老母。"孟尝君使人给其食用⑬,无使乏。于是冯谖不复歌。

后孟尝君出记⑭,问门下诸客:"谁习计会⑮,能为文收责于薛者乎⑯?"冯谖署曰⑰:"能。"孟尝君怪之,曰:"此谁也?"左右曰:"乃歌夫'长铗归来'者也⑱。"孟尝君笑曰:"客果有能也,吾负之⑲,未尝见也。"请而见之,谢曰⑳:"文倦于事㉑,愦于忧㉒,而性懧愚,沉于国家之事㉓,开罪于先生㉔。先生不羞,乃有意欲为收责于薛乎㉕?"冯谖曰:"愿之。"

于是约车治装㉖,载券契而行㉗,辞曰:"责毕收,以何市而反㉘?"孟尝君曰:"视吾家所寡有者。"驱而之薛㉙,使吏召诸民当偿者,悉来合券㉚。券遍合,起,矫命以责赐诸民㉛。因烧其券,民称万岁。

长驱到齐,晨而求见㉜。孟尝君怪其疾也,衣冠而见之㉝,曰:"责毕收乎?来何疾也!"曰:"收毕矣。""以何市而反?"冯谖曰:"君云'视吾家所寡有者',臣窃计,君宫中积珍宝,狗马实外厩㉞,美人充下陈㉟,君家所寡有者,以义耳㊱!窃以为君市义㊲。"孟尝君曰:"市义奈何㊳?"曰:"今君有区区之薛㊴,不拊爱子其民㊵,因而贾利之㊶!臣窃矫君命,以责赐诸

---

① 冯谖(xuān):孟尝君的门客。一本作"冯煖",《史记》作"冯驩"。自存:自我存活,指自己养活自己。 ② 属:同"嘱",嘱托,请托。孟尝君:姓田,名文,齐靖郭君田婴少子,为齐相,"孟尝君"是他的封号。轻财好士,与魏信陵君、赵平原君、楚春申君齐名,并称四公子。 ③ 左右:指孟尝君左右近侍。以:认为。一说训"因"。 ④ 食(sì):给……东西吃。草具:粗劣的饭菜。具,指饭菜。 ⑤ 有顷:不久。顷,时间短。倚:靠着。 ⑥ 铗(jiá):剑柄,此代指剑。冯谖家贫,而行走带剑,长铗在这里已经有了某种象征意味。 ⑦ 以告:以之告,把此事告诉孟尝君。 ⑧ 食之:给他吃。比:比照。客:一本作"鱼客"。吴师道注引《列士传》:"孟尝君厨有三列:上客食肉,中客食鱼,下客食菜。" ⑨ 为之驾:给他准备车马。车客:乘车之客。 ⑩ 揭:高举。过:过访。 ⑪ 客我:以我为客。 ⑫ 无以:没有用来……的东西。为家:养家。 ⑬ 给:供给,供应。 ⑭ 记:文告。 ⑮ 习:熟习。计会:即会计。 ⑯ 文:孟尝君名田文。责:同"债"。薛:孟尝君的领地,在今山东省滕州市东南。 ⑰ 署:签上自己的名字。 ⑱ 乃:乃是。夫:那。 ⑲ 负:辜负,对不起。 ⑳ 谢:致歉。 ㉑ 倦:劳倦。 ㉒ 愦(kuì):昏乱。忧:虑,指为国事而忧心。 ㉓ 懧:同"懦",怯弱无能。沉:沉溺。 ㉔ 开罪:得罪。 ㉕ 羞:以为羞。乃:竟然。 ㉖ 约车治装:套车,整理行装。 ㉗ 券契:指债券。古代债券一分两半,各执一端,两券相合,始为有效,所以冯谖载券而行。 ㉘ 以何市:以之市何,用这些债款买些什么。 ㉙ 之:往,到。 ㉚ 悉:全。合券:合验券契,把债务交割清楚。 ㉛ 矫命:假托孟尝君的命令。矫,假托。 ㉜ 长驱:驱车直前,不作停留。晨而求见:还在早晨就要求会见。 ㉝ 疾:快。衣冠:穿上衣服戴上帽子。 ㉞ 实:充满。厩(jiù):马棚,泛指牲口棚。 ㉟ 下陈:后列,后宫,与庭堂公务待客之所相对。 ㊱ 以:这里"以"字用法特殊,是"只有"的意思。一说为衍文。 ㊲ 以为:以之为。 ㊳ 市义奈何:怎么样就买来了仁义呢? ㊴ 区区:小貌。 ㊵ 拊爱:即抚爱,安抚爱护。子其民:以其民为子。 ㊶ 因:依靠。贾利之:用商贾手段从他们身上取利。

民,因烧其券,民称万岁,乃臣所以为君市义也①。"孟尝君不说②,曰:"诺!先生休矣③!"

后期年④,齐王谓孟尝君曰⑤:"寡人不敢以先王之臣为臣!"孟尝君就国于薛⑥,未至百里,民扶老携幼迎君道中。孟尝君顾谓冯谖⑦:"先生所为文市义者,乃今日见之!"冯谖曰:"狡兔有三窟,仅得免其死耳!今君有一窟,未得高枕而卧也!请为君复凿二窟!"

孟尝君予车五十乘,金五百斤,西游于梁⑧。谓惠王曰:"齐放其大臣孟尝君于诸侯⑨,诸侯先迎之者,富而兵强。"于是梁王虚上位⑩,以故相为上将军;遣使者黄金千斤、车百乘往聘孟尝君。冯谖先驱,诫孟尝君曰⑪:"千斤,重币也;百乘,显使也。齐其闻之矣⑫!"梁使三反,孟尝君固辞不往也⑬。

齐王闻之,君臣恐惧,遣太傅赍黄金千斤⑭,文车二驷⑮,服剑一⑯,封书⑰谢孟尝君,曰:"寡人不祥⑱,被于宗庙之祟⑲,沉于谄谀之臣,开罪于君。寡人不足为也⑳,愿君顾先王之宗庙,姑反国统万人乎㉑?"冯谖诫孟尝君曰:"愿请先王之祭器,立宗庙于薛㉒。"庙成,还报孟尝君曰:"三窟已就㉓,君姑高枕为乐矣!"

孟尝君为相数十年,无纤介之祸者㉔,冯谖之计也。

【导读】

一、战国之时养士之风盛行,战国四公子楚春申君、魏信陵君、齐孟尝君、赵平原君均以养士著名。士人阶层作为一种特殊的政治力量在这一时期迅速崛起,《冯谖客孟尝君》一文就是这一时代风尚的真实反映。

二、这篇文章见于《战国策·齐策四》,它通过冯谖与孟尝君相知过程的描写,充分地展示了士人阶层在社会政治生活中的重大作用。作品成功地给我们塑造了一个战国智士的形象,主人公看似懦弱无能、做事迂阔、头脑简单,而事实上却是一位心怀奇智、高瞻远瞩、遇事沉着、从容有方的旷世奇才。作品在前后两部分中着力渲染,层层铺垫,在中间一部分又以孟尝君的懊恼、失望进行反衬,通过这些重重的渲染和有力的反衬,人物的形象也因而变得更为鲜明,更加富于传奇色彩。这篇作品把人物的传奇性与故事的曲折性巧妙地结合在一起,在人物形象的塑造上确实表现出了很高的造诣。把人物的若干典型事件集中在一起,加以描绘,这也使我们从中看到了《史记》人物传记创作与它的某些内在联系。

---

① 此句意谓:这就是我用这些债款为您买回的仁义呀! ② 说:通"悦"。 ③ 休矣:没有指望了。此句意谓本来还以为冯谖可以干一些事,现在看来,他简直没有一点希望了。一说"休矣"意为"算了""得了"。 ④ 期年:满一年。 ⑤ 齐王:此指齐宣王之子齐湣王。 ⑥ 就国:到自己的领地去。国,此指孟尝君的封地。 ⑦ 顾:回头。 ⑧ 梁:魏国首都大梁,在今河南省开封市,此代指魏国。 ⑨ 放:弃置不用。 ⑩ 虚上位:把最高的官位空出来。 ⑪ 诫:告。 ⑫ 其:语气副词,表推测。 ⑬ 三反:往返三次。固辞:坚决推辞。 ⑭ 太傅:官名,古三公之一。赍(jī):送物给人。一说携带。 ⑮ 文车:绘有文采的车。驷:一车四马曰驷。 ⑯ 服剑:佩剑。此指齐王所佩之剑。 ⑰ 封书:此指又封书信一封。 ⑱ 不祥:不吉祥,不善。 ⑲ 被:遭受。宗庙之祟:祖宗神灵的祸祟。 ⑳ 不足为:不值得顾念。一说不值得辅助。 ㉑ 反国:回都城。统万人:指管理百姓。 ㉒ 先王之祭器:先王传下来的祭器。立宗庙于薛:孟尝君与齐王同族,宗庙是国家的象征,是诸侯重点保护的对象,孟尝君要求立宗庙于薛,这是他企图借宗庙以自重的一种手段。 ㉓ 已就:已营建好。 ㉔ 纤介:细微。介,通"芥"。

诸子散文

老　子

《老子》又称《道德经》，相传为老子所著。老子姓李，名耳，字聃，故又称老聃，春秋末年陈国（后入楚）苦县（在今河南省鹿邑县东）人，年龄稍长于孔子，为周之守藏史，又称柱下史。后周遭内乱，老子失其官，遂西入关于秦，不知所终。盖《道德经》一书初为老子口传，后由道家后学加工整理于战国初年编定。

《老子》一书以恍惚无形的大道为宇宙之本，主张守虚处静，信从自然，无为而治，对人世的争夺、贪欲、嚣乱与虚伪十分憎恶，虽然不乏消极思想，但也带有浓厚的社会批判色彩。在艺术上，《老子》此书韵散结合，语言简练，不少句子如同格言，哲理深刻，耐人寻味。

《老子》注本主要有三个系统，它们分别以河上公注、王弼注、傅奕注为代表。1973年出土的马王堆帛书《老子》则以高明的《帛书老子校注》训释最为详备。1993年出土的郭店楚简《老子》对于认识《老子》原貌也有重要参考价值。

五十三章

使我介然有知①，行于大道②，唯施是畏③。大道甚夷，而民好径④。朝甚除，田甚芜⑤，仓甚虚。服文彩，带利剑，厌饮食，财货有余。是谓盗夸⑥，非道也哉⑦！

【导读】

鲁迅先生说："老子之言亦不纯一，戒多言而时有愤辞，尚无为而仍欲治天下。"（《汉文学史纲要》）五十三章即为一例。由《老子》此章我们不难看出，《老子》的行文常常也是饱含情感的。《老子》此章善于抓住典型特征，通过对比说明问题，有力地展示了当时的上层统治者掠夺人民、挥霍无度的卑污嘴脸。用词准确，形象具体；修饰恰当，表现有力；语言简练，节奏铿锵。声、情、理三者在这里得到了和谐的统一。

---

① 介然：顾本成《疏》："微小也。"马叙伦《校诂》："'介'借为'哲'。"劳健《古本考》："坚确貌。"按，劳说义近。　② 大道：双关语，既指大路，又指宇宙的根本规律，即自然无为的运行方式。　③ 施（yí）：通"迤"，《说文》："迤，邪行也。"　④ 径：河上公注："邪不正也。"与"施"同义。　⑤ 除：修除，整饰。芜：荒芜。　⑥ 盗夸："夸"当训"大"，"盗夸"即盗之大者。　⑦ 帛书等少数传本句上复有"盗夸"二字，当据改。

论　语

《论语》是儒家经典之一,是一部记录孔子及其弟子言行的著作。孔子(前551—前479),名丘,字仲尼,春秋末年鲁国陬邑(今山东省曲阜市)人。他是先秦儒家学派的创始者,中国历史上伟大的思想家、教育家。其政治思想的核心是"仁",但又认为"仁"要靠一系列的"礼"来体现。他曾周游列国,宣传自己的政治主张,但因不被信用,最后只好退归故里,从事著述和讲学。相传他编订过《诗》《书》,并根据鲁史撰写了《春秋》,弟子三千,其中有成就者七十二人。

《论语》一书大约在战国初年编定成书,是研究孔子生活和思想的重要资料。《论语》一书是一部语言简朴,但又很富文采的语录体著作。语言含蓄,记事简约,往往只是只言片语,而人物的神貌形态却展露无遗。这样的创作风格对后世的笔记小说影响很大。

汉初《论语》有《古论语》《齐论语》《鲁论语》三种,《古论语》为孔壁所出,后二者分别为齐、鲁人所传。今本为东汉郑玄混合《古论语》《张侯论》而成。注释有三国魏何晏《论语集解》、宋邢昺《论语正义》、宋朱熹《论语集注》、清刘宝楠《论语正义》等。

述　而(第十六章)

子曰:"饭疏食饮水①,曲肱而枕之②,乐亦在其中矣。不义而富且贵,于我如浮云。"

【导读】

《论语》一书是语录体,寥寥数语,就把人物的思想情怀写得清晰明了。本章"饭疏食"二句描写形象,"于我如浮云"一句比喻恰切,前后相映,比较充分地展示了孔子独善其身、宁折不污的高洁人格。

泰　伯(第十九章)

子曰:"大哉,尧之为君也!巍巍乎,唯天为大,唯尧则之③。荡荡乎,民无能名焉④;巍巍乎,其有成功也;焕乎,其有文章⑤。"

【导读】

本章主旨是叙述孔子法天则地、取法自然的思想,表现了古人对天地的崇敬。在艺术上,本章的特点就是善用虚词和叠语。虚词和叠语的运用,使得行文情气摇荡,错落有致,颇具文采,呈现出了较高的艺术表现力。郑瑗《井观琐言》卷二云:"《论语》无意为文,而自粲然成文,故不厌语助字之多。"郑氏所言颇有道理。

---

① 饭:吃。疏食:粗劣的食物。一说指蔬食,即菜食,亦通。水:与"汤"有别,指冷水。　② 肱(gōng):手臂自肘至肩的部分,也泛指整个胳膊。　③ 巍巍:高貌。此指高远难识,众人莫察。则:效法,取法。　④ 荡荡:广大貌。　⑤ 焕:光耀显明貌。文章:刘宝楠《正义》:"上世人质,历圣治之,渐知礼义,至尧、舜而后,文治以盛。"

阳 货（第一章）

阳货欲见孔子①，孔子不见②，归孔子豚③。孔子时其亡也而往拜之④，遇诸塗⑤。

谓孔子曰："来。予与尔言。"曰："怀其宝而迷其邦⑥，可谓仁乎？"曰："不可！""好从事而亟失时⑦，可谓知乎？"曰："不可！日月逝矣，岁不我与⑧。"

孔子曰："诺！吾将仕矣。"

【导读】

此章共载录孔子三个行为：一是阳货欲见，而孔子不见；一是阳货馈豚，而孔子伺其不在而访之；一是遇之于路，不与多语。但又透露出孔子"将仕"而不得其人的矛盾心情。作者善于选取典型行为，客观写来，不作评论，让人读后感觉宛在目前而又余味无尽。这样的篇章在《论语》之中并非仅此一例。这种既形象又含蓄的创作风格对后世文学影响很大。

微 子（第六章）

长沮、桀溺耦而耕⑨，孔子过之，使子路问津焉⑩。长沮曰："夫执舆者为谁⑪？"子路曰："为孔丘。"曰："是鲁孔丘与？"曰："是也。"曰："是知津矣⑫。"问于桀溺，桀溺曰："子为谁？"曰："为仲由。"曰："是鲁孔丘之徒与？"对曰："然。"曰："滔滔者天下皆是也⑬，而谁以易之⑭？且而与其从辟人之士也⑮，岂若从辟世之士哉⑯？"耰而不辍⑰。子路行以告，夫子怃然⑱，曰："鸟兽不可与同群⑲，吾非斯人之徒与而谁与⑳？天下有道，丘不与易也㉑。"

【导读】

一、孔子的思想可以分为前后两期：前期有为，属于"知其不可而为之"的时期；后期消沉，属于归隐讲学的时期。但孔子自始至终都没有避世，与鸟兽同群。结合《子路从而后》章子路所发的一段议论："君子之仕也，行其义也。道之不行，已知之矣"，不难看出，孔子此时的思想还是比较执着的。

二、《微子》此章总共涉及四个人物，其中有三个人物形象都很有特点。长沮、桀溺都自认为是天下的觉醒者、智者，因而言语之间显得非常自信和傲慢。孔子虽然执着有为，但对前途并不是充满信心。

---

① 阳货：名虎，字货，季氏家臣。季氏把持鲁国之政，阳货又是季氏家臣中最有权势的人，孔子对他十分厌恶。见：拜见。 ② 不见：躲避，不接见。 ③ 归：通"馈"，赠送。豚：小猪，这里指蒸熟的小猪。 ④ 时：伺，此指伺察。亡：不在家。 ⑤ 塗：路途，后来写作"途"。 ⑥ 怀：藏。宝：这里比喻治国才能。一说喻身。迷其国：一任他的国家衰亡迷乱。迷，迷乱。 ⑦ 亟(qì)：屡次。知：同"智"。 ⑧ 与：待。 ⑨ 长沮、桀溺：两位隐士，生平不详。耦：农具名。《说文》："耒广五寸为伐，二伐为耦。" ⑩ 津：渡口。 ⑪ 执舆者：犹执辔者。执辔驾车的是子路，子路下车问路，所以此刻由孔子执辔。 ⑫ 是：如此，这样。犹言既然如此，他是知道渡口在哪里的。此句双关，意在讥孔子周游天下，不知所归。 ⑬ 滔滔：水周流貌，喻世之纷乱。一本作"悠悠"，义同。 ⑭ 谁：指当前诸侯。以：与。易之：指改变这种现状。以上二句意为天下皆乱，诸侯无贤者，你将和谁一道改变这样的现实呢？ ⑮ 辟人：指择善而从，指孔子。辟，同"避"。 ⑯ 辟世：即隐居山林，桀溺自指。 ⑰ 耰(yōu)：农具名，用以碎土，使地平整，此作动词，指覆盖种子。辍：停止。 ⑱ 怃然：怅然，寂然不动貌。 ⑲ 此句意为人不能避世，如果避世，与禽兽同居，此与禽兽何异？ ⑳ 斯人：即世人。之徒：之类。与：同在一起。 ㉑ 二句意为天下倘若有道，我就不会这样与你们一起到处奔波，期求改变它了。与易：指与子路等一起周游天下，企图改变这个世界。

"知其不可而为之",表现出了高度的人性自觉和可贵的道义精神,以及强烈的社会责任感。不过,言语之间也流露出了浓重的无可奈何的悲凉情绪。欲进不能,欲退不忍,这大概是这一时期孔子思想的主要特征。

墨 子

墨子(约前468—前376),春秋战国之际思想家、政治家,墨家学派的创始人。名翟,相传原为宋国人,后长期住在鲁国。他主张尚贤、尚同、兼爱、非攻、节用、非乐、尊天、明鬼、非命,反对奢侈浪费、任人唯亲、攻伐战争、礼乐繁饰,基本上代表了社会中下层小生产者的政治理想。

《墨子》一书非墨子所撰,也非一人一时之作,盖由墨子弟子、门人及其后学记录、整理、汇编成书。因为墨子反对礼乐繁饰,所以《墨子》一书语言质朴,不尚华藻,讲究逻辑,组织严密,具有很强的论辩色彩。对于荀子和韩非子的作品具有较大影响。

《汉书·艺文志》著录《墨子》七十一篇,现存五十三篇。较通行的注本有清孙诒让《墨子间诂》、今人吴毓江《墨子校注》。

非攻(上)

今有一人,入人园圃,窃其桃李,众闻则非之,上为政者得则罚之。此何也?以亏人自利也①。至攘人犬豕鸡豚者②,其不义又甚入人园圃窃桃李。是何故也?以亏人愈多。苟亏人愈多③,其不仁兹甚,罪益厚④。至入人栏厩⑤,取人马牛者,其不仁又甚攘人犬豕鸡豚。此何故也?以其亏人愈多。苟亏人愈多,其不仁兹甚,罪益厚。至杀不辜人也,扡其衣裘⑥,取戈剑者,其不义又甚入人栏厩取人马牛。此何故也?以其亏人愈多。苟亏人愈多,其不仁兹甚矣,罪益厚。当此天下之君子,皆知而非之,谓之不义。今至大为不义⑦,攻国,则弗知非,从而誉之,谓之义。此可谓知义与不义之别乎?

杀一人,谓之不义,必有一死罪矣。若以此说往,杀十人,十重不义,必有十死罪矣;杀百人,百重不义,必有百死罪矣。当此天下之君子,皆知而非之,谓之不义。今至大为不义,攻国,则弗知非,从而誉之,谓之义。情不知其不义也⑧,故书其言,以遗后世;若知其不义也,夫奚说书其不义⑨,以遗后世哉?

今有人于此,少见黑曰黑,多见黑曰白,则必以此人为不知白黑之辩矣⑩;少尝苦曰苦,多尝苦曰甘,则必以此人为不知甘苦之辩矣。今小为非,则知而非之;大为非,攻国,则不知非,从而誉之,谓之义。此可谓知义与不义之辩乎?是以知天下之君子也,辩义与不义之乱也⑪。

---

①亏:损害。 ②攘:窃取。豕:猪。豚:小猪。 ③此句据孙诒让说补。 ④兹:同"滋",更加。益:更加。 ⑤栏厩(jiù):畜栏马棚。 ⑥不辜人:无罪的人。辜,罪。扡:同"拖",夺。 ⑦"不义"二字据毕沅说补。 ⑧情:诚,的确。 ⑨奚:何。说:解释,解说。 ⑩辩:通"辨",区别。"必"""为二字据孙诒让说补。 ⑪乱:是非颠倒。

【导读】

本文主要采用对比类推的方法来论证战争的不义和无理,形象地揭示出了统治阶级大肆征伐的阶级本质。层层推论,逻辑严密,具有很强的说服力。虽然《墨子》一书质朴无文,但这篇文章采用了对比类推的方法,由小及大,逐步展开,因此让人读后颇觉新鲜活泼,形象生动,绝无枯燥乏味之感。在文章体式上,这篇文章已形似专论,显然较《老子》《论语》的语录体散文又向前大大迈进了一步。

孟 子

孟子(约前372—前289),战国时思想家、政治家、教育家。名轲,字子舆,邹(今山东省邹城市)人。曾受业于孔子之孙子思的门人。在思想上,提倡"性善论",主张法先王,行仁政,在满足人民基本生活要求的前提下,引导他们接受国家的礼乐教化,从而建成一个百姓知礼、万民乐业的理想社会。为了实现这一理想,曾经周游列国。由于不为诸侯所用,最后乃退而与弟子万章等著《孟子》七篇。

《孟子》一书长于辩论,尤其注重辩论技巧,或者自设圈套,引人入彀;或抓住要害,一枪取胜;对比喻、类比、寓言、引用、反证等说理方法的运用也很娴熟;语言晓畅,气势磅礴,感情充沛,浩气纵横,对后世的政论散文很有影响。

通行注本有东汉赵岐《孟子章句》、南宋朱熹《孟子集注》、清焦循《孟子正义》和今人杨伯峻《孟子译注》。

齐桓晋文之事

齐宣王问曰①:"齐桓、晋文之事②,可得闻乎?"

孟子对曰:"仲尼之徒,无道桓、文之事者,是以后世无传焉;臣未之闻也。无以,则王乎③!"

曰:"德何如则可以王矣?"

曰:"保民而王,莫之能御也④。"

曰:"若寡人者,可以保民乎哉?"

曰:"可。"

曰:"何由知吾可也?"

曰:"臣闻之胡龁曰⑤:王坐于堂上,有牵牛而过堂下者,王见之,曰:'牛何之⑥?'对曰:'将以衅钟⑦。'王曰:'舍之!吾不忍其觳觫⑧,若无罪而就死地。'对曰:'然则废衅钟与?'

---

① 齐宣王:姓田,名辟疆,田氏齐国的第四代君主。时齐国富强,宣王欲称霸诸侯,故有此问。 ② 齐桓:齐桓公,"春秋五霸"之一,名小白。晋文:晋文公,"春秋五霸"之一,名重耳。 ③ 无以:如果一定要说的话。以,同"已",止。王:指王道,怎样王天下的道理,主要是指儒家的仁政思想。 ④ 保民:爱民,使安定。御:阻挡,抵挡。 ⑤ 胡龁(hé):宣王臣。 ⑥ 之:往,到。 ⑦ 衅钟:指钟始成,以血涂之。衅,杀生取血涂塞缝隙。 ⑧ 觳觫(hú sù):恐惧战栗貌。

曰:'何可废也?以羊易之①!'不识有诸②?"

曰:"有之。"

曰:"是心足以王矣!百姓皆以王为爱也③,臣固知王之不忍也。"

王曰:"然,诚有百姓者。齐国虽褊小④,吾何爱一牛!即不忍其觳觫,若无罪而就死地,故以羊易之也。"

曰:"王无异于百姓之以王为爱也⑤。以小易大,彼恶知之⑥!王若隐其无罪而就死地⑦,则牛羊何择焉⑧?"

王笑曰:"是诚何心哉⑨!我非爱其财而易之以羊也,宜乎百姓之谓我爱也!"

曰:"无伤也,是乃仁术也!见牛未见羊也。君子之于禽兽也:见其生,不忍见其死;闻其声,不忍食其肉。是以君子远庖厨也。"

王说⑩,曰:"《诗》云:'他人有心,予忖度之⑪。'夫子之谓也。夫我乃行之⑫,反而求之,不得吾心。夫子言之,于我心有戚戚焉⑬。此心之所以合于王者,何也?"

曰:"有复于王者曰⑭:'吾力足以举百钧⑮,而不足以举一羽;明足以察秋毫之末⑯,而不见舆薪⑰。'则王许之乎?"

曰:"否!"

"今恩足以及禽兽,而功不至于百姓者,独何与?然则一羽之不举,为不用力焉;舆薪之不见,为不用明焉;百姓之不见保,为不用恩焉。故王之不王⑱,不为也,非不能也。"

曰:"不为者与不能者之形,何以异⑲?"

曰:"挟太山以超北海⑳,语人曰:'我不能。'是诚不能也。为长者折枝,语人曰:'我不能。'是不为也,非不能也。故王之不王,非挟太山以超北海之类也;王之不王,是折枝之类也。"

"老吾老,以及人之老;幼吾幼,以及人之幼㉑:天下可运于掌。《诗》云:'刑于寡妻,至于兄弟,以御于家邦㉒。'言举斯心加诸彼而已。故推恩足以保四海,不推恩无以保妻子。古之人所以大过人者,无他焉,善推其所为而已矣。今恩足以及禽兽,而功不至于百姓者,独何与?权㉓,然后知轻重;度㉔,然后知长短。物皆然,心为甚。王请度之!抑王兴甲兵,危士臣,构怨于诸侯㉕,然后快于心与?"

王曰:"否,吾何快于是!将以求吾所大欲也。"

曰:"王之所大欲,可得闻与?"

王笑而不言。

---

①易:更换。 ②诸:"之乎"的合音。 ③爱:吝啬。 ④褊(biǎn)小:狭小。 ⑤异:以为异,感到奇怪。 ⑥恶:何。 ⑦隐:痛惜,怜悯。 ⑧何择:有什么好选择的。 ⑨诚:实在,到底。此句意为我到底是什么用心呢? ⑩说:同"悦"。 ⑪诗见《诗经·小雅·巧言》。忖度:推测,估量。 ⑫乃:这样,代词。 ⑬戚戚焉:戚戚然,心有所动的样子。 ⑭复:告诉,报告。 ⑮钧:古时三十斤为一钧。 ⑯明:指视力。秋毫之末:鸟兽秋天新生细毛的末端。 ⑰舆薪:一车柴草。 ⑱王之不王:大王你不施行王道。 ⑲形:情状。异:区别。 ⑳太山:即泰山。北海:即渤海。超:指跳跃而过。 ㉑老吾老:第一个"老"作"爱敬"讲,第二个"老"作"长辈"讲。幼吾幼:第一个"幼"作"抚爱"讲,第二个"幼"作"儿女"讲。及:推及。 ㉒诗见《诗经·大雅·思齐》。刑:同"型",示范,做榜样。寡妻:国君的妻子。御:驾驭,引申为治理。 ㉓权:秤锤,这里作动词,指称量。 ㉔度:量长短的用具,此处用作动词,指度量。 ㉕抑:或者。这里带有推测意味。危士臣:使士臣处于危险境地。构怨:结怨。

曰:"为肥甘不足于口与①?轻煖不足于体与②?抑为采色不足视于目与③?声音不足听于耳与?便嬖不足使令于前与④?王之诸臣,皆足以供之,而王岂为是哉!"

曰:"否,吾不为是也。"

曰:"然则王之所大欲可知已⑤:欲辟土地,朝秦、楚,莅中国,而抚四夷也⑥。以若所为⑦,求若所欲,犹缘木而求鱼也。"

王曰:"若是其甚与⑧?"

曰:"殆有甚焉⑨。缘木求鱼,虽不得鱼,无后灾;以若所为,求若所欲,尽心力而为之,后必有灾。"

曰:"可得闻与?"

曰:"邹人与楚人战⑩,则王以为孰胜?"

曰:"楚人胜。"

曰:"然则小固不可以敌大,寡固不可以敌众,弱固不可以敌强。海内之地,方千里者九⑪,齐集有其一⑫;以一服八,何以异于邹敌楚哉?盖亦反其本矣⑬!今王发政施仁,使天下仕者皆欲立于王之朝,耕者皆欲耕于王之野,商贾皆欲藏于王之市,行旅皆欲出于王之涂⑭,天下之欲疾其君者,皆欲赴愬于王⑮:其若是,孰能御之?"

王曰:"吾惛⑯,不能进于是矣⑰!愿夫子辅吾志⑱,明以教我,我虽不敏,请尝试之!"

曰:"无恒产而有恒心者,惟士为能⑲;若民,则无恒产,因无恒心。苟无恒心,放辟邪侈⑳,无不为已㉑。及陷于罪,然后从而刑之,是罔民也㉒。焉有仁人在位,罔民而可为也!是故明君制民之产,必使仰足以事父母,俯足以畜妻子,乐岁终身饱,凶年免于死亡,然后驱而之善,故民之从之也轻㉓。今也制民之产,仰不足以事父母,俯不足以畜妻子,乐岁终身苦,凶年不免于死亡,此惟救死而恐不赡㉔,奚暇治礼义哉㉕!王欲行之,则盍反其本矣㉖。五亩之宅㉗,树之以桑,五十者可以衣帛矣;鸡豚狗彘之畜㉘,无失其时,七十者可以食肉矣;百亩之田㉙,勿夺其时,八口之家,可以无饥矣;谨庠序之教㉚,申之以孝悌之义㉛,颁白者不负戴于道路矣㉜。老者衣帛食肉,黎民不饥不寒,然而不王者,未之有也。"

【导读】

此篇见于《孟子·梁惠王上》,它主要阐述的是孟子的"性善"理论与其"仁政"学说的内在联系。在

---

① 肥甘:指肥泽甜美的食物。 ② 轻煖:即轻暖,指又轻又暖的衣服。 ③ 采色:即彩色,指艳美华丽可供观赏的东西。 ④ 便嬖(pián bì):国君亲近宠幸的人。使令:使唤。 ⑤ 已:同"矣"。 ⑥ 辟:开辟。朝:使朝见。莅(lì):临。中国:指中原地区。四夷:周边僻远地区的少数民族。 ⑦ 若:这样的。 ⑧ 若是其甚与:即"其甚若是与",意为其严重程度像这样吗? ⑨ 殆:恐怕。焉:于此。 ⑩ 邹:国名,面积很小,在今山东省邹城市。 ⑪ 方千里者九:古人以为中国四周是海,中国如同海中之"州"("洲"之古字),并把этот"州"划分为九个部分,即九州,认为每州方圆千里。 ⑫ 集:全部土地加在一起。 ⑬ 盍:同"盖",何不。 ⑭ 商贾:商民。市:集市。涂:同"途",道路。 ⑮ 愬:同"诉",指申诉。 ⑯ 惛:昏庸糊涂。 ⑰ 是:这种境界。 ⑱ 辅吾志:帮助实现我的志愿。 ⑲ 恒产:固定的产业。恒心:指善心不迁。惟:通"唯"。 ⑳ 放:放荡,放纵。辟:同"僻",与"邪"同义。侈:与"放"同义。 ㉑ 已:同"矣"。 ㉒ 罔民:设罗网害民。罔,同"网",这里用作动词。 ㉓ 之:往,到。轻:容易。 ㉔ 不赡:不充足。 ㉕ 奚:何。暇:余暇,闲暇。 ㉖ 盍:何不。 ㉗ 五亩之宅:相传古时一位男丁可分到五亩土地建置房宅。 ㉘ 豚:小猪。彘:猪。 ㉙ 百亩之田:相传古井田制,每位男丁分地百亩。 ㉚ 谨:此指重视。庠序:学校名称,商代称序,周代称庠。 ㉛ 申:反复说明。孝悌:孝敬父母叫孝,尊敬兄长叫悌。 ㉜ 颁白:指老人。颁,同"斑"。负戴:肩背叫负,头顶叫戴。

孟子看来,人天生就有内在的善质,实行"仁政",以善待人,这乃是人的自然本性。统治阶级所以不行"仁政",这不过是他们为利欲所诱,不愿把自己的善质发扬光大罢了。孟子奉劝齐宣王"发政施仁",发展生产,教化百姓,认为只有如此,才能称王于天下,表现了他对他的"仁政"学说的极度自信。整篇谈话气势充沛,善设机巧,善用比喻,随机应变,进退自如,表现出了很高的论辩艺术。

孟子见梁惠王

孟子见梁惠王①,王曰:"叟不远千里而来②,亦将有以利吾国乎?"

孟子对曰:"王何必曰利,亦有仁义而已矣。王曰'何以利吾国',大夫曰'何以利吾家',士庶人曰'何以利吾身',上下交征利③,而国危矣! 万乘之国,弑其君者,必千乘之家。千乘之国,弑其君者,必百乘之家。万取千焉,千取百焉,不为不多矣④。苟为后义而先利,不夺不厌⑤。未有仁而遗其亲者也,未其义而后其君者也⑥,王亦曰仁义而已矣,何必曰利⑦!"

【导读】

本文见于《孟子·梁惠王上》,它主要论述的是孟子的重义轻利思想。上下争利,这是战国社会的一大特点,社会的动乱在很大程度上就是由此引起的。《孟子·梁惠王上》是《孟子》一书的第一篇,这章文字又是《孟子·梁惠王上》的第一段,《孟子》一书这样处理,显然是有鲜明的针对性的。在论证方法上本文主要采用的是归谬论证,这在《孟子》一书中十分普遍。当头断喝,一棒取胜,这是孟子论辩的一大特色。

庄 子

庄子(约前369—前286),战国时哲学家。名周。宋国蒙(今河南商丘市)人。曾任漆园吏,淡泊名利。他认为一切事物包括人的认识都是相对的,否认事物有质的差别,齐荣辱,等贵贱,一死生,追求精神的绝对自由,反对一切人为的文明,提倡人类应该回到与鸟兽同居的洪荒时代,对当时的黑暗政治及其他诸子学说均提出了尖锐的批评。

《汉书·艺文志》著录《庄子》五十二篇,现仅存郭象注本保留下来的三十三篇。其中内篇七篇,一般认为是庄子所著;外篇十五、杂篇十一,多出于庄子后学之手。《庄子》一书多用寓言,其文汪洋恣肆,想象夸张,变幻离奇,语言繁富,富有文采,具有浓重的浪漫主义气息,在先秦诸子中别具一格,对后世文学影响很大。

《庄子》注本以晋郭象注、唐成玄英疏本为最早,清王先谦的《庄子集解》、郭庆藩《庄子集释》是较通行的注本,近人刘文典、王叔岷的校注也可参看。

---

① 梁惠王:即魏惠王,名䓨,在位时,曾把国都由安邑(今山西省运城市)迁至大梁(今河南省开封市),因此魏国又称梁国,魏惠王又称梁惠王。 ② 叟:对长者的敬称。 ③ 交:互相。征:敛取。 ④ 此三句意为万乘之国从千乘之家、千乘之国从百乘之家那里所取得的财利不为不多。 ⑤ 厌:感到满足。此二句意为如果做事都是先利而后义的话,那么百乘之家一定会从千乘之国、千乘之家一定会从万乘之国手里把财利夺回来的,之所以不夺,乃是因为它们知道以下事上乃是大义所在。 ⑥ 遗:遗弃。后:使处后。 ⑦ 此二句意为连大王你也是经常把这些仁义挂在口上的,为什么现在一定要谈利呢? 言外之意,惠王也是不愿意他的臣下不守臣节,与他争利的。

秋　水（节选）

庄子钓于濮水①，楚王使大夫二人往先焉②，曰："愿以境内累矣③！"庄子持竿不顾，曰："吾闻楚有神龟，死已三千岁矣，王巾笥而藏之庙堂之上④。此龟者，宁其死为留骨而贵乎？宁其生而曳尾于涂中乎⑤？"二大夫曰："宁生而曳尾涂中。"庄子曰："往矣！吾将曳尾于涂中。"

惠子相梁⑥，庄子往见之。或谓惠子曰："庄子来，欲代子相。"于是惠子恐，搜于国中三日三夜⑦。庄子往见之，曰："南方有鸟，其名为鹓鶵⑧，子知之乎？夫鹓鶵发于南海而飞于北海，非梧桐不止，非练实不食⑨，非醴泉不饮⑩。于是鸱得腐鼠⑪，鹓鶵过之，仰而视之曰：'吓⑫！'今子欲以子之梁国而吓我邪？"

庄子与惠子游于濠梁之上⑬。庄子曰："鲦鱼出游从容⑭，是鱼之乐也。"惠子曰："子非鱼，安知鱼之乐？"庄子曰："子非我，安知我不知鱼之乐？"惠子曰："我非子，固不知子矣；子固非鱼也，子之不知鱼之乐，全矣⑮。"庄子曰："请循其本⑯。子曰'汝安知鱼乐'云者，既已知吾知之而问我，我知之濠上也⑰。"

【导读】

《庄子》一书多用寓言、故事说明道理，而且往往是多个寓言、故事连续使用，反复地多角度地说明问题。《秋水》即是一例，通篇都由寓言、故事构成，前后共有七个，这里节选的是末尾三个。像《庄子》这样通篇都用寓言或故事说理，行文卷舒自如，开合无拘，不受限制，在先秦实属罕见。《庄子》的寓言、故事都有它深刻的哲理性和鲜明的形象性。就本文所节选的三段文字来说，首段以神龟为喻，次段以鹓鶵为喻，末段以濠鱼为比，并巧妙地开名辩学派的玩笑，以其人之道，还治其人之身。文中无论是对龟、鸟、鱼的描写，还是对人物言语、行为的描写，都能做到形象具体，生动直观，富有情趣，发人深思。要达到这一点，是很不容易的。哲理性的寓言、故事很容易导致形象的概念化、平板化，但显而易见，这些问题在庄子的著作里大都得到了克服。

荀　子

荀子（约前313—前238），战国末期思想家、教育家。名况，时人尊称荀卿、孙卿。赵国人。曾长期在齐国的稷下（今山东省临淄市西北）讲学，晚年游楚，任兰陵令。李斯和韩非都是他在兰陵的学生。他

---

① 濮水：水名，在今河南濮阳。　② 楚王：指楚威王。先：即为先导，先行传达楚王的旨意。　③ 累：拖累，麻烦，意谓欲请庄子在楚从政。　④ 巾笥：指用巾布包起来放于竹箱。笥，竹箱。　⑤ 曳：拖。涂：泥。　⑥ 惠子：即惠施，庄子友，宋人，曾为梁相。梁：指魏国，都于大梁（今河南省开封市），故称。　⑦ 国：都城。　⑧ 鹓鶵（yuān chú）：鸟名，鸾凤之属。　⑨ 练实：竹实。　⑩ 醴泉：指甘甜清纯的泉水。醴，甜酒。　⑪ 鸱（chī）：猫头鹰。腐鼠：发臭的死老鼠。　⑫ 吓（hè）：恐吓声，拟声词。　⑬ 濠：水名，在今安徽省凤阳县附近。梁：鱼梁。一说指桥。　⑭ 鲦（tiáo）：白鱼。　⑮ 全：完全，无有可疑，这里作谓语。　⑯ 循：顺，追溯。本：指争论的开始。　⑰ 此句偷换"安"的概念，将"哪里""怎么"偷换成"在哪里""在什么地方"。

的思想虽以儒家为主,但也受到了其他学派的影响。他服膺"性恶论",主张"法后王",在提倡礼乐教化的同时,对法制建设也很重视,他反对"天命"理论,主张"制天命而用之",强调人的后天学习的重要性以及人的主观能动性的发挥,较之孔、孟的传统儒学观念,荀子显然又进行了新的发展。

《荀子》现存三十二篇,主要为荀卿本人所撰,其中也有一小部分出于后学之手。它们基本上是颇具规模的专题论文。文风淳厚,论述详赡,说理缜密,结构严整,在语言风格上有新的开拓。

注释有唐杨倞注、清王先谦《荀子集解》。今人梁启雄《荀子简释》,也是很有特色的注本。

天　论(节选)

天行有常①,不为尧存,不为桀亡。应之以治则吉②,应之以乱则凶③。彊本而节用④,则天不能贫;养备而动时⑤,则天不能病⑥;循道而不贰⑦,则天不能祸⑧。故水旱不能使之饥⑨,寒暑不能使之疾,祅怪不能使之凶⑩。本荒而用侈,则天不能使之富;养略而动罕⑪,则天不能使之全⑫;倍道而妄行⑬,则天不能使之吉。故水旱未至而饥,寒暑未薄而疾⑭,妖怪未至而凶⑮。受时与治世同⑯,而殃祸与治世异,不可以怨天,其道然也。故明于天人之分,则可谓至人矣⑰。

治乱天邪?曰:日月、星辰、瑞历⑱,是禹、桀之所同也,禹以治,桀以乱,治乱非天也。时邪?曰:繁启、蕃长于春夏⑲,畜积收藏于秋冬⑳,是又禹、桀之所同也,禹以治,桀以乱,治乱非时也。地邪?曰:得地则生,失地则死,是又禹、桀之所同也,禹以治,桀以乱,治乱非地也。《诗》曰㉑:"天作高山,大王荒之㉒;彼作矣,文王康之㉓。"此之谓也。

天不为人之恶寒也,辍冬㉔;地不为人之恶辽远也,辍广;君子不为小人之匈匈也㉕,辍行。天有常道矣,地有常数矣,君子有常体矣。君子道其常,而小人计其功㉖。《诗》曰:"礼义之不愆,何恤人之言兮㉗。"此之谓也。

星队、木鸣㉘,国人皆恐。曰:"是何也?曰:无何也,是天地之变,阴阳之化㉙,物之罕至者也㉚。怪之,可也;而畏之,非也。夫日月之有蚀,风雨之不时,怪星之党见㉛,是无世而不常有之㉜。上明而政平,则是虽并世起,无伤也;上暗而政险,则是虽无一至者,无益也。夫星之队,木之鸣,是天地之变,阴阳之化,物之罕至者也。怪之,可也;而畏之,非也。

---

① 行:运行。常:固定不变的规律。　② 应:应对。治:精心的治理。吉:吉利,吉祥。　③ 乱:惑乱的行为。凶:凶险。　④ 彊:同"强"。本:指农业生产。节用:节约财用。　⑤ 养备:供养足备。动时:行动适时。　⑥ 病:使病,使出现变故。　⑦ 循:原作"修",据王念孙说改,遵循。贰:"贷(tè)"之讹,同"忒",差错。　⑧ 祸:使有祸。　⑨ 饥:原本"饥"下有"渴"字,王念孙以为衍文,今据删。　⑩ 祅怪:指自然灾异。祅,同"妖"。　⑪ 略:简略,不充裕。罕:稀少。一说为"逆"之误字。　⑫ 全:周全,完好。　⑬ 倍:通"背"。　⑭ 薄:迫近。　⑮ 至:王念孙谓当从《治要》本作"生"。　⑯ 时:天时,指风雨寒暑等自然条件。　⑰ 分:职分。至:极,尽。至人:达到最高境界的人。　⑱ 瑞历:历象,天体运行的情状。　⑲ 繁:繁衍。启:萌发。蕃:茂盛。　⑳ 畜:通"蓄",积聚。　㉑《诗》:指《诗经·周颂·天作》。　㉒ 高山:指岐山。大王:即太王,文王之祖古公亶父。荒:有,拥有。一说训"治"。一说训"大"。　㉓ 彼:太王。作:经营,治理。康:通"赓",《尔雅·释诂》:"赓,续也。"一说训"安"。　㉔ 辍:中止。　㉕ 之:原本无,王先谦据《群书治要》谓当有,今据增。匈匈:同"讻讻",喧哗声。　㉖ 道:取道,奉行。一说训"言"。计:计较。功:实际功效。　㉗ 愆(qiān):差错,过失。恤:顾念,忧虑。此为逸诗。　㉘ 队:同"坠"。　㉙ 天地之变:指星坠而言。阴阳之化:指木鸣而言。　㉚ 罕:稀少。至:来到,这里指出现,发生。　㉛ 蚀:亏缺。时:适时,合时。党:同"傥",偶然。见:同"现"。　㉜ 常:通"尝",曾。

【导读】

本文节选自《荀子·天论》篇,集中论述了对"天人之分"的认识。荀子认为:天体运行是自然现象,它与社会的治乱没有关系,社会的治乱完全是由人自身的作为所决定的。荀子如此肯定人的主体力量,这在先秦思想界确实是一次伟大的飞跃,在整个中国思想史上也有极为深远的意义。在论证方法上,本文采用正反对比,有破有立,说理透辟。在句式上,多用短句,长于对偶。语言形式上的鲜明对照与实际内容的正反对比,彼此和谐地统一在一起,使人读后颇觉言之凿凿,掷地有声,大大地强化了作品的感染力。当然从虚拟性的辩论形式可以看出,本文仍然多少保留着语录体散文的痕迹,但是这种痕迹已十分接近设问修辞,它对于加强作品的论证效果显然也是很有帮助的。

韩非子

韩非(约前280—前233),战国末期哲学家,法家主要代表人物。韩国(今河南省西北部及陕西省东部)公子。与李斯同为荀况的学生。六国纷争,韩国日渐衰弱,韩非多次上书言事,终不为用,遂发愤著书十余万言,极言治国理民之道,为秦始皇所赏,遂西入秦。李斯、姚贾妒其才能,进谗秦王,终为所杀。

《韩非子》一书现存五十五篇,主要为韩非所著,也有少数篇章为后学者所撰。该书继承和发展了荀子的法术思想,主张以"法"为中心,结合"术""势",君临天下。反对复古,倡导革新,重质轻文,崇实反虚,是先秦时期法家思想的代表性著作。该书说理精密,文笔犀利,语言峭刻,尤其擅长以寓言说理,风格独特,对后世的政论创作也颇有影响。

注释有清人王先慎《韩非子集解》、近人陈奇猷《韩非子集释》。今人梁启雄《韩子浅释》,训释晓畅,尤其适合初学者参看。

五 蠹①(节选)

上古之世,人民少而禽兽众,人民不胜禽兽虫蛇②。有圣人作,构木为巢以避群害,而民说之③,使王天下④,号之曰有巢氏。民食果蓏蚌蛤⑤,腥臊恶臭而伤害腹胃⑥,民多疾病。有圣人作,钻燧取火以化腥臊⑦,而民说之,使王天下,号之曰燧人氏。中古之世,天下大水,而鲧、禹决渎⑧。近古之世,桀、纣暴乱,而汤、武征伐⑨。今有构木钻燧于夏后氏之世者⑩,必为鲧、禹笑矣;有决渎于殷、周之世者,必为汤、武笑矣。然则今有美尧、舜、鲧、禹、汤、武之道于当今之世者⑪,必为新圣笑矣⑫。是以圣人不期修古⑬,不法常可⑭,论

---

① 五蠹:指当时的学者(儒士)、言谈者(纵横家)、带剑者(游侠)、患御者(近侍之臣)、工商之民五种人,作者认为他们都是国家的蛀虫。蠹,木中虫,即蛀虫。 ② 不胜:经受不住。 ③ 说:同"悦"。 ④ 王:称王,为王。 ⑤ 果蓏(luǒ):木本植物所结称果,草本植物所结称蓏。此泛指瓜果。蚌:同"蚌"。蛤(gé):蛤蜊,软体动物,有两扇卵圆形贝壳。蚌、蛤泛指水产品。 ⑥ 臊:气味。 ⑦ 燧:取火之具。 ⑧ 鲧(gǔn):大禹的父亲。禹:夏禹,夏王朝的创始者。决:开挖。渎:水道。 ⑨ 桀:夏桀,夏王朝的末代国君。纣:商纣王,商朝的末代国君。汤、武:商汤、周武王,商、周王朝的开国之君。 ⑩ 夏后氏之世:指夏王朝。后,帝王。 ⑪ 尧、舜、鲧、禹、汤、武:原作"尧、舜、汤、武、禹",据王先慎说改。 ⑫ 新圣:新时代的圣人。 ⑬ 期:期望。修古:修治先王之政。一说远古。 ⑭ 法:取法,效法。常可:常规,旧例。

世之事,因为之备。宋人有耕者,田中有株①,兔走触株,折颈而死,因释其耒而守株②,冀复得兔③,兔不可复得,而身为宋国笑。今欲以先王之政,治当世之民,皆守株之类也。

【导读】

"养耕战之士,除五蠹之民"是韩非《五蠹》的中心论点,但这个论点的得出乃是以"不期修古,不法常可,论世之事,因为之备"的历史观念为前提的。《韩非子》一书主张革新,反对复古,《五蠹》正是这方面的代表作品。这里节选的是《五蠹》的总论部分,它主要论述的就是"不期修古,不法常可"的治世思想。文章将史实论证与寓言论证结合起来,论证充分,逻辑严密,语言晓畅,文笔犀利,比较充分地展示了韩非散文的特色。

说　难(节选)

昔者郑武公欲伐胡④,故先以其女妻胡君以娱其意⑤。因问于群臣:"吾欲用兵,谁可伐者?"大夫关其思对曰⑥:"胡可伐。"武公怒而戮之⑦,曰:"胡,兄弟之国也。子言伐之,何也?"胡君闻之,以郑为亲己,遂不备郑。郑人袭胡,取之。宋有富人,天雨墙坏。其子曰:"不筑,必将有盗。"其邻人之父亦云。暮而果大亡其财。其家甚智其子⑧,而疑邻人之父。此二人说者皆当矣⑨,厚者为戮,薄者见疑⑩,则非知之难也,处之则难也⑪。故绕朝之言当矣,其为圣人于晋,而为戮于秦也⑫。此不可不察。

昔者弥子瑕有宠于卫君⑬。卫国之法:窃驾君车者罪刖⑭。弥子瑕母病,人闻,有夜告弥子,弥子矫驾君车以出⑮。君闻而贤之⑯,曰:"孝哉!为母之故,忘其犯刖罪。"异日,与君游于果园,食桃而甘,不尽,以其半啗君⑰。君曰:"爱我哉!忘其口味以啗寡人。"及弥子色衰爱弛,得罪于君,君曰:"是固尝矫驾吾车,又尝啗我以余桃。"故弥子之行未变于初也,而以前之所以见贤而后获罪者,爱憎之变也。故有爱于主,则智当而加亲⑱;有憎于主,则智不当见罪而加疏。故谏说谈论之士,不可不察爱憎之主而后说焉。

【导读】

借用寓言或故事说理是先秦散文的一大特色,《韩非子》一书所载寓言、故事之多更是居先秦各家散文之首。《说难》一文主要是讲游说之难的,而游说之难的根本原因就在于国君的品类杂多,心理多变,参差难测。这里节选的是《说难》一文的后半部分,它通过三个颇有戏剧色彩的传说故事,生动形象地说明了与国君相处的极度困难。韩非笔下的寓言、故事往往带有鲜明的形象性和强烈的戏剧性,这在先秦的寓言、故事王国里确乎别成一家。

---

①株:树墩,树桩。　②释:扔掉。耒:耒耜,古代耕地的农具,即原始的犁,也泛指农具。　③冀:希望。　④郑武公:周宣王庶弟友始受封为郑桓公,传子武公,名掘突。胡:春秋时的一个小国,在今安徽省境内。　⑤故:故意。　⑥关其思:人名,郑武公臣子。　⑦戮:杀死。　⑧智:以为智。　⑨二人:指关其思和邻人之父。当:确当,适合。　⑩厚者:即重者。薄者:即轻者。为、见:均是被的意思。　⑪处之:当依《史记》本传作"处知",处置自己所知道的。　⑫绕朝:秦大夫。晋大夫士会逃亡秦国,晋国想诱骗他归国委以重任。秦绕朝识破晋计,劝说秦王不要放还,秦王不听。士会归国得到重用,遂说绕朝与之同谋,秦王得知,遂杀绕朝。　⑬弥子瑕:卫灵公嬖臣。　⑭刖(yuè):断足之刑。　⑮矫:假托他人名义。　⑯贤:以为贤。　⑰啗(dàn)同"啖",使啗,使吃。　⑱当:合。

吕氏春秋

《吕氏春秋》,又称《吕览》,是战国末期秦相吕不韦组织门客编写的。全书以道家思想为主,兼容其他各派学说,形成了以崇尚客观、尊重规律、因任自然为中心,以实现国家统一、维护君主尊严为目的,内容涉及政治、经济、文化、道德等各个方面的、综合的、系统的理论学说,是继《荀子》之后的先秦诸子哲学思想新的综合。

《吕氏春秋》由"纪""览""论"三大部组成,每部类下各有十二纪、八览、六论。虽难免有拼凑的痕迹,但其创造之功是不可磨灭的。该书善于运用寓言、故事说明道理,书中所存寓言、故事之多仅次于《韩非子》。在语言风格上,《吕氏春秋》的文章往往短小严谨,平实畅达,别具一格。

《吕氏春秋》的注本有东汉高诱注、清毕沅《吕氏春秋新校正》。近人陈奇猷《吕氏春秋校释》和许维遹《吕氏春秋集释》综合前人的研究成果,也都获得了很大的成就。

察　今

上胡不法先王之法①?非不贤也,为其不可得而法。先王之法,经乎上世而来者也,人或益之,人或损之②,胡可得而法?虽人弗损益,犹若不可得而法。东夏之命③,古今之法,言异而典殊④,故古之命多不通乎今之言者,今之法多不合乎古之法者。殊俗之民⑤,有似于此:其所为欲同,其所为异⑥。口惽之命不愉⑦,若舟车衣冠滋味声色之不同,人以自是,反以相诽⑧。天下之学者多辩,言利辞倒⑨,不求其实,务以相毁,以胜为故⑩。先王之法,胡可得而法?虽可得,犹若不可法。

凡先王之法,有要于时也⑪。时不与法俱至,法虽今而至,犹若不可法。故择先王之成法⑫,而法其所以为法。先王之所以为法者何也?先王之所以为法者人也。而己亦人也,故察己则可以知人,察今则可以知古。古今一也,人与我同耳。有道之士,贵以近知远,以今知古,以所见知所不见⑬。故审堂下之阴⑭,而知日月之行、阴阳之变;见瓶水之冰,而知天下之寒、鱼鳖之藏也;尝一脟肉⑮,而知一镬之味、一鼎之调⑯。

荆人欲袭宋⑰,使人先表澭水⑱。澭水暴益⑲,荆人弗知,循表而夜涉⑳,溺死者千有余人,军惊而坏都舍㉑。向其先表之时可导也㉒,今水已变而益多矣,荆人尚犹循表而导之,

---

①上:君上。胡:何。　②或:有的。益:增益。损:删减。　③东夏:犹言夷夏。孙锵鸣云:"东方曰夷,故夷亦可言东。"命:名。　④言异:承"东夏之命"言。典殊:承"古之法"言。典,法典。　⑤殊俗:不同风俗,此指不同地域。　⑥二句意为人们所要达到的目的是相同的,但是做法却是不同的。　⑦惽:通"抿",合拢,收敛,此指说话唇形开合。不愉:指言语相隔不能交流。愉,通"逾"。命:与上"命"同义。　⑧自是:自以为是。诽:指责。　⑨言利辞倒:极言其能言善辩,反复成语。　⑩故:事。　⑪要:切要,切合。　⑫择:通"释",舍弃。成法:现成的法令。　⑬所见:原文"所见"之上有"益"字,据毕沅《吕氏春秋》校引《意林》删。　⑭审:仔细观察。　⑮脟(luán):同"脔",肉块。　⑯镬(huò):古代煮食物用的一种大锅。调:调味。　⑰荆人:即楚人。　⑱表:标志。澭水:水名,在今山东省。　⑲暴:突然。益:同"溢",满溢。　⑳循:顺,沿着。　㉑而:如。坏都舍:言军队溃散如城舍之崩。都舍,城舍。一说大舍。　㉒向:以前。

此其所以败也。今世之主,法先王之法也,有似于此。其时已与先王之法亏矣①,而曰"此先王之法也"而法之。以此为治,岂不悲哉?故治国无法则乱,守法而弗变则悖②,悖乱不可以持国。世易时移③,变法宜矣。譬之若良医,病万变,药亦万变。病变而药不变,向之寿民,今为殇子矣④。故凡举事必循法以动,变法者因时而化。若此论则无过务矣⑤。夫不敢议法者,众庶也⑥;以死守法者,有司也⑦;因时变法者,贤主也。是故有天下七十一圣⑧,其法皆不同,非务相反也⑨,时势异也。故曰良剑期乎断,不期乎镆、铘⑩;良马期乎千里,不期乎骥、骜⑪。夫成功名者,此先王之千里也。

楚人有涉江者,其剑自舟中坠于水,遽契其舟⑫,曰:"是吾剑之所从坠。"舟止,从其所契者入水求之。舟已行矣,而剑不行,求剑若此,不亦惑乎?以故法为其国,与此同⑬。时已徙矣⑭,而法不徙,以此为治,岂不难哉?

有过于江上者,见人方引婴儿而欲投之江中,婴儿啼。人问其故,曰:"此其父善游。"其父虽善游,其子岂遽善游哉?以此任物⑮,亦必悖矣。荆国之为政,有似于此。

【导读】

《察今》见于《吕氏春秋·慎大览》之八,它主要论述了为法治国应该因势而化,不可拘泥于古法的道理。这对秦国当时的统一事业颇有指导意义。文章开头先对因势而化的道理予以概括论述,然后借用三个故事从三个方面分别加以阐发。"荆人夜涉"说明要因时而异,"刻舟求剑"说明要因地而异,"引婴投江"说明要因人而异。作者在每个故事后面都附以议论,借以阐明这个故事所包含的道理,这就使论证显得更为鲜明、更加透辟。由于年代久远,这篇文章在文字上可能仍有一些脱、衍需要校勘,尽管如此,我们从中仍可看出《吕氏春秋》通俗亲切、巧于结构的行文特征。

李 斯

李斯(?—前208),秦代政治家。楚上蔡(今河南上蔡县)人,与韩非同为荀子的学生。年轻时曾为小吏,后入秦为客卿,秦统一全国后任丞相。在秦始皇统一全国及巩固统一的过程中起过重要作用。秦始皇死后,李斯屈从于赵高胁迫,拥立胡亥为帝,后因受赵高谗言,终为二世腰斩。李斯的文章以《谏逐客书》一文的文学价值为最高,他如《泰山刻石》《峄山刻石》等刻石之文文辞整饬,对后世的碑铭创作也有很大影响。

---

① 亏:通"诡",指相异。 ② 悖:悖逆。 ③ 易:改变。 ④ 殇:夭折。 ⑤ 过务:过失之事。 ⑥ 众庶:百姓。 ⑦ 有司:官府。法:原文无,据毕沅说补。 ⑧ 七十一圣:相传孔子登泰山,观易姓而王可得而数者七十余人。 ⑨ 务:务求。 ⑩ 期:期望。镆铘:也作"莫邪",相传为古剑名,极为锋利。 ⑪ 骥、骜:皆千里马名。 ⑫ 遽:立刻。契:同"锲"(qiè),刻。 ⑬ 以:原文"以"下有"此"字。据王念孙说删。 ⑭ 徙:迁移。 ⑮ 任物:处理事物。

谏逐客书①

臣闻吏议逐客,窃以为过矣②。

昔缪公求士③,西取由余于戎④,东得百里奚于宛⑤,迎蹇叔于宋⑥,来丕豹、公孙支于晋⑦。此五子者,不产于秦,而缪公用之,并国二十,遂霸西戎。孝公用商鞅之法⑧,移风易俗,民以殷盛⑨,国以富强,百姓乐用,诸侯亲服,获楚魏之师⑩,举地千里,至今治强⑪。惠王用张仪之计⑫,拔三川之地⑬,西并巴、蜀⑭,北收上郡⑮,南取汉中⑯,包九夷,制鄢郢⑰,东据成皋之险⑱,割膏腴之壤,遂散六国之从⑲,使之西面事秦,功施到今⑳。昭王得范雎㉑,废穰侯㉒,逐华阳,强公室,杜私门㉓,蚕食诸侯,使秦成帝业。此四君者,皆以客之功。由此观之,客何负于秦哉!向使四君却客而不内㉔,疏士而不用,是使国无富利之实,而秦无强大之名也。

今陛下致昆山之玉㉕,有随、和之宝㉖,垂明月之珠㉗,服太阿之剑㉘,乘纤离之马㉙,建翠凤之旗㉚,树灵鼍之鼓㉛。此数宝者,秦不生一焉,而陛下说之㉜,何也?必秦国之所生然后可,则是夜光之璧不饰朝廷,犀、象之器不为玩好㉝;郑、卫之女不充后宫㉞;而骏良駃騠不实外厩㉟;江南金锡不为用,西蜀丹青不为采㊱。所以饰后宫、充下陈、娱心意、悦耳目

---

① 韩国派水工郑国赴秦,游说秦王修渠灌溉,目的是希望以此消耗秦国的人力财力,使其不能对韩用兵。结果计谋被秦人识破,于是秦宗室大臣便纷纷敦促秦王逐客,连李斯也在被逐之列。《谏逐客书》一文就是在这样的背景下写出的。 ② 过:错误。 ③ 缪公:即秦穆公,名任好,"春秋五霸"之一。缪,同"穆"。 ④ 由余:其先晋人,亡于戎,秦穆公招致,待以客礼,后用其计,征伐西戎,消灭十二个戎国,开地千里。戎:我国古代西部少数民族的通称。 ⑤ 百里奚:楚国宛(今河南省南阳市)人,虞大夫。晋灭虞,百里奚被俘,作为晋献公之女陪嫁的奴仆发往秦国,逃走后,又为楚国边兵所获。秦穆公闻其贤,以五羖羊(黑羊)皮赎之,至,任以为相,相秦七年。 ⑥ 蹇叔:岐(今陕西岐山)人,百里奚好友,寓居于宋,因百里奚推荐,穆公招致,拜为上大夫。 ⑦ 来:使之来,招来。丕豹:晋大夫丕郑之子,丕郑被杀,逃往秦国,秦穆公任为大将,陷阵八城,并俘获晋君。公孙支:岐人,寓居于晋,后归秦,任为大夫。 ⑧ 孝公:秦孝公,名渠梁,秦穆公第十四代孙。商鞅:公孙鞅,卫国庶公子,故又称卫鞅,卫君不能用,至秦,秦孝公用为相,曾先后两次变法,秦国因以富强。因封于商(今陕西省商洛市),故又称商鞅。 ⑨ 殷盛:殷实富厚。 ⑩ 获楚魏之师:秦孝公二十二年(前340),商鞅率兵伐魏,俘获魏公子卬,迫使魏国迁都大梁,并割河西之地求和。同年,又胜楚。 ⑪ 治强:安定强盛。 ⑫ 惠王:即惠文王,名驷,秦孝公子,秦国从他开始称王。张仪:魏人,惠王用为相,佐秦连横,功业甚著。 ⑬ 三川:本属韩地,在今河南省黄河以南、灵宝以东的地带。 ⑭ 巴、蜀:古国名。巴,在今四川省东部。蜀,在今四川省西部。 ⑮ 上郡:本魏地,在今陕西省西北部,也包括内蒙古、宁夏的部分地区。 ⑯ 汉中:本楚地,在今陕西省汉中一带。 ⑰ 包:包容,此指吞并。九夷:楚境内各少数民族。鄢:楚国地名,在今湖北省宜城市一带。郢:楚国国都,在今湖北省江陵县附近。 ⑱ 成皋:一名虎牢,军事要塞,在今河南省荥阳市境内。 ⑲ 从:同"纵"。 ⑳ 施(yì):延续。 ㉑ 昭王:昭襄王,名稷,惠王之子。范雎:魏人,字叔。遭魏国权臣迫害,逃至秦国,昭襄王用为相,封应侯。 ㉒ 穰侯:即魏冉,曾为秦相,与华阳君同为昭王母宣太后弟。昭王用范雎计,收魏冉相印,并把华阳君逐出关外。 ㉓ 公室:指王室。杜:堵塞,限制。私门:指豪门。 ㉔ 却:拒绝。内:同"纳",接受。 ㉕ 昆山:即昆仑山。 ㉖ 随、和之宝:指随侯珠与和氏璧。相传随侯曾用药敷治过一条受伤的大蛇,后来此蛇在一夜间衔珠报恩,"随珠"之名即由此而得。春秋时楚人卞和于山中得一璞玉,献给楚王,琢成美玉,后因称此玉为"和氏璧"。 ㉗ 垂:悬挂。明月之珠:夜间光如明月的宝珠。 ㉘ 太阿:利剑名,相传吴国欧冶子、干将做剑三把,其一名太阿。 ㉙ 纤离:骏马名。 ㉚ 建:树立。翠凤之旗:以翠羽为凤形装饰而成的旗子。 ㉛ 灵鼍(tuó):鳄鱼类,皮可制鼓,今称扬子鳄,产于长江下游一带。 ㉜ 说:同"悦"。 ㉝ 犀:犀牛角。象:象牙。玩好:供玩赏用的东西。 ㉞ 郑、卫之女:相传郑、卫之地多美女。 ㉟ 駃騠(jué tí):北方好马,相传它出生三日即超其母。厩:马棚。 ㊱ 丹青:丹砂和青䨼,两种颜料。采:彩色。

者①,必出于秦然后可,则是宛珠之簪、傅玑之珥、阿缟之衣、锦绣之饰不进于前②;而随俗雅化,佳冶窈窕③,赵女不立于侧也④。夫击瓮叩缶⑤,弹筝搏髀⑥,而歌呼呜呜快者⑦,真秦之声也。郑、卫、桑间⑧,韶、虞、武、象者⑨,异国之乐也。今弃击瓮叩缶而就郑、卫,退弹筝而取韶、虞,若是者何也?快意当前,适观而已矣⑩。今取人则不然:不问可否,不论曲直,非秦者去,为客者逐。然则是所重者,在乎色、乐、珠、玉,而所轻者,在乎人民也。此非所以跨海内、制诸侯之术也。

臣闻地广者粟多,国大者人众,兵强则士勇。是以太山不让土壤⑪,故能成其大;河海不择细流,故能就其深;王者不却众庶,故能明其德⑫。是以地无四方,民无异国,四时充美,鬼神降福,此五帝三王之所以无敌也。今乃弃黔首以资敌国⑬,却宾客以业诸侯⑭,使天下之士退而不敢西向,裹足不入秦,此所谓藉寇兵而赍盗粮者也⑮。

夫物不产于秦,可宝者多;士不产于秦,而愿忠者众。今逐客以资敌国,损民以益仇⑯,内自虚而外树怨于诸侯⑰,求国无危,不可得也。

【导读】

随着秦国消灭六国的步伐加快,六国客秦的人数也随之增多,这对秦国官僚贵族的利益无疑形成了很大威胁。秦嬴政十年(前237年),韩人郑国在秦做间谍的事被发觉,秦国官僚贵族遂以此为借口,煽动秦嬴政驱逐所有六国客秦的卿士。是考虑秦国宗族的利益还是考虑国家的利益,是屈从于秦国的宗族势力还是大胆革新,总天下英才而用之,这在当时的秦国实是一个亟待解决的问题。李斯高瞻远瞩,驰骋古今,借助秦国历史上四位知名国君因客之功卒建伟业的殊勋,和秦嬴政本人为满足自己的耳目之欲,唯美是求,不计国别的生活实际,充分有力地论证了"吏议逐客"的偏执与短见。整篇文章论点鲜明,笔锋犀利,排比铺张,颇有文采。史载秦嬴政看完这篇谏书后立即撤销了逐客令,看来他也完全被这美妙的说辞折服了。

---

① 下陈:后列,此指嫔妃侍妾。 ② 宛珠之簪:以宛珠所饰之簪。宛珠,宛地之珠。傅玑之珥:缀有珠玑的耳饰。傅,通"附"。玑,不圆的珠。珥,妇女的耳饰。阿缟:齐国东阿(在今山东境内)所产之缟。缟,白绢。 ③ 随俗雅化:随着时俗风尚打扮自己。佳冶:美好艳丽。 ④ 赵女:传说燕、赵多美女。 ⑤ 瓮、缶(fǒu):皆瓦器,古代秦人借以作为打击乐器。 ⑥ 筝:乐器名,瑟类。搏:拍击。髀(bì):大腿。 ⑦ 呜呜:歌呼声。 ⑧ 郑、卫:郑、卫两国的乐曲。桑间:指卫国濮水之滨(在今河南濮阳)的音乐。古时郑、卫两国的民间乐曲十分发达。 ⑨ 韶、虞:舜乐名。武、象:周乐名。韶,原作"昭",据《史记索隐》改。下文同。 ⑩ 适:适合。观:观赏,欣赏。 ⑪ 太山:即泰山。让:辞却,拒绝。 ⑫ 众庶:百姓。明:使显扬。 ⑬ 黔首:秦称百姓为黔首。资:资助。 ⑭ 业:大业,这里用作动词,使成就大业。 ⑮ 藉:借。赍(jī):给予。 ⑯ 损民:减少自己的人力。益仇:增强仇敌的力量。 ⑰ 树怨:树立怨敌。

汉代部分

赋

贾 谊

贾谊(前200—前168),西汉政论家、文学家。洛阳(今河南洛阳东)人。时称贾生。事迹见《史记·屈原贾生列传》《汉书·贾谊传》等。所著政论文有《陈政事疏》《过秦论》等,为西汉鸿文。原有集,已散佚,明人辑有《贾长沙集》。另传有《新书》十卷。

鵩鸟赋[1]

单阏之岁兮[2],四月孟夏。庚子日斜兮[3],鵩集予舍。止于坐隅兮,貌甚闲暇。异物来萃兮,私怪其故。发书占之兮,谶言其度[4],曰:"野鸟入室兮,主人将去。"请问于鵩兮:"予去何之?吉乎告我,凶言其灾。淹速之度兮[5],语予其期。"鵩乃叹息,举首奋翼;口不能言,请对以臆[6]:

"万物变化兮,固无休息。斡流而迁兮[7],或推而还。形气转续兮,变化而嬗[8]。沕穆无穷兮[9],胡可胜言!祸兮福所倚,福兮祸所伏[10];忧喜聚门兮,吉凶同域。彼吴强大兮,夫差以败;越栖会稽兮,勾践霸世[11]。斯游遂成兮,卒被五刑[12];傅说胥靡兮,乃相武丁[13]。夫祸之与福兮,何异纠缠[14];命不可说兮,孰知其极!水激则旱兮[15],矢激则远;万物回薄兮,振荡相转[16]。云蒸雨降兮,纠错相纷[17];大钧播物兮,坱圠无垠[18]。天不可预虑兮,道不可预谋;迟速有命兮,焉知其时!且夫天地为炉兮,造化为工;阴阳为炭兮,万物为铜[19]。合散消息兮,安有常则?千变万化兮,未始有极!忽然为人兮,何足控抟[20];化为异物兮,又何

---

[1] 鵩鸟:即猫头鹰。古俗认为此鸟是不祥之鸟。 [2] 单阏:太岁(古时岁星)在卯日单阏,即汉文帝六年,丁卯年。 [3] 庚子:四月里的一天。 [4] 书:这里指占卜所用的书。谶(chèn):预示吉凶的话。度:数,指吉凶的定数。 [5] 淹速:指死生的缓速。淹,迟缓。 [6] 请对以臆:请用胸中的事来对答。臆,胸。 [7] 斡(wò)流:运转。斡,转。 [8] 形:指天地间有形体的事物。气:指天地间无形体的事物。嬗(chán):通"蝉",蜕。 [9] 沕(wù)穆:精微深远的样子。 [10] "福兮"二句:见老子《道德经》。意思是祸福彼此相随,往往因祸生福,福中藏祸。 [11] 栖:山居曰栖。 [12] 游:指到秦国做官。遂成:达到成功。五刑:此泛指酷刑。 [13] "傅说(yuè)"二句:傅说相传为遭刑筑墙的奴隶,后被殷王武丁发现举为相。胥靡:古代对犯轻罪的人施用的一种刑罚,用绳索把人系在一起,使他们服劳役。胥,互相。靡,系。 [14] "夫祸"二句:意思是祸福互相纠缠,像绳索绞合在一起。纠缠(mò),指绳索。 [15] 旱:通"悍",这里指水流迅猛。 [16] 回薄:往返不停地激荡。回,返。薄,逼近,迫近。振荡:动荡摩擦。振,同"震"。 [17] 蒸:因热而上升。降:因冷而下降。纠错:纠缠错杂。 [18] 大钧:造化,即大自然。坱圠(yǎng yà):无边无际。 [19] 炉:冶铸金属的火炉。工:冶金的工匠。阴阳:指用来铸化成物的东西,所以比喻为"炭"。铜:万物是由阴阳铸化来的,所以比喻为"铜"。 [20] 控抟(tuán):引申为爱惜珍重的意思。控,引。抟,持。

足患!小智自私兮,贱彼贵我;达人大观兮①,物无不可。贪夫殉财兮②,烈士殉名。夸者死权兮,品庶每生③。怵迫之徒兮④,或趋西东;大人不曲兮,意变齐同⑤。愚士系俗兮⑥,窘若囚拘;至人遗物兮,独与道俱⑦。众人惑惑兮,好恶积亿⑧;真人恬漠兮,独与道息⑨。释智遗形兮,超然自丧⑩;寥廓忽荒兮⑪,与道翱翔。乘流则逝兮,得坻则止⑫;纵躯委命兮,不私与己⑬。其生兮若浮,其死兮若休;澹乎若深渊之静,泛乎若不系之舟。不以生故自宝兮⑭,养空而浮;德人无累,知命不忧。细故蒂芥⑮,何足以疑!"

【导读】

一、汉文帝初年,由洛阳守吴公推荐,贾谊被文帝召见,官至太中大夫。因力主改革政制而遭谗毁,贬为长沙王太傅。本文为贾谊谪居长沙时所作。据《史记·屈原贾生列传》载:"贾生为长沙王太傅,三年,有鸮飞入贾生舍,止于坐隅。楚人命鸮曰服。贾生既已适(谪)居长沙,长沙卑湿,自以为寿不得长,伤悼之,乃为赋以自广。"

二、这是一篇咏怀之作,在构思上颇为别致,采用人禽问答体,假托与鹏鸟的问答,抒发自己怀才不遇的抑郁不平情绪,并以老庄齐死生、等祸福的消极思想来自我排遣,表达一种人生祸福无常,应该"知命不忧"的思想。这篇赋虽然继承了《诗经》的传统,大量运用四言句式来铺陈叙述,但句式散文化,不尚辞藻,表现出质朴流畅的特点。由于运用了一些巧妙的比喻发议论、述哲理,并用反问、感叹等语气来增强感情色彩,因而形象蕴意浅显明朗、感情充沛。

三、这篇赋在形式上趋向散文化,又大量使用四言句,句式比较整齐,显示了从楚辞体向新体赋过渡的痕迹,是赋史上第一篇成熟的哲理赋和第一篇比较完整的以四言诗句为主的问答体骚体赋。

枚 乘

枚乘(?—前140),西汉著名辞赋家。字叔,淮阴(今属江苏)人。事迹见《汉书》。有赋九篇,今存三篇,可靠者仅《七发》一篇。原有集,已散佚。近人辑有《枚叔集》。

七发(节选)

楚太子有疾,而吴客往问之,曰:"伏闻太子玉体不安,亦少间乎⑯?"太子曰:"惫!谨

---

① 达人:通达的人。大观:心胸开阔,所见远大。 ② 殉财:为了财物而死。 ③ 夸者:指贪求虚名,喜好权势的人。品庶:众庶,一般人。 ④ 怵:指为利所诱。迫:指为贫贱所迫。 ⑤ 大人:指有极高道德修养的人。曲:屈,指为物欲所屈。意:同"亿"。齐同:等量齐观,即庄子"万物齐一"的意思。 ⑥ 系俗:受俗累羁绊。 ⑦ 至人:道德水平非常高的人。道:指老庄学派理想中的大道。 ⑧ 积亿:积聚很多。 ⑨ 真人:指得天地之道的人。恬漠:指淡泊安静,不被欲望所扰。恬,安。漠,静。息:止。 ⑩ 释智:抛弃智虑,即道家所说的"绝圣弃智"。遗形:丢弃形体,即忘形。超然:指超脱于万物之外。丧:亡,失。 ⑪ 寥廓忽荒:元气未分的形态。寥,深远。廓,空阔。忽荒,同"恍惚"。 ⑫ "乘流"二句:意思是人生好比木浮在水面上,行止随水流而定。坻(chí),水中小洲。 ⑬ 纵:放纵,任从。李善注引《鹖冠子》曰:"纵躯委命,与时往来。" ⑭ 自宝:自贵,自己看重自己。 ⑮ 蒂芥:即芥蒂,芒刺。 ⑯ 伏闻:伏地而听。是下级对上级的敬语。少间:指疾病稍愈。

谢客。"客因称曰①:"今时天下安宁,四宇和平。太子方富于年②。意者久耽安乐③,日夜无极。邪气袭逆④,中若结轖⑤。纷屯澹淡⑥,噓唏烦酲⑦。惕惕怵怵⑧,卧不得瞑。虚中重听⑨,恶闻人声。精神越渫⑩,百病咸生。聪明眩曜⑪,悦怒不平。久执不废,大命乃倾。太子岂有是乎?"太子曰:"谨谢客!赖君之力,时时有之,然未至于是也。"客曰:"今夫贵人之子,必宫居而闺处,内有保母,外有傅父,欲交无所。饮食则温淳甘膬⑫,腥酿肥厚⑬。衣裳则杂遝曼暖⑭,燂烁热暑⑮。虽有金石之坚,犹将销铄而挺解也,况其在筋骨之间乎哉?故曰:纵耳目之欲,恣支体之安者,伤血脉之和。且夫出舆入辇,命曰蹶痿之机⑯;洞房清宫⑰,命曰寒热之媒⑱;皓齿娥眉,命曰伐性之斧;甘脆肥脓,命曰腐肠之药。今太子肤色靡曼⑳,四支委随㉑,筋骨挺解,血脉淫濯㉒,手足堕窳㉓。越女侍前,齐姬奉后,往来游宴,纵恣于曲房隐间之中。此甘餐毒药,戏猛兽之爪牙也。所从来者至深远㉔,淹滞永久而不废,虽令扁鹊治内,巫咸治外,尚何及哉!今如太子之病者,独宜世之君子,博见强识,承间语事㉕,变度易意㉖,常无离侧,以为羽翼。淹沉之乐,浩唐之心㉗,遁佚之志,其奚由至哉!"太子曰:"诺。病已㉘,请事此言。"

客曰:"今太子之病,可无药石针刺灸疗而已,可以要言妙道说而去也,不欲闻之乎?"太子曰:"仆愿闻之。"

....

客曰:"将为太子驯骐骥之马,驾飞轸之舆㉙,乘牡骏之乘㉚。右夏服之劲箭,左乌号之雕弓㉛,游涉乎云林㉜,周驰乎兰泽,弭节乎江浔㉝。掩青蘋㉞,游清风,陶阳气㉟,荡春心㊱。逐狡兽,集轻禽㊲。于是极犬马之才,困野兽之足,穷相御之智巧㊳。恐虎豹,慴鸷鸟。逐马鸣镳㊴,鱼跨麋角㊵。履游麕兔㊶,蹈践麏鹿。汗流沫坠,冤伏陵窘㊷。无创而死者㊸,固足充后乘矣。此校猎之至壮也,太子能强起游乎?"太子曰:"仆病未能也。"然阳气见于眉宇之间,侵淫而上㊹,几满大宅㊺。

客见太子有悦色,遂推而进之曰:"冥火薄天,兵车雷运㊻。旌旗偃蹇㊼,羽毛肃纷㊽。驰骋角逐,慕味争先㊾。徽墨广博㊿,观望之有圻㉛。纯粹全牺㉜,献之公门㉝。"太子曰:

---

① 因:乘机。称:进言。 ② 富于年:未来的岁月很多,指年轻。 ③ 意者:想,想来。 ④ 袭逆:迎而袭击。 ⑤ 中:胸中。结轖:郁结堵塞。 ⑥ 纷屯:内心错乱烦闷。 ⑦ 烦酲(chéng):烦心中烦躁如病酒。酲,病酒。 ⑧ 惕惕怵怵:心悸貌。 ⑨ 虚中:心气虚弱。重听:听觉失灵。 ⑩ 越渫(xiè):指精神涣散。 ⑪ 聪:听觉。明:视觉。眩曜:迷惑混乱。 ⑫ 温淳:指味道浓厚的美食。甘膬:指甜芳悦口的美食。膬,古"脆"字。 ⑬ 腥(chéng):肥肉。酿(nóng):烈酒。 ⑭ 杂遝(tà):众多貌。曼:轻柔貌。 ⑮ 燂(xún)烁:热。 ⑯ 蹶(jué)痿:麻痹瘫痪之病。 ⑰ 洞房:深邃的房屋。清宫:清冷的宫室。 ⑱ 寒热:感寒和受热之病。 ⑲ 伐性:伤害生命。 ⑳ 靡曼:指肤色柔细。即不健康的肤色。 ㉑ 委随:不能灵活伸屈。 ㉒ 淫濯:过度扩大。 ㉓ 堕窳(yǔ):指手足懈怠无力。 ㉔ 所从来:指得病的由来。至深远:极深远。 ㉕ 承间:乘机会。语事:谈论事情。 ㉖ 变度:改变行事准则。易意:改变意念。 ㉗ 浩唐:即浩荡,此指放纵而无拘束。 ㉘ 病已:病好以后。 ㉙ 飞轸(líng)之舆:指轻便快速的猎车。 ㉚ 牡骏:健壮的骏马。 ㉛ 夏服:指夏后氏的箭袋。乌号:柘木,可制造良弓。 ㉜ 云:指云梦。 ㉝ 弭节:使车马缓步而行。江浔:江边。 ㉞ 掩:覆盖。蘋:水草名。 ㉟ 陶:畅,犹言舒展。 ㊱ 荡春心:指人在春天里心胸如洗过般舒畅。荡,洗涤。 ㊲ 集轻禽:集中射击轻捷的飞禽。 ㊳ 穷相御之智巧:用尽了相马和驾车人的智慧和技巧。 ㊴ 鸣镳(biāo):嚼铁旁的铃发出的鸣声。镳,马口上的嚼铁,铃铛系于旁。 ㊵ 跨:腾跃。角:角逐。 ㊶ 履游:践踏。 ㊷ 冤伏:躲藏。 ㊸ 无创而死:没受伤而被吓死。 ㊹ 侵淫:逐渐。 ㊺ 大宅:指面部。 ㊻ 雷运:指车辆行进时响声如雷。 ㊼ 偃蹇:高耸貌。 ㊽ 肃纷:整齐而纷繁。 ㊾ 慕味争先:指因羡慕美味而争先恐后去打猎。 ㊿ 徽:边界。墨:指打猎时放火烧田。 ㉛ 圻(yín):同"垠",边界。 ㉜ 纯粹:指毛色纯一。全牺:指躯体完整的猎物。 ㉝ 公门:指诸侯之门。

"善！愿复闻之。"

客曰："未既。于是榛林深泽，烟云暗莫①，兕虎并作。毅武孔猛，袒裼身薄②。白刃皑皑，矛戟交错，收获掌功③，赏赐金帛。掩蘋肆若④，为牧人席。旨酒嘉肴，羞炰脍炙⑤，以御宾客。涌觞并起，动心惊耳。诚必不悔，决绝以诺⑥；贞信之色，形于金石。高歌陈唱，万岁无斁⑦。此真太子之所喜也，能强起而游乎？"太子曰："仆甚愿从，直恐为诸大夫累耳。"然而有起色矣。

客曰："将以八月之望，与诸侯远方交游兄弟，并往观涛乎广陵之曲江。至则未见涛之形也，徒观水力之所到，则恤然足以骇矣⑧。观其所驾轶者⑨，所擢拔者，所扬汩者⑩，所温汾者⑪，所涤汔者⑫，虽有心略辞给⑬，固未能缕形其所由然也⑭。怳兮忽兮⑮，聊兮慄兮，混汨汨兮⑯。忽兮慌兮，俋兮佹兮，浩汹潒兮，慌旷旷兮⑰。秉意乎南山⑱，通望乎东海，虹洞兮苍天⑲，极虑乎崖涘。流揽无穷，归神日母⑳。汩乘流而下降兮，或不知其所止。或纷纭其流折兮，忽缪往而不来㉑。临朱汜而远逝兮㉒，中虚烦而益怠。莫离散而发曙兮㉓，内存心而自持。于是澡概胸中㉔，洒练五藏，澹澉手足，颒濯发齿，揄弃恬怠，输写淟浊㉕，分决狐疑，发皇耳目。当是之时，虽有淹病滞疾，犹将伸伛起躄㉖，发瞽披聋而观望之也，况直眇小烦懑，酲醳病酒之徒哉！故曰：发蒙解惑，不足以言也。"太子曰："善，然则涛何气哉？"

客曰："不记也，然闻于师曰：似神而非者三：疾雷闻百里；江水逆流，海水上潮；山出内云㉗，日夜不止。衍溢漂疾㉘，波涌而涛起。其始起也，洪淋淋焉，若白鹭之下翔。其少进也，浩浩溰溰㉙，如素车白马帷盖之张。其波涌而云乱，扰扰焉如三军之腾装。其旁作而奔起也，飘飘焉如轻车之勒兵。六驾蛟龙，附从太白㉚，纯驰浩蜺㉛，前后骆驿。颙颙卬卬，椐椐强强，莘莘将将㉜，壁垒重坚，沓杂似军行。訇隐匈磕㉝，轧盘涌裔㉞，原不可当。观其两旁，则滂渤怫郁㉟，暗漠感突㊱，上击下律㊲，有似勇壮之卒，突怒而无畏。蹈壁冲津，穷曲随隈，逾岸出追，遇者死，当者坏。初发乎或围之津涯㊳，荄轸谷分㊴，回翔青篾，衔枚檀桓。弭节伍子之山，通厉骨母之场。凌赤岸，篲扶桑㊵，横奔似雷行。诚奋厥武，如振如怒。沌沌浑浑㊶，状如奔马。混混庉庉，声如雷鼓。发怒庢沓㊷，清升逾跇㊸，侯波奋振，合战于藉藉之口。鸟不及飞，鱼不及回，兽不及走。纷纷翼翼，波涌云乱。荡取南山，背击北岸，覆亏丘陵，平夷西畔。险险戏戏，崩坏陂池，决胜乃罢；汒汒潒潒㊹，披扬流洒。横暴之

---

① 暗莫：阴暗貌。② 袒(tǎn)裼(xī)：裸露身体。③ 掌功：掌管记功。④ 肆：铺设。若：杜若。⑤ 羞：精美的食品。炰(páo)：烹煮的食物。⑥ 决绝：决定。以：售。诺：应允。⑦ 斁(yì)：厌弃。⑧ 恤(xù)然：惊恐的样子。⑨ 驾轶：凌驾，超越。⑩ 扬汩：飞扬激荡。⑪ 温汾：指水流结聚回转。⑫ 涤汔：涤荡冲刷。⑬ 心略：心中的谋略。辞给：言辞敏捷。⑭ 缕形：详细地描绘。⑮ 怳兮忽兮：即怳忽，联绵词，同"恍惚"。下文"忽兮慌兮"与此同。⑯ 聊兮慄兮：即"聊慄"，惊恐战栗的样子。⑰ 浩汹潒兮：形容水势广大。慌旷旷兮：形容水势广大无边。⑱ 秉意：执意，集中注意力。南山：指南山下观江涛之处。⑲ 虹洞：联绵词，水天相连貌。⑳ 流揽：流览。日母：太阳。㉑ 缪：纠错。㉒ 朱汜(sì)：地名。㉓ 莫：通"暮"。㉔ 澡概：与下文"洒练""澹澉""颒(huì)濯"均为洗的意思。㉕ 揄弃：摆脱，抛弃。恬怠：安逸懒惰。输写：排除。写，同"泻"。淟浊：污浊。㉖ 伸伛起躄：使驼背者伸直身躯，使跛足者站起行走。躄(bì)，跛足。㉗ 内：同"纳"。㉘ 衍溢：平满貌。㉙ 浩浩溰溰：水势浩荡，白茫茫一片。㉚ 太白：指河神。㉛ 浩：同"皓"，白色。㉜ 颙颙卬卬：形容江涛高大。椐椐强强：形容波涛横流。莘莘将将：形容波涛相激的样子。㉝ 訇隐匈磕：形容波涛声响宏大。㉞ 轧盘涌裔：形容波涛气势浩大。㉟ 怫郁：郁积。㊱ 暗漠感突：写江涛在昏暗中左右冲突。㊲ 律：同"硉(lù)"，石从高处滚下。㊳ 或围：与下文青篾、檀桓、骨母之场、藉藉之口均为地名。㊴ 荄：通"陔"，山垅。轸：转。㊵ 篲(huì)：扫帚，这里用作动词，扫。㊶ 沌沌浑浑：形容波涛汹涌相逐。㊷ 庢(zhì)：阻碍。沓：沸水从锅中溢出。㊸ 清升：清波扬起。逾跇(yì)：超越。㊹ 汒汒：水波相击之貌。

极,鱼鳖失势,颠倒偃侧①;沈沈湲湲,蒲伏连延②。神物怪疑,不可胜言。直使人踣焉,洄暗凄怆焉③。此天下怪异诡观也,太子能强起观之乎?"太子曰:"仆病未能也。"

客曰:"将为太子奏方术之士有资略者,若庄周、魏牟、杨朱、墨翟、便蜎、詹何之伦。使之论天下之精微,理万物之是非。孔老览观,孟子持筹而算之,万不失一。此亦天下要言妙道也,太子岂欲闻之乎?"于是太子据几而起曰:"涣乎若一听圣人辩士之言④。"忍然汗出⑤,霍然病已⑥。

【导读】

一、《七发》假托楚太子有病,吴客往问,先陈说音乐、饮食、车马、游观、田猎、观涛、六事以启发楚太子,但皆未果。最后吴客以圣人辩士的"要言妙道"使楚太子霍然病愈。其旨在于劝说人们摆脱腐朽奢靡的生活,以健康的生活情趣充实自己,获得人生快乐。

二、这篇赋有两千三百余字,首开汉大赋鸿篇巨制之风。其艺术上的特点是以铺陈的手法来细腻地描写外物。其语言上具有词汇丰富、韵散结合的特点。

三、《七发》是一篇颇具开创意义的作品,它奠定了汉大赋的基本形式,标志着汉大赋的正式形成。后世仿《七发》者甚多,形成了"七"体。

司马相如

司马相如(前179—前117),西汉辞赋家。字长卿,蜀郡成都(今属四川)人。事迹见《史记·司马相如列传》《汉书·司马相如传》。原集已散佚,明人辑有《司马文园集》。

子虚赋(节选)

楚使子虚使于齐,王悉发车骑,与使者出畋⑦。畋罢,子虚过姹乌有先生⑧。亡是公存焉。坐定,乌有先生问曰:"今日田乐乎?"子虚曰:"乐。""获多乎?"曰:"少。""然则何乐?"对曰:"仆乐齐王之欲夸仆以车骑之众,而仆对以云梦之事也⑨。"曰:"可得闻乎?"子虚曰:"可。王车驾千乘,选徒万骑,畋于海滨。列卒满泽,罘网弥山⑩。掩兔辚鹿⑪,射麋脚麟⑫。骛于盐浦⑬,割鲜染轮⑭。射中获多,矜而自功。顾谓仆曰:'楚亦有平原广泽游猎之地,饶乐若此者乎⑮?楚王之猎,孰与寡人乎?'仆下车对曰:'臣,楚国之鄙人也。幸得宿卫,十有余年。时从出游,游于后园,览于有无。然犹未能遍睹也,又焉足以言其外泽乎?'齐王曰:'虽然,略以子之所闻见而言之。'仆对曰:'唯唯。'

---

① 偃:仰面倒下。侧:侧身而倒。 ② 蒲伏:同"匍匐"。连延:相续貌。 ③ 洄暗:丢失神智貌。 ④ 涣乎:清醒貌。 ⑤ 忍(niǎn)然:出汗的样子。 ⑥ 霍然:忽然。 ⑦ 畋:射猎。 ⑧ 过:过访。姹:同"诧",夸耀。 ⑨ 云梦:楚国大泽,方圆八九百里,后世淤塞。 ⑩ 罘:捕兽的网。弥:满。 ⑪ 掩:用网捕捉。辚:用车轮碾轧。 ⑫ 脚麟:抓住麟的脚。 ⑬ 骛:驰骋。盐浦:海滨盐滩。 ⑭ 染轮:血染车轮。一说是撩取车轮上的盐粒和在生肉中吃。 ⑮ 饶乐:富有乐趣。

'臣闻楚有七泽,尝见其一,未睹其余也。臣之所见,盖特其小小者耳,名曰云梦。云梦者,方九百里,其中有山焉。其山则盘纡弗郁①,隆崇嵂崒②。岑崟参差,日月蔽亏③,交错纠纷,上干青云,罢池陂陀④,下属江河。其土则丹青赭垩⑤,雌黄白坿⑥,锡碧金银,众色炫耀,照烂龙鳞。其石则赤玉玫瑰,琳珉昆吾⑦,瑊玏玄厉⑧,碝石碔砆⑨。其东则有蕙圃:衡兰芷若,芎䓖菖蒲,江蓠蘼芜,诸柘巴苴⑩。其南有平原广泽:登降陁靡⑪,案衍坛曼,缘以大江,限以巫山;其高燥,则生葴菥苞荔,薛莎青薠⑫;其埤湿⑬,则生藏莨蒹葭⑭,东蔷雕胡⑮,莲藕觚卢⑯,菴闾轩于⑰,众物居之,不可胜图。其西则有涌泉清池:激水推移,外发芙蓉菱华,内隐巨石白沙;其中则有神龟蛟鼍,玳瑁鳖鼋⑱。其北则有阴林:其树楩柟豫章,桂椒木兰,檗离朱杨,樝梨樗栗,橘柚芬芳;其上则有鹓雏孔鸾⑲,腾远射干⑳;其下则有白虎玄豹,蟃蜒貙犴㉑。

'于是乎乃使专诸之伦㉒,手格此兽。楚王乃驾驯驳之驷,乘雕玉之舆;靡鱼须之桡旃㉓,曳明月之珠旗,建干将之雄戟㉔;左乌号之雕弓,右夏服之劲箭㉕。阳子骖乘,纤阿为御㉖,案节未舒,即陵狡兽;蹴蛩蛩,辚距虚㉗,轶野马,轊騊駼,乘遗风,射游骐㉘。倏眒倩浰㉙,雷动焱至,星流霆击,弓不虚发,中必决眦,洞胸达掖,绝乎心系㉚。获若雨兽㉛,揜草蔽地㉜。于是楚王乃弭节徘徊,翱翔容与,览乎阴林,观壮士之暴怒,与猛兽之恐惧。徼㕍受诎㉝,殚睹众物之变态㉞。

....

'于是楚王乃登云阳之台,怕乎无为,憺乎自持㉟。勺药之和具,而后御之㊱。不若大王终日驰骋,曾不下舆,脟割轮焠㊲,自以为娱。臣窃观之,齐殆不如。'于是齐王无以应仆也。"

....

【导读】

一、《子虚赋》和《上林赋》虽非同时所作,但内容前后相承,《史记》《汉书》均视为一篇,至萧统《文选》始分为两篇。在《子虚赋》中,子虚盛夸楚云梦和楚王田猎之盛。乌有先生则极言齐地之广博富饶。《上

---

① 盘纡弗郁:曲折回环的样子。 ② 隆崇:山峻貌。嵂崒(lǜ zú):山高危貌。 ③ 岑崟(yín):高峻貌。蔽:全隐。亏:半缺。 ④ 罢池:池塘相互连接。陂陀:形容山坡倾斜而宽广。 ⑤ 赭:赤土。垩:白土。 ⑥ 雌黄:一种矿物,可制颜料。 ⑦ 琳:美玉。珉:一种次于玉的石。昆吾:山名,此指昆吾山所产的一种硬石。 ⑧ 瑊玏(jiān lè):似玉的美石。玄厉:黑色石,可用于磨刀。 ⑨ 碝(ruǎn)石:一种白中带赤的石头。碔砆(wǔ fū):一种红色而带有白纹的石头。 ⑩ 衡兰芷若:杜衡、兰草、白芷、杜若四种香草。芎䓖、菖蒲:两种药用植物。江蓠、蘼芜:两种水生香草。诸柘:甘蔗。巴苴:芭蕉。 ⑪ 登降:指地势高低。陁靡:指地势斜长。 ⑫ 葴菥苞荔:四种香草。薛莎:两种杂草。 ⑬ 埤湿:低洼而潮湿的地方。 ⑭ 藏莨:狗尾巴草。蒹葭:芦苇类水生植物。 ⑮ 东蔷:形似蓬草的一种草。 ⑯ 觚卢:两种食用植物。 ⑰ 菴闾:艾蒿之类的草。轩于:一种臭草。 ⑱ 蛟鼍:两种鳄鱼类动物。玳瑁:龟类动物。 ⑲ 孔鸾:孔雀和鸾鸟。 ⑳ 腾远:猿的一种。射干:狐的一种。 ㉑ 蟃蜒:应作"獌狿",一种似狸而长的兽。貙犴:一种似狸而较大的兽。 ㉒ 专诸:春秋时吴国刺客。 ㉓ 靡:同"麾",挥动。桡:弯曲。旃:旗柄。 ㉔ 建:竖起。干将:春秋时著名的铸剑工匠。 ㉕ 夏服:夏后氏的盛箭器。后代指著名箭袋。 ㉖ 阳子:春秋时秦国善相马者。纤阿:古代善驾车的人。 ㉗ 陵、蹴:都是践踏的意思。蛩蛩、距虚:两种野兽。 ㉘ 轊:践踏。騊駼、遗风:均为良马。游骐:游荡着的骐马。 ㉙ 倏眒倩浰:奔走迅速的样子。 ㉚ 心系:连着心脏的血脉。 ㉛ 获若雨兽:射杀的禽兽很多,像天降雨一样纷纷落下。 ㉜ 揜:遮盖。 ㉝ 徼:拦截。㕍:疲倦到了极点。诎:同"屈",力尽。 ㉞ 殚:尽。 ㉟ 怕:同"泊"。无为:安然无事。憺:同"澹"。自持:保持宁静的心情。 ㊱ 御:进食。 ㊲ 脟(luán):把鲜肉切成块的。轮焠:在车旁炙烤。

林赋》写亡是公夸耀汉天子在上林苑游猎的盛举以折服齐楚。最后归于讽谏。主张修明政治,提倡节俭。《史记·司马相如列传》概括地说明了二赋的内容和主旨:"相如以子虚,虚言也,为楚称。乌有先生者,乌有此事也,为齐难。亡是公者,无是人也,明天子之义。故空藉此三人为辞,以推天子诸侯之苑囿,其卒章归之于节俭,因以讽谏。"

二、本文选自《子虚赋》,它在艺术上的特点之一是刻意铺叙,即在"体物"上下功夫,力求做到"极声貌以穷文"。语言华美,力求丰富,富有气势,也是这篇赋的特点之一。这篇赋大量堆砌形容词,尤其是双声叠韵形容词,使之音韵铿锵,以增强语言的音乐感。同时较多使用骈偶句以增加语言的对称美。但过于夸奇博胜,堆砌辞藻,好用生词僻字,转成文章病累。

三、《子虚赋》和《上林赋》奠定了"劝百讽一"的赋颂传统,也确定了铺张扬厉的大赋体制,代表了汉代散体大赋的最高成就。

张　衡

张衡(78—139),东汉科学家、文学家。字平子,河南南阳西鄂(今河南省南阳市石桥镇)人。事迹见《后汉书·张衡传》。原有集,已佚,明人辑有《张河间集》。

归田赋①

游都邑以永久②,无明略以佐时③,徒临川以羡鱼④,俟河清乎未期⑤。感蔡子之慷慨⑥,从唐生以决疑⑦。谅天道之微昧⑧,追渔父以同嬉⑨。超埃尘以遐逝,与世事乎长辞。

于是仲春令月,时和气清,原隰郁茂⑩,百草滋荣。王雎鼓翼⑪,鸧鹒哀鸣,交颈颉颃⑫,关关嘤嘤。于焉逍遥,聊以娱情。

尔乃龙吟方泽,虎啸山丘,仰飞纤缴⑬,俯钓长流。触矢而毙,贪饵吞钩,落云间之逸禽⑭,悬渊沉之鲐鰡⑮。

于是曜灵俄景⑯,系以望舒⑰,极般游之至乐⑱,虽日夕而忘劬⑲。感老氏之遗诫⑳,将回驾乎蓬庐㉑。弹五弦之妙指㉒,咏周孔之图书,挥翰墨以奋藻㉓,陈三皇之轨模㉔。苟纵心于物外,安知荣辱之所如㉕。

---

①归田:辞官回乡。　②都邑:都城,这里指东汉京城洛阳。　③明略:高明的谋略。佐时:辅佐当时的国君。　④"徒临川"句:《淮南子·说林训》"临河而羡鱼,不如归家织网。"比喻徒有佐时的愿望,无法实现。　⑤俟:等待。河清:指黄河清,喻政治清明的时代。相传黄河每变清一次需千年之久。未期:不能预期。　⑥蔡子:即蔡泽,战国时辩士。慷慨:这里是闷闷不乐的意思。　⑦唐生:即唐举,战国时魏国的相士。决疑:这里看相以解决疑问。　⑧谅:信,实在是。微昧:微妙幽隐。　⑨渔父:《楚辞·渔父》篇中有"避世隐身,钓鱼江滨,欣然自乐"之句,此用其意。嬉:游乐。　⑩原:高的平地。隰(xí):潮湿的低地。　⑪王雎:即雎鸠,又称王鸠。　⑫颉颃(xié háng):向上飞叫颉,向下飞叫颃。　⑬仰飞:这里指箭向上射。纤缴:系生丝线的箭。　⑭逸禽:指高飞的鸟。　⑮悬:鱼被钓起。鲐鰡:皆鱼名。　⑯曜灵:日。俄:斜。景:同"影",日光。　⑰望舒:古代神话中月亮的御者,这里代指月亮。　⑱般:乐的意思。　⑲劬(qú):疲劳。　⑳老氏之遗诫:指老子《道德经》第十二章的告诫语:"驰骋畋猎,令人心发狂。"　㉑驾:车。蓬庐:茅屋。　㉒五弦:指五弦琴,相传为舜所创制。指:同"旨",意趣。　㉓翰:笔。奋:发。藻:文采。　㉔轨模:法则。　㉕如:往、归。

【导读】

一、《文选》李善注:"归田赋者,张衡仕不得志,欲归于田,因作此赋。"此赋当为张衡晚年的作品。当时顺帝幼弱,宦官把持朝政。他们结党营私,贿赂公行,肆其残虐。张衡在朝廷和地方任职时,曾屡次上书伸张正义,终恐为宦官所谗害,遂有"怀土"之思,以求独善其身。此赋即是抒写他的这种感情。

二、这是一首抒情小赋。它一改大赋铺陈繁重的陈规旧习,抒情写志,质朴真挚,宛如一首优美的抒情诗。它是我国文学史上第一篇以描写田园隐居乐趣为主题的作品,也是现存的第一篇比较成熟的骈赋,在我国赋史上有重要的地位。

赵 壹

赵壹(生卒年不详),汉辞赋家。字元叔,汉阳西县(今甘肃天水西南)人。事迹见《后汉书·赵壹传》,原有集,已失传。作品见《后汉书》及陈元龙《历代赋汇》等。

刺世疾邪赋

伊五帝之不同礼①,三王亦又不同乐。数极自然变化②,非是故相反驳③。德政不能救世溷乱④,赏罚岂足惩时清浊?春秋时祸败之始,战国愈复增其荼毒。秦汉无以相逾越,乃更加其怨酷。宁计生民之命,唯利己而自足。

于兹迄今⑤,情伪万方⑥,佞谄日炽⑦,刚克消亡⑧。舐痔结驷⑨,正色徒行⑩。妪媮名势⑪,抚拍豪强⑫。偃蹇反俗⑬,立致咎殃;捷慑逐物⑭,日富月昌。浑然同惑,孰温孰凉?邪夫显进⑮,直士幽藏⑯。

原斯瘼之攸兴⑰,实执政之匪贤。女谒掩其视听兮⑱,近习秉其威权⑲。所好则钻皮出其毛羽⑳,所恶则洗垢求其瘢痕㉑。虽欲竭诚而尽忠,路绝险而靡缘㉒。九重既不可启㉓,又群吠之狺狺㉔。安危亡于旦夕,肆嗜欲于目前。奚异涉海之失柂㉕,积薪而待燃?

荣纳由于闪榆㉖,孰知辨蚩妍㉗?故法禁屈挠于势族,恩泽不逮于单门㉘。宁饥寒于尧舜之荒岁兮,不饱暖于当今之丰年。乘理虽死而非亡,违义虽生而匪存。

---

①礼:典章制度。 ②数:气数、天道。极:极限、极端。 ③非是:"非"和"是"。反驳:驳斥,排斥。 ④溷:浊、乱。 ⑤兹:此,指春秋。 ⑥情伪:即真伪,偏义复词,弊病。万方:形形色色,这里是极言弊病之多。 ⑦佞:巧言善辩。谄:奉承拍马。炽:兴盛。 ⑧刚克:刚强正直的品德。 ⑨舐痔结驷:《庄子·列御寇》中有给秦王舔痔的人得车五乘的记载。舐,舔。驷,四匹马拉的车子。 ⑩正色:指正直的人。徒行:步行。 ⑪妪媮(yù qǔ):屈背。 ⑫抚拍:献媚巴结。 ⑬偃蹇:高傲。反俗:不合世俗。 ⑭捷:急、疾。慑:惧。逐物:追逐名利。 ⑮显进:显耀,晋升。 ⑯幽藏:隐退,埋没。 ⑰原:考查,推求。斯:这。瘼:病。攸:所。 ⑱女谒:宫女和宦官。 ⑲近习:皇帝所亲近的人。秉:把持,掌握。 ⑳钻皮出其毛羽:小鸟未生出羽毛时,便钻透皮肤,使羽毛快长。这里是比喻当权者用尽心计来提拔他们所喜欢的人。 ㉑洗垢求其瘢痕:犹言"吹毛求疵"。 ㉒靡缘:没有什么可攀缘。 ㉓九重:指君门。 ㉔狺狺(yín):狗争吠声。这里指小人的谗言。 ㉕柂:同"舵"。 ㉖荣纳:受宠而被重用。闪榆:邪佞貌。 ㉗蚩(chī):痴,愚。妍:好,慧。 ㉘逮:及。单门:孤单寒微的门第。

有秦客者乃为诗曰：河清不可俟①，人命不可延。顺风激靡草，富贵者称贤。文籍虽满腹，不如一囊钱。伊优北堂上②，抗脏倚门边③。鲁生闻此辞，系而作歌曰④：势家多所宜，咳唾自成珠，被褐怀金玉⑤，兰蕙化为刍⑥。贤者虽独悟，所困在群愚。且各守尔分，勿复空驰驱。哀哉复哀哉，此是命矣夫！

【导读】

一、这是一篇抨击黑暗现实、揭露统治者种种丑恶行径的抒情小赋。灵帝时，宦官势力暴盛，大兴党狱，清除异己，公开标价卖官。面对这种黑暗现实，赵壹既为王朝危在旦夕而痛心疾首，也为统治者只图私欲、贤愚颠倒、忠奸不分，志士仁人不能为王朝尽忠而激愤不已。此赋即是作者这种情绪的反映。

二、此赋保持了赋的基本特征，注重铺排叙事，但篇制由大变小，语言由华丽变为通俗，行文由板滞堆砌变为疏朗流畅，并且一反汉大赋"劝百讽一"的传统，直抒胸臆，毫不掩饰。此赋说理尖刻透辟，寓抒情于议论，描写生动，比喻新颖，有诗的情致。用两首五言诗作结，也颇别致。故此赋虽小，在文学史上却占有重要的地位，是东汉后期抒情小赋的杰出代表之作。

---

① 河清：指黄河清。相传黄河水千年清一次。俟：等待。　② 伊优：卑躬屈节、谄媚的样子。北堂：北面的厅堂，富贵人居住的地方。　③ 抗脏：高亢刚直的样子。　④ 系：接着。　⑤ 被：读"披"，穿。褐：粗布衣。金玉：比喻才德突出。　⑥ 刍：喂牲畜的干草。

诗

汉乐府民歌

> 汉武帝时设乐府,作为掌管音乐的机关。后人把由乐府机关搜集、保存而流传下来的诗歌称为乐府诗。这些搜集来的民歌直接继承了《诗经》"国风"的现实主义精神,虽然中间可能经历过文人的删改和润色,但它们还是保留着民间文学的优良传统,依然能反映出当时的社会现实,传达人民的呼声,表现出丰富的人民性和现实主义精神。汉乐府民歌主要保存在郭茂倩《乐府诗集》的《鼓吹曲辞》《相和歌辞》和《杂曲歌辞》之中。

东门行

出东门,不顾归;来入门,怅欲悲。盎中无斗米储①,还视架上无悬衣。拔剑东门去,舍中儿母牵衣啼。"他家但愿富贵,贱妾与君共铺糜②。上用仓浪天故③,下当用此黄口儿④。今非!""咄,行!吾去为迟,白发时下难久居。"

【导读】

一、这首诗尖锐地揭示了汉代社会官逼民反、民不得不反的黑暗现实,肯定了自发反抗者行为的正义性。它的战斗性引起了统治者的惊恐,在晋代配乐演奏时就曾被篡改,加上了"今时清廉,难犯教言,君复自爱莫为非","吾去为迟,白发时下难久居"也改为"平慎行,望君归"。

二、这首诗通过截取出门、入门、再出门这一系列生活片断,细腻而深刻地表现了一位走投无路者的内心矛盾,揭示了官逼民反的黑暗现实。这首诗中人物对话也用得很成功。写妻子劝丈夫,先动之以情,再晓之以理,表现了她心地善良、安分守己的个性特点。而丈夫的呵斥,则表现了他不畏强暴、敢于反抗的刚烈性格。

有所思

有所思,乃在大海南。何用问遗君⑤?双珠玳瑁簪,用玉绍缭之⑥。闻君有他心。拉杂摧烧之⑦!摧烧之,当风扬其灰。从今以往,勿复相思,相思与君绝!鸡鸣犬吠,兄嫂当

---

① 盎:腹大口小的瓦器,用来装米粮。 ② 铺:吃。糜:粥,稀饭。 ③ 仓浪天:青天,苍天。仓浪,青色。 ④ 黄口儿:婴幼儿。 ⑤ 问、遗:二词同义,赠送。 ⑥ 绍缭:缠绕。 ⑦ 拉杂:破坏貌。摧:砸碎。

知之。妃呼狶①！秋风肃肃晨风飔②，东方须臾高知之③。

【导读】

一、这首诗见于《乐府诗集》的《鼓吹曲辞·汉铙歌十八曲》。由于封建礼教的加强，汉乐府民歌对爱情的描写，已缺少《诗经》中常有的那种欢快愉悦的氛围，而往往笼罩着不幸与悲伤的气氛。这首诗描写了一个热恋中的女子，在突然听到其所爱的男子有了他心之后的痛苦复杂心情。

二、这首诗以朴素的语言、直白的写法，表现出一个性格直爽而又多情的女子在爱情遭受挫折时的复杂心理。在描写时不断采用重复的形容来加重语气，如"用玉绍缭之""摧烧之，当风扬其灰""相思与君绝"等都是对上句的加重形容，从而使感情色彩浓重、强烈，从艺术手法上讲，也是颇为新颖而带有创造性的。

陌 上 桑

日出东南隅，照我秦氏楼。秦氏有好女，自名为罗敷。罗敷喜蚕桑，采桑城南隅。青丝为笼系，桂枝为笼钩。头上倭堕髻④，耳中明月珠。缃绮为下裙⑤，紫绮为上襦。行者见罗敷，下担捋髭须⑥。少年见罗敷，脱帽著帩头。耕者忘其犁，锄者忘其锄。来归相怨怒，但坐观罗敷。

使君从南来，五马立踟蹰。使君遣吏往，问是谁家姝⑦？"秦氏有好女，自名为罗敷。"罗敷年几何？"二十尚不足，十五颇有余。"使君谢罗敷："宁可共载不？"罗敷前致辞："使君一何愚！使君自有妇，罗敷自有夫。东方千余骑，夫婿居上头。何用识夫婿？白马从骊驹⑧。青丝系马尾，黄金络马头，腰中鹿卢剑⑨，可值千万余。十五府小史，二十朝大夫，三十侍中郎，四十专城居⑩。为人洁白皙，鬑鬑颇有须。盈盈公府步，冉冉府中趋⑪。坐中数千人，皆言夫婿殊。"

【导读】

一、按汉制，太守（使君）要在春天巡行属县，其目的是"观览民俗""劝人农桑"，实际上往往"重为烦扰"。《陌上桑》所揭露的正是当时太守行县的真相，所谓"重为烦扰"的一个丑恶方面。根据汉代的时代背景，它应当是有现实依据的，因而是一篇"感于哀乐，缘事而发"的现实主义作品，与此类似的官吏调戏采桑女的事件在《列女传》《西京杂记》等典籍中多有记载。

二、这首诗运用了环境描写、外貌描写、人物对话、侧面烘托以及夸饰等多种手法来塑造人物形象，表明叙事诗艺术技巧已趋于成熟。侧面烘托的手法用得尤其成功，作者没有正面描写罗敷的美丽，而是通过旁人的种种神态烘托罗敷的倾国倾城之貌，大大增强诗歌的喜剧效果，避免了大段铺排可能导致的堆垛呆板。同时，由于诗人给读者留下了较大的想象空间，罗敷的美超越了时空的限制，胖瘦如意，高低随人，取得了最佳的艺术效果。另外，这首诗语言质朴而又流丽晓畅，韵律自然和谐，对仗工整，表现出

---

① 妃呼狶：嗟叹声。 ② 晨风：鸟名。飔（sī）：形容鸟飞得很快。 ③ 高：通"皓"，指东方发白。 ④ 倭堕髻：汉末流行的一种发髻样式。 ⑤ 缃：杏黄色。绮（qǐ）：有花纹的丝织品。 ⑥ 捋（lǚ）：用手指顺着抹过去。髭：嘴上边的胡子。 ⑦ 姝：美女。 ⑧ 骊：深黑色的马。驹：两岁的马。 ⑨ 鹿卢剑：剑柄制成辘轳形的剑。 ⑩ 专城居：指出任地方首脑。 ⑪ 鬑鬑（lián）：胡须稀疏貌。

了成熟的语言技巧。

妇 病 行

妇病连年累岁,传呼丈人前①,一言当言;未及得言,不知泪下一何翩翩②。"属累君两三孤子③,莫我儿饥且寒,有过慎莫笞答④,行当折摇⑤,思复念之!"
乱曰:抱时无衣,襦复无里⑥。闭门塞牖⑦,舍孤儿到市。道逢亲交,泣坐不能起。从乞求与孤买饵⑧,对交啼泣,泪不可止。"我欲不伤悲不能已。"探怀中钱持授交。入门见孤儿,啼索其母抱。徘徊空舍中,"行复尔耳⑨,弃置勿复道"。

【导读】

一、汉代作为封建社会的兴盛朝代,剥削压榨仍相当残酷,以致富的极富,贫的极贫。据有关文献记载:富豪之家"连栋数百,膏田满野,奴婢千群,徒附万计",而农民则"常衣牛马之衣,食犬彘之食","卖田宅,鬻子孙以偿债"。饥饿、贫困是当时人民的最大痛苦。《妇病行》所反映的就是在这种残酷剥削背景下父子不能相保的悲剧。

二、从艺术上看,这首诗未经文人整理,不免粗糙一些,但在朴实无华中给人以特别真实的感觉。诗人以极其同情的笔调,对当时现实中的这一惨相进行了朴实而真切的描绘,令人酸楚,不堪卒读。

上山采蘼芜

上山采蘼芜⑩,下山逢故夫,长跪问故夫:"新人复何如?""新人虽言好,未若故人姝⑪。颜色类相似,手爪不相如。""新人从门入,故人从阁去⑫。""新人工织缣⑬,故人工织素。织缣日一匹,织素五丈余。将缣来比素,新人不如故。"

【导读】

一、这首诗写一个弃妇与故夫偶然重逢时的简短问答。从故夫对弃妇的夸赞(颜色、手工)和所表现出来的一片旧情来看,大约造成这一悲剧的主要原因不在故夫,或者竟如《孔雀东南飞》所反映的那样,是由于家长的迫害。诗中写她颜色、手工都不比别人差,但还是不免被弃,更显示出她的被弃是无辜的。诗中表现出对这一被弃女子的深切同情。

二、这首诗的写法颇为别致,它基本上由几句对话构成,但情景毕现,显得十分质朴而感人。它不从正面写弃妇的哀怨,而是通过写故夫的思念来反衬弃妇的无辜,比正面描写更具艺术魅力。

孔雀东南飞

汉末建安中,庐江府小吏焦仲卿妻刘氏,为仲卿母所遣,自誓不嫁。其家逼之,乃没水

---

① 丈人:古代对男子的尊称,此指病妇的丈夫。 ② 翩翩:泪流不止的样子。 ③ 属:同"嘱",托付。累:拖累。 ④ 笞答(dá chī):打人的竹板,这里作动词用。 ⑤ 折摇:折夭,夭折。 ⑥ 襦:短袄。 ⑦ 牖:墙上的窗户。 ⑧ 饵:此指小孩食物。 ⑨ 行:即将。尔:这样,指死亡。 ⑩ 蘼芜:一种叶子可制香料的香草。 ⑪ 姝:美好。 ⑫ 阁(gé):旁门,小门。 ⑬ 缣(jiān):颜色发黄的绢。

而死。仲卿闻之,亦自缢于庭树。时人伤之,为诗云尔。

孔雀东南飞,五里一徘徊。"十三能织素,十四学裁衣。十五弹箜篌①,十六诵诗书。十七为君妇,心中常苦悲。君既为府吏,守节情不移。贱妾留空房,相见常日稀。鸡鸣入机织,夜夜不得息。三日断五匹,大人故嫌迟。非为织作迟,君家妇难为。妾不堪驱使,徒留无所施。便可白公姥②,及时相遣归。"府吏得闻之,堂上启阿母:"儿已薄禄相③,幸复得此妇。结发同枕席,黄泉共为友。共事二三年,始尔未为久。女行无偏斜,何意致不厚?"阿母谓府吏:"何乃太区区④!此妇无礼节,举动自专由。吾意久怀忿,汝岂得自由!东家有贤女,自名秦罗敷。可怜体无比,阿母为汝求。便可速遣之,遣去慎莫留!"府吏长跪告,伏惟启阿母⑤:"今若遣此妇,终老不复取。"阿母得闻之,槌床便大怒:"小子无所畏,何敢助妇语!吾已失恩义,会不相从许!"

府吏默无声,再拜还入户。举言谓新妇,哽咽不能语:"我自不驱卿,逼迫有阿母。卿但暂还家,吾今且报府⑥。不久当归还,还必相迎取。以此下心意,慎勿违吾语。"新妇谓府吏:"勿复重纷纭!往昔初阳岁⑦,谢家来贵门。奉事循公姥,进止敢自专?昼夜勤作息,伶俜萦苦辛⑧。谓言无罪过,供养卒大恩。仍更被驱遣,何言复来还?妾有绣腰襦,葳蕤自生光⑨。红罗复斗帐,四角垂香囊。箱帘六七十,绿碧青丝绳。物物各自异,种种在其中。人贱物亦鄙,不足迎后人。留待作遗施,于今无会因⑩。时时为安慰,久久莫相忘。"鸡鸣外欲曙,新妇起严妆。著我绣夹裙,事事四五通。足下蹑丝履,头上玳瑁光⑪。腰若流纨素⑫,耳著明月珰。指如削葱根,口如含朱丹。纤纤作细步,精妙世无双。上堂拜阿母,母听去不止。"昔作女儿时,生小出野里。本自无教训,兼愧贵家子。受母钱帛多,不堪母驱使。今日还家去,念母劳家里。"却与小姑别,泪落连珠子:"新妇初来时,小姑始扶床;今日被驱遣,小姑如我长。勤心养公姥,好自相扶将。初七及下九⑬,嬉戏莫相忘。"出门登车去,涕落百余行。

府吏马在前,新妇车在后,隐隐何甸甸⑭,俱会大道口。下马入车中,低头共耳语:"誓不相隔卿,且暂还家去。吾今且赴府,不久当还归,誓天不相负。"新妇谓府吏:"感君区区怀⑮。君既若见录,不久望君来。君当作磐石,妾当作蒲苇。蒲苇纫如丝,磐石无转移。我有亲父兄,性行暴如雷。恐不任我意,逆以煎我怀。"举手长劳劳⑯,二情同依依。

入门上家堂,进退无颜仪。阿母大拊掌⑰:"不图子自归!十三教汝织,十四能裁衣,十五弹箜篌,十六知礼仪。十七遣汝嫁,谓言无誓违。汝今无罪过,不迎而自归?""兰芝惭阿母,儿实无罪过。"阿母大悲摧。还家十余日,县令遣媒来。云有第三郎,窈窕世无双,年始十八九,便言多令才⑱。阿母谓阿女:"汝可去应之。"阿女含泪答:"兰芝初还时,府吏见丁宁,结誓不别离。今日违情义,恐此事非奇。自可断来信,徐徐更谓之。"阿母白媒人:

---

① 箜篌:古代一种有弦的乐器。　② 白:告诉。公姥:公婆,这里是偏义复词,指婆婆。　③ 薄禄相:官禄微薄之相。　④ 区区:这里是见识短浅的意思。　⑤ 伏惟:古代对尊长者表示恭敬的用语。　⑥ 报:赴。　⑦ 初阳岁:冬末春初的时节。　⑧ 伶俜:孤单。　⑨ 葳蕤(wēi ruí):草木枝叶茂盛的样子。这里用来形容衣服上的刺绣。　⑩ 因:机会。　⑪ 玳瑁:龟类动物的甲做的装饰品。　⑫ 流纨素:精美的白绢,光彩如水波流动。　⑬ 初七:阴历七月初七,是乞巧节。下九:每月的十九日。这两天是古代妇女结伴嬉游的日子。　⑭ 隐隐、甸甸:都是车声。　⑮ 区区:诚恳的样子。　⑯ 劳劳:忧伤的样子。　⑰ 拊(fǔ)掌:拍手,表示惊讶。　⑱ 便言:有口才。便,辩。令:美。

"贫贱有此女,始适还家门。不堪吏人妇,岂合令郎君? 幸可广问讯,不得便相许。"媒人去数日,寻遣丞请还①,说有兰家女,承籍有宦官。云"有第五郎,娇逸未有婚。遣丞为媒人,主簿通语言"。直说'太守家,有此令郎君。既欲结大义,故遣来贵门。"阿母谢媒人:"女子先有誓,老姥岂敢言?"阿兄得闻之,怅然心中烦。举言谓阿妹:"作计何不量? 先嫁得府吏,后嫁得郎君,否泰如天地②,足以荣汝身。不嫁义郎体,其往欲何云?"兰芝仰头答:"理实如兄言。谢家事夫婿,中道还兄门。处分适兄意,那得自任专? 虽与府吏要,渠会永无缘③。登即相许和,便可作婚姻。"媒人下床去,诺诺复尔尔。还部白府君:"下官奉使命,言谈大有缘。"府君得闻之,心中大欢喜。视历复开书,便利此月内,六合正相应④。"良吉三十日,今已二十七,卿可去成婚。"交语速装束,络绎如浮云。青雀白鹄舫,四角龙子幡,婀娜随风转。金车玉作轮,踯躅青骢马,流苏金镂鞍。赍钱三百万⑤,皆用青丝穿。杂彩三百匹,交广市鲑珍⑥。从人四五百,郁郁登郡门。

阿母谓阿女:"适得府君书,明日来迎汝。何不作衣裳? 莫令事不举。"阿女默无声,手巾掩口啼,泪落便如泻。移我琉璃榻,出置前窗下。左手持刀尺,右手执绫罗。朝成绣夹裙,晚成单罗衫。晻晻日欲暝,愁思出门啼。

府吏闻此变,因求假暂归。未至二三里,摧藏马悲哀⑦。新妇识马声,蹑履相逢迎。怅然遥相望,知是故人来。举手拍马鞍,嗟叹使心伤:"自君别我后,人事不可量。果不如先愿,又非君所详。我有亲父母,逼迫兼弟兄;以我应他人,君还何所望!"府吏谓新妇:"贺卿得高迁! 磐石方且厚,可以卒千年;蒲苇一时纫,便作旦夕间。卿当日胜贵,吾独向黄泉。"新妇谓府吏:"何意出此言! 同是被逼迫,君尔妾亦然。黄泉下相见,勿违今日言。"执手分道去,各各还家门。生人作死别,恨恨那可论! 念与世间辞,千万不复全。

府吏还家去,上堂拜阿母:"今日大风寒,寒风摧树木,严霜结庭兰。儿今日冥冥,令母在后单。故作不良计,勿复怨鬼神。命如南山石,四体康且直。"阿母得闻之,零泪应声落:"汝是大家子,仕宦于台阁。慎勿为妇死,贵贱情何薄! 东家有贤女,窈窕艳城郭。阿母为汝求,便复在旦夕。"府吏再拜还,长叹空房中,作计乃尔立⑧。转头向户里,渐见愁煎迫。

其日牛马嘶,新妇入青庐⑨。奄奄黄昏后,寂寂人定初。"我命绝今日,魂去尸长留。"揽裙脱丝履,举身赴清池。府吏闻此事,心知长别离。徘徊庭树下,自挂东南枝。

两家求合葬,合葬华山傍。东西植松柏,左右种梧桐。枝枝相覆盖,叶叶相交通。中有双飞鸟,自名为鸳鸯。仰头相向鸣,夜夜达五更。行人驻足听,寡妇起彷徨。多谢后世人⑩,戒之慎勿忘!

【导读】

一、据篇首小序所说,这首诗的产生时代当在汉末,此时封建伦理道德规范已经完备,青年男女的婚姻完全由"父母之命,媒妁之言"来决定,婚后,仍要受封建家长的支配,严格遵循"三从""四德"。《大戴

---

① 寻:不久。 ② 否泰:《易经》中的两个卦名。否,坏运。泰,好运。 ③ 要:约定。渠:他。 ④ 六合:指月建和日辰相合。古俗月建与日辰相合为吉日。 ⑤ 赍(jī):送给。 ⑥ 交广:交州和广州。鲑珍:泛指山珍海味。 ⑦ 摧藏:通"凄怆"。 ⑧ 作计:打主意。乃尔:如此。立:确立。 ⑨ 青庐:用青布慢围成的棚,即供举行婚礼用的喜棚。 ⑩ 谢:告诫。

礼记·本命》载:"妇有七去,不顺父母去,无子去,淫去,妒去,有恶疾去,多言去,窃盗去。"《礼记纂言》云:"子甚宜其妻,父母不悦,出。"刘兰芝、焦仲卿的爱情悲剧正是这种时代背景下的必然结局。

二、这首诗通过焦仲卿和刘兰芝的爱情悲剧,对封建制度和封建礼教的罪恶进行了深刻的揭露和鞭挞,对诗中主人公的不幸遭遇和反抗精神寄予深切同情和高度赞扬,同时对人们追求美好生活的理想通过幻想的形式加以描绘和歌颂。作品艺术成就也相当突出。首先,作品通过个性化语言、行动以及环境和景物的衬托,塑造了鲜明生动的人物形象。其次,作品在叙事过程中不时插入抒情性的咏叹,这种抒情性的穿插,有助于对人物处境和心情的刻画,更加强了作品的悲剧气氛。再次,诗歌以奇丽的幻想结尾,给故事增添了浪漫主义、理想主义色彩。此外,语言的生动活泼,剪裁的繁简得当,结构的完整紧凑,也是这篇伟大的叙事长诗的艺术特色。

三、本诗是中国文学史上少有的长篇叙事诗。明代王世贞誉之为"长诗之圣",清代沈德潜称它是"古今第一首长诗",它代表了汉乐府民歌的最高艺术成就。

饮马长城窟行

青青河边草,绵绵思远道。远道不可思,宿昔梦见之。梦见在我旁,忽觉在他乡。他乡各异县,辗转不可见。枯桑知天风,海水知天寒。入门各自媚①,谁肯相为言。

客从远方来,遗我双鲤鱼②。呼儿烹鲤鱼③,中有尺素书。长跪读素书,书中竟何如?上言加餐食,下言长相忆。

【导读】

一、《文选》李善注说:"言征戍之客,至于长城而饮其马,妇思之,故为《长城窟行》。"郭茂倩之说与此略同。但此诗未言饮马事,故五臣注谓:"长城秦所筑,以备胡者。其下有泉窟,可以饮马。征人路出于此而伤悲矣。言天下征役军戎来此,妇人思夫,故作是行。"盖秦汉时统治阶级穷兵黩武,远戍长城,最为征人之苦事,后来逐渐成为艰苦的行役生活的代称。本篇虽未涉及饮马之事,而为妇人思念征戍者之词则确不可移。

二、此诗运用景物烘托、比兴、顶真等民歌中常用的手法,细腻地描写了思妇的情感流动过程。语言清新活泼,不假雕琢,感情自然真挚,富有浓郁的生活气息。

古诗十九首

《古诗十九首》是汉末十九首文人五言诗的统称,最早见于萧统《文选》。这些诗非一时一人之作,作者已不可考。

---

① 媚:爱悦。 ② 双鲤鱼:鱼形装藏书信的木函。 ③ 烹鲤鱼:指打开装信的木函。

行行重行行

行行重行行①,与君生别离。相去万余里,各在天一涯。道路阻且长,会面安可知?胡马依北风,越鸟巢南枝。相去日已远,衣带日已缓②。浮云蔽白日③,游子不顾返。思君令人老,岁月忽已晚。弃捐勿复道④,努力加餐饭。

【导读】

一、这是古诗十九首的第一篇,从思妇怀人的角度,运用朴素自然、真挚深婉的语言,通过回环复沓的调子歌咏别离相思,反映了东汉末年社会动乱给人民造成的痛苦。

二、全诗语言浅近无华,抒情手段丰富,委曲尽致地展示了思妇心理的曲折变化,虽无一"怨"字,但怨情渗透其中。加之它符合生活的逻辑和情感变化的本来面貌,因而感人至深。从风格上看,既不失朴素、浑厚的民歌风味,又带有文人诗委婉精工的特点。格古调高,句平意远,不迫不露,所谓"畜神奇于温厚,寓感怆于和平"(胡应麟《诗薮》)。

迢迢牵牛星

迢迢牵牛星⑤,皎皎河汉女⑥。纤纤擢素手⑦,札札弄机杼⑧。终日不成章,泣涕零如雨。河汉清且浅,相去复几许?盈盈一水间⑨,脉脉不得语⑩。

【导读】

一、牵牛和织女的故事,是我国古代民间传说中最古老而优美的故事之一。从现存史料看,本诗是关于这一故事最早的完整记录,因为在诗中牵牛、织女第一次建立了爱情联系,而且他们之间的爱情染上了一层悲剧色彩。民间传说中牛郎、织女隔河相望,每年七月七日方能鹊桥相会的故事已显雏形。

二、从艺术手法上看,本诗有两大特点,第一是此诗用比兴的手法借天上织女思念牛郎之情,表现人间男女相爱而受压抑与限制的苦闷,想象丰富,富有浪漫主义色彩。第二是全诗有六句用叠字开头,所有叠字都用得确切自然,增强了语言的音乐性和形象性,给读者以强烈的美的感受。

明月皎夜光

明月皎夜光,促织鸣东壁。玉衡指孟冬⑪,众星何历历。白露沾野草,时节忽复易。秋蝉鸣树间,玄鸟逝安适?昔我同门友,高举振六翮⑫。不念携手好,弃我如遗迹。南箕

---

① 重:又。这句意思是说行而又行。 ② 衣带日已缓:衣带一天比一天宽松。暗指人越来越瘦。 ③ 浮云:比喻爱人的新欢。白日:比喻爱人。 ④ 弃捐:丢下。 ⑤ 迢迢:远貌。 ⑥ 皎皎:明亮貌。河汉女:指与牵牛星隔河相望的织女星。河汉,俗称天河,即银河。 ⑦ 纤纤:纤柔貌。擢:举。 ⑧ 札札:象声词,织布声。杼:织布机上的梭子。 ⑨ 盈盈:水清浅貌。间:隔。 ⑩ 脉脉:相视貌。 ⑪ 玉衡:北斗七星中的斗柄星,每月所指方位不同,古人依此辨别节令。孟冬:初冬。 ⑫ 六翮:羽翼。翮(hé),羽茎。

北有斗①,牵牛不负轭②。良无盘石固,虚名复何益?

【导读】

此诗写一个失意士人埋怨朋友不相援引,前八句从秋夜景物写起,以时节的变易隐喻世态的炎凉。后八句直接埋怨朋友腾达而不相援引,友谊徒有虚名。诗作者的思想境界与"同门友"并无多少差别,离不开追名逐利,多无可取。写法上却颇别致。前半部分的悲秋起兴,物候的变易,环境点染,都与情调十分协调。后半部分的抒情,作品运用明喻、借喻等手法,使抽象的感情可感可触,使全诗感慨友情淡薄的主旨得到了很好的烘托和渲染。

今日良宴会

今日良宴会,欢乐难具陈。弹筝奋逸响,新声妙入神。令德唱高言③,识曲听其真。齐心同所愿,含意俱未伸。人生寄一世,奄忽若飚尘④。何不策高足⑤,先据要路津⑥!无为守穷贱,轗轲长苦辛⑦。

【导读】

一、这是一首愤世嫉俗、感慨自讽的诗。开篇写因听曲动心,接着发表感想:人生短促,富贵可乐,何必长守苦辛,永处穷困。这实际上是感慨之辞,反语中寄托着作者的愤激之情。

二、在写法上,此诗以欢乐写悲哀,颇为别致。本来,失意之士聚在一起,内心是痛苦的、悲伤的,但在表现形式上正好相反。诗歌准确地反映了这种极微妙的情感世界的波动。

---

① 南箕:形似簸箕的星座。斗:斗星。　② 牵牛:牵牛星。轭:车辕前横木。　③ 令德:美德。高言:立论高尚的言谈。　④ 奄忽:迅速的样子。　⑤ 高足:快马。　⑥ 要路津:比喻重要官职。　⑦ 轗轲:同"坎坷"。

散 文

贾谊：论积贮疏①

管子曰②："仓廪实而知礼节。"民不足而可治者，自古及今，未之尝闻。古之人曰："一夫不耕，或受之饥；一女不织，或受之寒。"生之有时而用之亡度，则物力必屈。古之治天下，至纤至悉也③，故其畜积足恃④。今背本而趋末，食者甚众，是天下之大残也⑤；淫侈之俗，日日以长，是天下之大贼也。残贼公行，莫之或止；大命将泛，莫之振救；生之者甚少，而靡之者甚多，天下财产何得不蹶？汉之为汉，几四十年矣，公私之积，犹可哀痛。失时不雨，民且狼顾⑥，岁恶不入，请卖爵、子⑦，既闻耳矣，安有为天下阽危者若是而上不惊⑧？

世之有饥穰⑨，天之行也，禹、汤被之矣。即不幸有方二三千里之旱，国胡以相恤⑩？卒然边境有急，数十百万之众，国胡以馈之⑪？兵、旱相乘，天下大屈，有勇力者聚徒而衡击，罢夫羸老易子而咬其骨⑫；政治未毕通也，远方之能疑者，并举而争起矣。乃骇而图之，岂将有及乎？

夫积贮者，天下之大命也。苟粟多而财有余，何为而不成？以攻则取，以守则固，以战则胜，怀敌附远，何招而不至？今驱民而归之农，皆著于本，使天下各食其力，末技游食之民⑬，转而缘南亩⑭，则畜积足而人乐其所矣。可以为富安天下，而直为此廪廪也⑮！窃为陛下惜之！

【导读】

一、这是西汉政论散文家贾谊写给汉文帝的一篇奏疏，主要内容是建议皇帝重视农业生产，增加粮食的积贮。西汉初年，由于过去的长期战争，生产受到破坏，社会经济一片凋散，米价昂贵，物资匮乏，甚至出现了人吃人的现象，连皇帝出行都配不齐四匹同色的马驾车，将相只能乘牛车。汉朝开国后，虽也采取了一些措施发展生产，但到文帝时，情况仍很严重，且弃农从商的人为数甚多，官僚贵族淫侈之风日益严重。贾谊就是针对这种现实提出建议的。

二、这篇文章着力于阐述积贮的重大意义，认为这是天下之大命，并从正反两方面进行对比论述，先

---

① 本文选自《汉书·食货志》。积贮，就是储蓄粮食。疏，向皇帝分条陈述自己对某事的意见的一种文体，也称"奏疏"或"奏议"。 ② 管子：即管仲，后人把他的学说以及别人依托他的著作辑成一书，称为《管子》。 ③ 纤：细小，这里有精细的意思。 ④ 畜：通"蓄"。 ⑤ 残：和下文的"贼"都是"害"的意思。 ⑥ 狼顾：狼性多疑，行走时常回头看，以防袭击。这里形容百姓见久旱不雨，心中恐惧不安。 ⑦ 卖爵：汉朝有公家出卖爵位以收取钱财的制度。 ⑧ 阽（diàn）：临近。 ⑨ 穰：丰年。 ⑩ 恤：救济。 ⑪ 馈：原意是赠送，这里有"供应""供养"的意思。 ⑫ 罢夫：疲病的人。罢，通"疲"。羸（léi）：瘦弱。 ⑬ 末技：指工商业。汉代重农抑商，故称工商业为末技。 ⑭ 缘：因，循着，这里有"趋向"的意思。南亩：泛指田亩。 ⑮ 廪廪：戒惧貌。

说不事积贮的危险,后论重视积贮的好处,两相对照,析理透辟,说服力强。有的放矢,切中时弊,说理透彻,文情并茂是这篇文章的特点。

晁 错

晁错(前200—前154),西汉政论家。颍川(今河南禹州)人。事迹及作品见《汉书·晁错传》等。

论贵粟疏

圣王在上,而民不冻饥者,非能耕而食之,织而衣之也,为开其资财之道也。故尧、禹有九年之水,汤有七年之旱,而国亡捐瘠者①,以畜积多而备先具也②。

今海内为一,土地人民之众,不避汤、禹③,加以亡天灾数年之水旱,而畜积未及者,何也?地有遗利,民有余力,生谷之土未尽垦,山泽之利未尽出也,游食之民未尽归农也。民贫,则奸邪生。贫,生于不足;不足,生于不农;不农,则不地著④;不地著,则离乡轻家,民如鸟兽。虽有高城深池,严法重刑,犹不能禁也。夫寒之于衣,不待轻暖;饥之于食,不待甘旨。饥寒至身,不顾廉耻。人情一日不再食则饥,终岁不制衣则寒。夫腹饥不得食,肤寒不得衣,虽慈父不能保其子,君安能以有其民哉?明主知其然也,故务民于农桑,薄赋敛,广畜积,以实仓廪,备水旱,故民可得而有也。

民者,在上所以牧之,趋利如水走下,四方亡择也。夫珠玉金银,饥不可食,寒不可衣,然而众贵之者,以上用之故也。其为物轻微易藏,在于把握,可以周海内而亡饥寒之患。此令臣轻背其主,而民易去其乡,盗贼有所劝⑤,亡逃者得轻资也。粟米布帛,生于地,长于时,聚于力,非可一日成也;数石之重,中人弗胜⑥,不为奸邪所利;一日弗得而饥寒至。是故明君贵五谷而贱金玉。今农夫五口之家,其服役者,不下二人;其能耕者,不过百亩;百亩之收,不过百石。春耕夏耘,秋获冬藏,伐薪樵,治官府,给徭役,春不得避风尘,夏不得避暑热,秋不得避阴雨,冬不得避寒冻,四时之间,亡日休息。又私自送往迎来,吊死问疾,养孤长幼在其中。勤劳如此,尚复被水旱之灾,急政暴赋⑦,赋敛不时,朝令而暮改。当具有者,半贾而卖⑧;亡者,取倍称之息⑨,于是有卖田宅、鬻子孙以偿责者矣。而商贾大者积贮倍息,小者坐列贩卖,操其奇赢⑩,日游都市,乘上之急,所卖必倍。故其男不耕耘,妇不蚕织,衣必文采,食必粱肉。亡农夫之苦,有仟佰之得⑪。因其富厚,交通王侯,力过吏势,以利相倾。千里游敖⑫,冠盖相望,乘坚策肥,履丝曳缟⑬。此商人所以兼并农人,农

---

① 捐瘠:饿死的和瘦弱的人。 ② 畜:通"蓄"。下同。 ③ 不避:不让,不亚于。 ④ 地著:定居在一个地方。著,附着,固定。 ⑤ 劝:引诱惑动。 ⑥ 石:容量单位。汉时一石相当于今两斗。弗胜:不能胜任,指拿不动。 ⑦ 急政:催逼征收赋税。政,通"征"。 ⑧ 贾:通"价"。 ⑨ 倍称之息:加倍的利息。 ⑩ 奇赢:高额利润。 ⑪ 仟佰之得:指田地的收获。仟佰,阡陌。 ⑫ 敖:通"遨",游玩。 ⑬ 履丝曳缟:穿着丝鞋,拖着丝织长衣。缟,一种精细洁白的丝织品。汉初,刘邦实行"重农抑商"政策,规定商人不得乘车骑马和穿丝绸衣服,子孙不得做官。

人所以流亡者也。今法律贱商人,商人已富贵矣;尊农夫,农夫已贫贱矣!故俗之所贵,主之所贱也;吏之所卑,法之所尊也。上下相反,好恶乖迕①,而欲国富法立,不可得也。

方今之务,莫若使民务农而已矣。欲民务农,在于贵粟。贵粟之道,在于使民以粟为赏罚。今募天下入粟县官,得以拜爵,得以除罪。如此,富人有爵,农民有钱,粟有所渫②。夫能入粟以受爵,皆有余者也。取于有余以供上用,则贫民之赋可损,所谓损有余,补不足,令出而民利者也。顺于民心,所补者三:一曰主用足,二曰民赋少,三曰劝农功。今令:"民有车骑马一匹者,复卒三人③。"车骑者,天下武备也,故为复卒。神农之教曰:"有石城十仞、汤池百步④,带甲百万,而亡粟,弗能守也。"以是观之,粟者,王者大用,政之本务。令民入粟受爵,至五大夫以上,乃复一人耳,此其与骑马之功相去远矣。爵者,上之所擅,出于口而亡穷;粟者,民之所种,生于地而不乏。夫得高爵与免罪,人之所甚欲也。使天下人入粟于边,以受爵免罪,不过三岁,塞下之粟必多矣。

【导读】

一、经过若干年的战乱和社会变革,粮食成了汉初的迫切问题。尤其是边防上屯着大量防备匈奴的士兵,粮食和粮食的运输问题一直困扰着汉王朝。贾谊对这些已有过恳切的陈言,晁错为进一步陈述解决军粮和民食问题的具体措施,于汉文帝十一年(前169年)上《论贵粟疏》。

二、在表现手法上,这篇文章表现出了自己的独特风格。首先,文章自始至终运用了对比手法,从历史和现实的不同角度加以说明,于比较中展开论述,使立论有据,内容由浅入深,思想层层推进,从而大大增强了文章的说服力。其次,全篇各段之间紧密相承,浑然一体,而每部分的结构也十分缜密,能够左右照顾,前后呼应。再次,文章巧妙地应用了顶真、回文、连环,丝丝入扣,如抽茧剥笋,步步深入。

① 乖迕:违背。 ② 渫:流通到需要的地方去。 ③ 复卒:免除兵役。 ④ 汤池:护城河像充满沸水,不可靠近,比喻防御严密。步:古代一般以五尺或六尺为一步。

史传文学

司马迁

司马迁(前145—?),字子长,夏阳(今陕西韩城)人。出生于史学世家,父亲司马谈任太史令。司马迁早年受学于孔安国、董仲舒,漫游各地,了解风俗,采集传闻。初任郎中,奉使西南。元封三年(前108)任太史令,继承父业,著述历史。他以"究天人之际,通古今之变,成一家之言"的史识创作了中国第一部纪传体通史《史记》(原名《太史公书》)。

项羽本纪(节选)

项籍者,下相人也①,字羽。初起时②,年二十四。其季父项梁,梁父即楚将项燕,为秦将王翦所戮者也③。项氏世世为楚将;封于项④,故姓项氏。

项籍少时,学书不成⑤,去,学剑,又不成。项梁怒之。籍曰:"书,足以记名姓而已;剑,一人敌,不足学。学万人敌!"于是项梁乃教籍兵法。籍大喜,略知其意,又不肯竟学。项梁尝有栎阳逮⑥,乃请蕲狱掾曹咎书⑦,抵栎阳狱掾司马欣,以故事得已。项梁杀人,与籍避仇于吴中⑧,吴中贤士大夫皆出项梁下⑨。每吴中有大徭役及丧,项梁常为主办,阴以兵法部勒宾客及子弟⑩,以是知其能。

秦始皇帝游会稽,渡浙江⑪。梁与籍俱观。籍曰:"彼可取而代也!"梁掩其口,曰:"毋妄言,族矣!"梁以此奇籍。

籍长八尺余,力能扛鼎,才气过人,虽吴中子弟,皆已惮籍矣。秦二世元年七月,陈涉等起大泽中。其九月,会稽守通谓梁曰⑫:"江西皆反⑬,此亦天亡秦之时也。吾闻先即制人,后则为人所制。吾欲发兵,使公及桓楚将⑭。"是时桓楚亡在泽中。梁曰:"桓楚亡,人莫知其处,独籍知之耳。"梁乃出,诫籍持剑居外待。梁复入,与守坐,曰:"请召籍,使受命召桓楚。"守曰:"诺。"梁召籍入。须臾,梁眴籍曰:"可行矣!"于是籍遂拔剑斩守头。项梁持守头,佩其印绶⑮。门下大惊,扰乱,籍所击杀数十百人,一府中皆慑伏⑯,莫敢起。梁乃

---

① 下相:今江苏宿迁市西。 ② 初起时:开始起义的时候,即秦二世元年(前209年)。 ③ 为秦将王翦所戮:秦始皇二十三年(前224年),王翦破楚,房楚王。项燕立昌平君为楚王,在淮南反秦。第二年,王翦等打败楚军,昌平君死,项燕自杀。 ④ 项:在今河南项城市东北。 ⑤ 书:认字和识字。 ⑥ 栎(yuè)阳:在今陕西省西安市临潼区东北。逮:追捕。 ⑦ 蕲(qí):今安徽宿州东南。狱掾:掌管监狱诉讼的小官。 ⑧ 吴中:泛指春秋时吴国旧地,战国时属楚。 ⑨ 出项梁下:才能在项梁之下。 ⑩ 部勒:组织、调度。 ⑪ 会稽:山名,在今浙江绍兴市东南。浙江:钱塘江。 ⑫ 守:郡的长官。通:人名,姓殷。 ⑬ 江西:长江在安徽境内至江苏镇江一段为西南东北流向,江北部分古称江西,江南部分称江东。 ⑭ 桓楚:《汉书》称为吴中奇士。 ⑮ 印绶:即官印。绶,系印的丝带。 ⑯ 慑(shè)伏:惧怕得趴在地上。

召故所知豪吏，谕以所为起大事，遂举吴中兵。使人收下县，得精兵八千人。梁部署吴中豪杰为校尉、候、司马。有一人不得用，自言于梁。梁曰："前时某丧，使公主某事，不能办，以此不任用公。"众乃皆伏。于是梁为会稽守，籍为裨将，徇下县①。

广陵人召平于是为陈王徇广陵②，未能下。闻陈王败走，秦兵又且至，乃渡江矫陈王命，拜梁为楚王上柱国③。曰："江东已定，急引兵西击秦。"项梁乃以八千人渡江而西。闻陈婴已下东阳④，使使欲与连和俱西。陈婴者，故东阳令史⑤，居县中，素信谨，称为长者。东阳少年杀其令，相聚数千人，欲置长，无适用，乃请陈婴。婴谢不能，遂强立婴为长，县中从者得二万人。少年欲立婴便为王，异军苍头特起⑥。陈婴母谓婴曰："自我为汝家妇，未尝闻汝先古之有贵者。今暴得大名，不祥。不如有所属，事成犹得封侯，事败易以亡，非世所指名也。"婴乃不敢为王。调其军吏曰："项氏世世将家，有名于楚。今欲举大事，将非其人不可。我倚名族，亡秦必矣。"于是众从其言，以兵属项梁。项梁渡淮，黥布、蒲将军亦以兵属焉⑦。凡六七万人，军下邳⑧。

....

项梁闻陈王定死⑨，召诸别将会薛计事⑩。此时沛公亦起沛⑪，往焉。居巢人范增⑫，年七十，素居家，好奇计，往说项梁曰："陈胜败固当⑬。夫秦灭六国，楚最无罪。自怀王入秦不反，楚人怜之至今，故楚南公曰⑭：'楚虽三户，亡秦必楚也。'⑮今陈胜首事，不立楚后而自立，其势不长。今君起江东，楚蜂起之将皆争附君者，以君世世楚将，为能复立楚之后也。"于是项梁然其言，乃求楚怀王孙心，民间为人牧羊，立以为楚怀王，从民所望也。陈婴为楚上柱国，封五县，与怀王都盱台⑯。项梁自号为武信君。

....

项梁使沛公及项羽别攻城阳⑰，屠之⑱。西破秦军濮阳东⑲，秦兵收入濮阳。沛公、项羽乃攻定陶⑳。定陶未下，去。西略地至雍丘㉑，大破秦军，斩李由㉒。还攻外黄㉓，外黄未下。

项梁起东阿㉔，西北至定陶，再破秦军，项羽等又斩李由，益轻秦，有骄色。宋义乃谏项梁曰："战胜而将骄卒惰者败。今卒少惰矣，秦兵日益，臣为君畏之。"项梁弗听，乃使宋义使于齐㉕。道遇齐使者高陵君显㉖，曰："公将见武信君乎？"曰："然。"曰："臣论武信君必败。公徐行即免死，疾行则及祸。"秦果悉起兵益章邯，击楚军，大破之定陶，项梁死。沛公、项羽去外黄攻陈留，陈留坚守不能下㉗。沛公、项羽相与谋曰："今项梁军破，士卒恐。"

---

① 裨将：副将。徇：巡行而宣布号令。② 广陵：今江苏扬州。召平：陈胜部属。③ 上柱国：官名，楚国上卿，相当于相国。④ 东阳：在今安徽天长市西北。⑤ 令史：县令手下的书吏。⑥ 苍头：用青色头巾裹头作为标记。特起：新起，崛起。⑦ 黥布：即英布，因曾受黥刑（在脸上刺字再染墨）所以称黥布。原是项羽手下的将领，后归刘邦。蒲将军：不详。⑧ 下邳：在今江苏邳州市西南。⑨ 定死：确定死了。⑩ 薛：今山东滕州市东南。⑪ 沛公：即汉高祖刘邦。因在沛县起兵，所以称沛公。沛，在今江苏沛县。⑫ 居巢，在今安徽巢湖市东北。⑬ 固当：本是应该的。⑭ 楚南公：楚国的阴阳家。⑮ "楚虽三户"二句：楚国即使只剩下三户人家，灭秦的还是楚国人。一说"三户"指楚国王族昭、屈、景三姓。⑯ 盱台(xū yí)：今江苏盱眙县。⑰ 城阳：在今山东鄄城县。⑱ 屠：宰杀，引申为大规模残杀。⑲ 濮阳：在今河南濮阳市南。⑳ 定陶：在今山东省菏泽市定陶区西北。㉑ 雍丘：今河南杞县。㉒ 李由：秦将，秦相李斯的儿子。㉓ 外黄：在今河南杞县东北。㉔ 东阿：在今山东阳谷县东北。㉕ 宋义：项梁部属，原为楚国令尹。㉖ 高陵君显：高陵君是封号，名显。㉗ 陈留：今河南开封市东南陈留城。

乃与吕臣军俱引兵而东①。吕臣军彭城东，项羽军彭城西，沛公军砀②。

章邯已破项梁军，则以为楚地兵不足忧，乃渡河击赵，大破之。当此时，赵歇为王，陈馀为将，张耳为相，皆走入巨鹿城③。章邯令王离、涉间围巨鹿④，章邯军其南，筑甬道而输之粟⑤。陈馀为将，将卒数万人而军巨鹿之北，此所谓河北之军也。楚兵已破于定陶，怀王恐，从盱台之彭城，并项羽、吕臣军自将之，以吕臣为司徒，以其父吕青为令尹。以沛公为砀郡长，封为武安侯，将砀郡兵。

初，宋义所遇齐使者高陵君显在楚军，见楚王曰："宋义论武信君之军必败，居数日，军果败。兵未战而先见败征，此可谓知兵矣。"王召宋义与计事而大说之⑥，因置以为上将军；项羽为鲁公，为次将，范增为末将；救赵。诸别将皆属宋义，号为卿子冠军⑦。行至安阳⑧，留四十六日不进。项羽曰："吾闻秦军围赵王巨鹿，疾引兵渡河，楚击其外，赵应其内，破秦军必矣。"宋义曰："不然。夫搏牛之虻不可以破虮虱⑨。今秦攻赵，战胜则兵罢⑩，我承其敝；不胜，则我引兵鼓行而西，必举秦矣。故不如先斗秦、赵。夫被坚执锐⑪，义不如公；坐而运策，公不如义。"因下令军中曰："猛如虎，很如羊⑫，贪如狼，强不可使者⑬，皆斩之。"乃遣其子宋襄相齐，身送之至无盐⑭，饮酒高会。天寒大雨，士卒冻饥。项羽曰："将戮力而攻秦，久留不行。今岁饥民贫，士卒食芋菽，军无见粮⑮，乃饮酒高会，不引兵渡河因赵食，与赵并力攻秦，乃曰'承其敝'。夫以秦之强，攻新造之赵，其势必举赵。赵举而秦强，何敝之承！且国兵新破⑯，王坐不安席，扫境内而专属于将军，国家安危，在此一举。今不恤士卒而徇其私，非社稷之臣。"项羽晨朝上将军宋义，即其帐中斩宋义头，出令军中曰："宋义与齐谋反楚，楚王阴令羽诛之。"当是时，诸将皆慑服，莫敢枝梧⑰。皆曰："首立楚者，将军家也。今将军诛乱。"乃相与共立羽为假上将军。使人追宋义子，及之齐，杀之。使桓楚报命于怀王。怀王因使项羽为上将军，当阳君、蒲将军皆属项羽⑱。

项羽已杀卿子冠军，威震楚国，名闻诸侯。乃遣当阳君、蒲将军将卒二万渡河救巨鹿。战少利，陈馀复请兵。项羽乃悉引兵渡河，皆沉船，破釜甑⑲，烧庐舍，持三日粮，以示士卒必死，无一还心。于是至则围王离，与秦军遇，九战，绝其通甬道，大破之，杀苏角⑳，虏王离。涉间不降楚，自烧杀。当是时，楚兵冠诸侯。诸侯军救巨鹿下者十余壁㉑，莫敢纵兵。及楚击秦，诸将皆从壁上观。楚战士无不一以当十，楚兵呼声动天，诸侯军无不人人惴恐。于是已破秦军，项羽召见诸侯将。入辕门㉒，无不膝行而前㉓，莫敢仰视。项羽由是始为诸侯上将军，诸侯皆属焉。

....

---

① 吕臣：楚将，后归属刘邦。 ② 彭城：今江苏徐州市。砀：今安徽砀山县南。 ③ 赵歇为王：陈胜起义时，派武臣和陈馀、张耳到河北发动起义。武臣自立为赵王，后被杀。陈馀、张耳立赵歇为赵王。巨鹿：今河北平乡县。 ④ 王离、涉间：都是章邯部属。 ⑤ 甬道：两侧筑有墙用于输送粮食的道路，可防敌人劫夺。 ⑥ 说：通"悦"。 ⑦ 卿子：对男子的尊称。冠军：全军的总领。当时宋义为上将军，全国的主帅，所以这样称他。 ⑧ 安阳：在今山东曹县东南。 ⑨ 虮虱：虱子的总称，虮是虱卵。这句是说虻叮在牛身上是要搏牛，目的不在于消灭牛身上的虱子。比喻志在破秦，不在救赵。 ⑩ 罢（pí）：通"疲"。 ⑪ 被：同"披"。坚：坚甲，指铠甲。锐：指锐利的武器。 ⑫ 很：通"狠"。 ⑬ 强（jiàng）：倔强。 ⑭ 无盐：在今山东东平县东。 ⑮ 见粮：存粮。见，通"现"。 ⑯ 国兵新破：指楚兵在定陶被秦兵打败。 ⑰ 枝梧：即"支吾"，抗拒。 ⑱ 当阳君：黥布的封号。 ⑲ 甑：陶制的蒸食炊具。 ⑳ 苏角：秦将。 ㉑ 壁：营垒。 ㉒ 辕门：指军营门。古代军队宿营时，把战车相对竖起，以辕（车前用来驾牛马的横木）为门，所以这样称。 ㉓ 膝行：跪着往前移。

项羽使蒲将军日夜引兵度三户①,军漳南,与秦战,再破之。项羽悉引兵击秦军汙水上②,大破之。章邯使人见项羽,欲约。项羽召军吏谋曰:"粮少,欲听其约。"军吏皆曰:"善。"项羽乃与期洹水南殷虚上③。已盟,章邯见项羽而流涕,为言赵高④。项羽乃立章邯为雍王,置楚军中。使长史欣为上将军,将秦军为前行。

到新安⑤,诸侯吏卒异时故繇役屯戍过秦中,秦中吏卒遇之多无状⑥,及秦军降诸侯,诸侯吏卒乘胜多奴虏使之,轻折辱秦吏卒。秦吏卒多窃言曰:"章将军等诈吾属降诸侯,今能入关破秦,大善;即不能,诸侯虏吾属而东,秦必尽诛吾父母妻子。"诸将微闻其计,以告项羽。项羽乃召黥布、蒲将军计曰:"秦吏卒尚众,其心不服,至关中不听,事必危,不如击杀之,而独与章邯、长史欣、都尉翳入秦⑦。于是楚军夜击坑秦卒二十余万人新安城南。

行略定秦地⑧。函谷关有兵守关,不得入。又闻沛公已破咸阳,项羽大怒,使当阳君等击关。项羽遂入,至于戏西⑨。

沛公军霸上⑩,未得与项羽相见。沛公左司马曹无伤使人言于项羽曰:"沛公欲王关中,使子婴为相⑪,珍宝尽有之。"项羽大怒,曰:"旦日飨士卒⑫,为击破沛公军!"当是时,项羽兵四十万,在新丰鸿门⑬;沛公兵十万,在霸上。范增说项羽曰:"沛公居山东时⑭,贪于财货,好美姬;今入关,财物无所取,妇女无所幸,此其志不在小。吾令人望其气⑮,皆为龙虎,成五采,此天子气也。急击勿失!"

楚左尹项伯者,项羽季父也,素善留侯张良。张良是时从沛公,项伯乃夜驰之沛公军,私见张良,具告以事,欲呼张良与俱去。曰:"毋从俱死也。"张良曰:"臣为韩王送沛公⑯,沛公今事有急,亡去不义,不可不语。"

良乃入,具告沛公。沛公大惊,曰:"为之奈何?"张良曰:"谁为大王为此计者?"曰:"鲰生说我曰:'距关,毋内诸侯⑰,秦地可尽王也。'故听之。"良曰:"料大王士卒足以当项王乎?"沛公默然,曰:"固不如也,且为之奈何?"张良曰:"请往谓项伯,言沛公不敢背项王也。"沛公曰:"君安与项伯有故?"张良曰:"秦时与臣游,项伯杀人,臣活之。今事有急,故幸来告良。"沛公曰:"孰与君少长?"良曰:"长于臣。"沛公曰:"君为我呼入,吾得兄事之。"张良出,要项伯⑱。项伯即入见沛公。沛公奉卮酒为寿⑲,约为婚姻,曰:"吾入关,秋毫不敢有所近,籍吏民⑲,封府库,而待将军。所以遣将守关者,备他盗之出入与非常也。日夜望将军至,岂敢反乎!愿伯具言臣之不敢倍德也⑳。"项伯许诺,谓沛公曰:"旦日不可不蚤自

---

① 三户:三户津,漳河渡口,在今河北临漳县西。 ② 汙水:由河北太行山发源,东南流入漳河,今已干涸。 ③ 洹水:今河南北部的安阳河。期:相约。殷虚:即殷墟,殷朝的故都,在今河南安阳市北小屯村。 ④ 为言赵高:把赵高证陷自己的事告诉项羽。赵高,本来是秦朝宦官,二世时为丞相。 ⑤ 新安:在今河南渑池县东。 ⑥ 遇:对待。无状:不像样子,意即虐待。 ⑦ 长史欣、都尉翳:即长史司马欣、都尉董翳,原来都是章邯部下。 ⑧ 行:行将,将要。略定:占领,平定。 ⑨ 戏西:戏水的西边。戏水在今陕西省西安市临潼区东,向西流入渭水。 ⑩ 霸上:即灞上,指灞水西面的白鹿原,在今陕西西安市东南。 ⑪ 子婴:秦始皇孙,秦朝最后一位皇帝。刘邦入关,子婴投降,后为项羽所杀。 ⑫ 飨:用酒肉犒赏。 ⑬ 新丰:在今陕西省西安市临潼区东。鸿门:即今项王营,在新丰东。 ⑭ 山东:崤山(在河南省洛宁县西北)之东。战国时对六国之地的泛称。 ⑮ 望其气:古代的术士诡称能通过望人头上的云气来推断人的吉凶祸福,认为帝王头上有五彩祥云。 ⑯ 为韩王送沛公:刘邦从洛阳出兵时,任韩国司徒的张良率兵随刘邦进,而让韩王留守韩国。韩王,名成,韩国的公子。 ⑰ 鲰(zōu)生:浅陋之人。距:通"拒",把守。关:指函谷关。内:同"纳"。 ⑱ 要:同"邀"。 ⑲ 卮(zhī):酒器。为寿:敬酒祝福。籍吏民:登记官吏,编制户口册。籍,登记。 ⑳ 倍:通"背"。德:恩德。

来谢项王①!"沛公曰:"诺。"于是项伯复夜去,至军中,具以沛公言报项王。因言曰:"沛公不先破关中,公岂敢入乎?今人有大功而击之,不义也。不如因善遇之。"项王许诺。

沛公旦日从百余骑来见项王,至鸿门,谢曰:"臣与将军戮力而攻秦,将军战河北,臣战河南,然不自意能先入关破秦,得复见将军于此。今者有小人之言,令将军与臣有郤②。"项王曰:"此沛公左司马曹无伤言之,不然,籍何以至此!"项王即日因留沛公与饮。项王、项伯东向坐;亚父南向坐——亚父者,范增也;沛公北向坐;张良西向侍。范增数目项王,举所佩玉玦以示之者三③。项王默然不应。范增起,出召项庄,谓曰:"君王为人不忍,若入前为寿,寿毕,请以剑舞,因击沛公于坐,杀之。不者,若属皆且为所虏④。"庄则入为寿。寿毕,曰:"君王与沛公饮,军中无以为乐,请以剑舞。"项王曰:"诺。"项庄拔剑起舞,项伯亦拔剑起舞,常以身翼蔽沛公,庄不得击。

于是张良至军门见樊哙⑤。樊哙曰:"今日之事何如?"良曰:"甚急!今者项庄拔剑舞,其意常在沛公也。"哙曰:"此迫矣!臣请入,与之同命!"哙即带剑拥盾入军门。交戟之卫士欲止不内,樊哙侧其盾以撞,卫士仆地,哙遂入。披帷西向立,瞋目视项王⑥,头发上指,目眦尽裂⑦。项王按剑而跽曰⑧:"客何为者?"张良曰:"沛公之参乘樊哙者也。"项王曰:"壮士!赐之卮酒!"则与斗卮酒。哙拜谢,起,立而饮之。项王曰:"赐之彘肩⑨!"则与一生彘肩。樊哙覆其盾于地,加彘肩上,拔剑切而啗之⑩。项王曰:"壮士!能复饮乎?"樊哙曰:"臣死且不避,卮酒安足辞!夫秦王有虎狼之心,杀人如不能举,刑人如恐不胜,天下皆叛之。怀王与诸将约曰:'先破秦入咸阳者王之。'今沛公破秦入咸阳,毫毛不敢有所近,封闭宫室,还军霸上,以待大王来。故遣将守关者,备他盗之出入与非常也。劳苦而功高如此,未有封侯之赏,而听细说,欲诛有功之人。此亡秦之续耳,窃为大王不取也!"项王未有以应,曰:"坐。"樊哙从良坐。

坐须臾,沛公起如厕,因招樊哙出。沛公已出,项王使都尉陈平召沛公⑪。沛公曰:"今者出,未辞也,为之奈何?"樊哙曰:"大行不顾细谨,大礼不辞小让。如今人方为刀俎,我为鱼肉,何辞为?"于是遂去。乃令张良留谢,良问曰:"大王来何操?"曰:"我持白璧一双,欲献项王;玉斗一双,欲与亚父。会其怒,不敢献,公为我献之。"张良曰:"谨诺。"当是时,项王军在鸿门下,沛公军在霸上,相去四十里。沛公则置车骑,脱身独骑,与樊哙、夏侯婴、靳强、纪信等四人持剑盾步走⑫,从郦山下,道芷阳间行⑬。沛公谓张良曰:"从此道至吾军,不过二十里耳,度我至军中,公乃入。"

沛公已去,间至军中,张良入,谢曰:"沛公不胜杯杓⑭,不能辞。谨使臣良奉白璧一双,再拜献大王足下;玉斗一双,再拜奉大将军足下。"项王曰:"沛公安在?"良曰:"闻大王有意督过之,脱身独去,已至军矣。"项王则受璧,置之坐上。亚父受玉斗,置之地,拔剑撞

---

① 蚤:通"早"。 ② 郤:同"隙",嫌隙。 ③ 玦:有缺口的玉环。与"决"同音。 ④ 若属:你们。 ⑤ 樊哙:沛人,和刘邦一道起义,多次立有战功。 ⑥ 瞋目:瞪眼怒视。 ⑦ 目眦(zì):眼眶。 ⑧ 跽:长跪。古人席地而坐,以两膝着地,项羽出于警惕,按剑挺身,以防不测。 ⑨ 彘肩:整条猪腿。 ⑩ 啗:同"啖",吃。 ⑪ 陈平:阳武(今河南兰考县境)人,项羽的部下,后为刘邦的谋士。 ⑫ 夏侯婴:沛人,随刘邦起义,后被封为汝阳侯。靳强:刘邦部属,后被封为汾阳侯。纪信:刘邦部属,后被项羽烧死。 ⑬ 芷阳:秦朝县名,汉朝改为霸陵,在今陕西省西安市长安区东。间行:从小路走。间,间道,小道。 ⑭ 杯杓:酒器,这里代指酒。杓,同"杯"。

而破之,曰:"唉!竖子不足与谋①!夺项王天下者,必沛公也,吾属今为之虏矣!"

沛公至军,立诛杀曹无伤。

居数日,项羽引兵西屠咸阳,杀秦降王子婴,烧秦宫室,火三月不灭。收其货宝妇女而东。人或说项王曰:"关中阻山河四塞,地肥饶,可都以霸。"项王见秦宫室皆以烧残破,又心怀思欲东归,曰:"富贵不归故乡,如衣绣夜行,谁知之者!"说者曰:"人言楚人沐猴而冠耳②,果然。"项王闻之,烹说者。

…………

项王军壁垓下③,兵少食尽,汉军及诸侯兵围之数重。夜闻汉军四面皆楚歌,项王乃大惊曰:"汉皆已得楚乎?是何楚人之多也!"项王则夜起,饮帐中。有美人名虞,常幸从;骏马名骓,常骑之。于是项王乃悲歌慷慨,自为诗曰:"力拔山兮气盖世,时不利兮骓不逝。骓不逝兮可奈何,虞兮虞兮奈若何!"歌数阕④,美人和之。项王泣数行下。左右皆泣,莫能仰视。

于是项王乃上马骑,麾下壮士骑从者八百余人,直夜溃围南出,驰走。平明,汉军乃觉之,令骑将灌婴以五千骑追之⑤。

项王渡淮,骑能属者百余人耳。项王至阳陵,迷失道,问一田父,田父绐曰⑥:"左。"左,乃陷大泽中。以故汉追及之。

项王乃复引兵而东,至东城,乃有二十八骑。汉骑追者数千人。项王自度不得脱,谓其骑曰:"吾起兵至今八岁矣,身七十余战,所当者破,所击者服,未尝败北,遂霸有天下。然今卒困于此,此天之亡我,非战之罪也。今日固决死,愿为诸君快战,必三胜之,为诸君溃围、斩将、刈旗⑦,令诸君知天亡我,非战之罪也。"乃分其骑以为四队,四向。汉军围之数重。项王谓其骑曰:"吾为公取彼一将。"令四面骑驰下,期山东为三处⑧。于是项王大呼驰下,汉军皆披靡⑨,遂斩汉一将。是时,赤泉侯为骑将⑩,追项王,项王瞋目而叱之,赤泉侯人马俱惊,辟易数里⑪。与其骑会为三处。汉军不知项王所在,乃分军为三,复围之。项王乃驰,复斩汉一都尉,杀数十百人。复聚其骑,亡其两骑耳。乃谓其骑曰:"何如?"骑皆伏曰:"如大王言。"

于是项王乃欲东渡乌江⑫。乌江亭长檥船待⑬,谓项王曰:"江东虽小,地方千里,众数十万人,亦足王也。愿大王急渡。今独臣有船,汉军至,无以渡。"项王笑曰:"天之亡我,我何渡为!且籍与江东子弟八千人渡江而西,今无一人还,纵江东父兄怜而王我,我何面目见之!纵彼不言,籍独不愧于心乎!"乃谓亭长曰:"吾知公长者。吾骑此马五岁,所当无敌,尝一日行千里,不忍杀之,以赐公!"乃令骑皆下马步行,持短兵接战,独籍所杀汉军数百人。项王身亦被十余创。顾见汉骑司马吕马童⑭,曰:"若非吾故人乎?"马童面之,指王

---

① 竖子:骂人的话,相当于"小子"。这里表面骂项庄,暗指项羽。　② 沐猴而冠:猴子戴人帽,只像人形,其实还是猴。这是讥笑项羽办不成大事的话。沐猴即猕猴。　③ 垓下:在今安徽灵璧县东南。　④ 数阕:几遍。　⑤ 灌婴:刘邦部属,后封颍阴侯。　⑥ 绐(dài):欺骗。　⑦ 刈(yì):砍倒。　⑧ 期山东为三处:约定在山的东面分三处集会。山,相传为今安徽和县北的四溃山。　⑨ 披靡:林木散乱倒伏的样子。这里形容人马溃乱。　⑩ 赤泉侯:即杨喜,刘邦部属,后被封赤泉侯。　⑪ 辟易:惊退。　⑫ 乌江:今安徽和县东北的乌江浦。　⑬ 亭长:秦汉时十里一亭,设亭长一人。檥(yǐ):停船靠岸。　⑭ 骑司马:骑兵官名。吕马童:不详,可能是项羽过去的部属,后被封为中水侯。

翳曰①:"此项王也!"项王乃曰:"吾闻汉购我头千金,邑万户。吾为若德!"乃自刎而死。王翳取其头,余骑相蹂践,争项王,相杀者数十人。

....

项王已死,楚地皆降汉,独鲁不下。汉乃引天下兵欲屠之。为其守节义,为主死节,乃持项王头视鲁,鲁父兄乃降。始,楚怀王初封项籍为鲁公,及其死,鲁最后下,故以鲁公礼葬项王穀城②,汉王为发哀,泣之而去。

....

太史公曰:吾闻之周生曰③:"舜目盖重瞳子④。"又闻项羽亦重瞳子,羽岂其苗裔耶?何兴之暴也!夫秦失其政,陈涉首难,豪杰蜂起,相与并争,不可胜数。然羽非有尺寸⑤,乘势起陇亩之中,三年,遂将五诸侯灭秦,分裂天下而封王侯,政由羽出,号为霸王,位虽不终,近古以来未尝有也。及羽背关怀楚⑥,放逐义帝而自立,怨王侯叛己,难矣。自矜功伐⑦,奋其私智而不师古,谓霸王之业,欲以力征⑧,经营天下,五年卒亡其国,身死东城,尚不觉悟,而不自责,过矣。乃引"天亡我,非用兵之罪也",岂不谬哉!

【导读】

一、本文是《史记》人物传记中最具文学色彩的篇章之一,所选四部分:项羽少时、巨鹿之战、鸿门宴、垓下之围。大体上包括了项羽的人生经历和一生的主要战绩,比较全面地体现了项羽的主要性格特征和成功的原因。

二、本文在艺术上有如下特色:第一,善于叙事。本文人物众多,头绪纷繁,却围绕项羽这根主线组成一个有机的整体,既展示了项羽从起事、发展、极盛、衰败直至灭亡的全过程,又展现了广阔的社会背景,叙事有详有略,剪裁精当。第二,善于组织戏剧性场面,使情节故事化。如鸿门宴一节,情节曲折,矛盾冲突尖锐,场面气氛紧张,像浪奔涛涌,大起大落,层层推进,令人读之应接不暇。第三,通过个性化的行动和语言刻画人物。作者在忠于史实的前提下,通过对人物各自的行动和语言的描写,把人物描写得有血有肉,形象鲜明,各具特色。

魏其武安侯列传

魏其侯窦婴者⑨,孝文后从兄子也⑩。父世观津人⑪。喜宾客。孝文时,婴为吴相⑫,病免。孝景初即位⑬,为詹事⑭。

---

① 指王翳:指给王翳看。 ② 穀城:今山东东阿县。 ③ 周生:当时的儒生,不详。 ④ 重瞳子:一只眼睛里有两个瞳子。 ⑤ 尺寸:尺寸之地,比喻数量小。五诸侯:指原来齐、赵、韩、魏、燕五地的起义军。 ⑥ 背关怀楚:背弃关中,怀念楚地。指项羽不在关中定都而还都彭城。 ⑦ 自矜功伐:因功自骄。功伐,功劳,功业。伐,与"功"同义。 ⑧ 力征:以武力征伐。 ⑨ 魏其(jī):汉县名,在今山东省临沂市东南。窦婴,字王孙,景帝时因功被封为魏其侯。 ⑩ 孝文:汉文帝刘恒,刘邦第四子,公元前179年至公元前157年在位。汉代号称以孝治天下,皇帝谥号前均冠以"孝"字。孝文后:汉文帝的皇后窦氏,生景帝与梁孝王。从兄:堂兄。 ⑪ 父世观津人:父辈以上世代为观津人。观津,汉县名,在今河北省武邑县东南。 ⑫ 吴相:吴王刘濞的国相。吴,汉初所封国名,在今江苏南部。相,汉朝派到诸侯国帮助治理政事的高级官员。 ⑬ 孝景:汉景帝刘启,文帝之子,公元前157年至公元前141年在位。 ⑭ 詹事:汉官名,掌管皇后、太子的家事,秩(俸禄等级)二千石。

梁孝王者①，孝景弟也，其母窦太后爱之。梁孝王朝，因昆弟燕饮②。是时，上未立太子。酒酣，从容言曰："千秋之后传梁王。"太后驩③。窦婴引卮酒敬上④，曰："天下者，高祖天下。父子相传，此汉之约也。上何以得擅传梁王？"太后由此憎窦婴。窦婴亦薄其官，因病免。太后除窦婴门籍⑤，不得入朝请⑥。

孝景三年，吴、楚反⑦。上察宗室诸窦毋如窦婴贤⑧，乃召婴。婴入见，固辞谢病不足任。太后亦惭。于是上曰："天下方有急，王孙宁可以让邪？"乃拜婴为大将军，赐金千斤。窦婴乃言袁盎、栾布诸名将贤士在家者进之⑨。所赐金，陈之廊庑下，军吏过，辄令财取为用⑩，金无入家者。窦婴守荥阳，监齐、赵兵⑪。七国兵已尽破，封婴为魏其侯。诸游士宾客争归魏其侯。孝景时，每朝议大事，条侯、魏其侯⑫，诸列侯莫敢与亢礼⑬。

孝景四年，立栗太子⑭，使魏其侯为太子傅。孝景七年，栗太子废，魏其数争不能得。魏其谢病屏居蓝田南山之下数月⑮，诸宾客辩士说之，莫能来。梁人高遂乃说魏其曰："能富贵将军者，上也；能亲将军者，太后也。今将军傅太子，太子废而不能争，争不能得，又弗能死；自引谢病，拥赵女，屏间处而不朝⑯。相提而论，是自明扬主上之过。有如两宫螫将军，则妻子毋类矣⑰。"魏其侯然之，乃遂起，朝请如故。

桃侯免相⑱，窦太后数言魏其侯。孝景帝曰："太后岂以为臣有爱⑲，不相魏其？魏其者，沾沾自喜耳，多易。难以为相，持重。"遂不用。用建陵侯卫绾为丞相。

武安侯田蚡者，孝景后同母弟也，生长陵⑳。魏其已为大将军后，方盛。蚡为诸郎，未贵，往来侍酒魏其，跪起如子侄。及孝景晚节，蚡益贵幸，为太中大夫㉑。蚡辩有口，学槃盂诸书，王太后贤之㉒。孝景崩，即日太子立，称制，所镇抚多有田蚡宾客计筴㉓。蚡、弟田胜，皆以太后弟，孝景后三年㉔，封蚡为武安侯，胜为周阳侯。

武安侯新欲用事为相，卑下宾客，进名士家居者贵之，欲以倾魏其诸将相。建元元年㉕，丞相绾病免，上议置丞相、太尉㉖。籍福说武安侯曰："魏其贵久矣，天下士素归之。

---

① 梁孝王：汉文帝次子刘武，景帝同母弟，先封为代王，后改封为淮南王，最后徙为梁王，死谥孝。② 昆弟：兄弟。燕，同"宴"。③ 驩：同"欢"。④ 引：举。卮（zhī）：酒杯。⑤ 门籍：出入宫门的名册。⑥ 朝请：古代诸侯按时朝见天子，春曰"朝"，秋曰"请"。⑦ 吴、楚反：指汉景帝时吴王刘濞、胶西王刘卬、胶东王刘雄渠、菑川王刘贤、济南王刘辟光、楚王刘戊、赵王刘遂等七个诸侯王为反对朝廷削减封地，以请诛晁错、清君侧为名而发动的叛乱，又称七国之乱。⑧ 诸窦：指窦太后家族中的人。毋：同"无"。⑨ 袁盎：字丝，楚人，曾作吴相。后为梁王所杀。栾布：汉初名将，梁人，因平吴楚军有功，封俞侯。在家者：无官闲居的人。⑩ 财取为用：斟酌取用。财，同"裁"，酌量，裁度。⑪ 荥阳：在今河南省荥阳市，是古代军事重地。监齐、赵兵：监督讨伐齐、赵的兵马。⑫ 条侯：即周亚夫，封于条，今河北省景县。汉初名将周勃之子，讨伐吴、楚七国之乱的主帅，击破吴、楚军，建立大功。⑬ 亢礼：互相平等地施礼。亢，同"抗"，对等。⑭ 栗太子：景帝长子刘荣，栗姬所生，故名栗太子。⑮ 屏（bǐng）居：隐居。蓝田：汉县名，在今陕西蓝田县。南山：终南山。⑯ 屏间处：退隐闲居。间，通"闲"。⑰ 两宫：指皇帝、太后。螫：像毒虫螫人那样因怨而加害。毋类：无有遗类，即斩尽杀绝。⑱ 桃侯免相：指景帝十四年（前143），桃侯刘舍因日食被免去丞相之职。桃，汉县名，在今河北省衡水市冀州区西北。⑲ 臣：景帝对窦太后的自称。爱：吝惜。⑳ 武安：汉县名，今河北省武安市。田蚡因是皇后弟，封武安侯。孝景后：孝景帝皇后、武帝生母名王娡，其母臧儿先嫁给王仲，生皇后；后又改嫁田氏，生田蚡、田胜。长陵：汉县名，在今陕西咸阳市东北，因为刘邦的陵墓（长陵）所在地而得名。㉑ 太中大夫：掌议论的官，属郎中令。㉒ 槃盂诸书：用汉代以前的古文字写在槃盂上的铭文。相传黄帝史官孔甲作铭二十六篇，书写在盘、盂等器物上，以为法戒。槃，同"盘"。㉓ 称制：指王太后代行天子的职权，武帝初嗣位时年十六岁。制，天子的命令。镇抚：镇压和安抚。筴，同"策"。㉔ 孝景后三年：公元前141年，此年景帝死，武帝即位，并未改元。㉕ 建元元年：公元前140年。建元，武帝用的第一个年号，我国古代帝王用年号纪年自此始。㉖ 太尉：汉代的最高军事长官，为三公之一，曾于景帝七年废除，这时准备重新设置。

今将军初兴，未如魏其，即上以将军为丞相，必让魏其。魏其为丞相，将军必为太尉。太尉、丞相尊等耳，又有让贤名。"武安侯乃微言风上①，于是乃以魏其侯为丞相，武安侯为太尉。籍福贺魏其侯，因吊曰："君侯资性喜善疾恶，方今善人誉君侯，故至丞相。然君侯且疾恶，恶人众，亦且毁君侯。君侯能兼容，则幸久；不能，今以毁去矣。"魏其不听。

魏其、武安俱好儒术，推毂赵绾为御史大夫、王臧为郎中令②，迎鲁申公，欲设明堂③。令诸侯就国，除关，以礼为服制，以兴太平④。举适诸窦，宗室毋节行者，除其属籍⑤。时诸外家为列侯；列侯多尚公主⑥，皆不欲就国，以故毁日至窦太后。太后好黄、老之言⑦，而魏其、武安、赵绾、王臧等务隆推儒术，贬道家言。是以窦太后滋不说魏其等。及建元二年，御史大夫赵绾请无奏事东宫⑧。窦太后大怒。乃罢逐赵绾、王臧等，而免丞相、太尉。以柏至侯许昌为丞相，武强侯庄青翟为御史大夫。魏其、武安由此以侯家居。武安侯虽不任职，以王太后故，亲幸，数言事多效，天下吏士趋势利者，皆去魏其归武安。武安日益横。

建元六年，窦太后崩。丞相昌，御史大夫青翟坐丧失不办⑨，免。以武安侯蚡为丞相，以大司农韩安国为御史大夫⑩。天下士、郡国诸侯愈益附武安⑪。

武安者，貌侵，生贵甚⑫。又以为诸侯王多长，上初即位，富于春秋，蚡以肺腑为京师相，非痛折节以礼诎之⑬，天下不肃。当时是，丞相入奏事，坐语移日，所言皆听。荐人或起家至二千石⑭，权移主上⑮。上乃曰："君除吏已尽未？吾亦欲除吏⑯！"尝请考工地益宅⑰。上怒曰："君何不遂取武库！"是后乃退。尝召客饮，坐其兄盖侯南乡，自坐东乡，以为汉相尊，不可以兄故私桡⑱。武安由此滋骄。治宅甲诸地，田园极膏腴，而市买郡县器物相属于道。前堂罗钟鼓，立曲旃⑲；后房妇女以百数。诸侯奉金玉狗马玩好，不可胜数。

魏其失窦太后，益疏不用，无势。诸客稍稍自引而怠傲。唯灌将军独不失故。魏其日默默不得志，而独厚遇灌将军。

灌将军夫者，颍阴人也⑳。夫父张孟，尝为颍阴侯婴舍人㉑，得幸，因进之至二千石，故蒙灌氏姓为灌孟。吴、楚反时，颍阴侯灌何为将军，属太尉㉒，请灌孟为校尉㉓。夫与千人

---

① 微言：委婉含蓄地说。风上：暗示武帝。风，同"讽"。 ② 推毂：推荐。毂，车轮的中心，代指车轮。御史大夫：汉代三公之一，位仅次于丞相，掌纠察弹劾及群臣奏书。郎中令：汉官名，为九卿之一，掌管宫廷门户。赵绾、王臧，均为鲁申公学生，是当时有名的儒者。 ③ 申公：名培，当时鲁国著名大儒，以治《诗经》见称。明堂：明政教之堂，天子朝诸侯处。 ④ 就国：回到自己所封之国。汉代列侯虽然各有自己的所食封地，但本人常留住京城。除关：解除稽查列侯出入函谷关的关禁，以示天下一家。以礼为服制：按照古礼来规定吉凶的各种服饰、制度。 ⑤ 举适(zhé)：检举、弹劾。适，同"谪"。 ⑥ 尚公主：娶公主为妻。尚，同"上"，高攀。 ⑦ 黄老之言：汉初的道家学说，崇尚无为而治。汉初统治者据此采取休养生息的政策。黄，上古的黄帝。老，春秋时期的老子，道家学派创始人。 ⑧ 无奏事东宫：不要向窦太后奏事。东宫，太皇太后所居长乐宫在当时大内的东部，故称"东宫"，文中代指窦太后。 ⑨ 坐丧事不办：因没把窦太后的丧事办好而获罪。 ⑩ 大司农：九卿之一，掌管粮食财政的官员。韩安国：字长孺，梁国人。 ⑪ 拊：通"附"。 ⑫ 貌侵：矮小丑陋。侵，通"寝"。 ⑬ 痛：狠狠地。折节：屈节，本指自己转变作风，谦恭下人，这里指对诸侯王以尊贵临之，使其屈节而下已。诎(qū)：屈服。 ⑭ 起家至二千石：由在家闲居被起用，直接任命为俸禄二千石的高级官员。汉代以石记禄制，当时朝廷京都一部分高级官员和地方的郡守国相，其俸禄都是二千石，月俸谷一百二十斛。 ⑮ 权移主上：把皇帝的权力转移到自己手中。 ⑯ 除吏：委任官吏。 ⑰ 考工：官署，指考工室，督造器械的官府。 ⑱ 盖侯：指王信，是王太后之兄，田蚡的异母兄。桡(náo)：枉屈。 ⑲ 曲旃(zhān)：用整幅绣帛制成的曲柄旌幡。田蚡立曲旃是僭越行为。 ⑳ 颍阴：汉县名，即今河南许昌市。 ㉑ 颍阴侯：灌婴，从刘邦破楚有功，封颍阴侯。舍人：在权贵家任职的食客。 ㉒ 灌何：灌婴之子，袭爵为颍阴侯。太尉：指周亚夫。 ㉓ 请：举荐。校尉：军中将军左右分掌兵马的官。

与父俱。灌孟年老，颍阴侯彊请之，郁郁不得意。故战常陷坚①，遂死吴军中。军法："父子俱从军，有死事，得与丧归②。"灌夫不肯随丧归，奋曰："愿取吴王若将军头以报父之仇。"于是，灌夫披甲持戟，募军中壮士所善愿从者数十人。及出壁门，莫敢前。独二人及从奴十余骑驰入吴军，至吴将麾下，所杀伤数十人。不得前，复驰还，走入汉壁，皆亡其奴③，独与一骑归。夫身中大创十余，适有万金良药，故得无死。夫创少瘳④，又复请将军曰："吾益知吴壁中曲折，请复往。"将军壮义之，恐亡夫，乃言太尉。太尉乃固止之。吴已破，灌夫以此名闻天下。颍阴侯言之上，上以夫为中郎将。数月，坐法去。后家居长安，长安中诸公莫弗称之。孝景时，至代相⑤。孝景崩，今上初即位，以为淮阳天下交，劲兵处，故徙夫为淮阳太守⑥。建元元年，入为太仆⑦。二年，夫与长乐卫尉窦甫饮，轻重不得。夫醉，搏甫。甫，窦太后昆弟也。上恐太后诛夫，徙为燕相。数月，坐法去官，家居长安。

　　灌夫为人刚直，使酒，不好面谀⑧。贵戚诸有势在己之右，不欲加礼，必陵之⑨。诸士在己之左，愈贫贱，尤益敬，与钧⑩。稠人广众，荐宠下辈。士亦以此多之。夫不喜文学，好任侠，已然诺。诸所与交通⑪，无非豪杰大猾。家累数千万，食客日数十百人。陂池田园，宗族宾客，为权利，横于颍川⑫。颍川儿乃歌之曰："颍水清，灌氏宁；颍水浊，灌氏族。"灌夫家居虽富，然失势，卿相侍中宾客益衰。及魏其侯失势，亦欲倚灌夫，引绳批根生平慕之后弃之者⑬。灌夫亦倚魏其而通列侯宗室为名高。两人相为引重，其游如父子然，相得欢甚，无厌，恨相知晚也。

　　灌夫有服⑭，过丞相⑮。丞相从容曰："吾欲与仲孺过魏其侯⑯，会仲孺有服。"灌夫曰："将军乃肯幸临况魏其侯⑰，夫安敢以服为解！请语魏其侯帐具，将军旦日蚤临！"武安许诺。灌夫具语魏其侯，如所谓武安侯。魏其与其夫人益市牛酒，夜洒埽，早帐具至旦⑱。平明，令门下候伺。至日中，丞相不来。魏其谓灌夫曰："丞相岂忘之哉？"灌夫不怿⑲，曰："夫以服请，宜往。"乃驾，自往迎丞相。丞相特前戏许灌夫，殊无意往。及夫至门，丞相尚卧。于是夫入见，曰："将军昨日幸许过魏其，魏其夫妻治具，自旦至今，未敢尝食。"武安鄂谢⑳，曰："吾昨日醉，忽忘与仲孺言。"乃驾往，又徐行。灌夫愈益怒。及饮酒酣，夫起舞属丞相，丞相不起。夫从坐上语侵之㉑。魏其乃扶灌夫去，谢丞相。丞相卒饮至夜，极欢而去。

　　丞相尝使籍福请魏其城南田㉒，魏其大望曰㉓："老仆虽弃，将军虽贵，宁可以势夺乎？"不许。灌夫闻，怒骂籍福。籍福恶两人有郄㉔，乃谩自好谢丞相㉕，曰："魏其老且死，易忍，且待之。"已而武安闻魏其、灌夫实怒不予田，亦怒，曰："魏其子尝杀人，蚡活之。蚡事魏其，无所不可，何爱数顷田？且灌夫何与也？吾不敢复求田！"武安由此大怨灌夫、魏其。

---

①陷坚：深入敌方坚固的阵地。　②得与丧归：（活着的）得以护送死者灵柩回去。　③亡：丧失。　④瘳：病好。　⑤代相：代国（在今河北省蔚县东北及山西省北部）之相。　⑥淮阳：汉郡名，治所在今河南省周口市淮阳区。　⑦太仆：汉代九卿之一，掌管皇帝车马。　⑧面谀：当面奉承。　⑨陵：欺侮。　⑩钧：同"均"，平等。　⑪交通：交游往来。　⑫陂(bēi)：池塘。横：横行，胡作非为。颍川：汉郡，在今河南中部和东南部。　⑬引绳：原指木匠用墨线检验木材的方正，这里引申文纠正。批根：原指批削树木近根处，这里引申为排除攻击。　⑭有服：有丧服在身。其时灌夫遭姊丧。　⑮过：拜访。　⑯仲孺：灌夫，字仲孺。　⑰况：通"贶"，赏光的意思。　⑱埽：同"扫"。帐具：即张具，陈设器具，备办酒席。　⑲怿：喜悦，高兴。　⑳鄂谢：装着惊讶的样子道歉。鄂，通"愕"。　㉑从坐上语侵之：在座席上说话讽刺田蚡。侵，侵犯。　㉒请：索求。　㉓望：怨恨。　㉔郄：同"隙"，嫌隙。　㉕谩：说谎。

元光四年春①，丞相言："灌夫家在颍川，横甚，民苦之。请案②。"上曰："此丞相事，何请？"灌夫亦持丞相阴事，为奸利③；受淮南王金，与语言④。宾客居间⑤，遂止，俱解。

夏，丞相取燕王女为夫人⑥。有太后诏，召列侯宗室皆往贺。魏其侯过灌夫，欲与俱。夫谢曰："夫数以酒失得过丞相，丞相今者又与夫有郤。"魏其曰："事已解。"彊与俱。饮酒酣，武安起为寿，坐皆避席伏⑦。已，魏其侯为寿，独故人避席耳，余半膝席。灌夫不悦，起行酒，至武安，武安膝席曰："不能满觞。"夫怒，因嘻笑曰："将军，贵人也，属之！"时武安不肯。行酒次至临汝侯⑧，临汝侯方与程不识耳语⑨，又不避席。夫无所发怒，乃骂临汝侯曰："生平毁程不识不直一钱，今日长者为寿，乃效女儿呫嗫耳语！"⑩武安谓灌夫曰："程、李俱东西宫卫尉⑪，今众辱程将军，仲孺独不为李将军地乎？"灌夫曰："今日斩头陷胸，何知程、李乎！"坐乃起更衣⑫，稍稍去。魏其侯去，麾灌夫出⑬。武安遂怒曰："此吾骄灌夫罪。"乃令骑留灌夫。灌夫欲出不得。籍福起为谢，案灌夫项令谢。夫愈怒，不肯谢。武安乃麾骑缚夫，置传舍⑭，召长史曰："今日召宗室，有诏。"劾灌夫骂坐不敬，系居室，遂按其前事，遣吏分曹逐捕诸灌氏支属，皆得弃市罪⑮。

魏其侯大媿，为资使宾客请，莫能解。武安吏皆为耳目，诸灌氏皆亡匿。夫系，遂不得告言武安阴事。魏其锐身为救灌夫⑯，夫人谏魏其曰："灌将军得罪丞相，与太后家忤，宁可救邪！"魏其侯曰："侯自我得之，自我捐之，无所恨。且终不令灌仲孺独死，婴独生！"乃匿其家，窃出上书。立召入，具言灌夫醉饱事，不足诛。上然之，赐魏其食，曰："东朝廷辩之⑰。"魏其之东朝，盛推灌夫之善，言其醉饱得过，乃丞相以他事诬罪之。武安又盛毁灌夫所为横恣，罪逆不道。魏其度不可奈何，因言丞相短。武安曰："天下幸而安乐无事，蚡得为肺腑，所好音乐狗马田宅。蚡所爱倡优巧匠之属，不如魏其、灌夫日夜招聚天下豪杰壮士与论议，腹诽而心谤，不仰视天而俯画地，辟倪两宫间⑱，幸天下有变而欲有大功。臣乃不知魏其等所为。"

于是上问朝臣："两人孰是？"御史大夫韩安国曰："魏其言'灌夫父死事，身荷戟，驰入不测之吴军，身被数十创，名冠三军。此天下壮士，非有大恶，争杯酒，不足引他过以诛也。'魏其言是也。丞相亦言：'灌夫通奸猾，侵细民，家累巨万，横恣颍川，凌轹宗室⑲，侵犯骨肉，此所谓"枝大于本，胫大于股，不折必披。"'丞相言亦是。唯明主裁之。"主爵都尉汲黯是魏其。内史郑当时是魏其，后不敢坚对。余皆莫敢对。上怒内史曰："公平生数言魏其、武安长短。今日廷论，局趣效辕下驹⑳。吾并斩若属矣。"即罢起。入，上食太后。

---

① 元光四年：公元前131年。元光，汉武帝的第二个年号（前134年—前129年）。 ② 请案：请求武帝查办。 ③ 为奸利：用不正当的手段谋求私利。 ④ 受淮南王金，与语言：田蚡接受淮南王的财物，并且说了些不应该说的话。淮南王，即刘安。他于武帝建元二年（前141年）入朝，当时田蚡为太尉，告以日后刘安当为天子。刘安大喜，厚赠武安侯金。 ⑤ 居间：从中调解。 ⑥ 取：同"娶"。燕王女：指燕康王刘嘉之女。 ⑦ 避席伏：离开自己的席位，伏在地上，表示不敢当。 ⑧ 临汝侯：指灌婴之孙灌贤。 ⑨ 程不识：当时名将，时为长乐卫尉。 ⑩ 呫嗫（chè niè）：附耳小语的声音。 ⑪ "程、李"句：程不识当时为东宫（长乐宫，太后所居）卫尉，李广为西宫（未央宫，皇帝所居）卫尉。 ⑫ 坐：通"座"。更衣：上厕所的委婉说法。 ⑬ 麾：通"挥"，挥手示意。 ⑭ 传舍：客房。 ⑮ 弃市：当众处死。语本《礼记·王制》："刑人于市，与众弃之。"后用以代称死罪。 ⑯ 锐身：挺身而出，有奋不顾身之意。 ⑰ 东朝廷辩之：到东宫当众辩论这件事。东朝，东宫，皇太后所居。 ⑱ 辟倪：窥探。两宫：指王太后和汉武帝。 ⑲ 凌轹（lì）：欺压。 ⑳ 局趣：同"局促"，畏首畏尾的样子。

太后亦已使人候伺,具以告太后。太后怒,不食,曰:"今我在也,而人皆藉吾弟①,令我百岁后,皆鱼肉之矣。且帝宁能为石人邪!此特帝在,即录录②,设百岁后,是属宁有可信者乎!"上谢曰:"俱宗室外家,故廷辩之。不然,此一狱吏所决耳。"

是时,郎中令石建为上分别言两人事。武安已罢朝,出止车门,召韩御史大夫载,怒曰:"与长孺共一老秃翁③,为何首鼠两端④?"韩御史良久谓丞相曰:"君何不自喜⑤?夫魏其废君,君当免冠解印绶归,曰:'臣以肺腑幸得待罪,因非其任,魏其皆是。'如此,上必多君有让,不废君。魏其必内愧,杜门齰舌自杀⑥。今人毁君,君亦毁人,譬如贾竖女子争言,何其无大体也!"武安谢罪曰:"争时急,不知出此。"于是上使御史簿责魏其所言灌夫,颇不雠,欺谩⑦。劾系都司空⑧。

孝景时,魏其常受遗诏⑨,曰:"事有不便,以便宜论上⑩。"及系灌夫,罪至族。事日急,诸公莫敢复明言于上。魏其乃使昆弟子上书言之⑪,幸得复召见。书奏上,而案尚书⑫,大行无遗诏⑬。诏书独藏魏其家,家丞封。乃劾魏其矫先帝诏,罪当弃市。五年十月,悉论灌夫及家属。魏其良久乃闻,闻即恚,病痱⑭,不食,欲死。或闻上无意杀魏其,魏其复食,治病,议定不死矣。乃有蜚语⑮,为恶言闻上,故以十二月晦论弃市渭城⑯。

其春,武安侯病,专呼服谢罪。使巫视鬼者视之,见魏其、灌夫共守欲杀之。竟死。子恬嗣。元朔三年⑰,武安侯坐衣襜褕入宫⑱,不敬。

淮南王安谋反觉,治⑲。王前朝,武安侯为太尉时,迎王至霸上,谓王曰:"上未有太子,大王最贤,高祖孙。即宫车晏驾⑳,非大王立,当谁哉!"淮南王大喜,厚遗金财物㉑。上自魏其时,不直武安,特为太后故耳。及闻淮南王金事,曰:"使武安侯在者,族矣!"

太史公曰:魏其、武安皆以外戚重。灌夫用一时决策而名显。魏其之举以吴、楚。武安之贵在日、月之际。然魏其不知时变,灌夫无术而不逊,两人相翼,乃成祸乱。武安负贵而好权,杯酒责望,陷彼两贤。呜呼哀哉!迁怒及人,命亦不延。众庶不载㉒,竟被恶言。呜呼哀哉!祸所从来矣。

【导读】

一、本篇选自《史记》,名为二人合传,实是窦婴、田蚡、灌夫三人合传。全文通过魏其侯窦婴、武安侯田蚡的升沉起落、矛盾斗争,真实地反映了西汉初期外戚集团之间、宫廷中皇帝与太后之间的夺权倾轧、相互斗争的现实,具有深刻的典型意义。同时在矛盾冲突中刻画了魏其刚直好声,武安骄纵奸诈,灌夫刚直使气的不同人物性格,暗寓作者的褒贬。

---

① 藉:作践,践踏。 ② 录录:随声附和,没有主见。 ③ 共一老秃翁:与你一起对付一个退职无势的老头子。 ④ 首鼠两端:指犹豫不决,模棱两可。首鼠:又作"首施""踟躇"等,双声联绵词,表犹豫不决。两端:拿不定主意。 ⑤ 自喜:自爱自重。 ⑥ 齰(zé)舌:咬嚼舌头。 ⑦ 雠:符合。欺谩:欺骗。意思是窦婴犯了欺君进上之罪。 ⑧ 都司空:官署名,专门负责皇帝交办案件的官衙。 ⑨ 常:同"尝",曾经。 ⑩ 以便宜论上:用灵活方便的办法论事上奏。 ⑪ 昆弟子:兄弟的儿子,即侄子。 ⑫ 案尚书:查阅尚书保管的档案。 ⑬ 大行:死去的皇帝,此指景帝。古称天子死曰"大行"。 ⑭ 病痱(fèi):得了中风病。 ⑮ 蜚语:没有根据的流言。蜚,同"飞"。 ⑯ 晦:月底的最后一天。因为春天是赦免犯人的时候,田蚡怕武帝赦免窦婴,所以在这一天杀死了他。 ⑰ 元朔三年:公元前126年。元朔,汉武帝的第三个年号(前128年—前123年)。 ⑱ 襜褕(chān yú):长仅蔽膝的短衣,不是入宫朝见应穿的朝服。 ⑲ 觉:发觉。治:追究查问。 ⑳ 宫车晏驾:指皇帝死。皇帝本当早起驾车临朝,车驾晚出,必定有变故。用作皇帝死的委婉说法。 ㉑ 遗(wèi):赠送。 ㉒ 载,通"戴",拥护。

二、本文在艺术上鲜明地体现了《史记》写作的如下特点：其一，结构谨严，裁剪巧妙。以窦婴、田蚡为经，灌夫为纬，先分后合，错综复杂，杀机四伏。正如李景星《史记评议》所云："两个贵戚，一个酒徒，惹出无限风波。"其二，在宏大的历史背景与矛盾冲突中刻画人物。司马迁赞语云"魏其、武安皆以外戚重"，魏其、武安的仕宦升沉与窦太后、王太后权势起伏息息相关。东朝廷辩暗寓"日、月之际"武帝与王太后之争。其三，通过细致的场景描写、细节描写、精彩的语言动作描写等手段深刻揭示人物性格特征。窦婴谏传梁王、灌夫骂坐、东廷朝辩等诸要事描绘尤为精彩。"千秋之后传梁王"以只语揭示景帝醉后轻浮狂躁的神态；"侯自我得之，自我捐之，无所恨。且终不令灌仲孺独死，婴独生！"灌夫骂坐被囚，窦婴不顾其爵，奋力相救之言掷地有声，耿介重义的形象呼之欲出。其四，坚持"不虚美，不隐恶"的实录精神，采用对比映衬手法，在叙事中暗示作者的褒贬。有人物之间的对比，亦有人物前后言行的对比。窦婴喜善疾恶，仗义轻财；田蚡骄奢淫逸，招权纳贿。田蚡未贵时，侍酒窦婴，"跪起如子侄"；得势后戏许灌夫，欲过窦婴，日中不至，推脱醉忘。如此种种，不一而足，本文堪称《史记》中的经典篇章。

班　固

班固（32—92），西汉史学家、文学家。字孟坚，扶风安陵（今陕西咸阳东北）人。事迹见《后汉书·班固传》。主要作品除《汉书》外，后人辑有《班兰台集》。

朱云传

朱云，字游，鲁人也，徙平陵①。少时通轻侠②，借客报仇③。长八尺余，容貌甚壮，以勇力闻。年四十，乃变节④，从博士白子友受《易》⑤；又事前将军萧望之⑥，受《论语》，皆能传其业。好倜傥大节，当世以是高之。

元帝时⑦，琅琊贡禹为御史大夫⑧，而华阴守丞嘉上封事⑨，言"治道在于得贤，御史之官，宰相之副，九卿之右，不可不选。平陵朱云，兼资文武，忠正有智略，可使以六百石秩试守御史大夫⑩，以尽其能。"上乃下其事，问公卿。太子少傅匡衡对⑪，以为"大臣者，国家之股肱，万姓所瞻仰，明王所慎择也。传曰：'下轻其上爵，贱人图柄臣，则国家摇动而民不静矣。'今嘉从守丞而图大臣之位，欲以匹夫徒步之人而超九卿之右⑫，非所以重国家而尊社稷也。自尧之用舜，文王于太公，犹试然后爵之，又况朱云者乎？云素好勇，数犯法亡命，

---

①鲁：县名，在今山东省曲阜市。平陵：县名，在今陕西省咸阳市。　②通：交往，交游。轻侠：轻视生命，勇于任侠的人。　③借：助。　④变节：改变原来的行节，指朱云由任侠而变为儒者。　⑤博士：官名。汉时，专门设置博士，讲授儒家重要的经典。　⑥萧望之：字长倩，萧何七世孙。主治《齐诗》，兼学诸经，是汉代《鲁论语》的知名传人。以儒家经典教授太子（刘奭），元帝即位后以前将军光禄勋，领尚书事辅佐朝政。　⑦元帝：刘奭，汉宣帝之子，公元前49年至公元前33年在位。　⑧琅琊：郡名，汉治所在今山东诸城市。御史大夫：官名，秦始置。西汉沿置，品秩二千石，负责监察百官，辅佐丞相，为副丞相。　⑨华阴：县名，今陕西省渭南市。封事：密封的奏章。　⑩六百石秩：指较低的秩禄。　⑪匡衡：字稚圭，东海郡承县（今枣庄市峄城区）人。西汉经学家，博古通今，直言进谏，刚正不阿。少时凿壁偷光的故事被世人称颂。　⑫徒步：平民的代称。古时平民出行无车，徒步走路，故称。

受《易》颇有师道,其行义未有以异。今御史大夫禹,洁白廉正,经术通明,有伯夷、史鱼之风①,海内莫不闻知。而嘉猥称云,欲令为御史大夫,妄相称举,疑有奸心。渐不可长,宜下有司案验②,以明好恶。"嘉竟坐之③。

是时,少府五鹿充宗贵幸④,为梁丘《易》⑤。自宣帝时,善梁丘氏说,元帝好之,欲考其异同,令充宗与诸《易》家论。充宗乘贵辩口,诸儒莫能与抗,皆称疾不敢会。有荐云者,召入。摄齌登堂⑥,抗首而请⑦,音动左右。既论难,连拄五鹿君⑧,故诸儒为之语曰:"五鹿岳岳⑨,朱云折其角。"繇是为博士⑩。

迁杜陵令⑪,坐故纵亡命,会赦,举方正⑫,为槐里令⑬。时中书令石显用事⑭,与充宗为党,百僚畏之。唯御史中丞陈咸⑮,年少抗节⑯,不附显等,而与云相结。云数上疏,言丞相韦玄成,容身保位⑰,亡能往来⑱,而咸数毁石显。久之,有司考云,疑风吏杀人⑲。群臣朝见,上问丞相以云治行⑳。丞相玄成言云暴虐亡状㉑。时陈咸在前,闻之,以语云。云上书自讼,咸为定奏草,求下御史中丞。事下丞相,丞相部吏考立其杀人罪㉒。云亡入长安,复与咸计议。丞相具发其事,奏"咸宿卫执法之臣㉓,幸得进见,漏泄所闻,以私语云,为定奏草,欲令自下治;后知云亡命罪人,而与交通,云以故不得。"上于是下咸、云狱,减死为城旦㉔。咸、云遂废锢㉕,终元帝世。

至成帝时,丞相故安昌侯张禹以帝师位特进㉖,甚尊重。云上书求见,公卿在前。云曰:"今朝廷大臣,上不能匡主,下亡以益民,皆尸位素餐㉗,孔子所谓'鄙夫不可与事君,苟患失之,亡所不至'者也。臣愿赐尚方斩马剑㉘,断佞臣一人,以厉其余。"上问:"谁也?"对曰:"安昌侯张禹。"上大怒,曰:"小臣居下讪上㉙,廷辱师傅,罪死不赦。"御史将云下,云攀殿槛㉚,槛折。云呼曰:"臣得下从龙逄、比干游于地下㉛,足矣!未知圣朝何如耳?"御史遂将云去。于是左将军辛庆忌免冠解印绶㉜,叩头殿下曰:"此臣素著狂直于世。使其言是,不可诛;其言非,固当容之。臣敢以死争。"庆忌叩头流血。上意解,然后得已。及后当治槛,上曰:"勿易!因而辑之㉝,以旌直臣。"

---

① 史鱼:春秋时卫大夫,名佗,字子鱼。以直谏闻名,多次向卫灵公推荐蘧伯玉不得。临死嘱家人不要"治丧正室",以功诫卫灵公进贤(蘧伯玉)去佞(弥子瑕),史称"尸谏"。孔子曾赞扬他的正直。 ② 有司:有关官吏。此指司法部门。 ③ 嘉竟坐之:嘉竟然因此获罪。 ④ 少府:官名,为九卿之一,掌山海池泽之税和皇室手工制造以奉养皇室。五鹿充宗:卫之五鹿人,以地为氏,名充宗。西汉著名的儒家学者,受学于弘成子,《齐论语》和梁丘《易》的传人。 ⑤ 为梁丘《易》:治学梁丘贺所传的《易经》。 ⑥ 摄齌(zī):提起下衣,以便行步。齌,裳的下边。 ⑦ 抗首:昂首。 ⑧ 拄:讥刺,抗拒。 ⑨ 岳岳:角长貌。此处为双关语,以鹿角的高耸突出比喻充宗的为人。 ⑩ 繇(yóu):同"由"。 ⑪ 杜陵:县名,因汉宣帝杜陵在此得名,在今陕西省西安市东南。 ⑫ 亡命:亡命之徒。方正:汉代选举科目之一。 ⑬ 槐里:县名,在今陕西省兴平市东南。 ⑭ 中书令:官名,汉武帝时以宦官担任,掌传宣诏命。石显:字君房,济南(今济南章丘区西)人,汉元帝时期专权擅政。 ⑮ 御史中丞:官名,汉代为御史大夫的属官,掌图籍秘书,并司监督。陈咸:字子康,西汉沛郡洨县(今安徽固镇)人。 ⑯ 抗节:坚守节操。 ⑰ 容身保位:保全自身,保持官位。 ⑱ 亡能往来:不能有所作为。亡,通"无"。 ⑲ 风:通"讽",暗示。 ⑳ 治行:犹言政绩,施政的成绩。 ㉑ 亡状:无礼,没有善状。 ㉒ 部:指派。考立:推考成立。 ㉓ 宿卫:值宿宫禁当禁卫之职,指和皇帝很接近。 ㉔ 城旦:秦汉时刑罚名。一种筑城四年的劳役。 ㉕ 废锢:革除官职,终身不录用。锢,禁锢。 ㉖ 丞相故:一说为"故丞相",刘攽、钱大昕、王念孙等从此说。特进:官名,始设于西汉末。授予列侯中有特殊地位的人,位在三公下。 ㉗ 尸位素餐:形容官吏空占着职位而不做事,白吃饭。颜师古注:"尸,主也;素,空也。" ㉘ 尚方:古代制造帝王所用器物的官署。秦置,属少府。汉末分中、左、右三尚方。斩马剑:可以斩马的利剑。 ㉙ 讪:毁谤。 ㉚ 槛(jiàn):轩前的栏杆。 ㉛ 龙逄:即关龙逄,夏桀之臣,以死谏君。比干:商纣王帝辛之叔,敢于直言劝谏。 ㉜ 免冠解印绶:表示所言触犯了皇帝,准备被革职处罚。 ㉝ 辑:整修,补合。

云自是之后不复仕,常居鄠田①。时出乘牛车,从诸生,所过皆敬事焉。薛宣为丞相,云往见之。宣备宾主礼,因留云宿,从容谓云曰:"在田野亡事,且留我东阁②,可以观四方奇士。"云曰:"小生乃欲相吏邪③?"宣不敢复言。

其教授,择诸生,然后为弟子。九江严望④,及望兄子元,字仲,能传云学,皆为博士。望至泰山太守。

云年七十余,终于家。病不呼医饮药。遗言以身服敛⑤,棺周于身,土周于椁⑥,为丈五坟,葬平陵东郭外。

【导读】

一、本篇选自《汉书》卷六十七之《杨胡朱梅云传》。《汉书》采用合体法,将杨王孙、胡建、朱云、梅福、云敞五人合为一传。本文文传述朱云少年任侠好勇,中年折节读书,由豪侠而为名儒,夺席谈经,直言进谏,声震儒林的事迹;刻画其学有专长、倜傥狂放的性格风貌;赞扬其不畏权势、直言极谏的品格。

二、本篇很好地体现了《汉书》叙事写人的如下特色:其一,结构谨严,构思巧妙,详略有致。朱云历仕元帝、成帝两朝,本传分别详细叙写了元帝时期为匡衡抑制、与五鹿充宗论《易》、弹劾丞相韦玄成受陷害三事;成帝时叙谏斩安昌候张禹、不附丞相薛宣、遗言薄葬三事。其中谏斩帝师张禹事铺写尤为精彩、详细。其二,用生动的细节,精彩的对话刻画人物。叙朱云与充宗论《易》事,铺写"充宗乘贵辩口,诸儒莫能与抗,皆称疾不敢会";待朱云召入,"摄齌登堂,抗首而请,音动左右"。朱云的勇辩与诸儒的怯弱形成鲜明对照。同时前三句六字散句与后四字三句铺排也形成对比,突出了朱云夺席传经的气势。后引诸儒"五鹿岳岳,朱云折其角"的评语,刻画朱云精于《易》学,不畏权贵的倜傥风度。谏斩帝师张禹时,朱云敢于直斥朝臣"尸位素餐",引经据典,仗义陈词。既有"御史将云下,云攀殿槛,槛折"的细致场景描写,亦有朱云正气凛然的不屈呼号:"臣得下从龙逄、比干游于地下,足矣!未知圣朝何如耳?"左将军辛庆忌免冠解绶印,为其叩头争谏,终使成帝不杀朱云,命人只补不换殿槛。"朱云折槛"终成千古佳话,北宋文学家宋祁有《朱云传》诗云:"朱游英气凛生风,濒死危言悟帝聪。殿槛不修旌直谏,安昌依旧汉三公。"其三,《汉书》叙事写人,语言简练丰赡。开篇状貌,"长八尺余,容貌甚壮,以勇力闻"简洁整饬,如在目前。

---

① 鄠(hù):县名,今陕西省户县北。 ② 东阁(gé):东向开的小门,丞相延见宾客的地方。阁,小门。 ③ 小生:谓新进后学,指薛宣。相吏:以我为吏。 ④ 九江:郡名。秦置,郡治设在寿春,即今安徽寿县。 ⑤ 以身服敛:用随身便服来殓葬。敛,通"殓"。 ⑥ 土周于椁(guǒ):冢扩的大小正好能容纳下棺椁。椁,套在棺材外面的大棺材。

原初小说

刘 向

刘向(前77—前6),西汉经学家、文学家。本名更生,字子政,沛(今江苏沛县)人。事迹见《汉书·楚元王传》等。现存《说苑》《新序》《列女传》等著作。

鲁秋洁妇

鲁秋洁妇者,鲁秋胡之妻也。既纳之五日去,而宦于陈,五年乃归。未至其家,见路傍有美妇人,方采桑而说之①。下车谓曰:"力田不如逢年,力桑不如见国卿。今吾有金,愿以与夫人。"妇曰:"采桑力作,纺绩织纴以供衣食②,奉二亲养。夫子已矣,不愿人之金。"秋胡遂去。归至家,奉金遗母③,使人呼其妇,妇至,乃向采桑者也。妇汙其行④,去而东走,自投于河而死。

【导读】

一、本篇选自刘向《列女传》。《列女传》是一部记载历代妇女奇节异行,宣扬封建伦理纲常的著作。共七卷,每卷记十五人。共记一百〇五人的事迹。其主旨虽然是进行封建伦理说教,但不少篇章也肯定了妇女的社会作用,尤其是褒扬了一些下层妇女的品质和才智,有一定的启发和教育意义。

二、本篇采用白描手法,通过简洁流畅的语言,个性化的人物言行,塑造了一个不惜用生命捍卫伦理道德的奇节女子的形象,客观上揭露了封建统治者的荒淫无耻面目。

东海孝妇

丞相西平侯于定国者,东海下邳人也。其父号曰于公,为县狱吏决曹掾⑤。决狱平法未尝有所冤。郡中离文法者⑥,于公所决,皆不敢隐情。东海郡中为于公生立祠⑦,命曰于公祠。

东海有孝妇,无子,少寡。养其姑甚谨⑧。其姑欲嫁之,终不肯。其姑告邻之人曰:

---

① 说:通"悦"。 ② 纴(rèn):纺织。 ③ 遗(wèi):赠送。 ④ 汙其行:认为他的行为不光彩。汙,同"污"。 ⑤ 决曹:分管审判的部门。掾:属员。 ⑥ 离:通"罹",遭受。文法:此指官司。 ⑦ 生立祠:即立生祠。为活着的人所立之祠叫生祠。 ⑧ 姑:这里指婆婆。谨:周到。

"孝妇养我甚谨,我哀其无子,守寡日久。我老,累丁壮奈何①?"其后母自经死②。母女告吏曰:"孝妇杀我母。"吏捕孝妇。孝妇辞不杀姑③。吏欲毒治。孝妇自诬服④,县狱以上府⑤。于公以为养姑十年,以孝闻,此不杀姑也。太守不听,数争不能得。于是于公辞疾去吏⑥。太守竟杀孝妇。郡中枯旱三年。后太守至,卜求其故。于公曰:"孝妇不当死,前太守强杀之,咎当在此⑦。"于是杀牛祭孝妇,太守以下自至焉。天立大雨,岁丰熟。郡中以此益敬重于公。于公筑治庐舍,谓匠人曰:"为我高门。我治狱未尝有所冤,我后世必有兴者,令容高盖驷马车。"及子,封为西平侯。

【导读】

　　一、本篇选自刘向《说苑·贵德》。《说苑》今存二十篇,大抵杂取历史遗闻编撰而成,但进行了有目的、有系统的加工,并使之故事化。这些故事与先秦作品中的寓言故事不同,不是作为阐述某一观点的例证,而是寓说教于故事本身,由故事情节的叙述体现出来。

　　二、这则文章篇幅虽然短小,但叙述首尾完整,文字简练明晰,主旨明确,故事性强。特别是其中"枯旱"三年的情节,显然不可信从,带有传说成分,反映了历史向小说转化的痕迹。

赵　晔

赵晔(生卒年不详),东汉时人,字长君。著作有《吴越春秋》等。

伍员之死

　　吴王置酒文台之上⑧,群臣悉在,太宰嚭执政⑨,越王侍坐⑩,子胥在焉⑪。王曰:"寡人闻之,君不贱有功之臣;父不憎有力之子。今太宰嚭为寡人有功,吾将爵之上赏⑫;越王慈仁忠信,以孝事于寡人,吾将复增其国,以还助伐之功,于众大夫如何?"群臣贺曰:"大王躬行至德,虚心养士,群臣并进,见难争死。名号显著,威震四海。有功蒙赏,亡国复存。霸

---

①累:拖累。丁壮:年轻人。　②经:通"刭",用刀割脖子。　③辞:辩解。　④诬:捏造事实。　⑤县狱:整理好案件材料。　⑥辞疾去吏:以疾病为由辞去官位。　⑦咎:过错。　⑧吴王:名夫差(?—前473),春秋末年吴国君主,曾打败越兵,攻破越国都,使越国屈服。后又北征齐国,大败齐兵。公元前482年,在黄池(今河南省封丘县西南)和诸侯会盟,与晋争霸,越乘虚攻入吴都。后来越再兴兵攻灭吴国,夫差被迫自杀。文台:吴王会见群臣、议事的地方。　⑨太宰嚭(pǐ):春秋时吴国大臣,名伯嚭。楚大夫伯州犁之孙。楚王信谗杀伯州犁,伯嚭遂奔吴国,以功封太宰,因善于逢迎,深得夫差宠信。吴破越后,他受越贿赂,许越讲和,并屡进谗言,谮害伍子胥。吴亡后,为越王勾践所杀。　⑩越王:名勾践(?—前465),春秋末年越国君。被吴国打败,屈服求和。后卧薪尝胆,发奋图强,任用范蠡、文种等贤臣,十年生聚,十年教训,终于转弱为强,灭亡吴国,成为霸主。　⑪子胥:伍员,字子胥(?—前484),春秋时吴国大夫。楚大夫伍奢次子。伍奢被谗杀,子胥历尽艰险逃入吴国,帮助阖闾刺杀吴王僚,夺取王位,整军经武,国势大盛。不久,攻破楚国,以功封于申,又称申胥。吴王夫差时,劝王拒绝越国求和,并停止伐齐,吴王不听,渐被疏远。后因伯嚭进谗,吴王赐剑命他自杀。　⑫爵:爵位,此处用作动词,封赏的意思。

功王事①,咸被群臣。"于是子胥据地垂涕②,曰:"于乎哀哉③,遭此默默,忠臣掩口,谗夫在侧。政败道坏,谄谀无极。邪说伪辞,以曲为直。舍谗攻忠④,将灭吴国。宗庙既夷,社稷不食。城郭丘墟,殿生荆棘。"吴王大怒,曰:"老臣多诈,为吴妖孽,乃欲专权擅威,独倾吾国。寡人以前王之故未忍行法,今退自计,无沮吴谋⑤。"子胥曰:"今臣不忠不信,不得为前王之臣⑥。臣不敢爱身,恐吾国之亡矣!昔者,桀杀关龙逢⑦,纣杀王子比干⑧,今大王诛臣,参于桀纣⑨。大王勉之,臣请辞矣!"

子胥归,谓被离曰⑩:"吾贯弓接矢于郑楚之界⑪,越渡江淮,自致于斯。前王听从吾计,破楚见凌之仇⑫,欲报前王之恩,而至于此。吾非自惜,祸将及汝。"被离曰:"未谏不听⑬,自杀何益,何如亡乎?"子胥曰:"亡臣安往?"

吴王闻子胥之怨恨也,乃使人赐属镂之剑⑭。子胥受剑,徒跣褰裳下堂⑮,中庭仰天呼怨,曰:"吾始为汝父忠臣,立吴,设谋破楚,南服劲越,威加诸侯,有霸王之功。今汝不用吾言,反赐我剑,吾今日死,吴宫为墟,庭生蔓草,越人掘汝社稷,安忘我乎。昔前王不欲立汝,我以死争之,卒得汝之愿。公子多怨于我,我徒有功于吴,今乃忘我定国之恩,反赐我死,岂不谬哉!"吴王闻之,大怒曰:"汝不忠信,为寡人使齐,托汝子于齐鲍氏⑯,有我外之心⑰。急令自裁,孤不使汝得有所见。"子胥把剑仰天叹曰:"自我死后,后世必以我为忠,上配夏殷之世,亦得与龙逢、比干为友。"遂伏剑而死。

吴王乃取子胥尸,盛以鸱夷之器,投之于江中,言曰:"胥,汝一死之后,何能有知?"即断其头,置高楼上,谓之曰:"日月炙汝肉,飘风飘汝眼⑱,炎光烧汝骨,鱼鳖食汝肉,汝骨变形灰,有何所见。"乃弃其躯,投之江中。子胥因随流扬波,依潮来往,荡激崩岸。

夫差既杀子胥,连年不熟⑲,民多怨恨。吴王复伐齐,阙为阑沟于商鲁之间⑳,北属蕲,西属济㉑,欲与鲁晋合攻于黄池之上㉒,恐群臣复谏,乃令国中曰:"寡人伐齐,有敢谏者死。"太子友知子胥忠而不用,太宰嚭佞而专政,欲切言之,恐罹尤也,乃以讽谏激于王㉓。清晨怀丸持弹从后园而来,衣袷履濡㉔,王怪而问之曰:"子何为袷衣濡履,体如斯也?"太子友曰:"适游后园,闻秋蝉之声,往而观之。夫秋蝉,登高树,饮清露,随风挥挠㉕,长吟悲鸣,自以为安,不知螳螂超枝缘条,曳腰耸距㉖,而稷其形㉗;夫螳螂翕心而进㉘,志在有利,不知黄雀盈绿林,徘徊枝阴,朒蹴微进㉙,欲捉螳螂;夫黄雀但知伺螳螂之有味,不知臣挟

---

① 霸功王事:霸王的功业。 ② 据地:两膝与两手同时着地。 ③ 于(wū):同"呜"。 ④ 舍谗攻忠:放过谗佞之人不管,却去攻击忠臣。 ⑤ 沮:阻挠。 ⑥ "今臣"二句:如果我不忠不信,就不能够做前王的臣子。 ⑦ 关龙逢:夏桀的大夫,忠直敢言,因屡次上谏,被桀杀死。 ⑧ 比干:商代贵族,纣王的叔父,因屡次劝谏纣王,被纣王杀死。 ⑨ 参于桀纣:和桀、纣并列为三。参,同"三"。 ⑩ 被离:吴国大夫,政治上同情与支持伍子胥,后被夫差判罪。 ⑪ 贯弓:弯弓,拉满弓。接矢:搭上箭。 ⑫ "破楚"句:公元前508年,吴军攻破楚郢都,伍子胥掘出楚平王的尸体,加以鞭打,以报父之仇。见凌,被欺凌。 ⑬ "未"字疑有误。 ⑭ 属镂:剑名。 ⑮ 徒跣(xiǎn):赤脚。褰(qiān)裳:撩起衣服的下摆。 ⑯ "为寡人"二句:伍子胥因反对夫差的错误主张,不被夫差信任,他看到吴国即将灭亡,自己处境又很危险,不愿儿子和自己同死,趁一次出使齐国的机会,把儿子寄托给齐大夫鲍氏。 ⑰ 我外之心:对我有外心。 ⑱ 鸱夷:盛酒用的皮口袋。飘风:疾风。 ⑲ 不熟:庄稼没有收成。 ⑳ "阙为"句:一作"为深沟通于商鲁之间"。阙,同"掘"。阑,斜。 ㉑ "北属"二句:北通蕲水,西通济水。属,连接,通。蕲,应作"沂"。 ㉒ "欲与"句:准备与鲁晋会兵于黄池以攻齐。 ㉓ 讽谏:用委婉的话进行劝谏。激:感动。 ㉔ 袷、濡:沾湿。袷,应作"洽"。履:鞋。 ㉕ 挥(huī)挠:形容蝉足抓挠的样子。 ㉖ 曳腰耸距:拖动着身体,高举着大刀。曳,拖。距,螳螂的前脚,形状像两把镰刀。 ㉗ 稷其形:侧着身体。稷,侧。 ㉘ 翕(xī)心:精神专注的样子。 ㉙ 朒蹴:两字无考。

弹危掷①,蹭蹬飞丸而集其背②；今臣但虚心③,志在黄雀,不知空坎其旁,暗忽坎中,陷于深井。臣故袥体濡履,几为大王取笑。"王曰："天下之愚,莫过于斯,但贪前利,不睹后患。"太子曰："天下之愚,复有甚者,鲁承周公之末,有孔子之教,守仁抱德,无欲于邻国,而齐举兵伐之,不爱民命,惟有所获④；夫齐徒举而伐鲁,不知吴悉境内之士,尽府库之财,暴师千里而攻之；夫吴徒知逾境征伐非吾之国⑤,不知越王将选死士,出三江之口⑥,入五湖之中⑦,屠我吴国,灭我吴宫。天下之危,莫过于斯也。"

吴王不听太子之谏,遂北伐齐。越王闻吴王伐齐,使范蠡、泄庸率师屯海通江⑧,以绝吴路,败太子友于始熊夷⑨。通江淮,转袭吴,遂入吴国,烧姑胥台,徙其大舟⑩。

……吴师大败。

越之左右军,乃遂伐之,大败之于囿,又败之于郊⑪,又败之于津⑫。如是三战三北,径至吴,围吴于西城。吴王大惧,夜遁。越王追奔,攻吴兵,入于江阳松陵⑬。欲入胥门⑭,来至六七里,望吴南城,见伍子胥头,巨若车轮,目若耀电,须发四张,射于十里。越军大惧,留兵假道。即日夜半,暴风疾雨,雷奔电激,飞石扬砂,疾于弓弩。越军坏败,松陵却退。兵士僵毙,人众分解,莫能救止。范蠡、文种乃稽颡肉袒⑮,拜谢子胥,愿乞假道。子胥乃与种、蠡梦曰："吾知越之必入吴矣,故求置吾头于南门,以观汝之破吴也。惟欲以穷夫差⑯,定汝入我之国⑰,吾心又不忍,故为风雨,以还汝军。然越之伐吴,自是天也,吾安能止哉！越如欲入,更从东门,我当为汝开道,贯城以通汝路⑱。"于是,越军明日更从江出,入海阳于三道之翟水⑲,乃穿东南隅以达,越军遂围吴。守一年,吴师累败,遂栖吴王于姑胥之山……王遂伏剑自杀⑳。

【导读】

一、本文选自《吴越春秋》。《吴越春秋》属于杂史类著作,记述吴越争霸以及伍子胥逃难复仇的故事,其材料虽多取自旧史,但由于加入了民间传闻异说,因而内容比其他史书更为曲折详尽,人物形象也更鲜明生动。

二、本文在写作手法上的特点是史实与幻想杂糅,注意人物性格完整而不考虑史实的严谨,如文中写到越兵攻城时伍子胥头颅须发尽张,后又托梦范蠡指示攻城路线,以及驱水为涛等事,皆不经之谈。其目的是突出伍子胥那种孤忠激切的性格。这种在史传文学中参错小说家言的写法,在历史和小说之间架起了桥梁,对后世小说、戏曲有重要影响。

---

① 危:高。掷:投,射。 ② 蹭蹬:疑为象声词。 ③ 虚心:同"虚中",心无旁虑,专心致志。 ④ 惟有所获:只想通过战争来掠取财物。惟,思,想。 ⑤ 非吾之国:非难我们的国家。 ⑥ 三江之口:即三江口,今江苏省苏州市吴江区,为吴淞江、娄江、东江三江分流处。 ⑦ 五湖:指太湖或泛指太湖流域一带所有的湖泊。 ⑧ 范蠡、泄庸:均为越国大夫。范蠡,春秋末年的政治家,字少伯,楚国宛(今河南省南阳市)人。越为吴所败时,曾赴吴为质二年。回越后,助越王勾践刻苦图强,灭亡吴国。后弃官游齐国,改名陶朱公,以经商致富。屯海通江:由海道入长江,屯兵以绝吴归路。 ⑨ 始熊夷:应作"姑熊夷",吴国郊外的地名。 ⑩ 姑胥台:亦名姑苏台,在吴城(吴国都,今苏州市)西南姑苏山上。 ⑪ 囿:地名,古名笠泽,即今吴淞江。 ⑫ 津:指吴淞江的渡口。 ⑬ 江阳松陵:吴淞江北岸的松陵。阳,山的南面或水的北面称阳。松陵,今江苏省苏州市关江区。 ⑭ 胥门:吴城的西南门。 ⑮ 稽颡(sǎng)肉袒:谢罪的表示。稽颡,跪地行礼,以额碰地。肉袒,去掉上衣,上体裸露。 ⑯ "惟欲"句:只是希望使夫差陷入困境。 ⑰ "定汝"句:你们一定要进入我们的国家(灭亡我国)。 ⑱ "贯城"句:穿过城门为你们开道。 ⑲ 三道之翟水:不详。 ⑳ 姑胥之山:即姑苏山,在吴城西南三十里,一名姑余山。

司马相如与卓文君

司马相如初与卓文君还成都①,居贫愁懑,以所著鹔鹴裘就市人阳昌贳酒②,与文君为欢。既而文君抱颈而泣曰:"我平生富足,今乃以衣裘贳酒!"遂相与谋,于成都卖酒。相如亲著犊鼻裈涤器③,以耻王孙④。王孙果以为病,乃厚给文君,文君遂为富人。

文君姣好⑤,眉色如望远山,脸际常若芙蓉,肌肤柔滑如脂。十七而寡,为人放诞风流,故悦长卿之才而越礼焉。长卿素有消渴疾⑥,及还成都,悦文君之色,遂以发痼疾⑦。乃作《美人赋》,欲以自刺⑧,而终不能改,卒以此疾至死。文君为诔⑨,传于世。

【导读】

一、本文选自《西京杂记·卷二》。关于《西京杂记》的作者,历来说法不一。有人说是西汉末年刘歆,有人说是晋代葛洪,有人说是梁朝吴均,此取刘歆说。这部书所记多是西汉遗闻轶事,也夹杂了一些怪诞的传说。这篇文章描写司马相如和卓文君的爱情故事。

二、卓文君因爱上穷书生司马相如,弃家私奔,到成都卖酒,最终还是仰仗富贵家庭。故事起落有致,曲折生动。作者用朴素的文字写来,简明而又深有意蕴。

---

① 卓文君:临邛富人卓王孙的女儿,早年守寡。司马相如在卓王孙家赴宴,用琴曲向文君传情。文君乘夜私奔,与相如同归成都。 ② 鹔鹴裘:用鹔鹴的羽毛织成的皮衣。鹔鹴,鸟名。贳(shì):赊欠。 ③ 犊鼻裈(kūn):围裙之类。 ④ 以耻王孙:即"以之使王孙耻"。 ⑤ 姣好:美好,漂亮。 ⑥ 消渴疾:糖尿病。 ⑦ 痼疾:经久难治的病。 ⑧ 自刺:自我讥讽。 ⑨ 诔:哀祭文体的一种。

魏晋南北朝部分

诗　歌

曹　操

曹操(155—220)，三国时政治家、军事家，文学家。字孟德，沛国谯县(今安徽亳州市)人。事迹见《三国志·魏志·武帝纪》。著作有《魏武帝集》，已佚，有明人辑本。今有整理排印本《曹操集》。

蒿里行

关东有义士①，兴兵讨群凶。初期会盟津②，乃心在咸阳。军合力不齐，踌躇而雁行。势利使人争，嗣还自相戕③。淮南弟称号④，刻玺于北方⑤。铠甲生虮虱，万姓以死亡。白骨露于野，千里无鸡鸣。生民百遗一，念之断人肠。

【导读】

一、这首诗揭露了初平元年袁绍等人兴兵讨伐董卓时内部混战的情形，谴责了军阀混战的罪恶；表现了作者伤时悯乱的感情。明钟惺评此诗为："汉末实录，真诗史也。"(《古诗归》)

二、全诗基本上是叙事，但抒情色彩很浓，格调苍凉，感情沉痛，语言质朴，风格古朴。

苦寒行

北上太行山，艰哉何巍巍！羊肠坂诘屈⑥，车轮为之摧。树木何萧瑟，北风声正悲。熊罴对我蹲⑦，虎豹夹路啼。溪谷少人民，雪落何霏霏⑧。延颈长叹息，远行多所怀。我心何怫郁⑨，思欲一东归。水深桥梁绝，中路正徘徊。迷惑失故路，薄暮无宿栖。行行日已远，人马同时饥。担囊行取薪，斧冰持作糜⑩。悲彼东山诗⑪，悠悠使我哀。

【导读】

一、建安十年(205)，袁绍的外甥并州牧高干叛离曹操，屯兵壶关。次年正月，曹操从邺城向西北越

---

① 关东：指函谷关以东。义士：指起兵讨伐董卓的诸将领。初平元年(190)春，关东州郡起兵讨卓，推渤海太守袁绍为盟主。　② 盟津：即孟津，在今河南省孟州市南。　③ 嗣还自相戕：指袁绍、公孙瓒等互相残杀。嗣还，其后不久。戕，杀害。　④ 淮南弟称号：指据有淮南的袁术于建安二年(197)在寿春(今安徽省寿县)自立为皇帝。　⑤ 刻玺：刻制玉玺。指初平二年(191)袁绍与冀州牧韩馥谋立皇族刘虞当皇帝。　⑥ 坂：地名，在壶关西南。诘屈：盘旋纡曲。⑦ 罴(pí)：熊类。　⑧ 霏霏：雨雪盛大貌。　⑨ 怫郁：忧愁不安。　⑩ 糜：粥，俗称稀饭。　⑪ 东山：《诗经·豳风·东山》篇名，全诗表现了一个远征士兵在归途中对家乡的思念。

过太行山攻打壶关。这首诗即为咏叹这次远征的艰难险阻。

二、这首诗以古直苍凉的笔调描写了军队在严寒季节穿越太行时的艰苦之状和人烟稀少、举目衰败的景象,并且毫不掩饰地抒发自己内心抑郁不乐、思欲东归的感情。全诗于悲壮苍凉中焕发出昂扬慷慨的情调,体现了曹操诗歌气韵沉雄的风格。全诗语言质朴自然,形象鲜明,写景抒情巧妙结合,声韵和谐,一气呵成而余味悠长。

步出夏门行·龟虽寿

神龟虽寿①,犹有竟时。腾蛇乘雾②,终为土灰。老骥伏枥,志在千里。烈士暮年③,壮心不已。盈缩之期④,不但在天。养怡之福,可得永年。幸甚至哉,歌以咏志。

【导读】

本诗是一首抒情哲理诗。全诗主旨在于强调人生的主观能动性,表现了诗人老当益壮的襟怀。"情"与"理"的紧密结合是本篇作品写作上的一个重要特点。"老骥伏枥,志在千里。烈士暮年,壮心不已"四句是全诗的主干。它不独突出了诗的主旨,同时振起全篇,使前后两个层次对人生哲理的探讨,大大增强了积极进取的感情色彩。

曹 丕

曹丕(187—226),三国时魏国的建立者、文学家。字子桓,曹操次子。事迹见《三国志·文帝纪》等。有《魏文帝集》,已佚。后人有辑本。

燕 歌 行

秋风萧瑟天气凉,草木摇落露为霜,群燕辞归雁南翔。念君客游思断肠,慊慊思归恋故乡⑤,何为淹留寄他方?贱妾茕茕守空房⑥,忧来思君不敢忘,不觉泪下沾衣裳。援琴鸣弦发清商⑦,短歌微吟不能长,明月皎皎照我床。星汉西流夜未央⑧,牵牛织女遥相望,尔独何辜限河梁⑨?

【导读】

一、全诗描述了思妇对长期在外行役的丈夫的无限思念之情,抒发了自己孤独寂寞、哀苦悲伤的感情。本诗在写作上的第一个特点是以景托情,缘情写景,凄凉肃杀的秋景与缠绵悱恻的感情水乳交融。

---

① 神龟:传说中的一种长寿龟。 ② 腾蛇:传说中一种能乘雾而飞的蛇。 ③ 烈士:心怀雄心壮志或大有作为之人。 ④ 盈缩:长短,指寿天。 ⑤ 慊慊:空虚之感。 ⑥ 茕茕(qióng):孤独的样子。 ⑦ 清商:曲调名。这种曲调以悲悦凄清为特色。 ⑧ 未央:未尽。 ⑨ 何辜:何罪。辜通"故",所以作"何故"讲亦通。

第二个特点是直接抒情与间接抒情相结合,既写自己思念对方,也合理想象对方对自己的思念,将思妇的缠绵伤感表现得淋漓尽致。第三个特点是语言自然流畅,清新优美,音节和谐流畅。

二、这首诗在体式上具有开创性,它是中国文学史上第一首完整的七言诗。虽然它仍沿用东汉以来的习见形式,句句押韵,且一韵到底,音节不免单调,但其开创之功不可抹杀。

曹 植

曹植(192—232),字子建,建安时期最负盛名的文人,被称为"建安之杰",诗、赋、文兼善,事迹见《三国志·魏志·陈思王植传》等,作品见《曹子建集》。

白马篇

白马饰金羁,连翩西北驰。借问谁家子?幽并游侠儿。少小去乡邑,扬声沙漠垂①。宿昔秉良弓,楛矢何参差②。控弦破左的③,右发摧月支④。仰手接飞猱,俯身散马蹄。狡捷过猴猿,勇剽若豹螭⑤。边城多警急,虏骑数迁移。羽檄从北来,厉马登高堤。长驱蹈匈奴,左顾凌鲜卑。弃身锋刃端,性命安可怀?父母且不顾,何言子与妻!名在壮士籍,不得中顾私。捐躯赴国难,视死忽如归。

【导读】

一、《白马篇》是曹植自创的乐府新题,又名《游侠篇》。全诗塑造了一位武艺精湛、勇猛无畏,又有强烈爱国精神的英雄形象,是曹植前期诗歌的代表作品之一。郭茂倩《乐府诗集·杂曲歌词》说:"白马者,见乘白马而为此曲。言人当立功立事,尽力为国,不可念私也。"

二、在写作手法上,本诗的第一个特点是采用了虚实相间、疏密得当的笔法,描绘游侠儿的武艺时能使读者神随意游,细腻而不失之烦琐,实中见虚。描写战斗场面时笔法逐渐趋向虚,然而读者亦能看到旌旗猎猎、戈戟生辉之景。第二个特点是工于起调结句,开篇繁弦急响,气韵飞跃,给全诗定下了基调,结句斩钉截铁,与起句相应,一锤定音。第三个特点是对仗工整,比喻新颖精妙,音节谐调匀称,表现了曹植诗歌辞采华茂的特点。

赠白马王彪并序

黄初四年五月⑥,白马王、任城王与余俱朝京师⑦,会节气⑧。到洛阳,任城王薨。至七月,与白马王还国。后有司以二王归藩⑨,道路宜异宿止。意毒恨之。盖以大别在数日,

---

① 垂:同"陲",边地。 ② 楛(hù)矢:用楛木做箭杆的箭。 ③ 控弦:拉弓。左的:左边的箭靶。 ④ "月支"与下文的"飞猱""马蹄"均为箭靶名。 ⑤ 螭(chī):传说中的猛兽,如龙,黄而无角。 ⑥ 黄初:魏文帝曹丕年号。 ⑦ 任城王:指曹彰,他是曹植的同母兄。 ⑧ 会节气:魏代制度规定,每年立春、立夏、立秋、立冬四个节气之前,各诸侯王都要来京城行迎气之礼,并举行朝会仪式,这叫作会节气。 ⑨ 有司:官吏。此指监国使者灌均。

是用自剖，与王辞焉。愤而成篇。

谒帝承明庐①，逝将归旧疆。清晨发皇邑，日夕过首阳。伊洛广且深，欲济川无梁。泛舟越洪涛，怨彼东路长。顾瞻恋城阙，引领情内伤。

太谷何寥廓，山树郁苍苍，霖雨泥我涂，流潦浩纵横②。中逵绝无轨③，改辙登高冈。修坂造云日④，我马玄以黄。

玄黄犹能进，我思郁以纡⑤。郁纡将何念？亲爱在离居。本图相与偕，中更不克俱。鸱枭鸣衡轭，豺狼当路衢。苍蝇间白黑，谗巧令亲疏。欲还绝无蹊，揽辔止踟蹰。

踟蹰亦何留？相思无终极。秋风发微凉，寒蝉鸣我侧。原野何萧条，白日忽西匿。归鸟赴乔林，翩翩厉羽翼。孤兽走索群，衔草不遑食⑥。感物伤我怀，抚心长太息。

太息将何为？天命与我违。奈何念同生，一往形不归。孤魂翔故域，灵柩寄京师。存者忽复过，亡没身自衰。人生处一世，去若朝露晞。年在桑榆间⑦，影响不能追⑧。自顾非金石，咄唶令心悲⑨。

心悲动我神，弃置莫复陈。丈夫志四海，万里犹比邻。恩爱苟不亏，在远分日亲⑩。何必同衾帱，然后展殷勤。忧思成疾疢⑪，无乃儿女仁。仓卒骨肉情，能不怀苦辛。

苦辛何虑思，天命信可疑。虚无求列仙，松子久吾欺⑫。变故在斯须，百年谁能持？离别永无会，执手将何时？王其爱玉体，俱享黄发期。收泪即长路，援笔从此辞。

【导读】

一、白马王曹彪是曹植的异母弟，黄初三年封为吴王，后徙封为白马王。据《魏氏春秋》载："植及白马王彪还国，欲同路东归，以叙隔阔之思，而监国使者不听。植发奋告离而作诗。"这就是本诗写作的背景和动因。

二、这首诗在章法上很有特色，它运用了连章法，即所谓"连环体"，除首章外，其余六章都首尾相衔，使得全诗既气韵通贯，又节奏跌宕分明。这首诗的第二个特点是叙事、写景、抒情紧密结合。前四章主要是叙事写景，但亦贯注着诗人的感情，后三章主要是抒情，而这是以前面叙事、写景为基础的，也就是说，叙事、写景都是为抒情服务的。陈祚明《采菽堂古诗选》说："此首景中有情，甚佳，凡言情者须入景，方得动宕。若一于言情，但觉絮絮，反无味矣。"

送应氏二首⑬

其 一

步登北邙阪⑭，遥望洛阳山。洛阳何寂寞，宫室尽烧焚。垣墙皆顿擗⑮，荆棘上参天。不见旧耆老，但睹新少年。侧足无行径，荒畴不复田。游子久不归，不识陌与阡。中野何

---

① 承明庐：长安汉宫有承明庐，此指魏文帝宫殿。 ② 流潦：指溢出伊、洛河道的水。 ③ 中逵：中途。逵，路。 ④ 修坂：很长的山坡。造，到达。 ⑤ 郁：愁闷。纡：心情郁结。 ⑥ 不遑：没有闲暇。 ⑦ 桑、榆：均为星名，在西方。通常说日在桑榆即天将晚，用来比喻人将老。 ⑧ 影响：指光与声。 ⑨ 咄唶（duō jiè）：惊叹声。 ⑩ 分：情分，情意。 ⑪ 疢（chèn）：病。 ⑫ 松子：即赤松子，相传是古仙人。 ⑬ 应氏：指汝南人应场和他的弟弟应璩（qú），都是诗人。 ⑭ 北邙：山名，在洛阳城东北。 ⑮ 顿擗（pǐ）：倒塌，破裂。

萧条,千里无人烟。念我平常居,气结不能言。

其 二

清时难屡得,嘉会不可常。天地无终极,人命若朝霜。愿得展嬿婉①,我友之朔方。亲昵并集送,置酒此河阳。中馈岂独薄②?宾饮不尽觞。爱至望苦深,岂不愧中肠?山川阻且远,别促会日长。愿为比翼鸟,施翮起高翔。

【导读】

一、《送应氏》二首是曹植在建安十六年(211)随父曹操西征马超,路过洛阳时送别应场、应璩兄弟所作。第一首侧重写洛阳遭董卓之乱以后的荒凉残破景象。第二首侧重写与应氏兄弟的别情。

二、《送应氏》二首,在艺术上有一个显著特点,就是篇末奇巧,翻出新意。第一首以情语结景语,使全篇生情。第二首以虚想拟实况,更见出友情的真挚深厚。这两首诗是曹植早期的作品,作者正是年少得意时期,因而这两首诗不如后期作品深厚隽永,但其中对国事的感慨,对友情的珍重,写得情真意切,历来为人所称道。

蔡 琰

蔡琰(生卒年不详),汉末女诗人,著名学者蔡邕之女。字文姬,陈留圉(今河南杞县南)人。事迹及作品见《后汉书·列女传·董祀妻》。

悲 愤 诗

汉季失权柄,董卓乱天常。志欲图篡弑③,先害诸贤良。逼迫迁旧邦④,拥主以自强。海内兴义师,欲共讨不祥。卓众来东下,金甲耀日光。平土人脆弱⑤,来兵皆胡羌⑥。猎野围城邑,所向悉破亡。斩截无孑遗⑦,尸骸相撑拒。马边悬男头,马后载妇女。长驱西入关,迥路险且阻⑧。还顾邈冥冥⑨,肝脾为烂腐。所略有万计⑩,不得令屯聚。或有骨肉俱,欲言不敢语。失意机微间,辄言"毙降虏,要当以亭刃,我曹不活汝!"岂复惜性命,不堪其詈骂。或便加捶杖,毒痛参并下。旦则号泣行,夜则悲吟坐。欲死不能得,欲生无一可。彼苍者何辜,乃遭此厄祸。

边荒与华异,人俗少义理。处所多霜雪,胡风春夏起。翩翩吹我衣,肃肃入我耳。感时念父母,哀叹无穷已。有客从外来,闻之常欢喜。迎问其消息,辄复非乡里。邂逅徼时

---

① 嬿婉:安顺,安详和顺。 ② 中馈:古代进食物给长者叫"馈",这里指饯行的酒食。 ③ 篡弑:杀君夺位。汉灵帝中平六年(189),董卓废汉少帝为弘农王,次年把他杀死,又毒杀何太后。 ④ 旧邦:指西汉都城长安。 ⑤ 平土:平原,指关东平原地区,即中原地带。 ⑥ 胡羌:指董卓军中的羌、氐族人。 ⑦ 无孑遗:一个都不留。 ⑧ 迥:遥远。 ⑨ 邈:远。冥冥:迷茫不清。 ⑩ 略:同"掠"。

愿①,骨肉来迎己。已得自解免,当复弃儿子。天属缀人心②,念别无会期。存亡永乖隔,不忍与之辞。儿前抱我颈,问母"欲何之?人言母当去,岂复有还时!阿母常仁恻,今何更不慈?我尚未成人,奈何不顾思!"见此崩五内,恍惚生狂痴。号泣手抚摩,当发复回疑。兼有同时辈,相送告离别。慕我独得归,哀叫声摧裂。马为立踯躅,车为不转辙。观者皆歔欷,行路亦呜咽。

去去割情恋,遄征日遐迈③。悠悠三千里,何时复交会?念我出腹子,胸臆为摧败。既至家人尽,又复无中外④。城郭为山林,庭宇生荆艾。白骨不知谁,纵横莫覆盖。出门无人声,豺狼号且吠。茕茕对孤景⑤,怛咤糜肝肺⑥。登高远眺望,魂神忽飞逝。奄若寿命尽,旁人相宽大。为复强视息⑦,虽生何聊赖。托命于新人⑧,竭心自勖厉⑨。流离成鄙贱,常恐复捐废。人生几何时,怀忧终年岁。

【导读】

一、这首诗是蔡琰被赎回国又重嫁董祀之后写的。全诗以诗人的亲身经历为线索,贯穿被掳入胡、别儿归国、还乡再嫁三个重要情节,概括了诗人十多年流离转徙的痛苦生活,是一篇近似自传的作品。诗歌的主旨在于诉说个人的不幸遭遇以抒发悲愤,但从一个侧面揭露了军阀的罪恶,反映了当时人民遭受的巨大灾难。

二、这首诗的艺术成就之一是它成功地以叙事来抒情。由于所叙之事,均为诗人的亲身经历,因此真实感极强,撼人心魄。沈德潜《古诗源》说这首诗"由情真,亦由情深也","激昂酸楚,读去如惊蓬坐振,沙砾自飞。在东汉人中,力量最大"。而且,这首诗的心理描写细致而真实,表现出了很高的艺术技巧。此外,语言浑朴,明白晓畅,人物语言个性化也是此诗的突出特点。

三、此诗是以叙事来抒情的典范之作,推动了文人叙事诗的发展,成为文人叙事诗新的里程碑,形成了借个人经历来反映时事一体。

陈 琳

陈琳(?—217),汉末文学家,"建安七子"之一。字孔璋,广陵射阳(今属江苏)人。仅存诗四首,《饮马长城窟行》为代表作。原有集,已散佚,后人辑有《陈记室集》。

饮马长城窟行

饮马长城窟⑩,水寒伤马骨。往谓长城吏:"慎莫稽留太原卒!""官作自有程,举筑谐汝声⑪!""男儿宁当格斗死,何能怫郁筑长城⑫?"长城何连连,连连三千里,边城多健少,内

---

① 徼:侥幸。 ② 天属:天然的亲属。缀:连。 ③ 遄征:飞快地赶路。日遐迈:一天天地远去。 ④ 中外:中表亲戚。中,指舅父的子女,为内兄弟。外,指姑母的子女,为外兄弟。 ⑤ 茕茕:孤独的样子。景:同"影"。 ⑥ 怛咤(dá zhà):惊呼。糜:碎烂。 ⑦ 强视息:勉强活下去。 ⑧ 新人:指董祀。 ⑨ 勖(xù)厉:勉强。厉,同"励"。 ⑩ 长城窟:筑长城取土留下的水坑。 ⑪ 筑:筑土用的杵。 ⑫ 怫郁:忧郁,苦闷。

舍多寡妇。作书与内舍:"便嫁莫留住!善侍新姑嫜①,时时念我故夫子②。"报书往边地:"君今出语一何鄙!""身在祸难中,何为稽留他家子③?生男慎莫举,生女哺用脯④。君独不见长城下,死人骸骨相撑拄?""结发行事君,慊慊心意关⑤。明知边地苦,贱妾何能久自全!"

【导读】

一、此诗借秦代筑长城的事,深刻地揭露了繁重的徭役给人民带来的痛苦和灾难。这是一首典型的叙事诗,诗中没有一语表明诗的旨意,只是通过人物的反复对话来展开情节,突出人物的心理活动,从而揭露徭役的罪恶。语言质朴,具有浓郁的民歌色彩。

二、此诗以五言为主,但有不少七言诗句,是后世长短歌行的先驱。

王　粲

王粲(177—217),汉末文学家,"建安七子"之一,被称为"七子之冠冕"。字仲宣,山阳高平(今山东邹城西南)人。事迹见《三国志·魏书·王粲传》等。有《王侍中集》。

七哀诗·其一

西京乱无象,豺虎方遘患⑥。复弃中国去⑦,委身适荆蛮⑧。亲戚对我悲,朋友相追攀。出门无所见,白骨蔽平原。路有饥妇人,抱子弃草间。顾闻号泣声,挥涕独不还。"未知身死处,何能两相完。"驱马弃之去,不忍听此言。南登霸陵岸⑨,回首望长安。悟彼《下泉》人⑩,喟然伤心肝。

【导读】

一、汉献帝初平三年四月,董卓被诛,其部将接连火并,长安陷入一片血腥混乱之中,王粲为了避乱,投奔荆州刘表,这首诗写了他刚刚离开长安时的经历和感受。诗中通过"白骨蔽平原"的概括描写和饥妇弃子场面的具体描写,揭示出当时军阀混战给人民带来的深重灾难,景象凄惨,使人触目惊心。

二、全篇浑然一体,凝练自然,叙事切,写情深。诗中表现了一个富于同情心的诗人形象。他伤己,也悯人;他身处乱中,却热烈向往治世。这首诗,可以看作能够反映现实又有着积极向上精神的建安诗风的代表作,故沈德潜以为此篇"直举胸情,非谤诗史,正以音律调韵,取高前式"。

---

① 姑嫜:妻子对丈夫父母的称呼。　② 故夫子:筑城卒自指。　③ 他家子:别人家的子女,此指妻子。　④ 哺:喂。脯:干肉,此泛指肉食。用肉喂女孩,表示珍爱。　⑤ 慊慊:不满意的意思。关:牵系。　⑥ 遘:同"构",造,作。　⑦ 中国:指中原。　⑧ 荆蛮:指荆州。荆州在南方,周人称南方民族为蛮,所以称荆蛮。　⑨ 霸陵:汉文帝陵墓所在地,在长安东。岸:高地。　⑩《下泉》:《诗经·曹风》中的一篇。毛序说:"《下泉》,思治也,曹人……思明王贤伯也。"这句是说领悟到《下泉》一诗作者思贤君明伯的心情。

徐 幹

徐幹(170—217),"建安七子"之一。字伟长,北海(今山东潍坊西南)人。事迹见《三国志·魏书》。现存《中论》。另有集,已佚,后人辑有《徐伟长集》。

室 思①

浮云何洋洋②,愿因通我辞。飘飘不可寄,徙倚徒相思③。人离皆复会,君独无返期。自君之出矣,明镜暗不治④。思君如流水,何有穷已时。

【导读】

这是一首闺情诗,写妻子对远行丈夫的思念。全诗由希望而相思,由相思而埋怨,又由怨而转为相思,字字句句,不离相思。诗中有比喻,有拟人,抒情含蓄隽永而又曲折跌宕。真可谓"句中有余味,篇中有余意,善之善者也"(姜夔《白石道人诗说》)。

阮 瑀

阮瑀(?—212),汉末文学家,"建安七子"之一。字元瑜,陈留尉氏(今属河南)人。事迹见《三国志·魏志》。原有集,已散佚,后人辑有《阮元瑜集》。

驾出北郭门行

驾出北郭门⑤,马樊不肯驰⑥。下车步踟蹰,仰折枯杨枝。顾闻丘林中,噭噭有悲啼;借问啼者出,"何为乃如斯?""亲母舍我殁,后母憎孤儿。饥寒无衣食,举动鞭捶施⑦。骨消肌肉尽,体若枯树皮。藏我空室中,父还不能知。上冢察故处,存亡永别离。亲母何可见,泪下声正嘶。弃我于此间,穷厄岂有赀⑧!"传告后代人,以此为明规。

【导读】

一、这首诗通过自己的所闻所见所问,描写了一个孤儿在继母虐待下的悲惨遭遇。虽然写的是继母虐待前妻子女的问题,但表现出了封建宗法制度在家庭伦理道德问题上所存在的缺陷和不合理性。

---

① 室思:相当于"闺情"。 ② 洋洋:自由自在的样子。 ③ 徙倚:行走不定貌。 ④ 治:整理。 ⑤ 郭门:外城门。 ⑥ 樊:马迟滞不进。 ⑦ 捶:以杖击打。 ⑧ 赀(zī):计量,限量,此为"尽头"之意。

二、诗歌以对话入诗,明白质朴,恰当地表现了孤儿的非人生活和痛苦心情,情至酸楚,有类《孤儿行》。全诗笔调凝滞,风格冷峻,深刻地表露了作者沉痛哀伤的心情。

刘　桢

刘桢(？—217),汉末文学家,"建安七子"之一。字公幹,东平宁阳(今属山东)人。事迹见《三国志·魏书》。原有集,已散佚,后人辑有《刘公幹集》。

赠从弟·其二

亭亭山上松①,瑟瑟谷中风②。风声一何盛,松枝一何劲。冰霜正惨凄,终岁常端正。岂不罹凝寒③,松柏有本性。

【导读】

这首诗紧扣松柏枝干坚劲、经寒不衰、终岁端正的本性,以比喻和象征的手法表现出自己对高风亮节的赞美和追求,以与其从弟共勉,表现出一种清刚之气。钟嵘《诗品》把刘桢诗列入上品,并品评道"真骨凌霜,高风跨俗",《赠从弟》三首,尤其是本诗,特别能代表这种风格。

阮　籍

阮籍(210—263),三国魏文学家、思想家。字嗣宗,陈留尉氏(今河南尉氏县)人。曾任步兵校尉,世称阮步兵。因不满于司马氏的黑暗统治,纵酒谈玄,不问世事,为"竹林七贤"之一。长于五言诗,《咏怀诗》八十二首是他的代表作。散文《大人先生传》很著名,所写人物实际上是作者的理想化身。原有集,已佚,后人辑有《阮嗣宗集》。

咏怀诗④

其一

夜中不能寐,起坐弹鸣琴。薄帷鉴明月⑤,清风吹我襟。孤鸿号外野⑥,翔鸟鸣北林。徘徊将何见,忧思独伤心。

① 亭亭:孤高直立的样子。　② 瑟瑟:风声。　③ 罹(lí):遭受。　④《咏怀诗》共八十二首。这里选的是第一首。咏怀,即抒写胸怀之意。　⑤ 鉴:照。这句的意思是,月光照在薄薄的帷幔上面。　⑥ 号:鸣叫,号叫。

【导读】

一、《咏怀诗》八十二首是阮籍的代表作,为了全身避祸,诗的主旨相当隐晦曲折。这组诗并非一时一地之作,内容也不专一。吴汝纶《古诗钞》卷二说:"要其八十二章决非一时之作,吾疑其总集平生所为诗,题为《咏怀》耳。"陈祚明《采菽堂古诗选》卷八说:"阮公《咏怀》,神至之笔。观其抒写,直取自然,初非琢炼之劳,吐以匠心之感,与《十九首》若离若合,时一冥符。但错出繁称,辞多悠谬。审其大旨,始睹厥真。悲在衷心,乃成楚调。"沈德潜《古诗源》卷六说:"阮公《咏怀》,反覆零乱,兴寄无端,和愉哀怨,杂集于中,令读者莫求归趣。此其为阮公之诗也。必求时事以实之,则凿矣!"

二、本诗抒写诗人浓重的忧伤之情。首句"夜中不能寐"中已隐含这种忧伤之情。阮籍为什么有如此浓重的忧伤之情呢?他面对残暴狠毒的司马氏统治集团,既不敢公然反抗,又不甘与其同流合污,左右为难,只能"忧思独伤心"了。这首诗写得十分含蓄,对忧思的内涵没有作任何透露,只是对失眠的情景作了简洁的描绘,让读者从意象中自己去体会。

其 三

嘉树下成蹊,东园桃与李①。秋风吹飞藿,零落从此始②。繁华有憔悴,堂上生荆杞③。驱马舍之去,去上西山趾④。一身不自保,何况恋妻子。凝霜被野草⑤,岁暮亦云已⑥。

【导读】

一、《文选》李善注云:"嗣宗身仕乱朝,常恐罹谤遇祸,因兹发咏,故每有忧生之嗟。"这首诗以桃李由盛而衰的变化起兴,抒写世事盛衰有时,繁华不能持久的感慨和乱世来临,全身远祸,唯恐避乱太晚的隐忧。

二、钟嵘《诗品》评阮籍诗"言在耳目之内,情寄八荒之表",此诗也不例外。诗人感物兴怀,从春日桃李成蹊,到秋风吹藿,堂生荆杞,直至岁暮凝霜,揭示时序的变化,暗寓世事的盛衰,时局的变迁。陈沆《诗比兴笺》认为"司马懿尽录魏王公置于邺。嘉树零落,繁华憔悴,皆宗枝剪除之喻也。"身处魏晋易代之际的阮籍不便直言,诗中用比兴象征、对比、用典等手法,表达对曹魏政权的同情和对司马氏当政的不满。

其三十一

驾言发魏都⑦,南向望吹台⑧。箫管有遗音⑨,梁王安在哉⑩?战士食糟糠,贤者处蒿莱⑪。歌舞曲未终,秦兵已复来。夹林非我有,朱宫生尘埃⑫。军败华阳下⑬,身竟为土灰⑭。

---

① "嘉树"二句:嘉树,指桃李。蹊,道路。出自《史记·李将军列传》赞语之引谚:"桃李不言,下自成蹊。"这两句喻繁盛时情况。 ② 藿:豆叶。零落:指桃李凋零。这两句喻衰败时的情景。 ③ 荆杞:指荆棘和枸杞,皆野生灌木,带钩刺,常被视为恶木。亦用以形容蓁莽荒秽、残破萧条的景象。 ④ 西山:指首阳山,相传为伯夷、叔齐隐居之处。趾:山脚。 ⑤ 凝霜:严霜。被:覆盖。 ⑥ 已:毕。这一句意为一年已经完了。 ⑦ 驾:驾车。言:语助词。魏都:战国时魏国都城大梁,在今河南省开封市。 ⑧ 吹台:又称繁台、范台,战国时魏王宴饮之所,在河南省开封市东南。 ⑨ 遗音:指战国时流传下来的乐曲。 ⑩ 梁王:即战国时魏王。因魏国都城为大梁,故称梁王。 ⑪ 处蒿莱:指居于草野之中,不被任用。 ⑫ 夹林:梁王在吹台所建的游览之所。朱宫:吹台的宫殿。 ⑬ "军败"句:魏安釐王四年,即公元前273年,秦白起帅兵围大梁,破魏军于华阳,魏割南阳以求和。华阳,地名,在今河南新郑东。一说是山名,又亭名,在今河南省新密市。 ⑭ 竟:终于。土灰:指死亡。

【导读】

一、这首诗借战国时魏都吹台的兴废以讽喻朝政,讥刺时事。指出君王一味荒淫享乐,不知养兵用贤,终将导致败亡。全诗善用典故,借古讽今,以战国时魏王喻魏君,表达了对曹魏政权的讽谏与忧虑。

二、阮籍负才傲世,时凭吊古迹。《晋书》本传载其尝登广武山,观楚汉相争的古战场,发出"时无英雄,使竖子成名"的感慨。本诗借咏史以咏怀,"阮旨遥深",写得沉郁顿挫。首四句写游魏都吹台遗迹,发思古幽情;中四句述败亡之因;结尾四句渲染悲剧结局。"梁王安在哉"的设问,透露出阮籍深沉的忧虑。昔日魏王歌舞宴饮,吹台箫管与战士食糟糠、贤者处蒿莱对比鲜明。歌舞未终,秦兵复来的历史教训值得今日的魏君深思。陈沆《诗比兴笺》评此诗云:"此借古寓今也。明帝末年,歌舞荒淫,而不求贤讲武,不亡于敌国则亡于权奸,岂非百世殷鉴哉!"

嵇 康

嵇康(223—262),三国魏文学家、音乐家。"竹林七贤"之一。字叔夜,谯郡铚(今安徽宿州市西南)人。深受老、庄思想影响,公开发表离经叛道、非薄儒家圣人的言论。曾为中散大夫,人称嵇中散。不满于司马氏的黑暗统治,反对虚伪的礼教,后被司马氏集团杀害。他的散文,见解精辟,笔锋犀利。他的诗歌,以四言为主,风格清峻。有《嵇中散集》十卷,鲁迅所辑《嵇康集》更为完善。

赠秀才入军①·其九

良马既闲②,丽服有晖。左揽繁弱③,右接忘归④。风驰电逝⑤,蹑景追飞⑥。凌厉中原⑦,顾盼生姿⑧。

【导读】

一、对于嵇康的为人和诗,刘勰《文心雕龙·明诗》评曰:"嵇志清峻。"《体性》又云:"叔夜俊侠,故兴高而采烈。"钟嵘《诗品》评为"峻切"。

二、此诗通过对其兄在军中戎马骑射生活的想象,表现了嵇康的生活态度和审美情趣。他希望自己的兄长,既威武又洒脱。他反对拘守礼法的俗士,当然也不希望自己的兄长成为一名拘守军规的、平庸的战士。这是"竹林风度"的具体体现。

---

① 诗题一作《赠兄秀才入军诗》。兄指嵇康的哥哥嵇喜,字公穆,曾举秀才,后又参军,故有此称。 ② 闲:熟习,娴熟。 ③ 繁弱:古代的良弓。 ④ 忘归:古代的好箭。《公孙龙子》:"楚王张繁弱之弓,载忘归之矢,以射蛟兕于云梦之圃。" ⑤ 风驰电逝:形容马奔跑得很快。 ⑥ 蹑:与"追"同义。景:同"影"。飞:指飞鸟。 ⑦ 凌厉:形容马奋勇向前奔跑的样子。 ⑧ 顾盼生姿:嵇喜在驰骋时左顾右盼,英姿飒爽。

张 华

张华(232—300),西晋大臣、文学家。字茂先,范阳方城(今河北固安南)人。晋武帝时因伐吴有功而被封侯,历任要职。赵王司马伦与孙秀阴谋篡位,张华拒绝参加,遭到杀害。有《张茂先集》和《博物志》。

情 诗①·其二

游目四野外②,逍遥独延伫③。兰蕙缘清渠④,繁华荫绿渚⑤。佳人不在兹⑥,取此欲谁与⑦?巢居知风寒⑧,穴处识阴雨⑨。不曾远别离,安知慕俦侣⑩?

【导读】

一、《晋书·张华传》:"学业优博,辞藻温丽,朗赡多通,图纬方伎之书,莫不详览。少自修谨,造次必以礼度。勇于赴义,笃于周急。器识弘旷,时人罕能测之。"对于张华的诗,刘勰《文心雕龙·才略》评曰:"张华短章,奕奕清畅。"钟嵘《诗品》卷中评曰:"其源出于王粲。其体华艳,兴托不奇,巧用文字,务为妍冶。虽名高曩代,而疏亮之士,犹恨其儿女情多,风云气少。谢康乐云:'张公虽复千篇,犹一体耳。'今置之中品疑弱,处之下科恨少,在季、孟之间矣。"钟嵘将他的诗定在中、下品之间,还是比较适当的。

二、此诗前六句即景抒情,写诗人离家外出,在野外任意游览时,看到清澈的小溪旁长满了兰蕙,繁多的、盛开着的兰蕙花覆盖着绿洲,诗人想去采摘,可是送给谁呢?妻子不在身边啊!后四句先用比喻,说明鸟儿因在树上巢居,所以能预先知道风寒,蝼蚁因为生活在洞穴中,所以能预先知道阴雨的来临,然后说明夫妻不经过离别,是体会不到思恋对方时那种滋味的。这首诗写得自然清畅,缠绵多情,的确是"儿女情多"啊!

潘 岳

潘岳(247—300),西晋文学家。字安仁,荥阳中年(今属河南)人。幼时有奇童之称。曾任河阳令、著作郎、给事黄门侍郎等职。晋惠帝时被赵王司马伦的亲信孙秀害死。潘岳善写五言诗,《悼亡诗》尤其出名。原有集,已散佚,明人辑有《潘黄门集》。

---

①《情诗》共五首,写夫妻离别的刻骨思念之情。这是第二首,写诗人出门在外时思念妻子的感情。 ②游目:任意游览。 ③逍遥:自由自在。延伫:长久站立。 ④兰蕙缘清渠:沿着清澈的溪流,长满了兰蕙。 ⑤繁华荫绿渚:繁多的兰蕙花覆盖着绿洲。 ⑥佳人:指诗人的妻子。 ⑦谁与:赠给谁。 ⑧巢居知风寒:鸟儿筑巢居住在树上,所以能最先知道风寒。 ⑨穴处识阴雨:蝼蚁生活在洞穴中,所以能在事先预感到阴雨的来临。 ⑩慕:思慕,思恋。俦侣:伴侣,指妻子。

悼亡诗①

　　荏苒冬春谢②,寒暑忽流易③。之子归穷泉④,重壤永幽隔⑤。私怀谁克从⑥,淹留亦何益⑦。僶俛恭朝命⑧,回心反初役⑨。望庐思其人⑩,入室想所历⑪。帏屏无髣髴,翰墨有余迹⑫。流芳未及歇,遗挂犹在壁。怅恍如或存,周惶忡惊惕⑬。如彼翰林鸟,双栖一朝只⑭。如彼游川鱼,比目中路析⑮。春风缘隙来,晨霤承檐滴⑯。寝息何时忘⑰,沉忧日盈积。庶几有时衰,庄缶犹可击⑱。

【导读】

　　一、钟嵘《诗品》卷上说:"晋黄门郎潘岳,其源出于仲宣(王粲)。……谢混云:'潘诗烂若舒锦,无处不佳。陆文如披沙简金,往往见宝。'……余尝言:陆(机)才如海,潘才如江。"

　　二、这首诗开头四句诗人慨叹冬春代谢,时光流逝,妻子归入黄泉已经一年,从此将与自己永远幽隔了。起笔就充满哀伤之情。接着四句,写身与心的矛盾:自己本来的愿望是要与妻子白头偕老,可是,事实上又如何能做到呢?诗人冷静下来想一想,长久地停留在家中又有何用,又无法使妻子起死回生;倒不如从哀痛中解脱出来,恭敬地服从朝廷的命令,回到当初的官位上去。这也是感情与理智的矛盾,从这对矛盾的抒写中,深切表现了诗人对妻子感情的浓度。接着八句写诗人流连难舍的心情:望到旧居就想到其人,走进妻子住过的房间,她的生活经历便一一在眼前展现;屏风帏帐依旧,再也找不到她的影子了,唯有她生前所作的诗文,仍然历历在目。诗人神情恍惚,好像觉得妻子依旧活着,可是在惶恐不安的寻觅中又被惊醒,她确实不在了!这几句通过细节描写,反复渲染了诗人内心的痛苦。接着四句用两个比喻再次强调了诗人自己的形影孤单:在林中飞翔的鸟本来双栖双宿,现在剩下了单只;在河中游泳的比目鱼本来贴紧身体同游,如今半路也被迫分开了!这两个比喻极为贴切,加重了对哀伤情绪的抒写。最后六句,再通过环境气氛的渲染,进一步写诗人沉忧日深,寝息难忘。末尾希望自己能像庄子击缶那样旷达,那样超脱。冷冷一收,更耐人寻味。

　　三、陈祚明《采菽堂古诗选》卷十一说:"安仁情深之子,每一涉笔,淋漓倾注,宛转侧折,旁写曲诉,刺刺不能自休。夫诗以道情,未有情深而语不佳者。所嫌笔端繁冗,不能裁节,有逊乐府古诗含蓄不尽之妙耳。"

---

①《悼亡诗》共三首,都是诗人悼念亡妻的,这是第一首。　②荏苒:辗转,这里指时间逐渐消逝。谢:代谢,交替。　③流易:消失,变更。　④之子:那人,指妻。穷泉:深泉,这里指地下。　⑤重壤:一层层土壤,指黄泉下。　⑥私怀:私愿,指白头偕老的愿望。谁克从:怎么能够达到。　⑦淹留:长久滞留。　⑧僶俛(mǐn miǎn):勉强,勉力。恭朝命:恭敬地顺从朝廷的命令。　⑨回心:回转心情,指从哀悼妻子的感情中解脱出来。反初役:回到当初的官位上去。　⑩庐:指妻子住过的房屋。　⑪所历:指亡妻的生活经历。　⑫无髣髴:即仿佛,没有与亡妻相似的影子。翰墨:笔墨,这里指亡妻留下的诗文。　⑬怅恍(huǎng):神志恍惚。或存:妻子好像还活着。周惶:惶恐不安。忡(chōng):忧伤的样子。　⑭翰林鸟:振翅(翰)在林中飞翔的鸟。只:单只,指只剩下诗人一人。　⑮比目:比目鱼。　⑯晨霤:屋檐上流下来的水。　⑰寝息:睡眠休息时。　⑱庶几:希望。庄缶:《庄子·至乐》:"庄子妻死,惠子吊之,庄子则方箕踞鼓盆而歌。"这两句是诗人希望时间久了,自己怀念妻子的感情能淡薄些,像庄子那样旷达。

左 思

左思(生卒年不详),西晋文学家。字太冲,齐国临淄(今山东淄博市)人。博学能文,征为秘书郎。后齐王司马冏命为记室督,力辞不就。他花十年时间,写成《三都赋》,洛阳为之纸贵。由于出身寒素,仕途很不得意,因而在《咏史诗》中抒写了对门阀制度的极度不满和强烈的怀才不遇之情。原有集,已散佚,后人辑有《左太冲集》。

咏 史①

其 二②

郁郁涧底松,离离山上苗③。以彼径寸茎,荫此百尺条④。世胄蹑高位,英俊沉下僚⑤。地势使之然⑥,由来非一朝。金张籍旧业,七叶珥汉貂⑦。冯公岂不伟,白首不见招⑧。

【导读】

一、钟嵘《诗品》卷上说:"晋记室左思,其源出于公幹(刘桢)。文典以怨,颇为精切,得讽谕之致。虽野于陆机,而深于潘岳。谢康乐尝言:'左太冲诗,潘安仁诗,古今难比。'"陈祚明《采菽堂古诗选》卷十一说:"太冲一代伟人,胸次浩落,洒然流咏。似孟德而加以流丽,仿子建而独能简贵。创成一体,垂式千古。其雄在才,而其高在志。有其才而无其志,语必虚矫;有其志而无其才,音难顿挫。钟嵘以为'野于陆机',悲哉,彼安知太冲之陶乎汉魏、化乎矩度哉?"

二、沈德潜《古诗源》卷七说:"太冲《咏史》,不必专咏一人、专咏一事,咏古人而已之性情俱见。此千秋绝唱也。后惟明远(鲍照)、太白(李白)能之。"

三、此诗开头四句以涧底松和山上苗来比喻寒门的英俊和世族的庸才,用"以彼径寸茎,荫此百尺条"来比喻"上品无寒门,下品无世族"的门阀制度的不合理性,非常贴切。接着四句,议论庸才居高位、英俊沉下僚的现象由来已经很久。实际上从汉魏实行"九品中正制"时即已开始。最后四句举汉代金、张二姓历代当大官而冯唐却到老仍当郎署小官的例子,更有说服力。全诗语言质朴,情绪激昂,很有力度。

---

①《咏史》共八首,都是托古讽今之作。这里选了三首。 ②此诗揭露门阀制度的不公平。 ③郁郁:茂盛的样子。离离:下垂的样子。苗:草木的幼苗。 ④径寸茎:指一寸长的幼苗。荫:遮盖。百尺条:指涧底百尺高的松树。 ⑤世胄:世家子弟。蹑:登上。沉下僚:沉埋在小官的位置上。 ⑥地势:借涧底松和山上苗所处不同地势来指责当时以门第高低来对待人的不合理的社会制度。 ⑦金:指金日(mì)䃅(dī)家,从汉武帝至汉平帝,共七代人当侍中。张:指张汤家,从汉宣帝至汉元帝,其有十多人当侍中或中常侍。七叶珥汉貂:七代人戴上插有貂尾的官帽,指七代人做了汉朝的贵官。 ⑧冯公:指冯唐,汉文帝时人,武帝时仍居郎官小职。白首不见招:头发白了还没有被皇帝召见。《汉书·冯唐列传》:"武帝即位,求贤良,举唐。唐时年九十余,不能为官,乃以子遂为郎。"

其　五①

皓天舒白日，灵景耀神州②。列宅紫宫里，飞宇若云浮③。峨峨高门内，蔼蔼皆王侯④。自非攀龙客，何为欻来游⑤。被褐出阊阖，高步追许由⑥。振衣千仞冈，濯足万里流⑦。

【导读】

此诗前六句写王侯所居住的宫室极其壮丽奢华，后六句写诗人自己鄙弃荣华富贵，要像许由那样隐居高蹈，显示了左思高洁的志趣，在八首诗中情绪最为激烈。郑振铎在《插图本中国文学史》一册中说："'振衣千仞冈，濯足万里流'，其雄气是足吞数十百辈小诗人于胸中，曾不芥蒂的。"

其　六⑧

荆轲饮燕市，酒酣气益震⑨。哀歌和渐离，谓若傍无人。虽无壮士节，与世亦殊伦⑩。高眄邈四海，豪右何足陈⑪。贵者虽自贵，视之若埃尘。贱者虽自贱，重之若千钧。

【导读】

此诗前八句赞颂荆轲酒酣气雄、慷慨悲歌、旁若无人的英姿，后四句议论贵者轻若尘埃、贱者重若千钧。从历史上著名的英雄人物入手，使议论显得具体、实在、有力。

陆　机

陆机（261—303），西晋文学家。字士衡，吴郡华亭（今上海松江）人。祖父陆逊、父亲陆抗，都是东吴名将。太康末，与弟陆云同赴洛阳，诗文为时所重。被辟为祭酒，累官至太子洗马、著作郎。后为成都王颖之后将军、河北大都督，率兵攻打长沙王司马乂，战败后受谗言中伤，与弟陆云均被成都王司马颖杀害。他的《文赋》研究创作构思，讨论文章利弊，是我国古代文学理论史上一篇名文。原有集，已散佚，后人辑有《陆士衡集》十卷本。

---

① 此诗写诗人鄙视功名利禄，要隐居以遂高蹈之志。　② 皓天：明亮的天空。灵景：日光。神州：赤县神州的简称，指中国。《史记·孟子荀卿列传》："中国名曰赤县神州。"　③ 紫宫：紫微宫本是星名，这里借指皇都。飞宇若云浮：古代宫殿的屋檐像张开的鸟翼，这里指宫殿的飞檐如云，十分豪华气派。　④ 峨峨：高峻的样子。蔼蔼：众多的样子。　⑤ 攀龙客：指追随帝王以求取功名利禄的人。欻（xū）：忽然。　⑥ 被褐：穿着粗布衣服。阊阖：晋代洛阳有阊阖门。许由：传说中的隐士。皇甫谧《高士传》："许由字武仲。尧闻致天下而让焉，乃退而遁于中岳颍水之阳，其山之下隐。尧又召为九州长，由不欲闻之，洗耳于颍水滨。时有巢父牵犊欲饮之，见由洗耳，问其故。对曰：'尧欲召我为九州长，恶闻其声，是故洗耳。'巢父曰：'子若处高岸深谷，人道不通，谁能见子？故浮游，欲闻求其名誉。污吾犊口。'牵犊上流饮之。许由殁，葬此山，亦名许由山。"　⑦ 振衣：抖去衣服上的灰尘。濯足：洗去脚上的污垢。以上均为比喻。　⑧ 此诗以赞扬荆轲的手法，表示对豪门权贵的蔑视。　⑨ 荆轲：战国时燕国勇士。《史记·刺客列传》："荆轲既至燕，爱燕之狗屠及善击筑者高渐离。荆轲嗜酒，日与狗屠及高渐离饮于燕市，酒酣以往，高渐离击筑，荆轲和而歌于市中，相乐也，已而相泣，旁若无人者。荆轲虽游于酒人乎，然其为人沉深好书；其所游诸侯，尽与其贤豪长者相结。其之燕，燕之处士田光先生亦善待之，知其非庸人也。"　⑩ 殊伦：与众不同。　⑪ 高眄邈四海：放眼瞭望，将四海看得很渺小。

赴洛道中作①·其二

远游越山川,山川修且广②。振策陟崇丘,安辔遵平莽③。夕息抱影寐,朝徂衔思往④。顿辔倚嵩岩,侧听悲风响⑤。清露坠素辉,明月一何朗⑥。抚枕不能寐,振衣独长想⑦。

【导读】

一、《晋书·陆机传》说:"机天才秀逸,辞藻宏丽,张华尝谓之曰:'人之为文,常恨才少,而子更患其多。'弟云,尝与书曰:'君苗见兄文,辄欲烧其笔砚。'后葛洪著书称:'机文犹玄圃之积玉,无非夜光焉,五河之吐流,泉源如一焉。其弘丽妍赡,英锐漂逸,亦一代之绝乎!'其为人所推服如此。"因为他的作品语言雕琢排偶,符合当时人们的审美情趣,所以当时人对其作品评价很高,钟嵘《诗品》上卷中说:"晋平原相陆机,其源出于陈思(曹植)。才高词赡,举体华美。气少于公干(刘桢),文劣于仲宣(王粲)。尚规矩,不贵绮错,有伤直致之奇。然其咀嚼英华,厌饫膏泽,文章之渊泉也。张公(华)叹其大才,信矣!"但实际上陆机专事模拟,作品内容较空虚,感情较贫乏,《晋书》与《诗品》的评价是不太恰当的。《世说新语·文学》刘孝标注引《文章传》说:"机善属文,司空张华见其文章,篇篇称善,犹讥其作文大治(按,指推阐尽致),谓曰:'人之作文,患于不才;至子为文,乃患太多也。'"刘勰《文心雕龙·才略》说:"陆机才欲窥深,辞务索广,故思能入巧而不制繁。"

二、此诗通过对途中景物的描写,表现了游子哀伤的心情。从路途的漫长遥远写起,写到途中的辛苦、孤独、哀伤,由风响与月朗触发对家乡和亲人的怀念,最后以夜不能寐、披衣长想作结,更使人感到诗人内心的忧伤。此诗由景生情,情景交融,风格清新自然。

拟西北有高楼⑧

高楼一何峻,迢迢峻而安。绮窗出尘冥,飞陛蹑云端⑨。佳人抚琴瑟,纤手清且闲。芳气随风结,哀响馥若兰⑩。玉容谁能顾,倾城在一弹⑪。伫立望日昃,踯躅再三叹⑫。不怨伫立久,但愿歌者欢。思驾归鸿羽,比翼双飞翰⑬。

【导读】

此诗咏一位男子对于高楼佳人的深挚爱恋之情。前四句写佳人所住楼房高入云端,暗喻佳人出身的高贵。中六句写佳人弹琴的姿势极美,琴声极其哀怨动人,弹奏的效果极好。尤其是"芳气随风结,哀响馥若兰"两句,写得很美。上句的意思是说,佳人身上的芬芳气味仿佛与琴声一起随风飘来。下句采

---

① 此诗共二首,是陆机在离家赴洛阳途中所写,这里选的是第二首。 ② 修:长。 ③ 振策:挥动马鞭。陟:登上。崇丘:高山。安辔:手按住马缰绳,让马慢慢行走。遵:沿着。平莽:长满杂草的原野。 ④ 朝徂:早晨上路。衔思:含悲。 ⑤ 顿辔:拉住缰绳,使马停下。 ⑥ 素辉:月光。 ⑦ 振衣:披衣而起。 ⑧ 这是一首歌咏男女情爱的诗。 ⑨ 绮窗:有花纹图案的窗子。飞陛:飞跨空中的台阶。 ⑩ 哀响:哀怨的歌声。此词用得最早的是"建安七子"之一的应玚,他在《正情赋》中写道:"仰崇夏而长息,动哀响而含叹。气浮踊而云馆,肠一夕而九烦。" ⑪ 倾城:指绝世佳人。《汉书·外戚传》载李延年歌:"北方有佳人,绝世而独立,一顾倾人城,再顾倾人国。宁不知倾城与倾国,佳人难再得!"这两句是说,虽然看不到这位佳人的花容月貌,但只要听她弹奏一曲,便能使倾城之人深深感动。 ⑫ 日昃:太阳偏西。踯躅:徘徊不前的样子。 ⑬ 比翼:希望能与佳人结成佳偶,比翼齐飞。

用了通感的修辞手法:琴声本来只能通过听觉来感受,而"馥若兰"则是要通过嗅觉来感受的。这句诗打通了听觉与嗅觉。在古代文学作品中,还很少有人如此使用。后六句写这位痴情的男子,一直伫立在那里,直到太阳偏西,徘徊不安,再三叹息,并表示并不怨自己长久伫立,只希望佳人欢乐愉快。最后表示希望能与佳人结成佳偶,比翼齐飞。全诗语言清丽华美,构思精巧。

张 协

张协(生卒年不详),西晋文学家。字景阳,安平武邑(今属河北)人。曾任河间内史等官,晚年因世乱而隐居不出,以吟咏自娱,很有诗名,与其兄张载、其弟张亢并称"三张"。有《张景阳集》。

杂诗①·其一

秋夜凉风起,清气荡暄浊②。蜻蛚吟阶下,飞蛾拂明烛③。君子从远役,佳人守茕独④。离居几何时,钻燧忽改木⑤。房栊无行迹,庭草萋以绿⑥。青苔依空墙,蜘蛛网四屋⑦。感物多所怀,沉忧结心曲⑧。

【导读】

一、刘勰《文心雕龙·明诗》说:"景阳振其丽。"《才略》又说:"孟阳(张载)、景阳,才绮而相埒,可谓鲁卫之政,兄弟之文也。"钟嵘《诗品》卷上说:"晋黄门郎张协,其源出于王粲。文体华净,少病累。又巧构形似之言,雄于潘岳,靡于太冲(左思)。风流调达,实旷代之高手。调采葱菁,音韵铿锵,使人味之,亹亹不倦。"元代陈绎曾《诗谱》中说:"张协逐句锻炼,辞工制率。"

二、此诗开头四句写秋夜凄清的景色,这是思妇感发的眼前景。接着四句写思妇感到孤独,感到季节变换之快,暗含青春难永驻之悲。接着四句写庭草萋绿、青苔满墙、蛛网四布、无人行走的荒芜景象,运用细节描写显示思妇内心的空虚感与失落感。最后两句归结到"感物""沉忧",篇末点题,十分有力。诗的结构严谨,层次清晰。

三、吴淇《六朝选诗定论》说:"此诗前云蜻蛚云云,尚未感物,只是感时而思。凡人所思,未有不低头,低头则目之所触,正在昔日所行之地上。房栊既无行迹,意者其在室之外乎,于是又稍稍抬头一看,前庭又无行迹,惟草之萋绿而已。于是又稍稍抬头平看,惟见空墙而已。于是不觉回首向内仰屋而叹,惟见蛛网而已。如此写来,真抉情之三昧。"

---

①《杂诗》共十首,这是第一首。写思妇对于远出在外丈夫的怀念之情。 ②暄浊:闷热混浊的气息。 ③蜻蛚(liè):蟋蟀。 ④从远役:出远门办事。茕(qióng)独:孤单。 ⑤钻燧:古代钻木取火时,季节不同,所用之木也不同。《文选》卷二九李善注引《邹子》曰:"春取榆柳之火,夏取枣杏之火,季夏取桑柘之火,秋取柞楢之火,冬取槐檀之火。"这里借指季节变换得很快。 ⑥房栊:房舍。萋:茂盛。 ⑦网:结网,用作动词。 ⑧心曲:内心深处。

刘 琨

刘琨(271—318),西晋将领、诗人。字越石,中山魏昌(今河北无极县东北)人。元康中,为司隶从事。历任著作郎、太学博士、尚书郎等。光熙初,封广武侯。永嘉初,拜并州刺史。建兴二年。加大将军,都督并州诸军事。三年,进司空。四年,为石勒所败,奔段匹磾。大兴元年,为段匹磾所害。刘琨诗风慷慨悲凉。有《刘中山集》。

扶 风 歌①

朝发广莫门,暮宿丹水山②。左手弯繁弱,右手挥龙渊③。顾瞻望宫阙,俯仰御飞轩④。据鞍长叹息⑤,泪下如流泉。系马长松下,发鞍高岳头⑥。烈烈悲风起,泠泠涧水流⑦。挥手长相谢⑧,哽咽不能言。浮云为我结⑨,归鸟为我旋。去家日已远,安知存与亡⑩。慷慨穷林中,抱膝独摧藏⑪。麋鹿游我前,猿猴戏我侧⑫。资粮既乏尽,薇蕨安可食⑬。揽辔命徒侣⑭,吟啸绝岩中。君子道微矣,夫子故有穷⑮。惟昔李骞期,寄在匈奴庭,忠信反获罪,汉武不见明⑯。我欲竟此曲,此曲悲且长。弃置勿重陈,重陈令心伤。

【导读】

一、刘勰《文心雕龙·才略》说:"刘琨雅壮而多风……亦遇之于时势也。"钟嵘《诗品》卷中说:"晋太尉刘琨……其源出于王粲。善为凄戾之词,自有清拔之气。琨既体良才,又罹厄运,故善叙丧乱,多感恨之词。"元代陈绎曾《诗谱》说:"刘琨……忠义之气自然形见,非有意于诗也。杜子美(杜甫)以此为根本。"

二、此诗写作背景如下:据《晋书·刘琨传》云:"永嘉元年,为并州刺史,加振威将军,领匈奴中郎将。琨在路上表曰:'臣以顽蔽,志望有限,因缘际会,遂忝过任。九月末得发,道险山峻,胡寇塞路。辄以少击众,冒险而进,顿伏艰危,辛苦备尝,即日达壶口关。臣自涉州疆,目睹困乏,流移四散,十不存二,携老扶弱,不绝于路。及其在者,鬻卖妻子,生相捐弃,死亡委厄,白骨横野,哀呼之声,感伤和气。群胡数万,周匝四山,动足遇掠,开目睹寇。……'"又云:"时东嬴公腾自晋阳镇邺,并土饥荒,百姓随腾南下,余户不满二万,寇贼纵横,道路断塞。琨募得千余人,转斗至晋阳。府寺焚毁,僵尸蔽地,其有存者,饥羸无复人色,荆棘成林,豺狼满道。"可见当时边患之严重。

① 这是永嘉元年(307)诗人从洛阳赴并州刺史任时所写,抒发了诗人忧念时局的愤激情绪。 ② 广莫门:洛阳城北门。丹水山:即今山西晋城市北的丹朱岭。 ③ 繁弱:古代大弓名。龙渊:古代宝剑名。 ④ 御飞轩:驾驭着飞奔的车子。 ⑤ 据鞍:按住马鞍。 ⑥ 发鞍:卸下马鞍。 ⑦ 泠泠:山泉流淌的声音。 ⑧ 谢:辞别。 ⑨ 结:停住不动。 ⑩ 存与亡:活着还是死了。 ⑪ 穷林:偏僻的深林。摧藏:悲伤。 ⑫ 猨:同"猿"。 ⑬ 薇蕨:野菜。 ⑭ 揽辔:挽住马缰绳。 ⑮ 夫子:指孔子。《论语·卫灵公》记载:孔子"在陈绝粮,从者病,莫能兴。子路愠见曰:'君子亦有穷乎?'子曰:'君子固穷,小人穷斯滥矣。'" ⑯ 李:指李陵。骞期:骞,同"愆",耽误了行军约定的期限。行军误期是李广的事,诗人误记为李陵。汉武帝时,李陵率五千人出塞与匈奴奋战,由于孤军深入,力竭援绝后投降匈奴,司马迁认为李陵不是真投降,而是等待时机立功报汉。"忠信"二句的根据在此。

三、此诗可分四层:第一层八句,写诗人早上从洛阳出发,晚上住宿山西境内的丹朱岭上,虽然带有优良的武器,然而朝廷消极抗敌,百姓蒙难,诗人据鞍望阙长叹,泪下如泉。第二层十二句,写诗人驻马休息时,悲风烈烈,涧水泠泠,浮云停顿,飞鸟回旋,仿佛大自然的一切,都在与诗人同悲,诗人处身于偏僻的深林中,好像已陷入死亡的绝境!第三层八句,写诗人身处山野,与麋鹿、猿猴为伍,以野菜充饥,与徒侣吟啸绝岩之中,与孔子当年在陈绝粮的遭遇极其相似。第四层八句,借李陵事件,批判帝王昏庸不明,于是弹奏出这支悲且长的伤心之曲来。全诗感慨淋漓,悲愤感人。

郭 璞

郭璞(276—324),东晋文学家、训诂学家。字景纯,河东闻喜(今属山西)人。惠怀间避乱过江,担任过著作佐郎、尚书郎等官。明帝初,王敦起为记室参军,因阻止王敦谋逆,太宁二年被害。郭璞的《游仙诗》较有名。今传《郭弘农集》,系明人所辑。另有《尔雅注》《方言注》《穆天子传注》《山海经注》《水经注》《楚辞注》《子虚上林赋注》等。

游 仙 诗①

其 一②

京华游侠窟,山林隐遁栖③。朱门何足荣,未若托蓬莱④。临源挹清波,陵冈掇丹荑⑤。灵溪可潜盘,安事登云梯⑥。漆园有傲吏,莱氏有逸妻⑦。进则保龙见,退为触藩羝⑧。高蹈风尘外,长揖谢夷齐。

①《游仙诗》共十四首,其中四首有残缺。借歌咏神仙抒写了诗人厌弃世俗生活、向往隐逸生活的情趣。这里选了两首。 ②这首诗否定朱门与仕宦,歌颂隐居避世。 ③京华:京城。 ④朱门:豪贵之家,门涂红漆,故称豪贵为朱门。托蓬莱:栖身于草野。 ⑤挹:汲取。掇:采拾。丹荑:初生的丹芝,古人认为吃了可以延年益寿。 ⑥灵溪:水名,庾仲雍《荆州记》:"大城西九里有灵溪水。"潜盘:隐居盘桓。登云梯:比喻做官,即致身青云的意思。 ⑦漆园吏:《史记·老庄申韩列传》载,庄子曾为漆园吏,"楚威王闻庄周贤,使使厚币迎之,许以为相。庄周笑谓楚使者曰:'千金,重利;卿相,尊位也。子独不见郊祭之牺牛乎?养食之数岁,衣以文绣,以入大庙。当是时,虽欲为孤豚,岂可得乎?子亟去,无污我。我宁游戏污渎之中自快,无为有国者所羁,终身不仕,以快吾志焉'"。 莱氏妻:《列女传》载:"莱子逃世,耕于蒙山之阳。葭墙蓬室,木床蓍席,衣缊食菽,垦山播种。人或言之楚王曰:'老莱,贤士也。'王欲聘以璧帛,恐不来,楚王驾至老莱之门,老莱方织畚,王曰:'寡人愚陋,独守宗庙,愿先生幸临之。'老莱子曰:'仆山野之人,不足守政。'王复曰:'守国之孤,愿变先生之志。'老莱子曰:'诺。'王去,其妻戴畚莱挟薪樵而来,曰:'何车迹之众也?'老莱子曰:'楚王欲使吾国吾国之政。'妻曰:'许之乎?'曰:'然。'妻曰:'妾闻之:可食以酒肉者,可随以鞭捶。可授以官禄者,可随以铁钺。今先生食人酒肉,授人官禄,为人所制也。能免于患乎!妾不能为人所制。'投其畚莱而去。老莱子曰:'子还,吾为子更虑。'遂行不顾,至江南而止,曰:'鸟兽之解毛,可绩而衣也。据其遗粒,足以食也。'老莱子乃随其妻而居之。" ⑧进:指进入隐逸之境。龙见:《周易·乾卦》:"九二,见龙在田,利见大人。"王弼注"出潜离隐,故曰'见龙',处于地上,故曰'在田'。德施周普,居中不偏,虽非君位,君之德也。"此句是说,隐居可保持高尚的品德。退:指退处世俗。触藩羝《周易正义》:"上六:羝羊触藩,不能退,不能遂。无攸利,艰则吉。"注疏:"有应于三,故'不能退'。惧于刚长,故'不能遂'。持疑犹豫,志无所定,以斯决事,未见所利。"此句是说,做官就会使自己处于进退两难不利境地。

【导读】

一、刘勰《文心雕龙·明诗》说:"景纯《仙篇》,挺拔而为隽矣。"《才略》又说:"景纯艳逸,足冠中兴,《郊赋》既穆穆以大观,《仙诗》亦飘飘而凌云矣。"钟嵘《诗品》卷中说:"晋弘农太守郭璞,宪章潘岳,文体相辉,彪炳可玩。始变永嘉平淡之体,故称中兴第一。《翰林》以为诗首。但《游仙》之作,词多慷慨,乖远玄宗。而云:'奈何虎豹姿。'又云:'戢翼栖榛梗。'乃是坎壈咏怀,非列仙之趣也。"陈祚明《采菽堂古诗选》卷十二说:"景纯本以仙姿游于方内,其超越恒情,乃在造语奇杰,非关命意。《游仙》之作,明属寄托之词,如以'列仙之趣'求之,非其本旨矣!"

二、此首写做官不如隐逸,山林的乐趣胜于求仙。开头四句直写主旨。中间四句赞扬隐居高蹈之可贵。诗末六句,先赞颂庄子和老莱子拒绝仕宦;接着引用《易经》卦辞来说明隐居能保持高尚的品德,能得到自由,进入仕途,则会陷入进退两难的境地;最后说自己的隐居要超过伯夷、叔齐。

其 五①

逸翮思拂霄,迅足羡远游②。清源无增澜,安得运吞舟③。圭璋虽特达,明月难暗投④。潜颖怨青阳,陵苕哀素秋⑤。悲来恻丹心,零泪缘缨流⑥。

【导读】

本诗写才能如果得不到别人赏识,壮志便无法实现。诗中以善于飞翔的鸟想掸拂云霄、善于奔跑的兽想长途远涉、吞舟的大鱼需要依赖巨大的波浪、贵重礼品圭璋可以单独送达、明月之珠不能暗投、生在阴暗处的禾穗埋怨春天来得迟、长在高陵上的草木埋怨秋天来得早等现象,来强调才能的施展需要种种外部条件,从而充分抒写了诗人壮志难酬的悲愤,最后以"悲来恻丹心,零泪缘缨流"两句予以总结,水到渠成地点明了主旨。

孙 绰

孙绰(314—371),东晋文学家。字兴公,太原中都(今山西平遥县)人。历任著作佐郎、参军、永嘉太守、散骑常侍等。孙绰与许询是东晋玄言诗的代表作家。原有集,已佚,明人辑有《孙廷尉集》。

---

① 这首诗慨叹如果无人赏识,有才能也无处施展。 ② 逸翮:善于飞翔的鸟。迅足:善于奔跑的兽。 ③ 增澜:层层叠叠的波浪,指大浪。增,通"层"。吞舟:指大鱼。《韩诗外传》:"吞舟之鱼,不居潜泽。" ④ 圭璋:玉器。《礼记·聘义》:"圭璋特达,德也。"意指用圭璋作为礼品单独送达,不须货币之类为辅。这里比喻德才兼备者无须凭借外力。明月:宝珠。《汉书·邹阳传》:"明月之珠、夜光之璧,以暗投人于道,众莫不按剑相眄者。何则?无因而至前也。"比喻德才不被人认识,就会被人所拒绝。 ⑤ 潜颖:长在阴暗处的禾穗。青阳:春日。陵苕:长在高处的草木。素秋:秋天。上句怨春天来得太迟,下句怨秋天来得太早。 ⑥ 缘:沿着。缨:系帽带子。

秋 日 诗①

萧瑟仲秋月,飂戾风云高②。山居感时变,远客兴长谣③。疏林积凉风,虚岫结凝霄④。湛露洒庭林,密叶辞荣条⑤。抚菌悲先落,攀松羡后凋⑥。垂纶在林野,交情远市朝⑦。澹然古怀心,濠上岂伊遥⑧。

【导读】

一、钟嵘《诗品》总论说:"永嘉时,贵黄、老,稍尚虚谈。于时篇什,理过其辞,淡乎寡味。爰及江表,微波尚传,孙绰、许询、桓、庾诸公诗,皆平典似《道德论》,建安风力尽矣。"又在卷下评论孙绰等人的玄言诗说:"永嘉以来,清虚在俗。王武子辈诗,贵道家之言。爰泊江表,玄风尚备。真长、仲祖、桓、庾诸公犹相袭。世称孙、许,弥善恬淡之词。"

二、此诗前四句写因季节变换之迅速而忧伤地歌唱;中六句写稀疏的树林中刮起凉风,山头上云气停滞不动,露水清冷,树叶凋零,"抚菌悲先落,攀松羡后凋",悲朝菌生命短促,羡青松傲雪凌霜,以此来抒发诗人对生命的看法;最后四句以远离市朝垂钓、怀念庄子濠上之乐来表述欲超世隐遁的情怀。总之,孙绰这首诗还颇有情趣,与"淡乎寡味"、哲学讲义式的玄言诗并非完全一样。

陶渊明

陶渊明(369—427),东晋诗人。字元亮,一说名潜,字渊明,私谥靖节,浔阳柴桑(今江西九江)人。曾祖是晋大司马陶侃。早年曾任江州祭酒、镇军参军、建威参军、彭泽令等,后因厌恶官场黑暗污浊,不愿为五斗米折腰,即辞官归隐农村,作《五柳先生传》以自况。他的诗描写了农村的美好风光,表现了不愿与黑暗现实同流合污的高尚情操,抒发了他的乐天安命思想和闲适的心情,对后代诗歌影响极大。有《陶渊明集》。

和郭主簿二首⑨

其 一

蔼蔼堂前林,中夏贮清阴⑩。凯风因时来,回飚开我襟⑪。息交游闲业⑫,卧起弄书琴。

---

① 此诗通过对秋景的描写,抒发了萧散隐逸的情怀。 ② 飂(liáo)戾:风声。 ③ 长谣:拖长声调唱歌。 ④ 凝霄:停住不动的云气。 ⑤ 密叶辞荣条:指稠密的树叶从枝上凋零。 ⑥ 菌:朝菌,一种生命短促、见日就死的植物。 ⑦ 市朝:即闹市,朝廷和市集,指公众聚会之处。《左传·襄公十九年》:"妇人无刑,虽有刑,不在朝市。" ⑧ 濠上:像庄子濠上之游那么快乐的境界并不遥远。《庄子·秋水》:"庄子与惠子游于濠梁之上。庄子曰:'鲦鱼出游从容,是鱼之乐也。'惠子曰:'子非鱼,安知鱼之乐?'庄子曰:'子非我,安知我不知鱼之乐?'" ⑨ 此诗约作于晋安帝元兴二年癸卯(403),诗人三十五岁时。第一首写诗人愉快闲适的生活。第二首歌颂古代隐居者清高贞洁的人格,并抒发自己无法实现隐居的苦恼。 ⑩ 蔼蔼:茂盛的样子。中夏:仲夏,夏季的第二个月,阴历五月。 ⑪ 凯风:南风。回飚:回风。 ⑫ 息交:停止与朋友交游。闲业:与正业相对,正业指儒家经典,闲业指《老子》《庄子》《山海经》等。

园蔬有余滋①,旧谷犹储今。营己良有极,过足非所钦②。春秫作美酒③,酒熟吾自斟。弱子戏我侧,学语未成音。此事真复乐,聊用忘华簪④。遥遥望白云,怀古一何深!

其 二

和泽周三春⑤,清凉素秋节。露凝无游氛,天高肃景澈⑥。陵岑耸逸峰⑦,遥瞻皆奇绝。芳菊开林耀,青松冠岩列⑧。怀此贞秀姿,卓为霜下杰⑨。衔觞念幽人,千载抚尔诀⑩。检素不获展⑪,厌厌竟良月。

【导读】

一、钟嵘《诗品》卷中:"宋征士陶潜,其源出于应璩,又协左思风力。文体省净,殆无长语。笃意真古,辞兴婉惬。每观其文,想其人德。世叹其质直。至如'欢言酌春酒''日暮天无云',风华清靡,岂直为田家语邪?古今隐逸诗人之宗也。"苏轼在《追和陶渊明诗引》中说:"东坡先生谪居儋耳……独犹喜为诗,精深华妙,不见老人衰惫之气。是时,辙亦迁海康,书来告曰:'吾于诗人,无所甚好,独好渊明之诗。渊明作诗不多,然其诗质而实绮,癯而实腴。自曹、刘、鲍、谢、李、杜诸人皆莫及也。'"明王世贞《艺苑卮言》中说:"渊明托旨冲澹,其造语有极工者,乃大入思来,琢之使无痕迹耳。后人苦一切深沉,取其形似,谓为自然,谬以千里。"清陈廷焯《白雨斋诗话》卷八说:"如渊明之诗,淡而弥永,朴而愈厚,极疏极冷,极平极正之中,自有一片热肠,缠绵往复。此陶公所以独有千古,无能为继也。求之于词,未见有造此境者。"

二、对于《和郭主簿二首》,王夫之《古诗评选》卷四说:"写景净,言情深,乃不负为幽人之作。"邱嘉穗《东山草堂陶诗笺》卷二说:"此陶公自述其素位之乐,真不以贫贱而有慕于外,不以富贵而动于中者,岂矫情哉!"方东树《昭昧詹言》卷四说:"此二首与《酬刘柴桑》皆闲居诗正格,一味本色真味,直书胸臆。前首夏景,次首秋景。尔,即指幽人也,解者谓指松菊,则于下文势不通矣,因松菊以兴起幽人耳。前者望云怀古,次衔觞念幽人也。"陶澍集注《靖节先生集》卷二说:"'衔觞'四句,盖谓千载幽人,无不抱此松菊之操,抚之而志节益坚,以今准古,亦犹是也。自检平素,有怀莫展,厌厌寡绪,其谁知之乎?"

癸卯岁始春怀古田舍⑫

先师有遗训,忧道不忧贫⑬。瞻望邈难逮,转欲志长勤⑭。秉耒欢时务,解颜劝农人⑮。

---

① 余滋:繁殖了很多。 ② 营己:营谋自己的生活。有极:是有限度的。过足:过于富足的生活。 ③ 秫:这里指黏性高粱。 ④ 华簪:华贵的发簪。这里指荣华富贵。 ⑤ 和泽:雨水调和。 ⑥ 游氛:飘浮着的雾气。肃景:因秋气肃杀,故称秋景为肃景。 ⑦ 陵岑:绵延不断的丘陵。 ⑧ 冠岩列:在岩顶排列。 ⑨ 霜下杰:在霜下更显得杰出不凡。 ⑩ 衔觞:举杯。诀:离别,隔离。 ⑪ 检:自我检点。素:平素。 ⑫ 此诗作于元兴二年癸卯(403),诗人三十五岁时。此诗共二首,第一首怀念孔子与荷蓧丈人的事;这里选的是第二首,怀念孔子问道于长沮、桀溺的事。 ⑬ 先师:指孔子。忧道不忧贫:《论语·卫灵公》:"子曰:'君子谋道不谋食。耕也,馁在其中矣;学也,禄在其中矣。君子忧道不忧贫。'" ⑭ 瞻望邈难逮:对孔、颜的安贫乐道,邈不可逮。 ⑮ 秉耒:拿起农具。时务:农务。解颜:发自真心的笑颜。

平畴交远风,良苗亦怀新①。虽未量岁功②,即事多所欣。耕种有时息,行者无问津③。日入相与归,壶浆劳近邻④。长吟掩柴门,聊为陇亩民⑤。

【导读】

一、龚斌《陶渊明集校笺》卷三说:"隆安五年辛丑(401)冬,渊明母丧离职,自江陵回寻阳居忧,至元兴三年甲辰(404),复出为刘裕镇军参军。这二首诗即作于居忧期间。"

二、此诗前六句为一段,从孔子"忧道不忧贫"的遗训写起,孔子的标准太高,孔子与颜回也邈远难以追寻,还是根据自己的实际情况从眼前做起,不仅亲自操耒耕作,还勉励农友要不误农时。中四句为第二段,写亲自耕种的乐趣:春风吹过平旷的田野,庄稼显得生意盎然;虽然现在还无法预计收成的好坏,但劳动时所见景物已使我的内心洋溢着欢乐。末六句为第三段,怀念长沮、桀溺,并表示要长为陇亩之民。全诗写得朴实淳厚。

三、钟惺《古诗归》卷九说:"幽生于朴,清出于老,高本于厚,逸原于细,此陶诗也。读此等诗,当自得之。"王夫之《古诗评选》卷四说:"通首好诗,气和理匀。"

归园田居⑥

其 一⑦

少无适俗韵,性本爱丘山⑧。误落尘网中,一去三十年⑨。羁鸟恋旧林,池鱼思故渊⑩。开荒南野际,守拙归园田⑪。方宅十余亩,草屋八九间。榆柳荫后檐,桃李罗堂前⑫。暧暧远人村,依依墟里烟⑬。狗吠深巷中,鸡鸣桑树巅。户庭无尘杂,虚室有余闲⑭。久在樊笼里,复得返自然。

【导读】

一、宋惠洪《冷斋夜话》:"东坡尝云:渊明诗初视若散缓,熟视有奇趣。如'暧暧远人村,依依墟里烟','狗吠深巷中,鸡鸣桑树巅',大率才高意远,则所寓得其妙,如大匠运斤,无斧凿痕。"清方东树《昭昧詹言》卷四:"此诗纵横浩荡,汪茫溢满,而元气磅礴。大舍细入,精气入而粗秽除。奄有汉魏,包孕众胜。后来惟杜公有之。韩公较之,犹觉圭角镌露,其余不足论矣。'少无适俗韵'八句当一篇大序文,而气势

---

① 平畴:平旷的田野。怀新:生意盎然。 ② 岁功:指一年的农业收成。 ③ 行者无问津:《论语·微子》:"长沮、桀溺耦而耕,孔子过之,使子路问津焉。长沮曰:'夫执舆者为谁?'子路曰:'为孔丘。'曰:'是鲁孔丘与?'曰:'是也。'曰:'是知津矣。'问于桀溺。桀溺曰:'子为谁?'曰:'为仲由。'曰:'是鲁孔丘之徒与?'对曰:'然。'曰:'滔滔者天下皆是也,而谁以易之?且而与其从辟人之士也,岂若从辟世之士哉!'耰而不辍。子路行以告。夫子怃然曰:'鸟兽不可与同群,吾非斯人之徒与而谁与? 天下有道,丘不与易也。'"诗人以长沮、桀溺自比,但他在耕作休息时,却并没有像孔子那样有志于治世的人来问路,故而发出叹息。 ④ 日入:《击壤歌》:"日出而作,日入而息。" ⑤ 陇亩民:耕田的农民。 ⑥ 《归园田居》共五首,据《归去来兮辞》,陶渊明在晋安帝义熙元年乙巳(405)十一月辞官归田,此诗当作于晋安帝义熙二年丙午(406),诗人三十八岁时。 ⑦ 此首写归田后的舒适心情和田园的美好风光。 ⑧ 适俗韵:适应世俗的气韵和风度。 ⑨ 尘网:尘世像罗网一样,主要指官场的黑暗污秽。一去三十年:当作"已十年","三"为"已"之讹。《杂诗》其十:"荏苒经十载,暂为人所羁。"由此可见,陶渊明出仕前后共十年。 ⑩ 羁鸟:拘束在笼中的鸟。池鱼:圈养在池塘中的鱼。 ⑪ 守拙:守住自己的笨拙本性。这是自谦之辞。与世俗的机巧相对。 ⑫ 荫:遮阴。罗:排列。 ⑬ 暧暧:昏暗的样子。依依:轻柔的样子。 ⑭ 虚室:虚空闲静的住室。《庄子·人间世》:"虚室生白。"

浩迈,跌宕飞动,顿挫沉郁。'羁鸟'二句,于大气弛纵之中,回鞭弹鞚,顾盼回旋,所谓顿挫也。'方宅'十句不过写田园耳,而笔势骞举,情景即目,得一幅画意。而音节铿锵,措词秀韵,均非尘世吃烟火食人语。'久在'二句,接起处换笔另收。"

二、本诗自述辞官归田是适合本性的,通过对居住环境的细致描写,抒发了摆脱官场羁绊、回到农村过着淳朴生活的乐趣。此诗将归隐的原因、归隐的乐趣、归隐后的感想融成一片来写,极其自然浑成。此诗以农村生活的形象画面来烘托出浓厚的生活乐趣,情意是从鲜明具体的画面中自然流露出来的,而不是外加上去的。

其 三①

种豆南山下②,草盛豆苗稀。晨兴理荒秽,带月荷锄归③。道狭草木长,夕露沾我衣。衣沾不足惜,但使愿无违④。

【导读】

一、此诗写参加农田劳动的感受特别真切。"草盛豆苗稀",写诗人不会种田。"晨兴"二句,既写出种田十分辛劳,亦写出种田很有意趣。最后四句以沾湿衣襟、无使愿违逼真地描画出陶渊明的心态。此诗朴茂清新,在雕绘满眼的六朝令人耳目一新。

二、苏轼《东坡题跋·书渊明诗》:"览渊明此诗,相与太息。嘻嘻!以夕露沾衣之故而犯所愧者多矣。"陈祚明《采菽堂古诗选》卷十三:"'晨兴'四句,风度依依。"温汝能《陶诗汇评》卷二:"'带月'句,真而警,可谓诗中有画。"《古诗归》卷九钟惺说:"幽厚之气,有似乐府。储(光羲)、王(维)田园诗妙处由此。(孟)浩然非不近陶,而似不能为此一派,曰清而微逊其朴。"

庚戌岁九月中于西田获早稻⑤

人生归有道,衣食固其端⑥。孰是都不营,而以求自安⑦。开春理常业,岁功聊可观⑧。晨出肆微勤⑨,日入负耒还。山中饶霜露,风气亦先寒⑩。田家岂不苦,弗获辞此难⑪。四体诚乃疲,庶无异患干⑫。盥濯息檐下,斗酒散襟颜⑬。遥遥沮溺心,千载乃相关⑭。但愿长如此,躬耕非所叹。

【导读】

一、义熙六年(410),卢循再次起兵反晋,桓玄余部桓谦等又在枝江一带起兵,诗人的家乡浔阳兵荒马乱。因此诗人认为,还是躬耕安全,"庶无异患干"正是对这一点的深切体悟。

二、这首诗写诗人收获早稻以后的喜悦心情。首先写耕作可以求得自安,接着写四体虽疲,但不会产生意外的祸患,况且劳动后濯洗休闲、斗酒散心乃是一种享受,最后写自己与千年之前耦耕者长沮、桀溺心意相通,并表示会一直躬耕不辍。

---

① 此诗写诗人亲自参加劳动时的感受与愿望。 ② 南山:庐山。 ③ 兴:起床。理荒秽:整顿荒芜的、杂草丛生的田园。 ④ 愿无违:不要违背自己希望获得丰收的愿望。 ⑤ 此诗作于义熙六年庚戌(410),诗人四十二岁时。 ⑥ 衣食固其端:衣食摆在人生存的第一位。即"民以食为天"的意思。 ⑦ 营:经营。 ⑧ 常业:农务。岁功:一年的收成。 ⑨ 肆微勤:致力于轻微的劳动。 ⑩ 饶:多。 ⑪ 弗获:不能辞去。 ⑫ 庶无异患干:幸而不会产生意外的祸患。 ⑬ 盥濯:洗手洗脸。开襟颜:开襟开颜,即心神愉快。 ⑭ 沮溺心:长沮、桀溺的心思。

三、清张潮等《曹陶谢三家诗》:"不以躬耕为耻,自不以仕进为荣矣。"清沈德潜《古诗源》卷九:"《移居》诗曰'衣食终须纪,力耕不吾欺',此云'人生归有道,衣食固其端',又云'贫居依稼穑',自勉勉人,每在耕稼,陶公异于晋人如此。"清邱嘉穗《东山草堂陶诗笺》卷三:"陶公诗多转势,或数句一转,或一句一转,所以为佳。余最爱'田家岂不苦'四句,逐句作转,其他推类求之,靡篇不有,此萧统所谓'抑扬爽朗,莫之与京'也。他人不知文字之妙全在曲折,而顾为平铺直叙之章,非赘则复矣!"

饮 酒①

其 五

结庐在人境,而无车马喧②。问君何能尔,心远地自偏③。采菊东篱下,悠然见南山④。山气日夕佳,飞鸟相与还⑤。此中有真意,欲辨已忘言⑥。

【导读】

一、此篇是最有名的一首陶诗,以"采菊东篱下,悠然见南山"一联而脍炙人口。此诗自述安贫乐道悠然自得的心境。融情入景,归隐者悠然自得的心境与闲静美丽的大自然融合为一体,分不出物我。全诗浑然一体,形成极其完整的艺术境界而不可句摘。历来只欣赏"采菊东篱下,悠然见南山"两句,乃是"只见树木,不见森林"的片面做法。

二、清王士禛《古学千金谱》:"通章意在'心远'二字,真意在此,忘言亦在此。从古高人只是心无凝滞,空洞无涯,故所见高远,非一切名象之可障隔,又岂俗物之可妄干?有时而当静境,静也,即动境亦静。境有异而心无异者,远故也。心不滞物,在人境不虞其寂,逢车马不觉其喧。篱有菊则采之,采过则已,吾心无菊。忽悠然而见南山,日夕而见山气之佳,以悦鸟性,与之往还,山花人鸟,偶然相对,一片化机,天真自具,既无名象,不落言筌,其谁辨之?"

三、清张潮等《曹陶谢三家诗》:"醇淡意远,非有意可以造斯境,此靖节独步处,韦(应物)、柳(宗元)尚未入室。"清沈德潜《古诗源》卷九:"胸有元气,自然流出,稍著痕迹便失之。"

其十六

少年罕人事,游好在六经⑦。行行向不惑⑧,淹留遂无成。竟抱固穷节,饥寒饱所更⑨。敝庐交悲风⑩,荒草没前庭。披褐守长夜,晨鸡不肯鸣。孟公不在兹,终以翳吾情⑪。

---

① 这组诗共二十首,作于晋安帝义熙十二年丙辰(416),诗人四十八岁时。 ② 结庐在人境:即居住在世间之意。结庐,建造住房。 ③ 尔:如此。 ④ 悠然见南山:《东坡题跋》:"因采菊而见山,境与意会,此句最有妙处。近岁俗本皆作'望南山',则此一篇神气都索然矣。" ⑤ 日夕:傍晚。相与还:结伴回巢。 ⑥ 真意:人生的真谛。忘言:《庄子·外物》:"言者所以在意也,得意而忘言。"指此时此诗人所领悟的人生真谛,无法用语言来表达,也不必用语言来表达。 ⑦ 罕人事:很少交游。六经:指儒家的六部经典著作:《诗》《书》《礼》《乐》《易》《春秋》。 ⑧ 行行:指时光不停地逝去。向不惑:接近四十岁。《论语·为政》:"子曰:'吾十有五而志于学,三十而立,四十而不惑,五十而知天命,六十而耳顺,七十而从心所欲,不逾矩。'" ⑨ 固穷节:甘于贫困的节操。《论语·卫灵公》:"(孔子)在陈绝粮,从者病,莫能兴。子路愠见曰:'君子亦有穷乎?'子曰:'君子固穷,小人穷斯滥矣。'"更:经历。 ⑩ 敝庐:破旧的房屋。 ⑪ 孟公:指东汉人刘龚。《后汉书·苏竟传》:"龚字孟公,长安人,善论议,扶风马援、班彪并器重之。竟终不伐其功,潜乐道术,作《记诲篇》及文章传于世。年七十,卒于家。"当时高士张仲蔚贫困至极,无人能识,唯有孟公赏识他。翳:隐没无闻。

【导读】

一、此篇感叹自己少有壮志,至不惑之年仍毫无成就,虽历尽饥寒,仍甘守固穷之节,可是世无知音,歔欷感慨不已。

二、清蒋薰评《陶渊明诗集》卷三:"固穷是诗人本意。末思孟公,当为冷落中之投辖人耳。"

杂诗①·其二

白日沦西阿,素月出东岭②。遥遥万里晖,荡荡空中景③。风来入房户,夜中枕席冷。气变悟时易,不眠知夕永④。欲言无予和,挥杯劝孤影⑤。日月掷人去,有志不获骋⑥。念此怀悲凄,终晓不能静⑦。

【导读】

一、这首诗写诗人面对月夜之景,感到时不待人,孤寂独饮,彻夜难眠,为自己壮志未酬而悲哀。

二、明黄文焕《陶诗析义》:"十二首中愁叹万端,第八首专叹贫困,余则慨叹老大,履复不休,悲愤等于《楚词》,用复之法亦同之。……肠太热,意太壮,故入世多恨。使从少之时,专意颐养,不问世事,脏腑之间,别是一副心理,又何处可着许多忧愁哉?极愁之后,结以不复言愁,而愁乃愈深。"

三、清方东树《昭昧詹言》卷四:"《杂诗》十二首,阮亭(王士禛)止选'白日沦西河'一篇。此篇亦无奇,但白描情景,空明澄彻,气韵清高,非庸俗摹习所及。"

谢灵运

谢灵运(385—433),南朝宋诗人。陈郡阳夏(今河南太康)人,移籍会稽(今浙江绍兴)。东晋名将谢玄之孙,世袭康乐公,故称谢康乐。曾任永嘉太守、侍中、临川内史等职。后因反抗刘宋王朝被杀。他是中国山水诗的开山祖师。原有集,已佚,明人辑有《谢康乐集》。

登池上楼

潜虬媚幽姿⑧,飞鸿响远音⑨。薄霄愧云浮⑩,栖川怍渊沉⑪。进德智所拙⑫,退耕力不

---

① 此诗作于义熙十四年戊午(418),诗人五十岁时。《杂诗》共十二首,并非一时一地之作,大多慨叹时光消逝、壮志难酬。这里选的是第二首。 ② 沦:落下。西阿:西山坡。原作"西河"。陶澍注《靖节先生集》:"何校宣和本作'阿'。"据此校改。 ③ 荡荡:广阔的样子。景:同影,指月轮。 ④ 时易:时令变化。夕永:夜长。 ⑤ 无予和:没有人跟我答话。挥杯:举杯。 ⑥ 骋:伸展,实现。 ⑦ 终晓:彻夜。 ⑧ 虬:传说中带角的龙。媚:自我怜惜。幽姿:潜隐之姿。 ⑨ 远音:传得很远的声音。 ⑩ 薄霄:迫近云霄。 ⑪ 怍:惭愧。谢灵运见到虬能深藏、鸿能高飞,而自己羁于尘网进退两难,感到惭愧。 ⑫ "进德"句:想要进德修业,智力又够不上。《周易·乾卦》:"君子进德修业,欲及时也。"

任①。徇禄反穷海②,卧疴对空林③。衾枕昧节候④,褰开暂窥临⑤。倾耳聆波澜⑥,举目眺岖嵚⑦。初景革绪风⑧,新阳改故阴⑨。池塘生春草,园柳变鸣禽⑩。祁祁伤豳歌⑪,萋萋感楚吟⑫。索居易永久⑬,离群难处心。持操岂独古⑭,无闷征在今⑮。

【导读】

一、谢灵运从宋武帝永初三年(422)的七、八月到宋文帝景平元年(423)的七、八月,在永嘉太守任上。此诗写于423年初春,他久病初愈时。此诗发泄了作者官场失意的牢骚和病后登楼眺望、触景伤情所引发的决意归隐的思想感情。

二、《四溟诗话》:"谢灵运'池塘生春草',造语天然,清景可画,有声有色,乃是六朝家数。"《历代诗话》:"'池塘生春草,园柳变鸣禽。'世多不解此语为工,盖欲以奇求之耳。此语之工,正在无所用意,猝然与景相遇,借以成章,不假绳削,故非常情所能到。诗家妙处,当须以此为根本,而思苦言难者,往往不悟。"《姜斋诗话》:"'池塘生春草''蝴蝶飞南园''明月照积雪'皆心中目中与相融浃,一出语时,即得珠圆玉润;要亦各视其所怀来,而与景相迎者也。"

三、此诗通篇运用对偶句,形式整齐,对仗精工,辞藻华丽。写景状物,细致逼真,新鲜活泼。本篇用典贴切,没有玄言词句。

登江中孤屿⑯

江南倦历览⑰,江北旷周旋⑱。怀新道转迥⑲,寻异景不延⑳。乱流趋正绝㉑,孤屿媚中川㉒。云日相辉映㉓,空水共澄鲜㉔。表灵物莫赏㉕,蕴真谁为传㉖?想象昆山姿㉗,缅邈区中缘㉘。始信安期术㉙,得尽养生年㉚。

【导读】

一、此诗作于景平元年(423),据胡刻《昭明文选》卷二六,谢灵运当时在永嘉太守任上。此诗描写永嘉江中孤屿山的秀美景色,同时也寄寓了诗人孤高傲世、期仙得道的思想情绪。诗人游赏了如此灵异的

---

① 力不任:体力承受不了。　② 徇禄:追求官禄。穷海:海边荒僻之地,指永嘉。　③ 疴(kē):"疴"的异体字,生病。　④ 昧节候:不明白季节的变化。　⑤ 褰:拉开。窥临:临窗眺望。　⑥ 聆:听。　⑦ 岖嵚:原为山高之词,这里即指山。　⑧ 初景:初春的阳光。革:除去,赶走。绪风:余风,指冬天残留的寒风。　⑨ 新阳:指春天。故阴:指冬天。　⑩ 变:禽鸟变换了种类。　⑪ "祁祁"句:《诗经·豳风·七月》:"春日迟迟,采蘩祁祁,女心伤悲,殆及公子同归。"祁祁,众多的样子。　⑫ "萋萋"句:《楚辞·招隐士》:"王孙游兮不归,春草生兮萋萋。"萋萋,草色茂盛的样子。　⑬ 索居:离群独住。易永久:容易感到日子太长。　⑭ 持操:保持节操。　⑮ 无闷:没有苦闷。　⑯ 江:指永嘉江(今瓯江)。孤屿:山名,在今浙江温州市北的瓯江中。　⑰ "江南"句:永嘉江的南边已游遍,有些厌倦了。　⑱ "江北"句:永嘉江的北边已经好久没有去游览了。旷,旷废。周旋,这里指游览。　⑲ 怀新:怀着探寻新景点的心情。道转迥:反而觉得路程很远。　⑳ 景不延:只嫌时间太短。景,原指太阳,这里借指时间。　㉑ "乱流"句:截流而横渡。《尔雅·释水》:"正绝流曰乱。"郭璞注:"直横渡也。"　㉒ 媚:美。中川:江的中央。　㉓ "云日"句:阳光与白云交相辉映。　㉔ 空水:天空与江水。澄鲜:澄澈明净。　㉕ "表灵"句:江屿之美是仙人显现的灵秀,而世人却不知欣赏。　㉖ "蕴真"句:蕴藏着的仙人又有谁能为之传述呢?　㉗ "想象"句:由孤屿山的秀美联想到昆仑山的灵姿。　㉘ "缅邈"句:人世间的事反而觉得邈远了。区中缘,人世间的因缘关系。　㉙ 安期:安期生,神话传说中的仙人,居住在海中蓬莱山,传说他活了一千岁。　㉚ 得尽养生年:能保养身体,终其天年。《庄子·养生主》:"可以尽年。"郭象注:"夫养生非求过分,盖全理尽年而已。"

美景,更加相信安期生的仙术,的确能够保养身体,终其天年。"云日相辉映,空水共澄鲜"是传诵千古的名句。

二、全诗构思绵密精巧。江南胜景与孤屿之秀一抑一扬,相互映衬,从而突出孤屿之秀美,而自己的思想感情又寄寓其中,达到了物我同一。语言精致工巧,含蕴深厚,为后人叹服。

石壁精舍还湖中作①

昏旦变气候,山水含清晖。清晖能娱人,游子憺忘归②。出谷日尚早,入舟阳已微③。林壑敛暝色④,云霞收夕霏⑤。芰荷迭映蔚⑥,蒲稗相因依⑦。披拂趋南径⑧,愉悦偃东扉⑨。虑澹物自轻⑩,意惬理无违⑪。寄言摄生客,试用此道推⑫。

【导读】

此诗作于景平二年(424)夏(据胡刻《昭明文选》卷二二)。此诗开头四句先写石壁一带的景色很美,使人愉悦、陶醉,"山水含清晖,清晖能娱人"。接着以"出谷"二句说明从早到晚,赶了一整天的路。接着用四句写湖中的晚景:"林壑敛暝色,云霞收夕霏。芰荷迭映蔚,蒲稗相因依。"观察入微,刻画精细。再用两句写舍舟登陆,在东屋休息。最后四句抒写感慨:清心寡欲,淡泊名利,就是最好的养生之道。

鲍 照

鲍照(约414—466),南朝宋文学家。字明远,东海(今江苏灌云县)人。曾任秣陵令、中书舍人等职。后为临海王刘子顼前军参军,故称鲍参军。《南史·鲍照传》说:"文辞赡逸。尝为古乐府,文甚遒丽。元嘉中,河济俱清,当时以为美瑞。照为《河清颂》,其叙甚工。照始尝谒(刘)义庆未见知,欲贡诗言志,人止之曰:'郎位尚卑,不可轻忤大王。'照勃然曰:'千载上有英才异士沉没而不闻者,安可数哉。大丈夫岂可遂蕴智能,使兰艾不辨,终日碌碌,与燕雀相随乎?'于是奏诗,义庆奇之。赐帛二十四,寻擢为国侍郎,甚见知赏。迁秣陵令。文帝以为中书舍人。上好文章,自谓人莫能及。照悟其旨,为文章多鄙言累句,咸谓照才尽,实不然也。临海王子顼为荆州,照为前军参军,掌书记之任。子顼败,为乱兵所杀。"有《鲍参军集》。

---

① 精舍:佛寺。 ② 憺(dàn):安适。 ③ 阳已微:阳光已经微弱,到了傍晚。 ④ 敛:聚集。暝色:暮色。 ⑤ "云霞"句:绚丽的晚霞逐渐消失。 ⑥ "芰荷"句:菱与荷生长得很繁茂,互相映衬。 ⑦ "蒲稗"句:菖蒲与稗草间杂地生长着。 ⑧ 披拂:分开长到路上的杂草。 ⑨ "愉悦"句:心情舒畅地在东室休息。扉,原指门,这里借指房舍。 ⑩ "虑澹"句:清心寡欲,自然会把外物看得很轻。 ⑪ "意惬"句:心意舒坦就不会违背自然之道。 ⑫ "寄言"二句:寄语给那些注意养生之道的人,养生也不出上面所讲的道理。

拟行路难①

其 四②

泻水置平地,各自东西南北流③。人生亦有命,安能行叹复坐愁。酌酒以自宽,举杯断绝歌路难④。心非木石岂无感?吞声踯躅不敢言⑤!

【导读】

一、钟嵘《诗品》:"宋参军鲍照,其源出于二张,善制形状写物之词,得景阳之俶诡,含茂先之靡嫚。骨节强于谢混,驱迈疾于颜延。总四家而擅美,跨两代而孤出。嗟其才秀人微,故取湮当代。然贵尚巧似,不避危仄,颇伤清雅之调。故言险俗者,多以附照。"清沈德潜《说诗晬语》论七言歌行时说:"大风、柏梁,七言权舆也。自时厥後,如魏文《燕歌行》、陈琳《饮马长城窟》、鲍照《行路难》,皆称杰构。"

二、此诗,余冠英《乐府诗选》说:"这诗以平地倒水,水流方向不一,喻人生贵贱不齐。这是和范缜《神灭论》'飘茵堕溷',同样有名的比喻。有愁须设法'自宽',自宽不单靠酒,更靠'人生有命'这一个想法。但当真宽解得了么?说老实话,还是不能,不过那悲戚是说不出的,并非不能说,是不敢说。所谓'吞声''不敢',见出所愁所感不是个人的小事。"

其 六⑥

对案不能食⑦,拔剑击柱长叹息。丈夫生世会几时,安能蹀躞垂羽翼⑧?弃置罢官去,还家自休息。朝出与亲辞,暮还在亲侧。弄儿床前戏,看妇机中织。自古圣贤尽贫贱,何况我辈孤且直⑨!

【导读】

一、余冠英《乐府诗选》评此诗说:"这是门第社会中的不平之鸣。《诗品》说鲍照'才秀人微,取湮当代',与前一首诗相比,同为对不平等的门阀制度的抗议,这首写得直露得多,可谓直抒胸臆。见出一个才高、气盛、敏感、自尊的诗人在贵族统治社会压抑下的无可奈何之情。"

二、此诗在感情表达上,波澜起伏,富于旋律变化。起调高亢,转为平和,结语峭拔,有张有弛。而且笔力劲健是鲍照诗最动人之处。

---

①《乐府诗集》:"《乐府解题》曰:'《行路难》,备言世路艰难及离别悲伤之意,多以君不见为首。'按《苏武别传》曰:'武常牧羊,诸ксь牧竖有知歌谣者,武遂学《行路难》。'则所起亦远矣。唐王昌龄又有《变行路难》。"鲍照有《拟行路难》十八首,多是对封建士族社会的愤懑不平之作。 ②此首写诗人满腔愤懑,靠命运说和饮酒都无法自宽,只能靠高唱《行路难》来发泄。 ③"泻水"二句:《鲍参军集注》钱振伦补注引《世说新语·文学》:"殷中军问:'自然无心于禀受,何以正善人少,恶人多?'诸人莫有言者。刘尹答曰:'譬如泻水注地,正自纵横流漫,略无正方圆者。'一时绝叹,以为名通。" ④"举杯"句:正在歌唱《行路难》,因饮酒而中断。 ⑤吞声:想发声而又止住。踯躅:裹足不前的样子。 ⑥此诗写有志无法施展,只得回家享受天伦之乐。 ⑦案:放食物的小几。 ⑧蹀躞:小步行走的样子。 ⑨孤:指门第低下,族寒势孤。

代出自蓟北门行①

羽檄起边亭,烽火入咸阳②。征师屯广武,分兵救朔方③。严秋筋竿劲④,虏阵精且强。天子按剑怒,使者遥相望⑤。雁行缘石径,鱼贯渡飞梁⑥。箫鼓流汉思⑦,旌甲被胡霜。疾风冲塞起,沙砾自飘扬。马毛缩如猬⑧,角弓不可张。时危见臣节,世乱识忠良。投躯报明主,身死为国殇⑨。

【导读】

这是一首拟乐府诗。此诗歌颂战士们为了守卫边土,报效祖国,在前线英勇杀敌,为国捐躯的精神和意志。同时也描写了北方的风物,以北方艰苦的环境衬托战士的英勇与壮烈。诗风英武豪壮,对唐代边塞诗影响较大。"时危见臣节,世乱识忠良",两句语言精练,对仗工整,含义丰富,格调高昂,是历代传诵的名句。

代白头吟⑩

直如朱丝绳,清如玉壶冰⑪。何惭宿昔意,猜恨坐相仍⑫。人情贱恩旧,世议逐衰兴⑬。毫发一为瑕,丘山不可胜⑭。食苗实硕鼠,玷白信苍蝇⑮。凫鹄远成美,薪刍前见陵⑯。申黜褒女进,班去赵姬升。周王日沦惑,汉帝益嗟称⑰。心赏犹难恃,貌恭岂易凭⑱。古来共

---

①《乐府诗集》将此诗归属"杂曲歌辞",说:"魏曹植《艳歌行》曰:'出自蓟北门,遥望胡地桑。枝枝自相值,叶叶自相当。'《乐府解题》曰:'《出自蓟北门行》,其致与《从军行》同,而兼言燕蓟风物,及突骑劳悍之状。若鲍照云"羽檄起边亭",备叙征战苦辛之意。'《通典》曰:'燕本秦上谷郡,蓟即渔阳郡,皆在辽西。'《汉书》曰:'蓟,故燕国也。'" ②羽檄:紧急军事公文。《汉书·高帝纪》:"吾以羽檄征天下兵,未有至者。"颜师古注:"檄者,以木简为书,长二尺,用征召也,其有急事,则加以鸟羽插之,示速疾也。"边亭:边境上的亭堠,用来驻兵以防止敌人突然侵犯的建筑。咸阳:这里指代京城。 ③广武:县名,在今山西代县西。朔方:郡名,地域在今内蒙古黄河以南。 ④筋竿:弓箭。 ⑤"天子"二句:天子听到警报大怒,即派兵御敌,使者不绝于路。 ⑥雁行:排列如雁在空中飞行时的行列。鱼贯:按次序而进,如游鱼前后相贯。飞梁:桥梁。 ⑦箫鼓:军乐。 ⑧"马毛"句:《昭明文选》此诗下李善注曰:"《西京杂记》曰:元封二年,大雪深五尺,野鸟兽皆死,牛马蹜缩如猬。" ⑨国殇:为国牺牲的人。屈原《九歌》中有《国殇》。 ⑩《古今乐录》曰:"王僧虔《技录》曰:《白头吟行》歌古'皑如山上雪'篇。"《西京杂记》曰:"司马相如将聘茂陵人女为妾,卓文君作《白头吟》以自绝,相如乃止。" ⑪朱丝:朱弦。《昭明文选》李善注:"《礼记》,清庙之瑟,朱弦而疏越。桓子《新论》曰:神农始削桐为琴,绳丝为弦。"玉壶:《昭明文选》李善注:"秦子曰:玉壶必求其以盛,干将必求其以断。" ⑫"猜恨"句:猜疑与怨恨相继而来。 ⑬"人情"二句:即人情淡薄,世态炎凉。 ⑭"毫发"二句:刘坦之曰:"毫发喻少,丘山喻多也。此殆明远为人所间,见弃于君,故借是题以喻所怀。" ⑮硕鼠:《诗经·魏风·硕鼠》:"硕鼠硕鼠,无食我苗!"苍蝇:《诗经·小雅·青蝇》:"营营青蝇,止于樊。"《毛诗正义》曰:"言彼营营然往来者,青蝇之虫也。此虫……乃变乱白黑,不可近之,当去止于藩篱之上,无令在宫室之内也。以兴彼往来者,谗佞之人也。谗人喻善使恶,喻恶使善,以变乱善恶,不可亲之,当弃于荒野之外,无令在朝廷之上也。" ⑯凫鹄二句:即远香近臭、后来居上之意。 ⑰"申黜"四句:《史记·周本纪》:"幽王嬖爱褒姒。褒姒生子伯服,幽王欲废太子。太子母申侯女,而为后。后幽王得褒姒,爱之,欲废申后,并去太子宜臼,以褒姒为后。"又载:"褒姒不好笑,幽王欲其笑万方,故不笑。幽王为烽燧大鼓,有寇至则举烽火。诸侯悉至,至而无寇,褒姒乃大笑。"《汉书·外戚传》:"孝成班婕妤。帝初即位选入后宫。始为少使,俄而大幸,为婕妤……其后,赵飞燕姊弟亦从自微贱兴,逾越礼制,寝盛于前。班婕妤及许皇后皆失宠,稀复进见。鸿嘉三年,赵飞燕谮告许皇后、班婕妤挟媚道,祝诅后宫,詈及主上。许皇后坐废。考问班婕妤,婕妤对曰:'妾闻死生有命,富贵在天。修正尚未蒙福,为邪欲以何望?使鬼神有知,不受不臣之诉;如其无知,诉之何益?故不为也。'上善其对,怜悯之,赐黄金百斤。赵氏姊弟骄妒,婕妤恐久见危,求共养太后长信宫,上许焉。婕妤退处东宫。" ⑱"心赏"二句:承上说,真正心中赏识的尚且不能持久,外表谦恭那就更加靠不住了。

如此,非君独抚膺①。

【导读】

一、《白头吟》原为卓文君所作,是一首爱情诗。但古代诗人常将君臣关系比作夫妻关系,或相恋情人。鲍照以此来写正直清高的人反遭猜忌和中伤,忠良不被信任,写出了人情淡薄,世态炎凉。诗中列举硕鼠食苗、青蝇玷白、申后班姬被黜、褒姒飞燕得宠等历史掌故,来抒发心中的愤懑,喷薄而出,甚见力度。

二、对于此诗的特点,方东树说:"起句比而兼兴也。三四句,跌宕入题。'人情'十句,说情事,名理奔赴,触处悟道,可当格言。"(《昭昧詹言》卷六)

沈　约

沈约(441—513),南朝梁文学家。字休文,吴兴武康(今浙江省德清县)人。历仕宋、齐、梁三朝,官至尚书令,卒谥隐。沈约与谢朓、王融等开创了"永明体"新体诗,讲究声韵格律,提出"四声八病"之说,对唐代近体诗的形成产生了重要影响。著有《宋书》,今存;《四声谱》,已佚。明人辑有《沈隐侯集》。

别范安成②

生平少年日,分手易前期③。及尔同衰暮,非复别离时。勿言一樽酒,明日难重持。梦中不识路,何以慰相思④?

【导读】

一、这是诗人沈约晚年写给老友范安成的送别诗。诗人将年少相别与暮年别离情感态度相对比,表现暮年惜别的惆怅和伤感,体现二人的深情厚谊。

二、全诗率尔直言,句句言情。末句用典巧妙,深情反问,蕴藉含蓄。清代诗人沈德潜赞此诗"一片真气流出,句句转,字字厚,去《十九首》不远"。

谢　朓

谢朓(464—499),南朝齐诗人。字玄晖,陈郡阳夏(今河南太康)人。《南齐书·谢朓传》说:"朓少好学,有美名,文章清丽。"又说:"朓善草隶,长五言诗,沈约常云'二百年来无此诗也。'"曾任豫章王参军、太子舍人、功曹、文学,还任过尚书吏部郎、宣城太守等职。因不肯依附萧遥光而被害死,年仅三十六岁。后人辑有《谢宣城集》。

---

① 抚膺:抚摸胸脯而叹息。　② 范安成:范岫(440—514),字懋宾,诗人之友。曾为南齐安成(今江西安福县)内史,故称范安成。　③ 易:以之为易,用作动词,指看得轻易。前期:指别后再会的日期。　④ 梦中不识路:《韩非子》载:战国时,张敏与高惠二人为友,每相思不能得见。敏便于别后屡次在梦中往寻。行至半道即迷,不知路,遂回。

暂使下都夜发新林至京邑赠西府同僚①

　　大江流日夜,客心悲未央②。徒念关山近,终知返路长③。秋河曙耿耿,寒渚夜苍苍④。引领见京室,宫雉正相望⑤。金波丽鳷鹊,玉绳低建章⑥。驱车鼎门外,思见昭丘阳⑦。驰晖不可接⑧,何况隔两乡。风云有鸟路,江汉限无梁。常恐鹰隼击,时菊委严霜。寄言罻罗者,寥廓已高翔。

【导读】

　　一、钟嵘《诗品》卷中:"齐吏部谢朓,其源出于谢混,微伤细密,颇在不伦。一章之中,自有玉石,然奇章秀句,往往警遒,足使叔源失步,明远变色。善自发诗端,而末篇多踬,此意锐而才弱也。"梁简文帝《与湘东王书》:"至如近世谢朓、沈约之诗,任昉、陆倕之笔,斯实文章之冠冕,述作之楷模。"

　　二、《历代诗话》:"玄晖诗,如'春草秋更绿,公子未西归','大江流日夜,客心悲未央'等语,皆得三百五篇之余韵,是以古今以为奇作,又曷尝以难解为工哉。"

　　三、此诗劈头就是"大江流日夜,客心悲未央",以滔滔东去日夜不停奔流的长江来烘托他忧谗畏讥的心情,可见其心情的沉重。诗中景物,均为此而设。而结尾正告那些张设罗网的人,他已经远远地飞到寥廓的高空中去了。

晚登三山还望京邑⑨

　　灞涘望长安,河阳视京县⑩。白日丽飞甍⑪,参差皆可见。余霞散成绮,澄江静如练⑫。喧鸟覆春洲,杂英满芳甸⑬。去矣方滞淫⑭,怀哉罢欢宴。佳期怅何许,泪下如流霰⑮。有情知望乡,谁能鬒不变⑯?

【导读】

　　一、《诗镜总论》:"玄晖'余霞散成绮,澄江净如练','天际识归舟,云中辨江树',山水烟霞,衷成图绘,指点盼顾,遇合得之。古人佳处,当不在言语间也。"

　　二、此诗选择从山上眺望的角度,摄取京邑全景,抒发了诗人对往昔欢会的留恋和去国怀乡的忧思。此诗善于选择典型景物来进行精细的描述,色彩明丽,动静相配,意境优美,感情恳挚浓郁,是历来传诵的名篇。谢朓说:"好诗流转圆美如弹丸。"他的优秀的诗篇,正符合他自己的理论。

---

①《南齐书·谢朓传》载,谢朓任随王萧子隆文学时,"子隆在荆州,好辞赋,数集僚友,朓以文才,尤被赏爱,流连晤对,不舍日夕。长史王秀之以朓年少相动,密以启闻。世祖敕曰:'侍读虞云自宜恒应侍接。朓可还都。'朓道中为诗寄西府曰……"新林:地名,在今南京西南。京邑:齐京城金陵(今南京)。 ②大江:指长江。未央:不已,不尽。③"徒念"二句:虽然到达金陵的路程已经很近,返回荆州的路程却更长。 ④秋河:秋夜的银河。 ⑤引领:伸颈。宫雉:宫墙。⑥鳷鹊、建章:鳷鹊观、建章宫皆汉武帝时所建,故址分别在今陕西淳化县西北及西安市西,这里借指建康宫观。⑦鼎门:周成王定鼎于郏鄏。郏鄏之南门叫定鼎门。昭丘阳:楚昭王之墓称昭丘,丘南为阳。⑧驰晖:太阳。⑨三山:山谦之《丹阳记》曰:"江宁县北十二里,滨江有三山相接,即名为三山,旧时津济道也。" ⑩灞涘:灞水岸。王粲《七哀诗》:"南登灞陵岸,回首望长安。"诗人借王粲望长安比喻自己望京邑。河阳:县名,在今河南孟州市西。京县:洛阳。潘岳《河阳县诗》:"引领望京室。"诗人借潘岳望洛阳比喻自己望京邑。 ⑪飞甍:飞甍的屋檐。 ⑫绮:锦缎。练:白绸。⑬芳甸:芳香的郊野。 ⑭滞淫:久留。 ⑮霰:雪珠。 ⑯鬒不变:黑发不变白。

之宣城郡出新林浦向板桥①

江路西南永,归流东北骛②。天际识归舟,云中辨江树。旅思倦摇摇③,孤游昔已屡。既欢怀禄情,复协沧洲趣④。嚣尘自兹隔,赏心于此遇。虽无玄豹姿,终隐南山雾⑤。

【导读】

一、《优古堂诗话》:"梁王僧孺《中川长望》诗云:'岸际树难辨,云中鸟易识。'盖全用谢玄晖'天际识归舟,云中辨江树'而不及也。梁元帝诗云'远村支里出,遥船天际归',亦效玄晖,而远胜僧孺。"

二、此诗是诗人从京城赴宣城太守任在途中所写,写出了远离京城可以保全自己、避免谗害的思想。"天际"二句是传诵千古的名句。钟惺说:"水云万里,一幅烟江送别图。"(《古诗归》卷十三)王夫之说:"'天际识归舟,云中辨江树',隐然一含情凝眺之人,呼之欲出。从此写景,乃为活景。"(《古诗评选》卷五)

何 逊

何逊(? —518),南朝梁诗人。字仲言,东海郯(今山东郯城)人。历任尚书水部郎、庐陵王记室等。诗风清新,沈约极欣赏他的诗,曾说:"吾每读卿诗,一日三复,犹不能已。"明人辑有《何记室集》。

相 送⑥

客心已百念⑦,孤游重千里。江暗雨欲来,浪白风初起⑧。

【导读】

一、陆时雍《诗镜·总论》:"何逊诗,语语实际,了无滞色。其探景每入幽微,语气悠柔,读之殊不尽缠绵之致。何逊以本色见佳,后之采真者,欲摹之而不及。陶之难摹,难其神也;何之难摹,难其韵也。何逊之后继有阴铿,阴、何气韵相邻,而风华自布。见其婉而巧矣,微芳幽馥,时欲袭人。"沈德潜《说诗晬语》:"文通(江淹)、仲言(何逊),辞藻斐然,虽非出群之雄,亦称一时能手。"

二、这首小诗通过暗淡欲雨的江上景色,烘托出何逊将与朋友分手、孤身奔赴千里之外的惜别心情,充分体现出"婉而巧矣,微芳幽馥,时欲袭人"的特色。

---

① 宣城郡:即今安徽宣城。板桥:在今南京市西南。 ② 永:长。骛:奔驰。 ③ 摇摇:心神不定。《诗经·王风·黍离》:"行迈靡靡,中心摇摇。" ④ 怀禄:做官。沧洲:隐居。 ⑤ 玄豹姿:《列女传》载:"南山有玄豹,雾雨七日而不下食者,何也?欲以泽其毛而成文章,故藏而远害。"诗人说自己终于像南山豹那样隐遁起来了。 ⑥ 这是一首别人给他送行,他留赠给送行朋友的诗。 ⑦ 客心:作客异乡之心。百念:各种复杂的感情。 ⑧"江暗"二句:在江边分手时天色阴暗,阵风吹起,白浪滔滔,即将下雨。

阴 铿

阴铿(生卒年不详),南朝陈文学家。字子坚,武威姑臧(今甘肃武威)人。由梁入陈,官至晋陵太守、员外散骑常侍。善写五言诗,长于描写山水,风格清新,与何逊齐名。曾得到杜甫的赏识,说自己"颇学阴何苦用心"(《解闷》)。后人辑有《阴常侍集》。

江津送刘光禄不及①

依然临江渚②,长望倚河津③。鼓声随听绝④,帆势与云邻⑤。泊处空余鸟,离亭已散人⑥。林寒正下叶,钓晚欲收纶⑦。如何相背远,江汉与城闉⑧。

【导读】

一、这是阴铿所作的一首送别诗,诗人到江边码头送别朋友,未及相见。诗歌渐次抒写主人公久立江津,目送凝望之景,寄托别离的伤感,真切感人。

二、在齐梁新体诗的影响下,阴铿诗声调响亮,境界开阔,融情于景。诗人用白描手法,由远及近,如画般勾勒出"江渚""江津""帆势""送鼓"及归鸟、离人、落叶、钓者等景物和人物,意境无限,渲染离别的惆怅之情。语不及情而处处含情,唐代诗人李白的名句"孤帆远影碧空尽,唯见长江天际流"深得其妙。

温子昇

温子昇(495—547),北魏文学家。字鹏举,济阴冤句(今山东菏泽西南)人。曾任侍读;东魏末年,高澄引为咨议参军。后元仅等作乱,高澄疑子昇同谋,下狱死。在北朝有盛名,博览百家,学识渊博,文风也受南朝影响。原有集,已佚,明人辑有《温侍读集》。

捣 衣 诗⑨

长安城中秋夜长,佳人锦石捣流黄⑩。香杵纹砧知近远⑪,传声递响何凄凉⑫。七夕长

---

① 江津:江边渡口。刘光禄:刘孺,字孝稚,曾任光禄卿。不及:没有赶上。 ② 依然:依依不舍的样子。 ③ 长望:远望。津:渡口。 ④ 鼓声:古时开船,以打鼓为号。 ⑤ 帆势:帆船的姿影。 ⑥ 离亭:渡头供人休息、饯别的亭子。 ⑦ 纶(lún):钓鱼用的丝绳。 ⑧ 江汉:指朋友前去之地。城闉(yīn):城门,指诗人离去的地方。闉,古指瓮城的门。 ⑨ 捣衣:古人做寒衣,先将衣料放在砧石上,用木棒槌打,使其平整柔软,然后再剪裁缝制。 ⑩ 锦石:精美的砧石。流黄:黄色的绢。 ⑪ 香杵纹砧:极力形容捣衣杵和砧石的精美。 ⑫ 传声递响:砧声不断地传来。

河烂①,中秋明月光。蟠蟥塞边绝候雁②,鸳鸯楼上望天狼③。

【导读】

一、这实际上是一首闺怨诗,写闺妇为征夫缝制寒衣,在捣衣声中产生浓郁的思念之情,切盼战争早日结束,征夫早早平安归来。

二、此诗情思悠长,语言华丽。胡应麟《诗薮》云:"北人谓温子昇凌颜轹谢、含沈吐任,虽自相夸诩语,然子昇文笔艳发,自当为彼中第一人。"

王　褒

王褒(约513—576),北周文学家。字子渊,琅琊临沂(今山东临沂)人。梁元帝时,任吏部尚书、左仆射。江陵沦陷后入西魏,被扣留不能南返。北周武帝时为小司空,出为宜州刺史。他在南朝时写宫体诗,入北后,诗风大变,显得质朴刚健。明人辑有《王司空集》。

渡河北

秋风吹木叶,还似洞庭波④。常山临代郡⑤,亭障绕黄河⑥。心悲异方乐⑦,肠断陇头歌⑧。薄暮临征马,失道北山阿⑨。

【导读】

这首诗写王褒北渡黄河见到北方的景色和听到北方的音乐时,引发浓重的思念故乡和故国的感情。写得情景兼胜,特别质朴而真挚。

---

①"七夕"句:七月七日银河灿烂。这是用七夕牛郎织女相会的故事来衬搞衣佳人的孤独。　②蟠蝓(yē wēng)塞:《晋书·慕容廆传》:"(慕容廆)将图石氏……于是率骑二万,出蟠蝓塞,长驱至于蓟城,进渡武遂津,入于高阳,所过焚烧积聚,掠徙幽、冀三万余户。"不详其关在何处。绝候雁:指捣衣女子与征夫断绝音信。　③"鸳鸯楼"句:佳人盼望早日制止侵掠,征夫早平安归来。鸳鸯楼,汉长安未央宫中有鸳鸯楼,此处借指佳人住处。天狼,星名,天狼星显现,将有侵掠之事发生;其隐没,侵掠被制止。　④"秋风"二句:秋风吹得树叶纷纷脱落,很像江南故国风光。《九歌·湘夫人》:"嫋嫋兮秋风,洞庭波兮木叶下。"　⑤常山:关名,在今河北唐县西北。代郡:在今河北蔚县东北。　⑥"亭障"句:渡过黄河,看到亭堠与堡垒不断,更增强了故国之思。　⑦"心悲"句:心中为异方音乐而引发悲哀。　⑧"肠断"句:听到《陇头歌》(这里借指北方歌曲),令人肝肠寸断。《陇头歌辞》见乐府诗选。　⑨"薄暮"二句:傍晚时骑着马,因思乡而走神,在北山阿竟然迷失了道路。

庾 信

庾信(513—581),北周文学家。字子山,南阳新野(今河南新野)人。梁中书令肩吾子。初仕梁,后出使西魏,值西魏灭梁,被留。历仕西魏、北周,官至骠骑大将军、开府仪同三司,世称庾开府。大象初以疾去职,隋开皇初卒。早年在南朝时写宫体诗,与徐陵齐名,诗称"徐庾体"。后因被羁留北方,产生了浓重的乡关之思,诗风变得沉郁苍劲,文风也老辣悲凉,成为北朝最杰出的作家。后人辑有《庾子山集》。

乌 夜 啼①

促柱繁弦非子夜,歌声舞态异前溪②。御史府中何处宿?洛阳城头那得栖③!弹琴蜀郡卓家女,织锦秦川窦氏妻④。讵不自惊长泪落,到头啼乌恒夜啼。

【导读】

一、杨慎《升庵诗话》:"庾信之诗,为梁之冠绝,启唐之先鞭。史评其诗曰绮艳,杜子美称之曰清新,又曰老成。绮艳清新,人皆知之,而其老成,独子美能发其妙。余尝合而衍之曰:绮多伤质,艳多无骨。清易近薄,新易近尖。子山之诗,绮而有质,艳而有骨,清而不薄,新而不尖,所以为老成也。若元人之诗,非不绮艳,非不清新,而乏老成。宋人诗则强作老成态度,而绮艳清新,概未之有。若子山者可谓兼之矣。不然,则子美何以服之如此。"

二、这首诗大量运用典故,最后四句是说,像卓文君、苏蕙等曾一度遭到丈夫嫌弃的女子,听到乌鸦整夜啼叫,怎能不自惊而落泪呢?当然,不管夜深时人们听了有何感想,乌鸦总是要啼叫的。最后,又回到曲名上去。总之,这首诗内容显得有些空泛。但它对唐代七律的形成与发展,是有相当影响的。刘熙载《艺概》说:"庾子山《燕歌行》开唐初七古,《乌夜啼》开唐七律,其他体为唐五绝、五律、五排所本者,亦

---

① 乌夜啼:乐府曲名,属清商曲辞西曲歌。《唐书·乐志》曰:"《乌夜啼》者,宋临川王义庆所作也。元嘉十七年,徙彭城王义康于豫章。义庆时为江州,至镇,相见而哭。文帝闻而怪之,征还宅,大惧,伎妾夜闻乌夜啼声,扣斋阁云:'明日应有赦。'其年更为南兖州刺史,因此作歌。故其和云:'夜夜望郎来,笼窗窗不开。'今所传歌辞,似非义庆本旨。"《古今乐录》:"《乌夜啼》,旧舞十六人。" ② 柱:琴瑟张弦之木。繁弦:琴瑟上众多的弦。子夜:乐府曲名。前溪:《宋书·乐志》曰:"《前溪歌》者,晋车骑将军沈玩所制。"郗昂《乐府解题》曰:"《前溪》,武曲也。" ③ 御史府中:《汉书·朱博传》:"是时,御史府吏舍百余区井水皆竭;又其府中列柏树,常有野乌数千栖宿其上,晨去暮来,号曰'朝夕乌',乌去不来者数月,长老异之。"洛阳城头:《后汉书·五行志一》:"桓帝之初,京都童谣曰:'城上乌,尾毕逋,公为吏,子为徒。一徒死,百乘车。车班班,入河间。河间蛇女工数钱,以钱为室金为堂。石上慊慊舂黄粱。梁下有悬鼓,我欲击之丞卿怒。'案此皆谓为政贪也。城上乌,尾毕逋者,处高利独食,不与下共,谓人主多聚敛也。"这两句用有关乌鸦的典故,暗示这是一首乌夜啼曲。 ④ 蜀郡卓家女:《史记·司马相如列传》:"是时卓王孙有女文君新寡,好音,故相如缪与令相重,而以琴心挑之。相如之临邛,从车骑,雍容闲雅甚都;及饮卓氏,弄琴,文君窃从户窥之,心悦而好之,恐不得当也。既罢,相如乃使人重赐文君侍者通殷勤。文君夜亡奔相如。"秦川窦氏妻:《织锦回文诗序》:"初滔有宠姬赵阳台,歌舞之妙无出其右,滔置之别所。苏氏知之,求而获焉,苦加捶辱。滔深以为憾。阳台又专伺苏氏之短,谗毁交至,滔益愈苏氏。苏氏时年二十一,及滔将镇襄阳,邀苏氏同往,苏氏愬之,不与偕行。乃携阳台之任,绝苏氏音问。苏氏悔恨自伤,因织锦为回文,五彩相宣,莹心辉目,纵广八寸。题诗二百余首,计八百余言。纵横反覆,皆为文章。其文点画无缺,才情之妙,超今迈古,名曰《璇玑图》,然读者不能悉通。苏氏笑曰:'徘徊宛转,自为语言,非我家人,莫能解之。'遂发苍头赍至襄阳。滔览之,感其妙绝。因送阳台之关中,而具车从礼迎苏氏,归于汉南,恩好愈重。"

不可胜举。"

拟咏怀①

其 七

榆关断音信,汉使绝经过②。胡笳落泪曲,羌笛断肠歌③。纤腰减束素,别泪损横波④。恨心终不歇,红颜无复多⑤。枯木期填海,青山望断河⑥。

【导读】

一、《拟咏怀》这组诗是模仿阮籍《咏怀》诗八十二首而写的。是庾信的代表作。阮籍《咏怀》,写他生当改朝换代时期的痛苦。庾信只是在形式上学习模仿,所写的内容和所抒发的感情,则完全是自己的切身体会。这些诗大都是追述乱离、感叹身世、羁留北地、怀念故国的作品。写得苍凉悲壮,很有特色,很富于创造性。

二、此诗借和番女子王昭君流落异域无法返回故国的典故来抒写诗人被羁留在异国不得南归的痛苦。故国音信断绝,庾信寄居异地,无以为欢,身心俱病,他像精卫鸟无法用枯木填平大海、被黄河劈成两半的华山无法再合拢来一样抱恨无穷。诗篇写得苍凉凄咽,沉郁顿挫,形象生动,语语精到。

其十一

摇落秋为气,凄凉多怨情⑦。啼枯湘水竹,哭坏杞梁城⑧。天亡遭愤战,日蒙值愁兵⑨。直虹朝映垒,长星夜落营⑩。楚歌饶恨曲,南风多死声⑪。眼前一杯酒,谁论身后名⑫。

---

①《拟咏怀》共二十七首,倪璠《庾子山集注》认为是拟阮籍《咏怀诗》而成:"皆在周乡关之思,其辞旨与《哀江南赋》同矣。" ②"榆关"二句:自己远离故国,音信断绝,使者也不见到来。榆关,在今陕西榆林关东。 ③ 胡笳:所听到的都是胡笳声与羌笛声,禁不住使人落泪伤心,痛断肝肠。 ④"纤腰"二句:腰身因悲伤而消瘦,因伤感之泪太多而损坏了眼睛。束素,宋玉《登徒子好色赋》:"腰如束素",指腰身细得像一束绢。横波,指眼睛。 ⑤"恨心"二句:离恨不止,自己衰老得很快。 ⑥"枯木"二句:自己南归无望,像用枯木填海、让断河重合一样不可实现。填海,《山海经·北山经》:"又北二百里,曰发鸠之山,其上多柘木。有鸟焉,其状如乌,文首、白喙、赤足,名曰精卫,其鸣自詨(叫)。是炎帝之少女名曰女娃,女娃游于东海,溺而不返,故为精卫。常衔西山之木石,以堙于东海。断河,《水经注》卷四《河水注》:"华岳本一山当河,河水过而曲行,河神巨灵,手荡脚踏,开而为两。" ⑦"摇落"二句:秋天草木凋落,充满凄凉悲怨之情。宋玉《九辩》:"悲哉!秋之为气也。萧瑟兮,草木摇落而变衰。" ⑧ 湘水竹:张华《博物志》:"尧之二女,舜之二妃,曰湘夫人。舜崩,二妃啼,以涕挥竹,竹尽斑。杞梁城:据《琴操》载,杞殖战死,妻泣曰:"上则无父,中则无夫,下则无子,人生之苦至矣!"乃放声长号,杞城为之崩。 ⑨ 天亡:《史记·项羽本纪》:项羽在乌江兵败时说:"此天之亡我,非战之罪也。今日固决死,愿为诸君快战,必三胜之,为诸君溃围,斩将,刈旗,令诸君知天亡我,非战之罪也。"日蒙:《晋书·天文志》:"凡游气蔽天,日月失色,皆是风雨之候也,沉阴,日月俱无光,昼不见日,夜不见星,有云障,两敌相当,阴相图议也。日蒙蒙无光,士卒内乱。" ⑩ 直虹:《晋书·天文志》:"凡夜雾白虹见,臣有忧;昼雾白虹见,君有忧。虹头尾至地,流血之象。"长星夜落营:《晋书·天文志》:"蜀后主建兴十三年,诸葛亮帅大众伐魏,屯于渭南。有长星赤而芒角,自东北西南流,投亮营,三投再还,往大还小。占曰:'两军相当,有大流星来走军上及坠军中者,皆破败之征也。'九月,亮卒于军,焚营而退,群帅交怨,多相诛残。" ⑪ 楚歌:用刘邦军队围困项羽军队"四面楚歌"之意。南风多死声:《左传·襄公十八年》:"晋人闻有楚师,师旷曰:'不害。吾骤歌北风,又歌南风。南风不竞,多死声。楚必无功。'" ⑫ 眼前一杯酒:《世说新语·任诞》:"张季鹰纵任不拘,时人号为'江东步兵'。或谓之曰:'卿乃可纵适一时,独不为身后名邪?'答曰:'使我有身后名,不如即时一杯酒!'"

【导读】

一、本诗写诗人对梁朝覆亡的悲哀。公元554年,西魏军队攻陷江陵,梁元帝被害,宗室大臣皆为俘虏,百姓数万被杀。庾信悲痛地写下了《哀江南赋》记述了这一巨大的历史变乱。此诗以咏怀的形式再次抒发了自己的亡国之哀。

二、诗先写秋气的凄凉,易于引发怨情。接着用舜之二妃泪洒湘竹、杞梁妻哭倒杞城、项羽兵败乌江自刎、诸葛亮战死军中以及刘邦围困楚军四面楚歌等典故来形容梁朝败亡无救和诗人自己痛苦的心情。最后用张翰"使我有身后名,不如即时一杯酒"的典故,来批判梁朝君臣只顾眼前享受而无远虑。倪璠《庾子山集注》卷三曰:"此言'一杯酒''身后名'者,特言江陵君臣但适一时,不顾后虑也。如安恋荆楚,不归建业,致有此败,惜其不用周弘正、朱买臣之言也。又曰谨来伐,时计用三策,以帝懦而无谋,多疑少断,知其必用下策。向使曜兵汉、沔、席卷渡江,丹阳帝居,又何患焉。呜呼! 此其所以无谋也与!"

三、此诗最大特点是大量用典,除第一句外,其他句句是典故,用典故来隐喻史实,有些晦涩,但作者的哀痛之情还是真实而深厚的。

其 十 八

寻思万户侯,中夜忽然愁①。琴声遍屋里,书卷满床头②。虽言梦蝴蝶,定自非庄周③。残月如初月,新秋似旧秋。露泣连珠下,萤飘碎火流④。乐天乃知命,何时能不忧⑤?

【导读】

一、这首诗写自己被羁留异国,像李广那样生不逢时,致使功业无成。半夜愁醒,抚琴既无法解愁,读书也不能释忧。又不能像庄子那么旷达,故而忧心不已。残月如钩,新秋似旧,露珠如泣,萤火飘忽,更使诗人触景伤怀。虽然时时在温习《易经》中"乐天知命故不忧"的名言,可是诗人身心俱不自由,又怎能真的不忧呢?

二、此诗格调清新,对偶工整,沈德潜说:"子山诗固是一时作手,以造句能新,使事无迹,比何水部似又过之。"(《古诗源》卷十四)

---

① 万户侯:《汉书·李广传》:"李广,陇西成纪人也。其先曰李信,秦时为将,逐得燕太子丹者也。广世受射。孝文十四年,匈奴大入萧关,而广以良家子从军击胡,用善射,杀首虏多,为郎,骑常侍。数从射猎,格杀猛兽,文帝曰:'惜广不逢时,令当高祖世,万户侯岂足道哉!'" ②"琴声"二句:琴书只能供消遣,而无益于国家。 ③"虽言"二句:自己并不能像庄周那样适志。《庄子·齐物论》:"昔者庄周梦为蝴蝶,栩栩然蝴蝶也,自喻适志与! 不知周也。俄然觉,则蘧蘧然周也。不知周之梦为蝴蝶,蝴蝶之梦为周与? 周与蝴蝶,则必有分矣。此之谓物化。" ④"残月"四句:写秋天的夜景。 ⑤"乐天"二句:《易经》中虽有"乐天知命故不忧"的话,可自己有亡国的遭遇,又怎能不忧呢?

民 歌

子夜歌①

始欲识郎时,两心望如一。理丝入残机②,何悟不成匹。
寒鸟依高树,枯林鸣悲风。为欢憔悴尽,那得好颜容。
渊冰厚三尺,素雪覆千里。我心如松柏,君情复何似。

【导读】

所选三首民歌都用女子的口吻来抒写情怀:第一首以"丝"谐"思",用谐音双关修辞手法来写女子的相思。第二首通过气氛渲染,写女子为了刻骨相思而"憔悴尽"。第三首以松柏耐寒来比喻女子的坚贞,唯恐男子变心。三首民歌所表达的感情是相同的:对郎君的刻骨思念与执着的追求,从而表达了对爱情的专一与向往。感情表达直率而炽热,应用双关谐音和起兴手法又使诗歌产生了曲折蕴藉的美,是南朝民歌的典型代表。

华山畿③

华山畿,君既为侬死,独生为谁施。欢若见怜时,棺木为侬开。
未敢便相许,夜闻侬家论,不持侬与汝。
懊恼不堪止,上床解要绳,自经屏风里。

【导读】

一、这三首民歌都是写在封建社会里男女的恋爱与婚姻的不自由,她们决心殉情而死:第一首写男方已经自杀,女方也决心殉情,希望男方的"棺木为侬开",大有梁山伯与祝英台的味道。第二首写女方告诉男方,家长不同意他们婚嫁的不幸消息。第三首写女子因父母阻挠他们的自由恋爱,决心解下腰

---

①《唐书·乐志》曰:"《子夜歌》者,晋曲也。晋有女子名子夜,造此声,声过哀苦。"《宋书·乐志》曰:"晋孝武太元中,琅琊王轲之家有鬼歌子夜,殷允为豫章,豫章侨人庾僧虔家亦有鬼歌子夜。殷允为豫章亦是太元中,则子夜是此时以前人也。"《乐府解题》曰:"后人更为四时行乐之词,谓之《子夜四时歌》。又有《大子夜歌》《子夜警歌》《子夜变歌》,皆曲之变也。" ②丝:同"思"。 ③《乐府诗集》此题下注引《古今乐录》曰:"《华山畿》者,宋少帝时懊恼一曲,亦变曲也。少帝时,南徐一士子,从华山畿往云阳。见客舍有女子年十八九,悦之无因,遂感心疾。母问其故,具以启母。母为至华山寻访,见女具说闻感之因。脱蔽膝令母密置其席下卧之,当已。少日果差。忽举席见蔽膝而抱持,遂吞食而死。气欲绝,谓母曰:'葬时车载,从华山度。'母从其意。比至女门,牛不肯前,打拍不动。女曰:'且待须臾。'妆点沐浴,既而出。歌曰:'华山畿,君既为侬死,独活为谁施。欢若见怜时,棺木为侬开。'棺应声开,女透入棺,家人叩打,无如之何,乃合葬,呼曰神女冢。"畿,山脚下。

带,以上吊的方式来殉情。

二、这三首民歌都采取了直抒胸臆的写法,把封建社会中青年男女爱情受到阻隔的现实以及他们对自由爱情的向往与追求表现得淋漓尽致。感情真率激切、悲壮淳朴,在婉丽含蓄的南朝民歌中别具一格。

西 洲 曲[①]

忆梅下西洲[②],折梅寄江北。单衫杏子红[③],双鬓鸦雏色[④]。西洲在何处,两桨桥头渡。日暮伯劳飞[⑤],风吹乌桕树[⑥]。树下即门前,门中露翠钿[⑦]。开门郎不至,出门采红莲。采莲南塘秋,莲花过人头。低头弄莲子,莲子青如水。置莲怀袖中,莲心彻底红[⑧]。忆郎郎不至,仰首望飞鸿[⑨]。鸿飞满西洲,望郎上青楼[⑩]。楼高望不见,尽日栏杆头。栏杆十二曲,垂手明如玉。卷帘天自高,海水摇空绿[⑪]。海水梦悠悠,君愁我亦愁[⑫]。南风知我意,吹梦到西洲[⑬]。

【导读】

一、这是一首情歌,也是南朝乐府的绝唱。通篇以女子的口吻,忆念住在西洲的情郎,抒发了对江北情郎的无尽相思。此曲四句一节,共有八节,等于是八首五言四句民歌的组合。第一节怀念情人远离自己而去西洲,于是托梅寄意,表达自己的深情。并通过自己服装的更换和鬓色的描绘,暗示时光迅捷,已由春及夏,青春宝贵,希望情人赶快回来。第二节写西洲虽不远,只要划动双桨渡过江去就能到达,但在当时是不可能的,因而慨叹自己像伯劳鸟一样孤单地栖息在乌桕树上。这是托物比兴。第三节写从"树下"到"门前",封建时代妇女们的生活圈子就是如此狭窄,望郎不至,只好独自采莲来排遣愁闷。并暗示时间已由初夏进入盛夏。第四节通过写景来渲染自己的无聊心情,暗示时间又由盛夏进入初秋,再由初秋进入深秋,可见相思之苦,相忆之深。同时为下一节运用谐音双关手法做好准备。第五节以"莲心彻底红"(谐爱你之心是透红透红的)来表达自己深挚专一的爱情。忆郎不来,唯一的指望是书信的安慰。仰望飞鸿,希望它带来情人的信件,使情节又推进了一步。第六节写鸿鸟正成群地栖息在西洲,就是飞不到这里来,只好上高楼去瞭望。楼虽高而人依然不见,只好整天依偎着栏杆在那儿苦苦相思。这节写景如画,而情在景中。第七节写秋夜的蓝天,像一片大海,帘儿在摇晃,天像海水一样在荡漾,夜已很深了,她仍然依偎着曲折的栏杆,垂着如玉的双手在那儿呆呆地痴想。"卷帘天自高,海水摇空绿",写得十分细致而富有情味。第八节从"海水摇空绿"的夜晚景色,引起了海水般的相思之梦。又从自己的深愁估量对方也一定是深愁,并希望南风体察人意,把自己的刻骨相思之情也吹送到西洲去,让情人也如痴如醉地想念她,从而得到一点慰藉。绝不因"郎不至""望不见"而有所埋怨。这样逐层引入,显示了感情的深度和厚度。钟惺说它"声情摇曳而纡回"(《古诗归》)。沈德潜说它"续续相生,连跗接萼,摇曳无穷,

---

[①]《乐府诗集》将本篇收入"杂曲歌辞",以为是古辞。《玉台新咏》认为是江淹所作,但宋本不载。明清学者认为是晋辞,或以为是梁武帝所作。现代学者认为它是一首民歌,已经过文人加工润色,可能产生于梁代。 [②] 忆梅:以梅代"某",即女子的情郎。 [③]"单衫"句:女子已穿上杏红色的单衫。 [④]"双鬓"句:女子的双鬓黑得像乌鸦的雏鸟。 [⑤] 伯劳:鸟名,喜欢单栖。 [⑥] 乌桕:落叶乔木。 [⑦] 翠钿:翠玉制的首饰。 [⑧] 莲:谐音双关,即"怜"(爱)。 [⑨] 望飞鸿:盼望对方的书信。古人认为鸿雁能传书。 [⑩] 青楼:美人所居住的青色的楼。后来青楼才指妓院。 [⑪]"卷帘"二句:二句倒装,意指秋夜的蓝天如大海,风吹帘动,隔帘看天仿佛海水在晃动。 [⑫] 君:女子称她的情人。我:女子自称。 [⑬] 吹梦:即女子梦萦西洲。

情味愈出"(《古诗源》)。

二、全诗艺术造诣极为高妙。在构思上,以四季不断地相思体现了诗境的回环宛转、意蕴悠长之美;同时又以四季的变化,展现了江南的旖旎风情;在结构上,连锁式的结构,使全诗语言表现了声情摇曳、宛转回环之美;在语言上,谐语双关手法的运用,使全诗产生了委婉、含蓄的美。

莫愁乐①

闻欢下扬州,相送楚山头。探手抱腰看,江水断不流。

【导读】

此曲用极度夸张的手法写爱情的力量无比巨大,女方希望江水断流,这样,男子便可永远留在身边了。此曲重点抒情,但不是正面抒写,而是通过女主人公的动作和心理状态将对男子的不舍之情娓娓道出,感情真切而又含蓄,具有余味不尽之妙。

那呵滩②

闻欢下扬州,相送江津弯。愿得篙橹折,交郎到头还。
篙折当更觅,橹折当更安。各自是官人,那得到头还。

【导读】

此曲以在《乐府诗集》"清商曲辞"的《西曲歌》中,跟《莫愁乐》是一样的愿望,只是此曲更现实些,希望篙橹折断,就能"交郎到头还"了!表现了商妇对团圆生活的向往。此曲感情的表达比较直率、深沉,令人回肠荡气,是情歌中具有现实意义的代表作。

陇头歌辞③

陇头流水④,流离山下⑤。念吾一身,飘然旷野。
朝发欣城⑥,暮宿陇头。寒不能语,舌卷入喉。
陇头流水,鸣声幽咽。遥望秦川⑦,心肝断绝。

【导读】

第一章以陇头水比兴,着眼于水从山头流下,至山下则四散流离,以比喻役夫远离故乡,艰苦跋涉于旷野的凄苦情景。第二章运用夸张手法,突出陇头的严寒,从而反衬出行役之苦。第三章仍以陇头水比

---

①《唐书·乐志》曰:"《莫愁乐》者,出于石城乐。石城有女子名莫愁,善歌谣,石城乐和中复有忘愁声,因有此歌。"《古今乐录》曰:"《莫愁乐》亦云蛮乐,旧舞十六人,梁八人。"《乐府解题》曰:"古歌亦有莫愁,洛阳女,与此不同。" ②《古今乐录》曰:"《那呵滩》,旧舞十六人,梁八人。其和云:'郎去何当还。'多叙江陵及扬州事。那呵,盖滩名也。" ③《乐府解题》曰:"魏乐奏武帝辞,言人君当自勤苦,省方黜陟,省刑薄赋也。若梁戴暠云'昔听陇头吟,平居已流涕',但叙征人行役之思焉。" ④陇头:就是陇山,也称陇坂、陇首、陇坻,在今陕西陇县西北,绵亘几个县。 ⑤流离:水从山上淋漓向下流动的样子。 ⑥欣城:地名,未详。 ⑦秦川:指关中陕西一带。

兴,但着眼于呜咽的流水声,使人闻声而遥望故乡,为自己的前途担心,简直心肝欲裂。这首民歌运用传统的比兴和夸张手法,形象逼真地抒写了行役者之苦,苍凉悲壮,艺术感染力很强。

折杨柳歌①

健儿须快马,快马须健儿。跶跋黄尘下②,然后别雄雌③。
腹中愁不乐,愿作郎马鞭。出入擐郎臂④,蹀座郎膝边⑤。
问女何所思?问女何所忆?阿婆许嫁女,今年无消息。

【导读】
　　第一首民歌写北方健儿热爱骏马,他们终身与骏马为伴,他们的勇武精神也必须依靠骏马方能充分表现出来。第二首民歌写女子希望自己变成所爱男子的马鞭,终日相伴,形影不离。第三首民歌通过两个设问句写出女子满腹心事,原来是急切盼望出嫁,但是"今年无消息"。这三首民歌虽然内容不同,但其风格特点是相近的,都具有刚健、质朴、直率的特点,充分表现了北方人民的豪爽性格。

隔 谷 歌⑥

兄在城中弟在外,弓无弦,箭无栝⑦。食粮乏尽若为活?救我来!救我来!
兄为俘虏受困辱,骨露力疲食不足。弟为官吏马食粟,何惜钱刀来我赎⑧。

【导读】
　　这两首民歌写兄弟两个人,一个是战败者,一个是胜利者,两个人一个在城外,一个在城中。不同命运和境遇,犹如隔谷。第一首民歌写兄长被困围城之中,盼望弟弟去营救。第二首民歌写兄长当了俘虏,希望当官的弟弟用钱币去赎他。两首作品语气都很迫切,是在战争中产生的民歌,表现了战争的残酷性。

---

①《乐府诗集》"折杨柳"题下引《唐书·乐志》曰:"梁乐府有胡吹歌云:'上马不捉鞭,反拗杨柳枝。下马吹横笛,愁杀行客儿。'此歌辞原出北国,即鼓角横吹曲《折杨柳枝》是也。" ②跶跋:马快跑时的蹄声。 ③别雄雌:决胜负。 ④出入:出门和入门。擐(huàn):系,挂。 ⑤蹀(dié)座:行走和坐着。 ⑥《古今乐录》有"梁鼓角横吹曲",多叙慕容垂及姚泓时战阵之事,其曲有《企喻》等歌三十六曲,乐府胡吹旧曲又有《隔谷》等歌三十曲。 ⑦栝(kuò):箭的末端。这句指箭残缺不全。 ⑧钱刀:钱币。

文　赋

曹丕：典论·论文

　　文人相轻，自古而然。傅毅之于班固①，伯仲之间耳②，而固小之，与弟超书曰③："武仲以能属文为兰台令史④，下笔不能自休。⑤"夫人善于自见⑥，而文非一体⑦，鲜能备善⑧，是以各以所长，相轻所短。里语曰：家有弊帚，享之千金⑨。斯不自见之患也⑩。

　　今之文人，鲁国孔融文举⑪、广陵陈琳孔璋⑫、山阳王粲仲宣⑬、北海徐幹伟长⑭、陈留阮瑀元瑜⑮、汝南应玚德琏⑯、东平刘桢公幹⑰，斯七子者，于学无所遗，于辞无所假⑱，咸以自骋骥骤于千里，仰齐足而并驰⑲。以此相服，亦良难矣⑳。盖君子审己以度人㉑，故能免于斯累而作《论文》㉒。

　　王粲长于辞赋，徐幹时有齐气㉓，然粲之匹也。如粲之《初征》《登楼》《槐赋》《征思》，幹之《玄猿》《漏卮》《圆扇》《橘赋》，虽张、蔡不过也㉔。然于他文，未能称是㉕。琳、瑀之章表书记㉖，今之隽也㉗。应玚和而不壮㉘。刘桢壮而不密㉙。孔融体气高妙㉚，有过人者；然不能持论㉛，理不胜辞㉜，至乎杂以嘲戏㉝，及其所善，扬、班俦也㉞。

　　常人贵远贱近，向声背实㉟，又患闇于自见㊱，谓己为贤。夫文本同而末异㊲，盖奏议宜

---

①傅毅：字武仲，茂陵人，东汉文学家。章帝时为兰台令史，曾与班固等共同主持整理朝廷藏书的工作。②伯仲：兄弟的次序，兄为伯，弟为仲。这里指二人文才相差不大。③超：指班超。④属文：写文章。⑤"下笔"句：写起文章来无休无止。即不能驾驭文字，冗长松散。⑥"夫人"句：一个人每每善于看到自己的长处。夫，发语词。⑦体：体裁。⑧鲜：少。备善：全都擅长。⑨"里语"二句：俗语说，家有破扫帚，也把它当作价值千金的宝物看待。弊帚，破扫帚。享，当。⑩患：毛病。⑪孔融：字文举，东汉鲁国（今山东曲阜）人。献帝时为北海相，后为曹操所杀。⑫陈琳：字孔璋，广陵（今江苏扬州）人。初为何进主簿，后归袁绍。袁绍败后，又归曹操。擅长军国书檄。⑬王粲：字仲宣，山阳高平（今山东邹县西南）人。少年时即以文才为蔡邕赏识。因避乱往荆州归附刘表，后归曹操。⑭徐幹：字伟长，北海（今山东寿光）人。曹操辟为司空军谋祭酒掾属，后为五官将文学。⑮阮瑀：字元瑜，陈留（今河南陈留）人。曹操辟为司空军谋祭酒，管记室。擅长军国书檄。⑯应玚：字德琏，汝南（今河南汝南）人。曹操辟为丞相掾属，后为五官将文学。⑰刘桢：字公幹，东平（今山东东平）人。曹操辟为丞相掾属。⑱遗：遗漏。假：依傍。⑲"咸以自"二句：他们都凭借着自己的学识和才华，像骏马一样，驰骋在文坛上，并驾齐驱，不分上下。咸，都。骥骤（lù），骏马。仰，凭借。齐足，并足。⑳"以此"二句：在写文章方面彼此互相佩服，实在是很难的啊。㉑审己以度人：审察自己，衡量别人。㉒斯累：指上文所说的文人相轻和善于自见的毛病。㉓齐气：齐地习俗，文气舒缓。㉔张、蔡：指东汉著名文学家张衡和蔡邕。过：超越。㉕称：相称，相符。㉖章：大臣呈给天子的奏章。表：大臣陈说事情的文章叫表。书记：指一般的书信和公文。㉗隽：同"俊"，杰出，出众。㉘和而不壮：指文章气势和缓而不雄壮。㉙壮而不密：指文章骨气壮健而不细密。㉚体气：这里指气质。㉛持论：立论。㉜理不胜辞：即辞过于理。㉝杂以嘲戏：夹杂有诙谐嘲戏的文字。㉞扬、班：扬雄和班固。俦：匹敌。㉟向声背实：追求虚名而不顾实际。㊱闇于自见：看不到自己的短处。闇，同"暗"。㊲本：根本。末：末梢。

雅①，书论宜理②，铭诔尚实③，诗赋欲丽④。此四科不同，故能之者偏也；唯通才能备其体。

文以气为主，气之清浊有体，不可力强而致⑤。譬诸音乐，曲度虽均⑥，节奏同检⑦，至于引气不齐⑧，巧拙有素⑨，虽在父兄，不能以移子弟⑩。

盖文章经国之大业⑪，不朽之盛事。年寿有时而尽，荣乐止乎其身，二者必至之常期⑫，未若文章之无穷。是以古之作者，寄身于翰墨⑬，见意于篇籍⑭，不假良史之辞，不托飞驰之势⑮，而声名自传于后。故西伯幽而演《易》，周旦显而制《礼》⑯，不以隐约而弗务⑰，不以康乐而加思⑱。夫然则古人贱尺璧而重寸阴，惧乎时之过已。而人多不强力⑲，贫贱则慑于饥寒⑳，富贵则流于逸乐，遂营目前之务，而遗千载之功。日月逝于上，体貌衰于下，忽然与万物迁化㉑，斯志士之大痛也。融等已逝，唯幹著论，成一家言。

【导读】

一、《典论》是曹丕写的一部学术性论著，共二十篇。今存《自叙》和《论文》两篇。它以评论建安七子的形式，论及文学批评的态度、作家与作品的关系、各种文学体裁的特点以及文学的功用等问题。

二、本文虽是议论文，却写得情致缠绵，一唱三叹，骈偶中带着散文的气势，以感慨发端，论述文学事业的历史地位，不装腔作势，只是娓娓道来，是说理也是抒情，极富感染力，代表着建安文风骈偶化、抒情化的特色。

三、《典论·论文》是我国文学批评史上最早的文学批评专篇文献，它为以后文学理论的发展奠定了良好的基础。这篇文章所涉及的一些基本观点，为后来的批评家所继承和发展。

曹植：洛神赋㉒并序

黄初三年，余朝京师，还济洛川。古人有言，斯水之神，名曰宓妃。感宋玉对楚王神女之事㉓，遂作斯赋。其词曰：

余从京域，言归东藩，背伊阙，越轘辕，经通谷，陵景山。日既西倾，车殆马烦。尔乃税驾乎蘅皋㉔，秣驷乎芝田㉕，容与乎阳林，流眄乎洛川。于是精移神骇，忽焉思散。俯则未察，仰以殊观。睹一丽人，于岩之畔。

乃援御者而告之曰："尔有觌于彼者乎㉖？彼何人斯，若此之艳也！"御者对曰："闻河洛之神，名曰宓妃。然则君王之所见也，无乃是乎㉗？其状若何，臣愿闻之。"余告之曰：其

---

① 奏议宜雅：奏章议事要写得典雅。② 书论宜理：书信和议论文要有理致。③ 铭诔尚实：铭诔要注重真实。铭，古代刻在器物和石上用来称扬或表示警戒的一种文体。诔：用来叙述死者生前事迹的一种文体。④ 诗赋欲丽：诗赋要辞藻华丽。⑤ "文以"三句：文章以作家的气质为主，气质有清逸与重浊之别，不能勉强得到。气，气质。清，清逸。浊，重浊。体，分别。强，勉强。致，达到，得到。⑥ 曲度虽均：曲调虽然相同。⑦ 节奏同检：节奏也按同一法度。⑧ 引气不齐：指吹奏时运气的不同。⑨ 素：指本性素质。⑩ 移：这里是传授的意思。⑪ 经国：治国。大业：盛大的事业。⑫ 二者：指年寿和荣乐。常期：一定的期限。⑬ 翰墨：笔墨，指文章。⑭ 见意：显意，表现意趣。⑮ 托：依托。飞驰之势：指显赫的势力。⑯ 周旦：周公旦，周武王之弟，成王之叔。显：显达。史载周公辅佐年幼的成王，创制礼法。⑰ 隐约：穷困，失志。弗务：不去做，这里指不去从事著述。⑱ 康乐：安乐。加思：改变（著述的）念头。加，转移。⑲ 强力：努力。⑳ 慑：恐惧，害怕。㉑ 与万物迁化：这里指死。迁化，变化。㉒ 洛神：相传为古帝伏羲氏之女宓妃，溺死于洛水而为洛水之神。㉓ "感宋玉"句：指宋玉《高唐赋》《神女赋》记载的与楚襄王对答梦遇巫山神女之事。㉔ 尔乃：于是就。税驾：犹停车。税，舍，放置。㉕ 秣驷：喂马。秣，饲。驷，原作一车四马解。此处指马。㉖ 觌（dí）：看见。㉗ 无乃：莫非就是。

形也,翩若惊鸿,婉若游龙,荣曜秋菊,华茂春松。仿佛兮若轻云之蔽月,飘飖兮若流风之回雪。远而望之,皎若太阳升朝霞。迫而察之,灼若芙蓉出渌波。秾纤得衷①,修短合度。肩若削成,腰如约素。延颈秀项,皓质呈露,芳泽无加②,铅华弗御③。云髻峨峨,修眉联娟④。丹唇外朗,皓齿内鲜。明眸善睐,辅靥承权⑤。瓌姿艳逸⑥,仪静体闲。柔情绰态,媚于语言。奇服旷世,骨像应图⑦。披罗衣之璀粲兮,珥瑶碧之华琚⑧。戴金翠之首饰,缀明珠以耀躯。践远游之文履,曳雾绡之轻裾。微幽兰之芳蔼兮,步踟蹰于山隅。于是忽焉纵体,以遨以嬉。左倚采旄⑨,右荫桂旗。攘皓腕于神浒兮⑩,采湍濑之玄芝⑪。

余情悦其淑美兮,心振荡而不怡。无良媒以接欢兮,托微波而通辞。愿诚素之先达兮⑫,解玉佩以要之⑬。嗟佳人之信修兮,羌习礼而明诗。抗琼珶以和予兮⑭,指潜渊而为期。执眷眷之款实兮⑮,惧斯灵之我欺。感交甫之弃言兮⑯,怅犹豫而狐疑。收和颜而静志兮,申礼防以自持⑰。

于是洛灵感焉,徙倚彷徨。神光离合,乍阴乍阳。竦轻躯以鹤立,若将飞而未翔。践椒途之郁烈,步蘅薄而流芳。超长吟以永慕兮⑱,声哀厉而弥长。

尔乃众灵杂遝,命俦啸侣。或戏清流,或翔神渚。或采明珠,或招翠羽。从南湘之二妃⑲,携汉滨之游女⑳。叹匏瓜之无匹兮㉑,咏牵牛之独处。扬轻袿之猗靡兮㉒,翳修袖以延伫。体迅飞凫,飘忽若神。凌波微步,罗袜生尘。动无常则,若危若安。进止难期,若往若还。转眄流精㉓,光润玉颜。含辞未吐,气若幽兰。华容婀娜,令我忘餐。

于是屏翳收风㉔,川后静波㉕。冯夷鸣鼓㉖,女娲清歌。腾文鱼以警乘,鸣玉銮以偕逝。六龙俨其齐首,载云车之容裔㉗。鲸鲵踊而夹毂,水禽翔而为卫。于是越北沚,过南冈,纡素领,回清阳㉘,动朱唇以徐言,陈交接之大纲。恨人神之道殊兮,怨盛年之莫当。抗罗袂以掩涕兮,泪流襟之浪浪。悼良会之永绝兮,哀一逝而异乡。无微情以效爱兮㉙,献江南之明珰。虽潜处于太阴㉚,长寄心于君王。忽不悟其所舍,怅神宵而蔽光。

于是背下陵高㉛,足往神留。遗情想像,顾望怀愁。冀灵体之复形,御轻舟而上溯。浮长川而忘反,思绵绵而增慕。夜耿耿而不寐,霑繁霜而至曙。命仆夫而就驾,吾将归乎东路。揽𬴂辔以抗策㉜,怅盘桓而不能去。

【导读】

一、这篇赋的主题,《文选》李善注认为是曹植为感念甄后而作。此纯系小说家言,殊不足信。何焯

---

① 秾:花木茂盛,这里指人体丰盈。纤:细小,这里指人体苗条。衷:中。② 芳泽:香油。③ 铅华:粉。古代烧铅成粉,故称粉为铅华。④ 联娟:微曲貌。⑤ 辅靥承权:辅,面颊。靥,酒窝。权,颧。这句意思是说颧下有酒窝承接。⑥ 瓌:同瑰,石之美者。此处用以形容姿态之美。⑦ 骨像应图:骨像,骨法,人像。应图,即相当于图画中的人。⑧ 珥:原是一种珠玉的耳饰,这里作"佩戴"解。⑨ 采旄:彩色的旗。旄,本为旗帜的竿饰,这里指旗。⑩ 浒:水边也。⑪ 湍濑:急流。⑫ 素:同"愫",真情。⑬ 要:同"邀",约,结。⑭ 抗:举起。⑮ 眷眷:心向往貌。款实:指诚实的心意。⑯ "感交甫"句:借用郑交甫的故事。李善注引《韩诗内传》说,郑交甫在汉水边遇见两个女子,请其佩玉,得之,纳于怀中,但行不十步,却不见佩玉,回望二女,亦不见。弃言,指二女食言。⑰ 申礼防:申,施展。礼防,礼义的防界。⑱ 超:惆怅。⑲ 南湘之二妃:据刘向《列女传》记载,相传舜南巡,死于苍梧。他的二妃娥皇、女英自投湘水,遂为湘水之神。⑳ 游女:指汉水的女神。㉑ 匏瓜:星名。一名天鸡,独在河鼓星东,故下文说它"无匹"。㉒ 猗靡:随风飘动貌。㉓ 转眄流精:转眼顾盼之间流露奕奕的神采。㉔ 屏翳:风神名。㉕ 川后:即河伯。㉖ 冯夷:河伯名。㉗ 容裔:行貌,有高低起伏和闲暇自得两义。㉘ 清扬:形容女性眉清目秀。清,指目。扬,指眉。㉙ 效爱:表达相爱之意。㉚ 太阴:众神所居之处。㉛ 背下陵高:背离低下之地而登高。㉜ 𬴂(fēi):骖马。辔:马缰绳。

《义门读书记》则认为"植既不得君,因济洛以作为此赋,托词宓妃以寄心文帝,其亦屈子之志也。"然从与此赋同时所作的《赠白马王彪》诗看,曹植对其兄曹丕绝无好感,用如此美丽多情的神女去比曹丕,似不合情理,此赋或为作者有所寄托而作,只是无从得知其所寄托的具体内容了。

二、此赋以浪漫手法,通过梦幻境界,描写了一个人神相恋的悲剧,想象丰富,描写细腻,词采流丽,抒情意味和神话色彩浓郁,充满艺术魅力,是最著名、最能代表曹植赋作成就的赋篇。

王粲:登楼赋

登兹楼以四望兮,聊暇日以销忧。览斯宇之所处兮①,实显敞而寡仇②。挟清漳之通浦兮③,倚曲沮之长洲④。背坟衍之广陆兮⑤,临皋隰之沃流。北弥陶牧⑥,西接昭丘⑦。华实蔽野,黍稷盈畴。虽信美而非吾土兮,曾何足以少留!

遭纷浊而迁逝兮,漫逾纪以迄今⑧。情眷眷而怀归兮,孰忧思之可任?凭轩槛以遥望兮,向北风而开襟。平原远而极目兮,蔽荆山之高岑⑨。路逶迤而修迥兮,川既漾而济深。悲旧乡之壅隔兮,涕横坠而弗禁。昔尼父之在陈兮,有"归欤"之叹音⑩。钟仪幽而楚奏兮⑪,庄舄显而越吟⑫。人情同于怀土兮,岂穷达而异心!

惟日月之逾迈兮,俟河清其未极。冀王道之一平兮,假高衢而骋力。惧匏瓜之徒悬兮⑬,畏井渫之莫食⑭。步栖迟以徙倚兮⑮,白日忽其将匿。风萧瑟而并兴兮,天惨惨而无色。兽狂顾以求群兮,鸟相鸣而举翼。原野阒其无人兮⑯,征夫行而未息。心凄怆以感发兮,意忉怛而憯恻⑰。循阶除而下降兮,气交愤于胸臆。夜参半而不寐兮⑱,怅盘桓以反侧⑲。

【导读】

一、董卓之乱后,王粲避难荆州,依刘表,未被重用。此赋即为王粲在荆州依附刘表时登当阳县城楼所作,抒发了作者因久留客地,才能不得施展而产生的思乡情绪。

二、这篇赋感情深挚沉郁,语言清新,写景与抒情有机结合,具有浓厚的诗意,脱尽了汉大赋铺陈堆砌的习气,表明抒情小赋在艺术上的成熟,是建安时期抒情小赋的代表作品。

---

① 斯宇:此楼,指当阳县城楼。 ② 寡仇:很少能够匹敌。 ③ 漳:水名,在当阳县境内。浦:大水有小口别通曰浦。 ④ 沮:水名,也在当阳县境内,与漳水会合南流入长江。 ⑤ 坟衍:地势高起为坟,广平为衍。 ⑥ 弥:极至。陶:乡名,相传为陶朱公范蠡葬地。牧:郊外。 ⑦ 昭丘:楚昭王的坟墓,在当阳县郊外。 ⑧ 纪:十二年为一纪。 ⑨ 荆山:在今湖北南漳。岑:山小而高叫岑。 ⑩ "昔尼父"二句:孔子在陈绝粮,叹曰:"归欤!归欤!"尼父:即孔子。 ⑪ "钟仪"句:钟仪是楚国乐官,为郑所获,后郑献与晋。晋侯叫他操琴,弹的仍旧是楚国乐调。 ⑫ "庄舄(xì)"句:越人庄舄在楚国做大官,病中思念故乡,仍旧发出越国的语音。 ⑬ "匏瓜"句:匏瓜,葫芦的一种。这句意思是说,我不能像匏瓜那样只是挂在那里,而不为世所用。 ⑭ 井渫(xiè)句:渫,除去井中污秽,使水清洁。这句意思是,井被掏清后,它的水仍无人去喝,是很痛心的。比喻自己修洁其身而不为世用。 ⑮ 栖迟:游息。徙倚:行止不定的样子。 ⑯ 阒(qù):寂静。 ⑰ 忉怛(dāo dá):悲痛。憯(cǎn)恻:凄伤。 ⑱ 夜参半:半夜。参,分。 ⑲ 盘桓:原为徘徊不进的样子,这里借指想来想去。

嵇康：与山巨源绝交书①

康白：足下昔称吾于颍川，吾常谓之知言②。然经怪此意尚未熟悉于足下③，何从便得之也？前年从河东还④，显宗、阿都说足下议以吾自代⑤，事虽未行，知足下故不知之⑥！足下傍通⑦，多可而少怪⑧。吾直性狭中⑨，多所不堪，偶与足下相知耳。间闻足下迁⑩，惕然不喜⑪，恐足下羞庖人之独割，引尸祝以自助⑫，手荐鸾刀⑬，漫之膻腥⑭，故具为足下陈其可否⑮。

吾昔读书，得并介之人⑯，或谓无之，今乃信其真有耳。性有所不堪，真不可强；今空语同知有达人无所不堪⑰，外不殊俗而内不失正⑱，与一世同其波流，而悔吝不生耳。老子、庄周⑲，吾之师也，亲居贱职；柳下惠、东方朔，达人也，安乎卑位⑳，吾岂敢短之哉㉑！又仲尼兼爱㉒，不羞执鞭㉓；子文无欲卿相㉔，而三登令尹㉕；是乃君子思济物之意也㉖。所谓达则兼善而不渝㉗，穷则自得而无闷。以此观之，故尧舜之君世㉘，许由之岩栖㉙，子房之佐汉㉚，接舆之行歌㉛，其揆一也㉜。仰瞻数君，可谓能遂其志者也㉝。故君子百行，殊涂而

---

① 山巨源：山涛，字巨源，与嵇康同为"竹林七贤"中的人物。后来山涛投靠了司马氏集团，当了官，举荐嵇康，嵇康感到这是巨大的耻辱，写信断然与山涛绝交。信中不仅讥刺了山涛，也严厉抨击了司马氏集团所倡导的虚伪的礼教，因此种下祸根，再加上钟会进谗言挑拨，终于被杀。《晋书·嵇康传》载："初，康居贫，尝与向秀共锻于大树之下，以自赡给。颍川钟会，贵公子也，精练有才辩，故往造焉。康不为之礼，而锻不辍。良久会去，康谓曰：'何所闻而来？何所见而去？'会曰：'闻所闻而来，见所见而去。'会以此憾之。及是，言于文帝曰：'嵇康，卧龙也，不可起。公无忧天下，顾以康为虑耳。'因谮'康欲助毋丘俭，赖山涛不听。昔齐戮华士，鲁诛少正卯，诚以害时乱教，故圣贤去之。康、安等言论放荡，非毁典谟，帝王者所不宜容。宜因衅除之，以淳风俗。'帝既昵听信会，遂并害之。康将刑东市，太学生三千人请以为师，弗许。康顾视日影，索琴弹之，曰：'昔袁孝尼尝从吾学《广陵散》，吾每靳固之，《广陵散》于今绝矣！'时年四十。海内之士，莫不痛之。" ② 足下：古代书信中用来对对方的尊称，相当于您。 ③ 然经怪：但又常常感到奇怪。 ④ 河东：黄河从山西西部流过，在黄河以东的地区称河东。 ⑤ 显宗：公孙崇，字显宗，谯国人，曾当尚书郎。阿都：吕安，字仲悌，小名阿都，东平人，是嵇康的好友。 ⑥ 故不知：原来并不了解我。 ⑦ 傍通：善于应变。 ⑧ 多可：多加赞许。 ⑨ 狭中：心胸狭窄。 ⑩ 间闻：近来听说。 ⑪ 惕然：恐惧的样子。 ⑫ "恐足下"二句：像厨师硬要拉着尸祝去代庖一样。《庄子·逍遥游》载，尧欲将天下让给许由，"许由：'子治天下，天下既已治也。而我犹代子，吾将为名乎？名者，实之宾也。吾将为宾乎？鹪鹩巢于深林，不过一枝；偃鼠饮河，不过满腹。归休乎君，予无所用天下为！庖人虽不治庖，尸祝不越樽俎而代之矣。'" ⑬ 鸾刀：祭祀时割牺牲用的刀，环上有铃。 ⑭ 漫：污染。 ⑮ 具：具体。 ⑯ 并介之人：既能兼济天下又是耿介孤直的人。并，指兼济天下。介，指耿介孤直。 ⑰ 空语：空说。 ⑱ 外不殊俗：外表和一般俗人没有两样。 ⑲ 老子：姓李名耳，为周柱下史、守藏史。庄子：名周，为宋国蒙漆园吏。二人职位都很低。 ⑳ 柳下惠：即展禽，名获，春秋时鲁国人。居柳下，卒谥惠，所以称柳下惠。《孟子·公孙丑上》说他："不卑小官；进不隐贤，必以其道；遗佚而不怨，阨穷而不悯。"东方朔：汉武帝时人，《汉书·东方朔传》："自公孙弘以下至司马迁，皆奉使方外，或为郡国守相至公卿，而朔尝至太中大夫，后常为郎，与枚皋、郭舍人俱在左右，诙啁而已。久之，朔上书农战强国之计，因自讼独不得大官，欲求试用。其言专商鞅、韩非之语也，指意放荡，颇复诙谐，辞数万言，终不见用。朔因著论，设客难己，用位卑以自慰谕。" ㉑ 短：轻视。 ㉒ 仲尼：孔子字仲尼。兼爱：广博而无私的爱。 ㉓ 不羞执鞭：不以担任执鞭赶车的低下职业为羞耻。《论语·述而》："子曰：'富而可求也，虽执鞭之士，吾亦为之。如不可求，从吾所好。'" ㉔ 子文：春秋时楚国人，姓斗，名穀於菟。无欲卿相：不想做卿相。 ㉕ 三登令尹：《论语·公冶长》："令尹子文，三仕为令尹，无喜色；三已之，无愠色。"令尹，官名，春秋时楚国执政的上卿。 ㉖ 济物：济世救人。 ㉗ 不渝：不改变。 ㉘ 君世：为君于世，即当君主。 ㉙ 许由：尧时的隐士。尧要将天下让给他，他不肯接受，就到箕山下去隐居。岩栖：隐居山林。 ㉚ 子房：张良字子房，曾帮助汉高祖刘邦平定天下。 ㉛ 接舆：春秋时楚国的隐士。孔子游宦到楚国，接舆唱着讽刺孔子的歌，从他的车前走过。 ㉜ 其揆一也：以上这些人的处世之道都是一致的。 ㉝ 遂其志：实现他们的志愿。

同致。循性而动,各附所安,故有处朝廷而不出,入山林而不反之论①。且延陵高子臧之风②,长卿慕相如之节③,志气所托,不可夺也④。

吾每读尚子平、台孝威传⑤,慨然慕之,想其为人。少加孤露⑥,母兄见骄⑦,不涉经学。性复疏懒,筋驽肉缓,头面常一月十五日不洗,不大闷痒,不能沐也⑧。每常小便,而忍不起,令胞中略转乃起耳⑨。又纵逸来久,情意傲散。简与礼相背,懒与慢相成⑩,而为侪类见宽⑪,不攻其过。又读《庄》《老》,重增其放,故使荣进之心日颓⑫,任实之情转笃⑬。此犹禽鹿少见驯育⑭,则服从教制,长而见羁,则狂顾顿缨⑮,赴蹈汤火,虽饰以金镳⑯,飨以嘉肴,愈思长林而志在丰草也⑰。

阮嗣宗口不论人过,吾每师之而未能及;至性过人,与物无伤,唯饮酒过差耳⑱。至为礼法之士所绳⑲,疾之如雠⑳,幸赖大将军保持之耳㉑。吾不如嗣宗之资㉒,而有慢驰之阙,又不识人情,暗于机宜㉓,无万石之慎㉔,而有好尽之累㉕。久与事接,疵衅日兴㉖,虽欲无患,其可得乎?又人伦有礼㉗,朝廷有法。自惟至熟㉘,有必不堪者七,甚不可者二:卧喜晚起,而当关呼之不置㉙,一不堪也;抱琴行吟,弋钓草野㉚,而吏卒守之,不得妄动,二不堪也;危坐一时,痹不得摇㉛,性复多虱㉜,把搔无已,而当裹以章服㉝,揖拜上官,三不堪也;素不便书㉞,又不喜作书,而人间多事,堆案盈机㉟,不相酬答,则犯教伤义,欲自勉强,则不能久,四不堪也;不喜吊丧,而人道以此为重,已为未见恕者所怨㊱,至欲见中伤者。虽瞿然自责㊲,然性不可化㊳,欲降心顺俗㊴,则诡故不情㊵,亦终不能获无咎无誉如此㊶,五不堪

---

①"故有"二句:指《韩诗外传》:"朝廷之士为禄,故入而不出;山林之士为名,故往而不返。" ②延陵:地名,今江苏武进。吴季札居其地,人称延陵季子。吴国诸樊要立季札,季札称引子臧的事迹而加以拒绝。高子臧之风:以子臧的作风为高。子臧,曹国公子欣时,曹宣公卒,曹人欲立欣时为君,欣时拒不接受。 ③"长卿"句:司马长卿钦慕相如的气节而改名为司马相如。《史记·司马相如列传》:"司马相如者,蜀郡成都人也,字长卿。少时好读书,学击剑,故其亲名之曰犬子。相如既学,慕蔺相如之为人,更名相如。" ④"志气"二句:(以上二人)寄托了自己的志向,这是不能强加改变的。 ⑤尚子平:东汉人,《文选》李善注引《英雄记》:"有道术,为县功曹,休归,自入山担薪,卖以供食饮。"《后汉书·逸民传》作向子平:"向长,字子平,河内朝歌人也。隐居不仕,性尚中和,好通《老》《易》。贫无资食,好事者更馈焉,受之取足而反其余。王莽大司空王邑辟之,连年乃至,欲荐之于莽,固辞,乃止。潜隐于家,读《易》至《损》《益》卦,喟然叹曰:'吾已知富不如贫,贵不如贱,但未知死何如生耳。'建武中,男女娶嫁既毕,敕断家事勿相关,当如我死也。于是遂肆意,与同好北海禽庆俱游五岳名山,竟不知所终。台孝威《后汉书·逸民传》:"台佟,字孝威,魏郡邺人也。隐于武安山,凿穴为居,采药自业。建初中,州辟,不就。刺史行部,乃使从事问谢。佟载病往谢。刺史乃执贽见佟曰:'孝威居身如是,甚苦,何如?'佟曰:'佟幸得保终性命,存神养和。如明使君奉宣诏书,夕惕庶事,反不苦邪?'遂去,隐逸,终不见。" ⑥孤:幼年丧父曰孤。露:瘦弱。《左传·昭公元年》杜预注:"露,羸也。" ⑦母兄见骄:受到母亲与兄长的娇宠。 ⑧驽:原意是劣马,这里比喻筋骨迟钝。不能沐也:不耐烦洗头。能,通"耐"。 ⑨胞:原指胎衣,这里指膀胱。 ⑩简:简略,指举止随便。慢:怠慢。 ⑪侪类:同辈们。 ⑫颓:低落,减弱。 ⑬任实:放任本性。转笃:格外强烈。 ⑭禽:同"擒"。驯育:驯服养育。 ⑮狂顾顿缨:乱蹦乱跳地挣脱缰绳。 ⑯金镳(biāo):鹿的笼头。 ⑰"愈思"句:更加想要回到鹿原来生长的长林丰草之地去。 ⑱至性过人:天性淳厚超过一般人。饮酒过差:饮酒过度。 ⑲绳:弹劾纠正。 ⑳疾:憎恨。 ㉑"幸赖"句:《晋书·阮籍传》:"籍又能为青白眼,见礼俗之士,以白眼对之。及嵇喜来吊,籍作白眼,喜不怿而退。喜弟康闻之,乃赍酒挟琴造焉,籍大悦,乃见青眼。由是礼法之士疾之若仇,而帝(司马昭)每保护之。"大将军,即司马昭。 ㉒资:指天赋的资质、性情。 ㉓机宜:原指随机应变的方法。这里实指见风使舵的本领。 ㉔万石之慎:西汉的石奋,与四个儿子俸禄都是二千石,合起来是万石,号称"万石君"。父子五人,均以小心谨慎着称。 ㉕好尽:尽情地陈述自己的意见,不懂得忌讳。 ㉖疵:缺点。衅:仇隙,事端。 ㉗人伦:指君臣、父子、夫妇、兄弟、朋友间的伦理关系。 ㉘惟:思虑。熟:精详。 ㉙当关:守门的人。不置:不放。 ㉚弋:用拖着丝线的箭射鸟。 ㉛危坐:端端正正地坐着。痹:麻痹。 ㉜性:身体。 ㉝章服:官服。 ㉞不便:不习惯。 ㉟堆案盈机:指公文堆满桌子。机,同"几"。 ㊱"已为"句:已经为不见谅的人所怨恨。 ㊲瞿然:惊怕的样子。 ㊳化:改变。 ㊴降心:压抑自己傲慢散诞的情意。 ㊵诡:违反。故:本性。不情:不合常情。 ㊶无咎无誉:无荣无辱。

也;不喜俗人,而当与之共事,或宾客盈坐,鸣声聒耳①,嚣尘臭处②,千变百伎③,在人目前,六不堪也;心不耐烦,而官事鞅掌④,机务缠其心⑤,世故繁其虑,七不堪也。又每非汤、武而薄周、孔⑥,在人间不止,此事会显⑦,世教所不容⑧,此甚不可一也;刚肠疾恶,轻肆直言⑨,遇事便发,此甚不可二也。以促中小心之性⑩,统此九患,不有外难,当有内病,宁可久处人间邪?又闻道士遗言,饵术黄精⑪,令人久寿,意甚信之;游山泽,观鱼鸟,心甚乐之;一行作吏,此事便废,安能舍其所乐而从其所惧哉⑫?

夫人之相知,贵识其天性⑬,因而济之⑭。禹不逼伯成子高,全其节也⑮;仲尼不假盖于子夏,护其短也⑯。近诸葛孔明不逼元直以入蜀⑰,华子鱼不强幼安以卿相⑱,此可谓能相终始⑲,真相知者也⑳。足下见直木不可以为轮,曲木不可以为桷㉑,盖不欲以枉其天才㉒,令得其所也。故四民有业㉓,各以得志为乐,唯达者为能通之㉔,此足下度内耳㉕。不可自见好章甫,强越人以文冕也㉖;己嗜臭腐,养鸳雏以死鼠也㉗。吾顷学养生之术,方外荣华㉘,去滋味㉙,游心于寂寞㉚,以无为为贵。纵无九患㉛,尚不顾足下所好者。又有心闷疾,顷转增笃㉜,私意自试㉝,不能堪其所不乐㉞。自卜已审㉟,若道尽途穷则已耳,足下无事冤之㊱,令转于沟壑也㊲。吾新失母兄之欢,意常凄切㊳。女年十三,男年八岁㊴,未及成人,况复多病。顾此恨恨㊵,如何可言!今但愿守陋巷,教养子孙,时与亲旧叙阔㊶,陈说平生。浊酒一杯,弹琴一曲,志愿毕矣。足下若嬲之不置㊷,不过欲为官得人,以益时用耳㊸。足下旧知吾潦倒粗疏㊹,不切事情,自惟亦皆不如今日之贤能也㊺。若以俗人皆喜荣华,独

①聒耳:在耳边吵闹。 ②嚣尘:声音嘈杂,尘土飞扬。臭处:令人难堪的相处。 ③百伎:许多花招伎俩。 ④鞅掌:事务繁忙。《诗经·小雅·北山》:"或王事鞅掌。" ⑤机务:政务。 ⑥汤武:商汤和周武王。薄:轻视。周孔:周公和孔子。 ⑦会显:被众人所知道。 ⑧世教:当世礼教。 ⑨肆:放肆。 ⑩促中小心:内心褊窄,即心胸狭窄。 ⑪饵:服食。 ⑫"安能"句:怎能舍弃自己所乐做的事而去做那些自己所怕做的事呢? ⑬天性:天生的本性。 ⑭济:成全。 ⑮"禹不逼"二句:《庄子·天地》:"尧治天下,伯成子高立为诸侯。尧授舜,舜授禹,伯成子高辞为诸侯而耕。禹往见之,则耕在野。禹趋就下风,立而问焉,曰:'昔尧治天下,吾子立为诸侯。尧授舜,舜授予,而吾子辞为诸侯而耕,敢问,其故何也?'子高曰:'昔尧治天下,不赏而民劝,不罚而民畏。今子赏罚而民且不仁,德自此衰,刑自此立,后世之乱自此始矣。夫子阖行邪?无落吾事!'俋俋乎耕而不顾。" ⑯"仲尼"二句:《孔子家语·致思》:"孔子将行,雨而无盖。门人曰:'商也有之。'孔子曰:'商之为人,甚吝于财。吾闻与人交,推其长者,违其短者,故能久也。'"盖,车盖。商,即子夏,姓卜名商,孔子的学生。 ⑰"近诸葛孔明"句:《三国志·诸葛亮传》:"先主在樊闻之,率其众南行,亮与徐庶并从,为曹公所追破,获庶母。庶辞先主而指其心曰:'本欲与将军共图王霸之业者,以此方寸之地也。今已失老母,方寸乱矣,无益于事,请从此别。'遂诣曹公。" ⑱"华子鱼"句:《三国志·华歆传》:"明帝即位,太尉华歆(即华子鱼)逊位让(管)宁,遂下诏……宁称草莽臣上疏曰:'臣海滨孤微……徘徊阙庭,谨秉章陈情,乞蒙省察,抑恩听放,无令骸骨填于衢路。'" ⑲相终始:对朋友的了解和爱护,能始终如一。 ⑳真相知者也:是说像上面所说的大禹、孔子、诸葛亮、华歆等人才是真正知心的人。 ㉑桷(jué):椽子。 ㉒枉:委曲。 ㉓四民:指士、农、工、商。 ㉔通:了解它。 ㉕"此足下"句:这本是您所应当明了的。度,识度。 ㉖"不可"二句:越人断发文身,根本不戴帽子,不要自以为是漂亮的华冠,就强迫他们去戴。《庄子·逍遥游》:"宋人资章甫而适诸越,越人断发文身,无所用之。" ㉗"己嗜"二句:自己嗜好腐烂发臭的食物,却不可以用死老鼠去喂鹓雏。《庄子·秋水》:"惠子相梁,庄子往见之。或谓惠子曰:'庄子来,欲代子相。'于是惠子恐,搜于国中三日三夜。庄子往见之,曰:'南方有鸟,其名曰鹓雏,子知之乎?夫鹓雏,发于南海而飞于北海,非梧桐不止,非练实不食,非醴泉不饮。于是鸱得腐鼠,鹓雏过之,仰而视之曰:吓!今子欲以子之梁国而吓我邪?" ㉘外荣华:鄙弃荣华,远离荣华。 ㉙滋味:美味。 ㉚寂寞:安静。 ㉛九患:指上文所说的七不堪和二甚不可。 ㉜增笃:加重。 ㉝自试:自己设想。 ㉞"不能"句:不能胜任所不乐意的事。 ㉟卜:考虑。审:明确。 ㊱"足下"句:您平白无故地要使我受到委屈。 ㊲"令转于"句:使我陷于死亡的绝境。 ㊳"吾新失"二句:我刚死去母亲和兄长,失去了他们对我的爱,心中十分凄凉悲痛。 ㊴年:原作"儿",据胡刻《文选》校改。 ㊵恨恨(liàng):悲恨。 ㊶叙阔:叙述离别之情。 ㊷嬲(niǎo):纠缠。不置:不放。 ㊸益:助。时用:为世所用。 ㊹潦倒粗疏:行为散漫放纵,不遵守礼法。 ㊺贤能:指在朝做官的人。

能离之,以此为快①,此最近之②,可得言耳。然使长才广度③,无所不淹④,而能不营⑤,乃可贵耳。若吾多病困⑥,欲离事自全,以保余年,此真所乏耳⑦,岂可见黄门而称贞哉⑧?若趣欲共登王涂⑨,期于相致⑩,时为欢益⑪,一旦迫之,必发狂疾,自非重怨,不至于此也⑫。野人有快炙背而美芹子者,欲献之至尊⑬,虽有区区之意⑭,亦已疏矣⑮。愿足下勿似之。其意如此,既以解足下⑯,并以为别。嵇康白⑰。

【导读】

一、"竹林七贤"中,与嵇康交情深厚的只有阮籍和山涛二人。当年在河内山阳,他们曾经有过肆意酣畅的竹林之游,可是当司马氏集团大力推行残酷屠杀和厚利引诱的两手政策后,曾以"介然不群"著称于时的山涛,不但自己卖身投靠了司马氏集团,还要拉拢嵇康一起去投靠。这一切又是与司马氏集团篡权夺位阴谋紧相联系的。嵇康忍无可忍,在山涛推荐的第二年写了这封信,断然与山涛绝交。这一行动体现了嵇康"抗志尘表"、决不愿忍辱出仕的人格。

二、此信针对山涛曾是"竹林七贤"之一的特殊身份,扣住"相知"这一问题来谈。首先提出自己与山涛是两种人:山涛是无所不堪的人,而自己则是多所不堪的人。彼此并无深切的了解,过去仅是偶然相知罢了。把山涛讥讽了一番之后,便将犀利的笔锋指向司马氏集团。信中说自己有必不堪者七,甚不可者二,这实际上是以纵情放荡的行为来抵制司马氏集团对他思想行为的钳制,深切地揭露他们所崇奉的封建礼教的伪善。然后话题又回到"相知"的问题上来,指出真正相知的标准是要了解人的志趣,山涛逼他做官就等于在逼他发疯,置他于死地。最后表示坚决与山涛绝交,从而结束过去那偶尔相知的历史。

三、全文针线绵密,析理透辟,语言形象、幽默、泼辣,作者放荡不羁、疾恶如仇的个性表现得十分鲜明。真是嬉笑怒骂,激烈痛快,淋漓尽致。

四、刘勰《文心雕龙·才略》说:"嵇康师心以遣论,阮籍使气以命诗,殊声而合响,异翮而同飞。"《书记》又说:"嵇康《绝交》,实志高而文伟矣。"钟嵘《诗品》卷中评嵇康说:"颇似魏文。过为峻切,讦直露才,伤渊雅之致。然托喻清远,良有鉴裁,亦未失高流矣。"钱基博《中国文学史》说:"独此《与山巨源绝交书》,于坦迤中出激宕,气度俊伟,别是一格。"

陶渊明:五柳先生传⑱

先生不知何许人也,亦不详其姓字。宅边有五柳树,因以为号焉。闲静少言,不慕荣利。好读书,不求甚解⑲。每有会意,便欣然忘食⑳。性嗜酒,家贫不能常得,亲旧知其如

---

① 此:这个字本来没有,据胡刻《文选》校补。 ② 此最近之:这样讲最接近我的本意。 ③ 长才广度:指才华高气度大的人。 ④ 淹:通达。 ⑤ 不营:不求仕进。 ⑥ 吾多病困:我多病多牵累。 ⑦ 此真所乏:这的确是我所短缺的(指才华高气度大)。 ⑧ 黄门:宦官。称贞:称赞他们贞节。 ⑨ 趣:急促。 ⑩ 期:希望。致:招致。 ⑪ 欢益:欢悦。 ⑫ "自非"二句:如果不是你对我有深怨,是不至于这样逼我发狂的。 ⑬ "野人"二句:农夫感到太阳晒背很舒服,芹菜味道很美,就想献给最尊贵的人。野人,居住在田野之人,指农夫。《列子·杨朱》:"昔者宋国有田夫,常衣缊黂,仅以过冬。暨春东作,自曝于日,不知天下之有广厦隩室,绵纩狐貉。顾谓其妻曰:'负日之暄,人莫知者;以献吾君,将有重赏。'里之富室告之曰:'昔人有美戎菽,甘枲茎芹萍子者,对乡豪称之。乡豪取而尝之,蜇于口,惨于腹,众哂而怨之,其人大惭。子此类也。'" ⑭ 区区:微小而诚恳的意思。 ⑮ 疏:远于事理。 ⑯ 解足下:摆脱足下对我的推荐。 ⑰ 白:告语。《正字通》:"下告上曰禀白,同辈述事陈义亦曰白。" ⑱ 萧统《陶渊明传》说:"渊明少有高趣,博学善属文,颖脱不群,任真自得。尝著《五柳先生传》以自况。" ⑲ 不求甚解:指读书不过分拘泥于字句,以致穿凿附会反失去其原旨。 ⑳ 会意:领会。

此,或置酒而招之。造饮辄尽,期在必醉;既醉而退,曾不吝情去留①。环堵萧然②,不蔽风日。短褐穿结③,箪瓢屡空,晏如也。常著文章自娱,颇示己志。忘怀得失,以此自终。赞曰:黔娄之妻有言④:"不戚戚于贫贱,不汲汲于富贵⑤。"极其言兹若人之俦乎⑥?衔觞赋诗,以乐其志。无怀氏之民欤?葛天氏之民欤⑦?

【导读】

　　一、清刘熙载《艺概·文概》:"陶渊明为文不多,且若未尝经意。然其文不可以学而能,非文之难,有其胸次为难也。"

　　二、清吴楚材、吴调侯《古文观止》卷七:"……此传乃自述其生平之行也,潇潇澹逸,一片神行之文。"

　　三、钱钟书《管锥编》第四册:"按'不'字为一篇眼目。'不知何许人也,亦不详其姓氏','不慕荣利','不求甚解','家贫不能恒得','曾不吝情去留','不蔽风日','不戚戚于贫贱,不汲汲于富贵';重言积字,即示狷者之'有所不为'。酒之'不能恒得',宅之'不蔽风日',端由于'不慕荣利'而'家贫',是亦'不屑不洁'所致也。'不'之言,若无得而称,而其意,则有为而发;老子所谓'当其无,有有之用',王夫之所谓'言无者,激于言有者而破除之也。'(《船山遗书》第六三册《思问录》内篇)如'不知何许人,亦不详其姓氏',岂作自传而并不晓己之姓名籍贯哉? 正激于世之卖声名、夸门地者而破除之尔。"

归去来兮辞⑧并序

　　余家贫,耕植不足以自给。幼稚盈室,瓶无储粟⑨,生生所资⑩,未见其术。亲故多劝余为长吏,脱然有怀⑪,求之靡途。会有四方之事⑫,诸侯以惠爱为德,家叔以余贫苦⑬,遂见用于小邑。于时风波未静,心惮远役,彭泽去家百里⑭,公田之利,足以为酒,故便求之。及少日,眷然有归欤之情⑮。何则? 质性自然,非矫厉所得⑯。饥冻虽切,违己交病⑰。尝从人事,皆口腹自役⑱。于是怅然慷慨,深愧平生之志⑲。犹望一稔⑳,当敛裳宵逝。寻程氏妹丧于武昌㉑,情在骏奔㉒,自免去职。仲秋至冬,在官八十余日。因事顺心,命篇曰《归去来兮》。乙巳岁十一月也。

---

① 吝情去留:对别去或留下很随意。　② 环堵萧然:环顾室内,四壁空空,一无所有。　③ 穿结:衣服破烂。　④ 黔娄之妻:刘向《列女传》卷二"鲁黔娄妻"条载:鲁黔娄先生之妻也。先生死,曾子与门人往吊之。其妻出户,曾子吊之。上堂,见先生之尸在牖下,枕墼席稿,缊袍不表,覆以布被,首足不尽敛。覆头则足见,覆足则头见。曾子曰:"斜引其被,则敛矣。"妻曰:"斜而有余,不如正而不足也。先生以不邪之故,能至于此。生时不邪,死而邪之,非先生意也。"曾子不能应,遂哭之曰:"嗟乎,先生之终也! 何以为谥?"其妻曰:"以康为谥。"曾子曰:"先生在时,食不充虚,衣不盖形。死则手足不敛,旁无酒肉。生不得其美,死不得其荣,何乐于此而谥为康乎?"其妻曰:"昔先生君尝欲授之政,以为国相,辞而不为,是有余贵也。君尝赐之粟三十钟,先生辞而不受,是有余富也。彼先生者,甘天下之淡味,安天下之卑位。不戚戚于贫贱,不忻忻于富贵。求仁而得仁,求义而得义。其谥为康,不亦宜乎!"曾子曰:"唯斯人也而有斯妇。"君子谓黔娄妻为乐贫行道。诗曰:"彼美淑姬,可与寤言。"此之谓也。　⑤ "不戚戚"二句:略有改动,与黔娄之妻原话的意思一样。《汉书·扬雄传》:"不汲汲于富贵,不戚戚于贫贱。"　⑥ 极:穷尽,引申为推论。　⑦ 无怀氏、葛天氏:传说中的上古帝王。　⑧ 本文作于义熙元年乙巳(405),作者三十七岁。来:语助词。　⑨ 瓶:储放粮食的陶器。　⑩ 生生所资:经营生计所需。　⑪ 脱然有怀:豁然产生出(做官的)念头。　⑫ 会有:恰好碰上诸侯间的战争。指桓玄篡位失败,刘裕崛起揽权之时,军阀混战,晋室摇摇欲坠。　⑬ 家叔:指陶夔,当时任太常卿。　⑭ 彭泽:县名,今江西彭泽县西南。　⑮ 少日:不多几天。　⑯ 矫厉:造作勉强。　⑰ 违己交病:违背自己的本心更感到痛苦。　⑱ 皆口腹自役:都是为了自己糊口(而去做官的)。　⑲ 平生之志:指隐居。　⑳ 一稔(rěn):指公田收获一次。谷物成熟叫稔。　㉑ 寻:不久。程氏妹:嫁给程家的妹妹。　㉒ 骏奔:骑快马飞驰而去。

归去来兮,田园将芜胡不归①?既自以心为形役②,奚惆怅而独悲③!悟已往之不谏,知来者之可追④。实迷途其未远,觉今是而昨非。舟遥遥以轻飏⑤,风飘飘而吹衣。问征夫以前路⑥,恨晨光之熹微⑦。

乃瞻衡宇⑧,载欣载奔⑨。僮仆欢迎,稚子候门。三径就荒⑩,松菊犹存。携幼入室,有酒盈樽。引壶觞以自酌,眄庭柯以怡颜⑪。倚南窗以寄傲⑫,审容膝之易安⑬。园日涉以成趣,门虽设而常关。策扶老以流憩⑭,时矫首而遐观⑮。云无心以出岫⑯,鸟倦飞而知还。景翳翳以将入⑰,抚孤松而盘桓⑱。

归去来兮,请息交以绝游。世与我而相违,复驾言兮焉求⑲?悦亲戚之情话,乐琴书以消忧。农人告余以春及⑳,将有事于西畴㉑。或命巾车㉒,或棹孤舟㉓。既窈窕以寻壑㉔,亦崎岖而经丘㉕。木欣欣以向荣,泉涓涓而始流㉖。善万物之得时㉗,感吾生之行休㉘。

已矣乎㉙,寓形宇内复几时㉚,曷不委心任去留㉛?胡为乎遑遑兮欲何之㉜?富贵非吾愿,帝乡不可期㉝。怀良辰以孤往,或植杖而耘耔㉞。登东皋以舒啸㉟,临清流而赋诗。聊乘化以归尽㊱,乐夫天命复奚疑㊲。

【导读】

一、陶渊明乐天知命、乘化归尽的思想是糅合了儒、释、道三家思想而形成的。在此文中,他强调隐居耕作,纵情山水,乐天知命,乘化任运可以无忧无虑,得到无穷的乐趣。这一方面表现了他的世界观,表现了他的人生态度,另一方面也是对当时黑暗政治的一种消极反抗。毛庆蕃《古文学余》中说:"素怀洒落,逸气流行,字字寰中,字字尘外。"

二、此文将写景、叙事、抒情、议论融为一体。语言优美自然,音节和谐,虽以偶对为主,却无一般辞赋人工雕琢的弊病。李格非说:"陶渊明《归去来兮辞》,沛然如肺腑中流出,殊不见有斧凿痕。"(元李公焕《笺注陶渊明集》卷五引)且情景交融,意在言外,深有寄托。如"云无心以出岫,鸟倦飞而知还",寄寓

---

① 胡:同"何"。 ② 既自以心为形役:既然已使心志屈从于形体而出来做官。 ③ 奚:何。 ④ "悟已往"二句:认识到过去的错误已不可挽救,但未来的事情是可以补救的。《论语·微子》:"往者不可谏,来者犹可追。" ⑤ 飏:飞扬,形容船行驶得很轻快。 ⑥ 征夫:行人。 ⑦ 晨光之熹微:早晨晨光微弱。 ⑧ 衡宇:简陋的居室。 ⑨ 载欣载奔:既高兴又拼命奔跑。 ⑩ 三径:《文选》李善注引《三辅决录》说:"蒋诩,字元卿,隐于杜陵。舍中三径,惟羊仲、求仲从之游。二仲皆挫廉逃名。" ⑪ 眄:斜看。柯:树枝。 ⑫ 傲:高傲的意志。 ⑬ 容膝:仅能容膝的居室。《韩诗外传》:"楚庄王使使赍金百斤,聘北郭先生。先生曰:'臣有箕帚之使,愿入计之。'即谓妇人曰:'楚欲以我为相。今日相,即结驷列骑,食方丈于前,如何?'妇人曰:'夫子以织屦为食。食粥毚履,不怵惕之忧者何哉?与物无治也。今如结驷列骑,所安不过容膝,食方丈于前,所甘不过一肉。以容膝之安,一肉之味,而殉楚国之忧,其可乎?'于是遂不应聘,与妇去之。" ⑭ 策:拄着。扶老:手杖。 ⑮ 矫首:抬头。遐观:远望。 ⑯ 岫:山峰。 ⑰ 景翳翳:太阳逐渐暗淡。 ⑱ "抚孤松"句:我仍手抚孤松徘徊着不想离去。 ⑲ 驾言:指出游。用《诗经》"驾言出游"的意思。 ⑳ 及:至。 ㉑ 畴:田亩。 ㉒ 巾车:有篷的车子。 ㉓ 棹:划动,原是划船的长桨。 ㉔ 窈窕:山路幽深的样子。 ㉕ 崎岖:山路高低不平。 ㉖ 涓涓:水流微细的样子。 ㉗ 善:羡慕。 ㉘ 行休:即将结束,指老死。 ㉙ 已矣乎:算了吧。 ㉚ 寓形宇内:活在世上。 ㉛ 委心:随心。去留:指死与生。《史记·淮阴侯列传》韩信:"因固问曰:'仆委心归计,愿足下勿辞。'"嵇康《琴赋》:"齐万物兮超自得,委性命兮任去留。激清响以赴会,何弦歌之绸缪!" ㉜ 遑遑:急急忙忙、心神不定的样子。 ㉝ 帝乡:这里指仙境。 ㉞ "或植杖"句:放下手杖,拿起农具去除草和培土壅苗。《论语·微子》:"子路从而后,遇丈人,以杖荷蓧。子路问曰:'子见夫子乎?'丈人曰:'四体不勤,五谷不分,孰为夫子?'植其杖而耘。子路拱而立。" ㉟ 皋:田边高地。舒啸:放声长啸。 ㊱ 乘化:随顺着大自然的运转变化。归尽:归于死亡。 ㊲ 乐夫天命:《易经·系辞》:"知周乎万物,而道济天下,故不过;旁行而不流,乐天知命,故不忧。安土敦乎仁,故能爱。"

了作者无意于功名利禄和急流勇退的思想。

三、欧阳修说:"晋无文章,惟陶渊明《归去来兮辞》一篇而已。"(元李公焕《笺注陶渊明集》卷五引)朱熹说:"《归去》一篇,其词义夷旷萧散,虽托楚声,而无尤怨切蹙之病;实用赋义,而中亦兼比。"(《七修类稿》卷三十引)宋陈知柔《休斋诗话》说:"迨今人歌之,顿挫抑扬,自协声律。盖其词高甚,晋宋而下,欲追蹑之不能。"

向　秀

向秀(约227—272),魏晋之际哲学家、文学家。"竹林七贤"之一。字子期,河内怀(今河南武陟西南)人。官至黄门侍郎、散骑常侍。爱好老、庄,有《庄子隐解》二十卷,集十二卷。其作品多散佚。

思旧赋①并序

余与嵇康、吕安居止接近②,其人并有不羁之才③。然嵇志远而疏④,吕心旷而放⑤,其后各以事见法⑥。嵇博综技艺⑦,于丝竹特妙⑧,临当就命,顾视日影,索琴而弹之⑨。余逝将西迈⑩,经其旧庐⑪,于时日薄虞渊⑫,寒冰凄然,邻人有吹笛者⑬,发声寥亮。追思曩昔游宴之好⑭,感音而叹,故作赋云。

将命适于远京兮,遂旋反而北徂。济黄河以泛舟兮,经山阳之旧居⑮。瞻旷野之萧条兮,息余驾乎城隅⑯。践二子之遗迹兮,历穷巷之空庐⑰。叹黍离之愍周兮,悲麦秀于殷墟⑱。惟古昔以怀今兮,心徘徊以踌躇⑲。栋宇存而弗毁兮,形神逝其焉如⑳。昔李斯之受

---

① 向秀与嵇康、吕安是挚友。嵇、吕被司马昭杀害后,向秀迫于司马氏的威胁,赴洛阳应召。此赋是在途中经过嵇康旧居时而作的。　② 吕安:字仲悌,魏东平(今山东东平县)人。性格刚烈,有济世之志,与嵇康、向秀友好,共同反对司马氏的黑暗统治。其兄霸占其妻,反诬其不孝,入狱后嵇康为其辩诬,一起被司马昭杀害。居止:住处。　③ 不羁之才:才华横溢。　④ 志远而疏:志趣高远但性格疏放。　⑤ 心旷而放:心性旷达但行为放纵。　⑥ 各以事(句):指嵇、吕二人被杀。见法,遭到刑法处置。　⑦ 嵇博综技艺:嵇康具有多种的艺术才能。　⑧ 丝竹:管弦乐器。　⑨ 索琴而弹之:《晋书·嵇康传》载他临刑时的情景说:"康将刑东市,太学生三千人请以为师,弗许。康顾视日影,索琴弹之,曰:'昔袁孝尼尝从吾学《广陵散》,吾每靳固之,《广陵散》于今绝矣!'时年四十。海内之士,莫不痛之。"　⑩ 逝:往。迈:远行。　⑪ 旧庐:指嵇康故居,在今河南辉县和嘉获县之间的天门山。　⑫ 虞渊:传说中日落之地。　⑬ 邻人:嵇康的邻居。　⑭ 追思:笛声使向秀追想到从前他和嵇、吕游乐的情景。　⑮ "将命"四句:奉命去洛阳,再转回来往北走,渡过黄河,经过嵇康的山阳旧居。　⑯ 息余驾乎城隅:我将车子停在城边。　⑰ 穷巷之空庐:穷巷中空落落的旧屋。　⑱ 黍离:《诗经·王风·黍离》:"彼黍离离,彼稷之苗。行迈靡靡,中心摇摇。知我者,谓我心忧;不知我者,谓我何求。悠悠苍天,此何人哉?"《毛诗序》:"《黍离》,闵宗周也。周大夫行役至于宗周,过故宗庙宫室,尽为禾黍。闵周室之颠覆,彷徨不忍去,而作是诗也。"麦秀:《史记·宋微子世家》:"于是武王乃封箕子于朝鲜而不臣也。其后箕子朝周,过故殷虚,感宫室毁坏,生禾黍,箕子伤之,欲哭则不可,欲泣为其近妇人,乃作麦秀之诗以歌咏之。其诗曰:'麦秀渐渐兮,禾黍油油。彼狡僮兮,不与我好兮!'所谓狡童者,纣也。殷民闻之,皆为流涕。"　⑲ 惟古昔:回想起以前跟嵇、吕交游的情景。　⑳ 焉如:到哪里去了。

罪兮,叹黄犬而长吟①。悼嵇生之永辞兮,顾日影而弹琴。托运遇于领会兮,寄余命于寸阴②。听鸣笛之慷慨兮,妙声绝而复寻。停驾言其将迈兮,遂援翰而写心③。

【导读】

  向秀曾与嵇康、吕安一起打铁,一起灌园,他们志同道合,感情极厚。嵇、吕二人被杀后,向秀悲愤至极,但在司马氏的高压政策下,又不便纵情直言,于是写下了这首吞吐含蓄的短赋。鲁迅在《为了忘却的记念》一文中曾说:"青年时读向子期《思旧赋》,很怪他为什么只有寥寥的几行,刚开头却又煞了尾。然而,现在我懂得了。"鲁迅从国民党反动派秘密杀害何孟雄、柔石等几位青年作家的事件中,领悟了向秀《思旧赋》写得如此短小的缘由。此赋以听笛声为契机,着重抒写了作者闻笛而悲的凄凉心境与满腔愤懑。作品虽小,却有尺幅千里之势。

江　淹

  江淹(444—505),南朝梁文学家。字文通,济阳考城(今河南兰考县)人。历仕宋、齐、梁三朝,官至金紫光禄大夫。少孤贫好学,早年即以文章著名,晚年所作诗文不如前期,人谓"江郎才尽"。诗风幽深清丽,又善于写抒情小赋,《别赋》《恨赋》是他的名篇。后人辑有《江文通集》。

别　赋

  黯然销魂者,唯别而已矣④。况秦、吴兮绝国⑤,复燕、宋兮千里。或春苔兮始生,乍秋风兮暂起⑥。是以行子肠断⑦,百感凄恻。风萧萧而异响,云漫漫而奇色。舟凝滞于水滨,车逶迟于山侧⑧。棹容与而讵前⑨?马寒鸣而不息。掩金觞而谁御⑩?横玉柱而沾轼。居人愁卧,怳若有亡⑪。日下壁而沉彩⑫,月上轩而飞光。见红兰之受露,望青楸之离霜⑬。巡层楹而空掩⑭,抚锦幕而虚凉。知离梦之踯躅⑮,意别魂之飞扬。

  故别虽一绪,事乃万族⑯:

  至若龙马银鞍,朱轩绣轴,帐饮东都,送客金谷⑰。琴羽张兮箫鼓陈⑱,燕赵歌兮伤美人。珠与玉兮艳暮秋,罗与绮兮娇上春。惊驷马之仰秣⑲,耸渊鱼之赤鳞。造分手而衔

---

①"昔李斯"二句:《史记·李斯列传》:"二世二年七月,具斯五刑,论腰斩咸阳市。斯出狱,与其中子俱执,顾谓其中子曰:'吾欲与若复牵黄犬俱出上蔡东门逐狡兔,岂可得乎!'遂父子相哭,而夷三族。"　②寄余命于寸阴:将余生寄托在索琴而弹的片刻之间。　③遂援翰而写心:拿起笔来抒写自己的心意。　④黯然:沮丧、凄苦的样子。　⑤绝国:距离遥远的国家。　⑥乍:忽然。　⑦行子:在外旅行之人。　⑧逶迟:行进迟缓。　⑨"棹容与"句:船迟缓而岂能前进。　⑩金觞:金杯。谁御:谁去使用。　⑪居人:留在家中的人。亡:丢失。　⑫"日下壁"句:日光斜照,顺壁下移,最后隐没了它的光彩。　⑬离:同"罹",遭受。　⑭巡:边走边看。层楹:高大的厅柱。　⑮踯躅:徘徊不前。　⑯一绪:一样的情绪。万族:万种。　⑰龙马:骏马。帐饮:设帐饯别。金谷,地名,在洛阳市。　⑱羽:五音之一,羽声。　⑲仰秣:马在吃草时,仰起头来听音乐。《韩诗外传》:"瓠巴鼓瑟而六马仰秣。"

涕^①,感寂寞而伤神。

乃有剑客惭恩^②,少年报士。韩国赵厕,吴宫燕市^③,割慈忍爱,离邦去里,沥泣共诀,抆血相视^④。驱征马而不顾^⑤,见行尘之时起。方衔感于一剑^⑥,非买价于泉里。金石震而色变^⑦,骨肉悲而心死。

或乃边郡未和,负羽从军^⑧。辽水无极,雁山参云^⑨。闺中风暖,陌上草薰^⑩。日出天而耀景,露下地而腾文^⑪。镜朱尘之照烂,袭青气之烟煜^⑫。攀桃李兮不忍别,送爱子兮沾罗裙。

至如一赴绝国^⑬,讵相见期?视乔木兮故里,决北梁兮永辞。左右兮魂动,亲宾兮泪滋。可班荆兮赠恨^⑭,惟樽酒兮叙悲。值秋雁兮飞日,当白露兮下时。怨复怨兮远山曲,去复去兮长河湄^⑮。

又若君居淄右,妾家河阳^⑯,同琼珮之晨照^⑰,共金炉之夕香。君结绶兮千里^⑱,惜瑶草之徒芳。惭幽闺之琴瑟,晦高台之流黄^⑲。春宫閟此青苔色^⑳,秋帐含兹明月光。夏簟清兮昼不暮,冬釭凝兮夜何长^㉑。织锦曲兮泣已尽,回文诗兮影独伤^㉒。

倘有华阴上士^㉓,服食还山。术既妙而犹学,道已寂而未传。守丹灶而不顾,炼金鼎而方坚^㉔。驾鹤上汉,骖鸾腾天^㉕。暂游万里,少别千年^㉖。惟世间兮重别^㉗,谢主人兮依然。

下有芍药之诗,佳人之歌^㉘,桑中卫女,上宫陈娥^㉙。春草碧色,春水渌波。送君南浦^㉚,伤如之何!至乃秋露如珠,秋月如珪^㉛;明月白露,光阴往来。与子之别,思心徘徊。

是以别方不定^㉜,别理千名。有别必怨,有怨必盈^㉝。使人意夺神骇^㉞,心折骨惊。虽渊、云之墨妙,严、乐之笔精^㉟,金闺之诸彦,兰台之群英^㊱,赋有凌云之称,辩有雕龙之声^㊲,

---

① 造:到。 ② 惭恩:因没有报恩而惭愧。 ③ 韩国:《史记·刺客列传》:"聂政者,轵深井里人也。杀人避仇,与母、姊如齐,以屠为事。"濮阳严仲子让聂政去杀侠累,"聂政乃辞独行。杖剑至韩,韩相侠累方坐府上,持兵戟而卫者甚众。聂政直入,上阶刺杀侠累。"赵厕:《史记·刺客列传》:"豫让者,晋人也,事智伯,智伯甚尊宠之。及智伯伐赵襄子,赵襄子与韩、魏合谋灭智伯,灭智伯之后而三分其地。赵襄子最怨智伯,漆其头以为饮器。豫让遁逃山中,曰:'嗟乎!士为知己者死,女为说己者容。今智伯知我,我必为报雠而死,以报智伯,则吾魂魄不愧矣。'乃变名姓为刑人,入宫涂厕,中挟匕首,欲以刺襄子。襄子如厕,心动,执问涂厕之刑人,则豫让,内持刀兵,曰:'欲为智伯报仇!'左右欲诛之。襄子曰:'彼义人也,吾谨避之耳。且智伯亡无后,而其臣欲为报仇,此天下之贤人也。'卒释去之。"吴宫:《史记·吴太伯世家》:"光伏甲士于窟室,而谒王僚饮。王僚使兵陈于道,自王宫至光之家,门阶户席,皆王僚之亲也,人夹持铍。公子光详为足疾,入于窟室,使专诸置匕首于炙鱼之中以进食。手匕首刺王僚。"燕市:《史记·秦始皇本纪》:"燕太子丹患秦兵至国,恐,使荆轲刺秦王。秦王觉之,体解轲以徇。" ④ 怒:双亲。抆:擦拭。 ⑤ 不顾:不回头看。 ⑥ 衔感:衔恩感德。 ⑦ 金石震:指钟鼓齐鸣。 ⑧ 负羽:带着箭出发。 ⑨ 无极:极其遥远。雁山:雁门山。 ⑩ 陌上:野外。薰:花草的香气。 ⑪ 耀景:发出光辉。腾文:显现文采。 ⑫ "镜朱尘"二句:阳光照耀下,花光红尘显得明亮灿烂,春天清新的气息混合动荡,浓郁袭人。 ⑬ 绝国:极远之国。 ⑭ "可班荆"句:折荆铺地而坐,互相诉说着别离的怅恨。 ⑮ 曲:山坳。湄:岸边。 ⑯ 淄右:淄水西边。河阳:黄河北边。 ⑰ 琼佩:玉佩。 ⑱ 结绶:做官。 ⑲ 惭:愧对。流黄:黄绢,这里指帷幕。 ⑳ 春宫:女子住处。閟:闭门。 ㉑ 簟:竹席。釭:灯。 ㉒ 织锦曲:在锦上织成回文诗。 ㉓ 华阴上士:华山修养很高的道士。 ㉔ 方坚:炼丹意志愈坚。 ㉕ 上汉:升天。骖鸾:乘凤。 ㉖ "暂游"二句:一会儿工夫已游行万里,天上少别,人间已是千年。 ㉗ 重别:重视别离。 ㉘ 芍药之诗:《诗经·郑风·溱洧》:"维士与女,伊其相谑,赠之以芍药。"佳人之歌:《汉书·外戚传》载李延年之歌:"北方有佳人,绝世而独立。一顾倾人城,再顾倾人国。宁不知倾城与倾国,佳人难再得。" ㉙ "桑中"二句:《诗经·鄘风·桑中》:"期我乎桑中,要我乎上宫,送我乎淇之上矣。" ㉚ 南浦:送别之处。 ㉛ 珪:玉器。 ㉜ 别方不定:离别的具体情况不一样。 ㉝ 盈:满,多。 ㉞ 意夺神骇:失魂落魄。 ㉟ 渊、云:王褒(字子渊)和扬雄(字子云)。严、乐:严安和徐乐。 ㊱ 金闺:长安金马门。兰台:汉代宫中藏书及讨论学术之处。 ㊲ 赋:指司马相如《大人赋》。雕龙:比喻文辞才华。

谁能摹暂离之状①,写永诀之情者乎!

【导读】

一、江淹生在动乱时代,离别极为普遍,因而此赋集中反映了当时人们普遍怨恨离别的典型情绪。赋中分类描写离别:有富贵者之别,侠客之别,从军者之别,远赴绝国者之别,夫妇之别,学道成仙者之别,男女恋人之别等,作者能抓住各类人物离别时的最重要特征,运用环境渲染手法来烘托,状物描景,缕缕入情,具有浓郁的抒情气氛。写得色泽鲜明,音调铿锵,句法错综多变,表明此时的赋已进一步抒情化和声律化了。

二、此赋结构严谨,总起总收,起笔超拔,已制全局之胜,中间七段并列叙述,而又各有重点和特色。鲍星桂《赋格》评为"炳绣凄弦,每诵一过,辄令人回肠荡气"。但其中富贵者离朝、道士遗世两别,终因其本身无可称道而缺乏感人的力量。

陶弘景

陶弘景(452—536),南朝齐梁时道教思想家、医学家。字通明,自号华阳隐居,丹阳秣陵(今江苏南京)人。仕齐,拜左卫殿中将军。从陆修静弟子孙游岳学道,后隐居句曲山,设帐授徒。梁武帝即位,屡下诏延请,不肯出。帝有大事,无不咨询,时人称为山中宰相。大同二年卒,年八十五,赠中散大夫,谥曰贞白先生。有多种道学著作和《陶隐居集》。

答谢中书书②

山川之美,古来共谈。高峰入云,清流见底。两岸石壁,五色交辉。青林翠竹,四时俱备。晓雾将歇,猿鸟乱鸣。夕日欲颓,沉鳞竞跃③。实是欲界之仙都④。自康乐以来⑤,未复有能与其奇者⑥。

【导读】

此文概写江南自然风光,选取典型景物,抓住特征,以粗线条来描绘,带有山水特写的味道。清代许梿的《六朝文絜笺注》说:"演迤澹沱,萧然尘埃之外,得此一书,何谓白云不堪持赠?"(因陶弘景有《诏问山中何所有赋诗以答》:"山中何所有?岭上多白云。只可自怡悦,不堪持寄君。")

---

① 摹:描摹。 ② 谢中书:谢徵,字元度,河南太康人,好学能文,曾当过安成王萧秀的中书鸿胪,故称谢中书。 ③ 沉鳞:指鱼。 ④ 欲界:佛教、道教称人世间为欲界。 ⑤ 康乐:谢灵运,袭封康乐公。 ⑥ 与:参与。

吴 均

吴均(469—520),南朝梁文学家。字叔庠,吴兴故鄣(今浙江安吉)人。历任郡主簿、建安王伟记室、奉朝请等官。擅长诗歌、散文、小说,文体清拔,当时效仿者很多,称为"吴均体"。有《后汉书注》,明人辑有《吴朝请集》等。

与朱元思书①

风烟俱净,天山共色,从流飘荡,任意东西。自富阳至桐庐,一百许里②,奇山异水,天下独绝。水皆缥碧③,千丈见底,游鱼细石,直视无碍。急湍甚箭④,猛浪若奔。夹嶂高山,皆生寒树,负势竞上,互相轩邈⑤,争高直指,千百成峰。泉水激石,泠泠作响⑥,好鸟相鸣,嘤嘤成韵。蝉则千转不穷⑦,猿则百叫无绝。鸢飞戾天者⑧,望峰息心⑨,经纶世务者⑩,窥谷忘反。横柯上蔽,在昼犹昏;疏条交映,有时见日。

【导读】

在南北朝时期,政治黑暗腐朽,朝代频繁更迭,统治者杀戮惨重,知识分子受佛教和玄学的影响,厌恶政治,向往自然,避世隐居者依恋山水,从而产生了大量的山水诗文和山水画。此文详细描述了浙江富春、桐庐一带富春江上优美的景色,并且认为谁见到了这里的美景,都会"望峰息心""窥谷忘反",打消掉功名利禄之心。清代许梿的《六朝文絜笺注》说:"扫除浮艳,澹然无尘。如读靖节《桃花源记》,兴公《天台山赋》。此费长房缩地法,促长篇为短篇也。"

郦道元

郦道元(?—527),北魏地理学家、散文家。字善长。范阳涿县(今河北涿州市)人。太和中,为尚书主客郎。累迁治书侍御史、辅国将军、东荆州刺史,为官清严,不避权贵,被谮免官。起为河南尹。孝明时,除安南将军、御史中尉。孝昌三年,出为关右大使,至阴盘驿亭,为萧宝寅所害。有《水经注》四十卷。

---

① 朱元思:一作宋元思,其人生平不详。这是书信的节录。 ② 富阳:在今浙江富春江下游。桐庐:今浙江桐庐县,也在富春江边。一百许里:一百多里。 ③ 缥:淡青色。 ④ 甚箭:比射箭还快。 ⑤ 互相轩邈:互相比高低。轩,高。邈,远。 ⑥ 泠泠:水流声。 ⑦ 转:通"啭",鸣叫。 ⑧ 鸢飞戾天者:具有一飞冲天雄心壮志的人。鸢,鹞鹰。戾天,高飞入天。 ⑨ 望峰息心:看见山峰这样高,这样美,便打消了原有的雄心壮志(指对名利淡泊了)。 ⑩ 经纶:经营。

江水注①

　　江水又东②,迳巫峡③,杜宇所凿以通江水也④。……

　　江水历峡东,迳新崩滩。此山汉和帝永元十二年崩⑤,晋太元二年又崩⑥。当崩之日,水逆流百余里,涌起数十丈。今滩上有石,或圆如箪⑦,或方似笥,若此者甚众,皆崩崖所陨⑧,致怒湍流⑨,故谓之新崩滩。其颓岩所余,比之诸岭,尚为竦桀⑩。其下十余里,有大巫山,非惟三峡所无,乃当抗峰岷、峨,偕岭衡、疑⑪,其翼附群山⑫,并概青云⑬,更就霄汉辨其优劣耳⑭。……其间首尾百六十里,谓之巫峡。盖因山为名也。

　　自三峡七百里中,两岸连山,略无阙处,重岩叠嶂⑮,隐天蔽日。自非停午夜分⑯,不见曦月⑰。至于夏水襄陵⑱,沿溯阻绝⑲,或王命急宣,有时朝发白帝⑳,暮到江陵㉑,其间千二百里,虽乘奔御风,不以疾也㉒。春冬之时,则素湍绿潭㉓,回清倒影㉔。绝巘多生怪柏㉕,悬泉瀑布,飞漱其间㉖,清荣峻茂㉗,良多趣味。每至晴初霜旦㉘,林寒涧肃㉙,常有高猿长啸,属引凄异㉚,空谷传响,哀转久绝㉛。故渔者歌曰:"巴东三峡巫峡长,猿鸣三声泪沾裳。"

【导读】

　　一、刘熙载《艺概·文概》:"郦道元叙山水,峻洁层深,奄有《楚辞》《山鬼》《招隐士》胜境。柳柳州(柳宗元)游记,此其先导耶?"

　　二、节选的这段文字在《水经注》中没有注明出处,以前一直认为是郦道元所作。后来有学者经过详细考证,证明系转引自南朝刘宋盛弘之所著《荆州记》(见冯君实《关于〈水经注〉三峡一节的作者》,载《吉林师范大学学报》1978年第3期)。节选部分集中描写了新崩滩和巫峡的奇丽景色。

　　三、这段文字,在艺术上很有特色:一是结构严密,布局巧妙,重点突出。例如写巫峡四季风光的那一部分,先总写,然后分写。夏季着重写水势之大,冬春着重写山光水色之美,秋季着重写猿声之哀。各有所侧重,而又互相补充,给人以完整的印象。二是描写细致,动静结合。如"抗峰岷、峨,偕岭衡、疑,其翼附群山,并概青云"将静物写活,"素湍"为动,"绿潭"为静,"回清倒影",静中有动,"绝巘多生怪柏"为静,"悬泉瀑布"为动,"清荣峻茂,良多趣味",静中有动,等等。三是用词精确,表现力强。动词如抗、偕、

---

① 本篇节选自《水经·江水注》。章培恒等主编的《中国文学史》说:"《水经》是古代一部地理书,记录全国主要水道,文字很简单。郦道元为之作注,不仅说明原文,并且根据自己的见闻和众多的资料,对之多有纠正、补充,还旁及这些河流两岸的历史故事、名胜古迹、风土景物。后面这些内容,尤其是风景描写,具有较高的文学价值。"此书最好的版本是段熙仲点校的《水经注疏》。　② 江水:指长江。　③ 迳:通"经",流过,经过。巫峡:在重庆巫山县东,与西陵峡、瞿塘峡合称三峡。　④ 杜宇:古蜀国君主,号称望帝。传说死后其魂化为杜鹃。　⑤ 此山:指巫山。永元十二年:公元100年。　⑥ 太元二年:公元377年。太元是晋孝武帝司马曜年号。　⑦ 箪:装饭用的圆竹筐。　⑧ 陨:落。　⑨ 致怒湍流:奔腾湍急的水流像人在暴怒。　⑩ 竦桀:高耸挺拔的样子。　⑪"乃当抗峰"二句:大巫山之高可以跟四川的岷山、峨眉山相比,可以跟湖南的衡山、九疑山并列。　⑫ 翼附群山:周围的许多山好像鸟的翅膀一样附着在大巫山周围。　⑬ 并概青云:山峰高耸入云,与云层一样平。　⑭"更就霄汉"句:由于山峰如此之高,只有在云霄间才能看清其真面貌,辨别其优劣。　⑮ 重岩叠嶂:山峰重重叠叠,犹如巨大的天然屏障。　⑯ 停午夜分:中午和半夜。　⑰ 曦月:太阳和月亮。　⑱ 夏水襄陵:夏天发大水,涨到山岗之上。《尚书·尧典》:"荡荡怀山襄陵。"　⑲ 沿溯阻绝:无论顺流而下或逆流而上,水路交通都受阻而断绝。　⑳ 白帝:城名,在今重庆市奉节县白帝山上。　㉑ 江陵:今湖北江陵县。　㉒"虽乘奔"句:即使乘奔马、驾长风也没有顺流而下的船这么快。　㉓ 素湍绿潭:白浪清潭。　㉔ 回清倒影:在回流清激的江水中,倒映着两岸的景物。　㉕ 绝巘:陡峭的山峰。　㉖ 漱:冲刷。　㉗ 清荣峻茂:水清,山峻,草荣,树茂。　㉘ 霜旦:下霜的早晨。　㉙ 林寒涧肃:在树林中感到寒冷,在山涧中感到秋气肃杀。　㉚ 属引:连属不断。　㉛ 哀转:哀啼。转同"啭"。

附、概、蔽、襄等,形容词如素、绿、清、峻、寒、肃等。四是骈散结合,音节和谐。

杨衒之

杨衒之(生卒年不详),北魏散文家。杨或作阳,又误作羊,北平(今河北遵化)人,魏末为抚军府司马,历秘书监,出为期城太守,齐天保中,卒于官。有《洛阳伽蓝记》。

白 马 寺①(节选)

　　白马寺,汉明帝所立也②,佛入中国之始③。寺在西阳门外三里御道南④。帝梦金神长丈六,项背日月光明,胡人号曰佛。遣使向西域求之,乃得经像焉。时白马负经而来,因以为名。明帝崩,起祇洹于陵上⑤。自此以后,百姓冢上⑥,或作浮图焉⑦。寺上经函至今犹存⑧,常烧香供养之。经函时放光明,耀于堂宇,是以道俗礼敬之⑨,如仰真容⑩。
　　浮图前,柰林、蒲萄异于余处⑪,枝叶繁衍⑫,子实甚大。柰林实重七斤,蒲萄实伟于枣,味并殊美⑬,冠于中京⑭。帝至熟时,常诣取之,或复赐宫人。宫人得之,转饷亲戚⑮,以为奇味,得者不敢辄食⑯,乃历数家。京师语曰:"白马甜榴,一实直牛⑰。"
　　有沙门宝公者⑱,不知何处人也。形貌丑陋,心机通达,过去未来,预睹三世⑲。发言似谶⑳,不可解,事过之后,始验其实㉑。胡太后闻之㉒,问以世事。宝公曰:"把粟与鸡呼朱朱㉓。"时人莫之能解。建义元年,后为尔朱荣所害㉔,始验其言。时亦有洛阳人赵法和请占"早晚当有爵否㉕"?宝公曰:"大竹箭,不须羽。东厢屋,急手作。"时不晓其意。经十余日,法和父丧。大竹箭者苴杖㉖;东厢屋者,倚庐㉗。造《十二辰歌》,终其言也㉘。

【导读】
　　节文包括三个方面的内容:汉明帝梦见金神,明帝死后,修筑浮图;浮图前所长水果特别大,特别甜美;僧人宝公的预言十分灵验。白马寺不仅是洛阳的一座著名寺庙,而且是佛教传入中国的一个标志,

---

①本文选自《洛阳伽蓝记》。章培恒等主编的《中国文学史》说:"《洛阳伽蓝记》共分五卷,依次写城内和城之东、南、西、北五个区域。以寺庙为纲维,涉及北魏都洛四十年间的政治大事、中外交通、人物传记、市井景象、民间习俗、传说异闻,内容相当丰富,就其性质而言,实是一种历史笔记,但结构严整,不像一般笔记那样松散琐碎。其史料价值历来为史家所推崇。" ②汉明帝:东汉皇帝刘庄,公元58—75年在位。 ③"佛入"句:佛教这时开始传入中国。 ④西阳:洛阳西南的城门。御道:帝王车马来往的道路。 ⑤祇洹:梵文名,指禅房内修法的处所。 ⑥冢:坟墓。 ⑦浮图:佛塔。 ⑧经函:藏经书的木匣。 ⑨道俗:信佛道之人和普通人。 ⑩真容:佛的相貌。 ⑪柰:花红,沙果。蒲萄:即葡萄。余处:其他地方。 ⑫繁衍:繁殖。 ⑬殊美:特别美。 ⑭中京:即中原。 ⑮饷:赠送。 ⑯辄食:就吃。 ⑰直:同"值"。 ⑱沙门:僧人。 ⑲三世:指过去、现在、未来。 ⑳似谶:像谶言。谶言,一种预言,用隐语来预示吉凶。 ㉑验:验证,证实。 ㉒胡太后:北魏宣武帝妃,孝明帝即位后,尊为太后。她笃信佛教,在洛阳大建佛寺,后为尔朱荣所杀。 ㉓"把粟"句:意为胡太后要被尔朱荣杀害,就像粟米要被鸡吃掉一样。朱朱,呼鸡的声音,即二朱,"二"与"尔"音相近,隐指尔朱荣。 ㉔尔朱荣:北魏秀容部落首领。武泰元年(528)进军洛阳,杀胡太后、少帝及百官二千余人,立孝庄帝,专断朝政。 ㉕占:占卜。 ㉖苴杖:粗糙的竹杖,古代居父丧时所用。 ㉗倚庐:守丧时所搭建的草屋。 ㉘"造《十二辰歌》"二句:创作《十二辰歌》,把他的预言全都包含在里边。

因而在佛教史上具有十分重要的地位。

庾信：哀江南赋序①

粤以戊辰之年，建亥之月②，大盗移国③，金陵瓦解④，余乃窜身荒谷⑤，公私涂炭⑥。华阳奔命⑦，有去无归⑧。中兴道销⑨，穷于甲戌⑩。三日哭于都亭⑪，三年囚于别馆⑫。天道周星，物极不反⑬。傅燮之但悲身世，无处求生⑭；袁安之每念王室，自然流涕⑮。

昔桓君山之志事⑯，杜元凯之平生⑰，并有著书，咸能自序⑱。潘岳之文采，始述家风⑲；陆机之词赋，先陈世德⑳。信年始二毛㉑，即逢丧乱；藐是流离㉒，至于暮齿㉓。《燕歌》远别，悲不自胜㉔；楚老相逢，泣将何及㉕？畏南山之雨㉖，忽践秦庭㉗；让东海之滨，遂餐周粟㉘。下亭漂泊㉙，高桥羁旅㉚。楚歌非取乐之方㉛，鲁酒无忘忧之用㉜。追为此赋，聊以记言㉝，不无危苦之词，唯以悲哀为主。

日暮途远㉞，人间何世㉟？将军一去，大树飘零㊱；壮士不还，寒风萧瑟㊲。荆璧睨柱，

---

① 哀江南：语出于《楚辞·招魂》："魂兮归来哀江南。"序中叙写了作赋的背景、原因和目的。 ② 粤：发语词。戊辰之年：梁武帝太清二年(548)。建亥之月：夏历十月。 ③ 大盗：指侯景。移国：篡国。 ④ 金陵：梁朝京城，今江苏南京。 ⑤ 窜身荒谷：逃亡藏匿在荒野的山谷。 ⑥ 公私：公室和私家。 ⑦ 华阳奔命：从江陵奉命奔走，出使西魏。 ⑧ 有去无归：庾信出使西魏被扣留，不得南归。 ⑨ 中兴道销：中兴之道销亡。指梁元帝讨平侯景，开启中兴之业，但不久江陵又被西魏攻陷。 ⑩ 甲戌：即承圣三年(554)，西魏破江陵，杀元帝。 ⑪ "都亭"句：三国蜀亡时，蜀将罗宪守永安城，听到刘禅投降的消息，率领部下在都亭痛哭了三天。 ⑫ 别馆：使馆之外的馆舍。 ⑬ "天道"二句：岁星十二年运行一周，周而复始，物极必反，但梁亡后再也不能复兴，故称物极不反。 ⑭ "傅燮"二句：《后汉书·傅燮传》："北地胡骑数千随贼攻郡，皆夙怀燮恩，共于城外叩头，求送燮归乡里。子……知燮性刚，有高义，恐不能屈志以免，进谏曰：'国家昏乱，遂令大人不容于朝。今天下已叛，而兵不足自守，乡里羌胡先被恩德，欲令弃郡而归，愿必许之。徐至乡里，率厉义徒，见有道而辅之，以济天下。'言未终，燮慨然而叹……曰：'……世乱不能养浩然之志，食禄又欲避其难乎？吾行何之，必死如此。汝有才智，勉之勉之。'……遂麾左右进兵，临阵战殁。谥曰壮节侯。"庾信感到自己的遭遇与傅燮相似，已无法求生。 ⑮ "袁安"二句：庾信自喻对国事十分悲慨。袁安，东汉人，任司徒，外戚窦宪兄弟专权，皇帝幼弱，每聚公卿议论国事时，常呜咽流涕。 ⑯ 桓君山：名谭，东汉人，著有《新论》。 ⑰ 杜元凯：名预，晋代人，著有《春秋经传集解》。 ⑱ 自序：古人的自序，常包含着自己的身世、志趣、写作旨趣和目的等。 ⑲ "潘岳"二句：潘岳，晋代诗人，详见前作者介绍，曾写有《家风诗》。 ⑳ "陆机"二句：陆机，晋代诗人，详见前作者介绍，曾写有《祖德》《述先》二赋。 ㉑ 二毛：有黑白两种头发。侯景叛乱时庾信三十六岁，出使西魏时四十二岁。 ㉒ 藐：远。 ㉓ 暮齿：晚年。 ㉔ 《燕歌》二句：王褒曾作《燕歌行》，元帝和包括庾信在内的文士们皆有和作，均写离别之情，相当凄凉。 ㉕ 楚老二句：西汉末，楚地人龚胜以名节著称，王莽征召他，不食而死。而庾信深以自己事西魏为耻。 ㉖ 南山之雨：《列女传》载："南山有玄豹，雾雨七日而不下食者，何也？欲以泽其毛而成文章，故藏而远害。"庾信自喻当初正想隐藏远害，因元帝猜忌心重。 ㉗ 践秦庭：楚昭王时，都城被吴国攻陷，申包胥至秦庭痛哭乞师，救复楚国。庾信以此喻自己使魏，本想保梁。 ㉘ "让东海"二句：伯夷、叔齐本孤竹君之二子，互相辞让君位，逃到海边，后来听说周文王善养老人而归周。周武王灭纣，二人不食周粟而死。庾信以此比喻自己本能谦益自守，结果却不能以身殉义。 ㉙ 下亭：东汉孔嵩被征召至京，路宿下亭，马被盗。这是庾信比喻自己旅途艰难。 ㉚ 高桥：又作皋桥，在江苏苏州阊门内。汉代皋伯通住在桥边，梁鸿曾在他家当佣工。这是庾信比喻自己寄迹他乡的生活。 ㉛ 楚歌：刘邦欲立戚夫人之子赵王如意为太子，未遂，戚夫人哭泣，刘邦安慰她说："为我楚舞，吾为若楚歌。"庾信在北方听到楚歌想起家乡，因而说楚歌非取乐之方。 ㉜ 鲁酒：指薄酒。 ㉝ 记言：记下自己的言辞。 ㉞ 日暮途远：指庾信年岁渐老，故乡路远。 ㉟ 人间何世：这人间算什么世道？ ㊱ "将军"二句：东汉冯异，每当诸将争功时，很谦让，独靠在大树下，人称大树将军。这是庾信比喻离开故国和故国的灭亡。 ㊲ "壮士"二句：用荆轲离燕赴秦故事，以喻己出使不归。

受连城而见欺①;载书横阶,捧珠盘而不定②。钟仪君子,入就南冠之囚③;季孙行人,留守西河之馆④。申包胥之顿地,碎之以首⑤;蔡威公之泪尽,加之以血⑥。钓台移柳,非玉关之可望⑦;华亭鹤唳,岂河桥之可闻⑧?

孙策以天下为三分,众才一旅⑨;项籍用江东之子弟,人唯八千⑩;遂乃分裂山河,宰割天下。岂有百万义师,一朝卷甲⑪,芟夷斩伐⑫,如草木焉⑬!江淮无涯岸之阻⑭,亭壁无藩篱之固⑮。头会箕敛者⑯,合从缔交⑰;锄耰棘矜者⑱,因利乘便⑲。将非江表王气⑳,终于三百年乎㉑!是知并吞六合㉒,不免轵道之灾㉓;混一车书㉔,无救平阳之祸㉕。呜呼,山岳崩颓㉖,既履危亡之运㉗;春秋迭代㉘,必有去故之悲㉙。天意人事,可以凄怆伤心者矣!况复舟楫路穷㉚,星汉非乘槎可上㉛;风飙道阻㉜,蓬莱无可到之期㉝。穷者欲达其言,劳者须歌其事㉞。陆士衡闻而抚掌㉟,是所甘心;张平子见而陋之㊱,固其宜矣。

【导读】

一、孙梅《四六丛话》说:"左(思)陆(机)以下,渐趋整炼,齐梁而下,益事妍华,古赋一变而为骈赋矣。江(淹)鲍(照)虎步于前,徐(陵)庾(信)鸿骞于后,绣错绮交,固非古音之洋洋,亦未如律体(按:指科举考试用的律赋)之靡靡也。"范文澜《中国通史简编》第二编说:"南朝骈文演变至徐庾,特别是庾信所作,可称绝美。"

---

①"荆璧"二句:用蔺相如完璧归赵故事来反衬自己使魏被欺。 ②"载书"二句:战国时赵平原君使楚,与楚王商量合纵抗秦之约,从早晨至正午,楚王犹豫不决,平原君门客毛遂历阶而上,对楚王说:"合纵是为了楚国,不是为了赵国。"楚王才下决心合纵。毛遂奉铜盘进给楚王,请楚王与平原君等歃血为盟誓。这是庾信比喻自己出使西魏,不仅未能缔约,西魏反来攻打梁朝。 ③"钟仪"二句:以楚囚钟仪不忘故国来比喻自己拳拳不忘故国之心。 ④"季孙"二句:季孙如意,春秋时鲁大夫,随昭公参加平丘之盟,邾、莒等国告发晋侵伐其地,晋侯不让参与盟,扣住季孙,留在河西(在今陕西东部)。这是庾信比喻自己被扣。 ⑤"申包胥"二句:申包胥至秦乞师救援,日夜哭泣,七天不食,秦王为赋《无衣》之诗,暗示愿出兵,申乃九次以头叩地而坐。这是庾信比喻自己使魏的努力和艰苦。 ⑥"蔡威公"二句:春秋时,蔡威公知道自己的国家将亡,闭门而泣,泪尽继之以血。这是庾信喻自己见到梁朝灭亡时的痛苦。 ⑦"钓台"二句:钓台在武昌。孙权曾在此欢饮。晋代陶侃镇守武昌时,曾下令诸营种柳树。玉门关气候严寒,不生杨柳。意思是说,故乡的杨柳,在玉门关外的征人是看不到的。 ⑧"华亭"二句:华亭在今上海市松江境内。陆机被杀时,慨叹说:"华亭鹤唳,岂可复闻乎?"以上四句,都是庾信用来比喻自己不能返回故乡的痛苦。 ⑨"孙策"二句:三分,指魏、蜀、吴三国鼎立。旅,古代以五百人为一旅。孙策以很少的兵力,开创了吴国的基业。 ⑩"项籍"二句:项羽率领江东八千子弟兵渡江,成为西楚霸王。 ⑪卷甲:打了败仗,卷起衣甲逃跑。 ⑫芟夷:铲除削平。 ⑬以上数句是说古代以少数军力可成霸业,而梁朝有百万军队,却一战即溃,遭到侯景与西魏的屠杀,其脆弱犹如草木。 ⑭"江淮"句:梁朝有江、淮之险,却起不到涯岸阻止敌人的作用。 ⑮"亭壁"句:梁朝的营垒没有起到屏障的作用,未能固守。 ⑯头会箕敛:按照人头出粮,用簸箕来收取。指苛捐杂税。 ⑰合纵:本指战国时六国联合共同抗秦,这里指起事者的联合。 ⑱"锄耰"句:指以农具为武器而起义的人。耰,碎土农具。棘,即戟。矜,矛柄。 ⑲以上数句意为,各地武装力量和农民乘梁朝衰败之际,纷纷起事,陈霸先最后取梁而代之。 ⑳江表:江外,指江南地区。 ㉑三百:从孙权称帝起,历经宋、齐、梁,约三百年。 ㉒六合:东、西、南、北、上、下,指天下。这句指秦始皇统一中国。 ㉓轵道:在今陕西咸阳西北。这是指汉高祖入关,秦子婴降于轵道旁。 ㉔混一车书:秦始皇统一中国后,曾实行车同轨、书同文(即统一文字)的政策。这里指晋朝统一中国。 ㉕平阳:在今山西临汾。晋怀帝被刘聪杀于平阳,后其子愍帝又被刘曜杀于平阳。以上数句是说,建立王朝的人,终难免灭亡。 ㉖山岳崩颓:喻王朝覆灭。 ㉗履:踏上。 ㉘迭代:更替。 ㉙故:指故国。 ㉚楫:船桨。 ㉛"星汉"句:详见后文所选张华《博物志》中的《浮槎》篇。 ㉜飙:暴风。 ㉝蓬莱:古代传说中海上三神山之一。以上数句,用星汉、蓬莱比喻家乡遥远,道路阻绝,根本无法回去。 ㉞"穷者"二句:庾信将自己说成是穷者、劳者,从而表明他写赋的决心。 ㉟士衡:陆机的字,他初到洛阳时,准备写《三都赋》,听说左思也在写,便抚掌大笑,写信给弟弟陆云说:"此间有伧父,欲作《三都赋》,须其成,以覆酒瓮耳。"等左思赋写成,陆机为之停笔。 ㊱张平子:张衡的字,他看到班固的《两都赋》,很瞧不起,自己另作《两京赋》。以上数句是自谦的话,意为这篇赋如果受到鄙视和嘲笑,是心甘情愿和理所当然的。

二、《哀江南赋》是庾信的代表作,赋体部分长达 3376 字,赋前有不用韵的骈体序文 528 字。它用自传体的结构,从自己的家世写起,历叙了侯景之乱、台城之陷、侯景的败灭、梁皇室的内讧、魏破江陵、陈灭梁朝等等,最后叙到自己虽受周厚待,但终老北国,无家可归,因而忧思危虑,自伤身世,以此作结。赋中还沉痛地抒写了亡国之痛,叙述了梁人被俘入关的惨况,在总结惨痛的经验教训之余,还批判了梁武帝和梁元帝。的确,《哀江南赋》写出了整个梁朝的兴盛衰亡,它不愧为一篇具有一定规模的有价值的史诗。而赋前的骈序,叙明了作赋的原因,对全赋的内容和主题思想进行了概括,显得苍劲老练,悲哀沉痛,历来脍炙人口。

小 说

干 宝

干宝（生卒年不详），东晋史学家、文学家。字令升，新蔡（今河南新蔡）人。少勤学，博览群书，以才器召为著作郎。平杜弢有功，赐爵关内侯。以家贫，求补山阴令，迁始安太守。王导请为司徒右长史，迁散骑常侍，著《晋纪》，自宣帝迄于愍帝五十三年，凡二十卷。其书简略，直而能婉，咸称良史。性好阴阳术数，集古今神鬼灵异人物故事，名为《搜神记》，三十卷。原书已佚，今存本为后人辑录。

三 王 墓

楚干将、莫邪为楚王作剑，三年乃成。王怒，欲杀之。剑有雌雄。其妻重身当产①，夫语妻曰："吾为王作剑，三年乃成。王怒，往必杀我。汝若生子是男，大②，告之曰：'出户望南山，松生石上，剑在其背。'"于是即将雌剑，往见楚王③。王大怒，使相之④："剑有二，一雄一雌。雌来，雄不来。"王怒，即杀之。

莫邪子名赤，比后壮⑤，乃问其母曰："吾父所在？"母曰："汝父为楚王作剑，三年乃成。王怒，杀之。去时嘱我：'语汝子，出户望南山，松生石上，剑在其背。'"于是子出户南望，不见有山，但睹堂前松柱下石低之上⑥。即以斧破其背，得剑。日夜思欲报楚王⑦。

王梦见一儿，眉间广尺⑧，言欲报仇。王即购之千金⑨。儿闻之，亡去⑩。入山行歌⑪，客有逢者，谓："子年少，何哭之甚悲耶？"曰："吾干将、莫邪子也。楚王杀吾父，吾欲报之！"客曰："闻王购子头千金，将子头与剑来，为子报之。"儿曰："幸甚⑫！"即自刎⑬，两手捧头及剑奉之，立僵⑭。客曰："不负子也。"于是尸乃仆⑮。

客持头往见楚王，王大喜。客曰："此乃勇士头也，当于汤镬煮之⑯。"王如其言煮头，三日三夕不烂。头踔出汤中⑰，跛目大怒⑱。客曰："此儿头不烂，愿王自往临视之⑲，是必烂也。"王即临之。客以剑拟王⑳，王头随堕汤中，客亦自拟己头，头复堕汤中。三首俱烂，不可识别。乃分其汤肉葬之，故通名"三王墓"。今在汝南北宜春县界㉑。

---

①重身：指怀孕。 ②大：长大成人。 ③将：携带。 ④相：察看。 ⑤比：等到。 ⑥低：应为"砥"，柱下的基石。"之上"二字可能是衍文。 ⑦报楚王：找楚王报父仇。 ⑧眉间尺：两眉间间距一尺。夸张之辞，形容额宽。 ⑨购之千金：悬千金重赏捕捉他。 ⑩亡去：逃去。 ⑪行歌：边走边唱。 ⑫幸甚：非常幸运。 ⑬刎：用剑割颈。 ⑭立僵：死后身体僵硬直立。 ⑮仆：倒下。 ⑯镬：大铁锅。 ⑰踔：跳跃。 ⑱跛目：应作"瞋目"，瞪着眼睛。 ⑲自往临视：亲自去镬旁观看。 ⑳拟：对准。 ㉑汝南：郡名。北宜春县：在今河南汝南县西南。

【导读】

一、钱基博《中国文学史》认为干宝"尤好鬼神襆祥之事,撰集古今神灵异人物变化,名为《搜神记》二十卷,传于世;有鬼董狐之目。干宝搜神以说鬼,葛洪论仙以畅玄,非耳目所经,亦晋文之绝出也。然洪文缛丽,略同陆机;而指则玄,道家之别子也;而宝坦迤,似准陈书;而事则怪,稗史之开山也"。

二、这篇小说写莫邪的儿子赤为父报仇的故事,批判了楚王的残暴,歌颂了赤与山中行客的坚毅勇敢。故事情节曲折浪漫,人物形象生动鲜明,被鲁迅改编为《铸剑》,收入《故事新编》。

董 永

汉董永,千乘人①,少偏孤②,与父居,肆力田亩③,鹿车载自随④。父亡,无以葬,乃自卖为奴,以供丧事。主人知其贤,与钱一万,遣之。

永行三年丧毕,欲还主人,供其奴职。道逢一妇人曰:"愿为子妻。"遂与之俱。主人谓永曰:"以钱与君矣。"永曰:"蒙君之惠,父丧收藏。永虽小人,必欲服勤致力⑤,以报厚德。"主曰:"妇人何能?"永曰:"能织。"主曰:"必尔者⑥,但令君妇为我织缣百匹⑦。"于是,永妻为主人家织,十日而毕。

女出门,谓永曰:"我天之织女也。缘君至孝,天帝令我助君偿债耳。"语毕,凌空而去,不知所在。

【导读】

这篇小说写织女下凡主动帮助董永渡过难关的故事,表现了古代人民对勤劳诚朴品德的赞美。故事情节浪漫生动,被戏剧所吸收。黄梅戏中《天仙配》至今还深受人民的喜爱。

紫 玉

吴王夫差小女,名曰紫玉,年十八,才貌俱美。童子韩重,年十九,有道术。女悦之,使交信问⑧,许为之妻。重学于齐鲁之间⑨,临去,属其父母,使求婚。王怒,不与女。玉结气死⑩,葬阊门之外⑪。三年重归,诘其父母⑫,父母曰:"王大怒,玉结气死,已葬矣。"

重哭泣哀恸,具牲币⑬,往吊于墓前。玉魂从墓出,见重,流涕谓曰:"昔尔行之后,令二亲从王相求⑭,度必克从大愿⑮,不图别后遭命奈何⑯!"玉乃左顾宛颈而歌曰⑰:"南山有鸟,北山张罗。鸟既高飞,罗将奈何⑱!意欲从君,谗言孔多⑲。悲结生疾,没命黄垆⑳。命

---

① 千乘:地名,在今山东高青县东南。 ② 偏孤:父母双亡叫孤,只亡去一方叫偏孤。 ③ 肆力:尽力,竭力。 ④ 鹿车:古代一种小车,仅能载一鹿,故称鹿车。 ⑤ 服勤:服持劳苦之事。 ⑥ 必尔者:一定要如此的话。 ⑦ 缣:细绢。 ⑧ 问:信件。 ⑨ 齐鲁之间:今山东省境。 ⑩ 结气:悲痛郁结。 ⑪ 阊门:吴国京城姑苏(今苏州市)的一个城门。 ⑫ 诘:盘问。 ⑬ 牲币:祭祀用的牺牲和币帛。 ⑭ 令二亲:指韩重的父母亲。令,表示尊敬之词。 ⑮ 度:预计。克从大愿:能实现最大的心愿。 ⑯ "不图"句:没有料到别后所遭遇到的悲惨命运,怎么办好呢? ⑰ 宛颈:宛转伸动颈项。 ⑱ "南山"四句:紫玉自比为鸟,将韩重比为网,以鸟已飞走比喻自己去世,以张网无用比喻韩重回来也无济于事。 ⑲ 孔多:很多。 ⑳ 黄垆:黄泉。

之不造①,冤如之何!羽族之长,名为凤凰。一日失雄,三年感伤。虽有众鸟,不为匹双。故见鄙姿,逢君辉光。身远心近,何当暂忘②!"歌毕,歔欷流涕③,要重还冢④。重曰:"死生异路,惧有尤愆⑤,不敢承命⑥。"玉曰:"死生异路,吾亦知之。然今一别,永无后期,子将畏我为鬼而祸子乎?欲诚所奉⑦,宁不相信?"重感其言,送之还冢。玉与之饮宴,留三日三夜,尽夫妇之礼。临出,取径寸明珠以送重⑧,曰:"既毁其名,又绝其愿,复何言哉!时节自爱⑨。若至吾家,致敬大王。"

重既出,遂诣王,自说其事。王大怒曰:"吾女既死,而重造讹言⑩,以玷秽亡灵⑪。此不过发冢取物,托以鬼神。"趣收重⑫。重走脱,至玉墓所诉之。玉曰:"无忧。今归白王。"王妆梳,忽见玉,惊愕悲喜,问曰:"尔缘何生?"玉跪而言曰:"昔诸生韩重来求玉⑬,大王不许。玉名毁义绝,自致身亡。重从远还,闻玉已死,故赍牲币诣冢吊唁⑭。感其笃终⑮,辄与相见⑯,因以珠遗之。不为发冢,愿勿推治⑰。"夫人闻之⑱,出而抱之,玉如烟然⑲。

【导读】

这是一个哀艳缠绵、凄楚动人的爱情故事,它暴露了封建婚姻制度对青年男女自由恋爱的摧残,它讴歌了紫玉、韩重执着于爱情、至死不渝的高尚情操。这个故事,被后世戏剧、小说所吸收,成为诗文常用的表现爱情坚贞的典故。

张华:浮槎⑳

旧说云,天河与海通。近世有人居海滨渚㉑,年年八月,有浮槎去来,不失期。人有奇志,立飞阁于槎上,多赍粮,乘槎而去。十余日中,犹观星月日辰,自后芒芒忽忽㉒,亦不觉昼夜。去十余日,奄至一处㉓,有城郭状,屋舍甚严㉔,遥望宫中多织妇。见一丈夫,牵牛渚次饮之㉕。牵牛人乃惊问曰:"何由至此!"此人具说来意,并问此是何处。答曰:"君还至蜀郡,访严君平则知之㉖。"竟不上岸,因还如期。后至蜀,问君平,曰某年月日有客星犯牵牛宿㉗。计年月,正是此人到天河时也。

【导读】

这个故事与神仙家的思想密切相关,表现了当时人们探索天上星宿的愿望。这个故事情节生动,成为后代诗文常用的典故。袁行霈主编的《中国文学史》说:"《博物志》中八月浮槎的故事,表现了探索大自然奥秘的愿望。"

---

① 命之不造:命运不好。 ② 何当:何时。 ③ 歔欷:哽咽抽泣。 ④ 要:邀请。 ⑤ 尤愆:罪过。 ⑥ 承命:奉命。 ⑦ 欲诚所奉:愿诚恳相待所侍奉之人(指韩重)。 ⑧ 径寸明珠:直径一寸的大明珠。 ⑨ 时节自爱:在季节变换时,要自我爱护,注意保养身体。 ⑩ 讹言:谎话。 ⑪ 玷秽亡灵:玷污死去的人。 ⑫ 趣收重:吴王催促左右赶快把韩重抓起来。 ⑬ 诸生:儒生。 ⑭ 赍:带着。 ⑮ 笃终:感情深厚,始终不渝。 ⑯ 辄:就。 ⑰ 推治:追究定罪。 ⑱ 夫人:指吴王之妻,紫玉之母。 ⑲ 玉如烟然:紫玉像烟一样化去。 ⑳ 浮槎(chá):传说中来往于海上和天河之间的仙舟。槎,亦作楂或查,用竹木编制的筏。 ㉑ 渚:水中小沙洲。 ㉒ 芒芒忽忽:昏暗模糊,看不真切。 ㉓ 奄:忽然。 ㉔ 严:端整。 ㉕ 渚次:水边。 ㉖ 严君平:名遵,汉代蜀郡人。不愿做官,以卜筮养活自己。博学无所不通,深得老庄之旨。终年九十多岁。 ㉗ 有客星犯牵牛宿:即指上文有人乘浮槎抵达牵牛星旁的事。

刘义庆

刘义庆(403—444),南朝宋文学家。彭城(今江苏徐州)人。宋宗室,袭封临川王,曾任南兖州刺史、都督开府仪同三司。爱好文学,招纳文士。撰有《世说新语》。原有集,已失传。

刘伶病酒①

刘伶病酒,渴甚,从妇求酒。妇捐酒毁器②,涕泣谏曰:"君饮太过,非摄生之道③,必宜断之!"伶曰:"甚善。我不能自禁,唯当祝鬼神自誓断之耳!便可具酒肉。"妇曰:"敬闻命。"供酒肉于神前,请伶祝誓。伶跪而祝曰:"天生刘伶,以酒为名,一饮一斛④,五斗解酲⑤。妇人之言,慎不可听!"便引酒进肉,隗然已醉矣⑥。

【导读】

一、魏晋名士不拘礼法,任性不羁,傲然自得,放浪形骸。刘伶是魏晋名士的典型代表。

二、本篇塑造了一个放荡不羁的酒鬼的形象,写出了一个家庭闹剧。刘伶的妻子关心、爱护丈夫,劝他戒酒,而刘伶居然欺骗妻子,又骗喝了一顿酒。由此可见魏晋时士人的精神风貌,也可见出魏晋之际政治黑暗而形成了知识分子纵酒放浪的畸形个性。

过江诸人

过江诸人⑦,每至美日⑧,辄相邀新亭⑨,藉卉饮宴⑩。周侯中坐而叹曰⑪:"风景不殊⑫,正自有山河之异⑬!"皆相视流泪。唯王丞相愀然变色曰⑭:"当共戮力王室⑮,克复神州⑯,何至作楚囚相对⑰!"

【导读】

一、本文选自《世说新语·言语》。晋愍帝建兴四年(316),刘曜攻陷长安,愍帝被俘。第二年,元帝即位于建业(今南京市),建立东晋王朝。当时北方士族大批南渡。周颛消极地慨叹,王导深为不满,认为应当振作起来,为朝廷尽力,争取早日收复北方失土。这段记载寥寥数语,就将周颛与王导不同的思想境界与精神风貌鲜明地体现出来,作为南渡士族的代表人物,周颛面对沦丧的国土只能悲伤流涕;而王

---

① 本文选自《世说新语·任诞》。刘伶:字伯伦,沛国(今安徽宿州西北)人。"竹林七贤"之一。嗜酒成性,曾作《酒德颂》。病酒:饮酒过量而致病。 ② 捐:倒掉。 ③ 摄生:保养身体。 ④ 斛:古时十斗为一斛。 ⑤ 酲:病酒。 ⑥ 隗然:醉倒的样子。 ⑦ 过江诸人:指东晋初南渡的部分士族官吏。 ⑧ 美日:天气晴好的日子。 ⑨ 新亭:三国时吴所建,故址在南京市南。 ⑩ 藉卉:坐在草地上。 ⑪ 周侯:周颛,字伯仁,汝南安城(今河南原阳县东南)人,官至尚书仆射,后为王敦所害。 ⑫ 不殊:没有不同。 ⑬ 山河之异:指北方土地为外族所占领。 ⑭ 王丞相:王导,字茂弘,临沂(今山东临沂)人,元帝时为丞相。愀然:面色改变的样子。 ⑮ 戮力:尽力。 ⑯ 神州:这里指中原地区。 ⑰ 楚囚:指楚人钟仪为晋所囚。

导则力撑危局,表现出可贵的爱国精神。

二、这段记载后来成为诗词中的典故。刘克庄《贺新郎·送陈真州子华》中有"多少新亭挥泪客,谁梦中原块土",使用此典故。

王恺石崇斗富

石崇与王恺争豪①,并穷绮丽以饰舆服②。武帝③,恺之甥也④,每助恺。尝以一珊瑚树高二尺许赐恺,枝柯扶疏⑤,世罕其比。恺以示崇,崇视讫,以铁如意击之⑥,应手而碎。恺既惋惜,又以为疾己之宝⑦,声色甚厉。崇曰:"不足恨,今还卿。"乃命左右悉取珊瑚树,有三尺、四尺,条干绝世、光彩溢目者六七枚,如恺许比甚众⑧。恺惘然自失。

【导读】

本篇选自《世说新语·汰侈》。此篇通过石崇与王恺斗宝比富的故事,生动深刻地反映出晋代贵族生活的极端豪华与奢侈。石崇为荆州刺史时,劫远客商人以致富,生活极为奢侈,是历史上有名的巨富。而王恺是晋武帝司马炎的舅父,地位显赫,身世不凡。石崇却自恃豪富,不把皇室贵戚放在眼里。全文叙事生动曲折、波澜起伏;人物性格富于变化而又个性鲜明,其语言精练而含蓄,寥寥数语,就能深刻地揭示出人物的心理活动,是《世说新语》中具有代表性的篇章。

小儿辈大破贼

谢公与人围棋⑨,俄而谢玄淮上信至⑩,看书竟,默然无言,徐向局⑪。客问淮上利害,答曰:"小儿辈大破贼。⑫"意色举止,不异于常。

【导读】

一、本篇选自《世说新语·雅量》,表现了政治家谢安在淝水之战中的运筹帷幄、冷静坦荡,以及"意色举止,不异于常"的气度。

二、雅量指风雅恢宏的气度,是魏晋风度的具体表现,很受士人称赏。《雅量》篇也记载了谢安逗留东山时,与孙绰、王羲之等人泛舟游海上,遇风浪起众人惊惧,独谢安吟啸自若,直至风急乃徐言回归之事。众人"于是审其量,足以镇安朝野"。大战中所谓"不异于常"的冷静原有所本,此事亦为后人推崇,唐代诗人李白《永王东巡歌》中"但用东山谢安石,为君谈笑净胡沙"即用此典。

---

① 石崇:字季伦,西晋贵族,以豪奢出名。王恺:字君夫,东海郡(今山东东南及江苏部分地区)人,官至后军将军。② 舆服:车子与服装。③ 武帝:晋武帝司马炎,公元265至290年在位。④ 甥:外甥。⑤ 枝柯:枝条。扶疏:繁茂的样子。⑥ 如意:搔背的搔手。⑦ 疾:通"嫉",妒忌。⑧ 如恺许比甚众:像王恺那样的珊瑚树有很多。⑨ 谢公:谢安,字安石,陈郡阳夏(今河南太康)人。东晋政治家、名士。⑩ 谢玄:字幼度,陈郡阳夏(今河南太康)人。东晋名将,豫州刺史谢奕之子、太傅谢安之侄。淮上:淝水之战发生在淮河流域,淮上指大战的前线。⑪ 徐向局:慢慢地转向棋局。⑫ 小儿辈大破贼:晋孝武帝太元八年,即公元383年,前秦苻坚出兵伐晋,谢安派弟弟谢石、侄子谢玄率军拒敌,双方于淝水(现今安徽省寿县东南)交战,最终东晋大败前秦军。淝水之战是我国历史上著名的以少胜多的战例,谢玄时任前锋都督。

王子猷居山阴①

王子猷居山阴。夜大雪,眠觉,开室命酌酒,四望皎然②;因起彷徨,咏左思《招隐》诗③,忽忆戴安道④。时戴在剡⑤,即便夜乘小船就之,经宿方至,造门不前而返。人问其故,王曰:"吾本乘兴而行,兴尽而返,何必见戴?"

【导读】

一、本篇选自《世说新语·任诞》,写王子猷"雪夜访戴","乘兴而行,兴尽而返",将日常生活中的任情放诞发挥到了极致。

二、任诞,指任性放纵。《任诞》篇载有王子猷寄人空宅处,便令人种竹,谓"何可一日无此君"事,此皆王子猷放荡不羁、率性任情的表现。魏晋士人崇尚老庄,"越名教而任自然",生活中任由情兴、不受拘束,自由放达,被视作"魏晋风流"的典型表现。"雪夜访戴"这一任兴放达、不求目的、趣在路中的潇洒行为亦为后世推崇,也成为后代文士诗画的常见主题,正如宋人晁说之诗云"扁舟雪夜兴,千载风流存"。

闻所闻而来

钟士季精有才理⑥,先不识嵇康⑦,钟要于时贤俊之士,俱往寻康。康方大树下锻。向子期为佐鼓排⑧。康扬槌不辍,傍若无人,移时不交一言。钟起去。康曰:"何所闻而来?何所见而去?"钟曰:"闻所闻而来,见所见而去。"

【导读】

一、本篇选自《世说新语·简傲》,描写"竹林七贤"的代表人物嵇康对司马氏的心腹钟会不以礼相待,且冷语讥讽。深刻表现出嵇康对权势的轻蔑和对功名利禄之徒的鄙视。

二、本篇体现出《世说新语》"记言则玄远冷隽,记行则高简瑰奇"(鲁迅《中国小说史略》)的艺术特色。简傲,指高傲,傲慢失礼,也是名士风度的典型表现。本篇将嵇康不屈权贵、锋芒毕露的性格显露无遗,其对司马氏的排斥表现得颇为明显。钟会颇有才华,却为司马氏心腹,嵇康倨傲无礼,打铁如故。临别嵇康与钟会的对话透出机锋,暗潮汹涌。刘孝标注引《魏氏春秋》说钟会因嵇康无礼,怀恨在心,"后因吕安事,而遂谮康焉"。

---

① 王子猷(yóu):王徽之,字子猷,王羲之第五子。为人任情放达,恃才傲物。山阴:县名,在今浙江绍兴市。② 皎然:明亮洁白貌。 ③ 左思:字太冲,齐国临淄(今山东淄博市)人,西晋著名文学家。出身寒门,博学能文,其《三都赋》颇为时人推崇,造成"洛阳纸贵"的现象。《招隐诗》:共二首,写寻访隐士及对隐居田园的美慕。 ④ 戴安道:戴逵,字安道。博学多才,善属文,擅长音乐、书画和佛像雕刻,性高洁,终生隐居不仕,居于会稽剡县。 ⑤ 剡(shàn)县:今浙江省绍兴嵊州市。 ⑥ 钟士季:钟会,字士季,颍川长社(今河南长葛市)人。三国时期魏国军事家、书法家,太傅钟繇幼子,博学多闻,精通玄学,累拜中书侍郎,封关内侯。 ⑦ 嵇康:字叔夜,谯郡铚县(今安徽省宿州市西)人。三国魏著名思想家、音乐家、文学家。与阮籍同为"竹林七贤"的代表人物。 ⑧ 向子期:向秀,字子期,河内怀(今河南武陟)人。竹林七贤之一,与嵇康、吕安等人相善,隐居不仕。嵇康、吕安被害后,写下千古名篇《思旧赋》。鼓排:拉风箱。

隋唐五代部分

诗 歌

薛道衡

薛道衡(540—609),隋诗人。字玄卿,河东汾阴(今山西万荣西南)人。历仕北齐、北周。入隋后任内史侍郎、加开府仪同三司。炀帝时,出为播州刺史,任司隶大夫,因得罪炀帝被杀。事迹俱见《隋书》。其诗与卢思道齐名,虽辞藻华艳,但已有刚健清新之气。明人辑有《薛司隶集》。

人日思归

入春才七日,离家已二年。人归落雁后,思发在花前。

【导读】

一、此诗作于隋文帝开皇五年(585)薛道衡出使南方时,其主要表达思归的感情。作者非常巧妙地用"七日"与"二年"的对照,点出时光的流逝,委婉地表达出思家的深情,含有不尽的风味。

二、诗形式短小精悍,已近唐人五绝。语言清新凝练,韵味悠长,为隋代诗歌佳作。

王 勃

王勃(650—676),唐文学家。字子安,绛州龙门(今山西河津)人。王绩的侄孙。幼年聪慧异常,十四岁举幽素科,拜为朝散郎,后任虢州参军,因罪革职。上元三年(676),在往交趾省亲途中溺水惊悸而死,年仅二十七岁。生前享有文名,与杨炯、卢照邻、骆宾王合称"初唐四杰"。有《王子安集》。

采莲曲

采莲归,绿水芙蓉衣①。秋风起浪凫雁飞。桂棹兰桡下长浦②,罗裙玉腕轻摇橹。叶

---

① "绿水"句:意谓绿水之上长满芙蓉。衣,意同披,指盖在水面上。 ② 桂棹(zhào)兰桡(ráo):桂和兰皆香木,棹、桡均为船桨,此处均指船。下长浦:沿着水边向下游去。浦,水边之地。

屿花潭极望平①,江讴越吹相思苦②。相思苦,佳期不可驻③。塞外征夫犹未还,江南采莲今已暮。今已暮,采莲花。渠今那必尽倡家④?官道城南把桑叶⑤,何如江上采莲花?莲花复莲花,花叶何稠叠。叶翠本羞眉⑥,花红强似颊⑦。佳人不在兹⑧,怅望别离时。牵花怜并蒂,折藕爱连丝⑨。故情无处所⑩,新物徒华滋⑪。不惜西津交佩解⑫,还羞北海雁书迟⑬。采莲歌有节,采莲夜未歇。正逢浩荡江上风,又值徘徊江上月⑭。徘徊莲浦夜相逢,吴姬越女何丰茸⑮! 共问寒江千里外,征客关山路几重?

【导读】

一、《采莲曲》是乐府旧题《江南弄》七曲之一。梁、陈以来,诗人用此题所作,大多或摹写水容物态,或描绘采莲女的容貌服饰,风格绮艳。王勃此诗也写水国风光和采莲女的情态,但更重在抒情,以思妇征夫的恨别相思为主题,揭示出了广泛而深刻的社会意义和思想价值。在一定程度上表现了初唐诗歌从六朝余风向唐诗刚健爽朗的风格变化发展的轨迹。

二、此诗杂用三、五、七言句式,篇幅上亦突破前人作品多五言短章的形式。诗中"采莲""莲叶""莲花""花""叶"等字词多次出现,造成重叠复沓的形式,且与蝉联方式交织运用,语言活泼,音节和婉,富有民歌风味。

卢照邻

卢照邻(生卒年不详),唐诗人。字升之,自号幽忧子,幽州范阳(今河北涿州)人。曾为邓王府典签、新都尉。后为风痹所困,投颍水而死。为"初唐四杰"之一。诗多愁苦之音。有《幽忧子集》。

---

① 叶屿花潭(xún):叶屿和花潭是互文,意为屿潭之间满是荷叶荷花。屿,水中洲渚。潭,通"浔",水边深处。② 江讴越吹:泛指南方民歌。讴,徒歌。吹,有乐器伴奏的歌。③ 佳期:这里指采莲女和征夫约会的时光。驻:停留。④ 渠:伊,她。倡家:乐妓之家。倡,同"娼"。此句为牢骚语,意谓有夫而在外,同于娼女之无夫。⑤"官道"句:乐府《罗敷行》:"罗敷善蚕桑,采桑城南隅"。官道,大道,官府修筑的路比较宽大。把,采。⑥"叶翠"句:荷叶凝翠本来就不如采莲女的双眉好看。古代女子的装饰有"惊翠眉"。见崔豹《古今注》。此句与下句均以物而反喻人。本,本来。羞眉,羞于眉,即不如眉目。⑦"花红"句:意谓莲花勉强可与双颊的红艳相比。梁元帝萧绎《采莲曲》:"莲花乱脸色。"⑧ 佳人:理想之人,男女均可称佳人。此即上文所云"塞外征夫。"兹:这里。⑨"牵花"二句:以采莲藕喻相思之情。并蒂,并蒂莲,双头的莲花,象征男女好合。藕、丝,皆谐音双关语,藕谐"偶",丝谐"思",以藕之丝喻两心相连的情思。⑩ 故情:旧日的欢情。无处所:无所寻觅。⑪ 新物:指上文所说的花和藕。因是别离后生长的,故称"新物"。徒:徒然,白白地。华:开花。滋:滋长。古诗:"庭中有奇树,绿叶发华滋。"此二句言物新而盛,而人却故情难觅。⑫"不惜"句:此回忆过去相爱时情景,与下句今日无有书信形成对照。西津,西渡口。交佩解,解佩相赠以表爱慕。交佩,见《楚辞·九章·思美人》:"解蓬薄与杂菜兮,备以为交佩。"王逸《楚辞章句》:"交,合也。……合而佩之。"传说郑交甫于汉水之滨,遇二女,二女解佩以赠,倏忽而逝(见《列仙传》)。⑬ 羞:羞恼。北海雁书:指塞外征夫寄来的书信。汉时苏武出使匈奴,被囚于北海无人处,音讯断绝。后来汉派人交涉,要求把他放回,诡言皇帝在上林苑射猎,得雁足系书,知苏武住处,遂放还。事见《汉书·苏武传》。⑭ 徘徊:指月影慢慢移动。⑮ 吴姬越女:泛指江南一带的采莲女。丰茸(róng):装饰繁盛的样子。

长安古意①

长安大道连狭斜②,青牛白马七香车。玉辇纵横过主第③,金鞭络绎向侯家。龙衔宝盖承朝日④,凤吐流苏带晚霞⑤。百丈游丝争绕树⑥,一群娇鸟共啼花。啼花戏蝶千门侧,碧树银台万种色。复道交窗作合欢⑦,双阙连甍垂凤翼⑧。梁家画阁中天起⑨,汉帝金茎云外直⑩。楼前相望不相知,陌上相逢讵相识。借问吹箫向紫烟⑪,曾经学舞度芳年。得成比目何辞死,愿作鸳鸯不羡仙。比目鸳鸯真可羡,双去双来君不见?生憎帐额绣孤鸾,好取门帘贴双燕。双燕双飞绕画梁,罗帏翠被郁金香。片片行云著蝉鬓⑫,纤纤初月上鸦黄⑬。鸦黄粉白车中出,含娇含态情非一。妖童宝马铁连钱,娼妇蟠龙金屈膝。御史府中乌夜啼,廷尉门前雀欲栖。隐隐朱城临玉道,遥遥翠幰没金堤⑭。挟弹飞鹰杜陵北,探丸借客渭桥西⑮。俱邀侠客芙蓉剑⑯,共宿娼家桃李蹊。娼家日暮紫罗裙,清歌一啭口氛氲⑰。北堂夜夜人如月⑱,南陌朝朝骑似云⑲。南陌北堂连北里⑳,五剧三条控三市㉑。弱柳青槐拂地垂,佳气红尘暗天起。汉代金吾千骑来㉒,翡翠屠苏鹦鹉杯。罗襦宝带为君解,燕歌赵舞为君开。别有豪华称将相,转日回天不相让。意气由来排灌夫,专权判不容萧相㉓。专权意气本豪雄,青虬紫燕坐春风㉔。自言歌舞长千载,自谓骄奢凌五公㉕。节物风光不相待,桑田碧海须臾改。昔时金阶白玉堂,即今唯见青松在。寂寂寥寥扬子居㉖,年年岁岁一床书。独有南山桂花发,飞来飞去袭人裾。

【导读】

一、"古意"是六朝以来宫体诗中常见的题目,但这首诗改变了宫体诗那种以艳情为中心的倾向,集中描绘了长安现实生活的各个方面,以及形形色色的人物,真正把宫体诗从宫廷带到了市井。

二、通过对汉代长安社会上层权贵的疯狂享乐、社会畸形的繁华表象的描写,揭露了初唐社会表面繁华景象下掩盖的深刻危机,指出了骄奢必亡的历史规律,同时表达了自己清贫自得的节操。

---

① 古意:古代的风仪。这是六朝以来诗歌中常见的标题,表示"拟古"之作,此诗以写汉代为名,实际上是描写初唐社会的现实。 ② 狭斜:狭窄的小巷。 ③ 玉辇:皇帝所乘的车,此泛指贵族所用的车。主第:公主的宅第。 ④ 宝盖:华美的车盖,即车上所竖的伞形的车篷。 ⑤ 流苏:下垂的彩穗子,用彩色羽毛丝线制成,古代用作车马、帷帐的装饰品。 ⑥ 游丝:指春天在空中飘荡的虫类所吐的丝。 ⑦ 复道:楼阁之间的空中通道,因上下不只一层,故称"复道"。交窗:花格子窗棂。 ⑧ 甍(méng):屋脊。 ⑨ 梁家:指东汉顺帝时的外戚梁冀。他在洛阳大造宅第,楼阁周通,雕饰华丽。 ⑩ 金茎:指铜柱。汉武帝在建章宫前立铜柱二十丈,上擎仙人掌以承接仙露。 ⑪ 吹箫向紫烟:借用古代传说中的仙女,指楼中那个怀春的女子。传说春秋时秦穆公的女儿弄玉嫁给了吹箫的萧史,后来夫妻双双乘凤凰飞去,成了神仙。紫烟,指云。 ⑫ 片片行云:形容女子的头发流动如轻云一样。著蝉鬓:梳成蝉翼形的头髻。 ⑬ 鸦黄:即额黄,在额上涂上嫩黄色,再画上弯月形的图饰,是六朝和唐代女子的一种扮饰。 ⑭ 幰(xiǎn):车帷,代指妇女们所乘的华丽的车子。金堤:石堤,以"金"喻坚固。 ⑮ 探丸借客:指摸取弹丸代人报仇的任侠行为。 ⑯ 芙蓉剑:指宝剑,春秋时越国所铸的好剑。传说秦客薛烛善相剑,他评论越王的"纯钩"剑说:"如芙蓉始生于湖。"故称"芙蓉剑"。 ⑰ 啭:宛转歌唱。氛氲:指香气浓郁。 ⑱ 北堂:指娼家内部。 ⑲ 南陌:指娼家门外。骑似云:形容来客的多。 ⑳ 北里:长安娼女聚集的地方,在长安北门内,即平康里。 ㉑ 剧:道路交错的地方。三条:三面相通的路。控:贯通的意思。 ㉒ 金吾:即执金吾,官名,汉代禁卫将军的称呼,统率禁军,负责巡防京师,唐代置左、右金吾卫。此泛指禁军的军官。 ㉓ 萧相:指汉高祖时宰相萧何。高祖封功臣,以萧何居第一,武臣皆不悦。 ㉔ 青虬、紫燕:都指骏马。坐春风:在春风中驰骋,形容极为得意。 ㉕ 五公:指汉代的张汤、杜周、萧望之、冯奉世、史丹五个著名权贵。 ㉖ 扬子:指汉代扬雄,仕途失意后闭门著书。

三、艺术上大事藻绘,还未完全摆脱宫体诗的习气,却是初唐诗坛上长篇开山之作。采用汉大赋的铺陈手法,采用清新流畅的语言,是对宫体诗的开拓。

杨 炯

杨炯(650—692),唐诗人。"初唐四杰"之一。陕西华阴人。十岁举神童,历任崇文馆学士、詹事司隶。所作诗文较少,有梁陈遗风,边塞诗很有特色。明人辑有《盈川集》。

从军行①

烽火照西京②,心中自不平。牙璋辞凤阙③,铁骑绕龙城④。雪暗凋旗画⑤,风多杂鼓声。宁为百夫长,胜作一书生。

【导读】

一、唐朝初期,突厥等贵族军事集团对边境不断侵扰,成为我国西北方的最大祸患。当时许多爱国志士都踊跃从军,参加保疆卫国的战斗。这首诗就是借用了乐府旧题,描写了一个书生对从军边塞、参加战斗的向往。

二、此诗显著的特点是具有强烈的时代感。短小精悍的形式揭示了人物的心理活动,塑造了一个具有鲜明时代特征的爱国志士的形象。感情奔腾激越。"宁为百夫长,胜作一书生",这是书生投笔从戎的豪言壮语,也是初唐人的共同的心声。它既反映了初唐人民视国家安危为己任的民族精神,也反映了当时文人士大夫在新的历史环境下人生价值观念的转变。

三、此诗雄浑刚健,节奏明快,具有奔腾跳跃、一往无前的气势。形式上对仗工整,音韵铿锵,是杨炯诗中的代表作,也是初唐诗坛上比较完美的律诗。

骆宾王

骆宾王(约640—约684),唐文学家。婺州义乌(今浙江义乌)人。曾供职道王府,高宗时被诬下狱,获释后任临海丞,因不得志而弃官。诗作以七言歌行闻名。作品有《骆宾王文集》十卷。

---

①《从军行》是乐府旧题,属《相和歌辞·平调曲》,多写军旅生活。 ②西京:长安。 ③牙璋:古代发兵所用的兵符,分为两块,朝廷和主将各持一块。凤阙:指皇帝的宫殿,汉建章宫的圆阙上有金凤,故为"凤阙"。 ④龙城:汉代匈奴聚会祭天之地,此指敌方的军事要地。 ⑤凋:暗淡,模糊。

咏 蝉

西陆蝉声唱①,南冠客思侵②。不堪玄鬓影③,来对白头吟。露重飞难进,风多响易沉。无人信高洁,谁为表予心?

【导读】

一、此诗是骆宾王在狱中所作,当时骆宾王因上书议政得罪了武则天,被诬下狱,内心极为不平,所以作此诗,借秋蝉的品质和处境来抒发自己的愤懑之情,同时也以蝉来比喻自己的高洁。

二、这是一首以蝉自况的抒情咏物诗。咏物诗既要体物真切,又要有所寄托,有意义;同时还要含蓄蕴藉,此诗很好地体现了这一点。在咏物中寄情寓意,思想和形象结合得很巧妙,达到了物我浑一的境界。而且语言精练,感情饱满,堪称咏物诗中的名作。

杜审言

杜审言(约645—708),唐诗人。字必简,祖籍襄阳(今属湖北),迁居河南巩县(今河南巩义)。高宗咸亨元年(670)进士,官至国子监主簿、修文馆直学士。为诗擅长五律,多为应制之作。与苏味道、李峤、崔融并称"文章四友"。原有集,已佚,宋人辑《杜审言集》一卷,仅存诗四十三首。

和晋陵陆丞早春游望④

独有宦游人,偏惊物候新⑤。云霞出海曙,梅柳渡江春。淑气催黄鸟⑥,晴光转绿蘋⑦。忽闻歌古调⑧,归思欲沾襟。

【导读】

一、这是一首和诗。大约作于武则天永昌元年(689)前后,时杜审言在江阴县任职,与陆某是同郡邻县的僚友。杜审言宦游已近二十年,诗名甚高,却远离京城,不免有失意之感,时与友人同游唱和,虽早春的江南景色宜人,但思归心切,不免情绪凄然感伤。

二、这首诗在写法上很别致,一开头就抒发了宦游他乡的身世之感,以"独有""偏惊"生动地表现出诗人宦游他乡的矛盾心情。中间两联用反衬法,乐景写哀,巧妙地表达出"虽信美而非吾土"的感情。结

---

① 西陆:秋天。《隋书·天文志》:"日循黄道东行……行东陆谓之春,行南陆谓之夏,行西陆谓之秋,行北陆谓之冬。" ② 南冠:楚国之冠,此指囚犯。此典见《左传·成公九年》:"晋侯观于军府,见钟仪,问之曰:'南冠而絷者谁也?'有司对曰:'郑人所献楚囚也。'" ③ 玄鬓影:指蝉。古时妇女发髻如蝉翼状,称蝉鬓。蝉头是黑色,故云玄鬓。此句是反过来用蝉鬓比蝉。 ④ 晋陵:唐郡名,即今江苏省常州市。陆丞:作者的友人,其名不详。早春游望:是陆丞所作的诗。 ⑤ 物候:自然界中随季节变化表现出来的不同景象特征。 ⑥ 淑气:温和的春气。 ⑦ 蘋:蕨类植物,生在浅水中。 ⑧ 古调:指陆丞的诗,赞其格调近于古人。

尾扣住诗题的"和"字,并自然地点明思归,构思新颖,章法谨严,而且格律精工,无一失黏处。

三、杜审言擅长律诗,五律尤其受人推崇。这首诗当为五律的代表作,明胡应麟说:"初唐五言律,'独有宦游人'第一。"(《诗薮》)

张若虚

张若虚(生卒年不详),唐诗人。扬州(今江苏扬州)人。官兖州兵曹。有诗名,与贺知章、张旭、包融并称"吴中四士"。作品仅存二首《代答闺梦还》和《春江花月夜》。

春江花月夜①

春江潮水连海平,海上明月共潮生。滟滟随波千万里②,何处春江无月明。江流宛转绕芳甸③,月照花林皆似霰④。空里流霜不觉飞,汀上白沙看不见⑤。江天一色无纤尘,皎皎空中孤月轮。江畔何人初见月,江月何年初照人?人生代代无穷已,江月年年只相似。不知江月待何人,但见长江送流水。白云一片去悠悠,青枫浦上不胜愁⑥。谁家今夜扁舟子?何处相思明月楼?可怜楼上月徘徊,应照离人妆镜台。玉户帘中卷不去⑦,捣衣砧上拂还来⑧。此时相望不相闻,愿逐月华流照君。鸿雁长飞光不度,鱼龙潜跃水成文。昨夜闲潭梦落花,可怜春半不还家。江水流春去欲尽,江潭落月复西斜。斜月沉沉藏海雾,碣石潇湘无限路⑨。不知乘月几人归,落月摇情满江树。

【导读】

一、这是一首清丽婉转、迷离优美的抒情诗。全诗描写了绮丽朦胧的春江月夜之景,抒发了深沉的宇宙人生之思和游子思妇的凄婉相思之情,表现出诗人对人生的热切追求,对宇宙无穷、人生有限的哲理性思考以及对现实的感伤。

二、春江花月夜,本来是宫体诗,据说陈后主创制此曲,并常与宫中女子及朝臣相和为诗。太常令何胥又善于文咏,采其尤艳丽者以为此曲。陈后主的诗已经失传,张若虚这一首却以离情相思及对人生哲理性的思考为内容,打破了宫体诗的界线,开辟了春江花月夜新的境界。

三、此诗以清新明丽的语言创造了优美、静谧的艺术意境,具有感人的艺术魅力。历来受到学者极高的评价。清王闿运曰:"张若虚《春江花月夜》用《西洲》格调,孤篇横绝,竟为大家。李贺、商隐挹其鲜润,宋词、元诗尽其支流,宫体之巨澜也。"(陈光志辑《王志》卷二)中国现代著名诗人闻一多评价说:此诗为"诗中的诗,顶峰上的顶峰"(《唐诗杂论》),认为此诗表现了一种"夐绝的宇宙意识,一个更深沉更寥廓更宁静的境界"。

---

① 春江花月夜:乐府旧题,陈后主所创。 ② 滟滟:微波荡漾,波光粼粼的样子。 ③ 芳甸:开满鲜花的原野。 ④ 霰:小雪粒子。 ⑤ 汀:水边的平地。 ⑥ 青枫浦:地名,在今湖南浏阳市境内,此泛指送别之地。 ⑦ 玉户:闺阁之中。 ⑧ 砧:捣衣石。 ⑨ 碣石:山名,在今河北省乐亭县。潇湘:水名,在今湖南省。碣石、潇湘在这里分别代表北方和南方。无限路:言离人相距甚远。

宋之问

宋之问(约656—712),唐诗人。一名少连,字延清,汾州(今山西汾阳)人,一说虢州弘农(今河南灵宝)人。高宗上元二年(675)进士。中宗时为修文馆学士,因受贿被贬为越州长史。睿宗时流放钦州,后赐死。诗与沈佺期齐名,并称"沈宋"。有《宋之问集》。

度大庾岭①

度岭方辞国,停轺一望家②。魂飞南翥鸟③,泪尽北枝花④。山雨初含霁⑤,江云欲变霞。但令归有日,不敢恨长沙⑥。

【导读】

一、此诗是作者被流放到泷州途中,经过大庾岭时所作。作者人品较为低下,媚附权贵,急功好利。但当他被贬官,离开宫廷,生活和感情都发生了变化,所以离开家乡,到大庾岭,望着苍茫的山色、开在北枝的梅花,去国离乡的哀情油然而生。所以诗中抒发了作者思念家乡、渴望早日归来的心情。此情表达得真挚深沉。

二、这首诗艺术技巧很精美,未到贬所便先想到归期,凄怆之情表达得细腻而真切,属辞华美而又不见任何刻意文饰的痕迹。作为五言律诗,对仗也十分工整,是初唐五言律诗的代表作品。

沈佺期

沈佺期(约656—714),唐诗人。字云卿,相州内黄(今河南内黄)人。唐高宗上元二年(675)进士,武则天时,官至考功员外郎。与宋之问齐名,并称"沈宋"。工七律,格律精工。原有集,已佚,后人辑有《沈佺期集》。

---

① 大庾岭:在今江西省大余县南,广东省南雄市北,五岭之一。 ② 轺(yáo):轻便的马车。 ③ 南翥(zhù)鸟:向南飞的鸟。翥,飞。 ④ 北枝花:大庾岭多梅花,又称梅岭,据说岭上南北气候差异很大,当岭南梅花落时,岭北花正开。因作者家乡在北方,所以见北枝花而落泪。 ⑤ 霁:雨后天晴。 ⑥ 恨长沙:此典见《史记·屈原贾生列传》:汉贾谊被贬为长沙太守,赴任途中渡湘水,作赋以吊屈原,寄托内心的愁怨。在此作者以贾谊自比。

古意呈乔补阙知之①

卢家少妇郁金堂②,海燕双栖玳瑁梁③。九月寒砧催木叶,十年征戍忆辽阳④。白狼河北音书断⑤,丹凤城南秋夜长⑥。谁为含愁独不见,更教明月照流黄⑦。

【导读】

一、这是一首反映思妇思夫的诗,诗人以委婉缠绵的笔调描写了女主人公所处的秋寒凄清的环境,在典型环境渲染中,烘托出思妇念远而夜不能寐的孤独愁苦的情状。人物心情与环境气氛紧密结合,从而使女主人公的心境展示得深婉细腻,诗情饱满而又余韵不尽。

二、此诗为模拟乐府而作,但诗的形式则是完整的七律,而且对仗工整,韵律和谐。语言虽未完全脱尽齐梁以来的浮艳习气,但在七律还处于萌芽状态的初唐时期,此诗堪称优秀的代表作。

陈子昂

陈子昂(659—700),唐文学家。字伯玉,梓州射洪(今四川射洪)人。少任侠。文明元年(684)进士,后迁右拾遗。因直言进谏而下狱,后忧愤而死,终年四十二岁。其诗标举汉魏风骨,为唐代诗歌革新的先驱者。有《陈伯玉集》。

感遇⑧·其二

兰若生春夏⑨,芊蔚何青青⑩。幽独空林色,朱蕤冒紫茎⑪。迟迟白日晚,袅袅秋风生⑫。岁华尽摇落,芳意竟何成!

【导读】

一、这是一首咏花诗,也是托物咏怀诗,通篇吟咏了香兰和杜若的美好资质。在春夏之交,它们生得繁茂旺盛,充满了生机,并以它们独具的风姿压倒了林中的群芳。然而,秋风吹来,它们与群芳一样零落

---

① 古意:见本书《长安古意》注。乔知之:为武则天时右补阙。补阙:官名,武则天时置,职务为对皇帝进行规谏,并举荐人才。右补阙属中书省。此诗一题作《独不见》,也为乐府旧题,属《乐府诗集·杂曲歌辞》。 ② 卢家少妇:泛指少妇。郁金堂:以郁金香料和泥涂抹墙壁的堂屋。 ③ 海燕:燕的一种,又名越燕,身体轻小,产于南方滨海地区。玳瑁(dài mào)梁:以玳瑁装饰的屋梁。玳瑁,一种与龟相似的水产动物,甲坚硬光滑,有花纹,古人用做装饰品。 ④ 辽阳:今辽宁省辽河以东地区。唐置辽州,治辽阳,派兵驻守,是东北重要的边防地。 ⑤ 白狼河:又名大凌河,在今辽宁省南部,白狼河北,此亦指辽阳。 ⑥ 丹凤城:指长安。 ⑦ 流黄:黄紫相间的丝织品,这里指帷帐。 ⑧ 感遇:是陈子昂标举汉魏风骨,提倡比兴寄托的代表作。是一组诗,共三十八首,主要抒写自己的生活和对朝政的看法,不是一时一地之作。 ⑨ 兰若:香兰和杜若。兰,一种野生花草,夏秋开花,属菊科。若,一名杜衡,水边香草。 ⑩ 芊蔚:与"菁菁"同义,指花叶的繁茂。 ⑪ 蕤(ruí):花盛开下垂的样子。 ⑫ 袅袅:微弱细长的样子。此化用《楚辞·九歌·湘夫人》:"袅袅兮秋风。"

了,那么它们美好的姿质有什么用途呢?它们的"芳意"有什么成就呢?

二、陈子昂正是从花由繁盛到凋零中认识到了人的生命的全过程,由此而抒发了他人生价值和理想落空了的悲哀和感慨。他的一生就如幽雅孤独的兰若一样。此诗全用比兴的手法,寓意凄婉、寄慨遥深,很符合陈子昂所主张的"比兴""寄托"之意,这与梁陈、初唐诗坛上那种"采丽竞繁"的吟风弄月之作相比,显得格外充实而清新。

三、从形式上看,这是一首五言古诗,继承了阮籍《咏怀诗》的传统写法。在初唐诗坛上,为扭转齐梁绮靡诗风,为唐诗进一步发展起了开拓性的作用。

孟浩然

孟浩然(689—740),唐诗人。字浩然,名不详。襄州襄阳(今湖北襄阳市)人。早年隐居鹿门山读书,四十岁始游长安,应进士举落第。后为荆州从事,患疽卒。其诗与王维齐名,称"王孟"。多为山水行旅、田园隐逸之作,其风格清旷冲淡。作品有《孟浩然集》。

秋登兰山寄张五①

北山白云里②,隐者自怡悦。相望试登高,心随雁飞灭。愁因薄暮起③,兴是清秋发。时见归村人,沙行渡头歇。天边树若荠④,江畔舟如月。何当载酒来,共醉重阳节。

【导读】

一、这是一首怀人之作。诗人登山望友,而不见友人,只见北雁南飞,诗人不禁心中泛起淡淡的哀愁。但是清秋薄暮的景色宜人,情随景生,使诗人逸兴勃发,以清幽淡远的笔触描绘了清秋薄暮的美好景象,表现了对友人真挚的思念之情。

二、全诗以朴素的语言、真挚的感情创造了一个高远清幽的境界,显示了农村生活的静谧安宁和大自然的优美怡人;情飘逸真挚,景清淡而优美。皮日休说:"遇景入咏,不拘奇抉异⋯⋯若公输氏当巧而不巧者也。"(《郢州孟亭记》)沈德潜说孟诗"语淡而味终不薄",此诗是孟诗风格的典型代表。

岁暮归南山⑤

北阙休上书⑥,南山归敝庐⑦。不才明主弃,多病故人疏。白发催年老,青阳逼岁除⑧。永怀愁不寐,松月夜窗虚。

---

① 兰山:一作"万山",在今湖北襄阳西北十里,一名汉皋山。张五:作者的同乡、密友。一说张子容,隐居襄阳岘山南约二里的白鹤山。孟浩然园庐在岘山附近,所以可以登万山以望张五;一说是张湮,排行老五。 ② 北山:指张五隐居的地方。 ③ 薄暮:日将落之时。 ④ 荠(jì):荠菜,一种野菜。形容远望所见天边树木的细小。 ⑤ 南山:此指岘山,在孟浩然家乡襄阳市城南。 ⑥ 北阙:皇家宫殿北面的望楼,是等待朝见或上书的地方。《汉书·高帝纪》注:"尚书奏事,谒见之徒,皆诣北阙。" ⑦ 敝庐:指自己简陋破落的家园。 ⑧ 青阳:指春天。

【导读】

一、这是一首抒怀之作。约在开元十六年(728),四十岁的孟浩然来到京师,应进士举而落第,心情极为失落而懊丧,因而写下了此诗。诗中以自艾自怨的口吻抒发了自己仕途没落的哀怨,然而在哀怨中语含讥刺:才不为世所用。据说唐玄宗看了此诗,生气地说:"卿不求仕,而朕未弃卿,奈何诬我?"随即将孟浩然流放了(《唐摭言》卷十一)。可见弦外之音还是很明显的。

二、这首诗的突出特点是语言含蕴丰富,耐人寻味。一、二两句写幽怨,却以自怨自艾之语道出;三、四两句写失意的缘由,却以"不才"和"多病"隐约道出自己的不平之情。最后以岁月的无情推移传达出自己的无可奈何。在层层辗转的表达中,构成了悠远深厚的艺术境界。

王　维

王维(701—761),唐诗人、画家。字摩诘,先世为太原祁(今山西祁县)人,其父迁居于蒲州(今山西永济市),遂为河东人。开元九年(721)进士,官至尚书右丞,故世称王右丞。中年后居蓝田辋川,过着亦官亦隐的优游生活。其诗题材以山水田园为主,具有闲逸萧散、静谧恬淡的境界。擅长音乐和绘画。由于诗多佛家色彩,后人又称其为"诗佛"。有《王右丞集》。

渭川田家①

斜阳照墟落②,穷巷牛羊归。野老念牧童,倚杖候荆扉。雉雊麦苗秀③,蚕眠桑叶稀。田夫荷锄立,相见语依依。即此羡闲逸④,怅然吟《式微》⑤。

【导读】

一、这是一首田园诗,大约作于王维中年。王维受陶渊明影响较大,始终对田园怀有一种向往,因此写了很多描写田园生活的诗作。此诗就描绘了平静安宁的农村生活,乡居农民结束一天劳作归家的农村晚景,表现了自己对农村田园生活的热爱与归隐的心志。

二、此诗在艺术上很有自己的特点。全诗纯用白描手法,不事雕琢,自然清新。在描绘农村图景中,先从大处落笔:写了夕阳下牛羊的归村。在这个背景中,展开对农民归村的描写,从而使全诗核心放在"归"上。"野老"二句和"田夫"二句,又见出浓厚的人情味。这是王维写景的特点,他一向注意景中的人物活动,因而使画面充满生活气息。由此而引发出了自己归隐的慨叹,传达出诗的主旨。

三、此诗虽然受到陶渊明影响,却更接近于孟浩然,缺少陶渊明自然而纯真地与田园的融合,以旁观者视角观察、赞美要多于心灵的契合,这是王维田园诗不如山水诗的原因。

---

① 渭川:即渭水,又称渭河。田家:农家。 ② 墟落:即村落、村庄。 ③ 雉雊(zhì gòu):野鸡叫。麦苗秀:麦苗开始扬花。 ④ 即此:就此,此指上述所见农村情景。 ⑤ 怅然:失意的样子。式微:《诗经·邶风》中有"式微,式微,胡不归"句,指天色将晚。此处取"胡不归"意,叹息自己为什么不早日归隐。

终 南 山①

太乙近天都②,连山到海隅③。白云回望合,青霭入看无。分野中峰变④,阴晴众壑殊。欲投人处宿⑤,隔水问樵夫。

【导读】

一、本诗也是王维山水诗的名篇,诗人从不同的角度,以夸张的笔法描绘了终南山的高峻壮阔、雄伟壮丽。"近天都""到海隅",强调其高,突出终南山群峰连绵、横绝千里的气势。而"白云回望合,青霭入看无"则写出终南山的深邃,而结尾又以投宿问樵夫为空旷幽深的终南山带来了亲切的生活气息,从而使终南山更显得意韵悠长。

二、以画喻王维诗,有尺素小幅,工笔细描;也有鸿篇巨制,泼墨写意,此诗当为后者,然还不止于此,它最大的特点还在于作者并没有停留在平面景致的描摹,而是赋予终南山立体感,不仅有高远广袤,还有声色俱现,因而使终南山不仅气象宏伟,也妩媚动人,表现出作者的概括能力。清代沈德潜说:"四十字中,无所不包,手笔不在杜陵下。"(《唐诗别裁集》)

少 年 行

新丰美酒斗十千⑥,咸阳游侠多少年。相逢意气为君饮,系马高楼垂柳边。

【导读】

一、《少年行》是王维的七绝组诗,共四首,此为第一首。主要写少年的日常生活,"相逢意气为君饮,系马高楼垂柳边",从中显示出游侠少年的仗义疏财、豪爽意气的性格特征和精神面貌。

二、此诗具有浓郁的生活气息,充满了浪漫主义情调和理想化色彩,诗中游侠少年是作者理想的化身。但这种理想寄寓于对游侠少年具体生活的描写,因而真实并充满了诗意。

王 翰

王翰,唐诗人。字子羽,晋阳(今山西太原)人。青年时豪放不羁,能写歌词。唐睿宗景云元年(710)进士,开元中任秘书正字、通直舍人等职,后被贬为仙州别驾。写诗多壮丽之词,擅长歌行和绝句。原有集十卷,已佚。

---

① 终南山:在今陕西省西安市长安区南,为秦岭山峰之一。 ② 太乙:终南山主峰,也是终南山的别名。天都:苍天,上天。 ③ 海隅:海边。 ④ 分野:指地域的划分,古代用二十八星宿来对应地上的界域。 ⑤ 人处:有人居住的地方。 ⑥ 新丰:地名,故址在今西安市临潼区东北,古代时盛产美酒。斗十千:指美酒价贵。斗,酒器。

凉 州 词①

葡萄美酒夜光杯②,欲饮琵琶马上催。醉卧沙场君莫笑,古来征战几人回。

【导读】

一、本诗为盛唐边塞诗的名篇。它没有正面描写边塞战场的生活,而是从侧面烘托,写出战士豪饮的场面来展示战士的心理状态,表现了战士们视死如归的英雄气概和旷达豪放的情怀。

二、关于此诗的情调,历来存在两种看法:一是认为沉痛悲凉;二是认为诙谐。从诗的内容来看,是以视死如归的豪迈旷达表达了沉痛悲凉的感情,其基调应该是悲凉的。如果说诙谐,那是用谐谑的语言表达了沉痛的感情。如施补华说:"作悲伤语读便浅,作诙谐语读更妙。在学人领悟。"(《岘佣说诗》)

王 之 涣

王之涣(688—742),唐诗人。字季凌,晋阳(今山西太原)人。曾与王昌龄、高适、崔国辅等唱和,名动一时。传世之作只有六首。

凉 州 词

黄河远上白云间,一片孤城万仞山③。羌笛何须怨杨柳,春风不度玉门关④。

【导读】

一、这是一首广为传唱的边塞诗。对其思想内容历来有不同的理解,明杨慎《升庵诗话》说:"此诗言恩泽不及于边塞,所谓君心远于万里也。"如此理解,"春风不度玉门关"当是指责皇帝的恩泽不施于远戍之人的过失。

二、此诗最大的特点是对景物的概括描写。诗人紧紧抓住了自上而下、由远及近眺望黄河的感受,描绘出汹涌澎湃的黄河的气势和壮阔的场面,在这个背景下,描写了边塞的孤寂和荒凉,展示了征戍者的离愁,同时,又蕴含着沉重的历史责任感。

三、作为盛唐边塞诗,此诗可谓"盛唐之音"的典型代表。诗中虽有征戍者的幽怨和离愁,但悲切而不消沉;虽有边塞的苦寒,但苍凉而悲壮,没有衰飒颓唐的情调,表现出盛唐人的广阔胸襟,因而能成为盛唐之音的代表。

---

① 凉州词:凉州歌的唱词。凉州,唐陇右凉州治姑臧县(今甘肃省武威市)。 ② 夜光杯:用上等玉石制成的华贵的酒杯。《十洲记》:"周穆王时,西域献夜光常满杯。杯受三升,是白玉之精,光明夜照。" ③ 仞:古代长度单位,八尺为一仞。 ④ 玉门关:古代通往西域的要道,在今甘肃省敦煌西。

王昌龄

王昌龄(约 698—757),唐诗人。字少伯,京兆长安(陕西西安)人,唐玄宗开元十五年(727)进士,授汜水尉,再迁江宁丞,故世称王江宁。为诗擅长七绝,有"诗家夫子王江宁"之称。有《王昌龄集》。

从军行①·其一

烽火城西百尺楼,黄昏独坐海风秋。更吹羌笛关山月,无那金闺万里愁②。

【导读】

一、这首诗写出征将士久戍不归而思乡的感情。王昌龄边塞诗有一个突出特点,就是长于人物思想感情的刻画,善于揭露征戍者的内心世界,抒写别情,不仅细腻动人,更有浑然的意境。此诗的特点就在于此。

二、诗人采取了叙事、抒情、写景相结合的手法,以音乐为触媒,抒发了士卒怨战、怀乡思亲的感情。

三、全诗写得简洁而意蕴深长。前三句以层层深入的方法,反复渲染环境,是叙述,也是写景,景中含情。接着自然引发征戍者的情,将征人与思妇的感情融合到一起,表现得更加细腻动人,境界浑然。

长信秋词③

奉帚平明金殿开④,暂将团扇共徘徊⑤。玉颜不及寒鸦色,犹带昭阳日影来⑥。

【导读】

一、此诗借描写汉代班婕妤失宠被贬长信宫的故事,表现了唐代官廷妇女的苦闷生活和幽怨的心情,是唐代宫怨诗中的名篇之一。

二、诗前两句写官女每天刻板的生活和寂寞无聊的精神状态;后两句借寒鸦日影为喻,来继续发挥宫女的幽怨。写得委婉含蓄,设喻巧妙,素为人称赏。李瑛《新法易简录》说:"不得承恩意,直说便无味,借'寒鸦''日'为喻,命题既新,措词更曲。"此为本诗的一大特色。

---

① 从军行:是乐府《相和歌辞·平调曲》旧题,内容叙述军旅战争之事。 ② 无那:同"无奈"。 ③ 此诗是作者《长信秋词》五首之一。《长信秋词》一作"长信怨",属乐府《相和歌辞·楚调曲》。长信:汉宫殿名。乐府诗中这种题目多写班婕妤故事。汉成帝时,班婕妤很受成帝宠爱,后成帝偏宠赵飞燕、赵合德姐妹。班婕妤为避赵氏姊妹妒害,自请到长信宫侍奉太后,度过寂寞一生。班婕妤曾作赋自伤冷落。类似题材诗作还有《班婕妤》《婕妤怨》。 ④ 奉帚平明:谓天亮就拿着扫帚扫地。奉,同"捧"。 ⑤ 团扇:圆形的扇。相传班婕妤曾作《团扇诗》(又名《怨歌行》):"新制齐纨素,皎洁如霜雪。裁为合欢扇,团团似明月。出入君怀袖,动摇微风发。常恐秋节至,凉飙夺炎热。弃捐箧笥中,恩情中道绝。"以团扇被弃喻君恩中断。这里暗用其意。 ⑥ 昭阳:赵飞燕姊妹居住的宫殿。日影:象征皇帝恩德。

李 颀

李颀(690—751),唐诗人。东川(今四川三台)人,寄居河南颍阳(今河南许昌附近)。开元二十三年(735)进士,曾任新乡县尉,后归隐颍阳。诗擅长五言、七言歌行和七律,尤以赠别、边塞诗著称。有《李颀集》。

古从军行

白日登山望烽火,黄昏饮马傍交河①。行人刁斗风沙暗,公主琵琶幽怨多②。野云万里无城郭,雨雪纷纷连大漠。胡雁哀鸣夜夜飞③,胡儿眼泪双双落。闻道玉门犹被遮,应将性命逐轻车④。年年战骨埋荒外,空见蒲桃入汉家⑤。

【导读】

一、此诗也是唐边塞诗名作。诗采用乐府旧题,借汉武帝开边,讽刺了唐代统治者穷兵黩武,造成无数战士牺牲的昏聩之举,对少数民族遭受战争的祸害也深表同情。因而称"古从军行"。

二、全诗主题分三层展开,前四句,描写了将士紧张的生活和哀怨的心理状态;中间四句着意渲染了边陲的凄苦和战争的残酷;最后四句巧妙地运用对比,把拓边所付的代价与其收效之微摆到醒目的位置上,富于极强的讽刺意味。结尾两句尤为精警深刻,动人心弦。沈德潜说:"以命换塞外之物失策甚矣,为开边者垂戒,故作此诗。"这就是本诗的用意。

三、这首诗在形式上颇具特色,全诗由三首七言绝句组成,前四句全部对仗,押平声韵;中间四句则两句对仗,换仄声韵;后四句的末尾两句意义相对,又换了平声韵。诗人还将典故与讽刺巧妙间用,熔于一炉,成功地表达了诗人的慷慨深沉的情感,具有很强的感染力。

崔 颢

崔颢(约704—754),唐诗人。汴州(今河南开封)人。开元十一年(723)进士,官至司勋员外郎。其诗早期多写妇女生活,后从军出塞,多边塞之作。有《崔颢集》。

---

① 交河:古城名,古址在今新疆吐鲁番西北。 ② 公主琵琶:汉武帝时,乌孙国王昆弥向汉求婚,武帝把江都王刘建的女儿细君嫁给他,称乌孙公主。出嫁时怕途中寂寞便令人沿途弹奏琵琶,以解思乡之情,其曲调哀怨。 ③ 胡雁:西北边地的雁。 ④ 轻车:"轻车将军"的省称。此处泛指统兵的将帅。《史记·大宛传》载:汉武帝太初元年,命李广利攻大宛(西域国名),欲至贰师城取良马,力战经年,死伤甚众。广利上书请班师回朝,徐图再战。汉武帝大怒,发使遮玉门关曰:"军有敢入者辄斩之。"诗句化用其意。 ⑤ 蒲桃:同葡萄,西域特产,汉武帝时采其种子归国,种于汉武帝行宫前。

雁门胡人歌

高山代郡东接燕①,雁门胡人家近边。解放胡鹰逐塞鸟,能将代马猎秋田②。山头野火寒多烧③,雨里孤峰湿作烟④。闻道辽西无斗战⑤,时时醉向酒家眠。

【导读】

一、此诗写胡汉杂居之地富于地方特征的景物和生活情调。体制是七律,而风调如短篇歌行。

二、此边塞诗生动形象地描摹了胡人的生活状态,有声有色地写出了边地少数民族好勇尚武,粗犷豪迈的精神面貌。诗人没有因为战争而把胡人与汉人对立起来,胡人同样厌恶战争并同样富有人情味,因此而传达了反战主题。

高 适

高适(702—765),唐诗人。字达夫,一字仲武,渤海蓨(今河北景县南)人。代宗时官累进散骑常侍,封渤海县侯。诗与岑参齐名,并称"高岑",诗风豪放雄健,语言洗练,尤以七言歌行为佳。有《高常侍集》。

燕歌行⑥并序

开元二十六年,客有从元戎出塞而还者⑦,作《燕歌行》以示适,感征戍之事,因而和焉。

汉家烟尘在东北,汉将辞家破残贼⑧。男儿本自重横行⑨,天子非常赐颜色⑩。摐金伐鼓下榆关⑪,旌旆逶迤碣石间。校尉羽书飞瀚海⑫,单于猎火照狼山⑬。山川萧条极边土,胡骑凭陵杂风雨⑭。战士军前半死生,美人帐下犹歌舞。大漠穷秋塞草腓⑮,孤城落日斗兵稀。身当恩遇常轻敌,力尽关山未解围。铁衣远戍辛勤久,玉箸应啼别离后⑯。少妇城

---

① "高山"句:言代郡有勾注山矗立,其东与燕相连。勾注山:在雁门县。晋咸宁元年《勾注碑》:"盖北方之险,有卢龙、飞胡、勾注为之首。"代郡,即代州,唐代州治雁门,是北边胡汉杂居之地。燕,古代燕国,在今河北东北部和辽宁西部,地处东方,故称"东接燕"。 ②"解放"二句:说胡人善于打猎,放鹰驰马的技术很熟练。解,善于。 ③"山头"句:打猎经常在秋冬季节里进行。猎前,往往将山上枯黄的草木烧掉,使鸟兽无法隐藏。 ④ 雨:一作"雾"。 ⑤ 辽西:指辽河以西今河北省东北部一带。当时是东北边防要地。 ⑥ 燕歌行:乐府古题,属相和歌辞。古题多写征戍离别相思。 ⑦ 开元二十六年:即公元738年。元戎:军队统帅,指幽州节度使张守珪。 ⑧ 汉家:汉朝,这里借指唐朝。汉将:即唐将,用法同"汉家"。残贼:残暴的敌人。 ⑨ 重:看重,崇拜。横行:在战场纵横驰骋,无所阻挡。 ⑩ 赐颜色:赏识、给以隆厚的恩遇。 ⑪ 摐(chuāng):击的意思。伐:敲打。榆关:山海关。 ⑫ 校尉:武官名。瀚海:沙漠,相当时奚族余军所据之地,即今内蒙古自治区东北西拉木伦河上游一带的沙漠。 ⑬ 单于(chán yú):古代匈奴首领的称号,此借指奚、契丹等部落的首领。猎火:打猎时燃起的篝火。北方游牧民族作战之前,先举行校猎活动作为演习,然后借机进犯。因此猎火就成了发动战争的信号。狼山:狼居胥山,在今内蒙古自治区西北部。 ⑭ 凭陵:侵犯。 ⑮ 穷秋:深秋。腓:枯萎。 ⑯ 玉箸:玉石做的筷子,用以比喻眼泪。

南欲断肠,征人蓟北空回首①。边庭飘摇那可度,绝域苍茫更何有②。杀气三时作阵云,寒声一夜传刁斗③。相看白刃血纷纷,死节从来岂顾勋。君不见沙场征战苦,至今犹忆李将军④。

【导读】

一、此诗是唐代边塞诗的名篇。从诗前小序可知,此诗作于开元二十六年(738),高适的一位族侄高式颜参加了与东北契丹的战斗,并写了一首《燕歌行》送给高适。高适看了之后,勾起了他对边塞战争生活的感触,于是融合自己边塞生活的见闻和体验,和了这首诗。

二、此诗的思想内容较为丰富,揭示的问题也比较深刻。诗人描写了战士的艰苦行军、英勇杀敌、为国捐躯的高尚行为,热情歌颂了他们的爱国主义精神,而对将军的享乐荒淫、腐朽无能、不恤士卒造成战争的惨重伤亡给予了无情的揭露和批判。在鲜明的对比中揭示了边塞战争中存在的弊端。同时,深刻挖掘了战士的思想感情和心理活动,对他们的不幸给予深切同情。

三、此诗在艺术上是极为成功的,全诗采用叙事、写景、议论、抒情相结合和对比的手法,将诗人自己对边塞征戍之事的所见、所闻、所感融于一体,把极为深广复杂的内容有条不紊地贯串到一起,构成了唐代边塞战争生活的艺术画卷。气势畅然,笔力雄健,具有雄浑豪壮、意气俊爽的风格。殷璠评高适诗说:"适诗多胸臆语,兼有气骨。"(《河岳英灵集》)所谓"气骨",是指他诗的意气俊爽,结言端直,向人们展示了雄放慷慨、苍凉悲壮的艺术境界。

塞上听吹笛⑤

雪净胡天牧马还,月明羌笛戍楼间⑥。借问梅花何处落,风吹一夜满关山。

【导读】

一、此诗是因听羌笛所奏"梅花落"而写成的。在雄浑壮阔的边塞诗中,别出机杼地创造了一种静谧悠然的艺术境界。

二、此诗的妙处还在于高适以独特的艺术手法创造了一种虚拟的境界。情景交融,虚实结合。前两句中胡天北地的春天,傍晚的明月,戍楼间的羌笛,都是实景。而后听到笛声就仿佛看到了一夜之间吹满关山的梅花,这是现实中听觉和想象中视觉的通感交织,虚与实的交错。这虚景恰与雪净月明搭配,构成了美妙阔远而又情意绵长的境界,具有较高的审美价值。

三、高适写诗,豪放宏伟,诗人所抒发的胸臆和情感,更多是直接而强烈地表现在诗意中,大多是"以意胜境",即移情于境,创造出意高格胜的意境美,此诗便是代表了。

---

① 蓟北:蓟北(今北京市大兴区)以北,此泛指东北边地。 ② 绝域:极远的边地。苍茫:迷茫不清。 ③ 三时:指早、午、晚,犹言整天。阵云:战云。刁斗:一种铜器皿,古代军中用以做饭兼用来打更。 ④ 李将军:指汉代李广将军。 ⑤ 塞上:边塞。 ⑥ 羌笛:边疆少数民族使用的一种乐器。

岑 参

岑参(715—770),唐诗人。江陵(今湖北江陵)人。天宝三载(744)进士,官至嘉州刺史,人亦称"岑嘉州"。其诗与高适齐名,并称"高岑"。善写边塞风光和战争景象,气势磅礴,感情奔放。有《岑嘉州集》。

赵将军歌①

九月天山风似刀,城南猎马缩寒毛。将军纵博场场胜,赌得单于貂鼠袍。

【导读】

一、这是岑参居北庭任职于封常清军幕时所作。诗别开生面,没有边塞战场的刀光剑影,也没有戍边士卒的乡思边愁;而是以短小精悍的七绝形式,描写了边境和平时期帝国的将军们和少数民族首领丰富多彩的生活。表现了民族团结、和睦的历史现象,其格调清新爽朗,不失岑参本色。

二、岑参写诗擅长七言歌行和七言绝句。此诗作为短小精悍的绝句,生动地再现了边塞生活的另一番图景,可见出语言的功力,简洁生动。将军们欢洽豪放的情态,又可见出诗人潇洒自如、乐观向上的激情及和平时期唐代边塞新的气象。

李 白

李白(701—762),唐诗人。字太白,号青莲居士。祖籍陇西成纪(今甘肃静宁西南),隋末其先人流寓碎叶,幼时随父迁居绵州昌隆(今四川江油)青莲乡。少时即显露才华,吟诗作赋,博学广览,并好行侠。二十五岁开始漫游。四十二岁奉诏入京供奉翰林,不到两年即弃职离京。天宝三载,在洛阳与诗人杜甫结交。安史之乱中,永王李璘率师东下,邀他入幕府。后李璘兵败被杀,李白以附逆罪流放夜郎(今贵州桐梓),中途遇赦东还。晚年漂泊痛苦,卒于当涂。其诗流传于世九百多篇,题材广泛,内容丰富。诗风雄奇豪放,想象丰富,语言朴素自然,具有积极的浪漫主义特色,对后世影响很大。有《李太白集》。

---

① 赵将军:闻一多先生经考证,认为是疏勒守捉使赵宗玭,后继封常清任北庭节度使。

古风·其十九

西岳莲花山①,迢迢见明星②。素手把芙蓉③,虚步蹑太清④。霓裳曳广带⑤,飘拂升天行。邀我登云台⑥,高揖卫叔卿⑦。恍恍与之去,驾鸿凌紫冥⑧。俯视洛阳川,茫茫走胡兵⑨。流血涂野草,豺狼尽冠缨⑩。

【导读】

一、这首诗一般都认为写于天宝十五载(756)。天宝十四载(755)冬,安史乱起,叛军很快攻陷洛阳,次年正月,安禄山在洛阳自立为大燕皇帝。

二、此诗写巨大的变乱使他从超脱现实的心境中猛醒过来。诗中虚构了一个虚无缥缈的仙境,以此反衬中原地带叛军横行,结尾从幻想回到现实,对叛军的残暴和人民的苦难,表示愤慨和同情。

三、此诗写法奇特。诗用游仙体,前十句虚拟游仙之事,后四句忽然转入现实,以极乐写极悲,前后形成鲜明对比。诗的转接很自然。"俯视"是转换点,情景跳跃大,而意脉则从上句"凌紫冥"顺势接下,于此亦可见李白诗跳荡浑成、天马行空、想象奇诡的特色。

远 别 离

远别离,古有皇英之二女⑪,乃在洞庭之南,潇湘之浦⑫。海水直下万里深⑬,谁人不言此离苦?日惨惨兮云冥冥,猩猩啼烟兮鬼啸雨⑭。我纵言之将何补⑮?皇穹窃恐不照余之忠诚,雷凭凭兮欲吼怒⑯。尧舜当之亦禅禹⑰,君失臣兮龙为鱼,权归臣兮鼠变虎。或云:

---

① 岳:一作"上"。莲花山:华山的最高峰莲花峰。《陕西通志》卷八:"西峰曰莲花峰,一曰芙蓉峰。莲花峰为太上山,回峦四合,三峰峥嵘,上广十里。西峰东面窊隆如莲花,所谓西岳莲花峰也。"《华山记》:"山顶有池,生千叶莲花,服之羽化,因曰华山。" ② 明星:从明星峰联想到华山仙女、明星玉女。《陕西通志》卷八:"华岳三峰:芙蓉、明星、玉女也。""明星玉女,居华山服玉浆,白日上升。"《太平广记》卷五九《集仙录》:"明星玉女者,居华山,服玉浆,白日升天。" ③ 把芙蓉:拿着芙蓉。芙蓉,莲花的别名。据说,华山上有池,生千叶莲花,服之可以成仙。见《华山记》。 ④ 虚步:凌空而行。蹑:行走。太清:道家认为人、天二界外别有玉清、太清、上清三天。均指神仙所居天。 ⑤ 霓裳:用云霓做的衣裙,仙人所服。屈原《九歌·东君》:"青云衣兮白霓裳。"曳广带:衣裙上拖着宽阔的飘带。 ⑥ 云台:云台峰,是华山东北部的高峰,四面陡绝,景色秀丽。 ⑦ 卫叔卿:汉武帝时中山人,传说服云母成仙,曾降临宫殿,为汉武帝所见。武帝派人寻求其下落。终于在华山绝岩之下,望见他和娄仙人在石上下棋。见《神仙传》卷四。《陕西通志》卷八载卫叔卿博台在岳顶东南隅。 ⑧ 紫冥:紫色的高空。 ⑨ 走:奔跑。胡兵:指安禄山的叛军。叛军多同罗、奚、契丹、室韦等少数民族人,故称胡兵。 ⑩ "豺狼"句:安禄山建立伪政权后,大封官职。唐朝官吏投降的很多。豺狼,指安史叛军和从逆的人。尽冠缨,成为官员。缨,系冠的带子。 ⑪ 皇英:娥皇、女英,帝尧之二女,嫁于舜。 ⑫ "乃在"二句:《水经注·湘水》:"言大舜之陟方也,二妃从征,溺于湘江,神游洞庭之渊,出入潇湘之浦。"语本此。潇水源出湖南省蓝山县九疑山,湘水源出广西壮族自治区灵川县海阳山,二水在湖南省零陵区合流,总称潇湘,北入洞庭。 ⑬ 海水:这里泛指大水,即潇湘、洞庭之水。 ⑭ "日惨惨"二句:隐喻朝政昏乱,奸人当道。啼烟、啸雨,在烟雨中啼啸。《山海经·中山经》记英皇二女"出入必以飘风暴雨"。 ⑮ 萧士赟曰:"谓时事如此矣,我纵言之,诚恐君以我为不忠,而适以取憎于权臣也。夫如是,则又将何补哉?"(《诗比兴笺》卷三) ⑯ "皇穹"二句:本《离骚》"荃不查余之中情兮,反信谗而齌怒"。皇穹,皇天,借指皇帝。雷凭凭,隐喻君王之怒。雷,一作"云"。 ⑰ "尧舜"句:这是紧缩式的句子,即:"尧当之禅舜,舜当之亦禅禹。"之,指下文"君失臣""权归臣"的反常情况。

尧幽囚,舜野死①。九疑联绵皆相似②,重瞳孤坟竟何是③?帝子泣兮绿云间④,随风波兮去无还。恸哭兮远望,见苍梧之深山。苍梧山崩湘水绝,竹上之泪乃可灭⑤。

【导读】

一、《远别离》,乐府《杂曲歌辞》旧题,是《别离》十九曲之一。这首诗通过有虞二妃和帝舜生离死别的故事,表现远别离的悲哀。本篇写作年代和背景,不可确考。陈沆认为作于安史乱起之时(见《诗比兴笺》卷三),其说近是。

二、元代萧士赟认为玄宗晚年贪图享乐,荒废朝政,把政事交给李林甫、杨国忠,边防交给安禄山、哥舒翰,"太白熟观时事,欲言则惧祸及己,不得已而形之诗,聊以致其爱君忧国之志。所谓皇英之事,特借指耳"。这种说法是可信的。

三、这首诗初读"闪幻可骇",然层次井然。首尾以哀伤安史之乱、社稷崩危相呼应,中间插入祸乱根源。全诗主旨乃"皇穹窃恐不照余之忠诚"一句。

渡荆门送别⑥

渡远荆门外⑦,来从楚国游⑧。山随平野尽,江入大荒流⑨。月下飞天镜⑩,云生结海楼。仍怜故乡水⑪,万里送行舟。

【导读】

一、这首诗写于开元十四年(726),诗人出蜀北游,渡荆门入楚时。这是一首抒怀诗,诗中描写了在荆门所见长江两岸的雄伟壮阔、优美奇妙的瑰丽风光,表现出诗人对祖国山河的热爱之情,洋溢着诗人蓬勃的朝气和对生活的热爱。

二、此诗语言生动精练,格调开朗,风格雄健,具有高远壮阔的艺术意境,是李白五律的代表作品。

三、诗题为"送别",而诗中却无送别之意,倒是饱含了作者对蜀中山水的热爱与眷恋之情,情感深婉而悠长。沈德潜说:"七言绝句语近情遥,含吐不露为贵,只眼前景,口头语,而有弦外音,使人神远,太白有焉。"(《唐诗别裁集》)此说亦可移用,评价此诗。

山中问答

问余何意栖碧山⑫,笑而不答心自闲。桃花流水窅然去⑬,别有天地非人间。

---

① "尧幽囚"二句:尧舜禅让,儒家称为盛德,但古籍中另有一种记载,谓是失去权力的结果。《史记·五帝本纪》张守节《正义》引《竹书纪年》云:"昔尧德衰,为舜所囚。"今本无。幽囚,指此。野死,意指被迫出走,死于野外。陈沆曰:"'或云'以下,乃(玄宗)苍黄西幸,传闻不一之词,故有'幽囚''野死'之议。"(《诗比兴笺》卷三) ② "九疑"句:九疑山即苍梧山。《山海经·海内经》:"南方苍梧之丘,苍梧之渊,其中有九疑山,舜之所葬。"郭璞注:"其山九溪皆相似,故云九疑。古者总名其地为苍梧也。" ③ 重瞳:指舜。《史记·项羽本纪》:"吾闻舜盖重瞳子。" ④ 帝子:指二妃。二妃为帝尧之女,故称。语本《楚辞·九歌·湘夫人》:"帝子降兮北渚。"绿云:指洞庭湖边绿色的竹林。 ⑤ "竹上"句:洞庭湖边特产一种斑竹,相传是二妃泪痕所染,故又称湘妃竹。见《博物志》卷一〇。 ⑥ 荆门:山名,在今湖北省宜都市西北,长江南岸,与北岸虎牙山隔江相对。 ⑦ 渡远:指远道而来。 ⑧ 楚国:荆门所在的长江中游一带,春秋战国时属楚国的范围。 ⑨ 大荒:荒原,指广阔无垠的原野。 ⑩ 天镜:指月亮映在江心,像一面明镜。 ⑪ 怜:爱、留恋。故乡水:指长江,因李白是蜀人,长江自蜀东流,所以称"故乡水"。 ⑫ 碧山:指山色的青翠苍绿。 ⑬ 窅(yǎo)然:远去的样子。

【导读】

一、这是一首七言绝句,一题作《山中答俗人》。诗通过问答,表达了诗人幽静闲适的心境,在桃花流水的自然美景的描绘中,寄寓着诗人超脱于现实、鄙弃世俗的精神追求。

二、此诗笔致秀逸,情韵悠然,风格近于王维与孟浩然。刘大杰说:"我们说李白的作品,是兼有岑、高、王、孟各家之长,并且更加提高发展,集盛唐诗歌的大成,是一点也没有夸张的。"(《中国文学发展史》)

长 干 行①

妾发初覆额,折花门前剧②。郎骑竹马来,绕床弄青梅③。同居长干里,两小无嫌猜④。十四为君妇,羞颜未尝开。低头向暗壁,千唤不一回。十五始展眉,愿同尘与灰。常存抱柱信⑤,岂上望夫台⑥。十六君远行,瞿塘滟滪堆⑦。五月不可触,猿声天上哀。门前迟行迹⑧,一一生绿苔。苔深不能扫,落叶秋风早。八月蝴蝶黄,双飞西园草。感此伤妾心,坐愁红颜老。早晚下三巴⑨,预将书报家。相迎不道远,直至长风沙⑩。

【导读】

一、这是一首叙述诗,全诗以商妇的口吻诉说了她自己爱情和离别的故事。在离别日子里,她回忆起和丈夫从小青梅竹马、两小无猜的稚气可爱的生活及初婚后的幸福与炽热的爱情。诗歌诉说了丈夫远行离家后她的苦苦思念,企盼着丈夫归来的急切心情,真实地反映了当时社会生活的一个侧面。

二、此诗在写法上,细腻地刻画了商妇痴稚的感情和新婚少妇羞怯的性格特征,将商妇的感情描写得缠绵婉转,步步深入。诗人还通过一连串有典型意义的生活片断和心理活动的描写,展示了商妇的感情发展过程,即童年、新婚、婚后,层次分明,笔调传神。

三、商妇思夫,是南朝乐府民歌的重要内容。从诗中可以看出李白对六朝乐府民歌的继承,其音节谐婉,语言朴素,抒情叙事婉转细腻,体现了浓郁的民歌风味。

子夜吴歌⑪

长安一片月,万户捣衣声。秋风吹不尽,总是玉关情⑫。何日平胡虏,良人罢远征。

---

① 长干行:乐府旧题,属杂曲歌辞。长干,古代金陵里巷名,在秦淮河南岸。长干是经济发达地区,商人往往在水上过着往来漂泊的生活,经久不归,所以《长干行》多写男女恋情或夫妇离别。 ② 剧:游戏。 ③ 竹马:即竹竿,小孩常常跨着竹竿当马骑。床:指井床,即辘轳架,架在井上汲水的用具。 ④ 无嫌猜:指感情融洽,没有嫌隙和疑忌。 ⑤ 抱柱信:典出于《庄子·盗跖》,相传尾生和情人在桥下约会,女子未到,大水忽至,尾生坚守信约抱着柱子而不离去,后被水淹死。 ⑥ 望夫台:即望夫山,在今四川忠县南。传说古代有一女子,因思念久不归家的丈夫天天在山上眺望,后变成一块石头,仍保持着望夫的形象,后人因称为望夫石,山为望夫山。 ⑦ 瞿塘:指瞿塘峡,长江三峡之一,在今重庆市奉节县境内。滟滪(yàn yù)堆:瞿塘峡口的一块礁石,冬出水二十余丈,夏没入水中,行船很容易触礁,故云"五月不可触"。 ⑧ 迟行迹:一作"旧行迹",与后文意思更相符合。 ⑨ 三巴:古代把四川东部划为巴郡、巴东、巴西,总称"三巴"。 ⑩ 长风沙:地名,在今安徽怀宁县东的长江边上。 ⑪ 子夜吴歌:六朝乐府的吴声歌曲,相传为晋代名为子夜的女子所创制。因起于吴地,故名。 ⑫ 玉关情:指对远戍边关的丈夫的相思之情。玉关,玉门关。

【导读】

一、《子夜歌》在乐府中共四首,分咏春、夏、秋、冬,多写恋情。李白也作四首,此为秋歌,诗人勾勒了一幅动人的长安月夜捣衣图,表现了思妇对出征丈夫的思念之情,也表现了人们对安定和平局面的渴望。

二、此诗以浅显直率的语言表现了深婉清新的意境。在写法上以景语入手,在一片月夜的背景中,长安家家户户传来捣衣声,急促凄凉,传递着对边关征人浓郁的思念之情;这是表现秋思的典型的环境。而秋风,又将长安与玉关联系在一起,表现出绵绵不尽的情意,又在景中抒情,思妇的感情绵绵不绝。

三、全诗音调明亮宛转,清新自然。在形式上,《子夜歌》原都为每首四句,而李白的每首六句,反映了李白在学习民歌中的继承与开创。

关 山 月①

明月出天山②,苍茫云海间。长风几万里,吹度玉门关③。汉下白登道④,胡窥青海湾⑤。由来征战地,不见有人还。戍客望边邑⑥,思归多苦颜。高楼当此夜,叹息未应闲⑦。

【导读】

一、这是一首边塞诗。《乐府古题要解》说:关山月,伤离别也。本诗也主要写离人思妇之情,但在内容上有新的开拓,诗中描写了征战的激烈和残酷,从而烘托了将士思归的深沉而悲凉的感情。意境苍凉而阔大。

二、本诗写离思,并未限于愁苦悲悯,而是以雄浑高妙之笔,在关、山、月特有的边塞景致中展现其苍茫的情思。月出天山,而且如在苍茫云海之间,云月的苍茫又与雄浑的天山相结合,显得格外壮观雄浑,气象万千。万里长风送来的是游子思乡的缕缕深情,在广阔的背景中,这情显得尤为悲凉浑厚。最后李白把万里边塞与征战、戍卒联系在一起,在广阔的背景中衬托了戍卒的心理状态,揭示了他们深沉丰富的内心感受,展现了更为深远的意境。

三、此诗风格雄浑,意境苍凉,在现实的描写中寄寓了李白安边定远的理想。

杜 甫

杜甫(712—770),唐诗人。字子美,祖籍襄阳(今湖北襄阳),出生于巩县(今河南巩义)。开元后期举进士,不第,漫游各地。天宝时,在洛阳与李白相识。后寓居长安近十年。安史之乱中逃到凤翔(今陕西凤翔),谒见肃宗,授官左拾遗。后贬为华州司功参军,不久弃官,远离朝廷,举家西行。几经辗转,到了成都,在浣花溪上建一草堂,世称"杜甫草堂"。后被严武荐为节度参谋、检校工部员外郎,故世称"杜工部"。晚年携家出蜀,于唐太宗大历五年(770)病死在湘江的一条破船上。

杜甫身经安史之乱,其诗真实地表现了安史之乱前后王朝由盛而衰的社会现实,因而被称为"诗

---

① 关山月:乐府旧题,属横吹曲辞。其内容多为离别。 ② 天山:甘肃境内的祁连山。 ③ 玉门关:今甘肃省敦煌市西,通往西域的重要关塞。 ④ 汉:指汉王朝。下:出兵。白登:山名,在今山西省大同市东。 ⑤ 窥:伺机侵扰的意思。青海湾:即青海湖,在今青海省。唐和吐蕃多在此发生战争。 ⑥ 戍客:守卫边境的战士。 ⑦ 闲:停止。

史"。在艺术形式上以律诗、古体见长;语言精练,声律和谐,在文学史上有"诗圣"之誉。有《杜工部集》。

房兵曹胡马①

胡马大宛名②,锋棱瘦骨成③。竹批双耳峻④,风入四蹄轻。所向无空阔,真堪托死生!骁腾有如此⑤,万里可横行。

【导读】

一、这是一首咏物言志诗。作诗时诗人正值年轻漫游时期。诗中突出描写了胡马的精神、气骨和才力,寄托了诗人自己的胸襟和怀抱。

二、在艺术构思上诗分前后两部分,前面四句正面写马,是实写,刻画了马的神骏,后四句采用虚写手法,传达出马的精神气质和品格。这正是杜甫自己理想抱负和人格的体现。

三、此诗笔力矫健,风格遒劲。抒情状物天然契合,人马的精神与情志同寓于形象的描写中,是杜甫咏物诗的佳作。

自京赴奉先县咏怀五百字⑥

杜陵有布衣⑦,老大意转拙。许身一何愚⑧,窃比稷与契⑨。居然成濩落⑩,白首甘契阔⑪。盖棺事则已⑫,此志常觊豁⑬。穷年忧黎元⑭,叹息肠内热。取笑同学翁⑮,浩歌弥激烈⑯。非无江海志⑰,潇洒送日月。生逢尧舜君,不忍便永诀⑱。当今廊庙具⑲,构厦岂云缺⑳?葵藿倾太阳㉑,物性固难夺㉒。顾惟蝼蚁辈㉓,但自求其穴㉔。胡为慕大鲸,辄拟偃溟渤㉕?以兹悟生理㉖,独耻事干谒㉗。兀兀遂至今㉘,忍为尘埃没㉙?终愧巢与由㉚,未能易其节㉛。沉饮聊自遣㉜,放歌破愁绝。岁暮百草零,疾风高冈裂。天衢阴峥嵘㉝,客子中夜

---

① 房兵曹:其名不详。兵曹,兵曹参军的省称。胡马,泛指少数民族地区的马。 ② 大宛:汉代西域国名,此地产良马。 ③ 此句为"瘦骨成锋棱"的倒文。 ④ 竹批:即竹削,形容马耳像斜削的竹筒,这是良马的特征。 ⑤ 骁腾:骁勇快捷。 ⑥ 奉先县:今陕西蒲城县。 ⑦ 杜陵:地名,在长安东南。因杜甫远祖杜预是杜陵人,故杜甫自称"杜陵布衣"。布衣:无官位的百姓。 ⑧ 许身:对自己的期望,自许。 ⑨ 稷:尧时贤臣,传说曾教民种植五谷。契:舜时贤臣,掌管教化。稷、契皆是有功于民的贤臣。 ⑩ 濩(huò)落:同"瓠落",一无所用之意。语出《庄子·逍遥游》:"剖之以为瓢,则瓠落无所容。" ⑪ 契阔:辛苦,困顿。 ⑫ 盖棺事则已:死而后已。已,止。 ⑬ 觊(jì)豁:希望能达到。 ⑭ 穷年:整年。黎元:百姓。 ⑮ 同学翁:同辈之人。 ⑯ 浩歌:慷慨高歌。弥:更加。 ⑰ 江海志:隐居江湖的志向。 ⑱ 尧舜君:此指唐玄宗。永诀:永别,指隐居。 ⑲ 廊庙:本指朝廷,此指朝廷中的栋梁之材。 ⑳ 构厦:建筑大厦。此二句是说朝廷中已不乏栋梁之材了。 ㉑ 葵藿:冬葵和豆叶。二物皆有向阳的习性。 ㉒ 物性:本性。 ㉓ 顾惟:看到。蝼蚁辈:指嘲笑自己的势利小人。 ㉔ 求其穴:经营自己的巢穴。 ㉕ "胡为"二句:这两句是说,为什么要羡慕大鲸,动辄就想游息于大海之中呢?此处作者以大鲸自比,追求理想的实现。辄,即。偃,休息。溟渤,大海。 ㉖ 生理:人生的道理。 ㉗ 事:从事于。干谒:奔走于权门,向权贵求请,以便获得官职。 ㉘ 兀兀:孤独穷困的样子。 ㉙ 忍:岂忍。 ㉚ 巢与由:巢父与许由。二人皆为尧时避世隐居的君子,是有气节的人。 ㉛ 易其节:改变自己的志节。 ㉜ 沉饮:沉湎于饮酒。自遣:自我安慰。 ㉝ 天衢:天空。峥嵘:比喻阴云堆叠的样子。

发①。霜严衣带断,指直不能结②。凌晨过骊山③,御榻在嵽嵲④。蚩尤塞寒空⑤,蹴踏崖谷滑⑥。瑶池气郁律⑦,羽林相摩戛⑧。君臣留欢娱,乐动殷胶葛⑨。赐浴皆长缨⑩,与宴非短褐⑪。彤庭所分帛⑫,本自寒女出。鞭挞其夫家,聚敛贡城阙⑬。圣人筐篚恩⑭,实欲邦国活⑮。臣如忽至理⑯,君岂弃此物⑰?多士盈朝廷⑱,仁者宜战栗⑲。况闻内金盘⑳,尽在卫霍室㉑。中堂舞神仙㉒,烟雾蒙玉质㉓。暖客貂鼠裘㉔,悲管逐清瑟㉕。劝客驼蹄羹,霜橙压香橘㉖。朱门酒肉臭㉗,路有冻死骨。荣枯咫尺异㉘,惆怅难再述! 北辕就泾渭㉙,官渡又改辙㉚。群冰从西下,极目高崒兀㉛。疑是崆峒来㉜,恐触天柱折㉝。河梁幸未坼㉞,枝撑声窸窣㉟。行李相攀援㊱,川广不可越。老妻寄异县㊲,十口隔风雪。谁能久不顾,庶往共饥渴㊳。入门闻号咷㊴,幼子饥已卒。吾宁舍一哀,里巷亦呜咽㊵。所愧为人父,无食致夭折。岂知秋禾登㊶,贫窭有仓卒㊷? 生常免租税㊸,名不隶征伐㊹。抚迹犹酸辛㊺,平人固骚屑㊻。默思失业徒㊼,因念远戍卒。忧端齐终南㊽,澒洞不可掇㊾!

【导读】

一、此诗写于天宝十四载(755)十一月间。此年十月,在长安求仕已经待了十年的杜甫,终于得到一个右卫率府胄曹参军的职务,他接受这个职位后到奉先探望妻子,写下了这首诗。

二、这首诗以记述自京赴奉先县行程为线索,以言志抒情为主体,深刻地反映了天宝后期尖锐的社会矛盾和大乱前夕一触即发的社会危机,预示了唐王朝盛极而衰的历史趋势。诗融纪行、咏怀于一体,也是杜甫十年旅食京城的政治生活的总结,诗中通过个人身世遭遇、路途见闻,抒发了自己的怀抱和志向以及深广的忧国忧民的情怀。

三、此诗是诗人向现实主义创作道路根本转变的标志,最能体现杜甫诗歌"沉郁顿挫"的风格。诗人将长安十年政治生活的感受、纷乱的社会现象、深沉凝重的思想感情,加以集中、积重,浓缩在赴奉先县

---

① 客子:离家在外的人,此是杜甫自指。 ② 指直:手指冻僵不能弯曲。结:系。 ③ 骊山:在今陕西临潼区东南,距长安六十里。山上有温泉,筑有华清宫,唐玄宗常来此游幸。 ④ 御榻:皇帝的床,此指皇帝的行宫。嵽嵲(dié niè):山势高峻耸立的样子。 ⑤ 蚩尤:传说中上古时代部落的首长,与黄帝战于涿鹿时,曾兴大雾,即为大雾的代名词。 ⑥ 蹴(cù)踏:步履艰难。蹴,踩。 ⑦ 瑶池:传说中西王母宴会的地方,隐指骊山温泉。郁律:水气蒸腾的样子。 ⑧ 羽林:皇帝的禁卫军。摩戛:兵器摩擦、碰撞之声。 ⑨ 殷:盛大。胶葛:广大深远的样子。 ⑩ 长缨:冠带,此处指达官贵人。 ⑪ 与宴:参加宴会的人。短褐:粗布短衣,平民所穿,此指平民。 ⑫ 彤庭:朝廷。分帛:皇帝以绢帛赏赐权贵后妃。 ⑬ 城阙:京城、官殿。 ⑭ 圣人:指唐朝皇帝。筐篚:两种竹器。方曰筐,圆曰篚。古代礼制,皇帝赐宴,宴毕用筐、篚盛币帛赏赐群臣,以鼓励臣下。 ⑮ 活:得到治理。 ⑯ 忽:忽视。至理:正确的道理。 ⑰ 弃此物:白白地浪费了这些绢帛。 ⑱ 多士:君臣。语出《诗经·大雅·文王》:"济济多士。" ⑲ 战栗:谨慎,戒惧。 ⑳ 内金盘:指宫中的宝物、器用。 ㉑ 卫霍:卫青和霍去病。两家皆为汉武帝时外戚,此处比喻杨国忠兄妹。 ㉒ 神仙:指舞女歌伎。 ㉓ 烟雾:堂上缭绕的香烟。一说指轻薄的纱罗。玉质:玉体。 ㉔ 暖客:指客人穿着名贵的貂鼠皮衣取暖。 ㉕ 悲管、清瑟:泛指乐声。逐:合奏。 ㉖ 压:堆积。 ㉗ 朱门:富贵人家常以朱漆大门,故以指富贵人家。 ㉘ 荣:指朱门的豪华生活。枯:指百姓的饥寒交迫。 ㉙ 北辕:驾车往北行。泾渭:泾水和渭水,在今陕西省境内。 ㉚ 官渡:公家设立的渡口。 ㉛ 崒(zú)兀:高峻的样子,此处形容水势凶猛,波涌山立。 ㉜ 崆峒(kōng tóng):山名,在今甘肃岷县。 ㉝ "恐触"句:《淮南子·天文训》"昔者共工与颛顼争为帝,怒而触不周之山,天柱折,地维绝。"此处形容水势凶猛,使人有天塌地陷之感。 ㉞ 河梁:河上的桥。坼:分裂,毁坏。 ㉟ 窸窣(xī sū):木桥摇晃发出的声音。 ㊱ 行李:指旅行的客人。攀援:互相牵携。 ㊲ 寄:暂住、寄居。异县:此指奉先县。 ㊳ 庶:幸、希望。共饥渴:共度患难的日子。 ㊴ 号咷(táo):号哭。 ㊵ "吾宁"二句:这两句是说,即使我能强忍悲哀,可邻里见此惨状也都为之悲痛哭泣。 ㊶ 秋禾登:秋谷登场。 ㊷ 贫窭(jù):穷困。仓卒:意外的变化,指饿死儿子的事。 ㊸ 免租税:唐制:"若老及男废疾、笃疾、寡妻妾、部曲、客女、奴婢及视九品以上官,不课。"杜甫任右卫率府胄曹参军,享有豁免租税和不服兵役的权利。 ㊹ 名不隶征伐:即兵役册上无名。 ㊺ 抚迹:追忆往事。 ㊻ 平人:百姓。骚屑:骚动不安。 ㊼ 失业徒:失去家业的人。 ㊽ 忧端:忧虑愁苦。终南:山名,在长安南。 ㊾ 澒(hòng)洞:水势浩大无边,这里比喻愁绪。掇:终止,收拾。

这一有限时空中,收到了"笼天地于形内""抚四海于一瞬"(《文赋》)的艺术效果。

兵 车 行①

车辚辚,马萧萧,行人弓箭各在腰②。耶娘妻子走相送③,尘埃不见咸阳桥④。牵衣顿足拦道哭,哭声直上干云霄。道旁过者问行人⑤,行人但云点行频⑥。或从十五北防河,便至四十西营田⑦。去时里正与裹头⑧,归来头白还戍边。边庭流血成海水,武皇开边意未已⑨。君不闻汉家山东二百州,千村万落生荆杞⑩。纵有健妇把锄犁,禾生陇亩无东西⑪。况复秦兵耐苦战,被驱不异犬与鸡。长者虽有问,役夫敢申恨。且如今年冬,未休关西卒⑫。县官急索租,租税从何出。信知生男恶⑬,反是生女好。生女犹得嫁比邻,生男埋没随百草。君不见,青海头⑭,古来白骨无人收。新鬼烦冤旧鬼哭,天阴雨湿声啾啾⑮。

【导读】

一、这首诗大约是天宝十载(751)杜甫旅居长安时所作。当时以唐玄宗为首的唐王朝统治集团穷兵黩武,不断对西北、西南少数民族地区发动扩边战争,给人民带来深重的灾难,杜甫这首诗就是这段历史事实的艺术再现。

二、从诗的内容看,它堪称一部"诗史"。诗人站在现实主义高度,以春秋史家的眼光和叙事的笔法,客观、真实地再现了当时的历史事实。在诗中为我们描绘了一幅震撼人心的送别图,深刻揭示出当时尖锐的社会矛盾和战争的残酷,表现出诗人对人民的同情以及对战争的幽愤。

三、在诗歌创作上,情节的发展与句型、音韵的变换是紧密结合的。短句宜抒急促刚烈的感情,长句宜抒徐缓沉郁的感情。此诗中句式和韵脚的变化始终随着诗人的感情变化而变化。在语言上运用了通俗易懂的口语,亲切自然,感人至深。诗风感慨沉郁,衰飒质实。

月 夜

今夜鄜州月⑯,闺中只独看⑰。遥怜小儿女,未解忆长安⑱。香雾云鬟湿⑲,清辉玉臂寒⑳。何时倚虚幌,双照泪痕干。

【导读】

一、这首诗作于唐肃宗至德元载(756)八月。这年六月,安史叛军攻进潼关,杜甫带着家人逃到鄜

---

① 兵车行:是杜甫自创的乐府新题。行:古代歌曲的一种体裁。 ② 行人:指从军出征的人。 ③ 耶:同"爷",父亲。妻子:妻子和子女。 ④ 咸阳桥:长安北面跨在渭水上通向咸阳大道的一座桥。 ⑤ 过者:过路的人。 ⑥ 但云:只说。点行频:被官府点名征调服兵役的次数很频繁。此句以下到结尾都是士兵向过路人诉说的话。 ⑦ 营田:也称"屯田",指防边士兵开荒耕种田地。 ⑧ 里正:即里长。唐朝时一百家为一里,设里正。裹头:古人用三尺黑色的罗(一种质地稀疏的丝织品)巾包头,叫作裹头。出征时士兵年龄很小,要里正给他包头。 ⑨ 武皇:汉武帝。这里用来隐指唐玄宗。开边:用武力开拓边疆。已:停止。 ⑩ 荆杞(qǐ):荆棘和枸杞,都是野生植物。 ⑪ 垄亩:即田亩。 ⑫ 关西卒:秦兵。关西,指函谷关(在现在的河南省灵宝市西南)以西,即秦地。 ⑬ 信:确实。 ⑭ 青海头:青海湖边,在现在青海省的东部。唐朝经常在这一带与吐蕃进行战争。 ⑮ 啾啾(jiū):鬼哭的声音。 ⑯ 鄜(fū)州:今陕西省富县。 ⑰ 闺中:此指杜甫的妻子。 ⑱ 未解:不懂。忆长安:想念在长安的父亲。 ⑲ 云鬟:形容头发稠密蓬乱。 ⑳ 清辉:指清冷的月光。

州,寄居在羌村。八月就听到唐肃宗李亨在灵武即位的消息,他便只身从鄜州奔向灵武,想为平叛出力,途中被安史叛军掳回长安。在一个秋夜,杜甫写下了这首怀念家人的诗。

二、诗人以真挚的感情怀念妻子,但他没有直接写他个人的思念,而是以想象的方式具体写了妻子在闺中对月独看的孤苦,把作者的感情表达得更细致、深沉,传达了乱离中的真实感受。

三、此诗题为《月夜》,字字都从月色中出,"闺中独看"是现实,望鄜州之月而忆长安;"双照泪痕"则是诗人的企盼,是独看长安之月而忆鄜州,想象、现实、希望一切都从"月"出,既切中诗题,又词旨深婉,见出章法的严密。显示了杜诗的另一种风格。

新 婚 别

兔丝附蓬麻①,引蔓故不长②。嫁女与征夫,不如弃路旁。结发为妻子③,席不暖君床。暮婚晨告别,无乃太匆忙!君行虽不远,守边赴河阳。妾身未分明,何以拜姑嫜④?父母养我时,日夜令我藏。生女有所归⑤,鸡狗亦得将⑥。君今往死地,沉痛迫中肠。誓欲随君去,形势反苍黄⑦。勿为新婚念,努力事戎行⑧。妇人在军中,兵气恐不扬。自嗟贫家女,久致罗襦裳。罗襦不复施⑨,对君洗红妆。仰视百鸟飞,大小必双翔。人事多错迕,与君永相望。

【导读】

一、这首诗和《垂老别》《无家别》并称"三别",同为杜甫现实主义的代表作。诗中以新婚丈夫去从军这一典型事件,反映了当时深刻的社会矛盾,塑造了一个深明大义的新娘的形象。新娘的形象反映出诗人思想的复杂性:既反对战争对人民正常生活的破坏,又能从大局出发,鼓励百姓去参战。表现出作者爱国忧民的人道主义思想。

二、全诗以新娘的口吻进行叙事,以新娘与新郎的对话展开情节,使这一典型事件具有真实性和故事性,生动曲折、引人入胜,感情的表达显得尤为真挚而细腻。在新娘形象的塑造上,诗人赋予了浪漫主义的想象和虚构,使之成为特定时代的典型形象,反映了人民渴望统一的愿望。这是杜甫吸收融化古代诗歌创作方法的成功之作。

江 村⑩

清江一曲抱村流⑪,长夏江村事事幽。自去自来堂上燕,相亲相近水中鸥。老妻画纸为棋局,稚子敲针作钓钩。多病所须惟药物,微躯此外更何求?

【导读】

一、此诗作于唐肃宗上元元年(760)春。几个月之前,杜甫经过四年的流亡生活,从同州经由绵州来

---

① 兔丝:蔓生草,常缠附在其他植物上生长,古人常以此喻婚姻。蓬麻:一种矮小的植物。因难以缠附,故用以比喻无权无势的男子。 ② 引蔓:蔓的生长。 ③ 结发:古代女子十五岁,即以簪子绾发,表示已经成年,可以成婚。 ④ "妾身"二句:古制,新妇于婚后三日祭宗庙,拜公婆,才算确定身份。姑嫜,公婆。 ⑤ 归:出嫁。 ⑥ 得将:一作"相将",相互伴随之意,如俗语所云:"嫁鸡随鸡,嫁狗随狗。" ⑦ 苍黄:匆忙紧张。 ⑧ 事戎行:参军打仗。 ⑨ 不复施:不再穿。 ⑩ 江村:江畔之村,实指诗人所居草堂。 ⑪ 清江:浣花溪。一曲:溪水曲折回环。

到了成都,这里还不曾遭到战乱骚扰,暂时还保持着安定的局面。杜甫在亲友故旧的帮助下,在浣花溪畔建了一座草堂,总算有了安身之所。他在这里经营药圃,栽种芋栗,诗人感受到了少有的安定和愉悦,便写下了许多动人的、格致高超的田园诗,此诗是其一。

二、此诗描写了村居生活的闲情野趣:有自然界的清幽,堂上双燕与水中鸥的相亲相近;家人的快乐,"老妻画纸为棋局,稚子敲针作钓钩"等,写得十分传神有趣,充满了清新浓郁的生活气息,真实地传达出了诗人村居生活的清贫和心情的轻松愉悦。结尾两句在欣慰中不免带一分忧虑、几丝苦涩,但全篇还是表现了自己的知足之感,除了这种闲适幽雅的乡居生活外,别无所求。

三、作为田园诗,表现出与诗人其他作品迥异的风格,即自然飘逸、温润流畅,不乏恬淡闲适之感;但与陶潜、王维的田园诗相比,却终不如其冲淡与空寂,这与杜甫的性格和生活环境有关。杜甫毕竟不是田园诗人,他的恬淡与闲适是生活与诗的变态,恰如他在《独酌》中写道:"薄劣惭真隐,幽偏得自怡。本无轩冕意,不是傲当时。"只是时势如此,聊以村居幽事自娱自慰罢了。

秋兴八首①·其一

玉露凋伤枫树林②,巫山巫峡气萧森③。江间波浪兼天涌④,塞上风云接地阴。丛菊两开他日泪⑤,孤舟一系故园心。寒衣处处催刀尺,白帝城高急暮砧⑥。

【导读】

一、《秋兴八首》是一组诗,作于唐代大历元年(766),杜甫在夔州漂泊时。这年杜甫55岁,安史之乱虽然已经结束了,但唐王朝也从此一蹶不振。诗人晚年多病漂泊,知己零落,壮志难酬,心境极为寂寞抑郁,因而写下了这组诗。前三首写秋景而兴发的故园之思;后五首追忆昔日长安盛景,在身世感伤中寄托了对唐王朝衰败的悲哀。整组诗意境浑厚,情景交融,是杜诗的代表作。

二、此为组诗第一首,写由三峡阴森而壮阔的景象引起的流寓他乡的悲伤。在秋季巫峡景象中,渲染出一片萧瑟、阴晦的气氛,给人以压抑和凄凉的感受。由此引起的故园之思便更见哀婉执着、深沉缠绵。

三、全诗景象壮阔,感情苍凉,情中寄景、景中含情,简练而遒劲的语言表达出丰富而深远的内涵,是杜诗沉郁顿挫风格的代表作。

元 结

元结(719—772),字次山,号漫叟,汝州鲁山(今河南鲁山)人。天宝十二载(753)进士,安史乱中平乱有功,历任道州刺史、容州刺史、容管经略使等职。诗文兼工,诗多讽喻时政,朴素简淡,自成一体。有《元次山集》。又曾编选《箧中集》行世。

---

① 秋兴:借秋天萧瑟的景色而发,所以题作《秋兴》。兴,因物而感兴,触景生情之意。 ② 玉露:白露。 ③ 巫山巫峡:指夔州一带长江和两岸的山峦,因夔州临近长江的瞿塘峡,巫峡紧接瞿塘峡,所以用来代指。 ④ 兼天:连天,齐天。 ⑤ 他日:往日,前日。 ⑥ 急:形容捣衣声多而杂乱。

舂陵行①并序

癸卯岁②,漫叟授道州刺史③。道州旧四万余户,经贼已来④,不满四千,大半不胜赋税。到官未五十日,承诸使征求符牒二百余封⑤,皆曰:"失其限者,罪至贬削。"于戏⑥,若悉应其命,则州县破乱,刺史欲焉逃罪?若不应命,又即获罪戾,必不免也。吾将守官⑦,静以安人,待罪而已。此州是舂陵故地,故作《舂陵行》以达下情。

军国多所需,切责在有司⑧。有司临郡县,刑法竞欲施⑨。供给岂不忧,征敛又可悲。州小经乱亡,遗人实困疲。大乡无十家,大族命单羸⑩。朝餐是草根,暮食仍木皮。出言气欲绝,意速行步迟。追呼尚不忍,况乃鞭扑之!邮亭传急符,来往迹相追。更无宽大恩,但有迫促期。欲令鬻儿女⑪,言发恐乱随。悉使索其家,而又无生资⑫。听彼道路言,怨伤谁复知!去冬山贼来,杀夺几无遗。所愿见王官⑬,抚养以惠慈。奈何重驱逐,不使存活为?安人天子命,符节我所持⑭。州县忽乱亡,得罪复是谁?逋缓违诏令⑮,蒙责固其宜。前贤重守分,恶以祸福移⑯。亦云贵守官,不爱能适时⑰。顾惟孱弱者⑱,正直当不亏⑲。何人采国风⑳,吾欲献此辞。

【导读】

一、公元763年,元结授命为道州刺史,是年冬,道州发生"西原蛮"少数民族叛乱,州城沦陷月余。次年五月,作者到任所。诗人看到的是废城坏池、民生凋敝困苦,遂作此诗。

二、这首诗写动乱中道州人民生活困窘的景象,横征暴敛迫使百姓造反;诗人主张"静以安人"即仁政抚民,表达了宁遭"贬削"而躬行圣道的决心。全诗以古体歌行的形式,融叙事、议论、心理描写为一体。诗中叙事生动,如"出言气欲绝,意速行步迟",凝练传神,描摹逼真;有此基础,议论描写便深刻感人,不为空言。整首诗用笔朴拙却又刚健有力。

三、施补华在《岘佣说诗》中评说:"字字悲痛,《小雅》之哀音也。"杜甫读到作者此诗和《贼退示官吏》后推为"比兴体制,微婉顿挫之间"。安史之乱使唐由盛转衰,杜甫、元结等诗人深切地感受到人民的苦难,创作了大量反映乱离中百姓生活的作品;同时元结在诗歌理论上继承美刺比兴传统,要求诗歌能"极帝王理乱之道,系古人规讽之流",对诗歌发展尤其是新乐府运动有一定的影响。

---

① 舂陵:古地名,今属湖南省宁远县。行,古体诗之一种。 ② 癸卯:广德元年(763)。 ③ 道州,治所在今道县。 ④ 已:以。 ⑤ 符牒:官方公文。符,古代传达命令或征调人马的凭证。牒,官方文书。 ⑥ 于戏:呜呼。 ⑦ 守官:守本色,按应尽的职责行事,此处非指守官位。 ⑧ 有司:官吏通称。 ⑨ 刑法:严刑峻法。 ⑩ 羸(léi):弱。 ⑪ 鬻(yù):卖。 ⑫ 生资:生活资料或凭借,可引申为生路。 ⑬ 王官:朝廷委任官员。 ⑭ 符节:凭信,指地方官身份标志。 ⑮ 逋缓:拖欠延缓。 ⑯ 恶(wū):何。 ⑰ 适时:此指逢迎拍马。 ⑱ 顾惟:顾及、想到。 ⑲ 亏:心亏,不亏指理直气壮心不虚。 ⑳ 采国风:古制,指采集民歌"观民风,知民俗"之举。

韦应物

韦应物(735—790),唐诗人。京兆万年(今陕西西安)人。历任滁州、江州、苏州刺史,世称韦江州、韦左司或韦苏州。诗以描绘山水田园著名,诗风秀朗闲澹,涉及时政和民生疾苦之作,亦颇有佳篇。后世以其与柳宗元并称为韦柳。有《韦苏州集》。

滁州西涧

独怜幽草涧边生①,上有黄鹂深处鸣②。春潮带雨晚来急,野渡无人舟自横。

【导读】

一、韦应物山水田园诗效法陶、谢,也有"陶韦"或"王韦""韦柳"之称,这首诗即是其代表篇章。

二、这首诗描绘了滁州西涧晚景,荒野幽静而充满生机。诗中幽草、黄鹂、野渡、空舟等意象传达出诗人偏嗜宁静闲适的审美情趣。这首七言绝句风格淡雅,构图层次分明,讲究映带勾连、色彩对比和动静衬托。

顾 况

顾况(约727—约815),唐诗人。字逋翁,海盐(今属浙江)人。至德进士,曾任著作郎、饶州司户参军。晚年隐居茅山,自号华阳真逸。其诗歌创作注重反映现实生活,亦时有清新之作。有《华阳集》。

江 上

江清白鸟斜,荡桨罥蘋花③。听唱菱歌晚④,回塘月照沙。

【导读】

一、顾况是活跃于中唐大历年间而诗风迥异于大历诗风的一位诗人,他的诗深受民歌影响。这首《江上》即是一首有民歌风调的绝句。

二、这首诗描绘江南风光。船儿在蘋花中航行,江水澄澈,白鸟斜飞;从远处菱花丛中不时传来歌声缕缕……诗人陶醉了,听那歌声一直听到歌儿歇了。这首诗首句写景,次句赋笔叙事,三句叙写,末句写

---

① 怜:爱。 ② 黄鹂:黄莺。处:一作树。 ③ 罥(juàn):缠绕。蘋:一种水生蕨类植物。 ④ 菱歌:采菱歌,此泛指民歌。

景,结构上回环往复;结句使人联想起"曲终人不见,江上数峰青"而更显含蓄婉转,拈出一"晚"字暗示诗人听歌入神的程度。

刘长卿

刘长卿(709—约780),唐诗人。字文房,河间(今属河北)人。开元二十一年(733)进士,官终随州刺史,世称刘随州。五言诗成就突出,有"五言长城"之誉。有《刘随州诗集》。

送灵澈上人①

苍苍竹林寺②,杳杳钟声晚③。荷笠带斜阳④,青山独归远。

【导读】

一、大约在公元769—770年(唐代宗大历四、五年)间,刘长卿和灵澈相遇又离别于润州。刘长卿从贬谪南巴(今广东茂名南)归来,一直失意待官,灵澈此时诗名未著,云游江南,在润州逗留后,将返回浙江。一个宦途失意客,一个方外归山僧,同有不遇的体验,共怀淡泊的胸襟。

二、这首小诗即景抒情,构思精致,语言精练,素朴秀美。用简淡的笔触表达了不遇而闲适、失意而淡泊的情怀,构成一种耐人寻味的闲淡意境。

李 益

李益(748—827),字君虞,陇西姑臧(今甘肃武威)人。大历四年(769)进士,建中、贞元间居北方边塞十余年,终官礼部尚书。其诗以边塞题材成就最高。有《李君虞诗集》二卷。

春夜闻笛

寒山吹笛唤春归⑤,迁客相看泪满衣⑥。洞庭一夜无穷雁,不待天明尽北飞。

【导读】

一、李益诗直承王昌龄,尤在于起句态度宽远,结句情韵悠长。此诗正有此特色。

---

① 灵澈上人:会稽云门寺僧。本姓杨,字源澄,工诗。上人:对僧人的敬称。 ② 苍苍:深青色。竹林寺:是灵澈此次游方歇宿的寺院,在润州(今江苏镇江)。 ③ 杳(yǎo)杳:深远的样子。 ④ 荷(hè)笠:背着斗笠。荷,背着。 ⑤ 寒山:地名,在今江苏徐州市东南,是东晋以来淮泗流域的战略要地,屡为战场。 ⑥ 迁客:指遭贬谪放逐之人。作者此刻被贬谪,也属"迁客"之列。相看:一作"相逢"。

二、此诗写淮北初春之夜在军中闻笛所引起的思归之情。从寒山笛声到迁客落泪,再到洞庭群雁夜飞,形象跳跃,感情复杂。"洞庭"二句写笛声哀怨,感动雁群,以衬托春归而人未归的感慨,显得哀婉伤感,寄意深远。

孟 郊

孟郊(751—814),字东野,湖州武康(今浙江德清)人。早年隐居嵩山,贞元十二年(796)四十六岁时中进士,曾任溧阳尉等职。诗力求奇僻,与韩愈齐名,后人并称为"韩孟";又与贾岛并称,有"郊寒岛瘦"之说。有《孟东野诗集》。

秋怀·其二

秋月颜色冰①,老客志气单②。冷露滴梦破,峭风梳骨寒。席上印病文③,肠中转愁盘。疑怀无所凭,虚听多无端。梧桐枯峥嵘④,声响如哀弹。

【导读】

一、《秋怀》原为十五首的组诗,所选为第二首。孟郊生逢乱世,一生困顿,所以诗中不乏穷愁孤苦之音,本篇即为代表作之一。孟郊是位苦吟诗人,在诗歌创作上他刻意追求炼字、炼意,苦心孤诣,惨淡经营,苏轼说他"诗从肺腑出,出则愁肺腑",崇尚自然抒情的元好问则称他为"诗囚"(《论诗绝句》)。

二、这首《秋怀》是篇啼饥号寒、倾诉作者穷愁失意之作。诗人一反温柔敦厚的诗教,以寒月、冷露、峭风、枯桐这些凄幽衰败的意象,来表达愁怨愤激之情,刻画了一位病老穷苦、志不得伸的下层寒士形象。诗人的这种不平之鸣是通过"陌生化"的艺术处理来表现的,像"滴梦破""梳骨寒"都给人以冷奇硬拗之感。

三、孟郊是中唐韩孟诗派的开创者之一。他一变大历诗圆熟精巧而代之以苦涩寒峭。宋人费衮曾评价说:"东野独一洗众陋。其诗高妙简古,力追汉魏作者。……然亦恨其太过,盖矫世不得不尔。"(《梁溪漫志》)

韩 愈

韩愈(768—824),唐文学家、哲学家。字退之,河内河阳(今河南孟州市西)人。贞元八年(792)进士,历任监察御史、刑部侍郎、潮州刺史等职,官终吏部侍郎。谥"文",世称韩文公。诗文兼善,是古文运动的倡导者,散文方面各体兼备,诗雄阔矫健,出新出奇,自成一家,对后世影响也很大,但有时流于险怪。有《昌黎先生集》。

---

① 冰:寒冷。 ② 老客:久居他乡。 ③ 文:纹。 ④ 峥嵘:突兀高耸的样子。

山　石

山石荦确行径微①，黄昏到寺蝙蝠飞。升堂坐阶新雨足，芭蕉叶大栀子肥。僧言古壁佛画好，以火来照所见稀。铺床拂席置羹饭②，疏粝亦足饱我饥③。夜深静卧百虫绝，清月出岭光入扉④。天明独去无道路，出入高下穷烟霏⑤。山红涧碧纷烂漫⑥，时见松枥皆十围⑦。当流赤足踏涧石，水声激激风生衣。人生如此自可乐，岂必局束为人鞿⑧？嗟哉吾党二三子⑨，安得至老不更归⑩！

【导读】

一、关于本诗的写作年代，方世举《韩昌黎诗编年笺注》系于贞元十年(794)七月，为诗人离开徐州赴洛阳途中时所作；但也有人认为作于贞元十七年(801)夏秋间诗人游洛阳惠林寺时。从诗中所描绘的风光似属南国景色这一点看，本诗也可能是南迁阳山或潮州时所作。

二、这是一首记游诗。"以文为诗"是韩愈诗歌的一种明显倾向，运用散文的篇章结构、句式于诗即是其内涵之一。这首诗虽题"山石"，却不以山石为歌咏对象，而是借鉴散文中游记文的写法按照行旅次序，移步换景，依次写"登山路""黄昏到寺""深夜静卧""天明离去"的见闻感触，可视为一篇诗体游记。全诗逐层写景而情趣未减，集中表现了自然和人情之美，诗思驰骤自如，气势跌宕，风格壮美。

三、韩愈"以文为诗"的艺术创新为中唐诗坛开疆拓土，开创了新的奇崛险奥的诗风，对后世影响很大。本诗备受后人重视，苏轼不但步韵和作，其《游金山寺》等记游诗在布局谋篇、句法安排方面也深受韩愈此诗影响。金代大诗人元好问更推崇本诗的壮美诗风，以之作为秦观"女郎诗"的对照。

听颖师弹琴

昵昵儿女语⑪，恩怨相尔汝。划然变轩昂，勇士赴敌场。浮云柳絮无根蒂，天地阔远随飞扬。喧啾百鸟群⑫，忽见孤凤凰。跻攀分寸不可上⑬，失势一落千丈强。嗟余有两耳，未省听丝篁⑭。自闻颖师弹，起坐在一旁⑮。推手遽止之，湿衣泪滂滂⑯。颖乎尔诚能，无以冰炭置我肠⑰！

【导读】

一、颖师是位天竺僧人，元和年间在长安，工琴。这首诗作于元和十年至十一年间，是一首描绘音乐的名篇，清人方世举曾评说："韩退之颖师琴……足以惊天。"

二、此诗应颖和尚之请而作，与白居易《琵琶行》、李贺《李凭箜篌引》并为摹写音乐之妙的名篇。诗分两层。前十句是一层，连用比喻描绘音乐形象，着重强调音乐的宽广富于变化：一、二句写声音娇弱如

---

① 荦(luò)确：险峻不平。微：狭窄。　② 羹饭：泛指饭菜。　③ 疏粝：粗糙的食品。　④ 扉：门户。　⑤ 烟霏：流动的烟云。　⑥ 山红：山花。烂漫：光彩照人。　⑦ 枥：栎。　⑧ 鞿(jī)：套在马口上的缰绳。　⑨ 吾党：与我志同道合的人们。　⑩ 不更归：即"更不归"。　⑪ 昵昵：亲近的样子。　⑫ 喧啾(xuān jiū)：众鸟齐声鸣叫。　⑬ 跻(jī)：登。　⑭ 省：知晓。丝篁：泛指乐器，这里借指音乐。　⑮ 起坐：站也不是，坐也不是。　⑯ 滂滂：水流溢的样子。　⑰ 冰炭置肠：比喻情感剧烈地波动。

同恋人间的呢喃之语,三、四句写琴声忽然变为豪壮之音,五、六句绘其悠扬,七、八句写乐声忽而如百鸟喧杂忽而如孤凤长鸣,九、十两句写音调高低变化,真是五音繁汇,千变万化。第十句以下为第二层,转写听者感受,泪雨滂沱,湿透了衣襟,形象地写出了音乐的感染力和移情作用。全诗想象丰富,笔势奔腾。

柳宗元

> 柳宗元(773—819),唐文学家、哲学家。字子厚,河东(今属山西永济)人。贞元进士,官终柳州刺史,世称柳河东或柳柳州。与韩愈倡导古文运动。诗多写贬谪生活和山水景物,山水诗成就更为突出。有《柳河东集》。

登柳州城楼寄漳、汀、封、连四州刺史①

城上高楼接大荒,海天愁思正茫茫。惊风乱飐芙蓉水②,密雨斜侵薜荔墙③。岭树重遮千里目,江流曲似九回肠。共来百越文身地,犹自音书滞一乡。

【导读】

一、顺宗永贞元年(805),王叔文革新失败,柳宗元等八人同时被贬为州郡司马,时称"八司马",柳贬永州司马。宪宗元和十年(815),朝中有人想重新起用柳宗元、刘禹锡等五人,但未能成功,五人又被发放到边远州郡,柳宗元任柳州(今属广西)刺史,其他四人韩泰、韩晔、陈谏、刘禹锡分任漳州(今属福建)、汀州(今属福建)、封州(今属广东)、连州(今属广东)刺史。这首诗作于该年柳宗元初任柳州刺史时。

二、这首诗写重贬荒远的愁思,借登楼所见的景象寄寓政治改革失败的感慨,抒发对故土、同仁的怀念之情。首联写登楼所见所感,境界阔大,愁思弥天,"接"字写出观察次序。颔联写近景,以夏日狂风暴雨中的"芙蓉""薜荔"喻指诸俊贤。颈联再把目光拉远,诗人极目远望,只见岭树重重,江流曲折,家山、友人尽在视线之外,景中含情。尾联感叹收束。诗借景抒情,情景交融,苍凉雄阔,是一曲英雄失路的悲歌。

刘禹锡

> 刘禹锡(772—842),字梦得,洛阳(今河南洛阳)人。贞元七年(791)进士,官监察御史,因参与王叔文革新而贬官。后以裴度力荐,任太子宾客,加检校礼部尚书。世称刘宾客。诗沉着自然,格律精切,与白居易并称"刘白"。有《刘梦得文集》。

---

① 四州刺史:依次为韩泰、韩晔、陈谏、刘禹锡,与柳宗元同属王叔文集团而遭贬。 ② 飐(zhǎn):吹动。 ③ 薜(bì)荔:一种蔓生灌木。

西塞山怀古①

王濬楼船下益州②,金陵王气黯然收③。千寻铁锁沉江底,一片降幡出石头④。人世几回伤往事,山形依旧枕寒流。今逢四海为家日,故垒萧萧芦荻秋。

【导读】

一、这是一首怀古诗,大约作于长庆初。计有功《唐诗纪事》载:"长庆中,元微之、(刘)梦得、韦楚客同会(白)乐天舍,论南朝兴废,各赋《金陵怀古》诗。刘满引一杯,饮已即成,曰:'王濬楼船下益州……'白公览诗,曰:'四人探骊龙,子先获珠,所余鳞爪何用耶?'于是罢唱。"诗题又作《金陵怀古》。

二、这首诗借追怀西晋灭吴的历史,感慨昔日吴国已成遗迹,指出地形之险不足凭恃,表达了主张统一的思想感情。诗分两层。首联、颔联叙西晋灭吴史事。一"下"一"收"钩力全出;"千寻"与"一片"、"铁锁"与"降幡"、"沉江底"与"出石头"构成多重对比,以说明险不足恃。颈联、尾联吊古以伤今,以古鉴今。颈联将山形依旧与人事陵替进行对比,尾联结穴点题,强调国家统一大势。全诗融记叙、议论、抒情于一体,风格健朗,薛雪曾评论此诗:"似议非议,有论无论,笔著纸上,神来天际,气魄法律,无不精到,洵是此老一生杰作。"(《一瓢诗话》)

再游玄都观绝句

百亩庭中半是苔,桃花净尽菜花开。种桃道士归何处?前度刘郎今又来。

【导读】

一、此诗作于大和二年(828)三月。诗前小序说:"余贞元二十一年为屯田员外郎,时此观(玄都观)未有花。是岁出牧连州,寻贬朗州司马。居十年,召至京师。人人皆言,有道士手植仙桃,满观如红霞,遂有前篇,以志一时之事。旋又出牧。今十有四年,复为主客郎中。重游玄都观,荡然无复一树,唯兔葵、燕麦动摇于春风耳。因再题二十八字,以俟后游。时大和二年三月。"

二、这首诗以十四年后桃花荡尽讽刺昔日权贵不复存在,感慨时局和自己遭际的变化。首句写玄都观衰败景象。"百亩"言其广大,"半是苔"写其荒芜凄凉;"桃花"句一语双关,既写人们不肯再来的原因,又寓人事、时局变迁。第三句进一步写人事变迁,末句点明只有自己又回来了,从而使全诗充满乐观昂扬的精神。

---

① 西塞山:今湖北省大冶市东,是东吴江防前线。 ② 王濬(jùn):晋武帝时益州刺史,伐吴将领之一。此句一作:"西晋楼船下益州"。 ③ 金陵王气:秦始皇时,相传金陵有天子气。黯然:暗淡无光。 ④ "千寻"二句:吴人铁索横江以阻蜀军,王濬做大火炬,灌以麻油,遇锁则烧之,铁锁断绝,金陵城破,吴主投降,吴亡。

王 建

王建(约767—约830),唐诗人。字仲初,颍川(今河南许昌)人。大历十年(775)进士,曾任侍御史等职,官终陕州司马。擅乐府诗,其诗与张籍诗并称"张王乐府"。有《王司马集》。

宫 词

教遍宫娥唱尽词,暗中头白没人知。楼中日日歌声好,不问从初学阿谁。

【导读】
　　一、王建有描写宫中帝王、宫女日常生活琐事的七绝百首,总题为《宫词》。这些诗约作于元和末年,诗中对宫廷中的奢靡生活、宫女的命运有所揭示,当时和后世都有许多人模仿,"宫词"也成为一种固定诗题。这是其中的一首。
　　二、这首诗写宫中的不合理现象,用对比的手法写年轻宫娥的红极一时与年迈的"师父"被遗忘。"教遍宫娥"写其技艺高超,"唱尽词"暗示她也曾红极一时,到头来却是"暗中头白没人知"。两相对比,揭示出命运的必然轮回。小诗含蓄隽永。

张 籍

张籍(768—约830),唐诗人。字文昌,原籍吴郡(今江苏苏州)人。贞元进士,历任太常寺太祝、水部员外郎、国子司业等,也称张水部、张司业。他的诗注重教化作用,多揭露批判时弊,平易自然,尤工乐府。有《张司业集》。

秋 思

洛阳城里见秋风,欲作家书意万重。复恐匆匆说不尽,行人临发又开封。

【导读】
　　这首诗写秋日思乡之情。首句用事起兴,见秋风而思归,点出客旅身份。次句扣秋思,修书以告家人,待下笔却"意万重"。末二句言捎信人临发前再检查一遍信的内容。全诗通过写信、封信、开封,以细节动作传达心绪,抒写思亲怀乡之情,寓情于事,语短情长。

元 稹

元稹(779—831),唐诗人。字微之,河南(今河南洛阳)人。十五岁明经及第,曾拜相,官终武昌军节度使。是中唐新乐府运动倡导者之一,与白居易并称"元白"。有《元氏长庆集》。

遣悲怀·其一

谢公最小偏怜女①,自嫁黔娄百事乖②。顾我无衣搜荩箧③,泥他沽酒拔金钗④。野蔬充膳甘尝藿⑤,落叶添薪仰古槐⑥。今日俸钱过十万,与君营奠复营斋⑦。

【导读】

一、这是首悼亡诗,为悼念诗人结发妻子韦丛而作。元、韦两人于贞元二十年(804)缔婚,婚后虽然生活困窘,但夫妻感情甚笃。不幸的是元和四年(809),韦氏病逝。元稹写过许多哀悼她的诗篇,这是其中的一首。

二、这首悼亡诗通过回忆同妻子生前同舟共济、相濡以沫的生活细节,表达了深沉的思念和一丝愧疚之情。韦氏出身富家而嫁入寒门,诗用反衬对比的手法,突出表现亡妻的贤德、夫妻间深厚真挚的感情。叙事婉曲流畅,抒情自然真挚,平淡处见波澜。黄叔灿评论此诗说:"通首说得惨淡,所谓贫贱夫妻也。'顾我'一联,言其妇德,'野蔬'一联,言其安贫。俸钱十万,仅为营奠营斋,真可哭杀。"(《唐诗笺注》)

三、元稹的悼亡诗篇成就突出。古人很少表现夫妇之爱,一般悼亡诗泛泛而咏,所以潘岳《悼亡诗》深受人们喜爱。元稹的悼亡诗重拓诗境,以平常语写平常事,纯朴感人,情文并茂,周咏棠云:"字字真挚,声与泪俱。"(《唐贤小三昧续集》)陈寅恪先生更认为本诗"抒其情,写其事,缠绵哀感,遂成古今悼亡诗一体之绝唱"(《元白诗笺证稿》)。

白居易

白居易(772—846),字乐天,号香山居士。祖籍太原(今山西太原),后迁居下邽(今陕西渭南),生于郑州新郑(今河南新郑)。二十九岁进士及第,官终刑部尚书。是中唐新乐府诗歌运动的倡导者,诗风平易、浅切通俗。有《白氏长庆集》。

---

① 谢公:东晋宰相谢安,他最喜欢侄女谢道韫。偏怜:偏爱。诗人亡妻韦丛之父韦夏卿官至太子少保,死后追赠左仆射,韦丛是其小女,所以这里以谢道韫作比。 ② 黔娄:原指春秋时齐国贫士,这里指诗人自己。乖:违,不顺利。韦丛以富贵人家女子嫁给了元稹,婚后生活困顿,故云。 ③ 荩箧:一种草编的衣箱。荩(jìn),草名。 ④ 泥(nì)他:指软言求妻。他,她,指韦丛,古无"她"字。 ⑤ 甘:吃得很香甜。尝藿:一作长藿。藿,豆叶。 ⑥ 落叶添薪:烧锅燃料不够,须仰仗于古槐落叶,故云。 ⑦ 奠:祭品。营斋:延请和尚或道士,为死者超度灵魂。

上阳白发人① 愍怨旷也②

上阳人,红颜暗老白发新③。绿衣监使守宫门④,一闭上阳多少春!玄宗末岁初选入,入时十六今六十。同时采择百余人,零落年深残此身⑤。忆昔吞悲别亲族,扶入车中不教哭。皆云入内便承恩,脸似芙蓉胸似玉。未容君王得见面,已被杨妃遥侧目⑥。妒令潜配上阳宫⑦,一生遂向空房宿。宿空房,秋夜长。夜长无寐天不明:耿耿残灯背壁影,萧萧暗雨打窗声。春日迟⑧,日迟独坐天难暮;宫莺百啭愁厌闻,梁燕双栖老休妒⑨。莺归燕去长悄然⑩,春往秋来不记年。唯向深宫望明月,东西四五百回圆。今日宫中年最老,大家遥赐尚书号⑪。小头鞋履窄衣裳⑫,青黛点眉眉细长。外人不见见应笑,天宝末年时世妆⑬。上阳人,苦最多。少亦苦,老亦苦。少苦老苦两如何?君不见昔时吕向《美人赋》⑭,又不见今日上阳宫人白发歌!

【导读】

一、这是篇新题乐府,作者将它列入"讽喻诗",也是作者乐府诗中的名篇。诗人于元和四年(809)三月曾上有《请拣放后宫内人奏》,可能此诗即作于此时。作者在自注中说:"天宝五载以后,杨贵妃专宠,后宫人无复进幸矣。六宫有美色者,辄置别所,上阳是其一也。贞元中尚存焉。"

二、这首诗通过对一上阳白发官人被幽闭在宫中遭遇的描写,反映了无数宫女的命运,将矛头指向惨无人道的宫女制度,揭露大胆深刻。前人指陈时政尤其是事涉君王往往用比兴或咏史,往往闪烁其词,这首诗则不然,赋笔直陈、浅切平实,"快如并刀,锐如昆刀,无不达之隐,无稍晦之词"(赵翼《瓯北诗话》)。叙事周详,娓娓动人;在视角选择上,用第一人称叙写、抒情,真挚感人。"秋夜长,夜长无寐天不明:耿耿残灯背壁影,萧萧暗雨打窗声。"情、事、景水乳交融,集中地概括了上阳白发人几十年的生活,道出了其内心的凄凉与悲哀。

长恨歌

汉皇重色思倾国⑮,御宇多年求不得⑯。杨家有女初长成,养在深闺人未识。天生丽

---

① 上阳:东都洛阳宫名。 ② 愍:同"悯"。怨旷:男女不能及时婚配,语出《孟子·梁惠王上》:"内无怨女,外无旷夫。" ③ 红颜暗老:青春默默消逝。新:增添。 ④ 绿衣监使:唐代内侍省下有宫闱局,设令二人,主管宫中门禁,官阶从七品,穿绿色官服。 ⑤ 零落:陆续死亡。年深:年久。残:剩。 ⑥ 侧目:侧目而视,形容杨妃对她有敌意。 ⑦ 妒令潜配上阳宫:杨妃妒其美貌,下令暗中将她发配到洛阳上阳宫。 ⑧ 春日迟:春天日长。 ⑨ 梁燕双栖老休妒:宫人到老已不再妒忌双栖的燕子,因为她已经没有希望婚嫁了。 ⑩ 长悄然:老是悄然无声,孤单无依。 ⑪ 大家:汉唐宫中习惯称皇帝为大家。遥:谓皇帝远在长安。尚书号:宫中女尚书的称号。唐制宫中女官有"六尚"之职,职掌如六尚书,属正五品。 ⑫ 小头鞋履窄衣裳:天宝末年,士人好胡人衣饰,襻袖窄小。贞元、元和间,又流行平头小履,妇女穿长裙宽袖,画粗八字眉。 ⑬ 时世妆:时行装扮。 ⑭ 吕向《美人赋》:作者自注:"天宝末有密采艳色者,当时号'花鸟使',吕向献《美人赋》以讽之。"吕向,工书法,以献《美人赋》得官左拾遗,后与吕延济等五人注解《文选》。 ⑮ 汉皇:借指玄宗。倾国:美色。武帝时乐师李延年曾在武帝前起舞歌唱,赞其妹即后来的李夫人,其辞曰:"北方有佳人,绝世而独立。一顾倾人城,再顾倾人国。……" ⑯ 御宇:统治宇内。

质难自弃,一朝选在君王侧①。回眸一笑百媚生②,六宫粉黛无颜色③。春寒赐浴华清池④,温泉水滑洗凝脂⑤。侍儿扶起娇无力⑥,始是新承恩泽时⑦。云鬓花颜金步摇⑧,芙蓉帐暖度春宵。春宵苦短日高起,从此君王不早朝。承欢侍宴无闲暇,春从春游夜专夜⑨。后宫佳丽三千人,三千宠爱在一身。金屋妆成娇侍夜⑩,玉楼宴罢醉和春⑪。姊妹兄弟皆列土⑫,可怜光彩生门户⑬。遂令天下父母心,不重生男重生女。骊宫高处入青云⑭,仙乐风飘处处闻。缓歌慢舞凝丝竹⑮,尽日君王看不足。渔阳鼙鼓动地来⑯,惊破《霓裳羽衣曲》⑰。九重城阙烟尘生⑱,千乘万骑西南行⑲。翠华摇摇行复止⑳,西出都门百余里㉑。六军不发无奈何㉒,宛转蛾眉马前死㉓。花钿委地无人收,翠翘金雀玉搔头㉕。君王掩面救不得,回看血泪相和流。黄埃散漫风萧索,云栈萦纡登剑阁㉖。峨嵋山下少人行㉗,旌旗无光日色薄。蜀江水碧蜀山青,圣主朝朝暮暮情。行宫见月伤心色㉘,夜雨闻铃肠断声㉙。天旋日转回龙驭㉚,到此踌躇不能去㉛。马嵬坡下泥土中,不见玉颜空死处。君臣相顾尽沾衣,东望都门信马归㉜。归来池苑皆依旧,太液芙蓉未央柳㉝。芙蓉如面柳如眉,对此如何不泪垂?春风桃李花开日,秋雨梧桐叶落时。西宫南内多秋草㉞,落叶满阶红不扫。梨园弟子白发新㉟,椒房阿监青娥老㊱。夕殿萤飞思悄然㊲,孤灯挑尽未成眠㊳。迟迟钟鼓初长夜㊴,耿耿星河欲曙天㊵。鸳鸯瓦冷霜华重㊶,翡翠衾寒谁与共㊷?悠悠生死别经年,魂魄不曾来入梦。

临邛道士鸿都客㊸,能以精诚致魂魄㊹。为感君王展转思㊺,遂教方士殷勤觅㊻。排空驭气奔如电,升天入地求之遍。上穷碧落下黄泉㊼,两处茫茫皆不见。忽闻海上有仙山,山在虚无缥缈间。楼阁玲珑五云起㊽,其中绰约多仙子㊾。中有一人字太真㊿,雪肤花貌参

---

① "杨家"四句:按:玉环本寿王李瑁妃,后被玄宗看中,度为女道士,号太真,召入宫中。诗对历史实情有所改造。难自弃:难以自我埋没。 ② 眸(móu):眼中瞳仁。 ③ 无颜色:黯然失色。 ④ 华清池:唐代华清宫的温泉浴池,在骊山上。 ⑤ 凝脂:形容肌肤洁白滑润。《诗经·卫风·硕人》:"肤如凝脂。" ⑥ 侍儿:伺候杨玉环沐浴的宫女。 ⑦ 新承恩泽:初次受到玄宗恩宠。 ⑧ 步摇:一种首饰,上有垂珠,步行则摇。 ⑨ 专夜:专宠。 ⑩ 金屋:《汉武故事》载:武帝幼时,姑母问他是否要她的女儿阿娇做妻子。他笑着答道:"若得阿娇,当以金屋贮之。" ⑪ 醉和春:带醉入睡。 ⑫ 列土:封爵赐邑。 ⑬ 可怜:可爱。 ⑭ 骊宫:华清宫,址在骊山。 ⑮ 凝丝竹:管弦之声聚而不散。 ⑯ 渔阳鼙鼓:指安禄山叛乱。渔阳,郡名,在今河北省蓟县一带,是安禄山叛乱发源地。 ⑰ 《霓裳羽衣曲》:舞曲名。 ⑱ 九重:古制,皇宫有九道门。 ⑲ 西南行:指玄宗入蜀逃难。 ⑳ 翠华:帝王旌旗仪仗,上饰翠羽。摇摇:摇荡飘扬。 ㉑ 西出都门百余里:指到了马嵬驿。 ㉒ 六军:古制天子六军,此指皇帝的扈从部队。 ㉓ 宛转蛾眉马前死:陈玄礼代表将士要求诛杀杨贵妃,玄宗无奈,只好命高力士将她赐死。 ㉔ 钿(diàn):一种嵌金花的首饰。 ㉕ 翠翘金雀:饰有翠羽的金雀钗。玉搔头:玉簪。 ㉖ 云栈:高入云霄的栈道。萦纡:曲折回环。剑阁:即剑门关,在今四川省剑阁县北。 ㉗ 峨嵋山:在今四川省峨嵋县,玄宗其实未经过这里,此处泛指蜀地。 ㉘ 行宫:玄宗在蜀中的临时住处。 ㉙ 夜雨闻铃肠断声:郑处诲《明皇杂录补编》:"明皇既幸蜀,西南行。初入斜谷,属霖雨涉旬,于栈道中闻铃音与山相应。上既悼念贵妃,采其声为《雨霖铃》曲,以寄恨焉。" ㉚ 天旋日转:时局转变,两京收复。回龙驭:玄宗回京。 ㉛ 到此:到马嵬驿。 ㉜ 信马:听任马走来走去。 ㉝ 太液:汉宫池名,在汉大明宫内,今长安故城西。未央:汉宫名,在今长安故城西南隅。这里泛指宫中风景依旧。 ㉞ 西宫:西内,太极宫。南内:义庆宫。玄宗还京后先住在南内,后迁西宫。 ㉟ 梨园弟子:当年玄宗在梨园教练出来的乐工。 ㊱ 椒房:后妃住的宫殿。阿监:宫中太监。青娥:宫女。 ㊲ 思悄然:忧思不语。 ㊳ 孤灯挑尽:挑无数次灯,灯芯燃尽。 ㊴ 钟鼓:报更的钟鼓声。 ㊵ 耿耿:明亮貌。 ㊶ 鸳鸯瓦:成对的瓦,正反嵌合。霜华:霜花。 ㊷ 翡翠衾:饰以翡翠羽毛绣成的被子。 ㊸ 临邛(qióng):今四川省邛崃市。鸿都:东汉洛阳宫门名,借指长安。 ㊹ 能以精诚致魂魄:能以诚心将死者招来。 ㊺ 展转思:辗转反侧的思念。 ㊻ 方士:会法术的人。 ㊼ 碧落:道家对天空的称呼。 ㊽ 五云:五彩祥云。 ㊾ 绰约:柔婉优美。 ㊿ 太真:杨贵妃做女道士时的道号。

差是①。金阙西厢叩玉扃②,转教小玉报双成③。闻道汉家天子使,九华帐里梦魂惊④。揽衣推枕起徘徊,珠箔银屏迤逦开⑤。云鬓半偏新睡觉,衣冠不整下堂来。风吹仙袂飘飘举⑥,犹似霓裳羽衣舞。玉容寂寞泪阑干⑦,梨花一枝春带雨⑧。含情凝睇谢君王⑨:"一别音容两渺茫。昭阳殿里恩爱绝⑩,蓬莱宫中日月长⑪。回头下望人寰处⑫,不见长安见尘雾。唯将旧物表深情,钿合金钗寄将去⑬。钗留一股合一扇,钗擘黄金合分钿⑭。但令心似金钿坚⑮,天上人间会相见。"临别殷勤重寄词⑯,词中有誓两心知⑰:"七月七日长生殿⑱,夜半无人私语时。在天愿作比翼鸟⑲,在地愿为连理枝⑳。"天长地久有时尽,此恨绵绵无绝期!

【导读】

一、《长恨歌》写于唐宪宗元和元年(806)十二月,彼时诗人和陈鸿、王质夫同游仙游寺,谈起唐玄宗、杨贵妃事,感慨系之,恐这一"希代之事,非遇出世之才润色之,则与时消没,不闻于世"(陈鸿《长恨歌传》),遂作此诗,陈鸿则写了《长恨歌传》。这首《长恨歌》是以李、杨爱情为题材的作品中的优秀之作。

二、关于这首诗的题旨,历来聚讼未已,概而言之主要有两说:一为"讽喻说",认为这首诗重在揭露唐玄宗、杨贵妃荒淫误国,认为诗主要围绕着玄宗重色和杨贵妃以色邀宠来写,他们的荒淫无度导致了国家的衰败,而他们二人也没有得到好下场。如张戒评道:"其叙杨贵妃进见、专宠、行乐事,皆秽亵之语。'侍儿扶起娇无力'以下云云,殆可掩耳也"(《岁寒堂诗话》卷上)。其二为"爱情说",认为在承认对李、杨有批判的前提下,诗题旨主要是赞颂,而不是批判。论者从李、杨特殊身份出发,认为李、杨身上表现出的感情是历代帝王、皇妃中所罕有的,他们的感情是真挚的,如有人认为它"首先是一首爱情之歌",并认为作者在诗歌中融合了诗人自我的情感经历。本诗就结构划分而言,主要有二分法、三分法等。二分法以"惊破《霓裳羽衣曲》"为第一部分末句。三分法划分处是"回看血泪相和流"和"魂魄不曾来入梦"。

三、由于诗歌艺术本身的特质和历史上李、杨事件的复杂性,尤其是对玄宗评价不确定等因素,对《长恨歌》有不同的阐释是可能而且是应该存在的,对于这个问题我们不能也不应该希求其定于一尊。首先,《长恨歌》兼有史实和民间传说,作者白居易对李、杨的态度是同情、讽刺兼而有之,所谓"哀艳之中,具有讽刺"(《唐宋诗醇》)。其次,仅从诗歌艺术形式来看,它继承了我国叙事诗传统,是在中唐传奇文学大盛情况下出现的一首杰出的叙事性极强的抒情诗。总之,《长恨歌》是中国文学史上的不朽杰作,影响深远。在当时它就广为传诵,后世的《梧桐雨》《长生殿》等戏剧均深受其影响。在日本,《长恨歌》在江户时代就为人传诵。

---

① 参差:差不多。 ② 扃(jiōng):门户。 ③ 小玉:相传是吴王夫差小女,殉情而死。双成:董双成,传说中西王母侍女,这里都借指太真侍女。 ④ 九华帐:花饰繁丽的帐子。 ⑤ 珠箔银屏迤逦开:珠箔,珠帘。屏,屏风,一作"钩"。迤逦(yǐ lǐ):曲折蜿蜒。 ⑥ 袂(mèi):袖。 ⑦ 阑干:纵横貌。 ⑧ 梨花一枝春带雨:形容太真哭时如一枝带雨的梨花。 ⑨ 睇:音dì,微看。 ⑩ 昭阳殿:汉成帝宠妃赵飞燕姊妹住处,此处指杨贵妃生前居住的宫殿。 ⑪ 蓬莱宫:蓬莱山仙宫。此指杨贵妃成仙后的住处。 ⑫ 人寰处:人间。 ⑬ 钿合:镶金花的盒子。 ⑭ "钗留"二句:将金钗和钿分开各持一半,将来作为重见的信物。擘(bò),掰,用手分开。合分钿,将钿分为两半。 ⑮ 但令:只要使。 ⑯ 重寄词:贵妃在方士离开时又托他捎话。 ⑰ 两心知:只有玄宗和杨贵妃两人心里明白。 ⑱ 长生殿:天宝元年造,又名集灵殿,是祭神的宫殿,在华清宫。 ⑲ 比翼鸟:即鹣鹣,古代传说中的比翼鸟,雌雄相爱,最为诚挚,飞则比翼齐飞,否则不飞。 ⑳ 连理枝:两树树干相抱,枝叶相连。

李　贺

李贺(790—816),唐诗人。字长吉,福昌(今河南宜阳)人。郡望陇西,为郑王后裔,因父名"晋肃"未就试。李贺终身失意,生活困苦,官终奉礼郎。他的诗充满失意不平的悲愤和苦闷,也有表现以身许国、富有英雄气概的篇章。诗风奇崛幽峭,秾丽凄清。有《昌谷集》。

李凭箜篌引①

吴丝蜀桐张高秋②,空山凝云颓不流③。江娥啼竹素女愁④,李凭中国弹箜篌⑤。昆山玉碎凤凰叫⑥,芙蓉泣露香兰笑⑦。十二门前融冷光⑧,二十三弦动紫皇⑨。女娲炼石补天处,石破天惊逗秋雨。梦入神山教神妪⑩,老鱼跳波瘦蛟舞。吴质不眠倚桂树⑪,露脚斜飞湿寒兔⑫。

【导读】

一、这是首音乐诗。清人方东树评论说:"白香山江上琵琶,韩退之颖师琴,李长吉李凭箜篌,皆摹写声音至文。韩足以惊天,李足以泣鬼,白足以移人。"(《昭昧詹言》)

二、这首诗描绘李凭的弹奏技艺精,曲调美,感染力强。诗先写乐器材料"吴丝""蜀桐",烘托弹乐者身手不凡。接着写箜篌声响遏行云,即使湘妃、素女听了也会深受感动。五至十句用出人意料的比喻描绘乐声:用昆山玉碎绘其激越清脆,凤凰和鸣摹其婉转,这两个比喻写声音高低变化。"芙蓉泣露""香兰笑"两个比喻写声情变化。乐曲以凄冷为调色,整个长安城都感受到了它的寒意,天上的神仙也被惊动了。最后几句则进一步展开想象,极力写其感染力强,好像在教神怪奏乐,蛟龙、吴刚都听得入了迷。这首诗构思巧妙,想象奇特,比喻、通感的运用达到了出神入化的地步。

三、李贺诗意象繁复奇特,注重感官直觉,以浓艳色调敷物,形成了"长吉体",对"温李"影响很大,流风所及,迄于元明。

---

① 李凭:当时著名的宫廷乐师,善弹箜篌。箜篌:古乐器名。　② 吴丝:吴地所产优质蚕丝,作为琴弦最好。蜀桐:蜀地桐树最宜用作琴弦。张:开,指弹奏。　③ "空山"句:此句写空山浮云为箜篌所遏,而凝止不动。　④ 江娥:湘水之神。素女:神女名。　⑤ 中国:此指长安。　⑥ 昆山:昆仑山,盛产玉石。　⑦ 芙蓉:荷花。　⑧ 十二门:长安有十二座城门,此句形容清音清冷。　⑨ 二十三弦:指箜篌。紫皇:天神名。　⑩ "梦入"句:《搜神记》载:晋永嘉年间,兖州出了个神妪,名叫成夫人,能弹箜篌,"闻人弦歌,辄便起舞"。　⑪ 吴质:即吴刚,字质。相传他被罚在月中砍桂树,树创随砍随合,所以永远砍个不停。　⑫ 露脚:露珠滴下,像伸下脚来一样。

金铜仙人辞汉歌①

茂陵刘郎秋风客②,夜闻马嘶晓无迹。画栏桂树悬秋香,三十六宫土花碧③。魏官牵车指千里④,东关酸风射眸子⑤。空将汉月出宫门⑥,忆君清泪如铅水⑦。衰兰送客咸阳道⑧,天若有情天亦老。携盘独出月荒凉,渭城已远波声小⑨。

【导读】

一、这首诗大约作于李贺辞去奉礼郎赴洛时,是首咏史诗,又是篇别离歌。

二、这篇作品依据史事想象铜人被拆时辞别汉宫的景象,抒写盛衰之感和作者离开帝都的悲思。诗作构思精妙,用语尖巧,诗风奇诡瑰丽。前两句写刘彻灵魂夜访故地。三、四句极写汉宫衰败荒凉,桂树徒芳,苔藓满地。五到八句写仙人怀念刘彻而落泪。"酸""射"尖新巧妙。"衰兰送客咸阳道,天若有情天亦老",写只有衰败的兰花为仙人送别,这种场景"天"要是有情的话也会变得衰老,感伤之情无以复加。最后两句以景收结。

杜 牧

杜牧(803—852),唐文学家。字牧之,京兆万年(今陕西西安)人。宰相杜佑孙。大和二年(828)进士,曾任黄州、池州、睦州刺史和司勋员外郎,官终中书舍人。诗多指陈时政,诗风清丽俊朗,自成一家,与李商隐齐名,并称"小李杜"。有《樊川文集》。

题宣州开元寺水阁⑩

六朝文物草连空,天淡云闲今古同⑪。鸟去鸟来山色里,人歌人哭水声中⑫。深秋帘幕千家雨,落日楼台一笛风⑬。惆怅无因见范蠡,参差烟树五湖东⑭。

---

① 诗前原序说:"魏明帝青龙元年八月,诏宫官牵车西取汉孝武捧露盘仙人,欲立置前殿。宫官既拆盘,仙人临载,乃潸然泪下。唐诸王孙李长吉遂作《金铜仙人辞汉歌》。"按:捧露盘仙人:汉武帝在长安建章宫造神明台,上铸铜仙人,以掌托盘盛露水,和玉屑而饮,以求成仙。魏明帝景初元年曾命人从长安拆移铜人,迁置洛阳前殿,传说铜人下泪。后因铜人太重,留在灞垒。诸王孙:李贺系郑王子孙,故称。 ②"茂陵"句:茂陵:汉武帝刘彻陵墓,在陕西兴平市。秋风客:武帝曾作《秋风辞》,同时也含有他空求长生,终成风中过客意。 ③ 三十六宫:汉长安有离宫别馆三十六处。土花:青苔。 ④ 指千里:前往千里之远的洛阳。 ⑤ 东关:东边宫门。眸子:瞳仁。 ⑥ 将:和。 ⑦ 君:刘彻。 ⑧ 兰:兰花。客:铜人。咸阳:此指长安。 ⑨ 渭城:咸阳。波声:渭水水声。 ⑩ 诗题下原注:"阁下宛溪,夹溪居人。"宣州:今安徽宣城市。开元寺:原名永乐寺,东晋时建。宣州城东有宛溪,城东北有敬亭山。 ⑪"六朝"二句:意谓六朝繁华,已成陈迹,而山川风景之美,则今古不殊。 ⑫ 人歌人哭:指人生之喜庆吊丧,即生死过程。言阁下宛溪两岸人家在这水国环境里世代生活着。 ⑬ 一笛风:风中飘来一缕笛声。 ⑭"惆怅"二句:写东望五湖,因追慕范蠡高风,而触动了自己厌倦风尘之感。范蠡,春秋时辅佐越王勾践打败吴王夫差,功成之后,为了避免越王的猜忌,乘扁舟归隐五湖。五湖,郦道元《水经注·沔水》:"五湖谓长荡湖、太湖、射湖、贵湖、洮湖也。"长荡湖等四个湖都在太湖附近。一说为太湖的别称。

【导读】

一、此诗作于文宗开成年间,当时杜牧任宣州团练判官。诗写对宣州宛溪居民生活情景的一种感慨。

二、首联草色天际,天淡云闲,乃今古皆然。颔联鸟去鸟来,人歌人哭,是世代变迁。自然的永恒与人事的变迁浑然交织。颈联唯见明灭缥缈而已,尾联由景入情,遥想范蠡,复由情入景,开出一片浩荡无尽的景象。全诗以"惆怅"为关键,于江南烟景中寄寓情感,兴象多端却不繁复冗杂,开合随心,有老杜格局而流丽过之。

三、诗人的情绪并不高昂,但把客观风物写得很美,首尾两联像油彩粗笔涂抹的背景式框架,颔颈两联像镶嵌其中的水彩画,动静声色相衬相映,明丽精致。诗的节奏和语调轻快流利,给人爽利的感觉。明朗、健爽的因素与低回惆怅交互作用,在这首诗里体现出了杜牧诗歌的所谓拗峭的特色。

李商隐

李商隐(812—约858),唐诗人。字义山,号玉谿生,怀州河内(今河南沁阳)人。开成二年(837)进士,授秘书省校书郎,补弘农尉。他被卷入党争漩涡,一生失意。诗多写个人仕途蹭蹬的苦闷,也有一些时代乱离之作,诗风绵邈深致。诗与杜牧齐名,并称"小李杜"。有《李义山诗集》。文集已散佚,后人辑有《樊南文集》《樊南文集补编》。

安定城楼①

迢递高城百尺楼②,绿杨枝外尽汀洲③。贾生年少虚垂涕④,王粲春来更远游⑤。永忆江湖归白发⑥,欲回天地入扁舟⑦。不知腐鼠成滋味,猜意鹓雏竟未休⑧!

【导读】

一、这首诗作于唐文宗开成三年(838),是首登楼咏怀之作。安定城楼即泾州城楼。本年李商隐试博学宏词科因受党争牵连落选,遂客游泾州,寄居在岳父王茂元家中。一日,郁郁不得志的他登楼写下了此诗。《蔡宽夫诗话》载,王安石晚年喜吟此诗颈联,以为"虽老杜(杜甫)无以过"。

二、这首诗表现了诗人因受到排挤而产生的愤懑和意欲变革现实的雄心壮志。首联写登高所见之

---

① 安定:汉郡名,唐改名为泾州。 ② 迢递:绵邈长远。 ③ 汀:水边平地。 ④ "贾生"句:贾生,即贾谊,在任梁王太傅时,曾上书言政,有"臣窃惟事势可为痛哭者一,可为流涕者二,可为长太息者六"等语。这里以贾谊自比,说自己徒然为国事痛哭流涕。 ⑤ "王粲"句:王粲,字仲宣。东汉末,北方大乱,流浪至荆州依刘表,曾作《登楼赋》。 ⑥ 永忆:常想。 ⑦ 入扁舟:暗用范蠡功成身退泛游五湖事。 ⑧ "不知"二句:《庄子·秋水》:"惠子相梁,庄子往见之。或谓惠子曰:'庄子来,欲代子相。'于是惠子恐,搜于国中,三日三夜。庄子往见之,曰:'南方有鸟,其名为鹓雏,子知之乎?夫鹓雏发于南海,而飞于北海,非梧桐不止,非练实不食,非醴泉不饮。于是鸱得腐鼠,鹓雏过之,仰而视之曰:吓!今子欲以子之梁国而吓我邪?'"腐鼠,喻禄位。鹓雏,类大鸟。这两句自谓志趣高远,不以禄位为"美味",而是有志于革新政治。

景,其余三联句句用典。颔联以贾谊、王粲自况,言己有志难伸、寄居檐下;颈联书写心志,尾联用鹓雏、鸱鸟典暗喻自己的被排挤和不屑与之同科之意,寓齿冷于愤激。全诗感慨万端,兴寄遥深,用典隶事或正用或反用意无不达,颇有老杜风味,洵为李商隐七律中的精品。

马　嵬

海外徒闻更九州,他生未卜此生休①。空闻虎旅传宵柝,无复鸡人报晓筹②。此日六军同驻马,当时七夕笑牵牛③。如何四纪为天子④,不及卢家有莫愁⑤。

【导读】

一、唐玄宗和杨贵妃事是唐人诗中常见题材,一般多归罪贵妃,斥为祸首。此诗却别出新意,讽刺玄宗。

二、诗前三联均以当年事与马嵬事上下相对,交叉写来,末联总收,仍以天子与平民做对比。联联对照,句句逆挽,开阖极大而通体顺畅,得婉曲夭矫之势。究其关键,多赖于虚词之照应锁络,遂化曲为顺。七律之由初、盛唐之高华雅丽而至中唐之流荡圆转,与此甚有关系。李商隐则能兼高华与流转双美,故为七律大家。

无　题

相见时难别亦难,东风无力百花残。春蚕到死丝方尽⑥,蜡炬成灰泪始干。晓镜但愁云鬓改⑦,夜吟应觉月光寒。蓬山此去无多路⑧,青鸟殷勤为探看⑨。

【导读】

一、这首诗是李商隐《无题》诗中的名篇,关于其题旨历来聚讼不一。有人认为此诗"具屈子《远游》之思"(何焯,见《瀛奎律髓汇评》),有人认为是求谒诗(程梦云《重订李义山诗集笺注》),视其为爱情的咏叹调,则为通见。

二、这是首咏叹悲情的恋歌,表现了对受阻爱情的坚贞和执着。首联起笔感叹,残春时节分别,想见

---

①"海外"二句:意谓他生之约,渺茫难信。马嵬一死,此生永无相见之期,而死后的思念则是徒然的。九州,古代的行政区域,也就是中国的代称。战国时邹衍说:中国的九州是海内的小九州,海外还有更大的九州。中国名赤县神州,仅仅是其中之一(见《史记·孟子荀卿列传》)。相传杨贵妃死后,玄宗曾派方士去寻找她的魂魄,在海外仙山会面后,贵妃授以钿盒金钗,叫他复命玄宗,坚定他生婚姻之约。(详见白居易《长恨歌》及陈鸿《长恨歌传》)　②"空闻"二句:写安史乱起,玄宗逃难至马嵬,暗示杨贵妃中途遇难事。空闻、无复,意谓贵妃从此长眠马嵬坡下,不再听到宫中的鸡人报晓了。虎旅,指警卫玄宗入蜀的禁兵。柝,即刁斗,军中夜间巡逻时所用。鸡人,宫中掌管时间的卫士。宫中例不畜鸡,有夜间不睡的卫士候在宫门外,到了鸡叫的时候,向宫中报晓。　③"此日"二句:以"此日""当时"情事相映衬,写出变起仓促。此日,杨贵妃缢死之日。六军驻马,指马嵬坡禁军哗变请诛杨贵妃事。当时,指天宝十载(751年)七月七日玄宗和杨贵妃在长生殿密约世世为夫妇的时候。笑牵牛,意谓当时玄宗以为自己可以和杨贵妃长远相守在一起,对天上牵牛织女一年一度的会见还加嗤笑。　④四纪:岁星十二年行天一周,称为一纪。四纪为四十八年。玄宗在位首尾四十五年(712—756),将近四纪。此举其成数。　⑤"不及"句:意谓不及民间夫妇,能够生活在一起。莫愁,古洛阳女子,嫁为卢家妇。萧衍《河中之水歌》:"河中之水向东流,洛阳女儿名莫愁。莫愁十三能织绮,十四采桑东陌头,十五嫁为卢家妇,十六生儿字阿侯。"　⑥丝:双关语,谐"思"。　⑦云鬓改:青春的容颜逐渐消失。云鬓,年轻女子的鬓发。　⑧蓬山:蓬莱山,此处指对方住处。　⑨青鸟:神话中的鸟,是西王母的使者。这里指传递消息的人。

不易、分离又不堪忍受,百花凋残,东风无力,残春意象暗喻爱情命运。颔联以比兴双关等修辞手法表现自己对爱情的忠贞不渝。"春蚕到死丝方尽,蜡炬成灰泪始干",这两句因托喻形象、情致深婉而成千古传诵的名句。颈联宕开笔去,由己及人、化虚为实,由己悬想对方对己的思念,"但愁""应觉"体恤、关爱之意显见。尾联折回自己,自我宽慰、强作解语。此诗意境幽深绵邈,言近旨远,赋予了悲剧性的爱情以崇高的人性光辉。

皮日休

皮日休(约834—约883),唐文学家。字逸少,改字袭美,自号鹿门子、间气布衣、醉吟先生等,襄阳(今湖北襄阳)人。咸通进士,官著作郎、太常博士等。工诗能文,诗强调政治作用,他与陆龟蒙唱和甚多,世称"皮陆"。尤善小品文,文锋犀利。有《皮子文薮》。

橡媪叹①

秋深橡子熟,散落榛芜冈②。伛伛黄发媪③,拾之践晨霜④。移时始盈掬⑤,尽日方满筐。几曝复几蒸,用作三冬粮⑥。山前有熟稻,紫穗袭人香。细获又精舂⑦,粒粒如玉珰⑧。持之纳于官,私室无仓箱⑨。如何一石余,只作五斗量!狡吏不畏刑,贪官不避赃。农时作私债⑩,农毕归官仓。自冬及于春,橡实诳饥肠。吾闻田成子⑪,诈仁犹自王。吁嗟逢橡媪,不觉泪沾裳。

【导读】

一、本诗是皮日休《正乐府》中的一首。他在这组诗的序文中说:"乐府,盖古圣王采天下之诗,欲以知国之利病、民之休戚也。……诗之美也,闻之足以劝乎功;诗之刺也,闻之足以戒乎政。……故尝有可悲可惧者,时宣于咏歌,总十篇,故命曰《正乐府诗》。"

二、这首诗通过对一位以橡栗充饥的老妇人的描写,揭露了统治者的残酷盘剥,反映了农民的困苦生活。诗分三层。一层(一至八句)描绘橡媪的悲惨生活,着重写年迈驼背的她为了生计拾橡子,运用外貌、动作描写突出她的艰辛不易。二层(九至二十二句)揭露官府的剥削、压榨是造成农民的口粮不继、丰年忍饥的根源。最后一层写诗人的感慨。诗继承了白居易《新乐府》诗歌的创作精神,质朴刚健,以对比手法突出了题旨。

---

① 橡媪:采橡子的老妇人。 ② 榛芜:草木杂生。 ③ 伛伛(yǔ yǔ):驼背。 ④ 践:踏。 ⑤ 移时:过了好长时间。盈掬:满把。 ⑥ 三冬:冬天三个月。 ⑦ 细获:仔细地收割。精舂:精细地捣除稻壳。 ⑧ 玉珰:玉制首饰。此处喻指米粒晶莹圆润。 ⑨ 仓箱:盛米器具,大者为仓,小者为箱。 ⑩ 作私债:放私债。 ⑪ 田成子:田常,又称陈恒。他为了收买人心,大斗贷出,小斗收进,齐国民众都歌颂他,后来他的子孙就夺了齐国的王位。

聂夷中

聂夷中(837—约884)，字坦之，河东(今山西永济)人，一说河南洛阳人。唐末进士，曾任华阴县尉。诗多伤俗悯时之作。原有集，已散佚，《全唐诗》录存其诗一卷。

咏田家

二月卖新丝，五月粜新谷①。医得眼前疮，剜却心头肉。我愿君王心，化作光明烛。不照绮罗筵②，只照逃亡屋。

【导读】

一、聂夷中身处晚唐农民起义酝酿爆发的时代，坐在火山口上的唐中央政权依然不断加强对农民的残酷压榨。出身贫寒、生性耿直的聂夷中身处时代风雨中，多有"哀稼穑艰难"之作，本诗即其代表作。诗题又作《伤田家》。

二、本诗反映了唐末农民在严苛的压榨、剥削下，为了基本生存不得不剜肉补疮直至破产逃亡的悲惨生活。开头二句直咏农家未谷先粜、未丝先卖的困苦境况；三、四句代田家言，用形象的比喻写出他们不得不尔的痛怨之情；后四句提出改变现实的希望，希望下情上传，统治者能看到人民的生活状况。全诗前四句叙事，后四句抒情，选材典型，形象鲜明，明胡震亨评论说："洗剥到极净极真，不觉成此一体"(《唐音癸签》)，此诗与李绅《悯农》为同题材的佳作。

陆龟蒙

陆龟蒙(？—约881)，字鲁望，姑苏(今江苏苏州)人。长期隐居甫里，自号江湖散人、甫里先生。工诗文，与皮日休齐名，并称"皮陆"。有《笠泽丛书》《甫里集》。

新 沙

渤澥声中涨小堤③，官家知后海鸥知。蓬莱有路教人到，应亦年年税紫芝④。

---

①"二月"二句：二月、五月尚非收丝、收谷的时间，这里写农民为生活所迫，预先廉价出卖将来的新丝新谷。粜，卖粮。 ②绮罗筵：富贵人家的筵席。 ③渤澥(xiè)：渤海。声：潮声。 ④紫芝：紫色灵芝草，一种珍贵药材，传说是神仙所服食。

【导读】

一、这是首讽刺诗,属于诗人《杂讽九首》组诗之一。新沙,新淤积起来的沙洲。

二、这首诗讽刺官府剥削无孔不入。海滩上偶尔出现了一块小沙滩,海鸥还不知道呢官府竟先知道了,为的是不放过收租征税的机会,三、四句进一步讽刺官府的贪婪:假如能把税收到仙界的话,那么也该向那些采食灵芝的仙人课以口粮。小诗笔锋辛辣犀利,入木三分。

罗　隐

罗隐(833—909),原名横,字昭谏,新登(今浙江新登)人,一说余杭人。少负文名,因写作《谗书》讽刺时事,触犯权贵,十次应举不第,遂改名为"隐"。晚年依吴越王钱镠,官至谏议大夫。擅杂文,笔锋犀利。诗虽不及散文,但也不乏佳作。有诗集《甲乙集》和《谗书》《两同书》等,清人辑有《罗昭谏集》。

雪

尽道丰年瑞①,丰年事若何？长安有贫者,为瑞不宜多!

【导读】

一、这是一首悯农诗。

二、这首五绝写因长安城降雪引起的感慨,对饥寒的贫者寄予了同情。首句由眼前雪景联想到"瑞雪兆丰年"的谚语;次句设问;三、四句回答:雪下多了长安城中的贫者眼看就要冻死,所以还是"为瑞不宜多",少下点雪为好。小诗质朴无华,体现了作者民胞物与的情怀。

杜荀鹤

杜荀鹤(846—904),字彦之,号九华山人,池州石埭(今安徽石台)人。出身孤寒,大顺二年(891)进士。田頵镇宣州,辟为从事,后依朱温,授翰林学士。其诗广泛而深刻地反映了唐末的黑暗现实和人民的苦难,晓畅清逸,语言通俗。有《唐风集》。

山中寡妇

夫因兵死守蓬茅②,麻苎衣衫鬓发焦。桑柘废来犹纳税③,田园荒后尚征苗④。时挑野

---

① 瑞:祥瑞。此代指雪。　② 蓬茅:茅屋。　③ 柘(zhè):落叶灌木,叶圆而尖,可以喂蚕。　④ 征苗:征收田赋。

菜和根煮,旋斫生柴带叶烧①。任是深山更深处,也应无计避征徭②。

【导读】

一、这首诗是杜荀鹤《时世行》组诗中的一首。《时世行》是杜荀鹤客游大梁(今河南省开封市)时献给朱温的一组诗,原有十首。

二、这首七律借对山中寡妇生活的描写,反映了唐末赋税繁重、民不聊生的现实。首联扣诗题,交代寡妇的穷困处境;颔联承转,提示兵乱后桑柘已废、田园已荒,官府犹课以蚕税田赋。颈联写寡妇日常生计之艰难,连野菜都要带根煮食,生柴连叶烧用;尾联扣题,就是这样一个缺食、少衣、短烧的孤寡老妇,也无法逃脱官府的催逼和压榨。诗歌层次井然,绾合紧密,语言通俗,富有讽刺性。杜荀鹤上诗给朱温的目的,就是下陈民情而希望他能轻徭薄赋。

---

① 旋:临时。 ② 徭:徭役。

散文与传奇

骆宾王：代李敬业传檄天下文

伪临朝武氏者①，人非温顺，地实寒微②。昔充太宗下陈③，尝以更衣入侍④。洎乎晚节⑤，秽乱春宫⑥。密隐先帝之私⑦，阴图后庭之嬖⑧。入门见嫉，蛾眉不肯让人⑨；掩袖工谗，狐媚偏能惑主⑩。践元后于翚翟⑪，陷吾君于聚麀⑫。加以虺蜴为心⑬，豺狼成性，近狎邪僻，残害忠良⑭，杀姊屠兄⑮，弑君鸩母⑯。神人之所共疾，天地之所不容。犹复包藏祸心，窥窃神器⑰。君之爱子，幽之于别宫⑱；贼之宗盟⑲，委之以重任。呜呼！霍子孟之不作⑳，朱

---

① 伪：表示不合法，不予承认的意思。临朝：君临朝廷，掌握政权。 ② 地：指家庭、家族的社会地位。 ③ 下陈：古人宾主相馈赠礼物、陈列在堂下，称为"下陈"。因而，古代统治者充实于府库、内宫的财物、妾媵，亦称"下陈"。这里指武则天曾充当过唐太宗的才人。 ④ 更衣：换衣。古人在宴会中常以此作为离席休息或如厕的托言。《汉书》记载：歌女卫子夫乘汉武帝更衣时入侍而得宠幸。这里借以说明武则天以不光彩的手段得到唐太宗的宠幸。 ⑤ 洎（jì）：及，到。晚节：后来。 ⑥ 春宫：即东宫，是太子居住的地方。《新唐书·后妃传》："高宗则天顺圣武氏，并州文水人。……太宗闻士彟女美，召为才人。方十四。……高宗为太子时入侍，悦之。" ⑦ 私：宠幸。 ⑧ 嬖（bì）：宠爱。 ⑨ "入门"二句：是说武则天以美色为高宗所宠爱，所有被选入宫的妃嫔，都遭受到她的嫉妒。蛾眉，原以蚕蛾的触须比喻女子修长而美丽的眉毛，这里借指美女。 ⑩ "掩袖工谗"二句：是说武则天善于进谗害人。《战国策》记载：楚王夫人郑袖对楚王所爱美女说："楚王喜欢你的美貌，但讨厌你的鼻子，以后见到楚王，要掩住你的鼻子。"美女照办，楚王因而发怒，割去美女的鼻子。这里借此暗指武则天曾偷偷窒息亲生女儿，而嫁祸于王皇后，使皇后失宠的事（见《新唐书·后妃传》）。 ⑪ 践元后：登上了元后之位。践，履。元后，正宫皇后。翚翟：皇后的礼服。翚（huī），五彩雉鸡。翟（dí），长尾山鸡。《旧唐书·舆服志》："皇后服有袆衣。其衣以深青织成之，文为翚翟之形。" ⑫ 聚麀（yōu）：多匹牡鹿共有一匹牝鹿。麀，母鹿。语出《礼记·曲礼上》："夫惟禽兽无礼，故父子聚麀。"这句意谓武则天原是唐太宗的姬妾，现在当上高宗的皇后。 ⑬ 虺（huǐ）蜴（yì）：指毒物。虺，毒蛇。蜴，蜥蜴，古人以为有毒。 ⑭ "近狎邪僻"二句：近狎，亲近。邪僻，指许敬宗、李义甫等不正派的人。忠良，指因反对武后而先后被杀的长孙无忌、上官仪、褚遂良等大臣。僻，一作"佞"。 ⑮ 杀姊屠兄：据《旧唐书·外戚传》记载：武则天被册立为皇后之后，陆续杀死侄儿武惟良、武怀远和姊女贺兰氏。兄武元庆、武元爽也被贬谪而死。这里说杀姊屠兄，是泛指杀戮亲属。 ⑯ 弑君鸩母：谋杀君王、毒死母亲。其实史书中并无武后谋杀唐高宗和毒死母亲的记载。这里所说可能是出于传闻，或故意地给她加上这些罪状。弑，臣下杀死君王。鸩（zhèn），传说中的一种鸟，用其羽毛浸酒能毒死人。一说鸩母指害王皇后事。 ⑰ 神器：指皇位。当时武则天实际上虽已掌握政权，但并未改换朝代，故云"窥窃神器"。 ⑱ "君之爱子"二句：唐高宗死后，中宗李显继位，旋被武后废为庐陵王，改立睿宗李旦为帝，但实际上是被幽禁起来（事见《新唐书·后妃传》）。 ⑲ 贼之宗盟：指武则天的家属和党羽。 ⑳ "霍子孟"句：霍子孟，即霍光，受汉武帝遗诏，辅助幼主汉昭帝；昭帝死后，昌邑王刘贺继位，荒淫无道，霍光又废刘贺，更立宣帝刘病已，是安定西汉王朝的重臣（事见《汉书·霍光传》）。作，兴起。这句是慨叹朝廷中没有像霍光那样的大臣，能扭转唐朝危亡的国运。

虚侯之已亡①。燕啄皇孙,知汉祚之将尽②;龙漦帝后,识夏庭之遽衰③。

敬业皇唐旧臣,公侯冢子④。奉先君之成业⑤,荷本朝之厚恩。宋微子之兴悲⑥,良有以也⑦;桓君山之流涕⑧,岂徒然哉!是用气愤风云,志安社稷。因天下之失望,顺宇内之推心⑨,爰举义旗,誓清妖孽。南连百越⑩,北尽三河⑪,铁骑成群,玉轴相接⑫。海陵红粟,仓储之积靡穷⑬;江浦黄旗,匡复之功何远⑭。班声动而北风起⑮,剑气冲而南斗平⑯。喑呜则山岳崩颓,叱咤则风云变色。以此制敌,何敌不摧;以此攻城,何城不克⑰!

公等或家传汉爵,或地协周亲⑱,或膺重寄于爪牙,或受顾命于宣室⑲。言犹在耳,忠岂忘心?一抔之土未干,六尺之孤安在⑳?倘能转祸为福㉑,送往事居㉒,共立勤王之勋㉓,无废旧君之命㉔,凡诸爵赏,同指山河㉕。若其眷恋穷城㉖,徘徊歧路,坐昧先几之兆㉗,必

---

① 朱虚侯:汉高祖子齐惠王肥的次子,名刘章,封朱虚侯。高祖死后,吕后专政,重用吕氏,危及刘氏天下,刘章与丞相陈平、太尉周勃等合谋,诛灭吕氏,拥立文帝,稳定了西汉王朝(事见《汉书·高五王传》)。这句是慨叹同姓的宗室没有像朱虚侯这样的人。 ② "燕啄皇孙"二句:汉成帝时有童谣说"燕飞来,啄皇孙"。后赵飞燕入宫为皇后,因无子而妒杀了许多皇子,汉成帝因此无后嗣。不久,王莽篡政,西汉灭亡。见《汉书·五行志》。这里借汉朝故事,指斥武则天先后废杀太子李忠、李弘、李贤,致使唐室倾危。祚,指皇位,国统。 ③ "龙漦帝后"二句:传说当夏王朝衰落时,有两条神龙降临宫廷中,夏帝把龙的唾涎用木盒藏起来,到周厉王时,木盒开启,龙漦溢出,化为玄鼋进入后宫,一宫女感而有孕,生褒姒。后幽王为其所惑,废太子,西周终于灭亡。见《史记·周本纪》。漦(lí),涎沫。 ④ 冢子:嫡长子。 ⑤ 先君:指敬业的祖父李勣、父亲李震。奉先君之成业,一作"奉先帝之遗训"。先帝,指高宗。 ⑥ 宋微子之兴悲:微子名启,是殷纣王的庶兄,被封于宋,所以称"宋微子"。殷亡后,微子朝周,路过殷都废墟,作《麦秀歌》来寄托自己亡国的悲哀(见《尚书大传》)。敬业的祖父徐世勣被赐姓李,算唐朝的宗室,故自比宋微子。 ⑦ 良:确实、真的。以:缘、因。 ⑧ 桓君山之流涕:桓谭字君山,东汉光武帝时为给事中,因上书言事,并反对当时盛行的谶纬神学,而被贬为六安县丞,忧郁而死(事见《后汉书·桓谭传》)。上句以宋微子自比,是说不忘故国;这句以桓君山自比,是说失去世爵,谪居外地。 ⑨ 推心:以诚待人。《后汉书·光武帝纪上》:"推赤心置人腹中"。 ⑩ 百越:泛指今南方沿海地带。越,南方少数民族的总称,高诱《淮南子》注:"古代越族有百种。"故称"百越"。 ⑪ 三河:洛阳附近河东、河内、河南三郡,是古代帝王建都的中原之地。 ⑫ 玉轴:指船。轴,通舳,船后把舵处。这里用作船的代称。 ⑬ "海陵红粟"二句:海陵,今江苏省泰州市,唐属扬州。汉代曾在此置粮仓。《文选》左思《吴都赋》:"观海陵之仓,则红粟流衍。"红粟,米因日久藏而发酵变成红色。江淮为产米之区,隋唐以来,户口殷盛,所以仓储更加充实。靡,无,不。 ⑭ "江浦黄旗"二句:是说以东南为根据地,很快就会平定北方,匡复唐朝天下。江浦,长江沿岸。浦,水边的平地。黄旗,指王者之旗。 ⑮ 班声:马嘶鸣声。《左传》襄公十八年:"有班马之声,齐师其遁。" ⑯ 剑气:指宝剑之精。晋初牛、斗之间常有紫气照射。雷焕告诉张华说:宝剑之精上彻于天。张华命雷焕寻觅,结果在丰城牢狱的地下,发掘到宝剑一双,一名龙泉,一名太阿。后来,这一对宝剑没入水中,化为双龙。事见《晋书·张华传》。南斗:牛斗是吴地星空的分野,故称南斗。 ⑰ "以此攻城"二句:《宋书·沈攸之传》:"以此攻城,何城不克?以此赴敌,何阵不摧?"一作"以此图功,何功不克"。 ⑱ "公等"二句:公等,诸位,泛指中央和地方的文武官员。家传汉爵,拥有世代传袭的爵位。汉初曾大封功臣以爵位,可世代传下去,所以称"汉爵"。周亲,至亲。"地协周亲",是说身份地位相当于至亲,都是皇家的宗室或姻亲。这两句一作"公等或居汉地,或协周亲"。 ⑲ "或膺众寄"二句:上句指节制一方的将帅,下句指在朝辅政的大臣。《诗经·小雅·祈父》:"祈父,予王之爪牙。"膺重寄于爪牙,是说曾被已死的皇帝看作爪牙,寄托以重任。顾命,皇帝临死的遗命。《尚书》有《顾命》篇。宣室,汉未央宫正殿室名。汉文帝曾在此召见并咨问贾谊,后借指皇帝郑重召问大臣之处。 ⑳ "一抔(póu)之土"二句:一抔之土,指皇帝的陵墓。语出《史记·张释之传》:"假令愚民取长陵(汉高祖陵)一抔土,陛下将何法以加之乎?"以手掬物叫抔。一抔即一掬。六尺之孤,指继承皇位的新君。古代帝王临死时,照例留有遗诏,命大臣辅佐太子继位,称为托孤。这两句承接上文,是说高宗刚刚下葬,而他的太子已经失去帝位。这时中宗李显被武则天废为庐陵王,软禁在房州。高宗于光宅元年(684)八月葬于乾陵,下距骆宾王作此文,仅一个月,故云一抔之土未干。安在,一作"何托"。 ㉑ 倘:通"傥",倘若,或者。 ㉒ 往:死者,指高宗。居:生者,指中宗。 ㉓ 勤王:指臣下起兵救援王室。《左传》僖公二十五年:"求诸侯莫如勤王。诸侯信之,且大义也。" ㉔ 旧君:指已死的皇帝,一作"大君",义近。 ㉕ "凡诸爵赏"二句:语出《史记·高祖功臣侯者年表》,汉初大封功臣,誓词云:"使河如带,泰山若厉。国以永宁,爰及苗裔。"这里意为有功者授予爵位,子孙永享,可以指山河为誓。 ㉖ 穷城:指孤立无援的城邑。 ㉗ 昧:不分明。几(jī):迹象。这句是说,看不清事先的预兆。

贻后至之诛①。

请看今日之域中，竟是谁家之天下！移檄州郡，咸使知闻。

【导读】

一、此文作于光宅元年(684)九月。当时武则天掌握政权，正在积极准备建立大周王朝，朝中新旧势力斗争激烈。李敬业是唐开国功臣英国公李勣(本姓徐，因功赐姓李)的长孙，曾任太仆少卿、眉州刺史，后因事谪柳州司马。这年七月，他以扬州为根据地，起兵反对武则天。自称匡复府上将，扬州大都督，以骆宾王为艺文令。这篇檄文就是骆宾王代他写的。

二、本文以封建君臣之义作为依据，前半篇斥责武则天的罪行，后半篇号召各方面起来响应。四六骈文的体式，雄文劲采，当时为人所传诵。据《新唐书》所载，武则天初观此文时，还嬉笑自若，当读到"一抔之土未干，六尺之孤安在"句时，惊问是谁写的，叹道："有如此才，而使之沦落不偶，宰相之过也！"可见这篇檄文煽动性之强。

韩愈：张中丞传后叙②

元和二年四月十三日夜③，愈与吴郡张籍阅家中旧书④，得李翰所为《张巡传》。翰以文章自名⑤，为此传颇详密。然尚恨有阙者⑥：不为许远立传⑦，又不载雷万春事首尾⑧。

远虽材若不及巡者，开门纳巡，位本在巡上，授之柄而处其下⑨，无所疑忌，竟与巡俱守死，成功名，城陷而虏，与巡死先后异耳。两家子弟材智下，不能通知二父志⑩，以为巡死而远就虏，疑畏死而辞服于贼。远诚畏死，何苦守尺寸之地⑪，食其所爱之肉⑫，以与贼抗而不降乎？当其围守时，外无蚍蜉蚁子之援⑬，所欲忠者，国与主耳，而贼语以国亡主灭。远见救援不至，而贼来益众，必以其言为信，外无待而犹死守，人相食且尽，虽愚人亦能数日而知死处矣⑭。远之不畏死亦明矣！乌有城坏其徒俱死⑮，独蒙愧耻求活？虽至愚者不忍为，呜呼！而谓远之贤而为之邪！

说者又谓：远与巡分城而守，城之陷，自远所分始，以此诟远⑯。此又与儿童之见无

---

① 贻(yí)：遗下，留下。后至之诛：语见《周礼·大司马》，原句为"比(集合、检阅)军众，诛后至者。"意思说迟疑不响应，一定要加以惩治。 ② 张中丞传后叙：《张中丞传》即《张巡传》，是韩愈为李翰《张巡传》写的一篇后序。张巡，邓州南阳(今河南省南阳市)人。唐安史之乱时为御史中丞，守睢阳，不敌叛军，城破而亡。张巡坚守睢阳城，弹尽粮绝，被捕后从容就死，四周唐军眼见睢阳失守而不救，事后又诬张巡降贼。李翰，赵州赞皇(今河北省元氏县)人。客居睢阳时，亲眼见张巡领睢阳军民血战而死，因此著文，献于肃宗以彰张巡伟绩。 ③ 元和：唐宪宗李纯年号，公元806—820年。 ④ 张籍：唐吴郡(今江苏省苏州市)人，韩愈的学生。 ⑤ 自名：自负，自许。《旧唐书·文苑传》中载："(翰)为文精密，用思苦涩。" ⑥ 恨：遗憾。阙：同"缺"，遗漏的地方。 ⑦ 许远：字令威，杭州盐官(今浙江海宁市)人。安史之乱时任睢阳太守，同张巡一起合力守城，亦不屈而死。 ⑧ 雷万春：与后文所述南霁云都是张巡的偏将。《新唐书·雷万春传》："雷万春者，不详所来，事巡为偏将。……万春野兵，方略不及(南)霁云，而强毅用命。每战，巡任之与霁云均。"韩愈在篇首解释作此后序的原因：一是《张巡传》没有为许远立传；二是没有详述雷万春一事，而后文则只述及许远和南霁云事，不提雷万春。一说雷万春事已不可考，韩愈仅提出此事引以为憾；一说雷万春本为南霁云之误，此处如为"南霁云"则前后照应。首尾：始终。 ⑨ 柄：权柄，这里指许远把指挥作战的权力交给张巡。 ⑩ 通知：知晓，了解。 ⑪ 尺寸之地：指睢阳城。 ⑫ 食其所爱之肉：据《资治通鉴》卷二二○中载："(睢阳久困，城中食尽)巡出爱妾，杀以食士，远亦杀其奴；然后括城中妇人食之，继以男子老弱。人知必死，莫有叛者。" ⑬ 蚍蜉(pí fú)蚁子：大蚁和小蚁。这里形容睢阳城困时连极小的援助都没有。 ⑭ 死处：死地，死所。 ⑮ 徒：指许远手下的兵士。 ⑯ 诟：诬陷、诽谤。

异。人之将死,其藏腑必有先受其病者①;引绳而绝之②,其绝必有处。观者见其然,从而尤之③,其亦不达于理矣。小人之好议论,不乐成人之美如是哉④!如巡、远之所成就,如此卓卓⑤,犹不得免,其他则又何说!

当二公之初守也,宁能知人之卒不救,弃城而逆遁⑥?苟此不能守,虽避之他处何益?及其无救而且穷也,将其创残饿羸之余⑦,虽欲去,必不达。二公之贤,其讲之精矣。守一城,捍天下⑧,以千百就尽之卒,战百万日滋之师⑨,蔽遮江淮,沮遏其势⑩,天下之不亡,其谁之功也!当是时,弃城而图存者,不可一二数⑪;擅强兵坐而观者⑫,相环也。不追议此,而责二公以死守,亦见其自比于逆乱,设淫辞而助之攻也。

愈尝从事于汴、徐二府⑬,屡道于两府间⑭,亲祭于其所谓双庙者⑮。其老人往往说巡、远时事云。

南霁云之乞救于贺兰也⑯,贺兰嫉巡、远之声威功绩出己上,不肯出师救;爱霁云之勇且壮,不听其语,强留之。具食与乐,延霁云坐⑰。霁云慷慨语曰:"云来时,睢阳之人不食月余日矣。云虽欲独食,义不忍;虽食,且不下咽!"因拔所佩刀断一指,血淋漓,以示贺兰。一座大惊,皆感激为云泣下⑱。云知贺兰终无为云出师意,即驰去。将出城,抽矢射佛寺浮图⑲,矢著其上砖半箭⑳,曰:"吾归破贼,必灭贺兰,此矢所以志也㉑!"愈贞元中过泗州㉒,船上人犹指以相语。城陷,贼以刃胁降巡,巡不屈,即牵去,将斩之;又降霁云,云未应㉓。巡呼云曰:"南八,男儿死耳,不可为不义屈!"云笑曰:"欲将以有为也㉔。公有言,云敢不死!"即不屈。

张籍曰:有于嵩者㉕,少依于巡;及巡起事,嵩常在围中㉖。籍大历中于和州乌江县见嵩㉗,嵩时年六十余矣。以巡,初尝得临涣县尉㉘,好学,无所不读。籍时尚小,粗问巡、远事,不能细也。云:巡长七尺余㉙,须髯若神㉚。尝见嵩读《汉书》,谓嵩曰:"何为久读此?"嵩曰:"未熟也。"巡曰:"吾于书,读不过三遍,终身不忘也。"因诵嵩所读书,尽卷,不错一字。嵩惊,以为巡偶熟此卷,因乱抽他帙以试㉛,无不尽然。嵩又取架上诸书,试以问巡,巡应口诵,无疑。嵩从巡久,亦不见巡常读书也。为文章,操纸笔立书,未尝起草。初守睢阳时,士卒仅万人,城中居人户,亦且数万,巡因一见问姓名,其后无不识者。巡怒,须髯辄张。及城陷,贼缚巡等数十人,坐,且将戮。巡起旋㉜,其众见巡起,或起或泣。巡曰:"汝

---

① 藏腑:五脏六腑。藏,同"脏"。 ② 引绳而绝之:拉绳子使其断掉。引,拉。绝,断。 ③ 尤:归罪,责备。 ④ 成人之美:语出《论语·颜渊》:"君子成人之美,不成人之恶,小人反是。" ⑤ 卓卓:卓越,超然不群。 ⑥ 逆遁:事先转移。逆,预先设想。 ⑦ 创残饿羸:指因长期作战,食物匮乏而伤残、瘦弱的士兵。羸(léi),瘦弱。 ⑧ 捍:捍卫。 ⑨ 滋:增加。 ⑩ 沮遏:阻止,遏制。 ⑪ 不可一二数:不能一个两个地计算,不可计数。 ⑫ 擅:手握,拥有。 ⑬ 从事:任职,服务。汴、徐二府:指汴州(今河南省开封市)和徐州(今江苏省徐州市)。 ⑭ 道:这里作动词,经过,路过。 ⑮ 双庙:张巡、许远死后,唐廷为表彰他们的功绩,在睢阳为两人立庙。 ⑯ 南霁云:魏州顿丘(今河南省清丰县西南)人。张巡的偏将,勇而重义,因在兄弟中排行第八,所以被呼为"南八"。贺兰:即贺兰进明。张巡守睢阳时任河南节度使,就带着重兵驻扎在临淮(今江苏省盱眙县西北)。张巡派南霁云前去求取救兵,贺兰妒张巡功而不肯发兵往救。 ⑰ 延:延请。 ⑱ 感激:感动。 ⑲ 浮图:佛塔。 ⑳ 著:射入。 ㉑ 志:通"识",标记。 ㉒ 贞元:唐德宗李适(kuò)年号,公元785—805年。泗州:唐时州名,治所在今江苏泗洪县东南。 ㉓ 未应:没有反应,没有答言。 ㉔ 有为:有所作为。 ㉕ 于嵩:事迹不详。 ㉖ 围中:围城之中,指睢阳城中。 ㉗ 大历:唐代宗李豫年号,公元766—779年。和州乌江县:在今安徽和县东北。 ㉘ 以巡,初尝得临涣县尉:因为张巡的缘故,得到临涣县尉这个职务。以,因为。临涣,在今安徽省宿州市。 ㉙ 七尺:古七尺仅相当于今天的五尺多。 ㉚ 须髯(rán):胡须的总称。在颔的叫作须,在颊的叫作髯。 ㉛ 帙:包书的套子,一般十卷为一帙,这里泛指书。 ㉜ 起旋:起身小便。

勿怖。死,命也。"众泣不能仰视。巡就戮时,颜色不乱①,阳阳如平常②。远宽厚长者,貌如其心。与巡同年生,月日后于巡,呼巡为兄。死时年四十九。

嵩贞元初死于亳、宋间③。或传嵩有田在亳、宋间,武人夺而有之,嵩将诣州讼理④,为所杀。嵩无子,张籍云。

【导读】

一、本文写于元和二年(807),韩愈任国子博士时。《张中丞传》即文中提到的李翰所作的《张巡传》。张巡在安史之乱爆发后愤然拒绝上司让其率部投降的命令,起兵抗阻叛军,独守雍丘(今河南省杞县)十一个月,后与睢阳(今河南商丘市南)太守许远合兵,以不足万人抵抗叛军十万大军,坚守睢阳近一年。在战略上阻遏叛军,屏蔽江淮——唐军给养的大后方地区,为唐军争取主动、重整旗鼓、平定叛乱赢得宝贵时间和必要条件。城破后,张巡及部下等人一同被害,许远因系主帅被叛军押往洛阳欲请功,但尚未到达唐军已收复洛阳,遂亦遇害于河南偃县。唐肃宗至德二年(757)曾封张巡为御史中丞,又追赠张巡、许远为扬州大都督、荆州大都督,予以褒扬。然而随着政局形势的变化,一些别有用心的人散布流言蜚语,甚至诬称张、许变节投敌。张巡之友、熟悉睢阳战事的李翰遂作《张巡传》上呈唐肃宗,但种种流言和非议并未就此平息,于是韩愈在读了李翰的《张巡传》后遂产生了写作这篇"后叙"的意图,内容上则是对李传未尽之处进行补充,并就有关史实进一步予以辨正,以正视听。"后叙"即跋文,"叙"又作"序",是古代一种夹叙夹议的文体。

二、这篇颇著名的传记文具有强烈的艺术感染力。作者以事实为依据,议论辩驳,热情歌颂张巡、许远及南霁云的功勋、节操,义正词严地痛斥播弄流言、混淆是非的小人"自比于逆乱,设淫辞而助之攻"的丑恶嘴脸。文章前半部分分别用三段围绕补李翰《张巡传》不足的意图,为许远洗冤辩诬。文章夹叙夹议,以严正的描述加以精到论析,勾画出许远忠贞宽厚的人格特征。文章后半部分则主要补叙张巡事迹,塑造南霁云忠义果敢的英雄形象,"南霁云乞师"一段尤富文学色彩,通过对其贺兰宴上义不独食的慷慨陈词、抽刀断指、抽矢射浮图等典型场面、细节的概括、描写,生动形象地展现了其人的侠肝义胆、凛凛正气。补叙张巡事迹则从侧面转述于嵩的话,如叙家常,娓娓道来,一个博学多才、爱憎分明的形象呼之欲出。

柳宗元:始得西山宴游记

自余为僇人⑤,居是州⑥,恒惴栗⑦。其隙也⑧,则施施而行⑨,漫漫而游⑩。日与其徒上高山,入深林,穷回溪⑪,幽泉怪石,无远不到。到则披草而坐,倾壶而醉。醉则更相枕以卧,卧而梦⑫。意有所极,梦亦同趣⑬。觉而起,起而归;以为凡是州之山水有异态者⑭,皆我有也,而未始知西山之怪特。

---

① 颜色不乱:面不改色。 ② 阳阳:安详的样子。语见《诗经·王风·君子阳阳》注:"阳阳,无所用其心也。" ③ 亳、宋:亳(bó),亳州,治所在今安徽省亳州市。宋,宋州,治所在今河南省商丘市。 ④ 诣:到。 ⑤ 僇(lù)人:同"戮人",受过刑辱的人,罪人。作者因永贞革新失败,被贬为永州司马,故自称僇人。僇,通"戮",耻辱。 ⑥ 是州:这个州,指永州。 ⑦ 恒:常常。惴栗:恐惧不安。惴,恐惧。栗,发抖。此意为害怕政敌落井下石。 ⑧ 其:如果,连词。隙:指空闲时间。 ⑨ 施(yí)施(yí)而行:慢慢地行走。施施,慢步缓行的样子。 ⑩ 漫漫而游:无拘无束地游。漫漫,不受拘束的样子。 ⑪ 穷:走到尽头。回溪:曲折溪流。 ⑫ 卧而梦:一本无此三字。 ⑬ "意有所极"二句:心有所至,梦亦同趋。所极,所向往的境界。极,至,向往。趣,同"趋",往,赴。 ⑭ 山水:一本无"水"字。

今年九月二十八日，因坐法华西亭①，望西山，始指异之②。遂命仆人过湘江③，缘染溪④，斫榛莽⑤，焚茅茷⑥，穷山之高而止。攀援而登，箕踞而遨⑦，则凡数州之土壤，皆在衽席之下⑧。其高下之势，岈然洼然⑨，若垤若穴⑩，尺寸千里⑪，攒蹙累积⑫，莫得遁隐。萦青缭白⑬，外与天际⑭，四望如一。然后知是山之特立⑮，不与培塿为类⑯。悠悠乎与颢气俱，而莫得其涯；洋洋乎与造物者游，而不知其所穷⑰。引觞满酌，颓然就醉，不知日之入。苍然暮色，自远而至，至无所见，而犹不欲归。心凝形释⑱，与万化冥合⑲。然后知吾向之未始游，游于是乎始。

故为之文以志⑳。是岁，元和四年也。

【导读】

一、柳宗元在唐顺宗永贞元年(805)贬永州司马。永州僻远而多山水之胜，柳宗元寄情山水，形诸笔墨，"永州八记"最为著名。本篇为"八记"之首，领起其余诸篇。西山，在今湖南省永州市零陵区西湘江外二里，俗称粮子岭。

二、本篇谋篇布局，匠心独运。从"始得"二字着意，先叙"未始知西山之怪特"时的永州山水之游，再正面写西山的怪特和始游时的心情，突出西山之游的纵情适意、心神俱化的惊喜，方悟"向之未始游，游于是乎始"，真切深至。在叙事写景中，显现出作者的孤清脱俗和对远贬僻处的不满情绪。

罗隐：英雄之言

物之所以有韬晦者㉑，防乎盗也。故人亦然。

夫盗亦人也，冠履焉，衣服焉；其所以异者，退逊之心，正廉之节㉒，不常其性耳。

视玉帛而取之者，则曰，牵于寒饿㉓；视家国而取之者，则曰，救彼涂炭㉔。牵我寒饿者，无得而言矣㉕；救彼涂炭者，则宜以百姓心为心。而西刘则曰㉖："居宜如是！"楚籍则

---

①"今年"二句：今年，指元和四年(809)。法华西亭：法华，即法华寺，在原零陵县城东山之上。作者于元和四年在寺西建亭，称西亭，有《永州法华寺新作西亭记》。 ②指异之：指着它觉得它奇特。指，指点。异，觉得……奇特。 ③湘江：应为潇水。潇水流经永州城西，至萍州才与湘江汇合。 ④缘：沿着。染溪：又作"冉溪"，柳宗元又称为"愚溪"，是潇水的一条小支流。 ⑤斫(zhuó)：砍伐。榛莽：指杂乱丛生的荆棘灌木。 ⑥茅茷(fá)：指长得繁密杂乱的野草。茷，草叶茂盛。 ⑦箕踞：席地而坐，随意伸开两腿，呈籏箕形，曰箕踞。是一种不拘礼节的坐法。遨：游赏，此指纵目游览。 ⑧衽席：坐垫、席子。 ⑨岈(xiā)然：高山深邃的样子。岈，《广韵》："岈，岈岈，山深之状。"洼然：深谷低洼的样子。"岈然"承"高"，"洼然"承"下"。 ⑩垤(dié)：蚁封，即蚂蚁洞边的小土堆。"若垤"承"岈然"，"若穴"承"洼然"。 ⑪尺寸千里：(从西山顶上望去)只有尺寸之远，实际上有千里之遥。 ⑫攒蹙：聚集紧缩。累积：堆积。 ⑬萦青缭白：青山萦回，白水缭绕。白，指山顶所见潇、湘二水。 ⑭际：接近。 ⑮特立：特别突出。 ⑯培塿(lǒu)：小土堆。 ⑰"悠悠乎"四句：写作者登临西山时神意恬漠、泯忘物我的感受，和下文"心凝形释，与万化冥合"意通。悠悠乎，辽阔浩渺貌。颢气，同"浩气"，指天地自然之气。俱，在一起。涯，边际。洋洋乎，广大貌。造物者，创造万物的天地，指大自然。 ⑱心凝：思想停止了(不再想任何事情)。形释：形体消散了(忘掉了自己的存在)。 ⑲万化：万物变化，指自然界万物。冥合：不知不觉地融合为一体。 ⑳为之文：把这次西山之游写成文章。之，代西山之游，是动词"为"的间接宾语。志：记载下来。 ㉑韬晦：隐蔽。 ㉒正廉之节：端正廉洁的操守。 ㉓牵：牵累，迫使。 ㉔救彼涂炭：救人民于水火之中。涂炭，比喻困苦的境地。 ㉕无得而言：没有什么可说的了。 ㉖"西刘"句：《史记·高祖本纪》："高祖常由咸阳，纵观，观秦皇帝，喟然太息曰：'嗟乎！大丈夫当如此也！'"西刘，刘邦，秦末楚汉相争，楚在东、汉在西，故称。

曰①:"可取而代!"意彼未必无退逊之心,正廉之节,盖以视其靡曼骄崇②,然后生其谋耳。为英雄者犹若是,况常人乎?是以峻宇逸游③,不为人所窥者,鲜也。

【导读】

一、《谗书》是罗隐抒写杂感的一部小品文集,编成于唐懿宗咸通八年(867)正月。鲁迅曾说:"罗隐的《谗书》,几乎全部是抗争和愤激之谈。"(《南腔北调集·小品文的危机》)本文即是其中的一篇。

二、本文借刘邦、项羽吐露真情的"英雄之言"不过是一己私欲的代名词,揭露"英雄"们在救民于水火之中幌子下的实质。文章分三层。"物之所……故人亦然"为一层,言韬晦以防盗。"夫盗亦人也"至"然后生其谋耳"为一层,言盗为满足"靡曼骄崇"的私欲,而丧失人之"退逊之心,正廉之节",又外饰以种种言辞,如"救彼涂炭"。最后一段为一层,告诫居上者戒奢、韬晦的必要性,否则必覆旧辙。文章以庄子"窃钩者诛,窃国者诸侯"引申、立论,借古讽今,有一针见血之功。

李朝威

李朝威,陇西(今甘肃陇西)人。生平不详。

柳毅传

仪凤中④,有儒生柳毅者,应举下第,将还湘滨⑤。念乡人有客于泾阳者⑥,遂往告别。至六七里,鸟起马惊,疾逸道左⑦,又六七里,乃止。见有妇人牧羊于道畔。毅怪视之,乃殊色也⑧。然而蛾脸不舒⑨,巾袖无光⑩,凝听翔立⑪,若有所伺。毅诘之曰:"子何苦而自辱如是⑫?"妇始楚而谢,终泣而对曰:"贱妾不幸,今日见辱问于长者⑬。然而恨贯肌骨,亦何能愧避,幸一闻焉⑭。妾,洞庭龙君小女也。父母配嫁泾川次子,而夫婿乐逸,为婢仆所惑,日以厌薄。既而将诉于舅姑⑮,舅姑爱其子,不能御⑯。迨诉频切⑰,又得罪舅姑。舅姑毁黜以至此⑱。"言讫,歔欷流涕⑲,悲不自胜。又曰:"洞庭于兹,相远不知其几多也?长天茫茫,信耗莫通⑳。心目断尽,无所知哀。闻君将还吴,密通洞庭。或以尺书㉑,寄托侍者,未卜将以为可乎㉒?"毅曰:"吾义夫也㉓。闻子之说,气血俱动,恨无毛羽,不能奋飞。是何可否之谓乎!然而洞庭,深水也。吾行尘间,宁可致意耶?唯恐道途显晦,不相通达,致负诚托,又乖恳愿。子有何术,可导我邪?"女悲泣且谢,曰:"负载珍重㉔,不复言矣。脱获回

---

①"楚籍"句:《史记·项羽本纪》:"秦始皇帝游会稽,渡浙江,梁(项梁)与籍俱观,籍曰:'彼可取而代也!'"项羽名籍,称西楚霸王。 ②靡曼:奢华,代指宫殿、服饰、美色等。骄崇:骄纵,高贵。 ③峻宇:高大的屋宇。 ④仪凤:唐高宗李治年号,公元676—678年。 ⑤湘滨:湘水之滨。 ⑥泾阳:唐县名,在今陕西省西安市北。 ⑦道左:路旁。 ⑧殊色:特别漂亮。 ⑨蛾脸不舒:愁眉苦脸。 ⑩巾袖无光:服装破旧没有光泽。 ⑪翔立:站立。翔,止。 ⑫自辱:自处于屈辱地位。 ⑬辱问:屈己下问。 ⑭幸一闻焉:请您听听吧。 ⑮舅姑:公婆。 ⑯御:驾驭,控制。 ⑰迨(dài):等到。 ⑱毁黜(chù):遭到斥逐。 ⑲歔欷(xī xū):感叹之声。 ⑳信耗:音信。 ㉑尺书:信札。 ㉒未卜:未知。 ㉓义夫:讲义气的人。 ㉔负载珍重:厚德好意。

耗①,虽死必谢。君不许,何敢言;既许而问,则洞庭之与京邑,不足为异也。"毅请闻之。女曰:"洞庭之阴②,有大橘树焉,乡人谓之'社橘③'。君当解去兹带,束以他物,然后叩树三发,当有应者。因而随之,无有碍矣。幸君子书叙之外,悉以心诚之话倚托,千万无渝④!"毅曰:"敬闻命矣。"女遂于襦间解书⑤,再拜以进,东望愁泣,若不自胜。毅深为之戚⑥。乃置书囊中,因复问曰:"吾不知子之牧羊,何所用哉?神祇岂宰杀乎?"女曰:"非羊也,雨工也。""何为雨工?"曰:"雷霆之类也。"毅顾视之,则皆矫顾怒步⑦,饮龁甚异⑧;而大小毛角,则无别羊焉。毅又曰:"吾为使者,他日归洞庭,幸勿相避。"女曰:"宁止不避,当如亲戚耳。"语竟,引别东去。不数十步,回望女与羊,俱亡所见矣。

其夕,至邑而别其友。月余到乡。还家,乃访于洞庭。洞庭之阴,果有社橘。遂易带,向树三击而止。俄有武夫出于波间,再拜请曰:"贵客将自何所至也?"毅不告其实,曰:"走谒大王耳。"武夫揭水指路⑨,引毅以进。谓毅曰:"当闭目,数息可达矣⑩。"毅如其言,遂至其宫,始见台阁相向,门户千万,奇草珍木,无所不有。夫乃止毅,停于大室之隅,曰:"客当居此以伺焉。"毅曰:"此何所也?"夫曰:"此灵虚殿也。"谛视之,则人间珍宝,毕尽于此:柱以白璧,砌以青玉,床以珊瑚,帘以水精,雕琉璃于翠楣,饰琥珀于虹栋,奇秀深杳,不可殚言⑪。然而王久不至。毅谓夫曰:"洞庭君安在哉?"曰:"吾君方幸玄珠阁,与太阳道士讲《火经》,少选当毕⑫。"毅曰:"何谓《火经》?"夫曰:"吾君,龙也。龙以水为神,举一滴可包陵谷。道士,乃人也。人以火为神圣,发一灯可燎阿房⑬。然而灵用不同,玄化各异⑭。太阳道士精于人理,吾君邀以听焉。"

语毕而宫门辟。景从云合⑮,而见一人,披紫衣,执青玉。夫跃曰:"此吾君也!"乃至前以告之。君望毅而问曰:"岂非人间之人乎?"毅对曰:"然。"毅遂设拜,君亦拜,命坐于灵虚之下。谓毅曰:"水府幽深,寡人暗昧,夫子不远千里,将有为乎?"毅曰:"毅,大王之乡人也。长于楚,游学于秦。昨下第,闲驱泾水之涘⑯,见大王爱女牧羊于野,风鬟雨鬓,所不忍视。毅因诘之。谓毅曰:'为夫婿所薄,舅姑不念,以至于此。'悲泗淋漓⑰,诚怛人心⑱。遂托书于毅。毅许之,今以至此。"因取书进之。洞庭君览毕,以袖掩面而泣曰:"老父之罪,不能鉴听,坐贻聋瞽,使闺窗孺弱,远罹构害⑲。公,乃陌上人也⑳,而能急之。幸被齿发,何敢负德!"词毕,又哀咤良久㉑。左右皆流涕。时有宦人密视君者,君以书授之,令达宫中。须臾,宫中皆恸哭。君惊,谓左右曰:"疾告宫中,无使有声,恐钱塘所知。"毅曰:"钱塘,何人也?"曰:"寡人之爱弟,昔为钱塘长,今则致政矣㉒。"毅曰:"何故不使知?"曰:"以其勇过人耳。昔尧遭洪水九年者㉓,乃此子一怒也。近与天将失意㉔,塞其五山。上帝以

---

①脱获回耗:若得回音。脱,或者,如果。 ②洞庭之阴:洞庭湖的南岸。水之南,山之北为阴。 ③社橘:古代称立春、立秋后祭社神(土地神)之日为社日。此日在树下设祭,树称社树,"社橘"就是作为社树的橘树。 ④无渝:不要改变态度。 ⑤襦(rú):短裙。 ⑥戚:悲戚。 ⑦矫顾怒步:行走回望都很矫健。 ⑧龁(hé):咬。 ⑨揭水:拨开水波。 ⑩息:一呼一吸为一息。 ⑪殚言:说尽。殚,尽。 ⑫少选:一会儿。 ⑬阿房(ē páng):即阿房宫,秦始皇所建,气势宏伟,方圆三万余里,项羽入关后焚毁。其故址在今西安市西南阿房村。 ⑭玄化:指法术神奇变幻。 ⑮景从云合:形容洞庭君被随从簇拥的盛况。景,同"影"。 ⑯涘:水边。 ⑰悲泗淋漓:痛哭流涕。泗,鼻涕。 ⑱诚怛人心:真叫人痛心。怛(dá),伤心,痛心。 ⑲远罹构害:在远方遭到迫害。 ⑳陌上人:过客。 ㉑哀咤(zhà):悲叹。 ㉒致政:即致仕,退休。 ㉓尧遭洪水九年:据《史记·五帝本纪》载,尧时洪水泛滥,鲧治水九年而未成功。 ㉔失意:失和。

寡人有薄德于古今，遂宽其同气之罪①，然犹糜系于此②，故钱塘之人，日日候焉。"

语未毕，而大声忽发，天拆地裂，宫殿摆簸，云烟沸涌。俄有赤龙长千余尺，电目血舌，朱鳞火鬣，项掣金锁，锁牵玉柱，千雷万霆，激绕其身，霰雪雨雹，一时皆下。乃擘青天而飞去③。毅恐蹶仆地。君亲起持之曰："无惧。固无害。"毅良久稍安，乃获自定。因告辞曰："愿得生归，以避复来。"君曰："必不如此。其去则然，其来则不然，幸为少尽缱绻④。"因命酌互举，以款人事⑤。

俄而祥风庆云，融融怡怡，幢节玲珑，箫韶以随⑥。红妆千万，笑语熙熙，中有一人，自然蛾眉，明珰满身，绡縠参差。迫而视之，乃前寄辞者。然若喜若悲，零泪如丝。须臾，红烟蔽其左，紫气舒其右，香气环旋，入于宫中。君笑谓毅曰："泾水之囚人至矣。"君乃辞归宫中。须臾，又闻怨苦，久而不已。有顷，君复出，与毅饮食。又有一人，披紫裳，执青玉，貌耸神溢，立于君左。君谓毅曰："此钱塘也。"毅起，趋拜之。钱塘亦尽礼相接，谓毅曰："女侄不幸，为顽童所辱⑦。赖明君子信义昭彰，致达远冤；不然者，是为泾陵之土矣。飨德怀恩，词不悉心⑧。"毅抑退辞谢⑨，俯仰唯唯⑩。然后回告兄曰："向者辰发灵虚，已至泾阳，午战于彼，未还于此。中间驰至九天，以告上帝。帝知其冤，而宥其失，前所谴责，因而获免。然而刚肠激发，不遑辞候，惊扰宫中，复忤宾客。愧惕惭惧，不知所失。"因退而再拜。君曰："所杀几何？"曰："六十万。""伤稼乎？"曰："八百里。""无情郎安在？"曰："食之矣。"君怃然曰⑪："顽童之为是心也，诚不可忍，然汝亦太草草。赖上帝显圣，谅其至冤。不然者，吾何辞焉⑫。从此已去，勿复如是。"钱塘复再拜。

是夕，遂宿毅于凝光殿。明日，又宴毅于凝碧宫。会友戚，张广乐，具以醪醴⑬，罗以甘洁。初，笳角鼙鼓，旌旗剑戟，舞万夫于其右。中有一夫前曰："此《钱塘破阵乐》。"旌铖杰气，顾骤悍栗，坐客视之，毛发皆竖。复有金石丝竹⑭，罗绮珠翠，舞千女于其左。中有一女前进曰："此《贵主还宫乐》。"清音宛转，如诉如慕，坐客听之，不觉泪下。二舞既毕，龙君大悦，锡以纨绮⑮，颁于舞人。然后密席贯坐，纵酒极娱。酒酣，洞庭君乃击席而歌曰：

  大天苍苍兮，大地茫茫。
  人各有志兮，何可思量。
  狐"神"鼠"圣"兮，薄社依墙⑯。
  雷霆一发兮，其孰敢当！
  荷贞人兮信义长，令骨肉兮还故乡。
  齐言惭愧兮何时忘！

洞庭君歌罢，钱塘君再拜而歌曰：

  上天配合兮，生死有途。
  此不当妇兮彼不当夫。

---

① 同气：同一血脉，指兄弟。　② 糜系：拘囚。　③ 擘(bò)：剖。　④ 缱绻：深情厚谊。　⑤ 人事：人情。　⑥ 箫韶：相传为虞舜时的乐曲，这里泛指音乐。　⑦ 顽童：指龙女夫婿，泾川次子。　⑧ 词不悉心：内心感激之情无法用言辞表达。　⑨ 抑退：告退。抑，谦。　⑩ 俯仰唯唯：连连作揖。　⑪ 怃(wǔ)然：失望的样子。　⑫ 辞：推卸责任。　⑬ 醪醴(láo lǐ)：醇甘的美酒。　⑭ 金石丝竹：泛指各种乐器，也指乐曲。金、石、丝、竹均属"八音"。　⑮ 锡：通"赐"。　⑯ 狐神鼠圣兮，薄社依墙：狐鼠显得尊贵是因为依附于城、社。狐、鼠均指泾川次子。薄，迫近，依附。

　　　　腹心辛苦兮①，泾水之隅。
　　　　风霜满鬓兮，雨雪罗襦。
　　　　赖明公兮引素书，令骨肉兮家如初。
　　　　永言珍重兮无时无。

钱塘君歌阕，洞庭君俱起，奉觞于毅。毅踧踖而受爵②，饮讫，复以二觞奉二君。乃歌曰：

　　　　碧云悠悠兮，泾水东流。
　　　　伤美人兮，雨泣花愁。
　　　　尺书远达兮，以解君忧。
　　　　哀冤果雪兮，还处其休③。
　　　　荷和雅兮感甘羞。山家寂寞兮难久留④。
　　　　欲将辞去兮悲绸缪⑤。

歌罢，皆呼万岁。洞庭君因出碧玉箱，贮以开水犀；钱塘君复出红珀盘，贮以照夜玑，皆起进毅。毅辞谢而受。然后宫中之人，咸以绡彩珠璧，投于毅侧，重叠焕赫，须臾埋没前后。毅笑语四顾，愧揖不暇。洎酒阑欢极⑥，毅辞起，复宿于凝光殿。翌日，又宴毅于清光阁。钱塘因酒作色⑦，踞谓毅曰："不闻猛石可裂不可卷，义士可杀不可羞耶？愚有衷曲，欲一陈于公。如可，则俱在云霄；如不可，则皆夷粪壤。足下以为何如哉？"毅曰："请闻之。"钱塘曰："泾阳之妻，则洞庭君之爱女也。淑性茂质，为九姻所重⑧，不幸见辱于匪人。今则绝矣。将欲求托高义⑨，世为亲戚。使受恩者知其所归，怀爱者知其所付，岂不为君子始终之道者？"毅肃然而作⑩，欻然而笑曰："诚不知钱塘君孱困如是！毅始闻跨九州，怀五岳，泄其愤怒；复见断金锁，掣玉柱，赴其急难。毅以为刚决明直，无如君者。盖犯之者不避其死，感之者不爱其生，此真丈夫之志。奈何箫管方洽，亲宾正和，不顾其道，以威加人？岂仆之素望哉！若遇公于洪波之中，玄山之间，鼓以鳞须，被以云雨，将迫毅以死，毅则以禽兽视之，亦何恨哉！今体被衣冠，坐谈礼义，尽五常之志性⑪，负百行之微旨⑫，虽人世贤杰，有不如者，况江河灵类乎？而欲以蠢然之躯，悍然之性，乘酒假气，将迫于人，岂近直哉！且毅之质，不足以藏王一甲之间，然而敢以不伏之心，胜王不道之气。惟王筹之！"钱塘乃逡巡致谢曰⑬："寡人生长宫房，不闻正论。向者词述狂妄，妄突高明。退自循顾，戾不容责⑭。幸君子不为此乖间可也⑮。"其夕，复欢宴，其乐如旧。毅与钱塘遂为知心友。

　　明日，毅辞别。洞庭君夫人归毅于潜景殿。男女仆妾等，悉出预会⑯。夫人泣谓毅曰："骨肉受君子深恩，恨不得展愧戴，遂至睽别。"使前泾阳女当席拜毅以致谢。夫人又曰："此别岂有复相遇之日乎？"毅其始虽不诺钱塘之请，然当此席，殊有叹恨之色。宴罢辞别，满宫凄然，赠遗珍宝，怪不可述。毅于是复循途出江岸，见从者十余人，担囊以随，至其家而辞去。

----

①腹心：心腹所爱的人，指龙女。②踧踖(cù jí)：恭敬而不安的样子。③休：美好。④山家：对自己家的谦称。⑤绸缪(móu)：缠绵。⑥洎(jì)：到，及。⑦作色：板起脸孔。⑧九姻：犹言九亲、九族，泛指众亲族。⑨高义：德行高尚的人，隐指柳毅。⑩作：起立。⑪五常：指儒家所谓仁、义、礼、智、信。⑫百行：泛指德行、孝行等等。⑬逡巡：欲进不进的样子，这里指因理亏而向后退缩。⑭戾：罪过。⑮乖间(jiàn)：违背，疏远。⑯预会：出席宴会。预，参与。

毅因适广陵宝肆,鬻其所得;百未发一,财已盈兆。故淮右富族,咸以为莫如。遂娶于张氏,亡。又娶韩氏,数月,韩氏又亡。徙家金陵①。常以鳏旷多感②,或谋新匹③。有媒氏告之曰:"有卢氏女,范阳人也。父名曰浩,尝为清流宰④。晚岁好道,独游云泉,今则不知所在矣。母曰郑氏。前年适清河张氏⑤,不幸而张夫早亡。母怜其少,惜其慧美,欲择德以配焉。不识何如?"毅乃卜日就礼⑥。既而男女二姓,俱为豪族,法用礼物,尽其丰盛。金陵之士,莫不健仰⑦。居月余,毅因晚入户,视其妻,深觉类于龙女,而逸艳丰厚,则又过之。因与话昔事。妻谓毅曰:"人世岂有如是之理乎?"经岁余,有一子,毅益重之。既产,逾月,乃秾饰换服,召毅于帘室之间,笑谓毅曰:"君不忆余之于昔也?"毅曰:"夙非姻好,何以为忆?"妻曰:"余即洞庭君之女也。泾川之冤,君使得白,衔君之恩,誓心求报。洎钱塘季父论亲不从⑧,遂至睽违⑨,天各一方,不能相问。父母欲嫁于濯锦小儿⑩,某遂闭户剪发,以明无意。虽为君子弃绝,分无见期⑪;而当初之心,死不自替⑫。他日父母怜其志,复欲驰白于君子。值君子累娶,当娶于张,已而又娶于韩。洎张、韩继卒,君卜居于兹,故余之父母乃喜,余得遂报君之意。今日获奉君子,咸善终世,死无恨矣!"因呜咽,泣涕交下。对毅曰:"始不言者,知君无重色之心;今乃言者,知君有感余之意。妇人匪薄,不足以确厚永心,故因君感余,以托相生。未知君意如何?愁惧兼心,不能自解。君附书之日,笑谓妾曰:'他日归洞庭,慎无相避。'诚不知当此之际,君岂有意于今日之事乎?其后季父请于君,君固不许。君乃诚将不可邪,抑忿然邪?君其话之!"毅曰:"似有命者。仆始见君于长泾之隅,枉抑憔悴⑬,诚有不平之志。然自约其心者,达君之冤,余无及也。以言慎勿相避者,偶然耳,岂有意哉。洎钱塘逼迫之际,唯理有不可直,乃激人之怒耳。夫始以义行为之志,宁有杀其婿而纳其妻者邪?一不可也。某素以操贞为志尚,宁有屈于己而伏于心者乎?二不可也。且以率肆胸臆,酬酢纷纶,唯直是图,不遑避害。然而将别之日,见君有依然之容,心甚恨之。终以人事扼束,无由报谢。吁!今日,君,卢氏也,又家于人间,则吾始心未为惑矣。从此以往,永奉欢好,心无纤虑也。"妻因深感娇泣,良久不已。有顷,谓毅曰:"勿以他类,遂为无心⑭,固当知报耳。夫龙寿万岁,今与君同之。水陆无往不适,君不以为妄也?"毅嘉之曰:"吾不知国客乃复为神仙之饵⑮。"乃相与觐洞庭。既至,而宾主盛礼,不可具纪。后居南海,仅四十年,其邸第、舆马、珍鲜、服玩,虽侯、伯之室,无以加也,毅之族咸遂濡泽⑯。以其春秋积序,容状不衰,南海之人,靡不惊异。洎开元中,上方属意于神仙之事,精索道术,毅不得安,遂相与归洞庭。凡十余岁,莫知其迹。

至开元末,毅之表弟薛嘏为京畿令⑰,谪官东南。经洞庭,晴昼长望,俄见碧山出于远波。舟人皆侧立,曰:"此本无山,恐水怪耳。"指顾之际,山与舟相逼,乃有彩船自山驰来,迎问于嘏。其中有一人呼之曰:"柳公来候耳。"嘏省然记之,乃促至山下,摄衣疾上。山有宫阙如人世,见毅立于宫室之中,前列丝竹,后罗珠翠,物玩之盛,殊倍人间。毅词理益玄,容颜益少。初迎嘏于砌,持嘏手曰:"别来瞬息,而发毛已黄。"嘏笑曰:"兄为神仙,弟为枯

---

① 金陵:今江苏省南京市。 ② 鳏(guān)旷:指老而无妻。旷,指男子到一定年龄未娶妻。 ③ 匹:配偶。 ④ 为清流宰:做清流县令。清流,唐县名,今属安徽省滁州市。 ⑤ 适:出嫁。 ⑥ 卜日就礼:选择吉日举行婚礼。 ⑦ 健仰:非常仰慕。 ⑧ 季父:叔父。 ⑨ 睽违:离别,分离。 ⑩ 濯锦:水名,即今锦江。 ⑪ 分:料想。 ⑫ 替:衰。 ⑬ 枉抑:冤屈。 ⑭ 无心:无情。 ⑮ 饵:药石之饵。 ⑯ 濡(rú)泽:润泽,膏被,指受到恩惠。 ⑰ 京畿:京城附近。

骨,命也。"毅因出药五十丸遗煆①,曰:"此药一丸,可增一岁耳。岁满复来,无久居人世以自苦也。"欢宴毕,煆乃辞行。自是已后,遂绝影响②。煆常以是事告于人世。殆四纪,煆亦不知所在。

陇西李朝威叙而叹曰③:五虫之长④,必以灵著,别斯见矣。人,裸也,移信鳞虫。洞庭含纳大直⑤,钱塘迅疾磊落,宜有承焉。煆咏而不载,独可邻其境。愚义之,为斯文。

【导读】

一、唐传奇是唐代兴起的文言短篇小说,它标志着我国文言小说发展到了成熟阶段。"传奇"之称本于裴铏所著《传奇》一书,后人遂以此概称唐人小说。与六朝志怪小说相比,唐传奇叙述宛转,想象丰富,具有很强的虚构性,因此,鲁迅先生曾说:"是时则始有意为小说。"(《中国小说史略》)据本篇文中言及柳毅有表弟薛煆"开元末""谪官东南",途经洞庭见柳毅,复"殆四纪(一纪十二年),煆亦不知所在",而后作者"为斯文",由此推断,本文或写于贞元(785—804)年间。

二、这篇小说描写了书生柳毅仗义为遭受夫婿虐待的龙女传书的故事,也是一篇人神恋爱的故事。小说成功地统合了侠义、爱情、灵怪三种元素,情节波澜曲折,想象生动奇幻,语言省净而富有表现力;更运用了正面描写、人物对话、心理描写和环境烘托等多种手法刻画人物形象:柳毅的见义勇为、正直不屈,洞庭君的知恩必报、谨重自持,钱塘君的刚愎暴烈、坦诚热情,小龙女的温婉美丽、款款多情——无不跃然纸上。特别是对柳毅宴席间出于义的拒婚和临别时出于情的恨意的描写,以及小龙女化为卢氏女嫁柳毅,有了前后的心理变化的刻画,尤具层次感。

三、柳毅传书的故事为后世所传诵,不但作为典故进入诗文作品中,更演化为戏曲题材。如元人尚仲贤《洞庭湖柳毅传书》杂剧、李好古《沙门岛张生煮海》杂剧、明人黄惟楫《龙绡记》传奇、清人李渔《蜃中楼》传奇、何镛《乘龙佳话》等均取材于此。

后世戏曲以唐传奇故事为题(或题材),是一个很普遍的现象,鲁迅先生曾说:"元明人多本其事作杂剧或传奇,而影响遂及于曲。"(《中国小说史略》)

蒋 防

蒋防(生卒年不详),唐文学家。字子微(或作子徵),常州义兴(今江苏宜兴)人。能诗善文。元和中,因李绅荐举,官翰林学士。长庆中,出为汀州刺史,后改为连州刺史。有传奇小说《霍小玉传》,《全唐文》收其赋及杂文一卷。

霍小玉传

大历中⑥,陇西李生名益⑦,年二十,以进士擢第。其明年,拔萃⑧,俟试于天官⑨。夏

---

① 遗(wèi):赠送。 ② 影响:这里指消息。 ③ 陇西:唐郡名,治所在今甘肃陇西县。 ④ 五虫:指裸虫(人类)、羽虫(鸟类)、毛虫(兽类)、鳞虫(鱼类)、介虫(龟类)。 ⑤ 含纳:有涵养,有度量。 ⑥ 大历:唐代宗李豫年号,公元766—779年。 ⑦ 陇西李生名益:李益,字君虞,陇西姑臧(今甘肃省武威市)人,中唐诗人。大历四年(769)进士,官至礼部尚书。 ⑧ 拔萃:《旧唐书·选举志》:"选未满而试文三篇,谓之宏辞;试判三条,谓之拔萃,中者即授官。""拔萃"就是参加吏部主持的试判。 ⑨ 天官:即吏部。

六月至长安,舍于新昌里。生门族清华,少有才思,丽词嘉句,时谓无双;先达丈人①,翕然推伏②。每自矜风调③,思得佳偶,博求名妓,久而未谐。长安有媒鲍十一娘者,故薛驸马家青衣也④;折券从良十余年矣⑤。性便辟⑥,巧言语,豪家戚里,无不经过,追风挟策⑦,推为渠帅⑧。当受生诚托厚赂,意颇德之。

经数月,李方闲居舍之南亭。申未间,忽闻扣门甚急,云是鲍十一娘至。摄衣从之,迎问曰:"鲍卿今日何故忽然而来?"鲍笑曰:"苏姑子作好梦也未⑨?有一仙人,谪在下界,不邀财货,但慕风流。如此色目⑩,共十郎相当矣。"生闻之惊跃,神飞体轻,引鲍手且拜且谢曰:"一生作奴,死亦不惮。"因问其名居⑪。鲍具说曰:"故霍王小女⑫,字小玉,王甚爱之。母曰净持。——净持,即王之宠婢也。王之初薨,诸弟兄以其出自贱庶,不甚收录⑬。因分与资财,遣居于外,易姓为郑氏,人亦不知其王女。姿质秾艳,一生未见;高情逸态,事事过人;音乐诗书,无不通解。昨遣某求一好儿郎格调相称者⑭,某具说十郎。他亦知有李十郎名字,非常欢惬。住在胜业坊古寺曲⑮,甫上车门宅是也。已与他作期约。明日午时,但至曲头觅桂子,即得矣。"

鲍既去,生便备行计。遂令家僮秋鸿,于从兄京兆参军尚公处假青骊驹⑯,黄金勒⑰。其夕,生浣衣沐浴,修饰容仪,喜跃交并,通夕不寐。迟明⑱,巾帻⑲,引镜自照,惟惧不谐也。徘徊之间,至于亭午⑳,遂命驾疾驱,直抵胜业。至约之所,果见青衣立候,迎问曰:"莫是李十郎否?"即下马,令牵入屋底,急急锁门。见鲍果从内出来,遥笑曰:"何等儿郎,造次入此㉑?"生调诮未毕㉒,引入中门。庭间有四樱桃树;西北悬一鹦鹉笼,见生入来,即语曰:"有人入来,急下帘者!"生本性雅淡,心犹疑惧,忽见鸟语,愕然不敢进。

逡巡,鲍引净持下阶相迎,延入对坐。年可四十余,绰约多姿㉓,谈笑甚媚。因谓生曰:"素闻十郎才调风流,今又见仪容雅秀,名下固无虚士。某有一女子,虽拙教训,颜色不至丑陋,得配君子,颇为相宜。频见鲍十一娘说意旨,今亦便令永奉箕帚㉔。"生谢曰:"鄙拙庸愚,不意顾盼㉕,倘垂采录,生死为荣。"遂命酒馔,即令小玉自堂东阁子中而出。生即拜迎,但觉一室之中,若琼林玉树,互相照耀,转盼精彩射人。既而遂坐母侧。母谓曰:"汝尝爱念'开帘风动竹,疑是故人来㉖',即此十郎诗也。尔终日吟想,何如一见。"玉乃低鬟微笑,细语曰:"见面不如闻名,才子岂能无貌?"生遂连起拜曰:"小娘子爱才,鄙夫重色。两好相映,才貌相兼。"母女相顾而笑,遂举酒数巡。生起,请玉唱歌。初不肯,母固强之。发声清亮,曲度精奇。

酒阑及暝,鲍引生就西院憩息。闲庭邃宇,帘幕甚华。鲍令侍儿桂子、浣沙与生脱靴解带。须臾,玉至,言叙温和,辞气宛媚。解罗衣之际,态有余妍,低帏昵枕,极其欢爱。生

---

① 先达丈人:前贤长辈。 ② 翕然推伏:一致称赞。伏,通"服"。 ③ 风调:风度才华。 ④ 青衣:婢女。 ⑤ 折券从良:折毁了卖身契,嫁给家世清白的人。 ⑥ 便辟:善于逢迎谄媚。便,音pián。 ⑦ 追风挟策:原意为挥鞭驱马,这里是说很会说风情做媒人。追风,良马名。挟策,手拿马鞭。 ⑧ 渠帅首领,犹今日所谓大姐大。 ⑨ 苏姑子:未详,当系媒婆对李益的戏称。 ⑩ 色目:名目,东西。这里指人(妓女)。 ⑪ 名居:姓名住址。 ⑫ 霍王:指李元轨长子绪之孙晖,元轨为高祖李渊第十四子。 ⑬ 不甚收录:不肯收留。 ⑭ 格调:品格才调。 ⑮ 曲:小巷。 ⑯ 从兄:堂兄。 ⑰ 勒:马笼头。 ⑱ 迟明:黎明。 ⑲ 巾帻:系上包发的头巾。巾,动词。 ⑳ 亭午:正午。 ㉑ 造次:冒失。 ㉒ 调诮:调笑戏谑的话。 ㉓ 绰约:姿态柔和优美的样子。 ㉔ 奉箕帚:谦辞,供事洒扫,代指做妻室之意。 ㉕ 不意顾盼:没想到被您看上。 ㉖ 开帘风动竹,疑是故人来:李益《竹窗闻风寄苗发司空曙》诗作"开门复动竹,疑是故人来"。

自以为巫山、洛浦不过也①。中宵之夜,玉忽流涕观生曰:"妾本倡家,自知非匹。今以色爱,托其仁贤。但虑一旦色衰,恩移情替②,使女萝无托,秋扇见捐③。极欢之际,不觉悲至。"生闻之,不胜感叹,乃引臂替枕,徐谓玉曰:"平生志愿,今日获从,粉骨碎身,誓不相舍。夫人何发此言!请以素缣④,著之盟约。"玉因收泪,命侍儿樱桃褰幄执烛⑤,授生笔研。玉管弦之暇,雅好诗书,箧箱笔研,皆王家之旧物。遂取绣囊,出越姬乌丝栏素缣三尺以授生⑥。生素多才思,援笔成章,引谕山河,指诚日月,句句恳切,闻之动人。染毕⑦,命藏于宝箧之内。自尔婉娈相得⑧,若翡翠之在云路也⑨。

如此二岁,日夜相从。其后年春,生以书判拔萃登科,授郑县主簿⑩。至四月,将之官,便拜庆于东洛⑪。长安亲戚,多就筵钱。时春物尚余,夏景初丽,酒阑宾散,离思萦怀。玉谓生曰:"以君才地名声,人多景慕⑫,愿结婚媾,固亦众矣。况堂有严亲,室无冢妇⑬,君之此去,必就佳姻。盟约之言,徒虚语耳。然妾有短愿,欲辄指陈⑭,永委君心⑮,复能听否?"生惊怪曰:"有何罪过,忽发此辞?试说所言,必当敬奉。"玉曰:"妾年始十八,君才二十有二,迨君壮室之秋⑯,犹有八岁。一生欢爱,愿毕此期,然后妙选高门,以谐秦晋,亦未为晚。妾便舍弃人事,剪发披缁⑰。夙昔之愿,于此足矣。"生且愧且感,不觉涕流,因谓玉曰:"皎日之誓⑱,死生以之。与卿偕老,独恐未惬素志,岂敢辄有二三⑲?固请不疑,但端居相待⑳。至八月,必当却到华州㉑,寻使奉迎,相见非远。"

更数日,生遂诀别东去。到任旬日,求假往东都觐亲。未至家日,太夫人已与商量表妹卢氏,言约已定。太夫人素严毅,生逡巡不敢辞让,遂就礼谢,便有近期。卢亦甲族也,嫁女于他门,聘财必以百万为约,不满此数,义在不行。生家素贫,事须求贷,便托假故㉒,远投亲知,涉历江、淮,自秋及夏。生自以孤负盟约㉓,大愆回期㉔,寂不知闻,欲断其望,遥托亲故,不遣漏言。

玉自生逾期,数访音信,虚词诡说,日日不同。博求师巫,遍询卜筮,怀忧抱恨,周岁有余。羸卧空闺,遂成沉疾。虽生之书题竟绝㉕,而玉之想望不移,赂遗亲知,使通消息。寻求既切,资用屡空,往往私令侍婢潜卖箧中服玩之物,多托于西市寄附铺侯景先家货卖㉖。曾令侍婢浣沙将紫玉钗一只,诣景先家货之。路逢内作老玉工㉗,见浣沙所执,前来认之曰:"此钗,吾所作也。昔岁霍王小女,将欲上鬟㉘,令我作此,酬我万钱。我尝不忘。汝是何人,从何而得?"浣沙曰:"我小娘子,即霍王女也。家事破散,失身于人。夫婿昨向东都,更无消息。悒怏成疾㉙,今欲二年。令我卖此,赂遗于人,使求音信。"玉工凄然下泣曰:

---

① 巫山、洛浦:指巫山神女和洛神。浦,水边。 ② 替:变衰。 ③ 秋扇见捐:秋凉时节扇子被弃置。汉班婕妤《团扇歌》云:"新裂齐纨素,皎洁如霜雪;裁成合欢扇,团团似明月。出入君怀袖,动摇微风发。常恐秋节至,凉飙夺炎热。弃捐箧笥中,恩情中道绝。" ④ 素缣(jiān):白色的细绢。 ⑤ 褰(qiān)幄:掀起帷帐。 ⑥ 乌丝栏:绢上所织黑丝格线。《国史补》:"宋亳间有织成界道绢素,谓之乌丝栏。" ⑦ 染毕:写好。 ⑧ 婉娈(luán):亲爱。 ⑨ 若翡翠之在云路:如翡翠鸟在天空比翼双飞。翡翠,青羽雀,雄为翡,雌为翠。 ⑩ 郑县:唐县名,今陕西省渭南市华州区。 ⑪ 拜庆:即"拜家庆",回乡探双亲。东洛:东都洛阳。 ⑫ 景慕:美慕。 ⑬ 冢妇:嫡长子之妻,这里指正妻。 ⑭ 欲辄指陈:想立即表白。 ⑮ 永委君心:即永委心于君。 ⑯ 壮室:即壮年,三十岁。 ⑰ 剪发披缁:剪去头发穿上缁衣,意即当尼姑。缁(zī),缁衣,黑色衲衣。 ⑱ 皎日之誓:对着白日所发的誓言。《诗经·大车》:"谓予不信,有如皎日。" ⑲ 二三:即"二三其德"的省语,语出《诗经·氓》。 ⑳ 端居:安心起居。 ㉑ 却到:回到。 ㉒ 托假故:找借口。 ㉓ 孤:同"辜"。 ㉔ 愆:超过,错过。 ㉕ 书题:书信、题咏。 ㉖ 寄附铺:犹典当行。 ㉗ 内作:皇家工匠。 ㉘ 上鬟:指女子成年。十五岁及笄,将垂发挽成双鬟,插上簪钗,也叫上鬟。 ㉙ 悒怏:忧愁不快。

"贵人男女,失机落节①,一至于此!我残年向尽,见此盛衰,不胜伤感。"遂引至延光公主宅②,具言前事。公主亦为之悲叹良久。给钱十二万焉。

时生所定卢氏女在长安,生既毕于聘财,还归郑县。其年腊月,又请假入城就亲。潜卜静居③,不令人知。有明经崔允明者④,生之中表弟也。性甚长厚,昔岁常与生同欢于郑氏之室,杯盘笑语,曾不相间。每得生信,必诚告于玉。玉常以薪刍衣服⑤,资给于崔。崔颇感之。生既至,崔具以诚告玉。玉恨叹曰:"天下岂有是事乎!"遍请亲朋,多方召致。生自以愆期负约,又知玉疾候沉绵⑥,惭耻忍割⑦,终不肯往。晨出暮归,欲以回避。玉日夜涕泣,都忘寝食,期一相见,竟无因由,冤愤益深,委顿床枕⑧。

自是长安中稍有知者。风流之士,共感玉之多情;豪侠之伦,皆怒生之薄行⑨。时已三月,人多春游,生与同辈五六人诣崇敬寺玩牡丹花,步于西廊,递吟诗句。有京兆韦夏卿者,生之密友,时亦同行。谓生曰:"风光甚丽,草木荣华。伤哉郑卿,衔冤空室!足下终能弃置,实是忍人。丈夫之心,不宜如此。足下宜为思之!"

叹让之际⑩,忽有一豪士,衣轻黄纻衫,挟弓弹,丰神隽美,衣服轻华,唯有一剪头胡雏从后,潜行而听之。俄而前揖生曰:"公非李十郎者乎?某族本山东⑪,姻连外戚。虽乏文藻,心尝乐贤。仰公声华,常思觏止⑫。今日幸会,得睹清扬⑬。某之敝居,此去不远,亦有声乐,足以娱情。妖姬八九人,骏马十数匹,唯公所欲。但愿一过。"生之侪辈⑭,共聆斯语,更相叹美。因与豪士策马同行,疾转数坊,遂至胜业。生以近郑之所止,意不欲过,便托事故,欲回马首。豪士曰:"敝居咫尺,忍相弃乎?"乃挽挟其马,牵引而行。迁延之间,已及郑曲。生神情恍惚,鞭马欲回。豪士遽命奴仆数人,抱持而进。疾走推入车门,便令锁却,报云:"李十郎至也!"一家惊喜,声闻于外。

先此一夕,玉梦黄衫丈夫抱生来,至席,使玉脱鞋,惊寤而告母。因自解曰:"'鞋'者,'谐'也,夫妇再合。'脱'者,'解'也。既合而解,亦当永诀。由此征之⑮,必遂相见,相见之后,当死矣。"凌晨,请母妆梳。母以其久病,心意惑乱,不甚信之。黾勉之间⑯,强为妆梳。妆梳才毕,而生果至。玉沉绵日久,转侧须人;忽闻生来,欻然自起,更衣而出,恍若有神。遂与生相见,含怒凝视,不复有言。羸质娇姿,如不胜致⑰,时复掩袂,返顾李生。感物伤人,坐皆欷歔。

顷之,有酒肴数十盘,自外而来。一坐惊视,遽问其故,悉是豪士之所致也。因遂陈设,相就而坐。玉乃侧身转面,斜视生良久,遂举杯酒酬地曰⑱:"我为女子,薄命如斯!君是丈夫,负心若此!韶颜稚齿⑲,饮恨而终。慈母在堂,不能供养。绮罗弦管,从此永休。征痛黄泉,皆君所致。李君李君,今当永诀!我死之后,必为厉鬼,使君妻妾,终日不安!"乃引左手握生臂,掷杯于地,长恸号哭数声而绝。母乃举尸,置于生怀,令唤之,遂不复苏

---

① 失机落节:背运落魄。 ② 延光公主:唐肃宗李亨的女儿。延光,封号。 ③ 潜卜静居:暗中寻找僻静的居处。 ④ 明经:指唐代科举考试中的明经科出身。明经考经义。 ⑤ 薪刍(chú):代指日常零用钱。 ⑥ 疾候沉绵:症状沉重。 ⑦ 惭耻忍割:惭愧羞耻,忍心割爱。 ⑧ 委顿:疲惫衰颓。 ⑨ 薄行:无行,无情无义。 ⑩ 让:责备。 ⑪ 山东:指华山以东地区。 ⑫ 觏止:相遇。觏(gòu),通"遘",遇见。止,语助词。 ⑬ 清扬:《诗经·郑风·野有蔓草》:"有美一人,清扬婉兮。"后用以"清扬"形容眉目清秀。此犹"尊容"之意。 ⑭ 侪(chái)辈:同辈,同伴。 ⑮ 征:证,验。 ⑯ 黾(mǐn)勉:勉力从事。 ⑰ 致:情态。 ⑱ 酬地:酒泼在地上以设誓。 ⑲ 韶颜稚齿:犹言青春年少。韶,美好。

矣。生为之缟素①,旦夕哭泣甚哀。将葬之夕,生忽见玉缞帷之中②,容貌妍丽,宛若平生。着石榴裙,紫裆裆③,红绿帔子④。斜身倚帷,手引绣带,顾谓生曰:"愧君相送,尚有余情。幽冥之中,能不感叹。"言毕,遂不复见。明日,葬于长安御宿原⑤。生至墓所,尽哀而返。

  后月余,就礼于卢氏。伤情感物,郁郁不乐。夏五月,与卢氏偕行,归于郑县。至县旬日,生方与卢氏寝,忽帐外叱叱作声,生惊视之,则见一男子,年可二十余,姿状温美,藏身映幔,连招卢氏。生惶遽走起,绕幔数匝,倏然不见。生自此心怀疑恶,猜忌万端,夫妻之间,无聊生矣。或有亲情,曲相劝喻,生意稍解。后旬日,生复自外归,卢氏方鼓琴于床,忽见自门抛一斑犀钿花合子,方圆一寸余,中有轻绢,作同心结⑥,坠于卢氏怀中。生开而视之,见相思子二⑦、叩头虫一、发杀觜一⑧、驴驹媚少许⑨。生当时愤怒叫吼,声如豺虎,引琴撞击其妻,诘令实告,卢氏亦终不自明。尔后往往暴加捶楚⑩,备诸毒虐,竟讼于公庭而遣之⑪。卢氏既出⑫,生或侍婢媵妾之属,暂同枕席,便加妒忌,或有因而杀之者。生尝游广陵,得名姬曰营十一娘者,容态润媚,生甚悦之。每相对坐,尝谓营曰:"我尝于某处得某姬,犯某事,我以某法杀之。"日日陈说,欲令惧己,以肃清闺门。出则以浴斛覆营于床⑬,周回封署,归必详视,然后乃开。又畜一短剑,甚利,顾谓侍婢曰:"此信州葛溪铁⑭,唯断作罪过头!"大凡生所见妇人,辄加猜忌,至于三娶,率皆如初焉。

【导读】

  一、蒋防的《霍小玉传》是中唐传奇的压卷之作,这也是一篇取材于当朝人物传说的爱情故事。唐代有两个李益,其中一李益为唐代著名诗人,《唐书》本传说:"益少痴而忌克,防闲妻妾苛严,世谓妒痴为李益疾。"本篇大约就是根据当时关于李益"妒痴"的传说敷衍而成,但叙述和描写的重心已转移到女主人公霍小玉身上。《霍小玉传》的写作年代当在元稹写《莺莺传》之后,应在宪宗元和至穆宗长庆之间(806—821),已不能确考。作者蒋防亦善诗文,但实赖本篇传奇文而留名中国文学史。

  二、这是一个典型的"痴心女子负心汉"式的爱情故事,也是一幕"情—理""情—礼"冲突的悲剧。悲剧的男女主角一个是出身清要的新第进士,一个是沦落风尘的倡家女,他们的结合是建立在"小娘子爱才,鄙夫重色,两好相映,才貌相兼"这个基础之上的。因此在欢会定情之夜,霍小玉便"极欢之际,不觉悲至",流着泪对李益说:"妾本倡家,自知非匹。今以色爱,托其仁贤。但虑一旦色衰,恩移情替。"两年后李益拔萃得官赴任,小玉在送别之际说:"以君才地名声,人多景慕,愿结婚姻,固亦众矣。况堂有严亲,室无冢妇,君之此去,必就佳姻。盟约之言,彼虚语耳。"应当说,霍小玉对自身的处境是有着清醒的认识的,但一往情深的她还抱有一个希望,那就是在李益"妙选高门,以谐秦晋"之前,毕一生之欢爱,而后"便舍弃人事,剪发披缁",出家为尼。于是在李益"且愧且感,不觉流涕"的情况下,在分别之际又引出了其迎娶盟誓,于是一向清醒的小玉也就一步步走向了悲剧的终点:"我为女子,薄命如斯!君是丈夫,负心若此!……征痛黄泉,皆君所致。"

  李益的背信弃义也是"情—理""情—礼"冲突的结果。既然原本"用情"就是建立在"重色"的脆弱基

---

①缟(gǎo)素:白色衣服,意即丧服。 ②缞(suī)帷:灵帐。 ③袴(kè)裆:古代妇女所穿外袍。 ④帔(pèi)子:披纱。 ⑤御宿原:墓地,在长安城南。 ⑥同心结:古人用锦带结为连环回文的形状,称为"同心结"。 ⑦相思子:即红豆。 ⑧发杀觜(zī):似媚药。 ⑨驴驹媚:传说中的一种媚药。 ⑩捶楚:棍杖击打。 ⑪遣:休弃。 ⑫出:妇女违反封建礼教规定的妇德而被休,叫出。 ⑬浴斛(hú):澡盆之类。 ⑭信州:治所在今江西省上饶市。信州葛溪产好铁。

础上,其婚姻盟誓亦不过是一时冲动,固无挑战门第婚姻观念的可能,故一旦遇到代表着社会理性的外在力量的压迫,自然就极易走向反面的"忍情"和"绝情":先是在家长权威面前"逡巡不敢辞让",既而为筹措聘礼积极奔走四方,既而为"欲断其望,遥托亲故,不遗漏言"。正如小玉临终所谴责的那样,李益是小玉悲惨结局的直接制造者。作者对小玉抱有深切的同情,对李益则持批判态度,因为在一定程度上李益的"薄行"已超出当时舆论所允许的范围,即所谓"风流之士,共感玉之多情;豪侠之伦,皆怒生之薄行"。作者的态度倾向虽然是鲜明的,但对李益这一人物的刻画并未图式化,而是在对其从用情到忍情、绝情,复由绝情而有情过程的叙写中揭示其性格的双重性。

作者善于运用典型场景表现人物的性格和心理特征。如小玉临终前再见李益的场面:"玉沉绵日久,转侧须人;忽闻生来,欻然自起,更衣而出,恍若有神。遂与生相见,含怒凝视,不复有言。羸质娇姿,如不胜致,时复掩袂,返顾李生。"用笔深细,人物情态宛然可见,凄恻动人。作者亦善以人物语言、对话刻画人物,如鲍十一娘的出场:"鲍笑曰:苏姑子作好梦也未?有一仙人,谪在下界,不邀财货,但慕风流。如此色目,共十郎相当矣。"寥寥数语,活画出一个市井中善说风情的"马泊六"式的人物来。此外,小说中气氛的营造、渲染和烘托,情节的穿插等方面也都表明本篇确已达到很高的艺术成就。但小玉之母这一人物仿佛游离于叙述结构之外,是本篇的不足之处。

篇中小玉冤魂作祟,致李益三次休妻,这种处理一方面表现了作者思想的局限性,但另一方面也真实地折射出了其时时代思想对女子的严重禁锢和束缚:作为弱者,她只能向她的同性施以报复:"我死之后,必为厉鬼,使君妻妾,终日不安!"

三、本篇收入《太平广记》卷四八七,而未注出处,则当时以单篇形式流传。前人对本传奇给予很高评价,代有不绝,至明人胡应麟更推崇至无以复加:"唐人小说纪闺阁事,绰有情致,此篇尤为唐人最精彩之传奇,故传诵弗衰。"(《少室山房笔丛》)明代汤显祖《紫箫记》《紫钗记》传奇、清代蔡应龙《紫玉钗》、潘炤《乌阑誓》传奇均取材于此。

词

敦煌词

敦煌曲子词是指从敦煌卷子中整理出的唐五代民间词,约有数百首词曲。今人整理有《敦煌曲子词集》(王重民)、《敦煌歌辞总编》(任二北)、《全唐五代词》(王兆鹏等)。此类词曲,皆无作者姓名,大抵出自民间无名文人或乐工之手。

菩萨蛮

枕前发尽千般愿,要休且待青山烂。水面上秤锤浮,直待黄河彻底枯。
白日参辰现①,北斗回南面。休即未能休,且待三更见日头。

【导读】
一、《菩萨蛮》,词牌名,与通行四十四字《菩萨蛮》体格不同。
二、这首词写情人在枕前所发誓言,以六种不可能出现的自然现象作为爱情不变的盟誓之词。全篇朴质无华,率性自然,热烈奔放,与汉乐府民歌《上邪》有异曲同工之妙。词中所带衬字(如"直待""且待")反映了早期词句法、体制比较灵活的情况。

无名氏:菩萨蛮

平林漠漠烟如织②,寒山一带伤心碧③。暝色入高楼,有人楼上愁。　　玉阶空伫立,宿鸟归飞急。何处是归程?长亭更短亭④。

【导读】
一、《菩萨蛮》,本唐教坊曲名,后用如词调(证以敦煌曲子词,唐开元间已用如词调)。这首《菩萨蛮》,据宋人记载为李白作。北宋神宗时人文莹说:"此词不知何人写于鼎州沧水驿楼,复不知何人所撰。魏道辅见而爱之,后至长沙,得《古风集》于曾子宣内辑家,乃知太白所作。"(《湘山野录》卷上)南宋黄昇编《唐宋诸贤绝妙词选》,以此词冠其首,称为"百代词曲之祖"。自明人胡应麟对李白的著作权提出质疑

---
① 参辰:即参、商二星,参宿在西方,商星在东方,不能同时出现。　② 漠漠:平远貌。　③ 伤心碧:犹言极碧。
④ 亭:设在路边供行人休息的亭舍。

以来,迄无定论。

二、词写离愁别绪。上、下片分别展示了同一时间、不同空间内的思妇、征人双方的情思和活动。上片写思妇傍晚登楼所见所感。首二句逆入,写思妇登楼所见,暮霭下的平林、寒山显得比平时还要辽远,还要青碧;三、四句赋笔补叙,以"愁"字点出怀人意旨。下片转写征人在同一时间内翘首而思归。过片二句写征人所想所见:遥想佳人伫立玉阶、由期待而失望,"空"字带出失望,而纷纷归巢之鸟又反衬旅人羁旅之孤苦。结拍乃以征人所发浩叹收束。此词思致曲折,犹如花开两朵,各表一枝。若将下片征人活动视为思妇悬想之虚景,而全从思妇一方落笔,亦无不可。

白居易:长相思①

汴水流②,泗水流③。流到瓜洲古渡头④,吴山点点愁⑤。　　思悠悠,恨悠悠。恨到归时方始休,月明人倚楼。

【导读】

一、这是首别离词,曾选入《花庵词选》,后收入《全唐诗》附词中,顾学颉校对《白居易集》,最后编入《白居易外集》。

二、词写闺妇月夜倚楼怀人。上片写景,写思妇想象中之景,汴水、泗水远远流去,带走了离人的行踪,这或者是登楼人极目远眺心随所思眼前出现的幻觉。歇拍一句点出思人之旨。下片抒情,表达了对丈夫久滞不归的怨怅。前三句极写愁思无限,结拍以景结情,点出抒情女主人公的身份。构思巧妙,深致婉曲,有民歌风味。

温庭筠

温庭筠(约812—约870),唐诗人、词人。本名岐,字飞卿,太原祁(今属山西)人。出身世家,屡试不第,官终国子助教,世称温助教。工诗善词,诗与李商隐齐名,称"温李"。精通音律,为花间派重要词人,其词风格秾艳,内容多写闺情,对后世文人词的发展影响较大。原有集,已散佚,后人辑有《金荃词》。

更漏子

玉炉香,红蜡泪,偏照画堂秋思。眉翠薄,鬓云残,夜长衾枕寒。　　梧桐树,三更雨,不道离情正苦⑥。一叶叶,一声声,空阶滴到明。

【导读】

一、《更漏子》,词牌名。早期的唐五代文人词中词调与内容还存在着一致的对应关系,温庭筠作有

---

① 长相思:词牌名。　② 汴水:故道在今河南境内,隋以后经安徽入淮河。　③ 泗水:源出今山东省泗水县。　④ 瓜洲:地名,在今江苏省扬州市南。　⑤ 吴山:泛指江南群山。　⑥ 道:不顾。

同调之作六首,均写深夜之景。

二、此词抒写闺妇秋日深夜的怀远之情。女主人公从白昼到深夜,复由深夜至黎明、破晓都沉浸在浓浓的离愁哀思之中了。上片以独对香炉、蜡泪渲染气氛之凄寂,以眉薄发乱暗示辗转反侧、因思极而一夜无眠;下片极写夜长难挨,物理时间仿佛因雨水滴桐而被延缓、伸长了。小词一气贯注,语浅情深。宋人胡仔评说:"庭筠工于造语,极为绮靡,《花间集》可见矣。《更漏子》一首尤佳。"(《苕溪渔隐丛话·后集》卷十七)

韦 庄

韦庄(836—910),五代前蜀诗人、词人。字端己,京兆杜陵(今陕西西安东南)人。乾宁元年(894)进士,后仕蜀,官终门下侍郎同平章事。能诗工词,与温庭筠同为花间派重要词人,号温韦。词风清丽。著有《浣花集》(辑本)。

思帝乡

春日游,杏花吹满头。陌上谁家年少,足风流。妾拟将身嫁与,一生休。纵被无情弃,不能羞!

【导读】

一、《思帝乡》,唐教坊曲名,后用如词调。唐代教坊是负责采集、整理民间乐曲,创作新曲和安排歌舞演出的音乐机关。《思帝乡》一曲或当采自民间。

二、这是一首具有民歌风味的"代言体"词,直率地道出了一位多情的游春少女一见钟情的心声:爱我所爱,无怨无悔!清人贺裳《皱水轩词筌》评论说:"小词以含蓄为佳,亦有作决绝语而妙者。如韦庄'陌上谁家年少……'之类是也。"此词用语通俗,饶具民间风味。

牛希济

牛希济(生卒年不详),陇西(今甘肃陇西)人。曾仕前蜀,官御史中丞,后降后唐。工于词,为花间派词人之一,存词十余首。词见《花间集》《全唐五代词》。

生查子

春山烟欲收①,天淡稀星小②。残月脸边明,别泪临清晓。　　语已多,情未了,回首

---

① 烟:薄雾。　② 淡:微明。

犹重道。记得绿罗裙,处处怜芳草。

【导读】

一、牛希济为牛峤之侄,《花间集》收其词十一首,虽不多,但在花间词人中也是一位比较有特色的词人。

二、此词写情人黎明送别。上片写别前,写视觉形象,清晓的残月映在美人脸上,薄雾中情人眼中的泪花刹那间定格脑海。下片写别时,写听觉形象,叮咛复叮咛,情犹未舍。李冰若称这三句"将人人共有之情,和盘托出,是为善于言情"(《栩庄漫记》)。结拍言别后难忘之情,由罗裙之绿联想到芳草之绿,触物起情,移情于物,义兼比兴。此词运用白描、比兴等多种修辞手法,生动、细腻地刻画出人物的心理情态。

李　璟

李璟(916—961),五代时南唐国主。初名景通,字伯玉,徐州(今江苏徐州)人,一说湖州(今浙江吴兴)人。保大元年(943)嗣位,史称中主,在位十九年,庙号元宗。工词,无花间淫靡浮艳之习,今存词四首。

摊破浣溪沙

菡萏香销翠叶残①,西风愁起绿波间②。还与容光共憔悴③,不堪看。
细雨梦回鸡塞远④,小楼吹彻玉笙寒⑤。多少泪珠何限恨,倚阑干。

【导读】

一、《摊破浣溪沙》,词调名,又称《添字浣溪沙》、《摊声浣溪沙》,是在《浣溪沙》词的上、下片末各增加一三言句。所谓"摊破""添声"是词调异体变格的一种方式。《摊破浣溪沙》,又名《山花子》。南唐中主李璟有两首《摊破浣溪沙》传世,此其一。

二、这是一首悲秋词。上片由花叶凋残触景伤情,抒写悲秋之感。下片写秋雨中的怀远之思。独倚栏杆,试以吹笙寄托绵远愁思;一曲吹彻,楼与人都笼罩在寒思之中了。小词意境淡远凄清,情致缠绵。其中"细雨梦回鸡塞远,小楼吹彻玉笙寒"是向来为人传诵称道的名句,但王国维一反此说:"南唐中主词:'菡萏香销翠叶残,西风愁起绿波间',大有'群芳芜秽,美人迟暮'之感。乃古今独赏其'细雨梦回鸡塞远,小楼吹彻玉笙寒',故知解人正不易得。"(《人间词话》卷上)与花间词人不同,李璟的词格调淡雅,情致深婉,富有抒情和感伤色彩,给读者留下了很大的想象和阐释空间,王国维以骚人意旨称之,正是情理之中的。

---

① 菡萏(hàn dàn):荷花的别称。　② 西风:秋风。　③ 容光:容颜。容又作"韶",韶光,美好时光。　④ 鸡塞:鸡鹿(禄)塞,汉代边塞。此或泛指边塞。　⑤ 吹彻:吹遍。

李 煜

李煜(937—978),五代时南唐国主。字重光,号钟隐,又号莲峰居士,李璟第六子。建隆二年(961),嗣位于金陵,世称李后主,在位十五年。国亡,为宋所俘,后被毒死。工诗善画,尤工词。存词三十余首。原有集,已散佚,后人把他及其父璟(中主)的作品合刻为《南唐二主词》。

相见欢

无言独上西楼,月如钩。寂寞梧桐深院,锁清秋。　　剪不断,理还乱,是离愁①。别是一般滋味,在心头。

【导读】

一、成为阶下囚的李煜被拘禁在开封的一处深院小楼中,过着终日以泪洗面的日子,这首《相见欢》写的就是这种幽居生活的况味。

二、这首词借秋思闺怨寄托亡国之哀。上片写深秋夜晚独自登楼所见所感。首句言人,"六字之中,已摄尽凄惋之神矣"(俞平伯《读词偶得》)。二、三句言环境,"锁"字带出幽囚处境。下片就景抒情。明言"离愁",实际个中况味纷繁复杂,千丝万缕,百感交集,故言"别是",即亡国囚居的滋味自非一般人所能领略,亦非一般世间悲苦所能比拟;而欲说无由,也无语可以言说。黄昇《唐宋诸贤绝妙词选》评论此词说:"此词最凄惋,所谓亡国之音哀以思。"此词凄凉哀婉,率性自然,不必求工而自为工,已臻词艺之化境。

浪淘沙

往事只堪哀,对景难排。秋风庭院藓侵阶②。一行珠帘闲不卷,终日谁来。　　金锁已沉埋③,壮气蒿莱④。晚凉天静月华开。想得玉楼瑶殿影,空照秦淮⑤。

【导读】

一、这首词是李煜囚于汴京期间所作。宋人王铚《默记》记载,李煜居汴京,"但一老卒守门",过着"不得与外人接"的幽禁生活。他曾传信给旧时宫人说,"此中日夕以泪洗面"!

二、这首词写亡国后追怀昔日帝王生活的悲哀和寂寞,词中以直抒悲怀领起,继之以一系列鲜明的

---

① 离愁:此指亡国幽居之愁。　② 藓侵阶:苔藓上阶,表明很少有人来。　③ 金锁:即铁锁,用三国时吴国用铁锁封江对抗晋军事。或以为"金锁"即"金琐",指南唐旧日宫殿。也有人把"金锁"解为金线串制的铠甲,代表南唐对宋兵的抵抗。众说皆可通。　④ 蒿莱:借指野草、杂草,这里用作动词,意为淹没于野草之中,以此象征消沉,衰落。　⑤ 秦淮:即秦淮河。是长江下游流经今南京市区的一条支流。据说是秦始皇为疏通淮水而开凿的,故名秦淮。南唐时期两岸有舞馆歌楼,河中有画舫游船。

图景寄寓其凄凉之感、亡国之痛和故国之思。

三、李煜词善于捕捉形象。这首词中上片的秋风庭院、珠帘不卷是当下眼前实景,下片玉楼瑶殿、空照秦淮是想象之景。金锁、蒿莱则是象征国运盛衰之景。无尽的心酸哀苦和凄凉无助浸润其中,语浅情深。

冯延巳

冯延巳(903—960),五代南唐词人。又名延嗣,字正中,广陵(今江苏扬州)人。南唐中主保大四年(946)任宰相,后罢为太子少傅。其词多写士大夫生活和男女相思,情致深婉,对宋初词人有较大影响。有《阳春集》,但其中杂有他人之作。

鹊 踏 枝

谁道闲情抛掷久①,每到春来,惆怅还依旧。日日花前常病酒②,不辞镜里朱颜瘦。河畔青芜堤上柳,为问新愁,何事年年有。独立小桥风满袖,平林新月人归后。

【导读】

一、《鹊踏枝》,本唐教坊曲名,后用作词调,即《蝶恋花》。今传冯延巳同调之作有十余首,此其一。

二、词写闲情新愁,表现词人感怀于时序而惊心的忧伤之情。上片伤春而惊流年。首句以问句起势,次二句直用赋法,四、五句言无绪憔悴,乃进一步渲染。下片写游春迟归。过片着一悬语,言开一笔,次二句又设一问,表明仍无法遣怀;结拍以景结情,独立桥上,目送人归,复寂寂然也。此词写了难以排遣的无名愁思,满纸春愁,大有百无聊赖之感——这实际上是一种由满足而来的生命空虚感。这种普遍之现象,未必有所寄托。王国维评冯词谓:"冯正中词虽不失五代风格,而堂庑特大,开北宋一代风气。"(《人间词话》卷上)

---

① 掷:弃。 ② 花:代指歌女。病酒:病于酒,饮酒过量。

全国教育科学『十五』规划课题项目
新世纪地方高等院校专业系列教材

中国古代文学作品选 下
（第三版）

主　编　周建忠
参　编　陈建华　顾玉文　王　鹂

南京大学出版社

目 录

宋辽金部分

诗歌 ……………………………………………………………………（3）

  王禹偁：村行 …………………………………………………（3）

  林　逋：山园小梅 ……………………………………………（4）

  杨　亿：泪 ……………………………………………………（4）

  梅尧臣：鲁山山行 ……………………………………………（5）

  苏舜钦：庆州败 ………………………………………………（6）

  欧阳修：食糟民 ………………………………………………（6）

  王安石：河北民 ………………………………………………（7）

     明妃曲·其一 ………………………………………（8）

     北陂杏花 ……………………………………………（8）

  苏　轼：和子由渑池怀旧 ……………………………………（9）

     荔枝叹 ………………………………………………（9）

  黄庭坚：寄黄几复 ……………………………………………（10）

     雨中登岳阳楼望君山二首 …………………………（11）

  范成大：四时田园杂兴·其二 ………………………………（12）

     其四十四 ……………………………………………（12）

  杨万里：初入淮河·其一 ……………………………………（12）

  陆　游：剑门道中遇微雨 ……………………………………（13）

     九月十六日夜梦驻军河外,遣使招降诸城,觉而有作 ………（13）

  文天祥：正气歌 ………………………………………………（14）

  汪元量：湖州歌·其六 ………………………………………（17）

  元好问：论诗绝句·其七 ……………………………………（17）

     其二十九 ……………………………………………（18）

     岐阳·其二 …………………………………………（18）

词 …………………………………………………………………………（19）

  范仲淹：御街行（纷纷坠叶飘香砌）…………………………（19）

  晏　殊：浣溪沙（一向年光有限身）…………………………（20）

     蝶恋花（槛菊愁烟兰泣露）…………………………（20）

张　先：天仙子（水调数声持酒听） ……………………………………………………（21）
欧阳修：踏莎行（候馆梅残） ………………………………………………………………（21）
晏几道：鹧鸪天（彩袖殷勤捧玉钟） ………………………………………………………（22）
柳　永：八声甘州（对潇潇暮雨洒江天） …………………………………………………（22）
　　　　蝶恋花（伫倚危楼风细细） ………………………………………………………（23）
王安石：桂枝香·金陵怀古（登临送目） …………………………………………………（23）
苏　轼：八声甘州·寄参寥子（有情风） …………………………………………………（24）
　　　　临江仙·夜归临皋（夜饮东坡醒复醉） …………………………………………（25）
　　　　水龙吟·次韵章质夫杨花词（似花还似非花） …………………………………（25）
秦　观：踏莎行（雾失楼台） ………………………………………………………………（26）
　　　　浣溪沙（漠漠轻寒上小楼） ………………………………………………………（27）
贺　铸：鹧鸪天（重过阊门万事非） ………………………………………………………（27）
周邦彦：六丑·蔷薇谢后作（正单衣试酒） ………………………………………………（28）
陈与义：临江仙·夜登小阁忆洛中旧游（忆昔午桥桥上饮） ……………………………（29）
李清照：凤凰台上忆吹箫（香冷金猊） ……………………………………………………（30）
　　　　一剪梅（红藕香残玉簟秋） ………………………………………………………（30）
朱敦儒：卜算子（旅雁向南飞） ……………………………………………………………（31）
张元幹：贺新郎·送胡邦衡待制赴新州（梦绕神州路） …………………………………（31）
张孝祥：六州歌头（长淮望断） ……………………………………………………………（32）
陆　游：诉衷情（当年万里觅封侯） ………………………………………………………（33）
辛弃疾：摸鱼儿（更能消，几番风雨） ……………………………………………………（34）
　　　　水龙吟·登建康赏心亭（楚天千里清秋） ………………………………………（34）
　　　　鹧鸪天（陌上柔桑破嫩芽） ………………………………………………………（35）
刘　过：沁园春（斗酒彘肩） ………………………………………………………………（35）
姜　夔：点绛唇·丁未冬过吴松作（燕雁无心） …………………………………………（36）
　　　　暗香（旧时月色） …………………………………………………………………（37）
史达祖：双双燕·咏燕（过春社了） ………………………………………………………（38）
吴文英：风入松（听风听雨过清明） ………………………………………………………（38）
刘克庄：贺新郎·送陈真州子华（北望神州路） …………………………………………（39）
刘辰翁：永遇乐（璧月初晴） ………………………………………………………………（40）
王沂孙：眉妩·新月（渐新痕悬柳） ………………………………………………………（41）
张　炎：解连环·孤雁（楚江空晚） ………………………………………………………（42）
蒋　捷：虞美人·听雨（少年听雨歌楼上） ………………………………………………（42）

散文 …………………………………………………………………………………………（44）

欧阳修：梅圣俞诗集序 ………………………………………………………………………（44）
　　　　秋声赋 ………………………………………………………………………………（45）
曾　巩：墨池记 ………………………………………………………………………………（46）
王安石：读《孟尝君传》 ……………………………………………………………………（47）

苏　轼：文与可画筼筜谷偃竹记 ……………………………………………… (47)
李清照：金石录后序 ……………………………………………………………… (48)
谢　翱：登西台恸哭记 …………………………………………………………… (51)

话本 ……………………………………………………………………………………… (53)
碾玉观音 …………………………………………………………………………… (53)

元代部分

杂剧 ……………………………………………………………………………………… (63)
关汉卿：感天动地窦娥冤 ………………………………………………………… (63)
马致远：破幽梦孤雁汉宫秋·第二折 …………………………………………… (78)
王实甫：张君瑞待月西厢记·第三本　第二折 ………………………………… (82)
高　明：琵琶记·第二十一出　糟糠自厌 ……………………………………… (86)

散曲及词 ……………………………………………………………………………… (90)
卢　挚：〔双调〕沉醉东风·秋景 ……………………………………………… (90)
关汉卿：〔双调〕沉醉东风 ……………………………………………………… (90)
　　　　〔南吕〕一枝花·不伏老 ……………………………………………… (91)
马致远：〔双调〕夜行船·秋思 ………………………………………………… (92)
张养浩：〔中吕〕山坡羊·潼关怀古 …………………………………………… (94)
睢景臣：〔般涉调〕哨遍·高祖还乡 …………………………………………… (95)
乔　吉：〔中吕〕满庭芳·渔父词 ……………………………………………… (97)
张可久：〔正宫〕醉太平·叹世 ………………………………………………… (98)
贯云石：〔正宫〕塞鸿秋·代人作 ……………………………………………… (99)

诗文 ……………………………………………………………………………………… (100)
刘　因：白沟 ……………………………………………………………………… (100)
虞　集：挽文山丞相 ……………………………………………………………… (101)
王　冕：冀州道中 ………………………………………………………………… (102)
杨维桢：题苏武牧羊图 …………………………………………………………… (103)
吴　澄：送何太虚北游序 ………………………………………………………… (103)
李孝光：大龙湫记 ………………………………………………………………… (105)

明代部分

诗、词、散曲 ………………………………………………………………………… (109)
高　启：登金陵雨花台望大江 …………………………………………………… (109)
李梦阳：秋望 ……………………………………………………………………… (110)
杨　慎：昆阳望海 ………………………………………………………………… (111)
王世贞：登太白楼 ………………………………………………………………… (111)

戚继光：马上作 ………………………………………………………………… (112)
陈子龙：秋日杂感·其二 ………………………………………………………… (113)
张煌言：甲辰八月辞故里 ………………………………………………………… (114)
夏完淳：别云间 …………………………………………………………………… (114)
刘　基：水龙吟（鸡鸣风雨潇潇） ……………………………………………… (115)
张煌言：满江红·怀岳忠武（屈指兴亡） ……………………………………… (116)
陈子龙：点绛唇·春日风雨有感（满眼韶华） ………………………………… (116)
王　磐：朝天子·咏喇叭 ………………………………………………………… (117)
陈　铎：〔双调〕水仙子·瓦匠 ………………………………………………… (118)
薛论道：水仙子·愤世 …………………………………………………………… (118)
朱载堉：〔中吕〕山坡羊·十不足 ……………………………………………… (119)

散文 ………………………………………………………………………………… (120)
马中锡：中山狼传 ………………………………………………………………… (120)
高　启：书博鸡者事 ……………………………………………………………… (122)
宗　臣：报刘一丈书 ……………………………………………………………… (123)
袁宏道：满井游记 ………………………………………………………………… (125)
徐宏祖：游黄山后记（节选） …………………………………………………… (126)
张　岱：西湖七月半 ……………………………………………………………… (127)

小说 ………………………………………………………………………………… (129)
罗贯中：三国演义·温酒斩华雄 ………………………………………………… (129)
施耐庵：水浒传·拳打镇关西 …………………………………………………… (132)
吴承恩：西游记·三打白骨精 …………………………………………………… (138)
许仲琳：封神演义·哪吒闹海 …………………………………………………… (145)
冯梦龙：警世通言·杜十娘怒沉百宝箱（节选） ……………………………… (150)

戏剧 ………………………………………………………………………………… (159)
李开先：宝剑记·第三十七出　夜奔 …………………………………………… (159)
徐　渭：雌木兰替父从军·第一出 ……………………………………………… (161)
　　　　　　　第二出 …………………………………………………………… (164)
汤显祖：牡丹亭·第十出　惊梦 ………………………………………………… (167)

清代部分

小说 ………………………………………………………………………………… (173)
蒲松龄：聊斋志异·席方平 ……………………………………………………… (173)
　　　　　　　画皮 ……………………………………………………………… (176)
吴敬梓：儒林外史·周进撞号板 ………………………………………………… (178)
曹雪芹：红楼梦·宝玉挨打 ……………………………………………………… (182)

戏剧 (189)
  洪 昇：长生殿·第十出 疑谶 (189)
  孔尚任：桃花扇·第二十四出 骂筵 (193)

诗歌 (199)
  钱谦益：后秋兴·其十三 (199)
  顾炎武：精卫 (200)
  黄宗羲：卧病旬日未已，闲书所感·其一 (201)
  吴伟业：圆圆曲 (202)
  吴嘉纪：绝句 (204)
  王士禛：真州绝句·其二 (205)
  郑 燮：予告归里，画竹别潍县绅士民 (206)
  袁 枚：马嵬 (207)
  赵 翼：论诗绝句 (207)
  黄景仁：圈虎行 (208)

词 (210)
  陈维崧：贺新郎·纤夫词（战舰排江口） (210)
  朱彝尊：卖花声·雨花台（衰柳白门湾） (211)
  顾贞观：金缕曲·其一（季子平安否） (212)
  纳兰性德：金缕曲·赠梁汾（德也狂生耳） (214)
  张惠言：水调歌头·春日赋示杨生子掞（百年复几许） (215)

散文 (217)
  黄宗羲：原君 (217)
  方 苞：狱中杂记（节选） (219)
  全祖望：梅花岭记 (221)
  袁 枚：所好轩记 (223)
  姚 鼐：登泰山记 (224)

近代部分

小说 (229)
  刘 鹗：老残游记·明湖居说书 (229)
  李伯元：官场现形记·文制台见洋大人 (233)

戏剧 (235)
  吴 梅：风洞山传奇·第十四出 拒诱 (235)

诗歌 (238)
  龚自珍：咏史 (238)
  张维屏：新雷 (239)
  黄遵宪：赠梁任父同年 (239)

康有为：闻意索三门湾,以兵轮三艘迫浙江,有感 …………………………………… (240)
　　梁启超：纪事诗 ……………………………………………………………………… (241)
　　丘逢甲：春愁 ………………………………………………………………………… (242)
　　谭嗣同：有感 ………………………………………………………………………… (242)
　　秋　瑾：黄海舟中,日人索句,并见日俄战争地图 …………………………………… (243)
词 …………………………………………………………………………………………… (244)
　　龚自珍：湘月(天风吹我) …………………………………………………………… (244)
　　梁启超：水调歌头(拍碎双玉斗) …………………………………………………… (245)
　　秋　瑾：满江红(肮脏尘寰) ………………………………………………………… (245)
　　李叔同：金缕曲·将之日本,留别祖国并呈同学诸子(披发佯狂走) ……………… (247)
散文 ………………………………………………………………………………………… (248)
　　龚自珍：病梅馆记 …………………………………………………………………… (248)
　　薛福成：观巴黎油画记(节选) ……………………………………………………… (249)

宋辽金部分

诗 歌

王禹偁

王禹偁(954—1001),北宋文学家。字元之,济州巨野(今山东巨野)人。太平兴国八年(983)进士,历任右拾遗、左司谏、翰林学士、礼部员外郎等职。因直言敢谏,屡遭贬谪。《宋史》有传。有《小畜集》《小畜外集》《五代史阙文》传世。

村 行

马穿山径菊初黄,信马悠悠野兴长①。万壑有声含晚籁②,数峰无语立斜阳。棠梨叶落胭脂色③,荞麦花开白雪香。何事吟余忽惆怅④,村桥原树似吾乡⑤。

【导读】

一、太宗淳化二年(991),庐州尼道安诬告徐铉,王禹偁因据实抗疏而触忤朝廷,被贬为商州团练副使。此诗是次年秋天在商州所作。诗人通过山间野游时所见所闻的描绘,表现野游的兴致和闲适的心情,借景引发思乡之情,暗寓谪居中的失意之感。

二、这是一首七言律诗。首联点题,交代村行的季节和地点,初露游览时怡然自得的心境。颔联和颈联由"野兴长"派生而出,是对途中见闻的具体描绘,山水田园之美写得淋漓尽致。尾联抒情,深化主题。

三、从表现手法看,以乐衬哀的反衬手法运用精当。由情及景,触景生情,情景交融。中间四句尤为后人称道。颔联写山,着力于声,是以声衬静;颈联写田园,突出于色,色彩鲜明。

林 逋

林逋(967—1028),北宋诗人。字君复,钱塘(今浙江杭州)人。《宋史·隐逸传》称其"性恬淡好古,弗趋荣利","初放游江、淮间,久之归杭州,结庐西湖之孤山,二十年足不及城市"。谥"和靖先生"。喜欢梅、鹤,自称"以梅为妻,以鹤为子"。工诗词,风格淡远、婉丽。《宋史》有传。有《林和靖诗集》。

---

① 信马:骑着马任其行走。悠悠:安闲的样子。野兴长:游兴很浓。 ② 壑:山沟。籁:从孔穴中发出的声音,这里指自然界的各种声音。 ③ 棠梨:杜梨,又名白棠,野生梨的一种。 ④ 何事:什么事。吟余:吟罢。 ⑤ 原树:原野上的树木。

山园小梅

众芳摇落独暄妍①,占尽风情向小园②。疏影横斜水清浅,暗香浮动月黄昏③。霜禽欲下先偷眼④,粉蝶如知合断魂⑤。幸有微吟可相狎⑥,不须檀板共金樽。

【导读】

一、这是一首咏梅写梅名诗。全诗突出梅花不染尘俗的高洁品格和占尽风情之性,枝秀、香幽、色美之形和脱众拔俗之神,是诗人高雅情操与清高孤傲性格的写照。

二、首联写百花凋零梅花独放,占尽小园春光;颔联描绘梅花的姿态气韵;颈联以拟人手法写"霜禽""粉蝶"对梅花的依恋;尾联谓对梅花只能清赏,不能俗观。

三、"疏影"一联,上句状梅花之清,神清骨秀,下句状梅香之幽,风韵高雅,是流传甚广的写梅名句。宋代词人姜夔两首著名的咏梅自度词,便以《暗香》《疏影》为调名。

杨 亿

杨亿(974—1020),北宋文学家。字大年,建州浦城(今属福建浦城)人。淳化进士,曾为翰林学士兼史馆修撰,官至工部侍郎。尝与钱惟演、刘筠等诗歌唱和,编为《西昆酬唱集》,号"西昆体"。卒谥文,人称杨文公。《宋史》有传。著作多佚,现存《武夷新集》。

泪

锦字梭停掩夜机⑦,白头吟苦怨新知⑧。谁闻陇水回肠后⑨,更听巴猿拭袂时⑩。汉殿微凉金屋闭⑪,魏宫清晓玉壶欹⑫。多情不待悲秋气⑬,只是伤春鬓已丝。

【导读】

一、李商隐写过一首以《泪》为题的送别诗:"永巷长年怨绮罗,离情终日思风波。湘江竹上痕无限,岘首碑前洒几多。人去紫台秋入塞,兵残楚帐夜闻歌。朝来灞水桥边问,未抵青袍送玉珂。"诗歌列举了

---

① 众芳:百花。暄妍:鲜丽。 ② 占尽风情:独占春光。 ③ 暗香:幽香。 ④ 霜禽:寒鸟。偷眼:偷看。 ⑤ 断魂:形容神往。 ⑥ 狎(xiá):亲近,狎玩。 ⑦ "锦字"句:用苏蕙织锦事。《晋书·窦滔妻苏氏传》:"滔,苻坚时为秦州刺史,被徙流沙。苏氏思之,织锦为回文旋图以赠滔。宛转循环以读之,词甚凄婉。" ⑧ "白头"句:用司马相如与卓文君的故事。《西京杂记》卷三:"相如将聘茂陵人女为妻,卓文君作《白头吟》以自绝,相如乃止。" ⑨ "谁闻"句:古乐府《陇头歌辞》:"陇头流水,鸣声流咽,遥望秦川,心肠断绝。"回肠,肠在旋转,内心极为痛苦。 ⑩ "更听"句:《水经注·江水》:"每至晴初霜旦,林寒涧肃,常有高猿长啸,属引凄异,空谷传响,哀转久绝。故渔者歌曰:'巴东三峡巫峡长,猿鸣三声泪沾裳。'" ⑪ "汉殿"句:用陈皇后(阿娇)失宠事。汉武帝即位,立陈阿娇为皇后,后废居长门宫。金屋闭,意为失宠。 ⑫ "魏宫"句:用魏文帝所爱美人薛灵芸被选入宫事。《拾遗记》:"灵芸闻别父母,歔欷累日,泪下沾衣。至车就路之日,以玉唾壶承泪,壶则红色。"欹(qī),倾斜。 ⑬ 悲秋气:语出《九辩》:"悲哉秋之为气也,萧瑟兮草木摇落而变衰。"

古人挥泪送别的六个场面,各事虽不相互联系,但都是送别,依依情深可见。

二、此诗仿照唐代诗人李商隐的同题诗而作,写伤春之感。

三、用事晦涩难懂,力求句句有来历,但内容空虚乏味,近似于文字游戏。全诗立足于模仿,缺乏创造精神。

梅尧臣

梅尧臣(1002—1060),北宋诗人。字圣俞,宣州宣城(今安徽宣城)人。宣城古名宛陵,故世称宛陵先生。少时应进士不第。历任州县官属。中年后赐进士出身,授国子监直讲,官至都官员外郎。诗风平淡,但较真实地反映了当时的社会现实,在北宋诗文革新运动中起了重要作用。《宋史》有传。有《宛陵先生文集》。

鲁山山行①

适与野情惬②,千山高复低。好峰随处改③,幽径独行迷。霜落熊升树,林空鹿饮溪。人家在何许④?云外一声鸡。

【导读】

一、此诗作于宋仁宗康定元年(1040),梅尧臣知襄城县。全诗写作者在鲁山中所见的景物和野趣,流露出作者闲适恬淡的心情。

二、诗中用"千山高复低,好峰随处改"描写山势;用"霜落熊升树,林空鹿饮溪"描写林间景致。把秋冬时节的山林景色写得幽静而有情味,情趣盎然。

三、此诗语言平淡中见工稳,意境悠远,作者山行观景的闲适神态和喜悦心情宛然可见。

苏舜钦

苏舜钦(1008—1048),北宋诗人。字子美,祖籍梓州铜山(今四川中江),自曾祖时移居开封。二十七岁进士及第,历任县令、大理评事、集贤殿校理等职。诗文与欧阳修、梅尧臣齐名,时称"欧苏"或"苏梅"。其诗超迈横绝,独出机杼。《宋史》有传,有《苏学士文集》。

---

① 鲁山:又名露山,在今河南省鲁山县东。 ② 野情惬:欣赏山野大自然的情趣。惬(qiè),满足,惬意。 ③ 随处改:随时随地变换面貌。 ④ 何许:何处。

庆 州 败①

无战王者师②,有备军之志。天下承平数十年,此语虽存人所弃。今岁西戎背世盟③,直随秋风寇边城。屠杀熟户烧障堡,十万驰骋山岳倾。国家防塞今有谁?官为承制乳臭儿④。酣觞大嚼乃事业,何尝识会兵之机?符移火急蒐卒乘⑤,意谓就戮如缚尸⑥。未成一军已出战,驱逐急使缘崄巇⑦。马肥甲重士饱喘,虽有弓剑何所施。连颠自欲堕深谷⑧,虏骑指笑声嘻嘻。一麾发伏雁行出,山下掩截成重围⑨。我军免胄乞死所⑩,承制面缚交涕洟。逡巡下令艺者全⑪,争献小技歌且吹。其余劓馘放之去⑫,东走矢液皆淋漓。首无耳准若怪兽,不自愧耻犹生归!守者沮气陷者苦⑬,尽由主将之所为。地机不见欲侥胜⑭,羞辱中国堪伤悲。

【导读】

一、宋仁宗景祐元年(1034)秋七月,西夏国主李元昊率十万大军侵犯庆州。缘边都巡检杨遵等以七百人迎战,终因寡不敌众,被李元昊大败于龙马岭。环庆路都监齐宗矩、走马承受赵德宣等率军救援,途遇伏兵,全军溃败,主将齐宗矩被俘。此诗即写于这一年。

二、这是一首抨击时弊的作品,写宋军在庆州与西夏交战失败的全过程。对当时边关的松弛,守将的怯懦,作了大胆而尖锐的揭露和嘲讽。无情地揭露了宋朝将领的奢侈享乐,腐败无能,骄纵轻敌,以及贪生怕死、屈膝投降的丑恶嘴脸。

三、这首诗采用形象化的语言,叙议结合的表现手法,语言通俗、质朴、生动,有明显的散文化倾向。

欧阳修

欧阳修(1007—1072),北宋文学家、史学家。字永叔,号醉翁、六一居士,庐陵(今江西吉安)人。天圣八年(1030)进士。官至翰林学士、枢密副使、参知政事。散文说理畅达,抒情委婉,为"唐宋八大家"之一;诗风与文风近似,语言流畅自然;词风婉丽,承袭南唐余风。曾与宋祁合修《新唐书》,并独撰《新五代史》。谥号文忠。《宋史》有传。有《欧阳文忠公文集》。

食 糟 民⑮

田家种糯官酿酒,榷利秋毫升与斗⑯。酒沽得钱糟弃物,大屋经年堆欲朽。酒醅瀺灂

---

① 庆州:地名,今甘肃省庆阳市。② 无战王者师:谓皇帝的军队有征无战。③ 西戎:西夏。④ 承制:内殿承制,武官名。乳臭儿:谓其年少无知。⑤ 符移:下令。符,军事文书。蒐(sōu)卒乘:征集部队。⑥ 就戮如缚尸:谓使敌人就刑就像捆绑尸首一样容易。⑦ 崄(xiǎn)巇(xī):艰险难行的山路。⑧ 连颠:颠倒欲坠貌。⑨ 掩截:很快地拦截住。⑩ 免胄:脱下头盔,表示服罪。⑪ 逡巡:顷刻,不久。⑫ 劓(yì)馘(guó):割鼻割耳。⑬ 陷者:指被俘的宋军。⑭ 地机不见:看不出地形的险阻。⑮ 食糟:酒渣子,酒糟。⑯ 榷(què)利秋毫:对细小之物斤斤计较。榷利,政府以专卖获利。

如沸汤①,东风来吹酒瓮香。累累罂与瓶②,惟恐不得尝。官酒味浓村酒薄,日饮官酒诚可乐。不见田中种糯人,釜无糜粥度冬春③,还来就官买糟食,官吏散糟以为德!嗟彼官吏者,其职称长民④。衣食不蚕耕,所学义与仁。仁当养人义适宜,言可闻达力可施。上不能宽国之利⑤,下不能饱尔之饥。我饮酒,尔食糟,尔虽不我责⑥,我责何由逃⑦!

【导读】

一、欧阳修因支持革新而被贬官,先后在滁州、扬州、颍州做了几任地方官,对农民的疾苦有了深入理解和认识。

二、这首诗通过描绘酒的专卖政策给农民带来的苦难,对官饮酒、民食糟的不合理现象进行了抨击,对被剥削压迫的劳动人民寄予了深切的同情,对假仁假义的官吏进行了尖刻的讽刺和揭露,同时也表达了自己不能为富国强民出力而自疚自责的心情。

三、这首诗选材典型,将官吏与田家对比,突出诗歌主题。语言质朴平易,感情真挚。形式灵活,用韵自由。

王安石

王安石(1021—1086),北宋政治家、文学家、思想家。字介甫,号半山,抚州临川(今属江西)人。庆历二年(1042)进士,做过几任地方官,神宗时为宰相,改革弊政,推行新法,由于遭到保守派的激烈反对,辞官退居江宁(今江苏南京)。诗、文、词均有创作,诗文名尤著。封荆国公,世称王荆公。谥文,又称王文公。有《王文公文集》《临川先生文集》两种。

河北民

河北民⑧,生近二边长苦辛⑨。家家养子学耕织,输与官家事夷狄⑩。今年大旱千里赤⑪,州县仍催给河役。老少相携来就南⑫,南人丰年自无食。悲愁白日天地昏,路旁过者无颜色⑬。汝生不及贞观中⑭,斗粟数钱无兵戎。

【导读】

一、北宋统一中国后,北方的燕云十六州一直未能收回,宋朝统治者为了换取一时的苟安,用大量的银两、绢、茶献给辽和西夏。沉重的负担转嫁到老百姓的身上,使他们痛苦不堪。宋仁宗嘉祐四年(1059),王安石曾奉命伴辽国使臣北返,沿途所见,使他感想颇多,写下了此诗。

二、这首诗写河北饥民不得不走上流亡之路的四苦:地处边界,生活"长苦辛";朝廷岁币重,苦不堪

---

① 酒醅(pēi)潺(chán)潺(zhuó):带糟的酒冒泡的声音。 ② 罂:大腹小口的瓶子。 ③ 糜(mǐ)粥:很稀的粥。 ④ 长民:做百姓的长官。 ⑤ 宽:扩大。 ⑥ 不我责:不责备我。 ⑦ 责:罪责。 ⑧ 河北:黄河以北地区。 ⑨ 二边:指辽与西夏接壤的边境地区。 ⑩ 输:交纳。官家:朝廷。事:侍奉。夷狄:辽与西夏。 ⑪ 赤:庄稼枯死,大地空无所有。 ⑫ 就南:逃到黄河以南谋生。 ⑬ 无颜色:面色惨白。 ⑭ 不及:没有赶上。贞观:唐太宗年号。

言;旱情严重,赤地千里;劳役严苛,灾年出河工。作者大胆揭示出老百姓苦难的根源在于北宋统治者敲骨吸髓的压榨,透露出作者内心的无比焦虑和沉痛。

三、这首诗选材典型,概括性强,语言质朴平易。对比手法的运用,起到了深化主题的作用。

明妃曲·其一

明妃初出汉宫时①,泪湿春风鬓脚垂②。低徊顾影无颜色③,尚得君王不自持④。归来却怪丹青手,入眼平生未曾有;意态由来画不成⑤,当时枉杀毛延寿⑥。一去心知更不归⑦,可怜着尽汉宫衣;寄声欲问塞南事⑧,只有年年鸿雁飞。家人万里传消息,好在毡城莫相忆⑨。君不见咫尺长门闭阿娇⑩,人生失意无南北。

【导读】

一、王安石胸怀大志,宋仁宗嘉祐四年(1059),他入京做了三司度判官,写了《上仁宗皇帝言事书》,提出改革的重要性和改革措施,但没有任何反响。王安石感到十分苦闷,就写了这首咏史诗来表达这种心情。

二、此诗前半篇写昭君初出汉宫,"泪湿春风""低徊顾影",着力刻画昭君之美:仪态万方,楚楚动人。后半篇写昭君异域思汉,"着尽汉宫衣""寄声欲问",以及家人慰藉昭君之语,着力表现昭君之情。

三、此诗心理刻画细致,侧面烘托的手法十分精当,议论与抒情结合,笔调冷峻,情韵无穷。

北陂杏花⑪

一陂春水绕花身⑫,花影妖娆各占春⑬。纵被春风吹作雪⑭,绝胜南陌碾成尘⑮。

【导读】

一、王安石变法失败后,晚年退居江宁,心情格外沉痛,常以游山玩水消遣,同时也写下不少借景抒情、托物言志的作品,这便是其中的一首。

二、这首诗表面看是咏物,实际上是借杏花言志,借杏花被风吹落仍保持纯洁,比喻自己虽败犹荣;借杏花宁愿被春风吹作雪花,飘零天涯,胜过在南陌受屈辱践踏,喻宁为玉碎、不为瓦全的倔强性格。

三、全诗巧用比兴,托物言志。笔触细腻,情景交融。语气决绝,感情悲壮。"其悲壮即寓闲澹之中。"(《宋诗钞·临川诗钞序》)

---

① 明妃:即王昭君,晋时避司马昭讳,改昭君为明君,所以后人又称明妃。 ② 春风:喻女子面貌之美。 ③ 低徊:徘徊不进。顾影:回头看自己的影子。无颜色:因过度悲伤而脸色不好。 ④ 尚得:还能引起。 ⑤ 意态:女子的体态、举止、风度等。由来:从来。 ⑥ 枉杀:错杀。 ⑦ 更:再。 ⑧ 塞南:指汉王朝。 ⑨ 毡城:在毡帐里,故云。 ⑩ 阿娇:即陈皇后,失宠时被武帝幽囚于长门宫。 ⑪ 此诗大约写于作者退居江宁之后。北陂(bēi):地名,在江宁(今江苏南京)。 ⑫ "一陂"句:一池春水环绕着新开的杏花。陂,池。 ⑬ 花影:杏花在水中的倒影。妖娆:艳丽妩媚。各占春:各自占据春光,平分秋色。 ⑭ 纵:即使,纵然。吹作雪:杏花被春风吹落,雪片一样飘落水中。以花落喻人失意。 ⑮ 绝胜:绝对胜过。南陌:南边的路,此指大路边的杏树杏花。碾成尘:杏花飘落受到践踏,和尘土混在一起,比喻与小人同流合污。

苏 轼

苏轼(1037—1101),北宋文学家、书画家。字子瞻,号东坡居士,眉州眉山(今四川眉山)人。嘉祐进士。神宗时因反对王安石新法而求外职,任杭州通判,知密州、徐州、湖州。后以作诗"谤讪朝廷"罪贬黄州。哲宗时任翰林学士,曾出知杭州、颍州等地,官至礼部尚书。后又贬谪惠州、儋州。北还后第二年病死常州。南宋时追谥文忠。与父洵、弟辙,合称"三苏"。艺术全才,诗、词、散文堪称大家,书法、绘画有很高成就。《宋史》有传。有《东坡七集》《东坡乐府》。

和子由渑池怀旧①

人生到处知何似,应似飞鸿踏雪泥;泥上偶然留指爪,鸿飞那复计东西。老僧已死成新塔②,坏壁无由见旧题。往日崎岖还记否,路上人困蹇驴嘶③。

【导读】

一、宋仁宗嘉祐元年(1056)三月,作者与其弟辙同赴汴京应试时路经渑池。时隔五年后的嘉祐六年(1061)冬,苏轼赴凤翔府任签判,其弟苏辙送他到郑州,在郑州分手后作者再过渑池,因苏辙有《怀渑池寄子瞻兄》诗,作者以此诗和之。

二、这首诗追怀兄弟二人五年前由蜀入京应试,途经渑池曾住县中僧寺,在寺壁上题诗的往事,抒发了人生漂泊无定和岁月易逝的感慨以及对弟弟的怀念之情。

三、清代纪昀评此诗说:"前四句单行入律,唐人旧格;而意境恣逸,则东坡之本色。""首尾谨严,笔笔矫健,节短而波澜甚阔。"(纪批《苏文忠公诗集》)

荔 枝 叹

十里一置飞尘灰,五里一堠兵火催④。颠阬仆谷相枕藉⑤,知是荔枝龙眼来。飞车跨山鹘横海⑥,风枝霜叶如新采;宫中美人一破颜⑦,惊尘溅血流千载⑧。永元荔枝来交州⑨,天宝岁贡取之涪⑩。至今欲食林甫肉⑪,无人举觞酹伯游⑫。我愿天公怜赤子,莫生尤物为疮痏⑬;雨顺风调百谷登,民不饥寒为上瑞⑭。君不见,武夷溪边粟粒芽,前丁后蔡相笼

---

① 这首诗作于宋仁宗嘉祐六年(1061)十一月。子由:作者的弟弟苏辙,字子由。渑池:在今河南渑池县西。② 新塔:僧人死后火葬,建塔以藏骨灰。 ③ 蹇(jiǎn)驴:驽劣的驴子。 ④ 置、堠(hòu):古代驿站。兵火催:催促急如兵火。 ⑤ 颠阬仆谷:互文见义,即颠仆阬谷。阬:同"坑"。 ⑥ 飞车:传说古代奇肱民能造飞车,从风飞行。这里形容车的速度极快。鹘(hú):隼(sǔn)鸟,鹰类猛禽。 ⑦ 宫中美人:指杨贵妃。 ⑧ 惊尘溅血:马蹄踏起的尘土上溅着驿卒的鲜血。 ⑨ 永元:汉和帝的年号。交州:汉地名,在今两广及越南北部一带。 ⑩ 天宝:唐玄宗年号。岁贡:每年例贡。涪(fú):今重庆市涪陵。 ⑪ 林甫:唐玄宗的宰相李林甫,是"口蜜腹剑"的奸臣。 ⑫ 举觞(shāng):举杯。酹(lèi):洒酒于地表示祭奠。伯游:汉代人唐羌的字,曾上书汉和帝反映进贡荔枝给人民带来灾难,汉和帝下令停止进献。 ⑬ 尤物:难得的好东西。疮痏(wěi):指疮愈后留有瘢痕的疮。 ⑭ 上瑞:最吉祥的兆头。

加①，争新买宠各出意，今年斗品充官茶②。吾君所乏岂此物，致养口体何陋耶！洛阳相君忠孝家，可怜亦进姚黄花③！

【导读】

一、这首政治讽刺诗写于宋哲宗绍圣二年(1095)，作者再次被贬到广东惠州，初次吃到贡品荔枝，赞美荔枝味美的同时想到由此带来的种种不幸，满怀愤激之情写下这首诗，表现了作者屡贬不屈、敢怒敢言的政治激情。

二、这首诗具有强烈的时代感和明确的针对性。作者怀着"至今欲食林甫肉"的愤怒，指名揭发了那些以民脂民膏来争宠献媚的臣僚们的可耻行径，提出了"雨顺风调"、"民不饥寒"的社会理想，表现了令人敬佩的勇气和正义感。

三、诗人胸藏万卷书，善于使典用事，随手拈来，言之有理，述之有序，无堆积典故之感。叙事辅以议论感叹，充满激情的形象化议论，将诗人的感情写得开合变化，波澜壮阔。语言流畅、圆熟、生动、形象。

黄庭坚

黄庭坚(1045—1105)，北宋诗人、书法家。字鲁直，号山谷道人、涪翁，洪州分宁(今江西修水)人。治平四年(1067)进士，先后任县令、国子监教授、秘书省校书郎、国史编修等职。诗歌受到苏轼的赏识，与张耒、晁补之、秦观同称为"苏门四学士"。诗学杜甫，有"点铁成金"之说，是"江西诗派"的开山祖师。《宋史》有传。有《山谷内集》《外集》《别集》。

寄黄几复④

我居北海君南海⑤，寄雁传书谢不能⑥。桃李春风一杯酒，江湖夜雨十年灯⑦。持家但有四立壁⑧，治病不蕲三折肱⑨。想见读书头已白，隔溪猿哭瘴溪藤⑩。

【导读】

一、此诗是怀人之作。作者与黄几复少时好友，同登科第后宦海漂泊，如今二人一南一北，黄庭坚作

---

① 丁：宋仁宗时宰相丁谓。蔡：蔡襄，宋代著名书法家。笼加：装笼加封。 ② 斗品：宋代有品评茶叶以比赛优劣的风气，斗品即参加比赛的上品茶。官茶：向皇帝进贡的茶。 ③ 姚黄花：牡丹中的佳品。 ④ 本诗有原注："乙丑年德平镇作。"乙丑为宋神宗元丰八年(1085)，时黄庭坚监德州(今山东德州)德平镇。黄几复：名介，南昌人，是黄庭坚少年时的好友，时为广州四会(今广东四会市)县令。 ⑤ "我居"句：《左传》僖公四年："齐侯以诸侯之师侵蔡，蔡溃，遂伐楚。楚子使与师言曰：'君处北海，寡人处南海，惟是风马牛不相及也。'"作者在"跋"中说："几复在广州四会，予在德州德平镇，皆海滨也。" ⑥ 寄雁句：传说雁南飞时不过衡阳回雁峰，更不用说岭南了。 ⑦ "桃李"二句：言十年宦游，所可云者，仅春日花下杯酒而已。据《黄几复墓志铭》所载，黄庭坚与黄几复于熙宁九年(1076年)同科出身。此处谓京师同登第后，至此已是十年。 ⑧ 四立壁：即家徒四壁，一无所有。《史记·司马相如列传》："文君夜奔相如，相如驰归成都，家徒四壁立。" ⑨ 蕲：祈求。三折肱：喻历经沧桑。《左传》定公十三年："三折肱，知为良医。"肱(gōng)，上臂，手臂由肘到肩的部分。这句是称道黄几复有治世之才，不待阅历丰富，已有良好政绩。 ⑩ 瘴溪：旧传岭南边远之地多瘴气，北人很难适应。

此诗表达对好友的思念与慰问。"桃李春风"一联纯用名词性意象,上句追忆京城相聚之乐,下句抒写别后相思之深。快意与失望,暂聚与久别,往日的交情与当前的思念,对照交融,耐人寻味。

二、黄庭坚作诗推崇杜甫,追求"无一字无来处",其流弊是生硬晦涩。此诗却能活用典故而丰富了诗句的内涵,读来并不觉晦涩;而取《左传》《史记》《汉书》中的散文语言入诗,又给近体诗带来苍劲古朴的风味。

三、黄庭坚还主张"宁律不谐而不使句弱"。此诗第三联"持家"句两平五仄,"治病"句也顺中带拗,其兀傲的句法与奇峭的音响,正有助于表现黄几复廉洁干练,刚正不阿的性格。

雨中登岳阳楼望君山二首①

其 一

投荒万死鬓毛斑②,生入瞿塘滟滪关③。未到江南先一笑,岳阳楼上对君山。

其 二

满川风雨独凭栏④,绾结湘娥十二鬟⑤。可惜不当湖水面,银山堆里看青山⑥。

【导读】

一、这两首同题诗写于宋徽宗崇宁元年(1102)春。作者在艰难之中幸存下来,被赦免回归途中,来到多年想见而未见的岳阳楼,登楼一望。眼前的湖光山色,唤起他对生活的热爱,情不自禁地在诗中抒发了轻松愉快的心情。

二、第一首写出了谪官脱险东来幸存的心情。主要特点是描写诗人悲喜交织、先悲后喜的心理活动。这当中,成功地运用了"加一倍"的写法。

三、第二首的主要特色是想象的神奇,比喻的贴切。感情深挚,清新流畅,"其言浅,其情深。"(《说诗晬语》)

范成大

范成大(1126—1193),南宋诗人。字致能,号石湖居士,吴郡(今江苏苏州)人。绍兴二十四年(1154)进士,曾任四川制置使、参知政事、礼部员外郎等职,晚年因病退居石湖十年。《宋史》有传。有《石湖居士诗集》《石湖词》《桂海虞衡志》《吴船录》等。

---

① 君山:又名洞庭山,在洞庭湖中。 ② 投荒:投放于荒僻偏远之地。万死:死里逃生。 ③ 瞿塘:著名的长江三峡之一,在重庆市奉节县东,两岸悬崖峭壁,江水湍急。滟(yàn)滪(yù):滪堆,是瞿塘峡险滩上的巨礁。 ④ 满川:满湖。 ⑤ 绾结:盘结。湘娥:湘水女神。相传舜之二妃溺死于湘江,变为水神,住在湘江。 ⑥ 银山:喻波浪。

四时田园杂兴①

淳熙丙午②,沉疴少纾③,复至石湖旧隐④,野外即事,辄书一绝,终岁得六十篇,号《四时田园杂兴》。

其 二

土膏欲动雨频催⑤,万草千花一饷开⑥。舍后荒畦犹绿秀⑦,邻家鞭笋过墙来⑧。

其四十四

新筑场泥镜面平,家家打稻趁霜晴。笑歌声里轻霜动,一夜连枷响到明⑨。

【导读】

一、这一组诗,共六十首,是作者隐居于苏州时所作,这里选了其中三首。主要内容是描写农村优美景色和风俗习惯;歌颂农民的劳动生活和质朴品德;揭露农村的阶级矛盾和农民的苦乐心情。

二、其二描写农村优美的景色,春天百花盛开,万物充满勃勃生机。其四十四以老农口吻道出夏日农忙情景,流露出作者对恬静而富有情趣的男耕女织生活的向往、赞美。

三、艺术上,情调活泼,语言明快,生动自然,意境淡远,风格清新。顾世名《梅山集·题吴僧闲白云注范石湖田园杂兴诗》云:"一卷田园杂兴诗,世人传诵已多时。其中字字有来历,不是笺来不得知。"

杨万里

杨万里(1127—1206),南宋诗人。字廷秀,号诚斋,吉州吉水(今江西吉水)人。绍兴进士,初做地方官,后入朝为东宫侍读,任国子博士、太常博士、礼部右侍郎等。因直言敢谏得罪韩侂胄,被罢官回家闲居,忧郁而死。《宋史》有传。有《诚斋集》。

初入淮河·其一⑩

船离洪泽岸头沙⑪,人到淮河意不佳⑫。何必桑乾方是远⑬,中流以北即天涯⑭!

---

① 作者六十一岁在石湖养病期间写了六十篇田园诗,分"春日""晚春""夏日""秋日""冬日"五组,各十二首,总题《四时田园杂兴》。 ② 淳熙丙午:宋孝宗淳熙十三年(1186)。 ③ 沉疴(kē)少纾:重病稍减。 ④ 石湖:在今江苏苏州西南。 ⑤ 土膏欲动:《国语·周语上》"阳气俱蒸,土膏其动。"言春天适合植物生长。土膏:指富含养分的土地。 ⑥ 一饷:同"一晌",片刻,一会儿。 ⑦ 舍:屋宇。荒畦(qí):荒地。 ⑧ 鞭笋:竹子地下茎上横生的新芽,可食。 ⑨ 连枷:一种打稻脱粒的农具,南方较多见。 ⑩ 这组诗作于宋光宗绍熙元年(1190)。时作者奉命接待金使,有感而作。 ⑪ 洪泽:湖名,在江苏西部,与淮水相通。沙:指岸边沙地。 ⑫ "人到"句:淮河当时成了宋金的国界,所以作者见淮生悲。 ⑬ 桑乾:即永定河,源出山西,流经北京西南,至天津入海。方是远:才是遥远的地方。 ⑭ "中流"句:指越过淮河中流向北,就是金的国境,虽近却使人感到远在天涯。

【导读】

一、绍兴十一年(1141)南宋与金达成和议,两国以淮河为界划定边界,南宋放弃黄河以北的国土。淳熙十六年(1189)冬,任秘书监的杨万里奉命到淮河接待金使,此诗是途中有感而作。

二、开头二句写作者离开洪泽湖(今江苏北部)折入淮河后的行程和抑郁的心情。后二句道破抑郁的原因:再也不需说桑乾胡地偏远了,眼前的淮北就是塞北天涯。字里行间流露出对投降派以土地换一朝安宁表现出深深的愤慨。

三、全诗风格沉郁,语言通俗平易自然,脱口而出,表达自然流露的真情实感,体现"诚斋体"的语言特色。

陆 游

陆游(1125—1210),南宋诗人。字务观,号放翁,越州山阴(今浙江绍兴)人。绍兴二十三年(1153),试礼部,名列第一,却因"喜论恢复"被秦桧除名。孝宗时赐进士出身。历官镇江、隆兴、夔州通判,并参加王炎、范成大幕府,共谋恢复大计。光宗时,官朝议大夫、礼部郎中。后被劾去职,归老故乡。诗作近万首,题材广阔。爱国诗宏丽、奔放、豪迈;田园诗清新、平淡、自然;词作飘逸婉丽。《宋史》有传。有《渭南文集》《剑南诗稿》等。

剑门道中遇微雨①

衣上征尘杂酒痕②,远游无处不消魂③。此身合是诗人未④?细雨骑驴入剑门。

【导读】

一、这首诗作于宋孝宗乾道八年(1172)。这年十一月,诗人正准备大展宏图时,突然接到从南郑(今陕西汉中)前线调任成都府安抚司参议官的调令,作者途经剑门时写下了这首诗。

二、唐代不少人都有骑驴吟诗的故事,所以诗人骑驴入蜀时,便有"此身合是诗人未"的发问。而在这表面看来清雅潇洒的一问中,深藏着的却是诗人壮志难酬、心有不甘的感慨怅惘。

三、全诗境界优美,情韵深长。内涵深婉,意在言外。近人陈衍评曰:"剑南七绝,宋人中最占上峰,此首又其上峰者,直摩唐贤之垒。""此诗若自嘲,实则喜之。"(《石遗室诗话》)

九月十六日夜梦驻军河外⑤,遣使招降诸城⑥,觉而有作⑦

杀气昏昏横塞上,东并黄河开玉帐⑧。昼飞羽檄下列城⑨,夜脱貂裘抚降将。将军栖

---

① 剑门:山名,在今四川省剑阁县北。 ② 征尘:旅途中衣服上的尘土。 ③ 消魂:既高兴又沮丧,表现诗人复杂矛盾的心理。 ④ "此身"二句:唐代诗人李白、李贺等诗人都有骑驴作诗的传说,作者在雨中骑驴入剑门,便自然联想到自己的命运,本不想做诗人,愿做为国捐躯的战士,却被调离前线去做闲官,因而不禁深为感叹。合,该。 ⑤ 河外:黄河以北的金人占领区。 ⑥ 招降诸城:招降各城的敌人。 ⑦ 觉:醒来。 ⑧ 并:靠。玉帐:军中主帅的营帐。 ⑨ 羽檄:军用紧急文书,上插鸟羽,以示紧急。下:这里是降服、攻下的意思。

上汗血马①,猛士腰间虎文韔②。阶前白刃明如霜,门外长戟森相向③。朔风卷地吹急雪,转盼玉花深一丈④。谁言铁衣冷彻骨⑤?感义怀恩如挟纩⑥。腥臊窟穴一洗空⑦,太行北岳元无恙⑧。更呼斗酒作长歌,要遣天山健儿唱。

【导读】

一、此诗于乾道九年(1173)写于嘉州。

二、本诗全写梦境,描写宋军将士勇往直前,消灭敌人,收复失地后万众欢腾的动人情景。这是诗人一生的抱负,由于受到投降派的压制,始终未能实现,因而只能悬想于梦境。

三、全诗洋溢着诗人渴望出师北伐、恢复中原的战斗热情。让人们从满纸欢乐中去体味诗人内心深沉的悲凉。

文天祥

文天祥(1236—1283),南宋大臣、文学家。字履善,后改字宋瑞,号文山,吉州庐陵(今江西吉安)人。宝祐四年(1256)进士,历知瑞州、赣州。德祐二年(1276)任右丞相,出使元军。景炎三年(1278)兵败被俘,拘于大都四年,坚贞不屈,从容就义。《宋史》有传。有《文山先生全集》。

正气歌

余囚北庭⑨,坐一土室。室广八尺,深可四寻⑩。单扉低小,白间短窄⑪,污下而幽暗⑫。当此夏日,诸气萃然⑬:雨潦四集⑭,浮动床几,时则为水气;涂泥半朝⑮,蒸沤历澜⑯,时则为土气;乍晴暴热,风道四塞,时则为日气;檐阴薪爨⑰,助长炎虐,时则为火气;仓腐寄顿⑱,陈陈逼人,时则为米气;骈肩杂遝⑲,腥臊污垢,时则为人气;或圊溷⑳,或毁尸,或腐鼠,恶气杂出,时则为秽气。叠是数气,当侵沴㉑,鲜不为厉㉒。而予以孱弱俯仰其间,于兹二年矣,无恙,是殆有养致然。然尔亦安知所养何哉?孟子曰:"我善养吾浩然之气㉓。"彼气有七,吾气有一,以一敌七,吾何患焉!况浩然者,乃天地之正气也,作《正气歌》一首。

---

① 枥(lì):马槽。汗血马:相传汉时大宛国的一种良马,能日行千里。(见《汉书·武帝纪》) ② 虎文韔(chàng):虎皮纹的弓袋。 ③ 森:森严。 ④ 转盼:转眼之间。 ⑤ 铁衣:铠甲。 ⑥ 纩(kuàng):丝绵。 ⑦ 腥臊窟穴:指沦陷区敌人所盘踞的巢穴。 ⑧ 无恙:安好。 ⑨ 北庭:指元朝首都大都(今北京)。 ⑩ 寻:古时八尺为一寻。 ⑪ 白间:窗户。 ⑫ 污:恶浊,不干净。 ⑬ 萃:聚集。 ⑭ 雨潦(lǎo):下雨形成的地上积水。 ⑮ 涂泥半朝:"朝"当作"潮",意思是狱房墙上涂的泥有一半是潮湿的。 ⑯ 蒸沤历澜:意谓房中翻腾着积水蒸沤的浊泥湿气。历澜,风行水成波纹曰澜,历澜有翻腾的意思。 ⑰ 薪爨(cuàn):烧柴做饭。 ⑱ 仓腐:陈年的腐粮。《史记·平准书》:"太仓之粟,陈陈相因。充溢露积于外,至腐败不可食。"寄顿:此指囤积。这间房子可能原是粮食仓库。 ⑲ 骈肩杂遝(tà):肩挨肩、拥挤杂乱的样子。 ⑳ 圊溷(qīng hùn):厕所。 ㉑ 侵沴(lì):恶气侵人。沴,恶气。 ㉒ 鲜不为厉:很少有不生病的。厉,恶鬼,引申为灾祸、病。 ㉓ "孟子"句:《孟子·公孙丑》:"我善养吾浩然之气……其为气也,至大至刚,以直养而无害,则塞于天地之间。"

天地有正气,杂然赋流形①。下则为河岳,上则为日星。于人曰浩然,沛乎塞苍冥②。皇路当清夷,含和吐明庭③。时穷节乃见,一一垂丹青④。在齐太史简⑤,在晋董狐笔⑥。在秦张良椎⑦,在汉苏武节⑧。为严将军头⑨,为嵇侍中血⑩。为张睢阳齿⑪,为颜常山舌⑫。或为辽东帽,清操厉冰雪⑬。或为《出师表》,鬼神泣壮烈⑭。或为渡江楫,慷慨吞胡羯⑮。或为击贼笏,逆竖头破裂⑯。是气所旁薄⑰,凛烈万古存。当其贯日月,生死安足论。地维赖以立,天柱赖以尊⑱。三纲实系命⑲,道义为之根⑳。嗟予遘阳九㉑,隶也实不力㉒。楚囚

―――――
① 杂然:纷繁,多样。赋:赋予,形成。流形:各种形体,指下文所说的宇宙间的一切。　② 沛乎:旺盛的样子。苍冥:天地之间。　③"皇路"二句:意谓若是在升平时代,这种浩然之气就会平静和谐地显露出来,在朝廷上发挥作用。皇路,国运,国家的局势。清夷,清平,太平。明庭,圣明的朝廷。　④"时穷"二句:意谓若是在艰难末世,这浩然之气就会显露为气节,一一被载入史册,垂名后世。见,同"现",表现,显露。丹青,图画,古代帝王常把有功之臣的肖像和事迹叫画工画出来。汉代曾在凌烟阁图画二十八功臣像。这里泛指写入书帛,为后人所纪念。　⑤ 太史:史官。简:古代用以写字的竹片。《左传》襄公二十五年载,齐大夫崔杼杀庄公,"太史书曰:崔杼弑其君。崔子杀之。其弟嗣书而死者二人,其弟又书,乃舍之。南史氏闻太史尽死,执简以往。闻既书矣,乃还。"　⑥ 董狐:春秋时晋国史官。《左传》宣公二年载,晋灵公无道,执政大臣赵盾堂侄赵穿杀灵公,时赵盾逃亡在外,尚未出国境,闻讯即返。"太史(董狐)书曰:'赵盾弑其君。'以示于朝。宣子(赵盾)曰:'不然!'对曰:'子为正卿,亡不越境,反不讨贼,非子而谁?'……孔子曰:'董狐,古之良史也,书法不隐。'"　⑦ 张良椎:《史记·留侯传》载,张良先世为韩人,秦灭韩,张良破家财为韩报仇,得一大力士,持一百二十斤的大椎,在博浪沙(今河南省新乡县南)伏击出巡的秦始皇,未击中。始皇大怒,搜索国中,而始终未拿获张良。后来张良辅佐刘邦建立汉朝,封留侯。　⑧ 苏武节:《汉书·苏武传》载,汉武帝时,苏武出使匈奴,匈奴人要他投降,他坚决拒绝,被流放到北海(今西伯利亚贝加尔湖)边牧羊。为了表示对祖国的忠诚,他终日手持从汉朝带去的符节,牧羊十九年,节毛尽脱,后来终于回到汉朝。　⑨ 为严将军头:《三国志·蜀志·张飞传》载,严颜在益州牧刘璋手下做将军,镇守巴郡,被张飞捉住,张飞问:"大军至,何以不降,而敢拒战?"颜答曰:"卿等无状,侵夺我州。我州但有断头将军,无有降将军也!"张飞见其威武不屈,把他释放了。　⑩ 嵇侍中:嵇绍,嵇康之子,晋惠帝时做侍中。《晋书·嵇绍传》载,晋惠帝永兴元年(304),皇室内乱,嵇绍从惠帝战于荡阴,百官及侍卫皆溃散,嵇绍以身遮蔽惠帝,被乱箭射死,血溅惠帝衣上。事后,有人要洗去惠帝衣服上的血,惠帝说:"此嵇侍中血,勿去!"　⑪ 张睢阳:即唐朝的张巡。《旧唐书·张巡传》载,安禄山叛乱,张巡固守睢阳(今河南省商丘市),每次上阵督战,大声呼喊,牙齿都咬碎了。城破被俘,拒不投降,敌将问他:"闻君每战,眦裂,嚼齿皆碎,何至于此耶?"张巡回答说:"吾欲气吞逆贼,但力不遂耳。"敌将视其齿,存者不过三数。　⑫ 颜常山:即唐朝的颜杲卿,任常山太守,常山在范阳节度使安禄山的辖境内。《新唐书·颜杲卿传》载,安禄山叛乱时,他起兵讨伐,后城破被俘,当面大骂安禄山,被钩断舌头,不屈至死。　⑬ 辽东帽:东汉末,时代混乱,政治黑暗,名士管宁有高节,避乱居辽东(今辽宁省辽阳市),一再拒绝朝廷的征召,他常戴一顶黑色帽子,安贫讲学,闻名于世。清操厉冰雪:是说管宁严格奉守清廉的节操,凛如冰雪。厉,严肃,严正。　⑭"或为《出师表》"二句:蜀汉后主建兴五年(227)三月,诸葛亮率大军由汉中北伐曹魏,上《出师表》(见《资治通鉴》卷七十)。　⑮ 渡江楫:东晋爱国志士祖逖率兵北伐,渡长江时,敲着船桨发誓北定中原,后来终于收复黄河以南失地(见《晋书·祖逖传》)。楫,船桨。胡羯:古代对北方少数民族的称呼。过去史上曾称匈奴、鲜卑、羯、氐、羌为五胡。这句是形容祖逖的豪壮气概。　⑯ 击贼笏:唐德宗时,朱泚谋反,召段秀实议事,段秀实不肯同流合污,以笏猛击朱泚的头,大骂:"狂贼,吾恨不斩汝万段,岂从汝反耶?"(见《旧唐书·段秀实传》)笏:古代大臣朝见皇帝时所持的手板。逆竖:叛乱的贼子,指朱泚。　⑰ 是气:这种"浩然之气"。旁薄:同"磅礴",充塞。　⑱"地维赖以立"二句:是说地和天都依靠正气支撑着。地维,古代人认为地是方的,四角有四根支柱撑着。《淮南子·天文训》:"昔者共工与颛顼争为帝,怒触不周之山,天柱折,地维绝。"天柱,撑天之柱。《神异经》:"昆仑之山,有铜柱焉,其高入天,谓之天柱也。"　⑲ 三纲实系命:是说三纲实际命于正气,即靠正气支撑着。三纲,君为臣纲,父为子纲,夫为妻纲(见《白虎通·德论》)。　⑳ 道义为之根:《孟子·公孙丑上》论浩然之气,说:"其为气也,配义与道。无是,馁也。"此用其意。　㉑ 遘阳九:犹言遭逢厄运。遘,遭逢,遇到。阳九,即百六阳九,古人用以指灾难年头。道书以天厄为阳九,地亏为百六。　㉒ 隶也实不力:是说我实在无力改变这种危亡的国势。隶,地位低的官吏,此为作者自指。

缨其冠,传车送穷北①。鼎镬甘如饴,求之不可得②。阴房阒鬼火③,春院闷天黑④。牛骥同一皂,鸡栖凤凰食⑤。一朝蒙雾露,分作沟中瘠⑥。如此再寒暑,百沴自辟易⑦。嗟哉沮洳场⑧,为我安乐国。岂有他缪巧,阴阳不能贼⑨。顾此耿耿存⑩,仰视浮云白⑪。悠悠我心悲,苍天曷有极⑫。哲人日已远,典刑在夙昔⑬。风檐展书读,古道照颜色⑭。

【导读】

一、祥兴元年(1278)十月,文天祥被俘,次年十月,被解至燕京。元世祖欲利用其名,收拾江南人心,威逼利诱,无所不用其极。文天祥大义凛然,坚贞不屈。被囚三年,直到元世祖至元十九年(1282)十二月,元人见招降无望,便将其杀害。此诗是文天祥殉国前一年所作。

二、全篇的结构核心是"时穷节乃见"。作者先以"天地有正气"发端,然后层层陪衬,突出"时穷节乃见";之后再历举"哲人"事迹证明"时穷节乃见";又以自己囚于土牢而坚贞不屈来表明"时穷节乃见"。全诗篇幅宏大而主旨突出,脉络分明。浩然正气直贯全篇,故历述古人事迹和己身遭遇而无堆砌之感。

三、诗用古体,凡六十句,隔句一韵,通篇四韵,平仄间押。以平和稳健的散文化语言,紧紧围绕对浩然正气的礼赞,于夹叙夹议中层层深入推进展开,寓激荡于从容。既浑灏苍古,又顿挫抑扬,荡气回肠。酣畅淋漓地表现了作者的忠肝义胆、铮铮铁骨,塑造了正气凛然的民族英雄形象。

汪元量

汪元量(生卒年不详),南宋诗人。字大有,号水云,钱塘(今浙江杭州)人。咸淳进士。南宋末以琴艺供奉宫廷,宋亡后随三宫被俘北去,住大都十年。后出家为僧,不知所终。其诗多写宋亡史实,情怀慷慨,韵调凄清。有《湖山类稿》《水云集》。

---

①"楚囚缨其冠"二句:自指兵败被俘,北送燕京事。《左传》成公九年:"晋侯观于军府,见钟仪。问之曰:'南冠而系者,谁也?'有司对曰:'郑人所献楚囚也。'"缨,帽带。此处楚囚自喻,以示不忘故国。传(zhuàn)车,即驿车。官办交通站的车辆。穷北,极远的北方。②"鼎镬甘如饴"二句:意谓自己早已做了以身殉国的思想准备,唯求一死而已。鼎镬,大锅。古代一种酷刑,把人放在鼎镬里活活煮死。③阴房阒(qù)鬼火:囚室阴暗寂静,只有鬼火出没。阴房,见不到阳光的居处,此指囚房。阒,幽暗、寂静。④春院闷(bì)天黑:虽在春天里,院门关得紧紧的,照样是一片漆黑。闷(bì),关闭。⑤"牛骥同一皂"二句:意谓自己落在牢狱中,与囚徒杂处。贾谊《吊屈原赋》:"腾驾罢牛骖蹇驴兮,骥垂两耳服盐车兮。"屈原《九章·怀沙》:"凤凰在笯(nú)兮,鸡鹜翔舞。"古代诗文中,多以骥和牛、凤和鸡对举,一指贤士,一指庸人。皂,马槽。鸡栖,鸡窝。⑥"一朝蒙雾露"二句:意为估计自己很可能一旦受雾露风寒所侵,得病而死,弃骨沟壑中。分(fèn),料想。瘠,瘦骨。⑦"如此再寒暑"二句:意谓在这种环境里过了两年,居然没有被病疫打倒。百沴,指序文中所说的各种恶气。辟易,退避。⑧沮(jù)洳(rù)场:低下阴湿的地方。⑨"岂有他缪(miù)巧"二句:谓之所以秽气不能侵害自己,并非是有什么机巧。缪巧,智谋,机巧。贼,加害。⑩顾此耿耿存:只因心中充满正气。顾:只不过。此:指正气。耿耿:光明貌。⑪仰视浮云白:《论语·述而》"不义而富且贵,于我如浮云。"此暗用其意。⑫"苍天曷有极"二句:痛苦呼天,意谓天无极,悲亦无尽。《诗经·唐风·鸨羽》:"悠悠苍天,曷其有极。"曷,何,哪。极,尽头。⑬"哲人日已远"二句:意谓古代的忠义之士(即上文所说的齐太史等),时代虽已久远,但他们的事迹留传书卷,足为法式。《诗经·大雅·荡》:"虽无老成人,尚有典刑。"刑,通"型",土模。⑭古道照颜色:古代传统的美德,闪耀在面前。

湖州歌·其六

北望燕云不尽头①,大江东去水悠悠②。夕阳一片寒鸦外,目断东南四百州③。

【导读】

一、汪元量《湖州歌》九十八首,写德祐二年(1276)春南宋为元所灭的史事。作者亲身经历了这次变故,对亡国之苦、去国之悲有深切的感触。

二、此诗表达诗人辞别临安的哀痛心情。全诗围绕"望"字展开。低望江水悠悠,山河破碎;仰望夕阳寒鸦,凄凄惨惨;北望燕云,辽阔的大地无边无际;回望南方,那不见尽头的"四百州",这不正是宋朝的故土吗?对故土的眷恋,对失去故土的哀痛,全由"望"字生发出来。

三、此诗由远及近,由近而远,俯仰天地,环顾四方,洒然流畅,一气呵成。表现手法新颖,情词悲愤凄绝,陈述周详生动。

元好问

元好问(1190—1257),金文学家。字裕之,号遗山,太原秀容(今山西忻州)人。兴定五年(1221)进士,历任南阳等县县令,官至尚书省左司员外郎。金亡不仕,回乡从事著述,编纂金代史料《壬辰杂编》和金诗总集《中州集》。其词多取法苏辛豪放之风,亦不废婉约风格。在金词中,其成就较高。有《元遗山诗集》《遗山乐府》。

论诗绝句

其 七

慷慨歌谣绝不传④,穹庐一曲本天然⑤。中州万古英雄气⑥,也到阴山敕勒川⑦。

【导读】

这首诗将北方鲜卑族的诗歌特色概括为慷慨悲壮。

---

① 燕云:指燕州、云州等十六州,在今河北、山西北部。这里泛指北方地区。 ② 悠悠:江水遥远的样子。 ③ 目断:看不到。四百州:指全国各地。 ④ "慷慨"句:敕勒族人民的慷慨悲壮的诗歌没有流传下来。 ⑤ "穹庐"句:指北魏民歌《敕勒歌》:"敕勒川,阴山下。天似穹庐,笼盖四野。天苍苍,野茫茫,风吹草低见牛羊。"天然,自然真实。 ⑥ 中州:中原地区,今河南一带。 ⑦ 阴山敕勒川:今大青山南境。

其二十九

池塘春草谢家春①,万古千秋五字新。传语闭门陈正字②,可怜无补费精神③。

【导读】

这首诗通过赞扬谢灵运的清新自然,批评陈师道无病呻吟,表达作者的诗贵清新自然、力避无病呻吟的诗论主张。

岐阳·其二④

百二关河草不横⑤,十年戎马暗秦京⑥。岐阳西望无来信,陇水东流闻哭声⑦。野蔓有情萦战骨⑧,残阳何意照空城!从谁细向苍苍问⑨,争遣蚩尤作五兵⑩。

【导读】

一、这首七律通过对凤翔城被蒙古军攻破后人民流离失所和金兵横尸野草的惨相的描绘,表达了诗人反对战争、同情人民不幸生活的思想感情。

二、首联追述蒙军进攻秦地的历史,表达厌恶战争之情。颔联关注岐阳战事。颈联写城破后的惨景。尾联责问上天。

三、此诗感情悲凉沉郁,用词精练。结构上环环相扣,绵延而下。

---

① 池塘春草:指谢灵运《登池上楼》的名句"池塘生春草"。 ② 闭门陈正字:宋代诗人陈师道曾任秘书省正字。他作诗常常苦思冥想,呻吟如病。 ③ 可怜无补费精神:用王安石《韩子》诗原句。 ④ 岐阳:又称岐州,即今陕西凤翔。 ⑤ 百二关河:指秦地十分坚固(凤翔古属秦国)。关河,函谷关、黄河。草不横:草不生长。 ⑥ 戎马:指战场。秦京:咸阳,此处泛指秦地。 ⑦ "陇水"句:陇水即陇头水。全句用《陇头歌辞》"陇头流水,鸣声幽咽。遥望秦川,心肝断绝"之意。 ⑧ 野蔓:田间蔓草。萦:缠绕。 ⑨ 苍苍:指苍天。 ⑩ 蚩尤:传说中的部族首领,兵器的发明者。五兵:五种兵器。

词

范仲淹

范仲淹(989—1052),北宋政治家、文学家。字希文,吴县(今江苏苏州)人。大中祥符八年(1015)进士。庆历三年(1043),授参知政事,主持庆历改革,因守旧派阻挠而未果。官至参知政事,卒赠兵部尚书,死于青州,谥文正,世称范文正公。《宋史》有传。有《范文正公集》。

御街行

纷纷坠叶飘香砌①。夜寂静,寒声碎②。真珠帘卷玉楼空,天淡银河垂地。年年今夜,月华如练,长是人千里。　愁肠已断无由醉③,酒未到,先成泪。残灯明灭枕头欹④,谙尽孤眠滋味⑤。都来此事⑥,眉间心上,无计相回避。

【导读】

一、此词写离人在秋月之夜的离愁别恨。全词由景入情,情随景生,自然浑成。上片以景寓情,境界疏阔,尤其"天淡银河垂地"一句,显得奔放激越,气象恢宏;下片径直抒情,一个"愁"字,层层递进,反复咏叹,语直情真,悲凉凄切。李清照的"此情无计可消除,才下眉头,却上心头。"(《一剪梅》)即从这里脱胎。

二、另外,词中比喻、通感、白描等手法的运用也极大地增强了艺术表达效果。全词虽然没有出现一个"思"字,但字字句句都是"思",是一首情景俱佳的名篇。

晏　殊

晏殊(991—1055),北宋词人。字同叔,抚州临川(今江西抚州)人。十四岁以神童应举,赐同进士出身。宋仁宗朝,官至宰相。《宋史》本传云:"文章赡丽,应用不穷。尤工诗,闲雅有情思。"又云:"自五代以来,天下学校废,兴学自殊始。"词风和婉明丽,富有情韵。《宋史》有传,原有集,已佚,仅存《珠玉词》;清人辑有《晏元献遗文》。

---

① 香砌:有落花的台阶。　② 寒声碎:寒风吹动落叶发出的轻微细碎的声音。　③ 无由:无法。　④ 欹(qī):倾斜,斜靠。　⑤ 谙(ān)尽:尝尽。　⑥ 都来:算来。

浣 溪 沙

一向年光有限身①,等闲离别易销魂②,酒筵歌席莫辞频③。　满目山河空念远,落花风雨更伤春,不如怜取眼前人。

【导读】

一、晏殊词的特色是于雍容温婉中蕴含哲思。此词抒写伤春怀远的情怀。深刻沉着,高健明快,而又能保持一种温婉的气象,使词意并不显得凄厉哀伤。

二、词中悲年光之有限,感世事之无常,慨叹空间和时间的距离难以逾越,慨叹对消逝的美好事物的追寻总是徒劳,而上下片的结句表现了及时行乐、抓住当下的思想。本来词意是颇为颓靡的,但因取景甚大,出语遒劲,感情表现得很旷达、爽朗,可见作者胸襟与气度。

蝶 恋 花④

槛菊愁烟兰泣露⑤。罗幕轻寒,燕子双飞去⑥。明月不谙离恨苦⑦,斜光到晓穿朱户⑧。　昨夜西风凋碧树⑨。独上高楼,望尽天涯路。欲寄彩笺兼尺素⑩,山长水阔知何处?

【导读】

一、这是一首写离愁别恨为主的名作,但词中似乎隐约含蓄地表示出某种难言之意,给读者留出想象的余地。

二、上片写庭院及室内景物。下片写词人登楼望远时的所见所感。写秋意但不凄苦,抒离情愁而不哀,写富贵之家但又不言"金玉锦绣",临秋而望远,极目天涯,境界极为辽阔,较南唐的离愁别恨之作有新意。

三、作者工于词语,炼字精巧,善于将主观感情熔于景物描写之中。菊愁、兰泣、幕寒、燕飞、树凋、西风、路远、山长、水阔,这一切景物都充满了凄楚、冷漠、荒远的气氛,从而很好地表达了离愁别恨的主题。从词的章法结构来讲,以时间变化为经线,以空间转移为纬线,层次井然,步步深入。

张　先

张先(990—1078),北宋词人。字子野,乌程(今浙江湖州)人。天圣八年(1030)进士,官至都官郎中,晚年退居吴兴、杭州一带。长于锻炼字句,因善于用"影"字,世称张三影。生平事迹参看夏承焘《唐宋词人年谱·张子野年谱》。有《张子野词》(又名《安陆词》)。

---

①一向:一晌,片刻,一会儿。年光:时光。有限身:有限的生命。　②等闲:平常,随便,无端。销魂:极度悲伤,极度快乐。　③莫辞频:不要因为次数多而推辞。频,频繁。　④原名《鹊踏枝》。《词谱》卷十二谓"宋晏殊词改今名"。　⑤槛(jiàn):栏杆。兰泣露:兰草挂满露珠,像是在饮泣。　⑥飞去:一作"来去"。　⑦谙(ān):熟悉,了解。　⑧斜光:残月的清光。　⑨凋碧树:使得树木绿叶干枯凋落。　⑩尺素:书信。

天仙子①

时为嘉禾小倅②,以病眠不赴府会③。

水调数声持酒听④,午醉醒来愁未醒。送春春去几时回?临晚镜,伤流景⑤,往事后期空记省⑥。　　沙上并禽池上暝,云破月来花弄影。重重帘幕密遮灯,风不定,人初静,明日落红应满径⑦。

【导读】

一、约在仁宗庆历元年(1041),张先在嘉禾(今浙江嘉兴)作判官,时年五十二,这首词作于此年。

二、这首词通过对心理活动的逐步揭示,并用暮春迷离夜色的烘托,抒发了惜春伤春的情绪,感叹年华易逝和孤独寂寞的处境。全词写景述事抒情,以时间为线索。上片由午及晚,自伤身世,又惜年光如流,后事难知。下片专写晚景,以花鸟双栖、花影婆娑,显出环境冷落,暗寓惜别之意。

三、这首词语言精美、凝练,音韵和谐。"云破月来花弄影"是词史上超一流的名句。作者用"破""来""弄"三个动词去写"云""月""花",尖新卓异,共同开拓出一片绮美的新境界。

欧阳修:踏莎行⑧

候馆梅残⑨,溪桥柳细。草薰风暖摇征辔⑩。离愁渐远渐无穷,迢迢不断如春水⑪。　　寸寸柔肠⑫,盈盈粉泪。楼高莫近危栏倚⑬。平芜尽处是春山⑭,行人更在春山外。

【导读】

一、此词写的是离别相思,是一首写离情的佳作。

二、两片词分别从男女双方着笔,在抒写游子思乡的同时,联想到闺中人相忆念的情景,写出了两地相思之情。上片写马上征人,写他在旅途中的见闻和感受,绘出一幅羁旅行役图,以景为主,融情于景;下片写闺中思妇,写女子在闺楼中伤春怀远之情,展现的是红粉佳人思夫图,以抒情为主,情寓景中,构成了清丽缠绵的意境。

三、词中的两个场景,发生的空间不同,时间却在同时,上片的"春水"和下片的"春山"融合叠印在一起,巧妙地构成一幅男女异地相思图。正如李攀龙《草堂诗余隽》中评价的那样:"春水写愁,春山骋望,极切极婉。"

---

① 天仙子:唐玄宗时教坊曲名,后用为词调。黄升《唐宋诸贤绝妙词选》卷五题作《春恨》。　② 嘉禾小倅(cuì):嘉禾,宋时郡名,今浙江嘉兴市。小倅,小官。倅,副职。　③ 不赴府会:不去政府机关上班。　④ 水调:曲调名,是唐代流行的曲调。　⑤ 流景:如流水般消逝的年华。景,日光。　⑥ 并禽:成对的鸟儿。这里指鸳鸯。　⑦ 落红:落花。　⑧ 踏莎行:词牌名。杨慎《词品》卷一:"韩翃诗:'踏莎行草过春溪',辞名《踏莎行》本此。黄昇《唐宋诸贤绝妙词选》卷二题作《相别》。　⑨ 候馆:迎候宾客的馆舍。《周礼·地官·遗人》:"五十里有市,市有候馆。"　⑩ 薰:香气。征:远行。辔:驾驭马的嚼子和缰绳,这里指坐骑。　⑪ 迢(tiáo)迢(tiáo):形容路途遥远绵长。　⑫ 寸寸柔肠:意思是伤心至极,有如肝肠寸断。　⑬ 危栏:高楼的栏杆。　⑭ 平芜:平旷的草地。

晏几道

晏几道(1038—1110),北宋词人。字叔原,号小山,临川(江西抚州)人,晏殊第七子。晚年家境中落,生活贫困。其词既继承了花间词的精雕细琢、用色浓艳的特点,又接受了南唐词白描的影响。生平事迹参见夏承焘《唐宋词人年谱·二晏年谱》。有《小山词》。

鹧鸪天

彩袖殷勤捧玉钟①,当年拚却醉颜红②。舞低杨柳楼心月③,歌尽桃花扇影风。　　从别后,忆相逢。几回魂梦与君同④。今宵剩把银釭照⑤,犹恐相逢是梦中。

【导读】

一、这首词写作者与一位歌女久别重逢,以相逢抒别恨,宛转曲折。

二、上片回忆初次见面的欢乐情景。轻歌曼舞,通宵达旦。下片先写别后相思,接着写意外重逢,"剩把""犹恐"四字,将微妙的感情表现得极为生动:两人在证实不是梦境时的心情,可以推见。

三、全词结构严谨,抒情细腻,色彩鲜明,场面生动,词情婉丽,曲折有致。

柳　永

柳永(约987—约1053),北宋词人。初名三变,字景庄,后改名永,字耆卿,因排行七,又称柳七。官至屯田员外郎,故世称柳屯田。祖籍河东(今属山西),后移居崇安(今属福建)。为人放荡不羁,终身潦倒。其词多描绘城市风光和歌妓生活,尤长于抒写羁旅行役之情。能自制新曲,音律谐婉,有开疆拓土之功。词风通俗浅近,旖旎近情。生平事迹,参看罗忼烈《话柳永》。有《乐章集》。

八声甘州

对潇潇暮雨洒江天⑥,一番洗清秋。渐霜风凄紧⑦,关河冷落⑧,残照当楼⑨。是处红衰翠减⑩,苒苒物华休⑪。惟有长江水,无语东流。　　不忍登高临远,望故乡渺邈⑫,归思

---

① 彩袖:代指女子。捧玉钟:指劝酒。　② 拚却:不顾惜,宁愿。　③ "舞低"二句:描写歌女当年与同伴狂欢的情景,月在长舞中西沉,风在欢歌中停息。　④ 同:欢聚在一起。　⑤ 剩:更。银釭(gāng):银灯。　⑥ 潇潇:形容风雨急骤。　⑦ 凄紧:秋风寒冷逼人。　⑧ 关河:山河。　⑨ 残照:夕阳的余晖。　⑩ 是处:处处,到处。红衰翠减:花败叶落。　⑪ 苒苒:渐渐,慢慢。物华休:风物凋残。　⑫ 渺邈(miǎo):渺茫、遥远。

难收①。叹年来踪迹,何事苦淹留②?想佳人、妆楼颙望③,误几回、天际识归舟。争知我④、倚阑干处,正恁凝愁⑤。

【导读】

一、这首《八声甘州》是柳词中的名篇,是作者登高临远所见而引起的思乡怀人之情的真实流露。

二、上片主要写景。起写雨后江天,澄澈如洗;次写风紧日斜,关河冷落的凄清寂寞;再叹红衰翠减,景物凋残,唯有长江流水无语东流。全是登临所见的残秋景色。下片抒情。先写登高临远,眺望故乡而不见;其次自问自叹,何苦淹留他乡;再用对比衬托手法,写佳人妆楼凝望,误断天际孤舟,我却正倚栏杆,凝眸遥寄乡愁。

三、词中通过层层铺叙,写尽了他乡游子的羁旅哀愁。感情真挚强烈而又转折跌宕,顿挫有致。全词充溢着浓重的感伤情调,婉约缠绵而又苍凉激越。

蝶恋花⑥

伫倚危楼风细细⑦,望极春愁⑧,黯黯生天际⑨。草色烟光残照里,无言谁会凭阑意?拟把疏狂图一醉⑩,对酒当歌⑪,强乐还无味⑫。衣带渐宽终不悔⑬,为伊消得人憔悴⑭。

【导读】

一、这是一首羁旅怀人抒情之作,词人把漂泊异乡的落魄感受,同怀恋意中人的缠绵情思结合起来。

二、上片写春日登楼引起的愁思,词人登高望远,离愁油然而生,主要写景,景中有情。下片写"春愁"的执着缠绵,无可排遣,主要是抒情,并点明了"春愁"的具体内容。王国维《人间词话》:古今之成大事业、大学问者,必经过三种之境界。并以"衣带渐宽终不悔,为伊消得人憔悴"为第二境,这大概正是柳永的这两句词概括了一种锲而不舍的坚毅性格和执着态度。

三、全词写景不重铺陈,而重点染,重意境的创造。全词写得激情回荡,执着诚笃,颇能显示柳词的抒情特色。

王安石:桂枝香⑮

金陵怀古⑯

登临送目⑰。正故国晚秋⑱,天气初肃⑲。千里澄江似练⑳,翠峰如簇㉑。征帆去棹残

---

① 归思:归乡的情思。 ② 淹留:久留。 ③ 颙(yóng)望:举头凝望。 ④ 争知:怎知。 ⑤ 恁(nèn):如此。 ⑥ 此词调原为唐教坊曲,调名取自梁简文帝"翻阶蛱蝶恋花情"句。又名《鹊踏枝》《凤栖梧》等。 ⑦ 伫:久立。危楼:高楼。 ⑧ 望极:极目远望。 ⑨ 黯黯:迷蒙不明。 ⑩ 拟把:打算。疏狂:粗疏狂放,不合时宜。 ⑪ 对酒当歌:语出曹操《短歌行》。当:与"对"意同。 ⑫ 强:勉强。强乐:强颜欢笑。 ⑬ 衣带渐宽:指人逐渐消瘦。语本古诗:"相去日已远,衣带日已缓。" ⑭ 消得:清减、耗费。 ⑮《桂枝香》这一词调首见于王安石这首词。 ⑯ 金陵:今江苏省南京市,为六朝时故都。 ⑰ 登临:登山临水。送目:极目远眺。 ⑱ 故国:旧都,即指金陵。 ⑲ 初肃:刚开始肃杀。 ⑳ 澄江:清澈的江水。练:白色的绢绸。 ㉑ 翠峰如簇(cù):翠绿的山峰像箭头一样挺直峭拔。

阳里①,背西风、酒旗斜矗②。彩舟云淡,星河鹭起③,画图难足④。　　念往昔、繁华竞逐⑤。叹门外楼头,悲恨相续。千古凭高对此⑥,漫嗟荣辱。六朝旧事随流水,但寒烟衰草凝绿⑦。至今商女⑧,时时犹唱,《后庭》遗曲⑨。

【导读】

　　一、这首词是王安石退居金陵以后所作,时在神宗熙宁年间。他通过对金陵秋季景色的描写,抒发了兴亡之感。宋杨湜《古今词话》说:"金陵怀古,诸公调寄《桂枝香》者,三十余家,惟王介甫为绝唱。"

　　二、上片极力描绘金陵壮阔的自然美景。晚秋的时候,天气清肃,登高四顾,山川景物毕呈眼底。千里澄江蜿蜒东下,静静地躺着,犹如一条白色丝带。碧绿的山峰连绵不断,好似簇拥在一起。在夕照里,江里的船帆在缓缓移动,酒家的旗帜在迎风招展。河上的小舟被轻云遮掩,依稀可辨。远望处,天水相连,一群白鹭腾空而起。澄江、翠峰、征帆、酒旗、彩舟、白鹭,色彩斑斓,动静相间,构成一幅壮丽的画面。下片抒发感情,怀古伤时。六朝的帝王凭借金陵的险要形势和江南无尽的珍藏,穷奢极欲,出奇争胜,招致国破家残,败亡相继。当敌国大将已攻到宫城之外,陈后主还醉生梦死,和宠妃们寻欢作乐。

　　三、这首词用清丽、优美和形象的语言描写暮秋金陵景色,立意高远,笔力浑健,多处化用前人的诗句、诗意以状景抒怀,不见雕镂痕迹,具见锤炼之功。

苏轼:八声甘州

寄参寥子⑩

　　有情风、万里卷潮来,无情送潮归。问钱塘江上,西兴浦口,几度斜晖⑪?不用思量今古,俯仰昔人非⑫!谁似东坡老,白首忘机⑬?　　记取西湖西畔,正春山好处,空翠烟霏。算诗人相得,如我与君稀。约他年、东还海道,愿谢公、雅志莫相违⑭。西州路,不应回首,为我沾衣⑮。

---

① 征帆去棹(zhào):指江上来来往往的船。征:远行。棹:船桨。　② 矗(chù):竖起,直立。　③ 星河:天河,银河,这里指长江。鹭:鹭鸶,一种白色的水鸟。　④ 难足:难以完美地表现出来。　⑤ 繁华竞逐:竞逐繁华的倒文。　⑥ 千古:古往今来。凭高:登高。　⑦ 但:只有。寒烟衰草:凄冷的烟雾和衰残的野草。凝绿:暗绿,缺乏光泽和生意的绿色。　⑧ 商女:以卖唱为业的歌女。　⑨《后庭》遗曲:指陈后主所作的《玉树后庭花》,这里指代亡国之音。用杜牧《夜泊秦淮》"商女不知亡国恨,隔江犹唱《后庭花》"句意。　⑩ 参寥子:即僧人道潜,字参寥,浙江于潜人。精通佛典,工诗,苏轼与之交厚。元祐六年(1091年),苏轼应召赴京,寄赠他这首词。　⑪ 钱塘江:浙江最大河流,注入杭州湾,江口呈喇叭状,以潮水壮观著名。西兴:即西陵,在钱塘江南,今杭州市对岸,萧山县治之西。几度斜晖:意谓度过多少个伴随着斜阳西下的傍晚。　⑫ 俯仰昔人非:语出王羲之《兰亭集序》:"俯仰之间,已为陈迹。"　⑬ 忘机:忘却世俗的机巧之心。《列子·黄帝》载,传说海上有一个人喜欢鸥鸟,每天坐船到海上,鸥鸟便下来与他一起游玩。一天他父亲对他说,"吾闻鸥鸟皆从汝游,汝取来吾玩之",于是他就有了捉鸟的"机心"(算计之心),从此鸥鸟再也不下来了。这里说自己清除机心,即心中淡泊,任其自然。　⑭ 约他年二句:意谓我要与好友你相约将来一起归隐,但愿此心不会落空。据《晋书·谢安传》载,谢安早年隐居会稽东山(今浙江绍兴),东面濒临大海。后谢安入朝当政,"然东山之志始末不渝","造泛海之装,欲经略初定,自江道还东。雅志未就,遂遇疾笃"。雅志,归隐东山之志。　⑮**西州路**三句:据《晋书·谢安传》载,谢安在新城遇疾后,重返建康之时,车经西州门(故址在今南京市西)入城。安在世时,对外甥羊昙很好。安死后,其外甥羊昙"辍乐弥年,行不由西州路"。某次醉酒,过西州门,回忆往事,"悲感不已","恸哭而去"。西州,古建业城门名。

【导读】

一、宋哲宗元祐六年(1091),苏轼由杭州知州召为翰林学士承旨,离杭州赴汴京,作此词送于好友参寥。

二、词开端二句写万里风涛,气象开阔,笔力矫健而又含有无穷感慨苍凉。其下接写古往今来人间的盛衰无常,而结句却又以"忘机"之态跳出。下片换笔写西湖美景和自己与参寥子之间的相知情谊。用谢安故事,既表现出死生离别之悲,也表现出入朝从政、知交乐事难再之忧。真是百感交集。

三、此词以平淡之语写深厚的情意,而气势雄放,意境浑然。词中抒写出世的高想,表现人生空幻之感,却以豪迈的气势出之,使人唯觉其气象峥嵘,而毫无颓唐、消极之感。词人强调达观和"忘机",使人感到的却是他对友情的无比珍重。苏轼达观中充满豪气,向往出世又执着于友情的个性,于此可见一斑。

临 江 仙

夜归临皋①

夜饮东坡醒复醉②,归来仿佛三更。家童鼻息已雷鸣。敲门都不应,倚杖听江声。长恨此身非我有③,何时忘却营营④。夜阑风静縠纹平⑤。小舟从此逝,江海寄余生⑥。

【导读】

一、此词作于宋神宗元丰五年(1082)九月,雪堂夜饮,醉归临皋而作。作品通过对深夜醉归的描写,表现了作者精神上的苦闷和对自由生活的渴望。

二、上片写醉饮夜归。雪堂夜饮,醉归临皋,敲门不应,倚杖聆听江涛之声。下片写渴望自由,慨叹身不由己,幻想逃出名利是非之地,独自驾一叶扁舟,弃官归隐江湖。

三、全词写醉中恨,醒中愿,江声之境,长恨之情,远逝之志,将境、情、理三者交融,锋芒内敛,语含愤切,是词人真性情的表现。

水 龙 吟

次韵章质夫杨花词⑦

似花还似非花,也无人惜从教坠⑧。抛家傍路,思量却是,无情有思⑨。萦损柔肠⑩,困

---

① 临皋:地名,在黄州的江边,作者被贬黄州时的寓所在此。 ② 东坡:地名,在黄州,作者曾在这里筑"雪堂"居住,并据此给自己取了"东坡居士"的别号。 ③ "长恨"句:抱怨自己不能按理想去生活。典出《庄子·知北游》:"舜问乎丞曰:'道可得而有乎?'曰:'汝身非汝有也,汝何得有乎道?'舜曰:'吾身非吾有也,孰有之哉?'曰:'是天地之委形也。'" ④ 营营:来往匆忙、频繁。 ⑤ 夜阑:夜深。縠(hú)纹:水中细小的波纹。 ⑥ "小舟"二句:委婉表达隐居江湖的心意。 ⑦ 次韵:依照别人的原韵和诗或词。章质夫:名楶(jié),字质夫,福建蒲城人,历仕哲宗、徽宗两朝,为苏轼好友,其咏杨花词《水龙吟》是传诵一时的名作。 ⑧ 从:任。教:使。 ⑨ "思量"两句:指杨花看似无情,实际却自有其愁思。思,思绪。 ⑩ 萦:缠绕,牵挂。

酣娇眼,欲开还闭①。梦随风万里,寻郎去处,又还被、莺呼起。　　不恨此花飞尽,恨西园、落红难缀②。晓来雨过,遗踪何在③? 一池萍碎。春色三分,二分尘土,一分流水。细看来,不是杨花,点点是离人泪。

【导读】

一、这首咏物词,作于苏轼被贬黄州时期。词人的好友章质夫有咏杨花词《水龙吟》一首,盛传一时,诗人因依原韵和此词寄去,并嘱"不以示人"。

二、全词用拟人化手法,将咏物与绘人结合在一起,通过杨花随风飘坠,刻画了一个梦绕魂牵、幽怨绵绵的思妇形象。

三、词的构思新颖,想象丰富,运用拟人化手法,把咏物和写人有机地结合在一起,"即物即人,两不能别"。全词写得声韵谐婉,情调幽怨缠绵,反映了苏词婉约的一面。

秦　观

秦观(1049—1100),北宋词人。字少游,一字太虚,号邗沟居士,学者称淮海先生,高邮(今属江苏)人。元丰八年(1085)进士。文才为苏轼赏识,是"苏门四学士"之一。在新旧党争中屡遭贬谪,死于放还途中。其词风格接近李煜和柳永,婉约词成就最高。擅长以长调抒写柔情,语言淡雅,委婉含蓄,留有余韵。有《淮海词》《淮海居士长短句》。

踏莎行

雾失楼台,月迷津渡④,桃源望断无寻处⑤。可堪孤馆闭春寒⑥,杜鹃声里斜阳暮⑦。驿寄梅花,鱼传尺素,砌成此恨无重数⑧。郴江幸自绕郴山,为谁流下潇湘去⑨。

---

①"困酣"二句:用美女困倦时眼睛欲开还闭之态来形容杨花的忽飘忽坠、时起时落。　②落红:落花。　③遗踪:遗留下来的踪迹,指雨后的杨花。　④"雾失"二句:言雾中看不到楼台,月色朦胧,渡口迷失不见。楼台、津渡及下文桃源,均有朝廷、前途、出路、理想等象征性含义。　⑤"桃源"句:化用刘晨、阮肇共入天台山事,喻所向往的事物渺不可寻。相传东汉时刘晨、阮肇入山采药,迷不得路,有余粮绝。遥望山上有一大桃树,长有果实,攀缘而上,各啖数枚。后遇二女子,姿质妙绝,相邀还家,设膳款接。食毕饮酒,有群女来,各持三五桃子,笑而言:"贺汝婿来。"居十年,求归。既出,而亲旧零落,问讯,得七世孙。　⑥可堪:怎堪,哪堪,受不住。　⑦杜鹃:鸟名,相传其鸣叫声像人言"不如归去",容易勾起人的思乡之情。　⑧"驿寄"三句:谓远方朋友通过驿站寄赠的礼物和慰藉的书信更引起自己无限的愁苦。陆凯《赠范晔诗》:"折梅逢驿使,寄与陇头人。江南无所有,聊赠一枝春。"鱼传尺素,用鱼腹传书的故事。《饮马长城窟行》:"客从远方来,遗我双鲤鱼。呼儿烹鲤鱼,中有尺素书。"这里作者是将自己比作范晔,表示收到了来自远方的问候。尺素,一尺长的白绢,用以写字,此指书信。　⑨"郴江"二句:谓郴江本来自应在家乡流淌,为何不远千里流下潇湘? 张宗橚《词林纪事》卷六引释天隐云:"末二句从'沅湘日夜东流去,不为愁人住少时'变化来。"顾祖禹《读史方舆纪要·湖广》载郴水在"州东一里,一名郴江,源发黄岑山,北流经此……下流会耒水及白豹水入湘江。"幸自,本自,本来是。潇湘,潇水和湘水,是湖南境内的两条河流,合流后称湘江,又称潇湘。传说舜之二妃追寻舜至此,死后化为湘水女神。诗词中多以潇湘言悲愁。

【导读】

一、此词一题"郴州旅舍"。为宋哲宗绍圣四年(1097)秦观在郴州贬所之作。当时哲宗起用新党,苏轼、秦观等反对新法的旧党受到当政者的排斥,官职被削,一再远徙。此词正是秦观因其天赋敏锐善感的心性,结合了平生苦难之经历,通过其高超的写词技巧创作而成。

二、此词用比兴手法,抒发了作者在被贬境遇中的怅惘、失望和寂寞愁苦的心情。词中唯"可堪孤馆闭春寒"二句所写为实景,正面叙写其贬谪之情境,被王国维称为"凄厉"之美。其他诸景则多为比兴象征之语。尤其首尾两处,一写出路渺茫的绝望,一写对冷酷无情的造物的诘问,悲凄哀婉,音调低沉。

浣溪沙①

漠漠轻寒上小楼②。晓阴无赖似穷秋③。淡烟流水画屏幽④。　　自在飞花轻似梦⑤,无边丝雨细如愁。宝帘闲挂小银钩⑥。

【导读】

一、此词写一个女子在春雨绵绵、阴冷寂寞的春日清晨,独自登楼凭栏,触景感怀,抒发百无聊赖、闲愁怅惘的心情。

二、全词格调哀婉缠绵,词中没有正面刻画人物心情,主要通过环境和气氛的渲染烘托,揭示其愁闷孤苦的心态。

三、笔调空灵,意境清幽。过片两个对句写出飞花似梦、雨丝如愁,联想巧妙,比喻新奇,形象生动,极富诗意。

贺　铸

贺铸(1052—1125),北宋词人。字方回,原籍山阴(今浙江绍兴),生长于卫州(今河南汲县),是唐贺知章后裔,故自号庆湖遗老。为人尚气近侠,不媚权贵,因此终身不遇,只做过一些小官。其词既有情思缠绵、组织工丽、风格婉约的一面,也有沉郁挺拔、豪爽峻迈的一面。有《东山词》。

鹧鸪天

重过阊门万事非⑦。同来何事不同归。梧桐半死清霜后⑧,头白鸳鸯失伴飞。　　原上草,露初晞⑨。旧栖新垅两依依⑩。空床卧听南窗雨,谁复挑灯夜补衣。

---

① 浣溪沙:词牌名。　② 漠漠:寂静无声。　③ 无赖:无聊赖,无情趣。引申为令人憎恶。穷秋:晚秋。　④ 淡烟流水:指画屏上的景致。　⑤ 自在:安静闲适。　⑥ "宝帘"句:将华丽的珠帘挂在小小的银钩上。　⑦ 阊门:苏州古城西门。　⑧ 梧桐半死:枚乘《七发》:"龙门之桐,高百尺而无枝……其根半死半生。"此处用梧桐半生半死比喻亡妻之痛。　⑨ 露初晞:露水刚干,比喻妻子才死。　⑩ 旧栖:从前的寓所。新垅:死者的新坟。

【导读】

一、贺铸与妻子赵氏伉俪情深,贫贱相守,恩爱体贴。不幸的是赵氏在贺铸四十多岁时病逝于苏州。几年后,作者再到苏州,重过阊门,睹物思人,老泪纵横地写下了这首词。

二、上片通过描写重游故地,物是人非,梧桐半死,鸳鸯失伴,触景生悲,抒发中年丧偶之痛。下片抚今思昔,以贫困中相濡以沫的生活场景作为怀念内容,表达对亡妻的无限怀念。

三、词中突破时空阻隔,将梧桐、鸳鸯、草露、旧栖、新垄、听雨、补衣等意象缀合在一起,构成画面,奏出一曲生死相恋的绝唱。哀乐声中,夫妻往日的种种情事和赵氏夫人的形象若隐若现,使悼亡的主题格外感人。

周邦彦

周邦彦(1056—1121),北宋词人。字美成,号清真居士,钱塘(今浙江杭州)人。年轻时在汴京太学读书,因献《汴京赋》得到徽宗的赏识,拔为太学正。后历任庐州教授、秘书省正字、议礼局检讨、大晟府提举等。其词讲究音律,以铺叙见长,严整中求变化。词风富艳精工。有《片玉词》。

六　丑①

蔷薇谢后作②

　　正单衣试酒③,怅客里④、光阴虚掷。愿春暂留,春归如过翼⑤。一去无迹。为问家何在⑥?夜来风雨,葬楚宫倾国⑦。钗钿堕处遗香泽⑧。乱点桃蹊⑨,轻翻柳陌⑩。多情为谁追惜⑪?但蜂媒蝶使⑫,时叩窗槅⑬。　　东园岑寂⑭。渐蒙笼暗碧⑮。静绕珍丛底⑯,成叹息。长条故惹行客。似牵衣待话,别情无极。残英小⑰、强簪巾帻⑱。终不似、一朵钗头颤袅⑲,向人欹侧⑳。漂流处、莫趁潮汐㉑。恐断红、尚有相思字㉒,何由见得!

【导读】

一、本词虽为咏物之作,但重点不在描摹物态,而是通过蔷薇凋谢,抒发伤春惜花之情,同时兼寓作

---

①《六丑》词调最早见于周邦彦,可能是他创制的。　②词题另作《落花》。　③试酒:宋代有在夏历三月底或四月初到酒库尝新酒的习俗,点明时间在三、四月。　④怅:一作"恨",愁闷、惆怅。客里:羁留他乡。　⑤如过翼:如同鸟一样快速飞过。　⑥家:一作"花"。　⑦葬楚宫倾国:以美人比落花,意为蔷薇花夜来风吹落埋葬了。李延年诗:"北方有佳人,绝世而独立。一顾倾人城,再顾倾人国。"后人就以"倾国"代指美人。　⑧钗钿(diàn):以妇女的首饰比喻飘落的花瓣。香泽:妇女涂饰的香膏。　⑨桃蹊:桃树下的小路。　⑩轻翻:与"乱点"互文,言凋谢的蔷薇纷乱地飘落在桃树和柳树下的小路上。　⑪为谁:谁为。　⑫蜂媒蝶使:蜜蜂和蝴蝶飞舞于花枝间,如同花的媒人和使者。　⑬槅(gé):窗槅子。　⑭岑寂:寂静。　⑮蒙笼暗碧:草木葱茏,碧绿幽暗,指暮春景色。　⑯珍丛:已凋谢而值得珍惜的蔷薇花丛。　⑰残英:残花。　⑱强:勉强。簪(zān):插戴。巾帻(zé):头巾。　⑲颤袅:颤抖摆动。　⑳欹侧:斜倚,取媚于人的姿态。　㉑趁:追逐。　㉒"恐断"句:用红叶题诗典故。传说唐代宫女将情诗题于红叶上,放入水中任其漂流,后被人拾得,巧结良缘。

者本人的身世之感。

二、上片写春归花落,一去无迹,难以追寻;感叹滞留他乡,光阴易逝,不胜寂寞惆怅之情。下片叙述东园悼花,词人独自踯躅于蔷薇之下,一片荒芜,唯见一朵残花憔悴枝头,于是摘来插在头巾之上,从而勾起对往事别情的回忆。

三、此词含蓄委婉,精深华妙,层层转折,余韵无穷。

陈与义

陈与义(1090—1139),字去非,号简斋,洛阳(今河南洛阳)人。宋徽宗政和三年(1113)登太学上舍甲科。历任府学教授、太学博士。南渡后,累官中书舍人、知湖州、参知政事。诗学杜甫,风格浑厚清婉;词学苏轼,清婉绮丽而又豪爽。有《简斋集》《无住词》。

临江仙

夜登小阁忆洛中旧游①

忆昔午桥桥上饮②,坐中多是豪英③。长沟流月去无声④。杏花疏影里,吹笛到天明。

二十余年如一梦,此身虽在堪惊。闲登小阁看新晴⑤。古今多少事,渔唱起三更⑥。

【导读】

一、此词作于南渡之后,大约在绍兴五年(1135)前后,是陈与义经过南渡的颠沛流离,终于到达高宗"行在"后抚今思昔之作。

二、上片回忆二十多年前的洛中旧游。那时天下太平,自已风华正茂,常与友人在洛阳城南的午桥上对月饮酒,赏花吹笛,生活潇洒自在。下片写二十多年避乱流离失所的感慨。由于时事巨变,作者饱经战乱,历尽劫波,虽然性命保全下来,但国亡家破,亲友离散,饱经丧乱后心情实在痛苦。

三、本词词意超绝,意象疏朗明快,感慨极深,情蕴深婉自然。

---

① 洛中:指今河南省的洛阳,北宋时的西京。 ② 午桥:桥名,在洛阳之南。 ③ 豪英:豪放英俊之士。 ④ 长沟:指大江大河。 ⑤ 新晴:指雨后初晴的月夜景色。 ⑥ 渔唱:渔歌。

李清照

李清照(1084—约1151),南宋女词人。号易安居士,山东历城(今山东济南)人。自幼受文学艺术熏陶。南渡前,家庭生活平静美满。靖康之难后,经历了离乱,丈夫赵明诚病逝,本人流落异地,无依无靠,在孤寂凄苦中度过了晚年。其词在艺术上具有独创性,善于以新颖的形象抒发情感,语言清新明快,流转如珠;不依傍古人,自出机杼。有《李清照集》《漱玉词》。

凤凰台上忆吹箫

香冷金猊,被翻红浪①,起来慵自梳头。任宝奁尘满②,日上帘钩。生怕离怀别苦,多少事、欲说还休。新来瘦,非干病酒,不是悲秋。　　休休!这回去也,千万遍阳关,也则难留。念武陵人远③,烟锁秦楼。惟有楼前流水,应念我、终日凝眸④。凝眸处,从今又添,一段新愁。

【导读】

一、这首词写于徽宗宣和二年(1120)赵明诚赴莱州(今山东莱州)任职之际,真实地抒写了恩爱夫妻的离愁别恨。

二、上片写临别时无精打采、心事重重。下片想象别后的百苦千愁、离恨绵绵。人去难留,爱而不见,愁思满怀无人领会。

三、词中表达感情绵密细致,抒写离情宛转曲折。用语清新流畅,舒卷自如,具有感人的艺术魅力。

一 剪 梅

红藕香残玉簟秋⑤。轻解罗裳,独上兰舟。云中谁寄锦书来⑥?雁字回时⑦,月满西楼。　　花自飘零水自流。一种相思,两处闲愁。此情无计可消除,才下眉头,却上心头。

【导读】

一、据元代伊世珍《琅嬛记》载:"易安结缡未久,明诚即负笈远游,易安殊不忍别,觅锦帕书《一剪梅》词以送之。"由此可知,这首词写于婚后不久,抒写伉俪深情,倾吐相思之苦,重点写别后的相思之情。

二、上片描写送别时的情景以及词人在家盼丈夫来信的急切心情,虽没有一个表达离情别绪的字眼,却句句包蕴别绪,极为含蓄。下片则是直抒相思与别愁,极写作者相思愁苦之情无法消除。

三、词以浅近明白的语言,表达真挚的感情,缠绵感人。人物的神态和心理状态描写逼真。全词轻柔自然,结尾三句尤为行家称赏。

---

① 金猊:涂金的狮形香炉。　② 宝奁:贵重的镜匣。　③ 武陵:地名。作者借指丈夫所去的地方。　④ 凝眸:注视。　⑤ 玉簟(diàn):光滑如玉的席子。　⑥ 锦书:书信的美称。　⑦ 雁字:指雁群飞时排成"一"或"人"形。相传雁能传书。

朱敦儒

朱敦儒(1081—1159),字希真,洛阳(今河南省洛阳市)人。早年隐居,钦宗、高宗屡召不仕。其词大多反映隐居生活情趣,也有少量是忧时念乱之作。特点:不作绮艳语,少用典故,通俗易懂,但脱离现实,带有浓郁的虚无主义色彩。有词三卷,名《樵歌》,又名《太平樵歌》。

卜算子

旅雁向南飞,风雨群相失。饥渴辛勤两翅垂,独下寒汀立①。　　鸥鹭苦难亲,矰缴忧相逼②。云海茫茫无处归,谁听哀鸣急。

【导读】

一、这首咏雁词,以雁喻人,抒发金兵入侵、中原沦陷后,词人流亡江南、历尽艰辛的悲愤心情。

二、北雁南飞,风雨中失群离队,饥渴疲惫,两翅低垂,只好孤独地降落在荒僻寒冷的沙洲上。鸥鹭不相容,猎人紧追寻,"云海茫茫无处归",又有谁听到这凄凉悲切的哀鸣呢?

三、全词词境萧瑟,意象孤冷,句句写雁又句句喻人,是一首托物寄意的乱世悲歌。

张元幹

张元幹(1091—约1170),南宋词人。字仲宗,自号真隐山人、芦川居士、芦川老隐,福建永福(今福建永泰)人。徽宗时为太学上舍生。金兵入侵,李纲任亲征行营使,曾为其幕僚。弃官归隐。后因赋词对李纲、胡铨表示同情和支持,被投入监狱,削除官籍。有《芦川归来集》和《芦川词》。

贺新郎

送胡邦衡待制赴新州③

梦绕神州路④。怅秋风、连营画角⑤,故宫离黍⑥。底事昆仑倾砥柱⑦。九地黄流乱

---

① 寒汀(tīng):寒荒的水滨。　② 矰(zēng)缴(zhuó):猎取飞鸟的射具。缴,系在箭上的丝绳。　③ 胡邦衡:胡铨,字邦衡,号澹庵,庐陵(今江西吉安市)人。新州:今广东新兴县。　④ 神州:古代称中国为赤县神州,此处指中原沦陷区。　⑤ 画角:古代军中的号角。　⑥ 故宫:指北宋都城汴京(今河南省开封市)的皇宫。离黍:比喻乱世。《诗经·王风·黍离》:"彼黍离离。"　⑦ 底事:何事,什么事。昆仑倾砥柱:比喻北宋王朝的覆亡。

注①。聚万落千村狐兔②。天意从来高难问③,况人情老易悲难诉④。更南浦⑤,送君去。

凉生岸柳催残暑。耿斜河⑥,疏星淡月,断云微度⑦。万里江山知何处?回首对床夜语⑧。雁不到⑨、书成谁与⑩?目尽青天怀今古,肯儿曹⑪、恩怨相尔汝⑫!举大白⑬,听金缕⑭。

【导读】

一、宋高宗绍兴八年(1138),枢密院编修官胡铨上书反对朝廷议和投降,要求将秦桧等投降派斩首示众,以示抗金的决心。结果胡铨反而被贬昭州,后因舆论反对,改监广州盐仓。绍兴十二年(1142),胡铨再次被贬新州。当作者听到这一消息时,满怀义愤,特备下酒席为胡铨送别,席间赋词相赠,以示对胡铨的理解和鼓励。

二、这首送别词,表现的既非男女间的离愁别恨,也不是普通朋友之情。全词关合时事,表达对投降派的憎恨和对国事的关切,是一首慷慨悲壮的爱国词。词的上片,通过梦游中原,反映金兵入侵给国家和人民带来了巨大灾难。下片集中抒写临别时难舍难分之情,劝勉友人振奋精神,继续与投降派斗争。

三、这首词写得慷慨激昂,笔力直透纸背,用词委婉曲折又情意真挚。《四库全书提要》评此词:"慷慨悲凉,数百年后,尚想其抑塞磊落之气。"

张孝祥

张孝祥(1132—1169),南宋词人。字安国,号于湖居士,先世四川简阳人,后徙居历阳(今安徽和县),遂被认为历阳人。绍兴进士。历任中书舍人、直学士院。其词风格豪放,境界壮阔。有《于湖居士文集》《于湖词》。

六州歌头

长淮望断⑮,关塞莽然平⑯。征尘暗⑰,霜风劲,悄边声⑱。黯销凝⑲。追想当年事⑳,殆天数㉑,非人力,洙泗上㉒,弦歌地㉓,亦膻腥㉔。隔水毡乡㉕,落日牛羊下,区脱纵横㉖。看名王宵猎㉗,骑火一川明㉘。笳鼓悲鸣㉙。遣人惊㉚。　　念腰间箭,匣中剑,空埃蠹㉛,竟何

---

① 九地:九州之地,遍地,全国各地。黄流乱注:黄河之水到处乱流,以河水乱流喻金兵入侵给国家和人民带来的灾难。　② 狐兔:喻金兵。　③ 天意:上天的旨意,暗指皇帝的意图。难问:难测,不可理解。　④ 人情老易悲难诉:人老易生悲情,却难向别人倾诉。　⑤ 南浦:代指送别之地。　⑥ 耿:明亮。斜河:银河斜转,表示夜深。　⑦ 断云:片云。微度:慢慢地飘过。　⑧ 对床夜语:谓同宿夜话。　⑨ 雁不到:大雁飞不到的地方,意为极偏僻边远。　⑩ 谁与:托谁带给你。　⑪ 儿曹:儿辈。　⑫ 相尔汝:你我彼此亲昵相称。　⑬ 大白:酒杯名。　⑭ 金缕:《金缕曲》,《贺新郎》的别名。　⑮ 长淮:指淮河,当时是宋金东部的南北分界线。望断:望到看不见,即远望的意思。　⑯ 关塞:边关上的险关要塞。　⑰ 征尘:道上的尘土。　⑱ 边声:边塞上的各种声音。　⑲ 黯销凝:黯然销魂凝思。　⑳ 当年事:指金兵灭北宋一事。　㉑ 殆:或者,也许。天数:天意。　㉒ 洙泗:泛指中原地区。　㉓ 弦歌:弹琴唱歌。　㉔ 膻腥:牛羊的腥臭味。　㉕ 毡乡:北方少数民族居住的地方。　㉖ 区(ōu)脱:北方少数民族用来侦察防守的据点。　㉗ 名王:北方少数民族对贵族头领的称呼。宵猎:原指晚上打猎,这里是巡逻。　㉘ 骑(jì)火:打着火把的骑兵。　㉙ 笳:胡笳。　㉚ 遣:使。　㉛ 空埃蠹:白白落满灰尘,等待虫蛀。

成?时易失,心徒壮,岁将零①。渺神京②。干羽方怀远③,静烽燧④,且休兵。冠盖使⑤,纷驰骛⑥,若为情⑦。闻道中原遗老,常南望、羽葆霓旌⑧。使行人到此,忠愤气填膺⑨,有泪如倾!

【导读】

一、宋孝宗隆兴元年(1163),主战派张浚出师江淮,收复宿州。孝宗手书慰勉,但由于将领失和,致使符离战败。孝宗立即动摇,主和派乘机排斥主战派,向金人求和。作者对此悲愤难抑,写下此词。

二、词中描述了金兵占领下的中原地区令人痛心的景象和中原父老渴望宋军北伐的心情,表达了作者对主和派放弃战备、屈辱求和的愤恨,以及壮志难酬的悲哀。上片写极目远望,淮河已成前线,而草木莽然,战备不修,令人黯然伤神。下片抒发词人壮志难酬的悲愤以及对主和派屈辱求和的痛恨。

三、作者充分利用《六州歌头》这一词调句短节促、音调悲壮的特点,抒发内心强烈的爱国感情。清陈廷焯《白雨斋词话》评这首词"淋漓痛快,笔饱墨酣,读之令人起舞。"

陆游:诉衷情

当年万里觅封侯⑩。匹马戍梁州⑪。关河梦断何处⑫?尘暗旧貂裘⑬。　　胡未灭,鬓先秋。泪空流。此生谁料,心在天山⑭,身老沧洲⑮。

【导读】

一、这首词是陆游晚年被弹劾罢官,退居山阴以后抒写情怀的名篇。作者在风雪之夜,孤灯之下,回忆往事,梦游梁州后写下的爱国词。

二、上片四句,两句过去,两句现在,大开大合,感慨无端。下片句句今天,而又关合过去。自己老了,双鬓都凋零了,白白流泪。结语更加深沉,出兵西北,北定中原,自己念念不忘。但是此身终老江湖,对国事无能为力。

三、全词苍凉悲壮,通过今昔对比,抒发壮志未酬身老沧州的悲愤。语言明白晓畅,用典自然贴切。

辛弃疾

辛弃疾(1140—1207),南宋词人。字幼安,号稼轩,历城(今山东济南)人。少有大志,曾在家乡进行抗金斗争。21岁时,参加耿京率领的农民起义军,坚持抗金。随后率部南归。当时朝廷苟且偷安,不思恢复,他抗金报国的理想无法实现,满腔爱国热情,便在词中强烈地表现出来,成为南宋杰出的爱国词人。其词题材广阔,内容充实,意境深远,气势宏伟,风格多样,刚柔相济,以悲壮豪放为基调。有《稼轩长短句》。

---

① 岁将零:一年将尽。　② 神京:指沦陷的北宋都城汴京。　③ 干羽:盾牌和雉羽。　④ 烽燧:古代报警的两种信号。白天燃烟称燧,夜间举火谓烽。　⑤ 冠盖使:与金议和的使臣。　⑥ 纷驰骛:纷纷奔驰忙碌。　⑦ 若为情:何以为情。　⑧ 羽葆霓旌:指皇帝的车驾。　⑨ 填膺:塞满胸怀。　⑩ 万里觅封侯:《后汉书·班超传》载:班超少有大志,曾投笔叹曰:"大丈夫无它志略,犹当效傅介子、张骞立功异域,以取封侯,安能久事笔砚间乎?"　⑪ 梁州:中国九州之一,辖地包括今陕西和四川部分地区。　⑫ 关河:关塞、河防,这里泛指边疆。　⑬ 尘暗旧貂裘:当年从军时所穿的貂皮衣服已经积满尘土,陈旧不堪。　⑭ 天山:在今新疆境内。　⑮ 沧洲:水滨之地,古时隐士多居住山中或水边。

摸鱼儿

淳熙己亥①,自湖北漕移湖南②,同官王正之置酒小山亭,为赋。

更能消,几番风雨。匆匆春又归去。惜春长怕花开早,何况落红无数。春且住。见说道③、天涯芳草无归路。怨春不语。算只有殷勤,画檐蛛网④,尽日惹飞絮。　　长门事⑤,准拟佳期又误。蛾眉曾有人妒⑥。千金纵买相如赋,脉脉此情谁诉。君莫舞。君不见、玉环飞燕皆尘土⑦。闲愁最苦。休去倚危栏,斜阳正在,烟柳断肠处。

【导读】

一、淳熙六年(1179)春,辛弃疾由湖北转运副使调任湖南转运副使,行前好友王正之为他饯行,作者触景生情,即席写下这首抒情名篇。全篇用比兴寄托手法,抒发忧国之情。

二、上片写暮春时节,几番风雨,落红无数,暗喻南宋朝廷衰败的政局,表达作者收复中原的壮志不得实现的感慨。下片用汉武帝时陈皇后失宠的典故,抒写自己遭受投降派排挤、忌恨的愤懑,也流露出对南宋朝廷的不满情绪。

三、"寓刚健于婀娜之中,行道劲于婉媚之内。"摧刚为柔,于婉约之中洋溢着爱国激情,是本词的艺术特色。"君莫舞"两句顿挫,言得宠之人也会化为尘土,不必伤感。"闲愁"三句,纵笔言情,但情中寓景,含思极凄婉。

水龙吟

登建康赏心亭⑧

楚天千里清秋⑨,水随天去秋无际。遥岑远目,献愁供恨,玉簪螺髻⑩。落日楼头,断鸿声里⑪,江南游子⑫。把吴钩看了⑬,栏干拍遍⑭,无人会,登临意。　　休说鲈鱼堪脍,尽西风,季鹰归未⑮?求田问舍,怕应羞见,刘郎才气⑯。可惜流年,忧愁风雨,树犹如此⑰!

---

① 淳熙己亥:宋孝宗淳熙六年(1179)。　② 漕:转运使的简称。　③ 见说道:听说。　④ 画檐蛛网,尽日惹飞絮:喻小人误国。　⑤ 长门:汉代宫名。汉武帝之陈皇后,失宠住在长门宫。曾送黄金百斤给司马相如,请他代写一篇赋送给汉武帝,陈皇后因而重新得宠。后世遂把"长门"作为失宠后妃居处的专用名词。　⑥ 蛾眉:借指美人。　⑦ 玉环:唐玄宗贵妃杨氏的小字。飞燕,姓赵,汉成帝的皇后。两人都得宠且善妒。　⑧ 建康:今江苏南京。赏心亭:位于建康下水门城上,临秦淮河。　⑨ 楚天:江南一带古属楚国,故称。这里泛指南方的天空。　⑩ "遥岑"三句:意谓遥望远山,好像美人头上的碧玉簪、青螺髻一样的山峰仿佛在向人们倾诉内心的愁和恨。岑,小而高的山。玉簪螺髻,玉做的簪子,像海螺形状的发髻,这里比喻高矮和形状各不相同的山岭。　⑪ 断鸿:失群的孤雁。　⑫ 江南游子:词人自指。建康宋时属江南东路,故云。　⑬ 吴钩:古代吴地制造的一种宝刀。词人看刀是希望用它来建功立业。　⑭ 栏干拍遍:北宋刘概诗:"读书误我四十年,几回醉把栏干拍。"拍遍栏杆是因为词人壮志未酬,心中愤慨。　⑮ "休说"三句:表示自己不愿像张翰那样因思念故乡而弃官隐居。《世说新语·识鉴》载,西晋张翰字季鹰,在洛阳做官,见秋风乍起,因思念家乡吴中的美味菰菜、莼羹、鲈鱼脍,"遂命驾而归"。脍:切细的鱼肉。　⑯ "求田"三句:表示自己不愿像许汜那样置地买房,营谋私利。《三国志·陈登传》载:刘备批评许汜说:"君有国士之名,今天下大乱,帝王失所,望君忧国忘家,有救世之意;而君求田问舍,言无可采。"求田问舍,买田购房。　⑰ "可惜"三句:可叹可惜的是年华如流水般逝去,自己为风雨飘摇的国事而忧愁,树木都长老了,人怎么能不衰老呢?《世说新语·言语》载,东晋"桓公(桓温)北征经金城,见前为琅琊时种柳,皆已十围,慨然曰:'木犹如此,人何以堪!'攀枝执条,泫然流泪。"

倩何人、唤取红巾翠袖①,揾英雄泪②!

【导读】

一、这首词是作者在建康通判任上所作。这时作者南归已八九年了,却投闲置散,任了一介小官,一次,他登上建康的赏心亭,极目远望,百感交集,遂作此词。

二、上片以山水起势,雄浑而不失清丽。落日断鸿,把看吴钩,拍遍栏杆,在阔大苍凉的背景上,凸现出一个孤寂的爱国者的形象。下阕用三个典故对四位历史人物进行褒贬,用"休说""怕应"诸句一扫上片稍嫌消沉的情怀,使人为之一振。最后叹惜流年如水,壮志成灰而流下英雄热泪,与上片结尾相呼应。

三、全词通过写景和联想抒写了作者恢复中原国土、统一祖国的抱负和愿望无法实现的失意的感慨,深刻揭示了英雄志士有志难酬、报国无门、抑郁悲愤的苦闷心情,于慷慨悲壮中也别具深婉之致。

鹧 鸪 天

陌上柔桑破嫩芽③,东邻蚕种已生些④。平冈细草鸣黄犊,斜日寒林点暮鸦⑤。　　山远近,路横斜,青旗沽酒有人家⑥。城中桃李愁风雨,春在溪头荠菜花⑦。

【导读】

一、此词歌咏田园风光。上阕写近景,下阕写远景,画面优美,情致盎然,意蕴深厚。

二、"城中桃李愁风雨,春在溪头荠菜花"两句是写景,又是议论。决定了全词的情调。词人是一位忠义之士,他想恢复中原,而南宋朝中大半是些昏愦无能,苟且偷安者,叫他一筹莫展,心里十分痛恨。但是"春在溪头荠菜花"句可以见出词人对南宋偏安局面仍抱有希望。

三、词中用了反衬手法,虽从愉快的景象说起,却转到悲苦的心境,收束处有隐隐沉痛之情流露。

刘　过

刘过(1154—1206),南宋词人、诗人。字改之,号龙洲道人,吉州太和(今江西泰和)人。曾经上书朝廷,陈述恢复中原的方略,未被采用。放浪于江湖之间,曾为辛弃疾之座上客。词学稼轩,狂逸豪放,小令则韵协语俊,婉转多姿。有《龙洲集》《龙洲词》。

沁 园 春

风雪中欲诣稼轩⑧,久寓湖上⑨,未能一往,因赋此词以自解⑩。

---

① 倩(qìng):请托。红巾翠袖:女子装扮,此代指歌女。　② 揾(wèn):擦拭。　③ 破嫩芽:嫩芽绽破壳。　④ 些:句末语助词。　⑤ "斜日"句:意谓寒林上空点缀着日暮寻巢的乌鸦。　⑥ 青旗:卖酒的招牌。　⑦ "城中"二句:刘禹锡《杨柳枝》:"城东桃李须臾尽,争似垂杨无限时。"此言城中"桃李"不耐风雨,而野外"荠菜"正在迎春,流露出作者对于田园生活的向往。　⑧ 诣:到。　⑨ 湖上:指杭州西湖。　⑩ 自解:为自己解释。

斗酒彘肩①,风雨渡江②,岂不快哉?被香山居士③,约林和靖④,与坡仙老,驾勒吾回⑤。坡谓:"西湖,正如西子,浓抹淡妆临镜台。"二公者,皆掉头不顾,只管传杯。　　白云:"天竺去来⑥。图画里峥嵘楼观开⑦。爱东西双涧,纵横水绕,两峰南北,高下云堆。"逋曰"不然,暗香浮动,争似孤山先探梅⑧。须晴去⑨,访稼轩未晚,且此徘徊。"

【导读】

一、这首词作于宋宁宗嘉泰三年(1203),当时辛弃疾任绍兴知府兼浙东安抚史,招刘去和他相会,恰好刘因有事不能前往,就在杭州作这首词回复他。

二、这首受招不赴的游戏自解之作,读来生动幽默,极富情趣。以问答语入词,带有浓厚的浪漫色彩;概括抽取三位与杭州西湖有关的诗人的诗句入词,别开生面,而且自然熨帖,天衣无缝。

三、全篇想象大胆,构思奇特,文辞诙诡,融化前人诗句,挥洒自如,妙趣横生。用对话叙事,抒情写景超越时空,富于理趣和创造性。

姜　夔

姜夔(约1155—约1229),南宋词人、音乐家。字尧章,号白石道人,饶州鄱阳(今属江西)人。一生不曾做官,漫游长江中、下游的两湖和江、浙一带,交游广,生活经历丰富。擅长诗词,精通音律与书法。其词音律和谐,造语凝练,想象丰富,意境清幽。有《白石道人诗集》《白石道人歌曲》。

点 绛 唇

丁未冬过吴松作⑩

燕雁无心,太湖西畔随云去。数峰清苦。商略黄昏雨⑪。　　第四桥边⑫,拟共天随住⑬。今何许⑭?凭阑怀古。残柳参差舞。

【导读】

一、这首词是淳熙十四年(1187)冬,作者由杨万里介绍,前往苏州拜访范成大,途经吴松时所作。词中流露出作者仰慕陆龟蒙,厌倦世情、追求超脱的思想感情。

二、上片写景。"燕雁""数峰",不仅写景状物出色,且用拟人化手法,使静物飞动,向为读者称赞。

---

① 斗酒彘(zhì)肩:《史记·项羽本纪》载,鸿门宴上,樊哙见项王,项王喜其豪壮,赐给他斗酒和彘肩(猪肘子)。这里借指辛弃疾的宴请。　② 渡江:渡过钱塘江。　③ 香山居士:唐代诗人白居易,号香山居士,曾任杭州刺史。　④ 林和靖:宋代诗人林逋,字和靖,长期隐居西湖孤山,种梅养鹤,以写梅花诗著称。　⑤ 驾勒吾回:即勒吾驾回,把我硬拉了回来。　⑥ 天竺:山名,在西湖灵隐山飞来峰之南,山上有寺。去来:即去,来是衬字。　⑦ 峥嵘:高峻的样子。　⑧ 争似:怎似。孤山:在西湖的后湖和外湖之间,上有梅林。　⑨ 须:等到。　⑩ 丁未:淳熙十四年(1187)。吴松:即吴淞江,俗称苏州河。　⑪ 商略:估计。　⑫ 第四桥:即吴江城外的甘泉桥。　⑬ 天随:晚唐陆龟蒙,自号天随子。　⑭ 何许:何处,何时。

下片因地怀古。"残柳参差舞",使无情物,着有情色,道出了无限沧桑之感。全词委婉含蓄,引人遐想。

三、这首词以诗法入词,意境清空,词语精练,意象生动,含蕴极深。

暗 香

辛亥之冬①,予载雪诣石湖②。止既月③,授简索句④,且征新声⑤。作此两曲,石湖把玩不已,使工伎隶习之⑥,音节谐婉,乃名之曰《暗香》《疏影》。

旧时月色。算几番照我,梅边吹笛。唤起玉人,不管清寒与攀摘。何逊而今渐老⑦,都忘却、春风词笔。但怪得⑧、竹外疏花,香冷入瑶席。　　江国,正寂寂。叹寄与路遥,夜雪初积。翠尊易泣⑨。红萼无言耿相忆⑩。长记曾携手处,千树压、西湖寒碧。又片片、吹尽也,几时见得。

【导读】

一、此词咏梅怀人,思今念往。夏承焘《姜白石词编年笺校》称:"作于辛亥之冬,正其最后别合肥之年",而"时所眷者已离合肥他去"。由此可知是指合肥旧事。

二、上片写"旧时"梅边月下的欢乐;"而今"往事难寻的凄惶。两相对照,因而对梅生"怪",实含无限深情。下片写路遥积雪,江国寂寂,红萼依然,玉人何在! 往日的欢会,只能留在"长记"中了。低回缠绵,怀人之情,溢于言表。

三、全词以婉曲的笔法,咏物而不滞于物,言情而不拘于情;物中有情,情中寓物。情思绵邈,意味隽永。

史达祖

史达祖(生卒年不详),南宋词人。字邦卿,号梅溪,汴梁(今河南开封)人。韩侂胄任相,为其堂吏,代撰文书。韩伐金失败被诛,受黥刑(面颊刺字),死于贬所。其词以咏物摹状见长,轻盈绰约,细腻工巧,清新婉约,但失于尖巧。有《梅溪词》。

---

① 辛亥:光宗绍熙二年(1191)。　② 石湖:在苏州西南,与太湖通。范成大居此,因号石湖居士。　③ 止既月:指住满一月。　④ 简:纸。　⑤ 征新声:征求新的词调。　⑥ 工伎:乐工、歌伎。隶习:学习。　⑦ 何逊:南朝梁诗人,早年曾任南平王萧伟的记室。任扬州法曹时,廨舍有梅花一株,常吟咏其下。后居洛思之,请再往。抵扬州,花方盛开,逊对树彷徨终日。杜甫诗:"东阁官梅动诗兴,还如何逊在扬州。"　⑧ 但怪得:惊异。　⑨ 翠尊:翠绿酒杯,这里指酒。　⑩ 红萼:指梅花。耿:耿然于心,不能忘怀。

双 双 燕

咏 燕

过春社了①,度帘幕中间②,去年尘冷③。差池欲住④,试入旧巢相并。还相雕梁藻井⑤。又软语、商量不定。飘然快拂花梢,翠尾分开红影⑥。　　芳径⑦,芹泥雨润⑧。爱贴地争飞,竞夸轻俊。红楼归晚,看足柳暗花暝。应自栖香正稳⑨。便忘了、天涯芳信⑩。愁损翠黛双蛾⑪,日日画栏独凭。

【导读】

一、本篇是史达祖的自度曲,词牌、词题与内容完全一致,是宋词中的咏物名篇。

二、此词以咏归燕反衬思妇寂寞难耐之情。春社过后,一对燕子从南方飞回,寻找旧巢,衔泥筑巢,迷花恋柳,欢乐愉快而忘记传芳信。闺中少妇却终日独凭栏,空自凝望伤悲。

三、全词用拟人手法写燕子,达到形神兼备、栩栩如生的境界。卓人月《词统》赞扬它"不写形而写神,不取事而取意,白描高手"。多处用白描,少量用典故,语言凝练,色彩鲜明,画面生动。

吴文英

吴文英(生卒年不详),南宋词人。字君特,号梦窗,晚年又号觉翁,四明(今浙江宁波)人。通音律,能自度新曲。其词以绵丽为尚,寄意深远,用笔幽邃,神韵悠长,但用事下语过于晦涩。有《梦窗词》。

风 入 松

听风听雨过清明。愁草瘗花铭⑫。楼前绿暗分携路⑬,一丝柳、一寸柔情。料峭春寒中酒⑭,交加晓梦啼莺⑮。　　西园日日扫林亭。依旧赏新晴。黄蜂频扑秋千索,有当时、纤手香凝。惆怅双鸳不到⑯,幽阶一夜苔生。

【导读】

一、这是一首暮春忆旧怀人之作。

二、上片寓情于景,抒发伤春怀远之情。首二句描写环境,渲染气氛。三四两句由伤春转到伤别,睹

---

① 春社:春分前后祭社神的日子叫社。 ② 度:飞过。 ③ 尘冷:指旧巢冷落,布满尘灰。 ④ 差(cī)池:指燕子羽毛长短不齐。 ⑤ 相:细看。藻井:天花板。 ⑥ 红影:指花影。 ⑦ 芳径:花草芬芳的小径。 ⑧ 芹泥:燕子所衔之泥。 ⑨ "应自"句:该当睡得香甜安稳。自:一作"是"。 ⑩ 天涯芳信:指出外的人给家中妻子的信。 ⑪ 翠黛:画眉所用的青绿之色。双蛾:双眉。 ⑫ 草:草写。瘗(yì)花铭:葬花辞。瘗,埋葬。 ⑬ 分携:分手。 ⑭ 料峭:形容春天的微寒。中酒:醉酒。 ⑮ 交加:兼施齐下的意思。 ⑯ 双鸳:代指女人的鞋,因鞋上绣有鸳鸯。这里指女人的行踪。

物怀人,感情缠绵悱恻。收尾两句运用对偶表达内心的惆怅。下片抒发作者对意中人刻骨铭心的相思之情。清明已过,风停而歇,落花满地,每天到林下清扫,盼伊人归来,共赏良辰美景。"黄蜂"两句忽生寄想:黄蜂绕着秋千飞来飞去,是恋人当年荡秋千时,手上的香泽留在秋绳上,黄蜂才不肯离去。结尾两句,由梦境回到现实,恋人一去就杳无踪迹,令人惆怅不已。

三、此词语言朴素淡雅,风格深曲委婉。全词通过景物的描绘,奇特巧妙的联想和虚实映衬的表现手法,淋漓尽致地抒发了难以排遣的伤春怀人之情。

刘克庄

刘克庄(1187—1269),南宋文学家。字潜夫,号后村居士,莆田(今福建莆田)人。其词多反映现实,鼓吹恢复,志在有为。艺术上豪迈奔放,雄健疏宕,以文为词,喜欢用典。有《后村先生大全集》,词集《后村别调》。

贺新郎

送陈真州子华①

北望神州路②。试平章、这场公事③,怎生分付④。记得太行山百万,曾入宗爷驾驭⑤。今把作、握蛇骑虎⑥。君去京东豪杰喜⑦,想投戈、下拜真吾父⑧。谈笑里,定齐鲁⑨。

两河萧瑟惟狐兔⑩。问当年、祖生去后⑪,有人来否?多少新亭挥泪客,谁梦中原块土?算事业、须由人做。应笑书生心胆怯⑫,向车中、闭置如新妇。空目送,塞鸿去⑬。

【导读】

一、宋理宗宝庆三年(1227),陈子华由太府寺丞,差知真州兼淮东提点刑狱。行前,刘克庄写此词为他送别。真州,在长江以北的江苏仪征,宋金战争期间,属于前线。刘克庄希望陈子华到任后,联络北方义军,在东部战线建立新的抗金战场,为平定齐鲁、光复中原做贡献。

二、上片指责南宋统治集团不真心抗金,轻视人民群众的力量,对北方抗金义军视如蛇虎。作者对陈子华寄予厚望,建议他联合义军,收复中原失地。下片讽刺南宋统治集团只知苟且偷安,早已把中原沦陷地区抛在脑后,并抒发自己不受朝廷重用,有志难酬的苦闷。

三、冯煦《六十一家词选例言》说:"后村词与放翁、稼轩犹鼎三足。其生于南渡,拳拳君国,似放翁;志在有为,不欲以词人自域,似稼轩。"全词纵横开阖,峭拔奇警。笔势磅礴,识高意远,一气贯通。

① 陈真州:陈子华,以仓部员外郎知真州。词题一作《送陈仓部知真州》,一作《送陈子华赴真州》。 ② 神州路:指中原沦陷地区。 ③ 平章:评论。公事:指收复中原。 ④ 怎生分付:怎样交代。 ⑤ 宗爷:北宋末年抗金名将宗泽。驾驭:统率。 ⑥ 把作:当作。握蛇骑虎:比喻处境极危险。 ⑦ 京东:宋代路名,途经河南东部、山东南部、江苏北部一代。豪杰:指抗金将士。 ⑧ 投戈:放下武器。真吾父:真如我们的父亲。 ⑨ 齐鲁:今山东一带。 ⑩ 两河:黄河南北。萧瑟:萧条,冷落。狐兔:指金兵。 ⑪ 祖生:指祖逖,东晋名将,曾率兵北伐,收复失地。 ⑫ 书生:作者自指。 ⑬ 塞鸿:北方边境的鸿雁。

刘辰翁

刘辰翁(1232—1297),南宋文学家。字会孟,号须溪,吉州庐陵(今江西吉安)人。景定三年考进士时,因廷试对策忤权臣贾似道,被列入丙等。任濂溪书院山长(主持人)。宋亡,隐居不仕。词多悲咽凄苦,不胜怨愤;也有故国之思,黍离之悲。有《须溪集》,又有《须溪词》。

永遇乐

余自己亥上元诵李易安《永遇乐》①,为之涕下。今三年矣。每闻此词,辄不自堪。遂依其声②,又托之易安自喻。虽辞情不及③,而悲苦过之。

璧月初晴④,黛云远淡⑤,春事谁主?禁苑娇寒⑥,湖堤倦暖⑦,前度遽如许⑧。香尘暗陌⑨,华灯明昼,长是懒携手去。谁知道,断烟禁夜⑩,满城似愁风雨。　　宣和旧日⑪,临安南渡,芳景犹自如故⑫。缃帙流离⑬,风鬟三五⑭,能赋词最苦。江南无路⑮,鄜州今夜⑯,此苦又谁知否。空相对,残釭无寐,满村社鼓⑰。

【导读】

一、本词作者在宋亡前一年,曾因诵李清照怀念京洛旧事的《永遇乐》(落日熔金)词,深受感动,为之涕下。三年之后,山河破碎,身世沉浮,每听到李清照的这首词,便触动自己的亡国之痛。

二、本词以女词人李易安自喻,依其声,揣其情,从回忆临安盛时来反衬目前国亡家破的心情。上片回忆临安盛时,香暗尘陌、华灯明昼的情景,面对眼前"断烟禁夜"的境况,不胜今昔之感。下片从李清照《永遇乐》词对宣和旧事的怀念,写到南宋亡后的无限感慨。

三、全词感情真挚,语言直率,凄伤哀怨,是富于艺术感染力的乱世悲歌。

王沂孙

王沂孙(生卒年不详),南宋词人。字圣与,号碧山、中仙、玉笥山人,会稽(今浙江绍兴)人。宋亡后,与周密、张炎等同结词社。其词以咏物见长,意旨隐晦,辞情哀苦。词集名《碧山乐府》,又名《花外集》。

---

① 己亥:即宋恭帝德祐元年(1275),宋亡前一年。上元:即元宵节。　② 依其声:按照李清照原词的声律填词。　③ 辞情:指文辞情采。　④ 璧月:圆月。璧,圆形的玉。　⑤ 黛云:青绿色的云。　⑥ 禁苑:皇家园林。娇寒:轻寒。　⑦ 倦暖:暖和得使人思睡。　⑧ 前度:暗用刘禹锡《重游玄都观》"前度刘郎今又来"诗意。遽:忽然。　⑨ 香尘暗陌:尘雾遮暗了街道,指车马众多。　⑩ 断烟:炊烟断,是指京城里居民很少。禁夜:禁止夜行。　⑪ 宣和:宋徽宗年号。　⑫ 芳景:风景。　⑬ 缃帙(zhì):浅黄色书套。这里指书籍。　⑭ 风鬟三五:李清照《永遇乐》词中:"风鬟雾鬓。"三五:正月十五,即元宵节。　⑮ 江南无路:指写本词时宋亡已久,江南一带都陷入敌手。　⑯ 鄜州:杜甫《月夜》:"今夜鄜州月,闺中只独看。"作者此时亦离家在外,故借杜甫思念鄜州的妻子来说明自己的心情。　⑰ 釭:灯。社鼓:节日祭神的鼓声。

眉妩

新月

渐新痕悬柳①,淡彩穿花②,依约破初暝③。便有团圆意④,深深拜⑤,相逢谁在香径。画眉未稳。料素娥、犹带离恨。最堪爱、一曲银钩小⑥,宝帘挂秋冷⑦。　　千古盈亏休问。叹慢磨玉斧⑧,难补金镜⑨。太液池犹在⑩,凄凉处、何人重赋清景。故山夜永⑪。试待他、窥户端正⑫。看云外山河⑬,还老桂花旧影⑭。

【导读】

一、此词咏物而有所寄托,发其弦外之音,借咏新月寓托故国之思、恢复之望。以亡国之音哀其思,以"难补金镜"感叹国土破碎,以处处盼月圆寄托收复失地的愿望。

二、上片刻画新月,处处盼月圆。新痕悬柳,淡彩穿花。由一弯新月预示家人团圆;从拜月暗示心愿;以"画眉"体现离恨;言"最爱"衬其美艳。下片望月抒怀。宝帘秋冷,新月难圆。千古盈亏,金镜难补。寄寓金瓯难整之意。月照山河,遗恨绵绵。

三、通篇于吟风弄月中,透露出家国之恨。词的意象柔丽苍凉,语言工丽淡雅,情景深婉沉郁。

张　炎

张炎(1248—约1320),南宋词人、词论家。字叔夏,号玉田、乐笑翁。祖籍陕西凤翔,寓居临安(今浙江杭州)。宋亡后,漂泊流荡,曾经到大都(今北京市)谋求官职,失意而归。精于音律,擅长绘画,词以典雅为工,追求意境清空。有《山中白云词》及论词专著《词源》。

---

① 新痕:一弯新月。　② 淡彩:淡淡的皎洁月色。　③ 依约:仿佛。初暝:指天刚黑下来。　④ 团圆意:开始有团圆的迹象。　⑤ 深深拜:指拜月祝祷。李端《新月》:"开帘见新月,即便下阶拜;细语人不闻,北风吹裙带。"　⑥ 一曲银钩:银色帘钩,指一弯新月。　⑦ 宝帘:这里借指夜幕。　⑧ 慢:同"谩",徒然之意。玉斧:相传汉代吴刚学仙时有过失,罚他砍月中桂树,树随砍随合。(见《酉阳杂俎》)　⑨ 金镜:指月亮。李贺《七夕》:"天上分金镜,人间望玉斧。"　⑩ 太液池:本汉宫内池名,这里泛指宋宫苑池沼。宋太祖时宰相卢多逊有《咏月》:"太液池头上月时,晚风吹动万年枝。何人玉匣开金镜,露出清光些子儿。"　⑪ 故山:故国。夜永:夜长。　⑫ 端正:形容月已正圆。韩愈《和崔舍人咏月二十韵》:"三秋端正月,今夜出东溟。"　⑬ 云外山河:《酉阳杂俎》说:"佛氏谓月中所有,乃大地山河影也。"　⑭ 还老桂花旧影:一作"还老尽、桂花影"。这两句是说月圆时可以看到故国山河和桂花的旧影。

解连环

孤 雁

楚江空晚①。怅离群万里,怳然惊散②。自顾影、欲下寒塘③,正沙净草枯,水平天远。写不成书④,只寄得、相思一点。料因循误了⑤,残毡拥雪⑥,故人心眼。　　谁怜旅愁荏苒⑦。谩长门夜悄,锦筝弹怨。想伴侣、犹宿芦花,也曾念春前,去程应转。暮雨相呼,怕蓦地、玉关重见⑧。未羞他、双燕归来,画帘半卷。

【导读】

一、这首词,通过描写离群孤雁,抒发羁旅漂泊、国破家亡、亲友离散的哀思。

二、上片写孤雁离群失侣的孤凄之感与相思之情。下片将人与雁的羁旅哀怨之情,一并写出。以苏武留胡不辱之事,暗指文天祥等民族英雄。词中无一字直说题意,却又处处与题意相绾合。喻义贴切,曲折有致。张炎词以咏物工巧著称,他因此词而获"张孤雁"的雅称。

三、全词托物寄意,咏雁写己,亦雁亦人,人雁双关,物我同化,神态天然。文笔婉曲,用事贴切,情思绵邈,深挚感人。

蒋 捷

蒋捷(生卒年不详),字胜欲,号竹山,阳羡(今江苏宜兴)人,宋度宗咸淳十年(1274)进士。宋亡不仕,抱节以终。其词多承苏、辛一路而兼有众长,与周密、王沂孙、张炎并称"宋末四大家"。有《竹山词》。

虞美人⑨

听 雨

少年听雨歌楼上,红烛昏罗帐。壮年听雨客舟中,江阔云低、断雁叫西风⑩。　　而今听雨僧庐下,鬓已星星也⑪。悲欢离合总无情,一任阶前点滴到天明。

---

①楚:泛指南方。　②怳(huǎng)然:惆怅失意的样子。　③欲下寒塘:受惊离群成为孤雁,欲飞下寒塘又顾影而自伤孤单。唐崔涂《孤雁》:"暮雨相呼疾,寒塘欲下迟。"　④写不成书:雁群在飞行时,常排列成行,队行如字。孤雁在天上只有一点,排不成字,而只能带回来一点相思之意。　⑤因循:拖延。　⑥残毡拥雪:指苏武被匈奴所拘的故事。　⑦荏苒:辗转。指时光流逝。　⑧怕蓦(mò)地:倘忽然。玉关:玉门关。　⑨虞美人:此调原为唐教坊曲,初咏项羽宠姬虞美人,因以为名。又名《一江春水》《玉壶水》《巫山十二峰》等。双调,五十六字,上下片各四句,皆为两仄韵转两平韵。　⑩断雁:失群的孤雁。　⑪星星:形容鬓发斑白。

【导读】

一、这首词,从词人的情感看,可能写于南宋灭亡之后。词人要对自己一生的悲欢离合进行总结,用一首词来概括并非易事。词人巧妙地选取"听雨"这一独特视角,表现少年、壮年、晚年三个人生阶段的不同境遇、不同况味的不同感受,将一生的悲欢歌哭淋漓尽致地展现出来。可谓大手笔。

二、对比手法的运用。词人表现三个时期的"听雨",前两个时期是宾,后一个时期是主。前两个时期是听而不听,后一个时期是不听而听。听与不听的区别,显示出词人看似冷漠的背后,是词人痛苦的深化。

散 文

欧阳修：梅圣俞诗集序

予闻世谓诗人少达而多穷①，夫岂然哉？盖世所传诗者，多出于古穷人之辞也②。凡士之蕴其所有，而不得施于世者，多喜自放于山巅水涯之外，见虫鱼草木、风云鸟兽之状类，往往探其奇怪，内有忧思感愤之郁积，其兴于怨刺，以道羁臣寡妇之所叹③，而写人情之难言，盖愈穷则愈工。然则非诗之能穷人，殆穷者而后工也。

予友梅圣俞，少以荫补为吏④，累举进士，辄抑于有司⑤，困于州县⑥，凡十余年。年今五十，犹从辟书⑦，为人之佐⑧。郁其所蓄⑨，不得奋见于事业⑩。其家宛陵⑪，幼习于诗，自为童子，出语已惊其长老⑫。既长，学乎六经仁义之说，其为文章，简古纯粹，不求苟说于世⑬，世之人徒知其诗而已。然时无贤愚，语诗者必求之圣俞；圣俞亦自以其不得志者，乐于诗而发之。故其平生所作，于诗尤多。世既知之矣，而未有荐于上者。昔王文康公尝见而叹曰⑭："二百年无此作矣！"虽知之深，亦不果荐也⑮。若使其幸得用于朝廷，作为雅颂⑯，以歌咏大宋之功德，荐之清庙⑰，而追商、周、鲁颂之作者，岂不伟欤！奈何使其老不得志，而为穷者之诗，乃徒发于虫鱼物类、羁愁感叹之言⑱？世徒喜其工，不知其穷之久而将老也。可不惜哉！

圣俞诗既多，不自收拾。其妻之兄子谢景初惧其多而易失也⑲，取其自洛阳至于吴兴已来所作，次为十卷⑳。予尝嗜圣俞诗㉑，而患不能尽得之，遽喜谢氏之能类次也㉒，辄序而藏之㉓。其后十五年，圣俞以疾卒于京师，余既哭而铭之。因索于其家㉔，得其遗稿千余篇，并旧所藏，掇其尤者六百七十七篇为一十五卷㉕。呜呼！吾于圣俞诗，论之详矣，故不复云。

【导读】

一、这是欧阳修为梅尧臣诗集写的一篇序言。序言中充满了作者对诗人的倾慕与同情，始终有深深的怜才之意。

---

①达：显达。穷：困厄。 ②穷人：不显达，仕途不得志的人。 ③羁臣：羁旅之臣，被贬谪的官吏。 ④以荫补为吏：凭父辈或祖上功德的荫庇而充任低级的官吏。 ⑤抑于有司：被官府压抑，指未考上进士。 ⑥困于州县：长期作州县小官。 ⑦辟书：征辟之书，即聘书。 ⑧佐：辅佐。 ⑨郁其所蓄：郁积着胸中的抱负和学问。 ⑩奋见：表现，发挥。 ⑪宛陵：今安徽宣城市，世人称梅尧臣为"宛陵先生"。 ⑫长老：长辈。 ⑬不求苟说于世：不迎合取悦世人。 ⑭王文康公：即王曙，字晦叔，河南人，宋仁宗时官至枢密使。 ⑮果荐：果真推荐。 ⑯雅颂：泛指歌功颂德的作品。 ⑰荐之清庙：奉献给宗庙。 ⑱羁愁：羁旅之愁。 ⑲谢景初：字师厚，梅尧臣的内任，博学能文，尤长于诗。 ⑳次：编次，编排。 ㉑嗜：偏爱。 ㉒遽：遂，于是。 ㉓辄：就。 ㉔索：搜求。 ㉕掇：择取。

二、文章的中心论点是诗穷而后工,反映了封建社会诗人的生活与创作的关系,有一定道理。但作者盼望梅尧臣摆脱困境,做歌功颂德的诗人,又表现了作者的阶级局限性。本文先论诗穷而后工,次写梅尧臣之诗穷而后工,最后点明作序的用意。

三、全文集论、记、传、序于一体,舒纡婉转而明白晓畅。观点鲜明,叙议结合,说理透彻。

秋 声 赋

欧阳子方夜读书①,闻有声自西南来者,悚然而听之②,曰:"异哉!"初淅沥以萧飒③,忽奔腾而砰湃④,如波涛夜惊,风雨骤至。其触于物也,鏦鏦铮铮⑤,金铁皆鸣,又如赴敌之兵,衔枚疾走⑥,不闻号令,但闻人马之行声。余谓童子:"此何声也?汝出视之!"童子曰:"星月皎洁,明河在天⑦,四无人声,声在树间。"

余曰:"噫嘻悲哉⑧!此秋声也,胡为而来哉⑨?盖夫秋之为状也⑩,其色惨淡,烟霏云敛⑪;其容清明⑫,天高日晶⑬;其气栗冽⑭,砭人肌骨⑮;其意萧条,山川寂寥⑯。故其为声也:凄凄切切,呼号愤发。丰草绿缛而争茂⑰,佳木葱茏而可悦⑱;草拂之而色变,木遭之而叶脱;其所以摧败零落者,乃其一气之余烈⑲。夫秋,刑官也⑳,于时为阴㉑;又兵象也㉒,于行用金;是谓天地之义气㉓,常以肃杀而为心。天之于物,春生秋实㉔。故其在乐也,商声主西方之音㉕;夷则为七月之律㉖。商,伤也,物既老而悲伤;夷,戮也,物过盛而当杀。

"嗟乎!草木无情,有时飘零㉗;人为动物,惟物之灵㉘。百忧感其心,万事劳其形,有动于中㉙,必摇其精㉚。而况思其力之所不及,忧其智之所不能,宜其渥然丹者为槁木㉛,黟然黑者为星星㉜;奈何以非金石之质,欲与草木而争荣。念谁为之戕贼㉝,亦何恨乎秋声㉞?"

童子莫对,垂头而睡。但闻四壁虫声唧唧㉟,如助余之叹息。

【导读】

一、这篇赋作于宋仁宗嘉祐四年(1059),这时作者官运较顺,任翰林学士、给事中,充任御试进士详定官,但三十多年的官宦沉浮生活,已使作者"白发苍颜",眼前萧条肃杀的秋景,引发触物伤怀之情,遂写了这篇著名文赋。此文借赋秋声告诫人们:不必悲秋、恨秋,怨天尤地,而应多进行自我反省。

二、这篇赋以善于描摹秋声著称。作者先用各种比喻把难以捉摸的秋声写得十分形象,然后用传统赋体的铺张手法述秋之状,又从五行学论秋之性,最后触发对自然和人生的感慨:"念谁为之戕贼,亦何恨乎秋声。"

---

① 欧阳子:作者自称。 ② 悚(sǒng)然:惊恐的样子。 ③ 淅沥:雨声。萧飒(sà):风声。 ④ 砰(pēng)湃(pài):波涛腾涌之声。 ⑤ 鏦(cōng)鏦铮(zhēng)铮:金属碰击之声。 ⑥ 衔枚:古时秘密行军,让战士口中衔枚,以免发出响声。 ⑦ 明河:银河。 ⑧ 噫嘻:感叹词。 ⑨ 胡为:为什么。 ⑩ 状:状貌。 ⑪ 烟霏云敛:烟云飘散聚合。 ⑫ 容:气象。 ⑬ 晶:光亮。 ⑭ 栗(lì)冽(liè):寒冷。 ⑮ 砭(biān):刺。 ⑯ 寂寥:空旷寂静。 ⑰ 缛:繁盛。 ⑱ 葱茏:青翠茂盛。 ⑲ 一气:指秋气。余烈:余威。 ⑳ 刑官:秋官,管刑法的官吏。 ㉑ 于时为阴:古代的阴阳与四时相配,春夏为阳,秋冬为阴。 ㉒ 兵象:战争之象。 ㉓ 义气:秋气。 ㉔ 春生秋实:草木生长于春,结实于秋。 ㉕ 商:古代五声(宫商角徵羽)之一。五声配四时,商属秋。西方:是秋天的方位。 ㉖ 夷则:古代十二律(黄钟、大吕、太簇、夹钟、姑洗、中吕、蕤宾、林钟、夷则、南吕、无射、应钟)之一,把十二月配十二律,七月为夷则。 ㉗ 有时:有固定的时节。此处指秋季。 ㉘ 惟物之灵:人是万物之灵。 ㉙ 中:内心。 ㉚ 摇:消耗的意思。精:精神。 ㉛ 渥然丹者:红润的容颜。槁木:枯木,喻指衰老。 ㉜ 黟(yī)然:黑貌。星星:头发花白貌。 ㉝ 戕(qiāng)贼:摧残,破坏。 ㉞ 恨:怨恨。 ㉟ 唧唧:虫鸣声。

三、欧阳修采用散文笔法作赋，骈散结合，参以议论，融抒情、写景、叙事、说理为一体，为赋的创作开辟了一个新的天地。层次分明，结构紧严。以物喻人，借景抒情。形象的描绘、精巧的比喻比比皆是。文字精美，语言畅达，充满诗情画意。

曾 巩

曾巩（1019—1083），北宋文学家。字子固，建昌南丰（今江西南丰）人。嘉祐二年（1057）进士，历任州郡官吏十多年，晚年任史馆修撰。以散文著称于世，是唐宋八大家之一。有《元丰类稿》。

墨池记①

临川之城东②，有地隐然而高③，以临于溪④，曰新城。新城之上，有池洼然而方以长⑤，曰王羲之之墨池者⑥，荀伯子《临川记》云也⑦。羲之尝慕张芝临池学书⑧，池水尽黑，此为其故迹，岂信然邪⑨？

方羲之之不可强以仕⑩，而尝极东方⑪，出沧海⑫，以娱其意于山水之间。岂有徜徉肆恣⑬，而又尝自休于此邪？羲之之书晚乃善⑭，则其所能⑮，盖亦以精力自致者⑯，非天成也⑰。然后世未有能及者，岂其学不如彼邪⑱？则学固岂可以少哉！况欲深造道德者耶？

墨池之上，今为州学舍⑲。教授王君盛恐其不章也⑳。书"晋王右军墨池"之六字于楹间以揭之㉑。又告于巩曰："愿有记。"

推王君之心㉒，岂爱人之善，虽一能不以废㉓，而因以及乎其迹邪㉔？其亦欲推其事㉕，以勉其学者邪？夫人之有一能，而使后人尚之如此㉖，况仁人庄士之遗风余思㉗，被于来世者何如哉㉘！

庆历八年九月十二日，曾巩记。

【导读】

一、这篇文章是作者应抚州州学教授王盛之之请而写的。

二、作者根据趣闻轶事，一面记墨池的处所、形状和来历，一面评述王羲之的卓越的书法成就并非天成，而是勤学苦练的结果，并进一步说明学问和道德修养的提高也需刻苦努力。

---

① 墨池：用毛笔写字，写完后洗涤笔砚的池子。 ② 临川：宋代抚州的临川郡，今江西省抚州市临川区。 ③ 隐然：隆起突出的样子，引申来形容高地。 ④ 临：居高视下。 ⑤ 洼(wā)然：低深貌。方以长：长方形。 ⑥ 王羲之：晋朝大书法家，字逸少，官至右军将军，人称"书圣"。 ⑦ 荀伯子：南朝刘宋时颍川颍阴（今河南许昌氏）人，曾任临川内史。 ⑧ 张芝：字伯英，东汉弘农（今河南灵宝市）人，善草书，人称"草圣"。 ⑨ 信然：确实如此。 ⑩ 强：强迫。 ⑪ 尝极东方：曾遍游东方名胜。 ⑫ 出沧海：泛舟沧海。 ⑬ 徜(cháng)徉(yáng)：安闲自得。肆恣：放纵，任情。 ⑭ 晚乃善：晚年才特别好。 ⑮ 能：才能，指擅长书法。 ⑯ 致：取得。 ⑰ 天成：天生。 ⑱ 学：勤学苦练。 ⑲ 州学舍：抚州州学的学舍。 ⑳ 教授：官名，主管教育所属生源。章：通"彰"，彰明，显著。 ㉑ 楹(yíng)：柱子。揭：悬挂标示。 ㉒ 推：推想。 ㉓ 一能：一技之长。废：废弃不用，埋没。 ㉔ 及乎：推及，达到。 ㉕ 推：推崇。 ㉖ 尚：推重，尊重。 ㉗ 仁人庄士：有道德修养而又行为正直的人。遗风余思：指流传下来为人们思慕的典范道德。 ㉘ 被于：影响到。

三、文章即事生情,反复咏叹。因小及大,小中见大。语言上精练自然,多用设问句、反问句和感叹句,得一咏三叹之妙。

王安石:读《孟尝君传》

世皆称孟尝君能得士①,士以故归之②;而卒赖其力③,以脱于虎豹之秦④。嗟乎!孟尝君特鸡鸣狗盗之雄耳⑤,岂足以言得士?不然,擅齐之强⑥,得一士焉,宜可以南面而制秦⑦,尚何取鸡鸣狗盗之力哉?夫鸡鸣狗盗之出其门,此士之所以不至也。

【导读】

一、这是一篇读后感,也是一篇精彩的驳论文。本文的主旨在于"说明孟尝君不能得士"。同时也借题发挥,表达了自己对人才的看法。说理周密,文笔犀利,气势轩昂,被誉为"文短气长"的典范。

二、全文不足一百字,紧紧围绕"孟尝君不能得士"的主旨,一立、一驳、一转、一断,把"孟尝君能得士"的传统看法一笔扫倒,虽转折三次但严谨自然,议论周密,词气凌厉而贯注,势如破竹,具有不容置辩的逻辑力量。很能代表王安石文章瘦硬通神的风貌。

苏轼:文与可画筼筜谷偃竹记⑧

竹之始生,一寸之萌耳⑨,而节叶具焉。自蜩蝮蛇蚹⑩,以至于剑拔十寻者⑪,生而有之也。今画者乃节节而为之,叶叶而累之⑫,岂复有竹乎?故画竹必先得成竹于胸中⑬,执笔熟视,乃见其所欲画者,急起从之,振笔直遂⑭,以追其所见,如兔起鹘落⑮,少纵则逝矣⑯。与可之教予如此。予不能然也⑰,而心识其所以然⑱。夫既心识其所以然,而不能然者,内外不一,心手不相应,不学之过也。故凡有见于中,而操之不熟者,平居自视了然⑲,而临事忽焉丧之⑳,岂独竹乎?

子由为《墨竹赋》㉑,以遗与可,曰:"庖丁㉒,解牛者也,而养生者取之㉓;轮扁㉔,斫轮者

---

① 称:称颂,赞扬。孟尝君:姓田名文,战国时齐国公子(贵族),封于薛地(今山东省滕州市东南)。以门客众多而著称。士:士人,指品德好、有学识或有技艺的人。 ② 归:投奔,语出《史记·孟尝君列传》:"士以此多归孟尝君。" ③ 卒:终于,最终。其:指门下士。 ④ 虎豹之秦:像虎豹一样凶残的秦国。 ⑤ 特:只,仅,不过。鸡鸣狗盗:《史记·孟尝君列传》记秦昭王曾欲聘孟尝君为相,有人进谗,秦昭王又要杀他。孟尝君向昭王宠姬求救,宠姬提出要白狐裘为报。而孟尝君只有一白狐裘,已献给秦王。于是门客装狗进入秦宫,盗得白狐裘献给秦王宠姬,宠姬为孟尝君说情,昭王释放孟尝君,继而后悔,派兵追赶。孟尝君逃至函谷关,关法规定鸡鸣才能开关,门客有能为鸡鸣者,引动群鸡皆鸣,孟尝君才脱险逃出函谷关,回归齐国。雄:长、首领。 ⑥ 擅齐之强:拥有齐国的强大国力。擅,拥有。 ⑦ 宜:应该。南面而制秦:南面称王,制服秦国。古代君臣相见,帝王坐北面南,臣在对面朝见。制,制服。 ⑧ 文与可:名同,字与可,北宋著名画家,擅长画竹。筼(yún)筜(dāng)谷:地名,在今陕西洋县西北,谷中多产粗节长的竹子,叫筼筜竹。偃竹:仰斜的竹子。 ⑨ 萌:萌芽,新笋初生。 ⑩ 蜩(tiáo)蝮(fù):蝉壳。蛇蚹(fù):蛇腹下的横鳞。 ⑪ 剑拔:剑从鞘中拔出。形容修竹挺拔有力。寻:古八尺为一寻。 ⑫ 累:加,积。 ⑬ 成:完整的。 ⑭ 振笔直遂:动笔作画,一气呵成。直,径直。遂,完成。 ⑮ 兔起鹘(hú)落:兔子跃起,鹘鸟冲下。形容运笔如飞。 ⑯ 少纵:稍微放松。逝:消失。 ⑰ 然:这样。 ⑱ 识:明白。 ⑲ 平居:平时生活中。了然:明白。 ⑳ 忽焉丧之:忽然不见了,忘记了。丧:丧失。 ㉑ 子由:即苏辙,字子由,苏轼的弟弟。 ㉒ 庖丁:宰牛的人。 ㉓ 取:取法。 ㉔ 轮扁:斫轮的工匠,名扁。

也①,而读书者与之②。今夫夫子之托于斯竹也③,而予以为有道者则非耶④?"子由未尝画也,故得其意而已。若予者,岂独得其意,并得其法。

与可画竹,初不自贵重。四方之人,持缣素而请者⑤,足相蹑于其门⑥。与可厌之,投诸地而骂曰:"吾将以为袜材。"士大夫传之,以为口实⑦。及与可自洋州还,而余为徐州⑧。与可以书遗余曰:"近语士大夫:'吾墨竹一派,近在彭城⑨,可往求之。'袜材当萃于子矣⑩。"书尾复写一诗,其略曰:"拟将一段鹅溪绢⑪,扫取寒梢万尺长⑫。"予谓与可:"竹长万尺,当用绢二百五十匹。知公倦于笔砚,愿得此绢而已。"与可无以答,则曰:"吾言妄矣,世岂有万尺竹哉?"余因而实之⑬,答其诗曰:"世间亦有千寻竹,月落庭空影许长⑭。"与可笑曰:"苏子辩矣。然二百五十匹绢,吾将买田而归老焉⑮。"因以所画筼筜谷偃竹遗予,曰:"此竹数尺耳,而有万尺之势。"筼筜谷在洋州,与可尝令予作《洋州三十咏》,《筼筜谷》其一也。予诗云:"汉川修竹贱如蓬⑯,斤斧何曾赦箨龙⑰。料得清贫馋太守,渭滨千亩在胸中⑱。"与可是日与其妻游谷中,烧笋晚食,发函得诗,失笑喷饭满案。

元丰二年正月二十日,与可没于陈州⑲。是岁七月七日,予在湖州曝书画⑳,见此竹,废卷而哭失声㉑。昔曹孟德《祭桥公文》,有"车过""腹痛"之语,而予亦载与可畴昔戏笑之言者㉒,以见与可于予亲厚无间如此也。

【导读】

一、文与可,善诗文,尤精画竹,是"文湖州竹派"的开创者。文与可是苏轼的挚友,又是表兄,两人情谊极深,常有诗文往来。元丰二年(1079)文与可不幸逝世,同年七月七日苏轼晒所藏书画时,又见文与可的名画《筼筜谷偃竹》,睹画思友,悲痛失声而作此文。

二、这是一篇很有见地的文艺随笔,也是悼念性的记人散文。作为文艺随笔,作者阐发了"胸有成竹"和"心手相应"两方面的创作思想。作者认为对客观事物的观察要反复多次,凝神结思,形成完整的艺术形象;同时,还必须掌握熟练的艺术技巧,心中所想和手中所写完全一致。作为记人散文,叙述了作者与文与可交往中的几件趣事和两人的诗画互赠引起的笑谈,追述中夹有诙谐幽默,使文章妙趣横生。结尾抒发对挚友的深深怀念之情。

三、本文有诗、有赋、有书札、有叙事、有议论、有抒情,信笔所至,放得开,但形散神聚,论题集中。语言上韵散结合,散文句子中穿插适量的骈偶句,可称散文赋。

李清照:金石录后序

右《金石录》三十卷者何㉓?赵侯德父所著书也㉔。取上自三代㉕,下迄五季㉖,钟、鼎、

---

① 斫(zhuó):砍,削。 ② 与:赞成。 ③ 夫子:文与可。托:寄托。 ④ 以为:认为。 ⑤ 缣(jiān)素:古人用来作画的白绢。 ⑥ 足相蹑(niè):脚互相踩踏。形容求画人多。 ⑦ 口实:话柄。 ⑧ 余为徐州:我任徐州知州。 ⑨ 彭城:今江苏徐州。 ⑩ 萃(cuì):聚集。 ⑪ 鹅溪:地名,在今四川盐亭西北,以产绢著名。 ⑫ 扫:指用笔作画。寒梢:指竹,因竹耐寒而名。 ⑬ 实:证实。 ⑭ 影许长:影子有这么长。 ⑮ 归老:归家养老。 ⑯ 汉川:汉水。修竹:长竹。蓬:蓬草。 ⑰ 斤:斧头。箨(tuò)龙:竹笋的别名。 ⑱ 渭滨:渭川之滨。 ⑲ 没:通"殁",死亡。 ⑳ 曝:晒。 ㉑ 废卷:放下画卷。 ㉒ 畴昔:昔日,从前。 ㉓ 右:右边,以上。 ㉔ 赵侯德父:德父是赵明诚的字。侯是对地方长官的尊称。 ㉕ 三代:指夏、商、周三代。 ㉖ 五季:即后梁、后唐、后晋、后汉、后周五代。

甗、鬲、盘、匜、尊、敦之款识①,丰碑、大碣、显人晦士之事迹②,凡见于金石刻者二千卷,皆是正讹谬③,去取褒贬④,上足以合圣人之道,下足以订史氏之失者皆载之,可谓多矣。

呜呼!自王播、元载之祸⑤,书画与胡椒无异,长舆、元凯之病,钱癖与传癖何殊⑥。名虽不同,其惑一也⑦。

余建中辛巳,始归赵氏⑧。时先君作礼部员外郎⑨,丞相时作吏部侍郎⑩。侯年二十一,在太学作学生⑪。赵李族寒,素贫俭,每朔望谒告出⑫,质衣取半千钱⑬,步入相国寺⑭,市碑文果实归⑮,相对展玩咀嚼,自谓葛天氏之民也。

后二年,出仕宦,便有饭蔬衣练,穷遐方绝域,尽天下古文奇字之志。日就月将⑯,渐益堆积。丞相居政府,亲旧或在馆阁,多有亡诗、逸史⑰,鲁壁、汲冢所未见之书。遂尽力传写,浸觉有味⑱,不能自已。后或见古今名人书画,一代奇器,亦复脱衣市易⑲。尝记崇宁间⑳,有人持徐熙《牡丹图》㉑,求钱二十万,当时虽贵家子弟,求二十万钱,岂易得耶?留信宿㉒,计无所出而还之,夫妇相向惋怅者数日。

后屏居乡里十年㉓,仰取俯拾㉔,衣食有余;连守两郡,竭其俸入㉕,以事铅椠㉖。每获一书,即同共校勘、整集、签题;得书画彝鼎,亦摩玩舒卷,指摘疵病㉗,夜尽一烛为率㉘。故能纸札精致,字画完整,冠诸收书家。余性偶强记,每饭罢,坐归来堂烹茶㉙,指堆积书史,言某事在某书某卷第几页第几行,以中否角胜负,为饮茶先后。中即举杯大笑,至茶倾覆怀中,反不得饮而起,甘心老是乡矣!故虽处忧患困穷,而志不屈。

收书既成,归来堂起书库大橱,簿甲乙,置书册。如要讲读,即请钥上簿,关出卷帙。或少损污,必惩责揩完涂改,不复向时之坦夷也㉚。是欲求适意而反取憀慄㉛。

余性不耐,始谋食去重肉㉜,衣去重采㉝。首无明珠翡翠之饰,室无涂金刺绣之具。遇书史百家,字不刓阙,本不讹谬者辄市之,储作副本。自来家传《周易》《左氏传》,故两家者流,文字最备。于是几案罗列,枕席枕藉,意会心谋,目往神授,乐在声色狗马之上。

至靖康丙午岁㉞,侯守淄川㉟,闻金人犯京师,四顾茫然。盈箱溢箧㊱,且恋恋,且怅怅㊲,知其必不为己物矣。建炎丁未春三月,奔太夫人丧南来,既长物不能尽载㊳,乃先去书之重大印本者,又去画之多幅者,又去古器之无款识者,后乃去书之监本者,画之平常者,器之重大者。凡屡减去,尚载书十五车。至东海,连舻渡淮㊴,又渡江至建康。青州故

---

① 钟:古代乐器。鼎:古代炊具。甗:古代炊具。鬲:古代炊具。盘、匜(yí):古代盥器。尊:古代酒器。敦:古代食器。款:刻。识:记。 ② 丰碑大碣:大的碑石。显人:显达有名望的人。晦士:不知名的人。 ③ 是正讹(é)谬(miù):订正了错误。 ④ 去取褒贬:加以选择和品评。 ⑤ 王播、元载之祸:王播是王涯之误,元载,字公辅,两人均为唐代有名的贪官,大量收藏金石字画。 ⑥ 长舆:和峤,有钱癖,性极吝啬。元凯:杜预,有传癖,著有《春秋左氏经传集解》。 ⑦ 惑:沉迷。 ⑧ 归:嫁给。 ⑨ 先君:对人称已死的父亲为先君,指李格非。 ⑩ 丞相:指赵明诚的父亲赵挺之。 ⑪ 太学:宋代的大学。 ⑫ 朔:阴历每月初一为朔。望:阴历每月十五为望。谒告:请假。 ⑬ 质:质押、典当。 ⑭ 相国寺:北宋时汴京的一个著名寺庙,有书、画、古玩出售。 ⑮ 市:购买。 ⑯ 日就月将:每日每月都有积累。 ⑰ 逸史:失传的史书。鲁壁、汲冢:泛指珍本秘籍。 ⑱ 浸觉有味:渐渐感到很有兴味。 ⑲ 脱衣市易:脱下衣服去换。 ⑳ 崇宁:宋徽宗年号。 ㉑ 徐熙:唐代著名画家。 ㉒ 信宿:住两夜。 ㉓ 屏居:摆脱世务,闭门闲居。 ㉔ 仰取俯拾:比喻想尽各种办法去谋生。 ㉕ 俸入:收入。 ㉖ 事:从事。铅椠:校勘书籍。 ㉗ 疵病:缺点、毛病。 ㉘ 率:准则。 ㉙ 归来堂:赵明诚夫妇在青州的书斋名。 ㉚ 坦夷:随便。 ㉛ 憀(liáo)慄:紧张不安的样子。 ㉜ 重肉:两样肉菜。 ㉝ 重采:两种颜色的衣服。 ㉞ 靖康:宋钦宗年号。 ㉟ 淄川:今山东省淄博市。 ㊱ 盈箱溢箧:箱子装得满满的。 ㊲ 怅怅:失意不止。 ㊳ 长物:多余的东西。 ㊴ 连舻:船只首尾相连。

第①,尚锁书册什物②,用屋十余间,期明年再具舟载之③。十二月,金人陷青州。凡所谓十余屋者,已皆为煨烬矣④。

建炎戊申秋九月⑤,侯起复⑥,知建康府。己酉春三月,罢。具舟上芜湖,入姑孰,将卜居赣水上。夏五月,至池阳,被旨知湖州,过阙上殿,遂驻家池阳,独赴召。六月十三日,始负担舍舟,坐岸上,葛衣岸巾⑦,精神如虎,目光灿烂射人,望舟中告别。余意甚恶,呼曰:"如传闻城中缓急,奈何?"戟手遥应曰⑧:"从众。必不得已,先去辎重⑨,次衣被,次书册卷轴,次古器;独所谓宗器者可自负抱,与身俱存亡,勿忘也!"遂驰马去。途中奔驰,冒大暑,感疾,至行在,病痁。七月末,书报卧病。余惊怛⑩,念侯性素急,奈何病痁⑪?或热必服寒药,疾可忧。遂解舟下,一日夜行三百里。比至,果大服柴胡、黄芩药,疟且痢,病危在膏肓⑫。余悲泣仓皇⑬,不忍问后事。八月十八日,遂不起,取笔作诗,绝笔而终,殊无分香卖履之意⑭。

葬毕,余无所之。朝廷已分遣六宫⑮,又传江当禁渡。时犹有书二万卷,金石刻二千卷,器皿、茵褥,可待百客,他长物称是。余又大病,仅存喘息。事势日迫,念侯有妹婿任兵部侍郎,从卫在洪州,遂遣二故吏先部送行李往投之。冬十二月,金人陷洪州,遂尽委弃。所谓连舻渡江之书,又散为云烟矣!独余少轻小卷轴书帖,写本李、杜、韩、柳集,《世说》《盐铁论》,汉、唐石刻副本数十轴,三代鼎鼐十数事,南唐写本书数箧,偶病中把玩,搬在卧内者,岿然独存⑯。

上江既不可往,又虏势叵测⑰。有弟迒,任敕局删定官,遂往依之。至台,台守已遁之剡。出陆,又弃衣被。走黄岩,雇舟入海,奔行朝。时驻跸章安,从御舟海道之温,又之越。庚戌十二月,放散百官,遂之衢。绍兴辛亥春三月,复赴越,壬子,又赴杭。

先,侯疾亟时⑱,有张飞卿学士携玉壶过视侯⑲,便携去,其实珉也⑳。不知何人传道,遂妄言有颁金之语㉑,或传亦有密论列者。余大惶怖㉒,不敢言,亦不敢遂已,尽将家中所有铜器等物,欲赴外廷投进。到越,已移幸四明。不敢留家中,并写本书寄剡。后官军收叛卒,取去,闻尽入故李将军家。所谓"岿然独存"者,无虑十去五六矣㉓!惟有书画砚墨可五七箧,更不忍置他所,常在卧榻下,手自开阖。

在会稽,卜居土民钟氏舍。忽一夕,穴壁负五箧去㉔。余悲恸不得活,重立赏收赎。后二日,邻人钟复皓出十八轴求赏,故知其盗不远矣。万计求之,其余遂牢不可出。今知尽为吴说运使贱价得之。所谓"岿然独存"者,乃十去其七八;所有一二残零,不成部帙书册,三数种,平平书帖,犹复爱惜如护头目,何愚也耶!

今日忽阅此书,如见故人。因忆侯在东莱静治堂㉕,装卷初就,芸签缥带,束十卷作一帙。每日晚吏散,辄校勘二卷,跋题一卷。此二千卷,有题跋者五百二卷耳。今手泽如新,

---

① 故第:旧宅。 ② 什物:杂物。 ③ 期:预计、打算。 ④ 煨烬:灰烬。 ⑤ 建炎戊申:宋高宗建炎二年。 ⑥ 起复:指守孝期未满即被起用。 ⑦ 葛衣:葛布衣服。 ⑧ 戟手:伸出食指和中指作戟形指点人。 ⑨ 辎重:笨重的行李。 ⑩ 惊怛(dá):惊慌悲痛。 ⑪ 病痁:慢性病。 ⑫ 危在膏肓:病情十分严重,已无法救治。 ⑬ 仓皇:慌张、焦急的样子。 ⑭ 分香卖履:指临死前对妻子的嘱咐。 ⑮ 分遣:遣散。六宫:指后妃、宫女等。 茵褥:垫子、褥子。 ⑯ 岿然:独立的样子。 ⑰ 叵测:难于预料。 ⑱ 疾亟:病情危急。 ⑲ 张飞卿:生平事迹不详。 ⑳ 珉:跟玉石相似的美石。 ㉑ 颁金:谓寄顿金银财物。一说谓以玉壶贿金人。 ㉒ 惶怖:惊慌害怕。 遂已:放下不问。 ㉓ 无虑:不必细数,大约。 ㉔ 穴壁:偷盗的人在墙上挖洞。 ㉕ 静治堂:赵明诚的书斋名。

而墓木已拱,悲夫!

昔萧绎江陵陷没①,不惜国亡,而毁裂书画;杨广江都倾覆②,不悲身死,而复取图书:岂人性之所著,生死不能忘之欤?或者天意以余菲薄③,不足以享此尤物耶?抑亦死者有知,犹斤斤爱惜,不肯留人间耶?何得之艰而失之易也?

呜呼!余自少陆机作赋之二年④,至过蘧瑗知非之两岁,三十四年之间,忧患得失,何其多也!然有有必有无,有聚必有散,乃理之常。人亡弓,人得之,又胡足道!所以区区记其终始者⑤,亦欲为后世好古博雅者之戒云⑥。

绍兴二年玄黓岁壮月朔甲寅,易安室题。

【导读】

一、作者的丈夫赵明诚曾著《金石录》三十卷,记述其所藏、所见金石刻词及本人所做的考证。宋高宗建炎三年(1129)赵明诚病死于建康(今江苏南京),李清照只身漂泊于江南一带,所携的金石书画大多散失,在重读《金石录》时不禁十分伤感,写作了这篇后序。

二、这篇后序简略地叙述了《金石录》一书的编撰由来、内容及成书过程,详细记述了作者夫妇的家世、经历和对金石文物的特殊爱好以及收藏金石书画聚散的经过,抒发怀念丈夫、追思旧物的感情。

三、这篇后序直抒胸臆,感情真挚动人。文笔曲折周详,叙事抒情生动真切。语言朴素自然,以散文句式为主,间用骈偶句。

谢 翱

谢翱(1249—1295),南宋诗人。字皋羽,晚号晞发子,福建长溪(今福建霞浦县)人。宋末著名的爱国人士。生平著述颇多,诗歌沉郁悲愤,文章长于叙事。今存《晞发集》。

登西台恸哭记

始,故人唐宰相鲁公开府南服⑦,余以布衣从戎⑧。明年,别公漳水湄⑨。后明年,公以事过张睢阳庙及颜杲卿所尝往来处⑩,悲歌慷慨,卒不负其言而从之游⑪。今其诗具在,可考也。

余恨死无以藉手见公⑫,而独记别时语,每一动念,即于梦中寻之。或山水池榭,云岚草木,与所别之处,及其时适相类,则徘徊顾盼,悲不敢泣。又后三年,过姑苏;姑苏,公初

---

① 萧绎:梁元帝。 ② 杨广:即隋炀帝。 ③ 菲薄:指福薄。 ④ 陆机:西晋著名文学家。蘧瑗:字伯玉,春秋时卫国大夫。 ⑤ 区区:仔细的。 ⑥ 博雅:博学高雅。 ⑦ 唐宰相鲁公:指颜真卿,隐喻文天祥。开府南服:在南方建立府署。 ⑧ 布衣:普通老百姓。 ⑨ 别公:与文天祥诀别。湄:水边。 ⑩ 以事:因事,隐晦地说被俘。张睢阳:指唐代张巡。颜杲卿:颜真卿族兄。 ⑪ 卒:终于。不负其言:没有违背自己的誓言。从之游:跟随张、颜黄泉,以身殉国。 ⑫ 无以藉手:对国事没有贡献。

开府旧治也,望夫差之台而始哭公焉①。又后四年而哭之于越台②。又后五年及今,而哭于子陵之台。

先是一日,与友人甲、乙若丙约,越宿而集。午,雨未止,买榜江涘③。登岸,谒子陵祠④;憩祠旁僧舍,毁垣枯甃⑤,如入墟墓。还,与榜人治祭具⑥。须臾,雨止。登西台,设主于荒亭隅;再拜、跪伏;祝毕,号而恸者三,复再拜,起。又念余弱冠时⑦,往来必谒拜祠下。其始至也,侍先君焉⑧。今余且老,江山人物,眷焉若失⑨。复东望,泣拜不已。有云从西南来,渰浥浡郁⑩,气薄林木⑪,若相助以悲者。乃以竹如意击石⑫,作楚歌招之曰:"魂朝往兮何极⑬?暮归来兮关塞黑。化为朱鸟兮有咮焉食⑭?"歌阕⑮,竹石俱碎。于是,相向感唶⑯。复登东台,抚苍石,还憩于榜中。榜人始惊余哭,云:"适有逻舟之过也⑰,盍移诸?"遂移榜中流,举酒相属,各为诗以寄所思。薄暮,雪作风凛,不可留,登岸宿乙家。夜复赋诗怀古。明日,益风雪,别甲于江,余与丙独归。行三十里,又越宿乃至。其后,甲以书及别诗来,言:"是日风帆怒驶,逾久而后济,既济,疑有神阴相,以著兹游之伟。"余曰:"呜呼!阮步兵死,空山无哭声且千年矣!若神之助固不可知,然兹游亦良伟。其为文词因以达意,亦诚可悲已!"

余尝欲仿太史公著《季汉月表》,如秦楚之际。今人不有知余心,后之人必有知余者。于此宜得书,故纪之,以附季汉事后。

时,先君登山后二十六年也。先君讳某,字某。登台之岁在乙丑云。

【导读】

一、本文写于1290年,距元灭宋十一年,文天祥英勇就义八年。西台,在浙江桐庐县西富春山下,与东台相对。谢翱登西台哭祭文天祥后,写下了此文,表达对民族英雄文天祥以身殉国的悲恸之情。

二、祭者和被祭者同是忠肝义胆,谢翱曾是文天祥的部下,与文情谊极深,因而文中或梦中相忆,或追念遗踪,无不一往情深。特别叙述登西台祭悼的经过,写人世代谢,江山易貌,长歌号恸,风云助悲,读后令人泪下。

三、文章下笔庄重,叙事层次分明,细节描写感人,象征暗示委婉。行文欲言又止,隐约其词,有"春秋笔法"微言大义、言简意赅的特点。

---

① 姑苏:苏州。夫差之台:既姑苏台,相传为吴王所建。 ② 越台:即禹陵,在今浙江绍兴东南会稽山上。 ③ 榜:雇船。江涘(sì):江边。 ④ 子陵祠:在西台下,为范仲淹所建。 ⑤ 甃(zhòu):砖砌的井壁,此处指井。 ⑥ 榜人:船夫。治:准备。 ⑦ 弱冠:二十岁。 ⑧ 先君:指作者的亡父谢钥。 ⑨ 眷:怀念。 ⑩ 渰(yǎn)浥(yì)浡(bó)郁:云气蒸腾的样子。 ⑪ 薄:迫近,笼罩。 ⑫ 如意:用来把玩的器物。 ⑬ 何极:到哪里去。 ⑭ 咮(zhòu):鸟嘴。焉食:吃什么。 ⑮ 阕:终了,完毕。 ⑯ 感唶(jiè):感叹。 ⑰ 逻舟:巡逻船。

话 本

碾玉观音①

上

　　山色晴岚景物佳,暖烘回雁起平沙。东郊渐觉花供眼,南陌依稀草吐芽。
堤上柳,未藏鸦,寻芳趁步到山家。陇头几树红梅落,红杏枝头未着花。
这首《鹧鸪天》说孟春景致,原来又不如《仲春词》做得好:
　　每日青楼醉梦中,不知城外又春浓。杏花初落疏疏雨,杨柳轻摇淡淡风。
浮画舫,跃青骢,小桥门外绿阴笼。行人不入神仙地,人在珠帘第几重?
这首词说仲春景致,原来又不如黄夫人做着《季春词》又好②:
　　先自春光似酒浓,时听燕语透帘栊。小桥杨柳飘香絮,山寺绯桃散落红。
莺渐老,蝶西东,春归难觅恨无穷,侵阶草色迷朝雨,满地梨花逐晓风。
这三首词,都不如王荆公看见花瓣儿片片风吹下地来③,原来这春归去,是东风断送的。有诗道:
　　春日春风有时好,春日春风有时恶。不得春风花不开,花开又被风吹落。
苏东坡道:不是东风断送春归去,是春雨断送春归去。有诗道:
　　雨前初见花间蕊,雨后全无叶底花。蜂蝶纷纷过墙去,却疑春色在邻家。
秦少游道:也不干风事,也不干雨事,是柳絮飘将春色去。有诗道:
　　三月柳花轻复散,飘荡澹荡送春归。此花本是无情物,一向东飞一向西。
邵尧夫道④:也不干柳絮事,是蝴蝶采将春色去。有诗道:
　　花正开时当三月,蝴蝶飞来忙劫劫。采将春色向天涯,行人路上添凄切。
曾两府道:也不干蝴蝶事,是黄莺啼得春归去。有诗道:
　　花正开时艳正浓,春宵何事恼芳丛,黄鹂啼得春归去,无限园林转首空。
朱希真道:也不干黄莺事,是杜鹃啼得春归去。有诗道:
　　杜鹃叫得春归去,吻边啼血尚犹存。庭院日长空悄悄,教人生怕到黄昏!
苏小妹道⑤:都不干这几件事,是燕子衔将春色去。有《蝶恋花》词为证:
　　妾本钱塘江上住,花开花落,不管流年度。燕子衔将春色去,纱窗几阵黄梅

---

① 碾玉观音:即用玉石雕的观音。　② 黄夫人:南宋初女词人,生平事迹不详。　③ 王荆公:王安石,宋神宗时曾封荆国公,也称王荆公。　④ 邵尧夫:即邵雍,北宋理学家,字尧夫。　⑤ 苏小妹:传说为苏东坡的妹妹,秦观的妻子。

雨。　　　斜插犀梳云半吐,檀板轻敲,唱彻黄金缕。歌罢彩云无觅处,梦回明月生南浦。

王岩叟道①:也不干风事,也不干雨事,也不干柳絮事,也不干蝴蝶事,也不干黄莺事,也不干杜鹃事,也不干燕子事。是九十日春光已过,春归去。曾有诗道:

怨风怨雨两俱非。风雨不来春亦归。腮边红褪青梅小,口角黄消乳燕飞。蜀魄健啼花影去,吴蚕强食柘桑稀。直恼春归无觅处,江湖辜负一蓑衣。

说话的因甚说这春归词? 绍兴年间②,行在有个关西延州延安府人,本身是三镇节度使咸安郡王。当时怕春归去,将带着许多钧眷游春③。至晚回家,来到钱塘门里车桥,前面钧眷轿子过了,后面是郡王轿子到来。只听得桥下裱褙铺里一个人叫道:"我儿出来看郡王!"当时郡王在轿里看见,叫帮总虞候道④:"我从前要寻这个人,今日却在这里。只在你身上,明日要这个人入府中来。"当时虞候声诺来寻⑤。这个看郡王的人,是甚色目人⑥? 正是:

尘随车马何年尽? 情系人心早晚休。

只见车桥下一个人家,门前出着一面招牌,写着"璩家装裱古今书画"。铺里一个老儿,引着一个女儿,生得如何?

云鬓轻笼蝉翼,蛾眉淡拂春山。朱唇缀一颗樱桃,皓齿排两行碎玉。莲步半折小弓弓⑦,莺啭一声娇滴滴。

便是出来看郡王轿子的人。虞候即时来他家对门一个茶坊里坐定。婆婆把茶点来。虞候道:"启请婆婆,过对门裱褙铺里请璩大夫来说话。"婆婆便去请到来,两个相揖了就坐。璩待诏问:"府干有何见谕⑧?"虞候道:"无甚事,闲问则个⑨。适来叫出来看郡王轿子的人是令爱么⑩?"待诏道:"正是拙女,止有三口。"虞候又问:"小娘子贵庚⑪?"待诏应道:"一十八岁。"再问:"小娘子如今要嫁人,却是趋奉官员⑫?"待诏道:"老拙家寒⑬,那讨钱来嫁人,将来也只是献与官员府第。"虞候道:"小娘子有甚本事?"待诏说出女孩儿一件本事来,有词寄《眼儿媚》为证:

深闺小院日初长,娇女绮罗裳。不做东君造化⑭,金针刺绣群芳样⑮。斜枝嫩叶包开蕊⑯,唯只欠馨香。曾向园林深处,引教蝶乱蜂狂。

原来这女儿会绣作。虞候道:"适来郡王在轿里,看见令爱身上系着一条绣裹肚⑰。府中正要寻一个绣作的人,老丈何不献与郡王?"璩公归去与婆婆说了,到明日写一纸献状⑱,献来府中。郡王给与身价,因此取名秀秀养娘⑲。

不则一日,朝廷赐下一领团花绣战袍。当时秀秀依样绣出一件来。郡王看了欢喜道:"主上赐与我团花战袍,却寻甚么奇巧的物事献与官家⑳?"去府库里寻出一块透明的羊脂

① 王岩叟:北宋时谏官,字彦霖。　② 绍兴:宋高宗赵构的年号。　③ 钧眷:对官员家属的敬称。　④ 帮总:帮助料理事务的小官。　⑤ 声诺:答应。　⑥ 色目:种类。　⑦ 莲步:裹小脚女子走的步态。小弓弓:缠脚女子所穿的鞋。　⑧ 府干:对在贵族官僚家中办事的人的敬称。见谕:吩咐,是一种客气的说法。　⑨ 则个:置于句末用以加重语气。　⑩ 适来:适才,刚才。令爱:对别人女儿的客气称呼。　⑪ 贵庚:询问别人多大年纪的客气说法。　⑫ 趋奉:伺候,服侍。　⑬ 老拙:年老的人对自己的谦称。　⑭ 东君:春天之神。造化:化育,创造。　⑮ 群芳:装饰春天的百花。　⑯ 包开蕊:簇拥着已经开放的花朵。　⑰ 绣裹肚:绣花的围裙。　⑱ 献状:卖女契据。　⑲ 养娘:婢女。　⑳ 官家:指皇帝。

美玉来,即时叫将门下碾玉待诏,问:"这块玉堪做甚么?"内中一个道:"好做一副劝杯。"郡王道:"可惜恁般一块玉①,如何将来只做得一副劝杯②!"又一个道:"这块玉上尖下圆,好做一个摩侯罗儿③。"郡王道:"摩侯罗儿,只是七月七日乞巧使得,寻常间又无用处。"数中一个后生④,年纪二十五岁,姓崔名宁,趋事郡王数年⑤,是升州建康府人⑥。当时叉手向前,对着郡王道:"告恩王,这块玉上尖下圆,甚是不好,只好碾一个南海观音。"郡王道:"好,正合我意。"就叫崔宁下手。不过两个月,碾成了这个玉观音。郡王即时写表进上御前⑦,龙颜大喜,崔宁就本府增添请给⑧,遭遇郡王⑨。

不则一日,时遇春天,崔待诏游春回来,入得钱塘门,在一个酒肆⑩,与三四个相知方才吃得数杯⑪,则听得街上闹吵吵。连忙推开楼窗看时,见乱烘烘道:"井亭桥有遗漏⑫!"吃不得这酒成,慌忙下酒楼看时,只见:

　　初如萤火,次若灯光,千条蜡烛焰难当,万座糁盆敌不住⑬。六丁神推倒宝天炉⑭,八力士放起焚山火⑮。骊山会上,料应褒姒逞娇容⑯;赤壁矶头,想是周郎施妙策。五通神牵住火葫芦⑰,宋无忌赶番赤骡子。又不曾泻烛浇油,直恁的烟飞火猛⑱。

崔待诏望见了,急忙道:"在我本府前不远。"奔到府中看时,已搬挈得罄尽⑲,静悄悄地无一个人。崔待诏既不见人,且循着左手廊下入去,火光照得如同白日。去那左廊下,一个妇女,摇摇摆摆,从府堂里出来,自言自语,与崔宁打个胸厮撞。崔宁认得是秀秀养娘,倒退两步,低身唱个喏。原来郡王当日,尝对崔宁许道:"待秀秀满日⑳,把来嫁与你。"这些众人都撺掇道㉑:"好对夫妻。"崔宁拜谢了,不则一番。崔宁是个单身,却也痴心。秀秀见恁地个后生,却也指望。当日有这遗漏,秀秀手中提着一帕子金珠富贵,从主廊下出来,撞见崔宁,便道:"崔大夫,我出来得迟了。府中养娘各自四散,管顾不得,你如今没奈何只得将我去躲避则个。"

当下崔宁和秀秀出了府门,沿着河,走到石灰桥。秀秀道:"崔大夫,我脚疼了走不得。"崔宁指着前面道:"更行几步,那里便是崔宁住处,小娘子到家中歇脚,却也不妨。"到得家中坐定。秀秀道:"我肚里饥,崔大夫与我买些点心来吃!我受了些惊,得杯酒吃更好。"当时崔宁买将酒来,三杯两盏,正是:

　　三杯竹叶穿心过,两朵桃花上脸来。

道不得个"春为花博士,酒是色媒人"。秀秀道:"你记得当时在月台上赏月,把我许你,你兀自拜谢㉒。你记得也不记得?"崔宁叉着手,只应得"喏。"秀秀道:"当日众人都替你喝采:'好对夫妻!'你怎地到忘了?"崔宁又则应得"喏"。秀秀道:"比似只管等待,何不今夜我和你先做夫妻,不知你意下如何?"崔宁道:"岂敢。"秀秀道:"你知道不敢,我叫将起

---

① 恁(nèn)般:这样。　② 将来:拿来。　③ 摩侯罗儿:一种农历七月七日乞巧时用的类似玩具的小偶像。　④ 数中:其中,当中。　⑤ 趋事:服侍,伺候。　⑥ 升州建康府:今江苏省南京市。　⑦ 表:臣下写给皇帝的文书,即奏章。　⑧ 请给:工资,薪俸。　⑨ 遭遇:得到赏识器重。　⑩ 酒肆:酒店。　⑪ 相知:朋友。　⑫ 遗漏:失火。　⑬ 糁盆:旧时除夕送神焚烧的用松柏架成的高架。　⑭ 六丁神:民间传说中的火神。　⑮ 八力士:传说中的八位天神。　⑯ 褒(bāo)姒(sì):周幽王的宠妃。　⑰ 五通神:民间传说中的妖神。　⑱ 直恁的:竟这样。　⑲ 罄尽:精光,一点不剩。　⑳ 满日:到期。　㉑ 撺(cuān)掇(duō):怂恿,用语言鼓动。　㉒ 兀自:还。

来,教坏了你,你却如何将我到家中?我明日府里去说。"崔宁道:"告小娘子,要和崔宁做夫妻不妨。只一件,这里住不得了,要好趁这个遗漏人乱时,今夜就走开去,方才使得。"秀秀道:"我既和你做夫妻,凭你行。"当夜做了夫妻。

四更已后,各带着随身金银物件出门。离不得饥餐渴饮,夜住晓行,迤逦来到衢州①。崔宁道:"这里是五路总头②,是打那条路去好?不若取信州路上去,我是碾玉作,信州有几个相识,怕那里安得身。"即时取路到信州。住了几日,崔宁道:"信州常有客人到行在往来,若说道我等在此,郡王必然使人来追捉,不当稳便。不若离了信州,再往别处去。"两个又起身上路,径取潭州。

不则一日,到了潭州,却是走得远了。就潭州市里讨间房屋,出面招牌,写着"行在崔待诏碾玉生活"。崔宁便对秀秀道:"这里离行在有二千余里了,料得无事,你我安心,好做长久夫妻。"潭州也有几个寄居官员,见崔宁是行在待诏,日逐也有生活得做③。崔宁密使人打探行在本府中事。有曾到都下的,得知府中当夜失火,不见了一个养娘,出赏钱寻了几日,不知下落。也不知道崔宁将他走了,见在潭州住④。

时光似箭,日月如梭,也有一年之上。忽一日方早开门,见两个着皂衫的⑤,一似虞候府干打扮⑥。入来铺里坐地⑦,问道:"本官听得说有个行在崔待诏,教请过来做生活。"崔宁分付了家中,随这两个人到湘潭县路上来。便将崔宁到宅里相见官人,承揽了玉作生活,回路归家。正行间。只见一个汉子头上带个竹丝笠儿,穿着一领白段子两上领布衫,青白行缠扎着裤子口,着一双多耳麻鞋,挑着一个高肩担儿。正面来,把崔宁看了一看,崔宁却不见这人面貌,这个人却见崔宁,从后大踏步尾着崔宁来。正是:

谁家稚子鸣榔板,惊起鸳鸯两处飞。

这汉子毕竟是何人?且听下回分解。

下

竹引牵牛花满街,疏篱茅舍月光筛。玻璃盏内茅柴酒,白玉盘中簇豆梅。

休懊恼,且开怀,平生赢得笑颜开。三千里地无知己,十万军中挂印来。

这只《鹧鸪天》词是关西秦州雄武军刘两府所作⑧。从顺昌入战之后⑨,闲在家中,寄居湖南潭州湘潭县。他是个不爱财的名将,家道贫寒,时常到村店中吃酒。店中人不识刘两府,欢呼罗唣⑩。刘两府道:"百万番人⑪,只如等闲,如今却被他们诬罔⑫!"做了这只《鹧鸪天》,流传直到都下。当时殿前大尉是阳和王,见了这词,好伤感,"原来刘两府直恁孤寒!"教提辖官差人送一项钱与这刘两府。今日崔宁的东人郡王,听得说刘两府恁地孤寒,也差人送一项钱与他,却经由潭州路过。见崔宁从湘潭路上来,一路尾着崔宁到家,正见秀秀坐在柜身子里。便撞破他们道⑬:"崔大夫,多时不见,你却在这里。秀秀养娘他如何也在这里?郡王教我下书来潭州,今日遇着你们。原来秀秀养娘嫁了你,也好。"当时谑杀

---

① 迤(yǐ)逦(lǐ):连绵不断地,不停息地。衢(qú)州:今浙江省衢州市。 ② 五路总头:四通八达的道口。 ③ 日逐:每天。 ④ 见在:现在。 ⑤ 着皂衫的:官府的差役。 ⑥ 一似:好像。 ⑦ 坐地:坐下。 ⑧ 秦州:今甘肃省天水市。雄武军:在今天津市蓟州区东北。刘两府:指南宋抗金名将刘锜。 ⑨ 顺昌:今安徽省阜阳市。 ⑩ 欢呼罗唣:喧闹呼喊。 ⑪ 番人:指金兵。 ⑫ 诬罔:轻蔑。 ⑬ 撞破:说破,揭穿。

崔宁夫妻两个,被他看破。

那人是谁?却是郡王府中一个排军①,从小伏侍郡王,见他朴实,差他送钱与刘两府。这人姓郭名立,叫做郭排军。当下夫妻请住郭排军,安排酒来请他。分付道:"你到府中千万莫说与郡王知道!"郭排军道:"郡王怎知得你两个在这里?我没事却说甚么?"当下酬谢了出门,回到府中,参见郡王,纳了回书。看着郡王道:"郭立前日下书回,打潭州过,却见两个人在那里住。"郡王问:"是谁?"郭立道:"见秀秀养娘并崔待诏两个,请郭立吃了酒食,教休来府中说知。"郡王听说便道:"叵耐这两个做出这事来②,却如何直走到那里?"郭立道:"也不知他仔细,只见他在那里住地,依旧挂招牌做生活。"郡王教干办去分付临安府,即时差一个缉捕使臣,带着做公的,备了盘缠,径来湖南潭州府,下了公文,同来寻崔宁和秀秀,却似:

皂雕追紫燕③,猛虎啖羊羔④。

不两月,捉将两个来,解到府中。报与郡王得知,即时升厅。原来郡王杀番人时,左手使一口刀,叫做"小青";右手使一口刀,叫做"大青"。这两口刀不知刹了多少番人。那两口刀,鞘内藏着,挂在壁上。郡王升厅,众人声喏。即将这两个人押来跪下。郡王好生焦躁,左手去壁牙上取下"小青"⑤,右手一掣,掣刀在手,睁起杀番人的眼儿,咬得牙齿剥剥地响。当时吓杀夫人,在屏风背后道:"郡王,这里是帝辇之下⑥,不比边廷上面,若有罪过,只消解去临安府施行,如何胡乱凯得人?"郡王听说道:"叵耐这两个畜生逃走,今日捉将来,我恼了,如何不凯?既然夫人来劝,且捉秀秀入府后花园去,把崔宁解去临安府断治⑦。"

当下喝赐钱酒赏犒捉事人。解这崔宁到临安府,一一从头供说:"自从当夜遗漏,来到府中,都搬尽了,只见秀秀养娘从廊下出来,揪住崔宁道:'你如何安手在我怀中?若不依我口,教坏了你!'要共崔宁逃走。崔宁不得已,只得与他同走。只此是实。"临安府把文案呈上郡王,郡王是个刚直的人,便道:"既然恁地,宽了崔宁,且与从轻断治。崔宁不合在逃,罪杖,发遣建康府居住。"

当下差人押送,方出北关门,到鹅项头,见一顶轿儿。两个人抬着,从后面叫:"崔待诏,且不得去!"崔宁认得像是秀秀的声音,赶将来又不知恁地?心下好生疑惑。伤弓之鸟,不敢揽事,且低着头只顾走。只见后面赶将上来,歇了轿子,一个妇人走出来,不是别人,便是秀秀,道:"崔待诏,你如今去建康府,我却如何?"崔宁道:"却是怎地好?"秀秀道:"自从解你去临安府断罪,把我捉入后花园,打了三十竹篦,遂便赶我出来。我知道你建康府去,赶将来同你去。"崔宁道:"恁地却好。"讨了船,直到建康府。押发人自回。若是押发人是个学舌的,就有一场是非出来。因晓得郡王性如烈火,惹着他不是轻放手的。他又不是王府中人,去管这闲事怎地?况且崔宁一路买酒买食,奉承得他好,回去时就隐恶而扬善了。

再说崔宁两口在建康居住,既是问断了,如今也不怕有人撞见,依旧开个碾玉作铺。

---

① 排军:卫兵。 ② 叵耐:不可耐,可恨。 ③ 皂雕:黑色的大鹰。 ④ 啖:吃。 ⑤ 壁牙:墙上挂东西的钉子。 ⑥ 帝辇之下:即在京城之中。 ⑦ 断治:判断,治理。

浑家道："我两口却在这里住得好，只是我家爹妈自从我和你逃去潭州，两个老的吃了些苦。当日捉我入府时，两个去寻死觅活，今日也好教人去行在取我爹妈来这里同住。"崔宁道，"最好。"便教人来行在取他丈人丈母，写了他地理、脚色与来人①。到临安府寻见他住处，问他邻舍，指道："这一家便是。"来人去门首看时，只见两扇门关着，一把锁锁着，一条竹竿封着。问邻舍："他老夫妻那里去了？"邻舍道："莫说！他有个花枝也似女儿，献在一个豪遮去处。这个女儿不受福德，却跟一个碾玉的待诏逃走了。前日从湖南潭州捉将回来，送在临安府吃官司，那女儿吃郡王捉进后花园里去②，老夫妻见女儿捉去，就当下寻死觅活，至今不知下落，只恁地关着门在这里。"来人见说，再回建康府来，兀自来到家。

且说崔宁正在家中坐，只见外面有人道："你寻崔待诏住处？这里便是。"崔宁叫出浑家来看时，不是别人，认得是璩公璩婆，都相见了，喜欢的做一处。

那去取老儿的人，隔一日才到，说如此这般，寻不见，却空走了这遭。两个老的且自来到这里了。两个老人道："却生受你③，我不知你们在建康住，教我寻来寻去，直到这里。"其时四口同住，不在话下。

且说朝廷官里，一日到偏殿看玩宝器，拿起这玉观音来看，这个观音身上，当时有一个天铃儿，失手脱下，即时问近侍官员："却如何修理得？"官员将玉观音反复看了，道："好个玉观音！怎地脱落了铃儿？"看到底下，下面碾着三字："崔宁造"。"怎地容易，既是有人造，只消得宣这个人来，教他修整。"敕下郡王府④，宣取碾玉匠崔宁。郡王回奏："崔宁有罪，在建康府居住。"

即时使人去建康，取得崔宁到行在歇泊了⑤。当时宣崔宁见驾，将这玉观音教他领去，用心整理。崔宁谢了恩，寻一块一般的玉，碾一个铃儿接住了，御前交纳，破分请给养了崔宁⑥，令只在行在居住。崔宁道："我今日遭际御前，争得气。再来清湖河下寻间屋儿开个碾玉铺，须不怕你们撞见！"

可煞事有斗巧，方才开得铺三两日，一个汉子从外面过来，就是那郭排军。见了崔待诏，便道："崔大夫恭喜了！你却在这里住？"抬起头来，看柜身里却立着崔待诏的浑家。郭排军吃了一惊，拽开脚步就走。浑家说与大夫道："你与我叫住那排军！我相问则个。"正是：

    平生不作皱眉事，世上应无切齿人。

崔待诏即时赶上扯住，只见郭排军把头只管侧来侧去，口里喃喃地道："作怪，作怪！"没奈何，只得与崔宁回来，到家中坐地。浑家与他相见了，便问："郭排军，前者我好意留你吃酒，你却归来说与郡王，坏了我两个的好事。今日遭际御前，却不怕你去说。"郭排军吃他相问得无言可答，只道得一声"得罪！"相别了。便来到府里，对着郡王道："有鬼！"郡王道："这汉则甚？"郭立道："告恩王，有鬼！"郡王问道："有甚鬼？"郭立道："方才打清湖河下过，见崔宁开个碾玉铺，却见柜身里一个妇女，便是秀秀养娘。"郡王焦躁道："又来胡说！秀秀被我打杀了，埋在后花园，你须也看见，如何又在那里？却不是取笑我？"郭立道："告

---

① 地理：居住地址。　② 吃：被。　③ 生受你：麻烦你，难为你。　④ 敕：皇帝的命令。　⑤ 歇泊：安顿，住下。　⑥ 破分：打破常规。给养：工钱。

恩王,怎敢取笑! 方才叫住郭立,相问了一回。怕恩王不信,立下军令状了去。"郡王道:"真个在时,你勒军令状来!"那汉也是合苦,真个写一纸军令状来。郡王收了,叫两个当直的轿番①,抬一顶轿子,教:"取这妮子来。若真个在,把来凯取一刀;若不在,郭立,你须替他凯取一刀!"郭立同两个轿番来取秀秀。正是:

　　　　麦穗两歧,农人难辨。

　　郭立是关西人,朴直,却不知军令状如何胡乱勒得! 三个一径来到崔宁家里,那秀秀兀自在柜身里坐地。见那郭排军来得恁地慌忙,却不知他勒了军令状来取你。郭排军道:"小娘子,郡王钧旨,教来取你则个。"秀秀道:"既如此,你们少等,待我梳洗了同去。"即时入去梳洗,换了衣服出来,上了轿,分付了丈夫。两个轿番便抬着,径到府前。郭立先入去。

　　郡王正在厅上等待。郭立唱了喏,道:"已取到秀秀养娘。"郡王道:"着他入来!"郭立出来道。"小娘子,郡王教你进来。"掀起帘子看一看,便是一桶水倾在身上,开着口则合不得,就轿子里不见了秀秀养娘! 问那两个轿番道:"我不知,则见他上轿,抬到这里,又不曾转动。"那汉叫将人来道:"告恩王,恁地真个有鬼!"郡王道:"却不叵耐!"教人捉这汉,"等我取过军令状来,如今挨了一刀。"先去取下"小青"来。那汉从来伏侍郡王,身上也有十数次官了。盖缘是粗人,只教他做排军。这汉慌了道:"见有两个轿番见证,乞叫来问。"即时叫将轿番来,道:"见他上轿,抬到这里,却不见了。"说得一般,想必真个有鬼,只消得叫将崔宁来问。便使人叫崔宁来到府中。崔宁从头至尾说了一遍。郡王道:"恁地又不干崔宁事,且放他去。"崔宁拜辞去了。郡王焦躁,把郭立打了五十背花棒。

　　崔宁听得说浑家是鬼,到家中问丈人丈母。两个面面厮觑,走出门,看着清湖河里,扑通地都跳下水去了。当下叫救人,打捞,便不见了尸首。原来当时打杀秀秀时,两个老的听得说,便跳在河里,已自死了。这两个也是鬼。

　　崔宁到家中,没情没绪,走进房中,只见浑家坐在床上。崔宁道:"告姐姐,饶我性命!"秀秀道:"我因为你,吃郡王打死了,埋在后花园里。却恨郭排军多口,今日已报了冤仇,郡王已将他打了五十背花棒。如今都知道我是鬼,容身不得了。"道罢起身,双手揪住崔宁,叫得一声,四肢倒地。邻舍都来看时,只见:

　　　　两部脉尽总皆沉,一命已归黄壤下。

　　崔宁也被扯去,和父母四个,一块儿做鬼去了。后人评论得好:

　　　　咸安王捺不下烈火性,郭排军禁不住闲磕牙②。
　　　　璩秀娘舍不得生眷属,崔待诏撇不脱鬼冤家。

【导读】

一、这篇小说选自《京本通俗小说》第十卷。作者佚名。明晁瑮的《宝文堂书目》题作《玉观音》。明末冯梦龙收入《警世通言》第八卷,改题为《崔待诏生死冤家》,却在题下加注:"宋人小说,题作《碾玉观音》。"

---

① 轿番:轿夫。　② 闲磕牙:多嘴多舌,爱说闲话。

二、作品通过对璩秀秀和崔宁自由恋爱的悲惨遭遇的描写，揭露了封建统治者的残暴，反映了宋代城市小手工业者同官僚地主的矛盾，也歌颂了市民阶层的真挚爱情与斗争精神。璩秀秀热情、机智、勇敢、顽强，渴望自由，富于反抗精神。崔宁性格软弱，爱秀秀，更爱自己的生命。崔宁的形象与秀秀的形象形成鲜明的对比，各有特色。

三、本文结构巧妙，情节曲折，线索清楚，富有浪漫色彩。将人物性格的塑造置于矛盾冲突中完成。在形式上有讲有唱，开头有大量诗词起兴，前后相连，有群珠走盘之妙，结尾又用四句诗总结评论，有画龙点睛之妙。全篇根据说书需要，分为上下两部分，在紧要处煞住话本，起到分场又能吸引听众的作用。情节的安排也曲折生动，颇具匠心。

元代部分

杂　剧

关汉卿

关汉卿(约 1234 前—1297 至 1307 间),元戏曲作家。号已斋叟,大都(今北京)人。经金而入元,是散曲大家,与白朴、马致远、郑光祖并称"元曲四大家"。元钟嗣成《录鬼簿》列他为"前辈才人"五十六人之首。王国维《宋元戏剧考》说他"一空倚傍,自铸伟词,而其言曲尽人情,字字本色,故当为元人第一"。作杂剧六十余种,现存十八种,其中以《窦娥冤》《救风尘》《单刀会》等流传最广,并多有地方戏曲改编。《全元散曲》录存小令五十七首,套数十三套,残套二套。现有吴国钦校著《关汉卿全集》。

感天动地窦娥冤

楔　子①

(卜儿蔡婆上②,诗云)花有重开日,人无再少年;不须长富贵,安乐是神仙。老身蔡婆婆是也,楚州人氏③,嫡亲三口儿家属。不幸夫主亡逝已过,止有一个孩儿,年长八岁。俺娘儿两个,过其日月。家中颇有些钱财。这里一个窦秀才,从去年间我借了二十两银子,如今本利该银四十两。我数次索取,那窦秀才只说贫难,没得还我。他有一个女儿,今年七岁,生得可喜,长得可爱,我有心看上他,与我家做个媳妇,就准了这四十两银子④,岂不两得其便。他说今日好日辰,亲送女儿到我家来。老身且不索钱去,专在家中等候。这早晚窦秀才敢待来也⑤。(冲末扮窦天章引正旦扮端云上⑥,诗云)读尽缥缃万卷书⑦,可怜贫杀马相如⑧。汉庭一日承恩召,不说当垆说《子虚》。小生姓窦,名天章,祖贯长安京兆人也⑨。幼习儒业,饱有文章;争奈时运不通⑩,功名未遂。不幸浑家亡化已过⑪,撇下这个女孩儿,小字端云,从三岁上亡了他母亲,如今孩儿七岁了也。小生一贫如洗,流落在这楚州居住。此间一个蔡婆婆,他家广有钱物;小生因无盘缠,曾借了他二十两银子,到今本利该对还他四十两⑫。他数次问小生索取,教我把甚么还

---

① 楔子:元杂剧序幕或过场戏的名称。　② 卜儿:杂剧中扮演老妇人的人。　③ 楚州:今江苏省淮安市。　④ 准:折合、抵偿。　⑤ 敢待:大概就要。敢,莫非、大概。　⑥ 冲末:角色名称,属"末"角的一种。　⑦ 缥缃(piǎo xiāng):青白色和淡黄色的绸子。古人习惯用这两种绸子包书或做书套,故"缥缃"便作为书籍的代称。　⑧ 马相如:汉代著名文学司马相如名字的简称。事见《史记·司马相如列传》。　⑨ 京兆:京师。在今陕西西安市东。　⑩ 争奈:怎奈。　⑪ 浑家:妻子。　⑫ 对还:加倍还,元代高利贷剥削的一种方式,叫羊羔儿息。

他?谁想蔡婆婆常常着人来说,要小生女孩儿做他儿媳妇。况如今春榜动,选场开,正待上朝取应,又苦盘缠缺少。小生出于无奈,只得将女孩儿端云送与蔡婆婆做儿媳妇去。(做叹科,云①)嗨!这个那里是做媳妇?分明是卖与他一般。就准了他那先借的四十两银子,分外但得些少东西,勾小生应举之费,便也过望了。说话之间,早来到他家门首。婆婆在家么?(卜儿上,云)秀才,请家里坐,老身等候多时也。(做相见科。窦天章云)小生今日一径的将女孩儿送来与婆婆,怎敢说做媳妇,只与婆婆早晚使用。小生目下就要上朝进取功名去,留下女孩儿在此,只望婆婆看觑则个②。(卜儿云)这等,你是我亲家了。你本利少我四十两银子,兀的是借钱的文书③,还了你;再送与你十两银子做盘缠。亲家,你休嫌轻少。(窦天章做谢科,云)多谢了婆婆。先少你许多银子,都不要我还了,今又送我盘缠,此恩异日必当重报。婆婆,女孩儿早晚呆痴④,看小生薄面,看觑女孩儿咱⑤。(卜儿云)亲家,这不消你嘱咐,令爱到我家,就做亲女儿一般看承他,你只管放心的去。(窦天章云)婆婆,端云孩儿该打呵,看小生面则骂几句⑥。当骂呵,则处分几句⑦。孩儿,你也不比在我跟前,我是你亲爷,将就的你;你如今在这里,早晚若顽劣呵,你只讨那打骂吃。儿呵!我也是出于无奈。(做悲科,唱)

【仙吕赏花时】⑧我也只为无计营生四壁贫,因此上割舍得亲儿在两处分。从今日远践洛阳尘⑨,又不知归期定准,则落的无语暗消魂。(下)

(卜儿云)窦秀才留下他这女孩儿与我做媳妇儿,他一径上朝应举去了。(正旦做悲科,云)爹爹,你直下的撇了我孩儿去也⑩!(卜儿云)媳妇儿,你在我家,我是亲婆,你是亲媳妇,只当自家骨肉一般。你不要啼哭,跟着老身前后执料去来⑪。(同下)

第 一 折⑫

(净扮赛卢医上⑬,诗云)行医有斟酌,下药依本草;死的医不活,活的医死了。自家姓卢,人道我一手好医,都叫做赛卢医,在这山阳县南门开着生药局。在城有个蔡婆婆,我问他借了十两银子,本利该还他二十两;数次来讨这银子,我又无的还他。若不来便罢,若来呵,我自有个主意。我且在这药铺中坐下,看有甚么人来。(卜儿上,云)老身蔡婆婆。我一向搬在山阳县居住,尽也静办⑭。自十三年前窦天章秀才留下端云孩儿与我做儿媳妇,改了他小名,叫做窦娥。自成亲之后,不上二年,不想我这孩儿害弱症死了。媳妇儿守寡,又早三个年头⑮,服孝将除了也。我和媳妇儿说知,我往城外赛卢医家索钱去也。(做行科,云)蓦过隅

---

① 科:戏曲常用术语,是关于动作、表情、效果的舞台提示。 ② 看觑(qù):照顾。则个:加重语气的助词。 ③ 兀(wù)的:这个。亦作"兀底""兀得""阿的"。常用于惊异或郑重的口气。 ④ 早晚呆痴:愚笨,不懂事。 ⑤ 咱:语气助词,表示应当、命令或希望的意思。 ⑥ 则:只。 ⑦ 处分:叮嘱、吩咐。 ⑧ 仙吕:宫调名。赏花时:曲牌名。 ⑨ 洛阳:泛指京师。 ⑩ 直下的:竟然忍心。直,简直、竟然。下的,忍心。 ⑪ 来:语气词。 ⑫ 折:划分杂剧场次的单位名称。 ⑬ 净:角色名,多扮演反面人物。卢医:战国时名医扁鹊的代称。元剧中称庸医为赛卢医。 ⑭ 静办:清静。 ⑮ 早:已经。

头①,转过屋角,早来到他家门首。赛卢医在家么?(卢医云)婆婆,我家里无银子,你跟我庄上去取了还你。(卜儿云)我跟你去。(做行科)(卢医云)来到此处,东也无人,西也无人,这里不下手,等甚么?我随身带的有绳子。兀那婆婆②,谁唤你哩?(卜儿云)在那里?(做勒卜儿科。孛老同副净张驴儿冲上③,赛卢医慌走下。孛老救卜儿科)(张驴儿云)爹,是个婆婆,争些勒杀了④。(孛老云)兀那婆婆,你是那里人氏?姓甚名谁?因甚着这个人将你勒死?(卜儿云)老身姓蔡,在城人氏,止有个寡媳妇儿,相守过日。因为赛卢医少我二十两银子,今日与他取讨;谁想他赚我到无人去处⑤,要勒死我,赖这银子。若不是遇着老的和哥哥呵,那得老身性命来。(张驴儿云)爹,你听的他说么?他家还有个媳妇哩。救了他性命,他少不得要谢我;不若你要这婆子,我要他媳妇儿,何等两便?你和他说去。(孛老云)兀那婆婆,你无丈夫,我无浑家,你肯与我做个老婆,意下如何?(卜儿云)是何言语!待我回家,多备些钱钞相谢。(张驴儿云)你敢是不肯⑥,故意将钱钞哄我?赛卢医的绳子还在,我仍旧勒死了你罢。(做拿绳科)(卜儿云)哥哥,待我慢慢地寻思咱。(张驴儿云)你寻思些甚么?你随我老子,我便要你媳妇儿。(卜儿背云)⑦我不依他,他又勒杀我。罢罢罢,你爷儿两个随我到家中去来。(同下)(正旦上,云)妾身姓窦,小字端云,祖居楚州人氏。我三岁上亡了母亲,七岁上离了父亲。俺父亲将我嫁与蔡婆婆为儿媳妇,改名窦娥。至十七岁与夫成亲,不幸丈夫亡化,可早三年光景,我今二十岁也。这南门外有个赛卢医,他少俺婆婆银子,本利该二十两,数次索取不还,今日俺婆婆亲自索取去了。窦娥也,你这命好苦也呵!(唱)

【仙吕点绛唇】满腹闲愁,数年禁受⑧,天知否?天若是知我情由,怕不待和天瘦。

【混江龙】则问那黄昏白昼,两般儿忘餐废寝几时休?大都来昨宵梦里,和着这今日心头。催人泪的是锦烂漫花枝横绣闼⑨,断人肠的是剔团圞月色挂妆楼⑩,长则是急煎煎按不住意中焦⑪,闷沉沉展不彻眉尖皱,越觉的情怀冗冗⑫,心绪悠悠。

(云)似这等忧愁,不知几时是了也呵!(唱)

【油葫芦】莫不是八字儿该载着一世忧⑬,谁似我无尽头!须知道人心不似水长流。我从三岁母亲身亡后,到七岁与父分离久,嫁的个同住人,他可又拔着短筹⑭;撇的俺婆妇每都把空房守,端的个有谁问,有谁偢?

【天下乐】莫不是前世里烧香不到头,今也波生招祸尤⑮?劝今人早将来世修。我将这婆侍养,我将这服孝守,我言词须应口⑯。

(云)婆婆索钱去了,怎生这早晚不见回来?(卜儿同孛老、张驴儿上)(卜儿云)你爷儿两个且在门首,等我先进去。(张驴儿云)奶奶,你先进去,就说女婿在门首

---

① 蓦(mò)过:迈过。隔头:墙角。 ② 兀那:即"那"。兀,语气词。 ③ 孛(bó)老:剧中扮演老头的角色。 ④ 争些:险些,差一点儿。 ⑤ 赚:骗。 ⑥ 敢:莫非。 ⑦ 背云:戏曲术语。后也称"打背躬""旁白"。 ⑧ 禁受:忍受。 ⑨ 绣闼(tà):闺房。 ⑩ 剔:近于现代口语的"忒"。团圞(luán)圆亮。 ⑪ 急煎煎:非常焦急的样子。 ⑫ 冗(rǒng)冗:杂乱,烦扰。 ⑬ 八字儿:指命运。 ⑭ 短筹:筹是古时计数和占卜的工具,这里比喻寿数。 ⑮ 也波:衬词,无义。 ⑯ 应口:说话算数。

哩。(卜儿见正旦科)(正旦云)奶奶回来了,你吃饭么?(卜儿做哭科,云)孩儿也,你教我怎生说波!(正旦唱)

【一半儿】为甚么泪漫漫不住点儿流?莫不是为索债与人家惹争斗?我这里连忙迎接慌问候,他那里要说缘由。(卜儿云)羞人答答的,教我怎生说波!(正旦唱)则见他一半儿徘徊一半儿丑。

(云)婆婆,你为甚么烦恼啼哭那?(卜儿云)我问赛卢医讨银子去,他赚我到无人去处,行起凶来,要勒死我。亏了一个张老并他儿子张驴儿,救得我性命。那张老就要我招他做丈夫,因这等烦恼。(正旦云)婆婆,这个怕不中么①?你再寻思咱:俺家里又不是没有饭吃,没有衣穿,又不是少欠钱债被人催逼不过;况你年纪高大,六十以外的人,怎生又招丈夫那?(卜儿云)孩儿也,你说的岂不是。但是我的性命全亏他爷儿两个救的,我也曾说道:待我到家,多将些钱物,酬谢你救命之恩。不知他怎生知道我家里有个媳妇儿,道我婆媳妇又没老公,他爷儿两个又没老婆,正是天缘天对。若不随顺,他依旧要勒死我。那时节我就慌张了,莫说自己许了他,连你也许了他。儿也,这也是出于无奈。(正旦云)婆婆,你听我说波。(唱)

【后庭花】遇时辰我替你忧,拜家堂我替你愁。梳着个霜雪般白鬏髻②,怎戴那销金锦盖头③?怪不的女大不中留。你如今六旬左右,可不道到中年万事休。旧恩爱一笔勾,新夫妇两意投,枉把人笑破口。

(卜儿云)我的性命都是他爷儿两个救的,事到如今,也顾不得别人笑话了。(正旦唱)

【青哥儿】你虽然是得他、得他营救,须不是笋条、笋条年幼,划的便巧画蛾眉成配偶④?想当初你夫主遗留,替你图谋,置下田畴,早晚羹粥,寒暑衣裘,满望你鳏寡孤独,无挨无靠,母子每到白头。公公也,则落得干生受⑤。

(卜儿云)孩儿也,他如今只待过门,喜事匆匆的,教我怎生回得他去?(正旦唱)

【寄生草】你道他匆匆喜,我替你倒细细愁:愁则愁兴阑珊咽不下交欢酒⑥,愁则愁眼昏腾扭不上同心扣,愁则愁意朦胧睡不稳芙蓉褥。你待要笙歌引至画堂前,我道这姻缘敢落在他人后。

(卜儿云)孩儿也,再不要说我了,他爷儿两个都在门首等候,事已至此,不若连你也招了女婿罢。(正旦云)婆婆,你要招你自招,我并然不要女婿。(卜儿云)那个是要女婿的?争奈他爷儿两个自家挨过门来,教我如何是好?(张驴儿云)我们今日招过门去也。帽儿光光,今日做个新郎;袖儿窄窄,今日做个娇客⑦。好女婿,好女婿,不枉了,不枉了。(同孛老入拜科)(正旦做不礼科,云)兀那厮,靠后!(唱)

---

① 不中:不行。 ② 鬏髻(dí jì):古代妇女头上的发髻。 ③ 锦盖头:古代结婚时新娘头上蒙的丝巾盖。 ④ 划(chǎn)的:亦作"划地",平白无故的意思。画蛾眉:汉代张敞(曾作过京兆尹的官,后世称张京兆),曾给他妻子描画眉毛。后用"京兆画眉"表示夫妻感情好。 ⑤ 干生受:白辛苦。 ⑥ 阑珊:懒散,打不起精神。 ⑦ 娇客:女婿。

【赚煞】我想这妇人每休信那男儿口,婆婆也,怕没的贞心儿自守,到今日招着个村老子,领着个半死囚。(张驴儿做嘴脸科,云)你看我爷儿两个这等身段,尽也选得女婿过,你不要错过了好时辰,我和你早些儿拜堂罢。(正旦不礼科,唱)则被你坑杀人燕侣莺俦①。婆婆也,你岂不知羞!俺公公撞府冲州②,闸闼的铜斗儿家缘百事有③。想着俺公公置就,怎忍教张驴儿情受④?(张驴儿做扯正旦拜科,正旦推跌科,唱)兀的不是俺没丈夫的妇女下场头!(下)

(卜儿云)你老人家不要恼燥⑤。难道你有活命之恩,我岂不思量报你?只是我那媳妇儿气性最不好惹的,既是他不肯招你儿子,教我怎好招你老人家?我如今拼的好酒好饭养你爷儿两个在家,待我慢慢的劝化俺媳妇儿;待他有个回心转意,再作区处⑥。(张驴儿云)这歪剌骨⑦!便是黄花女儿,刚刚扯的一把,也不消这等使性,平空的推了我一交,我肯干罢!就当面赌个誓与你:我今生今世不要他做老婆,我也不算好男子。(词云)美妇人我见过万千向外,不似这小妮子生得十分憊赖⑧,我救了你老性命死里重生,怎割舍得不肯把肉身陪待?(同下)

第二折

(赛卢医上,诗云)小子太医出身,也不知道医死多人,何尝怕人告发,关了一日店门?在城有个蔡家婆子,刚少的他二十两花银,屡屡亲来索取,争些撚断脊筋⑨。也是我一时智短,将他赚到荒村,撞见两个不识姓名男子,一声嚷道:"浪荡乾坤,怎敢行凶撒泼,擅自勒死平民!"吓得我丢了绳索,放开脚步飞奔。虽然一夜无事,终觉失精落魂;方知人命关天关地,如何看做壁上灰尘。从今改过行业,要得灭罪修因⑩,将以前医死的性命,一个个都与他一卷超度的经文。小子赛卢医的便是。只为要赖蔡婆婆二十两银子,赚他到荒僻去处,正待勒死他,谁想遇见两个汉子,救了他去。若是再来讨债时节,教我怎生见他?常言道的好:"三十六计,走为上计。"喜得我是孤身,又无家小连累;不若收拾了细软行李,打个包儿,悄悄的躲到别处,另做营生,岂不干净?(张驴儿上,云)自家张驴儿。可奈那窦娥百般的不肯随顺我;如今那老婆子害病,我讨服毒药,与他吃了,药死那老婆子,这小妮子好歹做我的老婆。(做行科,云)且住,城里人耳目广,口舌多,倘见我讨毒药,可不嚷出事来?我前日看见南门外有个药铺,此处冷静,正好讨药。(做行科,叫云)太医哥哥,我来讨药的。(赛卢医云)你讨甚么药?(张驴儿云)我讨服毒药。(赛卢医云)谁敢合毒药与你?这厮好大胆也!(张驴儿云)你真个不肯与我药么?(赛卢医云)我不与你,你就怎地我?(张驴儿做拖卢云)好呀,前日谋死蔡婆婆的,不是你来?你说我不认的你哩!我拖你见官去。(赛卢医做慌科,云)大哥,你放我,有药有药。(做与药科。张驴儿云)既然有了药,且饶你罢。

---

① 坑杀人:害死人。燕侣莺俦(chóu):比喻做夫妻。 ② 撞府冲州:走南闯北。 ③ 闸闼(zhèng chuài):亦作"挣揣",挣扎。铜斗儿家缘:家产殷实。 ④ 情受:承受。 ⑤ 恼燥(nǎo cāo):烦恼不安。 ⑥ 区处:酌情处理。 ⑦ 歪剌(là)骨:辱骂妇女的话,意为臭女人。 ⑧ 憊(bèi)赖:泼赖,不通情达理。 ⑨ 撚(niǎn):揉搓。 ⑩ 灭罪修因:迷信说法,修行好事可以抵消罪恶。

正是:"得放手时须放手,得饶人处且饶人。"(下)(赛卢医云)可不悔气①!刚刚讨药的这人,就是救那婆子的。我今日与了他这服毒药去了,以后事发,越发要连累我;趁早儿关上药铺,到涿州卖老鼠药去也。(下)

(卜儿上,做病伏几科)(孛老同张驴儿上,云)老汉自到蔡婆婆家来,本望做个接脚,却被他媳妇坚执不从。那婆婆一向收留俺爷儿两个在家同住,只说好事不在忙,等慢慢里劝转他媳妇;谁想那婆婆又害起病来。孩儿,你可曾算我两个八字,红鸾天喜几时到命里②?(张驴儿云)要看什么天喜到命!只赌本事,做得去自去做。(孛老云)孩儿也,蔡婆婆害病好几日了,我与你去问病波。(做见卜儿问科,云)婆婆,你今日病体如何?(卜儿云)我身子十分不快哩。(孛老云)你可想些甚么吃?(卜儿云)我思量些羊肚儿汤吃。(孛老云)孩儿,你对窦娥说,做些羊肚儿汤与婆婆吃。(张驴儿向古门云③)窦娥,婆婆想羊肚儿汤吃,快安排将来。(正旦持汤上,云)妾身窦娥是也。有俺婆婆不快,想羊肚汤吃,我亲自安排了与婆婆吃去。婆婆也,我这寡妇人家,凡事也要避些嫌疑,怎好收留那张驴儿父子两个?非亲非眷的,一家儿同住,岂不惹外人谈议?婆婆也,你莫要背地里许了他亲事,连我也累做不清不洁。我想这妇人心好难保也呵!(唱)

【南吕一枝花】他则待一生鸳帐眠,那里肯半夜空房睡;他本是张郎妇,又做了李郎妻。有一等妇女每相随,并不说家克计④,则打听些闲是非;说一会不明白打凤的机关,使了些调虚嚣捞龙的见识。

【梁州第七】这一个似卓氏般当垆涤器⑤,这一个似孟光般举案齐眉⑥,说的来藏头盖脚多伶俐!道着难晓,做出才知。旧恩忘却,新爱偏宜;坟头上土脉犹湿,架儿上又换新衣。那里有奔丧处哭倒长城⑦?那里有浣纱时甘投大水⑧?那里有上山来便化顽石⑨?可悲,可耻!妇人家直恁的无仁义,多淫奔,少志气;亏杀前人在那里,更休说百步相随。

(云)婆婆,羊肚汤做成了,你吃些儿波。(张驴儿云)等我拿去。(做接尝科,云)这里面少些盐醋,你去取来。(正旦下)(张驴儿放药科)(正旦上,云)这不是盐醋?(张驴儿云)你倾下些。(正旦唱)

【隔尾】你说道少盐欠醋无滋味,加料添椒才脆美。但愿娘亲早痊济,饮羹汤一杯,胜甘露灌体,得一个身子平安倒大来喜⑩。

(孛老云)孩儿,羊肚汤有了不曾?(张驴儿云)汤有了,你拿过去。(孛老将汤云)婆婆,你吃些汤儿。(卜儿云)有累你。(做呕科,云)我如今打呕,不要这汤吃了,你老人吃罢。(孛老云)这汤特做来与你吃的,便不要吃,也吃一口儿。(卜儿云)我不吃了,你老人家请吃。(孛老吃科)(正旦唱)

---

① 悔气:晦气,倒霉。 ② 红鸾天喜:迷信说法,认为遇到红鸾星,婚事可如意,遇上天喜日,便为吉祥日。 ③ 古门:舞台的上、下场门,又称鬼门。 ④ 家克计:合计家务事。 ⑤ 当垆涤器:指卓文君和司马相如的故事。事见《史记·司马相如列传》。 ⑥ 举案齐眉:形容夫妻相敬如宾。事见《后汉书·梁鸿传》。 ⑦ 哭倒长城:传说秦时孟姜女送寒衣给修长城的丈夫,至长城,知丈夫已劳累至死,孟姜女伏尸痛哭,长城为之坍倒。事见《孟子》《左传》及《列女传》。 ⑧ 浣纱时甘投大水:春秋时,一浣纱女同情伍子胥的遭遇,并为其行踪保密,为表诚意,投江自尽。事见东汉赵晔《吴越春秋》。 ⑨ 上山来便化顽石:传说一妇人在山上因盼望久别的丈夫而化成一块石头。 ⑩ 倒大来:十分,极大。

【贺新郎】一个道你请吃,一个道婆先吃,这言语听也难听,我可是气也不气!想他家与咱家有甚的亲和戚?怎不记旧日夫妻情意,也曾有百纵千随?婆婆也,你莫不为黄金浮世宝,白发故人稀,因此上把旧恩情全不比新知契?则待要百年同墓穴,那里肯千里送寒衣。

(孛老云)我吃下这汤去,怎觉昏昏沉沉的起来?(做倒科)(卜儿慌科,云)你老人家放精细着①,你挣扎着些儿。(做哭科,云)兀的不是死了也!(正旦唱)

【斗虾蟆】空悲戚,没理会,人生死,是轮回。感着这般病疾,值着这般时势;可是风寒暑湿,或是饥饱劳役;各人证候自知②,从在天关地;别人怎生替得,寿数非干今世。相守三朝五夕,说甚一家一计。又无羊酒段匹,又无花红财礼;把手为活过日,撒手如同休弃。不是窦娥忤逆③,生怕傍人论议,不如听咱劝你,认个自家悔气,割舍得一具棺材停置,几件布帛收拾。出了咱家门里,送入他家坟地。这不是你那从小儿年纪指脚的夫妻④。我其实不关亲,无半点恓惶泪。休得要心如醉,意似痴,便这等嗟嗟怨怨,哭哭啼啼。

(张驴儿云)好也啰!你把我老子药死了,更待干罢!(卜儿云)孩儿,这事怎了也?(正旦云)我有什么药在那里,都是他要盐醋时,自家倾在汤儿里的。(唱)

【隔尾】这厮搬调咱老母收留你⑤,自药死亲爷要唬吓谁?(张驴儿云)我家的老子,倒说是我做儿子的药死了,人也不信。(做叫科云)四邻八舍听着:窦娥药杀我家老子哩。(卜儿云)罢么,你不要大惊小怪的,吓杀我也。(张驴儿云)你可怕么?(卜儿云)可知怕哩⑥。(张驴儿云)你要饶么?(卜儿云)可知要饶哩。(张驴儿云)你教窦娥随顺了我,叫我三声的的亲亲的丈夫⑦,我便饶了他。(卜儿云)孩儿也,你随顺了他罢。(正旦云)婆婆,你怎么说这般言语!(唱)我一马难将两鞍鞴⑧,想男儿在日,曾两年匹配,却教我改嫁别人,其实做不得。

(张驴儿云)窦娥,你药杀了俺老子,你要官休?要私休?(正旦云)怎生是官休?怎生是私休?(张驴儿云)你要官休呵,拖你到官司,把你三推六问⑨,你这等瘦弱身子,当不过拷打,怕你不招认药死我老子的罪犯!你要私休呵,你早些与我做了老婆,倒也便宜了你。(正旦云)我又不曾药死你老子,情愿和你见官去来。(张驴儿拖正旦,卜儿下)

(净扮孤引祗候上,诗云)我做官人胜别人,告状来的要金银;若是上司当刷卷⑩,在家推病不出门。下官楚州太守桃杌是也。今早升厅坐衙,左右,喝撺厢(祗候幺喝科)(张驴儿拖正旦、卜儿上,云)告状告状⑪。(祗候云)拿过来。(做跪见。孤亦跪科,云)请起。(祗候云)相公,他是告状的,怎生跪着他?(孤云)你不知道,但来告状的,就是我衣食父母。(祗候幺喝科。孤云)那个是原告?那个是被告?从实说来。(张驴儿云)小人是原告张驴儿,告这媳妇儿,唤做窦娥,合毒药下在羊肚汤儿里,药死了俺的老子。这个唤做蔡婆婆,就是俺的后母。望大人与小人做主咱。(孤云)是那一个下的毒药?(正旦云)不干小妇人事。(卜儿

---

① 精细:清醒。 ② 证候:即"症候",作病情解。 ③ 忤(wǔ)逆:对长辈不孝顺、不尊重。 ④ 指脚的夫妻:原配夫妻。 ⑤ 搬调:哄骗、调唆。 ⑥ 可知:自然,当然。 ⑦ 的的亲亲:同"嫡嫡亲亲",极为亲密的意思。 ⑧ 鞴(bèi):把鞍鞴套在牲口身上。 ⑨ 三推六问:反复审问。推,勘察。 ⑩ 刷卷:清查案卷。 ⑪ 喝撺(cuān)厢:开庭时衙役分列两厢,大声吆喝以威吓受审人。

云）也不干老妇人事。（张驴儿云）也不干我事。（孤云）都不是，敢是我下的毒药来？（正旦云）我婆婆也不是他后母。他自姓张，我家姓蔡。我婆婆因为与赛卢医索钱，被他赚到郊外，勒死我婆婆，却得他爷儿两个救了性命。因此我婆婆收他爷儿两个在家，养膳终身，报他的恩德。谁知他两个倒起不良之心，冒认婆婆做了接脚，要逼勒小妇人做他媳妇。小妇人元是有丈夫的，服孝未满，坚执不从。适值我婆婆患病，着小妇人安排羊肚汤儿吃。不知张驴儿那里讨得毒药在身，接过汤来，只说少些盐醋，支转小妇人，暗地倾下毒药。也是天幸。我婆婆忽然呕吐，不要汤吃，让与他老子吃，才吃的几口，便死了。与小妇人并无干涉。只望大人高抬明镜，替小妇人做主咱。（唱）

【牧羊关】大人你明如镜，清似水，照妾身肝胆虚实，那羹本五味俱全，除了此百事不知。他推道尝滋味，吃下去便昏迷。不是妾讼庭上胡支对①，大人也，却教我平白地说甚的？

（张驴儿云）大人详情：他自姓蔡，我自姓张，他婆婆不招俺父亲接脚，他养我父子两个在家做甚么？这媳妇年纪儿虽小，极是个赖骨顽皮，不怕打的。（孤云）人是贱虫，不打不招。左右，与我选大棍子打着。（祗候打正旦，三次喷水科）（正旦唱）

【骂玉郎】这无情棍棒教我挨不的。婆婆也，须是你自做下，怨他谁？劝普天下前婚后嫁婆娘每，都看取我这般傍州例②。

【感皇恩】呀！是谁人唱叫扬疾③，不由我不魄散魂飞。恰消停，才苏醒，又昏迷。挨千般打拷，万种凌逼，一杖下，一道血，一层皮。

【采茶歌】打的我肉都飞，血淋漓，腹中冤枉有谁知！则我这小妇人毒药来从何处也？天那！怎么的覆盆不照太阳晖！

（孤云）你招也不招？（正旦云）委的不是小妇人下毒药来④。（孤云）既然不是，你与我打那婆子。（正旦忙云）住住住，休打我婆婆，情愿我招了罢，是我药死公公来。（孤云）既然招了，着他画了伏状⑤，将枷来枷上，下在死囚牢里去。到来日判个斩字，押赴市曹典刑⑥。（卜儿哭科，云）窦娥孩儿，这都是我送了你性命，兀的不痛杀我也！（正旦唱）

【黄钟尾】我做了个衔冤负屈没头鬼，怎肯便放了你好色荒淫漏面贼⑦！想人心不可欺，冤枉事天地知，争到头，竞到底，到如今待怎的？情愿认药杀公公，与了招罪。婆婆也，我怕把你来便打的，打的来怎的。我若是不死呵，如何救得你？（随祗候押下）

（张驴儿做叩头科，云）谢青天老爷做主！明日杀了窦娥，才与小人的老子报的冤。（卜儿哭科，云）明日市曹中杀窦娥孩儿也，兀的不痛杀我也！（孤云）张驴儿，蔡婆婆，都取保状，着随衙听候。左右，打散堂鼓，将马来，回私宅去也。

（同下）

---

① 胡支对：胡乱应付。　② 傍州例：近旁的例子、榜样。　③ 唱叫扬疾：高声吆喝。　④ 委的：委实，真的。　⑤ 伏状：伏罪的状子。　⑥ 市曹典刑：在闹市区执行死刑。　⑦ 漏面：在脸上刻字。

第 三 折

(外扮监斩官①上,云)下官监斩官是也。今日处决犯人,着做公的把住巷口②,休放往来人闲走。(净扮公人,鼓三通、锣三下科)(刽子磨旗③、提刀,押正旦带枷上)(刽子云)行动些,行动些,监斩官去法场上多时了。(正旦唱)

【正宫端正好】没来由犯王法④,不提防遭刑宪,叫声屈动地惊天!顷刻间游魂先赴森罗殿,怎不将天地也生埋怨。

【滚绣球】有日月朝暮悬,有鬼神掌着生死权。天地也,只合把清浊分辨,可怎生糊涂了盗跖颜渊⑤。为善的受贫穷更命短,造恶的享富贵又寿延。天地也,做得个怕硬欺软,却元来也这般顺水推船。地也,你不分好歹何为地?天也,你错勘贤愚枉做天!哎,只落得两泪涟涟。

(刽子云)快行动些,误了时辰也。(正旦唱)

【倘秀才】则被这枷纽的我左侧右偏,人拥的我前合后偃,我窦娥向哥哥行有句言⑥。(刽子云)你有甚么说话?(正旦唱)前街里去心怀恨,后街里去死无冤,休推辞路远。

(刽子云)你如今到法场上面,有甚么亲眷要见的,可教他过来,见你一面也好。

(正旦唱)

【叨叨令】可怜我孤身只影无亲眷,则落得吞声忍气空嗟怨。(刽子云)难道你爷娘家也没的?(正旦云)止有个爹爹,十三年前上朝取应去了,至今杳无音信。(唱)早已是十年多不睹爹爹面。(刽子云)你适才要我往后街里去,是什么主意?(正旦唱)怕则怕前街里被我婆婆见。(刽子云)你的性命也顾不得,怕他见怎的?(正旦云)俺婆婆若见我披枷带锁赴法场餐刀去呵,(唱)枉将他气杀也么哥,枉将他气杀也么哥⑦。告哥哥,临危好与人行方便!

(卜儿哭上科,云)天那,兀的不是我媳妇儿!(刽子云)婆子靠后。(正旦云)既是俺婆婆来了,叫他来,待我嘱付他几句话咱。(刽子云)那婆子,近前来,你媳妇要嘱付你话哩。(卜儿云)孩儿,痛杀我也!(正旦云)婆婆,那张驴儿把毒药放在羊肚儿汤里,实指望药死了你,要霸占我为妻。不想婆婆让与他老子吃,倒把他老子药死了。我怕连累婆婆,屈招了药死公公,今日赴法场典刑。婆婆,此后遇着冬时年节,月一十五,有瀽不了的浆水饭⑧,瀽半碗儿与我吃;烧不了的纸钱,与窦娥烧一陌儿⑨。则是看你死的孩儿面上!(唱)

【快活三】念窦娥葫芦提当罪愆⑩,念窦娥身首不完全,念窦娥从前已往干家缘⑪;婆婆也,你只看窦娥少爷无娘面。

【鲍老儿】念窦娥伏侍婆婆这几年,遇时节将碗凉浆奠;你去那受刑法尸骸上烈些纸钱,只

---

① 外:"外末"的省称,杂剧角色名,戏剧中扮演老年男子。 ② 做公的:当公差。 ③ 磨旗:挥动旗子。 ④ 没来由:无缘无故。 ⑤ 盗跖(zhí):春秋时的奴隶起义首领,被封建统治阶级污为大盗。颜渊:即颜回,春秋时鲁国人,孔子的著名贤弟子。 ⑥ 行(háng):元杂剧中往往在自称或他称的名词或代词后面加"行"字,以表示辈分或位列。 ⑦ 也么哥:感叹词。 ⑧ 瀽(jiǎn):泼出,倒出。 ⑨ 一陌儿:一百个纸钱。陌,古代一百钱的总称。 ⑩ 葫芦提:糊里糊涂,不明不白。 ⑪ 干家缘:做家务。

当把你亡化的孩儿荐①。(卜儿哭科,云)孩儿放心,这个老身都记得。天那,兀的不痛杀我也!(正旦唱)婆婆也,再也不要啼啼哭哭,烦烦恼恼,怨气冲天。这都是我做窦娥的没时没运,不明不暗,负屈衔冤。

  (刽子做喝科,云)兀那婆子靠后,时辰到了。(正旦跪科)(刽子开枷科)(正旦云)窦娥告监斩大人,有一事肯依窦娥,便死而无怨。(监斩官云)你有甚么事?你说。(正旦云)要一领净席,等我窦娥站立;又要丈二白练,挂在旗枪上:若是我窦娥委实冤枉,刀过处头落,一腔热血休半点儿沾在地下,都飞在白练上者。(监斩官云)这个就依你,打甚么不紧。(刽子做取席站科,又取白练挂旗上科)(正旦唱)

【耍孩儿】不是我窦娥罚下这等无头愿②,委实的冤情不浅;若没些儿灵圣与世人传,也不见得湛湛青天。我不要半星热血红尘洒,都只在八尺旗枪素练悬。等他四下里皆瞧见,这就是咱苌弘化碧③,望帝啼鹃④。

  (刽子云)你还有甚的说话,此时不对监斩大人说,几时说那?(正旦再跪科,云)大人,如今是三伏天道⑤,若窦娥委实冤枉,身死之后,天降三尺瑞雪,遮掩了窦娥尸首。(监斩官云)这等三伏天道,你便有冲天的怨气,也召不得一片雪来,可不胡说!(正旦唱)

【二煞】你道是暑气暄,不是那下雪天;岂不闻飞霜六月因邹衍⑥?若果有一腔怨气喷如火,定要感的六出冰花滚似绵⑦,免着我尸骸现;要甚么素车白马⑧,断送出古陌荒阡⑨!

  (正旦再跪科,云)大人,我窦娥死的委实冤枉,从今以后,着这楚州亢旱三年⑩!

  (监斩官云)打嘴!那有这等说话!(正旦唱)

【一煞】你道是天公不可期,人心不可怜,不知皇天也从人愿。做甚么三年不见甘霖降?也只为东海曾经孝妇冤。如今轮到你山阳县。这都是官吏每无心正法,使百姓有口难言。

  (刽子做磨旗科,云)怎么这一会儿天色阴了也?(内做风科,刽子云)好冷风也!

  (正旦唱)

【煞尾】浮云为我阴,悲风为我旋,三桩儿誓愿明题遍。(做哭科,云)婆婆也,直等待雪飞六月,亢旱三年呵,(唱)那其间才把你个屈死的冤魂这窦娥显。

  (刽子做开刀,正旦倒科)(监斩官惊云)呀,真个下雪了,有这等异事!(刽子云)我也道平日杀人,满地都是鲜血,这个窦娥的血都飞在那丈二白练上,并无半点落地,委实奇怪。(监斩官云)这死罪必有冤枉。早两桩儿应验了,不知亢旱三年的说话,准也不准?且看后来如何。左右,也不必等待雪晴,便与我抬他尸首,还了那蔡婆婆去罢。(众应科,抬尸下)

---

  ① 荐:祭奠。 ② 无头愿:以头颅相拼的誓愿。 ③ 苌弘(cháng hóng):周朝大夫,传说他因冤枉被杀,蜀人把他流出的血藏起来,三年后凝成一块青绿色的碧玉。事见《庄子·外物》。 ④ 望帝啼鹃:传说蜀王杜宇,号望帝,被逼传位给臣子后化成杜鹃鸟,日夜悲啼。事见《华阳国志·蜀志》。 ⑤ 三伏:一年中最热的日子。 ⑥ 邹衍:战国时齐人,相传燕惠王听信谗言,把他囚禁起来。入狱时他仰天大哭,竟在六月三伏天里,下起雪来。 ⑦ 六出冰花:即雪花。 ⑧ 素车白马:东汉时张劭死时,他的好友范式从很远的地方乘着白车白马去吊丧。事见《后汉书·范式传》。 ⑨ 断送:送葬。 ⑩ 亢旱:大旱。

第四折

(窦天章冠带引丑张千①、祗从上②,诗云)得立空堂思黯然,高峰月出满林烟;非关有事人难睡,自是惊魂夜不眠。老夫窦天章是也。自离了我那端云孩儿,可早十六年光景。老夫自到京师,一举及第,官拜参知政事③。只因老夫廉能清正,节操坚刚,谢圣恩可怜,加老夫两淮提刑肃政廉访使之职,随处审囚刷卷,体察滥官污吏,容老夫先斩后奏。老夫一喜一悲:喜呵,老夫身居台省④、职掌刑名⑤,势剑金牌⑥,威权万里;悲呵,有端云孩儿,七岁上与了蔡婆婆为儿媳妇,老夫自得官之后,使人往楚州问蔡婆婆家,他邻里街坊道,自当年蔡婆婆不知搬在那里去了,至今音信皆无。老夫为端云孩儿,啼哭的眼目昏花,忧愁的须发斑白。今日来到这淮南地面,不知这楚州为何三年不雨?老夫今在这州厅安歇。张千,说与那州中大小属官,今日免参,明日早见。(张千向古门云)一应大小属官,今日免参,明日早见。(窦天章云)张千,说与那六房吏典⑦,但有合刷照文卷,都将来,待老夫灯下看几宗波。(张千送文卷科)(窦天章云)张千,你与我掌上灯。你每都辛苦了,自去歇息罢。我唤你便来,不唤你休来。(张千点灯,同祗从下)(窦天章云)我将这文卷看几宗咱。"一起犯人窦娥,将毒药致死公公。……"我才看头一宗文卷,就与老夫同姓;这药死公公的罪名,犯在十恶不赦⑧,俺同姓之人也有不畏法度的。这是问结了的文书,不看他罢,我将这文卷压在底下,别看一宗咱。(打呵欠科,云)不觉的一阵昏沉上来,皆因老夫年纪高大,鞍马劳困之故。待我搭伏定书案,歇息些儿咱。(做睡科。魂旦上,唱)

【双调新水令】我每日哭啼啼守住望乡台,急煎煎把仇人等待,慢腾腾昏地里走,足律律旋风中来⑨,则被这雾锁云埋,撺掇的鬼魂快⑩。

(魂旦望科,云)门神户尉不放我进去。我是廉访使窦天章女孩儿,因我屈死,父亲不知,特来托一梦与他咱。(唱)

【沉醉东风】我是那提刑的女孩,须不比现世的妖怪,怎不容我到灯影前,却拦截在门桯外⑪。(做叫科,云)我那爷爷呵!(唱)枉自有势剑金牌,把俺这屈死三年的腐骨骸,怎脱离无边苦海?

(做入见哭科,窦天章亦哭科,云)端云孩儿,你在那里来?(魂旦虚下⑫)(窦天章做醒科,云)好是奇怪也!老夫才合眼去,梦见端云孩儿,恰来我跟前一般,如今在那里?我且再看这文卷咱。(魂旦上做弄灯科)(窦天章云)奇怪,我正要看文卷,怎生这灯忽明忽灭的?张千也睡着了,我自己剔灯咱。(做剔灯科,魂旦翻文卷科。窦天章云)我剔的这灯明了也,再看几宗文卷。"一起犯人窦娥,药死公

---

① 丑:角色名,地位低下的小人物或反面人物。 ② 祗从:随从者。 ③ 参知政事:元官职名,相当于宰相助理。 ④ 台省:元朝中央部门御史台和中书省的简称。 ⑤ 刑名:司法工作。 ⑥ 势剑:皇帝所赐,准许先斩后奏的剑,也称尚方剑。金牌:皇帝颁发,以显官职不同的标志。 ⑦ 六房吏典:封建衙门里一般分设吏、户、礼、兵、刑、工六个部门,统称六房。 ⑧ 十恶:元代刑律规定的"十大罪状"。见《元史·刑法志》。 ⑨ 足律律:快速旋转。多形容风势。 ⑩ 撺掇(cuān duō):催促。 ⑪ 门桯(tīng):门槛。 ⑫ 虚下:戏曲术语。即演员背身不动,表示暂时下场。

公。……"(做疑怪科,云)这一宗文卷,我为头看过,压在文卷底下,怎生又在这上头?这几时问结了的,还压在底下,我别看一宗文卷波。(魂旦再弄灯科。窦天章云)怎么这灯又是半明半暗的?我再剔这灯咱。(做剔灯科。魂旦再翻文卷科)(窦天章云)我剔的这灯明了,我另拿一宗文卷看咱。"一犯人窦娥,药死公公。……"呸!好是奇怪!我才将这文书分明压在底下,刚剔了这灯,怎生又翻在面上?莫不是楚州后厅里有鬼么?便无鬼呵,这桩事必有冤枉。将这文卷再压在底下,待我另看一宗如何?(魂旦又弄灯科。窦天章云)怎生这灯又不明了?敢有鬼弄这灯?我再剔一剔去。(做剔灯科。魂旦上,做撞见科。窦天章举剑击桌科,云)呸!我说有鬼!兀那鬼魂,老夫是朝廷钦差带牌走马肃政廉访使①,你向前来,一剑挥之两段。张千,亏你也睡的着,快起来,有鬼有鬼。兀的不吓杀老夫也!(魂旦唱)

【乔牌儿】则见他疑心儿胡乱猜,听了我这哭声儿转惊骇。哎,你个窦天章直恁的威风大,且受你孩儿窦娥这一拜。

(窦天章云)兀那鬼魂,你道窦天章是你父亲。"受你孩儿窦娥拜",你敢错认了也?我的女儿叫做端云,七岁上与了蔡婆婆为儿媳妇。你是窦娥,名字差了,怎生是我女孩儿?(魂旦云)父亲,你将我与了蔡婆婆家,改名做窦娥了也。(窦天章云)你便是端云孩儿?我不问你别的,这药死公公是你不是?(魂旦云)是你孩子来。(窦天章云)嗏声②!你这小妮子,老夫为你啼哭的眼也花了,忧愁的头也白了,你划地犯下十恶大罪,受了典刑!我今日官居台省,职掌刑名,来此两淮审囚刷卷,体察滥官污吏;你是我亲生之女,老夫将你治不的,怎治他人?我当初将你嫁与他家呵,要你三从四德。三从者,在家从父,出嫁从夫,夫死从子;四德者,事公姑,敬夫主,和妯娌,睦街坊。今三从四德全无,划地犯了十恶大罪。我窦家三辈无犯法之男,五世无再婚之女;到今日被你辱没祖宗世德,又连累我的清名。你快与我细吐真情,不要虚言支对。若说的有半厘差错,牒发你城隍祠内③,着你永世不得人身,罚在阴山永为饿鬼④。(魂旦云)父亲停嗔息怒,暂罢狼虎之威,听你孩儿慢慢的说一遍咱。我三岁上亡了母亲,七岁上离了父亲,你将我送与蔡婆婆做儿媳妇。至十七岁与夫配合,才得两年,不幸儿夫亡化,和俺婆婆守寡。这山阳县南门外有个赛卢医,他少俺婆婆二十两银子。俺婆婆去取讨,被他赚到郊外,要将婆婆勒死;不想撞见张驴儿父子两个,救了俺婆婆性命。那张驴儿知道我家有个守寡的媳妇,便道:"你婆儿媳妇既无丈夫,不若招我父子两个。"俺婆婆初也不肯,那张驴儿道:"你若不肯,我依旧勒死你。"俺婆婆惧怕,不得已含糊许了。只得将他父子两个领到家中,养他过世。有张驴儿数次调戏你女孩儿,我坚执不从。那一日俺婆婆身子不快,想羊肚儿汤吃,你孩儿安排了汤。适值张驴儿父子两个问病,道:"将汤来我尝一尝。"说:"汤便好,只少些盐醋。"赚的

---

① 带牌走马:带着金牌四处巡察。 ② 嗏声:住口。 ③ 牒(dié)发:用公文解送。 ④ 阴山:迷信说法,囚禁有罪鬼魂的又阴冷又无食物的地狱。

我去取盐醋,他就暗地里下了毒药。实指望药杀俺婆婆,要强逼我成亲。不想俺婆婆偶然发呕,不要汤吃,却让与他老子吃,随即七窍流血药死了。张驴儿便道:"窦娥药死了俺老子,你要官休?要私休?"我便道:"怎生是官休?怎生是私休?"他道:"要官休,告到官司,你与俺老子偿命;若私休,你便与我做老婆。"你孩儿便道:"好马不鞴双鞍,烈女不更二夫。我至死不与你做媳妇,我情愿和你见官去。"他将你孩儿拖到官中,受尽三推六问,吊拷绷扒①,便打死孩儿,也不肯认。怎当州官见你孩儿不认,便要拷打俺婆婆;我怕婆婆年老,受刑不起,只得屈认了。因此押赴法场,将我典刑。你孩儿对天发下三桩誓愿:第一桩,要丈二白练挂在旗枪上,若系冤枉,刀过头落,一腔热血休滴在地下,都飞在白练上;第二桩,现今三伏天道,下三尺瑞雪,遮掩你孩儿尸首;第三桩,着他楚州大旱三年。果然血飞上白练,六月下雪,三年不雨,都是为你孩儿来。(诗云)不告官司只告天,心中怨气口难言。防他老母遭刑宪,情愿无辞认罪愆。三尺琼花骸骨掩,一腔鲜血练旗悬;岂独霜飞邹衍屈,今朝方表窦娥冤。(唱)

【雁儿落】你看这文卷曾道来不道来,则我这冤枉要忍耐如何耐?我不肯顺他人,倒着我赴法场;我不肯辱祖上,倒把我残生坏。

【得胜令】呀,今日个搭伏定摄魂台,一灵儿怨哀哀。父亲也,你现掌着刑名事,亲蒙圣主差,端详这文册,那厮乱纲常合当败,便万剐了乔才②,还道报冤仇不畅怀。

(窦天章做泣科,云)哎!我那屈死的儿,则被你痛杀我也!我且问你:这楚州三年不雨,可真个是为你来?(魂旦云)是为你孩儿来。(窦天章云)有这等事!到来朝我与你做主。(诗云)白头亲苦痛哀哉,屈杀了你个青春女孩。只恐怕天明了,你且回去,到来日我将文卷改正明白。(魂旦暂下)(窦天章云)呀,天色明了也。张千,我昨日看几宗文卷,中间有一鬼魂来诉冤枉。我唤你好几次,你再也不应,直恁的好睡那。(张千云)我小人两个鼻子孔一夜不曾闭,并不听见女鬼诉什么冤状,也不曾听见相公呼唤。(窦天章做叱科,云)嗯!今早升厅坐衙,张千,喝撺厢者。(张千做么喝科,云)在衙人马平安,抬书案!(禀云)州官见。(外扮州官入参科)(张千云)该房吏典见。(丑扮吏入参见科)(窦天章问云)你这楚州一郡,三年不雨,是为着何来?(州官云)这个是天道亢旱,楚州百姓之灾,小官等不知其罪。(窦天章做怒云)你等不知罪么!那山阳县有用毒药谋死公公犯妇窦娥,他问斩之时曾发愿道:"若是果有冤枉,着你楚州三年不雨,寸草不生。"可有这件事来?(州官云)这罪是前升任桃州守问成的,现有文卷。(窦天章云)这等糊突的官也着他升去!你是继他任的,三年之中可曾祭这冤么?(州官云)此犯系十恶大罪,元不曾有祠,所以不曾祭得。(窦天章云)昔日汉朝有一孝妇守寡,其姑自缢身死,其姑女告孝妇杀姑,东海太守将孝妇斩了。只为一妇含冤,致令三年不雨。后于公治狱,仿佛见孝妇抱卷哭于厅前,于公将文卷改正,亲祭孝妇之墓,天乃大雨。今日你楚州大旱,岂不正与此事相类?张千,分付该房金牌

---

① 吊拷绷扒:捆绑后吊起来拷打。 ② 乔才:坏家伙。

下山阳县,着拘张驴儿、赛卢医、蔡婆婆一起人犯,火速解审,毋得违误片刻者。(张千云)理会得。(下)(丑扮解子押张驴儿、蔡婆婆同张千上,禀云)山阳县解到审犯听点。(窦天章云)张驴儿。(张驴儿云)有。(窦天章云)蔡婆婆。(蔡婆婆云)有。(窦天章云)怎么赛卢医是紧要人犯不到?(解子云)赛卢医三年前在逃,一面着广捕批缉拿去了①,待获日解审。(窦天章云)张驴儿,那蔡婆婆是你的后母么?(张驴儿云)母亲好冒认的?委实是。(窦天章云)这药死你父亲的毒药,卷上不见有合药的人,是那个合的毒药?(张驴儿云)是窦娥自合就的毒药。(窦天章云)这毒药必有一个卖药的医铺。想窦娥是个少年寡妇,那里讨这药来。张驴儿,敢是你合的毒药么?(张驴儿云)若是小人合的毒药,不药别人,倒药死自家老子?(窦天章云)我那屈死的儿呵,这一节是紧要公案,你不自来折辩,怎得一个明白?你如今冤魂却在那里?(魂旦上,云)张驴儿,这药不是你合的,是那个合的?(张驴儿做怕科,云)有鬼有鬼,撮盐入水,太上老君急急如律令敕。(魂旦云)张驴儿,你当日下毒药在羊肚儿汤里,本意药死俺婆婆,要逼勒我做浑家。不想俺婆婆不吃,让与你父亲吃,被药死了。你今日还敢赖哩!(唱)

【川拨棹】猛见了你这吃敲材②,我只问你这毒药从何处来?你本意待暗里栽排③,要逼勒我和谐,倒把你亲爷毒害,怎教咱替你耽罪责!

(魂旦做打张驴儿科)(张驴儿做避科,云)太上老君急急如律令敕。大人说这毒药必有个卖毒药的医铺,若寻得这卖药的人来和小人折对,死也无词。(丑扮解子解赛卢医上,云)山阳县续解到犯人一名赛卢医。(张千喝云)当面。(窦天章云)你三年前要勒死蔡婆婆,赖他银子,这事怎么说(赛卢医叩头科,云)小的要赖蔡婆婆银子的情是有的,当被两个汉子救了,那婆婆并不曾死。(窦天章云)这两个汉子你认的他叫做什么名姓?(赛卢医云)小的认便认得,慌忙之际可不曾问的他名姓。(窦天章云)现有一个在阶下,你去认来。(赛卢医做下认科,云)这个是蔡婆婆。(指张驴儿云)想必这毒药事发了。(上云)是这一个。容小的诉禀:当日要勒死蔡婆婆时,正遇见他爷儿两个救了那婆婆去。过得几日,他到小的铺中讨服毒药。小的是念佛吃斋人,不敢做昧心的事,说:"铺中只有官料药④,并无什么毒药。"他就瞪着眼道:"你昨日在郊外要勒死蔡婆婆,我拖你见官去。"小的一生最怕的是见官,只得将一服毒药与了他去。小的见他生相是个恶的,一定拿这药去药死了人,久后败露,必然连累,小的一向逃在涿州地方,卖些老鼠药。刚刚是老鼠被药杀了好几个,药死人的药,其实再也不曾合。(魂旦唱)

【七弟兄】你只为赖财,放乖,要当灾。(带云)这毒药呵,(唱)原来是你赛卢医出卖,张驴儿买,没来由填做我犯由牌⑤,到今日官去衙门在。

(窦天章云)带那蔡婆婆上来。我看你也六十外人了,家中又是有钱钞的,如何又嫁了老张,做出这等事来?(蔡婆婆云)老妇人因为他爷儿两个救了我的性命,收

---

① 广捕批缉:可到处捉拿罪犯的批文。 ② 吃敲材:该挨打的家伙。 ③ 栽排:布置,安排。 ④ 官料药:官方允许卖的药。 ⑤ 犯由牌:写明犯罪之由的牌子。

他在家养膳过世;那张驴儿常说要将他老子接脚进来,老妇人并不曾许他。(窦天章云)这等说,你那媳妇就不该认做药死公公了。(魂旦云)当日问官要打俺婆婆,我怕年老受刑不起。因此咱认做药死公公,委实是屈招个!(唱)

【梅花酒】你道是咱不该这招状供写的明白,本一点孝顺的心怀,倒做了惹祸的胚胎。我只道官吏每还复勘,怎将咱屈斩首在长街!第一要素旗枪鲜血洒,第二要三尺雪将死尸埋,第三要三年旱示天灾。咱誓愿委实大。

【收江南】呀,这的是衙门从古向南开,就中无个不冤哉!痛杀我娇姿弱体闭泉台①,早三年以外,则落的悠悠流恨似长淮。

(窦天章云)端云儿也,你这冤枉我已尽知,你且回去。待我将这一起人犯并原问官吏另行定罪,改日做个水陆道场②,超度你升天便了。(魂旦拜科,唱)

【鸳鸯煞尾】从今后把金牌势剑从头摆,将滥官污吏都杀坏,与天子分忧,万民除害。(云)我可忘了一件,俺婆婆年纪高大,无人侍养,你可收恤家中,替你孩儿尽养生送死之礼,我便九泉之下,可也瞑目。(窦天章云)好孝顺的儿也!(魂旦唱)嘱付你爹爹,收养我奶奶。可怜他无妇无儿,谁管顾年衰迈!再将那文卷舒开,(带云)爹爹也,把我窦娥名下,(唱)屈死的于伏罪名儿改③。(下)

(窦天章云)唤那蔡婆婆上来,你可认的我么?(蔡婆婆云)老妇人眼花了,不认的。(窦天章云)我便是窦天章。适才的鬼魂,便是我屈死的女孩儿端云。你这一行人听我下断:张驴儿毒杀亲爷,谋占寡妇,合拟凌迟④,押付市曹中钉上木驴⑤,剐一百二十刀处死。升任州守桃杌并该房吏典,刑名违错,各杖一百,永不叙用。赛卢医不合赖钱,勒死平民;又不合修合毒药,致伤人命,发烟瘴地面⑥,永远充军。蔡婆婆我家收养。窦娥罪改正明白。(词云)莫道我念亡女与他灭罪消愆,也只可怜见楚州郡大旱三年。昔于公曾表白东海孝妇,果然是感召得灵雨如泉。岂可便推诿道天灾代有,竟不想人之意感应通天。今日个将文卷重行改正,方显的王家法不使民冤。

题目　秉鉴持衡廉访法
正名　感天动地窦娥冤⑦

【导读】

一、此剧为中国古代著名四大悲剧之一,是关汉卿的代表作。早在1838年就有英译本流传海外,是"列之于世界大悲剧中,亦无愧色"(王国维《宋元戏曲考》)的伟大作品。

二、故事题材源于"东海孝妇"的民间传说,《汉书》《说苑》《搜神记》等中均有记载。关汉卿把民间的传说与元代社会现实结合起来,以现实与浪漫相结合的笔法,敷衍创作了一出人间悲剧。全剧四折。楔

---

① 泉台:坟墓。　② 水陆道场:为死者举行的超度仪式。　③ 于伏:屈招,招伏。　④ 凌迟:古代的一种酷刑,也叫"剐刑",将人身上的肉一片片割下,后断气管使其死去。　⑤ 木驴:古代执行酷刑时固定犯人手脚的木架。　⑥ 烟瘴:深山丛林中蒸发出来的一种毒气。　⑦ 题目、正名:元杂剧剧本结尾用两句或四句对子概括剧情。前面的叫"题目",后面的叫"正名"。"正名"往往成为剧名。

子写窦天章借贷押女,为故事引子;第一折写蔡婆索债遇险被张驴儿父子所救,张氏父子逼亲而窦娥坚决不从;第二折写窦娥被贪官残害,为免婆婆受苦而被屈打成招,形成冤狱;第三折写窦娥临刑前与婆婆泣别,发下誓愿,强烈控诉黑暗的吏治和社会;第四折写窦娥鬼魂向父亲申诉,终于冤狱得雪。

三、"这都是官吏每无心正法,使百姓有口难言",全剧通过一个普通女子窦娥的不幸遭遇,深刻地揭示了元代吏治的腐败和社会的黑暗,具有十分深刻的社会意义。剧中塑造了一个心地善良而又富于反抗精神的女性形象,窦娥在不幸命运里依然不变的善良心地,面对张驴儿流氓父子的坚贞不屈,在法场上的激情控诉和三桩誓愿,以及化作鬼魂也要报仇雪恨的执着精神,都充分地显示了她不甘屈辱、不畏强暴、勇于抗争的性格,尤其是她的三桩誓愿,既是对黑暗社会的强烈控诉,也是她宁死不屈的精神体现,不但有感天动地的精神力量,且增强了作品的悲剧氛围和艺术感染力,使剧作在直面现实的同时也有了强烈的浪漫主义精神。这出剧把悲剧的"崇高"和"壮美"集中于一个弱女子的形象中来体现,用浪漫的想象和理想把命运的悲剧由"沉冤得雪"的喜剧模式来结束,在艺术上充分体现了中国古典悲剧的审美特色。全剧曲词本色通俗、流畅自然、气势贯通,颇具壮烈之美,确是我国古典悲剧的经典之作。

马致远

马致远(1250? —1324?),元戏曲作家、散曲家。字千里,号东篱,大都(今北京)人。早年追求功名,晚年退隐田园,过着"酒中仙,尘外客,林间友"的生活,是元贞书会成员。与关汉卿、郑光祖、白朴并称"元曲四大家",元末贾仲明为他作吊词《凌波仙》誉为"曲状元",朱权《太和正音谱》评他"若神凤飞鸣于九霄,岂可与凡鸟共语哉",列其于"群英之上",推为元散曲家第一。剧作十五种,现存七种,其中以《汉宫秋》影响最大。散曲有辑本《东篱乐府》。今人辑有《马致远集》。

破幽梦孤雁汉宫秋

第 二 折

(番王引部落上,云)某呼韩单于,昨遣使臣款汉①,请嫁公主与俺;汉皇帝以公主尚幼为辞,我心中好不自在。想汉家宫中,无边宫女,就与俺一个,打甚不紧?直将使臣赶回。我欲待起兵南侵,又恐怕失了数年和好;且看事势如何,别做道理。(毛延寿上,云)某毛延寿,只因刷选宫女,索要金银,将王昭君美人图点破,送入冷宫。不想皇帝亲幸,问出端的,要将我加刑。我得空逃走了,无处投奔。左右是左右②,将着这一轴美人图,献于单于王,着他按图索要,不怕汉朝不与他。走了数日,来到这里,远远的望见人马浩大,敢是穹庐也。(做问科,云)头目,你启报单于王知道,说汉朝大臣来投见哩。(卒报科)(番王云)着他过来。(见科,云)

---

① 款:敲打,此意通好。 ② 左右是左右:反正是这样。

你是甚么人?(毛延寿云)某是汉朝中大夫毛延寿。有我汉朝西宫阁下美人王昭君,生得绝色。前者大王遣使求公主时,那昭君情愿请行;汉主舍不的,不肯放来。某再三苦谏,说:"岂可重女色,失两国之好?"汉主倒要杀我。某因此带了这美人图,献与大王。可遣使按图索要,必然得了也。这就是图样。(进上看科)(番王云)世间那有如此女人!若得他做阏氏①,我愿足矣。如今就差一番官,率领部从,写书与汉天子,求索王昭君,与俺和亲;若不肯与,不日南侵,江山难保。就一壁厢引控甲士②,随地打猎,延入塞内,侦候动静,多少是好。(下)(旦引宫女上,云)妾身王嫱,自前日蒙恩临幸,不觉又旬月。主上昵爱过甚,久不设朝。闻的今日升殿去了,我且向妆台边梳妆一会,收拾齐整,只怕驾来好伏侍。(做对镜科)(驾上,云)自从西宫阁下,得见了王昭君,使朕如痴似醉,久不临朝。今日方才升殿,等不的散了,只索再到西宫看一看去。(唱)

【南吕一枝花】四时雨露匀,万里江山秀;忠臣皆有用,高枕已无忧。守着那皓齿星眸,争忍的虚白昼。近新来染得些症候,一半儿为国忧民,一半儿愁花病酒。

【梁州第七】我虽是见宰相,似文王施礼;一头地离明妃③,早宋玉悲秋。怎禁他带天香着莫定龙衣袖④!他诸余可爱,所事儿相投⑤;消磨人幽闷,陪伴我闲游。偏宜向梨花月底登楼,芙蓉烛下藏阄⑥。体态是二十年挑剔就的温柔,姻缘是五百载该拨下的配偶,脸儿有一千般说不尽的风流。寡人乞求,他左右⑦,他比那落伽山观自在无杨柳⑧,见一面得长寿。情系人心早晚休,则除是雨歇云收。

(做望见科,云)且不要惊着他,待朕悄地看咱。(唱)

【隔尾】怎的般长门前抱怨的宫娥旧,怎知我西宫下偏心儿梦境熟。爱他晚妆罢,描不成,画不就,尚对菱花自羞。(做到旦背后看科)(唱)我来到这妆台背后,原来广寒殿嫦娥,在这月明里有。

(旦做见接驾科)(外扮尚书,丑扮常侍上,诗云)调和鼎鼐理阴阳⑨,秉轴持钧政事堂⑩;只会中书陪伴食,何曾一日为君王。某,尚书令五鹿充宗是也,这个是内常侍石显⑪。今日朝罢,有番国遣使来索王嫱和番,不免奏驾。来到西宫阁下,只索进去。(做见科,云)奏的我主得知:如今北番呼韩单于差使臣前来,说毛延寿将美人图献与他,索要昭君娘娘和番,以息刀兵;不然,他大势南侵,江山不可保矣。(驾云)我养军千日,用军一时;空有满朝文武,那一个与我退的番兵!都是些畏刀避箭的,怎不去出力,怎生教娘娘和番?(唱)

【牧羊关】兴废从来有,干戈不肯休。可不食君禄,命悬君口。太平时,卖你宰相功劳;有事处,把俺佳人递流⑫。你们干请了皇家俸,着甚的分破帝王忧?那壁厢锁树的怕弯着手,

---

① 阏氏(yān zhī):匈奴单于嫡妻的称号,相当于汉民族所说的皇后。 ② 引控:率领。 ③ 一头地:等到。 ④ 着莫:亦作着摸、着末、着抹,沾惹之意。 ⑤ 所事儿:所有的事儿。 ⑥ 藏阄(jiū):古代的一种游戏。 ⑦ 乞求:巴不得、愿意。左右:相背、相反。 ⑧ 观自在:即观音菩萨。传说其手里拿着插柳枝的净瓶。落伽山:相传是观音的住处,在今浙江省定海县普陀岛上。 ⑨ 鼎鼐(nài):古代烹饪的器具。 ⑩ 政事堂:宰相大臣议事的厅堂。 ⑪ 五鹿充宗:西汉人,石显的党羽。石显:汉元帝宠臣,官中书令。此二人皆为无能而弄权之人。 ⑫ 递流:流放。

这壁厢攀栏的怕撅破了头①。

（尚书云）他外国说陛下宠昵王嫱，朝纲尽废，坏了国家。若不与他，兴兵吊伐。臣想纣王只为宠妲己，国破身亡，是其鉴也。（驾唱）

【贺新郎】俺又不曾彻青霄高盖起摘星楼②；不说他伊尹扶汤③，则说那武王伐纣。有一朝身到黄泉后，若和他留侯留侯厮遘④，你可也羞那不羞？您卧重裀，食列鼎，乘肥马，衣轻裘。您须见舞春风嫩柳宫腰瘦，怎下的教他环珮影摇青冢月，琵琶声断黑江秋！

（尚书云）陛下，咱这里兵甲不利，又无猛将与他相持，倘或疏失，如之奈何？望陛下割恩与他，以救一国生灵之命。（驾唱）

【斗虾蟆】当日个谁展英雄手，能枭项羽头，把江山属俺炎刘？——全亏韩元帅九里山前战斗⑤，十大功劳成就⑥。恁也丹墀里头⑦，枉被金章紫绶⑧；恁也朱门里头，都宠着歌衫舞袖。恐怕边关透漏，殃及家人奔骤。似箭穿着雁口，没个人敢咳嗽。吾当僝僽⑨，他也、他也红妆年幼，无人搭救。昭君共你每有甚么杀父母冤仇？休休，少不的满朝中都做了毛延寿！我呵，空掌着文武三千队，中原四百州；只待要割鸿沟⑩。陛恁的千军易得⑪，一将难求！

（常侍云）见今番使朝外等宣。（驾云）罢罢罢！教番使临朝来。（番使入见科，云）呼韩耶单于差臣来奏大汉皇帝：北国与南朝自来结亲和好；曾两次差人求公主不与。今有毛延寿将一美人图，献与俺单于。特差臣来，单索昭君为阏氏，以息两国刀兵。陛下若不从，俺有百万雄兵，刻日南侵，以决胜负，伏望圣鉴不错。（驾云）且教使臣馆驿中安歇去。（番使下）（驾云）您众文武商量，有策献来，可退番兵，免教昭君和番。大抵是欺娘娘软善，若当时吕后在日，一言之出，谁敢违拗！若如此，久已后也不用文武，只凭佳人平定天下便了！（唱）

【哭皇天】你有甚事疾忙奏，俺无那鼎镬边滚热油。我道您文臣安社稷，武将定戈矛；您只会文武班头，山呼万岁，舞蹈扬尘，道那声诚惶顿首。如今阳关路上，昭君出塞；当日未央宫里，女主垂旒。文武每，我不信你敢差排吕太后。枉以后，龙争虎斗，都是俺鸾交凤友。

（旦云）妾既蒙陛下厚恩，当效一死，以报陛下。妾情愿和番，得息刀兵，亦可留名青史。但妾与陛下闺房之情，怎生抛舍也！（驾云）我可知舍不的卿哩！（尚书云）陛下割恩断爱，以社稷为念，早早发送娘娘去罢。（驾唱）

【乌夜啼】今日嫁单于，宰相休生受⑫。早则俺汉明妃有国难投。它那里黄云不出青山岫。投至两处凝眸，盼得一雁横秋。单注着寡人今岁揽闲愁，王嫱这运添憔瘦。翠羽冠，香罗绶，都做了锦蒙头暖帽，珠络缝貂裘。

---

① "那壁厢"二句：意为满朝文武没有一个肯为国家效忠出力。　② 摘星楼：传说商纣王为爱妃妲己筑的一座高楼，名摘星楼。　③ 伊尹：名伊，商代名臣。汤：商代开国君主。　④ 留侯厮遘(gòu)：留侯，汉代开国功臣张良。厮遘，相遇。　⑤ 韩元帅：即汉代开国功臣韩信。传说他在九里山设下十面埋伏，击败项羽。　⑥ 十大功劳：韩信为刘邦立下明修栈道、暗度陈仓、破齐历下军、十面埋伏等十大战功。　⑦ 丹墀(chí)：古代宫殿前的石阶，漆红色。　⑧ 金章紫绶：朝廷重臣所佩带的金印及紫带。《汉书·百官公卿表》载："相国丞相皆秦官，金印紫绶。"　⑨ 僝僽：烦闷、忧愁。　⑩ 割鸿沟：楚汉相争，项羽曾与刘邦约定，割鸿沟以西之地归汉。鸿沟，今河南省贾鲁河。事见《史记·项羽本纪》。　⑪ 陛恁的：简直是这样。　⑫ 生受：费心、操劳。

（云）卿等今日先送明妃到驿中，交付番使，待明日朕亲出灞陵桥，送钱一杯去。（尚书云）只怕使不得的，惹外夷耻笑。（驾云）卿等所言，我都依着；我的意思，如何不依？好歹去送送。我一会家只恨毛延寿那厮！（唱）

【三煞】我则恨那忘恩咬主贼禽兽，怎生不画在凌烟阁上头①？紫台行都是俺手里的众公侯②，有那桩儿不共卿谋，那件儿不依卿奏？争忍教第一夜梦迤逗③，从今后不见长安望北斗，生扭做织女牵牛④！

（尚书云）不是臣等强逼娘娘和番，奈番使定名索取；况自古以来，多有因女色败国者。（驾唱）

【二煞】虽然似昭君般成败都皆有，谁似这做天子的官差不自由！情知他怎收那膘满的紫骅骝⑤。往常时翠轿香兜，兀自倦朱帘揭绣，上下处要成就。谁承望月自空明水自流，恨思悠悠。

（旦云）妾身这一去，虽为国家大计，争奈舍不的陛下！（驾唱）

【黄钟尾】怕娘娘觉饥时吃一块淡淡盐烧肉，害渴时喝一杓儿酪和粥。我索折一枝断肠柳，钱一杯送路酒。眼见得赶程途，趁宿头⑥；痛伤心，重回首，则怕他望不见凤阁龙楼，今夜且则向灞陵桥畔宿。（下）

【导读】

一、此剧简称《汉宫秋》，是一出以昭君出塞的题材作为爱情悲剧来写的历史剧，也是马致远的代表作，于1829年即有大维斯的英译本在欧洲刊行，在中外戏剧史上都有极大影响。

二、昭君出塞的故事，向来是文人们喜爱的创作题材。但以往的创作大多以王昭君为中心，以王昭君的个人牺牲为悲剧，很少对统治者的软弱无能乃至汉元帝的个人情感给予更多关注。随着时代的推移，马致远对这个故事形成了他自己的理解。剧中他不再以王昭君为咏叹的中心，而是在赞美王昭君爱国主义精神的同时，着力塑造汉元帝的形象，描写他对王昭君的缠绵感情和在现实中的无奈选择，把他作为一个值得深切同情的人物来看待，并由此尖刻地揭露和讽刺了那些贪生怕死、丧权辱国的文武大臣，对他们的腐朽和无能表示了极大的愤慨。剧中故事主线与史料记载不同。王昭君因不向毛延寿行贿，而被毛点破画像，打入冷宫，后被汉元帝发现美貌，纳为贵妃。毛延寿畏罪逃至匈奴，挑动匈奴单于以出兵要挟，强索昭君。因满朝文武不敢御敌，元帝无奈，只好忍痛割爱，并亲到灞桥送别。昭君至边境而投河自尽。元帝送别归来，怀想昭君，不能自已，梦见昭君自匈奴逃回，未及缠绵而忽然惊醒，唯听得长空雁过、凄鸣声声，只见得秋霜沉沉、落叶如雨。全剧在浓浓的感伤中结束。

三、此处所选为第二折。这一折以元帝的唱为主，通过元帝对群臣的恳求、斥责以及最后无可奈何的割爱，作者着力刻画了群臣面对匈奴的威胁而束手无策的无能之状，也真实表现了元帝对昭君的一片深情。唱词声情并茂，心理抒发细致入微，委婉动人。

---

① 怎生不画在凌烟阁上头：讥讽叛臣的反语。凌烟阁：唐贞观十七年，太宗下诏，在凌烟阁画上二十四位开国功臣之像。　② 紫台行(háng)：即朝廷里。　③ 迤逗：招惹。亦作拖斗、拖逗。　④ 生扭做：活活地弄成。　⑤ 情知：明知。　⑥ 趁宿头：赶到住宿处。趁，追赶。

王实甫

　　王实甫,元戏曲作家。名德信,大都(今北京)人。生卒年及生平事迹不详。约与关汉卿同时,大概亦为书会中人,同关汉卿代表了中国戏剧史上本色与文采的两个重要流派。贾仲明《凌波仙》为他作吊词曰:"风月营密匝匝列旌旗,莺花寨明飚飚排剑戟,翠红乡雄赳赳施智谋。作词章,风韵美,上林中等辈伏低。新杂剧,旧传奇,西厢记天下夺魁。"共作杂剧十四种,现存《西厢记》《吕蒙正风雪破窑记》《四大王歌舞丽春堂》等三种和《苏小卿月夜贩茶船》《韩彩云丝竹芙蓉亭》二剧片段。另有散曲小令一首及套数二套。

张君瑞待月西厢记

第三本　第二折

　　(旦上,云)红娘伏侍老夫人不得空便,倰早晚敢待来也①。起得早了些儿,困思上来,我再睡些儿咱。(睡科)(红上,云)奉小姐言语去看张生,因伏侍老夫人,未曾回小姐话去。不听得声音,敢又睡哩!我入去看一遭。(红唱)

【中吕·粉蝶儿】风静帘闲,透纱窗麝兰香散,启朱扉摇响双环。绛台高,金荷小,银釭犹灿②。比及将暖帐轻弹③,先揭起这梅红罗软帘偷看。

【醉春风】则见他钗嚲玉斜横④,髻偏云乱挽。日高犹自不明眸,畅好是懒、懒。(旦做起身长叹科)(红唱)半晌抬身,几回搔耳,一声长叹。

　　(红云)我待便将简帖儿与他,恐俺小姐有多少假处哩。我则将这简帖儿放在妆盒儿上,看他见了说什么。(旦做对镜科,见帖看科)(红唱)

【普天乐】晚妆残,乌云嚲,轻匀了粉脸,乱挽起云鬟。将简帖儿拈,把妆盒儿按,开拆封皮孜孜看,颠来倒去不害心烦。(旦怒叫)红娘!(红做意云)呀!决撒了也⑤!(红唱)厌的早扢皱了黛眉⑥。(旦云)小贱人,不来怎!(红唱)忽的波低垂了粉颈,氲的呵改变了朱颜⑦。

　　(旦云)小贱人,这东西那里将来的?我是相国的小姐,谁敢将这简帖来戏弄我?我几曾惯看这等东西?告过夫人,打下你个小贱人下截来。(红云)小姐使将我去,他着我将来。我不识字,知他写着什么?(红唱)

【快活三】分明是你过犯,没来由把我摧残;使别人颠倒恶心烦。你不"惯",谁曾"惯"?

　　(红云)姐姐休闹,比及你对夫人说呵,我将这简帖儿去夫人行出首去来。(旦做揪住红科,云)我逗你耍来。(红云)放手,看打下下截来!(旦云)张生近日如何?

---

① 倰早晚:这时候。　② 绛台:烛台。金荷:烛台承烛泪的铜碟,形似荷叶。银釭:灯。此指烛光。　③ 比及:未及。　④ 嚲(duǒ):下垂。玉:玉钗。　⑤ 决撒:决裂、败露。　⑥ 扢皱:即疙皱,皱眉的意思。　⑦ 氲(yūn)的:脸显红晕。

（红云）我则不说。（旦云）好姐姐，你说与我听咱！（红唱）

【朝天子】张生近间、面颜，瘦得来实难看。不思量茶饭，怕见动弹；晓夜将佳期盼，废寝忘餐。黄昏清旦，望东墙掩泪眼。（旦云）请个好太医看他症候咱。（红云）他症候吃药不济。（红唱）病患、要安，则除是出几点风流汗。

（旦云）红娘，不看你面呵，我将与老夫人，看他有何面目见夫人？虽然我家亏他，只是兄妹之情，焉有外事。红娘，早是你口稳哩？若别人知呵，什么模样。（红云）你哄著谁哩！你把这个饿鬼，弄得他七死八活，却要怎么？（红唱）

【四边静】怕人家调犯①，"早共晚夫人见些破绽，你我何安"。问什么他遭危难？撺断得上竿，掇了梯儿看。

（旦云）将描笔儿过来，我写将去回他，着他下次休是这般。（旦做写科，起身科，云）红娘，你将去说："小姐看望先生，相待兄妹之礼如此，非有他意。再一遭儿是这般呵，必告夫人知道。"和你个小贱人都有说话。（旦掷书，下）（红唱）

【脱布衫】小孩儿家口没遮拦，一迷的将言语摧残。把似你使性子休思量秀才②，做多少好人家风范。（红做拾书科，唱）

【小梁州】他为你梦里成双觉后单，废寝忘餐。罗衣不奈五更寒，愁无限，寂寞泪阑干。

【幺篇】似这等辰勾空把佳期盼，我将这角门儿世不曾牢拴，则愿你做夫妻无危难。你向这筵席头上整扮③，我做一个缝了口的撮合山④。

（红云）我若不去来，道我违拗他，那生又等我回报；我须索走一遭。（下）（末上，云）那书倩红娘将去，未见回话，我这封书去，必定成事。这早晚敢待来也。（红上，云）须索回张生话去。小姐，你性儿太惯得娇了；有前日的心，那得今日的心来？（唱）

【石榴花】当日个晚妆楼上杏花残，犹自怯衣单，那一片听琴心清露月明间。昨日个向晚，不怕春寒，几乎险被先生馔⑤。那其间岂不胡颜⑥。为一个不酸不醋风魔汉，隔墙儿险化做了望夫山。

【斗鹌鹑】你用心儿拨雨撩云，我好意儿传书寄简。不肯搜自己狂为，则待要觅别人破绽。受艾焙权时忍这番⑦，畅好是奸。（云）张生是兄妹之礼，焉敢如此！（唱）对人前巧语花言；（云）没人处便想张生，（唱）背地里愁眉泪眼。

（红见末科）（末起云）小娘子来了？擎天柱，大事如何了也？（红云）不济事了，先生休傻。（末云）小生简帖儿是一道会亲的符篆⑧，则是小娘子不用心，故意如此。（红云）我不用心？有天哩！你那简帖儿好听！（唱）

【上小楼】这的是先生命蹇，须不是红娘违慢。那简帖儿倒做了你的招伏，他的勾头⑨，我的公案。若不是觑面颜，厮顾盼，担饶轻慢。（云）先生受罪，礼之当然，贱妾何辜？（唱）争些儿把你娘拖犯⑩。（末云）小姐几时能相会一面？（红唱）

---

① 调犯：作弄、嘲弄。② 把似：假如。③ 你向这筵头上整扮：意为莺莺可放心与张生成就婚姻。④ 撮合山：媒人。⑤ 先生馔：出自《论语·为政》："有酒食，先生馔。"意为有佳肴，请先生享用。⑥ 胡颜：丢脸。⑦ 受艾焙(bèi)：比喻吃了苦头。艾焙，针灸技术之一，用艾烧灸病人。⑧ 符篆(zhuàn)：符咒。⑨ 勾头：拘捕罪犯的文书。⑩ 厮：相。担饶：饶恕。拖犯：连累。

【幺篇】从今后相会少,见面难。月暗西厢,凤去秦楼①,云敛巫山。你也赸②,我也赸,请先生休讪③,早寻个酒阑人散。

(红云)只此,再不必申诉足下肺腑。怕夫人寻,我回去也。(末云)小娘子此一遭去,再着谁与小生分剖;必索做一个道理,方可救得小生一命。(末跪下,揪住红科)(红云)张先生是读书人,岂不知此意,其事可知矣。(唱)

【满庭芳】你休要呆里撒奸;你待要恩情美满,却教我骨肉摧残。老夫人手执着棍儿摩娑看,粗麻线怎透得针关。直待我挂着拐帮闲钻懒,缝合唇送暖偷寒。(云)待去呵,小姐性儿撮盐入火④,(唱)消息儿踏着泛⑤,(云)待不去呵——(末跪,哭云)小生这一个性命,都在小娘子身上。(红唱)禁不得你甜话儿热趱⑥,好着我两下里做人难。

(红云)我没来由分说!小姐回与你的书,你自看者。(末接科,开读科,云)呀,有这场喜事!撮土焚香,三拜礼毕。早知小姐简至,理合远接,接待不及,勿令见罪!小娘子,和你也欢喜。(红云)怎么?(末云)小姐骂我都是假。书中之意,着我今夜花园里来,和他"哩也波,哩也罗⑦"哩。(红云)你读书我听。(末云)是四句诗:待月西厢下,迎风户半开。隔墙花影动,疑是玉人来。(红云)怎见得他着你来?你解与我听咱。(末云)"待月西厢下",着我月上来。"迎风户半开",他开门待我。"隔墙花影动,疑是玉人来",着我跳过墙来。(红笑云)他着你跳过墙来,你做下来。端的有此说么?(末云)俺是个猜诗谜的社家⑧,风流隋何,浪子陆贾,我那里有差的勾当。(红云)你看我姐姐,在我行也使这般道儿。(唱)

【耍孩儿】几曾见寄书的颠倒瞒着鱼雁,小则小心肠儿转关。写着道"西厢待月"等得更阑,着你跳东墙"女"字边"干"。原来那诗句儿里包笼着三更枣⑨,简帖儿里埋伏着九里山。他着紧处将人慢,您会云雨闹中取静,我寄音书忙里偷闲。

【四煞】纸光明玉板,字香喷麝兰,行儿边滗透非春汗?一缄情泪红犹湿,满纸春愁墨未干。从今后休疑难,放心波玉堂学士,稳情取金雀鸦鬟⑩。

【三煞】他人行别样的亲,俺跟前取次看⑪,更做道孟光接了梁鸿案⑫。别人行甜言美语三冬暖,我跟前恶语伤人六月寒。我为头儿看:看你个离魂倩女⑬,怎发付掷果潘安⑭。

(末云)小生读书人,怎跳得那花园过?(红唱)

【二煞】隔墙花又低,迎风户半拴,偷香手段今番按。怕墙高怎把龙门跳,嫌花密难将仙桂攀。放心去,休辞惮;(云)你若不去呵,(唱)望穿他盈盈秋水,蹙损他淡淡春山。

(末云)小生曾到那花园里,已经两遭,不见那好处;这一遭知他又怎么?(红云)如今不比往常。(唱)

【煞尾】你虽是去了两遭,我敢道不如这番。你那隔墙酬和都胡侃,证果的是今番这一

---

① 凤去秦楼:传说秦穆公将女儿弄玉嫁给萧史,后二人骑凤上天去了。 ② 赸(shàn):走开。 ③ 讪(shàn):讥笑。 ④ 撮盐入火:盐一入火就爆炸,比喻性情急躁。 ⑤ 消息儿:隐处。泛:翻动。 ⑥ 热趱(zǎn):紧紧催逼。 ⑦ 哩也波,哩也罗:即现今说的"如此如此","那个那个"。 ⑧ 社家:行家。 ⑨ 三更枣:传说佛家禅宗五祖给六祖传法时,交他粳米三颗,枣一枚,六祖懂得是叫他在"三更""早"些来。九里山:传说韩信曾在此设十面埋伏打败项羽。这里意指书信中有秘密。 ⑩ 稳情:包管。金雀鸦鬟:代指莺莺。见唐李绅《莺莺歌》:"金雀鸦鬟年十七。" ⑪ 取次:等闲,随便。 ⑫ 更做道:即使、纵使。 ⑬ 离魂倩女:代指莺莺痴情。出自唐陈玄祐《离魂记》。 ⑭ 掷果潘安:据传晋代潘岳(字安仁)长得很漂亮,每次坐车上街,很多妇女用果子掷他。

简①。(红下)

(末云)万事自有分定,谁想小姐有此一场好处。小生是猜诗谜的社家,风流隋何,浪子陆贾,到那里扢扎帮便倒地②。今日颩天百般的难得晚。天!你有万物于人,何故争此一日?疾下去波!读书继晷怕黄昏③,不觉西沉强掩门;欲赴海棠花下约,太阳何苦又生根?(看天云)呀,才晌午也!再等一等。(又看科)今日万般的难得下去也呵。碧天万里无云,空劳倦客身心,恨杀鲁阳贪战④,不教红日西沉!呀,却早倒西也,再等一等咱。无端三足乌⑤,团团光烁烁;安得后羿弓,射此一轮落!谢天地,却早日下去也!呀,却早发擂也⑥!呀,却早撞钟也!拽上书房门,到得那里,手挽着垂杨,滴溜扑跳过墙去。(下)

【导读】

一、莺莺与张生的故事,最早见于唐代元稹所作传奇《会真记》,后来在民间广为流传,曾使士人"无不举此以为美谈,至于倡优女子,皆能调说大略"(赵令畤《蝶恋花鼓子词序》),宋代文人秦观、毛滂等也曾有歌咏。南宋时这个故事被民间艺人改编为话本和官本杂剧,金代董解元更把它改编为《西厢记诸宫调》(俗称《董西厢》),进一步丰富故事内容,并把这一故事的主题转变为对青年男女争取美好爱情的歌颂。王实甫的《崔莺莺待月西厢记》(简称《西厢记》),就是在这些基础上创作完成的。故事写书生张珙(君瑞)和相国小姐崔莺莺在普救寺里一见钟情,冲破封建礼教的束缚,互相间大胆追求,在侍女红娘的帮助下,经过种种曲折和努力,消除种种误会和矛盾,终于私自结合。后被崔母发现,张生被迫上京应考,一段痛苦的分别后,张生登第归来,有情人终成眷属。

二、《西厢记》打破了元杂剧每剧四折的旧体例,共五本二十一折。第二本第三折俗称"酬简",写相国小姐崔莺莺对张生虽然已经一见钟情,但不敢公开表示,即使面对自己的侍女红娘也"诸多假意儿",用一些虚词假式来万般掩饰自己对张生的一片真情。这里王实甫用活泼生动、颇富喜剧性的语言、动作和情节,通过莺莺的假意、张生的痴情和红娘的调皮,成功塑造了三个个性迥异的人物形象,细致入微地刻画了莺莺作为一个贵族小姐敢爱却又不敢公开示爱的矛盾心理,表现了礼教社会里青年男女在追求爱情自由时的特殊方式。这一折在艺术上的特色是它的喜剧性,尤其是莺莺的"诸多假意儿",使她在成为一个喜剧性的人物的同时,也为全剧的喜剧性发展设定了氛围,加之以红娘的挑逗和张生的疯魔,使作品产生了很强的喜剧效果。

三、与《董西厢》相比,王实甫的《西厢记》故事引人入胜,情节发展合情合理,矛盾冲突富于变化,曲白优美动人,人物刻画细致入微,通过莺莺、张生、红娘等几个典型人物的塑造,淋漓尽致地表达了作者"愿天下有情人终成眷属"的进步思想,表现了封建社会里青年男女追求爱情自由、反对封建礼教的美好理想,成为中国古代爱情戏中流传最广、影响最大、成就也最高的一部,在中国戏剧舞台上久演不衰。后人也对此剧给予了极高的评价。明王骥德《曲律》卷四云:"旧曲列品有四:曰神、曰妙、曰能、曰具。而神品以属《琵琶》《拜月》。夫曰神品,必法与词两擅其极,惟实甫《西厢》可当之耳。"清李渔《闲情偶寄》云:"填词除杂剧不论,止论全本,其文字之佳,音律之妙,未有过于北《西厢》者。"

---

① 证果:佛教为修炼成功之意,此引申为好事成就。 ② 扢(gē)扎帮:形容动作快捷。 ③ 读书继晷(guǐ):努力读书。晷:日影,引申为时光。 ④ 鲁阳贪战:出《淮南子·览冥训》,传说鲁阳公与韩国人大战至日落,鲁阳公举戈一挥,太阳便倒回九十里。 ⑤ 三足乌:指太阳。 ⑥ 发擂:打鼓起更。

高 明

高明(约1305—1359),元末明初戏曲家。字则诚,号菜根道人,永嘉平阳(今浙江温州瑞安)人。后人称东嘉先生。《瑞安县志》云:自幼"聪敏嗜学,读春秋,识圣人大义"。元至正进士,几任地方小官,后归隐于宁波栎社。《琵琶记》即于此间创作。诗文集《柔克斋集》二十卷,有清代辑本。

琵琶记

第二十一出 糟糠自厌

(旦上,唱)

【山坡羊】乱荒荒不丰稔的年岁①,远迢迢不回来的夫婿,急煎煎不耐烦的二亲,软怯怯不济事的孤身己。苦!衣尽典,寸丝不挂体。几番拼死了奴身己②,争奈没主公婆,教谁看取。(合)思之③,虚飘飘命怎期?难挨,实丕丕灾共危④。

【前腔】滴溜溜难穷尽的珠泪,乱纷纷难宽解的愁绪,骨崖崖难扶持的病体,战兢兢难挨过的时和岁。这糠,我待不吃你呵,教奴怎忍饥?我待吃你呵,教奴怎么吃?思量起来,不如奴先死。图得不知他亲死时。(合前)思之,虚飘飘命怎期?难挨,实丕丕灾共危。

奴家早上安排些饭与公婆,非不欲买些鲑菜⑤,争奈无钱可买。不想婆婆抵死埋怨,只道奴家背地自吃了什么东西,不知奴家吃的是米膜糠秕。又不敢教他知道,只得回避。便做他埋怨杀我,我也不分说。苦!这糠秕怎的吃得下?(吃吐介)(唱)

【孝顺歌】呕得我肝肠痛,珠泪垂,喉咙尚兀自牢嗄住。糠那!你遭砻被舂杵⑥,筛你簸扬你,吃尽控持⑦。好似奴家身狼狈,千辛万苦皆经历。苦人吃着苦味,两苦相逢,可知道欲吞不去。

(外、净潜上⑧,探觑介)(旦唱)

【前腔】糠和米本是相倚依,被簸扬作两处飞。一贱与一贵,好似奴家与夫婿。终无见期。丈夫,你便是米呵,米在他方没寻处。奴家恰便似糠呵,怎的把糠来救得人饥馁?好似儿夫出去,怎的教奴供给得公婆甘旨?

(外、净潜下介)(旦唱)

【前腔】思量我生无益,死又值甚的!不如忍饥死了为怨鬼。只一件,公婆年纪老,靠奴家

---

① 不丰稔(rěn):粮食歉收。稔,谷子成熟。 ② 身己:性命。 ③ 合:指后面四句要合唱。 ④ 实丕丕:实实在在。 ⑤ 鲑(xié)菜:鱼、菜的总称。 ⑥ 砻(lóng):磨碾。 ⑦ 控持:摆布、控制,引申为磨难。 ⑧ 外净:角色名。

相依倚，只得苟活片时。片时苟活虽容易，到底日久也难相聚。漫把糠来相比，这糠呵，尚兀自有人吃，奴家的骨头，知他埋在何处？

（外、净上）（净）媳妇。你在这里吃什么？（旦）奴家不曾吃什么。（净搜夺介）

（旦）婆婆，你吃不得。（外）咳！这是什么东西？（旦唱）

【前腔】这是谷中膜，米上皮。（外）呀！这便是糠，要他何用？（旦唱）将来饦饦堪疗饥①。（净）嗳！这糠只好将去喂猪狗，如何把来自吃？（旦唱）尝闻古贤书，狗彘食人食②，也强如草根树皮。（外、净）怎的苦涩东西，怕不噎坏了你！（旦唱）啮雪天毡，苏卿犹健③；餐松食柏④，倒做得神仙侣。这糠呵，纵然吃些何虑？（净）阿公，你休听他说谎，糠秕如何吃得？（旦唱）爹妈休疑，奴须是你孩儿的糟糠妻室。

（外、净看哭介）媳妇，我原来错埋冤了你。兀的不痛杀我也！（闷倒，旦叫哭介，唱）

【雁过沙】苦！他沉沉向冥途，空教我耳边呼。公公婆婆！我不能够尽心相奉事，反教你为我归黄土，教人道你死缘何故？公公婆婆，怎生割舍得抛弃了奴！

（外醒介，旦）谢天谢地，公公醒了。公公你挣扎。（外唱）

【前腔】媳妇，你担饥事姑舅⑤，媳妇，你担饥怎生度？（旦）公公且自宽心，不要烦恼。（外唱）媳妇，我错埋冤了你，你也不推辞，到如今始信有糟糠妇。媳妇，料应我不久归阴府，也省得为我死的，累你生的受苦。

（旦扶外起介）公公且在床上安息，待我看婆婆如何？（叫不醒介）呀，婆婆不济事了，如何是好？（唱）

【前腔】婆婆气全无，教奴怎支吾⑥？咳，丈夫呵，我千辛万苦，为你相看顾，如今到此难回护。我只愁母死难留父，况衣衫尽解，囊箧又无。

（外）媳妇，婆婆还好么？（旦）婆婆不好了。（外唱）

【前腔】天那！我当初不寻思，教孩儿往帝都，把媳妇闪得苦又孤⑦，把婆婆送入黄泉路。算来是我相耽误，不如我死，免把你再辜负。

（旦）公公休说这话，请自将息。（外）媳妇，婆婆死了，衣衾棺椁，是件皆无，如何是好？（旦）公公宽心，待奴家区处⑧。（末上）福无双降犹难信，祸不单行却是真。老夫为何道此两句？为邻家蔡伯喈妻房赵氏五娘，他嫁得伯喈，方才两月，伯喈便出去赴选。自去之后，连遭饥荒，公婆年纪皆在八十之上，家里更没个相扶持的。甘旨之奉，亏杀这五娘子，把些衣服首饰之类，尽皆典卖，办些粮米，供给公婆。却背地里把糠秕饦饦充饥。这般荒年饥岁，少甚么有三五个孩儿的人家⑨，供膳不得爹娘。这个小娘子，真个今人中少有，古人中难得。那婆婆不知

---

① 饦饦：即饽（bō）饽。此作动词捏成饽饽的意思。 ② 狗彘（zhì）食人食：狗彘（猪）吃的东西，拿来给人吃。语出《孟子·梁惠王》。此反用其意。 ③ 苏卿：即苏武。汉武帝时，苏武出使匈奴，匈奴逼他投降。苏武不屈，被拘至北海（今贝加尔湖）牧羊，渴则吃雪，饥则餐毡，得以不死。事见《汉书·苏武传》。 ④ 餐松食柏：相传神仙不食烟火，以松柏之籽为食。 ⑤ 姑舅：古代妻子对丈夫父母的一种称呼。其母称"姑"，其父称"舅"。 ⑥ 支吾：应付。 ⑦ 闪：抛、撇。 ⑧ 区处：安排。 ⑨ 少甚么：不少。

道,颠倒把他埋冤。适来听得他公婆知道,却又痛心,都害了病。如今不免到他家里探望则个。呀!五娘子,你为甚的慌慌张张。(旦)公公,天有不测风云,人有旦夕祸福。奴家婆婆死了。(末)咳,你婆婆既死了,你公公如今在那里?(旦)在床上睡着。(末)待我看一看。(外)太公休怪,我起来不得了。(末)老员外快不要劳动。(旦)太公,我婆婆衣衾棺椁,是件皆无,如何是好?(末)五娘子,你不要愁烦,我自有区处。(旦唱)

【玉包肚】千般生受①,教奴家如何措手?终不然把他骸骨②,没棺材送在荒丘。(合)相看到此,不由人不泪珠流,正是不是冤家不聚头。(末唱)

【前腔】五娘子不必多忧,资送婆婆,在我身上有。但你小心承值公公③,莫教他又成不救。(合前)(外唱)

【前腔】张公护救,我媳妇实难启口。孩儿去后,又遇饥荒,把衣衫典卖无留。

(合前)(末)老员外,你请进里面去歇息,待我一霎时叫家僮讨棺木来,把老安人殡殓了,选个吉日,送在南山安葬去。(旦)如此,多谢太公周济。

(旦)只为无钱送老娘,(末)须知此事有商量;(合)归家不敢高声哭,惟恐猿闻也断肠。

(并下)

【导读】

一、《琵琶记》是根据民间传说和宋元南戏改编而成的一部悲剧。陆游《小舟游近村舍舟步归》四绝句之一:"斜阳古柳赵家庄,负鼓盲翁正作场。身后是非谁管得,满村听唱蔡中郎。"由此可见,南宋时关于蔡伯喈的故事就已经在民间广为流传。另据明人祝允明《猥谈》、徐渭《南词叙录》载,南宋戏文中也有《赵贞女蔡二郎》一本,写"伯喈弃亲背妇,为暴雷震死"。后来像蔡伯喈弃亲背妇,赵五娘艰苦事亲一类故事,都成为南戏中的基本情节。高明的《琵琶记》,正是在这些基础上完成的。所不同的是,他把向来被人们批判的"陈世美"式的蔡伯喈放在特定的历史环境和条件下,给了这个悲剧以更深刻的社会内容和更多的同情。故事写陈留人蔡伯喈婚后两月迫于父命而离家赶考,高中状元,被牛丞相看中,虽几经辞官、辞婚,但仍被逼招为婿。蔡家中妻子赵五娘吃糠咽菜,尽心侍奉公婆,后公婆皆亡,赵五娘怀抱琵琶,沿途弹唱行乞,上京寻夫,偶然机会中,夫妻相遇。蔡伯喈牛姓妻子得知真相,颇有大义,欲与蔡、赵共同回家。后蔡、赵等人的遭遇感动牛丞相和皇帝,对其一家加官封赠,遂成大团圆结局。受时代和阶级思想的限制,高明的这出戏如其自言:"不关风化体,纵好也徒然",是意图通过艺术形象来阐述、宣扬封建伦理道德,剧中充满了忠孝说教,有许多封建糟粕。但是,由于作者更多地从伦理道德的压力、科举制度的诱惑和权势人物的阻挠等方面来归结蔡家悲剧产生的主要原因,又使作品能够在一定程度上揭露出这一家庭悲剧的社会根源,从而有了比民间传说更为深刻的社会意义。

二、《琵琶行》的情节发展曲折多变、波澜频起,刻意在牛府的荣华富贵和蔡家的饥寒交迫的对比中来进行场面描写,烘托气氛,有很强的感染力。尤其是对悲剧人物赵五娘的刻画极为成功。尽管作者是把她作为一个封建社会孝妇的典范来加以表现,但是她在艰苦境遇中的含辛茹苦、对公婆的体贴关心等,无不表现出封建社会普通劳动妇女勤劳、善良的美好品德。这里选的第二十一出《糟糠自厌》,写赵

---

① 生受:为难。 ② 终不然:难道。 ③ 承值:侍奉。

五娘在灾荒年月瞒着公婆吃糠咽菜,险被公婆误解的场面。这里既写出了蔡家一家人的悲苦生活,更写出了他们在生死关头的血泪相融的深沉情义。细节刻画真实生动,曲词唱白哀婉感人,给观众造成的悲悯情绪已远远超出了封建孝妇的局限。明王世贞《曲藻》云:"则诚所以冠绝诸剧者,不唯其琢句之工,使事之美而已,其体贴人情,委曲必尽;描写物态,仿佛如生,问答之际,了不见扭造,所以佳耳。"

三、这出戏被推为"南戏之祖",向来被人们极力称道,对后世的戏曲创作影响极大。明初的《荆钗记》和后来李玉、朱素臣等人的创作,都可见《琵琶记》风格的影响。1841年此剧即有法译本,是我国古典戏曲中较早传于世界的著名剧本之一。

散曲及词

卢 挚

卢挚(约1235—1314后),元文学家。字处道,一字莘老,号疏斋,又号嵩翁。祖籍河北涿州,后世居河南颍川。至元进士,官至翰林承旨。元初之时,文推姚燧、卢挚,诗推刘因、卢挚,曲推卢挚、徐子方、鲜于枢,文名至盛。有《疏斋集》,已佚。《全元散曲》录存其小令一百二十首。今人李修生辑有《卢疏斋集辑存》。

〔双调〕沉醉东风①·秋景

挂绝壁枯松倒倚②,落残霞孤鹜齐飞③。四围不尽山,一望无穷水。散西风满天秋意。夜静云帆月影低,载我在潇湘画里④。

【导读】

一、这首小令如题所示,唯写秋景。

二、作者先写近景,再写远景,仿佛是一幅渐远渐淡的水墨丹青;先写有形,再写无形,又似乎任自己的思绪在漫天秋色里徜徉。其中化用前人诗句,不但妥帖允当,不着痕迹,而且令视野无限开阔,尤引人联想。

三、作者描摹景物在时空的转换上自如流畅,任意而为,极富创意。先由空间写景,再由时间写情,虽然看似无情,其实情寓其中,意境悠然,使在文人笔下常显萧索的秋景反倒平添了几分诗情画意,充分地体现了作者散曲作品自然、明媚的艺术风格。贯云石《阳春白雪序》评卢挚曲云:"疏斋媚妩,如仙女寻春,自然笑傲。"

关汉卿:〔双调〕沉醉东风

咫尺的天南地北⑤,霎时间月缺花飞⑥。手执着饯行杯,眼阁着别离泪⑦。刚道得声

---

① 沉醉东风:曲调名。 ② "挂绝壁"句:化用李白《蜀道难》诗句:"连峰去天不盈尺,枯松倒挂倚绝壁。" ③ "落残霞"句:化用王勃《滕王阁序》句:"落霞与孤鹜齐飞,秋水共长天一色。" ④ 潇湘画:湖南湘水流至零陵县西与潇水汇合,故世称该地区为潇湘。宋代画家宋迪有《潇湘八景图》。 ⑤ 咫(zhǐ)尺:形容距离很近。 ⑥ 月缺花飞:古人常用花好月圆比喻亲人团聚,反之比喻分散。 ⑦ 阁:同"搁",停留。

"保重将息①",痛煞煞教人舍不得②。"好去者望前程万里③!"

【导读】

一、这是一支表现别情的小令。曲中以女子的口气,抒发了一对情人在饯别时难舍难分的痛苦感情。

二、曲子首先用时间空间上的鲜明对比和略显夸张的比喻,写出女主人公与情人临别时的强烈感受,渲染出男女主人公面对离别的愁绪;再用女主人公噙泪把酒的情态,写出她难与情人分手的痛苦;最后用女主人公给情人的临别赠言,写出她不忍分离却又强颜作别的复杂心情和可贵性格。曲中作者多用白描手法,通过细致生动的描摹情状,让女主人公用动作、表情、话语来展露自己的心情,声情并茂,刻画入微,把她的悲愁、痛苦乃至关心和祝愿等交织在一起的复杂心态淋漓尽致地表现出来,尤其最后的两句赠言,把常见的离愁别绪化成对情人的美好祝愿,既表现了情人间的深挚感情,也从侧面揭示了女主人公的美好心境,刻画出一个大胆执着、感情热烈而又并不自私的女性形象。

三、小令篇短情长,言浅意深,语言本色,场面感人。向来被认为是抒写离情别绪的经典之作。

〔南吕〕一枝花 · 不伏老

攀出墙朵朵花,折临路枝枝柳④。花攀红蕊嫩,柳折翠条柔。浪子风流,凭着我折柳攀花手,直煞得花残柳败休⑤。半生来折柳攀花,一世里眠花卧柳。

【梁州】我是个普天下郎君领袖⑥,盖世界浪子班头。愿朱颜不改常依旧。花中消遣,酒内忘忧。分茶⑦、攧竹⑧;打马⑨,藏阄。通五音六律滑熟⑩,甚闲愁到我心头。伴的是银筝女银台前理银筝笑倚银屏⑪,伴的是玉天仙携玉手并玉肩同登玉楼,伴的是金钗客歌金缕捧金樽满泛金瓯⑫。你道我老也,暂休。占排场风月功名首,更玲珑又剔透。我是个锦阵花营都帅头⑬,曾玩府游州。

【隔尾】子弟每是个茅草冈、沙土窝初生的兔羔儿乍向围场上走;我是个经笼罩、受索网、苍翎毛老野鸡蹅踏的阵马儿熟⑭。经了些窝弓冷箭蜡枪头⑮,不曾落人后。恰不道"人到中年万事休",我怎肯虚度了春秋。

【尾】我是个蒸不烂、煮不熟、捶不匾、炒不爆、响珰珰一粒铜豌豆,恁子弟每谁教你钻入他锄不断、斫不下、解不开、顿不脱、慢腾腾千层锦套头⑯?我玩的是梁园月,饮的是东京酒⑰,赏的是洛阳花,攀的是章台柳⑱。我也会围棋、会蹴鞠、会打围、会插科、会歌舞、会吹弹、会咽作、会吟诗、会双陆⑲。你便是落了我牙、歪了我嘴、瘸了我腿、折了我手,天赐与我这几般儿歹症候⑳,尚兀自不肯休㉑。则除是阎王亲自唤,神鬼自来勾,三魂归地府,七

---

① 将息:休养。 ② 煞(shà)煞:极度。 ③ 者:语气词,无义。 ④ 出墙花、临路柳:指妓女。 ⑤ 直煞得:即"直杀得"。 ⑥ 郎君:原本指贵家子弟,元曲中往往指嫖客。 ⑦ 分茶:古代妓院中的一种技艺,把茶均匀地分注在小茶杯中待客。 ⑧ 攧(diān)竹:古代妓院中的一种技艺,即画竹。 ⑨ 打马:古代博戏。 ⑩ 五音六律:指音乐。 ⑪ 银筝女:指妓女。 ⑫ 金缕:曲调名。金瓯(ōu):精美的酒器。 ⑬ 锦阵花营:指妓女群。都帅头:总头目。 ⑭ 阵马儿熟:指熟悉情况,有对付的经验。 ⑮ 窝弓冷箭:此指暗算。蜡枪头:喻中看不中用。 ⑯ 恁(nín):同"您"。斫(zhuó):用刀斧砍。 ⑰ 东京:此指开封。 ⑱ 章台柳:指妓女。事见唐许尧佐撰传奇《柳氏传》。 ⑲ 蹴(cù)鞠(jū):踢球。打围:古代指打猎时的合围,后泛指打猎。 ⑳ 歹症候:不好治的病。 ㉑ 兀自:还,犹。

魄丧冥幽。天哪,那其间才不向烟花路儿上走。

【导读】

一、这首套曲是关汉卿的代表作,也是他的自序作。

二、关汉卿是元代科举废除后以民间生活为主的小知识分子,社会地位很低,长期与下层劳动人民、民间艺人、演员歌妓等生活在一起,熟悉他们的生活和境遇,了解他们的思想和痛苦,并形成了自己特殊的思想品格和性格追求。他本人多才多艺,导演、编剧、表演等各项全能,曾与白朴、赵子祥等杂剧作家在大都组织"玉京书会",进行杂剧创作和演出。元熊梦祥《析津志·名宦传》说他"生而倜傥,博学能文,滑稽多智,蕴藉风流,为一时之冠",明初贾仲明说他"珠玑语唾自然流,金玉词源即便有,玲珑肺腑天生就。风月情,忒惯熟。姓名香四大神州。驱梨园领袖,总编修帅首,捻杂剧班头"。这首套曲中,作者以第一人称的自述方式,用诙谐、生动、通俗而又夸张的语言,把自己的各种风流嗜好、生活情状和丰富的内心世界搬演出来,表达了与众不同的生活信念和倔强性格,表现了作者愤世嫉俗,玩世不恭的生活态度和乐观顽强、愈老弥坚的思想品格,表达了对当时黑暗社会现实的强烈不满,曲折地体现了元代知识分子在当时特定历史条件下的境遇和思想。

套曲由四支曲子组成。〔一枝花〕写"浪子风流",为人物性格奠定基调,暗扣"不伏老"的主题。〔梁州〕述说自己的诸般风流情趣和嗜好,对自己的风月生活给予极力赞赏,借调侃、自嘲发泄出对社会的不满。〔隔尾〕把自己与那些未经世事的"子弟每"相比,陈述自己曾经的种种险恶处境和坎坷遭遇,表现了自己坚强不屈的性格。〔尾〕中作者把自己用"铜豌豆"作比,通过形象生动的比喻,进一步集中揭示了他坚毅不屈的性格和思想,是全篇的精华所在。由此也不难看出,作者作为一个多才多艺的"书会中人",其诸般风流嗜好中实际上处处体现着对社会的不满和反叛,其玩世不恭中也处处显露着他的铮铮铁骨,他对自己生活选择的无怨无悔,更加真实地表现了他鄙视功名富贵、反叛黑暗现实的心理和个性,同时也颇具典型意义地传达出了元代知识分子共同的生活境遇和心路历程。

三、这首套曲用第一人称写就,直抒胸臆,全无遮拦,语言酣畅淋漓、泼辣诙谐,夸张中不失本色,调侃中尤见深刻,比喻生动而新奇,富于机趣,并大量运用排比句式,多用衬字,增强了作品的节奏感和表现力,形成了灵活、奔放的气势,充分地体现了作者散曲的艺术特点。

马致远:〔双调〕夜行船①·秋思

百岁光阴一梦蝶②,重回首往事堪嗟。今日春来,明朝花谢。急罚盏夜阑灯灭③。
【乔木查】想秦宫汉阙,都做了衰草牛羊野。不恁么渔樵没话说④。纵荒坟横断碑,不辨龙蛇⑤。
【庆宣和】投至狐踪与兔穴⑥,多少豪杰。鼎足虽坚半腰里折。魏耶?晋耶?
【落梅风】天教你富,莫太奢。没多时好天良夜。富家儿更做道你心似铁,争辜负了锦堂风月⑦。

---

①〔双调〕夜行船:散曲中常用的套曲。 ②梦蝶:据《庄子·齐物论》载:"昔者庄周梦为蝴蝶,栩栩然蝴蝶也。……俄然觉,则蘧蘧然周也。" ③罚盏(zhǎn):罚酒。盏,小杯子。 ④恁么:如此,这样。 ⑤龙蛇:指刻在碑上的文字,古人常用龙蛇喻飞动的笔势。一说指年份,即龙年、蛇年。 ⑥投至:及至、等到。 ⑦锦堂:即昼锦堂,北宋著名宰相韩琦在故乡安阳所建。

【风入松】眼前红日又西斜,疾似下坡车。不争镜里添白雪,上床与鞋履相别。休笑巢鸠计拙①,葫芦提一向装呆②。

【拨不断】利名竭,是非绝。红尘不向门前惹,绿树偏宜屋角遮,青山正补墙头缺;更那堪竹篱茅舍。

【离亭宴煞】蛩吟罢一觉才宁贴③,鸡鸣时万事无休歇。何年是彻?看密匝匝蚁排兵,乱纷纷蜂酿蜜,急攘攘蝇争血。裴公绿野堂④,陶令白莲社⑤,爱秋来时那些:和露摘黄花,带霜分紫蟹,煮酒烧红叶。想人生有限杯,浑几个重阳节?人问我顽童记者:便北海探吾来⑥,道东篱醉了也⑦。

【导读】

一、这首套曲于《词林摘艳》《北宫词纪》等本中题为"秋兴",是作者抒发愤世嫉俗情怀、赞美恬退隐居生活之作。

二、全套七支曲子虽所咏大致相同,但前后尚有层次之分。第一支〔夜行船〕曲,写作者对人生意义的思考,发出了人生如梦、往事不堪回首之叹,是引领全篇的总起之笔。接之〔乔木查〕〔庆宣和〕〔落梅风〕三支曲子为一个层次,分别从帝王、豪杰、富人写起,说权贵也荒、功名易折、富贵无常,是对人生无常的进一步感叹。继之〔风入松〕〔拨不断〕两支曲子又为一个层次,由远及近,由人见己,是写作者纵览世事,看破名利之后自己甘于退隐的处世之道。最后〔离亭宴煞〕一支曲子是全篇的总结,经过对两种人生态度的比较,作者在对那些争名夺利、贪图富贵的势利小人进行了无情的抨击之后,表现了自己对徜徉林泉、诗酒自娱生活的向往和选择。这是一支隐者之歌,表面上看甚至不乏消极退避之意,但联系作者所处时代和个人经历来分析,作者在赞美隐居生活的同时,实际上也曲折地表现了自己愤世嫉俗的情绪,这也是元代大多数知识分子在异族统治的特定历史条件下的痛苦、无奈乃至甘于消沉退避的心声。

三、这支套曲中,作者纵览古今,放眼社会,笔力纵横,文思开阔,以真情实感写来,尤具深邃的思想。作者善用比喻,巧于对比,尤能通过鲜明生动的形象描写来传达自己强烈的感情和深刻的思考,语言畅朗爽利,感染力和说服力都很强,充分体现了马致远散曲的清新而不失豪放的风格。元周德清《中原音韵》赞其为"万中无一"之作。后王国维《宋元戏曲考·元剧之文章》也说:"马东篱《秋思》一套,周德清评之为'万中无一',明王元美等亦推为套数中第一,诚定论也。"

---

① 巢鸠计拙:据《诗经·召南·鹊巢》载:"维鹊有巢,维鸠居之。"朱熹注:"鸠性拙不能为巢,或有居鹊之成巢者。" ② 葫芦提:糊里糊涂。 ③ 蛩(qióng):蟋蟀。宁贴:舒服、安宁。 ④ 裴公:唐代裴度,宪宗时官至中书侍郎同平章事,又因讨平蔡州吴元济,被封为晋国公。后因宦官专权,国事日非,退居洛阳,筑绿野草堂,饮酒赋诗于其中,不问世事。 ⑤ 陶令:晋诗人陶潜,曾任彭泽令。白莲社:晋时高僧慧远所建立的组织,址在庐山虎溪东林寺。无名氏《白莲社高贤传》中即有陶潜传,相传陶潜曾加入白莲社。 ⑥ 北海:指东汉末的北海太守孔融。据《后汉书·孔融传》载:"尝云:'坐上客恒满,樽中酒不空,吾无忧矣。'" ⑦ 东篱:指马致远。他因美慕陶潜的隐逸生活,取陶潜《饮酒》诗中"采菊东篱下,悠然见南山"诗意,自号"东篱"。

张养浩

张养浩(1270—1329),元散曲家。字希孟,号云庄,山东历城(今山东济南)人。官至参议中书省事,刚正不阿,敢于直谏,卒于陕西行台中丞任上。作品题材多样,或寄情云山林泉,或直接抨击现实,多有对人民疾苦的同情和关心;写景作品清新俊逸,明丽生动,怀古作品感情质朴,兼具豪放,被人们誉为"言真理到,和而不流"。有《云庄类稿》和《云庄休居自适小乐府》一卷。

〔中吕〕山坡羊·潼关怀古①

峰峦如聚,波涛如怒。山河表里潼关路②。望西都③,意踟蹰。伤心秦汉经行处④,宫阙万间都做了土。兴,百姓苦;亡,百姓苦!

【导读】

一、元文宗天历二年(1329),关中大旱,饥民相食,朝廷拜张养浩为陕西行台中丞,主持赈灾,到任四个月,因积劳成疾而死于任上。从山东赶赴关中主持赈灾的西行途中,作者一路见到历代王朝遗迹和古今征战之地,再感于络绎途中、流离失所的灾民,以《中吕·山坡羊》为调,接连写下了九首怀古的散曲,吊古伤今,感怀至深,气韵悲凉,成为元代散曲豪放派的重要代表作。这首《潼关怀古》为九首之一,是向来被人们最为称颂的一首。

二、小令以景起笔,以特定的环境引发作者特殊的感慨。潼关东面崤山,北望中条,南临商岭,西接华山,高据险要、群山拱卫。诗人先用一个"聚"字,活写山势,次用一个"怒"字,活写河水,再以"山河表里"句收之,紧扣"潼关",直点主题。"聚"是以物见我,"怒"是以我见物,因景见情,借以"望西都"的实写虚指,诗人吊古怀今的复杂情绪喷涌而出。这种思绪并不仅仅是登潼关而生,而是诗人一路行来所有。王朝更迭,宫阙如土,往事辉煌,历史遗恨,处处都饱蘸着老百姓的血泪,处处都袒示着百姓们的痛苦和灾难,也处处使诗人触目伤怀,感物惊心。伤心至此,诗人禁不住浩然长叹:"兴,百姓苦;亡,百姓苦!"画龙点睛,诗人对人民的满腔同情和关怀一表无余。

三、这首小令,前面写景,后面抒情,由景生情,以情立论,立意高远,气势雄浑,充分体现了作者创作的豪放风格。小令结构严谨,主题鲜明,首尾贯通,一气呵成。语言锤炼十分精到,浅易自然而又不失凝练精当。诗人用"聚"和"怒"两字活写景色,既写出了气势,也写出了内蕴。结尾的八个字,虽平白如口语,但平地生雷,振聋发聩,精练透辟地揭示出了历史发展的实质,读来有惊心动魄之感,极具艺术感染力。

---

① 山坡羊:曲牌名,又名《苏武持节》,北曲属中吕调,南曲属商调,句式颇多变化,多为九韵十一句。潼关:古关隘名,旧址在今陕西省潼关县西南,属半山要塞,下临黄河,形势险要,为历代兵家必争之地。 ② 山河表里:指潼关以华山、黄河为内外。 ③ 西都:汉代以洛阳(今河南洛阳)为东都,以长安(今陕西西安)为西都,又称西京。 ④ 秦汉经行处:指作者一路经过见到的都是秦汉以来的故地遗迹。

睢景臣

睢景臣（生平事迹不详），元散曲家。字景贤；一说名舜臣，字嘉贤，扬州（今江苏扬州）人。钟嗣成《录鬼簿》将其列入"方今才人相知者"，称他"自幼读书"，"心性聪明，酷嗜音律"。大德七年（1303）曾到杭州，是和张可久、乔吉同时的作家。作有杂剧《屈原投江》等三种，皆佚。今存散曲套数三套，残套四句。其中《高祖还乡》制作新奇，为其代表作。

〔般涉调〕哨遍①·高祖还乡

社长排门告示②，但有的差使无推故。这差使不寻俗③：一壁厢纳草也根，一边又要差夫，索应付④。又言是车驾，都说是銮舆⑤，今日还乡故⑥。王乡老执定瓦台盘⑦，赵忙郎抱着酒葫芦⑧。新刷来的头巾，恰糨来的绸衫⑨，畅好是妆幺大户。

【耍孩儿】瞎王留引定火乔男女⑩，胡踢蹬吹笛擂鼓⑪。见一彪人马到庄门⑫，匹头里几面旗舒：一面旗白胡阑套住个迎霜兔⑬，一面旗红曲连打着个毕月乌⑭，一面旗鸡学舞⑮，一面旗狗生双翅⑯，一面旗蛇缠葫芦⑰。

【五煞】红漆了叉，银铮了斧⑱，甜瓜苦瓜黄金镀⑲。明晃晃马镫枪尖上挑⑳，白雪雪鹅毛扇上铺㉑。这几个乔人物，拿着些不曾见的器仗，穿着些大作怪衣服。

【四煞】辕条上都是马，套顶上不见驴㉒，黄罗伞柄天生曲㉓。车前八个天曹判㉔，车后若干递送夫㉕。更几个多娇女㉖，一般穿着，一样妆梳。

【三煞】那大汉下的车，众人施礼数。那大汉觑得人如无物。众乡老展脚施腰拜，那大汉挪身着手扶。猛可里抬头觑㉗，觑多时认得，险气破我胸脯！

【二煞】你须身姓刘㉘，你妻须姓吕㉙。把你两家儿根脚从头数。你本身做亭长耽几盏酒㉚，你丈人教村学读几卷书。曾在俺庄东住，也曾与我喂牛切草，拽坝扶锄。

---

① 哨遍：或作"稍遍"，曲牌名，北曲入般涉调，八十七字。南曲入小石调。 ② 社长：元代以五十家为一社，社长相当于后来的村长。 ③ 不寻俗：不寻常。 ④ 索：须。 ⑤ 车驾、銮舆：都是古时皇帝出巡时所乘车马的专称。 ⑥ 乡故：故乡。 ⑦ 乡老：古时官职名。秦设乡三老，汉增设县三老。据《汉书·高帝纪》："举民年五十以上，有修行，能帅众为善，置以为乡老，乡一人。"瓦台盘：盛食物的陶制的托盘。 ⑧ 忙郎：或写作"芒郎""芒儿"，宋元时俗语。指村童。 ⑨ 糨（jiàng）：用米汤或粉浆浸纱、布或衣服使晒干后可烫得特别平直。 ⑩ 王留：元曲中常用的农村中好事者的名字。乔男女：对男人的贱称，指坏家伙。 ⑪ 胡踢蹬（dēng）：胡乱地，乱七八糟地。 ⑫ 一彪：又作"一飚"（biāo），一大队。周密《癸辛杂识》："房中谓一聚马为飚，或三百匹，或五百匹。" ⑬ 胡阑："环"字的复音，即圆圈。迎霜兔：玉兔。古代传说月亮里有玉兔在捣药。 ⑭ 曲连："圈"的复音。毕月乌：即乌鸦，二十八宿之一的毕宿，形象即是乌鸦。 ⑮ 鸡学舞：指凤凰。 ⑯ 狗生双翅：指飞虎。 ⑰ 蛇缠葫芦：指蟠龙戏珠。 ⑱ 银铮（zhēng）了斧：指镀了银的斧钺（yuè）。铮，镀。 ⑲ 甜瓜苦瓜黄金镀：指金瓜锤。 ⑳ 明晃晃马镫枪尖上挑：指朝天镫。 ㉑ 白雪雪鹅毛扇上铺：指鹅毛宫扇。 ㉒ 套顶：牲口脖子上的套圈。 ㉓ 黄罗伞柄天生曲：指车盖。 ㉔ 天曹判：天界的判官。这里指车前导驾的侍臣像判官一样毫无表情。 ㉕ 递送夫：指给皇帝传递物品的侍从。 ㉖ 多娇女：指宫女。 ㉗ 猛可里：忽然间。觑（qū）：偷看。 ㉘ 须：本来。 ㉙ 你妻须姓吕：指吕后。刘邦的妻子姓吕，名雉，史称吕后。 ㉚ 亭长：主管一亭的官，秦时十里为一亭，十亭为一乡。刘邦曾做过沛县泗水亭长。耽（dān）：嗜好。

【一煞】春采了桑,冬借了俺粟,零支了米麦无重数。换田契强称了麻三秤,还酒债偷量了豆几斛。有甚胡突处?明标着册历①,现放着文书。

【尾】少我的钱,差发内旋拨还②;欠我的粟,税粮中私准除③。只道刘三,谁肯把你揪摔住④?白甚么改了姓、更了名,唤做"汉高祖"!

【导读】

一、高祖还乡之事,《史记·高祖本纪》和《汉书·高帝纪》中都有详细记载,"置酒沛宫"时高祖刘邦所作之《大风歌》至今仍广为流传。睢景臣创作此曲时,就有许多作家以这段历史为散曲创作的题材。《录鬼簿》云:"维扬诸公俱作《高祖还乡》套数,惟公〔哨遍〕制作新奇,诸宫者皆出其下。"睢景臣的这首套曲,虽也是取材于这一历史事件,但它不同凡响的"新奇"之处,就在于它一反正史的传统观念,不但没有为汉高祖这样一个封建统治者的代表人物歌功颂德,反而对其进行了辛辣的讽刺和嘲笑。

二、整首套曲由八支曲子组成,是按叙事模式来结构的,说是一首讽刺散曲,倒更像是一部讽刺喜剧。作者通过一个与刘邦未发迹时有过交往、现在又被抓来当差驾驾的乡民的观察和回忆,以夸张的手法和口气,揭露了刘邦先前作为泼皮无赖的丑恶嘴脸,以大胆的叛逆精神,剥去了封建皇帝"圣人天子"的虚伪面具,否定了封建君权的神圣尊严,给其以无情的嘲讽,充分表现了作者蔑视封建秩序的反叛和批判精神。全曲可分为三大部分。第一支曲子〔哨遍〕是第一部分,写乡民准备接驾的情形,既在忙乱中渲染了事件的神秘和重要,又反映出乡民的莫名其妙和反感,已经寓有一定的讽刺性。由〔耍孩儿〕到〔三煞〕四支曲子为第二部分,写接驾的仪式和过程。〔耍孩儿〕〔五煞〕〔四煞〕三支曲子,极力铺排刘邦前呼后拥的仪仗队和车驾、侍从,写这些架势在乡民眼里的造作和可笑,由远及近,由前而后,为刘邦的出场做好了铺垫。〔三煞〕写刘邦下车。不仅把刘邦的倨傲和故作谦恭放在一起,而且把刘邦的表现和乡民们的谦卑放在一起写,两相对照,刘邦的虚伪面目昭然若揭,待主人公"我""觑多时认得",情节逆转而下,直接通过"我"的回忆开始了对刘邦的揭露和嘲讽。后三支曲子为第三部分,直写刘邦过去的无赖行径。〔二煞〕揭开了刘邦及其妻吕氏的低贱出身,撕破了所谓"天子"的神圣面纱。〔一煞〕和〔尾〕进一步揭露了刘邦当初招摇撞骗、敲诈勒索的卑劣作为,表达了乡民对他的极度蔑视。曲子用主人公"我"的亲身参与和切身回忆,把本应为老百姓顶礼膜拜的封建最高统治者的代表——汉高祖,从神坛上拉了下来,并对其进行无情嘲讽,既有极强的反叛精神,又有极大的现实意义。尤其是曲子铺排场面的过程中,很多地方都取自现实的生活场面,其现实的批判意义亦显得更加充分。

三、这首曲子在艺术上也有鲜明的特色。作者用第一人称说书讲故事式的结构来组合全篇,层次分明而情节紧凑。作者所使用的语言是完全口语化的语言,诙谐、辛辣、俚俗本色而生动准确。作者还善用比喻和对比,不仅使作品具有了强烈的讽刺意味,而且刘邦和主人公"我"的形象愈发活灵活现,让人感到如在眼前。另外,作者所巧妙运用的许多排比和对仗,也增强了作品的节奏感和音乐美。

---

① 标:写。册历:账簿。 ② 差发:即差使。旋:不久,随后。 ③ 准除:折算、扣除。 ④ 刘三:指刘邦,刘邦排行第三。揪摔(zuó)住:揪住,捉住。摔,抓。

乔 吉

乔吉(1280—1345),元散曲家、戏曲作家。一作乔吉甫,字梦符,号笙鹤翁、惺惺道人,山西太原人,流寓杭州。他博学多能,但功名不成,一生潦倒,浪迹江湖,寄情诗酒,自称"江湖状元"。有杂剧十余种,现存《玉箫女两世姻缘》《李太白匹配金钱记》《杜牧之诗酒扬州梦》三种。《全元散曲》录存其小令二百零九首,套数十一套。明人李开先辑其散曲为《乔梦符小令》。明人另辑有《惺惺道人乐府》。今人辑有《乔吉集》。

〔中吕〕满庭芳·渔父词①

秋江暮景,胭脂林障②,翡翠山屏③。几年罢却青云兴,直泛沧溟④。卧御榻弯的腿痛,坐羊皮惯得身轻⑤。风初定,丝纶慢整,牵动一潭星。

【导读】

一、乔吉是元曲大家,散曲创作数量之多,仅次于张可久,故当时人将他与张并称为"元散曲两大家"。由于身世遭遇,乔吉曲中多写个人的漂泊生涯和落拓感受,虽多洒脱不羁之情,但少思想深邃之作,艺术上喜欢熔炼前人旧句为己用,讲究用字和对仗,风格也以清丽见长。

二、乔吉《满庭芳·渔父词》同调同题小令共二十首,都是借对渔父闲逸自在生活的描写来抒发自己纵情山水、放浪江湖的心志。此为第十六首。此曲由秋江写起,但作者之意并不在于秋景,而是以秋景为环境,借为官之苦与隐居之乐的对比,抒发了自己对渔父闲适安逸生活的赞美和向往。与其他作家曲中的渔父不同,作者笔下的渔父有着曾为官入仕、后退为钓叟的特殊经历,表现了主人公蔑视功名利禄的人生选择,因而有很强的现实意义。

三、艺术上,作者讲究对仗和练句,如"胭脂林障,翡翠山屏"和"卧御榻弯的腿痛,坐羊皮惯得身轻"句,都很整齐工巧。尾句化用秦观《满庭芳》词"金钩细,丝纶慢卷,牵动一潭星",营造了一种宁静、优美的意境。此曲从内容到艺术上都颇能代表乔吉的散曲风格。

---

① 满庭芳:曲调名。渔父词:题目。 ② 胭脂林障:此处是说秋天的枫林如一道胭脂般红色的屏障。 ③ 翡翠山屏:山上长满草木,一片翠绿,如一面屏风。 ④ 沧溟:大海,喻为归隐。 ⑤ "卧御榻"二句:这里用东汉隐士严子陵故事,说御榻上睡不安稳,为官不自由,不如隐居坐羊皮垂钓。据《后汉书·严光传》载,严子陵隐居富春江坐羊皮垂钓,光武帝即位后曾召严子陵归京师叙旧,同榻而眠,他把脚伸在光武帝的肚子上,后仍归隐。

张可久

张可久(生卒年不详),元散曲家。字小山,庆元(今浙江宁波)人。仕途不得志,专擅散曲。《录鬼簿》称其"有《今乐府》盛行于世,又有《吴盐》《苏堤渔长》"。是元代散曲家中现存作品最多者,现存小令八百五十五首,套数九套。其小令作品于明、清均有辑本,近人任讷辑有《小山乐府》六卷(《散曲丛刊》本)。

〔正宫〕醉太平① · 叹世

人皆嫌命窘,谁不见钱亲?水晶环入面糊盆②,才沾粘便滚③。文章糊了盛钱囤④,门庭改作迷魂阵,清廉贬入睡馄饨⑤。葫芦提倒稳⑥。

【导读】

一、此曲于《中原音韵》中题作《感怀》,《北宫词纪外集》中题作《叹世》,是一首讽时刺世之作。

二、作者用激愤的笔调,直抒胸臆的手法,深刻揭露了当时社会中贪财逐利、颠倒黑白、寡廉鲜耻的病态风气,对元代社会世风恶浊、腐败不堪的丑恶现实给予了辛辣的讽刺和激烈的批判,既暴露了元代社会的病态和污浊,也表现了作者愤懑不平而又不肯同流合污的态度和立场,情绪激愤,思想深刻。

三、小令全用口语、俗语,连用比喻、拟态,语言尖刻辛辣而又新颖别致,描写生动形象,刻画入木三分,在嬉笑怒骂中把各种无耻之徒的丑恶嘴脸淋漓酣畅地揭露出来,讽刺性极强,与作者大多作品淡雅清丽的风格大有不同,也是他不多的此类作品中比较深刻之作。这首曲子的结构严谨,以点题开篇,以描写铺叙,以反语收束,层次清晰而富于变化,直抒激愤而句式工巧,体现了作者一向讲究形式美的风格追求。

贯云石

贯云石(1286—1324),元文学家。原名小云石海涯,字浮岑,号酸斋,维吾尔族人。出身显贵,官至中奉大夫,辞官后隐居杭州,中年而逝。初习武,后习文,曾师从姚燧,诗、文、书法皆有所成,自成一家。散曲与南方曲家徐再思(号甜斋)齐名,近人任讷合辑二人散曲为《酸甜乐府》。他还曾为《阳春白雪》《小山乐府》作序,是早期颇有影响的散曲评论家。有《贯酸斋集》二卷。《全元散曲》录存其小令七十九首,套数八套。

---

① 醉太平:曲调名。 ② 水晶环:此处喻指清正廉洁的人。面糊盆:此处喻指是非曲直不分的社会环境。 ③ 沾粘:沾染。 ④ 囤(dùn):用竹篾、荆条、稻草编成的或用席箔等围成的盛粮食的器具,这里借指盛钱的器具。 ⑤ 睡馄饨:指糊涂无知的人。馄饨,同"混沌",愚昧无知。 ⑥ 葫芦提:俗语,糊涂。

〔正宫〕塞鸿秋①·代人作

战西风几点宾鸿至②,感起我南朝千古伤心事。展花笺欲写几句知心事③,空教我停霜毫半晌无才思④。往常得兴时,一扫无瑕疵⑤。今日个病厌厌刚写下两个相思字⑥。

【导读】

一、贯云石《塞鸿秋》曲题为"代人作"者共有两首,此为其一。关于此曲究竟代何人而作,向有许多见解。按曲中之意看,当是作者假借他人之口,以爱恋相思为名,抒写自己的感时伤古之情。此种做法早已有之,自宋以来的诸多词家便多有借思妇闺怨以写自己的家事国殇之作,贯云石所制大概等之。

二、这首小令最突出的特色还是在其艺术技巧上。此曲的主人公为第一人称,但其复杂的心理活动更多的不是靠自己的表白说出来的,而是用略带情绪色彩的景物环境的描写加以引发,通过主人公种种不似往日的举止行为传达出来的。

三、小令语言朴实,直如白话,但不失余味。又末句用衬字渲染"相思",超出正格七字,别具匠心,任讷《曲谐》评之:"论气势,则末句非有十四字收煞不住也。"

---

① 塞鸿秋:曲牌名,也入中吕、仙吕套内,和〔叨叨令〕曲牌只差"也么哥"三字,末韵必须去声。 ② 宾鸿:从别处飞来的鸿雁。 ③ 花笺:印花的信纸。 ④ 霜毫:指笔。 ⑤ 瑕疵(xiá cī):原指玉石上的斑点,引申为过失,缺点。 ⑥ 病厌厌:精神萎靡不振的样子。厌,通"恹"(yān),萎靡之状。

诗 文

刘 因

刘因(1249—1293),宋元之际学者。一名骃,字梦吉,号静修,雄州容城(今河北徐水)人。重"夷夏之辨",不肯为元蒙统治者所用,以隐逸授徒而终。工诗词,多伤时感事之作。有《静修集》。

白 沟①

宝符藏山自可攻②,儿孙谁是出群雄③? 幽燕不照中天月④,丰沛空歌海内风⑤。赵普元无四方志⑥,澶渊堪笑百年功⑦。白沟移向江淮去⑧,止罪宣和恐未公⑨。

【导读】

一、诗人虽是生于蒙古统治下的北中国,并非宋人,但身为汉族人,浸淫于理学,推重儒家道统。陶宗仪《辍耕录》云:"不受集贤之命,或问之,乃曰:'不如此则道不尊。'"因此,诗人的许多诗作都体现出对宋王朝兴衰的哀婉叹怨之情,并于其中寄寓了许多对汉民族兴亡的历史思考和深沉忧思。

二、这是一首咏史诗,也是一首咏时诗。白沟作为当初宋辽界河,并没有阻挡住金人南侵的脚步,如今江淮又成为宋金界河,偏安一隅的局面恐也难以维持。造成这一切的原因是什么? 民族兴旺的重任究竟应怎样来承担? 从历史到现实,从帝王到将相,诗人展开了一系列的深刻思考,揭示了宋统治者的无能及其妥协投降政策对民族命运的决定影响,也深层次地展示出诗人的民族情结。

三、这首诗用典贴切,反衬巧妙,比喻生动,有讽有议。纵论历史不显夸张,着眼宋金不显局促,对仗工整,意蕴深刻,足见作者对历史现实的体味之深和对歌行律诗创作的功力之高。《四库提要》引张纶《林泉随笔》云:"刘梦吉之诗,古选不减陶柳,其歌行律诗,直溯盛唐。"说刘因诗"风格高迈,而比兴深微",于此可见一斑。

---

① 白沟:即今河北省高碑店市东自北而南的白沟河。北宋与辽以此河为界,故又称界河。 ② 宝符藏山:《史记·赵世家》载:"简子乃告诸子曰:'吾藏宝符于常山上,先得者赏。'诸子驰之常山上,求,无所得。毋恤还,曰:'已得符矣。'简子曰:'奏之。'毋恤曰:'从常山上临代,代可取也。'简子于是知毋恤果贤,乃废太子伯鲁,而以毋恤为太子。"诗人借此典故比喻幽燕对于宋的重要如同代对于赵的重要性一样。 ③ 出群:出类拔萃。 ④ 幽燕:地名,今河北省北部与辽宁一带。战国时属燕国,唐以前属幽州,故称幽燕。 ⑤ 丰沛:地名,指江苏省沛县丰邑。汉高祖刘邦为沛之丰邑人。 ⑥ 赵普(922—992):宋初大臣。乾德二年(964)开始任宰相,历仕太祖、太宗两朝,主张对辽实行防御政策,劝阻太祖出兵攻占幽燕。 ⑦ 澶(chán)渊:古湖泊名,又称繁渊,故址在今河南省濮阳县西南。宋真宗景德元年(1004),契丹萧太后与圣宗举兵亲征,南下攻宋,宋真宗惧敌,欲惊惶迁都南逃,宰相寇准力劝亲征,战于澶州,宋军小胜后即与契丹议和,每年赠银十万两,绢二十万匹,尊契丹太后为叔母,史称"澶渊之盟"。 ⑧ "白沟"句:指宋室南渡后,江淮成为宋金国界事。 ⑨ 止:同"只"。宣和:宋徽宗年号,代指宋徽宗。

虞 集

虞集(1272—1348),元学者、文学家。字伯生,号道园,祖籍四川仁寿,迁居江西崇仁。大德初至大都(今北京),历任大都路儒学教授、奎章阁侍书学士等职。与杨载、范梈、揭傒斯并称"元诗四大家"。有《道园学古录》。

挽文山丞相①

徒把金戈挽落晖②,南冠无奈北风吹③。子房本为韩仇出④,诸葛宁知汉祚移⑤。云暗鼎湖龙去远⑥,月明华表鹤归迟⑦。不须更上新亭望⑧,大不如前洒泪时。

【导读】

一、此诗约作于元成宗大德(1297—1307)年间,为悼念南宋民族英雄文天祥之作。元初统治者施汉法,重儒学,不拘文网,故当时汉族文人中多有悼岳飞及文天祥等民族英雄的诗作,此诗为其中最为著名的一篇。

二、诗作以用典用事为长。出句用典,巧妙地把文天祥力挽危亡不成、被俘不屈殉节的一生概括出来;次以张良、诸葛亮为比,赞颂了文天祥鞠躬尽瘁、死而后已的崇高精神;再以传说寄托对文天祥的不尽哀思和追念;结以东晋之事,感慨文天祥壮志未酬、天下尽归异族所带来的痛苦现实。全诗笔力雄健,情绪深沉,在对文天祥的赞颂和哀悼中,也真实地展露了诗人自己怀念故国的悲凉沉痛心情。

三、全诗气韵凝沉,寄寓深远,既突出了一个"挽"字,又有诗人自己的隐痛悲思,用典用事极为贴切工巧,意蕴丰富,感人至深。陶玉采赞其:"挽文山诗,此为第一。"《元诗选》陶宗仪《辍耕录》云:"读此诗而不泣下者几希。"

王 冕

王冕(1287—1359),元画家、诗人。字元章,号煮石山农、九里先生等,又别号饭牛翁、梅花屋主等,浙江诸暨人。出身贫寒,自幼苦学,因科举不第,遂绝仕途念,游历天下,晚年隐居会稽(今浙江绍兴)九里山。有《竹斋集》。

---

① 文山丞相:指文天祥。文天祥,字履善,号文山,德祐二年(1276)担任右丞相兼枢密使,力图挽回宋室濒危局面。景炎三年(1278)兵败被俘,押往大都,拒不投降,至元十九年(1283)就义。 ② 落晖:落日的余光,喻指南宋行将灭亡之势。 ③ 南冠:旧时囚犯的代称。 ④ 子房:指张良。张良,字子房,本为韩国后裔,五世相韩,秦灭韩后,张良变姓易服,为韩报仇,招募力士刺秦始皇于博浪沙,误中副车,未得手。后易名隐匿于下邳,刘邦起事后张良佐之灭秦兴汉。 ⑤ 祚(zuò):皇位,国运。 ⑥ 鼎湖:旧时指帝王之死。据《史记·封禅书》载:黄帝采首山铜,铸鼎于荆山下,鼎成后,有龙垂胡须下迎黄帝,黄帝上骑,龙乃飞去。 ⑦ 华表:古时设在城垣、陵墓等前面作为标志用的石柱。 ⑧ 新亭:故址在今南京市南,为三国时东吴所建。

冀州道中①

我行冀州道,默想古帝都②。水土或匪昔,《禹贡》书亦殊③。城郭类村坞,雨雪苦载途。丛薄聚冻禽,狐狸啸枯株。寒云着我巾,寒风裂我襦。盱衡一吐气④,冻凌满髭须。程程望烟火,道旁少人居。小米无得买,浊醪无得酤⑤。土房桑树根,仿佛似酒垆⑥。徘徊问野老,可否借我厨?野老欣笑迎,近前挽我裾。热水温我手,火炕暖我躯。丁宁勿洗面,洗面破皮肤。我知老意仁,缓缓驱仆夫。窃问老何族,云是奕世儒⑦。自从大朝来⑧,所习亮匪初⑨。民人籍征戍,悉为弓矢徒。纵有好儿孙,无异犬与猪。至今成老翁,不识一字书。典故无所考,礼义何所拘。论及祖父时,痛入骨髓余。我闻忽太息,执手空踌躇⑩。踌躇问苍天,何时更得甦⑪?饮泣不忍言,拂袖西南隅。

【导读】

一、诗人出身于农民家庭,幼时曾替人牧牛,后虽成通儒,又因弃绝仕途,浪迹江湖,因而能更多接触下层社会,对元末政权的残暴统治给社会和老百姓带来的不幸和灾难也有更深切的体会,作品中多写民生疾苦,风格也朴真健劲。这首诗可视为此类作品的代表作。

二、冀州为古九州之一,地处中原,原本繁华。但经连年战乱和蒙元贵族的残暴统治,早已繁华尽去,疮痍满目、民不聊生,诗人游经此地,感慨今昔之比,不禁怀激愤,遂成此诗。诗中先写诗人于道中所见所想,现实的凋敝与早先的昌盛形成了不堪的比照,诗人在感受着"寒风袭我襦"的外来痛苦的同时,心上也自然充满了感慨。与野老的相遇是诗中描写的重点,通过对野老热诚、"意仁"的描写,引出对野老身世的探询,再引出诗人对元统治者摧残、消灭汉文化传统的激愤和感伤,这种伤痛其实要远比在生活和物质上的伤痛来得更加强烈和深邃,于是,诗人对民生疾苦的关怀又进一步上升到了企盼民族复兴、文化再续的感奋,发出了"踌躇问苍天,何时更得甦"的浩然长叹。

三、这首诗语言朴实,时近口语,直抒所见所感,不事雕琢,感情真挚而关怀深切。

杨维桢

杨维桢(1296—1370),元文学家、书法家。字廉夫,号铁崖、东维子,别号铁笛道人,诸暨(今浙江诸暨)人。泰定进士,曾任盐官及儒学提举等职。诗坛领袖,诗风有李白、李贺之势,作品号称"铁崖体"。有《铁崖先生古乐府》《东维子文集》。

---

① 冀州:今河北省中南部、山东省西端、河南省北端一带。诗人曾北游大都,路经此地。 ② 古帝都:冀州为古九州之一。据《禹贡》载,九州为冀、兖、青、徐、扬、荆、豫、梁、雍。据《史记·五帝本纪》,黄帝杀蚩尤后为诸侯尊为天子,"邑于涿鹿之阿",涿鹿亦属古冀州地域,故称为古帝都。 ③ 禹贡:《尚书》中的一篇,是我国最早的地理著作,记载以黄河流域为主的山川、地理、交通、物产等情况。 ④ 盱(xū)衡:扬眉张目。盱,睁开眼睛向上看。衡,眉毛以上。 ⑤ 醪(láo):浊酒。酤(gū):通"沽",买酒。 ⑥ 垆(lú):酒店里安放酒瓮的土台子。 ⑦ 奕(yì):累,重。 ⑧ 大朝:指元朝。 ⑨ 亮:同"谅",确实,诚信。 ⑩ 踌(chóu)躇(chú):止足不行的样子。 ⑪ 甦:病体康复称"甦",这里是复原的意思。

题苏武牧羊图

未入麒麟阁①,时时望帝乡②。寄书元有雁③,食雪不离羊④。旄尽风霜节⑤,心悬日月光。李陵何以别⑥,涕泪满河梁。

【导读】

一、这是一首题画诗,画面当是苏武持节牧羊、有雁过长空之景象。

二、古人为诗、画,常以"诗中有画,画中有诗"为境界高者,而诗、画各具其长,非大手笔不能得之,故常以诗题画,或以画补诗,以求相得益彰。尤其是以诗题画,虽仿佛命题而作,但因可以借文学的想象使画中景象由静止的时空瞬间在新的时空中自由展开,意蕴发散无尽,因而也较多见。作者的这首题画诗,就很好地收到了这种效果。诗人虽是从画面落笔,但诗意已溢出画外。诗人笔下的苏武,既是心系汉朝、持节守志的画中苏武,又是望断南飞雁、无时不盼归的现实中的苏武,也是假以李陵相比、使之涕泪羞惭的想象中的苏武,如此经诗人题咏,苏武的形象更加高大生动起来,对其高风亮节的赞颂也愈加真实充分了。

吴　澄

吴澄(1249—1333),宋元之际学者。字幼清,抚州崇仁(今江西崇仁)人。"以理学名",当时有"北有许衡,南有吴澄"之誉。入元后仕,官至太中大夫,后以病请辞,讲学山中,四方之士就学者以千百计。所住草屋由程钜夫题为"草庐",著有《草庐集》。

送何太虚北游序

士可以游乎⑦?"不出户,知天下"⑧,何以游为哉⑨!士可以不游乎?男子生而射六矢⑩,示有志乎上下四方也,而何可以不游也?

---

① 麒麟阁:汉代阁名,在未央宫内。《三辅黄图》:"麒麟阁,萧何造,以藏秘书,处贤才也。"汉宣帝甘露三年(前51年),画功臣十一人像于阁上,苏武为第十一人。　② 帝乡:此指西汉的都城长安。　③ 寄书元有雁:指鸿雁传书。《汉书·苏武传》载:"昭帝即位,数年,匈奴与汉和亲,汉求武等,匈奴诡言武死。后汉使复至匈奴,常惠请其守者与俱,得夜见汉使,具自陈道。教使者谓单于,言天子射上林中,得雁,足有系帛书,言武等在某泽中。使者大喜,如惠语以让单于。单于视左右而惊,谢汉使曰:'武等实在。'"　④ 食雪:《汉书·苏武传》:"(卫)律知武终不可胁,白单于。单于愈益欲降之,乃幽武,置大窖中,绝不饮食。天雨雪,武卧啮雪与旃毛并咽之,数日不死,匈奴以为神。乃徙武北海上无人处,使牧羝,羝乳乃得归。"(羝为公羊,等待公羊产子生乳是刁难之意)　⑤ 旄(máo):古时旗杆或节杖头上用牦牛尾做装饰的旗子。《汉书·苏武传》载:"武既至海上,廪食不至,掘野鼠去草实而食之。杖汉节牧羊,卧起操持,节旄尽落。"此句说苏武节杖上的旄毛虽已落尽,但他的节志历尽风霜而未改。　⑥ 李陵:汉朝将领,率兵击匈奴时,兵败屈节投降。后苏武归汉时,李陵曾置酒相送。　⑦ 士:读书人。游:游历。　⑧ "不出户,知天下":出自《老子》。　⑨ 何以游为哉:即"以游为哉",还用游历做什么呢?　⑩ 射六矢:古代诸侯生子时,用桑木做弓,蓬梗做矢射天、地和四方,以预示儿子长大后能御四方之难。

夫子①，上智也②，适周而问礼③，在齐而闻韶④，自卫复归于鲁⑤，而后雅、颂各得其所也⑥。夫子而不周、不齐、不卫也⑦，则犹有未问之礼，未闻之韶，未得所之雅、颂也。上智且然⑧，而况其下者乎？士何可以不游也！然则彼谓不出户而能知者⑨，非欤⑩？曰：彼老氏意也⑪。老氏之学，治身心而外天下国家者也⑫。人之一身一心，天地万物咸备，彼谓吾求之一身一心有余也，而无事乎他求也⑬，是固老氏之学也⑭。而吾圣人之学不如是。圣人生而知也，然其所知者，降衷秉彝之善而已⑮。若夫山川风土、民情世故、名物度数、前言往行⑯，非博其闻见于外⑰，虽上智亦何能悉知也⑱？故寡闻寡见⑲，不免孤陋之讥⑳。取友者㉑，一乡未足，而之一国；一国未足，而之天下；犹以天下为未足，而尚友古之人焉㉒。陶渊明所以欲寻圣贤遗迹于中都也㉓。然则士何以不游也㉔？

而后之游者，或异乎是㉕。方其出而游乎上国也㉖，奔趋乎爵禄之府，伺候乎权势之门，摇尾而乞怜，胁肩而取媚，以侥幸于寸进。及其既得之㉗，而游于四方也，岂有意于行吾志哉！岂有意于称吾职哉！苟可以敚攘其人㉘，盈厌吾欲，囊橐既充，则阳阳而去尔㉙。是故昔之游者为道，后之游者为利，游则同，而所以游者不同。余于何弟太虚之游，恶得无言乎哉㉚！太虚以颖敏之资、刻厉之学，善书工诗，缀文研经，修于己，不求知于人，二十余年矣。口未尝谈爵禄，目未尝睹权势，一旦而忽有万里之游，此人之所怪而余独知其心也。世之士操笔仅记姓名，则曰："吾能书！"属辞稍协声韵㉛，则曰："吾能诗！"言语布置，粗如往时所谓举子业㉜，则曰："吾能文！"阖门称雄㉝，矜己自大，醯瓮之鸡㉞，坎井之蛙㉟，盖不知瓮外之天、井外之海为何如，挟其所已能，自谓足以终吾身、没吾世而无憾，夫如是又焉用游，太虚肯如是哉？书必钟王㊱，诗必陶韦㊲，文不柳韩班马不止也㊳。且方窥测圣人之经，如天如海，而莫可涯，讵敢以平日所见所闻自多乎㊴？此太虚今日之所以游也。是行也，交从日以广㊵，历涉日以熟，识日长而志日起㊶，迹圣贤之迹而心其心，必知士之为士，殆不止于研经缀文工诗善书也。闻见将愈多而愈寡，愈有余而愈不足，则天地万物之皆备于我者，真可以不出户而知。——是知也，非老氏之知也。如是之游，光前绝后之游矣，余将于是乎观。

澄所逮事之祖母㊷，太虚之从祖姑也，故谓余为兄，余谓之为弟云。

---

①夫子：指孔子。②上智：上等智慧之人。③适：去，到。周：指周王朝的都城。④齐：古国名，地处今山东北部，战国七雄之一。韶：韶乐，虞舜乐名。⑤鲁：古国名，地处今山东省西南部。⑥雅颂：指雅乐颂音，皆为合乎礼教之乐。⑦不周、不齐、不卫：不游历周、齐、卫各国。⑧且然：尚且这样。⑨谓：以为。⑩非欤：错误吧。⑪老氏：指老子。⑫治身心：修养个人的精神、道德。外天下国家：以天下国家为外，意为对天下国家的事情不理。⑬无事：不用。⑭是：这个。固：乃。⑮降衷：上天给予的善、福。秉彝：遵循常理。彝，作"常"解，即规律，引申为本性。⑯名物：名号物色。⑰博：此为动词，使……广博丰富。闻：知识见闻。⑱悉：全部。⑲寡：少。⑳孤陋：学识浅陋。㉑取友：选取朋友。㉒"尚友"句：出自《孟子·万章下》。㉓中都：中州，即黄河流域。㉔然则：如此那么。㉕异乎是：与此不同。㉖上国：指国都。㉗既：已经。㉘敚(duó)攘(rǎng)：强取。敚，"夺"的本字。攘，窃取。㉙阳阳：自得的样子。㉚恶(wū)得：怎么能。㉛属辞：撰写文字。㉜举子：被举应试的读书人。㉝阖(hé)：关闭。㉞醯(xī)瓮之鸡：即醯鸡，一种小虫名，古人误以为是酒醋上的白霉变成。㉟坎：坑，比喻浅。㊱钟王：指魏时的钟繇和东晋时的王羲之两位大书法家。㊲陶韦：指东晋诗人陶渊明和唐代诗人韦应物，均为田园诗人。㊳柳韩班马：指唐代柳宗元、韩愈和东汉的班固、西汉的司马迁。㊴讵(jù)敢：岂敢。㊵交从：交游。㊶识：知识。长：增长。㊷逮：来得及，赶得上。事：侍奉。

【导读】

一、这是一篇送别友人赴北方游历的赠文。

二、文章首先从外出游历的重要性谈起,以圣人之事为见证,强调了外出游历对于人们了解"山川风土、民情世故、名物度数、前言往行"以"博其闻见于外"的重要作用,否定了那些迂腐之士所谓"不出户,知天下"的荒谬观点,同时也对那些借游历之名而"奔趋乎爵禄之府,伺候乎权势之门"的趋炎附势、利欲熏心之士进行了辛辣的讽刺和尖锐的批判。

三、文章名为赠文,实抒己见,借说事而论理,透辟精当,见地深刻,论辩有力,语言质朴简练而文采斐然。

李孝光

李孝光(1285—1350),字季和,号五峰,温州乐清人。自幼博学多才,隐于雁荡山五峰下,而四方之士远来就学,声名大振,以文章名重当世,有"前有虞(集)范(梈),后有李(孝光)杨(维桢)"之誉,杨维桢也将他和姚燧、吴澄、虞集并列为元四大家。其文取法秦汉,不逐时流。

大龙湫记①

大德七年秋八月,予尝从老先生来观大龙湫②,苦雨积日夜。是日大风起西北,始见日出。湫水方大,入谷未到五里许,闻大声转出谷中,从者心掉。望见西北立石,作人俯势,又如大楹。行过二百步,乃更作两股相倚立。更进百数步,又如树大屏风,而其颠谽谺,犹蟹两螯,时一动摇,行者兀兀不可入。转缘南山趾,稍北,回视如树圭。又折而入东崦,则仰见大水从天上堕地,不挂著四壁,或盘桓久不下,或迸落如震霆。东岩趾有诺讵那庵③。相去五六步,山风横射,水飞著人。走入庵避,余沫进入屋,犹如暴雨至。水下捣大潭,轰然万人鼓也。人相持语,但见口张,不闻作声,则相顾大笑。先生曰:"壮哉!吾行天下,未见如此瀑布也。"

是后,予一岁或一至,至常以九、十月,则皆水缩,不能如向所见。今年冬又大旱,客入,至庵外石矼上④,渐闻有水声。乃缘石矼下,出乱石间,始见瀑布垂,勃勃如苍烟,乍大乍小,鸣渐壮,急水落潭上洼石,石被激射,反红如丹砂。石间无秋毫土气,产木宜瘠,反碧滑如翠羽凫毛。潭中有斑鱼廿余头,闻转石声,洋洋远去,闲暇回缓,如避世士然。家僮方置大瓶石旁,仰接瀑水,水忽舞向人,又益壮一倍,不可复得瓶。乃解衣脱帽著石上,相持扼攀欲争取之,因大呼笑。西南石壁上黄猿数十,闻呼声皆自惊扰,挽崖端偃木牵连下,窥

---

① 大龙湫:雁荡山名胜,位于马鞍岭以西四公里,瀑布自连云嶂上一百九十多米的高处飞流直下,景象十分壮观,为雁荡风景三绝之一。 ② 老先生:即下文所说南山公,名泰不华,字兼善,曾出为台州路达鲁花赤,出仕台州时,曾师事李孝光。 ③ 诺讵那庵:晋代(一说为唐代)高僧诺讵那率三百弟子从四川东来雁荡,在大龙湫下观瀑坐化。后人在其坐化处修建罗汉庵,即诺讵那庵。 ④ 石矼(gāng):即石桥。

人而啼。纵观久之,行出瑞鹿院前①,今为瑞鹿寺,日已入。苍林积叶,前行,人迷不得路,独见明月,宛宛如故人。老先生,谓南山公也。

【导读】

  一、位于浙江乐清县境内的雁荡山,以奇峰、怪石、飞瀑、古洞而著称。这里有被称为"雁荡三绝"的灵峰、灵岩和大龙湫,景色秀美雄奇,威武壮观。这篇《大龙湫记》,描绘的就是雁荡三绝之一——大龙湫的奇景奇观。

  二、作者着力描绘了大龙湫雨季和旱季的不同景象。写雨季的大龙湫,作者采用未见其景、先闻其声的写法,大龙湫震耳欲聋的大瀑布,给人一种雄奇壮观的感觉。然后通过移步换景的手法,写大龙湫立石之奇和瀑布之壮。写旱季的大龙湫,则重在表现其逸趣。无论红如丹砂的洼石,碧滑如翠羽鬼毛的林木,还是潇洒自在如山野隐士的斑头鱼,都表现出大自然的情趣。而家僮取水引起的笑声,和由此引起的黄猿"窥人而啼",则更烘托出人与自然的和谐情趣。文章结束时,作者以林木苍莽、积叶满地,和"宛宛如故人"的蓝天明月,和盘托出其对自然美景的深深眷恋之情和依依不舍之意。

---

① 瑞鹿院:寺院名,在大龙湫外二里处的瑞鹿峰下。

明代部分

诗、词、散曲

高 启

高启(1336—1374),明诗人。字季迪,号青丘子,晚号槎轩,长洲(今江苏苏州)人。博学工诗,众体兼长,时与杨基、张羽、徐贲并称为"吴中四杰"。有诗集《高太史公全集》,文集《凫藻集》,今人校点本《高青丘集》。

登金陵雨花台望大江①

大江来从万山中,山势尽与江流东。钟山如龙独西上②,欲破巨浪乘长风。江山相雄不相让,形胜争夸天下壮③。秦皇空此瘗黄金④,佳气葱葱至今王⑤。我怀郁塞何由开⑥,酒酣走上城南台⑦。坐觉苍茫万古意,远自荒烟落日之中来。石头城下涛声怒⑧,武骑千群谁敢渡?黄旗入洛竟何祥⑨,铁锁横江未为固⑩。前三国,后六朝⑪,草生宫阙何萧萧。英雄乘时务割据,几度战血流寒潮。我今幸逢圣人起南国⑫,祸乱初平事休息。从今四海永为家,不用长江限南北。

【导读】

一、这首诗作于明洪武二年(1369),时明王朝初建,诗人应召赴金陵编修《元史》,登雨花台,面对新都金陵的壮丽山川,满怀海内一统的欣喜自豪,信笔为诗,极抒心志。

二、诗分三层,前八句和后四句各为一层。第一层写诗人在雨花台上信目所见金陵的虎踞龙盘之

---

① 金陵:今南京,1368年,明王朝建都于此。雨花台:旧称石子岗,又称聚宝山,在南京中华门外。相传梁武帝时,云光法师在此讲经,天花坠落如雨,故名。 ② 钟山:又名蒋山,即南京市郊的紫金山。 ③ 形胜:地理形势优越,也指山川胜迹。 ④ 瘗(yì):埋。秦皇:秦始皇嬴政。 ⑤ 佳气葱葱:《后汉书·光武帝纪论》:"后望气者苏伯阿为王莽使至南阳,遥望见春陵郭,唶曰:'佳气哉!郁郁葱葱然。'"王:通"旺",旺盛的意思。 ⑥ 郁塞:郁闷,忧烦,不舒畅。 ⑦ 城南台:即指雨花台。 ⑧ 石头城:古城名,故址在今南京市清凉山,本楚金陵城,建安十七年孙权重筑改此名。 ⑨ 黄旗入洛:《三国志》裴松之注引《江表传》曰:"初,丹阳刁玄使蜀,得司马徽与刘廙论运命历数事,玄诈增其文,以诳国人曰:'黄旗紫盖,见于东南,终有天下者,荆、扬之君乎?'又得中国降人,言寿春下有童谣曰:'吴天子当上。'皓闻之,喜曰:'此天命也。'即载其母,妻子及后宫数千人,从牛渚陆道西上,云青盖入洛阳,以顺天命。行遇大雪,道途陷坏,兵士皆被甲持杖,百人共引一车,寒冻殆死。兵士不堪,皆曰:'若遇敌便当倒戈耳。'皓闻之,乃还。"此句意在讽刺历史上东吴末代统治者的愚蠢迷信。 ⑩ 铁锁横江:据《晋书·王濬传》,王濬伐吴,吴人"于江险碛要害之处,并以铁锁横截之,又作铁锥长丈余,暗置江中,以逆拒船。"吴终为王濬所破。 ⑪ 三国:时代名,即自东汉后出现的魏、蜀、吴三国鼎立的历史时期(220—280)。六朝:三国的吴、东晋和南朝的宋、齐、梁、陈,都以建康(今南京)为首都,史称六朝。 ⑫ 圣人:指明太祖朱元璋。他是钟离(今安徽凤阳县)人。依郭子兴据濠州起义,故曰南国。

势;第二层写诗人对史事的反思评说和怀古之情;第三层诗人直抒胸臆,极力赞美祖国统一的盛举,表达了自己欣喜若狂的心情。由所见到所感,再到所"幸",全诗感情真挚,气势磅礴,三层之间一气呵成,诗思如江河直下,毫无艰涩之感。

三、这首诗取歌行体,以七言为主,杂以三言、九言,四句一韵,跌宕有致,诗中虽有用典,但丝毫不显雕琢,笔力雄浑,铿锵有力,是诗人作品中的上乘之作。清人赵翼评之曰:"李青莲诗,从未有能学之者,惟青丘与之相上下,不惟形似,而且神似。"

李梦阳

李梦阳(1473—1530),明文学家。字献吉,号空同子,庆阳(今属甘肃)人。弘治进士,官至江西提学副使,因触怒刘瑾等权要,先后两次下狱,后辞官闲居。工诗文,极负才名,是明"前七子"的领袖,倡导"文必秦汉,诗必盛唐",主张复古,于当时影响很大。有《空同集》。

秋 望

黄河水绕汉宫墙①,河上秋风雁几行。客子过壕追野马②,将军韬箭射天狼③。黄尘古渡迷飞挽④,白月横空冷战场。闻道朔方多勇略⑤,只今谁是郭汾阳⑥?

【导读】

一、这首诗题目也作《出使云中》,为作者出见边塞风光,有感而发的一篇怀古之作。

二、作品描写诗人在秋高气爽之季,极目远望边塞风光,遥见黄河远上,目送鸿雁凌风,回首黄尘古渡,秋月映照古战场,不禁追古抚今,想起边关将士,牵挂边防安危,盼望能有像郭子仪那样的盖世名将出现,以抵御外侮,保国安民。这既是诗人对国家社稷的关心,同时也真切流露出诗人胸中的远大抱负。

三、这首诗笔力劲健,气势雄浑,慷慨悲凉而又不失舒畅流丽,历来为人们所激赏。

杨 慎

杨慎(1488—1559),明文学家。字用修,号升庵,四川新都人。正德进士,官至翰林院编修。世宗时,因议大礼事,谪戍云南永昌(今云南保山),卒于贬所。工诗、文,善词、曲,著述甚丰,居一时之首。诗歌创作博取汉魏以来各家之长,随题发挥,全无依傍,打破了"前七子"一统文坛的局面,自成一家,独领风骚。有《升庵集》。

---

① 汉宫墙:指长安(今陕西西安)的城墙,因汉代曾建都于此,故称。 ② 客子:游子。壕:护城河。野马:指尘沙。《庄子·逍遥游》云:"野马也,尘埃也。" ③ 韬:弓囊、弓袋,此指用弓囊盛着箭。天狼:即天狼星。《晋书·天文志》云:"狼为野将,主侵掠。"此指敌人。 ④ 飞挽:指飞驰的车子。 ⑤ 朔方:泛指北方。勇略:指智勇双全之人。 ⑥ 郭汾阳:即唐代名将郭子仪(697—781),安史之乱时,任朔方节度使,败史思明,复长安、洛阳,因战功封汾阳郡王,世称郭汾阳。代宗时,曾数退吐蕃进犯。

昆阳望海①

昆明波涛南纪雄②,金碧滉漾银河通③。平吞万里象马国④,直下千尺蛟龙宫。天外烟峦分点缀,云中海树入空蒙⑤。乘槎破浪非吾事⑥,已斩鱼竿狎钓翁⑦。

【导读】

一、诗人被谪戍云南期间,于昆阳可远望滇池,也曾多次游历,有多首诗作描绘过滇池的壮丽景色。此为其中较有代表性的一首。

二、诗作写诗人从昆阳远望滇池,遥见雄伟壮丽的湖光山色,本来有无限的遐想和希望,但是联想起自己的身世遭遇,又深切感觉到曾经的雄心壮志早已成空,无奈中只好像渔翁一样过着闲散空置的生活了。诗句从不同的空间角度变换来写湖光水色,显示出诗人心中的波澜起伏,再用穿越古今的联想来表现理想与现实之间的矛盾,情感深沉而又无奈至极,充分地传达出诗人心中的苦闷和悲愤。

三、诗作词句华赡,意象生动,描写景色壮丽雄阔,抒写情怀委曲婉转,景丽而情深,颇能见作者卓绝诗才。

王世贞

王世贞(1526—1590),明文学家。字元美,号凤洲、弇州山人,江苏太仓人。嘉靖进士,官至南京刑部尚书。与李攀龙同为"后七子"领袖。著述极丰。沈德潜《明诗别裁集》评他:"乐府古体高出历下(李攀龙)何啻数倍,七言近体亦规大家,而锻炼未纯,故华赡之余,时露浅率。"有《弇州山人四部稿》《弇山堂别集》。

登太白楼⑧

昔闻李供奉⑨,长啸独登楼。此地一垂顾⑩,高名百代留。白云海色曙,明月天门秋⑪。欲觅重来者,潺湲济水流⑫。

---

① 昆阳:指明时昆阳州,治所在今云南省晋宁县,位于今云南省昆明市滇池西南。海:指滇池。滇池又称昆明湖,是云南最大的湖泊,当地百姓亦称之为"海"。 ② 南纪:南方、南国。 ③ 滉漾:水波动荡起伏。 ④ 象马国:指云南,因其多产大象和马,故称。 ⑤ 空蒙:烟雾缭绕,迷茫不清的样子。 ⑥ 乘槎(chá):传说汉朝张骞出使西域,为寻找水源,乘槎到过天河。后来用此比喻入朝做官。槎:木筏。破浪:语出晋朝宗悫:"愿乘长风破万里浪",用以表达大志向。 ⑦ 斩:斩好,做好。狎:亲近。 ⑧ 太白楼:楼名,在今山东济宁市南城,相传李白客居任城时,时任县令的贺知章曾请他于此楼饮酒。 ⑨ 李供奉:指李白。唐玄宗时李白任翰林院供奉。 ⑩ 垂顾:亲自看望。 ⑪ 天门:指泰山上的东、西、南三天门。李白《游泰山》诗"天门一长啸,万里清风来"。 ⑫ 潺湲(chán yuán):河水慢慢流的样子。济水:包括黄河南北两部分,河北部分源出河南济源市西王屋山,流经温县入黄河;河南部分原系黄河支流,自河南省荥阳市北分黄河东出,经山东省入海。

【导读】

一、王世贞"少年跌宕……气笼百代,意不可一世"(李贽《藏书》),与李攀龙曾同为"后七子"领袖,后独主文坛二十年之久,"其持论,文必西汉,诗必盛唐,大历以后书勿读"(《明史·文苑传》),个人对李白极为推崇。

二、诗本写自己登楼,但起笔先宕开写李白登楼,明写此楼因李白偶一"垂顾"而扬名千古,侧写李白的超逸风韵和摩天成就,暗写诗人自己仰慕前贤的追随其志。诗人志高见远,不唯在"白云海色""明月天门"之景,而尤在其对盛唐诗神韵之向往,景中自然见其情。尾句因景抒情,却以景语出之,其"惟见古人,不见来者"之叹,既有感慨世事流转之伤怀,也有傲视天下、舍我其谁的豪壮气势,情境悠远。

三、全诗空起空落,明写李白,暗写自己,以李白之风神暗比诗人自己之豪情,眼界阔达,笔力雄健,极得李白诗的神韵。

戚继光

戚继光(1528—1587),明抗倭名将、军事家。字元敬,号南塘,山东登州(今山东蓬莱)人。出身将门,因功至副总兵,所率之部号称"戚家军",为抗倭主力。行伍中不废吟咏,诗多为描写军旅生活,调昂声扬,境界宏阔。有《止止堂集》。

马上作

南北驱驰报主情①,江花边月笑平生②。一年三百六十日,都是横戈马上行③。

【导读】

一、这是一首借写平生行迹而抒报国之情的诗作,也是诗人一生战斗生涯的真实写照。

二、诗人一生以保家卫国为任,先转战南方千里海防,抗倭保国,屡建奇功,后镇守北国边关,保境安民,大半个中国,都留下了诗人戎马倥偬的身影。诗人开篇直写,先用一"南"一"北"恰在两极的两个相反的方位,形象而准确地概括出了一生的战斗经历,也真切地传达了诗人报国为民的深情。再用"江花"和"边草"两种南北常见的景物来照应南北,把驰骋疆场的艰险一笔带过,只用一个"笑"字,把"平生"心境自然托出。古诗里写千里戍边、南北征战题材的作品很多,但常有悲壮之感,往往兼具苦涩。诗人在此以"笑平生"来概括自己的戎马生涯,不但无恨,反而有乐,因报国而其乐无穷,因为民而欣然自愉,其中有着多少自豪和满足! 由此,诗人不计功名、以苦为甘的高大形象跃然纸上,其坦诚率真、无私无畏的思想境界一展无余。尾句用"都是"结之,诗人戈不离手、身不离鞍的战斗形象也明晰如画。

三、这首诗直抒胸臆,全无雕琢。全诗未用一个典故传说,也没有一句浮词丽藻,所咏均自内心自然流出,所感全自日常里质朴而生,语意阔达,精神乐观,是写军旅生活的一首别具新意而又感人至深的

---

① 南北:戚继光曾先后南驻广东、福建,北戍蓟州,故称"南北"。 ② 江花:特指南方江边的花。边草:特指北方边地的草。 ③ 戈:即平头戟,古代兵器的一种。

名作。

陈子龙

陈子龙(1608—1647),南明抗清将领、文学家。字人中、卧子,号大樽,松江华亭(今上海松江)人。崇祯进士,曾与夏允彝等组织"几社"。曾事福王于南都,南都沦陷后仍从事抗清活动,事泄被捕,投水死,谥"忠裕"。著作颇丰,有《湘真阁》诸稿,后人辑有《陈忠裕公全集》。

秋日杂感·其二

行吟坐啸独悲秋,海雾江云引暮愁。不信有天常似醉①,最怜无地可埋忧②。荒荒葵井多新鬼③,寂寂瓜田识故侯④。见说五湖供饮马,沧浪何处着渔舟?

【导读】

一、《秋日杂感》是一组七言律诗,为诗人避居嘉兴时所作,共十首,此为第二首,是其后期诗歌的代表作。本诗约写于清顺治三年(1646),原有题注"客吴中作"。当时清兵已占据"吴中"(即苏州)一带,原与作者一起从事抗清活动的吴江进士吴易等人也已在杭州就义。国势日颓,诗人痛感袍泽尽丧,复国无望,触景伤情,作此诗以抒怀达志。

二、诗人由自己的悲、愁起笔,以"行吟坐啸"状其强烈,以"海雾江云"衬其深沉,直接把秋日愁思与伤国之痛隐隐相连,也奠定了全诗悲愤沉郁的氛围。其后诗人或反用典故,或直写惨剧,进一步抒发了对家失国破、故人凋亡的感恨和追念,最后写到连自己泛舟隐居之地也无法觅得,无地容身的个人之思便转成了复明之望无存的浩然长叹了。

三、诗人后期的许多作品,多为感慨时事,抒写矢志报国之情,此诗尤为代表,只是其中因时事日艰,更多了几分无力回天、无可奈何的悲怆,格调愈显沉郁。全诗用典贴切而巧妙,用语简洁而意深,用情炽烈而深沉,朴直无华而悲愤感人。正如清人朱庭珍所评:"雄丽有骨,国变后诗尤悲壮。"

张煌言

张煌言(1620—1664),南明大臣。字玄著,号苍水,浙江鄞县(今宁波)人。崇祯举人,清兵南下,起兵抗清。并曾与郑成功合围南京,兵败退居海岛,后被俘就义。有《张苍水集》。

---

① 有天常似醉:指天帝醉赐秦穆公以鹑首之地事,典出汉张衡《西京赋》。李商隐《咸阳》诗有句:"自是当时天帝醉,不关秦地有山河。"此处为反用。 ② 无地可埋忧:典出东汉仲长统《述志》诗:"寄愁天上,埋忧地下。"此亦为反用。 ③ 葵井:长满冬葵的井台。新鬼:指吴易等就义之人。 ④ 瓜田故侯:指秦亡后东陵侯邵平隐居长安城东以种瓜为生之事。

甲辰八月辞故里

国亡家破欲何之？西子湖头有我师①。日月双悬于氏墓②，乾坤半壁岳家祠③。惭将赤手分三席④，敢为丹心借一枝⑤。他日素车东浙路⑥，怒涛岂必属鸱夷！⑦

【导读】

一、清康熙三年(1664)七月，张煌言于南田悬岙岛(今浙江象山县南)被俘，八月，解往杭州，临行有数千人相送，此诗为当时所作。

二、本诗起句即已不凡，劈面一问亦如当头一喝，鲜明昭示了诗人的民族气节和不屈斗志，由此而发，诗人借对岳飞、于谦两位民族英雄的景仰和盛赞，曲折而又深层地表达了自己功业未就的遗憾、矢志不移的气节和身后遗愿——忠魂或可在"于氏墓""岳家祠"前借得一席安息之地。诗人就义后，鄞、杭士人遵其遗愿，重金购得其首级，葬于西湖南屏山。尾句诗人承遗愿再发誓愿，把自己慷慨就义、雄浑悲壮的感情推到了极致，要让自己的精魂化作怒涛，滚滚不尽地拍岸再来。

三、这也是一首诀别诗，诀别之情即为诗人的殉国之志。全诗以抒情言志为主脑，句句相承，层层递进，无一句空废之辞，没一点造作之态，抑扬有致，诗人豪情一如远来的怒涛，渐进渐强，终于拍岸而进，形成了极大的震撼力和感染力。

夏完淳

夏完淳(1631—1647)，南明抗清将领、诗人。原名复，字存古，松江华亭(今上海松江)人。十四岁即随父夏允彝、师陈子龙起兵抗清。十七岁因奸人告发而被捕，不屈被杀。现存诗词三百余首，著有《玉樊堂集》《内史集》《南冠草》等，近人辑为《夏完淳集》。

别 云 间⑧

三年羁旅客⑨，今日又南冠⑩。无限河山泪，谁言天地宽！已知泉路近⑪，欲别故乡难。毅魄归来日⑫，灵旗空际看⑬。

【导读】

一、夏完淳少年早熟，能文善诗，词曲均佳，创作颇丰。早期受复古派影响，多拟古之作，后因参加抗

---

① 西子湖：即杭州西湖。 ② 于氏：指明代民族英雄于谦。其墓在西子湖畔。 ③ 乾坤半壁：指宋代民族英雄岳飞独撑南宋半壁江山的生前伟绩。岳家祠：岳飞死后也葬于西子湖畔，建有岳祠。 ④ 赤手：空手，指保国抗敌之事未有建树。分三席：与岳飞、于谦鼎足三立之意。 ⑤ 一枝：喻指栖身之处，语出《庄子·逍遥游》"鹪鹩巢于深林，不过一枝"。 ⑥ 素车：白色的灵车。 ⑦ 鸱(chī)夷：原指皮制的口袋。传说春秋时伍子胥遭谗而死，被装入鸱夷投入大江，其精魂不死，化作怒涛。 ⑧ 云间：松江一带，古称云间。 ⑨ 羁(jī)：停留。 ⑩ 南冠：囚犯的代称。 ⑪ 泉路近：喻临近死亡。 ⑫ 毅魄：《楚辞·九歌·国殇》："身既死兮神以灵，魂魄毅兮为鬼雄。"坚强不屈的魂魄。 ⑬ 灵旗：古代的一种战旗。

清斗争,诗风转向激昂悲慨,充满战斗气息,格调高远。这首《别云间》为组诗《南冠草》中的一首,也是他后期诗作的代表作之一,为永历元年(1647)诗人被捕诀别故乡松江时所作。

二、作为一首诀别诗,诗人并没有对自己短暂的一生进行无谓的回顾,而是以抗清三年的奋斗起笔,以虽死犹战的不屈情怀为收,其中虽也有对故乡的依恋,但更多的还是对民族命运的关切,对抗清斗争的执着,诗人的"泪"是为"无限河山"而流,诗人的"毅魄"是为争得"天地宽"而归。诀别之诗宛如直言,诗人的视死如归、故国情怀和不懈斗志在诗中得到了淋漓尽致的表现。

三、全诗直抒胸臆,毫无雕琢,虽是诀别却丝毫不显仓促,尤其收尾两句,壮怀激烈而又极富浪漫想象,虽收未断,气势高远。

刘 基

刘基(1311—1375),明初大臣。字伯温,浙江青田人。元至顺进士,后仕明,为朱元璋所重,封诚意伯。后为奸人所谗,忧愤而死。善文章,与宋濂齐名,有《诚意伯文集》。

水龙吟

鸡鸣风雨潇潇,侧身天地无刘表①。啼鹃迸泪,落花飘恨,断魂飞绕。月暗云霄,星沉烟水,角声清嫋②。问登楼王粲③,镜中白发,今宵又添多少。 极目乡关何处,渺青山髻螺低小④。几回好梦,随风归去,被渠遮了⑤。宝瑟弦僵,玉笙指冷,冥鸿天杪⑥。但侵阶莎草,满庭绿树,不知昏晓。

【导读】

一、刘基本为元末进士,后弃官归隐,至明太祖朱元璋起事,被聘辅佐平定天下,后来封为诚意伯。但其未曾显达之前,心中常怀郁闷,每每感叹不遇,作品中也常见低沉哀婉之词。据徐珂云:"此词为未遇时作。"

二、这首词乃有感而发。词人自比乱世君子,空怀满腹经纶,却苦于没有刘表一样的人物可以投靠,问"登楼王粲"也好,"极目乡关"也罢,心中的远大理想和抱负,总归如"几回好梦,随风归去",结尾一句"不知昏晓",词人的感喟至深至切。

三、这首词"出豪雄于婉约",由委曲见志长,于连绵愁思中处处隐见激昂,虽有哀痛,但并不给人以压抑之感。

---

① 鸡鸣:《诗经》:"风雨潇潇,鸡鸣胶胶。"这是乱世思君子的诗篇。刘表:后汉高平人,字景升,官荆州刺史。当时中原地区混战,荆州一带较安宁,士民多归之。 ② 嫋:同"袅"。苏轼《前赤壁赋》:"余音嫋嫋,不绝如缕。" ③ 登楼王粲:三国时王粲(字仲宣),登襄阳城楼作赋。见《荆州记》。 ④ 髻螺:盘成螺形的发髻。释惠洪诗:"落日远山螺髻青。"形容远山苍翠的样子。 ⑤ 渠:他。 ⑥ 冥鸿:高飞的鸿雁。扬子《法言》:"鸿飞冥冥,弋人慕焉。"

张煌言：满江红

怀岳忠武

屈指兴亡,恨南北,黄图消歇①。便几个、孤忠大义,冰清玉烈。赵信城边羌笛雨②,李陵台上胡笳月③。惨模糊、吹出玉关情④,声凄切。　　汉宫露,梁园雪⑤。双龙逝⑥,一鸿灭⑦。剩逋臣怒击⑧,唾壶皆缺⑨。豪杰气吞白凤髓⑩,高怀眦饮黄羊血⑪。试排云、待把捧日心,诉金阙。

【导读】

一、张煌言的创作多反映自己的身世遭遇和抗清生活,格调雄壮,慷慨激越。作为当时海内抗清的最后一面旗帜,词人常以岳飞、于谦等民族英雄自勉和自比,因此这首词与岳飞《满江红》词同韵,并写得同样壮怀激烈、慷慨凛然。

二、词中虽多处用典,但亦直抒胸臆,直言悲恨,直发怒气,直抒壮志。上片极抒词人面对山河变色的悲痛,下片尽展词人舍身报国的壮怀,并与岳飞词一样,尾句处同样对未来的胜利充满信心,充分表现了词人奋发昂扬的激情。

三、这首词属步韵之作,本难脱窠臼,但词人作来,真情实感贯穿其中,壮志豪情洋溢其外,作品辞采与词人英姿共勃发,不但丝毫不显因袭,反倒成为一首与岳飞词比肩的好词。

陈子龙：点绛唇

春日风雨有感

满眼韶华⑫,东风惯是吹红去。几番烟雾,只是花难护。　　梦里相思,故国王孙路⑬。春无主! 杜鹃啼处,泪染胭脂雨。

【导读】

一、陈子龙诗歌创作前后期转变较大,前期诗作多为拟古,后期尤其是明亡后则感时伤事,多悲慨苍凉之作。但其词风一向以婉丽见长,后期虽更多"绵邈凄恻",也仍不失风流婉丽。

---

① 黄图:版图。杜甫《哭韦之晋》诗:"台阁黄图里,簪裾紫盖边。"　② 赵信城:在今蒙古人民共和国寘(zhì)颜山。《汉书·霍去病传》:"单于驰去,汉因发轻骑追之,遂至寘颜山赵信城,得匈奴积粟食军,悉烧其余以归。"　③ 李陵台:据《大同府志》:"李陵台在府城北五百里,台高二丈余,盖陵不得归,登此望汉,其近有拂云堆,堆上有祠。"　④ 玉关:玉门关。在今甘肃敦煌市西。王之涣《凉州词》诗:"羌笛何须怨杨柳,春风不度玉门关。"　⑤ 梁园雪:梁孝王园,又名兔园。谢庄《雪赋》:"梁王不悦,游于兔园。"　⑥ 双龙逝:指唐王和永明王先后死去。　⑦ 一鸿灭:指鲁王浮沉海上十九年,后死于台湾。　⑧ 逋(bū)臣:逃亡的臣子。逋,逃亡。　⑨ 唾壶皆缺:《晋书·王敦传》:"每酒后辄咏魏武乐府歌曰:'老骥伏枥,志在千里,烈士暮年,壮心不已。'以如意击唾壶为节,壶边尽缺。"　⑩ 白凤髓:李群玉诗:"子云吞白凤。"陆凤藻《小知录》:"后世则侈云龙肝凤髓,豹胎鲤尾。"这里借用,即气吞一切之意。　⑪ 眦(zì)饮:眦裂而饮。表示十分痛恨的样子。　⑫ 韶华:韩维诗:"迎得韶华入中禁。"指春光。　⑬ 王孙路:杜甫《哀王孙》诗:"可怜王孙泣路隅。"

二、此阕小令,于常见的春日风雨中融入故国之念,所见为风吹花落,所思为王孙泣路,"春无主",世事亦可望,处处可见词人思念故国的感恨之情。情文相生,情景相融,笔轻而辞婉,言浅而意深,虽沉痛却无声嘶力竭之色,虽悲恨却无剑拔弩张之势,洗尽铅华,更显清丽。

三、《古今词话》评陈子龙词曰:"大樽文宗两汉,诗轶三唐,苍劲之色,与节义相符,乃《湘真词》一集,风流婉丽如此。传称河南亮节,作字不胜罗绮;广平铁石,赋心偏爱梅花,吾于大樽始信。"王士禛亦云:"大樽诸词,神韵天然,风味不尽,如瑶台仙子,独立却扇时。而《湘真》一刻,晚年所作,寄意更绵邈凄恻。"

王　磐

王磐(约 1470—1530)明散曲家。字鸿渐,号西楼,高邮人(今江苏高邮)。少时厌弃举业,故终身未仕。性孤傲,喜游山水。通音律,擅书画,尤长于度曲小词,有《王西楼乐府》。

朝天子·咏喇叭

喇叭,唢哪①,曲儿小,腔儿大②。官船来往乱如麻③,全仗你抬身价。军听了军愁,民听了民怕,那里去辨什么真共假④?眼见的吹翻了这家,吹伤了那家。只吹的水尽鹅飞罢⑤!

【导读】

一、这是一首咏物曲,但又是一首讽时曲。明蒋一葵《尧山堂外纪》云:"正德间,阉寺当权,往来河下无虚日。每到,辄吹号头,齐丁夫,民不堪命。西楼乃作《咏喇叭》以嘲之。"

二、此曲以喇叭为题,有很强的讽喻性,表面上所咏为喇叭,实际所指为宦官,借喇叭的外形特点和吹奏的结果,形象地反映了宦官出行给人民带来的灾难。语言幽默诙谐、自然流畅,口语化的词汇与句式,表现了很强的通俗化特点。

陈　铎

陈铎(约 1488—约 1521),明散曲家。字大声,号秋碧,原籍江苏邳县,世居南京。精通音律,长于制曲,有"乐王"之称。有散曲集《梨云寄傲》《秋碧乐府》《月香亭稿》和《滑稽余韵》等。

---

① 唢哪:即唢呐,喇叭的一种,体短。　② "曲儿小"二句:曲儿小,喻宦官本来地位卑微。腔儿大,喻宦官借势耀武扬威,装腔作势。　③ 乱如麻:往来频繁而引起的混乱嘈杂的场面。　④ 真共假:封建社会官吏出行都按等级安排仪仗。宦官在明代有特权,往往超越级别使用,故云"假"。　⑤ 鹅飞:鹅体重,不善飞。这里比喻百姓受害之重,连一向不会飞的鹅都惊吓得飞速逃走。

〔双调〕水仙子·瓦匠

东家壁土恰涂交①,西舍厅堂初瓾了②,南邻屋宇重修造。弄泥浆直到老,数十年用尽勤劳。金张第游麋鹿③,王谢宅长野蒿④,都不如手镘坚牢⑤。

【导读】
一、陈铎《滑稽余韵》收小令一百三十六首,其中多为描写现实生活之作,尤其对明代城市各阶层人物生活有广泛的反映,社会内容丰富,生活气息浓厚,不但有史料价值,艺术上也别具特色。本曲即选自其中。

二、这首小令是描写泥瓦匠劳动生活、歌颂其勤劳求生的信念的。曲中的泥瓦匠,不羡慕权贵的显赫地位,也不羡慕世族的奢华生活,坚信靠自己的勤劳和劳动技艺要比那些世族权贵们的生活来得更为踏实和牢靠,这不仅反映出劳动人民的高贵品质,实际上更从一个侧面揭示了明代中叶城市生活中的一些微妙的变化。在长期的封建社会及其正统观念中,手工业者作为离开土地而求生的劳动者,不但与世家权贵无法比拟,甚至连普通的农民都不如,向来被视为下九流。而在明代中叶城市手工业经济初步发达的过程中,这种观念已经悄悄地被打破了,手工业者的地位得到了认同和提高,曲中主人公自豪的心理状态就鲜明地带有这一时代特征。

三、小令流利上口,明白易懂,情调健康而又不失诙谐,很能代表陈铎曲作的特色。

薛论道

薛论道(约1531—约1600),明散曲家。字谈德,号莲溪居士,河北定兴人。少时一足残废。八岁能文,喜谈兵,从军三十年,官至指挥佥事。晚年解甲归田。有作品集《林石逸兴》,存散曲一千首。

水仙子·愤世

翻云覆雨太炎凉,博利逐名恶战场,是非海边波千丈。笑藏着剑与枪,假慈悲论短说长。一个个蛇吞象⑥,一个个兔赶獐,一个个卖狗悬羊。

趋朝履市乱慌慌,不见人闲只见忙,沽名钓誉多谦让。貌宣尼⑦,行虎狼,在人前恭俭温良,转回头共谗谤,翻了脸起祸殃,尽都是腹剑舌枪。

【导读】
一、晚明社会腐朽不堪,政权危机四伏,政治极端昏暗,世风颓败,道德沦丧,人与人之间充满了尔虞

---

① 恰:刚刚,刚好。涂:用泥土粉墙。 ② 瓾(wǎ):指铺瓦。 ③ 金张:指汉代权臣金日䃅、张安世。 ④ 王谢:指东晋世族王导、谢安。 ⑤ 手镘(màn):用泥灰等物涂墙的工具,俗称"瓦刀"。 ⑥ 蛇吞象:据《山海经·海内南经》:"巴蛇食象,三岁而出骨。"后以"蛇吞象"比喻人的贪得无厌。 ⑦ 宣尼:指孔子。汉平帝追谥孔子为褒成宣尼公,北魏时称孔子庙为宣尼庙。

我诈,作者的辞官归乡与此般社会现实有很大关系,在作品中也多有揭露和批判。

二、这两首《水仙子·愤世》同题同论,都是对社会上各种道德沦丧、寡廉鲜耻的人和事的揭露和批判。在作者笔下,形形色色的丑恶之徒都现出了原形,有反复无常之辈,有追名逐利之徒,有搬弄是非之流,有笑里藏刀之人,有假仁假义之士,有贪心不足蛇吞象者,也有挂羊头卖狗肉者,有狐假虎威者,有沽名钓誉者,更有谗诌诽谤和口蜜腹剑之徒,等等。在作者眼里,这世界仿佛成了一个黑暗不堪的地狱,其愤世的悲慨也如火山爆发,达到了极致。

三、曲子描写人和事真实而又生动,刻画各色人物惟妙惟肖,用饱含愤恨的词句写来,颇具振聋发聩、发人深省之效。

朱载堉

朱载堉(1536—约1610),明律学家、历学家。字伯勤,号句曲山人,明宗室郑恭王厚烷之子。因皇族内讧,父获罪系狱,遂筑土屋于宫门外,独居十九年,精研乐律、数学、历学。父死后,不承袭爵位,而以著述终身,谥号靖清。著有《乐律全书》《律吕正论》《韵学指南》等,清贺汝田辑《醒世词》录其散曲。

〔中吕〕山坡羊·十不足

逐日奔忙只为饥①,才得有食又思衣。置下绫罗身上穿,抬头又嫌房屋低。盖下高楼并大厦,床前缺少美貌妻。娇妻美妾都娶下,又虑出门没马骑。将钱买下高头马,马前马后少跟随。家人招下十数个,有钱没势被人欺。一铨铨到知县位②,又说官小势位卑。一攀攀到阁老位,每日思想要登基。一日南面坐天下,又想神仙下象棋。洞宾与他把棋下③,又问那是上天梯?上天梯子未做下,阎王发牌鬼来催④。若非此人大限到⑤,上到天上还嫌低。

【导读】

一、朱载堉虽贵为宗室,但后因皇族内讧,父获罪禁于凤阳,便筑土屋于宫门外独居十九年,对统治阶级内部的腐朽黑暗和世事炎凉有较深体会,作品中多有感叹人间冷暖和荣辱无常之作。这首《十不足》即可视为此类作品的代表作。

二、作者在曲中采用步步递进、环环相扣的手法,把一些人无止境地贪求富贵功名的心理和丑态,如剥茧抽丝般层层剥开,使之逐一展露无遗,充分表现了作者对他们的嘲讽和鄙夷,语言通俗而又不失诙谐,描摹情状生动形象而又讽刺深刻,实是一篇用轻松笔调来写大主题的佳作。

---

① 逐日:每日,整日。 ② 铨(quán):指铨选,即由吏部按规定(此处指捐纳)选补官缺。 ③ 洞宾:指吕洞宾,传说中的八仙之一。 ④ 牌:指传说中的生死牌。 ⑤ 大限:死期。

散　文

马中锡

马中锡(约1446—约1512),字天禄,号东田,故城(今河北故城县)人。成化进士,官至副都御史,曾因触犯刘瑾被斥为民,起复后因"纵贼"事被劾,后死于狱中。擅诗文,古文自成一家。有《马东田文集》。

中山狼传①

赵简子大猎于中山。虞人导前②,鹰犬罗后,捷禽鸷兽应弦而倒者,不可胜数。有狼当道,人立而啼。简子唾手登车,援乌号之弓,挟肃慎之矢,一发饮羽,狼失声而逋。简子怒,驱车逐之,惊尘蔽天,足音鸣雷,十步之外,不辨人马。

时,墨者东郭先生将北适中山以干仕③。策蹇驴,囊图书,夙行失道,望尘惊悸。狼奄至④,引首顾曰:"先生岂有志于济物哉?昔毛宝放龟而得渡,隋侯救蛇而获珠。龟蛇固弗灵于狼也。今日之事,何不使我得早处囊中,以苟延残喘乎?异时倘得脱颖而出,先生之恩,生死而肉骨也,敢不努力认效龟蛇之诚?"先生曰:"嘻!私汝狼以犯世卿、忤权贵,祸且不测,敢望报乎?然墨之道,'兼爱'为本,吾终当有以活汝,脱有祸,固所不辞也。"乃出图书,空囊橐,徐徐焉实狼其中。前虞跋胡⑤,后恐疐尾⑥,三纳之而未克。徘徊容与,追者益近。狼请曰:"事急矣!先生果将揖逊救焚溺,而鸣銮避寇盗耶?惟先生速图!"乃跼蹐四足,引绳而束缚之。下首至尾,曲脊掩胡,猬缩蠖屈,蛇盘龟息,以听命先生。先生如其指,内狼于囊,遂括囊口,肩举驴上,引避道左,以待赵人之过。

已而简子至,求狼弗得,盛怒,拔剑斩辕端示先生,骂曰:"敢讳狼方向者,有如此辕!"先生伏踬就地,匍匐以进,跽而言曰:"鄙人不慧,将有志于世。奔走遐方,自迷正途,又安能发狼踪以指示夫子之鹰犬也?然尝闻之,'大道以多歧亡羊'。夫羊,一童子可制之,如是其驯也,尚以多歧而亡;狼非羊比,而中山之歧可以亡羊者何限?乃区区循大道以求之,不几于守株缘木乎?况田猎,虞人之所事也,君请问诸皮冠,行道之人何罪哉?且鄙人虽

---

①《中山狼传》:该文的原作者有异议,有人认为出自宋代谢良之手,马中锡只做了修改。中山为古代国名,在今河北正县东北方。本文选自马中锡《东田文集》,略有删节。　②虞人:管理山林、狩猎的官。　③墨者:墨家信徒。墨家为先秦时期的一个政治思想派别,以墨子(名翟)为创始人。主张人与人平等相爱(兼爱),反对战争(非攻),对古代唯物主义和逻辑学的发展都有积极的贡献。　④奄:副词,突然。　⑤虞:担忧。跋:践踏。胡:嘴巴下的垂肉。　⑥疐(zhì):妨碍、碍事。

愚,独不知夫狼乎?性贪而狠,党豺为虐。君能除之,固当窥左足以效微劳,又肯讳之而不言哉?"简子默然,回车就道。先生亦驱驴兼程而进。

良久,羽旄之影渐没,车马之音不闻。狼度简子之去已远,而作声囊中曰:"先生可留意矣。出我囊,解我缚,拔矢我臂,我将逝矣。"先生举手出狼。狼咆哮谓先生曰:"适为虞人逐,其来甚速,幸先生生我。我馁甚,馁不得食,亦终必亡而已。与其饥死道路,为群兽食,毋宁毙于虞人,以俎豆于贵家。先生既墨者,摩顶放踵①,思一利天下,又何吝一躯啖我而全微命乎?"遂鼓吻奋爪,以向先生。先生仓卒以手搏之,且搏且却,引蔽驴后,便旋而走。狼终不得有加于先生②,先生亦竭力拒。彼此俱倦,隔驴喘息。先生曰:"狼负我!狼负我!"狼曰:"吾非固欲负汝,天生汝辈,固需吾辈食也。"

相持既久,日暮渐移③。……遥望老子杖藜而来,须眉皓然,衣冠闲雅,盖有道者也。先生且喜且愕,舍狼而前,拜跪啼泣,致辞曰:"乞丈人一言而生。"丈人问故。先生曰:"是狼为虞人所窘,求救于我,我实生之。今反欲咥我④,力求不免,我又当死之。……今逢丈人,岂天之未丧斯文也?敢乞一言而生。"因顿首杖下,俯伏听命。丈人闻之,欷歔再三⑤,以杖叩狼曰:"汝误矣。夫天有恩而背之,不祥莫大焉。儒谓受人恩而不忍背者,其为子必孝;又谓虎狼知父子。今汝背恩如是,则并父子亦无矣。"乃厉声曰:"狼速去,不然,将杖杀汝!"狼曰:"丈人知其一,未知其二。请诉之,愿丈人垂听。初,先生救我时,束缚我足,闭我囊中,压以诗书,我鞠躬不敢息。又蔓辞以说简子,其意盖将死我于囊而独窃其利也。是安可不咥?"丈人顾先生曰:"果如是,是羿亦有罪焉。"先生不平,具状囊狼怜惜之意。狼亦巧辩不已以求胜。丈人曰:"是皆不足以执信也。试再囊之,我观其状,果困苦否。"狼欣然从之,信足先生,先生复缚置囊中,肩举驴上,而狼未知之也。丈人附耳谓先生曰:"有匕首否?"先生曰:"有。"于是出匕。丈人目先生使引匕刺狼。先生曰:"不害狼乎?"丈人笑曰:"禽兽负恩如是,而犹不忍杀,子固仁者,然愚亦甚矣!从井以救人,解衣以活友,于彼计则得,其如就死地何⑥!先生其此类乎?仁陷于愚,固君子之所不与也。"言已大笑,先生亦笑。遂举手助先生操刃,共殪狼⑦,弃道上而去。

【导读】

一、本文为寓言,故有人揣测其实有所指,为讽刺李梦阳所作。康海曾自宦官刘瑾手中救李梦阳出狱,后刘瑾被诛,康海受到牵连被削职为民,而李未给予救助。但《四库全书总目提要》中云:"(康)海以救梦阳坐累,梦阳特未营救之耳,未尝逞凶反噬,如传所云云也。疑中锡别有所指,而好事者以康、李为同时之人,又有相负一事,附会其说也。"无论如何,这篇寓言都是在告诫后人,对于狼一般的恶人,决不能讲任何仁慈,否则必将自取其祸,留下无法挽回的遗憾和令人心酸的笑柄。

二、文章集中塑造了三个形象,中山狼、东郭先生和老者,这三个形象各代表了一种人性特征:中山狼→虚伪与贪婪;东郭先生→愚昧与怯懦;老者→机智与正义。作者用狼被射伤,东郭先生被骗救狼,狼本性毕露要吃东郭先生,老者靠机智救了东郭先生,两人共同杀狼这一系列情节,充分展示了这三个形象蕴含的象征意义。每一个形象都进行了充分的表演,也都把自身所具有的意蕴凸显出来,使读者体悟

---

① 摩顶放踵:从头到脚。放(fàng),至的意思。 ② 有加:有所加害之意。 ③ 晷(guǐ):日影。 ④ 咥(dié):咬。
⑤ 欷歔(xī xū):叹息。 ⑥ 其如……何:对……怎么办? 其,副词,加强反诘的语气。 ⑦ 殪(yì):杀死。

到狼、东郭先生和老者的本质特征,萌发出明确的是非观和对故事中不同形象的认识。"中山狼"和"东郭先生"已成为我们生活中的口头禅。

三、《中山狼传》是一篇寓言,也是中国文学史上少见的长篇寓言精品,它情节曲折完整,人物鲜明突出,描写细致生动,寓意深刻巧妙。尤其在人物形象和心态的刻画上,具备了小说的特征,无论是中山狼、东郭先生或是老者,言谈举止不仅合乎自身的性格特征,而且也充分注意到了场景的要求,读来自然亲切、栩栩如生。在充分体现出寓言的象征性和讽刺性的同时,也很有传奇的趣味性,形式的生动性和内容的启迪性得到了完美的融合。

高启:书博鸡者事

博鸡者,袁人①,素无赖,不事产业,日抱鸡呼少年博市中,任气好斗,诸为里侠者皆下之。

元至正间②,袁有守多惠政③,民甚爱之。部使者臧新贵④,将按郡至袁⑤。守自负年德,易之⑥,闻其至,笑曰:"臧氏之子也⑦。"或以告臧,臧怒,欲中守法⑧。会袁有豪民尝受守杖,知使者意嗛守,即诬守纳己赇⑨。使者遂逮守,胁服,夺其官。袁人大愤,然未有以报也。

一日,博鸡者遨于市,众知有为,因让之曰:"若素名勇,徒能藉贫孱者耳!彼豪民恃其赀⑩,诬去贤使君,袁人失父母。若诚丈夫,不能为使君一奋臂耶?"博鸡者曰:"诺。"即入闾左⑪,呼子弟素健者,得数十人,遮豪民于道。豪民方华衣乘马,从群奴而驰。博鸡者直前捽下,提殴之。奴惊,各亡去。乃褫豪民衣自衣⑫,复自策其马,麾众拥豪民马前,反接,徇诸市,使自呼曰:"为民诬太守者视此!"一步一呼,不呼则杖,其背尽创。豪民子闻难,鸠宗族僮奴百许人,欲要篡以归。博鸡者逆谓曰:"若欲死而父,即前斗;否则阖门善俟,吾行市毕,即归若父,无恙也。"豪民子惧遂杖杀其父,不敢动,稍敛众以去。袁人相聚从观,欢动一城。郡录事骇之⑬,驰白府。府佐快其所为⑭,阴纵之不问。日暮,至豪民第门,捽使跪,数之曰:"若为民不自谨,冒使君,杖汝,法也。敢用是为怨望,又投间蔑污使君⑮,使罢。汝罪宜死。今姑贷汝。后不善自改,且复妄言,我当焚汝庐,戕汝家矣。"豪民气尽,以额叩地,谢不敢。乃释之。

博鸡者因告众曰:"是足以报使君未耶?"众曰:"若所为诚快,然使君冤未白,犹无益也。"博鸡者曰:"然。"即连楮为巨幅,广二丈,大书一"屈"字,以两竿夹揭之,走诉行御史台⑯。台臣弗为理,乃与其徒日张"屈"字游金陵市中。台臣惭,追受其牒,为复守官而黜臧使者。方是时,博鸡者以义闻东南。

---

① 袁:袁州路,治所在今江西省宜春市。 ② 至正:元顺帝年号。 ③ 袁守:守,汉代郡的长官,这里借指袁州路的长官。 ④ 部使者:汉代官名,这里借指上级派来的巡察官。 ⑤ 按:巡察。 ⑥ 易:轻视。之:代指姓臧的巡察官。 ⑦ 臧氏之子:姓臧的那个小子。 ⑧ 欲中守法:想用法律制裁袁守。中,命中。 ⑨ 赇(qiú):贿赂。 ⑩ 赀:同"资",钱财。 ⑪ 闾左:里巷人居住区。古时富人居闾右,穷人居闾左。 ⑫ 褫(chǐ):剥衣。 ⑬ 郡录事:指袁州路治所在地的地方官,主掌民事治安。 ⑭ 府佐:官府首长的属官,泛指官员。 ⑮ 投间:找机会。 ⑯ 行御史台:元代中央设御史台,主管百官政治得失、言行善恶。行御使台为在各地所设的监察机关。

高子曰：余在史馆①，闻翰林天台陶先生言博鸡者之事②。观袁守虽得民，然自喜轻上，其祸非外至也。臧使者枉用三尺③，以雠一言之憾④，固贼戾之士哉⑤！第为上者不能察，使匹夫裒袂群起以伸其愤，识者固知元政紊弛而变兴自下之渐矣。

【导读】

一、高启工于诗，散文亦蔚然成家。他的散文，情感真实，语言生动，多有佳作。本篇选自《高青丘集·凫藻集》卷五。

二、本文讲述了一个市井游侠惩暴除恶、伸张正义的故事。游侠的艺术形象最早出现在司马迁的《史记》里，在《游侠列传》中，司马迁塑造了一系列游侠的形象，像"专趋人之急，甚己之私"的朱家；"既已振人之命，不矜其功"的郭解，都已成为人们记忆中的市井英雄。本文中的斗鸡赌徒，就是一个郭解式的人物，文中作者集中刻画了这位城市流浪无产者的形象。这主要体现在三个方面：一是潜藏于内心深处的朴素朦胧的正义感，这与出场时的介绍形成了鲜明的反差，展示了斗鸡赌徒人性中最美好的那一面。二是写了他骨子里的反叛意识和大无畏的精神，这与他平时"任气好斗"是一致的，揭示出在他内心深处对社会和生存现状的不满，有一种本能的反叛情绪，所以他的正义感一旦被激发出来，就变成一种超常的勇气，敢作敢为，这正是游侠的独特品质。三是突出了斗鸡赌徒的智慧。

三、本篇的艺术特色主要在塑造人物，作者善于多侧面展示人物特征，既写了斗鸡赌徒"不事产业""任气好斗"的无赖一面，也写了他富于正义感、大智大勇的一面。在具体刻画人物形象，展示人物性格时，作者很注意用典型情节和具体细节来说话，往往一段故事或几个动作，就使人物跃然纸上。高启是一位写动作的高手，动词的使用简洁而生动，很传神，如写斗鸡赌徒"日抱鸡呼少年博市中"，一抱一呼一博，无赖游侠的形象就栩栩如生。

宗　臣

宗臣（1526—1560），明文学家。字子相，号方城山人，扬州兴化（今属江苏）人。嘉靖进士，性耿介，不附权贵，曾因反对权臣严嵩而受排挤和打击，后官至福建提学副使，三十六岁便因积劳成疾卒于任上。明"后七子"之一，诗文较少模拟堆砌，成就较高，有《宗子相集》。

报刘一丈书⑥

数千里外，得长者时赐一书，以慰长想，即亦甚幸矣。何至更辱馈遗⑦，则不才益将何以报焉⑧？书中情意甚殷，即长者之不忘老父，知老父之念长者深也。

至以"上下相孚⑨，才德称位"语不才，则不才有深感焉。夫才德不称，固自知之矣；至

---

① 史馆：国家编修史书的机构。　② 天台陶先生：天台，县名，今浙江省天台县。陶先生，指陶凯，曾授翰林应奉。　③ 三尺：法律。古时法律条文写在三尺长的竹简上，故以此代称。　④ 雠（chóu）：报仇。　⑤ 贼戾：阴毒残暴。　⑥ 刘一丈，名玠，字田珍，号墀石。"一丈"为对排行老大的长者的尊称。刘一丈为作者父亲的朋友。　⑦ 馈遗（wèi）：赠送。　⑧ 不才：作者自称，以示谦虚。　⑨ 孚：信任。

于不孚之病,则尤不才为甚。

且今之所谓孚者何哉?日夕策马,候权者之门①。门者故不入,则甘言媚词作妇人状,袖金以私之。即门者持刺入②,而主者又不即出见,立厩中仆马之间,恶气袭衣袖,即饥寒毒热不可忍,不去也。抵暮,则前所受赠金者出,报客曰:"相公倦,谢客矣,客请明日来。"即明日又不敢不来,夜披衣坐,闻鸡鸣即起盥栉③,走马推门。门者怒曰:"为谁?"则曰:"昨日之客来。"则又怒曰:"何客之勤也?岂有相公此时出见客乎?"客心耻之,强忍而与言曰:"亡奈何矣,姑容我入。"门者又得所赠金,则起而入之。又立向所立厩中。幸主者出,南面召见。则惊走匍匐阶下。主者曰:"进!"则再拜,故迟不起,起则上所上寿金。主者故不受,则固请。主者故固不受,则又固请。然后命吏纳之。则又再拜,又故迟不起,起则五六揖始出。出揖门者曰:"官人幸顾我④,他日来,幸亡阻我也!"门者答揖,大喜奔出。马上遇所交识,即扬鞭语曰:"适自相公家来,相公厚我,厚我!"且虚言状。即所交识亦心畏相公厚之矣。相公又稍稍语人曰:"某也贤,某也贤。"闻者亦心计交赞之。此世所谓上下相孚也。长者谓仆能之乎?

前所谓权门者,自岁时伏腊一刺之外⑤,即经年不往也。间道经其门,则亦掩耳闭目,跃马疾走过之,若有所追逐者。斯则仆之褊哉⑥,以此长不见悦于长吏,仆则愈益不顾也。每大言曰:"人生有命,吾惟守分而已。"长者闻之,得无厌其为迂乎?

乡园多故,不能不动客子之愁。至于长者之抱才而困,则又令我怆然有感。天之与先生者甚厚,亡论长者不欲轻弃之,即天意亦不欲长者之轻弃之也,幸宁心哉!

【导读】

一、本文选自《宗子相集》卷十四。时在明世宗嘉靖年间,严嵩父子专擅朝政,招权纳贿。士大夫纷纷奔走干谒、献媚,连镇守边疆的武官,也不断向严嵩父子进赂,朝廷的政治日趋腐败。宗臣作为一个正直的知识分子,本就对这种现象十分不满。而这时,远在外地,对当时朝廷情况不太了解的"刘一丈"却向他提到了"上下相孚,才德称位"的话。于是宗臣就借此机会,向他介绍了当时官场中种种无耻干谒的状况。

二、文章以形象生动的描写,为我们描绘了一幅官场"百丑图"。那些士人为了讨得严嵩的欢心,不惜一早到他门上,央求看门的人,遭到拒绝后,又不惜用贿赂的办法求进,为了等待接见,甚至在马厩之所等待,也在所不辞。等到见了严嵩,又献媚、贿赂。种种无耻的行径,无所不用其极。但等他见到严嵩之后,一出门便变了一副面孔,对人宣扬起严嵩如何善待自己,绘声绘色,从此使许多人对他刮目相看。这种描写,深刻地揭露了那些人物的卑鄙灵魂。

三、这是一篇绝妙的讽刺文章。行文简洁而描写生动,人物刻画惟妙惟肖,笔锋犀利。从立意看,宗臣此文显然受了隋卢思道《劳生论》的启发,但卢文着重写世态的炎凉,而宗文则着重写人们的奴颜婢膝。两篇文章可谓各有千秋。

---

① 权者:当权的人,指严嵩。 ② 刺:名片。 ③ 盥(guàn):洗脸。栉:梳头。 ④ 官人:指门者。幸:多蒙。 ⑤ 伏腊:夏天从夏至后第一个庚日算起,凡四十天,分"三伏",初伏、末伏各十天,中伏二十天。腊,本指"腊祭",古人在冬至第三个戌日举行腊祭。因在阴历十二月,故又称"腊月"。 ⑥ 褊(biǎn):褊狭。

袁宏道

袁宏道(1568—1610),明文学家。字中郎,号石公,湖广公安(今属湖北)人。万历进士,官至吏部郎官,因不满于晚明政治,或隐居于乡,或游历名胜。与其兄袁宗道、弟袁中道并有文名,号称"三袁",为"公安派"的代表人物。反对复古派的"文必秦汉,诗必盛唐",主张"独抒性灵,不拘格套",作品清新活泼,自然明快,自成一家。有《袁中郎全集》,今人有《袁宏道集笺校》。

满井游记①

燕地寒,花朝节后②,余寒犹厉。冻风时作,作则飞沙走砾。局促一室之内③,欲出不得。每冒风驰行,未百步辄反。

廿二日④,天稍和,偕数友出东直,至满井。高柳夹堤,土膏微润⑤;一望空阔,若脱笼之鹄。于是冰皮始解,波色乍明,鳞浪层层,清澈见底,晶晶然如镜之新开,而冷光之乍出于匣也。山峦为晴云所洗,娟然如拭⑥;鲜妍明媚,如倩女之靧面而髻鬟之始掠也⑦。柳条将舒未舒,柔梢披风。麦田浅鬣寸许⑧。游人虽未盛,泉而茗者,罍而歌者⑨,红装而蹇者⑩,亦时时有。风力虽尚劲,然徒步则汗流浃背。凡曝沙之鸟,呷浪之鳞,悠然自得,毛羽鳞鬣之间⑪,皆有喜气。始知郊田之外,未始无春,而城居者未之知也。

夫能不以游堕事⑫,而潇然于山石草木之间者,惟此官也。而此地适与余近⑬,余之游将自此始,恶能无纪⑭?己亥之二月也。

【导读】

一、本文选自《袁宏道集笺校》卷十七,是一篇清新优美的记游小品。全文分为三个层次:第一段写"局促一室"很想出游的心情,而这一切又与燕地寒冷的气候和风沙猛烈相联系。第二段写出游满井所见所感,笔触细腻隽永,描写生动活泼,把春光的明媚、生物的鲜活、感觉的欢欣自然而传神地表达出来。第三段强调自己写《满井游记》的意义。

二、袁宏道是明末公安派散文的代表作家,崇尚性情,主张文章要能展示自己独特的感受,富于创新,这篇小品很能体现其文学主张。本文主要表现作者置身郊野时那种"若脱笼之鹄"的心情,所以整篇都围绕这个主题展开,写燕地的清冷、寒风的凛冽、一人憋闷在小屋里的烦躁,都是为出游之欣喜做铺垫;而对满井风物的描写更是性灵无限,时时令读者感到春天带着一种毛茸茸的质感来到我们身边,作者写的是春天里生命的欣喜,因此从冰到水;从植物到动物;从煮茶饮酒的游人到浓妆艳抹骑驴赶路的

---

① 满井:在北京东北郊。其水面常高于井边,井中是个泉眼,是明清两朝京城人士游览之地。 ② 花朝节:旧俗以农历二月十五日为百花生日,名花朝节。 ③ 局促:狭小或拘谨,这里引申为躲避之意。 ④ 廿二日:明神宗万历二十七年二月二十二日。 ⑤ 土膏:沃土。 ⑥ 娟然:姿态秀美。 ⑦ 靧(huì):洗脸。髻鬟:球形的发髻。 ⑧ 鬣(liè):马鬃,这里指低矮的麦苗。 ⑨ 罍(léi):古时的一种酒器。 ⑩ 蹇(jiǎn):驽马或弱驴,文中用作动词。 ⑪ 毛羽鳞鬣:泛指飞禽走兽鱼虫的皮毛。 ⑫ 堕:贻误。 ⑬ 适:恰好。 ⑭ 恶(wū):怎么。纪:通"记"。

妇女,春日里的一切都闪烁着生命的灵光,最后作者也禁不住发出感叹,郊外未尝没有春天,是久居城里的人们没感觉到啊。

三、这篇散文语言清新流畅,富于展示性和感官体验的描述,好像春天一到,一切事物都活起来了一样。读起来有历历在目、呼之欲出之感,作为语言艺术,这是《满井游记》的突出特点。

徐宏祖

> 徐宏祖(1586—1641),明旅行家、地理学家和游记作家。字振之,号霞客,江阴(今属江苏)人。自二十二岁始,历时三十余年,游历了大半个中国,足迹遍及华东、华北,及西南等地,所游之处,都有日记记录当地的山川形胜、地质风貌乃至风土人情,这些日记,既有极高的地理学价值,也是一篇篇优美动人的记游散文,笔法从容,自然清新,被誉为"世间真文字、大文字、奇文字"(清钱谦益《嘱徐仲昭刻游记书》)。他逝世后,经友人和后人搜求、整理成《徐霞客游记》。

游黄山后记①(节选)

初四日。十五里至汤口②。五里至汤寺③。浴于汤池。扶杖望硃砂庵而登,十里上黄泥岗,向时云里诸峰,渐渐透出,亦渐渐落吾杖底。转入石门,越天都之胁而下,则天都、莲花二顶,俱秀出天半。路旁一岐东上,乃昔所未至者,遂前趋直上,几达天都侧。复北上,行石罅中,石峰片片夹起,路宛转石间,塞者凿之,陡者级之,断者架木通之,悬者植梯接之。下瞰峭壑阴森,枫松相间,五色纷披,灿若图绣。因念黄山当生平奇览,而有奇若此,前未一探,兹游快且愧矣。

时夫仆俱阻险行后,余亦停弗上。乃一路奇景,不觉引余独往。既登峰头,一庵翼然,为文殊院④,亦余昔年欲登未登者。左天都,右莲花,背倚玉屏风⑤。两峰秀色,俱可手揽。四顾奇峰错列,众壑纵横,真黄山绝胜处。非再至,焉知其奇若此!遇游僧澄源至,兴甚勇。时已过午,奴辈适至。立庵前,指点两峰。庵僧谓天都虽近而无路,莲花可登而路遥,只宜近盼天都,明日登莲顶。余不从,决意登天都。挟澄源、奴子,仍下峡路。至天都侧,从流石蛇行而上,攀草牵棘,石块丛起则历块,石崖侧削则援崖。每至手足无可着处,澄源必先登垂接。每念上既如此,下何以堪?终亦不顾。历险数次,遂达峰顶。惟一石顶,壁起犹数十丈,澄源寻视其侧,得级,挟予以登。万峰无不下伏,独莲花与抗耳。时浓雾半作半止,每一阵至,则对面不见,眺莲花诸峰,多在雾中。独上天都,予至其前,则雾徙于后;予越其右,则雾出于左。其松犹有曲挺纵横者,柏虽大干如臂,无不平贴石上,如苔藓然。山高风巨,雾气去来无定。下盼诸峰,时出为碧峤,时没为银海。再眺山下,则日光晶晶,

---

① 黄山:我国著名风景区之一,位于安徽南部。 ② 汤口:镇名,位于黄山脚下,是游山的必经之地。 ③ 汤寺:寺名,登黄山的起点。建于唐代,因靠近汤泉而得名,现已不存。 ④ 文殊院:寺名,在天都、莲花两峰之间。 ⑤ 玉屏风:即玉屏峰,因秀峰横倒如玉屏,故此得名。

别一区宇也。日渐暮,遂前其足,手向后据地,坐而下脱。至险绝处,澄源并肩手相接。度险下至山坳,暝色已合,复从峡度栈以上,止文殊院。

【导读】

  一、本文选自《徐霞客游记》。作者一生游历祖国各地,曾两游黄山,每次都写有日记,此为第二次游黄山日记。着重记述初四日这天游天都峰的经历和见闻。文章的结构比较单一,完全按游览的路线及观景的顺序依次展开,给读者以简洁明快的印象。

  二、这篇游记在艺术上最突出的,主要有两点:首先是作者把自己对大自然的热爱和游山的情趣圆融透彻地溶解于字里行间,甚至连攀爬的惊险、登行的艰辛都显得那么意趣盎然,在写了惊险和艰辛之后,浓墨重笔写登临的愉悦、观览的欢快以及神奇景致带来的身心陶醉,把读者也带入到那出神入化的意境和荣辱皆忘的心情中,真正体会到"四顾奇峰错列,众壑纵横,真黄山绝胜处!非再至,焉知其奇若此?"感慨的本意。其次是作者用语精妙、表现力强,很传神地把大自然的造化和鬼斧神工展示给读者。写高峰则"云里诸峰,渐渐透出,亦渐渐落吾杖底";写众壑则"峭壑阴森,枫松相间";写山色则"五色纷披,灿若图绣";写云雾则"予至其前,则雾徙于后;予越其右,则雾出于左"。把生动形象的描写与细致精妙的叙述有机结合起来,给人以如临其境的艺术美感。

  三、徐霞客的游记以语言精妙传神,又以记述简捷生动和议论恰到好处而见长,这篇《游黄山后记》颇具代表性。

张　岱

> 张岱(1597—1679),明末清初文学家。字宗子、石公,号陶庵,绍兴山阴(今浙江绍兴)人。幼有文名,不好仕途,唯喜山水,明亡携家隐避山中,从事著述。文笔舒畅,语言清新,有《石匮书》《陶庵梦忆》《西湖梦寻》和《琅嬛文集》等。

西湖七月半

  西湖七月半,一无可看,只可看看七月半之人。看七月半之人,以五类看之:其一,楼船箫鼓,峨冠盛筵①,灯火优傒②,声光相乱,名为看月而实不见月者,看之。其一,亦船亦楼,名娃闺秀,携及童娈③,笑啼杂之,还坐露台,左右盼望,身在月下而实不看月者,看之。其一,亦船亦声歌,名妓闲僧,浅斟低唱,弱管轻丝④,竹肉相发⑤,亦在月下,亦看月而欲人看其看月者,看之。其一,不舟不车,不衫不帻⑥,酒醉饭饱,呼群三五,跻入人丛,昭庆、断桥⑦,嚣呼嘈杂⑧,装假醉,唱无腔曲,月亦看,看月者亦看,不看月者亦看,而实无一看者,看之。其一,小船轻幌⑨,净几暖炉,茶铛旋煮,素瓷静递,好友佳人,邀月同坐,或匿影树

---

① 峨冠盛筵:高冠盛宴。　② 优:歌伎。傒:侍从。　③ 童娈(luán):美童。　④ 弱:小。管:管乐器。丝:弦乐器。　⑤ 竹:箫管类乐器。肉:歌喉。　⑥ 帻:头巾。　⑦ 昭庆、断桥:昭庆寺、断桥均为西湖名胜。　⑧ 嚣(xiāo)呼:狂叫。　⑨ 幌:帷幔。

下,或逃嚣里湖①,看月而人不见其看月之态,亦不作意看月者,看之。

杭人游湖,巳出酉归②,避月如仇。是夕好名,逐队争出,多犒门军酒钱③,轿夫擎燎④,列俟岸上。一入舟,速舟子急放断桥⑤,赶入胜会。以故二鼓以前,人声鼓吹,如沸如撼⑥,如魇如呓⑦,如聋如哑,大船小船一齐凑岸,一无所见,止见篙击篙,舟触舟,肩摩肩,面看面而已。少刻兴尽,官府席散,皂隶喝道去。轿夫叫船上人,怖以关门,灯笼火把如列星,一一簇拥而去。岸上人亦逐队赶门,渐稀渐薄,顷刻散尽矣。

吾辈始舣舟近岸⑧。断桥石磴始凉。席其上,呼客纵饮。此时月色如镜新磨,山复整妆,湖复颒面⑨,向之浅斟低唱者出,匿影树下者亦出,吾辈往通声气,拉与同坐。韵友来⑩,名妓至,杯箸安,竹肉发。月色苍凉,东方将白,客方散去。吾辈纵舟,酣睡于十里荷花之中,香气拍人,清梦甚惬。

【导读】

一、本文选自《陶庵梦忆》卷七。文章生动地记述了明末杭州人七月半游湖赏月的盛况,是张岱散文小品中的代表作。

二、按照习俗,中元节属于鬼节,又叫盂兰盆会。这一天,白天人们焚烧纸钱,荐拔亡魂。夜晚厉鬼尽出,收拾冥钱。所以,杭州城的人是快到正午的时候才出去,而到酉时月亮还没有升起来的时候就急急忙忙往家赶。张岱说杭州人避月如仇,其实避月是假,避鬼是真。官府致祭厉坛,游人聚集。风流名士则借机狂欢,饮酒放歌,召妓取乐。之后则纵舟荷花深处,倒头大睡,做他们的清秋大梦。正所谓"今宵酒醒何处,杨柳岸晓风残月"。祭鬼的日子,成了狂欢的日子。仔细品味,本文写西湖七月半看见的风俗,流露出作者对那些纨绔子弟和豪富无赖放荡奢侈生活的嘲讽。

三、从艺术上看,本文很能体现张岱散文的语言风格,一是用意深刻,说是赏月,其实是观人,所以作者冷眼旁观,看透了各色各样的人,展示出各形各类的灵魂。二是语言精妙传神,就像给每种人画一幅像,生动揭示出其精神风貌。另外,西湖赏月场面的描写,或闹或静,或俗或雅,都栩栩如生,给读者以如临其境的审美感受。

---

① 里湖:西湖苏堤以内的部分。 ② 巳:上午九时至十一时。酉:下午五时至七时。 ③ 犒门军:犒赏守门的军士。文中指官府或贵族人家的犒赏。 ④ 擎:举。燎:火把。 ⑤ 速:催促。 ⑥ 如撼:如东西摇撼。 ⑦ 魇:梦魇。呓:痴话、呓话。 ⑧ 舣(yǐ)舟:拢舟靠岸。 ⑨ 颒(huì)面:洗面。 ⑩ 韵友:风雅之士。

小 说

罗贯中

罗贯中，元末明初小说家。生平不详，据钟嗣成《录鬼簿续编》载："罗贯中，太原人，号湖海散人。与人寡合，乐府、隐语，极为清新。与予为忘年交，遭时多故，各天一方。至正甲辰复会，别来又六十余年，竟不知其所终。"罗贯中今存作品有小说《三国演义》《隋唐两朝志传》《残唐五代史演义》《三遂平妖传》和杂剧《赵太祖龙虎风云会》等。

三国演义·温酒斩华雄

且说北平太守公孙瓒，统领精兵一万五千，路经德州平原县。正行之间，遥见桑树丛中，一面黄旗，数骑来迎。瓒视之，乃刘玄德也。瓒问曰："贤弟何故在此？"玄德曰："旧日蒙兄保备为平原县令，今闻大军过此，特来奉候，就请兄长入城歇马。"瓒指关、张而问曰："此何人也？"玄德曰："此关羽、张飞，备结义兄弟也。"瓒曰："乃同破黄巾者乎？"玄德曰："皆此二人之力。"瓒曰："今居何职？"玄德答曰："关羽为马弓手，张飞为步弓手。"瓒叹曰："如此可谓埋没英雄！今董卓作乱，天下诸侯共往诛之。贤弟可弃此卑官，一同讨贼，力扶汉室，若何？"玄德曰："愿往。"张飞曰："当时若容我杀了此贼，免有今日之事。"云长曰："事已至此，即当收拾前去。"

玄德、关、张引数骑跟公孙瓒来，曹操接着。众诸侯亦陆续皆至，各自安营下寨，连接二百余里。操乃宰牛杀马，大会诸侯，商议进兵之策。太守王匡曰："今奉大义，必立盟主；众听约束，然后进兵。"操曰："袁本初四世三公，门多故吏，汉朝名相之裔，可为盟主。"绍再三推辞。众皆曰："非本初不可。"绍方应允。次日筑台三层，遍列五方旗帜，上建白旄黄钺①，兵符将印，请绍登坛。绍整衣佩剑，慨然而上，焚香再拜。其盟曰：

汉室不幸，皇纲失统②。贼臣董卓，乘衅纵害③，祸加至尊④，虐流百姓。绍等惧社稷沦丧，纠合义兵，并赴国难。凡我同盟，齐心戮力，以致臣节，必无二志。有渝此盟⑤，俾坠其命，无克遗育⑥。皇天后土，祖宗明灵，实皆鉴之！

读毕，歃血⑦。众因其辞气慷慨，皆涕泗横流。歃血已罢，下坛。众扶绍升帐而坐，两

---

① 白旄：竿头饰有牛尾或羽毛的旗帜。黄钺：涂金的斧子。 ② 皇纲：朝廷法纪。 ③ 衅(xìn)：机会、借口。 ④ 至尊：最高统治者，指皇帝。 ⑤ 渝：违背、改变。 ⑥ 无克遗育：即断子绝孙。 ⑦ 歃(shà)血：古人盟誓时常含血于口内，以表决心。歃，用嘴吸取。

行依爵位年齿分列坐定①。操行酒数巡,言曰:"今日既立盟主,各听调遣,同扶国家,勿以强弱计较。"袁绍曰:"绍虽不才,既承公等推为盟主,有功必赏,有罪必罚。国有常刑,军有纪律;各宜遵守,勿得违犯。"众皆曰:"惟命是听。"绍曰:"吾弟袁术总督粮草,应付诸营,无使有缺。更须一人为先锋,直抵汜水关挑战。余各据险要,以为接应。"

长沙太守孙坚出曰:"坚愿为前部。"绍曰:"文台勇烈,可当此任。"坚遂引本部人马杀奔汜水关来。守关将士,差流星马往洛阳丞相府告急。董卓自专大权之后,每日饮宴。李儒接得告急文书,径来禀卓。卓大惊,急聚众将商议。温侯吕布挺身出曰:"父亲勿虑。关外诸侯,布视之如草芥②;愿提虎狼之师,尽斩其首,悬于都门。"卓大喜曰:"吾有奉先,高枕无忧矣!"言未绝,吕布背后一人高声出曰:"'割鸡焉用牛刀?'不劳温侯亲往。吾斩众诸侯首级,如探囊取物耳!"卓视之,其人身长九尺,虎体狼腰,豹头猿臂;关西人也,姓华,名雄。卓闻言大喜,加为骁骑校尉,拨马步军五万,同李肃、胡轸、赵岑星夜赴关迎敌。

众诸侯内有济北相鲍信,寻思孙坚既为前部,怕他夺了头功,暗拨其弟鲍忠,先将马步军三千,径抄小路,直到关下搦战③。华雄引铁骑五百,飞下关来,大喝:"贼将休走!"鲍忠急待退,被华雄手起刀落,斩于马下,生擒将校极多。华雄遣人赍鲍忠首级来相府报捷④,卓加雄为都督。

却说孙坚引四将直至关前。那四将?——第一个,右北平土垠人,姓程,名普,字德谋,使一条铁脊蛇矛;第二个,姓黄,名盖,字公覆,零陵人也,使铁鞭;第三个,姓韩,名当,字义公,辽西令支人也,使一口大刀;第四个,姓祖,名茂,字大荣,吴郡富春人也,使双刀。孙坚披烂银铠,裹赤帻⑤,横古锭刀,骑花鬃马,指关上而骂曰:"助恶匹夫,何不早降!"华雄副将胡轸引兵五千出关迎战。程普飞马挺矛,直取胡轸。斗不数合,程普刺中胡轸咽喉,死于马下。坚挥军直杀至关前,关上矢石如雨。孙坚引兵回至梁东屯住,使人于袁绍处报捷,就于袁术处催粮。

或说术曰:"孙坚乃江东猛虎;若打破洛阳,杀了董卓,正是除狼而得虎也。今不与粮,彼军必散。"术听之,不发粮草。孙坚军缺食,军中自乱,细作报上关来⑥。李肃为华雄谋曰:"今夜我引一军从小路下关,袭孙坚寨后,将军击其前寨,坚可擒矣。"雄从之,传令军士饱餐,乘夜下关。是夜月白风清。到坚寨时,已是半夜,鼓噪直进。坚慌忙披挂上马,正遇华雄。两马相交,斗不数合,后面李肃军到,竟天价放起火来⑦。坚军乱窜。众将各自混战,止有祖茂跟定孙坚⑧,突围而走。背后华雄追来。坚取箭,连放两箭,皆被华雄躲过。再放第三箭时,因用力太猛,拽折了鹊画弓,只得弃弓纵马而奔。祖茂曰:"主公头上赤帻射目,为贼所认识。可脱帻与某戴之。"坚就脱帻换茂盔,分两路而走。雄军只望赤帻者追赶,坚乃从小路得脱。祖茂被华雄追急,将赤帻挂于人家烧不尽的庭柱上,却入树林潜躲。华雄军于月下遥见赤帻,四面围定,不敢近前。用箭射之,方知是计,遂向前取了赤帻。祖茂于林后杀出,挥双刀欲劈华雄;雄大喝一声,将祖茂一刀砍于马下。杀至天明,雄方引兵上关。

---

① 年齿:年纪、长幼。 ② 草芥:指极轻贱、极微小的东西。芥,小草。 ③ 搦(nuò)战:挑战。 ④ 赍(jī):送。 ⑤ 帻(zé):古代的一种头巾。 ⑥ 细作:探子、间谍。 ⑦ 竟天价:满世界、到处。 ⑧ 止:同"只"。

程普、黄盖、韩当都来寻见孙坚,再收拾军马屯扎。坚为折了祖茂,伤感不已,星夜遣人报知袁绍。绍大惊曰:"不想孙文台败于华雄之手!"便聚众诸侯商议。众人都到,只有公孙瓒后至,绍请入帐列坐。绍曰:"前日鲍将军之弟不遵调遣,擅自进兵,杀身丧命,折了许多军士;今者孙文台又败于华雄,挫动锐气,为之奈何?"诸侯并皆不语。绍举目遍视,见公孙瓒背后立着三人,容貌异常,都在那里冷笑。绍问曰:"公孙太守背后何人?"瓒呼玄德出曰:"此吾自幼同舍兄弟,平原令刘备是也。"曹操曰:"莫非破黄巾刘玄德乎?"瓒曰:"然。"即令刘玄德拜见。瓒将玄德功劳,并其出身,细说一遍。绍曰:"既是汉室宗派,取坐来。"命坐。备逊谢。绍曰:"吾非敬汝名爵,吾敬汝是帝室之胄耳。"玄德乃坐于末位,关、张叉手侍立于后①。

忽探子来报:"华雄铁骑下关,用长竿挑着孙太守赤帻,来寨前大骂搦战。"绍曰:"谁敢去战?"袁术背后转出骁将俞涉曰:"小将愿往。"绍喜,便著俞涉出马。即时报来:"俞涉与华雄战不三合,被华雄斩了。"众大惊。太守韩馥曰:"吾有上将潘凤,可斩华雄。"绍急令出战。潘凤手提大斧上马。去不多时,飞马来报:"潘凤又被华雄斩了。"众皆失色。绍曰:"可惜吾上将颜良、文丑未至!得一人在此,何惧华雄!"言未毕,阶下一人大呼出曰:"小将愿往斩华雄头,献于帐下!"众视之,见其人身长九尺,髯长二尺,丹凤眼,卧蚕眉,面如重枣,声如巨钟,立于帐前。绍问何人。公孙瓒曰:"此刘玄德之弟关羽也。"绍问现居何职。瓒曰:"跟随刘玄德充马弓手。"帐上袁术大喝曰:"汝欺吾众诸侯无大将耶?量一弓手,安敢乱言!与我打出!"曹操急止之曰:"公路息怒。此人既出大言,必有勇略;试教出马,如其不胜,责之未迟。"袁绍曰:"使一弓手出战,必被华雄所笑。"操曰:"此人仪表不俗,华雄安知他是弓手?"关公曰:"如不胜,请斩某头。"操教酾热酒一杯②,与关公饮了上马。关公曰:"酒且斟下,某去便来。"出帐提刀,飞身上马。众诸侯听得关外鼓声大振,喊声大举,如天摧地塌,岳撼山崩,众皆失惊。正欲探听,鸾铃响处,马到中军,云长提华雄之头,掷于地上。——其酒尚温。后人有诗赞之曰:

威镇乾坤第一功,辕门画鼓响冬冬。云长停盏施英勇,酒尚温时斩华雄。

曹操大喜。只见玄德背后转出张飞,高声大叫:"俺哥哥斩了华雄,不就这里杀入关去,活拿董卓,更待何时!"袁术大怒,喝曰:"俺大臣尚自谦让,量一县令手下小卒,安敢在此耀武扬威!都与赶出帐去!"曹操曰:"得功者赏,何计贵贱乎?"袁术曰:"既然公等只重一县令,我当告退。"操曰:"岂可因一言而误大事耶?"命公孙瓒且带玄德、关、张回寨。众官皆散。曹操暗使人赍牛酒抚慰三人。

【导读】

一、《三国演义》又名《三国志演义》《三国志通俗演义》,是我国小说史上最著名、最杰出的一部长篇章回体历史小说。它以东汉末年和魏、蜀、吴三国的历史为题材,描写了从东汉灵帝中平元年(184)黄巾起义到西晋武帝太康元年(280)年三国一统近百年间的重大历史事件和历史人物的活动,展示了三国之

---

① 叉手:古代的一种礼数,子弟晚辈或随从人等侍立时,双手交拱于胸前,以示恭顺敬重。 ② 酾(shāi):斟(酒),倒(酒)。

间风云变幻、惊心动魄的政治与军事斗争,描绘了一幅社会动荡、群雄纷起、三国兴亡的波澜壮阔的历史画卷。

二、《三国演义》是根据历史和传说的材料而创作的历史小说。历史内容主要取材于晋史学家陈寿的《三国志》及南朝裴松之注中所征引的野史杂记,传说内容则取自唐以来数百年间广泛流传于民间的"三国"故事,包括诸如《三国志平话》等宋元话本中民间艺人的演绎和加工。罗贯中的创作,就是在这些基础上,结合自己的生活经验和人生感悟,加以创造性的艺术构思而完成的。全书一百二十回(人民文学出版社整理的毛宗岗本),七十余万字,人物近五百人,构想宏伟,场面精彩,故事曲折生动,矛盾紧张集中,人物刻画栩栩如生,语言运用雅俗共赏,许多典型人物、事件、场面乃至谋略,都已经成为我们民族精神和文化的不可分割的一部分。数百年来,这部作品不仅成为中国人民的文化瑰宝,也被翻译成多种语言介绍到世界各国,成为世界名著之一。

三、本文节选自《三国演义》第五回《发矫诏诸镇应曹公 破关兵三英战吕布》,是全书著名章节之一,写袁绍、曹操讨董卓时,关羽在温酒未凉的片刻间斩杀董卓大将华雄的故事。关羽是作品极力歌颂的人物之一。在整部作品里,作者用不同的故事,以不同的艺术手法,从不同的侧面,对关羽的形象进行了刻画。千里走单骑写他的忠肝义胆,刮骨疗毒写他的坚忍意志,单刀赴会写他的大义凛然,水淹七军写他的智勇双全,等等,但都是正面的描写和刻画,唯有此处写关羽,作者用的是侧面描写的手法。故事很短,叙述也很简单,但作者写来却极具技巧,精彩纷呈。作者先以一连串的场面铺垫描写华雄的勇猛过人:先斩鲍忠,再败孙坚,挑战于袁绍阵前,再连斩骁将俞涉、上将潘凤;再以袁绍阵营中众将对刘、关、张等人的轻视来衬托他们的人微言轻和不为人知;最后才让关羽以马弓手的身份出斩华雄,用一系列的衬托和对比,充分显示出关羽的英勇无敌。尤其是斩华雄的场面,作者并没有具体描绘双方的交战场面,而是只写"关外鼓声大振,喊声大举,如天摧地塌,岳撼山崩,众皆失惊"来极力烘托紧张而惨烈的气氛,再对比以"鸾铃响处,马到中军,云长提华雄之头,掷于地上。——其酒尚温"的从容不迫的气势,就十分传神地把关羽的威风八面和卓尔不群表现出来,读来令人神往。这也正是这段故事向来为人们所津津乐道的原因之一。

施耐庵

施耐庵,元末明初小说家,生平事迹不详。《兴化县续志》载明代王道生撰《施耐庵墓志》云,施耐庵原籍苏州,后迁淮安,元至顺进士,死于明洪武初,年七十五。另传说他曾参加张士诚的义军,并与张部将卞元亨为好友。高儒《百川书志》云:"《忠义水浒传》一百卷,钱塘施耐庵的本,罗贯中编次。"(胡应麟《少室山房笔丛》说罗贯中为施耐庵门人)。

水浒传·拳打镇关西

只说史进提了朴刀,离了少华山,取路投关西五路,望延安府路上来。但见:

崎岖山岭,寂寞孤村。披云雾夜宿荒林,带晓月朝登险道。落日趱行闻犬吠,严霜早促听鸡鸣。

史进在路,免不得饥食渴饮,夜住晓行。独自一个行了半月之上,来到渭州。"这里也有一个经略府,莫非师父王教头在这里?"史进便入城来看时,依然有六街三市。只见一个小小茶坊,正在路口。史进便入茶坊里来,拣一副座位坐了。茶博士问道①:"客官,吃甚茶?"史进道:"吃个泡茶。"茶博士点个泡茶,放在史进面前。史进问道:"这里经略府在何处?"茶博士道:"只在前面便是。"史进道:"借问经略府内有个东京来的教头王进么?"茶博士道:"这府里教头极多,有三四个姓王的,不知那个是王进。"

道犹未了,只见一个大汉,大踏步竟入进茶坊里来。史进看他时,是个军官模样,怎生结束,但见:头裹芝麻罗万字顶头巾,脑后两个太原府纽丝金环,上穿一领鹦哥绿纻丝战袍,腰系一条文武双股鸦青绦,足穿一双鹰爪皮四缝干黄靴。生得面圆耳大,鼻直口方,腮边一部貉獠胡须。身长八尺,腰阔十围。那人入到茶坊里面坐下。茶博士便道:"客官要寻王教头,只问这个提辖,便都认得。"史进忙起身施礼道:"官人,请坐拜茶。"那人见了史进长大魁伟,像条好汉,便来与他施礼。两个坐下。史进道:"小人大胆,敢问官人高姓大名?"那人道:"洒家是经略府提辖,姓鲁,讳个达字。敢问阿哥,你姓甚么?"史进道:"小人是华州华阴县人氏,姓史,名进。请问官人,小人有个师父,是东京八十万禁军教头,姓王名进,不知在此经略府中有也无?"鲁提辖道:"阿哥,你莫不是史家村甚么九纹龙史大郎?"史进拜道:"小人便是。"鲁提辖连忙还礼,说道:"闻名不如见面,见面胜似闻名。你要寻王教头,莫不是在东京恶了高太尉的王进?"史进道:"正是那人。"鲁达道:"俺也闻他名字。那个阿哥不在这里。洒家听得说,他在延安府老种经略相公处勾当。俺这渭州,却是小种经略相公镇守,那人不在这里。你既是史大郎时,多闻你的好名字,你且和我上街去吃杯酒。"鲁提辖挽了史进的手,便出茶坊来。鲁达回头道:"茶钱洒家自还你。"茶博士应道:"提辖但吃不妨,只顾去。"

两个挽了胳膊,出了茶坊来。上街行得三五十步,只见一簇众人围住白地上。史进道:"兄长,我们看一看。"分开人众看时,中间里一个人,仗着十来条杆棒,地上摊着十数个膏药,一盘子盛着,插把纸标儿在上面,却原来是江湖上使枪棒卖药的。史进看了,却认的他,原来是教史进开手的师父,叫做打虎将李忠。史进就人丛中叫道:"师父,多时不见。"李忠道:"贤弟,如何到这里?"鲁提辖道:"既是史大郎的师父,同和俺去吃三杯。"李忠道:"待小子卖了膏药,讨了回钱,一同和提辖去。"鲁达道:"谁耐烦等你?去便同去。"李忠道:"小人的衣饭,无计奈何。提辖先行,小人便寻将来。贤弟,你和提辖先行一步。"鲁达焦躁,把那看的人,一推一跤,便骂道:"这厮们夹着屁眼撒开,不去的,洒家便打。"众人见是鲁提辖,一哄都走了。

李忠见鲁达凶猛,敢怒而不敢言,只得陪笑道:"好急性的人。"当下收拾了行头药囊,寄顿了枪棒②,三个人转弯抹角,来到州桥之下一个潘家有名的酒店。门前挑出望竿,挂着酒斾③,漾在空中飘荡,怎见得好座酒肆?有诗为证:

  风拂烟笼锦斾扬,太平时节日初长。能添壮士英雄胆,善解佳人愁闷肠。三尺晓垂杨柳外,一竿斜插杏花旁。男儿未遂平生志,且乐高歌入醉乡。

---

① 茶博士:茶馆里的伙计。 ② 寄顿:寄放安顿。 ③ 斾(pèi):古时末端形状像燕尾的旗。

三人上到潘家酒楼上，拣个济楚阁儿里坐下①。鲁提辖坐了主位，李忠对席，史进下首坐了。酒保唱了喏②，认得是鲁提辖，便道："提辖官人③，打多少酒？"鲁达道："先打四角酒来。"一面铺下菜蔬、果品按酒④，又问道："官人，吃甚下饭？"鲁达道："问甚么？但有⑤，只顾卖来，一发算钱还你。这厮只顾来聒噪⑥。"酒保下去，随即烫酒上来；但是下口肉食，只顾将来，摆一桌子。三个酒至数杯，正说些闲话，较量些枪法⑦，说得入港⑧，只听得隔壁阁子里有人哽哽咽咽啼哭。

鲁达焦躁，便把碟儿、盏儿都丢在楼板上。酒保听得，慌忙上来看时，见鲁提辖气愤愤地。酒保抄手道⑨："官人要甚东西，分付卖来。"鲁达道："洒家要甚么⑩？你也须认的洒家，却恁地教甚么人在间壁吱吱的哭⑪，搅俺弟兄们吃酒。洒家须不曾少了你酒钱！"酒保道："官人息怒，小人怎敢教人啼哭，打搅官人吃酒。这个哭的，是绰酒座儿唱的父子两人⑫。不知官人们在此吃酒，一时自苦了啼哭。"鲁提辖道："可是作怪！你与我唤的他来。"酒保去叫，不多时，只见两个到来：前面一个十八九岁的妇人，背后一个五六十岁的老儿，手里拿串拍板⑬，都来到面前。看那妇人，虽无十分的容貌，也有些动人的颜色。但见：

<blockquote>
鬅松云髻，插一枝青玉簪儿；袅娜纤腰，系六幅红罗裙子。素白旧衫笼雪体，淡黄软袜衬弓鞋。蛾眉紧蹙，汪汪泪眼落珍珠；粉面低垂，细细香肌消玉雪。若非雨病云愁，定是怀忧积恨。大体还他肌骨好，不搽脂粉也风流。
</blockquote>

那妇人拭着眼泪，向前来深深的道了三个万福。那老儿也都相见了。鲁达问道："你两个是那里人家？为甚啼哭？"那妇人便道："官人不知，容奴告禀⑭：奴家是东京人氏⑮。因同父母来这渭州⑯，投奔亲眷，不想搬移南京去了。母亲在客店里染病身故，子父二人，流落在此生受⑰。此间有个财主，叫做镇关西郑大官人，因见奴家，便使强媒硬保，要奴作妾。谁想写了三千贯文书⑱，虚钱实契⑲，要了奴家身体，未及三个月，他家大娘子好生利害，将奴赶打出来，不容完聚，着落店主人家追要原典身钱三千贯。父亲懦弱，和他争执不的，他又有钱有势。当初不曾得他一文，如今那讨钱来还他？没计奈何，父亲自小教得奴家些小曲儿，来这里酒楼上赶座子。每日但得些钱来，将大半还他，留些少子父们盘缠⑳。这两日酒客稀少，违了他钱限，怕他来讨时，受他羞耻。子父们想起这苦楚来，无处告诉，因此啼哭。不想误触犯了官人，望乞恕罪，高抬贵手。"

鲁提辖又问道："你姓甚么？在那个客店里歇？那个镇关西郑大官人在那里住？"老儿答道："老汉姓金，排行第二。孩儿小字翠莲。郑大官人便是此间状元桥下卖肉的郑屠，绰号镇关西。老汉父子两个，只在前面东门里鲁家客店安下㉑。"鲁达听了道："呸！俺只道那个郑大官人，却原来是杀猪的郑屠。这个腌臜泼才㉒，投托着俺小种经略相公门下做个

---

① 济楚阁儿：整齐华美的小房间。　② 酒保：酒店里跑堂的伙计。唱喏(rě)：一面作揖，一面出声致敬。　③ 官人：此处是对有地位的男子的尊称。　④ 按酒：下酒。　⑤ 但有：只要有。　⑥ 聒(guō)噪：吵闹。　⑦ 较量：此处是谈论之意。　⑧ 入港：投合，相合。　⑨ 抄手：两臂交叉在胸前。此处是为难的样子。　⑩ 洒家：宋元时陕甘一带人的自称。　⑪ 恁(nèn)地：如此，这样地。　⑫ 绰酒座儿唱的：串酒楼卖唱的人。　⑬ 拍板：一种打击乐器。　⑭ 奴：古时女子的自称。　⑮ 东京：北宋都城，今河南省开封市。　⑯ 渭州：今甘肃省平凉市一带。　⑰ 子父：即父女。生受：难为。　⑱ 贯：串，旧时用的制钱，中间有一方孔，用绳子串上，一千为一串。　⑲ 虚钱实契：卖契上写明钱数，实际上卖主并未真正得到钱。　⑳ 些少：少许。盘缠：此处作动词，开销之意。　㉑ 安下：住下。　㉒ 腌臜(ā zā)泼才：肮脏的无赖。

肉铺户①，却原来这等欺负人！"回头看着李忠、史进道："你两个且在这里，等洒家去打死了那厮便来。"史进、李忠抱住劝道："哥哥息怒，明日却理会。"两个三回五次劝得他住。

鲁达又道："老儿，你来！洒家与你些盘缠，明日便回东京去如何？"父子两个告道："若是能勾得回乡去时，便是重生父母，再长爷娘。只是店主人家如何肯放？郑大官人须着落他要钱。"鲁提辖道："这个不妨事，俺自有道理。"便去身边摸出五两来银子，放在桌子，看着史进道："洒家今日不曾多带得些出来，你有银子，借些与俺，洒家明日便送还你。"史进道："直甚么，要哥哥还！"去包裹里取出一锭十两银子，放在桌上。鲁达看着李忠道："你也借些出来与洒家。"李忠去身边摸出二两来银子。鲁提辖看了，见少，便道："也是个不爽利的人。"鲁达只把这十五两银子与了金老，分付道："你父子两个将去做盘缠，一面收拾行李。俺明日清早来，发付你两个起身②，看那个店主人敢留你！"金老并女儿拜谢去了。鲁达把这二两银子丢还了李忠。三个再吃了两角酒，下楼来叫道："主人家，酒钱洒家明日送来还你。"主人家连声应道："提辖只顾自去，但吃不妨，只怕提辖不来赊。"③三个人出了潘家酒肆④，到街上分手，史进、李忠各自投客店去了。只说鲁提辖回到经略府前下处，到房里，晚饭也不吃，气愤愤的睡了。主人家又不敢问他。

再说金老得了这一十五两银子，回到店中，安顿了女儿。先去城外远处觅下一辆车儿，回来收拾了行李，还了房宿钱，算清了柴米钱，只等来日天明。当夜无事，次早五更起来，子父两个先打火做饭，吃罢，收拾了。

天色微明，只见鲁提辖大踏步走入店里来，高声叫道："店小二，那里是金老歇处？"小二哥道："金公，提辖在此寻你。"金老开了房门，便道："提辖官人，里面请坐。"鲁达道："坐甚么？你去便去，等甚么？"金老引了女儿，挑了担儿，作谢提辖，便待出门，店小二拦住道："金公，那里去？"鲁达问道："他少你房钱？"小二道："小人房钱，昨夜都算还了。须欠郑大官人典身钱，着落在小人身上看管他哩！"鲁提辖道："郑屠的钱，洒家自还他。你放这老儿还乡去。"那店小二那里肯放。鲁达大怒，叉开五指⑤，去那小二脸上只一掌，打的那店小二口中吐血，再复一拳，打下当门两个牙齿。小二扒将起来，一道烟走了。店主人那里敢出来拦他。金老父子两个，忙忙离了店中，出城自去寻昨日觅下的车儿去了。

且说鲁达寻思：恐怕店小二赶去拦截他，且向店里掇条凳子⑥，坐了两个时辰。约莫金公去的远了，方才起身，径投状元桥来。

且说郑屠开着两间门面，两副肉案，悬挂着三五片猪肉。郑屠正在门前柜身内坐定⑦，看那十来个刀手卖肉。鲁达走到门前，叫声："郑屠！"郑屠看时，见是鲁提辖，慌忙出柜身来唱喏道："提辖恕罪。"便叫副手掇条凳子来⑧，"提辖请坐。"鲁达坐下道："奉着经略相公钧旨，要十斤精肉，切做臊子⑨，不要见半点肥的在上头。"郑屠道："使头，你们快选好的，切十斤去。"鲁提辖道："不要那等腌臜厮们动手！你自与我切。"郑屠道："说得是，小人自切便了。"自去肉案上拣下十斤精肉，细细切做臊子。那店小二把手帕包了头，正来郑屠

---

① 小种(chóng)经略相公：指北宋名将种师道之弟种师中。经略，官名，掌管边远地区军民大事。　② 发付：打发。　③ 赊(shē)：买货物时延期交款。　④ 酒肆：酒店。　⑤ 叉开：把手指张开。　⑥ 掇(duō)：用双手拿。　⑦ 坐定：坐着。　⑧ 副手：此指伙计。　⑨ 臊(sào)子：肉末或肉丁。

家报说金老之事,却见鲁提辖坐在肉案门边,不敢拢来,只得远远的立住,在房檐下望。

这郑屠整整的自切了半个时辰,用荷叶包了道:"提辖,教人送去?"鲁达道:"送甚么?且住!再要十斤,都是肥的,不要见些精的在上面,也要切做臊子。"郑屠道:"却才精的,怕府里要裹馄饨,肥的臊子何用?"鲁达睁着眼道:"相公钧旨,分付洒家,谁敢问他?"郑屠道:"是。合用的东西,小人切便了。"又选了十斤实膘的肥肉,也细细的切做臊子,把荷叶来包了。整弄了一早辰,却得饭罢时候①。那店小二那里敢过来,连那正要买肉的主顾,也不敢拢来。

郑屠道:"着人与提辖拿了,送将府里去②。"鲁达道:"再要十斤寸金软骨,也要细细地剁做臊子,不要见些肉在上面。"郑屠笑道:"却不是特地来消遣我!"鲁达听罢,跳起身来,拿着两包臊子在手里,睁眼看着郑屠道:"洒家特地要消遣你!"把两包臊子劈面打将去,却似下了一阵的肉雨。郑屠大怒,两条忿气从脚底下直冲到顶门,心头那一把无明业火焰腾腾的按纳不住③,从肉案上抢了一把剔骨尖刀,托地跳将下来。鲁提辖早拔步在当街上。众邻舍并十来个火家,那个敢向前来劝。两边过路的人都立住了脚,和那店小二也惊的呆了。

郑屠右手拿刀,左手便来要揪鲁达,被鲁提辖就势按住左手,赶将入去,望小腹上只一脚,腾地踢倒了在当街上。鲁达再入一步,踏住胸脯,提着那醋钵儿大小拳头,看着这郑屠道:"洒家始投老种经略相公,做到关西五路廉访使④,也不枉了叫做镇关西。你是个卖肉的操刀屠户,狗一般的人,也叫做镇关西!你如何强骗了金翠莲的?"扑的只一拳,正打在鼻子上,打得鲜血迸流,鼻子歪在半边,却便似开了个油酱铺,咸的、酸的、辣的,一发都滚出来。郑屠挣不起来,那把尖刀也丢在一边,口里只叫:"打得好!"鲁达骂道:"直娘贼,还敢应口!"提起拳头来,就眼眶际眉稍只一拳,打得眼棱缝裂⑤,乌珠迸出,也似开了个彩帛铺的,红的、黑的、绛的,都滚将出来。两边看的人,惧怕鲁提辖,谁敢向前来劝?

郑屠当不过,讨饶。鲁达喝道:"咄⑥!你是个破落户⑦,若是和俺硬到底,洒家倒饶了你;你如何对俺讨饶?洒家偏不饶你。"又只一拳,太阳上正着⑧,却似做了一个全堂水陆的道场⑨,磬儿、钹儿、铙儿,一齐响⑩。鲁达看时,只见郑屠挺在地下,口里只有出的气,没了入的气,动弹不得。鲁提辖假意道:"你这厮诈死,洒家再打。"只见面皮渐渐的变了。鲁达寻思道:"俺只指望痛打这厮一顿,不想三拳真个打死了他。洒家须吃官司,又没人送饭,不如及早撒开。"拔步便走,回头指着郑屠尸道:"你诈死,洒家和你慢慢理会。"一头骂,一头大踏步去了。街坊邻舍,并郑屠的火家,谁敢向前来拦他。

鲁提辖回到下处,急急卷了些衣服、盘缠、细软、银两,但是旧衣粗重都弃了,提了一条齐眉短棒,奔出南门,一道烟走了。

且说郑屠家中众人,救了半日不活,呜呼死了。老小邻人径来州衙告状。正直府尹升厅,接了状子,看罢道:"鲁达系是经略府提辖,不敢擅自径来捕捉凶身。"府尹随即上轿,来

---

① 却得:直到。 ② 送将:即送的意思。将,助词,无意义。 ③ 无明业火:佛教用语,怒火。 ④ 关西五路廉访使:官名。 ⑤ 眼棱(léng):眼角。 ⑥ 咄(duō):大声怒斥。 ⑦ 破落户:此意为无赖。 ⑧ 太阳上正着:正好打中太阳穴。 ⑨ 全堂水陆的道场:佛教的一种大规模的迷信仪式。道场,和尚做法事的场所,也指所做的法事。 ⑩ 磬(qìng)儿、钹(bó)儿、铙(náo)儿:都是打击乐器。

到经略府前，下了轿子。把门军士入去报知。经略听得，教请到厅上，与府尹施礼罢。经略问道："何来？"府尹禀道："好教相公得知，府中提辖鲁达，无故用拳打死市上郑屠。不曾禀过相公，不敢擅自捉拿凶身。"经略听说，吃了一惊，寻思道："这鲁达虽好武艺，只是性格粗卤，今番做出人命事，俺如何护得短？须教他推问使得。"经略回府尹道："鲁达这人，原是我父亲老经略处军官，为因俺这里无人帮护，拨他来做个提辖。既然犯了人命罪过，你可拿他依法度取问。如若供招明白，拟罪已定，也须教我父亲知道，方可断决。怕日后父亲处边上要这个人时，却不好看。"府尹禀道："下官问了情由，合行申禀老经略相公知道，方敢断遣。"府尹辞了经略相公，出到府前，上了轿，回到州衙里，升厅坐下。便唤当日缉捕使臣押下文书，捉拿犯人鲁达。

【导读】

一、《水浒传》又名《忠义水浒传》或《水浒全传》，是一部反映宋宣和年间以宋江为首的农民起义斗争的长篇章回小说。成书于元末明初，传本很多，有百回本、百二十回本、七十回本、百十五回本、百二十四回本和无回本等。百二十回本中征田虎、王庆事系明末袁刊所增，七十回本为金圣叹所删，故一般认为百回本最为接近原貌。作者有争议，多以为施耐庵所著，罗贯中参与成书。

二、据《宋史》记载："宋江起为盗，以三十六人横行河朔，转掠十郡，官军莫敢撄其锋。"其他如《十朝纲要》《三朝北盟会编》《东都事略》等书中也都有一些简略的记载。宋末元初龚开作《宋江三十六人赞》，初次完整记录了三十六人的姓名、绰号。元《宣和遗事》中也已出现了杨志卖刀、智取生辰纲、宋江放晁盖、宋江杀阎婆惜等故事情节。元代戏曲、杂剧中也有许多以李逵、燕青、武松等为主角的"水浒戏"。关于三十六人起义故事的民间口头传说则更是丰富多彩。施耐庵《水浒传》所写的故事，就是作者在这些历史史实和民间口头传说、话本、杂剧的基础上创作完成的。作品通过众多性格鲜明的人物塑造和曲折多变的情节安排，尤其是林冲、武松等人物所经历的"逼上梁山"的身世遭遇，集中地反映了封建社会农民起义"官逼民反，民不得不反"的由产生、壮大直至失败的全过程。作品以梁山一百〇八位好汉为中心，塑造了几百个人物，故事相对独立，又环环相扣，情节生动精彩，引人入胜，富有传奇色彩。故事语言以北方口语为主，明白通俗，为广大人民群众所喜闻乐见。因此，这部作品虽然曾被封建统治者视为"诲盗"之书，屡加禁毁，但仍在人民中流传广泛。后来的许多杂剧、传奇等都受到极大影响，从中汲取题材。直到今天，它仍然是人们喜爱的古典文学名著之一。

三、本文节选自《水浒传》第三回《史大郎夜走华阴县　鲁提辖拳打镇关西》，写鲁智深为民除恶、打死人命，被迫出家转而被逼上梁山的故事，是作品中著名章节之一。鲁智深是水浒人物谱中极为引人注目的一个，这并不是因为他于第三回就已早早出场，而是因为他的性格和品质。他虽行为鲁莽却心地善良，虽性格暴躁却又粗中有细，勇于打抱不平，敢于冲锋陷阵，艺高胆大，豪气凌云。拳打镇关西虽然是他的第一次出场，但他身上的诸多品性却已于此显露无遗。这一段故事里，作者没有过多从一波三折的巧妙情节上来塑造人物，而是把情节和人物放在平铺直叙而又层层递进的细节描写中来让其自然地发展和表现。故事以鲁智深遇史进、识李忠为引子，以听金二父女诉苦为导火线，以鲁智深送走金家父女、考虑成熟为准备，把每一个细节都照顾周到，自然地展开情节，把故事一步步地推向了高潮。三拳打死镇关西，是这段故事的高潮，也是《水浒传》中场面描写最经典的一处，作者在这里充分显示了他在场面描写上的独到功力和技巧。作者仿佛精雕细刻一般来描写鲁智深的三拳，不仅写他打得痛快，打得精彩，而且在描写手法上还更加有奇妙之处。作者写鲁智深拳打郑屠，不是从打人者或者旁观者的视角来写，而是按鼻子、眼睛、太阳穴的方位，从被打者郑屠的味觉、视觉、听觉的感受来写，新颖奇特而又巧妙贴切,轻松自然而又洋溢着极强的讽刺意味,令人叹为观止。

吴承恩

吴承恩(约1500—约1582),明小说家。字汝忠,号射阳山人,淮安山阳(今江苏淮安)人。出身于没落的书香门第,少有文名,好奇闻,博览群书,而科举不顺,屡试不中,中年以后才补"岁贡生",授长兴县县丞,不久"耻折腰,遂拂袖而归"(《淮安府志》卷十六《人物志》),以卖文为生,晚年尤贫。"平生不肯受人怜,喜笑悲歌气傲然"(《赠沙星士》),寄理想于世外神魔,作《西游记》。一生著作很多,但大都散佚,有后人整理的《射阳先生存稿》四卷。今有《吴承恩诗文集》。

西游记·三打白骨精

却说三藏师徒①,次日天明,收拾前进。那镇元子与行者结为兄弟,两人情投意合,决不肯放;又安排管待,一连住了五六日。那长老自服了草还丹②,真似脱胎换骨,神爽体健。他取经心重,那里肯淹留③,无已,遂行。

师徒别了上路,早见一座高山。三藏道:"徒弟,前面有山险峻,恐马不能前,大家须仔细仔细!"行者道:"师父放心,我等自然理会。"好猴王,他在那马前,横担着棒,剖开山路,上了高崖。看不尽:

峰岩重叠,涧壑湾环。虎狼成阵走,麋鹿作群行。无数獐犯钻簇簇,满山狐兔聚丛丛。千尺大蟒,万丈长蛇。大蟒喷愁雾,长蛇吐怪风。道旁荆棘牵漫,岭上松楠秀丽。薜萝满目,芳草连天。影落沧溟北,云开斗柄南。万古常含元气老,千峰巍列日光寒。

那长老马上心惊,孙大圣布施手段④,舞着铁棒,哮吼一声,唬得那狼虫颠窜⑤,虎豹奔逃。师徒们入此山,正行到嵯峨之处⑥,三藏道:"悟空,我这一日,肚中饥了,你去那里化些斋吃。"行者陪笑道:"师父好不聪明。这等半山之中,前不巴村,后不着店,有钱也没买处,教往那里寻斋?"三藏心中不快,口里骂道:"你这猴子!想你在两界山,被如来压在石匣之内,口能言,足不能行,也亏我救你性命,摩顶受戒⑦,做了我的徒弟,怎么不肯努力,常怀懒惰之心?"行者道:"弟子亦颇殷勤,何尝懒惰?"三藏道:"你既殷勤,何不化斋我吃?我肚饥怎行?况此地山岚瘴气⑧,怎么得上雷音⑨?"行者道:"师父休怪,少要言语。我知你尊性高傲,十分违慢了你,便要念那话儿咒⑩。你下马稳坐,等我寻那里有人家处化斋去。"

---

① 三藏(zàng):唐僧的法号。师徒即唐僧、孙悟空、猪八戒、沙僧四人。 ② 长老:对年高有道僧人的尊称,此指唐僧。 ③ 淹留:停留、滞留。 ④ 布施:施展。 ⑤ 虫(huǐ):古虺字,指毒蛇、毒虫。 ⑥ 嵯(cuó)峨:形容山势高峻。 ⑦ 摩顶受戒:佛教术语。摩顶,僧尼抚摩弟子头顶以表示接受其为弟子。受戒,接受佛家戒律,即出家。 ⑧ 瘴(zhàng)气:林中的湿热空气,多含地表腐烂物的毒气。 ⑨ 雷音:指唐僧取经的目的地天竺国大雷音寺。 ⑩ 那话儿咒:即《紧箍咒》。旧时常用"那话儿"代指不方便或不好说的事物。

行者将身一纵,跳上云端里,手搭凉篷,睁眼观看,可怜西方路甚是寂寞,更无庄堡人家;正是多逢树木,少见人烟去处。看多时,只见正南上有一座高山。那山向阳处,有一片鲜红的点子。行者按下云头道:"师父,有吃的了。"那长老问甚东西。行者道:"这里没人家化饭,那南山有一片红的,想必是熟透了的山桃,我去摘几个来你充饥。"三藏喜道:"出家人若有桃子吃,就为上分了①!"行者取了钵盂②,纵起祥光,你看他筋斗晃晃,冷气飕飕,须臾间,奔南山摘桃不题。

却说常言有云:"山高必有怪,岭峻却生精。"果然这山上有一个妖精。孙大圣去时,惊动那怪。他在云端里,踏着阴风,看见长老坐在地下,就不胜欢喜道:"造化③!造化!几年家人都讲东土的唐和尚取'大乘'④,他本是金蝉子化身,十世修行的原体,有人吃他一块肉,长寿长生。真个今日到了!"那妖精上前就要拿他,只见长老左右手下有两员大将护持,不敢拢身。

他说两员大将是谁?说是八戒、沙僧。八戒、沙僧虽没什么大本事,然八戒是天蓬元帅,沙僧是卷帘大将,他的威气尚不曾泄,故不敢拢身。妖精说:"等我且戏他戏,看怎么说。"好妖精,停下阴风,在那山凹里,摇身一变,变做个月貌花容的女儿,说不尽那眉清目秀,齿白唇红,左手提着一个青砂罐儿,右手提着一个绿磁瓶儿,从西向东,径奔唐僧:

圣僧歇马在山岩,忽见裙钗女近前。翠袖轻摇笼玉笋,湘裙斜拽显金莲。汗流粉面花含露,尘拂蛾眉柳带烟。仔细定睛观看处,看看行至到身边。

三藏见了,叫:"八戒,沙僧,悟空才说这里旷野无人,你看那里不走出一个人来了?"八戒道:"师父,你与沙僧坐着,等老猪去看看来。"那呆子放下钉钯,整整直裰⑤,摆摆摇摇,充做个斯文气象,一直的觌面相迎。真个是远看未实,近看分明。那女子生得:

冰肌藏玉骨,衫领露酥胸。柳眉积翠黛,杏眼闪银星。月样容仪俏,天然性格清。体似燕藏柳,声如莺啭林。半放海棠笼晓日,才开芍药弄春情。

那八戒见他生得俊俏,呆了就动了凡心,忍不住胡言乱语,叫道:"女菩萨,往那里去?手里提着是甚么东西?"分明是个妖怪,他却不能认得。那女子连声答应道:"长老,我这青罐里是香米饭,绿瓶里是炒面筋,特来此处无他故,因还誓愿要斋僧⑥。"

八戒闻言,满心欢喜,急抽身,就跑了个猪颠风,报与三藏道:"师父!'吉人自有天报相'!师父饿了,教师兄去化斋,那猴子不知那里摘桃儿耍子去了。桃子吃多了,也有些嘈人⑦,又有些下坠。你看那不是个斋僧的来了?"唐僧不信道:"你这个夯货胡缠⑧!我们走了这向,好人也不曾遇着一个,斋僧的从何而来?"八戒道:"师父,这不到了?"三藏一见,连忙跳起身来,合掌当胸道:"女菩萨,你府上在何处住?是甚人家?有甚愿心,来此斋僧?"

分明是个妖精,那长老也不认得。那妖精见唐僧问他来历,他立地就起个虚情,花言巧语,来赚哄道:"师父,此山叫做蛇回兽怕的白虎岭。正西下面是我家。我父母在堂,看经好善,广斋方上远近僧人;只因无子,求神作福;生了奴奴,欲扳门第⑨,配嫁他人,又恐

---

① 上分:好的,上等的。 ② 钵盂:僧徒吃饭用的器皿,形状似碗。 ③ 造化:幸运,好事。 ④ 大乘:原为佛教的一个宗派,此指大乘的经籍。 ⑤ 直裰(duō):僧人、道士穿的衣服,敞领大袖。 ⑥ 斋僧:施舍食物给僧人。 ⑦ 嘈(cáo):闹,烦。 ⑧ 夯(bèn)货:笨东西,笨家伙。 ⑨ 扳:同"攀"。

老来无倚，只得将奴招了一个女婿，养老送终。"三藏闻言道："女菩萨，你语言差了。圣经云：'父母在，不远游，游必有方。'你既有父母在堂，又与你招了女婿，——有愿心，教你男子还，便也罢，怎么自家在山行走？又没个侍儿随从。这个是不遵妇道了。"

那女子笑吟吟，忙陪俏语道："师父，我丈夫在山北凹里，带几个客子锄田。这是奴奴煮的午饭，送与那些人吃的。只为五黄六月，无人使唤，父母又年老，所以亲身来送。忽遇三位远来，却思父母好善，故将此饭斋僧。如不弃嫌，愿表芹献①。"三藏道："善哉！善哉！我有徒弟摘果子去了，就来，我不敢吃，假如我和尚吃了你饭，你丈夫晓得，骂你，却不罪坐贫僧也？"

那女子见唐僧不肯吃，却又满面春生道："师父啊，我父母斋僧，还是小可；我丈夫更是个善人，一生好的是修桥补路，爱老怜贫。但听见说这饭送与师父吃了，他与我夫妻情上，比寻常更是不同。"三藏也只是不吃。旁边子恼坏了八戒。那呆子努着嘴，口里埋怨道："天下和尚也无数，不曾像我这个老和尚罢软②！现成的饭——三分儿——倒不吃，只等那猴子来，做四分才吃！"他不容分说，一嘴把个罐子拱倒，就要动口。

只见那行者自南山顶上，摘了几个桃子，托着钵盂，一筋斗，点将回来；睁火眼金睛观看，认得那女子是个妖精；放下钵盂，掣铁棒，当头就打。唬得个长老用手扯住道："悟空！你走将来打谁？"行者道："师父，你面前这个女子，莫当做个好人；他是个妖精，要来骗你哩。"三藏道："你这猴头，当时倒也有些眼力，今日如何乱道？这女菩萨有些善心，将这饭要斋我等，你怎么说他是个妖精？"行者笑道："师父，你那里认得。老孙在水帘洞里做妖魔时，若想人肉吃，便是这等：或变金银，或变庄台，或变醉人，或变女色。有那等痴心的，爱上我，我就迷他到洞里，尽意随心，或蒸或煮受用；吃不了，还要晒干了防天阴哩！师父，我若来迟，你定入他套子，遭他毒手！"

那唐僧那里肯信，只说是个好人。行者道："师父，我知道你了。你见他那等容貌，必然动了凡心。若果有此意，叫八戒伐几棵树来，沙僧寻些草来，我做木匠，就在这里搭个窝铺，你与他圆房成事，我们大家散了，却不是件事业③？何必又跋涉，取甚经去？"那长老原是个软善的人，那里吃得他这句言语，羞得个光头彻耳通红。

三藏正在此羞惭，行者又发起性来，掣铁棒，望妖精劈脸一下。那怪物有些手段，使个"解尸法"，见行者棍子来时，他却抖擞精神，预先走了，把一个假尸首打死在地下。唬得个长老战战兢兢，口中作念道："这猴着然无礼！屡劝不从，无故伤人性命！"行者道："师父莫怪，你且来看看这罐子里是甚东西。"

沙僧搀着长老，近前看时，那里是甚香米饭，却是一罐子拖尾巴的长蛆；也不是面筋，却是几个青蛙、癞虾蟆，满地乱跳。长老才有三分儿信了，怎禁猪八戒气不忿，在旁漏八分儿唆嘴道："师父，说起这个女子，他是此间农妇，因为送饭下田，路遇我等，却怎么栽他是个妖怪④？哥哥的棍重，走将来，试手打她一下，不期就打杀了，怕你念甚么《紧箍儿咒》，故意的使个障眼法儿，变做这等样东西，演幌你眼，使不念咒哩。"

---

① 芹献：形容简陋、菲薄的礼物。 ② 罢软：形容做事颠倒，没有主见。 ③ 事业：事情、好事。 ④ 栽：栽赃、诬陷。

三藏自此一言，就是晦气到了。果然信那呆子撺唆①，手中捻诀，口里念咒。行者就叫："头疼！头疼！莫念！莫念！有话便说。"唐僧道："有甚话说！出家人时时常要方便，念念不离善心，扫地恐伤蝼蚁命，爱惜飞蛾纱罩灯。你怎么步步行凶？打死这个无故平人，取将经来何用？你回去罢！"行者道："师父，你教我回那里去？"唐僧道："我不要你做徒弟。"行者道："你不要我做徒弟，只怕你西天路去不成。"唐僧道："我命在天，该那个妖精蒸了吃，就是煮了，也算不过。终不然，你救得我的大限？你快回去！"行者道："师父，我回去便也罢了，只是不曾报得你的恩哩。"唐僧道："我与你有甚恩？"

那大圣闻言，连忙跪下叩头道："老孙因大闹天宫，致下了伤身之难，被我佛压在两界山，幸观音菩萨与我受了戒行，幸师父救脱吾身；若不与你同上西天，显得我'知恩不报非君子，万古千秋作骂名'。"

原来这唐僧是个慈悯的圣僧，他见行者哀告，却也回心转意道："既如此说，且饶你这一次。再休无礼。如若仍前作恶，这咒语颠倒就念二十遍！"行者道："三十遍也由你，只是我不打人了。"却才伏侍唐僧上马，又将摘来桃子奉上。唐僧在马上也吃了几个，权且充饥。

却说那妖精，脱命升空。原来行者那一棒不曾打杀妖精，妖精出神去了。她在那云端里，咬牙切齿，暗恨行者道："几年只闻得讲他手段，今日果然话不虚传！那唐僧已此不认得我，将要吃饭。若低头闻一闻儿，我就一把捞住，却不是我的人了？不期被他走来，弄破我这勾当，又几乎被他打了一棒。若饶了这个和尚，诚然是劳而无功也。我还下去戏他一戏。"好妖精，按落阴云，在那前山坡下，摇身一变，变作个老妇人，年满八旬，手拄着一根弯头竹杖，一步一声的哭着走来。

八戒见了，大惊道："师父！不好了！那妈妈儿来寻人了！"唐僧道："寻甚人？"八戒道："师兄打杀的，定是他女儿。这个定是他娘寻将来了。"行者道："兄弟莫要胡说！那女子十八岁，这老妇有八十岁。怎么六十多岁还生产？断乎是个假的，等老孙去看来。"好行者，拽开步，走近前，观看那怪物：

　　假变一婆婆，两鬓如冰雪。走路慢腾腾，行步虚怯怯。弱体瘦伶仃，脸如枯菜叶。颧骨望上翘，嘴唇往下别。老年不比少年时，满脸都是荷叶摺。

行者认得他是妖精，更不理论，举棒照头便打。那怪见棍子起时，依然抖擞，又出化了元神，脱真儿去了；把个假尸首又打死在山路之下。唐僧一见，掠下马来，睡在路旁，更无二话，只是把《紧箍儿咒》颠倒足足念了二十遍。可怜把个行者头，勒得似个亚腰儿葫芦，十分疼痛难忍，滚将来哀告道："师父莫念了！有甚话说了罢！"唐僧道："有甚话说！出家人耳听善言，不堕地狱。我这般劝化你，你怎么只是行凶？把平人打死一个，又打死一个，此是何故？"行者道："他是妖精。"唐僧道："这个猴子胡说！就有这许多妖怪！你是个无心向善之辈，有意作恶之人，你去罢！"行者道："师父又教我去？回去便也回去了，只是一件不相应。"唐僧道："你有什么不相应处？"八戒道："师父，他要和你分行李哩。跟着你做了这几年和尚，不成空着手回去？你把那包袱里的什么旧褊衫、破帽子，分两件与他罢。"

---

① 撺（cuān）唆：挑动、怂恿。

行者闻言,气得暴跳道:"我把你这个尖嘴的夯货!老孙一向秉教沙门,更无一毫嫉妒之意,贪恋之心,怎么要分甚么行李?"唐僧道:"你既不嫉妒贪恋,如何不去?"行者道:"实不瞒师父说。老孙五百年前,居花果山水帘洞大展英雄之际,收降七十二洞邪魔,手下有四万七千群怪,头戴的是紫金冠,身穿的是赭黄袍,腰系的是蓝田带,足踏的是步云履,手执的是如意金箍棒,着实也曾为人。自从涅槃罪度①,削发秉正沙门,跟你做了徒弟,把这个'金箍儿'勒在我头上,若回去,却也难见故乡人。师父果若不要我,把那个《松箍儿咒》念一念,退下这个箍子,交付与你,套在别人头上,我就快活相应了。也是跟你一场。莫不成这些人意儿也没有了?"

唐僧大惊道:"悟空,我当时只是菩萨暗受一卷《紧箍儿咒》,却没有甚么《松箍儿咒》。"行者道:"若无《松箍儿咒》,你还带我去走走罢。"长老又没奈何,道:"你且起来,我再饶你这一次,却不可再行凶了。"行者道:"再不敢了。再不敢了。"又伏侍师父上马,剖路前进。

却说那妖精,原来行者第二棍也不曾打杀他。那怪物在半空中,夸奖不尽道:"好个猴王,着然有眼!我那般变了去,他也还认得我。这些和尚,他去得快,若过此山,西下四十里,就不伏我所管了。若是被别处妖魔捞了去,好道就笑破他人口,使碎自家心。我还下去戏他一戏。"好妖怪,按耸阴风,在山坡下摇身一变,变做一个老公公,真个是:

　　白发如彭祖,苍髯赛寿星。耳中鸣玉磬,眼里幌金星。手拄龙头拐,身穿鹤氅轻。数珠掐在手,口诵南无经。

唐僧在马上见了,心中大喜道:"阿弥陀佛!西方真是福地!那公公路也走不上来,逼法的还念经哩。"八戒道:"师父,你且莫要夸奖。那个是祸的根哩。"唐僧道:"怎么是祸根?"八戒道:"行者打杀他的女儿,又打杀他的婆子,这个正是他的老儿寻将来了。我们若撞在他的怀里呵,师父,你便偿命,该个死罪;把老猪为从,问个充军;沙僧喝令,问个摆站②;那行者使个遁法走了,却不苦了我们三个顶缸③?"

行者听见道:"这个呆根,这等胡说,可不唬了师父?等老孙再去看看。"他把棍藏在身边,走上前迎着怪物,叫声:"老官儿,往那里去?怎么又走路,又念经?"那妖精错认了定盘星,把孙大圣也当做个等闲的,遂答道:"长老啊,我老汉祖居此地,一生好善斋僧,看经念佛。命里无儿,止生得一个小女,招了个女婿,今早送饭下田,想是遭逢虎口。老妻先来找寻,也不见回去。全然不知下落,老汉特来寻看。果然是伤残他命,也没奈何,将他骸骨收拾回去,安葬茔中。"

行者笑道:"我是个做婴虎的祖宗④,你怎么袖子里笼了个鬼儿来哄我?你瞒了诸人,瞒不过我!我认得你是个妖精!"那妖精唬得顿口无言。行者掣出棒来,自忖思道:"若要不打他,显得他倒弄个风儿;若要打他,又怕师父念那话儿咒语。"又思量道:"不打杀他,他一时间抄空儿把师父捞了去,却不又费心劳力去救他?……还打的是!就一棍子打杀他,师父念起那咒,常言道:'虎毒不吃儿。'凭着我巧言花语,嘴伶舌便,哄他一哄,好道也罢了。"

---

① 涅槃(pán):佛教用语。佛称死为涅槃,即返本归真,是佛教的最高境界。　② 摆站:判为苦役。　③ 顶缸:顶替罪名,代人受过。　④ 婴(ā)虎:吓人的样子。

好大圣,念动咒语叫当坊土地、本处山神道:"这妖精三番来戏弄我师父,这一番却要打杀他。你与我在半空中作证,不许走了。"众神听令,谁敢不从?都在云端里照应。那大圣棍起处,打倒妖魔,才断绝了灵光。

那唐僧在马上,又唬得战战兢兢,口不能言。八戒在旁边又笑道:"好行者!风发了!只行了半日路,倒打死三个人!"唐僧正要念咒,行者急到马前,叫道:"师父,莫念!莫念!你且来看看他的模样。"却是一堆粉骷髅在那里,唐僧大惊道:"悟空,这个人才死了,怎么就化作一堆骷髅?"行者道:"他是个潜灵作怪的僵尸,在此迷人败本;被我打杀,他就现了本相。他那脊梁上有一行字,叫做'白骨夫人'。"唐僧闻说,倒也信了;怎禁那八戒旁边唆嘴道:"师父,他的手重棍凶,把人打死,只怕你念那话儿,故意变化这个模样,掩你的眼目哩!"

唐僧果然耳软,又信了他,随复念起。行者禁不得疼痛,跪于路旁,只叫:"莫念!莫念!有话快说了罢!"唐僧道:"猴头!还有甚说话!出家人行善,如春园之草,不见其长,日有所增;行恶之人,如磨刀之石,不见其损,日有所亏。你在这荒郊野外,一连打死三人,还是无人检举,没有对头;倘到城市之中,人烟凑集之所,你拿了那哭丧棒,一时不知好歹,乱打起人来,撞出大祸,教我怎的脱身?你回去罢!"行者道:"师父错怪了我也。这厮分明是个妖魔,他实有心害你。我倒打死他,替你除了害,你却不认得,反信了那呆子谗言冷语,屡次逐我。常言道:'事不过三。'我若不去,真是个下流无耻之徒。我去!我去!去便去了,只是你手下无人。"唐僧发怒道:"这泼猴越发无礼!看起来,只你是人,那悟能、悟净就不是人?"

那大圣一闻得说他两个是人,止不住伤情凄惨,对唐僧道声:"苦啊!你那时节,出了长安,有刘伯钦送你上路;到两界山,救我出来,投拜你为师,我曾穿古洞,入深林,擒魔捉怪,收八戒,得沙僧,吃尽千辛万苦;今日昧着惺惺使糊涂,只教我回去。这才是'鸟尽弓藏,兔死狗烹'!罢!罢!罢!但只是多了那《紧箍儿咒》。"唐僧道:"我再不念了。"行者道:"这个难说。若到那毒魔苦难处不得脱身,八戒、沙僧救不得你,那时节,想起我来,忍不住又念诵起来,就是十万里路,我的头也是疼的;假如再来见你,不如不作此意。"

唐僧见他言言语语,越添恼怒,滚鞍下马来,叫沙僧包袱内取出纸笔,即于涧下取水,石上磨墨,写了一纸贬书,递于行者道:"猴头!执此为照!再不要你做徒弟了!如再与你相见,我就堕了阿鼻地狱!"行者连忙接了贬书道:"师父不消发誓,老孙去罢。"他将书摺了,留在袖中,却又软款唐僧道:"师父,我也是跟你一场;又蒙菩萨指教;今日半途而废,不曾成得功果,你请坐,受我一拜,我也去得放心。"唐僧转回身不睬,口里唧唧哝哝的道:"我是个好和尚,不受你歹人的礼!"大圣见他不睬,又使个身外法,把脑后毫毛拔了三根,吹口仙气,叫"变!"即变了三个行者,连本身四个,四面围住师父下拜。那长老左右躲不脱,好道也受了一拜。

大圣跳起来,把身一抖,收上毫毛,却又吩咐沙僧道:"贤弟,你是个好人,却只要留心防着八戒诂言诂语①,途中更要仔细。倘一时有妖精拿住师父,你就说老孙是他大徒弟。

---

① 诂言诂语:胡言乱语。

西方毛怪,闻我的手段,不敢伤我师父。"唐僧道:"我是个好和尚,不提你这歹人名字。你回去罢。"那大圣见长老三番两复,不肯转意回心,没奈何才去。你看他:

> 噙泪叩头辞长老,含悲留意嘱沙僧。一头拭迸坡前草,两脚蹬翻地上藤。上天下地如轮转,跨海飞山第一能。顷刻之间不见影,霎时疾返旧途程。

你看他忍气别了师父,纵筋斗云,径回花果山水帘洞去了。独自个凄凄惨惨,忽闻得水声聒耳①。大圣在那半空里看时,原来是东洋大海潮发的声响。一见了,又想起唐僧,止不住腮边泪坠,停云住步,良久方去。

【导读】

一、《西游记》是我国古代著名的长篇神话小说,约成书于明代中叶。它以唐僧西天取经为主线,通过孙悟空大闹天宫和降魔除妖、保护唐僧西天取经的故事,塑造了一个富于反抗精神的形象,以魔幻的形式,表现了古代人民不畏强权、敢于反抗压迫和不畏艰难、敢于征服自然的斗争精神及理想愿望。全书一百回,大体可分为孙悟空大闹天宫和唐三藏西天取经两个部分。

二、唐僧取经的故事来自史实。唐贞观三年(629),僧人玄奘为求得佛经真谛,只身远赴西方天竺(今印度),克服种种艰难险阻,前后历时十七年,终于取回梵文经书六百余部,并亲自主持翻译,与弟子一起著书宣扬,为光大中土佛教做出了杰出贡献,取经故事也流传于民间。其后沙门慧立为他作《大慈恩寺三藏法师传》,其中事迹颇多神异色彩,为后来的文学创作打下了基础。故事在民间的广泛流传,越来越多地吸收了人们的理想和幻想,不断增强故事的奇幻性和怪诞性,使其渐具神魔故事的色彩。明中叶以前,还出现了许多以取经故事为题材的话本和戏剧。如唐末五代(一说宋)的《大唐三藏取经诗话》,元代的《西游记平话》,元末明初的《西游记杂剧》,等等。吴承恩就是在这些传说和创作的基础上,进行了集大成的再创造,创作出这部伟大的作品。小说的第一主角是孙悟空,也是作者极力歌颂的神话英雄和理想化的"人"。作为一个彻底的反抗者,在他身上集中体现了人们心中的美好理想和愿望,用他非人间的力量曲折地表现了人间力量的要求。作品的语言幽默诙谐,亦庄亦谐,化庄为谐,趣味性十足,尤其是作者在创造了一个神话世界的同时,也把现实生活中的许多现象融入其中,表现了作者对现实生活的认识和态度,使这部作品在表现神魔的同时,也写尽了人间的世情百态。它的出现,标志着我国浪漫主义文学达到了一个新的高峰。因此,在《西游记》问世之后,又出现了许多的续作、仿作、补作,如《后西游记》《续西游记》《西游补》等,但成就均远不如它。

三、本文节选自《西游记》第二十七回《尸魔三戏唐三藏 圣僧恨逐美猴王》,写孙悟空三打白骨精却反被唐僧误解逐走的故事,是《西游记》中最著名的章节之一。这段故事所描写劫难,实际上是孙悟空历尽艰辛、护送唐僧取得真经的九九八十一难中的最有代表性的一难。作者通过对唐僧师徒面对妖怪识与不识、打与不打、走与不走等矛盾冲突的描写,突出刻画了孙悟空和唐僧两个人物形象,并以此集中体现了唐僧师徒的性格特征。对孙悟空,作者着重表现他的能耐、责任和执着——他有火眼金睛,能识破一切妖魔鬼怪;他疾恶如仇,对一切妖怪都毫不留情,白骨精三次变化都难逃他的慧眼和棍棒。对唐僧,作者主要描写他的昏聩、无能和愚昧,不但不识妖怪,而且反被其所骗,对自己的弟子怀疑误解,将其逐走,在其他故事里我们还会经常发现,正是唐僧的这种性格特征,才常常因为他而导致劫难或加重劫难。这段故事还有描写情感比较成功的一处,孙悟空在师父误解自己时的痛苦和难过,临走时对沙僧的细心嘱托,以至结尾时的难分难舍,都使得他更加具备了人性的一方面。

---

① 聒(guō)耳:声音嘈杂刺耳。

许仲琳

许仲琳(生平事迹不详),鲁迅《中国小说史略》云:《平妖传》张无咎序中已提到《封神演义》,故该书大概成于隆庆、万历年间。日本内阁文库藏有明万历年间舒载阳的刻本,是现存最早的版本,别题为《武王伐纣外史》,题作"钟山逸叟许仲琳编辑"。

封神演义·哪吒闹海

诗曰:

  金光洞里有奇珍,降落尘寰辅至仁
  周室已生佳气色,商家应自灭精神。
  从来泰运多梁栋,自古昌期有劫燐①。
  戊午时中逢甲子,慢嗟朝野尽沉沦。

  话说陈塘关有一总兵官,姓李,名靖,自幼访道修真,拜西昆仑度厄真人为师,学成五行遁术。因仙道难成,故遣下山辅佐纣王,官居总兵,享受人间之富贵。元配殷氏,生有二子:长曰金吒,次曰木吒。殷夫人后又怀孕在身,已及三年零六个月,尚不生产,李靖时常心下忧疑。一日,指夫人之腹,言曰:"孕怀三载有余,尚不降生,非妖即怪。"夫人亦烦恼曰:"此孕定非吉兆,教我日夜忧心。"李靖听说,心下甚是不乐。当晚夜至三更,夫人睡得正浓,梦见一道人,头挽双髻,身着道服,径进香房。夫人叱曰:"这道人甚不知理。此乃内室,如何径进,着实可恶!"道人曰:"夫人快接麟儿②!"夫人未及答,只见道人将一物往夫人怀中一送,夫人猛然惊醒,骇出一身冷汗。忙唤醒李总兵曰:"适才梦中,如此如此。"说了一遍。言未毕时,殷夫人已觉腹中疼痛。靖急起来,至前厅坐下,暗想:"怀身三年零六个月,今夜如此,莫非降生,吉凶尚未可知。"正思虑间,只见两个侍儿,慌忙前来,"启老爷:夫人生下一个妖精来了!"李靖听说,急忙来至香房,手执宝剑,只见房里一团红气,满屋异香。有一肉球,滴溜溜圆转如轮。李靖大惊,望肉球上剑砍去,划然有声。分开肉球,挑出一个小孩儿来,满地红光,面如傅粉,右手套一金镯,肚腹上围着一块红绫,金光射目。这位神圣下世,出在陈塘关,乃姜子牙先行官是也,灵珠子化身。金镯是"乾坤圈",红绫名曰"混天绫"。此物乃是乾元山镇金光洞之宝。表过不题。

  只见李靖砍开肉球,见一孩儿满地上跑。李靖骇异,上前一把抱将起来,分明是个好孩子,又不忍作为妖怪坏他性命,乃递与夫人看。彼此恩爱不舍,各各欢喜。却说次日,有许多属官,俱来贺喜。李靖刚发放完毕。中军官来禀:"启老爷:外面有道人求见。"李靖原

---

① 燐(lín):"磷"的异体字。此指磷火,即俗称之鬼火。是人和动物尸体腐烂时分解出磷化氢而发出的白色或蓝绿色光焰。这里意指浩劫之后的遍地鬼火。 ② 麟儿:此指如麒麟般珍贵而有祥兆的灵异之子。古人也常用作对小儿的爱称、美称。麟(lín),即麒麟,古代传说中的灵兽,象征祥瑞。

是道门,怎敢忘本,忙道:"请来。"军政官急请道人。道人径上大厅,朝上对李靖曰:"将军,贫道稽首了①。"李靖忙答礼毕,尊道人上坐。道人不谦,便就坐下。李靖曰:"老师何处名山?甚么洞府?今到此关,有何见谕?"道人曰:"贫道乃乾元山金光洞太乙真人是也,闻得将军生了公子,特来贺喜,借令公子一看,不知尊意如何?"李靖闻道人之言,随唤侍儿抱将出来。侍儿将公子抱将出来。道人接在手,看了一看,问曰:"此子落在那个时辰?"李靖答曰:"生在丑时。"道人曰:"不好。"李靖问曰:"此子莫非养不得么?"道人曰:"非也。此子生于丑时,正犯了一千七百杀戒。"又问:"此子可曾起名否?"李靖答曰:"不曾。"道人曰:"待贫道与他起个名,就与贫道做个徒弟,何如?"李靖答曰:"愿拜道者为师。"道人曰:"将军有几位公子?"李靖答曰:"不才有三子:长曰金吒,拜五龙山云霄洞文殊广法天尊为师;次曰木吒,拜九宫山白鹤洞普贤真人为师。老师既要此子为门下,但凭起一名讳,便拜道者为师。"道人曰:"此子第三,取名叫做'哪吒'。"②李靖谢曰:"多承厚德命名,感谢不尽。"唤左右:"看斋。"道人乃辞曰:"这个不必,贫道有事,即便回山。"着实固辞,李靖只得送道人出府。那道人别过,径自去了。

话说李靖在关上无事,忽闻报天下反了四百诸侯。忙传令出,把守关隘,操演三军,训练士卒,谨提防野马岭要地。乌飞兔走③,瞬息光阴,暑往寒来,不觉七载。哪吒年方七岁,身长六尺。时逢五月,天气炎热,李靖因东伯侯姜文焕反了,在游魂关大战窦荣,因此每日操练三军,教演士卒。不表。

且说三公子哪吒见天气暑热,心下烦躁,来见母亲,参见毕,站立一傍,对母亲曰:"孩儿要出关外闲玩一会,禀过母亲,方敢前去。"殷夫人爱子之心重,便叫:"我儿,你既要去关外闲玩,可带一名家将领你去,不可贪顽,快去快来,恐怕你爹爹操练回来。"哪吒应道:"孩儿晓得。"哪吒同家将出得关来。正是五月天气,也就着实炎热。但见:

太阳真火炼尘埃,绿柳娇禾欲化灰。

行旅畏威慵举步,佳人怕热懒登台。

凉亭有暑如烟燎,水阁无风似火埋。

漫道荷香来曲院,轻雷细雨始开怀。

话说哪吒同家将出关,约行一里之余,天热难行。哪吒走得汗流满面,乃叫家将:"看前面树荫之下,可好纳凉?"家将来到绿柳荫中,只见熏风荡荡,烦暑尽解,急忙走回来,对哪吒禀曰:"禀公子,前面柳荫之内,甚是清凉,可以避暑。"哪吒听说,不觉大喜,便走进林内,解开衣带,舒放襟怀,甚是快乐。猛然的见那壁厢清波滚滚④,绿水滔滔,真是两岸垂杨风习习,崖旁乱石水潺潺。哪吒立起身来,走到河边,叫家将:"我方才走出关来,热极了,一身是汗,如今且在石上洗一个澡。"家将曰:"公子仔细,只怕老爷回来,可早些回去。"哪吒曰:"不妨。"脱了衣裳,坐在石上,把七尺混天绫放在水里,蘸水洗澡。不知这河是九湾河,乃东海口上。哪吒将此宝放在水中,把水俱映红了。摆一摆,江河晃动;摇一摇,乾坤震撼。那哪吒洗澡,不觉那水晶宫已晃的乱响。

---

① 稽首:道士举一手向人行礼。 ② 哪吒:读作 né zhā。 ③ 乌飞兔走:意为太阳与月亮交替,时光飞逝。乌,金乌,即太阳。兔,月兔,指月亮。 ④ 那壁厢:那边、那里。

不说那哪吒洗澡,且说东海敖光在水晶宫坐,只听得宫阙震响,敖光忙唤左右,问曰:"地不该震,为何宫殿晃摇?"传与巡海夜叉李艮,看海口是何物作怪。夜叉来到九湾河一望,见水俱是红的,光华灿烂,只见一小儿将红罗帕蘸水洗澡。夜叉分水,大叫曰:"那孩子将甚么作怪东西,把河水映红,宫殿摇动?"哪吒回头一看,见水底一物,面如蓝靛,发似朱砂,巨口獠牙,手持大斧。哪吒曰:"你那畜生,是个甚么东西,也说话?"夜叉大怒:"吾奉主公点差巡海夜叉,怎骂我是畜生?"分水一跃,跳上岸来,望哪吒顶上一斧劈来。哪吒正赤身站立,见夜叉来得勇猛,将身躲过,把右手套的乾坤圈望空中一举。此宝原系昆仑山玉虚宫所赐太乙真人镇金光洞之物,夜叉那里经得起,那宝打将下来,正落在夜叉头上,只打的脑浆迸流,即死于岸上。哪吒笑曰:"把我的乾坤圈都污了。"复到石上坐下,洗那圈子。水晶宫如何经得起此二宝震撼,险些儿把宫殿俱晃倒了。敖光曰:"夜叉去探事未回,怎的这等凶恶!"正说话间,只见龙兵来报:"夜叉李艮被一孩童打死在陆地,特启龙君知道。"敖光大惊:"李艮乃灵霄殿御笔点差的,谁敢打死?"敖光传令:"点龙兵,待吾亲去,看是何人!"话未了,只见龙王三太子敖丙出来,口称:"父王,为何大怒?"敖光将李艮打死的事说了一遍。三太子曰:"父王请安。孩儿出去拿来便是。"忙调龙兵,上了逼水兽,提画杆戟,径出水晶宫来。分开水势,浪如山倒,波涛横生,平地水长数尺。哪吒起身看着水,言曰:"好大水!好大水!"只见波浪中现一水兽,兽上坐一人,全装服色①,持戟骁雄,大叫曰:"是甚人打死我巡海夜叉李艮?"哪吒曰:"是我。"敖丙一见,问曰:"你是谁人?"哪吒答曰:"我乃陈塘关李靖第三子哪吒是也。俺父亲镇守此间,乃一镇之主。我在此避暑洗澡,与他无干,他来骂我,我打死了他,也无妨。"三太子敖丙大惊曰:"好泼贼!夜叉李艮乃天王殿差,你敢大胆将他打死,尚敢撒泼乱言!"太子将画戟便刺,来取哪吒。哪吒手无寸铁,把手一低,攒将过去②:"少待动手,你是何人?通个姓名,我有道理。"敖丙曰:"孤乃东海龙君三太子敖丙是也。"哪吒笑曰:"你原来是敖光之子。你妄自尊大,若恼了我,连你那老泥鳅都拿出来,把皮也剥了他的。"三太子大叫一声:"气杀我!好泼贼!这等无礼!"又一戟刺来。哪吒急了,把七尺混天绫望空一展,似火块千团,往下一裹,将三太子裹下逼水兽来。哪吒抢一步赶上去,一脚踏住敖丙的颈项,提起乾坤圈,照顶门一下,把三太子的元身打出,是一条龙,在地上挺直。哪吒曰:"打出这小龙的本像来了,也罢,把他的筋抽去,做一条龙筋绦与俺父亲束甲③。"哪吒把三太子的筋抽了,径带进关来。把家将吓得浑身骨软筋酥,腿膝难行,挨到帅府门前。哪吒来见母夫人。夫人曰:"我儿,你那里耍子,便去这半日?"哪吒曰:"关外闲行,不觉来迟。"哪吒说罢,往后园去了。

且说李靖操演回来,发放左右,自卸衣甲,坐于后堂。忧思纣王失政,逼反天下四百诸侯,日见生民涂炭,正在那里烦恼。

且说敖光在水晶宫,只听得龙兵来报说:"陈塘关李靖之子哪吒把三太子打死,连筋都抽去了。"敖光听报,大惊曰:"吾儿乃兴云步雨滋生万物正神,怎说打死了!李靖,你在西昆仑学道,吾与你也有一拜之交,你敢纵子为非,将我儿子打死,这也是百世之冤,怎敢又将我儿子筋都抽了!言之痛心切骨!"敖光大怒,恨不能即与其子报仇,随化一秀士,径往

---

① 全装服色:意为全身装束整齐,服色鲜明。 ② 攒(zuān):通"钻",此指低身躲过。 ③ 绦(tāo):带子。

陈塘关来。至于帅府，对门官曰："你与我传报，有故人敖光拜访。"军政官进内厅禀曰："启老爷：外有故人敖光拜访。"李靖曰："吾兄一别多年，今日相逢，真是天幸。"忙整衣来迎。敖光至大厅，施礼坐下，李靖见敖光一脸怒色，方欲动问，只见敖光曰："李贤弟，你生的好儿子！"李靖笑答曰："长兄，多年未会，今日奇逢，真是天幸，何故突发此言？若论小弟，止有三子：长曰金吒，次曰木吒，三曰哪吒，俱拜名山道德之士为师，虽未见好，亦不是无赖之辈。长兄莫要错见。"敖光曰："贤弟，你错见了，我岂错见！你的儿子在九湾河洗澡，不知用何法术，将我水晶宫几乎震倒。我差夜叉来看，便将我夜叉打死。我第三子来看，又将我三太子打死，还把他筋都抽了。"敖光说至此，不觉心酸，勃然大怒曰："你还说不晓事护短的话！"李靖忙陪笑答曰："不是我家，兄错怪了我。我长子在九龙山学艺；二子在九宫山学艺；三子七岁，大门不出，从何处做出这等大事来？"敖光曰："便是你第三子哪吒打的！"李靖曰："真是异事非常。长兄不必性急，待我教他出来你看。"

　　李靖往后堂来。殷夫人问曰："何人在厅上？"李靖曰："故友敖光。不知何人打死他三太子，说是哪吒打的。如今叫他出去与他认。哪吒今在那里？"殷夫人自思："只今日出门，如何做出这等事来？"不敢回言，只说："在后园里面。"李靖径进后园来叫："哪吒在那里？"叫了半个时辰不应，李靖径走到海棠轩来①，见门又关住。李靖在门口大叫，哪吒在里面听见，忙开门来见父亲。李靖便问："我儿，你在此作何事？"哪吒对曰："孩儿今日无事出关，至九湾河顽耍，偶因炎热，下水洗澡，叵耐有个夜叉李艮②，孩儿又不惹他，他百般骂我。还拿斧来劈我。是孩儿一圈打死了。不知又有个甚么三太子叫做敖丙，持画戟刺来，被我把混天绫裹他上岸，一脚踏住颈项，也是一圈，不意打出一条龙来。孩儿想龙筋最贵气③，因此上抽了他的筋来，在此打一条龙筋绦，与父亲束甲。"就把李靖只吓得张口如痴，结舌不语，半晌，大叫曰："好冤家！你惹下无涯之祸。你快出去见你伯父，自回他话。"哪吒曰："父亲放心，不知者不坐罪，筋又不曾动他的，他要，元物在此④，待孩儿见他去。"哪吒急走来至大厅，上前施礼，口称："伯父，小侄不知，一时失错，望伯父恕罪。元筋交付明白，分毫未动。"敖光见物伤情，对李靖曰："你生出这等恶子，你适才还说我错了。今他自己供认，只你意上可过的去！况吾子者，正神也，夜叉李艮亦系御笔点差，岂得你父子无故擅行打死！我明日奏上玉帝，问你的师父要你！"敖光径扬长去了。李靖顿足放声大哭："这祸不小！"夫人听见前庭悲哭，忙问左右侍儿，侍儿回报曰："今日三公子因游玩，打死龙王三太子。适才龙王与老爷折辨，明日要奏准天庭。不知老爷为何啼哭。"夫人着忙，急至前庭，来看李靖。李靖见夫人来，忙止泪，恨曰："我李靖求仙未成，谁知你生下这样好儿子，惹此灭门之祸！龙王乃施雨正神，他妄行杀害，明日玉帝准奏施行，我和你多则三日，少则两日，俱为刀下之鬼！"说罢又哭，情甚惨切。夫人亦泪如雨下，指哪吒而言曰："我怀你三年零六个月，方才生你，不知受了多少苦辛。谁知你是灭门绝户之祸根也！"哪吒见父母哭泣，立身不安，双膝跪下，言曰："爹爹，母亲，孩儿今日说了罢。我不是凡夫俗子，我是乾元山金光洞太乙真人弟子。此宝皆系师父所赐，料敖光怎的不得我⑤。我如今往乾元

---

①径：径自、径直。　②叵(pǒ)耐：也作"叵奈"。意为不可忍耐，可恨。　③贵气：珍贵，难得。　④元：同"原"。
⑤怎的：也作"怎地"，怎样，怎么办。这里指把……怎么办。

山上,问我师尊,定有主意。常言道:'一人做事一人当。'岂敢连累父母?"哪吒出了府门,抓一把土,望空一洒,寂然无影。此是生来根本,驾土遁往乾元山来①。有诗为证:

乾元山上叩吾生,诉说敖光东海情。
宝德门前施法力,方知仙术不虚名。

【导读】

一、《封神演义》是我国古代文学中一部重要的长篇神魔小说,以姜子牙辅佐武王伐纣的故事为主线,写商纣王荒淫无道,人神共愤,周武王顺应天意民心,率众讨伐,天上神仙亦分为阐教和截教分别支持武王和纣王,各逞道术,各有死伤,最后商纣王自焚而死,武王分封列国,姜子牙分封双方战死的众人为神,商周易代。关于《封神演义》的作者,向来争议较大,现一般署名为钟山逸叟许仲琳作。另据清乾隆时《传奇汇考》卷上《顺天时》传奇题解:"《封神传》帝元时道长陆长庚(名西星)所作,未知的否。"故又有人认为作者为陆西星(1520—约1601)。全书共一百回。

二、《封神演义》大概可算是封神平话和民间传说的改写。姜子牙辅佐武王伐纣的故事,很早就已经是民间说书的材料。元朝建安虞氏所刻《新刊全相平话武王伐纣书》中,神怪故事已经具备相当规模。按今人赵景深的考证和说法:《封神演义》"只是把平话(指《新刊全相平话武王伐纣书》)的故事放大而且加上琐细的描写罢了",认为"《封神演义》的作者只是一个改作者,不是一个创作者"(《中国小说丛考》)。明舒载阳刻本《封神演义》卷首李云翔序称:"俗有姜子牙斩将封神之说,从未有缮本,不过传闻于说词者之口。"由此可见,明代民间艺人说演封神故事仍然很普遍,所以这部作品改写的可能性比较大。作品思想上的价值主要在于反对暴政、暴君,表现了封建社会里人们(主要是底层人民)对社会政治和现实的普遍不满,传达了他们要求"仁"的心理愿望。作品艺术上的价值主要在于其想象奇特丰富,场面光怪陆离。它通过对大量的神怪人物和神怪大战的描写,为我们营造出了一个极为瑰丽奇幻的想象世界,充分显示了明代社会思想的活跃和明代文化的浪漫。但是作品中人物刻画的单一,神怪交战场面的过多雷同,也削弱了作品的艺术感染力。

三、本文选自《封神演义》第十二回《陈塘关哪吒出世》,是整部作品写得较为成功的一节。按赵景深对《封神演义》和《新刊全相平话武王伐纣书》两书的比较,"《封神演义》从开头直到三十回,除哪吒出世的第十二、三、四回,几乎完全根据《平话》来扩大改编"。其实,哪吒就是佛教中的护法神"哪吒",相传为毗沙门天王第三子,其析肉还母、析骨还父之事,亦见于佛教经籍《五灯会元》。后来逐步演变为道教中的神,《三教源流搜神大全》中即有他的神异故事。由此可见,这一部分应该是作者在平话之外,根据有关经籍、传说,依靠自己的想象创作出来的。大概也正因此,也才写得比较生动传神。在哪吒闹海的故事里,七岁的哪吒虽然已经具有了成人所不具备的超能力,但是作者并没有把他当作一个成人来写(这一点和《西游记》不同),而是依然按照一个孩子的特征来描绘他的举止心态,把他的天真纯朴和李靖夫妇的胆小势利进行对比,把他虽是无心之失、却敢于承担责任的无畏精神与李靖夫妇的灾难临头、百般推诿的自私心理对照起来,场面细腻,语言生动,不仅写出了哪吒孩子般的天性,也写出了他异于常人的个性,为后来他毅然剖腹、剜肠、剔骨肉还双亲而死的坚忍行为做了铺垫,富有光彩。

---

① 土遁:传说中的五行术之一,借土而行。

冯梦龙

冯梦龙(1574—1646),明文学家、戏曲家。字犹龙,别署龙子犹、顾曲散人、墨憨斋主人,长洲(今江苏省苏州市吴中区)人。曾任福建寿宁知县。明亡后,曾参加抗清活动,忧愤而死。一生致力于通俗文学的搜集、整理、研究和刊行,补编长篇小说《平妖传》《新列国志》,刊行民歌《挂枝儿》《山歌》,编印笔记小说集《笑府》《古今谭概》《情史类略》,编辑散曲集《太霞新奏》,刻印《墨憨斋定本传奇》,并作有《双雄记》《万事足》两剧。编著"三言",即《喻世明言》《警世通言》《醒世恒言》,共一百二十篇短篇小说,是对宋元以来的话本、拟话本整理加工的集大成者。

警世通言·杜十娘怒沉百宝箱(节选)

话中单表万历二十年间,有户部官奏准:目今兵兴之际,粮饷未充,暂开纳粟入监之例①。原来纳粟入监的,有几般便宜:好读书,好科举,好中,结末来又有个小小前程结果。以此宦家公子,富室子弟,到不愿做秀才,都去援例做太学生。自开了这例,两京太学生②,各添至千人之外。内中有一人,姓李名甲,字干先,浙江绍兴府人氏。父亲李布政所生三儿③,惟甲居长。自幼读书在庠④,未得登科,援例入于北雍。因在京坐监⑤,与同乡柳遇春监生同游教坊司院内⑥,与一个名姬相遇⑦。那名姬姓杜名媺,排行第十,院中都称为杜十娘,生得:

浑身雅艳,遍体娇香,两弯眉画远山青,一对眼明秋水润。脸如莲萼,分明卓氏文君⑧;唇似樱桃,何减白家樊素⑨。可怜一片无瑕玉,误落风尘花柳中。

那杜十娘自十三岁破瓜⑩,今一十九岁,七年之内,不知历过了多少公子王孙,一个个情迷意荡,破家荡产而不惜。院中传出四句口号来,道是:

坐中若有杜十娘,斗筲之量饮千觞⑪;
院中若识杜老媺,千家粉面都如鬼。

却说李公子风流年少,未逢美色,自遇了杜十娘,喜出望外,把花柳情怀,一担儿挑在他身上。那公子俊俏庞儿,温存性儿,又是撒漫的手儿,帮衬的勤儿,与十娘一双两好,情投意合。十娘因见鸨儿贪财无义⑫,久有从良之志⑬,又见李公子忠厚志诚,甚有心向他。奈李公子惧怕老爷,不敢应承。虽则如此,两下情好愈密,朝欢暮乐,终日相守,如夫妇一

---

① 纳粟入监:向政府捐纳谷物或银两而进入国子监(国立最高学府)读书,以此取得监生资格,可应乡试考取举人,并能谋取官职。 ② 两京:指北京和南京。当时北京和南京均设国子监,南京的称为南雍,北京的称为北雍。 ③ 布政:官名,即布政使,布政司长官。明代于全国设十三个布政司,所辖区即十三个省,设左右布政使各一人,掌一省的民政与财政。 ④ 在庠(xiáng):指已取得生员资格。 ⑤ 坐监:在国子监读书。 ⑥ 教坊司:古代演习音乐歌舞的地方,后泛指妓院。 ⑦ 名姬:有名的妓女。 ⑧ 卓氏文君:即卓文君,汉临邛(今四川邛崃市)人,富商卓王孙之女。才貌双全,新寡,慕司马相如之才,随之私奔。 ⑨ 白家樊素:即唐代诗人白居易的歌姬樊素,以貌美闻名。白居易有"樱桃樊素口,杨柳小蛮腰"的诗句。 ⑩ 破瓜:旧时对女子初次破身的隐讳说法。此指妓女开始接客。 ⑪ 筲(shāo):容量较小的容器。觞:酒杯。 ⑫ 鸨(bǎo)儿:妓女养母的俗称。 ⑬ 从良:妓女嫁人。

般,海誓山盟,各无他志。真个:

恩深似海恩无底,义重如山义更高。

再说杜妈妈,女儿被李公子占住,别的富家巨室,闻名上门,求一见而不可得。初时李公子撒漫用钱,大差大使,妈妈胁肩谄笑,奉承不暇;日往月来,不觉一年有余,李公子囊箧渐渐空虚①,手不应心,妈妈也就怠慢了。老布政在家闻知儿子阙院②,几遍写字来唤他回去。他迷恋十娘颜色,终日延捱,后来闻知老爷在家发怒,越不敢回。古人云:"以利相交者,利尽而疏。"那杜十娘与李公子真情相好,见他手头愈短,心头愈热。妈妈也几遍教女儿打发李甲出院,见女儿不统口③,又几遍将言语触突李公子,要激怒他起身。公子性本温克,词气愈和,妈妈没奈何,日逐只将十娘叱骂道:"我们行户人家④,吃客穿客,前门送旧,后门迎新,门庭闹如火,钱帛堆成垛。自从那李甲在此,混帐一年有余,莫说新客,连旧主顾都断了,分明接了个钟馗老⑤,连小鬼也没得上门。弄得老娘一家人家,有气无烟,成什么模样!"

杜十娘被骂,耐性不住,便回答道:"那李公子不是空手上门的,也曾费过大钱来。"妈妈道:"彼一时,此一时,你只教他今日费些小钱儿,把与老娘办些柴米,养你两口也好。别人家养的女儿便是摇钱树,千生万活,偏我家晦气,养了个退财白虎⑥,开了大门七件事⑦,般般都在老身心上。到替你这小贱人白白养着穷汉,教我衣食从何处来? 你对那穷汉说:有本事出几两银子与我,到得你跟了他去,我别讨个丫头过活却不好?"十娘道:"妈妈,这话是真是假?"妈妈晓得李甲囊无一钱,衣衫都典尽了,料他没处设法。便应道:"老娘从不说谎,当真哩。"十娘道:"娘,你要他许多银子?"妈妈道:"若是别人,千把银子也讨了,可怜那穷汉出不起,只要他三百两,我自去讨一个粉头代替。只一件,须是三日内交付与我。左手交银,右手交人。若三日没有银时,老身也不管三七二十一,公子不公子,一顿孤拐⑧,打那光棍出去,那时莫怪老身!"十娘道:"公子虽在客边乏钞,谅三百金还措办得来。只是三日忒近,限他十日便好。"妈妈想道:"这穷汉一双赤手,便限他一百日,他那里来银子。没有银子,便铁皮包脸,料也无颜上门。那时重整家风,媸儿也没得话讲。"答应道:"看你面,便宽到十日。第十日没有银子,不干老娘之事。"十娘道:"若十日内无银,他也无颜再见了。只怕有了三百两银子,妈妈又翻悔起来。"妈妈道:"老身年五十一岁了,又奉十斋⑨,怎敢说谎? 不信时与你拍掌为定,若翻悔时,做猪做狗!"

从来海水斗难量,可笑虔婆意不良;
料定穷儒囊底竭,故将财礼难娇娘。

是夜,十娘与公子在枕边,议及终身之事。公子道:"我非无此心,但教坊落籍⑩,其费甚多,非千金不可。我囊空如洗,如之奈何!"十娘道:"妾已与妈妈议定,只要三百金,但须十日内措办。郎君游资虽罄,然都中岂无亲友可以借贷? 倘得如数,妾身遂为君之所有,省受虔婆之气。"公子道:"亲友中为我留恋行院,都不相顾。明日只做束装起身,各家告

---

① 囊箧(qiè):置放钱物的口袋和箱子。 ② 阙(piáo):同"嫖"。 ③ 不统口:不答应,不开口。 ④ 行户:妓院的隐语。 ⑤ 钟馗(kuí)老:即钟馗。传说他是唐朝进士,死后变为专门捉鬼吃的神。 ⑥ 退财白虎:使人破财的凶神。 ⑦ 七件事:指操办柴、米、油、盐、酱、醋、茶等七类日常用物。 ⑧ 孤拐:脚踝骨。此指打脚踝骨逼其离去。 ⑨ 十斋:佛教用语。谓每月持斋素食并禁止屠宰的十天。 ⑩ 落籍:脱籍。妓女自乐籍除名,即嫁人从良。

辞,就开口假贷路费,凑聚将来,或可满得此数。"起身梳洗,别了十娘出门。十娘道:"用心作速,专听佳音。"公子道:"不须分付。"

公子出了院门,来到三亲四友处,假说起身告别,众人到也欢喜。后来叙到路费欠缺,意欲借贷。常言道:"说着钱,便无缘。"亲友们就不招架。他们也见得是,道李公子是风流浪子,迷恋烟花,年许不归,父亲都为他气坏在家。他今日抖然要回,未知真假。倘或说骗盘缠到手,又去还脂粉钱,父亲知道,将好意翻成恶意,始终只是一怪,不如辞了干净,便回道:"目今正值空乏,不能相济,惭愧!惭愧!"人人如此,个个皆然,并没有个慷慨丈夫,肯统口许他一十二十两。李公子一连奔走了三日,分毫无获,又不敢回决十娘,权且含糊答应。到第四日又没想头,就羞回院中。平日间有了杜家,连下处也没有了,今日就无处投宿。只得往同乡柳监生寓所借歇。柳遇春见公子愁容可掬,问其来历。公子将杜十娘愿嫁之情,备细说了。遇春摇首道:"未必,未必。那杜媺曲中第一名姬,要从良时,怕没有十斛明珠,千金聘礼。那鸨儿如何只要三百两?想鸨儿怪你无钱使用,白白占住他的女儿,设计打发你出门;那妇人与你相处已久,又碍却面皮,不好明言,明知你手内空虚,故意将三百两卖个人情,限你十日。若十日没有,你也不好上门。便上门时,他会说你笑你,落得一场褒贬,自然安身不牢,此乃烟花逐客之计。足下三思,休被其惑。据弟愚意,不如早早开交为上①。"公子听说,半晌无言,心中疑惑不定。遇春又道:"足下莫要错了主意。你若真个还乡,不多几两盘费,还有人搭救。若是要三百两时,莫说十日,就是十个月也难。如今的世情,那肯顾'缓急'二字的?那烟花也算定你没处告债,故意设法难你。"公子道:"仁兄所见良是。"口里虽如此说,心中割舍不下,依旧又往外边东央西告,只是夜里不进院门了。

公子在柳监生寓中,一连住了三日,共是六日了。杜十娘连日不见公子进院,十分着紧,就教小厮四儿街上去寻。四儿寻到大街,恰好遇见公子,四儿叫道:"李姐夫,娘在家里望你。"公子自觉无颜,回复道:"今日不得功夫,明日来罢。"四儿奉了十娘之命,一把扯住,死也不放,道:"娘叫咱寻你,是必同去走一遭。"李公子心上也牵挂着婊子,没奈何,只得随四儿进院,见了十娘,嘿嘿无言。十娘问道:"所谋之事如何?"公子眼中流下泪来。十娘道:"莫非人情淡薄,不能足三百之数么?"公子含泪而言,道出二句:"'不信上山擒虎易,果然开口告人难。'一连奔走六日,并无铢两,一双空手,羞见芳卿,故此这几日不敢进院。今日承命呼唤,忍耻而来,非某不用心,实是世情如此。"十娘道:"此言休使虔婆知道。郎君亦今夜且住,妾别有商议。"十娘自备酒肴,与公子欢饮。睡至半夜,十娘对公子道:"郎君果不能办一钱耶?妾终身之事,当如何也?"公子只是流涕,不能答一语。渐渐五更天晓,十娘道:"妾所卧絮褥内,藏有碎银一百五十两,此妾私蓄,郎君可持去。三百金,妾任其半,郎君亦谋其半,庶易为力②。限只四日,万勿迟误。"十娘起身,将褥付公子。

公子惊喜过望,唤童儿持褥而去。径到柳遇春寓中,又把夜来之情与遇春说了。将褥拆开看时,絮中都裹着零碎银子,取出兑时,果是一百五十两。遇春大惊道:"此妇真有心人也!既系真情,不可相负,吾当代为足下谋之。"公子道:"倘得玉成,决不有负。"当下柳

---

① 开交:放手,摆脱。　② 庶易为力:也许容易做到。

遇春留李公子在寓,自出头各处去借贷。两日之内,凑足一百五十两,交付公子道:"吾代为足下告债,非为足下,实怜杜十娘之情也。"李甲拿了三百两银子,喜从天降,笑逐颜开,欣欣然来见十娘,刚是第九日,还不足十日。十娘问道:"前日分毫难借,今日如何就有一百五十两?"公子将柳监生事情,又述了一遍。十娘以手加额道:"使吾二人得遂其愿者,柳君之力也。"两个欢天喜地,又在院中过了一晚。

次日,十娘早起,对李甲道:"此银一交,便当随郎君去矣。舟车之类,合当预备。妾昨日于姊妹中借得白银二十两,郎君可收下为行资也。"公子正愁路费无出,但不敢开口,得银甚喜。说犹未了,鸨儿恰来敲门叫道:"媺儿,今日是第十日了。"公子闻叫,启户相延道:"承妈妈厚意,正欲相请。"便将银三百两放在桌上。鸨儿不料公子有银,嘿然变色,似有悔意。十娘道:"儿在妈妈家中八年,所致金帛,不下数千金矣。今日从良美事,又妈妈亲口所订,三百金不欠分毫,又不曾过期。倘若妈妈失信不许,郎君持银去,儿即刻自尽。恐那时人财两失,悔之无及也。"鸨儿无词以对,腹内筹画了半晌,只得取天平兑准了银子,说道:"事已如此,料留你不住了。只是你要去时,即今就去,平时穿戴衣饰之类,毫厘休想。"说罢,将公子和十娘推出房门,讨锁来就落了锁。此时九月天气,十娘才下床,尚未梳洗,随身旧衣,就拜了妈妈两拜。李公子也作了一揖。一夫一妇,离了虔婆大门。

鲤鱼脱却金钩去,摆尾摇头再不来。

公子教十娘且住片时:"我去唤个小轿抬你,权往柳荣卿寓所去,再作道理。"十娘道:"院中诸姊妹平昔相厚,理宜话别。况前日又承他借贷路费,不可不一谢也。"乃同公子到各姊妹处谢别。姊妹中惟谢月朗、徐素素与杜家相近,尤与十娘亲厚。十娘先到谢月朗家。月朗见十娘秃髻旧衫,惊问其故。十娘备述来因,又引李甲相见。十娘指月朗道:"前日路资,是此位姐姐所贷,郎君可致谢。"李甲连连作揖。月朗便教十娘梳洗,一面去请徐素素来家相会。十娘梳洗已毕,谢、徐二美人各出所有,翠钿金钏,瑶簪宝珥,锦袖花裙,鸾带绣履,把杜十娘装扮得焕然一新,备酒作庆贺筵席。月朗让卧房与李甲、杜媺二人过宿。次日,又大排筵席,遍请院中姊妹。凡十娘相厚者,无不毕集,都与他夫妇把盏称喜,吹弹歌舞,各逞其长,务要尽欢,直饮至夜分。十娘向众姊妹,一一称谢。众姊妹道:"十姊为风流领袖,今从郎君去,我等相见无日。何日长行,姊妹们尚当奉送。"月朗道:"候有定期,小妹当来相报。但阿姊千里间关①,同郎君远去,囊箧萧条,曾无约束②,此乃吾等之事,当相与共谋之,勿令姊有穷途之虑也。"众姊妹各唯唯而散。是晚,公子和十娘仍宿谢家。至五鼓,十娘对公子道:"吾等此去,何处安身?郎君亦曾计议有定着否?"公子:"老父盛怒之下,若知娶妓而归,必然加以不堪,反致相累。展转寻思,尚未有万全之策。"十娘道:"父子天性,岂能终绝。既然仓卒难犯,不若与郎君于苏杭胜地,权作浮居。郎君先回,求亲友于尊大人面前劝解和顺,然后携妾于归③,彼此安妥。"公子道:"此言甚当。"

次日,二人起身辞了谢月朗,暂住柳监生寓中,整顿行装。杜十娘见了柳遇春,倒身下拜,谢其周全之德:"异日我夫妇必当重报!"遇春慌忙答礼道:"十娘钟情所欢,不以贫窭易

---

① 间关:形容道路崎岖难行。 ② 曾:加强语气。约束:准备,安排。 ③ 于归:古时指女子出嫁。

心①,此乃女中豪杰。仆因风吹火,谅区区何足挂齿!"三人又饮了一日酒。次早,择了出行吉日,雇倩轿马停当。十娘又遣童儿寄信,别谢月朗。临行之际,只见肩舆纷纷而至,乃谢月朗与徐素素拉众姊妹来送行。月朗道:"十姊从郎君千里间关,囊中消索,吾等甚不能忘情。今合具薄赆②,十姊可检收,或长途空乏,亦可少助。"说罢,命从人挈一描金文具至前,封锁甚固,正不知什么东西在里面。十娘也不开看,也不推辞,但殷勤作谢而已。须臾,舆马齐集,仆夫催促起身。柳监生三杯别酒,和众美人送出崇文门外,各各垂泪而别。正是:

　　　　他日重逢难预必,此时分手最堪怜。

再说李公子同杜十娘行至潞河,舍陆从舟,却好有瓜洲差使船转回之便,讲定船钱,包了舱口。比及下船时,李公子囊中并无分文余剩。你道杜十娘把二十两银子与公子,如何就没了?公子在院中阒得衣衫蓝缕,银子到手,未免在解库中取赎几件穿着③,又制办了铺盖,剩来只勾轿马之费。公子正当愁闷,十娘道:"郎君勿忧,众姊妹合赠,必有所济。"乃取钥开箱。公子在傍,自觉惭愧,也不敢窥觑箱中虚实。只见十娘在箱里取出一个红绢袋来,掷于桌上道:"郎君可开看之。"公子提在手中,觉得沉重,启则观之,皆是白银,计数整五十两。十娘仍将箱子下锁,亦不言箱中更有何物,但对公子道:"承众姊妹高情,不惟途路不乏,即他日浮寓吴越间,亦可稍佐吾夫妻山水之费矣。"公子且惊且喜道:"若不遇恩卿,我李甲流落他乡,死无葬身之地矣。此情此德,白头不敢忘也。"自此每谈及往事,公子必感激流涕,十娘亦曲意抚慰。一路无话。

不一日行至瓜洲,大船停泊岸口。公子别雇了民船,安放行李,约明日侵晨,剪江而渡④。其时仲冬中旬,月明如水,公子和十娘坐于舟首。公子道:"自出都门,困守一舱之中,四顾有人,未得畅语。今日独据一舟,更无避忌。且已离塞北,初近江南,宜开怀畅饮,以舒向来抑郁之气,恩卿以为何如?"十娘道:"妾久疏谈笑,亦有此心,郎君言及,足见同志耳。"公子乃携酒具于船首,与十娘铺毡并坐,传杯交盏。饮至半酣,公子执卮对十娘道:"恩卿妙音,六院推首⑤。某相遇之初,每闻绝调,辄不禁神魂之飞动。心事多违,彼此郁郁,鸾鸣凤奏,久矣不闻。今清江明月,深夜无人,肯为我一歌否?"十娘兴亦勃发,遂开喉顿嗓,取扇按拍,呜呜咽咽,歌出元人施君美《拜月亭》杂剧上"状元执盏与婵娟"一曲⑥,名《小桃红》。真个:

　　　　声飞霄汉云皆驻,响入深泉鱼出游。

却说他舟有一少年,姓孙名富,字善赉,徽州新安人氏,家资巨万,积祖扬州种盐。年方二十,也是南雍中朋友,生性风流,惯向青楼买笑,红粉追欢,若嘲风弄月,到是个轻薄的头儿。事有偶然,其夜亦泊舟瓜洲渡口,独酌无聊。忽听得歌声嘹喨,凤吟鸾吹,不足喻其美,起立船头,伫听半晌,方知声出邻舟。正欲相访,音响倏已寂然。乃遣仆者潜窥踪迹,访于舟人,但晓得是李相公雇的船,并不知歌者来历。孙富想道:"此歌者必非良家,怎生得他一见?"展转寻思,通宵不寐,挨至五更,忽闻江风大作,及晓,彤云密布,狂雪飞舞。怎

---

① 贫窭(jù):贫穷。　② 赆(jìn):送给人的路费或礼物。　③ 解库:典当铺。　④ 剪江:横江、截江。　⑤ 六院:妓院的统称。　⑥《拜月亭》:元末南戏,此剧写蒋世隆与王瑞兰的爱情故事,施君美作,又名《幽闺记》,此处误为杂剧。

见得,有诗为证:

千山云树灭,万径人踪绝。

扁舟蓑笠翁,独钓寒江雪。

因这风雪阻渡,舟不得开。孙富命艄公移船,泊于李家舟之傍。孙富貂帽狐裘,推窗假作看雪。值十娘梳洗方毕,纤纤玉手,揭起舟傍短帘,自泼盂中残水,粉容微露。却被孙富窥见了,果是国色天香,魂摇心荡,迎眸注目,等候再见一面,杳不可得。沉思久之,乃倚窗高吟高学士《梅花诗》二句道①:

雪满山中高士卧,月明林下美人来。

李甲听得邻舟吟诗,舒头出舱,看是何人。只因这一看,正中了孙富之计。孙富吟诗,正要引李公子出头,他好乘机攀话,当下慌忙举手,就问:"老兄尊姓何讳?"李公子叙了姓名乡贯,少不得也问那孙富,孙富也叙过了。又叙了些太学中的闲话,渐渐亲热。孙富便道:"风雪阻舟,乃天遣与尊兄相会,实小弟之幸也。舟次无聊,欲同尊兄上岸,就酒肆中一酌,少领清诲,万望不拒。"公子道:"萍水相逢,何当厚扰?"孙富道:"说那里话!'四海之内,皆兄弟也'。"喝教艄公打跳,童儿张伞,迎接公子过船,就于船头作揖。然后让公子先行,自己随后,各各登跳上涯。

行不数步,就有个酒楼,二人上楼,拣一副洁净座头,靠窗而坐。酒保列上酒肴,孙富举杯相劝,二人赏雪饮酒。先说些斯文中套话②,渐渐引入花柳之事③,二人都是过来之人,志同道合,说得入港④,一发成相知了。孙富屏去左右,低低问道:"昨夜尊舟清歌者,何人也?"李甲正要卖弄在行,遂实说道:"此乃北京名姬杜十娘也。"孙富道:"既系曲中姊妹,何以归兄?"公子遂将初遇杜十娘,如何相好,后来如何要嫁,如何借银讨他,始末根由,备细述了一遍。孙富道:"兄携丽人而归,固是快事,但不知尊府中能相容否?"公子道:"贱室不足虑。所虑者,老爷性严,尚费踌躇耳!"孙富将机就机,便问道:"既是尊大人未必相容,兄所携丽人,何处安顿?亦曾通知丽人,共作计较否?"公子攒眉而答道:"此事曾与小妾议之。"孙富欣然问道:"尊宠必有妙策。"公子道:"他意欲侨居苏杭,流连山水。使小弟先回,求亲友宛转于家君之前⑤,俟家君回嗔作喜,然后图归。高明以为何如?"

孙富沉吟半晌,故作愀然之色,道:"小弟乍会之间,交浅言深,诚恐见怪。"公子道:"正赖高明指教,何必谦逊?"孙富道:"尊大人位居方面⑥,必严帷薄之嫌⑦,平时既怪兄游非礼之地,今日岂容兄娶不节之人?况且贤亲贵友,谁不迎合尊大人之意者?兄枉去求他,必然相拒。就有个不识时务的,进言于尊大人之前,见尊大人意思不允,他就转口了。兄进不能和睦家庭,退无词以回复尊宠,即使留连山水,亦非长久之计,万一资斧困竭⑧,不进退两难!"公子自知手中只有五十金,此时费去大半,说到资斧困竭,进退两难,不觉点头道是。孙富又道:"小弟还有句心腹之谈,兄肯俯听否?"公子道:"承兄过爱,更求尽言。"孙富道:"疏不间亲,还是莫说罢。"公子道:"但说何妨。"孙富道:"自古道:'妇人水性无常。'况

---

① 高学士:指明初诗人高启。 ② 斯文中套话:读书人见面时互相说的客套话。 ③ 花柳之事:宿娼嫖妓之事。 ④ 入港:此指谈话投机。 ⑤ 家君:古代对自己父亲的称呼。亦称"家父"。 ⑥ 方面:方面官,古时掌管一个地区重任的最高行政长官。 ⑦ 帷薄:古时男女有别,用以障隔卧室内外的屏幕。嫌:嫌疑。 ⑧ 资斧:旅费,盘缠。

烟花之辈，少真多假。他既系六院名姝，相识定满天下；或者南边原有旧约，借兄之力，挈带而来，以为他适之地。"公子道："这个恐未必然。"孙富道："既不然，江南子弟，最工轻薄，兄留丽人独居，难保无逾墙钻穴之事①。若挈之同归，愈增尊大人之怒。为兄之计，未有善策。况父子天伦，必不可绝。若为妾而触父，因妓而弃家，海内必以兄为浮浪不经之人。异日妻不以为夫，弟不以为兄，同袍不以为友②，兄何以立于天地之间？兄今日不可不熟思也！"

公子闻言，茫然自失，移席问计："据高明之见，何以教我？"孙富道："仆有一计，于兄甚便。只恐兄溺枕席之爱，未必能行，使仆空费词说耳！"公子道："兄诚有良策，使弟再睹家园之乐，乃弟之恩人也。又何惮而不言耶？"孙富道："兄飘零岁余，严亲怀怒，闺阁离心，设身以处兄之地，诚寝食不安之时也。然尊大人所以怒兄者，不过为迷花恋柳，挥金如土，异日必为弃家荡产之人，不堪承继家业耳。兄今日空手而归，正触其怒。兄倘能割衽席之爱，见机而作，仆愿以千金相赠。兄得千金，以报尊大人，只说在京授馆，并不曾浪费分毫，尊大人必然相信。从此家庭和睦，当无间言③，须臾之间，转祸为福。兄请三思，仆非贪丽人之色，实为兄效忠于万一也！"李甲原是没主意的人，本心惧怕老子，被孙富一席话，说透胸中之疑，起身作揖道："闻兄大教，顿开茅塞。但小妾千里相从，义难顿绝，容归与商之。得其心肯，当奉复耳。"孙富道："说话之间，宜放婉曲。彼既忠心为兄，必不忍使兄父子分离，定然玉成兄还乡之事矣。"二人饮了一回酒，风停雪止，天色已晚。孙富教家僮算还了酒钱，与公子携手下船。正是：

逢人且说三分话，未可全抛一片心。

却说杜十娘在舟中，摆设酒果，欲与公子小酌，竟日未回，挑灯以待。公子下船，十娘起迎，见公子颜色匆匆，似有不乐之意，乃满斟热酒劝之。公子摇首不饮，一言不发，竟自床上睡了。十娘心中不悦，乃收拾杯盘，为公子解衣就枕，问道："今日有何见闻，而怀抱郁郁如此？"公子叹息而已，终不启口。问了三四次，公子已睡去了。十娘委决不下，坐于床头而不能寐。

到夜半，公子醒来，又叹一口气。十娘道："郎君有何难言之事，频频叹息？"公子拥被而起，欲言不语者几次，扑簌簌掉下泪来。十娘抱持公子于怀间，软言抚慰道："妾与郎君情好，已及二载，千辛万苦，历尽艰难，得有今日。然相从数千里，未曾哀戚，今将渡江，方图百年欢笑，如何反起悲伤？必有其故。夫妇之间，死生相共，有事尽可商量，万勿讳也。"公子再四被逼过，只得含泪而言道："仆天涯穷困，蒙恩卿不弃，委曲相从，诚乃莫大之德也。但反复思之，老父位居方面，拘于礼法，况素性方严，恐添嗔怒，必加黜逐。你我流荡，将何底止？夫妇之欢难保，父子之伦又绝。日间蒙新安孙友邀饮，为我筹及此事，寸心如割。"十娘大惊道："郎君意将如何？"公子道："仆事内之人，当局而迷。孙友为我画一计颇善，但恐恩卿不从耳！"十娘道："孙友者何人？计如果善，何不可从？"公子道："孙友名富，新安盐商，少年风流之士也。夜间闻子清歌，因而问及。仆告以来历，并谈及难归之故，渠

---

① 逾墙钻穴：指男女偷情幽会。见《孟子·滕文公下》。 ② 同袍：指交情很深厚的朋友。 ③ 间(jiàn)言：嫌隙之言，非议。

意欲以千金聘汝。我得千金，可借口以见吾父母；而恩卿亦得所天①。但情不能舍，是以悲泣。"说罢，泪如雨下。

十娘放开两手，冷笑一声道："为郎君画此计者，此人乃大英雄也。郎君千金之资，既得恢复，而妾归他姓，又不致为行李之累，发乎情，止乎礼，诚两便之策也。那千金在那里？"公子收泪道："未得恩卿之诺，金尚留彼处，未曾过手。"十娘道："明早快快应承了他，不可挫过机会。但千金重事，须得兑足，交付郎君之手，妾始过舟，勿为贾竖子所欺②。"

时已四鼓，十娘即起挑灯梳洗道："今日之妆，乃迎新送旧，非比寻常。"于是脂粉香泽，用意修饰，花钿绣袄，极其华艳，香风拂拂，光采照人。装束方完，天色已晓。孙富差家僮到船头候信。十娘微窥公子，欣欣似有喜色，乃催公子快去回话，及早兑足银子。公子亲到孙富船中，回复依允。孙富道："兑银易事，须得丽人妆台为信。"公子又回复了十娘，十娘即指描金文具道："可便抬去。"孙富喜甚，即将白银一千两，送到公子船中。十娘亲自检看，足色足数，分毫无爽，乃手把船舷，以手招孙富。孙富一见，魂不附体。十娘启朱唇，开皓齿道："方才箱子可暂发来，内有李郎路引一纸③，可检还之也。"

孙富视十娘已为瓮中之鳖，即命家僮送那描金文具，安放船头之上。十娘取钥开锁，内皆抽替小箱④。十娘叫公子抽第一层来看，只见翠羽明珰，瑶簪宝珥，充牣于中⑤，约值数百金。十娘遽投之江中。李甲与孙富及两船之人，无不惊诧。又命公子再抽一箱，乃玉箫金管。又抽一箱，尽古玉紫金玩器，约值数千金。十娘尽投之于大江中。岸上之人，观者如堵。齐声道："可惜，可惜！"正不知什么缘故。最后又抽一箱，箱中复有一匣。开匣视之，夜明之珠，约有盈把。其他祖母绿、猫儿眼⑥，诸般异宝，目所未睹，莫能定其价之多少。众人齐声喝采，喧声如雷。十娘又欲投之于江。李甲不觉大悔，抱持十娘恸哭，那孙富也来劝解。

十娘推开公子在一边，向孙富骂道："我与李郎备尝艰苦，不是容易到此，汝以奸淫之意，巧为谗说，一旦破人姻缘，断人恩爱，乃我之仇人。我死而有知，必当诉之神明，尚妄想枕席之欢乎！"又对李甲道："妾风尘数年，私有所积，本为终身之计。自遇郎君，山盟海誓，白首不渝。前出者之际，假托众姊妹相赠，箱中韫藏百宝，不下万金。将润色郎君之装，归见父母，或怜妾有心，收佐中馈⑦，得终委托，生死无憾。谁知郎君相信不深，惑于浮议，中道见弃，负妾一片真心。今日当众目之前，开箱出视，使郎君知区区千金，未为难事。妾椟中有玉，恨郎眼内无珠。命之不辰⑧，风尘困瘁，甫得脱离，又遭弃捐。今众人各有耳目，共作证明，妾不负郎君，郎君自负妾耳！"于是众人聚观者，无不流涕，都唾骂李公子负心薄幸。公子又羞又苦，且悔且泣，方欲向十娘谢罪，十娘抱持宝匣，向江心一跳。众人急呼捞救，但见云暗江心，波涛滚滚，杳无踪影。可惜一个如花似玉的名姬，一旦葬于江鱼之腹。

三魂渺渺归水府，七魄悠悠入冥途。

当时旁观之人，皆咬牙切齿，争欲拳殴李甲和那孙富。慌得李、孙二人，手足无措，急

---

① 所天：此指丈夫。　② 贾（gǔ）竖子：骂人之话，市侩小人。　③ 路引：通行证明。　④ 抽替：即抽屉。　⑤ 充牣（rèn）：充满。　⑥ 祖母绿、猫儿眼：都是珍贵的宝石。　⑦ 中馈（kuì）：旧时指妇女在家中料理饭食家务，此指代妻子。　⑧ 命之不辰：生不逢时，命运不好。

叫开船,分途遁去。李甲在舟中,看了千金,转忆十娘,终日愧悔,郁成狂疾,终身不痊。孙富自那日受惊,得病卧床月余,终日见杜十娘在傍诟骂,奄奄而逝。人以为江中之报也。

却说柳遇春在京坐监完满,束装回乡,停舟瓜步①。偶临江净脸,失坠铜盆于水,觅渔人打捞,及至捞起,乃是个小匣儿。遇春启匣观看,内皆明珠异宝,无价之珍。遇春厚赏渔人,留于床头把玩。是夜梦见江中一女子,凌波而来,视之,乃杜十娘也。近前万福,诉以李郎薄幸之事,又道:"向承君家慷慨,以一百五十金相助,本意息肩之后②,徐图报答,不意事无终始。然每怀盛情,悒悒未忘,早间曾以小匣托渔人奉致,聊表寸心。从此不复相见矣。"言讫,猛然惊醒,方知十娘已死,叹息累日。

后人评论此事,以为孙富谋夺美色,轻掷千金,固非良士;李甲不识杜十娘一片苦心,碌碌蠢才,无足道者。独谓十娘千古女侠,岂不能觅一佳侣,共跨秦楼之凤③,乃错认李公子,明珠美玉,投于盲人,以致恩变为仇,万种恩情,化为流水,深可惜也!有诗叹云:

不会风流莫妄谈,单单情字费人参④。

若将情字能参透,唤作风流也不惭。

【导读】

一、本篇选自《警世通言》,是"三言"中最为脍炙人口的篇章,也是我国古代短篇白话小说的代表作。是冯梦龙由宋懋澄(1569—1622)《九籥集》中所收的文言小说《负情侬传》改编而成。写京师名妓杜十娘,选择官宦子弟李甲为从良对象,欲依托终身,不料被李甲欺骗、抛弃进而转卖,十娘不甘屈辱,怒斥李甲,怀抱百宝箱投江自尽的故事。

二、作品写的是一个爱情悲剧。悲剧主人公杜十娘美貌、聪明,性情刚烈,虽不幸落入烟花,但一直都憧憬着美好的生活,始终都在寻找着自己未来的归宿。与李甲的相遇和相爱,使她以为终于可以逃离苦海,终身有托,不料却被李甲所弃,以至最终投江自尽。这表面上看起来似乎依然是一个古老的"痴心女子负心汉"的爱情悲剧,但是实际上作者还给了这出悲剧以更深刻的东西。李甲的"负心"并不是因为用错了情,或是移情别恋,而是因为他作为一个官宦子弟持有根深蒂固的封建伦理观念,他可以一时因情而忘掉一切,但一生都无法逃脱和改变他所出身的家庭及这个家庭所代表的正统观念和社会压力,因此,杜十娘美好的生活愿望与现实社会制度之间就形成了一个不可调和的矛盾,也正因此,她的爱情悲剧就成了一种必然的结果。她的死,是对李甲等负心人的强烈控诉,尤是对封建伦理道德的强烈控诉。作者正是通过杜十娘这一悲剧形象的塑造,深刻揭示了一个反封建的社会主题,传达了一个与时代相背叛的声音。

三、作品在艺术上的成功来自人物的塑造,尤其是杜十娘这一悲剧人物。作者不是用曲折的情节来刻画人物,而是用对比的手法,把杜十娘和李甲、孙富乃至始终没有出场的李布政对比起来写,通过他们的软弱、虚伪、自私、冷酷和卑鄙来反衬十娘的用情专一、天真磊落、果敢刚烈,尤其是她沉箱投江时昂立船头的决绝英姿,烘托以扣人心弦的场面描写,愈发将悲剧的气氛推向了极致,感人至深。

---

① 瓜步:镇名,在今江苏省南京市六合区南瓜埠山下。 ② 息肩:安顿、栖身。 ③ 共跨秦楼之凤:据《列仙传》载,传说萧史善吹箫,秦穆公将女儿弄玉嫁给了他,筑凤楼,二人居其上,后双双乘龙凤飞天。后人常以此喻美满的夫妻生活。 ④ 参:参详,理解,揣摩。

戏 剧

李开先

李开先(1502—1568),明文学家、戏曲作家。字伯华,号中麓,山东章丘人。嘉靖进士,官至太常寺少卿。曾上疏抨击朝政,罢官家居近三十年。以诗文词曲为娱。"知填词,知小令,知长套,知杂剧,知戏文,知院本……善作能歌。"(姜大成《〈宝剑记〉后序》)有"词坛之飞将,曲部之美才"之誉(吕天成《曲品》)。作杂剧六种、传奇三种,现存《园林午梦》《打哑禅》《宝剑记》三种;散曲有《中麓小令》《卧病江皋》《四时悼内》;诗文有《闲居集》;杂著有《词谑》《画品》《诗禅》。今有中华书局本《李开先集》。

宝 剑 记

第三十七出 夜奔

(生上,唱)

【点绛唇】数尽更筹①,听残银漏②。逃秦寇③,好教我有国难投,那搭儿相求救④?

(白)欲送登高千里目,愁云低锁衡阳路⑤。鱼书不至雁无凭⑥,几番欲作悲秋赋⑦。回首西山日又斜,天涯孤客真难度。丈夫有泪不轻弹,只因未到伤心处。念我一时忿怒,杀死奸细,幸得深夜无人知觉,密投柴大官人庄上隐藏⑧。昨闻故人公孙胜使人报知⑨:今遣指挥徐宁领兵沧州地界捉拿。亏承柴大官人怜我孤穷,写书荐达,径往梁山逃命。日里不敢前行,今夜路经济州地界⑩,恰才天明月朗,霎时雾暗云迷,况山路崎岖,高低不辨,教我怎生行蓦!那前边黑洞洞的,想是村店,只得紧行几步。呀,原来是一座禅林⑪。夜深无人,我向伽蓝殿前暂憩片时⑫。(生作睡介)(净扮神上,白)生前能护国,没世号伽蓝⑬。眼观十万里,

---

① 更筹:古代一夜分五更,一更约两小时。更是古代夜间计时的单位,筹是计算报更次数的竹牌,此指报更声。 ② 银漏:古代报时用的漏壶,壶中插着记时刻的箭,水从壶中均匀滴出,露出箭上的时刻,夜尽时壶水漏完。 ③ 秦寇:借秦朝行暴政,指朝廷中的奸党及其爪牙。 ④ 那搭儿:哪里。 ⑤ 衡阳:今湖南省衡阳市,境内有回雁峰,相传大雁南飞至此处回归。此指返乡的道路。 ⑥ 鱼书:《饮马长城窟行》:"呼儿烹鲤鱼,中有尺素书。"故后世称书信为"鱼书"。 ⑦ 悲秋赋:指战国辞赋家宋玉的《九辩》,其开头"悲哉,秋之为气也",后以此泛指悲伤文字。 ⑧ 柴大官人:即柴进,人称小旋风。他原为大庄主,喜结交江湖好汉,曾帮助林冲投奔梁山。 ⑨ 公孙胜:梁山英雄之一,在朝中官拜参军,因催粮路过沧州,救了林冲。 ⑩ 济州:今山东济宁市。 ⑪ 禅林:寺院。 ⑫ 伽(qié)蓝:佛教中的护法神。 ⑬ 没(mò)世:死后。

日赴九千坛。余乃本庙护法之神。今有上界武曲星受难①,官兵追急,恐伤他性命。兀那林冲,休推睡梦,今有官兵过了黄河,咫尺赶上,急急起来逃命去罢!吾神去也。凡人心不昧,处处有灵神。但愿人行早,神天不负人。(生醒白)諕死我也!刚才合眼,忽见神像指着道:"林冲急急起来,官兵到了!"想是伽蓝神圣指引迷途。我林冲若得一步之地②,重修宝殿,再塑金身。撒开脚步去也!(唱)

【双调新水令】按龙泉血泪洒征袍③,恨天涯一身流落。专心投水浒④,回首望天朝。急走忙逃,顾不的忠和孝。

【驻马听】良夜迢迢⑤,投宿休将门户敲。遥瞻残月,暗度重关,急步荒郊。身轻不惮路迢遥⑥,心忙只恐人惊觉。魄散魂消,魄散魂消,红尘误了武陵年少⑦。

【水仙子】一朝谏诤触权豪⑧,百战勋名做草茅,半生勤苦无功效。名不将青史标⑨,为家国总是徒劳。再不得倒金樽杯盘欢笑,再不得歌金缕筝琵络索⑩,再不得谒金门环珮逍遥⑪。

【折桂令】封侯万里班超⑫,生逼做叛国的红巾⑬,背主的黄巢。恰便似脱扣苍鹰,离笼狡兔,摘网腾蛟。救急难谁诛正卯⑭?掌刑罚难得皋陶⑮!鬓发萧骚,行李萧条。这一去,博得个斗转天回,须教他海沸山摇。

【雁儿落】望家乡去路遥,想妻母将谁靠?我这里吉凶未可知,他那里生死应难料。

【得胜令】呀!諕的我汗浸浸身上似汤浇,急煎煎心内类油调。幼妻室今何在?老尊堂恐丧了!劬劳⑯,父母恩难报;悲嚎,英雄气怎消?

【沽美酒】怀揣着雪刃刀,行一步哭号咷⑰。拽长裾急急蓦羊肠路迢,且喜这灿灿明星下照。忽然间昏惨惨云迷雾罩,疏喇喇风吹叶落,振山林声声虎啸,递溪涧哀哀猿叫。吓的我魂飘、胆消,百忙里走不出山前古庙。

【收江南】呀!又只见乌鸦阵阵起松梢,数声残角断渔樵⑱。忙投村店伴寂寥。想亲帏梦杳⑲,空随风雨度良宵!

故国徒劳梦,思归未得归。

此身无所托,空有泪沾衣。(下)

【导读】

一、《宝剑记》是明代中叶著名的"三大传奇"之一。写北宋末年,权臣高俅、童贯等人祸国殃民,禁军教头林冲奋起反抗,上书弹劾,被设计陷害,母被逼死,妻子逃亡,历尽磨难,终至走投无路,被"逼上梁

---

① 上界武曲星:古代迷信说法:世间的重要人物都是天上的星宿下降。此指林冲。 ② 一步之地:比喻有了一点地位。 ③ 龙泉:古剑名,泛指宝剑。 ④ 水浒:本指水边的地方。此指梁山泊,北宋末年宋江等起义的基地。 ⑤ 良夜迢迢:形容夜长。 ⑥ 惮(dàn):害怕。 ⑦ 红尘:人世间,指繁华纷杂的名利场。武陵年少:即"武陵少年"。五陵为汉初高帝、惠帝、景帝、武帝、昭帝的陵墓。后以五陵代指豪富聚居之地。 ⑧ 谏诤(jiàn zhèng):对皇帝或上级的直言劝告或批评。 ⑨ 青史:史书的代称,因为古代史事写在青竹简上。 ⑩ 金缕:曲调名。 ⑪ 金门:即金马门,汉朝宫门名,此泛指朝廷。 ⑫ 班超:东汉名将,因出使西域有功,被封为定远侯。此处借指林冲原本有报国大志。 ⑬ 红巾:古代农民起义军常以红巾裹头为标志,故称红军。此泛指封建社会造反的农民起义队伍。 ⑭ 正卯:少正卯,春秋时鲁国的大夫。相传孔子任鲁国司寇时,因其乱政而杀之,此代指高俅等奸党。 ⑮ 皋陶(gāo yáo):传说中的贤人,因公正无私,被舜任命为掌管刑法的官吏。 ⑯ 劬(qú)劳:指父母养育子女的劳苦。见《诗经·小雅·蓼莪》:"哀哀父母,生我劬劳。" ⑰ 号咷(háo táo):痛哭流涕。 ⑱ 残角:断断续续的号角声。 ⑲ 亲帏(wéi):亲人。梦杳(yǎo):梦也梦不见的意思。

山"。后与梁山好汉起兵入京,亲手杀死高俅,夫妻也终得团圆。

二、在"水浒"故事中,林冲被逼上梁山的故事是最为典型的一个,也是向来最为人们所重视的一个,尤其是《水浒传》中浓墨重笔的描写,对后人的创作产生了极大的影响。逢明生说:"自小说稗编兴,而世遂多奇文、奇人、奇事,然其最毋逾于《水浒传》,而《水浒》林冲一段为尤最。"(《灵宝刀序》)《宝剑记》就是根据林冲被逼上梁山的故事改编的,并于其中蕴含了更为深切的现实内容。明代权奸当道,社会现实逐步走向黑暗,李开先即是因为抨击朝政,得罪权相,方四十岁时被罢官,因此,他把作品中的矛盾斗争与现实的忠奸斗争结合起来,在林冲这个人物身上,寄予了对现实的不满和批判,给了林冲以更多的歌颂,使之成为一个更加富有反抗意识的形象。就"逼上梁山"这段故事而言,应该说,李开先笔下的林冲,与《水浒传》中的林冲是有很大区别的。《水浒传》中的林冲,更多地表现出了他软弱、被动的一面,而在《宝剑记》中,林冲则被塑造成一个坚持正义、敢于直言的"主动"的反抗者的形象。

三、此处所选《夜奔》,写林冲受到种种的迫害,家破人亡,面对官兵的紧迫不舍,走投无路之下,只好投奔梁山。这出戏是全剧的重头戏,是林冲从思想到行动上的一个大转折。因此,剧中以林冲的唱词为主,着重揭示林冲被逼上梁山时紧张、悲愤、痛苦、矛盾的复杂心理,并且把人物情怀的抒发与环境气氛的渲染紧密结合起来,情景交融,层层递进,脉络清楚,词曲悲壮,风格沉郁,生动传神,有很强的艺术感染力。

徐　渭

徐渭(1521—1593),明文学家、书画家。字文长,别号天池山人、青藤道人等,山阴(今浙江绍兴)人。二十岁为秀才,但屡应乡试不中。嘉靖十七年入胡宗宪幕府,管书记,受到器重。严嵩倒台,胡宗宪下狱,徐渭受到牵连,一度精神失常,数次自杀未果。后因误杀继室入狱,七年方被友人救出。晚年穷困潦倒,卖书画为生。多才多艺,诗文书画皆自成一家,如自己所说:"吾书第一,诗次之,文次之,画又次之。"文章受到当时唐宋、公安两派作家的一致称赞。于戏曲颇有研究和心得,《南词叙录》是我国最早的一部关于南戏的研究著作,史料价值很高。著有杂剧《狂鼓史渔阳三弄》《玉禅师翠乡一梦》《雌木兰替父从军》《女状元辞凰得凤》(合称《四声猿》)和《歌代啸》五种。今有中华书局本《徐渭集》。

雌木兰替父从军

第 一 出

(旦扮木兰女上)妾身姓花名木兰。祖上在西汉时,以六郡良家子①,世住河北魏郡。俺父亲名弧,字桑之,平生好武能文,旧时也做一个有名的千夫长②。娶过俺母亲贾氏,生下妾身,今年才一十七岁。虽有一个妹子木难,和小兄弟咬儿,可都不曾成人长大。昨日闻得黑山贼首豹子皮,领着十来万人马,造反称王。俺大

---

① 良家子:清白人家的子女。　② 千夫长:军队中千人的头领。

魏拓跋克汗下郡征兵①,军书络绎,有十二卷来的,卷卷有俺家爷的名字②。俺想起来,俺爷又老了,以下又再没一人。况且俺小时节一了有些小气力③,又有些小聪明,就随着俺的爷也读过书,学过些武艺。这就是俺今日该替爷的报头了④。你且看那书上说,秦休和那缇萦两个⑤:一个拼着死,一个拼着入官为奴,都只为着父亲。终不然,这两个都是包网儿、戴帽儿、不穿两截裙袄的么?只是一件,若要替呵,这弓马、枪刀、衣鞋等项,却须索从新另做一番,也要略略的演习一二,才好把这要替的情由,告诉他们得知。他岂不知事出无奈,一定也不苦苦留俺。叫小鬟那里?(丑扮小鬟上)(木)小鬟,你瞒过老爷和奶奶,随着俺到街坊上走一回者。(向内买诸物介,引鬟持诸物上)(鬟)大姑娘,把马拴在那里?(木)
且寄养在对门王三家。(唱)

【点绛唇】休女身拼,缇萦命判;这都是裙钗伴,立地撑天,说什么男儿汉!

【混江龙】军书十卷,书书卷卷把俺爷来填。他年华已老,衰病多缠。想当初搭箭追雕穿白羽,今日呵,扶藜看雁数青天。呼鸡喂狗,守堡看田;调鹰手软,打兔腰拳⑥。提携咱姊妹⑦,梳掠咱丫鬟。见对镜添妆开口笑,听提刀厮杀把眉攒。长嗟叹,道两口儿北邙近也⑧,女孩儿东坦萧然⑨。

要演武艺,先要放掉了这双脚,换上那双鞋儿,才中用哩。(换鞋作痛楚状)(唱)

【油葫芦】生脱下半折凌波袜一弯,好些难。几年价才收拾得凤头尖,急忙的改抹做航儿泛⑩。怎生就凑得满帮儿楦⑪。回来俺还要嫁人,却怎生?这也不愁他,俺家有个漱金莲方子⑫,只用一味硝,煮汤一洗,比偺咱还小些哩⑬。(唱)把生硝提得似雪花白,可不霎时间漱瘪了金莲瓣。

鞋儿到七八也稳了,且换上这衣服者。(换衣,戴一军毡帽介)(唱)

【天下乐】穿起来怕不是从军一长官,行间正好瞒。紧绦钩,厮称这细褶子系刀环。软哝哝衬锁子甲,暖烘烘当夹被单,带回来又好脱与咬儿穿。

衣鞋都换了,试演一会刀看。(演刀介)(唱)

【那吒令】这刀呵,这多时不拈,俺则道不便;才提起一翻,也比旧一般。为何的手不酸,习惯了锦梭穿。越国女尚要白猿教,俺替爷军怎不捉青蛇炼⑭?绕红裙一股霜抟⑮。

演了刀,少不得也要演枪。(演枪介)(唱)

【鹊踏枝】打磨出苗叶鲜⑯,栽排上绵木杆,抵多少月舞梨花,丈八蛇钻。等待得脚儿松,大步重挪撵,直翻身戳倒黑山尖。

箭呵,这里演不得,也则把弓来拉一拉,看俺那机关和那绑子,比旧日如何。(拉

---

① 拓跋克汗:北朝时北魏君王。拓跋是建立北魏政权的鲜卑部的姓。克汗是古代北方少数民族对国王的称呼,亦作"可汗"。 ② 爷:父亲。 ③ 一了:一向,向来。 ④ 报头:报答。 ⑤ 秦休:古乐府《秦女休行》载,秦女休为父报仇,杀人于市,后被赦免其罪。缇(tí)萦:汉文帝时,淳于意犯罪当判刑,其女缇萦上书,自愿做官婢以赎父罪。 ⑥ 腰拳:弯曲着腰。形容老态无力。 ⑦ 提携:此处为抚育、照管的意思。 ⑧ 北邙:河南洛阳市北面的邙山,汉魏的王侯公卿多葬于此。后泛指墓地。 ⑨ 东坦萧然:还没有女婿。典出《晋书·王羲之传》。 ⑩ 航儿:言脚大如船。 ⑪ 楦(xuān):此处是填充的意思。 ⑫ 漱金莲方子:旧时妇女缠足用的药方。传说用这种药煎水洗足,足即萎缩,也叫瘦金莲方。 ⑬ 偺咱:现在,这时候。 ⑭ 青蛇炼:指宝刀。 ⑮ 霜抟(tuán):舞剑时像霜雪似的白光。 ⑯ 打磨:即磨。苗叶鲜:指叶形的枪头。

弓介）（唱）

【寄生草】指决儿薄①，鞴靶儿圆；一拳头揸住黄蛇搏，一胶翎拔尽了乌雕扇②，一肱膊挺做白猿健。长歌壮士入关来，那时方显天山箭③。

俺这骑驴跨马，倒不生疏，可也要做个撒手登鞍的势儿。（跨马势）（唱）

【幺】绣裲裆坐马衣④，嵌珊瑚掉马鞭，这行装不是俺兵家办。则与他两条皮生捆出麒麟汗⑤，万山中活捉个猢狲伴，一髻头平踹了狐狸埏⑥。到门庭才显出女多娇，坐鞍鞯谁不道英雄汉⑦。

所事儿都已停当，却请出老爷和奶奶来，才与他说话。（向内请父、母、弟、妹介）（外扮爷、老扮娘、小生扮弟、贴扮妹同上，见旦惊介，云）儿，今日呵，你怎的那等样打扮？一双脚又放大了，好怪也，好怪也！（木）娘，爷该从军，怎么不去？（娘）他老了，怎么去得？（木）妹子、兄弟也就去不得？（娘）你疯了，他两个多大的人，去得？（木）这等样儿，都不去罢。（娘）正为此没个法儿，你的爷急得要上吊。（木）似孩儿这等样儿，去得去不得？（娘）儿，俺晓得你的本事，却倒去得。（哭介）只是俺两老口怎么舍得你去！又一桩，便去呵，你又是个女孩儿，千乡万里，同行搭伴，朝餐暮宿，你保得不露出那话儿么？这成什么勾当？（木）娘，你尽放心，还你一个闺女儿回来。（众哭介）（扮二军上，云）这里可是花家么？（外）你问怎么？（军）俺们也是从征的，俺本官说这坊厢里有个花弧，教俺们来催发他一同走路，快着些。（木）哥儿们少坐，待俺略收拾些儿，就好同行。小鬟，你去带回马来。（木收拾器械介）（众看介，云）好马，好器械。（娘）儿，你去一定成功喝彩回来，好歹信儿可要长捎一封，也免得俺老两口儿作念。偌咱要递你一杯酒儿，又忙劫劫的⑧。才叫小鬟买得几个热饽饽⑨，你拿着，路上也好嚼一嚼。有些针儿线儿，也安在你搭连里了。也预备着，也好缝些破衣断甲。（二军叫云）快着些！（众哭别，先下）（木出见军介，云）大哥们，劳久待了，请就上马趱行⑩。（作上马行介）（二军私云）这花弧倒生得好个模样儿，倒不像个长官，倒是个秫秫⑪，明日倒好拿来应应急。（木唱）

【幺】离家来没一箭，远听黄河流水溅。马头低遥指落芦花雁，铁衣单忽点上霜花片，别情浓就瘦损桃花面。一时价想起密缝衣，两行儿泪脱真珠线。

【六幺序】呀，这粉香儿犹带在脸，那翠窝儿抹也连日不曾干⑫。却扭做生就的丁添。百忙里跨马登鞍，靴插金鞭，脚踹铜环，丢下针尖，挂上弓弦。未逢人先准备弯腰见，使不得站堂堂矬倒裙边⑬。不怕他鸳鸯作对求姻眷，只愁这水火熬煎⑭，这些儿要使机关。

【幺】哥儿们说话之间，不待加鞭；过万点青山，近五丈红关，映一座城栏，竖几手旗竿。破

---

① 指决儿：即指决，戴在大拇指上，钩弓弦的工具。 ② 胶翎：指箭翎。 ③ 天山箭：据《新唐书》载，太宗时薛仁贵在天山作战，铁勒拥兵十余万，命骁骑数十前来挑战，仁贵连发三箭，射杀三人，于是铁勒军全部投降。当时军中有歌云："将军三箭定天山，壮士长歌入汉关。" ④ 裲裆：即马甲，将士穿的护身衣。 ⑤ 麒麟：马的美称。 ⑥ 辔（pèi）头：牲口的笼头和缰绳。 ⑦ 鞍鞯（qiáo）：骑马的鞍坐。 ⑧ 忙劫劫：很忙碌的样子。 ⑨ 热饽饽：热的糕点。 ⑩ 趱（zǎn）行：急行，赶路。 ⑪ 秫（shú）秫：高粱的代称。此处暗含过瘾解馋之意，是一种下流话。 ⑫ 翠窝儿：妇女戴首饰在鬓角处留下的印迹。 ⑬ 矬（cuó）：矮小，这里用作动词，犹蹲。 ⑭ 水火熬煎：指大小便。

帽残衫,不甚威严,敢是个把守权官,兀的不你我一般。趁着青年,靠着苍天,不惮艰难,不爱金钱,倒有个阁上凌烟①,不强似谋差夺掌②把声名换,抵多少富贵由天。便做道黑山贼寇犯了弥天案,也无多些子,差一念心田。(指问介,唱)

【赚煞】那一答是那些?咫尺间如天半,趄坡子长蛇倒绾③。敢是大帅登坛坐此间,小缇萦礼合参官。这些儿略觉心寒,久已后习弄得雄心惯。领人马一千,扫黑山一战,俺则教花腮上旧粉扑貂蝉④。(众)

说话之间,且喜到主帅驻扎的地方了,俺们且先寻下了安顿的所在,明日一齐见主帅者。(下)

第二出

(外扮主帅上)下官征东元帅辛平的就是。蒙主上教我领十万雄兵,杀黑山草贼,连战连捷。争奈贼首豹子皮⑤,躲住在深崖,坚壁不出。向日新到有三千好汉⑥,俺点名试他武艺。有一个花弧,像似中用。俺如今要辇载那大炮石⑦,攻打他深崖,那贼首免不得出战。两阵之间,却令那花弧拦腰出马,管取一鼓成擒⑧。叫花弧与众新军那里?(末同众上,跪见介)(外)花弧,俺明日去攻打黑山,两阵之后,你可放马横冲,管取生擒贼首。俺与你奏过官里,你的赏可也不小。违者处斩。(末)得令。(外)就此起兵前去。(唱)

【清江引】黑山小寇真见浅,躲住了成何干?花开蝶满枝,树倒猢狲散。你越躲着我越寻你见。(众唱)

【前腔】黑山小寇真高见,右右他输得惯。一日不害羞,三餐吃饱饭,你越寻他越躲着看。

(众)禀主帅,已到贼营了。(外)叫军中举炮。(放炮介)(净扮贼首三出战)(末冲出擒介)(外)就收兵回去。(众唱)

【前腔】咱们元帅真高见,算定了方才干。这贼假的是花开蝶满枝,真的是树倒猢狲散。凯歌回带咱们都好看。(帅唱)

【前腔】众军士们,好消息时下还伊见,每月钞加一贯。又不是一日不害羞,管教伊三餐吃饱饭。认成功是花弧居多半。

(到京,内鸣钟鼓作坐朝介,帅奏云)征东元帅臣辛平谨奏:昨蒙圣恩,命臣征讨黑山巨寇,今悉已荡平。贼首豹子皮,的系军人花弧临阵亲擒,见解听决⑨。其余有功人员,各具册书,分别功次,均望上裁。(丑扮内使捧旨上,云)奉圣旨:卿剿贼功多,特封常山侯,给券世袭⑩。花弧可授尚书郎⑪。念其劳役多年,令驰驿还乡,休息三月,仍听取用。就给与冠带,一同辛平谢恩。豹子皮就决了。其余功次,候查施行。(末换冠带介)(帅、末谢恩介,受诏书,丑下)(末)花弧感蒙主帅的

---

① 阁上凌烟:立下功名。唐太宗时为功臣画像,藏之凌烟阁。 ② 谋差(chāi)夺掌:谋取差事、争夺权力。 ③ 趄(qiè)坡子:斜坡。绾(wǎn):把长条形东西盘绕起来打成结。 ④ 貂蝉:古代武将帽子上的装饰物。 ⑤ 争奈:怎奈。 ⑥ 向日:前些日子。 ⑦ 辇(niǎn)载:用人推的车载运。 ⑧ 管取:管保,保准。 ⑨ 见解听决:现正押解听候处理。 ⑩ 给券世袭:给予凭据,子孙可以相继承袭其职。 ⑪ 尚书郎:官名,东汉时在皇帝左右处理政务,满一年者称尚书郎。魏晋南北朝时,凡协助尚书办理各部门政务的官员,都叫尚书郎。

提拔,叨此荣恩。只因省亲心急①,不得到行台称谢②,就此叩头,容他日效犬马之报。(帅)此是足下力量所致,于下官何预。匆忙中我也不得遣贺叙别。(木)今日得君提挈起。(帅)下官也是因船顺水借帆风。(帅先下)(木唱)

【前腔】万般想来都是幻,夸什么吾成算。我杀贼把王擒,是女将男换。这功劳得将来不费星儿汗。

(二军追上云)花大爷,你偌咱就这等样好了。(木)二位怎么这样来迟?(二军)咱两个次候查功,如今也讨得个百户③,到本伍到任,望大爷携带。(木)可喜,正好同行。(二军唱)

【前腔】想起花大哥真希罕,拉溺也不教人见。(伴)这才是贵相哩,天生一贵人,侥倖三同伴。咱两个呵,芝麻大小官儿抬起眼看一看。(木唱)

【前腔】我花弧有什么真希罕,希罕的还有一件。俺家紧隔壁那庙儿里,泥塑一金刚,忽变做嫦娥面。(二军)有这等事?(木)你不信到家时我引你去看。(下)

(爷、娘、小鬟上)自从孩儿木兰去了,一向没个消息。喜得年时,王司训的儿子王郎,说木兰替爷行孝,定要定下他为妻。不想王郎又中上贤良、文学那两等科名④,如今见以校书郎省亲在家。木兰又去了十来年,两下里都男长女大得不是耍。却怎么得他回来,就完了这头亲,俺老两口儿就死也死得干净。(二军同木上)(二军)花大爷,且喜到贵宅了,俺二人就告辞家去。(木)什么说话,请左厢坐下,过了午去。(二军应,虚下)(木进见亲介)(娘)小鬟,快叫二姑娘、三哥出来,说大姑娘回了。(小鬟叫弟、妹上介)(木对镜换女装,拜爷娘介)(唱)

【耍孩儿】孩儿去把贼兵剪,似风际残云一卷。活拿贼首出天关,这乌纱亲递来克汗。(娘)你这官是什么官?(木)是尚书郎,奶奶!我紧牢拴,几年夜雨梨花馆,交还你依旧春风荳蔻函⑤。怎肯辱爷娘面?(娘)我儿,亏杀了你!(木)非自奖真金烈火,倘好比浊水红莲。(拜弟、妹介)(唱)

【二煞】去时节只一丢⑥,回时节长并肩,像如今都好替爷征战。妹子,高堂多谢你扶双老;兄弟,同辈应推你第一班。我离京时,买不迭香和绢,送老妹只一包儿花粉,帮贤弟有两匣儿松烟⑦。

(二军忙跑上)花大爷,你原来是个女儿。俺们与你过活十二年,都不知道一些儿。原来你路上说的金刚变嫦娥,就是这个谜子,此岂不是千古的奇事,留与四海扬名,万人作念么。(木唱)

【三煞】论男女席不沾,没奈何才用权⑧。巧花枝稳躲过蝴蝶恋。我替爷呵,似叔援嫂溺难辞手⑨;我对你呵,似火烈柴干怎不燃。鸶鸶般雪隐飞才见。算将来十年相伴,也当个一半姻缘。

(二军)他们这般忙,俺们不好不达时务,且不别而行罢。(先下)(鬟报云)王姑夫

---

① 省亲:回家探亲。 ② 行台:主帅的行营。 ③ 百户:武职名,可统兵一百二十人。 ④ 贤良、文学那两等科名:汉文帝时,下令叫各地选举贤良和文学方面的才识之士,后成为选举的科名。 ⑤ 春风荳蔻(kòu)函:含苞未放的花朵,比喻处女。旧称女子十三四岁为"豆蔻年华"。 ⑥ 一丢:一点点。 ⑦ 松烟:指写字用的墨。 ⑧ 用权:用权宜之计。 ⑨ 叔援嫂溺难辞手:《孟子·离娄(上)》:"嫂溺不援,是豺狼也。男女授受不亲,礼也;嫂溺援之以手者,权也。"

来作贺。(娘)这个就是前日寄你书儿上说的这个女婿,正要请他过来与你成亲,来得恰好。(生冠带扮王郎上,相见介)(娘)王姑夫且慢拜,我才子看了日子了,你两口儿似生铜铸赖象,也铁大了①。今日成就了亲罢,快拜快拜!(木作羞背立介)(娘)女儿,十二年的长官,还害什么羞哩。(木兰回身拜介)(唱)

【四煞】甫能个小团圞②,谁承望结姻缘?乍相逢怎不教羞生汗。久知你文学朝中贵,自愧我干戈阵里还。配不过东床眷。谨追随神仙价萧史,莫猜疑妹子像孙权③。

【尾】我做女儿则十七岁,做男儿倒十二年。经过了万千瞧,那一个解雌雄辨?方信道辨雌雄的不靠眼。

黑山尖是谁霸占,木兰女替爷征战。

世间事多少糊涂,院本打雌雄不辨。(并下)

【导读】

一、"木兰从军"是我国著名的民间故事,自北朝民歌《木兰辞》歌咏其事后,一直广为流传。清焦循《剧说》中还提到《商邱志》记载的孝烈祠(一名木兰祠),以及元人侯有造所作《孝烈将军祠像辨正记》对木兰身世的考辨:"将军魏氏,本处子,名木兰,亳之谯人也。……以异事闻于朝,召复赴阙。欲纳宫中,将军曰:'臣无媿君礼制。'以死誓拒之。势力迫加,遂自尽,所以追赠有'孝烈'之谥也。"除结局外,中间所云大体与传说相同。徐渭所作,应该是由民歌《木兰辞》以及诸多民间传说取材敷衍而成。

二、故事写花木兰女扮男装,替父从军,英勇善战,卓立战功,功成后复员回家,才让伙伴们见到自己的真面目。剧中通过对花木兰非凡才干和无敌英姿的描写,集中体现了古代劳动妇女"巾帼不让须眉"的伟大品格,生动地表现了作者对封建礼教的蔑视,以及要求男女平等的思想。"经过了万千瞧,哪一个解雌雄辨?方信道辨雌雄的不靠眼!"这里作者有意揭示出,外在表面的东西并不能成为我们判断事物的依据,只看到女性的外表而看不到她们真正的品质和力量,也是向来人们对妇女产生轻视的基本原因。因此,这部戏,既可以看作是作者唱给广大劳动妇女的一首赞歌,也可以看作是他反对传统世俗偏见的一篇叛逆宣言,具有极强的现实意义和反抗精神。

三、徐渭一生坎坷,愤世嫉俗,艺术上尤追求独树一帜。他的杂剧作品,打破了元以来杂剧四折的框子,均为短剧,并注意向民间学习,自制奇语而又通俗流畅,为群众所喜闻乐见,享誉当时。《雌木兰替父从军》全剧虽亦只有二出,但意气豪侠,不饰脂粉,锋芒尽露,有撼人之力。明祁彪佳《远山堂剧品》"妙品"中评这部戏:"腕下具千钧力,将脂腻词场,作虚空粉碎。汤若士尝云:'吾欲生致文长而拔其舌。'夫亦畏其有锋如电乎?"

汤显祖

汤显祖(1550—1616),明戏曲家、文学家。字义仍,号若士、海若、清远道人,江西临川(今江西抚州市)人。于"诸史百家而外,通天官、地理、医药、卜筮、河籍、墨、兵、神经、怪牒诸书"。万历进士,几任低级官吏,后辞官归里。诗、文、词、曲皆精,于戏曲创作上主张以"意趣神色为主",后来许多戏曲作家以此

---

① 生铜铸赖象,也铁大了:明时的歇后语,以生铜铸成的赖象,隐喻铁大。 ② 团圞(luán):团圆。 ③ 妹子像孙权:三国时,吴国孙权之妹善武,嫁与刘备时,洞房中仍陈列着许多兵器。

为风格要求,形成"临川派"(或称"玉茗堂派")。创作甚丰,早年以诗文为主,晚年致力于戏曲创作。传奇作品主要有四种:《牡丹亭》《紫钗记》《南柯记》《邯郸记》(合称"临川四梦"或"玉茗堂四梦")。诗文集有《玉茗堂诗集》《玉茗堂文集》《玉茗堂尺牍》《问棘邮草》等。今人有校点本《汤显祖戏曲集》。

牡 丹 亭

第十出 惊 梦

(旦上,唱)

【绕地游】梦回莺啭①,乱煞年光遍,人立小庭深院。(贴)炷尽沉烟②,抛残绣线,恁今春关情似去年③。

【乌夜啼】(旦)晓来望断梅关④,宿妆残。(贴)你侧着宜春髻子,恰凭阑。(旦)剪不断,理还乱,闷无端。(贴)已分付催花莺燕,借春看。(旦)春香,可曾叫人扫除花径?(贴)分付了。(旦)取镜台衣服来。(贴取镜台衣服上)云髻罢梳还对镜,罗衣欲换更添香。镜台衣服在此。(旦唱)

【步步娇】袅晴丝吹来闲庭院⑤,摇漾春如线。停半晌,整花钿。没揣菱花⑥,偷人半面,迤逗的彩云偏。(行介)步香闺,怎便把全身现?(贴)今日穿插的好。(旦唱)

【醉扶归】你道翠生生出落的裙衫儿茜⑦,艳晶晶花簪八宝填,可知我常一生儿爱好是天然⑧,恰三春好处无人见⑨。不提防沉鱼落雁鸟惊喧⑩,则怕的羞花闭月花愁颤。

(贴)早茶时了。请行。(行介)你看:画廊金粉半零星,池馆苍苔一片青。踏草怕泥新绣袜⑪,惜花疼煞小金铃⑫。(旦)不到园林,怎知春色如许?(唱)

【皂罗袍】原来姹紫嫣红开遍,似这般都付与断井颓垣⑬。良辰美景奈何天,赏心乐事谁家院。恁般景致,我老爷和奶奶再不提起。(合)朝飞暮卷⑭,云霞翠轩;雨丝风片,烟波画船。锦屏人忒看的这韶光贱。

(贴)是花都放了,那牡丹还早。(旦唱)

【好姐姐】遍青山啼红了杜鹃,荼蘼外烟丝醉软⑮。春香呵,牡丹虽好,他春归怎占的先?(贴)成对儿莺燕呵,(合)闲凝眄⑯,生生燕语明如剪,呖呖莺歌溜的圆。

(旦)去罢。(贴)这园子委是观之不足也。(旦)提他怎的?(行介,唱)

【隔尾】观之不足由他缱⑰,便赏遍了十二亭台是枉然,到不如兴尽回家闲过遣⑱。

---

① 啭(zhuàn):鸟儿婉转动听的叫声。 ② 贴:角色名,扮春香。炷尽:烧完。沉烟:即沉香,一种熏用的香料。 ③ 恁:怎么,为什么。关情:牵动人的情怀。 ④ 梅关:即江西与广东交界的大庾岭,宋代在此设为梅关。此剧故事发生在西南安府,即大庾岭的南面。 ⑤ 袅(niǎo):轻柔飘荡的样子。晴丝:即游丝,春天虫类吐的丝缕。 ⑥ 没揣:意想不到,突然。菱花:镜子。 ⑦ 翠生生:色彩鲜艳。茜(qiàn):红色。 ⑧ 爱好:爱美。天然:即天性。 ⑨ 三春好处:晚春季节的美好景致。此用春景比喻自己的美貌。 ⑩ 沉鱼落雁:与下句的"羞花闭月"都是形容女子的容貌异常美丽。 ⑪ 泥:沾污,此为动词。 ⑫ 惜花疼煞小金铃:见《开元天宝遗事》,此处是说因为爱惜花,把绳子拉多了,使得金铃也感到疼痛。 ⑬ 断井:废井。颓垣:坍塌的墙。 ⑭ 朝飞暮卷:借用唐代王勃《滕王阁序》"画栋朝飞南浦云,珠帘暮卷西山雨"诗意,形容楼阁壮丽,视野开阔。 ⑮ 荼蘼(tú mí):一种晚春时开的花。烟丝:柳丝。醉软:形容柳丝柔弱多姿。 ⑯ 凝眄(miàn):眼睛注视。 ⑰ 缱(qiǎn):留恋、缠绵。 ⑱ 闲:喻指百无聊赖的愁怀。过遣:消遣,打发日子。

(作到介)(贴)开我西阁门,展我东阁床。瓶插映山紫①,炉添沉水香②。小姐,你歇息片时,俺瞧老夫人去也。(下)

(旦叹介)默地游春转,小试宜春面。春呵,得和你两留连,春去如何遣?咳!恁般天气,好困人也。春香那里?(左右瞧介)(又低着沉吟介)天呵!春色恼人,信有之乎?常观诗词乐府,古之女子,因春感情,遇秋成恨,诚不谬矣。吾今年已二八,未逢折桂之夫③,忽慕春情,怎得蟾宫之客?昔日韩夫人得遇于郎④,张生偶逢崔氏,曾有《题红记》《崔徽传》二书。此佳人才子,前以密约偷期,后皆得成秦晋。(长叹介)吾生于宦族,长在名门,年已及笄,不得早成佳配,诚为虚度青春。光阴如过隙耳,(泪介)可惜妾身颜色如花,岂料命如一叶乎!(唱)

【山坡羊】没乱里春情难遣,蓦地里怀人幽怨。则为俺生小婵娟,拣名门一例一例里神仙眷,甚良缘把青春抛的远!俺的睡情谁见?则索因循腼腆,想幽梦谁边,和春光暗流转。迁延,这衷怀那处言?淹煎,泼残生除问天⑤。

身子困乏了,且自隐几而眠。(睡介)(梦生介)(生持柳枝上)莺逢日暖歌声滑,人遇风情笑口开。一径落花随水入,今朝阮肇到天台⑥。小生顺路儿跟着杜小姐回来,怎么不见?(回看介)呀!小姐,小姐。(旦作惊起相见介)(生)恰好花园内折取垂柳半枝,姐姐,你既淹通书史,可作诗以赏此柳枝乎?(旦作惊喜,欲言又止介)(背云)这生素昧平生,何因到此?(生笑介)小姐,咱爱杀你哩。(唱)

【山桃红】则为你如花美眷,似水流年。是答儿闲寻遍⑦,在幽闺自怜。小姐,和你那答儿讲话去。(旦作含笑不行)(生作牵衣介)(旦低问介)那边去?(生)转过这芍药栏前,紧靠着湖山石边。(旦低问)秀才,去怎的?(生低答)和你把领扣松,衣带宽,袖梢儿揾着牙儿苫也,则待你忍耐温存一晌眠。(旦作羞)(生前抱)(旦推介)(合)是那处曾相见,相看俨然,早难道这好处相逢无一言。

(生强抱旦下)

(末扮花神束发冠红衣插花上)催花御史惜花天,检点春工又一年。蘸客伤心红雨下,勾人悬梦彩云边。吾乃掌管南安府后花园花神是也。因杜知府小姐丽娘,与柳梦梅秀才,后日有姻缘之分。杜小姐游春感伤,致使柳秀才入梦。咱花神专掌惜玉怜香,竟来保护他,要他云雨十分欢幸也。(唱)

【鲍老催】单则是混阳蒸变,看他似虫儿般蠢动把风情搧,一般儿娇凝翠绽魂儿颤。这是景上缘,想内成,因中见。呀!淫邪展污了花如殿。咱待拈片落花儿惊醒他。(向鬼门丢花介)他梦酣春透了怎留连?拈花闪碎的红如片。

秀才,才到得半梦儿,梦毕之时,好送杜小姐仍归香阁。吾神去也。(下)

(生旦携手上)(生唱)

【山桃红】这一霎天留人便,草藉花眠。(白)小姐可好?(旦低头介)(生)则把云鬟点,红松

---

① 映山紫:即映山红,杜鹃花的一种。 ② 沉水香:即沉香。 ③ 折桂:喻指科举及第。 ④ 韩夫人得遇于郎:见宋张子京《流红记》传奇故事。 ⑤ 泼残生:自叹苦命之词。 ⑥ 阮肇到天台:意指能见到佳人。相传刘晨和阮肇入天台采药,在桃源洞遇二仙女,后结为夫妇。见《太平广记》卷六十一《天台二女》。 ⑦ 是答儿:到处。

翠偏。小姐,休忘了呵,见了你紧相偎,慢厮连,恨不得肉儿般团成片也。逗的个日下胭脂雨上鲜。(旦)秀才,你可去呵?(合)是那处曾相见,相看俨然,早难道这好处相逢无一言。

(生)姐姐,你身子乏了,将息将息。(送旦依前作睡介)(轻拍旦介)姐姐,俺去了。(作回顾介)姐姐,你可十分将息,我再来瞧你那。行来春色三分雨,睡去巫山一片云。(下)(旦作惊醒,低叫介)秀才,秀才,你去了也。(又作痴睡介)(老旦上)夫婿坐黄堂,娇娃立绣窗。怪他裙衩上,花鸟绣双双。孩儿,孩儿,你为甚瞌睡在此?(旦作醒,叫秀才介)咳也!(老旦)孩儿怎的来?(旦作惊起介)奶奶到此。(老旦)我儿何不做些针指,或观玩书史,舒展情怀?因何昼寝于此?(旦)儿适花园中闲玩,忽值春暄恼人,故此回房。无可消遣,不觉困倦少息。有失迎接,望母亲恕儿之罪!(老旦)孩儿,这后花园中冷静,少去闲行。(旦)领母亲严命。(老旦)孩儿,学堂看书去。(旦)先生不在,且自消停。(老旦叹介)女孩儿家长成,自有许多情态,且自由他。正是:宛转随儿女,辛勤做老娘。(下)(旦长叹)(看老旦下介)哎也,天那!今日杜丽娘有些侥幸也。偶到后花园中,百花开遍,睹景伤情。没兴而回,昼眠香阁。忽见一生,年可弱冠,丰姿俊妍。于园中折得柳丝一枝,笑对奴家说:姐姐既淹通书史,何不将柳枝题赏一篇?那时待要应他一声,心中自忖,素昧平生,不知名姓,何得轻与交正言,如此想间,只见那生向前说了几句伤心话儿,将奴搂抱去牡丹亭畔,芍药栏边,共成云雨之欢。两情和合,真个是千般爱惜,万种温存。欢毕之时,又送我睡眠,几声将息。正待自送那生出门,忽值母亲来到,唤醒将来。我一身冷汗,乃是南柯一梦。忙身参礼母亲,又被母亲絮了许多闲话。奴家口虽无言答应,心内思想梦中之事,何曾放怀?行坐不宁,自觉如有所失。娘呵,你叫我学堂看书,知他看那一种书消闷也?(作掩泪介)(唱)

【绵搭絮】雨香云片,才到梦儿边。无奈高堂,唤醒纱窗睡不便。泼新鲜,冷汗黏煎。闪的俺心悠步嚲①,意软鬟偏。不争多费尽神情,坐起谁忺、则待去眠②。

(贴上)晚妆销粉印,春润费香篝。小姐,熏了被窝睡罢。(旦唱)

【尾声】困春心,游赏倦,也不索香熏绣被眠。天呵,有心情那梦儿还去不远。

春望逍遥出画堂,间梅遮柳不胜芳。

可知刘阮逢人处,回首东风一断肠。(同下)

【导读】

一、《牡丹亭》又名《还魂记》,是根据话本《杜丽娘慕色还魂记》改编创作的,是汤显祖的代表作。明沈德符《顾曲杂言》说:"《牡丹亭》一出,家传户诵,几令《西厢》减价",可见此剧在当时就已闻名遐迩,影响巨大。这部戏是我国戏曲史上一部著名的浪漫主义杰作,它把残酷的现实和美好的理想巧妙地结合起来,主题鲜明,形象生动,文辞绚丽,感人至深。一直到今天,它仍然是戏曲舞台上盛演不衰的一出戏。

二、故事写南宋时,南安太守杜宝之女杜丽娘,虽受封建礼教的教化、束缚,但还是在诸多文学作品

---

① 步嚲(duǒ):脚步偏斜。嚲:下垂,此意为偏斜。 ② 忺(xiān):高兴、适意。

的熏染中产生了对美好爱情的憧憬,在丫鬟春香的怂恿下,一日偷出闺阁,到后花园观赏春景,激起无限伤春寂寞之情。不觉于倦睡当中,梦见与一青年书生在牡丹亭边相爱幽会,醒来后即相思成病,终至忧郁而死。临死自画小像一幅,嘱与自己一起葬于梅花观。三年后,岭南书生柳梦梅赶考途中,因病暂住梅花观,偶见丽娘小像,似曾相识,十分思慕,感动丽娘幽魂前来相会,方知恰是梦中情人。柳生按丽娘嘱托,掘墓开棺,丽娘还魂,两人同赴临安,待柳生考中状元,一起到已调至淮安的杜宝处,经剖白事实,消除误会,丽娘与家人团聚,与柳生也姻缘得成。全剧共五十五出,第一出为"标目",交代写作动机和剧情梗概。第二出"言怀"至第三十出"回生",写丽娘游园直至开墓还魂,与柳生结为夫妇。这是全剧写得最为精彩、最引人入胜的一部分,其后几出所写,诸如应试高中等,依然是古代传奇用以解决矛盾的基本手法。但自三十六出"婚走"至末出"圆驾"中所写丽娘、柳生为求得父亲杜宝承认而经历的磨难及其艰难的努力,真实地表现了美好爱情与封建礼教之间的矛盾冲突,具有很强的现实意义。

三、《牡丹亭》借用一个虚构的爱情故事,赋予主人公以封建叛逆者的性格,让她在浪漫主义的想象中通过自己的艰辛努力而获得了理想的爱情和美好的生活,深刻地反映了明代严酷的社会现实,充分显示了作者对封建社会青年男女爱情自由被扼杀的生活命运的同情,表达了他对封建礼教的强烈不满和批判。《惊梦》一出实际由《游园》和《惊梦》两部分组成。《游园》通过丽娘在春香陪伴下偷偷游玩后花园的描写,反映了她对深闺寂寞生活的愁苦和不满,表现了她年轻心灵里对自由美好生活的向往。这一出的曲辞优美,情境深沉,向来为人们所称道。《牡丹亭》是作者的"临川四梦"之首,写"梦"才是作者刻画人物、描摹世情的浓墨之笔。在《惊梦》一出里,作者把主人公本来最为现实的理想放入梦境当中,把她最美好的一份情感由惊梦而打破,把她心底里最真切的那份追求化成了虚无,虽然看起来仿佛风月之情,但实际上是蕴含了无限的哀怨。作者笔下的梦境也因此有了十分深刻的象征意义,它既是一份理想和愿望,又是一种背叛和反抗,作者在不能为封建社会里青年男女的情感命运找到一条真正出路的时候,这个梦境实际上已经成为他们的宿命。而从今天的角度来看,这也正是作者无可奈何的悲剧所在。

清代部分

小 说

蒲松龄

蒲松龄(1640—1715),清文学家。字留仙,一字剑臣,号柳泉居士,世称聊斋先生。山东淄川人(今山东淄博市)。早岁即有文名,深为施闰章、王士禛所器重。但屡试不第,晚年始成贡生。31岁做过幕宾。33岁做塾师,直到70岁,穷困潦倒终生。著有诗集、词集、俚曲及杂稿等,全集为《蒲松龄集》。以小说《聊斋志异》著称于世。

聊斋志异·席方平

席方平,东安人①。其父名廉,性戆拙②。因与里中富室羊姓有隙③,羊先死;数年,廉病垂危,谓人曰:"羊某今贿嘱冥使搒我矣④。"俄而身赤肿,号呼遂死。席惨怛不食⑤,曰:"我父朴讷⑥,今见陵于强鬼⑦;我将赴地下,代伸冤气耳。"自此,不复言,时坐时立,状类痴,盖魂已离舍矣⑧。席觉初出门,莫知所往,但见路有行人,便问城邑。少选⑨,入城。其父已收狱中。至狱门,遥见父卧檐下,似甚狼狈,举目见子,潸然涕流⑩。便谓:"狱吏悉受贿嘱,日夜搒掠,胫股摧残甚矣⑪。"席怒,大骂狱吏:"父如有罪,自有王章⑫,岂汝等死魅所能操耶!"遂出,抽笔为词⑬。值城隍早衙⑭,喊冤以投。羊惧,内外贿通⑮,始出质理⑯,城隍以所告无据,颇不直席⑰。席忿气无所复伸,冥行百余里,至郡,以官役私状⑱,告之郡司。迟之半月,始得质理。郡司扑席⑲,仍批城隍复案⑳。席至邑,备受械梏㉑,惨冤不能自舒㉒。城隍恐其再讼,遣役押送归家。役至门辞去。席不肯入,遁赴冥府,告郡邑之酷贪。冥王立拘质对。二官密遣腹心,与席关说㉓,许以千金。席不听。过数日,逆旅主人告曰㉔:"君负气已甚㉕,官府求和而执不从。今闻于王前各有函进㉖,恐事殆矣㉗。"席以道路之口㉘,犹未深信。俄有皂衣人唤入㉙。升堂,见冥王有怒色,不容置词,命笞二十㉚。席厉

①东安:今河北省廊坊市安次区。 ②戆(zhuàng)拙:性情耿直,为人老实。 ③有隙:有仇,因小事结下的怨仇。 ④冥使:阴间派来拘魂的鬼卒。搒(péng):鞭打。 ⑤惨怛(dá):悲伤,痛苦。 ⑥朴讷:性格朴实,而不善于讲话。 ⑦见陵:被人欺侮。见,表示被动。 ⑧离舍:离开身体。舍,身躯。原指所居之处。古人认为,躯体是灵魂所居之处。 ⑨少选:过了不大一会儿。 ⑩潸(shān)然:流泪的样子。 ⑪胫股:小腿和大腿,意指下身。 ⑫王章:国法,王法。 ⑬为词:写成状子。 ⑭早衙:官署早上审理案件。 ⑮贿通:用钱收买,上下通了气。 ⑯质理:双方对质,审理。指开堂审案。 ⑰不直:认为无理。 ⑱私状:收受贿赂,徇私的情况。 ⑲扑:打板子。 ⑳仍批:仍然发回。复案:复查,再审。 ㉑械梏:各种刑具。 ㉒自舒:自己昭雪。 ㉓关说:关节,说情。 ㉔逆旅:客店。 ㉕负气已甚:坚持己见也太过分了。 ㉖函进:密封的礼物已经送上去了。 ㉗事殆:事情危险了,指结局不利。 ㉘道路之口:路上人的传说。 ㉙皂衣人:衙役。 ㉚笞:用竹板子打。这是一种刑罚名。

声问："小人何罪？"冥王漠若不闻。席受笞，喊曰："受笞允当①，谁叫我无钱耶！"冥王益怒，命置火床。两鬼捽席下②，见东墀有铁床③，炽火其下，床面通赤。鬼脱席衣，掬置其上④，反复揉捺之⑤。痛极，骨肉焦黑，苦不得死。约一时许，鬼曰："可矣。"遂扶起，促使下床着衣，犹幸跛而能行。复至堂上。冥王问："敢再讼乎？"席曰："大怨未伸，寸心不死，若言不讼，是欺王也。必讼！"又问："讼何词？"席曰："身所受者，皆言之耳。"冥王又怒，命以锯解其体⑥。二鬼拉去，见立木，高八九尺许，有木板二，仰置其下，上下凝血模糊。方将就缚，忽堂上大呼"席某"，二鬼即复押回。冥王又问："尚敢讼否？"答云："必讼！"冥王命捉去速解。既下，鬼乃以二板夹席，缚木上。锯方下。觉顶脑渐辟⑦，痛不可禁，顾亦忍而不号。闻鬼曰："壮哉此汉！"锯隆隆然寻至胸下⑧。又闻一鬼云："此人大孝无辜，锯令稍偏，勿损其心。"遂觉锯锋曲折而下，其痛倍苦。俄顷，半身辟矣。板解，两身俱仆。鬼上堂大声以报。堂上传呼，令合身来见。二鬼即推令复合，曳使行⑨。席觉锯锋一道⑩，痛欲复裂，半步而踣⑪。一鬼于腰间出丝带一条授之曰："赠此以报汝孝。"受而束之，一身赖健⑫，殊无少苦。遂升堂而伏。冥王复问如前；席恐再罹酷毒⑬，便答："不讼矣。"冥王立命送还阳界。隶卒出北门，指示归途，反身遂去。席念阴曹之暗昧尤甚于阳间，奈无路可达帝听⑭。世传灌口二郎为帝勋戚⑮，其神聪明正直，诉之当有灵异。窃喜两隶已去，遂转身南向。奔驰间，有二人追至，曰："王疑汝不归，今果然矣。"捽回复见冥王。窃意冥王益怒，祸必更惨；而王殊无厉容，谓席曰："汝志诚孝。但汝父冤，我已为若雪之矣⑯。今已往生富贵家，何用汝鸣呼乎⑰。今送汝归，予以千金之产、期颐之寿⑱，于愿足乎？"乃注籍中⑲，嵌以巨印⑳，使亲视之。席谢而下。鬼与俱出，至途，驱而骂曰："奸猾贼！频频翻复，使人奔波欲死。再犯，当捉入大磨中，细细研之。"席张目叱曰："鬼子胡为者！我性耐刀锯，不耐挞楚。请反见王。王如令我自归，亦复何劳相送。"乃返奔。二鬼惧，温语劝回。席故蹇缓㉑，行数步，辄憩路侧。鬼含怒不敢复言。约半日，至一村，一门半辟，鬼引与共坐；席便据门阈㉒，二鬼乘其不备，推入门中。惊定自视，身已生为婴儿。愤啼不乳，三日遂殇㉓。魂摇摇不忘灌口。约奔数十里，忽见羽葆来㉔，旛戟横路㉕。越道避之，因犯卤簿㉖，为前马所执，絷送车前㉗。仰见车中一少年，丰仪瑰玮㉘。问席："何人？"席冤愤正无所出㉙，且意是必巨官，或当能作威福，因缅诉毒痛㉚。车中人命释其缚，使随车行。俄至一处，官府十余员，迎谒道左，车中人各有问讯。已而，指席谓一官曰："此下方人㉛，正欲往愬㉜，宜即为

---

① 允当：公允，恰当。这是反语，意为活该。 ② 捽(zuó)：扭住，揪住，使之不能动。 ③ 墀：台阶上的平整地面。 ④ 掬(jū)：两手捧起。 ⑤ 揉捺：翻来覆去的动作，指烧烤遍身。 ⑥ 解其体：分解成两半。 ⑦ 辟：分开。 ⑧ 寻：渐渐。 ⑨ 曳(yè)：牵，拉。 ⑩ 锯锋一道：锯齿锯过的伤口。 ⑪ 踣(bó)：跌倒。 ⑫ 赖健：得以健全。指身子合上以后，又用带子来紧，没有分开。 ⑬ 罹(lí)：遭受。酷毒：比这更残酷的刑罚。 ⑭ 帝听：玉皇大帝的耳中。 ⑮ 灌口二郎：指杨戬，民间称为杨二郎或二郎神。传说中，他是玉皇大帝的外甥，为人正直，不徇私情。灌口，在今四川省都江堰市，杨戬在那里驻守。 ⑯ 若：代词他，代指父亲。 ⑰ 鸣呼乎：为是语尾助词，加重语气。鸣呼，鸣冤叫屈，指上告。 ⑱ 期颐：百年。意为长寿。 ⑲ 注籍：记入档案，登记在册，以示有凭据。 ⑳ 嵌：把印盖在文书上。 ㉑ 蹇缓：行动缓慢。 ㉒ 门阈(yù)：门槛。 ㉓ 殇(shāng)：刚出生而死。 ㉔ 羽葆：大官出行时，车上的伞盖，以鸟毛做装饰。 ㉕ 旛戟：旛，音fān，长方形的旗。戟，武器，都是大官出行的仪仗队所持。 ㉖ 卤簿：仪仗队。犯：冲犯。 ㉗ 絷(zhí)：拘捕后绑上。 ㉘ 丰仪瑰伟：容貌生得奇伟。 ㉙ 无所出：无处发泄。 ㉚ 缅诉：细细地说。 ㉛ 下方人：地界中人。与上界即天相对举。其下的部位是地面上。 ㉜ 愬：同"诉"。

之剖决①。”席询之从者，始知车中人即上帝殿下九王②，所嘱即二郎也。席视二郎，修躯多髯③，不类世间所传④。九王既去，席从二郎至一官廨⑤，则其父与羊姓并衙吏俱在。少顷，槛车中有囚人出⑥，则冥王及郡司、城隍也。当堂对勘⑦，席所言皆不妄⑧；三官战慄，状若伏鼠。二郎援笔立判；顷之，传下判语，令案中人共视之。判云：“勘得冥王者：职膺王爵⑨，身受帝恩。自应贞洁以率臣僚⑩，不当贪墨以速官谤⑪。而乃繁缨棨戟⑫，徒夸品秩之尊⑬；羊狠狼贪⑭，竟玷人臣之节⑮。斧敲斫⑯，斫入木，妇子之皮骨皆空⑰。鲸吞鱼⑱，鱼食虾，蝼蚁之微生可悯⑲。当掬西江之水，为尔湔肠⑳；即烧东壁之床㉑，请君入瓮㉒。城隍、郡司：为小民父母之官㉓，司上帝牛羊之牧㉔。虽则职居下列㉕，而尽瘁者不耻折腰㉖；即或势逼大僚㉗，而有志者亦应强项㉘。乃上下其鹰鸷之手㉙，既罔念夫民贫㉚；且飞扬其狙狯之奸㉛，更不嫌乎鬼瘦㉜。惟受赃而枉法㉝，真人面而兽心！是宜剔髓伐毛㉞，暂罚冥死㉟；所当脱皮换革㊱，仍令胎生㊲。隶役者：既在鬼曹㊳，便非人类。只宜公门修行㊴，庶还落蓐之身㊵；何得苦海生波㊶，益造弥天之孽㊷？飞扬跋扈㊸，狗脸生六月之霜㊹；隳突叫号㊺，虎威断九衢之路㊻。肆淫威于冥界㊼，咸知狱吏为尊；助酷虐于昏官，共以屠伯是惧㊽。当于法场之内㊾，剁其四肢；更向汤镬之中㊿，捞其筋骨(51)。羊某：富而不仁(52)，狡而多诈。金光盖地(53)，因使阎摩殿上，尽是阴霾(54)；铜臭熏天(55)，遂叫枉死城中，全无日月。余腥

① 剖决：剖白冤情，判决错案。 ② 殿下：旧时对皇帝直系王子的称呼。 ③ 修躯多髯：高高的身材，长长的胡子。 ④ 不类：不像是。人间所传二郎神是年轻人，所以说不类似。 ⑤ 官廨(xiè)：官衙。 ⑥ 槛车：囚车。 ⑦ 对勘：两方对质。即公开地审理。勘，审问。 ⑧ 不妄：不是瞎说。 ⑨ 膺(yīng)：被选派，被任命某职务。 ⑩ 率臣僚：做臣僚的表率。 ⑪ 贪墨：贪污。以速官谤：以致招来非议。速，招致。官谤，官员的不好的名声，指有批评意见。 ⑫ 繁缨棨戟：繁缨，马腹上的带饰。棨(qǐ)戟，有缯衣或油漆过的戟，是出行的仪仗。这句是说，做了大官，有了排场。 ⑬ 品秩：品是品位，指官阶。秩是爵禄，俸米。文中指高官。 ⑭ 羊狠狼贪：像畜生那样狠，像野兽那样贪，比喻官吏残酷贪婪地搜刮人民。 ⑮ 玷：玉上的斑点。节：节行，操守。 ⑯ 斧敲斫：指榨取到骨髓，形容剥削之残酷。 ⑰ 皮骨皆空：由皮到骨，指被剥削、被压榨得空空的。 ⑱ 鲸吞鱼：指鲸鱼吞食小鱼，常常是一张大嘴，全都吞进去。形容胃口之大。 ⑲ 蝼蚁：蝼蛄和蚂蚁，弱小的动物，指百姓。可悯：太可怜了。 ⑳ 掬：捧起。西江：大江，即长江，由西而来。湔(jiān)：洗。这里是用了一个典故：《新五代史·王仁裕传》："尝梦剖其肠胃，以西江水涤之。" ㉑ 东壁之床：即前文所说"东墀下有铁床"。 ㉒ 请君入瓮：用自己设计出的残酷刑罚来惩罚自己。这是用武则天时酷吏来俊臣对付酷吏周兴的办法。 ㉓ 父母之官：旧时封建官吏把任下的人民视为子，自居父母之位。 ㉔ 牛羊之牧：管理百姓，如同放牧牛羊一样。旧时称州县官为州县牧。治民，称牧民。则人民为牛羊。 ㉕ 下列：在地方任事，不以中央官阶论。指官职微小。 ㉖ 不耻折腰：反用陶渊明的典故。陶渊明称不为五斗米折腰，即不愿做小小的县官。这句是说，只要尽心尽力，不要以官职小为耻。 ㉗ 势逼大僚：官阶大的权臣，以强势相逼迫，使之做坏事。 ㉘ 强项：挺直了脊梁。项，脖颈。旧时对有骨气、不屈服于恶势力的官员的称呼。指敢于力争的人。 ㉙ "乃上下"句：这里是在成语上下其手中嵌入了"鹰鸷"一词，指勾结上级与串通下级共同作恶。鹰鸷，猛禽，代指作恶的官吏。 ㉚ 罔(wǎng)念：不念，不考虑。 ㉛ 飞扬：增大，超过。狙狯(jū kuài)：猴子。 ㉜ 鬼瘦：这是选用"阎王不嫌鬼瘦"一句俗语。 ㉝ 惟：只知道。 ㉞ 剔髓伐毛：剔出骨髓，刮去毛发，比喻严惩。 ㉟ 冥死：阴间的死刑。 ㊱ 脱皮换革：剥下人皮，换上兽皮。 ㊲ 胎生：怀胎而后生。特指动物，畜生。因为他们已经转为人类了，再罚他们转回去，再修行一番。 ㊳ 鬼曹：小鬼一个门类之中。曹，辈。 ㊴ 公门修行：在衙门里做好事，指少伤害一些无辜，积些公德。 ㊵ 落蓐之身：蓐，音 rù，产妇的褥垫。落蓐，指生下孩子。落蓐之身，即产妇。句中指重新托生一次，也许还可以转生为人。 ㊶ 何得：为什么偏偏要。苦海生波：在苦海之中应当好好修炼自己。生波，又故意生出一场风波。 ㊷ 益造：更加造成了。弥天之孽：极大的罪孽。 ㊸ 飞扬跋扈：极端强暴蛮横，放肆。 ㊹ "狗脸"句：形容隶役们极其冷酷，毫无人性。 ㊺ 隳(huī)突叫号：横冲直撞，乱喊乱叫，形容霸道。 ㊻ 虎威：指隶役们借官名做坏事。九衢之路：四通八达的大路。 ㊼ 肆淫威：放肆地乱耍威风。 ㊽ 屠伯：杀人狂。是惧：最害怕。是，强调程度。 ㊾ 法场：旧时行刑的地方。 ㊿ 汤镬(huò)：刑具，煮人的大锅。 (51) 指被油炸后剩下的骨渣。 (52) 富而不仁：有钱的人，不愿行善事。 (53) 金光盖地：形容金银财宝闪耀的光，极言其多。 (54) 阴霾：阴暗无日月的天气。 (55) 铜臭熏天：形容钱多。臭，音 xiù，气味。

犹能役鬼①,大力直可通神②。宜籍羊氏之家③,以赏席生之孝。即押赴东岳施行。"又谓席廉:"念汝子孝义,汝性良懦④,可再赐阳寿三纪⑤。"因使两人送之归里。席乃抄其判词,途中父子共读之。既至家,席先苏;令家人启棺视父,僵尸犹冰,候之终日,渐温而活。及索抄词,则已无矣。自此,家日益丰;三年间,良沃遍野⑥。而羊氏子孙微矣⑦,楼阁田产,尽为席有。里人或有买其田者,夜梦神人叱之曰⑧:"此席家物,汝乌得有之!"初未深信;既而种作,则终年升斗无所获,于是复鬻归席。席父九十余岁而卒。

异史氏曰:"人人言净土⑨,而不知生死隔世,意念都迷⑩,且不知其所以来,又乌知其所以去;而况死而又死,生而复生者乎?忠孝志定,万劫不移⑪,异哉席生,何其伟也⑫!"

【导读】

一、蒲松龄是一位伟大的艺术家,他笔下驱遣了花妖狐魅等多种形象,展现了天上冥界、海外仙洞等各种仙境和梦境。通过幻想、臆想、梦想、奇想的方式,反映了封建社会中的种种黑暗,种种暴行。揭露了封建统治者、豪强恶霸压迫与残害人民的血淋淋的事实。同时也歌颂了在那黑暗社会之中敢于反抗的人物,歌颂了他们顽强不屈的斗争意志。《席方平》是最能体现这一内容的优秀篇章。它的主题的深刻,人物性格的完美,情节的曲折,取材的典型意义,在《聊斋志异》中可以说是绝无仅有的。

二、阴间官场的黑暗,官吏的贪得无厌,官官相护,对告状的人的残酷刑罚,以及巧言诳骗等手段,都比阳间为甚。实际上,阴间、阳间本就是一回事。在艺术表现上,指斥现实,以阴间为影射手段,着笔更容易一些。

三、席方平的光辉形象,非常突出。他起初替父申冤,只是与恶霸羊某的矛盾,属个人性质。但他告状不遂,屡受迫害,身受毒刑,仍然不屈,矛盾开始转化为良民与贪官的矛盾、人民大众与官府的矛盾。随着他受害愈深,矛盾愈尖锐,最后是博得天神的同情,处置了贪官,解决了矛盾。这在当时社会,是唯一能行得通的办法。

四、小说最后写了一篇二郎神的判词,是一篇骈体文,不仅语言对仗工整,读起来铿锵有力,而且,其内容概括了官场的黑暗,种种害人的手段,对全文主题起了深入与点化的作用。蒲松龄是写这种文章的老手,从语言上看,运用了许多历史上的典故,用四六俳句的方式,内容上把历史上许多贪官污吏的坏手段也都包容在内,蒲松龄借此判词大写官场,出了一口气。读者也产生了一种痛快淋漓的感觉。

画 皮

太原王生,早行,遇一女郎,抱襆独奔⑬,甚艰于步⑭。急走趁之⑮,乃二八姝丽⑯。心相爱乐,问:"何夙夜踽踽独行⑰?"女曰:"行道之人,不能解愁忧,何劳相问。"生曰:"卿何

---

① 余腥:还是指金钱的臭味。役鬼:驱使鬼去做事。 ② 通神:与神相沟通。 ③ 宜籍:应当查抄、籍没。 ④ 良懦:善良,软弱。 ⑤ 阳寿:人间的寿命,指多活的时间。三纪:一纪为12年,三纪为36年。 ⑥ 良沃:良田沃土,指广有土地。 ⑦ 微矣:衰败,破落。 ⑧ 叱之:斥责他。 ⑨ 净土:佛教中的一个宗派。主张人死后往西方极乐世界,倡导念佛往生。 ⑩ 意念都迷:思想和意识都迷惑不清楚了。 ⑪ 万劫:永世,无穷无尽的时间。佛教认为物质世界由形成到毁灭的时间为一劫。 ⑫ 何其:多么。 ⑬ 襆(fú):包袱。 ⑭ 甚艰于步:行走吃力。 ⑮ 趁:急行赶上。 ⑯ 姝丽:美丽,美女。 ⑰ 夙夜踽踽(jǔ jǔ)独行:大早上一个人孤零零地走路。夙夜,早晨太阳出来之前。踽踽,孤独的样子。

愁忧①？或可效力，不辞也。"女黯然曰②："父母贪赂，鬻妾朱门③，嫡妒甚④，朝詈而夕楚辱之⑤，所弗堪也⑥，将远遁耳。"问："何之⑦？"曰："在亡之人，无有定所⑧。"生言："敝庐不远⑨，即烦枉顾⑩。"女喜，从之。生代携橐物，导与同归。女顾室无人，问："君何无家口？"答云："斋耳⑪。"女曰："此所良佳。如怜妾而活之，须秘密，勿泄。"生诺之，乃与寝合。使匿密室，过数日而人不知也。生微告妻⑫。妻陈，疑为大家媵妾⑬，劝遣之，生不听。

偶适市⑭，遇一道士，顾生而愕，问："何所遇？"答言："无之。"道士曰："君身邪气萦绕，何言无？"生又力白⑮。道士乃去，曰："惑哉！世固有死将临而不悟者。"生以其言异，颇疑女。转思明明丽人，何至为妖，意道士借魇禳以猎食者⑯。无何⑰，至斋门，门内杜⑱，不得入。心疑所作⑲，乃逾垝垣⑳，则室门亦闭。蹑足而窗窥之㉑，见一狞鬼，面翠色，齿巉巉如锯㉒，铺人皮于榻上，执彩笔而绘之。已而掷笔，举皮如振衣状㉓，披于身，遂化为女子。睹此状，大惧，兽伏而出㉔。急追道士，不知所往。遍迹之㉕，遇于野，长跪乞救。道士曰："请遣除之㉖。此物亦良苦㉗，甫能觅代者㉘，予亦不忍伤其生。"乃以蝇拂授生㉙，令挂寝门㉚。临别，约会于青帝庙㉛。生归，不敢入斋，乃寝内室，悬拂焉。一更许，闻门外戢戢有声㉜，自不敢窥，使妻窥之。但见女子来，望拂子不敢进，立而切齿，良久乃去。少时，复来，骂曰："道士吓我。终不然㉝，宁入口而吐之耶㉞！"取拂碎之，坏寝门而入，径登生床㉟，裂生腹，掬生心而去。妻号，婢入烛之，生已死，腔血狼藉㊱。陈骇涕不敢声。

明日，使弟二郎奔告道士。道士怒曰："我固怜之，鬼子乃敢尔㊲！"即从生弟来，女子已失所在。既而仰首四望，曰："幸遁未远。"问："南院谁家？"二郎曰："小生所舍也㊳。"道士曰："现在君所㊴。"二郎愕然，以为未有。道士问曰："曾否有不识者一人来？"答曰："仆早赴青帝庙，良不知，当归问之。"去少顷而返，曰："果有之。晨间一妪来㊵，欲佣为仆家操作，室人止之㊶，尚在也。"道士曰："即是物矣。"遂与俱往，仗木剑，立庭心，呼曰："孽魅㊷！偿我拂子来！"妪在室惶遽无色㊸，出门欲遁。道士逐击之，妪仆㊹，人皮划然而脱㊺，化为厉鬼，卧嗥如猪。道士以木剑枭其首㊻。身变作浓烟，匝地作堆㊼，道士出葫芦，拔其塞，置烟中，飗飗然如口吸气㊽。瞬息烟尽，道士塞口入囊。共视人皮，眉目手足，无不备具。道士

---

①卿：男对女表示亲热的称呼。 ②黯然：伤心的样子。 ③鬻妾朱门：把我卖给大户人家。鬻，卖。妾，古时女子自我贱称。朱，古时富贵人家多以朱漆涂门，因用朱门代指富贵人家。 ④嫡：正妻，大老婆。 ⑤朝詈而夕楚辱之：早晚挨打受骂。詈(lì)，骂人。楚，荆木条，这里用为动词，鞭打。 ⑥弗堪：不可忍受。 ⑦何之：到哪里去。之，去，往。 ⑧"在亡之人"二句：正在逃亡之中的人，没有一定去处。亡，逃亡。所，处。 ⑨敝庐：对自己屋舍的谦称，意犹破家。 ⑩即烦枉顾：请你来我家。烦，麻烦，劳驾。枉，委屈。顾，到。 ⑪斋：书房。 ⑫微告：稍稍透露。 ⑬媵(yìng)妾：婢女、侍妾。 ⑭适市：到市上去。适，往。 ⑮力白：极力辩解。 ⑯意道士借魇禳以猎食者：心想道士是假借魇禳混饭吃的。意，猜度。魇禳(yǎn ráng)，驱鬼除灾。猎食，寻吃的。 ⑰无何：没过多久。 ⑱门内杜：门从里边堵住。杜，堵塞。 ⑲所作：指是那个女人干的。 ⑳垝(guǐ)垣：破墙，墙破处。 ㉑蹑足：轻手轻脚。蹑，轻步行走。 ㉒巉巉(chán chán)山势险峻的样子，这里指牙齿又尖又长。 ㉓振衣：抖动衣服。 ㉔兽伏而出：像兽一样趴下爬出来。 ㉕遍迹之：到处按踪迹寻找。迹，动词，追踪。 ㉖请遣除之：请为你驱逐它。 ㉗此物亦良苦：这鬼的处境也很坏。 ㉘甫能觅代者：刚刚找到能替代的鬼。甫，副词，刚刚。 ㉙蝇拂：赶苍蝇的用具，把马尾扎在柄上制成，俗名蝇甩子。 ㉚寝门：卧室的门。 ㉛青帝庙：东岳大帝庙，供奉东岳泰山神的庙。 ㉜戢戢(jí jí)：形容鬼走路的响声。 ㉝终不然：到底不能如此，表示不能害怕。 ㉞宁：岂能。 ㉟径：直接。 ㊱狼藉：血流得到处都是。据说，狼铺的草，总是弄得很乱，因此用狼藉形容乱。 ㊲乃敢尔：竟敢如此。 ㊳所舍：所住。 ㊴君所：您处，您家。 ㊵妪：老妇人。 ㊶室人：妻子。 ㊷孽魅：作孽的妖魔。孽，罪恶。 ㊸惶遽无色：害怕、慌张得脸上改变了颜色。 ㊹仆：跌倒在地。 ㊺划然：形容皮、肉很快分离，有如刀划开。 ㊻枭其首：砍下它的头。 ㊼匝(zā)地：环绕在地上。 ㊽飗飗(liú)然：吸气的声音。

卷之,如卷画轴声,亦囊之①。乃别,欲去。……

异史氏曰:愚哉世人!明明妖也,而以为美。迷哉愚人,明明忠也,而以为妄。然爱人之色而渔之,妻亦将拾人之唾而甘之矣。天道好还,无往不复。但愚而迷者不悟耳。可哀也夫!

【导读】

一、蒲松龄的小说创作,内容丰富,取材广泛,讽世、科举、爱情三大类之外,还有一些寓言小说、警世小说,这些小说通过对一些生活现象的描写,往往在一般的事件中能反映一个深刻的道理,如《罗刹海市》描写黑白颠倒,《崂山道士》讽刺不劳而获,《姊妹易嫁》讽刺嫌贫爱富,《骂鸭》讽刺损人害己等。这篇《画皮》则是其中最为优秀的一篇,它借助鬼魅化装成美女,来危害人的生命安全的故事,告诉人们,坏人、恶人往往是伪装成好人,来欺骗人,达到不可告人的目的。同时,也警告世人,不要贪图便宜,被伪装和假象所蒙蔽。对那些表面上好看而内心邪恶的人,不能姑息,不能手软,不能像道士起初那样,怜悯恶人,却危害了好人,我们要永远记住这个教训。

二、小说中的王生,是个好色的蠢人。他从途中遇见一个"二八姝丽",便心怀不良。先是要赶上她,结伴同行,接着是主动搭话,愿为她"解愁忧",出力帮忙。又邀她来家,"乃与寝合",秘密同居。当道士告诉他有灾时,他还不相信,"力白"其无。当道士说他"死将临而不悟"时,他虽然想到那个女人,但仍不相信,反而怀疑道士在诱骗他。故事愈写愈惊险,回到家中,不得入门,才有所疑。跳墙过去,从窗中看到了鬼的形象,画皮的样子,披皮的动作,这才恍然大悟。事实说明,道士的话是对的。直到女鬼害死王生,整个故事达到高潮,充分展示了主题。最后道士以法术杀死了恶鬼,惩治了坏蛋。这个故事线索是清楚的,也是完整的。

三、蒲松龄生在封建社会,他是相信迷信思想,相信天道报应的。他认为王生做了坏事,应当受到报应,所以让他被害死。但是他的妻子是好人,起初就曾劝过王生,不要沾这个女人的边。王生不听,致有大祸临身。妻子又受尽磨难、苦楚,最后救活了王生。(此节本文略)这也是天道报应,好人必有好报的思想,在当时是很普遍的。

吴敬梓

吴敬梓(1701—1754),清小说家。字敏轩,号粒民,晚年号文木老人、秦淮寓客,安徽全椒人。诸生。29岁参加乡试,遭黜,从此蹭蹬连年,屡试不第。为人慷慨好义,不事谋生,家产为族人侵吞,从此逐渐败落。33岁移居南京,以卖文自给。为建先贤祠,将老宅与田产一齐典尽,生活无着,靠友人接济度日。36岁时,安徽巡抚荐他应博学鸿儒考试,以病不赴。晚年益贫困,卒于扬州。有《文木山房集》。

儒林外史·周进撞号板

……众人都不喜欢,以此周进安身不牢。因是碍着夏总甲的面皮,不好辞他,将就混

---

① 囊之:把皮装入袋子中。囊,用为动词。

了一年。后来夏总甲也嫌他呆头呆脑,不知道常来承谢,由着众人①,把周进辞了来家。

那年却失了馆,在家日食艰难。一日,他姊丈金有余来看他,劝道:"老舅,莫怪我说你。这读书求功名的事,料想也是难了。人生世上,难得的是这碗现成饭,只管'稂不稂莠不莠'②的到几时? 我如今同了几个大本钱的人到省城去买货,差一个记帐的人,你不如同我们去走走。你又孤身一人,在客伙内,还是少了你吃的、穿的?"周进听了这话,自己想:"'瘫子掉在井里,捞起也是坐。'有甚亏负我?"随即应允了。

金有余择个吉日,同一伙客人起身,来到省城杂行里住下。周进无事闲着,街上走走,看见纷纷的工匠都说是修理贡院③。周进跟到贡院门口,想挨进去看,被看门的大鞭子打了出来。晚间向姊夫说,要去看看。金有余只得用了几个小钱,一伙客人也都同了去看;又央及行主人领着④。行主人走进头门,用了钱的并无拦阻。到了龙门下⑤,行主人指道:"周客人,这是相公们进的门了。"进去两边号房门⑥,行主人指道:"这是天字号了⑦,你自进去看看。"周进一进了号,见两块号板摆的齐齐整整⑧,不觉眼睛里一阵酸酸的,长叹一声,一头撞在号板上,直僵僵不省人事。

众人多慌了,只道一时中了恶⑨。行主人道:"想是这贡院里久没有人到,阴气重了,故此周客人中了恶。"金有余道:"贤东⑩,我扶着他,你且去到做工的那里借口开水来灌他一灌⑪。"行主人应诺,取了水来,三四个客人一齐扶着,灌了下去,喉咙里咯咯的响了一声,吐出一口稠涎来。众人道:"好了!"扶着立了起来,周进看着号板,又是一头撞将去。这回不死了,放声大哭起来。众人劝着不住。金有余道:"你看,这不是疯了么? 好好到贡院来耍⑫,你家又不死了人,为甚么这'号咷痛'也是的⑬?"周进也不听见,只管伏着号板哭个不住;一号哭过,又哭到二号、三号;满地打滚,哭了又哭,哭的众人心里都凄惨起来。金有余见不是事,同行主人一左一右架着他的膀子。他那里肯起来,哭了一阵,又是一阵,直哭到口里吐出鲜血来。众人七手八脚将他扛抬了出来,贡院前一个茶棚子里坐下,劝他吃了一碗茶,犹自索鼻涕,弹眼泪,伤心不止。内中一个客人道:"周客人有甚心事? 为甚到了这里,这等大哭起来? 却是哭得利害。"金有余道:"列位老客有所不知。我这舍舅,本来原不是生意人。因他苦读了几十年的书,秀才也不曾做得一个,今日看见贡院,就不觉伤心起来。"自因这一句话道着周进的真心事,于是不顾众人,又放声大哭起来。又一个客人道:"论这事,只该怪我们金老客。周相公既是斯文人⑭,为甚么带他出来做这样的事?"金有余道:"也只为赤贫之士,又无馆做,没奈何上了这一条路。"又一客人道:"看令舅这个光景,毕竟胸中才学是好的;因没有人识得他,所以受屈到此田地。"金有余道:"他才学是有

---

① 由着众人:顺着众人的说法。 ② 稂不稂莠不莠:稂,音 láng。狼尾草。莠,音 yǒu。狗尾草。都是与谷子相似的野草。此句意思是说既不像稂草,也不像莠草,比喻不成材,或没出息。 ③ 贡院:在省城,旧时秀才来这里考举人的考场。 ④ 央及:央告、哀求。 ⑤ 龙门:贡院里的第三道门,含有祝贺考生们过了此门,就会像龙一样飞黄腾达的意思,如言登龙门。再过去,就是号房。 ⑥ 号房:考生们在里边考试并住宿的地方。每场三天,一连三场,都在此住。 ⑦ "天"字号:考生们的号房,依次按号排列,不用数码编号,而是用《千字文》的字编号。《千字文》的第一句是"天地玄黄",故第一排第一号为"天字第一号",以下类推。 ⑧ 号板:共两块,放在考号中间,晚上睡觉,两块平放,如床。白天考试,一上一下,如桌椅。 ⑨ 中了恶:中了邪。 ⑩ 贤东:对东家的尊称。 ⑪ 借口开水:意思是向人商量,要一口开水。 ⑫ 来耍:来游玩,消遣。 ⑬ 号咷痛:形容极度伤心地大声哭喊。 ⑭ 斯文:读书的人。

的,怎奈时运不济!"那客人道:"监生也可以进场①。周相公既有才学,何不捐他一个监进场?中了,也不枉了今日这一番心事②。"金有余道:"我也是这般想,只是那里有这一注银子③!"此时周进哭的住了。那客人道:"这也不难。现放着我这几个弟兄在此,每人拿出几十两银子借与周相公纳监进场。若中了做官,那在我们这几两银子。就是周相公不还,我们走江湖的人,那里不破掉了几两银子④,何况这是好事。你众位意下如何?"众人一齐道:"'君子成人之美。'⑤"又道:"'见义不为,是为无勇。'俺们有甚么不肯。只不知周相公可肯俯就⑥?"周进道:"若得如此,便是重生父母。我周进变驴变马,也要报效!"爬到地下就磕了几个头,众人还下礼去。金有余也称谢了众人。又吃了几碗茶,周进再不哭了,同众人说说笑笑,回到行里。

次日,四位客人果然备了二百两银子,交与金有余。一切多的使费,都是金有余包办。周进又谢了众人和金有余。行主人替周进备一席酒,请了众位。金有余将着银子⑦,上了藩库⑧,讨出库收来⑨。正值宗师来省录遗⑩,周进就录了个贡监首卷。到了八月初八日进头场,见了自己哭的所在,不觉喜出望外,自古道:"人逢喜事精神爽",那七篇文字⑪,做的花团锦簇一般。出了场,仍旧住在行里。金有余同那几个客人还不曾买完了货。直到放榜那日,巍然中了。众人各各欢喜,一齐回到汶上县。拜县父母、学师,典史拿晚生贴子上门来贺⑫。汶上县的人,不是亲的也来认亲,不相与的也来认相与⑬。忙了个把月。

【导读】

一、《儒林外史》是中国古典文学中最负盛名的讽刺小说。它以封建社会中的科举考试为主要靶子,描写了儒林中人的种种丑态。举子们考前的寒酸窘态,醉心利禄的痴想,考试中的种种作弊手段,中举以后的飞扬跋扈,以及借儒林之名招摇撞骗,自命清高与附庸风雅,等等。对儒林人物的辛辣讽刺,无情鞭挞,彻底揭露,深刻批判,是《儒林外史》的主题和精华所在。其中《严监生之死》《范进中举》等,都是脍炙人口的名篇。

二、《周进撞号板》是写得极为精彩的一段,选自《儒林外史》第2—3回,此一段之前,写周进六十多岁了,还没捞到一个秀才。生活穷困,为人坐馆,受尽苦楚。又加上新进学的梅玖,比他小好几十岁,见了周进,竟是气焰熏天,周进低声下气地作揖打躬,赔着小心和笑脸来伺候他。而后是中了举的王举人和新进学的梅玖,又是一顿酒席宴上的当众羞辱,使得周进的内心受到了极大的伤害。最后,他不能讨众人的欢喜,终于被打碎了饭碗,辞了馆。这一段生活上的苦难遭遇和思想深处所受的伤害,是后文周进哭号板的基础。

"哭号板"是这一段的中心部分,也是写得最为精彩的部分。写周进来到贡院,看了号门,看了号房,到看了号板,引起他心中无限的酸楚,压抑在心中多年的种种想法,多年的追求与梦想,奋斗与挣扎,花

---

① 监生:指国子监学习的学生。监生可以直接参加乡试,不必有秀才资格。因此,有些人常常花钱捐一个监生,以便应考,称捐监,或纳监。下文"捐一个监",即指此。 ② 枉了:枉费了,白费了。 ③ 一注银子:一大笔银子。注,本来指赌博时下的注,文中是多的意思。 ④ 破掉:破除,损失。 ⑤ "君子"句:和以下"见义"两句都是《论语》上的话,指做好事。 ⑥ 俯就:俯下身子去做,屈就。这是委婉的说法。 ⑦ 将着:拿着。 ⑧ 藩库:藩司的库房。指入了藩司的帐。旧时,藩司管一省的财政。 ⑨ 库收:藩库出的收条,作为凭证。犹今日的收据。 ⑩ 宗师:主管全省考试的官员,即学政。录遗:录取几次考试都未被录取的学生。 ⑪ 七篇文字:这里是概括地说,实际是一共考了三场的文字。 ⑫ 晚生:旧时不论年纪大小,只以入学前后来论,后入学或未入学的人,对先入学、先考中的人自称晚生。本回前段,周进就曾向比他小几十岁的梅玖称晚生。 ⑬ 相与:相结交,套关系。

白的头发与空空的现实,一齐涌向脑际,身不由己地向前倒了下去。这是一看号板的特写镜头。先写眼睛,后写嗓音,再写身子,连续而又层次递进的动作,极有分寸地表现了他整个内心的活动。醒来后的第二次看号板,与第一次有同有异。同的是,又一头撞去,不同的是,这回不死了,却放声大哭起来,然后,是伏着号板哭个不住,哭过一号,又哭到二号,三号,然后是满地打滚,哭了又哭。这连续的哭,加上打滚的动作,再次说明了他内心的悲伤。他在清醒的时候,仍然是那么伤心,说明内心的创伤之深。第三次,还有不同,不再撞了,而是哭了一阵,又是一阵,直哭到口里吐出鲜血来,这一次哭到了彻底的伤心之处,所谓痛彻心扉。从哭的声音不停,写到口吐鲜血。人之伤心,莫过于此了。这一段描写,把封建社会中士人受到科举制度的毒害,以及士人追求功名利禄之心,写得入木三分,异常深刻。此后是周进如何中举,中举以后,他家里和社会上的反映,突出了封建社会中的人情冷暖。故事的高潮已过,情节缓缓地下降,直到结束,寥寥几笔,收束全文。

三、"撞号板"这一段是全文的点睛之笔。吴敬梓以一个大艺术家的大手笔,极准确地表现了他的艺术匠心。他善于用讽刺的手法来展开故事,来反映现实。突出的一点便是,他善于选取典型的人物,如周进、范进;典型的事例如范进中举看报条,周进游贡院看号板;典型的细节刻画,如范进看了条后,说了一声:"噫,好了!我中了!"往后一跌倒,牙关咬紧,不省人事。周进则是看了号板之后,没有说话,眼睛一阵酸酸的,长叹一声一头撞在号板上。范进是喜极发疯,周进是悲极昏厥,范进是向后便倒,周进是向前跌倒。心情不同,遭际不同,神经错乱则相同。再往下,范进是疯后的动作,跑着,喊着,掉在了泥塘里。周进则是哭着,哭着,吐出一口鲜血来。结局的处理,范进是被胡屠户打了一个嘴巴,便猛然醒悟进来;周进则是众人哄他,捐个监生,他便转悲为喜,趴在地下磕了响头,要认重生父母,要变驴变马地报答。真是,两个科举迷,一对可怜虫。若再联系蒲松龄的《王子安》来合读,那个被科举弄昏了头脑,直进入梦幻之境的王子安,更是令人哭笑不得。把笔下的人物写得活灵活现,艺术家的天才就表现在这里。

曹雪芹

曹雪芹(约1715—1764),清小说家。名霑,字梦阮,号雪芹、芹圃、芹溪。自曾祖曹玺起,三代任南京江宁织造,其祖曹寅尤为康熙帝所信用。雍正初年在统治阶级内部政治斗争牵连下,遭受打击,叔辈曹頫获罪,北迁京城,此后家庭一蹶不振。雪芹在北京曾任职右翼宗学的散官。后迁居西山,著书黄叶村,生活更为贫困。不久,子殇妻亡,《红楼梦》一书,未能写完,便离开人世。

曹雪芹出生于富贵之家,家庭的巨变,使他对社会的复杂、黑暗有了全面的、清醒的认识。因此,他在《红楼梦》中借钗、黛、玉三者之间的离合之情,表达了对整个社会的盛衰之感,全面地反映了十八世纪中国社会的面貌,使之成为古典小说中伟大的现实主义作品。

《红楼梦》问世之初,是以抄本的形式流传的。这些抄本名《石头记》,止八十回,都有脂砚斋的批语。几十年之后,才出现了高鹗续、程伟元印行的一百二十回本。另外,还有各种续书之作,都无法与原著比肩。

《红楼梦》问世之后,很多人从各种角度对它进行了研究,二百年来形成了一门新学:红学。红学是以《红楼梦》的版本、作者的生平家世、《红楼梦》的思想内容与艺术成就、《红楼梦》的影响与走向世界的意义等为研究内容的学问。

红楼梦·宝玉挨打

宝玉会过雨村回来,听见金钏儿含羞自尽,心中早已五内摧伤①。进来又被王夫人数说教训了一番②,也无可回说。看见宝钗进来,方得便走出③,茫然不知何往。背着手,低着头,一面感叹,一面慢慢的信步走至厅上。刚转过屏门,不想对面来了一人,正往里走,可巧撞了个满怀。只听那人喝一声:"站住!"宝玉唬了一跳,抬头看时,不是别人,却是他父亲。早不觉倒抽了一口气,只得垂手一旁站着。

贾政道:"好端端的,你垂头丧气的嗐什么④?方才雨村来了,要见你,那半天才出来!既出来了,全无一点慷慨挥洒的谈吐,仍是委委琐琐的⑤。我看你脸上一团私欲愁闷气色!这会子又嗳声叹气⑥。你那些还不足、还不自在?无故这样,是什么原故?"宝玉素日虽然口角伶俐,此时一心却为金钏儿感伤,恨不得也身亡命殒⑦,如今见他父亲说这些话,究竟不曾听明白了,只是怔怔的站着⑧。

贾政见他惶悚⑨,应对不似往日,原本无气的,这一来,倒生了三分气。方欲说话,忽有门上人来回:"忠顺亲王府里有人来,要见老爷。"贾政听了,心下疑惑,暗暗思忖道:"素日并不与忠顺府来往,为什么今日打发人来?"一面想,一面命:"快请厅上坐。"急忙进内更衣。出来接见时,却是忠顺府长府官,一面彼此见了礼,归坐献茶。未及叙谈,那长府官先就说道:"下官此来,并非擅造潭府⑩,皆因奉命而来,有一件事相求。看王爷面上,敢烦老先生做主。不但王爷知情,且连下官辈亦感谢不尽。"

贾政听了这话,摸不着头脑,忙陪笑起身问道:"大人既奉王命而来,不知有何见谕?望大人宣明,学生好遵谕承办⑪。"那长府官冷笑道:"也不必承办,只用老先生一句话就完了。我们府里有一个做小旦的琪官,一向好好在府,如今竟三五日不见回去。各处去找,又摸不着他的道路,因此各处察访。这一城内,十停人倒有八停人都说⑫,他近日和衔玉的那位令郎相与甚厚⑬。下官辈听了,尊府不比别家,可以擅来索取,因此启明王爷。王爷亦说:'若是别的戏子呢,一百个也罢了;只是这琪官,随机应答,谨慎老成,甚合我老人家的心境,断断少不得此人。'故此求老先生转致令郎,请将琪官放回,一则可慰王爷谆谆奉恩之意,二则下官辈也可免操劳求觅之苦。"说毕,忙打一躬。

贾政听了这话,又惊又气,即命唤宝玉出来。宝玉也不知是何原故,忙忙赶来,贾政便问:"该死的奴才!你在家不读书也罢了,怎么又做出这些无法无天的事来!那琪官现是忠顺王爷驾前承奉的人⑭,你是何等草莽⑮,无故引逗他出来⑯,如今祸及于我!"宝玉听了,唬了一跳,忙回道:"实在不知此事。究竟'琪官'两个字,不知为何物,况更加以'引逗'二字!"说着便哭。

---

① 五内:原指五脏,文中是指内心。 ② 数说:北京口语,批评。 ③ 得便:得空儿,借机会。 ④ 嗐:音hài,伤感。 ⑤ 委委琐琐:又作猥猥琐琐。俗气,志气卑劣。 ⑥ 嗳:同"唉"。 ⑦ 殒(yǔn):死。 ⑧ 怔怔:好像没知觉,愣愣的。 ⑨ 惶悚:心中害怕不安的样子。 ⑩ 潭府:宽阔,深广的大宅,专指富贵人家的大宅。 ⑪ 学生:谦称,晚辈对长者的自称。 ⑫ 停:北京口语中的一个量词,如说十停,等于说十分。 ⑬ 相与:相往来,相要好,在一起。 ⑭ 承奉:顺承人意。 ⑮ 草莽:野草。旧时对上级、对高官回话时,自称草莽。 ⑯ 引逗:勾引,以情相戏引诱。

贾政未及开口,只见那长府官冷笑道:"公子也不必隐饰。或藏在家,或知其下落,早说出来,我们也少受些辛苦。岂不念公子之德呢?"宝玉连声说:"实在不知。恐是讹传,也未见得。"那长府官冷笑两声道:"现有证据,必定当着老大人说出来,公子岂不吃亏?既说不知此人,那红汗巾子怎得到了公子腰里①?"

宝玉听了这话,不觉轰了魂魄,目瞪口呆,心下自思:"这话他如何知道?他既连这样机密事都知道了,大约别的瞒不过他,不如打发他去了,免得再说出别的事来。"因说道:"大人既知他的底细,如何连他置买房舍这样大事倒不晓得了?听得说:他如今在东郊离城二十里有个什么紫檀堡,他在那里置了几亩田地,几间房舍。想是在那里,也未可知。"那长府官听了,笑道:"这样说,一定是在那里了!我且去找一回,若有了便罢;若没有,还要来请教。"说着,便忙忙的告辞走了。

贾政此时气得目瞪口歪,一面送那官员,一面回头命宝玉:"不许动!回来有话问你!"一直送那官去了。才回身时,忽见贾环带着几个小厮一阵乱跑,贾政喝命小厮:"给我快打!"贾环见了他父亲,吓得骨软筋酥,赶忙低头站住。贾政便问:"你跑什么!带着你的那些人都不管你,不知往那里去,由你野马一般②!"喝叫:"跟上学的人呢?"

贾环见他父亲甚怒,便乘机说道:"方才原不曾跑,只因从那井边一过,那井里淹死了一个丫头,我看人头这样大,身子这样粗,泡的实在可怕,所以才赶着跑过来了。"贾政听了,惊疑问道:"好端端,谁去跳井?我家从无这样事情,自祖宗以来,皆是宽柔待下。——大约我近年于家务疏懒,自然执事人操克夺之权③,致使弄出这暴殄轻生的祸患④!若外人知道,祖宗的颜面何在!"喝命:"叫贾琏、赖大来!"

小厮们答应了一声,方欲去叫,贾环忙上前,拉住贾政袍襟,贴膝跪下,道:"老爷不用生气。此事除太太屋里的人,别人一点也不知道,我听见我母亲说……"说到这句,便回头四顾一看;贾政知其意,将眼色一丢⑤,小厮们明白,都往两边后面退去。贾环便悄悄说道:"我母亲告诉我说:'宝玉哥哥,前日在太太屋里,拉着太太的丫头金钏儿,强奸不遂,打了一顿,金钏便赌气投井死了。'"

话未说完,把个贾政气得面如金纸⑥,大喝:"拿宝玉来!"一面说,一面便往书房去。喝命:"今日再有人来劝我,我把这冠带家私一应就交与他和宝玉过去⑦,我免不得做个罪人,把这几根烦恼鬓毛剃去⑧,寻个干净去处自了⑨,也免得上辱先人、下生逆子之罪!"

众门客仆从见贾政这个形景,便知又是为宝玉了,一个个咬指吐舌,连忙退出。贾政喘吁吁直挺挺的坐在椅子上,满面泪痕,一叠连声:"拿宝玉来!拿大棍,拿绳来!把门都关上!有人传信到里头去,立刻打死!"众小厮们只得齐齐答应着,有几个来找宝玉。

那宝玉听见贾政吩咐他"不许动",早知凶多吉少;那里知道贾环又添了许多的话?正在厅上旋转,怎得个人往里头捎信。偏生没个人来,连焙茗也不知在那里。正盼望时,只见一个老妈妈出来,宝玉如得了珍宝,便赶上来拉他,说道:"快进去告诉:老爷要打我呢!

---

① 汗巾子:兜肚。　② 由你:由着你,由是随意的意思。　③ 克夺之权:指行事的大权。克,能行。夺,改变、专享。　④ 暴殄轻生:不是好死。　⑤ 丢:眼珠用力一转,是用眼色示意下人离开,以便说机密话。　⑥ 金纸:深黄色。形容生气极大,脸色难看。　⑦ 冠带:官帽官服。代指官爵或做官的身份。　⑧ 烦恼鬓毛:指头发。　⑨ 干净处:离开尘世到山林深处,指做出家人。自了:自己了此一生。

快去,快去!要紧,要紧!"宝玉一则急了,说话不明白;二则老婆子偏生又耳聋,不曾听见是什么话,把"要紧"二字,只听做"跳井"二字,便笑道:"跳井让他跳去,二爷怕什么?"宝玉见是个聋子,便着急道:"你出去叫我的小厮来罢!"那婆子道:"有什么不了的事?老早的完了,太太又赏了银子,怎么不了事呢?"

宝玉急的手脚正没抓寻处,只见贾政的小厮走来,逼着他出去了。贾政一见,眼都红了,也不暇问他在外流荡优伶,表赠私物,在家荒疏学业,逼淫母婢,只喝命:"堵起嘴来,着实打死!"小厮们不敢违,只得将宝玉按在凳上,举起大板,打了十来下。宝玉自知不能讨饶,只是呜呜的哭。贾政还嫌打的轻,一脚踢开掌板的,自己夺过板子来,狠命的又打了十几下。

宝玉生来未经过这样苦楚,起先觉得打的疼不过,还乱嚷乱哭,后来渐渐气弱声嘶,哽咽不出。众门客见打的不祥了①,赶着上来,恳求夺劝。贾政那里肯听?说道:"你们问问他干的勾当,可饶不可饶!素日皆是你们这些人把他酿坏了②,到这步田地,还来劝解!明日酿到他弑父弑君,你们才不劝不成?"

众人听这话不好,知道气急了,忙乱着觅人进去给信。王夫人听了,不敢先回贾母,只得忙穿衣出来,也不顾有人没人,忙忙扶了一个丫头,赶往书房中来。慌得众门客小厮等避之不及。贾政正要再打,一见王夫人进来,更加火上浇油,那板子越下去的又狠又快。按宝玉的两个小厮,忙松手走开,宝玉早已动弹不得了。

贾政还欲打时,早被王夫人抱住板子。贾政道:"罢了,罢了!今日必定要气死我才罢!"王夫人哭道:"宝玉虽然该打,老爷也要保重。且炎暑天气,老太太身上又不大好,打死宝玉事小,倘或老太太一时不自在了③,岂不事大?"贾政冷笑道:"倒休提这话!我养了这不肖的孽障,我已不孝;平昔教训他一番,又有众人护持;不如趁今日结果了他的狗命,以绝将来之患!"说着,便要绳来勒死。王夫人连忙抱住哭道:"老爷虽然应当管教儿子,也要看夫妻分上。我如今已五十岁的人,只有这个孽障,必定苦苦的以他为法,我也不敢深劝。今日越发要弄死他,岂不是有意绝我呢?既要勒死他,索性先勒死我,再勒死他!我们娘儿们不如一同死了,在阴司里也得个倚靠。"说毕,抱住宝玉,放声大哭起来。

贾政听了此话,不觉长叹一声,向椅上坐了,泪如雨下。王夫人抱着宝玉,只见他面白气弱,底下穿着一条绿纱小衣,一片皆是血渍。禁不住解下汗巾去,由腿看至臀胫,或青或紫,或整或破,竟无一点好处,不觉失声大哭起"苦命的儿"来。因哭出"苦命儿"来,又想起贾珠来,便叫着贾珠,哭道:"若有你活着,便死一百个,我也不管了。"

此时里面的人闻得王夫人出来,李宫裁、王熙凤与迎春姊妹早已出来了。王夫人哭着贾珠的名字,别人还可,惟有李宫裁禁不住也放声哭了。贾政听了,那泪更似走珠一般滚了下来。正没开交处,忽听丫鬟来说:"老太太来了。"一句话未了,只听窗外颤巍巍的声气说道:"先打死我,再打死他,岂不干净了!"

贾政见他母亲来了,又急又痛,连忙迎出来。只见贾母扶着丫头,摇头喘气的走来。

---

① 不祥:不是好兆头。 ② 酿坏了:这里是借用,意思是长期地让他自己去发作。 ③ 不自在了:不自在本指有病,北京口语,这里是死去的代称。

贾政上前躬身陪笑说道:"大暑热的天,母亲有何生气的自己走来,有话只叫儿子进去吩咐便了。"贾母听了,便止步喘息,一面厉声道:"你原来和我说话!我倒有话吩咐!只是我一生没养个好儿子,却叫我和谁说去!"

贾政听这话不像,忙跪下含泪说道:"为儿的教训儿子,也为的是光宗耀祖。母亲这话,我做儿子的如何当的起?"贾母听说,便啐了一口①,说道:"我说了一句话,你就禁不起!你那样下死手的板子,难道宝玉儿就禁的起了?你说教训儿子是光宗耀祖,当日你父亲怎么教训你来!"说着,也不觉滚下泪来。贾政又陪笑道:"母亲也不必伤感,皆是做儿子的一时性急,从此以后,再不打他了。"贾母便冷笑几声道:"你也不必和我赌气,你的儿子,自然你要打就打。想来你也厌烦我们娘儿们,不如我们早离了你,大家干净!"说着,便令人:"去看轿!我和你太太、宝玉儿立刻回南京去!"家下人只得答应着。

贾母又叫王夫人道:"你也不必哭了,如今宝玉儿年纪小,你疼他;他将来长大,为官作宦的,未必想着你是他母亲了。你如今倒不要疼他,只怕将来还少生一口气呢!"贾政听说,忙叩头说道:"母亲如此说,儿子无立足之地了!"贾母冷笑道:"你分明使我无立足之地,你反说起你来!只是我们回去了,你心里干净,看有谁来不许你打!"一面说,一面只命:"快打点行李车辆轿马回去!"贾政直挺挺跪着,叩头认罪。

贾母一面说,一面来看宝玉,只见今日这顿打,不比往日,又是心疼,又是生气,也抱着哭个不了。王夫人与凤姐等解劝了一会,方渐渐的止住。

早有丫鬟媳妇等,上来要搀宝玉,凤姐便骂:"糊涂东西!也不睁开眼瞧瞧,这个样儿,如何搀着走得?还不快进去把那藤屜子春凳抬出来呢②!"众人听了,连忙飞跑进去,果然抬出春凳来,将宝玉抬放凳上,随着贾母王夫人等进去,送至贾母房中。

彼时贾政见贾母怒气未消,不敢自便,也跟着进来。看看宝玉果然打重了,再看看王夫人一声"肉"一声"儿"的哭道:"你替珠儿早死了,留着珠儿,也免你父亲生气,我也不白操这半世的心了!这会子你倘或有个好歹,撂下我,叫我靠那一个?"数落一场③,又哭"不争气的儿"。贾政听了,也就灰心自己不该下毒手打到如此地步④。先劝贾母,贾母含泪说道:"儿子不好,原是要管的,不该打到这个分儿!你不出去,还在这里做什么!难道于心不足,还要眼看着他死了才去不成?"贾政听说,方退了出来。

此时薛姨妈同宝钗、香菱、袭人、湘云等也都在这里。袭人满心委屈,只不好十分使出来。见众人围着,灌水的灌水,打扇的打扇,自己插不下手去,便索性走出门,到二门前,命小厮们找了焙茗来细问:"方才好端端的,为什么打起来?你也不早来透个信儿!"焙茗急的说:"偏我没在跟前,打到半中间,我才听见了,忙打听原故,却是为琪官儿和金钏儿姐姐的事。"袭人道:"老爷怎么知道了?"焙茗道:"那琪官儿的事,多半是薛大爷素昔吃醋,没法儿出气,不知在外头挑唆了谁来⑤,在老爷跟前下的蛆⑥。那金钏儿姐姐的事,大约是三爷说的。我也是听见跟老爷的人说。"

---

① 啐(cuì):用力吐一口气在别人脸上。　② 春凳:用藤条编制的宽大的长条凳。　③ 数落:北京口语,自己嘴里数说的意思。　④ 灰心:心冷静下来,怒气降下去。　⑤ 挑唆:挑拨,唆使。　⑥ 下蛆:说坏话,做坏事。

袭人听了这两件事都对景①,心中也就信了八九分,然后回来,只见众人都替宝玉疗治调停完备。贾母命:"好生抬到他屋里去。"众人一声答应,七手八脚,忙把宝玉送入怡红院内自己床上卧好,又乱了半日,众人渐渐的散去了,袭人方才进前来,经心服侍细问。

话说袭人见贾母王夫人等去后,便走来宝玉身边坐下,含泪问他:"怎么就打到这步田地②?"宝玉叹气说道:"不过为那些事,问他什么!只是下半截疼得很,你瞧瞧,打坏了那里?"袭人听说,便轻轻的伸手进去,将中衣脱下,略动一动,宝玉便咬着牙叫"嗳哟",袭人连忙停住手;如此三四次,才褪下来了。袭人看时,只见腿上半段青紫,都有四指阔的僵痕高了起来。袭人咬着牙说道:"我的娘!怎么下这般的狠手!你但凡听我一句话③,也不到这个分儿。幸而没动筋骨;倘或打出个残疾来,可叫人怎么样呢?"

正说着,只听丫鬟们说:"宝姑娘来了。"袭人听见,知道穿不及中衣,便拿了一床夹纱被,替宝玉盖了。只见宝钗手里托着一丸药走进来,向袭人说道:"晚上把这药用酒研开,替他敷上,把那淤血的热毒散开,可以就好了。"说毕,递与袭人。又问:"这会子可好些?"宝玉一面道谢,说:"好些了。"又让坐。

宝钗见他睁开眼说话,不像先时,心中也宽慰了些,便点头叹道:"早听人一句话④,也不至有今日!别说老太太、太太心疼,就是我们看着,心里也……"刚说了半句,又忙咽住,不觉眼圈微红,双腮带赤,低头不语了。宝玉听得这话如此亲切,大有深意;忽见他又咽住,不往下说,红了脸,低下头,含着泪,只管弄衣带,那一种软怯娇羞、轻怜痛惜之情,竟难以言语形容,越觉心中感动,将疼痛早已丢在九霄云外去了。想道:"我不过挨了几下打,他们一个个就有这些怜惜之态,令人可亲可敬。假若我一时竟别有大故⑤,他们还不知何等悲感呢!既是他们这样,我便一时死了,得他们如此,一生事业,纵然尽付东流,也无足叹惜了。"正想着,只听宝钗问袭人道:"怎么好好的动了气,就打起来了?"袭人便把焙茗的话悄悄说了。宝玉原来还不知贾环的话,见袭人说出,方才知道;因又拉上薛蟠,惟恐宝钗沉心⑥,忙又止住袭人道:"薛大哥从来不是这样,你们别混猜度。"

宝钗听说,便知宝玉是怕他多心,用话拦袭人。因心中暗暗想道:"打得这个形象,疼还顾不过来,还这样细心,怕得罪了人。你既这样用心,何不在外头大事上做工夫,老爷也欢喜了,也不能吃这样亏。你虽然怕我沉心,所以拦袭人的话,难道我就不知我哥哥素日恣心纵欲、毫无防范的那种心性吗?当日为个秦钟,还闹的天翻地覆,自然如今比先又加利害了。"想毕,因笑道:"你们也不必怨这个,怨那个。据我想,到底宝兄弟素日肯和那些人来往,老爷才生气。就是我哥哥说话不防头,一时说出宝兄弟来,也不是有心挑唆:一则也是本来的实话;二则他原不理论这些防嫌小事。袭姑娘从小儿只见过宝兄弟这样细心的人,何曾见过我哥哥那天不怕、地不怕、心里有什么、口里说什么的人呢?"

袭人因说出薛蟠来,见宝玉拦他的话,早已明白自己说造次了⑦,恐宝钗没意思;听宝钗如此说,更觉羞愧无言。宝玉又听宝钗这番话,一半是堂皇正大,一半是去己的疑心,更

---

① 对景:北京口语。情景恰巧相同,引起联想或共鸣。 ② 田地:地步,情况。 ③ 但凡:北京口语。要是。 ④ 听人:话中说的是别人,实际暗指自己。有亲昵之意。 ⑤ 大故:死去。旧时专指父母之丧。 ⑥ 沉心:怀疑旁人指说自己,因而不愉快。 ⑦ 造次:冒失,不经意,不适当。

觉比先心动神移。方欲说话时,只见宝钗起身道:"明日再来看你,好生养着罢。方才我拿了药来,交给袭人,晚上敷上,管就好了。"说着,便走出门去。袭人赶着送出院外,说:"姑娘倒费心了。改日宝二爷好了,亲自来谢。"宝钗回头笑道:"这有什么的?只劝他好生养着,别胡思乱想,就好了。要想什么吃的玩的,悄悄的往我那里只管取去,不必惊动老太太、太太、众人。倘或吹到老爷耳朵里,虽然彼时不怎么样,将来对景①,终是要吃亏的。"说着去了。

袭人抽身回来,心内着实感激宝钗。进来见宝玉沉思默默,似睡非睡的模样,因而退出房外栉沐。宝玉默默的躺在床上,无奈臀上作痛,如针挑刀挖一般,更热如火炙,略展转时,禁不住"嗳哟"之声。那时天色将晚,因见袭人去了,却有两三个丫鬟伺候,此时并无呼唤之事,因说道:"你们且去梳洗,等我叫时再来。"众人听了,也都退出。

这时宝玉昏昏沉沉,只见蒋玉菡走进来了,诉说忠顺府拿他之事;一时又见金钏儿进来,哭说为他投井之情。宝玉半梦半醒,刚要诉说前情,忽又觉有人推他,恍恍惚惚,听得悲切之声。宝玉从梦中惊醒,睁眼一看,不是别人,却是黛玉。——犹恐是梦,忙又将身子欠起来,向脸上细细一认,只见他两个眼睛肿得桃儿一般,满面泪光。不是黛玉,却是那个?宝玉还欲看时,怎奈下半截疼痛难禁,支持不住,便"嗳哟"一声,仍旧倒下;叹了口气,说道:"你又做什么来了?太阳才落,那地上还是怪热的,倘或又受了暑,怎么好呢?我虽然挨了打,却也不很觉疼痛。这个样儿是装出来哄他们,好在外头布散给老爷听。其实是假的,你别信真了。"

此时黛玉虽不是嚎啕大哭,然越是这等无声之泣,气噎喉堵,更觉利害。听了宝玉这番话,心中虽有万句言语,只是不能说得,半日,方抽抽噎噎的说道:"你从此可都改了罢!"宝玉听说,便长叹一声道:"你放心。别说这样话。我便为这些人死了,也是情愿的。"

一句话未了,只见院外人说:"二奶奶来了。"黛玉便知是凤姐来了,连忙立起身,说道:"我从后院子里去罢,回来再来。"宝玉一把拉住,道:"这又奇了。好好的,怎么怕起他来了?"黛玉急得跺脚,悄悄的说道:"你瞧瞧我的眼睛!又该他们拿咱们取笑儿了。"宝玉听说,赶忙的放了手。黛玉三步两步转过床后,刚出了后院,凤姐从前头已进来了。问宝玉:"可好些了?想什么吃?叫人往我那里取去。"接着薛姨妈又来了。一时贾母又打发了人来。

至掌灯时分,宝玉只喝了两口汤,便昏昏沉沉的睡去。接着周瑞媳妇、吴新登媳妇、郑好时媳妇,这几个有年纪长来往的,听见宝玉挨了打,也都进来。袭人忙迎出来,悄悄的笑道:"婶娘们略来迟了一步,二爷睡着了。"说着,一面陪他们到那边房里坐着,倒茶给他们吃。那几个媳妇子都悄悄的坐了一回,向袭人说:"等二爷醒了,你替我们说罢。"

袭人答应了,送他们出去。

【导读】

一、《宝玉挨打》选自《红楼梦》第三十三回和第三十四回。前边部分写了两件事,一是写宝玉在贾政

---

① 对景:对上情况,指后来查问起来,与前面的"对景"含义不同。

见贾雨村时,表现得谈吐不佳,令贾政非常不满;二是贾宝玉在母亲房中和金钏儿调笑,金钏儿被王夫人大加羞辱,金钏儿跳井身亡。前一件事令贾宝玉产生了很大的抵触情绪,心中不满;后一件事令贾宝玉非常伤心,心中悲痛。这两件事,一前一后,相连续发生,引起了贾政的不满继而大怒,这是宝玉挨打的主要原因。再加上贾环从中搬弄是非,添油加醋,宝玉挨打就是必然的了。

二、《宝玉挨打》这一段,写了三个人物,三种不同的表现,第一个是贾政。他一来是有气,本想在贾雨村面前,令贾宝玉展现才华,显出自己家门之大幸。结果宝玉令他很失望,所以回头进来,见到了宝玉就有气。忠顺王府长府官的一番话,使他知道宝玉非但不学习,而且还和优伶私下往来,这是二气。回头又遇上贾环的一番坏话,这是三气。所以写贾政下决心惩治宝玉。贾政打宝玉,有三个过程,一是狠命地打,这是恨之极。二是让关上门,不许向里通风报信,这是又一恨,但不敢说,因为涉及他母亲的溺爱。三是自己动手再打,不听门客劝阻,这是恨透了,非要彻底教训宝玉不可。但是,后来在王夫人、贾母的种种表现之后,一步一步地软了下来,退缩回去,终于没有达到教训的目的。

二是写王夫人。写她的劝打,是三次哭,夹带三种诉说。一哭说,怕气坏了贾母,结果贾政非但不停止,反而更带了劲。二是哭诉夫妻之情,贾政稍软了下来:"长叹一声","泪如雨下"坐了下来,不打了。三哭诉,想起贾珠的死,贾政听了,"泪如走珠一般下来",贾宝玉受到了王夫人的保护,贾政教训宝玉,没有成功。

第三个写的是贾母。她是宠宝玉最厉害的人。她的到来,有三个过程。一是未到屋里,先在窗外发了话,声音是"颤巍巍的",口气是非常厉害的"先打死我……"又是非常蛮横中,带着疼爱;二是对贾政的赔话,挑着字眼,借用"吩咐"二字,反语讽刺、挖苦贾政,不是好儿子,竟同宝玉一样,也该打。然后教训贾政,不必提"光宗耀祖"。三是,拉着王夫人,喊着要回南京去,以示威胁。贾母的出现,彻底保护了宝玉。打的结果,贾政落了个"赔罪"的下场。封建大家庭中的封建家长,由溺爱,到宠爱,使封建教育都无法得以实现,封建礼教本身便破坏了它赖以存在的旧秩序。贾政想要小小地振作一番,都不可能,封建大家庭的破亡,是不可避免的了。

三、《宝玉挨打》的尾声,是探病,写了三个人。第一个来的是宝钗。她有三种表现,一是托着一粒药丸来治病。二是劝慰时,十分深情,只说了半句,又禁不住要哭出来,又止住,表情是"眼圈微红,双腮带赤,低头不语",一片脉脉含情的样子。在宝玉看来,她是"红了脸,低下头,含着泪",又增加了一个动作"只管弄衣带",是"一种软怯娇羞、轻怜痛惜之情",宝玉大受感动。三是宝钗心里暗想,怪他"不在外头大事上做工夫","老爷也欢喜了",这话不明说,但是宝钗此次来探病的真正目的。所以接着转过来用话劝慰,表示内心的想法,是一番大道理,请宝玉以后不要和"那些人来往",以免"老爷生气"。这话是说给宝玉听的,表现了宝钗恪守礼教的思想性格,宝玉听了,竟认为是"堂皇正大",结果"心动神移"。

第二个来的是黛玉。也是三种表现。一是,她不像宝钗。心中有爱,有疼惜之情,却不表现出来。黛玉出现时,是"两个眼睛肿得桃儿一般,满脸泪光"。二是,听宝玉说了一番假话,却是气噎喉堵,半天方抽抽噎噎地说了一句:"你从此可都改了罢!"虽然是相劝,可是语气却那样和缓,一点也没有勉强或命令的意思。三是,当她听到凤姐来时,怕遇见自己,"瞧瞧我的眼睛,又该他们拿咱们取笑儿了!"一个"咱们",是那样亲近;一个"取笑",把二人的亲密无间的爱,都和盘托出,黛玉是从心里把自己和宝玉连在一起的。

第三个来的是凤姐。简单的几句话,不痛不痒,一副大管家的架势,不是真心来看病,是走过场,是来应付一下场面。三言两语表现出了她的威势。

四、《宝玉挨打》这一段,内容紧凑,人物性格突出。曹雪芹把各种人物的言行、心理、相貌都刻画得那么真实,那么具体,人人有自己的特点,各自都不相同,又不能互相代替。《红楼梦》的艺术成就,于此也就可见一斑了。

戏　剧

洪　昇

洪昇(1645—1704),清戏曲作家。字昉思,号稗畦(一作稗村)、南屏樵者。浙江钱塘(今浙江杭州)人。做过二十年国子监监生。转而治词曲。因在国丧期间演唱所作《长生殿·疑谶》,被议,革去监生名籍。回乡后,赖朋友接济为生。晚年,赴南京参加曹寅主持演出《长生殿》,醉归,落水而死。诗文俱佳,《长生殿》外,有杂剧《四婵娟》及诗集《稗畦集》《稗畦续集》和词集《啸月楼集》等。与孔尚任齐名,时人称为"南洪北孔"。

长生殿

第十出　疑谶①

(外扮郭子仪将巾、佩剑上)壮怀磊落有谁知? 一剑防身且自随。整顿乾坤济时了②,那回方表是男儿。自家姓郭名子仪,本贯华州郑县人氏。学成韬略③,腹满经纶④。要思量做一个顶天立地的男儿,干一桩安国定邦的事业。今以武举出身⑤,到京调选⑥。正值杨国忠窃弄威权,安禄山滥膺宠眷⑦。把一个朝纲⑧,看看弄得不成模样了。似俺郭子仪,未得一官半职,不知何时,才得替朝廷出力也呵!

【商调集贤宾】论男儿壮怀须自吐⑨,肯空向杞天呼⑩? 笑他每似堂间处燕⑪,有谁曾屋上瞻乌⑫! 不提防柙虎樊熊⑬,任纵横社鼠城狐⑭。几回家听鸡鸣⑮,起身独夜舞。想古来多

---

① 疑谶(chèn):事前即知道后来将要发生的事,用语言或文字表述出来,称谶语,其中大半含有迷信成分,有些则是附会。但有些是出于事后编造,以炫耀自己的所谓先见之明。这里,写郭子仪对社会现象的观察,还是有道理的。② 济时:匡时救世,有远大志向。了:完成,结束。③ 韬略:古代兵书《六韬》《三略》的合称,这里指用兵的谋略,表示有军事才能。④ 经纶:整理丝线。理出丝绪为经,编丝成绳为纶。引申为筹划治理国家大事。⑤ 武举:选拔武官的科举考试。⑥ 调选:进京拜见上级官吏,到部报到,等待分配任用。选,是选择,按才能授给官职。⑦ 滥膺宠眷:不该得皇帝的宠信,却得到了。滥,滥厕其间。膺,得到,受到。宠眷,皇帝的信任,宠爱。⑧ 朝纲:朝廷中的纲纪、法度,旧指君臣上朝都有法度,不许胡来。⑨ 自吐:自我表达出来。⑩ 空向:白白地,空喊。杞天呼:用杞人忧天的典故,表示无益的忧虑。⑪ 堂间处燕:用燕雀处堂,不知火焚的典故,表示不知灾祸将至。⑫ 屋上瞻乌:看着乌鸦将要落在谁家屋上。典出《诗·小雅·正月》,表示离乱即将发生,百姓无家可归。⑬ 柙虎樊熊:柙(xiá),柙和樊是关野兽用的大笼。这句是说,安禄山是猛兽,虽然现在关在笼子里,将来出来要伤害人的。⑭ 社鼠城狐:社,祭祀土地神的处所,社鼠,即土地庙中的老鼠。城狐,在城墙中打洞居住的狐狸。人们怕破坏建筑,不敢打杀它们,暗指坏人有依赖之地可庇护。⑮ 鸡鸣:用东晋祖逖闻鸡起舞的典故,表示有志之士奋发振作以待报效国家。

少乘除①,显得个勋名垂宇宙,不争便姓字老樵渔②!

且在长安市上,买醉一回。(行科)

【逍遥乐】向天街徐步③,暂遣牢骚④,聊宽逆旅⑤。俺则见来往纷如⑥,闹昏昏似醉汉难扶,那里有独醒行吟楚大夫⑦!俺郭子仪呵,待觅个同心伴侣,怅钓鱼人去⑧,射虎人遥⑨,屠狗人无⑩。(下)

(丑扮酒保上)我家酒铺十分高,罚誓无赊挂酒标⑪。只要有钱凭你饮,无钱滴水也难消⑫。小子是这长安市上,新丰馆大酒楼,一个小二哥的便是。俺这酒楼,在东、西两市中间,往来十分热闹。凡是京城内外,王孙公子,官员市户,军民百姓,没一个不到俺楼上来吃三杯。也有吃寡酒的⑬,吃案酒的⑭,买酒去的,包酒来的,打发个不了。道犹未了,又一个吃酒的来也。

【上京马】(外行上)遥望见绿杨斜靠画楼隅,滴溜溜一片青帘风外舞⑮,怎得个燕市酒人来共沽⑯!(唤科)酒家有么?(丑迎科)客官,请楼上坐。(外作上楼科)是好一座酒楼也。敞轩窗日朗风疏,见四周遭粉壁上⑰,都画着醉仙图⑱。

(丑)客官自饮,还是待客?(外)独饮三杯。有好酒呵取来。(丑)有好酒。(取酒上科)酒在此。(内叫科)小二哥,这里来。(丑应,忙下)(外饮酒科)

【梧叶儿】俺非是爱酒的闲陶令⑲,也不学使酒的莽灌夫⑳,一谜价痛饮兴豪粗㉑。撑着这醒眼儿谁㪅睬㉒?问醉乡深可容得吾?听待市怎喧呼㉓,偏冷落高阳酒徒㉔。

(作起看科)(老旦扮内监,副净、末、净扮官,各吉服,杂捧金帛、牵羊酒随行上,绕场下)(丑捧酒上)客官,热酒在此。(外)酒保,我问你咱。这楼前那些官员,是往何处去来?(丑)客官,你一面吃酒,我一面告诉你波。只为国舅杨丞相,并韩国、虢国、秦国三位夫人,万岁爷各赐造新第。在这宣阳里中,四家府门相连,俱照大内一般造法。这一家造来,要胜似那一家的;那一家造来,又要赛过这一家的。若见那家造得华丽,这家便拆毁了,重新再造。定要与那家一样,方才住手。一座厅堂,足费上千万贯钱钞㉕。今日完工,因此合朝大小官员,都备了羊酒礼物,前往各家称贺,打从这里过去。(外惊科)哦,有这等事!(丑)待我再去看热酒来

---

① 乘除:世间事的反复变化,有盛有衰。 ② 不争:不这样。姓字老樵渔:自己和樵夫、渔夫一样度过一生。指成了平凡人,没做出惊天动地的事业。 ③ 天街:京城中的街道。 ④ 遣牢骚:排遣愁闷的心情。 ⑤ 宽逆旅:宽怀心情。李白《春夜宴桃李园序》:"人生者万物之逆旅"指一切事物萦结于心中。 ⑥ 纷如:纷纷乱乱的样子。这里是化用名句"天下熙熙,皆为利来;天下攘攘,皆为利往。"指人们不觉悟,只为眼前利益奔忙。 ⑦ 独醒:战国时楚国屈原,曾任三闾大夫,遭放逐,他行吟泽畔,说"众人皆醉我独醒"。这是合上句一起来说。 ⑧ 钓鱼人:指姜子牙。他曾在磻溪用直钩钓鱼,后来辅佐周文王创立周朝。 ⑨ 射虎人:指李广。他是西汉名将,善骑射。一次夜间射虎,天明才发现是一石,箭已射入石中很深,有飞将军之称。 ⑩ 屠狗人:指樊哙。西汉初名将,当年以屠狗为业,随刘邦转战南北,以功大受封。以上三句是叹息没有安邦定国之才。 ⑪ 罚誓:即发誓,下决心不再赊酒。酒标:酒店的幌子。 ⑫ 难消:难以消受,指不能饮酒。 ⑬ 吃寡酒:没有朋友来陪,只一个人喝。 ⑭ 案酒:吃包席,众人一起吃喝。 ⑮ 青帘:酒幌子。 ⑯ 燕市酒人:燕市,战国时期燕国的京城。酒人,醉酒的人。据记载,荆轲爱喝酒,经常和狗屠及高渐离饮于燕市。沽:买。 ⑰ 四周遭:四面墙上。 ⑱ 醉仙图:历史上能喝酒的人的图画。 ⑲ 闲陶令:晋代大诗人陶渊明爱喝酒,又不愿做官,赋闲在家,所以说闲陶令。 ⑳ 莽灌夫:汉朝人灌婴爱喝酒,为人又刚直,喝酒时痛骂丞相田蚡,后被诛杀。 ㉑ 一谜价:一直地,尽意尽情地。 ㉒ 撑着:睁大了眼睛。㪅睬(chǒu cǎi):理睬。 ㉓ 喧呼:乱声叫嚷。 ㉔ 高阳酒徒:汉初,郦食其投奔刘邦,刘邦以他是书生,不见。他说:"吾高阳酒徒也!"于是刘邦收留了他。这里是郭子仪自指。 ㉕ 贯:古时用铜钱,把一千文用绳穿在一起,为一贯。这里指花了很多钱。

波。(下)(外叹科)呀,外戚宠盛,到这个地位,如何是了也!

【醋葫芦】怪私家恁僭窃①,竞豪奢夸土木。一班儿公卿甘作折腰趋②,争向权门如市附③。再没有一个人呵,把舆情向九重分诉④。可知他朱甍碧瓦⑤,总是血膏涂⑥!

　　(起科)心中一时忿懑,不觉酒涌上来,且向四壁闲看一回。(作看科)这壁厢细字数行,有人题的诗句。我试觑波。(作看念科)"燕市人皆去,函关马不归。若逢山下鬼,环上系罗衣⑦。"呀,这诗是好奇怪也!

【幺篇】我这里停睛一直看,从头儿逐句读。细端详,诗意少祯符⑧。且看是什么人题的?(又看念科)李遐周题⑨。(作想科)李遐周,这名字好生熟识!哦,是了,我闻得有个术士李遐周⑩,能知过去未来,必定就是他了。多则是就里难言藏谶语⑪,猜诗谜杜家何处⑫?早难道醉来墙上信笔乱鸦涂⑬!

　　(内作喧闹科)(外唤科)酒保那里?(丑上)客官,做甚么?(外)楼下为何又这般喧闹?(丑)客官,你靠着这窗儿,往下看去就是。(外看科)(净王服,骑马,头踏职事前导引上⑭,绕场行下科)(外)那是何人?(丑笑指科)客官,你不见他那个大肚皮么?这人姓安名禄山。万岁爷十分宠爱他,把御座的金鸡步障都赐与他坐过⑮。今日又封他做东平郡王,方才谢恩出朝,赐归东华门外新第⑯,打从这里经过。(外惊怒科)呀,这、这就是安禄山么?有何功劳,遽封王爵⑰?唉,我看这厮面有反相⑱,乱天下者,必此人也⑲!

【金菊香】见了这野心杂种牧羊的奴⑳,料蜂目豺声定是狡徒㉑。怎把个野狼引来屋里居?怕不将题壁诗符㉒?更和那私门贵戚,一例逞妖狐㉓。

　　(丑)客官,为甚事这般着恼来?(外)

【柳叶儿】哎,不由人冷飕飕冲冠发竖,热烘烘气夯胸脯㉔,咭当当把腰间宝剑频频觑㉕。

---

① 僭(jiàn)窃:古时,臣子的住宅用物超过了规定的标准。　② 折腰趋:作揖打躬,卑躬屈膝。趋,趋向,趋奉。　③ 市附:赴市坊,赶集。　④ 舆情:百姓们的情绪和意见。九重:深宫,是皇帝居住的地方。这里代指皇帝。　⑤ 朱甍碧瓦:建筑极端豪华的住宅。甍上涂朱,屋铺碧瓦。甍(méng),房脊。　⑥ 血膏涂:郭子仪指出,红色的甍,就是劳动人民的血,碧色的瓦,就是劳动人民的膏。指统治阶级的豪华奢侈生活,都是建筑在对劳动人民的残酷剥削上。涂,涂抹。　⑦ 这四句诗,是对后来历史事件的预言,即本出戏的戏目《疑谶》中的"谶"。第一句写安禄山。他任渔阳节度使之后,起兵杀向中原。第二句写哥舒翰。当时是潼关守将,出兵讨伐安禄山,战于函谷关一带,兵败,后被杀。第三句写唐玄宗逃亡西蜀,大军至马嵬坡,军士哗变,要求处死杨家兄妹。第四句写杨贵妃自缢身死。　⑧ 祯符:吉祥的瑞符,好兆头。　⑨ 李遐周:当时的一位江湖术士,以善于推演数术著名,时有应验。　⑩ 术士:推究数术,说阴阳,演八卦等一些所谓预知手段的人。自称能知过去,看未来。实则都是骗人的迷信活动。这里是借用,以应谶言。　⑪ 多则是:多半是。就里:其中。难言:难以直接说明。藏谶语:暗里包含着预言的话。　⑫ 猜诗谜杜家:一位善于猜诗谜的人。何处:在哪里。意为谁来说破这个谜。　⑬ 信笔:随便写。乱鸦涂:胡乱涂抹。　⑭ 头踏职事:古代官员出行时所用的仪仗队,走在前头的,是马队。　⑮ 金鸡步障:围在坐榻周围的屏障,上面绣有金鸡的图案。这是一种很高贵的安排王公大臣的礼节。据记载,唐玄宗时,曾给安禄山这种待遇。　⑯ 赐归新第:为安禄山新建造的豪华的大宅院。　⑰ 遽封王爵:一下子封赏给王的爵位,指前面提到的东平郡王。唐前期的将帅虽然功劳大,也并不封王,从安禄山开了这种先例,所以说"遽封"。　⑱ 面有反相:从脸上的气色、纹理等来观察人的命运走向,也属谶言之类。这里是对安禄山谋反的预测。　⑲ "乱天下者"句:指日后有反叛行动。也是谶言。　⑳ 杂种:骂人的话。不是纯正血统的人。据记载,安禄山的父亲是胡人,母亲是突厥人。牧羊的奴:指斥安禄山的出身。　㉑ 蜂目豺声:凶恶的长相,野兽的声音,是相面的人对坏人面相的预言。　㉒ "怕不将"句:把那诗中的谶言来应验。符,相合。　㉓ 逞妖狐:施展妖魔和狐狸的手段,指做害人的事。　㉔ 气夯:怒气上升,冲撞着胸膛。形容十分生气。　㉕ 咭当当:象声词,把宝剑从鞘中急速抽出时发出的响声。

(丑)客官,请息怒,再与我消一壶波。(外)呀,便教俺倾千盏,饮尽了百壶,怎把这重沉沉一个愁担儿消除①!

　　(作起身科)不吃酒了,收了这酒钱去者。(丑作收科)别人来"三杯和万事",这客官"一气惹千愁"。(下)(外作下楼,转行科)我且回到寓中去波。

【浪来里】见着那一桩桩伤心的时事迍②,凑着那一句句感时的诗谶伏③。怕天心人意两难摸,好教俺费沉吟,趷踏地将眉对蹙④。看满地斜阳欲暮,到萧条客馆,兀自意踌躇。

　　(作到寓进坐科)(副净扮家将上)(见科)禀爷,朝报到来⑤。(外看科)"兵部一本:为除授官员事。奉圣旨,郭子仪授为天德军使,钦此。"原来旨意已下,索早收拾行李,即日上任去者。(副净应科)(外)俺郭子仪虽则官卑职小⑥,便可以此报效朝廷也呵!

【高过随调煞】赤紧似尺水中展鬐鳞⑦,枳棘中拂毛羽⑧。且喜奋云霄有分上天衢⑨,直待的把乾坤重整顿,将百千秋第一等勋业图。纵有妖氛孽蛊⑩,少不得肩担日月⑪,手把大唐扶⑫。

　　　　马蹄空踏几年尘,(胡宿)
　　　　长是豪家据要津。(司空图)
　　　　卑散自应霄汉隔,(王建)
　　　　不知忧国是何人?(吕温)

【导读】

　　一、《长生殿》是一本历史剧。借唐明皇与杨贵妃的爱情故事,全面地反映了唐代中期的社会风貌,反映了安史之乱产生的根源以及唐王朝由盛而衰的整个过程。全剧以李、杨的爱情故事为中心,表现了他二人由识而爱,因爱而死,死后更爱的缠绵故事。从根本上表现了一个"情"字在人生中的作用。如《传概》中所说:"借太真外传谱新词,情而已"。但是在对李杨忠贞不渝的爱情进行描写的同时,也描写了他们的爱情给社会带来的负面影响,这就是不问朝政,"占了情场,坏了朝纲"。另外,由于宠信杨家兄妹,还给社会带来巨大损害,而且导致了安禄山的得宠,并进而酿成了安史之乱。不仅毁灭了他们的爱情,而且也毁灭了唐王朝。虽然死而成仙,爱而不绝,但也无法挽回历史的影响。此剧的另一个伟大成就则在于描写安史之乱给社会带来破坏的同时,也描写了社会上各阶层人士的面貌,讽刺了投降安禄山的那些大臣,也歌颂了一些正面人物,有所作为的郭子仪,在敌人面前宁死不屈的雷海青等人。这才是《长生殿》的成功之处。

　　二、郭子仪是《长生殿》塑造得最为成功的正面人物之一。作者给了他很多的篇幅。从这时他刚出场开始,到后边他立功打败了安禄山,恢复唐朝江山为止,作为一代英雄,在这出戏里,他的思想得到了

---

① 愁担儿:形容愁多。　② 迍:音wù,同"忤",不称心如意。　③ 伏:藏着,暗含着。　④ 趷踏:同疙瘩,一下子皱起眉头。蹙:皱紧。　⑤ 朝报:朝廷的公报,公布皇帝的谕旨、诏令、大臣的奏议、官吏们的升迁等,又称邸报,相当于后来的邸钞。是今日报纸的前身。　⑥ 官卑职小:天德军使驻地在边疆。古代没有官职的人即平民百姓没有上书言国事的权利,有了官阶才可以。所以不嫌官职低微。　⑦ 赤紧似:正好像。尺水中:小的活动范围。鬐鳞:本指鱼类颈上的毛和鱼类的鳞。这里是化用"龙非池中物"的成句。表示将要奋发有作为。　⑧ 枳棘:低矮的灌木丛。拂毛羽:指猛禽离开暂时栖身的地方,欲展翅高飞。　⑨ 有分:有可能,有机遇。上天衢:进入朝廷。将来位列将相。　⑩ 妖氛孽蛊:迷人的妖雾,害人的毒虫,都比喻邪恶的势力。　⑪ 肩担日月:与上文重整乾坤相对,都是身负重任,要拯救国家。　⑫ 手把:一手,亲手。扶:扶起,扶正,扶助。

非常充分的展现。作者是分四个层次来描写的,首先写他独上酒楼,透露出胸怀大志,愿为国家出力的伟大抱负。次写他喝酒时凭窗临望,对杨氏兄妹四家大兴土木,建筑豪华府第,表示极大的愤慨,再次穿插了一段谶诗,引发了他对当时社会的思考。最后写他看到安禄山在楼下走过,立刻和谶诗联系起来,表现出极大的愤慨,反映出他的疾恶如仇的思想,而以愿意展示胸中伟大抱负结束全场。在这出戏里,郭子仪的英雄形象写得非常突出,给人以深刻的印象。

三、这出戏里,只有一个人物在活动,另一个人物店小二只是随时穿插一些话。因此,要写好,是很难的。为此,除了安排适当的唱腔外,作者在人物形象处理上也下了很大功夫。全出戏以上酒楼开始,以下酒楼结束。在这一上一下之间,要表现出人物性格,就只有喝酒一件事。作者紧紧抓住他上酒楼,喝酒前的心情,充分展示了他的伟大胸怀,给人以深刻的印象,然后还写他边饮边看的动作,结合内心独白的唱词,来充分加以表现,因此,作者安排的"看",就成了中心的事件,戏中有三看:一看近处,是杨氏兄妹的新府第。二看楼内,观望四周,特别突出诗谶。三看楼下,安禄山的骄横姿态。这三看,连在了一起,表示了郭子仪对唐朝社会现状的种种清醒认识,这是安史之乱发生的原因,也是唐朝由盛转衰的原因,还是郭子仪力挽危局的根本原因。这是全剧中非常重要的一场,因为它串起全戏的主要内容。

孔尚任

孔尚任(1648—1718),清戏曲作家。字聘之、季重,号东塘、岸堂,别署云亭山人。山东曲阜人。孔子六十四代孙。初隐居石门山,康熙南巡至曲阜时被荐讲经,破格授国子监博士,累迁户部主事、员外郎。后因事罢官,家居终老。以传奇《桃花扇》名世,时与洪昇并称"南洪北孔"。剧作还有与顾彩合撰的《小忽雷》传奇。另有诗文集《湖海集》《岸堂文稿》等。

桃花扇

第二十四出 骂筵

【缕缕金】(副净扮阮大铖吉服上)风流代①,又遭逢,六朝金粉样②,我偏通③。管领烟花④,衔名供奉⑤。簇新新帽乌衬袍红⑥,皂皮靴绿缝,皂皮靴绿缝⑦。

(笑介)我阮大铖亏了贵阳相公破格提挈⑧,又取在内庭供奉。今日到任回来,好不荣耀。且喜今上性喜文墨⑨,把王铎补了内阁大学士,钱谦益补了礼部尚书。

---

① 风流代:风流时代,指征选歌妓之事。 ②"六朝"句:像六朝金粉那样征歌选舞、奢侈淫靡的生活。金粉,妇女们用来修饰用的铅粉。六朝时期,南京城统治者过着极其奢靡的生活。 ③ 偏通:都完全学会。 ④ 管领烟花:做管卖笑生涯的人的头领。 ⑤ 衔名供奉:有一个名叫供奉的官衔。供奉,以文学、技艺供职于内廷的官。 ⑥ 帽乌:黑色的乌纱帽,映衬着红色的袍带。 ⑦ 皂皮靴:黑色的靴子。 ⑧ 提挈:挈,音qiè,提拔。阮大铖当年曾依附阉党魏忠贤,颇受东林党攻击,因此被废斥,无官无职。后来追随马士英,拥立福王有功,一下子被任命为兵部尚书。因此说"破格提挈"。 ⑨ 今上:指皇帝。福王,朱由崧,本为崇祯之弟。清兵入关后的次年,乙酉年(1645)在南京称帝,年号弘光。只不到一年,清兵破城,南明朝廷即灭亡。

区区不才①,同在文学侍从之班。天颜日近,知无不言②。前日进了四种传奇③,圣心大悦,立刻传旨,命礼部采选宫人,要将《燕子笺》被之声歌④,为中兴一代之乐。我想这本传奇,精深奥妙,倘被俗手教坏,岂不损我文名?因而乘机启奏:"生口不如熟口,清客强似教手⑤。"圣人从谏如流⑥,就命广搜旧院⑦,大罗秦淮⑧,拿了清客妓女数十余人,交与礼部拣选。前日验他色艺,都只平常;还有几个有名的,都是杨龙友旧交,求情免选,下官只得勾去。昨见贵阳相公,说道:"教演新戏是圣上心事,难道不选好的,倒选坏的不成?"只得又去传他,尚未到来。今乃乙酉新年人日佳节⑨,下官约同龙友,移樽赏心亭⑩,邀俺贵阳师相饮酒看雪。早已吩咐把新选的妓女,带到席前验看。正是:花柳笙歌隋事业,谈谐裙屐晋风流⑪。(下)

【黄莺儿】(老旦扮卞玉京道妆、背包急上)家住蕊珠宫⑫,恨无端业海风⑬,把人轻向烟花送⑭。喉尖唱肿,裙腰舞松,一生魂在巫山洞⑮。俺卞玉京,今日为何这般打扮?只因朝廷搜拿歌妓,逼俺断了尘心。昨夜别过姐妹,换上道妆,飘然出院,但不知那里好去投师?望城东云山满眼,仙界路无穷。

(飘摇下)(副净、外、净扮丁继之、沈公宪、张燕筑三清客上)

【皂罗袍】(副净)正把秦淮箫弄,看名花好月,乱上帘栊。凤纸签名唤乐工⑯,南朝天子春心动。我丁继之,年过六旬,歌板久抛。前日托过杨老爷,免我前往。怎的今日又传起来了?(外、净)俺两个也都是免过的,不知又传,有何话说。(副净拱介)两位老弟,大家商量,我们一班清客,感动皇爷,召去教歌,也不是容易的。(外、净)正是。(副净)二位青年上进,该去走走;我老汉多病年衰,也不望甚么际遇了⑰。今日我要躲过,求二位遮盖一二。(外)这有何妨?太公钓鱼,愿者上钩。(净)是是。难道你犯了王法,定要拿去审问不成?(副净)既然如此,我老汉就回去了。(回行介)急忙回首,青青远峰;逍遥寻路,森森乱松。(顿足介)若不离了尘埃,怎能免得牵绊?(袖出道巾、黄绦换介)(转头呼介)二位看俺打扮罢,道人醒了扬州梦⑱。

(摇摆下)(外)咦!他竟出家去了,好狠心也。(净)我们且坐廊下晒暖,待他姊妹到来,同去礼部过堂⑲。(坐地介)(小旦扮寇白门,丑扮郑妥娘,杂扮差役跟上)

---

①区区不才:对自己的谦称。 ②知无不言:这是美化自己的话。实际上小人最善于察言观色,会投皇帝之所好,揣摩皇帝的心理,知道皇帝想要做什么,会立即趋奉上去。 ③进了四种传奇:进,进上,主动送上。阮大铖作《春灯谜》《燕子笺》《牟尼合》《双金榜》合称《石巢四种传奇》。 ④被之声歌:把剧本用演唱表现出来。 ⑤清客:原指在有钱人家帮闲凑趣的门客,本文是指教妓女吹奏与歌舞的师傅。 ⑥从谏如流:原指听从别人的谏言非常顺意。此处指弘光皇帝受阮大铖蒙骗,他说怎么便怎么。 ⑦旧院:当时歌妓舞女们聚居的地方。 ⑧大罗:大范围地搜罗。 ⑨人日佳节:正月初七日,古时人们很重视这个节日,所以称佳节。 ⑩移樽:把酒席设在外间地点。赏心亭:南京的一处名胜,在城西城门上,下临秦淮河。北宋时,丁谓出镇南京,皇帝赠他周昉画《袁安卧雪图》,他建此亭,将画挂于其中欣赏,故名。后来文人多于此处聚会。 ⑪谈谐:东晋时,文人崇尚清谈,时以俊语相谐谑。裙屐:屐音jī。下裙和木屐,登山时穿着。 ⑫蕊珠宫:道家典籍中神仙住的地方。意指家本清白。 ⑬业海:人的罪孽深重,如大海之无边,此处指沦为妓女。 ⑭烟花:妓女。 ⑮巫山洞:妓女生涯。宋玉《高唐赋》中说,巫山有神女,梦中与楚王相会。 ⑯凤纸:凤诏。皇帝的诏书。 ⑰际遇:遭际,发达的机会。旧指良臣遇上明主。后被皇帝召用。 ⑱扬州梦:尘世生活如梦境一般。唐杜牧诗云:"十年一觉扬州梦。" ⑲过堂:指礼部挑选,在大堂上进行。

（小旦）桃片随风不结子①。（丑）柳绵浮水又成萍②。（望介）你看老沈、老张不约俺一声儿，先到廊下向暖。我们走去，打他个耳刮子。（相见，诨介③）（外问杂介）又传我们到那里去？（杂）传你们到礼部过堂，送入内庭教戏。（外）前日免过俺们了。（杂）内阁大老爷不依，定要借重你们几个老清客哩④。（净）是那几个？（杂）待我瞧瞧票子⑤。（取票看介）丁继之、沈公宪、张燕筑。（问介）那姓丁的如何不见？（外）他出家去了。（杂）既出了家，没处寻他，待我回官罢。（向净、外介）你们到了的，竟往礼部过堂去。（净）等他姊妹们到齐着。（杂）今日老爷们秦淮赏雪，吩咐带着女客，席上验看哩。（外、净）既是这等，我们先去了。正是：传歌留乐府⑥，捩笛傍宫墙⑦。（下）（杂看票问小旦介）你是寇白门么？（小旦）是。（杂问丑介）你是卞玉京么？（丑）不是，我是老妥。（杂）是郑妥娘了。（问介）那卞玉京呢？（丑）他出家去了。（杂）咦！怎么出家的都配成对儿。（问介）后边还有一个脚小走不上来的，想是李贞丽了？（小旦）不是，李贞丽从良去了⑧。（杂）我方才拉他下楼，他说是李贞丽，怎的又不是？（丑）想是他女儿顶名替来的。（杂）母子总是一般，只少不了数儿就好了。（望介）他早赶上来也。

【忒忒令】（旦）下红楼残腊雪浓，过紫陌早春泥冻⑨。不惯行走，脚儿十分痛。传凤诏，选蛾眉，把丝鞭，骑骄马，催花使乱拥⑩。

奴家香君，被捉下楼，叫去学歌，是俺烟花本等⑪，只有这点志气，就死不磨⑫。（杂喊介）快些走动！（旦到介）（小旦）你也下楼了，屈尊，屈尊⑬。（丑）我们造化⑭，就得服侍皇帝了。（旦）情愿奉让罢⑮。（同行介）（杂）前面是赏心亭了，内阁马老爷，光禄阮老爷，兵部杨老爷，少刻即到。你们各人整理伺候。（杂同小旦、丑下）（旦私语介）难得他们凑来一处，正好吐俺胸中之气。

【前腔】赵文华陪着严嵩⑯，抹粉脸席前趋奉⑰；丑腔恶态⑱，演出真《鸣凤》。俺做个女祢衡，挝渔阳，声声骂⑲，看他懂不懂。

（净扮马士英，副净扮阮大铖，末扮杨文骢，外、小生扮从人喝道上）（旦避下）（副净）琼瑶楼阁朱徽抹⑳。（末）金碧峰峦粉细勾㉑。（净）好一派雪景也。（副净）这座赏心亭，原是看雪之所。（净）怎么原是看雪之所？（副净）宋真宗曾出周昉雪图，赐与丁谓。说道："卿到金陵，可选一绝景处张之。"因建此亭。（净看壁介）这

---

①"桃片"句：比喻妓女一生受人玩弄，没有结果。②"柳绵"句：比喻妓女生活最终仍然无所寄托。柳绵，通称柳絮。古人认为，柳絮落水，化为浮萍，随水游荡。③诨介：舞台上人物做一个滑稽的动作。④借重：过分看重。⑤票子：上面递下来的传票。⑥乐府：指秦汉以来的官府管理奏乐的机关。⑦捩（yè）笛：用手按乐管的孔。吹奏时，发出不同的声，唐代乐工李謩曾在宫墙外偷听宫内的御乐，用手捩笛，把乐谱记了下来。⑧从良：旧时妓女被人赎出嫁人叫从良。⑨紫陌：宫城中的道路。⑩催花使：催送妓女的官吏使臣。⑪本等：本来就应当的事，本分内的事。⑫不磨：不可磨灭，不可除掉。⑬屈尊：委屈你的大驾，这是客套语。⑭造化：好的机会。⑮奉让：举两手让给别人。⑯赵文华：明朝嘉靖年间的进士，曾经攀认严嵩为干爹，乃谄媚小人。《鸣凤记》中刻画得十分形象。这里指阮大铖。⑰抹粉脸：赵文华、阮大铖都是小人，戏曲中由副净扮演，脸上涂白方块，即京剧中的文丑。⑱丑腔恶态：卑陋的腔调，丑恶的动作。指奴才相。⑲祢衡：汉末文人，曾在众人大会上，当众裸衣击鼓，揭露曹操的丑行。明代徐渭撰《狂鼓史渔阳三弄》即以此史实为题材。文中是指李香君要效法祢衡大骂马、阮，揭露他们的罪行。⑳琼瑶楼阁：本指仙境。这里是雪后在阳光照射下的楼阁如图画中用朱红颜色绘制的一样，美丽多姿。㉑"金碧峰峦"句：阳光照射下雪后的山峦，如同图画中用金色、碧色等五彩颜色细细地勾画出的一样。

壁上单条①,想是周昉雪图了。(末)非也。这是画友蓝瑛新来见赠的②。(净)妙妙!你看雪压钟山,正对图画③。赏心胜地,无过此亭矣。(末吩咐介)就把炉、榼、游具摆设起来④。(外、小生设席坐介)(副净向净介)荒亭草具⑤,忝爱高攀,着实得罪了。(净)说那里话。可笑一班小人,奉承权贵,费千金盛设。十分丑态,一无所取,徒传笑柄⑥。(副净)晚生今日扫雪烹茶,清谈攀教,显得老师相高怀雅量,晚生辈也免了几笔粉抹⑦。(净)呵呀!那戏场粉笔,最是利害,一抹上脸,再洗不掉;虽有孝子慈孙,都不肯认做祖父的。(末)虽然利害,却也公道,原以儆戒无忌惮之小人,非为我辈而设。(净)据学生看来,都吃了奉承的亏。(末)为何?(净)你看前辈分宜相公严嵩⑧,何尝不是一个文人,现今《鸣凤记》里抹了花脸,着实丑看。岂非赵文华奉承坏了?(副净打恭介)是是。老师相是不喜奉承的,晚生惟有心悦诚服而已。(末)请酒。(同举杯介)(副净问外介)选的妓女,可曾叫到了么?(外禀介)叫到了。(杂领众妓叩头介)(净细看介)(吩咐介)今日雅集,用不着他们,叫他礼部过堂去罢。(副净)特令到此伺候酒席的。(净)留下那个年小的罢。(众下)(净问介)他唤什么名字?(杂禀介)李贞丽。(净笑介)丽而未必贞也。(笑问副净介)我们扮过陶学士了⑨,再扮一折党太尉何如⑩?(副净)妙妙!(唤介)贞丽过来斟酒唱曲。(旦摇头介)(净)为何摇头?(旦)不会。(净)呵呀!样样不会,怎称名妓?(旦)原非名妓。(掩泪介)(净)你有甚心事,容你说来。

【江儿水】(旦)妾的心中事,乱似蓬⑪,几番要向君王控。拆散夫妻惊魂迸⑫,割开母子鲜血涌⑬,比那流贼还猛。做哑装聋,骂着不知惶恐。

(净)原来有这些心事。(副净)这个女子却也苦了。(末)今日老爷们在此行乐,不必只是诉冤了。(旦)杨老爷知道的,奴家的冤苦,也值当不的一诉⑭。

【五供养】堂堂列公,半边南朝,望你峥嵘⑮。出身希贵宠⑯,创业选声容⑰,后庭花又添几种⑱。把俺胡撮弄⑲,对寒风雪海冰山,苦陪觞咏⑳。

(净怒介)哇!这妮子胡言乱道,该打嘴了。(副净)闻得李贞丽原是张天如、夏彝仲辈品题之妓㉑,自然是放肆的。该打,该打。(末)看他年纪甚小,未必是那个李贞丽。(旦恨介)便是他待怎的!

---

① 单条:条幅。 ② 新来:近来。 ③ 正对:正好和画中描绘的相符合。对,对得上,相似。 ④ 榼(kē):古代盛酒或茶水的用具。 ⑤ 草具:粗劣的食物,这里是谦虚的客套话。 ⑥ 笑柄:令人作为谈笑的把柄。 ⑦ "晚生"句:阮大铖本来要在场上扮个丑角,演一出戏,丑角勾粉脸,所以下文马上就说"戏场粉笔"的话。 ⑧ 分宜相公严嵩:严嵩是江西分宜人,故如此称。 ⑨ 陶学士:陶谷,后周时曾任翰林学士。他在家宴时,曾用雪水烹茶,颇为文雅。 ⑩ 党太尉:名党进,任太尉之职,他也爱喝酒,但是粗人,不懂文雅。只会"羊羔美酒"、"浅斟低唱"。后来陶家与党家就成了文雅与粗俗的代名词。 ⑪ 乱似蓬:比蓬草还乱。 ⑫ 拆散夫妻:指第十二出侯方域受阮大铖迫害而出走。 ⑬ 割开母子:指第二十二出阮大铖逼迫李香君下楼嫁给田仰。其母李贞丽代替李香君嫁过去。 ⑭ 值当不的:口语,不值得。 ⑮ 峥嵘:原指山势峻高陡峭,这里是指振作起来,有所作为,恢复明朝天下的意思。 ⑯ 出身:出来做官,立身行事。希:打算,谋求。贵宠:大官,指马士英。 ⑰ 创业:建立南明朝廷之初。选声容:不思振作,竟然选纳女色。声容,唱歌,打扮。指美女。 ⑱ 后庭花:歌曲名,《玉树后庭花》的省称。南朝时陈后主喜欢此曲,隋军已大兵压境,他还在后宫演奏此曲,以致被俘。后来此曲被视为亡国的歌声。 ⑲ 胡撮弄:胡乱摆布。指选她来演《燕子笺》。 ⑳ 觞咏:达官贵人们饮酒作乐。 ㉑ 张天如、夏彝仲:指明末复社与几社的领袖人物张溥和夏允彝。品题:评题,评论。

【玉交枝】东林伯仲①,俺青楼皆知敬重②。干儿义子重新用③,绝不了魏家种④!(副净)好大胆,骂的是那个?快快采去丢在雪中⑤。(外采旦推倒介)(旦)冰肌雪肠原自同,铁心石腹何愁冻!(副净)这奴才,当着内阁大老爷,这般放肆,叫我们都开罪了。可恨,可恨!(下席踢旦介)(末起拉介)(净)罢罢。这样奴才,何难处死,只怕妨了宰相之度。(末)是是。丞相之尊,娼女之贱,天地悬绝,何足介意?(副净)也罢。启过老师相,送入内庭,拣着极苦的脚色,叫他去当。(净)这也该的。(末)着人拉去罢。(杂拉旦介)(旦)奴家已拼一死。吐不尽鹃血满胸⑥,吐不尽鹃血满胸。

(拉旦下)(净)好好一个雅集,被这奴才搅乱坏了。可笑,可笑!(副净、末连三揖介)得罪,得罪!望乞海涵,另日竭诚罢。(净)兴尽宜回春雪棹⑦。(副净)客羞应斩美人头⑧。(净、副净、从人喝道下)(末吊场介)可笑香君才下楼来,偏撞两个冤对⑨,这场是非免不了的。若无下官遮盖,香君性命也有些不妥哩。罢罢!选入内庭,倒也省了几日悬挂。只是媚香楼无人看守⑩,如何是好?(想介)有了,画友蓝瑛托俺寻寓,就接他暂住楼上;待香君出来,再作商量。

赏心亭上雪初融,煮鹤焚琴宴巨公⑪。
恼杀秦淮歌舞伴,不同西子入吴宫。

【导读】

一、《桃花扇》是一部伟大的戏曲杰作,它借儿女之情,抒兴亡之感。它以侯方域和李香君悲欢离合的故事,反映了南明小朝廷覆亡的历史过程。从中歌颂了史可法、李香君等人的爱国主义思想,揭露了权奸马士英、阮大铖等人的卖国嘴脸。在中国戏剧史上,有着它光辉的地位。

二、李香君是书中写得最为成功的人物之一。她虽然身处青楼,却是非分明,有强烈的正义感。《却奁》一出,当她知道侯方域为她置办的妆奁,是来自阮大铖的赠给时,立即拔簪脱衣,摔于地上,不顾新婚之时,当即责备侯方域,不应当与阉党余孽往来。《守楼》一出,当阮大铖一伙逼她嫁给田仰时,她大骂阉党,并以头撞墙壁,誓死不从,表现了守正不阿的崇高品德。《骂筵》一出,更是她光辉形象的集中体现。她一来到筵前,看到阮大铖陪着马士英,便怒火满腔。骂他们是"赵文华陪着严嵩",两个坏蛋狼狈为奸,指出他们"抹粉脸席前趋奉,丑腔恶态"。这十分形象地揭露了马、赵二人奸贼的本质,也表现了李香君的清醒认识。接下去,她下了决心,要做一个女祢衡,大骂他二人,揭露他们的丑恶嘴脸,她唱出了刚刚登上宝座的弘光皇帝,已经忘记了国仇家难,过上了荒淫无耻的生活的现实:"出身希贵宠,创业选声容,后庭花又添几种!"简直超过了亡国之君陈后主。然后她转向了对有正义感的东林人士,几社、复社人士的歌颂,这才展现出她不单是有一般的爱憎,而是从政治上出发,从大局着想,有着深厚的爱国主义情感。此后便以她的清白、高贵的人格"冰肌雪腹肠"显示在人们面前,表现了一代妇女的可贵的品格。

三、这出戏,在写作技巧上,非常值得学习。可以分为前后两部分。前一部分,是写阮大铖,写他如何拍马士英的马屁,如何趋奉,如何捉拿演员,不仅反映了阮大铖的坏人坏事坏心肠,使观众看清了他的

---

① 东林伯仲:承上句几社、复社而来,认为几社和复社中人与东林党人相同,影响在伯仲之间。伯仲,排行上的老大和老二,常用来指不相上下。 ② 青楼:妓女的代称。 ③ 干儿义子:指阮大铖曾经是魏忠贤的干儿子。重新用:现在又重新掌权。 ④ 魏家种:魏忠贤是宦官,没有后代。这里是说,阮大铖是魏忠贤的继承人。 ⑤ 采去:抓起来丢到外边。 ⑥ 鹃血:杜鹃鸟啼叫时,口边流血。这里以杜鹃鸟自比,满腔义愤,都要带血吐出。 ⑦ "兴尽"句:用王子猷冒雪访戴安道的典故。这里是没有了兴致。 ⑧ "客羞"句:东晋石崇宴客,令美人劝酒,客不饮,即斩美人头。这里指应当处死李香君。 ⑨ 冤对:冤家,对头。 ⑩ 媚香楼:李香君的住宅。 ⑪ 煮鹤焚琴:比喻糟蹋美好的事物。

奸人的嘴脸,而且还为后一部分李香君大骂打下了基础。骂得好,骂得应该,骂得有理。她疾恶如仇,而且深明大义。她上场后,只有五段唱腔,而一段腔比一段腔来得激烈,一段腔比一段腔的感情高昂。〔玉交枝〕一曲最后一两句重叠的唱表达了强烈的思想感情,使得马、阮二人灰溜溜地逃下场去,连杨龙友这个无耻之徒,也自我解嘲地退下场去。

诗　歌

钱谦益

钱谦益(1582—1664),字受之,号牧斋,晚号蒙叟、东涧老人。学者称虞山先生,清初诗坛的盟主之一。常熟(今属江苏)人。明万历三十八年(1610)进士,官至礼部侍郎,因与温体仁争权失败而被革职。在明末他作为东林党首领,已颇具影响。马士英、阮大铖在南京拥立福王,钱谦益依附之,为礼部尚书。后降清,仍为礼部侍郎。但很快他就告病归,与反清势力保持联系。其诗作于明者收入《初学集》,入清以后的收入《有学集》;另有《投笔集》系晚年之作,多抒发反对清朝、恢复故国的心愿。

后秋兴①·其十三

海角崖山一线斜,从今也不属中华②。
更无鱼腹捐躯地,况有龙涎泛海槎③?
望断关河非汉帜,吹残日月是胡笳④。
嫦娥老大无归处⑤,独倚银轮哭桂花⑥。

【导读】

一、这是钱谦益《后秋兴》第十三组第二首,以激扬的气节感慨兴亡,表达了身陷新朝而痛悼故国的复杂心绪。首联借宋亡写南明覆灭。从这首诗可以看出,钱诗既善于使事用典,也富于辞采;既有唐诗的情趣,也有宋诗的理智,从而呈现出一种典丽闳深的格调。

二、明清之际的诗坛大家当推钱谦益、吴伟业。牧斋、梅村二人虽"两姓事君王",在政治立场上进退无据,于大节有亏,但不能因人废言否定他们的诗歌成就,他们的诗也是一种特殊面貌的遗民诗。钱牧斋针对明代诗坛纷纭庞杂的争论,提出了截断众流的理论。如把前后七子和竟陵派目之为"学古而赝"

---

① 后秋兴:杜甫有《秋兴八首》,钱谦益用其题和韵,故名《后秋兴》。《后秋兴》共104首。康熙元年,南明桂王朱由榔被吴三桂所杀,明朝因此灭亡。此篇或为此而作。　②"海角"二句:意思是明朝已亡。海角,本指伸入海中的狭长陆地,后常以指偏僻之处。崖山,亦名崖门山,在广东新会县海中。此地即南宋末陆秀夫背着帝昺跳海处。一线斜,形容海角、崖山细长如线。　③"更无"二句:意思是清朝统治了全国,也控制了海外。鱼腹捐躯地,意思是全国已被清人统治,找不到一块干净的土地。《楚辞·渔父》中载屈原不愿以清白之身"蒙世俗之尘埃",而"宁赴湘流,葬于江鱼腹中"。龙涎,龙涎香,一种产于鲸鱼内的名贵香料。海槎,用来渡海的木筏。　④"望断"二句:意思是明朝灭亡,清代统治天下。日月,二字合在一起即是"明"字。胡笳,一种少数民族乐器,因清是满族,故以代清。　⑤嫦娥:一是借用李商隐"嫦娥应悔偷灵药,碧海青天夜夜心"的诗句,表达自己失节仕清的悔恨;二是表示因为永历王朝的灭亡,自己如嫦娥一样无家可归,无国可依,无处托身。　⑥桂花:隐指桂王。

"师心而妄"者,他肯定公安派但也对公安派的"机锋侧出,矫枉过正"提出批评。钱谦益论诗主张转益多师、别裁伪体。他本人的诗歌就熔铸唐宋诸大家,兼取元遗山,可谓"才气横放,无所不有"。他的大型七律组诗《金陵秋兴》饱含诗人抗清复明的强烈感情,其价值可视为明清之诗史。

顾炎武

顾炎武(1613—1682),明清之际思想家、学者。初名绛,字宁人,曾自署蒋山佣,世称亭林先生。江苏昆山人。早年曾入复社,与归庄为友,世有"归奇顾怪"之目。清兵南下,曾在家乡一带组织武装抵抗。失败后,为避仇家所害,乃北上,遍历鲁、燕、豫、陕、晋诸省,考察山川形势,边塞地理,暗中结交志士以为恢复之计。晚年结庐陕西华阴,躬耕自给。后赴山西曲沃访问,中风而卒。一生学识渊博,著述宏富,为明末清初三大思想家之一。开清代三百年学风,其名言"国家兴亡,匹夫有责"对后世有绝大影响。有《天下郡国利病书》《日知录》等,诗见《亭林诗文集》。

精　卫①

万事有不平,尔何空自苦!长将一寸身,衔木到终古②。我愿平东海,身沉心不改。大海无平期,我心无绝时③。呜呼!君不见,西山衔木众鸟多,鹊来燕去自成窠④!

【导读】

一、这首诗作于1647年(清顺治四年),清兵入关已经三年。当时,东南一带抗清力量已经逐步被消灭。清朝政权稳固之后,又采取各种手段,拉拢上层知识分子,敦请出山,开科取士,奖掖忠义等。一些人被软化,受引诱,为清朝统治者所用。顾炎武身历斯世,有感于怀,遂作《精卫》诗以见志。

二、此诗取材于一个古老的神话故事,注入了强烈的现实的内容。精卫鸟的复仇心理和顽强不屈的精神,曾受到历代读者的敬仰。在这里,又升华为诗人坚持民族气节、顽强奋斗到底的凛然大义。诗人重塑后的主题,更加感人,更具有深刻的含义。

三、这首诗,外在咏物,内则喻人,物的形式与人的精神合而为一。篇首以提问,引入主题。接下去一段的独白,既是对发问者的回答,也是作者内心世界的表露。结尾以"呜呼"起句,对那些觍颜事仇、寡廉鲜耻的变节者,急切地营造着自己的爱巢,表示了极大的鄙视。对比鲜明,鞭挞有力。

---

① 精卫:古代神话中的鸟名。据《山海经·北山经》《述异记》《博物志》等书记载。它是炎帝的小女儿,溺死于东海,死后化为鸟,名精卫,发誓要衔西山的木石,以填平东海。 ② 衔:音xián。用口叼着。 ③ 绝:尽绝,停止。 ④ 窠:音kē。本指兽类的洞穴,此与鸟类的巢意相同。

黄宗羲

黄宗羲(1610—1695),明清之际思想家、史学家。字太冲,号南雷,学者称梨洲先生,浙江余姚人。明末曾从鲁王抗清。失败后,隐居不仕。潜心著述,讲学授徒。他是明末清初三大思想家之一,品德修养、气节为人与学术论著、学风学品都对清代产生巨大影响。著有《明夷待访录》《宋元学案》《明儒学案》《南雷文定》。诗见《黄梨洲诗集》。

卧病旬日未已,闲书所感·其一

此地那堪再度年①,此身惭愧在灯前②。梦中失哭儿呼我,天末招魂鸟降筵③。好友多从忠节传,人情不尽绝交篇④。于今屈指几回死⑤,未死犹然被病眠⑥。

【导读】

一、黄宗羲在明朝灭亡后,曾经参加过抗清斗争,但不幸失败。此后便退居家中,专一著书,以保存汉族的优秀文化传统。其间,他也不断地反思这一生所经历的事,所接触的人,并和自己联系起来。尤其在病中,浮想联翩,梳理自己的思想,表现了可贵的自我批判精神。

二、这首诗写病中感受。题目是"闲书",其实是在写深刻的反思。开篇以"此地""此身"领起,以"那堪"与"惭愧"表达自己不平静的心情。然后以"梦中"反衬现实,引出友人,并对他们的品德做了完美的歌颂。然后又回归自身,对照之下,表现了对忠义的尊敬之情。结尾以"几回死"而竟"未死"的个人经历,宛转地表达了自己在效法战友,表现出顽强不屈的品格。

吴伟业

吴伟业(1609—1671),清初诗人。字骏公,号梅村,江苏太仓人。明崇祯进士,官左庶子。参加过复社。清兵南下,他曾赴弘光朝,任少詹事。因不满于马士英、阮大铖的擅权专政,辞归。清兵平定全国后,官国子祭酒,后辞职归里。晚年自悔失节,作诗词以自明。能诗,晚作尤多激楚苍凉之音,七言歌行体尤多身世之感。有《梅村家藏稿》。

---

①"此地"句:国土已经被清兵占去。无国无家之人,怎么能再过年关呢! ②"此身"句:自身侥幸活下来,对灯枯坐,感到十分不安,所以说惭愧。 ③鸟降筵:朱鸟降临在祭筵上。朱鸟,凤鸟,谢朝《登西台恸哭记》:"魂朝往兮何极?暮归来兮关塞黑。化为朱鸟兮有咮焉食?"这里指怀念死节的友人。 ④"好友"二句:前句赞扬死节的友人,可列入正史中的《忠烈传》。后句说,变节分子,为人所不齿,《绝交论》中也不能完全叙述写他们的卑污行为。汉代朱穆有《绝交论》,梁刘峻有《广绝交论》。 ⑤屈指:弯曲手指,表示细数。 ⑥被病:为病所折磨。

圆圆曲①

　　鼎湖当日弃人间,破敌收京下玉关②。恸哭六军俱缟素,冲冠一怒为红颜③。红颜流落非吾恋,逆贼天亡自荒宴④。电扫黄巾定黑山,哭罢君亲再相见⑤。

　　相见初经田窦家,侯门歌舞出如花⑥。许将戚里空候伎,等取将军油壁车⑦。家本姑苏浣花里,圆圆小字娇罗绮⑧。梦向夫差苑里游,宫娥拥入君王起⑨。前身合是采莲人,门前一片横塘水⑩。横塘双桨去如飞,何处豪客强载归⑪。此际岂知非薄命,此时唯有泪沾衣。熏天意气连宫掖,明眸皓齿无人惜⑫。夺归永巷闭良家,教就新声倾坐客⑬。坐客飞觞红日暮,一曲哀弦向谁诉⑭？白皙通侯最年少,拣取花枝屡回顾⑮。早携娇鸟出樊笼,待得银河几时渡⑯？恨杀军书底死催,苦留后约将人误⑰。

　　相约恩深相见难,一朝蚁贼满长安⑱。可怜思妇楼头柳,认作天边粉絮看⑲。遍索绿

---

① 关于此诗的创作时间,学界有不同看法,一般认为此诗约作于顺治八年(1651)到顺治十年之间,吴伟业被迫应诏入京之前。圆圆:陈圆圆,本姓邢,名沅,字圆圆,又字畹芳,幼从养母陈氏,故改姓陈,居苏州桃花坞,隶籍梨园,为吴中名妓,"秦淮八艳"之一。后归吴三桂为妾。　② 鼎湖:相传黄帝在荆山(今河南灵宝市南)下铸鼎,鼎成,乘龙而去,后遂称其地为鼎湖。这里代指崇祯皇帝。敌:李自成的起义军。首二句写1644年2月李自成攻入北京,崇祯帝自缢煤山,吴三桂引清兵入关,李自成帅军退回陕西。1645年,清兵攻破潼关入西安。　③ 六军:明朝军队。缟素:丧服。"冲冠"句谓吴三桂听说陈圆圆被李自成的部将俘获而怒发冲冠,遂引清兵入关。　④ 吾:指吴三桂,当时任明朝辽东总兵,镇守山海关。这里作者以吴三桂的身份语气为自己的行为辩解。逆贼:对李自成农民义军的诬称。荒宴:荒淫宴乐。　⑤ 电扫:语出《后汉书·吴汉传赞》"电扫群孽",比喻出击的神速。黄巾、黑山:汉末农民起义军,这里借指李自成军队。君亲:崇祯皇帝和吴三桂的父母。史载,李自成义军攻占北京后,命吴三桂的父亲吴襄写信给吴三桂招降,吴三桂拒绝,吴襄及其家人被杀。　⑥ 田窦:汉代外戚武安侯田蚡和魏其侯窦婴两家,这里指代崇祯皇帝田妃的父亲田畹(字弘遇)。如花:比喻陈圆圆的美貌。史载,陈圆圆曾在田畹家的歌舞乐伎,在招待吴三桂的宴席上,为吴所识。田畹为巴结吴三桂,遂把陈圆圆献给吴三桂为妾。　⑦ 戚里:外戚家,这里指田畹家。空候:即箜篌,一种弹拨乐器。空候伎:弹奏箜篌的乐伎,即陈圆圆。将军:指吴三桂。油壁车:语出古乐府《苏小小歌》:"我乘油壁车,郎乘青骢马",指用油涂饰车壁的车子,多指美人所乘。以上四句写陈圆圆和吴三桂的相识过程。　⑧ 浣花里:唐代蜀中名妓薛涛所居之地,名为浣花溪,这里借指陈圆圆所居地。小字:小名。娇罗绮:形容美丽姣好。　⑨ 夫差:春秋时吴国的君主。苑:宫苑。宫娥:宫中侍女。　⑩ 采莲人:指西施,春秋时越国的美女,吴王夫差战败越王勾践后,接受越国所献的美女,荒淫失政,终致败亡。横塘:在今苏州市胥门外,本是古代苏州风景特胜的骚人狎客冶游之所,唐人孟郊有"未随洞庭去,且醉横塘席"之句。宋人范成大有"杨柳无穷蝉不断,好风将梦过横塘"之吟。这里用横塘之意,实暗示陈圆圆本风尘女子。　⑪ "横塘"二句:指陈圆圆为外戚田畹强迫买去,成为田家的歌伎。　⑫ "熏天"二句:指外戚田畹家权势很大,据传田畹预谋将圆圆献入宫中,以求皇帝的欢心,而崇祯未纳。而陈圆圆之前和才子冒襄情投意合,有意嫁之,奈何等冒襄赶到苏州,陈圆圆已被田畹强买去,所以上句中"知薄命""泪沾衣"和此句的"无人惜"均是替圆圆自伤遭际。(此事情可参考冒襄《影梅庵忆语》)宫掖:指后宫。掖庭为宫中的旁舍,妃嫔所居。　⑬ "夺归"二句:据载,陈圆圆进宫后未被召见,不久遇到外放永巷宫人,田妃将陈圆圆名字窜入外放宫人名单中,被放出,复归田家。永巷,宫中长巷,为宫女所居。闭,锁闭,深藏。良家,指田畹家。新声,时兴的新曲调,即当时流行民间的昆曲。倾坐客,使座上客倾倒,这里形容陈圆圆多才多艺,歌声动听。　⑭ "坐客"二句:描写陈圆圆喉啭婉转柔美,动人视听。觞,饮酒器皿,酒杯。　⑮ 白皙通侯:指皮肤白皙的吴三桂,史载,崇祯十六年夏,田宏遇给他饯行时,年方三十一岁,风华正茂。据清代刘健的《庭闻录·卷六》记载:"三桂巨耳、隆准,无须。瞻视顾盼,尊严若神。"通侯,汉代爵位名,后来用作武官的美称。"拣取"句:形容吴三桂对陈圆圆一见钟情。　⑯ "待得"句:以牛郎织女七月七才相会一次的传说,喻指感情挚浓,欲长相厮守而不能。当时东北军情紧急,吴三桂不得已匆忙离去,与陈后会难期。　⑰ "恨杀"二句:指吴三桂与陈圆圆缠绵难舍,迟迟不赴山海关任所,后军书紧催,不得已离去,空留相约之言,让圆圆相思痛苦。底死催,拼命催。　⑱ 蚁贼:对李自成起义军的蔑称。长安:这里指北京。崇祯十七年(1644)三月,李自成攻入北京。　⑲ 思妇楼头柳:王昌龄《闺怨》:"闺中少妇不知愁,春日凝妆上翠楼。忽见陌头杨柳色,悔教夫婿觅封侯。"此即用诗中之意。天边粉絮:比喻未从良的妓女。这两句是说陈圆圆已成为吴三桂的妾,却仍被人当作轻贱的歌伎看待。

珠围内第,强呼绛树出雕阑①。若非壮士全师胜,争得蛾眉匹马还②?蛾眉马上传呼进,云鬟不整惊魂定③。蜡炬迎来在战场,啼妆满面残红印④。专征箫鼓向秦川,金牛道上车千乘⑤。斜谷云深起通楼,散关月落开妆镜⑥。传来消息满江乡,乌臼红经十度霜⑦。教曲伎师怜尚在,浣纱女伴忆同行⑧。旧巢共是衔泥燕⑨,飞上枝头变凤凰。长向尊前悲老大,有人夫婿擅侯王⑩。当时只受声名累,贵戚名豪竞延致⑪。一斛珠连万斛愁,关山漂泊腰支细⑫。错怨狂风飏落花,无边春色来天地⑬。

尝闻倾国与倾城,翻使周郎受重名⑭。妻子岂应关大计,英雄无奈是多情⑮。全家白骨成灰土,一代红妆照汗青⑯。君不见,馆娃初起鸳鸯宿,越女如花看不足⑰。香径尘生鸟自啼,屧廊人去苔空绿⑱。换羽移宫万里愁,珠歌翠舞古梁州⑲。为君别唱吴宫曲,汉水东南日夜流⑳!

【导读】

一、吴伟业作《圆圆曲》当在他仕清(顺治十年九月)之前的两年,当时作者避居家乡太仓。吴伟业才华为一时之冠,明清迭代之际,以复社领袖身份主持江南文社,深受时人推重。明朝在李自成起义军的冲击下,岌岌可危,吴三桂引清兵入关,势如破竹,明王朝大势已去。吴伟业目睹了国家动荡和朝廷黑暗,对于明朝的灭亡深感痛惜,遂借陈圆圆与吴三桂悲欢离合的历史际遇,抒发其浓烈的伤悼之情,并对吴三桂的"冲冠一怒为红颜"的无耻行径给予了揭露和讽刺。

---

① "遍索"二句:此处写李自成义军攻破北京之后,部将刘宗敏强索陈圆圆一事。绿珠,西晋时石崇的爱妾。绛树,汉末著名舞伎。二者这里都指代陈圆圆。内第,妇女居住的内室。 ② "若非"二句:意谓若不是吴三桂取得全胜,怎能夺回陈圆圆?壮士,这里指吴三桂。争得,怎得。蛾眉,代指陈圆圆。 ③ "蛾眉"二句:史载,吴三桂攻占北京后,追李自成至山西,尚不知陈圆圆下落。部将于都城访得,立即飞骑传送。吴三桂结彩楼,列旌旗,箫鼓三十里,亲往迎接。 ④ 残红印:眼泪沾湿脂粉,在脸上留下痕迹。 ⑤ 专征:古代帝王授予有功的将帅掌握军旅的特权,不待天子之命,即可自行征伐。顺治十六年(1659)吴三桂被封平西王,出镇云南,享有专征之权。这里是写吴三桂战功赫赫,深受清廷信任。秦川:今陕西一带。金牛道:古栈道名,又称金牛峡,自陕西省勉县而西,南至剑阁县大剑关口。 ⑥ "斜(yé)谷"二句:写陈圆圆跟随吴三桂征战在外,随侍左右,受到吴的宠爱。斜谷,在进陕西省眉县西南,即褒斜谷。通楼,复道相通的高楼。散关,大散关,在今陕西省宝鸡市西南大散岭上,与褒斜谷相通。 ⑦ "传来"二句:写陈圆圆贵幸的消息传到她的家乡,已是她离开家乡十年之久了。江乡,江南水乡。乌臼,即乌桕树,一种落叶乔木,秋天叶子变红。 ⑧ "教曲伎师"二句:运用对比手法,写曾经教授她乐曲的伎师还在操着旧业,当时与她一样身份的同伴艳羡并自豪地回忆她。教曲伎师,教授陈圆圆学曲的伎师。怜,可怜。 ⑨ 衔泥燕:比喻乡里的旧友本来都同是地位低贱的人。 ⑩ 尊前:即樽前,指饮酒。悲老大:因年纪大而悲伤。夫婿:丈夫。擅侯王:据有王侯之位。 ⑪ "当时"二句:写陈圆圆为歌伎时,声名很大,富贵之家竞相招致,反为所累。 ⑫ "一斛"二句:写陈圆圆受吴三桂宠爱,却招来无限的哀愁,后来的漂泊的生活把人也折磨瘦了。一斛珠,事出《梅妃传》,唐玄宗思念梅妃,适外国进贡珠宝,便密赐一斛给梅妃。梅妃作诗,玄宗命乐工度曲,称《一斛珠》。 ⑬ "错怨"二句:写陈圆圆曾抱怨自己身世不幸,如被狂风吹打飘零的落花,但后来享受富贵,如无边春色。 ⑭ 倾国倾城:语出汉代李延年《李夫人歌》:"宁不知倾城与倾国,佳人难再得。"后用来形容女子极其貌美。这里用三国时周瑜因娶著名美女小乔为妻而出名,比喻吴三桂亦因娶陈圆圆而出名。暗含讥讽。 ⑮ 关大计:关乎国家大计。英雄:这里指吴三桂。 ⑯ 红妆:代指陈圆圆。 ⑰ 馆娃:馆娃宫,吴王夫差为越女西施所建,两人在其中形影不离,形同鸳鸯。越女:西施,这里比陈圆圆。 ⑱ 香径:采香径,今名箭径,在今苏州市西,借指陈圆圆的故居。屧(xiè)廊:响屧廊,吴王宫中的廊,传说专为西施而建,以梓板铺地,西施着屧行其上而有声,故名。屧,古时一种木底鞋。这二句是作者想象之词,言红颜多薄命,美好易失。 ⑲ 换羽移宫:曲调的变换,这里用来比喻朝代的更迭,吴三桂由明入清。珠歌翠舞:指吴三桂沉湎声色。古梁州:有两说,一说指汉中郑为古梁州所在地。吴三桂于顺治五年移驻汉中。一说代指云南,《明史·地理志》:"云南,《禹贡》'梁州徼外地'。"吴三桂最后镇守云南,位为清廷四大藩镇之一。 ⑳ 别唱:另唱一支。吴宫曲:吴王夫差时咏叹吴宫盛衰的歌曲,这里喻指《圆圆曲》。汉水:汉江,流经汉中称汉水。汉水东南日夜流,系化用李白《江上吟》:"功名富贵若常在,汉水亦应西北流"诗句。暗示吴三桂富贵难以长久。

二、此诗是古典诗歌中纪事写实的杰作之一。作者在第一部分即从明亡的一大关键转折写起,点出吴三桂一怒为红颜的历史事实。借吴的自辩,引出陈圆圆和吴三桂两条线索。中间部分围绕中心人物陈圆圆,展开细致的陈述,详细而又充满同情地铺叙了一代名妓陈圆圆坎坷传奇的经历。将陈吴二人聚散离合的感情经历作为诗歌关注的重点,情感内蕴丰富复杂,既有对陈圆圆风华绝代的同情与赞美,也有对吴三桂置国家大义于不顾的委婉讽刺。第三部分,作者融合历史典故,运用鲜明的对比手法,揭示盛极而衰的历史必然。既形象鲜明,又引人深思。近代胡薇元在其《梦痕馆诗话》中评价:"此诗用春秋笔法,作金石刻画,千古妙文。长庆诸老(元稹、白居易等),无此深微高妙。一字千金,情韵俱胜。"可谓深得其旨。当然,由于作者的士大夫兼明朝遗民的双重身份,其对于李自成起义军多有偏见,这是不可取的。

三、这首诗是吴伟业七言歌行最具代表性的作品,被誉为"一时绝调"(清代纪晓岚),"梅村第一名篇"(现代严迪昌),可谓推崇备至。这源于作者在艺术上的匠心独运。首先,在叙事方面它突破了古代叙事诗单线平铺的格局,采用双线交叉、纵向起伏、横向对照的叙述方法。通过倒叙、夹叙、追叙等方法,将当时重大的政治、军事事件连接起来,做到了开阖自如,曲折有致。其次,诗的语言晓畅,艳丽多彩,且富于音乐的节奏。典故的运用,妥帖自然,丰富了诗歌内蕴。而顶真手法的熟练运用,不仅增强了语言的音乐美,而且使叙事如串珠相连,自然而洒脱。此外对照手法的运用也很有特色。

吴嘉纪

吴嘉纪(1618—1684),清初诗人。字宾贤,号野人。江苏东台人。亲历清兵南下的种种暴行,终身不仕,厕身于劳动人民之间,所以诗中底层社会的生活场景较多,语言质朴自然,很少用典。有《陋轩诗集》。

绝　句

白头灶户低草房①,六月煎盐烈火旁。走出门前炎日里,偷闲一刻是乘凉②。

【导读】

一、吴嘉纪生当明末清初,动乱的社会生活,给了他很深的记忆。清朝初年,繁重的苛捐杂税和无穷无尽的徭役,使他对劳动人民的生活苦难有了更多的了解。一生写诗,多选取底层人民的生活场景,诗中自然地表现了一种刚直风格。后人评价他说:"偶然落笔并天真,前有宁人后野人。金石气同姜桂气,始知天壤两遗民。"最能概括他一生思想与创作的特点。

二、《绝句》是一首描写盐户劳动场景的诗,低草房,烈火煎,生产条件恶劣而艰苦可知。头已花白,而操作不息,穷困可知。门内烈火,门前炎热,生活窘迫可知。结尾说是偷闲,其实何敢偷,乘凉只得一刻,繁忙更可知了。

三、这首诗只写了盐户生活的一个片断,但生活气息很浓。因为描写的中心是盐户,而不是作者的

---

① 灶户:煮盐人家,海边盐民。　② 偷闲:难得的一点空闲时间。

同情,所以,映在读者眼中的是劳动人民的形象。这要比写作者的同情高明得多了。唐代有李白写矿工生活的诗"赧郎明月夜,歌曲动山川"(《秋浦歌》),白居易的"满面尘灰烟火色,两鬓苍苍十指黑"(《卖炭翁》),清代有孙之振写运煤工人的诗"驱策寒骡蹴晓霜,万家烟火仰输将"(《煤黑子》)。这些诗篇真是太难能可贵了。

四、吴嘉纪写诗,只是日常生活场景的率真描写,不加雕琢,不用典故,平易通俗,但有直观的感人的效果。他的《临场歌》《海潮叹》等诗,也都是如此。

王士禛

王士禛(1634—1711),清诗人。字贻上,号阮亭,又号渔洋山人,山东新城(今桓城)人。顺治进士,官至刑部尚书。作诗推崇唐人王维、孟浩然一派恬淡的特点,又拈出宋人严羽韵味一说,创"神韵说",主张写诗要追求意境,讲究含蓄,开清初诗坛一代风气,影响达百年之久。门徒弟子遍天下,是清初诗坛领袖人物。有《渔洋诗话》,诗见《带经堂全集》。

真州绝句①·其二

江干多是钓人居②,柳陌菱塘一带疏③。好是日斜风定后④,半江红树卖鲈鱼⑤。

【导读】

一、王士禛以位居高官而领一代风骚,成为文坛盟主。在清初,实有左右文风之力。他倡导神韵说,上承王维、孟浩然一派,而又有味于司空图的诗歌理论。中间继承了宋代严羽的韵调,而成一家之言。影响历百年之久。但他的神韵说并不是枯涩空灵,而有多方面的探索。表现在题材上,则呈现出多样化,写自然风景则旖旎多情。写社会现实,则沉痛深广。史诗则多蕴含着对古代人物的评说。乐府则多婉转流荡之情。有些小诗,清丽可爱,语言活泼,诗意新巧,上边这一首是比较著名的佳作。

二、写真州,不写市衢街道,不写繁华商业,不写车水马龙,而只写偏处一隅的江边,写平常人家,写平常生活,写正在变化中的景色,衬托出社会环境的安定,人民生活的康阜。这是清初战乱之后,江南社会正在恢复之中的真实写照。

三、作者选取了有特点的几处景色,总写是江干,分写是岸上:民居;江中:柳陌菱塘;空中:日斜,风定,然后回到江干。前三句写景,后一句写人,"钓人居"卖鲈鱼,有起有结,前后照应,生动、紧凑。

---

① 真州:即今江苏仪征市,南临长江,为水陆要冲,经济较为发达。 ② 江干:江边,江岸上。钓人居:渔民的住宅。 ③ 柳陌菱塘:陌上种柳,池塘植菱。疏,离离落落的。 ④ 好是:最好看的是,这是口语。日斜:傍晚。 ⑤ 半江:江中靠岸的地方,被残阳照着。红树:落日余晖照射在树枝树叶间,映成红色。

郑燮

郑燮(1693—1765),清书画家、文学家。字克柔,号板桥。江苏兴化人。康熙秀才,雍正举人,乾隆进士。曾任山东范县、潍县知县,以荒年开赈,得罪乡绅并开罪上司,弃官归去。卜居扬州,以卖画自给,为"扬州八怪"之一。"诗书画三绝,一官归去来"可概括其一生。有《郑板桥集》。

予告归里,画竹别潍县绅士民

乌纱掷去不为官①,囊橐萧萧两袖寒②。写取一枝清瘦竹③,秋风江上作钓竿④。

【导读】

一、郑板桥有着传奇的一生,他仕途还算顺利,但终于不得意,而走了伟大的艺术家的路。反过来,他又用艺术的手段,来反映他那不平凡一生。他能诗,能画,能书法,而都达到了很高的造诣。他不依赖别人,而从自我做起。有个性,有独创性,这是他的艺术风格,也是他的人格的体现。他是奇才,也是怪才。认识郑板桥,要从多角度,要从多层次,要反复地观察,才能识得其人。

二、告别乡民,也属别离之情。但郑板桥这首诗写得不同流俗。其中没有一句写道别,写眼泪。而句句又都是别。因为他抓住了一个"离"字。首句说离开官场,次句写离开时的行装,他没有封建社会中官员离职时,那种囊橐丰厚的行装。"萧萧"两字,写尽为官的廉洁。"两袖寒"又表现了他的清白。好一个廉吏,不加雕饰,便兀立在我们面前。第三句写离开之时的行动,在官场而不忘艺术。第四句写离开之后的去向。不用典故,写思乡、返乡,自有个人生涯,即渔樵尽其一生。

三、全诗写得大义凛然,面对为人艳羡的官场,诗人表现了极端的轻视。试看一个"掷"字,笼罩了全诗。没有纱帽压在头上,便轻松多了,自由多了,随意多了。一竿竹,一江风,真是无比开阔的境界。全诗没有一处用典。写得活泼、真实,令读者由敬而爱,真是好诗。郑板桥在清代诗派林立之中,自成一家,全在他善于写自己,写自己对客观生活的感受,写自己胸中的真情。虽然接近袁枚的性灵说,但没有袁枚那种浅薄。跻身清代名诗人之列,毫无愧色。

袁 枚

袁枚(1716—1797),清诗人。字子才,号简斋。浙江钱塘(今杭州)人。乾隆进士,入翰林院,后外放任江宁、溧水知县。中年辞官,移居江宁,在小仓山筑别业,名随园,自号随园老人。广收女弟子,为之讲诗,颇受世人讥弹。为诗主张抒写性灵,不假雕琢,不满于王士禛"神韵说"的空泛,沈德潜"格调说"的陈腐,翁方纲"肌理说"的枯涩,别创性灵说,强调写自己的心灵感受,自然地流露真情。一时之间天下翕然宗之,影响至为深远。有《小仓山房诗文集》,诗论见《随园诗话》。

---

① 乌纱:乌纱帽,古代的官帽。代指官职。 ② 囊橐:口袋。萧萧:空无一物。两袖寒:化用两袖清风句。寒,冷,因有风而生寒。 ③ 一枝:句中是一幅竹画的意思。 ④ 秋风江上:萧瑟景观。喻归来时节。

马 嵬①

莫唱当年《长恨歌》②,人间亦自有银河③。石壕村里夫妻别④,泪比长生殿上多。

【导读】

一、袁枚是清朝中期的大诗人,与蒋士铨、赵翼并称"乾隆三大家"。他创立了性灵说,在反对模仿,反对复古,反对因袭,反对空灵方面起了很大作用。他写诗多表达自己内心的感受,所以真实感人,在清朝中期,影响甚为广泛,但有时也有轻率、浅露之处,缺少锤炼。《马嵬》四首和《再题马嵬驿》四首,是袁诗中的佳作。

二、《马嵬》四首,是袁枚在乾隆十七年(1752)赴陕西候补任官时所作。作者有感于史事,发出感慨。把一个老题目,被人写熟了的题目,轻轻地翻转过来。写作的重点,不放在千古传颂的李隆基、杨玉环爱情故事上,而放在对人民的同情上。这番识见,比同时人高出许多,所谓借古喻今,这个"今"字把握得很有分寸。

三、咏史诗,免不了对古人的赞扬或贬斥。《马嵬》诗中,没有直接的批判,也没有对李、杨爱情故事的艳羡,只有平淡的叙述。以别离为写作重点。历史上夫妻别离的场景多得很,饮泣吞声是常见的内容,作者更看重平民百姓的洒泪离别,给人以深刻的印象。

四、对比鲜明,是本诗的特点,语言简单明了。虽用史事,却不生僻。联想自然,容易引起读者的兴趣。

赵 翼

赵翼(1727—1814),清史学家、文学家。字云松,号瓯北,江苏阳湖(今武进)人。乾隆进士出身,官至贵西兵备道。后辞官归里,主讲安定书院。工诗善文,尤长于史学,考据精赅,与钱大昕、王鸣盛齐名。写诗爱发议论,每多新意,其主张见《瓯北诗话》。有《瓯北诗集》等。

论诗绝句

李杜诗篇万口传⑤,至今已觉不新鲜⑥。江山代有才人出⑦,各领风骚数百年⑧。

① 马嵬:指马嵬驿,在今陕西省兴平市西。安史之乱后,唐玄宗西逃,途经此地。统军元帅陈玄礼借部下不肯西行,要求皇帝处死罪魁祸首。在杀掉杨国忠之后,六军仍然不肯出发,玄宗无奈之下,缢死杨贵妃。 ②《长恨歌》:诗人白居易以上述题材写的长诗,最后两句为"天长地久有时尽,此恨绵绵无绝期"。故名《长恨歌》。 ③ 银河:在古代传说和一些诗作的牛郎织女故事中,银河是阻隔夫妻,使双方不能见面的。本诗中说,不单是神话传说,而且现实中多得很。 ④ 石壕村:杜甫《石壕吏》写石壕村中老夫要被捉去服役,夫妻惨别的故事。 ⑤ 李杜:唐代大诗人李白与杜甫。 万口传:经历代多少爱好诗歌的人吟诵并口耳相传,流传至今。 ⑥ 新鲜:新意,独创的内容。 ⑦ 江山:不变的环境。 代:变化的时代、社会。 才人:有才华的人,指优秀的诗人。 ⑧ 风骚:《诗经》中的《国风》和《楚辞》中的《离骚》,后来代指诗词之中能影响一代的优秀诗篇。

【导读】

一、赵翼论诗，主张独创，反对模仿，反对因袭复古，也反对人云亦云，如其另外两首诗中说的："满眼生机转化钧，天工人巧日争新"，"只眼须凭自主张，纷纷艺苑漫雌黄。"这种主张有它的可贵之处，就是保持文艺创作的个性、新意。这样，文艺创作才能发展，才能繁荣。反之，就会死板、枯寂，没有了生命力，更谈不上繁荣了。

二、这首诗首先肯定了李杜在文学史上的地位。经过千古流传，这是谈时间已久远；经过万口吟诵，这是说影响之深广。但作者仍然指出它们不新鲜的特点。因为毕竟已经成为过去。"至今"，是说时代变了，需要表现新时代的新主张。因此，这里的"不新鲜"，绝无贬低之意，而把人们的认识的眼光引向新江山，要出"新才人"。这才是作者的本意。

三、以诗的形式来议论文艺创作，始于杜甫的《戏为六绝句》，而元遗山集其大成。到清代，仍不乏作者。或评论诗之高下，或评论诗之得失，或摘句以供欣赏，或选词以作推敲，都不失为一种评论方式。而就议论大胆，而又识见卓远而言，还是以赵翼最为突出。

黄景仁

黄景仁(1749—1783)，清诗人。字仲则，江苏武进人。早年中秀才，此后连年蹭蹬，屡试不第。一生怀才不遇，过着穷困潦倒的生活。其诗以写个人生活境遇为多，愁苦哀怨，富抑塞之气。有《两当轩集》。

圈虎行①

都门岁首陈百技②，鱼龙怪兽罕不备③。何物市上游手儿④，役使山君作儿戏⑤。初昇虎圈来广场⑥，倾城观者如堵墙⑦。四围立栅牵虎出⑧，毛拳耳戢气不扬⑨。先撩虎须虎犹帖⑩，以棓卓立虎人立⑪。人呼虎吼声如雷⑫，牙爪丛中奋身入⑬。虎口呀开大如斗⑭，人转从容探以手⑮。更脱头颅抵虎口⑯，以头饲虎虎不受⑰。虎舌舐人如舐觳⑱，忽按虎脊叱使

---

① 圈(juàn)：在笼中喂养动物。② 岁首：一年之初。陈百技：市上演出各种杂耍。③ 鱼龙：鱼龙变化，指变戏法的。④ 何物：惊叹的口气，哪来这样的人！游手儿：没有正当职业人。旧时称杂耍艺人为游手好闲的人。⑤ 役使：供人驱使，如同杂役，指兽类听从驱使。山君：山中之君王。老虎为山中百兽之王。儿戏：小孩子的行动。指老虎能做各种简单的动作。⑥ 初昇：表演一开始，就抬出一架装有老虎的圈笼出来，放在宽阔的场子上。昇(yú)，抬。⑦ 倾城：惊动了全城的人，都来观看。形容人多。堵墙：四面都是人，环成一道墙。⑧ 立栅：在广场四边都立好了栅栏，防止老虎伤人。⑨ 毛拳：虎毛弯曲。耳戢：双耳下垂。气不扬：没有精神，萎靡不振的样子。指老虎已经失去了在山中的雄风。⑩ 先撩：开始时撩拨老虎的须毛。犹帖：还是服服帖帖，不生气。⑪ 棓(bàng)：木棒。卓立：直立在地上，表示使老虎照木棒直立的样子去做动作。人立：像人一样立起来，双脚着地站着。⑫ 人呼：驯虎的人高声喊叫，这是给老虎做示范，让老虎吼叫。⑬ 牙爪丛中：老虎的牙床，密集地排着一丛一丛牙齿。奋身入：抬起身子，钻入虎口。表示不怕死的样子。⑭ 呀开：突然一下子张开。呀，表示张开大口时发出的声响。⑮ 人转：驯虎人的身子在虎口中转动。⑯ 脱头颅：脱去帽子，露出头颅。抵：抵住，顶住。指把头放在老虎两排牙齿的中间。⑰ 虎不受：老虎竟然也不接受，指送到口中的食物，老虎都不吃。⑱ 觳(gòu)：吃奶的小虎。

行①。虎便逡巡绕阑走②,翻身踞地蹴冻尘③,浑身抖开花锦茵④。盘回舞势学胡旋⑤,似张虎威实媚人⑥。少焉仰卧若佯死⑦,投之以肉霍然起⑧。观者一笑争醵钱⑨,人既得钱虎摇尾⑩。仍驱入圈负以趋⑪,此间乐亦忘山居⑫。依人虎任人颐使⑬,伴虎人皆虎唾余⑭。我观此状气消沮⑮,嗟尔斑奴亦何苦⑯。不能决蹯尔不智⑰,不能破槛尔不武⑱。此曹一生衣食汝,彼岂有力如中黄⑲,复似梁鸯能喜怒⑳。汝得残餐究奚补,伥鬼羞颜亦更主㉑。旧山同伴倘相逢㉒。笑尔行藏不如鼠㉓!

【导读】

黄景仁是清代一位极特殊的诗人。他一生不曾出仕,生活道路坎坷。又兼家贫,多病,自己长年旅食在外,又不甘心屈居人下。所以他的诗便以抒发郁闷不平之气为主。写自己怀才不遇,写自己有志难酬,写自己旅况萧条,写自己见阻于时,都是一代知识分子悲惨遭遇的写照。他的那一句"全家都在风声里,九月衣裳未剪裁"(见《都门秋思》)读来令人泪下。《圈虎行》也是使人读后眼前一亮的好诗。老虎任人戏弄,听人摆布,看来真是令人"气沮"。在黄诗中,称得上是一篇佳作。且莫错读了此诗,它绝不是一篇记述驯虎表演的诗。

二、这首诗写了一只老虎被驯化后,能做出各种表演动作。那种驯顺的样子,颇得观众的好评。它的野性消除的同时,增强了对人的依赖,做出种种媚人的动作。这一点,观众都能看到,也是最愿意看的。但是,作者写此诗,并不只是在写驯虎表演,不是在写春节前后人们的消闲生活,也不是在写北京当时的民风民俗,更不是为中国杂技史留存资料。作者从猛虎的雄风被消除,咆哮山谷的雄威被磨尽,感悟了人生的一条重要道理。屈居人下,衣食赖人,结果只能是受人驱使,供人玩笑,博得别人的欢心,再投下一枚一枚的赏钱。这是多么可悲的人生道路啊!这首诗写出了作者一生受压抑而又不愿受人驱遣的傲岸性格。老虎的变性,适足以成为其侧面的教训。

三、这首诗看似一首咏物诗,前边写物,主要是老虎的种种表演。后边却有作者的一段议论。他批评了老虎的不智、不武。而那主人又不是什么了不起的英雄,不过是凡夫俗子,老虎却甘心情愿去为主人服务。诗人感到老虎的一生,真是不齿于同辈。所以全诗虽然着力描写老虎的表演动作,而作者的深刻思想,在最后这段议论之中才体现出来。

---

① 叱使行:命令老虎,让老虎行走。 ② 逡巡:原意是犹豫徘徊,欲行又止。这里是老虎走走停停,停停走走。 ③ 踞地:用爪按在地上。蹴:踏。冻尘:冻得很硬的地面,都踏起了灰尘。 ④ 花锦茵:花样繁多的毯子,指虎皮。 ⑤ 盘回:盘转回旋,形容舞姿。胡旋:胡人的舞蹈,隋唐时期从西域传入中原。这里是指老虎能做出各种各样的姿势。 ⑥ "似张虎威"句:看样子好像是发虎威,实际上是在做取悦于人的动作。 ⑦ 佯死:假装死去。 ⑧ 霍然:很快,突然。 ⑨ 醵钱:醵,音jù,敛钱,观众向场内投钱。 ⑩ 虎摇尾:老虎做出摇尾巴的动作,好像是感谢观众。 ⑪ 负以趋:有人抬着圈笼走进去了。 ⑫ 此间乐:在这里有好的享受,这是用了三国时阿斗的典故。阿斗被俘到魏国后,有人问他,他说:"此间乐,不思蜀。"忘山居,忘掉了自己原来是山中的猛兽。 ⑬ 颐使:不必说话,用下巴的动作来表示。 ⑭ 唾余:驯虎的人都是老虎当初没有吃掉的。唾,垂涎,口水。 ⑮ 消沮:消散精神,心思沮丧。 ⑯ 斑奴:老虎。以虎身上有斑纹,故有此称。 ⑰ 决蹯:断裂了足掌,指虎发怒时,掐裂了脚掌逃走。《战国策·赵策》上有"虎怒,决蹯而去"的话。 ⑱ 破槛:冲破笼圈。槛,本指囚车上的木栏杆。 ⑲ 此曹:这些人。指驯虎者。中黄:古代传说中的勇士。他曾说过"右搏雕虎"的话。 ⑳ 梁鸯:传说中周朝的掌管驯禽兽的官吏,禽兽经他驯化后"无不柔者"。能喜怒:能了解禽兽的喜和怒。 ㉑ 残餐:人吃过的剩饭。奚补:有什么好处呢? 伥鬼:旧时传说,老虎吃过的人,在死后要变成鬼魂,引导老虎去吃人或避开猎人的伤害。更主:换了主人,换了地位。指老虎本来是吃人的,人变为鬼魂又为老虎做导引。现在竟然变了,老虎要听从人的摆弄。伥鬼也会为此感到羞耻而换主人。 ㉒ 旧山:从前一起在深山里的伙伴,指其他老虎。相逢:遇上。 ㉓ 行藏:行动、作为。不如鼠:昔日有雄风的山大王,竟不如老鼠。

词

陈维崧

陈维崧(1625—1682),清文学家。字其年,号迦陵。江苏宜兴人。出身于官宦之家。自幼能文,诗名籍甚。康熙十八年举博学鸿词科,授检讨,参与《明史》修纂。是清代初年的文学大家,尤擅长骈文,词尤为杰出,有1600余首,为古今词家之冠。词风豪气纵横,跌宕有致。有《陈迦陵集》《湖海楼诗集》《迦陵词》等。

贺新郎

纤夫词

战舰排江口①。正天边、真王拜印②,蛟螭蟠钮③。征发榷船郎十万④,列郡风驰雨骤⑤。叹闾左骚然鸡狗⑥。里正前团催后保⑦,尽累累锁系空仓后⑧。捽头去⑨,敢摇手⑩! 稻花恰趁霜天秀⑪。有丁男、临歧诀绝⑫,草间病妇⑬。此去三江牵百丈⑭,雪浪排樯夜吼⑮。背耐得、土牛鞭否⑯?好倚后园枫树下⑰,向丛祠、亟倩巫浇酒⑱。神佑我,归田亩⑲!

【导读】

一、清朝初年,战事一直不断。连年用兵,加重了劳动人民的负担。再加上官吏的作威作福,横征暴敛,给人民带来了无穷的祸患。清朝初年一些诗人大多能注意于此。清朝的文字狱虽然很严酷,但对于

---

① 排江口:排列在大江边,停船待发。 ② 天边:指朝廷举行的封爵仪式。楚汉相争时,韩信恃功,欲求封为假王。刘邦最初不同意,后来接受张良等人的意见,答应了韩信的请求,且封其为真王。据考,词中指当时出征郑成功的大臣达素,时加封为安南将军。 ③ 蛟螭蟠钮:指大将军印上的环形印柄,是盘曲的龙形。 ④ 榷船郎:驾船的船夫。 ⑤ 列郡:各个郡县都急忙去办理,如风之驰,如雨之骤。 ⑥ 闾左:乡里门的左边,居住的都是贫苦百姓。 ⑦ 里正:一里之长。前团后保:指团长和甲长。清代居民编制,十户为一牌,有牌长;十牌为一甲,有甲长。十甲为一保,有保长。句中指里正左右的居民区。 ⑧ 累累:抓来的人很多,一个连着一个地被锁在一起,堆在船舱的后边。 ⑨ 捽:音zuó,揪住。 ⑩ 敢摇手:是怎敢的意思。 ⑪ 秀:禾类作物吐花,将要结穗。正是农忙时节。 ⑫ 丁男:成年男性壮丁。正是家中的好劳力,却被抓来。临歧:出发上路之前在大路口和家人痛哭着分别。诀:长别。 ⑬ 草间病妇:草房里还有病重卧床的妻子。 ⑭ 牵百丈:纤绳。这以下是病妇对丈夫的叮嘱。 ⑮ "雪浪"句:地上的霜,江中的浪,形容环境恶劣,在外当心,在家担心。 ⑯ 土牛:本指乡村中立春前制的土牛,用以鞭春之用。这里是指丈夫背上要挨皮鞭,如土牛之被打。 ⑰ "好倚"句:以下是丈夫告诉病妻的话。好倚,时时倚在枫树之旁。 ⑱ 丛祠:荒祠,土地庙之类。倩:同请。巫浇酒:请巫祝祷告,以酒祭神和天地。 ⑲ 归田亩:归来家中,再从事种田之事。

描写民间疾苦的诗或词,似未追根穷索,也够不上讪谤朝廷大罪。所以,我们可以从流传下来的一些诗中看到当时社会的真实面貌。就诗歌创作而言,是社会现实在文学作品中的反映,也是现实主义创作方法所带来的文学的繁荣。陈维崧这一篇《贺新郎》是其中最为杰出的一篇。

二、词中描写官府抓壮丁的情况,先写战事正紧,次写官府扰民,再写壮丁被捉,被锁、被揪,这才是词的中心。下片写被捉、被锁、被揪的壮丁的具体情况,也是三层,一别二诉三祝愿。写尽夫妻离别的人间惨剧。词写至此,官吏扰民的罪恶已经清楚可见。

三、陈维崧用了《贺新郎》这个词牌来写抓壮丁的内容,这是一个很特别之处。《贺新郎》这个词牌,虽然从当初产生之时,有祝贺新婚之意,但后来用此调者,大多脱离了原词调的本意,另写抒发个人怀抱的内容。所以又名《贺新凉》《金缕曲》《貂裘换酒》《乳燕飞华屋》等。苏东坡爱用此调,而辛弃疾尤甚,词集中用此调者有十余首之多。内容则多写抑塞不平之气,风格沉郁顿挫。陈维崧写此词,上阕有叙事的内容,下阕则转为抒情与描写,而且夹入了对话的表现方法,特别突出了夫妇二人离别时的心理状态,更是生动别致。后人对陈维崧的词,给了很高的评价,如:"迦陵词气魄绝大,骨力绝道。填词之富,古今无两。只是一发无余,不及稼轩之浑厚沉郁。然在国初诸老中,不得不推为大手笔。"(陈廷焯《白雨斋词话》卷三)

朱彝尊

朱彝尊(1629—1709),清文学家。字锡鬯,号竹垞,别署金风亭长,浙江秀水(今浙江嘉兴)人。康熙十八年举博学鸿词,授检讨,入直南书房,出典江南省试。罢归后,专注著述。除经学外,诗与王士禛齐名,时称"南朱北王",词开浙西派之先河。著有《曝书亭诗》《曝书亭词》等。

卖花声

雨花台

衰柳白门湾①,潮打城还②。小长干接大长干③。歌板酒旗零落尽④,剩有渔竿⑤。秋草六朝寒⑥,花雨空坛⑦。更无人处一凭栏⑧。燕子斜阳来又去⑨,如此江山。

【导读】

一、朱彝尊是浙西词派的奠基人,他的词反映面较广,善于描绘自然风光,语句工巧,颇多可称之处。怀古之作,也能纵览古今山川的变化,透露出今昔盛衰之感。南京作为六朝古都,当年曾有过数不尽的

---

① 白门:六朝时南京(当时称建康)城的西门,也称白门。其地多柳。 ② 潮打城还:潮水打过来,撞到城边,又逆转回去。指经过了多少岁月。 ③ 小长干,大长干:六朝时城内的两条巷子名。接:相连。当时是繁华所在。 ④ 歌板:唱歌时,用以按节拍的鼓板。酒旗:酒店幌子。 ⑤ 渔竿:代指渔夫。说往事成空,繁华已去。 ⑥ 秋草:秋天时草木已枯。这里反用杜牧的诗"秋尽江南草未凋"。 ⑦ 空坛:指雨花台。在南京的城南,山冈最高处。南朝梁时,云光法师在此讲经,其时天空中落花如雨。后即以名其地。词中所说,如今已成空地,花雨都已无闻。 ⑧ 凭栏:望远。 ⑨ "燕子"句:以燕子的来又去,切合秋日衰颓的景象。

繁华,而今却已成为过去。作者登临高台,俯视金陵全城,古来往事一时涌上心来。但他只选取了一些不甚为人所注意之处,如白门、长干里乃至雨花台,可知他不是在留恋当年的绮丽风华,不是耽于六朝金粉余味,而是着眼于历史的兴替,朝代的盛衰,人物的荣辱,世态的变迁,等等。这是朱彝尊虽然发思古之幽情,而又与别人不同之处。有人说他是在抒发故国之思,是说到了关键。

二、全词用一个"衰"字笼罩了全篇。其中暗用了许多典故,而且都与前人诗词有关。如"白门柳",见于李白《杨叛儿》:"乌啼白门柳";"潮打"句,见刘禹锡《金陵怀古》:"潮打空城寂寞回";"大小长干",见于李白和崔颢的《长干行》等诗;"歌板酒旗",见于李白《金陵酒肆留别》:"白门柳花满店香,吴姬压酒劝客尝";"秋草"句,见于杜牧《寄扬州韩绰判官》:"秋尽江南草未凋";燕子斜阳,则是用了刘禹锡的《乌衣巷》诗,"乌衣巷口夕阳斜"和"旧时王谢堂前燕,飞入寻常百姓家"。至于"如此江山",则可以与辛弃疾的《永遇乐·京口北固亭怀古》参读。糅合古诗词入句,而又不露痕迹,自然、贴切,是此词的一大长处。

顾贞观

顾贞观(1637—1714),清词人。字华峰,号梁汾,江苏无锡人。康熙五年顺天府举人,擢秘书院典籍,后馆于相国纳兰明珠家,与其子纳兰成德交厚。后归乡,筑积书岩,读书其中以终老。有《弹指词》,并有《积书岩集》。

金缕曲·其一

寄吴汉槎宁古塔,[1]以词代书。[2] 丙辰冬寓京师千佛寺冰雪中作[3]。

季子平安否[4]? 便归来[5],平生万事,那堪回首。行路悠悠谁慰藉[6],母老家贫子幼。记不起、从前杯酒[7]。魑魅搏人应见惯[8],总输他、覆雨翻云手[9]。冰与雪,周旋久[10]。

泪痕莫滴牛衣透[11]。数天涯,依然骨肉[12],几家能够。比似红颜多命薄[13],更不如今还有。

[1] 吴汉槎:作者的友人,江苏吴江人。名兆骞,顺治十四年举人。以丁酉科场案流放宁古塔,戍边二十年,以顾贞观向纳兰性德求情于其父明珠相国,得以生还。能诗词,多才气。戍后,词多写塞外风光,凄清中时露豪俊之气,有《秋笳集》。宁古塔:在今黑龙江省宁安市西南。清代为流戍地。 [2] 以词代书:用写词的方式,来代替写信。这首《金缕曲》开头用"季子平安否?"起句,如同书信的开头称呼。此词还有第二首,在结尾处,他又用"言不尽,观顿首"来结尾,"观"即顾贞观的自称,如同写信的末尾,署上自己的名字。所以称"以词代书"的词。此后,不断有人用《金缕曲》来写"以词代书"的信,如郁达夫、刘大白等人。 [3] 丙辰冬:1676年冬。 [4] 季子:春秋时吴国季札有贤名,人称延陵季子(他有一兄),又称吴季子。后来通指吴姓中有贤名的人。此处指吴汉槎。 [5] 便归来:作者设想,有一天吴汉槎从遣戍地被赦回。 [6] 行路悠悠:从吴汉槎的家乡,到被遣戍地,有万里之遥。谁慰藉,有谁能去安慰家中的老母弱妻稚子。 [7] 从前杯酒:谈笑终生,欢宴终日的朋友们的聚会,就更不能回忆了。 [8] 魑魅搏人:古代传说中的山精鬼怪,能在白日捉人。指受坏人捉弄。事实上,吴汉槎被遣戍,是受坏人告密的结果。杜甫《天末怀李白》:"文章憎命达,魑魅喜人过。" [9] 覆雨翻云手:反复无常、玩弄阴谋手段的小人。此处指告密者。杜甫《贫交行》:"翻手作云覆手雨。"总输他,到底输给了他。指没有斗得过告密者。 [10] 冰与雪:冰天雪地之中。遣戍地的寒冷天气。周旋久:相往还很长时间。指遣戍期20年。 [11] 牛衣透:牛身上盖的布,是用草或乱麻粗布简单编制而成,用以防寒。西汉时的王章贫困时,有病,"无被,卧牛衣中。与妻诀,涕泣。"后来用"牛衣对泣"来指生活艰难,夫妻共守穷困生活。当时吴汉槎的妻子曾从遥远的家乡吴江县,寻找到东北的宁古塔探视,并一直住在那里。 [12] 依然骨肉:暗指骨肉团聚。几家能够,是赞扬吴妻的大义行为,无人可比得上。 [13] "比似红颜"句:有些古代妇女,在受辱时,或者困难时,便自尽了事,所以说命薄。而今吴妻很刚强,竟然万里寻夫,所以说"今还有"。

只绝塞、苦寒难受①。廿载包胥承一诺②,盼乌头、马角终相救③。置此札,君怀袖④。

【导读】

　　一、顾贞观在清代的词坛上,虽然以才华胜,而且和纳兰性德有着深厚的交往,但是,他的出名,主要的还是因为他写了两首《金缕曲》,向纳兰性德发出求救的请求,此处所选为第一首。清代的流放犯,一般都是流徙终身,很少有中途遣返的事。顾贞观大胆地提出这一项可以说有些过分的要求,而且,终于感动了纳兰性德,冒着清初极严的禁令,向明珠相国提出要求,并且奏效,吴汉槎得以生还。此事只因为这两首词写得太真实,太动情了。纳兰性德看了这两首词,才有了和作,并且口头答应,而后付诸实施。据说纳兰性德当时以十年为期,"三千六百日,当以身任之"。顾贞观则马上急了,他等不了那么长的时间,终于又隔了一些时间,便实现了诺言。据说纳兰性德曾戏言让顾贞观喝下一杯酒。顾贞观本不会喝酒,听说一杯酒可救知己,便举杯一饮而尽。为了友情,真是万死不辞。据说,吴汉槎回到京师之后,一次在纳兰相国府上看到一块石碑,上面刻着:"顾贞观为吴汉槎屈膝处",不禁大恸,声泪俱下,几欲昏厥。可见这首记叙友谊的词,是如何体现出真情了。

　　二、这首词以记叙友情为主,有人比之为苏武当年给李陵写的诗。纳兰性德就认为是"河梁生死之别,山阳死友之传,得此而三"。陈廷焯更认为是"千秋绝调","悲之深,慰之至,丁宁告戒,无一字不从肺腑流出,可以泣鬼神矣"。(见《白雨斋词话》卷三)

　　三、这首《金缕曲》写得自然,如话家常。先行问讯,次谈起二人相别,又想起别后种种事。再次,安慰朋友,莫与小人记仇记恨。最后写朋友在戍地所受苦楚。下阕又回忆吴夫人,写夫妻二人感情深厚,次写吴夫人万里相从,见识超过一般妇女。最后写自己,承诺相救之事,嘱咐友人在戍地等待好消息。层层写来,细数琐事,陈廷焯评此词时说:"只如家常说话,而痛快淋漓,宛转翻复,两人心迹,一一如见。"是看出了这首词的写作特点。

纳兰性德

　　纳兰性德(1655—1685),清词人。原名成德,字容若,满洲正黄旗人。相国明珠长子。康熙十五年殿试,赐进士出身,选授一等侍卫。自幼聪敏多才,尤喜诗词。结交文士多为豪俊,倾心相从。曾主持辑录《通志堂经解》。有《饮水词》。

---

①"绝寒"句:指遣戍地的艰苦寒冷的生活。难受,难以忍受。吴妻从江南水乡山清水秀之地,来到东北的冰天雪地。故而以为难以忍受。　②廿载:二十年。廿(niàn),数词代二十。包胥,申包胥,春秋时楚国的大夫。吴兵围楚,曾到秦国求救,哭泣七日夜,秦终于出兵。这里用求救的意思。一诺,一次答应的话。　③乌头马角:不会出现的怪异事。指难以实现。《史记·荆轲传》载:燕丹求归,秦王说:"乌头白,马生角,乃许!"这里是反用其意,希望真的有一天乌(鸦)头上长了白羽毛,马的头上生出角来,吴汉槎终于能回来。这两句是指顾贞观已向纳兰成德求情,纳兰成德已经很爽快地答应了,所以顾贞观在信(词)里告诉吴汉槎,"盼着吧!那一天就会出现的"。　④"置此札"二句:写了这首词(信),请您放在怀袖中保存好,一直留到归来那一天。古诗有"置君怀袖中,三岁字不灭"的话。

金缕曲

赠梁汾

　　德也狂生耳①！偶然间,缁尘京国②,乌衣门第③。有酒惟浇赵州土④,谁会成生此意⑤? 不信道⑥,遂成知己⑦。青眼高歌俱未老⑧,向樽前、拭尽英雄泪⑨。君不见,月如水⑩。　　共君此夜须沉醉⑪。且由他、蛾眉谣诼⑫,古今同忌⑬。身世悠悠何足问⑭,冷笑置之而已⑮。寻思起,从头翻悔⑯。一日心期千劫在⑰,后身缘⑱,恐结他生里⑲。然诺重,君须记⑳。

【导读】

　　一、纳兰性德为清代一大词家,他填词能融古今名家,豪放处,有苏、辛的特点。徐釚:"《金缕曲·赠梁汾》词旨嵚奇磊落,不啻坡公、稼秆深情处,又有南唐二主之长。"陈维崧:"《饮水词》哀感顽艳,得南唐二主之遗。"可见纳兰性德的词有着多方面的风格,多方面的内容。清代词坛名家辈出,纳兰性德既不依附于陈维崧,也不靠近朱彝尊,而是兼二家而有之。有自己独特的面貌,有自己独特的成就。所以王国维对纳兰性德推崇备至,称他的词为"北宋以来一人而已"。这真是极为中肯的评价。

　　二、纳兰性德以一介贵公子,衣锦繁华,而又日近天颜,但他绝不是骄傲一世,也不是纨绔子弟。而是平易近人,喜与文士交往,尤其是文名籍籍的大文士,大词家,大诗人。顾华峰(顾贞观)仅为其一。纳兰性德并不识吴汉槎。只是由于顾华峰的述说,并代为陈请,赦他入关。纳兰性德出于友情,更是出于对吴汉槎的钦慕,终于答应下来。后来吴汉槎果然得以生还,是顾华峰之力,也是纳兰性德之力。顾华峰《金缕曲》二首和纳兰性德《金缕曲》一首,便是这一珍贵友谊的写照,也是清代词史上的名篇,不可不知。

　　三、这首词以感情的真挚为人称道。全篇多处用典,但大都是关于友谊的典故,道出了人生友谊的可贵,友谊的真挚。重才学,重友谊,原是中国文人传统的美德。纳兰性德的"重然诺"这句话,赢得无数人的尊敬,此词便是他一生的写照。

---

① "德也"句:作者自称,自认是一个狂生。狂生,不是轻狂之徒,而是狂放之士。　② 缁尘京国:在京城里奔走供职。风尘染黑了衣服,形容劳悴已甚。　③ 乌衣门第:东晋时王氏家族世代居住的宅院,代指丞相之家,作者为相国明珠之子,自认为偶然生于富贵之家。　④ "有酒"句:李贺《浩歌》诗:"买丝绣作平原君,有酒惟浇赵州土",是推崇和仰慕贤才之意,这里指作者本来就知道吴汉槎的才名与冤情。　⑤ 成生:作者自指。此意:即上句仰慕贤才之意。　⑥ 不信道:指人们还未相信。　⑦ 遂成知己:早已成了知己、好朋友。　⑧ 青眼:用阮籍青白眼的典故,指看得起人。高歌:赞赏之声。俱未老:本指能力不济,精力衰退。这里用否定词,是反用其意。杜甫:"青眼高歌望余子,眼中之人吾老矣!"这里是化用其典。　⑨ "向樽前"句:是说且举杯豪饮,不要作悲泣之声。　⑩ 月如水:月光澄澈,使人心志都清。　⑪ "共君"句:长夜之饮,醉酒之后,都忘记了一切烦恼。　⑫ 蛾眉谣诼:蛾眉本指女性。楚时屈原受到楚地小人的谗言。《离骚》:"众女嫉余之蛾眉兮,谣诼谓余以善淫。"这里指吴汉槎被谪戍宁古塔,是受到了奸人的告发和中伤。　⑬ 古今同忌:古往今来的贤人都有类似的遭遇。忌,为人所忌。　⑭ 身世悠悠:指吴汉槎受到的惩罚。何足问:不值得再说了。　⑮ "冷笑"句:投之以一笑罢了。　⑯ "寻思起"二句:想起来,应当从最初即悔恨。指作者与吴汉槎还没有开始交往。　⑰ "一日心期"句:这种友情经历了千劫万难,仍然存在。心期,心期相许,成为知己。劫,佛门语,认为世界的一成一坏为一劫。概言时间长久。　⑱ 后身缘:后世的缘分,来生的缘分。　⑲ "恐结"句:来生来世还要成为知己朋友。　⑳ 然诺重:已经答应的话,不会忘记的。指守信用,决不食言。汉时刘邦有位谋士季布,喜助人,答应人的事,一定要做到。谚语说:"得千金,不如得季布一诺。"

张惠言

张惠言(1761—1802),清经学家、文学家。字皋文,江苏武进人。嘉庆四年进士,授编修。擅长古文,为阳湖派首创人。又工于词,开常州词派之先,所辑《词选》,于后世有极大影响。有《茗柯词》及《茗柯文集》。

水调歌头

春日赋示杨生子掞

百年复几许①,慷慨一何多②!子当为我击筑③,我为子高歌。招手海边鸥鸟④,看我胸中云梦,蒂芥近如何⑤?楚越等闲耳,肝胆有风波⑥。　　生平事,天付与,且婆娑⑦。几人尘外相视⑧,一笑醉颜酡⑨。看到浮云过了⑩,又恐堂堂岁月⑪,一掷去如梭。劝子且秉烛⑫,为驻好春过⑬。

【导读】

一、张惠言写词,主张写词要意内而言外,要有深厚的寄托,后期走向隐晦。但在清代词坛上造成了绝大影响。开常州词派,为一代之雄,其影响至清末而不绝。其《词选》一书,也成为较好的选本而受人重视。他的咏物词写得稍有意境,构思开阔,拟物恰当,颇受世人推崇。如《木兰花慢·杨花》一词,就是一例。

二、张惠言写的《水调歌头·春日赋示杨生子掞》一共五首,虽然是赠人之作,却写出了个人心怀的慷慨高歌。全词集中谈到了对于时光的珍惜之情。他把尘世间的争执,功名利禄的追逐,都已看得清清楚楚,明明白白,所谓胸中芥蒂,所谓楚越风波,都可付之一笑。结尾谈到时光之去如梭,因此要抓紧时间,度过美好的春光。这虽然也是秉烛游的意思,但是翻用了古人及时行乐的思想。从词的开始,"慷

---

① 复几许:还剩下多少。　② 慷慨:激昂、振奋。一何多:很多很多。　③ 击筑(zhù):古代一种弹击乐类,左手手指按弦,右手以竹条击弦。战国时,燕人高渐离曾在送荆轲入秦时击筑奏乐,"荆轲和而歌。……复为羽声慷慨"。　④ "招手"句:《列子》:"海上人好鸥,每旦,之海上,从鸥鸟游。鸥鸟之至者百数。其父曰,'取来吾玩之。'明日之海上,鸥鸟舞而不下。"江淹诗:"物我俱忘怀,可以狎鸥鸟。"此句是说,闲情忘机,可与鸥鸟相通,招手即来。　⑤ "看我"二句:《史记·司马相如列传》:"吞若云梦者八九,其于胸中曾不蒂芥。"句中是说,胸中并无梗阻之事。云梦:古代的大泽,在湖北省。　⑥ 楚越两句:楚国和越国,春秋时两个国家。《庄子·德充符》:"自其异者视之,肝胆楚越也;自其同者视之,万物皆一也。"句中说,平常的两个国家,平时也会有争执的风波出现。　⑦ 婆娑:起舞,表示欢欣壮志。生平事,有天公做主,不必放在心上。　⑧ "几人"句:即上句楚越肝胆风波之事。尘外,外界。　⑨ 醉颜酡:酒醉之后,面色泛起红色。《楚辞·招魂》:"美人既醉,朱颜酡些。"都指以一笑一醉对待万事。　⑩ "看到"句:眼睁睁地看浮云慢慢从眼前移动过去,指时光消逝。　⑪ 堂堂岁月:指时光过得快,陆游诗:"背人岁月去堂堂。"　⑫ 且秉烛:夜间宴游,手持蜡烛。李白《春夜宴桃李园序》:"古人秉烛夜游,良有以也。"古人是及时行乐,本句是说抓紧时间。　⑬ 为驻:使美好的时光停下来。驻,住下,止住。

慨""高歌"等词的选用来看,是专注于事业有成的思想。当然也流露出无可无不可的闲情逸致。这一点就与我们对时光的看法和行动有不同之处。

三、全词用了很多典故,来表达内容,有些是僻典,在表述主题时,显得有些晦涩不明。此词可见常州词派词风之一斑。

散　文

黄宗羲：原君

　　有生之初，人各自私也，人各自利也；天下有公利而莫或兴之，有公害而莫或除之。有人者出，不以一己之利为利，而使天下受其利；不以一己之害为害，而使天下释其害；此其人之勤劳必千万于天下之人。夫以千万倍之勤劳，而己又不享其利，必非天下之人情所欲居也。故古之人君，量而不欲入者，许由、务光是也；入而又去之者，尧、舜是也；初不欲入而不得去者，禹是也。岂古之人有所异哉？好逸恶劳，亦犹夫人之情也。

　　后之为人君者不然。以为天下利害之权皆出于我，我以天下之利尽归于己，以天下之害尽归于人，亦无不可；使天下之人，不敢自私，不敢自利，以我之大私为天下之大公。始而惭焉，久而安焉。视天下为莫大之产业，传之子孙，受享无穷；汉高帝所谓"某业所就，孰与仲多"者①，其逐利之情，不觉溢之于辞矣。此无他，古者以天下为主，君为客，凡君之所毕世而经营者，为天下也。今也以君为主，天下为客，凡天下之无地而得安宁者，为君也。是以其未得之也，屠毒天下之肝脑，离散天下之子女，以博我一人之产业，曾不惨然。曰："我固为子孙创业也。"其既得之也，敲剥天下之骨髓，离散天下之子女，以奉我一人之淫乐，视为当然。曰："此我产业之花息也。"然则为天下之大害者，君而已矣。向使无君，人各得自私也，人各得自利也。呜呼！岂设君之道固如是乎？

　　古者天下之人爱戴其君，比之如父，拟之如天，诚不为过也。今也天下之人怨恶其君，视之如寇仇，名之为独夫，固其所也。而小儒规规焉以君臣之义无所逃于天地之间②，至桀、纣之暴，犹谓汤、武不当诛之，而妄传伯夷、叔齐无稽之事③，乃兆人万姓崩溃之血肉，曾不异夫腐鼠。岂天地之大，于兆人万姓之中，独私其一人一姓乎！是故武王圣人也，孟子之言，圣人之言也；后世之君，欲以如父如天之空名，禁人之窥伺者，皆不便于其言，至废孟子而不立④，非导源于小儒乎！

　　虽然，使后之为君者，果能保此产业，传之无穷，亦无怪乎其私之也。既以产业视之，人之欲得产业，谁不如我？摄缄縢⑤，固扃鐍⑥，一人之智力，不能胜天下欲得之者之众，远者数世，近者及身，其血肉之崩溃在其子孙矣。昔人愿世世无生帝王家，而毅宗之语公

---

①　某业：刘邦称自己的产业。仲：刘邦的哥哥。此话见《史记·高祖本纪》，是刘邦大朝群臣，为父亲祝酒时的问话。　②　小儒规规：小儒，见识浅薄的文人。规规，拘谨之态。　③　无稽之事：无可考究的事情。　④　立：指立祭位。不立与前面的废对应，因明太祖曾下诏废除孟子的祭祀。　⑤　摄：收紧。缄：封存箱子的绳子。縢：绷带。　⑥　固扃鐍：扃(jiōng)，关钮。鐍(jué)，锁钥。

主①,亦曰:"若何为生我家②!"痛哉斯言! 回思创业时,其欲得天下之心,有不废然摧沮者乎③!

是故明乎为君之职分,则唐、虞之世,人人能让,许由、务光非绝尘也;不明乎为君之职分,则市井之间,人人可欲,许由、务光所以旷后世而不闻也。然君之职分难明,以俄顷淫乐不易无穷之悲,虽愚者亦明之矣。

【导读】

一、这是一篇论辩性和批判性都极强的政论文,它一方面推究设置君王的道理,论证人性的私欲与君权形成的内在关系;另一方面毫不留情地对后世君主进行了猛烈抨击,有很强的借古讽今、鞭挞现实的特点。

二、全文分五个层次展开:第一个层次阐明人性的私欲与君权形成的内在关系,这是整篇文章的立论前提。作者认为古代人君是为天下兴利除害,而自己则要备受辛勤劳苦,这种纯尽义务而毫无回报的社会工作与人性的私欲完全相背。所以有的人不愿做君主;有的人做了君主但不愿自己的后代再受这种辛苦;还有的人实在没有办法只能硬着头皮干下去。因为"好逸恶劳,亦犹夫人之情也"。作者的立论起到了三个作用:一是奠定了本文论辩的理论支点;二是廓清了古代圣贤光环中的虚伪成分,许由和务光不接受尧舜的传位并不是因为他们多么崇高和潇洒,而是因为当时的君主主要是为社会尽义务,为他人谋幸福,而自己却很少有什么福利;三是为下一层次的批判做好了反面的映衬。在这个层次里,作者语出惊人,有鲜明的反传统性,其实也为全文的批判性和反叛性定了基调。

第二个层次从"后之为人君者不然"起,浓墨重笔,酣畅淋漓,集中批判了后之为君者的自私、丑恶和残忍。先是痛斥后之为君者以天下为自己的产业,把天下之利尽归于己,却把天下之害尽归他人;接着阐述后之为君者本末倒置,以己为重、民为轻,指出这是天下大乱、灾害无穷的根源;接下来集中揭露后之为君者使生灵涂炭、民不聊生的罪恶,义正词严,激情充沛,把后之为君者"未得天下"和"既得天下"的种种劣迹揭露无遗,其激烈程度,古今罕见。

第三个层次换了一个话题,用古今君主对民众的不同态度和民众对当权者也有爱戴和怨恨的不同现象,来批驳迂腐文人的荒谬言论。对汤、武讨伐桀、纣的肯定和对朱元璋可笑举动的嘲讽,都表现出作者独特的思想认识和强烈的批判精神。文章在这个层次凸现出鲜明的现实性和战斗性。

第四个层次以"虽然"进行转折,换了一个角度,进一步论述"以天下为产业"不仅残害民众,也殃及自身或子孙。尤其是写到崇祯皇帝死到临头时无限悲怨而又无可奈何的发问,故国之思、亡国之痛油然而生。似乎令人看到了改朝换代的刀光剑影和权力更替中的血肉飞溅,而这一切都基于作者的立论前提——人性恶。

第五个层次是全文的总结,用"明乎为君之职分"与"不明乎为君之职分"来警戒为君主者,要弄清"君之职分"以免"以俄顷淫乐"造成"无穷之悲",这也是作者写《原君》的用意所在。

三、这是一篇不多见的论辩文,可见作者深邃的思想和大气的文笔。作者在选题立意上,敢于从君主这个古今永恒的重大话题切入,发惊天之语,破千古陋见,很有近代民主思想的启蒙意义。文章言辞精辟,用语冷峻,论辩严密,激情昂扬,辞、情、理、意四者并茂,令人沉思、发人深省。

---

① 毅宗:明崇祯皇帝,谥号思宗,后改毅宗。 ②"若何"句:毅宗自缢前,用剑砍杀自己的女儿长平公主,悲叹:"你为什么生在我家。" ③ 废然:颓丧态。摧沮:伤心态。

方 苞

> 方苞(1668—1749),清散文家。字凤九,号灵皋,又号望溪,安徽桐城人。康熙进士,因戴名山《南山集》案牵连入狱,后得赦。官至礼部侍郎。"桐城派"创始人。其文结构严谨、语言洗练、立意明晰,《狱中杂记》为其代表作。有《方望溪先生全集》。

狱中杂记①(节选)

康熙五十一年三月,余在刑部狱,见死而由窦出者,日三四人。有洪洞令杜君者,作而言曰:"此疫作也。今天时顺正,死者尚希,往岁多至日十数人。"余叩所以。杜君曰:"是疾易传染,遘者虽戚属②,不敢同卧起。而狱中为老监者四,监五室。禁卒居中央,牖其前以通明,屋极有窗以达气③。旁四室则无之,而系囚常二百余。每薄暮下管键,矢溺皆闭其中,与饮食之气相薄。又隆冬,贫者席地而卧,春气动,鲜不疫矣。狱中成法,质明启钥。方夜中,生人与死者并踵顶而卧,无可旋避。此所以染者众也。又可怪者,大盗积贼,杀人重囚,气杰旺,染此者十不一二,或随有瘳;其骈死④,皆轻系及牵连佐证法所不及者。"

余曰:"京师有京兆狱⑤,有五城御史司坊⑥,何故刑部系囚之多至此?"杜君曰:"迩年狱讼,情稍重,京兆、五城即不敢专决;又九门提督所访缉纠诘⑦,皆归刑部;而十四司正副郎好事者⑧,及书吏、狱官、禁卒,皆利系者之多,少有连,必多方钩致⑨。苟入狱,不问罪之有无,必械手足,置老监,俾困苦不可忍。然后导以取保,出居于外,量其家之所有以为剂,而官与吏剖分焉。中家以上,皆竭资取保。其次求脱械,居监外板屋,费亦数十金。惟极贫无依,则械系不稍宽,为标准以警其余。或同系,情罪重者反出在外,而轻者、无罪者罹其毒。积忧愤,寝食违节,及病,又无医药,故往往至死。"余伏见圣上好生之德,同于往圣,每质狱辞,必于死中求其生,而无辜者乃至此!倘仁人君子为上昌言,除死刑及发塞外重犯,其轻系及牵连未结正者,别置一所以羁之,手足毋械,所全活可数计哉?或曰:"狱旧有室五,名曰现监,讼而未结正者居之。倘举旧典,可小补也。"杜君曰:"上推恩,凡职官居板屋。今贫者转系老监,而大监有居板屋者,此中可细诘哉!不若别置一所,为拔本塞源之道也。"余同系朱翁、余生及在狱同官僧某⑩,遘疫死,皆不应重罚。又某氏以不孝讼其子,左右邻械系入老监,号呼达旦。余感焉,以杜君言泛讯之,众言同,于是乎书。

---

①《狱中杂记》:康熙五十年(1711),方苞挚友戴名世因所著《南山集》中有触犯清廷的文字,本人及全家遭杀害。方苞因为读书作序,又家藏刻版,被牵连入狱。初判绞刑,经人营救,两年后出狱。该文记述了他在狱中耳闻目睹的腐败与黑暗。 ②遘(gòu):遭遇、患。 ③屋极:屋顶。 ④骈(pián)死:形容死亡极多,连续死去。 ⑤京兆狱:顺天府(今北京市)监狱。 ⑥五城御史司坊:五城御史,巡察京城东西南北中五个地区的长官。司坊,御史衙门的监狱。 ⑦九门提督:守卫京城九座门的武官。 ⑧十四司:刑部的机构,每司有正副郎官。 ⑨钩致:钩取,捕获。 ⑩同官僧某:同官,县名,今陕西省铜川市;僧某,姓僧的。

凡死刑狱上,行刑者先俟于门外,使其党人索财物,名曰"斯罗"①。富者就其亲属,贫则面语之。其极刑,曰:"顺我,即先刺心;否则四肢解尽,心犹不死。"其绞缢,曰:"顺我,始缢即气绝;否则三缢加别械,然后得死。"惟大辟无可要,然犹质其首。用此,富者赂数十百金,贫亦罄衣装;绝无有者,则治之如所言。主缚者亦然,不如所欲,缚时即先折筋骨。每岁大决,勾者十四三,留者十六七,皆缚至市待命②。其伤于缚者即幸留,病数月乃瘳,或竟成痼疾。余尝就老胥而问焉③:"彼于刑者、缚者,非相仇也,期有得耳;果无有,终亦稍宽之,非仁术乎?"曰:"是立法以警其余且惩后也;不如此,则人有幸心。"主梏扑者亦然④。余同逮以木讯者三人:一人予三十金,骨微伤,病间月;一人倍之,伤肤,兼旬愈;一人六倍,即夕行步如平常。或叩之曰:"罪人有无不均,既各有得,何必更以多寡为差?"曰:"无差,谁为多与者?"孟子曰:"术不可不慎⑤。"信夫!

部中老胥,家藏伪章,文书下行直省⑥,多潜易之,增减要语,奉行者莫辨也。其上闻及移关诸部⑦,犹未敢然。功令⑧:大盗未杀人,及他犯同谋多人者,止主谋一二人立决;余经秋审,皆减等发配。狱辞上,中有立决者,行刑人先俟于门外。命下,遂缚以出,不羁晷刻⑨。有某姓兄弟,以把持公仓,法应立决,狱具矣。胥某谓曰:"予我千金,吾生若。"叩其术,曰:"是无难,别具本章,狱辞无易,取案末独身无亲戚者二人易汝名,俟封奏时,潜易之而已。"其同事者曰:"是可欺死者,而不能欺主谳者⑩;倘复请之,吾辈无生理矣。"胥某笑曰:"复请之,吾辈无生理,而主谳者亦各罢去。彼不能以二人之命易其官,则吾辈终无死道也。"竟行之,案末二人立决。主者口呿舌挢⑪,终不敢诘。余在狱犹见某姓,狱中人群指曰:"是以某某易其首者。"胥某一夕暴卒,众皆以为冥谪云。

凡杀人,狱辞无谋、故者⑫,经秋审入矜疑⑬,即免死,吏因以巧法。有郭四者,凡四杀人,复以矜疑减等,随遇赦。将出,日与其徒置酒,酣歌达曙。或叩以往事,一一详述之,意色扬扬,若自矜诩⑭。噫!渫恶吏忍于鬻狱⑮,无责也;而道之不明,良吏亦多以脱人于死为功,而不求其情。其枉民也,亦甚矣哉!

奸民久于狱,与胥卒表里,颇为奇羡。山阴李姓以杀人系狱,每岁致数百金。康熙四十八年,以赦出。居数月,漠然无所事。其乡人有杀人者,因代承之。盖以律非故杀,必久系,终无死法也。五十一年,复援赦减等谪戍,叹曰:"吾不得复入此矣!"故例,谪戍者移顺天府羁候。时方冬,停遣。李具状,求在狱候春发遣,至再三,不得所请,怅然而出。

【导读】

方苞是清代桐城派散文的代表性作家,论文主张"义法",即"言有物"和"言有序"。这篇《狱中杂记》较充分地展示了他的文学主张,把深刻的文学意蕴用有序的艺术构思和简洁的语言文字表达出来,成为清代以来脍炙人口的名篇。

① 斯罗:对死刑犯临行刑前的大搜刮。 ② 西市:京城西面的刑场。 ③ 老胥:老资格的胥吏。 ④ 主梏扑者:掌管用刑具、打板子的人。 ⑤ 术:指技术、手艺或职业。 ⑥ 直省:指中央的直属省。 ⑦ 上闻:上呈给皇帝的公文。移关,移文和关文的简称,都是府衙间往来的公文。 ⑧ 功令:政府法令。 ⑨ 晷刻:时刻、片刻。 ⑩ 主谳(yàn):主审。 ⑪ 口呿古挢:呿(qū),张开口。挢(jiǎo),举起,翘起。形容张口结舌的窘态。 ⑫ 无谋、故者:非预谋或有意杀人者。 ⑬ 矜:可怜。疑:可疑。 ⑭ 矜诩(xǔ):夸耀。 ⑮ 鬻:卖。

一、本文是一篇纪实文学,作者以自己真实的经历,揭露了康熙年间监狱里的罪恶实况,由此也使读者看到了整个社会的黑暗一角。因为是耳闻目睹和亲身经历,因此文章显得尤为可信和深刻。

二、本文可分三个部分:第一、二段写刑部大狱的险恶条件。尤其是生者与死者摩肩接踵,瘟疫流行,使读者感到一种死亡的气息。而无辜或轻罪的犯人被折磨致死,杀人犯和重罪者因体格剽悍或有钱行贿安然无恙,给人们一种无公正是非可言的强烈冲击,这就更深刻地揭露了狱吏的凶残和刑罚制度的腐朽。第三段写行刑者、主缚者和主桎扑者对犯人的敲诈和欺压,每一个血淋淋的故事,都是一幅触目惊心的地狱图。第四、五、六段是文章的第三部分,写胥吏私造公章、擅改文书、偷梁换柱和草菅人命。尤其是山阴李姓囚犯的作为,令人不寒而栗,又一次揭露当时监狱的弊端和监狱内外的黑暗,尽管文章并没有表现出尖锐激烈的态度,但惨烈冷酷的现实已让读者明白了一切。

三、从艺术上看,本文有两点值得注意:

一是紧紧围绕司法腐败和监狱险恶展开记叙,采取耳闻目睹和亲见实录的写实手法,一层一层地写来,就像今天的报告文学或调查报告,用事实说话,用真情服人。文章不短,记述的事情也不少,展示的现象也很惊心动魄,但很少看到作者发议论,只是在悲愤之极时,用简括的感叹来表达心中的郁闷。

二是叙事简洁,要言不烦。无论对话还是叙事都没有赘言,写行刑者之残暴后写主缚者、主桎扑者之凶狠,作者只用"亦然"两字概括;而写恶吏胥某李代桃僵、谋财害命的勾当后,只以"竟行之"一语坐实,这些都体现出作者高超的语言功力,也使这样一篇事实丰富的长篇报告文学显得文字爽利,语言简劲。

全祖望

全祖望(1705—1755),清史学家、文学家。字绍衣,自署鲒埼亭长,学者称谢山先生,浙江鄞县人。乾隆进士,初为翰林院庶吉士,旋受权贵排斥,罢官归家,主讲绍兴蕺山、广东端溪书院,读书著述终老。著有《鲒埼亭集》等。

梅花岭记①

顺治二年乙酉四月,江都围急②。督相史忠烈公知势不可为③,集诸将而语之曰:"吾誓与城为殉,然仓皇中不可落于敌人之手以死,谁为我临期成此大节者?"副将军史德威慨然任之。忠烈喜,曰:"吾尚未有子,汝当以同姓为吾后。吾上书太夫人,谱汝诸孙中。"

二十五日,城陷。忠烈拔刀自裁,诸将果争前抱持之。忠烈大呼德威,德威流涕不能执刃,遂为诸将所拥而行。至小东门,大兵如林而至,马副使鸣騄、任太守民育及诸将刘都督肇基等皆死④。忠烈乃瞠目曰:"我史阁部也。"被执至南门,和硕豫亲王以"先生"呼

---

① 梅花岭:在江苏扬州广储门外,是明朝扬州守将吴秀用疏浚的河泥堆成的,上植梅花,故称梅花岭。 ② 江都:即今扬州。 ③ 史忠烈公:即史可法,明末大臣,祥符(今河南开封)人。曾任南京兵部尚书。南明弘光帝时加大学士,赴扬州督师。扬州被清兵攻破后,为清军所杀,遗体下落不明。 ④ 马副使鸣騄:指当时都督扬州军务的副帅马鸣騄。任太守民育:指时任扬州太守的任民育。刘肇基:史可法的部将,当时奉命坚守扬州北门,率所部四百余士卒与敌死战,全部殉难。

之①，劝之降。忠烈大骂而死。初，忠烈遗言："我死当葬梅花岭上。"至是，德威求公之骨不可得，乃以衣冠葬之。

或曰："城之破也，有亲见忠烈青衣乌帽，乘白马，出天宁门投江死者，未尝殒于城中也。"自有是言，大江南北遂谓忠烈未死。已而英、霍山师大起②，皆托忠烈之名，仿佛陈涉之称项燕③。吴中孙公兆奎，以起兵不克，执至白下④。经略洪承畴与之有旧⑤，问曰："先生在兵间，审知故扬州阁部史公果死耶，抑未死耶？"孙公答曰："经略从北来，审知故松山殉难督师洪公果死耶，抑未死耶？"承畴大恚，急呼麾下驱出斩之。

呜呼！神仙诡诞之说，谓颜太师以兵解⑥，文少保亦以悟大光明法蝉蜕⑦，实未尝死。不知忠义者圣贤家法，其气浩然，长留天地之间，何必出世入世之面目？神仙之说，所谓为蛇画足。即如忠烈遗骸，不可问矣。百年而后，予登岭上，与客述忠烈遗言，无不泪下如雨，想见当日围城光景。此即忠烈之面目，宛然可遇，是不必问其果解脱否也，而况冒其未死之名者哉！

墓旁有丹徒钱烈女之冢⑧，亦以乙酉在扬，凡五死而得绝，特告其父母火之，无留骨秽地。扬人葬之于此。江右王猷定、关中黄遵岩、粤东屈大均为作传铭哀词⑨。

顾尚有未尽表章者：予闻忠烈兄弟自翰林可程下⑩，尚有数人，其后皆来江都省墓。适英、霍山师败，捕得冒称忠烈者，大将发至江都，令史氏男女来认之。忠烈之第八弟已亡，其夫人年少有色，守节，亦出视之。大将艳其色，欲强娶之，夫人自裁而死。时以其出于大将之所逼也，莫敢为之表章者，呜呼！忠烈尝恨可程在北，当易姓之间，不能仗节，出疏纠⑪，岂知身后乃有弟妇以女子而踵兄公之余烈乎？梅花如雪，芳香不染，异日有作忠烈祠者，副使诸公谅在从祀之列，当另为别室以祀夫人，附以烈女一辈也。

【导读】

一、《梅花岭记》以后来人的口吻，讲述了在清兵围困扬州之际，史可法率领众将士坚守扬州的情形和城破之时慷慨赴死的英雄壮举，以及围绕着史可法之死的种种传说，顺便讲述了与"扬州十日"有关的故事。作者在百年之后登临梅花岭，凭吊史可法衣冠冢，触景生情，往事历历，于是娓娓道来，时发议论。

二、文章再现了史可法等忠臣义士慷慨就义的场面，歌颂了史可法等爱国义士，使人肃然起敬，油然而生英雄浩气永存，长留天地人间之感。在作者看来，那些神化史可法的传说，实际上都是画蛇添足。因为，像史可法这样的忠臣义士，浩然之气就是一种永存的精神力量。有了这种精神力量，不论他们是

---

① 和硕豫亲王：名多铎，清太祖第十五子。　② 英、霍山师：史可法殉难那年的夏天，张福寰率众起兵英山（今属湖北），冯宏图、侯应龙等起兵霍山（今属安徽），以史可法的名义号召各地义军抗清。　③ 陈涉之称项燕：陈涉、吴广起义时，以为秦公子扶苏和楚将项燕最得人心，当时人们还不知道他们已死，就假借他们的名义，号召民众。　④ 白下：古地名，在今南京西北，后以之代指南京。　⑤ 经略：明朝为重要的军事事务而特设的职务，高于总督。清朝初年沿用。洪承畴：字彦演，号亨九，福建南安人。崇祯时任兵部尚书，调任蓟辽总督，与清军战于松山，兵败投降，后任七省经略。当时曾传说他战死沙场，崇祯皇帝还哭祭过他。　⑥ 颜太师：即颜真卿，字清臣，唐德宗时官至太子太师。传说他被叛军杀害，尸解得道。　⑦ 文少保：即文天祥，南宋大臣。南宋灭亡后，他在福建率兵抗敌，兵败被俘，宁死不屈，终被杀害。相传他遇害数日后，颜色如生，尸解成仙。　⑧ 钱烈女：名淑贤，清兵攻破扬州时，她年仅16岁，自杀五次才如愿。扬州人钦敬其节烈，将其葬于梅花岭上。　⑨ 王猷定：字于一，号轸石。曾入史可法幕府。明亡不仕。黄遵岩：清初诗人。屈大均：字翁山，清初文学家。明亡后出家为僧，后还俗。　⑩ 可程：史可法的弟弟。李自成攻入北京，他投降了农民军。后南归，福王令其归家养母。　⑪ 纠：检举告发。

否活着,都会给活着的人以极大的鼓励,极大的动力。

三、为了突出史可法等忠臣义士的高贵品质和爱国精神,作者又附带介绍了钱烈女和史可法弟媳妇的事迹。二人都是节烈之女,一个因城破而殉国,一个为贞节而殉难,表现出不同凡俗的胆识和气节。她们虽然不像史可法那样为国而死,但她们的高尚行为和史可法等忠臣义士慷慨赴死相互辉映,表现出爱国之情和忠贞之志,在华夏大地有着深厚的积淀和广泛的基础。"梅花如雪,芳香不染",是对忠臣义士的颂扬,也是对民族精神的写照。

袁枚:所好轩记

所好轩者,袁子藏书处也。袁子之好众矣,而胡以书名?盖与群好敌而书胜也。其胜群好奈何?曰:袁子好味,好色,好葺屋①,好游,好友,好花竹泉石,好圭璋彝尊②、名人字画,又好书。书之好无以异于群好也,而又何以书独名?曰:色宜少年,食宜饥,友宜同志,游宜晴明,宫室花石古玩宜初购,过是欲少味矣。书之为物,少壮、老病、饥寒、风雨,无勿宜也。而其事又无尽,故胜也。

虽然,谢众好而昵焉,此如辞狎友而就严师也,好之伪者也。毕众好而从焉,如宾客散而故人尚存也,好之独者也。昔曾晳嗜羊枣③,非不嗜脍炙也④。然谓之嗜脍炙,曾晳所不受也,何也?从人所同。余之他好从同,而好书从独,则以"所好"归书也固宜。

余幼爱书,得之苦无力。今老矣,以俸易书,凡清秘之本,约十得六七。患得之,又患失之。苟患失之,则以"所好"名轩也更宜。

【导读】

一、人的爱好千差万别,好游乐,好交友,好美味,好美色,好书画,好古董,好花草,好虫鱼,各有所好,各有不同。有的人的爱好可以堂而皇之地说出来,有的人的爱好只是留在心里,却羞于出口,或是不愿说出来。譬如好色,本是人之大欲,可是,能够坦白地承认的,又有几许呢?爱美之心,人皆有之。食色,性也。好色是很正常的事情,关键是能否把握好一个度,做到好色而不淫。袁枚坦率地承认"好色"是其诸多爱好中的一种,很是难得。但是,不论好色、好友还是其他爱好,若是和对书的爱好比起来,都得退位了。因为,其他各种爱好都有条件和时间的限制,而只有对书的爱好,可以不受年龄、身体、饥寒、风雨等条件的限制。但对书的爱好也有区别。一种是"谢众好而昵焉",一种是"毕众好而从焉"。"昵"和"从"虽仅一字之别,却反映出对书的两种不同态度。溺爱书,就可能成为书的奴隶,可能成为书蠹书痴;而从书中去寻求,则会得到知识,得到力量,得到乐趣,书就会为人所用。

二、袁枚自幼到老,经历了人世沧桑,有过许多爱好,但他最终选择了书籍,并把他的书斋命名为"所好轩",这充分表明了他对书的爱好和对书的认识,已经进入一种独特的境界。这一境界,是许多人终生无法达到的。

---

① 葺:修缮。这里有建造房屋的意思。 ② 圭璋:贵重的玉器。彝尊:青铜酒具。文中泛指有收藏价值的古董。
③ 曾晳:孔子的弟子。羊枣:果名。初生时黄色,长熟时变黑,个很小,像羊粪。俗称羊奶柿。 ④ 脍炙:脍,切细的鱼肉丝。炙,烤肉。皆佳肴。

姚 鼐

姚鼐(1731—1815),清散文家。字姬传,室名惜抱轩,旧时或称惜抱先生,安徽桐城人。乾隆二十八年进士,官刑部郎中。四库开馆,任纂修官。年余归。主讲江南各大书院,垂四十年。著文尊义理、考证、辞章,编《古文辞类纂》,为桐城派古文三祖之一。有《惜抱轩全集》。

登泰山记①

泰山之阳,汶水西流②。其阴,济水东流③。阳谷皆入汶,阴谷皆入济。当其南北分者,古长城也④。最高日观峰,在长城南十五里。

余以乾隆三十九年十二月,自京师乘风雪,历齐河、长清,穿泰山西北谷,越长城之限,至于泰安。是月丁未,与知府朱孝纯子颍⑤,由南麓登。四五十里,道皆砌石为磴,其级七千有余。泰山正南面有三谷,中谷绕泰安城下,郦道元所谓环水也⑥。余始循以入,道少半,越中岭,复循西谷,遂至其巅。古时登山,循东谷入,道有天门。东谷者,古谓之天门溪水,余所不至也。今所经中岭,及山巅崖限当道者,世皆谓之天门云。道中迷雾冰滑,磴几不可登。及既上,苍山负雪,明烛天南⑦。望晚日照城郭、汶水、徂徕如画⑧,而半山居雾若带然。

戊申晦,五鼓,与子颍坐日观亭,待日出,大风扬积雪击面。亭东自足下皆云漫,稍见云中白若樗蒱数十立者⑨,山也。极天云一线异色,须臾成五彩,日上,正赤如丹,下有红光,动摇承之。或曰:此东海也。回视日观以西峰,或得日,或否,绛皓驳色⑩,而皆若偻。亭西有岱祠,又有碧霞元君祠⑪。皇帝行宫在碧霞元君祠东。是日观道中石刻,自唐显庆以来⑫,其远古刻尽漫失。僻不当道者,皆不及往。

山多石,少土。石苍黑色,多平方,少圆。少杂树,多松,生石罅,皆平顶。冰雪,无瀑水,无鸟兽音迹。至日观数里内无树,而雪与人膝齐。桐城姚鼐记。

【导读】

一、说起泰山,人们会想起杜甫的《望岳》,眼前会出现绿意浓浓、生机盎然的泰山景象,就会油然而

---

① 泰山:古称岱山,又称岱宗。五岳之一。因其地处东部,故称东岳。 ② 汶水:即大汶河,发源于山东莱芜东北原山,流经泰安。 ③ 济水:即沇水,发源于河南济源西王屋山,流经泰山北面。 ④ 古长城:指战国时期齐国修筑的长城,沿黄河修筑,是古齐国和鲁国的疆域分界。 ⑤ 朱孝纯:字子颍,号海愚,山东历城人,时任泰安知府,是姚鼐的好朋友。 ⑥ 郦道元:字善长,范阳涿县(今属河北)人。北朝魏地理学家、散文家。其所著《水经注》,是我国古代重要的地理学著作,也是优美的游记散文。 ⑦ 明烛天南:洁白的雪光照亮了南方的天空。烛,照耀。 ⑧ 徂徕:即徂徕山,在泰安城东南。 ⑨ 樗蒱:古代的一种博戏,类似于后世的赌博。用具类似骰子,视其得色定输赢。 ⑩ 绛皓驳色:红白相夹杂。绛,红色。皓,白色。驳色,即杂色。 ⑪ 碧霞元君祠:原名昭真祠,明代称碧霞宫,清乾隆时改称碧霞元君祠。供奉的泰山女神,俗说为东岳大帝之女。 ⑫ 显庆:唐高宗年号。

生"会当凌绝顶,一览众山小"的豪气。但是,姚鼐这篇《登泰山记》却给人一种别样的景象,别样的感受。这篇游记,可以说是一幅泰山雪景图。在新年钟声就要敲响的时候,辞官回乡的姚鼐,和好友一起,冒着风雪,开始了泰山之游。读者随着作者的足迹,由中间的山谷而入,越过中岭,进入西边的山谷,顺路而上,登上了泰山极顶日观峰。从日观峰上欣赏雪中的泰山和泰山雪景,则是别有一番景象,另有一种情趣。苍山负雪,明烛天南,落日夕照,云雾若带,冬日泰山的雪景是如此美丽奇幻!至于雪中观日出,更是奇异非常。在那遥远的地平线上,赤如丹砂的红日,在五彩祥云的烘托下,冉冉升起。在朝霞的映照下,泰山"绛皓驳色",红白相杂,一片神奇景象。

二、文章把义理、考证、辞章和自然景象有机地融合在一起,描绘了泰山雪景和泰山日出的瑰丽景观。景物旖旎,风格独特,堪称游记中的佳作上品。

近代部分

小　说

刘　鹗

刘鹗(1857—1909),清末小说家。字铁云,别署鸿都百炼生。江苏丹徒(今江苏镇江)人。通数学、医术、水利等学问。官候补知府。旋弃官经商。1900年八国联军进占北京期间,冒死北上,从事慈善事业和古董的收藏与整理研究。1903年开始发表《老残游记》,因反映内容的深刻,被鲁迅先生列为清代四大谴责小说之首。1908年,因仇家的陷害,以私售太仓粟罪被捕,旋流放新疆,次年中风而卒。另有《铁云诗存》四卷。

老残游记·明湖居说书

老残从鹊华桥往南,缓缓向小布政司街走去。一抬头,见那墙上贴了一张黄纸,有一尺长、七八寸宽的光景,居中写着"说鼓书"三个大字,旁边一行小字是"二十四日明湖居"。那纸还未十分干,心知是方才贴的,只不知道这是什么事情,别处也没有见过这样招子①。一路走着,一路盘算②。只听得耳边有两个挑担子的说道:"明儿白妞说书,我们可以不必做生意,来听书罢。"又走到街上,听铺子里柜台上有人说道:"前次白妞说书是你告假的。明儿的书,应该我告假了。"一路行来,街谈巷议,大半都是这话。心里诧异道:"白妞是何许人?说的是何等样书?为甚一纸招贴,便举国若狂如此?"信步走来,不知不觉已到高升店口。

进得店去,茶房便来回道:"客人,用什么夜膳③?"老残一一说过,就顺便问道:"你们此地说鼓书是个什么顽意儿④?何以惊动这们许多的人?"茶房说:"客人,你不知道。这说鼓书本是山东乡下的土调,用一面鼓,两片梨花简⑤,名叫'梨花大鼓',演说些前人的故事,本也没甚稀奇。自从王家出了这个白妞、黑妞姊妹两个,这白妞名字叫做王小玉,此人是天生的怪物⑥!他十二三岁时就学会了这说书的本事。他却嫌这乡下的调儿没什么出奇,他就常到戏园里看戏,所有什么西皮、二簧、梆子腔等唱⑦,一听就会;什么余三胜、程长庚、张二奎等人的调子⑧,他一听也就会唱。仗着他的喉咙,要多高有多高;他的中气⑨,

---

① 招子:招贴,如同今日的广告。　② 盘算:心里打算。　③ 夜膳:夜餐。膳(shàn),餐饮。　④ 顽意儿:指民间艺术,包括杂耍、鼓词、口技等等。　⑤ 梨花简:原音为犁铧简,后讹变为梨花简,两块半月形铜片,艺人持于手中,互相敲击,作为伴奏说书时的节奏和间奏。　⑥ 怪物:出奇出众的人物。　⑦ 以上三种,都是京剧的板式与腔调。　⑧ 以上三人都是京剧中著名的老生。　⑨ 中气:唱戏时胸腔容纳的呼吸量。

要多长有多长。他又把那南方的什么昆腔、小曲,种种的腔调,他都拿来装在这大鼓书的调儿里面。不过二三年工夫,创出这个调儿,竟至无论南北高下的人①,听了他唱书,无不神魂颠倒。现在已有招子,明儿就唱。你不信,去听一听就知道了。只是要听还要早去②,他虽是一点钟开唱,若到十点钟去,便没有坐位的。"老残听了,也不甚相信。

　　次日六点钟起,先到南门内看了舜井。又出南门,到历山脚下,看看相传大舜昔日耕田的地方。及至回店,已有九点钟的光景。赶忙吃了饭,走到明湖居,才不过十点钟时候。那明湖居本是个大戏园子,戏台前有一百多张桌子。那知进了园门,园子里面已经坐的满满的了,只有中间七八张桌子还无人坐,桌子却都贴着"抚院定③""学院定④"等类红纸条儿。老残看了半天,无处落脚。只好袖子里送了看坐儿的二百个钱⑤,才弄了一张短板凳,在人缝里坐下。看那戏台上,只摆了一张半桌,桌子上放了一面板鼓,鼓上放了两个铁片儿,心里知道这就是所谓梨花简了。旁边放了一个三弦子,半桌后面放了两张椅子,并无一个人在台上。偌大的个戏台,空空洞洞,别无他物,看了不觉有些好笑。园子里面,顶着篮子卖烧饼油条的有一二十个,都是为那不吃饭来的人买了充饥的。

　　到了十一点钟,只见门口轿子渐渐拥挤。许多官员都着了便衣,带着家人,陆续进来。不到十二点钟,前面几张空桌俱已满了,不断还有人来。看坐儿的也只是搬张短凳,在夹缝中安插。这一群人来了,彼此招呼,有打千儿的⑥,有作揖的,大半打千儿的多。高谈阔论,说笑自如。这十几张桌子外,看来都是做生意的人,又有些像是本地读书人的样子,大家都喊喊喳喳的在那里说闲话。因为人太多了,所以说的什么话都听不清楚,也不去管他。

　　到了十二点半钟,看那台上,从后台帘子里面,出来一个男人。穿了一件蓝布长衫,长长的脸儿,一脸疙瘩,仿佛风干福橘皮似的,甚为丑陋。但觉得那人气味到还沉静,出得台来,并无一语,就往半桌后面左手一张椅子上坐下。慢慢的将三弦子取来,随便和了和弦,弹了一两个小调,人也不甚留神去听。后来弹了一支大调,也不知道叫什么牌子;只是到后来,全用轮指⑦,那抑扬顿挫,入耳动心,恍若有几十根弦,几百个指头,在那里弹似的。这时台下叫好的声音不绝于耳,却也压不下那弦子去。这曲弹罢,就歇了手,旁边有人送上茶来。

　　停了数分钟时,帘子里面出来一个姑娘,约有十六七岁,长长鸭蛋脸儿,梳了一个抓髻⑧,戴了一副银耳环,穿了一件蓝布外褂儿,一条蓝布裤子,都是黑布镶滚的⑨。虽是粗布衣裳,到十分洁净。来到半桌后面右手椅子上坐下。那弹弦子的便取了弦子,铮铮鈚鈚弹起。这姑娘便立起身来,左手取了梨花简,夹在指头缝里,便丁丁当当的敲,与那弦子声音相应;右手持了鼓槌子,凝神听那弦子的节奏。忽羯鼓一声⑩,歌喉遽发,字字清脆,声

---

①高下:上等人与下等人。泛指各阶层的观众。　②只是:不过。　③抚院:即巡抚,为一省最高的行政长官,俗称抚台。　④学院:即提督学政,是一省文教方面的最高长官。主管全省文教政令,主持全省各级考试。　⑤袖子里:手伸到对方袖子里,送上银钱。行动诡秘,不使别人看见。但是旁边人一看拉袖子,就知道是这回事。　⑥打千儿:当时的一种礼节,又叫请安。对上级或长辈,多用这种礼节。表示尊敬。　⑦轮指:弹乐器的一种指法,手指接连地弹拨,如车轮转动。　⑧抓髻:旧时女孩儿的梳头方式。将长发上挽,绾在头顶上。表示未婚。　⑨镶滚:包边儿,也叫滚边儿。　⑩羯鼓:隋唐时期从西北边境传入的一种鼓。来源于羯族,故名,长圆形,两边用手敲,形如腰鼓。

声宛转,如新莺出谷,乳燕归巢①。每句七字,每段数十句。或缓或急,忽高忽低;其中转腔换调之处,百变不穷,觉一切歌曲腔调俱出其下,以为观止矣②。

旁坐有两人,其一人低声问那人道:"此想必是白妞了罢?"其一人道:"不是。这人叫黑妞,是白妞的妹子。他的调门儿都是白妞教的。若比白妞,还不晓得差多远呢!他的好处人说得出,白妞的好处人说不出。他的好处人学的到,白妞的好处人学不到。你想,这几年来,好顽耍的谁不学他们的调儿呢?就是窑子里的姑娘③,也人人都学,只是顶多有一两句到黑妞的地步。若白妞的好处,从没有一个人能及他十分里的一分的。"说着的时候,黑妞早唱完,后面去了。这时满园子里的人,谈心的谈心,说笑的说笑。卖瓜子、落花生、山里红、核桃仁的,高声喊叫着卖,满园子里听来都是人声。

正在热闹哄哄的时节,只见那后台里,又出来了一位姑娘,年纪约十八九岁,装束与前一个毫无分别。瓜子脸儿,白净面皮,相貌不过中人以上之姿。只觉得秀而不媚,清而不寒,半低着头出来,立在半桌后面,把梨花简丁当了几声,煞是奇怪:只是两片顽铁④,到他手里,便有了五音十二律似的⑤。又将鼓槌子轻轻的点了两下,方抬起头来,向台下一盼⑥。那双眼睛,如秋水⑦,如寒星⑧,如宝珠,如白水银里头养着两丸黑水银⑨,左右一顾一看,连那坐在远远墙角子里的人,都觉得王小玉看见我了;那坐得近的,更不必说。就这一眼,满园子里便鸦雀无声,比皇帝出来还要静悄得多呢,连一根针掉在地下都听得见响!

王小玉便启朱唇,发皓齿,唱了几句书儿。声音初不甚大,只觉入耳有说不出来的妙境⑩:五脏六腑里,像熨斗熨过,无一处不伏贴⑪;三万六千个毛孔,像吃了人参果⑫,无一个毛孔不畅快。唱了十数句之后,渐渐的越唱越高,忽然拔了一个尖儿,像一线钢丝抛入天际,不禁暗暗叫绝。那知他于那极高的地方,尚能回环转折,几啭之后,又高一层。接连有三四叠,节节高起,恍如由傲来峰西面攀登泰山的景象:初看傲来峰削壁千仞,以为上与天通;及至翻到傲来峰顶,才见扇子崖更在傲来峰上;及至翻到扇子崖,又见南天门更在扇子崖上:愈翻愈险,愈险愈奇。

那王小玉唱到极高的三四叠后,陡然一落,又极力骋其千回百折的精神,如一条飞蛇在黄山三十六峰半中腰里盘旋穿插,顷刻之间,周匝数遍⑬。从此以后,愈唱愈低,愈低愈细,那声音渐渐的就听不见了。满园子的人都屏气凝神,不敢少动。约有两三分钟之久,仿佛有一点声音从地底下发出。这一出之后,忽又扬起,像放那东洋烟火,一个弹子上天,随化作千百道五色火光,纵横散乱。这一声飞起,即有无限声音俱来并发。那弹弦子的亦全用轮指,忽大忽小,同他那声音相和相合,有如花坞春晓,好鸟乱鸣。耳朵忙不过来,不晓得听那一声的为是。正在撩乱之际,忽听霍然一声⑭,人弦俱寂。这时台下叫好之声,

---

①"新莺出谷"二句:形容声音娇嫩,宛转入耳。 ②观止:看到此处,就是最好的了,再没有能超过的了。源于春秋时吴国季札到鲁观周乐时说的话。 ③窑子:妓院。 ④顽铁:本来没有灵性的自然之物。 ⑤五音十二律:五音,五个音阶,即宫、商、角、徵(zhǐ)、羽。十二律,古代用长短不等的十二根竹管来测定声音的高低、清浊,作为乐器的标准,称为律品。阴、阳各六个,合称十二律。本文是赞扬歌声的变化多端与高度和谐。 ⑥一盼:眼睛的一种动作,眼波轻轻地掠了一下。 ⑦秋水:形容澄澈。 ⑧寒星:形容闪动的光。 ⑨"白水银"句:世上并无黑白水银之分,这里是指瞳孔在眼眶内的闪动。 ⑩妙境:非常奇妙的境界。 ⑪伏贴:平平整整,顺顺溜溜的样子。 ⑫人参果:古代认为是一种仙果,人吃了可以长生不老。这里指如吃人参果后那种高兴的心情。 ⑬周匝(zā):曲线或环形动作。 ⑭霍然:突然的行动。

轰然雷动。

　　停了一会,闹声稍定,只听那台下正座上,有一个少年人,不到三十岁光景,是湖南口音,说道:"当年读书,见古人形容歌声的好处,有那'余音绕梁,三日不绝'①的话,我总不懂。空中设想,余音怎样会得绕梁呢?又怎会三日不绝呢?及至听了小玉先生说书②,才知古人措辞之妙。每次听他说书之后,总有好几天耳朵里无非都是他的书。无论做什么事,总不入神,反觉得'三日不绝',这'三日'二字下得太少。还是孔子'三月不知肉味'③,'三月'二字形容得透彻些!"旁边人都说道:"梦湘先生论得透辟极了④!'于我心有戚戚焉'⑤!"

　　说着,那黑妞又上来说了一段,底下便又是白妞上场。这一段,闻旁边人说,叫做"黑驴段"。听了去,不过是一个士子见一个美人,骑了一个黑驴走过去的故事。将形容那美人⑥,先形容那黑驴怎样怎样好法,待铺叙到美人的好处,不过数语,这段书也就完了。其音节全是快板,越说越快。白香山诗云:"大珠小珠落玉盘。"可以尽之⑦。其妙处,在说得极快的时候,听的人仿佛都赶不上听,他却字字清楚,无一字不送到人耳轮深处。这是他的独到,然比着前一段却未免逊一筹了。

【导读】

　　一、刘鹗以一部《老残游记》而蜚声近代文坛。他首先揭示了"清官"比赃官更为可恨、可怕的道理,塑造了两个酷吏的形象,丰富了中国近代小说人物的画廊。同时也预示着,下层官吏的腐败必然引起上层机构的坍塌。书中还有一些景物描写和社会民风民俗的描写,都很传神,"写景状物,时有可观"(鲁迅语)。出色的地方,就是对千佛山大明湖的描写。《明湖居说书》是极具特色的一段。

　　二、《明湖居说书》见《老残游记》第二回,记录了民间艺人白妞、黑妞姊妹二人说书的过程,记叙了她们说书的特点,对各种艺术形式的吸收和融合,以及对大鼓艺术的创造性发展和运用。由于作者记述得十分真切、条理清楚,所以可作为研究一百年前济南民间说书艺术的极其珍贵的资料。那时还没有摄像,更没有录音,但是通过作者对整个戏园内人头攒动的热闹景象和两姊妹唱腔的描绘,再现了当时现场内的一切情况,难能可贵。

　　三、作者严格地按照时间的顺序来描写。首先是第一天,写了三件事:看招子、听议论(请假)、问茶房。其次是第二天,这一天,又是按严格的时间钟点来写的,六点钟、九点钟、不过十点、到了十一点、到了十二点半,停了数分钟,正在此时,等等。在时间顺序中安排情节的变化。同时,作者全然按照心理的变化来叙述和描写。第一天,写眼睛的动作:看招子(有了疑惑);耳朵的动作,听议论(疑惑加重);嘴的动作,问茶房。这就从不知何事,转为稍稍留心。但仍不放在心上。第二天,先写游历之后,走到明湖居。以下写听众的场面。十点钟:写人多,写人的声音,写卖东西的。台上空荡荡,正好和台下人群形成鲜明对比。十一点,人更多,而且多是有身份的人,官员,打招呼的,做生意的,读书的。十二点,笔触转到台上,先写男人,相貌、动作、弹的指法;次写黑妞,长相,弹的指法;写观众和作者的反应(作者感到了兴趣)用观众对话来评价黑妞,实际上是要衬托下边的白妞。最后才写白妞:长相,动作,动作中写手,写

----

①"余音"句:形容歌声高亢、圆润,余韵宛转不绝。　②先生:当时说书场的听众对说书女艺人的称呼。　③"三月"句:见《论语·述而》。这里用来形容美好的音乐对人长时间的影响。　④梦湘先生:王以慜,字梦湘,湖南人,学者,当时正在济南游历。　⑤"于我心"句:见《孟子·梁惠王上》。形容心为之动,受到了影响或启发,因而产生了同感。　⑥将:将要。　⑦可以尽之:一句话可以说完它的好处。

眼神,写群众的心理感受,写场内的声音:静,与前面嘈杂声形成对比。重点写白妞的唱,连续用了五个比喻,愈比愈真、愈比愈细。写白妞向高处唱,写白妞向低处唱,写突然一停,场上场下的反应。最后,用一位先生的评论做铺垫,高潮下降。后又说了一个小段,才收束全文。作者的心理变化、层层深入。由不知到想知,到来求知;由好奇,不信,到亲历,到心内折服。由不自觉到充分体验,由完全被动,到身心主动接受。这一心理变化,正体现了白妞说书的无穷的艺术魅力。

李伯元

李伯元(1867—1906),清末小说家。名宝嘉,别署南亭亭长。江苏常州人。四次乡试,均未录取,转而赴上海,创办小报。1896年先办《指南报》,次年创《游戏报》,后又办《繁华报》。1903年为商务印书馆编《绣像小说》(晚清四大小说刊物之一)。代表作为《官场现形记》,还有《文明小史》《庚子国变弹词》等。

官场现形记·文制台见洋大人

且说那巡捕赶到签押房,跟班的说:"大人没有换衣服就往上房去了。"巡捕连连跺脚道:"糟了！糟了！"立刻拿了片子又赶到上房。才走到廊下,只见打杂的正端了饭菜上来。屋里正是文制台一迭连声地骂人,问为什么不开饭。巡捕一听这个声口,只得在廊檐底下站住。心上想回,因为文制台一到任,就有过吩咐的,凡是吃饭的时候,无论什么客人来拜,或是下属禀见,统通不准巡捕上来回,总要等到吃过饭,擦过脸再说;无奈这位客人既非过路官员,亦非本省属员,平时制台见了他还要让他三分,如今叫他在外面老等起来,决计不是个道理①;但是违了制台的号令,倘若老头子一翻脸,又不是玩的:因此拿了名帖,只在廊下盘旋②,要进又不敢进,要退又不敢退。

正在为难的时候,文制台早已瞧见了,忙问一声:"什么事?"巡捕见问,立刻趋前一步,说了声"回大帅的话:有客来拜。"话言未了,只见啪的一声响,那巡捕脸上早被大帅打了一个耳刮子。接着听制台骂道:"混账忘八蛋！我当初怎么吩咐的！凡是我吃着饭,无论什么客来,不准上来回。你没有耳朵,没有听见！"说着,举起腿来又是一脚。那巡捕挨了这顿打骂,索性泼出胆子来,说道:"因为这个客是要紧的,与别的客不同。"制台道:"他要紧,我不要紧！你说他与别的客不同,随你是谁,总不能盖过我！"巡捕道:"回大帅:来的不是别人,是洋人。"那制台一听"洋人"二字,不知为何,顿时气焰矮了大半截,怔在那里半天;后首想了一想,蓦地起来,拍挞一声响,举起手来又打了巡捕一个耳刮子;接着骂道:"混账忘八蛋！我当是谁！原来是洋人！洋人来了,为什么不早回,叫他在外头等了这半天？"巡捕道:"原本赶着上来回的,因见大帅吃饭,所以在廊下等了一回。"制台听完,举起腿来又是一脚,说道:"别的客不准回,洋人来,是有外国公事的,怎么好叫他在外头老等？糊涂！

---

① 决计:肯定。 ② 盘旋:徘徊,转来转去。

混账!还不快请进来!"

那巡捕得了这句话,立刻三步并做二步,急忙跑了出来。走到外头,拿帽子探了下来①,往桌子上一摔,道:"回又不好,不回又不好!不说人头,谁亦没有他大;只要听见'洋人'两个字,一样吓得六神无主了!但是我们何苦来呢!掉过去,一个巴掌!翻过来,又是一个巴掌!东边一条腿,西边一条腿!老老实实不干了②!"正说着,忽然里头又有人赶出来一迭连声地叫唤,说:"怎么还不请进来!……"那巡捕至此方才回醒过来③,不由的仍旧拿大帽子合在头上,拿了片子,把洋人引进大厅。此时制台早已穿好衣帽,站在滴水檐前预备迎接了。

【导读】

一、《官场现形记》是清末四大谴责小说之一。它以清朝整个官场作为讽刺、揭露的对象,上自朝中大臣,下至佐杂小吏,他们心中只有一个字:钱。为了钱,兄弟反目;为了钱,父子成仇;为了钱,害死盟兄弟;为了钱,妻子当婊子。总之,金钱主宰了人的心灵,使人干出了许多伤天害理,违法乱纪的事。这部书,是一部官场群丑图。

二、当时的官吏还有一个特点,对人民狠如豺狼,对洋人怕如绵羊。听得一个"洋"字,顿时矮了半截。本回选自《官场现形记》第五十三回,说的就是这样一种人。文制台身为一省的巡抚,在洋人面前,竟然是一种极端的奴才相,一听说洋人,立时变了相。本来吃饭时不准打扰的,结果,一听洋人来了,马上放下饭碗,说:"赶快请!"并且连打带骂,把巡捕收拾了一顿。这只是一个小小的插曲,就暴露了清朝官员在洋大人面前的卑污心理。

三、这一小段描写,极为集中,情节单纯,却具有极强的讽刺意味。问题集中在制台大人吃饭上。原来大人的规定,是吃饭时,谁也不许回,结果巡捕因为是洋大人来见,便冒昧上去回了一下,不料惹怒了制台大人,作者选取了三个动作,一是打了一个耳刮子,二是骂了一句,三是踢了一脚。矛盾的转换,是巡捕说出了"洋人"两个字,制台大人顿时变了脸色,变了态度,但动作还是没变,一是打,二是骂,三是踢。通过前后鲜明的对比,活画出制台大人崇洋媚外的心理。

---

① 探了下来:摘下来。　② 老老实实:这里是实在的意思。　③ 回醒过来:从刚才的怒气中清醒过来。

戏 剧

吴 梅

吴梅(1884—1939),戏曲理论家、作家。字瞿安,号霜厓,又号梅道人,江苏长洲(今属苏州)人。早年即从事戏剧创作。后来加入南社,先后任北京、南京各大学教授。著有杂剧《白团扇》《湘真阁》,传奇《风洞山》《血花飞》等,以及《词学通论》《曲学通论》等理论著作。

风洞山传奇

第十四出 拒诱

(副净时服引众上①)

【引】打破南朝,定危乱功臣元老。

　　咱定南王便是②。桂林已破,瞿阁部早晚将到③,且在此等着者。(南面高坐介。坐骑押外、小生上。小生)

【步步娇】万古纲常留忠孝,一死应该早。雄心守护牢,两颗头颅,怎算奇宝。寻个好收梢④,(指外介)领了先生教。⑤

　　(见副净背立介。副净起立介)那一位是瞿阁部先生?(外)我留守阁臣瞿式耜也。中国人不惯席地坐。城既陷矣,惟求速死耳!(副净)先生不必过虑。事到如今,降了就好。(外)这是那里说起?留守者,留守封疆也。封疆已失,我便是个罪臣,那有偷生之理。

【沉醉东风】送江山骂名怎逃⑥,问天地罪名非小。却要我辞故国,拜新朝,那知我守志坚牢。劝伊行,不烦开导,壮心已消,苦心暗焦,坚贞自守,不许君家再动摇。

　　如今别无他求,惟求速死耳。(副净)我在湖南,已知有留守在城中。我至此地,即知有两公不怕死的。我断不杀忠臣,何必求死。甲申闯贼之变,大清为先帝发丧,祭丧成礼,固人人所当感谢者。今人事如此,天意可知。阁部毋自苦,今而后

---

① 时服:指改变后的清朝官员的服装。　② 定南王:孔有德,辽东人。明末为辽东边将,后降清,封平南大将军,随清兵入关,多所攻克。后晋封定南王,镇广西。　③ 瞿阁部:瞿式耜,福王时为广西巡抚。桂王时为内阁大学士兼兵部尚书。当时在广西谋划抗清,兵败,与副将张同敞同时被俘,后不屈而死。　④ 收梢:收场,结果。　⑤ 领了……教:接受了教育。　⑥ 送江山:指断送江山。

我掌钱粮,阁部掌兵马,无殊在明可耳。(外大怒介)我为永历帝供职,岂为犬羊供职耶①!(副净)我居王位,于阁部亦非轻。(外)禄山、朱泚②,皆自以为王,何王之多也!

【金娥神】你本是鸡鸣狗盗③,还说甚胙土分茅④!(副净)阁部怎同我玩起来。我封侯拜爵,汗马功绩高。因此圣眷重,你谅也知道。

况且我先圣之裔⑤,势会所迫,已至今日,阁部何太执耶?(小生冷笑介)你要算先圣后裔么?我劝你不认的为妙。(副净)什么道理?(小生)你呵。

【月上海棠】门第高,毛家父子堪依靠⑥。为甚的是要算先圣的苗裔起来?况尼山风雨⑦,久已萧条。你想孔圣人的清苦,怎及那毛文龙的富贵呢?便是你考宗支⑧,把谱牒推敲⑨,怎比得依声势,将身家荣耀?定计应须早,两处徘徊,那就差了。

(副净大怒介)竖儒⑩,怎敢揭吾短处!左右,将他绑下!(众绑小生介,小生挣脱介。众执小生臂,小生挣不脱介,臂断介。众向小生乱敲介,小生左目受伤介。外向副净介)此宫詹司马张同敞也。与我同来,当与我同死,尔等焉可无礼!(副净佯惊介)原来就是张先生。(喝众住手介,向小生施礼介)适才冒犯,尚祈恕罪。(小生)何前倨而后恭也?(副将)二公皆聪明人,还是降了罢。(小生长叹介)咳!

【五供养】半生潦倒,故国河山,满地枪刀。天心无定局,人事也徒劳。果然给我一死,就感恩不浅了。孤忠自矢⑪,我钝司马也黄泉含笑⑫。做一个他乡鬼,也只为大明朝,把纲常名教一肩挑。

(副净皱眉介,向外介)阁部究竟如何?(外)你何苦如此,我是至死不变的。

【玉抱肚】坚持贞操,莽男儿忠心自宝。(副净)依阁部之言,只是要死,岂不可惜。(外)生死关不妨参透⑬,戏文场就此收梢⑭。可怜我流离困苦太无聊,不妨的为着朝廷吃一刀。

(副净)二公苦心,咱已知道,再不敢相强了。左右,取酒饭来,咱同二位爷,要欢叙一番哩。(向外介,又向小生介)

【水红花】你枯肠聊借酒杯浇,醉醇醪何妨谈笑⑮。你欢场休把泪珠抛,荐佳肴⑯,何须烦恼。可知悲欢无定,消长似春潮⑰。二位呵,及时行乐莫心焦也啰。

(外)犬豕之食,如何污我!(副净)阁部太使性了!

【侥侥令】心思多执拗,意气太粗豪。况且是酒食追陪无妨碍,可怪你书生忒絮叨。

既然如此,且将酒席撤去。(众撤席介。副净)左右,把二位押将进去,须要小心管待。

---

① 犬羊:指清朝。 ② 朱泚:唐德宗时叛将,自立号大秦,后为部将所杀。 ③ 鸡鸣狗盗:战国时孟尝君的门下客,后来指小人有小技。此处指孔有德的出身不好,原为绿林中人。 ④ 胙土分茅:胙(zuò)土,赐土分封。分茅,分封时,用白茅包取所封之地的土,授予其人。 ⑤ 先圣之裔:这是孔有德为抬高自己,美化自己,把自己与孔子拉在一起。 ⑥ 毛家父子:指毛文龙。他是当年镇守辽东的都司。受清兵围攻,逃回江南,割城自立,为袁崇焕所败,诛之。孔有德最初即投毛文龙,并认为义父。故说毛家父子。 ⑦ 尼山:孔子生处。风雨:指时代变化。萧条:不繁盛。 ⑧ 考宗支:考查出是孔子的哪一宗,哪一支脉。因为孔有德是冒认孔裔,所以如此说他。 ⑨ 谱牒推敲:谱牒是记录家族的文献凭据。孔有德本来与孔裔没有关系,这是说他硬往孔裔上靠拢,想找出一些根据。 ⑩ 竖儒:骂人的话。指见识鄙陋的儒生。 ⑪ 自矢:自誓。自己以孤忠为自己的誓言。 ⑫ 钝司马:鲁钝的人,不聪明。 ⑬ 参透:指把禅机想明白,说清楚。这里是指悟彻人生、生死等重大问题。 ⑭ 戏文场:旧时把唱曲称为戏文,戏文场,即舞台的演出。这里指人生的活动。 ⑮ 醉醇醪:饮美酒而醉。 ⑯ 荐:进献上。 ⑰ 消长:古人把世道的兴亡、盛衰、隆替等相对的变化用消(消失、消亡)长(扩大、发展)来说明概括。

（众押外、小生下。副净）咳！两个人可敬也。

【尾声】虽则是擎天铜柱从今倒，他万年自然声名好，试看这桂林城外将星高。

千古忠臣不肯降，孤怀苦节世无双。

岁寒松柏谁人识，岂是惺惺妆假腔。

【导读】

一、这个剧本发表于1903年。当时正是反清革命思想初起之时。作者选择了坚持抗清，虽然被俘，但始终不肯投降的瞿式耜和张同敞二人作为主要人物，描写了一出抗清的壮烈的斗争场面。这个剧本在当时为推动反清革命思想的传播，起了相当大的作用。它是借历史为现实服务，以鼓吹爱国主义和民主革命。

二、剧中塑造了瞿式耜和张同敞两位英雄人物形象，他们在大汉奸孔有德的面前表现得很有气节。首先是不听孔有德的劝诱，并且当面指责孔有德背叛明朝，投降清朝的变节行为。其次，又指出孔有德冒充圣裔，自我粉饰，为自己开脱罪责。最后，表明自己愿意"做一个他乡鬼，也只为大明朝，把纲常名教一肩挑"。这大义凛然的态度，弄得孔有德毫无办法可想，最后只好承认"桂林城外将星高"，无可奈何之中，退下场去。

三、剧本语言虽然是文言，但并不太深奥，运用典故也相对较少，只适当地按曲律填词，以适应塑造人物的需要。因为此剧属于案头剧，并不适合舞台演出。所以，只要表达出人物的思想、行动，大体上即已完成了宣传的任务。这一点也是近代戏曲家（包括传奇、杂剧作家）创作的一个通例。此后，杂剧、传奇更走向衰落，新的戏曲形式相应地出现在舞台之上。

诗　歌

龚自珍

龚自珍(1792—1841)，清末思想家、文学家。一名巩祚，字璱人，号定庵，浙江仁和(今杭州)人。道光进士，官内阁中书等。通经学、史学与小学，工诗善文。著有《龚定庵全集》。

咏　史

金粉东南十五州①，万重恩怨属名流②。牢盆狎客操全算③，团扇才人踞上游④。避席畏闻文字狱⑤，著书都为稻粱谋⑥。田横五百人安在⑦？难道归来尽列侯⑧！

【导读】

一、龚自珍的《咏史》是在清王朝最黑暗的时期有所感而写的。诗中以借古讽今的方式，深刻揭露了统治集团上层人物趋炎附势、阿谀奉承的丑态，无情地鞭挞了文士中那种迫于严酷的现实而造成的变态心理，只知埋头读书、著书，只要得一饱便感身安的庸俗状态。末了，作者借田横抗汉的历史事件，警告一般文士和大多数读书人，决不要因为追求功名利禄，就对统治阶级抱有幻想。

二、作者对社会黑暗的讽刺，采取了表现名流中的两种人的方法，"牢盆狎客"和"团扇才人"，竟然"操全算""踞上游"，其余的人，所作所为，便可想而知了。还有，文人学士，竟然惧谈国事。这些都显示了清王朝的黑暗和腐朽。

---

① 金粉：本指旧时妇女化妆用的铅粉。本诗中用以形容奢靡豪华的生活。东南十五州：概指江南一带富庶繁华的地区。　② 万重恩怨：社会上的许多名人文士为了种种利益、名望而争来争去，引出许许多多的恨和仇。名流，此处含讽刺意味，指以"名流"自诩者。　③ 牢盆狎客：旧时煮盐器具称为牢盆。诗中指掌管盐务的官僚。狎客，帮闲人物，陪同富家宴游的人。操全算：掌握着整个谋划的大权。算，筹划。　④ 团扇才人：本指手持纨扇的侍从女嫒，诗中代指阿谀奉承的小人。踞上游：占据着优越的地位。　⑤ 避席畏闻：议论中会突然离座而起，因为怕听说一些有关碍的话。文字狱：因为文字(诗、词等)而蒙受的灾祸。　⑥ 著书：写作论著。稻粱谋：谋求最低生活，只要能有饭吃就可以了，不再去想其他，以免贾祸。　⑦ 田横：战国时齐国贵族。齐亡国后，欲复国，知汉朝已经建立，率五百人逃到海岛，不愿向汉朝称臣。汉高祖召他，赴宴途中自杀。门下客闻讯，全部自杀。本句是说，现在哪里还有那样有气节之士呢？　⑧ "难道"句：难道那些田横门客们既已归来，便都会被封为列侯吗？

张维屏

张维屏(1780—1859),字子树,一字南山,号松心子。广东番禺人。道光进士,历任知县、知府,道光十六年(1836)辞官归乡里。鸦片战争爆发后,在爱国之诚的鼓动下,写出了许多爱国主义的诗篇。著名的《三元里》即出自其手。有《松心草堂集》,辑有《国朝诗人征略》。

新 雷

造物无言却有情①,每于寒尽觉春生②。千红万紫安排著③,只待新雷第一声④。

【导读】

一、这是一首新生力量的赞歌。在短短的四句中,作者充满了对美好春天的呼唤,和对充满力量、充满生机的新雷的呼唤。使我们感到了一种迎接未来、迎接新时代的渴望。

二、本诗构思奇特,设想别致。本来新雷之后,才会出现百花齐放、万紫千红的局面。可作者偏偏说,千红万紫都已安排好了,正等待着那第一个春雷呢!此是发人所未发处,写人所未能写之诗。

黄遵宪

黄遵宪(1848—1905),清末诗人。字公度,别号人境庐主人,广东嘉应州(今广东梅州)人。光绪举人,历任日本、美国、英国、新加坡等地参赞领事,1895年回国,参加康梁的变法活动。变法失败后,家居至病死。有《人境庐诗草》《日本国志》《日本杂事诗》等。

赠梁任父同年⑤

寸寸山河寸寸金⑥,侉离分裂力谁任⑦?杜鹃再拜忧天泪⑧,精卫无穷填海心⑨。

【导读】

一、黄遵宪晚年被黜家居,但他仍然不忘国事,经常和远在日本的梁启超通信,讨论救国的大计。这

---

① 造物:古代指天的力量,实际上是指大自然的作用。 ② 觉春生:昭示春天的来临。 ③ 千红万紫:春天到来之后的景象。安排著:早已做好准备。 ④ 新雷:春天里的第一声惊雷。古代认为春天惊蛰节气时,气温上升,土地解冻,春雷始鸣,动植物都开始复苏。 ⑤ 梁任父:梁启超,号任公,又称任父。 ⑥ 寸寸山河:比喻祖国河山美丽富饶。 ⑦ 侉离:指被侵略者占领。侉(kuā),歪斜,不正。离,分开,割裂。力谁任:谁能有力量肩负起反对敌人的重任呢? ⑧ 杜鹃:用杜鹃鸟啼时口边流血的典故。忧天泪:古代有杞人忧天的故事,本诗指忧劳国事,伤心而痛哭。 ⑨ 精卫:用精卫填海的神话,表示个人要为祖国而尽心竭力,永无休止。

首诗便是用诗的形式,来表达自己的老而弥坚的决心的。

二、诗歌虽然只有短短的四句,但是通过热爱祖国、关心祖国命运的决心的表达,以及有关典故的使用,增加了诗的容量。同时还再三表明自己为祖国献身的决心,这也是通过有关典故的使用来完成的,典故的使用自然贴切,是本诗的一大特点。

康有为

康有为(1858—1927),中国近代维新派领袖,后为保皇会首领。原名祖诒,字广厦,号长素,又号更生,广东南海人。光绪进士。早年在广州万木草堂讲学,培养了一批后来从事维新活动的学生。和学生梁启超一起发动了公车上书运动。又组织强学会、保国会,通过办报等方式鼓吹变法。后又组织保皇会,反对民主革命。有《万木草堂诗集》等。

闻意索三门湾,以兵轮三艘迫浙江,有感①

凄凉白马市中箫②,梦入西湖数六桥③。绝好江山谁看取④,涛声怒断浙江潮⑤。

【导读】

一、康有为是维新运动的领导人,他和梁启超一样,在中国近代史上起着非常大的作用。他的言论、著作,影响了整整一代青年人。他是一位政治家,一位宣传家,同时又是一位卓越的诗人,他的许多诗篇洋溢着爱国主义精神。本诗是一首有名的篇章。

二、写这首诗时,正是变法失败之后,康有为正流亡日本。尤其是,他正被清政府列名追捕,身处危机之中。但当他听到外国侵略者又欲侵占我国领土的时候,却不顾自己处境凄凉,仍然表示了极大的关心。并相信人民一定会起来保卫祖国的领土,发出震撼世界的怒涛之声。

三、此诗起首用伍子胥寒微之时的典故,结尾又用伍子胥死后的典故。这两个典故都和杭州西湖有关,容易引起人们对西湖的思念。所以作者发出"谁看取"的呼声时,所表达的不是伤心,不是无奈,而是相信怒涛出现,"涛声怒断浙江潮",其声势可谓既强又盛!

---

① 1899年2月28日,意大利公使向清廷提出要求租借浙江省三门湾,并以兵轮迫近,作为武力威胁。清廷予以拒绝。 ② 白马:春秋时,楚国伍子胥逃到吴国,生活穷困。曾于吴市吹箫行乞。后为吴国大将,带兵打败越国,并劝吴王要防止越国日后复仇。吴王不听劝告。反而赐剑让他自杀。伍子胥临死时,让人把他的尸体用鸱夷皮包裹起来,投到钱塘江中,以便早晚乘潮来看吴王的失败。后来果然江潮大起,人们看到了伍子胥乘着素车白马,立在潮头之上。这里作者以伍子胥自况。 ③ 六桥:杭州西湖苏堤上有六座桥。这句是说,常常在梦中来游西湖,在湖边六桥上细细漫步。 ④ 看取:看护、爱护。取,语助词,同"着"。这句是说,大好河山谁来爱护守卫呢? ⑤ 浙江潮:指钱塘江涨起的潮水。此句是说,如果人们都愤怒起来,掀起的狂涛会产生无比强大的力量,把浙江潮阻断了。

梁启超

梁启超(1873—1929),中国近代维新派领袖,学者。字卓如,号任公,又号饮冰室主人,广东新会人。早年在广州万木草堂从康有为受学。1885年赴京会试后,与康有为一道发起公车上书运动。1898年入京,进行实际的变法活动。政变发生后,逃往日本。创办《清议报》《新民丛报》《新小说》等,继续进行维新派的理论宣传工作。又倡导小说界革命、诗界革命、文界革命与戏曲改良等。对中国近代的政治、思想、文化、学术都产生了极大的影响,有《饮冰室合集》。

纪 事 诗

猛忆中原事可哀①,苍苍天地入蒿莱②。何心更作喁喁语③,起趁雄鸡舞一回④。

【导读】

一、梁启超的《纪事诗》一共有24首,这是第24首,都写于1899年。当时梁启超赴美国访问,途经檀香山,有一位何姓女子很仰慕他的才情,并要嫁给他。梁启超当时也很动情。但是,他想到了国家前途,不容许他有私人感情掺杂其中,主动地中止了交往,而专心致力于政治活动。

二、这首诗开头写祖国面临着严重危机,令有志之士一想到这里便感到万分痛楚,这是全诗的基调。终于家国之情战胜了个人之情。这种幡然醒悟之情,不只是无法用几句话便能说清楚,还要以忍受痛苦作为代价。作者用"何心更作"一语带过,将痴情与恋情转化成为国为民之情。结尾处,给人一种奋发向上的力量。

丘逢甲

丘逢甲(1864—1912),字仙根,号仓海君,台湾苗栗人。光绪进士,官工部主事。中日战争之后,坚决反对割让台湾。《马关条约》签订之后,曾组织义军抗击日军登陆。斗争失败后,离台至广东镇平(今蕉岭),推行新学。民国成立后,被选为参议院议员。有《岭云海日楼诗钞》。

---

① 猛忆:猛然间想起。中原事:国家贫困落后,专制制度下极不发达。可哀:太使人悲哀了。 ② 蒿莱:野草。形容大地荒芜。隐指国内变法失败后,困难重重。 ③ 何心更作:哪里有闲心去追求。喁(yóng)喁语:细语、密语。本指男女间的情话,这里指儿女情长一类的家庭琐事。 ④ 起趁雄鸡:用晋代祖逖闻鸡起舞的典故,表示有志之士应当奋发有为。

春　愁

春愁难遣强看山①,往事惊心泪欲潸②。四百万人同一哭③,去年今日割台湾④。

【导读】

一、丘逢甲是一位爱国主义诗人。他的诗,大多表现其深厚的故园之情。特别是在台湾被日寇占领之后,他以更加伤心的笔调,写了留恋乡土、希望收复台湾的心情。这充分反映了台湾人民对祖国的热爱。

二、这是一首绝句。短短的二十八个字,寄托着深厚的爱国主义思想。情感沉痛,叙事笔调沉重。首句写春愁,作为起兴,写出愁之深、之广。次句写往事已不堪回首。三、四两句,紧承"春愁""往事",表达心中的悲痛,他始终不能忘却《马关条约》签订的日期。爱国之情,忧国之心,溢于言表。

谭嗣同

谭嗣同(1865—1898),中国维新派政治家、思想家。字复生,号壮飞,湖南浏阳人。自幼随父居任所,足迹遍及西北、东南诸省。甲午战争之后,立志改良社会,提倡新学。曾到湖南协助湖南巡抚陈宝箴推行新政,倡办"南学会",鼓吹变法自强,后进京参与百日维新。变法失败,拒绝出走,因而被捕,从容就义,是"戊戌六君子"之一。著《仁学》,亦能诗。有《谭嗣同全集》。

有　感

世间无物抵春愁⑤,合向苍冥一哭休⑥。四万万人齐下泪⑦,天涯何处是神州⑧?

【导读】

一、这首诗作于1896年春天。1895年4月17日,日本强迫中国签订了丧权辱国的《马关条约》,割地赔款,祖国到了生死存亡的危急关头。人们都怀着无限沉重的心情,注视着形势的发展。有识之士发出了救亡图存的号召,要人们担负起保卫神州大地的神圣职责。

二、这首诗的特点,是在感情的把握上。首三句,以写愁、哭、泪,作为表示忧患意识的手段。第四句转化为轻轻的一问,浓重的感情便上升到极端强烈之处,给人以极深的印象。

---

① 强看山:强(qiǎng),勉强,打起精神去做不愿做的事。　② 往事:指割让台湾给日本。潸:泪含眼眶中,欲下未下的样子。形容伤心已极。　③ 四百万人:作者自注:"台湾人口合闽粤籍约四百万人。"　④ 去年今日:1895年4月17日,清政府与日本签订《马关条约》,台湾被日本占领。至写此诗时,已经整整一年了。　⑤ 抵:相抵,除去,消掉。⑥ 合向:应当向。苍冥:青天。休:停止。　⑦ 四万万人:当时统计的全国人口数字。齐下泪:每人都感到伤心难过。⑧ "天涯"句:远到天边处,再也没有完整的祖国的领土了。意为祖国国土被割让出去了,怎能保全呢! 指当时割让台湾一事。

秋 瑾

秋瑾(1875—1907),中国民主革命烈士。字璿卿,号竞雄,别署鉴湖女侠,浙江山阴(今绍兴)人。1904年东渡日本留学,1905年加入同盟会,为评议员兼浙江支部长,为反对日本颁布《清国留学生取缔规则》,罢学回国。1906年在上海创办《中国女报》,年末参加秘密革命活动,策划武装起义。1907年任大通学堂督办,训练武装干部,准备皖浙武装起义。夏,因事泄被捕,英勇就义。有《秋瑾集》。

黄海舟中,日人索句,并见日俄战争地图[①]

万里乘风去复来[②],只身东海挟春雷[③]。忍看图画移颜色[④],肯使江山付劫灰[⑤]。浊酒不销忧国泪[⑥],救时应仗出群才[⑦]。拼将十万头颅血[⑧],须把乾坤力挽回[⑨]。

【导读】

一、秋瑾以一代女豪,投身革命,并把自己宝贵的生命贡献给了中国人民的解放事业。她的英勇奋斗精神和大无畏的牺牲精神,在中国革命史上留下了光辉的一页。而她的诗也如她的为人一样,豪爽、富于浪漫主义的精神。使人读后,无不受到深刻的教育。

二、这首诗写在她第二次赴日之时。因为她在国内已经加入了光复会,所以她的革命理想更加鲜明,对革命前途更充满了信心,在诗中表现了她自己为国、为革命献身的精神。诗中充满了浪漫主义色彩,对未来、对胜利都有坚定的信念。不仅在女性中,即在须眉,也是不多见的。

---

① 黄海舟中:作者赴日本和从日本回国都经过黄海。此诗当作于1905年夏,又赴日本时。日俄战争地图:是日本人拿的日俄战争的地图,夸耀胜利。 ② 去复来:去,离开日本。复来,又回来。1905年初,秋瑾从日本返国探亲,夏,又返回日本。 ③ 只身:一个人。秋瑾来去都是一个人,没有家属和随员,只有宝刀护身。挟春雷:轮船鼓轮而行,轰鸣如挟雷而奔。 ④ 忍看:怎忍心看。图画:指前面说的地图。移颜色:改换了颜色,指把国土割给了敌人。日俄战争之后,俄国退出辽南地区,由日本占领。 ⑤ 肯使:怎肯使。劫灰:指战争造成的破坏和灾难。 ⑥ 浊酒不销:味薄的酒,不能化解心中忧国忧民的情绪。销,消除,化掉。 ⑦ 救时:挽救祖国危难的时局。出群才:超群的人才。 ⑧ 拼将:豁出去,宁可用。意思是不惜大的代价和牺牲。 ⑨ 乾坤:天地,这里指国家,祖国江山。力挽回:翻转过来,指挽回危难的局面。

词

龚自珍：湘月

壬申夏泛舟西湖，述怀有赋①。时予别杭州盖十年矣。

天风吹我，堕湖山一角②，果然清丽③。曾是东华生小客④，回首苍茫无计⑤。屠狗功名⑥，雕龙文卷⑦，岂是平生意⑧。乡亲苏小⑨，定应笑我非计⑩。　　才见一抹斜阳⑪，半堤香草⑫，顿惹清愁起⑬。罗袜音尘何处觅⑭？渺渺予怀孤寄⑮。怨去吹箫，狂来说剑，两样消魂味⑯。两般春梦⑰，橹声荡入云水。

【导读】

一、这首词作于龚自珍二十一岁时。这年春，他由副榜贡生考充武英殿校录。四月，随母亲来到苏州，看望外祖父段玉裁。此时与表妹段氏成亲。然后双双回到了杭州。一个夏日，在游西湖时，生发了一种浩叹，自己身手不凡，事业无成，功名不就。因此才产生了"怨去吹箫，狂来说剑"的心理。

二、这首词为述怀之作。当时龚自珍正新婚宴尔，生活上相当如意。因此，这首词抒发的是功名与事业上的感慨。上片写游湖情事，自述襟怀，既不恋功名，又不慕文卷。但这两种事，正是他的心结，嘴上不说，却在心中长存。所以借了乡亲苏小小的笑声，转过来进行了否定。下片写情愁，承上片苏小小的事，苏小小艳迹，已成过去，不必说她。自己却满怀怨愤与激动之情。这才是平生追求。可惜却不如意，无法实现。

三、龚自珍诗词之中常常爱用箫、剑作为表达的意象。如"一箫一剑平生意"，箫可以代表柔情，剑可以代表豪情。箫可以代表安静，剑也可以代表动荡。箫还可代表目标，剑则还可以代表追求。总之，在正常状态下，龚自珍多愿意表达对生活的追求，在激动的情况下，则往往表达对生活的失落感，故有"怨去吹箫，狂来说剑"之句。

---

① 壬申：嘉庆十七年(1812)，作者时年二十一岁。　② 天风吹我：形容自己偶然来到西湖。湖山一角：西湖的一处角落。　③ 果然清丽：真的是美丽极了。　④ 东华：京中有东华门。这里代指京城。生小：从小，自幼。指作者幼时在北京居住。　⑤ "回首"句：回想起往事，已茫然不可追及。　⑥ 屠狗功名：卑贱的人取得了极大的功名富贵。指汉初的樊哙。　⑦ 雕龙文卷：对文章精雕细刻，用战国邹奭的典故。　⑧ "岂是"句：以上文武两般，都不是我平生所追求的。　⑨ 乡亲苏小：苏小小是钱塘名妓，西湖边上有她的墓。来访者甚多。唐人韩翃说"钱塘苏小是乡亲"(见《送王少府归杭州》一诗)，后人遂多戏说"苏小乡亲"。龚自珍为仁和人，与钱塘为杭属两县，所以也用此语，并非拟攀。　⑩ "定应笑我"句：苏小小会笑我，做法不对。　⑪ 一抹斜阳：已经是傍晚时分。　⑫ 半堤香草：白堤上已经覆盖上了（生长出来）处处香草，与苏小小墓相映。　⑬ 顿惹：一下子勾起了我的清愁。　⑭ 罗袜音尘：美人的音容、脚步。曹植《洛神赋》："罗袜生尘。"　⑮ 渺渺予怀：我的愁思向谁去述说呢？《九歌·湘夫人》："渺渺兮愁予。"　⑯ 怨去吹箫，狂来说剑：吹箫可解怨愤，说剑可寄托狂气，两种做法都可以使人神思飞扬。　⑰ 两般春梦：指功名与事业。

梁启超：水调歌头

拍碎双玉斗,慷慨一何多①!满腔都是血泪,无处著悲歌②。三百年来王气③,满目山河依旧,人事竟如何④?百户尚牛酒⑤,四塞已干戈⑥。　　千金剑⑦,万言策⑧,两蹉跎⑨。醉中呵壁自语⑩,醒后一滂沱⑪。不恨年华去也⑫,只恐年少心事⑬,强半为销磨⑭。愿替众生病⑮,稽首礼维摩⑯。

【导读】

一、梁启超是中国近代著名人物之一。他在维新运动时期,发表的改革中国弊政的许多言论,许多文章,都对中国社会的历史进程产生了重大的影响。他的名字,牵动了许多年轻人的心。中国近代许多人物走上历史的舞台,都和他有关。因此,梁启超的诗文,不仅是当时社会现实的真实反映,也是后世人们学习历史的生动教材。

二、梁启超这首《水调歌头》写在变法失败后,他逃往日本之时。面对轰轰烈烈的维新运动,陡然转入失败的局面,梁启超激动不已,痛心不已。他不为自己个人艰危考虑,首先想到的是国家大事,社会前途、民族命运。因此他捶胸顿足、放声大哭,但他又不完全丧失信心,消极避世。他立下誓愿,转而去寻求有大法力、能解民众痛苦的高明人物,准备精力,再干一场。

三、这首词写得豪情跌宕,英气十足。面对的是一片残破的局面,他却不悲愤,不气馁。他想到许多,却又不失前途方向。词的气势,透过纸背,十分感人。

秋瑾：满江红

肮脏尘寰,问几个、男儿英哲⑰?算只有、蛾眉队里⑱,时闻杰出⑲。良玉勋名襟上泪⑳,

---

①"拍碎"二句:悲愤、激动不平的心情。用鸿门宴上,范增不受刘邦赠玉斗的典故,形容大事已无成就。②"满腔"二句:心中含有无限悲愤,和着血与泪,要喷出来,却无法寄托和表达。向谁倾诉?有谁理解?③三百年来王气:指清朝建立至今已近三百年。王气,王朝气运,国运。④"满目山河"二句:江山依旧,人物已非。人事,人们进行的事情,实际上指统治者治理国家大事。竟如何,究竟进行得怎样,如何评价?⑤"百户"句,指上层人物,还在花天酒地,文恬武嬉,不知国家处于危亡之时。牛酒,肥牛美酒。⑥四塞:边境处处。干戈:兵器,此处指动了干戈。帝国主义列强还环伺我国。⑦千金剑:千金买来的宝剑。⑧万言策:平定战乱的军事谋划。古人常以上万言书为治理国家的方式。⑨两蹉跎:两件事都无法实现。蹉跎,行路不稳。指时光流逝,一事无成。⑩"醉中"句:沉醉之中还能说出心中不平之事。呵壁,用屈原呵壁问天的典故。要说出不可解的事。⑪"醒后"句:清醒过来之后,竟痛哭失声。滂沱,哭得伤心,流泪很多的样子。⑫年华:美好的时光,为国效力之时。去也:白白地过去了。⑬年少心事:年轻时的豪情壮举。⑭强半:一大半。销磨:如金属之被蚀去,如石之被磨掉。指都已不存在了。⑮愿替:愿意改变。病:民众的病态。⑯稽首:行叩头大礼。礼:顶礼,礼拜。维摩:佛圣,和佛祖释迦牟尼同时,为印度大乘佛教的祖师。此处代表法力无边的佛祖。⑰"肮脏"二句:在刚直不阿、独立于世上的众多英雄之中,能找到几个男性人物呢?肮脏,高亢刚直。⑱算只有:屈指算来,也仅仅有。蛾眉队里:指女性之中。⑲时闻杰出:不时地出现杰出的人物。⑳良玉:秦良玉。明末四川忠州人。石砫宣抚史马千乘之妻。夫死,代掌兵权。曾驰兵万里,来山海关外抗击后金,后又入援北京。受崇祯皇帝赐宴赠诗嘉奖。后回四川,与农民起义军作战,屡胜。秋瑾非常仰慕她,见《读〈艺甕记〉后》诗。勋名:授勋之名,有功勋。襟上泪:曾经泪洒襟上。

云英事业心头血①。醉摩挲、长剑作龙吟②,声悲咽。自由香③,常思爇④;家国恨⑤,何时雪⑥?劝吾侪今日⑦,各宜努力。振拔须思安种类⑧,繁华莫但夸衣玦⑨。算弓鞋、三寸太无为⑩,宜改革⑪。

【导读】

　　一、秋瑾是中国近代著名的革命烈士。她是一位革命家,又是一位诗人。她从事革命斗争,最初是从妇女运动开始的。她结婚后,生活在封建大家庭中,深感男女地位不能平等,妇女地位的低下。对妇女的最大伤害便是缠足,它限制了妇女的行动,也限制了妇女的思想。要获得妇女的翻身解放,就必须从放足开始。所以在这首词中,秋瑾大声疾呼:"算弓鞋、三寸太无为,宜改革!"就是要妇女走出闺房,冲向社会,做一番轰轰烈烈的伟大事业。

　　二、愈是宣扬男女不平等,秋瑾便愈反感。她偏偏要宣扬有作为的妇女,表彰她们的功勋战绩。秦良玉、沈云英是其中的佼佼者。词因篇幅所限,不能一一列举。秋瑾对上述二位发出无限敬慕景仰之情。并且效法之,她后来组织会党,训练军队,自任总指挥,便是这一思想的发展和具体化。不仅表现在思想上,而且落实到行动上、实践上。

　　三、本词写得气概饱满,英气十足。"问几个、男儿英哲",并不是抹杀历史上及现实中的男性英雄。只是在当时,1904年初的北京,是寻不出来的。所以秋瑾以古今作比,"算只有、蛾眉队里,时闻杰出",充分表现了她的女权思想。

李叔同

　　李叔同(1880—1942),中国戏剧家、艺术教育家、文学家、书画家。出身于清进士、盐商家庭。擅长书画篆刻,工诗词。1905—1910年在日本东京学西洋绘画和音乐。课余组成春柳社,为中国近代最早的话剧团体,演出《茶花女》《黑奴吁天录》,奠定了中国近代话剧的基础。1910年回国,在天津、上海、南京任教,并入南社,又任《太平洋报》编辑。1912年受聘于浙江两级师范学校,主讲音乐与绘画。1918年皈依佛门,法名演音,号弘一。1942年病逝。有《弘一大师全集》。

---

① 云英:沈云英。明代萧山人,道州守备沈至绪之女。父与张献忠对阵,战死。她率兵冲上前,夺父尸回,后代父据守道州,封游击将军。心头血:洒尽心上血。秋瑾仰慕她的事业,作诗颂之,同上。　② 醉摩挲:醉中抚剑相视,雄心陡起,高唱《龙吟曲》,发出悲怆的豪迈之声。龙吟:指《永遇乐》词,又名《龙吟曲》。辛弃疾有此词,中有句云:"把吴钩看了,栏干拍遍,无人会,登临意。"秋瑾也有"无人会"的感觉。　③ 自由香:比喻自由事业。　④ 常思爇(ruò):经常想要点燃。爇,点香。意谓为自由而斗争。　⑤ 家国恨:家恨国仇。此时,秋瑾和丈夫王廷钧闹过分居,思想、行为都无一致之处。　⑥ 何时雪:雪去,雪清。　⑦ 吾侪:吾辈,我们这些人,指女友,女性。　⑧ 振拔:振作起来,改变奴隶地位。安种类:保种族,保国家。这是那时流行的一种说法。　⑨ 繁华:衣服众多,华美。玦(jué):衣上的玉饰。　⑩ 弓鞋三寸:小小脚足,而且又裹过,无法作为。　⑪ 宜改革:应当改掉,指放足。

金 缕 曲

将之日本，留别祖国并呈同学诸子

披发佯狂走①。莽中原②，暮鸦啼彻③，几株衰柳。破碎河山谁收拾④？零落西风依旧⑤。便惹得、离人消瘦⑥。行矣临流重太息⑦，说相思、刻骨双红豆⑧。愁黯黯⑨，浓于酒。

漾情不断淞波溜⑩。恨年年、絮飘萍泊⑪，遮难回首⑫。二十文章惊海内，毕竟空谈何有⑬。听匣底、苍龙狂吼⑭。长夜凄风眠不得，度群生、哪惜心肝剖⑮。是祖国，忍辜负。

【导读】

一、李叔同是中国近代的一位奇人。在他身上集中了许多的第一：第一个演出近代意义上的话剧；第一个以男身饰女角于话剧之中；第一个成立近代的话剧团体春柳社；第一个绘制出了戏剧说明书；第一个学习西方油画，并把它引入中国；第一个编出三部合唱曲《春游》；第一个以人体模特进行人体写生；第一个带学生进行郊外写生……可是正当他的事业如日中天、诗词都臻于至境、艺术天才得以充分发挥、教育事业达到顶峰的时候，他毅然看破红尘，步入佛门。此后专修律宗，身心俱化，志高品洁，成为南山律宗第十一代祖师。时人评之为，中国近代史上"不可无一，不可有二"的人物。

二、这首词作于1905年冬李叔同留学日本之前，时在津门。上阕写离别，从离别之苦写起。祖国正面临存亡危急之势，为了寻求救国之道，不惜效法箕子披发佯狂，渡海而东。对祖国山河破碎的无限焦虑与深重的离愁，使得作者形容枯槁，痛苦不堪，愁浓酒浓，心浓意浓。下阕写报国之志。回首往事，作者虽然成名甚早，也不乏痛陈时弊之作，可是毕竟大言有加，空谈无补，加之生活漂泊，壮志难酬，故有长夜凄其、愁风苦雨之叹。至此说到离别，作者深深以决心自誓，决不辜负祖国与民众的期望。

三、全词写得感情深沉。为表达主题，作者选用了许多典故并化用前人诗句，融于词中，了无痕迹，贴切、自然。词中还含有叙事、抒情、议论三种成分的糅合，统一于"留"和"别"之间，充分表达了主题。

---

①"披发"句：商纣王残暴无道，箕子苦谏，终无成效。于是披发佯狂，离家出走。见《史记》。本句意在说明，自己东渡日本留学，是因为国势的积弱颓危。 ②莽中原：茫茫无际的中原大地。 ③暮鸦：黄昏时觅巢的老鸦。啼彻：叫遍了。 ④破碎河山：战乱后的祖国大地。此处指北方经过庚子年八国联军的蹂躏。 ⑤"零落西风"句：用李白《忆秦娥》："西风残照，汉家陵阙"句意。 ⑥离人：指自己。消瘦：为国事而伤心的结果。 ⑦重太息：一次又一次地深深长叹。 ⑧相思：对祖国的深深的思念。行前的深深依恋之情。 ⑨愁黯黯：形容愁之深、之重。 ⑩漾情：荡漾于心中的情怀。淞波溜：如吴淞江的水一样绵绵不绝。溜，起伏的水势。当时作者在天津，是刚刚离开上海。所以有此说。 ⑪絮飘萍泊：行止不定，生活动荡。如柳絮浮萍的漂泊。语出文天祥《过零丁洋》诗："山河破碎风飘絮，身世浮沉雨打萍。" ⑫遮难：多么难。 ⑬"二十文章"二句：作者在1898年到上海，曾在城南文社学习，多次荣获该社征文第一名。并经常应格致书院的课案征答，荣获特等奖。空谈，那时的文章中的思想至今不能实行。这是从侧面说此次留学的目的，要多学习，准备回国后实行。 ⑭"听匣底"句：匣底，即匣中，剑鞘内，苍龙代指剑。是说志士正应在此时为国效力，这是反用李贺诗"剑龙夜叫将军闲"(《吕将军歌》)。 ⑮度群生：普度众生，超脱苦海。心肝剖：商纣时，比干因屡谏，被处以剖出心肝之刑。这里指为祖国，为人民，不惜牺牲自己个人幸福，乃至生命。

散　文

龚自珍：病梅馆记①

　　江宁之龙蟠②，苏州之邓尉③，杭州之西溪④，皆产梅。或曰：梅以曲为美，直则无姿；以欹为美，正则无景；梅以疏为美，密则无态。固也。此文人画士，心知其意，未可明诏大号⑤，以绳天下之梅也。又不可以使天下之民，斫直、删密、锄正，以夭梅、病梅为业以求钱也。梅之欹、之疏、之曲，又非蠢蠢求钱之民，能以其智力为也。有以文人画士孤癖之隐，明告鬻梅者：斫其正，养其旁条；删其密，夭其稚枝；锄其直，遏其生气，以求重价，而江、浙之梅皆病。文人画士之祸之烈至此哉！

　　予购三百盆，皆病梅，无一完者。既泣之三日，乃誓疗之，纵之，顺之。毁其盆，悉埋于地，解其棕缚⑥。以五年为期，必复之，全之。予本非文人画士，甘受诟厉⑦，辟病梅之馆以贮之。呜呼！安得使予多暇日，又多闲田，以广贮江宁、杭州、苏州之病梅，穷余生之光阴以疗梅也哉！

【导读】

　　龚自珍是中国近代第一个意识到中国正面临着空前危机的知识分子。在《己亥六月重过扬州记》中，他透过扬州虚假的繁荣，看到了别人看不到也意识不到的危机，尤其是文人颓废萎靡的心态。在这篇《病梅馆记》中，龚自珍着重揭示了病梅产生的两个最重要的深层原因：一是畸形的审美观念和审美需求，二是文人画士和"蠢蠢求钱"之鬻梅人的推波助澜。前者是病梅产生的文化与心理土壤，后者是利益驱动下的市利之举。有如此文化心理土壤，又有如此市利之人，江、浙皆病梅，也就不足为奇了。但是，作者真正的目的，则是以病梅为喻，讽喻社会，批判现实。在落后的、病态的传统文化的束缚下，在市利之心的驱使下，中国的民众，尤其是有社会良知和民族脊梁之誉的知识分子队伍中，有一些人已经陷入病态之中，他们消极颓废、醉生梦死，很少关心社会现实与民生疾苦。不仅如此，他们还以其病态的社会文化行为，影响了中国的民众。作者对此深以为虑，表示要穷尽毕生之精力，救治社会，救治民生，哪怕是为此受到严厉的指责和辱骂，也在所不惜。作者对当时社会了解之全面，认识之深刻，是其他文人所不及的。这篇文章写于鸦片战争爆发的前夜，作者的远见卓识和深刻用意，不言而喻。

---

①《病梅馆记》：本文一题《疗梅说》，与《己亥六月重过扬州记》同写于1839年。这一年，正是近代西方列强对中国发动殖民战争的前一年。　②龙蟠：即今江苏南京清凉山麓龙蟠里。　③邓尉：山名。又称袁墓山、万峰山，在今江苏苏州。因东汉太尉邓禹曾隐居于此，故名。　④西溪：水名。在今杭州灵隐山西北。　⑤明诏大号：公开宣传，大力号召。　⑥棕缚：棕绳。　⑦诟厉：责骂，辱骂。

薛福成

薛福成(1838—1894),清末外交家、政治家。字叔耘,号庸庵,江苏无锡人。光绪年间,先后参与曾国藩、李鸿章幕府。出使英、法、比、意等国,回国后,升任右副都御史,不久即病逝。有《庸庵全集》。

观巴黎油画记(节选)

余游巴黎蜡人馆,见所制蜡人,悉仿生人。形体态度,发肤颜色,长短丰瘠①,无不毕肖②。自王公卿相以至工艺杂流,凡有名者,往往留像于馆:或立或卧,或坐或俯,或笑或哭,或饮或博③;骤视之④,无不惊为生人者⑤。余亟叹其技之奇妙⑥。

译者称西人绝技,尤莫逾油画⑦,盍驰往油画院⑧,一观普法交战图乎?

其法为一大圜室⑨,以巨幅悬之四壁,由屋顶放光明入室。人在室中,极目四望,则见城堡冈峦,溪涧树林,森然布列⑩。两军人马杂逐⑪:驰者,伏者,奔者,追者,开枪者,燃炮者,擎大旗者⑫,挽炮车者,络绎相属⑬。每一巨弹堕地,则火光迸裂,烟焰迷漫;其被轰击者,则断壁危楼⑭,或黔其庐⑮,或赭其垣⑯。而军士之折臂断足,血流殷地⑰,偃仰僵仆者,令人目不忍睹。仰视天,则明月斜挂,云霞掩映;俯视地,则绿草如茵,川原无际;几自疑身外即战场,而忘其在一室中者。追以手扪之⑱,始知其为壁也,画也,皆幻也⑲。

余闻法人好胜,何以自绘败状,令人气丧若此?译者曰:"所以昭炯戒⑳,激众愤,图报复也。"则其意深长矣!

【导读】

一、薛福成是中国早期的外交官,也是具有洋务思想的人物。他经历了欧洲各国的资本主义发展的繁荣阶段,看到了先进的技术文明给社会经济带来的繁荣。归国后,力主向西方学习,主张发展工商业,并且大力宣传君主立宪的政治主张,实际上他已经不是单纯的洋务派,而是具有改革社会的志向,应当属于维新派。在他的考察西方的日记中除了各地见闻之外,还记录了一些有关的文学艺术各方面的新闻,对我们今天或是当时了解西方都有很大价值。《观巴黎油画记》是其中最出色的一篇。

二、本篇中,薛福成特别注重爱国主义的宣传,他看出了法国艺术家用美术作品为教育武器,目的就是"昭炯戒、激众愤、图报复",就是让人民永远记住历史的教训。国破家亡,割地赔款,是坏事,但是,激起人民更大的斗争意识,又是好事。

---

① 丰瘠:肥瘦。 ② 毕肖:完全相像。 ③ 博:赌博。 ④ 骤视之:骤然之间来看。 ⑤ 生人:活生生的人。 ⑥ 亟(qì)叹:再三赞叹。亟,屡次。 ⑦ 逾:超过。 ⑧ 盍(hé):何不,表疑问语气。 ⑨ 圜室:环形展厅。圜,同"圆"。 ⑩ 森然:众多的样子。 ⑪ 杂逐:逐音tà。纷乱拥挤的样子。 ⑫ 擎:音qiān,举起。 ⑬ 相属:属音zhǔ。接续不断。 ⑭ 危楼:被轰炸后残破的楼房。 ⑮ 黔:黑色,房屋被烧焦。 ⑯ 赭:音zhě,赤褐色。断墙上还有烧红的痕迹,或是血迹。 ⑰ 殷地:殷音yān。流血把地面染成了黑红色。 ⑱ 追(dài):等到。扪:用手触摸。 ⑲ 皆幻也:都是画中表现出来的,现实中并不存在的。 ⑳ 昭炯戒:向人们昭示明白的警戒。

三、本文从整体上看，是借图说事，借事说理，借外国说中国。法国人能不忘战败的教训，中国人也应该这样。这篇文章写于1890年（光绪十六年），正是中法战争后六年，中日战争前四年，如果当真记住这个教训的话，就不会有后来的惨痛的历史了。

四、在具体写法上，先写蜡人，是为了衬托油画，翻译的一句"西人绝技，尤莫逾油画"，是过渡，而过渡得非常自然。在写作具体事物上，更见作者功力。形容蜡人的表情一段，非常生动，形态、肤色、神情、动作，都很传神。写战场背景，写两军交战，更是突出，用八种动作姿态以概括一般，表现复杂的场面。战后场面的描写也很独特，颜色的使用，非常引人注目。炮弹发射后，整个爆炸的过程，如见其事，如闻其声。